U0896769

2016中国小说学会排行榜

中国小説學會 Chinese Fiction Institution 评选

中共兴化市委宣传部承办

二十一世纪出版社集团
21st Century Publishing Group
全国百佳出版社

图书在版编目（CIP）数据

2016中国小说学会排行榜 / 中国小说学会评选. --南昌：二十一世纪出版社集团，2017.3

ISBN 978-7-5391-9986-3

Ⅰ.①2… Ⅱ.①中… Ⅲ.①小说集—中国—当代Ⅳ.①I247

中国版本图书馆CIP数据核字(2017)第040356号

2016 中国小说学会排行榜 中国小说学会 / 评选

统　　筹 文　欢
责任编辑 张　宇
出版发行 二十一世纪出版社集团
（江西省南昌市子安路 75 号　330009）
www.21cccc.com　cc21@163.net
出 版 人 张秋林
经　　销 新华书店
印　　刷 廊坊瑞德印刷有限公司
版　　次 2017 年 7 月第 1 版　2017 年 7 月第 1 次印刷
开　　本 720mm × 1020mm　1/16
印　　张 39
字　　数 570 千
书　　号 ISBN 978-7-5391-9986-3
定　　价 80.00 元

赣版权登字—04—2017—180

中国小说学会2016年度
中国小说排行榜评委会

评委会名誉主任：

冯骥才（天津）中国文联副主席　中国小说学会名誉会长

评委会主任：

雷　达（北京）中国小说学会会长

评委会副主任：

李　星（陕西）评论家　　**赵利民**（天津）教　授

特邀评委：

陈骏涛（北京）评论家　　**陈公仲**（江西）教　授

汤吉夫（天津）教　授　　**夏康达**（天津）教　授

评委会成员（以姓氏笔画为序）：

王达敏（安徽）教　授　　**王春林**（山西）教　授

卢　翎（天津）教　授　　**江　冰**（广东）教　授

朱小如（上海）评论家　　**毕光明**（海南）教　授

李国平（陕西）评论家　　**李运抟**（广西）教　授

吴义勤（北京）评论家　　**汪　政**（江苏）评论家

杨剑龙（上海）教　授　　**郭宝亮**（河北）教　授

段守新（天津）博　士　　**颜　敏**（江西）教　授

藏　策（天津）评论家

2016中国小说学会排行榜

短篇小说

名次	作品	作者	发表刊物或出版社
01	《谁在我的镜子里》	范小青	《天津文学》2016年第9期
02	《随园》	弋　舟	《收获》2016年第5期
03	《万用表》	苏　童	《钟山》2016年第1期
04	《狗叫了一天·日月山》	徐则臣	《收获》2016年第1期
05	《中国野人》	房　伟	《青年文学》2016年第2期
06	《寻找》	秦　岭	《飞天》2016年第8期
07	《爱情的头发》	周李立	《上海文学》第1期
08	《朋霍费尔从五楼纵身一跃》	蔡　东	《十月》2016年第4期
09	《短篇小说二则》	娜仁高娃	《草原》2016年第10期
10	《归去来兮》	康志刚	《朔方》2016年第5期

中篇小说

名次	作品	作者	发表刊物或出版社
01	《空色林澡屋》	迟子建	《北京文学》（精彩阅读）2016年第8期
02	《义乌之囚》	陈　河	《人民文学》2016年第10期
03	《风中事》	张　楚	《十月》2016年第4期
04	《直立行走》	宋小词	《当代》2016年第6期
05	《李海叔叔》	尹学芸	《收获》2016年第1期

06	《隐疾》	裘山山	《作家》2016第6期
07	《父》	陈希我	《花城》2016年第1期
08	《哲学的瞌睡》	孙　颙	《上海文学》2016年第2期
09	《麦子熟了》	许春樵	《人民文学》2016年第10期
10	《地下三尺》	陈　仓	《人民文学》2016年第11期

长篇小说

名次	作品	作者	发表刊物或出版社
01	《极花》	贾平凹	《人民文学》2016年第1期
02	《软埋》	方　方	《人民文学》2016年第2期
03	《大风》	李凤群	《收获》2016年长篇专号（春夏卷）
04	《朝霞》	吴　亮	《收获》2016年长篇专号（春夏卷）
05	《上东城晚宴》	唐　颖	《收获》2016年第5期

目录

短篇小说

中篇小说

长篇小说（书评）

代序：见证中国当代小说的辉煌历程

江　冰

2005年开始参加中国小说学会排行榜的工作，因为在深圳媒体几年，对商业行为比较敏感，所以，乍一听到“小说排行榜”，心中一惊，好生新鲜。当时，虽然中国小说学会的排行榜已经进行了五年，但整个文化界，对于这个名词依然新鲜。可见学会的开创性。到了今天——2017年开春，正好十七个年头，一共进行了十六届年度排行榜评选。光阴似箭，学者白头，多少评委为此付出，学会处心积虑谋划，拉成一条从世纪初开始的轨迹，绵延至今，易或不易，他人可知？或许，并不惊天动地，或许，没有划时代意义——却在十七个年头的辛劳前行中，见证中国当代小说的辉煌历程，为推动中国当代小说发展贡献了力量。名副其实，中国小说学会。回望来路，我以为至少在以下几个方面值得一说——

一、形成一种探讨氛围

中国小说学会的年度小说排行榜，是对该年度面世小说作品的一种排名，它以排行榜的方式，试图建立一种学术团体的评估体系，由此表达独有的判断，进而影响小说创作。冯骥才作为中国小说学会的第三任会长，上任伊始便力主“排行榜”——每年向全社会发布上个年度的好小说排名。他认为，虽然排行榜是一种商业化行为，但是我们也能借用一下商家的排行榜，树起自己的排行榜，以富于魅力的形式张扬自己的声音。中国小说学会的年度小说排行榜已连续公布多年，它的权威性越来越受作家、批评家与研究者的认可，恰如第四任会长雷达所言：“事实证明，我们的读书界和文学界需要这样的排行榜，以推介佳作，引导阅读，推举新人，推重创新精神，推动整个文学创作的更大繁荣。”

中国小说学会年度小说排行榜，是从小说艺术本体出发，依照作品所达到的历史深度、人性内涵和艺术魅力进行评选产生的。2005年初，冯骥才会长在接受采访时谈及年度小说排行榜缘起：我的初衷，简单地说就是为中国当代小说的评选推出“第三标准”，这是一种专家视野中的标准，是用评论家和研究者的专业眼光来衡量当代中国小说。其实，当代中国的小说衡量标准已经存在两种：一种是由出版商和书商推出的按照市场销售量来衡量作品价值的商业标准；另一种是由作协这样的半官方机构推出的体现政府导向性的标准，这两种标准都有着自身的意义和价值。而我们希望通过“中国小说学会排行榜”在这两种标准之外推出一种由专家、学者按照纯文学的价值来衡量的专业的、也是民间的小说评价标准。我们在从事这项工作时，完全是凭借着一种对纯文学的爱好，来完成中国小说学会的一项责任，活跃中国社会的纯文学氛围。

正是这种初衷，使得每年的排行榜评委会，几乎成了一次涉及面极其广泛的学术研讨会，来自全国各地的专家畅所欲言，心无芥蒂，对过去一年的小说作品充分讨论，眼光扫描全球华人文学，话题延伸世界文化背景。甚至在商业、作协、刊物评判标准中进行大胆的、跳跃式的辨析、评点、判断。由于学会领导的宽阔胸襟，以及十几年一贯制的鼓励学术争鸣，评委会上时有争论、有不同声音，甚至有面红耳赤的场面，有截然不同的评价。每年评委队伍都在20人以上，很难以一人意见引导，很难以一种标准规范。我印象深刻处在于，几乎每一年评委会，人们都会再次温习小说学会自己的标准，力求保持自己“纯文学”的立场。小说学会的探讨氛围自由活跃，始终如一。充分讨论，无记名投票，多轮竞争，最后排名——一套科学的程序，也保证了一种探讨氛围的形成。

也许，理论问题可以用文章的方式来传达，但是关于中国小说学会排行榜评委的探讨过程，却很难用文字传达。借此机会，我站在个人角度，用两个词试图传达每年一度评选过程的一些信息，一种行为状况，也许能够为将来撰写当代文学史、中国小说学会发展史，留下一些记录——

第一个词，“快与慢”。几乎每一年度的讨论都会涉及到一个问题——排行榜的作品是否要体现这个年度所出现的文学热点、文学动向，以及文学的某种新态势，是即时反映，还是退后一步，静观事变。这种快与慢的选择，有的时候亦成一种纠结。但总体上来看，评委会都希望在当代文学的快速发展——能够形成一种相对稳定的状态之时，再排上他的代表作品。当然，关于这一点，也时有争议，因为年度排行榜，可能就要反映这个年度的变化与发展。包括对类型小说和科幻小说的评价问题。

2016年评委会上，就有评委提出充实评价理念的话题——长篇小说可以分为三类：名家经典；相对年轻的70后80后作品；新类型，包括科幻小说等。刘慈欣《三体》获得世界大奖之后，中国大陆的科幻小说形成热潮，受到青年读者热捧——我们的排行榜是否把它囊括在视野之中？颇有争议，话题周折。一方极力推崇，期望及时反映当下；一方则以"好作品主义"低评新类型小说。看来所谓"快与慢"，其要害还是评价观念是否需要拓宽。当然有一种理论上的惯性与稳定感，宁愿"慢"比较稳妥。面对快速变化的时代，我们到底要如何把握呢？小说学会也在思考。

第二个词，"严与松"。涉及的是标准的把握。中国小说学会的品牌活动——年度小说排行榜——坚守"纯文学"的立场与标准。同时，这个标准并不等于它是完全固化、不越雷池一步。但到底怎样把握一个标准，用以衡量一个整年度中国小说——大陆乃至海外，短篇、中篇、长篇小说作品的优秀水准？所谓严格，到底严到什么程度？所谓宽松，怎样能够在严格的标准中有所拓展？这也是评委时常争议的一个问题。

2005年以后，网络文学渐渐形成势头，那么，我们作为纯文学的排行榜，如何看待网络文学？也是一个话题。最后，我们仍然没有把网络文学列入排行榜。尽管茅盾文学奖近年已经列入网络文学作品。这样的一种所谓"严与松"的把握，随着时代的变化要有所变化。面对纸介媒体与网络媒体相互转换的转型时代，年轻人看新闻，看杂志书籍，看文学作品，愈来愈多地通过手机、电脑来阅读。在这样的一种阅读趋势下，我们必须面对一种现实：传统文学的园地在缩小，文学作品的传统阅读方式，以及人数也在缩小。那么，作为中国小说学会排行榜，我们的文学视野恐怕还需要拓展。

二、聚合一支学术队伍

中国小说学会年度小说排行榜的评选，由学会组建的评选委员会完成。评委会主任由会长担任，并设若干副主任。评委会的成员由国内颇具声望、长期从事当代小说研究的教授、学者、密切关注当下小说创作发展动态的评论家，以及对小说理论研究颇有见解的资深作家组成。评委会成员的构成上形成了并非刻意追求的“三结合”的特点：即教授、学者、评论家的结合；高校、研究所和作家协会的结合；老、中、青三个年龄层次的结合。这样的一种人缘结构，使排行榜能够较为全面地反映出年度小说发展走向与创作成就。

中国小说学会年度小说排行榜的评选过程，是一个秉持公开、公正、公平的原则，自主阅读、研究与评判的过程，也是一个集思广益、各种思想与观念相互交流、碰撞与融合的过程。年度小说的产量极高，通过阅读大量的作品，并从中挑选出有价值的作品，工作任务十分繁重。每年评委会正式召开之前，先由小说学会分布于全国各地的评委确定年度内小说阅读的体裁与地域范围，然后分别组织硕士生、博士生按预先规定的体裁与地域范围阅读年度内的小说作品，继而分阶段组织研讨，在此基础之上形成初选篇目。此初选篇目确定后，提交评委会，评委会成员在阅读初选作品的基础上，对初选篇目予以补充，并形成自己的备选篇目。最后，由秘书处整理，向评委会提交初选篇目。

评委会的组成以及评委身后的学术力量，形成了中国小说学会特有的学术力量，遍及全国，蔓延多个领域，蔚为大观，实力雄厚。因此，小说学会年度排行榜，不但可以每年正式出版一本装潢庄重大方并加上序和评委评点的作品集，而且还有多部学术著作和教材问世，均由这一支学术队伍完成。比如雷达主编的《新世纪小说概观》等，此书入选多所大学教材，无形中又聚集了学术队伍。1995年后，中国小说学会迅速发展壮大，与一批出生于20世纪30、40年代的教授、学者和作家担任学会领导密不可分。他们具有强烈的历史使命感，面对没有资金的重重困难，艰难前行，并在全国范围内渐有影响。中国小说学会这样一个重要的精神传统，也在中青年一代学者中间得到延续。30后、40后、50后、60后、70后——五代学者构成的学术力量，精神灌注，传统延续，一脉相传，从而形成中国小说学会聚合一支学术队伍的精神导引。

中国小说学会排行榜的精英立场，也与评委会的组成密切相关。比如，2000年以后，中国微型小说和小小说形成南昌和郑州的两股力量。中国小说学会一度与他们合作，评选年度微型小说排行榜。为此，还联合举办了几次研讨会。在我看来，中国小说学会评委的精英姿态和精英观念比较鲜明，有一年排行榜，上海作家潘向黎的《鸽子》高票当选第一名。作品尽管描写的是一个打工者夫妻的题材，但是具有一定的抽象性，其叙述亦是精英的口吻。中国小说学会介入后，小小说作品中具有先锋色彩，以及具有中国文化“禅味”的作品，颇受排行榜青睐。这一点，也是中国小说学会排行榜评委的文化身份所决定的，评委的主体——50后、60后居多，70后寥寥无几，80后的评委更是没有。这些评委的文化背景，可以说是“五四”新文学以来，现代大家经典作品熏陶出来的同时，与上世纪80年代思想解放运动以来的改革开放氛围联系紧密，还受到上世纪90年代先锋文学的洗礼，形成了一个大致相同的经典文学作品的评价体系。这样一种文学评价体系中间，精英的立场显然占有主体部分。不妨说，中国小说学会排行榜的评选，也是具有时代特征与转型期特点的。这样一种评选方式，在媒介转型的今天，在传统纯文学地盘日益缩小的今天，它的评选体系，毫无疑问也要受到挑战，需要调整。这一点，学会评委会在近几年感受强烈。

三、提出一系列时代问题

由于评委会中的评委大都是具有学术背景的学者、教授、评论家，所以在每年一次的排行榜评选会议中，学术气氛极为浓郁，一篇作品的评价，一种体裁的变化，乃至上榜作品多种风格、多个年龄段作家的搭配，都是引发学术讨论的契机。而讨论的结果常常就是远远大于排行榜的话题，一些紧紧扣住当下、极具时代性的问题油然而生。在我印象中，有些话题进入相当深度，颇具学术价值。

比如“经典化”。中国当代小说一向评价不高，2007年顾彬“垃圾说”更是把一种贬低——情绪性地放大到极端地步。有评委提出：是中国当代小说没有经典，还是我们不愿意承认当代经典？所谓“经典”标准的质疑：一种错觉在于经典只能产生于“过去时”。评委进一步提出确认经典的权力不仅仅在后人亦在今人：文学的经典化过程，既是一个历史化的过程，也是一个当代化的过程。它时刻进行着，需要当代人的积极参与和实践。说到底，“经典”是主观的，“经典”的确立是一个持续不断的“过程”，其价值也是逐步呈现的。对于一部经典作品来说，其当代认可与评价不可或缺。

比如“80后”。80后青春写作确有网络化与市场化倾向，作品是否可以进入学会排行榜眼界？有评委提出：80后文学是80后文化的主要形态之一，它属于青春文化、青年亚文化，处于非主流文化与边缘另类文化之间。她是全球化、网络化、民主化、市场化背景下的文化，是成长中的文化。作为一种文化形态——80后文学继“先锋小说”与“七十年代人写作”之后，完成了“去意识形态化”的文学过程，并以青春文学与网络写作两种形式蓬勃生长，形成与主流文坛的某种对峙与挑战的态势。因此，我们在排行榜评选中可以持有谨慎态度，在观察中收入一些具有主流纯文学气质的作品。例如张悦然和笛安的小说。

比如“重新发现文学”。有评委提出：文学，需要重新发现。当下大众消费文化高涨，影像热、类型热、微博热等等，此起彼伏，热得发烫。全民娱乐时代、多媒体时代、读图时代、浅阅读时代，一句话，“去精英化”时代到来。静心阅读文学的人，越来越少。有人认为，这就是文学的本来位置。这种“本来位置论”——值得质疑。当下确乎存在“消费莫言”等娱乐化的浮躁倾向，但是，文学本身存在的问题，并不会因莫言获奖而自行消失。我们对中国当代文学成就的整体估价，还需要重新发现和肯定。文学不会被商业性因素牵着鼻子走。整个新世纪以来的文学，都要重新认识。文化滋养文学，而文学也介入文化建构。

比如，小说生态多样化的平衡。有评委认为，倘若以生态学的观点来研究小说，我们可以获得一种更加开阔的视野：尽管对于当下小说讨论有许多角度，但中心只有一个，即如何认识与维护小说生态的多样性，以求达到平衡。假如将小说作为一个生态系统，我们就会关注它的类型，它在文体风格上的多样性；会关注他的遗传——传统性状的存活程度，他的经典美学的生命力；会关注他的变异，比如，作为先锋的新的特质，一些新的小说艺术特点的产生；会关注他的整个生态中的地位与影响，比如与其他系统的关系；它与社会生活的联系，在现实生活中的作用等等。

总之，每一次评选均可现真知灼见，屡屡精彩闪烁。这些观点，在影响评选的同时，也通过各种方式激发和推动着当代小说的发展。小说学会评选的宗旨是不看作家名气、作品发表报刊社的大小，以及作者的年龄、性别、地区的分布。比如对于刊物：《收获》《人民文学》《上海文学》《北京文学》《天涯》《十月》《当代》这些有名的刊物，评委会特别注意把握的一种平衡：尽量顾及各种刊物、作者、年龄段，尽管有时并非易事。总之，积沙成塔，汇流成河。一种氛围、一支队伍，一系列问题，中国小说学会就是这样坚韧地前行，在一点一点地推动当代小说发展的同时，见证中国当代小说的辉煌历程。其行为默默，其影响深远。

「短篇小说」

谁在我的镜子里

范小青

老吴醒来的时候，愣了一会儿，才发现自己是在地铁上。

一时想不起什么时候上的地铁，是要从哪里坐到哪里，为什么要坐地铁，平时都是开车的，怎么上了地铁呢？

赶紧看看手提包，虽然已经离开了他的手掌，横躺在旁边的座位上，手机从裤兜里滑了出来，跌在屁股边，还好，前面下车的乘客没有顺手牵羊把他的手机和提包顺走。

现在他清醒过来了，今天是和老婆约了去家装超市看建材看家具。家里换了房，要装修，这是个大事，挺烦人，也挺兴奋。现在比过去方便多了，跑一两趟家装超市，只要不是拖泥带水的性格，装修需要的东西基本都能搞定。

家装超市巨大，建在远郊，到这里来，自己开车不划算，还是地铁快捷方便。

手机铃声响了一下，好几个乘客同时都在查看自己的手机，相同的叮咚声此起彼伏，几乎没有人能够及时而又准确地判断这铃声来自于谁的手机。老吴也无法判断，看了一下手机，原来是老婆发来的短信：到哪里了？

地铁正开着，他也不知道到哪里了，问了一下身旁的乘客，才知道坐过站了。老婆是个急性子，时间观念又特别强，自己从不迟到，也不允许别人迟到，他赶紧打电话过去说明情况。老婆果然不高兴，声音也变得有些异样，说，说话不算数，今天来不及了，改天吧。电话就挂了。

坐到下一站，他下了车，再坐反方向的车，还能怎么样，回去罢。

回去的路上，老王电话来了，可能是因为在地铁上，声音都不如平时那么真切和熟悉。老王说，你人呢，约好下午在你办公室见的，你怎么不在？他想了一下，说，咦，我今天没和你约吧，我今天有事，下午不在办公室，不会和你约的。那头老王的声音因为疑惑而更加失真，今天没约吗？嘿，瞧我这记性——不说了不说了，重新约吧，你什么时候在？他说，明天上午吧。

坐地铁回了单位，晚上因为有业务应酬，搞晚了，回家老婆已经睡了。从她的背影就能看出她梦中也在生着气，他没敢再打扰她。

第二天上午到了办公室，没多久，老张进来了，说，老吴，今天总算没有爽约。他看了看老张，奇怪地说，咦，我怎么记得约的是老王。老张不高兴地说，怎么？你就有时间见老王没时间见我？老吴说，我不是这个意思，可我明明记得昨天是老王给我打电话约的，难道我的记忆出了问题？老张"哧"一声说，这有什么稀奇，现在记性差的人多的是，我昨天记着要去买提子，结果买回来的是芒果。我老婆更有意思，站在车前，手里拿着车钥匙，却慌了神，说，不好了，不好了，我车钥匙丢了。

老吴仍有些心不在焉。老张说，哎哟，别这么费神啦，我人都来了，都站在你前面了，还非要认定有约无约吗？你这官你这谱真有那么大吗？你真的这么不想见我吗？就算你真不想见我，但昨天下午我打你电话，是和你约定了的，你也不能反悔呀。

老张说了后就走了，可老吴内心还在想着老王之约，感觉老王还是会来的，但是等了一上午老王也没有来，他也就认同了老张的话，可能记错了罢。现在人的脑子里塞了这么多东西，每天还在继续拼命往里边塞，怎么不混乱，混乱太正常了，不混乱才怪，这么安慰自己，也就释然了。

昨天家装超市没去成，但总得去呀，还得抓紧去。他们和装修公司签的是半包合同，也就是说，材料自己挑，挑好不用下单购买，回来交给装修公司去进货。装修公司不仅负责进货，他们还有他们自己的渠道，还能再砍价，这样业主又省心又省钱，何乐而不为。

正因为他们要付出的劳动就是这一趟家装超市之旅，所以这一趟既必不可少，又十分重要。

赶紧给老婆发个信，约定今天下午再去，不过他没再坐地铁，开了车去。

到了家装超市，一等再等，老婆没来，他发短信过去，也没回复，再打电话过去，那边已经是转移呼叫，老婆关机了？几个意思呢？他搞不懂。

晚上回家，虽然老婆大人脸色不好，但他总得问一下下午失约的原因吧。一问之下，老婆说，你什么时候约我下午去了？他说，我给你发了短信，你明明回了的。老婆说，什么鬼？他把手机递给老婆看，说，不是鬼，你看看，你看看，短信还在呢，幸亏我没有删掉。老婆瞄了一眼，上面确实是"老婆"两字。老婆撇了撇嘴说，谁知道你那个“老婆”是哪个老婆，反正我没有收到你短信。

他不知道老婆是开玩笑还是当真的，嘀咕说，事实面前，也不承认。又说，你约我，我迟到，我约你，你不来，正好明天休息，我们俩一起出门去超市，手拉着手，总不会再出差错了吧。老婆“呸”他说，你左手拉你的右手吧。

终于在休息天夫妻一起去家装超市，一站式服务确实方便，只是他们用大半天时间就要一杆子到底解决几乎所有问题，也确实蛮紧张。期间手机响了几次，有来电，有来信，老吴想看想接，但老婆阻止说，不行，今天任务繁重，谁也不许用手机，你接一个，我发一个，你再发一个，我再接一个，一天忙下来，光顾手机了，还看什么家装材料呀。

老婆的话有道理，老吴完全同意。休息日，想必也不会有什么不得不接不得不回的事情，干脆调到静音，和老婆一起安心看货，这才把任务完成了。

回家的路上，他开车，老婆就忙起来了。她的手机上，内容也不少，先是回电话，接着是回短信发微信，然后欣赏美图视频。老吴心里也惦记自己的手机，手机在他的兜里跃动着，好像那里边包藏着多少宝贝等着他快快打开收获呢。看着老婆津津有味地看着，还笑，还龇牙，还呸，老吴心里早就痒痒的。一直熬到车子开回家，老吴才急急地掏出手机，怎么不是，太多了呀，眼花缭乱。

老吴傻了眼，无论是来电还是来信，有好些显示的姓名，他都不认得。有一个叫唐豆的，另一个叫许正的，等等。老吴挠了挠头，忽然想起以前见过一个说法，说有个“二货”小说家，在小说中杜撰了一款汉字拆解病毒，把存在通讯录里的人的名字，都拆解了，所以机主就不认得他们了。其实哪里有什么拆解病毒，就是因为存的名字太多，导致记忆衰退罢了。

老吴的手机通讯录里，也存了好多个人名，他偶尔拉开来看看，一半以上都想不起来了。所以老吴也没太在意，唐什么也好，许什么也好，谁谁谁也好，既然自己记不得他们了，至少说明这些人和自己的来往早已经不密切了，说不定从前就很少交往，即使存下了名字，也记不住，这很正常。

看了一下唐豆的短信，是个段子，无所谓，就回了一个段子给他，算是扯平了。

老吴又看看许正的，许正发的是一个饭局之约。老吴回了一个，已另有所约，下次再聚。

但是还有一个人有些离谱了，他告诉老吴，钱小姐已经离开，本来组织个饭局送一送的，但是钱小姐表示不想再见到他，就作罢了。

老吴有些哭笑不得，只好回了个表情。

表情这东西真是太好了。

发明表情这东西真是太好了。不想说话，不能说话，说不了话，或者说得太多了想打住，都可以用表情替代。

表情应有尽有，多到只有你想不到，没有它提供不了。

简直太完美、太中意了！

最后看到一短信，没头没脑，说，合同的事已基本搞定，明天见律师。

老吴觉得像骗子，又担心不是骗子，确实有这事的话，也是不可轻易忽视的，就试探说，你发错人了吧。对方也就不再回了。果然离骗子不远。

现在骗子太多，大家都很小心。所以有时候错了的就让它错了去。宁可错过朋友，不可踩中地雷。

除了微信短信，还有好几个陌生的未接电话，老吴一概不回。有一个电话打了几次，一直到晚上还在打过来，老吴被盯得无法，发信说，我在开会，不方便接，你有事发信吧。若是骚扰电话或诈骗电话，必不会再发信来了，可这个人很执着，真的发信来了，说，这么晚了还在开会？你比我还忙啊？明天上午九点，到我办公室来一下。

老吴哈哈大笑，很有心情跟骗子再打几个回合，所以回信过去说，过了时的骗局，又拿来用，连与时俱进都不知道，还干这营生？

那边终于不再纠缠了。

总之，这个周末，老吴虽然过得稍有些不同，但他并没怎么往心里去。现在因为手机带来的各式各样的事情，每天都能碰到，没人稀罕。

新一周开始，早晨去上班，一进办公室，老板的电话就打到座机上，口气不怎么好，说，让你到我办公室来一趟，就这么难？老吴脑袋“轰”地一下，想起被他嘲笑过的那个陌生电话，难道是老板打的？可是他也冤哪，老板换了手机，却不告诉他，让他蒙在鼓里。老吴可不愿意吃下这种不明不白的冤枉官司，赶紧辩解说，老板，您换手机我不知道啊，现在骗子太多——老板打断他说，我什么时候换手机啦，我一直是老手机。

这真奇了怪，为什么显示在自己手机上的是另一个陌生的号码呢，难道真如那个异想天开的小说家所预测，病毒来了？

老吴仍然不敢十分相信老板的话，又试探说，老板，因为，因为骗子的那个“九点钟到我办公室”的段子实在太著名了——老板又劈头打断他说，难道因为骗子用过一次，从此以后，所有的上司都不能叫下级周一见啦？

老板说得有理，老吴赶紧到老板办公室。他一进去，老板就朝他伸手，说，材料呢，你以为我是想看你这张脸？

老吴一拍脑袋，赶紧回办公室，打开手提包，取出材料，再去交给老板。老板这才稍稍满意，收下材料，朝他挥挥手。

到半上午时，老板电话又来了，问他吃了药没。他就料知是那材料出了问题，果然不等他回嘴，老板又说，你过来。他以为问题大了，电话都不能说，要当面剋了，赶紧提着个小心脏往老板那儿去。老板果然不高兴，盯着他看看，面有疑色，说，你也算是老手了，怎么会有这样的错别字？

一开始老吴以为报告出了重大的差错，确实有点紧张，以为要返工了呢。现在老板只是说是错别字，他立刻放心多了，错别字哪个不会写，人人都有错别字的，很多人还故意写错别字，那是“潮”。但他不便这么直接跟老板回嘴，谦虚地说，哪个字哪个词错了，我马上改。嘴上是这么说，眼睛却朝老板瞄一瞄，看看老板的脸色。平时老板要作报告，只是拿他写的稿子念，有时候到了会场，稿子才递到老板手里，从来没有事先认真准备的习惯。今天不知老板是怎么了，口气严厉地说，幸亏我事先认真准备，否则就出洋相了，你自己看看吧——把报告扔到老吴面前，老吴拿起来一看，赫然的，是标题错了，难怪老板能够一眼看出来。

应该是“关于公司营销情况的报告”，结果变成了“关于公司亏损情况的报告”。老板说得不错，什么都错得，偏偏这两个字错不得，而他其他什么字也不错，偏偏就错了这两个字！

老板责问老吴。老吴也是百思不得其解呀，报告明明是他自己亲自起草亲自修改的，怎么会出如此明显的差错，不过好在不是内容要返工，只要将标题上两个错别字更正就行了。

下午老板在公司作报告，会场很安静，没有人说话，都忙着看手机呢。等到散会时，有一个同事面有疑色地跟老吴说，今天老板怎么啦？

老吴一时没有理解他的意思，反问说，什么老板怎么啦？老板怎么啦？你怎么啦？

那同事犹豫了一下，说，要开人还是要怎么啦？

老吴仍然没有理解，继续反问说，谁说要开人了，老板说了吗？你怎么会有这种想法，你怎么啦？

那同事赶紧摆正了脸色，说，哦，没怎么。就走开了。

老吴晚上回家，老婆又在看打鬼子的电视。老吴瞄了一眼，感觉画面似乎有所不同，随口说，昨天那个结束了？换一个片子了？老婆说，没结束啊，要打六十集呢。

还早呢。他又奇怪说，那你换了台？老婆也奇怪地朝他看看，说，没有换台呀，不还是在打鬼子吗？又白他一眼说，关你什么事，又不是你在看，是我在追着看，内容一直都是连下来的，昨天八路军受了伤，今天就在老百姓家养伤，这不明明是连续着的嘛，我即使脑残，也还没残到连连续剧怎么连下去都看不懂吧。

他没再回嘴，等老婆不注意，偷偷把广播电视报找出来看看，地方台一套播的是《杀鬼子一个不留》，地方台二套播的是《把鬼子杀干净》，确实差不多，老婆说的也不错，反正内容是连贯的，反正打鬼子的过程也都差不多。

他实在想嘲笑一下老婆，可是看到老婆专注的神情，完全被神剧情吸引住了，他放弃了嘲笑的想法，坐在自己的电脑面前，在QQ上和新居装修的项目经理聊了一下，问问情况，经理发了进货的图片给他看，并说，您放心，一切正常。

他确实可以放心，只需在头一次交接的时候，和项目经理一一对接清楚，后面就不用多操心了。有时间的，可以过去看一眼，不看也没事。现在的装修跟过去完全不同了，非常规范，非常专业，都有质量承诺，又有第三方监管，更何况，连个干小工的，也比你内行得多，你一开口，他就跟你说专业术语，搞得你完全觉得自己是只多余的菜鸟。即便是路经，顺道去看看，工人们热火朝天干着，切割机钻孔机嘎嘎嘎地叫着，没人会打招呼，也没有人问你是谁，站一会儿，受不了噪声和灰尘，赶紧撤吧。

一集电视剧播完等下一集时，老婆过来转转，看到项目经理发来的图片，有些疑惑，说，这款地砖，颜色好像不太一样？又拿手机上的图来比对，确实有些误差，赶紧打电话问项目经理，经理说，我们是完全按照你们提供的型号颜色买的，上传的图片可能会有色差，如果不放心，可以到现场去看，货已经到了。

到下一个休息日他们去了现场，到小区门口时，项目经理已经在等候他们了，一起引着到新家，亲眼看了地砖颜色，确实和原来看中的那一款有差别，问怎么回事，工人肯定是搞不清的，材料有专人负责进货，就找到进材料的专人，他的手机上也有图有真相，但他手机上的那款地砖确实就是现场的那个颜色，难道在转发的过程中，颜色会自动改变？

幸好老婆是个比较大度的人，说，算了吧，反正这一款颜色也不难看，还过得去，只要没有质量问题就行。

工程还没有全面开始，所以他们又认真地看了图纸，发现了其他一些问题，比如淋浴房的喷淋头应该是安装在竖立面的墙上，水喷洒出来的余地比较宽大，结果设计上却改在了横立面上，怎么看也觉得别扭。项目经理是个细致的人，似乎有些沉不住气，一边道歉，一边委屈地对老吴说，竖面的墙上有管线，不太方便安装，即使硬装，装出来就是偏的，我发短信请教过你，你回信说由我们定，我们就这么定了。老吴觉得奇怪，他完全不记得项目经理跟他探讨过淋浴房的事情呀，项目经理赶紧拿出手机，递到他眼前说，你看，短信我还保留着。老吴一看，果然的，上面是姓名“1202 吴”，房号和姓都是对的，不就是他嘛。

既然是经老吴同意的，老婆不好责怪项目经理，自然是要怪罪老吴，老婆说，把装修交给你实在是个错误，下面的事情不要你管了，转给我，我来负责吧。就让项目经理把她的手机记下，说以后碰到任何问题找她就是。

老吴看到项目经理记下了老婆的手机号码，创建新联系人记的是“1202 夫人”，老吴无责一身轻，有心情跟老婆开个玩笑说，每幢楼都有 1202 哦，你不要做了别人家的夫人哦。

老婆朝他翻个白眼，就开始履行“负责人”职责，四处查看起来。

倒是这个项目经理，听了老吴说话，似乎是愣在那里了，老吴不知他是哪根筋搭错了，也不知自己哪句话把他的筋搞乱了，就看到他小眼睛眨巴了半天，忽然开口问道，吴老板，你是姓吴吧。老吴奇怪道，咦，你明明知道我姓吴，我们的装修合同、包括你的手机上存着的，不都是我吗，我生下来就姓吴，没有改过姓哦。

项目经理“哦”了一声，又把手机翻出来看看，念道，1202 吴，1202 吴，没错。似乎放心了，把手机揣进口袋，赶上老吴老婆的脚步，紧随其后。

回家路上老婆开车，可偏偏手机不停地响，一会儿来电，一会儿来信，老吴想替老婆看看有没有急事，老婆却不在乎说，不用看，不是推销，就是骗子。老吴认同这说法，休息日单位和朋友一般都不怎么打扰，唯有骗子最辛苦，没日没夜没休假，于是感叹说，现在骗子太多，傻子都不够用了。

正这么说着，骗子已经到了，老吴一看，简直气得要笑起来了，骗子真是疯了——哦不，不是骗子疯了，是这个世界疯了，骗子才会这么清醒，这么猖狂。

这一回的骗子，很有点城府，是动了脑筋、创了新的，在短信中说，你拿了我的手机，好几天了，难道都没有觉得有差错吗？过得很自在吗？

老吴碰到骗子，一向很冷静，现在依然是冷静，先研究这条颇有创意的骗术，首先第一步，骗子肯定是想让他回信，如果他回了，骗子下一步会怎么走呢，骗子说老吴这几天使用的是别人的手机，这是什么意思，难不成真会有人相信，然后把手机拱手“还”给骗子，人不能这么蠢吧，如果拱手还是不可能的，那什么是可能的呢？骗子的要领，就是抓住人性的薄弱点，贪钱，怕领导，掩饰外遇等等之类，那么手机有什么软肋呢？

那可多了去了。

心里数着手机的软肋，一二三四五，老吴肋骨都疼起来，心也烦乱起来，那骗子可是个急性子，见老吴没上当，干脆打电话来说，刚才就是我发的短信，你收到没有，为什么不回复？老吴气得说，你这么嚣张，简直都不像骗子啦。那边说，你误会了，我不是骗子，我是你手机的主人。老吴“啊哈”一声说，可是它现在换主人了。电话那头骗子还很执着，还不肯放弃，继续纠缠说，你不相信的话，打开通讯录看看，你认得里边的人名吗。

老吴不知道自己是不是开始着骗子的道儿了，他已经下意识地点开手机通讯录，可看了一眼后，又放心了，怎么不认得，这些人，都是老吴的关系人物和联系对象，“老婆”，“老板”，“杨秘”，“李副总”，“刘科”，“杨处”，“老张”，“老王”，“大哥”，“二弟”，“小妹”，“二妹”，等等。

当然也有老吴记不得的，这也很正常嘛，谁敢保证存在手机通讯录的那些人脸，个个都历历在目呢。

老吴既然放了心，就干脆再调戏一下骗子，吃吃骗子的豆腐也蛮爽，老吴跟骗子说，你又走错一步棋，你得重新写脚本了，通讯录里的人名，我都认得，这就是我自己的手机。那边骗子真着急了，赶紧说，不可能，不可能，你的手机在我手里呢。

这下子老吴有些吃不准了，把自己手里的手机翻来翻去看了几遍，也没看出这是一部别人的手机呀，手机品牌，手机型号，开锁密码，屏保画面，通讯录里大部分的名字，还有近几天的保留的短信，等等等等，没哪个不是他自己的嘛。

老婆在一边看到老吴摆脱不掉这个骗子，问道，你再看看，他打给你用的是什么电话？老吴赶紧将来电显示的电话号码念叨出来，一边念，一边就觉得有怪，老婆听了，也觉得怪怪的，说，咦，这个号码好像是谁的嘛。

两人同时叽叽咕咕念叨几遍后，又同时大喊起来。

老吴喊，我的天，这是我的手机哎。

老婆喊，我的妈，这是你的手机哎。

他们终于记起了老吴的手机号码了。

一旦记起了老吴的手机号码，顿时让他们吓出一身冷汗来了，怎么老吴的手机号码会给老吴自己的手机打电话呢，难道会有两个相同的号码在同时使用？

比神剧还神吗？

还是旁观者比当事人镇定一点，老婆让老吴往她的手机上打一个试试，老吴从通讯录里调出“老婆”拨打出去，结果，老婆的手机一直没响，老婆阴阳怪气地说，看起来，你这个“老婆”不是我。老吴急着解释，却又不知道怎么解释，这时候那边的“老婆”接通手机了，说，喂，说话呀——老吴愣了愣，反问说，你知道我是谁？那“老婆”哼哼冷笑说，你跟我玩变声？老吴说，你难道听不出我的声音？那“老婆”说，声音算什么，样子都能变，性别都能变，声音就不能变吗——看起来那个“老婆”是认定他了，那是当然，她那边的来电显示就是“老公”两字嘛。老吴哭笑不得，又解说不清，只得挂断电话。

事情至此，老吴才相信了那个“骗子”，他们之间真是把手机换错了，但是手机怎么会换错呢，又是在哪里换了的呢，老吴努力回想，终于，他想起了地铁。

就是坐地铁那天，他睡着了，手机从口袋里滚了出来，坐在他旁边的那个人拿着他的手机先下车了。

现在老吴一一回想起来了，不仅手机，还有手提包，还有包里的文件，丢了这些重要的东西，那可真是不得了的大事，可奇怪的是，这一个星期内，并没有发生什么重大的差错，那人提包里的东西，和老吴提包里的东西，实在是大同小异，就算有些小小的差别，也都无关紧要，老吴也不是个十分细心的人，甚至他老板把营销报告做成了亏损报告，老吴也没有听出来，其他大部分人也没有听出来，老吴记得只有一个同事，小小地表示了一下担心，但是被老吴反问了一句，同事立刻知道自己错了，闭嘴走了。

老吴有些惊讶，自己拿着一个陌生人的手机，却没有一点陌生的感觉，靠着另一个手机生活了好几天，日子竟然也一样过，中间也只是有过一些小小的疑惑，比如明明记得约了老王，结果老张来了，可这种事情稀松平常，人人都会碰到，没人会把这样的小差错当回事，没人会顶真的。

第二天他们就换回了手机，日子也还是照常地过，几乎没有人发现老吴的这段遭遇，老吴有一次喝了酒，把事情讲出来，大家听了，也没觉着很稀罕，甚至都很理解，轻描淡写地说，呵呵，现在的手机和手机里的内容几乎是一模一样的。

老吴家的新房子装修好了，工人都撤走了，装修公司等待户主约时间验收，老婆恰好出差了，暂时验收不了，偏巧这天老吴有空，想到新装修房子的新气象，心里痒痒，先上门去看一眼，到了那里，老吴掏了钥匙开门，却怎么也打不开来，再仔细看看，分明就是1202嘛，哪里出差错了呢。

前几次来，因为都有工人在工作，门都是开着的，始终没有用过钥匙，难道是钥匙坏了？老吴赶紧打电话给项目经理，经理赶来了，用他手里的钥匙开了门，老吴进去巡视一遍，装修工程实在无话可说，挑不出一丝毛病，可老吴心里，总有一种隐隐约约的不踏实的感觉，他下楼的时候，注意了一下楼面上的标号，是17幢，心里顿时一惊，却还有些吃拿不准，回家赶紧拿出购房合同一看，他们购买的是12幢。

老吴顿觉天旋地转，头晕目眩，这错误可是错得太大了，整整装了几个月的新房，最后竟然不是自己的家？项目经理一听说，更慌了，那可是掉饭碗的失误啊，赶紧向公司报告差错，公司安排人手一查，才发现他们公司在同一个小区接了两个“1202吴”的活。

两个1202，分别由两位项目经理负责，赶紧把那个经理也找来，大家一核对，都觉得奇怪，怎么两户装修会犯出同样一个错误呢，老吴和老婆没有发现这个1202不是他们的家，就算他们糊涂马虎吧，可那一家的户主怎么也这么糊涂马虎呢？

一伙人赶紧到另一个1202现场去看个究竟，这个1202，才是老吴真正的家，老吴用自己的钥匙，顺利地开了门，可就在开门的那一瞬间，老吴心里怦怦乱跳，十分慌张，完全不敢想象，这个自己从来没有看到过的新家会是什么样了，会不会让人目瞪口呆，老吴踏进门的时候，先把眼睛一闭，再鼓起勇气一睁。

老吴真的目瞪口呆了。

这怎么就不是他的新家呢，这就是他的新家，这个1202，和那个1202，就是同一个1202，一模一样的装修风格，材料，家具，等等，什么都是一样的，唯一不同就是那款地砖颜色稍有差异，但差异真是不大。

难怪那户1202户主，也犯下了和老吴一样的错误，或者说，根本就没有什么错误，他们的房型完全一样，他们挑选的建材和家具也差不多，开工期间那个1202的户主自然也来现场看过，他们当然看不出有什么问题。

如果一定要说这里边有差错，差错就发生在开始的某一天，某一个项目经理在小区门口迎接户主的时候，问他，您是1202的，您姓吴？姓吴的户主说，我是。

只是现在也已经搞不清，是两个经理中的哪一个先跨出的这一步，要追责的话，两个人得同时被追。虽然两套1202装修得一模一样，但毕竟装修公司是有误在先的，所以他们和老吴谈了判，商定共同将大事化小，小事化了，瞒着老吴老婆和另一个1202户主，公司主动提出赔偿老吴一笔损失，老吴倒有些不好意思，说，都一模一样，其实没有什么损失嘛。可公司说，那是精神损失，一定要赔的。既然人家这么讲信誉，老吴也就不客气地收下了那笔赔偿金，纳入自己的小金库。

老吴老婆回来验收，老吴带着老婆进入12幢，老婆朝不远处的17幢望望，似乎有些不确定，说，不是那一幢吗？老吴把合同随身带着，这会儿拿出来给老婆看，说，你怎么啦，我们买的就是这一幢嘛，12幢嘛。

上楼，开门，进屋，老婆验收，一切满意，超满意，活儿干得实在太漂亮太完美，甚至把搞错颜色的地砖都换回了原来他们看中的那款颜色，真是一家讲究信誉讲究品质的家装公司。

老吴到穿衣镜前再看看镜子的质量，却在镜子里看到了一个和他长得一模一样的人，高矮胖瘦完全一样，戴着的眼镜是一样的，衣服的颜色是一样的，皮鞋是同一款，手里拿着苹果6，腕上戴着欧米茄。

老吴惊慌失措，喊老婆，你快来看，你快来看，镜子里的是谁？

老婆才不会过来看，只是在那一边骂道，神经病，你还指望人家给装一面照妖镜呢。

老吴自嘲地笑了，朝着镜子里的人说，你和我长得真像哎。

【作者简介】

范小青，女，苏州人。现为江苏省作协主席、党组书记，中国作协全委会委员，1980年开始发表文学作品，以小说创作为主，代表作有《裤裆巷风流记》《赤脚医生万泉和》《我们的战斗生活像诗篇》《城乡简史》等，电视剧代表作有《费家有女》《干部》等。小说《城乡简史》获第四届鲁迅文学奖（2004年—2006年）全国优秀短篇小说奖。

真实之下的另一种真实

——评《谁在我的镜子里》

费振钟

范小青小说的前瞻意识在意料之中，但她对于生活与现实的超验能力仍让称奇。在今天大部分短篇小说陷入套路重复而变得越来越庸常，越来越缺乏形式上的凝练与透彻，也越来越难写的情况下，范小青的那种超验能力，却让她的写作显得游刃有余，并且在她近几年来若干短篇小说中持续不断地增进艺术含量。2016年秋天，发表于《天津文学》的《谁在我的镜子里》，再次证实了这一点。

《谁在我的镜子里》叙述一个“当下”发生的故事：某公司办公室文职老吴，家装过程中，“因为手机带来的各式各样事情”，在与妻子、同事、朋友、上司以及装潢公司经理一系列错位对接中，最后自己被“黑”而失去“真身”。

故事并无荒诞之处，老吴身上出现的事情，在当今这个信息技术时代几乎耳熟能详。正如一位信息与传媒研究者描述的那样，“由于虚拟现实迅速超过现实，我们正在缩小互动范围，即使和我们互动的人数在成倍增加，我们会除去或大幅过滤所有我们与另一个人在一起时可能获得的信息。在当下的人的交往中，其他人的信息会被我们减少到只有几个轮廓——一个脸书朋友，一张分享程序中的照片，一条短消息。我们只是彼此的‘联系人’而已”。《谁在我的镜子里》所讲述的，正是一个“联系人”的故事。当所有真实信息被过滤为程序记录后，人们彼此之间只能以“联系人”的方式存在于数字虚拟之中，成为模棱不清的“轮廓”。“联系人”是不需要真实身份，也没有真实身份的。不仅如此，这些“联系人”，彼此是可以改写、复制、替代和删除的，真实和差别消亡，人们无从分辨，也无意分辨。而我们生活的当下世界，已日渐习惯并热爱和依赖虚拟现实，人们正心安理得地进入一个电子欺骗社会。《谁在我的镜子里》的老吴不正是这样一个沉沦在虚拟现实里自欺欺人的人吗？

小说与其说为了记录和评估时代及其生活，毋宁说要对时代和生活做出认识和预见。一个敏利的小说家，之所以具有前瞻性，就在于他能够“超越感觉和理性”，直接进入生活世界内部，从而认识生活世界的本质和方向。由此产生的对生活世界的预见，将给小说作品带来新鲜的品质。正是在这个意义上，我们说范小青在她的短篇小说写作中体现了特有的超验能力。《谁在我的镜子里》一改范小青最近几年对于物质和科技的持续旁观和穿透，对当下处在信息技术中的世界，既从细事末节，也从整体状况，不仅真实地写出了人在信息技术时代的生活情境，更在这种真实之下写出了人的“丧智状态”——在虚拟的世界里人们睁着眼睛却不明生活真假。人发明了技术，技术则使人变得无知，不由自主地走向昧暗和愚蠢。显然，那天“老吴”从穿衣镜里，“看到了一个和他长得一模一样的人，高矮胖瘦完全一样，戴着的眼镜是一样的，衣服的颜色是一样的，皮鞋是同一款，手里拿着苹果6，腕上戴着欧米茄”，惊呼“镜子里的是谁”。这个世界呈现出来的不是夸张，不是变形，更不是超现实的荒诞，而是这个世界交由技术统治而导致“丧智”的真实危境。或许，发生在“老吴”身上的这一切，预示着“自然人”的时代将要终结，技术可能正在毁掉未来人类真正的生活。

当一种叫超验主义的哲学转易为文学的超验主义时，就短篇小说写作而言，它的艺术价值总是体现为一种“超验”性发现：在真实之外看到另外一种令人胆战心惊的真实。《谁在我的镜子里》可以此为阅读和评价的标准。

随 园

弋 舟

当然，他是我的老师，尽管我从来也不觉得在那所师专里能够“教学相长”，但曾经在一个神魂颠倒的时刻，他却把脑袋埋在我的怀里，对我说，是我启蒙了他。这句话当时听来，对我就像孤立的山峰和陡峭的奇岩怪石。对，“启蒙”这个词就像那片土地上的丹霞地貌一样，经过长期风化剥离和流水侵蚀，造型奇特，色彩斑斓，而且，气势磅礴。

入校不久我就开始逃课，常常跑到城外的戈壁滩上眺望皑皑雪山。他从未陪我去过。但却是他告诉我的，“戈壁”原来是蒙古语。他还向我展示过一块白骨，也就一次性打火机那么大，让人难以判断到底出自躯干的哪个部位。白骨可真是白骨，它白极了，两端如同枯木的断茬，这让它看起来就像是从风干的胡杨上掰下来的。他拿这么一块白骨给我看，用来作为不陪我去戈壁滩的说明。他说他父亲就是死在戈壁滩上的，又如实交代：这块骨头并不是他父亲的，是他捡来的。

据说城外戈壁滩的某处，粗砂砾石之间，白骨累累，随处可见。

我专门找过，但这块传说中的弃尸之地，我一直也没找到。我不曾甘心过。有一次干脆在路上顺手掰了一截风干的胡杨木，回去后伸开掌心亮给他瞧。我说，看，白骨。他翻出自己的宝贝，跟我展示给他的放在一起比较。他也不得不承认，它们真的是太像了。后来，这两块东西就分不清彼此了，被我们搞混了。它们都可以被当作一截枯死的胡杨，但不约而同，我和他都倾向于视它们为白骨。我将其中的一块穿上绳子，挂在了脖子上。

很快就有女生效仿我。女生真是聪明，她们目光如炬，一眼就看出了我这件饰品的本质。男生们的见识像我一样不凡，他们相信我脖子上挂着的是一块货真价实的人骨头，其他女生佩戴的，不过是拙劣的赝品。我和男生接吻，会将他们的手拉上来，让他们去摸那个宝物，以此给他们形成强大的心理暗示，要让他们以为，此刻多么独特，甚至神圣，只有一块白骨才配得上他们的感受。其实就是这么好办，因为男人总是那么自命不凡。

再后来，很多男生围着我转，姿势千篇一律，一边埋头寻找我的嘴唇，一边伸手探索，意乱神迷地投身在专属于自己的独一无二的仙境。如果那时是在戈壁滩上，我会调整方向，让自己面朝南方。往那个方向遥望，我就可以看到被当地人称为南山的祁连山。雪峰在正午时发着光，雪峰在黄昏时发着光，雪峰不管是在正午还是在黄昏，都发着光。这让我似乎看到了生命的希望。

自命不凡的男生中总有更自命不凡的。一个裕固族男生把我按倒在了戈壁滩上。他像他的祖先一样骁勇，崇尚骑马和射箭，他还告诉我，他们民族本来自称“尧乎尔”。这些都令他看起来有条件更加自命不凡一点。何况，归根结底，一切算是我怂恿出的结果。我躺着的这块儿地方，是祁连山的洪水冲击出来的。亿万年前，洪水滔滔，山上的岩石滚滚而下，向着山外奔涌，大块的岩石堆积在离山体最近的山口处，接着是拳头那么大的，渐次变小，最后就像嘹亮乐章的尾音，指头大小的石头穿越时光，被我压在了身下。长年累月，日晒雨淋，大风剥蚀，石头的棱角逐渐磨圆，戈壁滩就这么形成了。即便是被压在磨圆了的石头上，我的背也很痛。可我觉得天荒地老，自己是被撂倒在了一个亘古的意义上。

事情就这么开了头。一个当地的无业青年行同样之事，却让我俯在上面。失去了依附，我只有引颈眺望，好在雪峰依旧不分黑夜与白昼地发着光。

那时候我并不觉得自己长得美——当然，我从来就没这样觉得过——在我心目中，唯一的美人是一个名叫肖雄的电影演员。她好像一直没怎么红过，即便如此，我也明白自己长得比肖雄差多了。肖雄美，是因为她看起来更像个男的，而我却不折不扣一副女人的样子。

有个男生骑车带我去看湿地。他别出心裁地用芦苇给我编了只素雅的花环。我揪了一把蒲草像羊似的咀嚼，这可以缓解我的痛经。天黑后回到学校，操场上有人聚众庆祝，据说中日围棋擂台赛上钱宇平胜了武宫正树。闻讯后，男生仿佛从来未曾给我编过什么芦苇花环似的，转身就跑开了。后来他告诉我，他是去细究棋局了。“执黑五目半胜。”他摸着我脖子上的白骨对我说。我觉得“执黑五目半胜”这个句子铿锵极了，优势明显，说出来就如同赢得了一场生命的完胜。所以，得知我的姑姑死于一场沙尘暴时，我竟脱口说了一句："执黑五目半胜！"电话那头的母亲显然不能明白这句谶语，她打电话给我，除了报告一个死讯，更多地，还是为了我而担忧。校方已经对我母亲发出了要"劝退"我的威胁。我觉得这个威胁孱弱无力，仅从音韵上听，"劝退"跟"执黑五目半胜"比，一个是咏叹调，一个顶多是句酸曲儿。

母亲常常打电话给我，我在学校的话，就要跑到系主任的办公室里去接听。有一次，我狠狠地瞪着系主任的时候，听到母亲在电话里抑制不住地哽咽起来。

教元明清文学的老师薛子仪天天都要打坐。他告诉我，"舌抵上腭"是打坐时的一个要领，彼时，"舌头前半部轻微舔抵上腭，犹如还未生长牙齿的婴儿酣睡时那样。"——这个情形被他描述得妙不可言。接吻时，我觉得我的上腭被他的舌尖抵住，我们便共同成为了没有牙齿的熟睡的婴儿。有时候我会在旁边观察他打坐。我的老师死心塌地，形同寒蝉，变成了一副盘坐着的衣裳架子。如果他就此风化，成为一具骷髅，我就能得到大笔制作项链的真材实料了。

薛子仪老师知道那块白骨累累的所在，但他并不打算带我去。他说有一天他要在那里修一座墓园，立碑安魂，把所有的骨殖都聚拢起来埋葬。他说，那些尸骨的主人离我们并不遥远，不过是几十年前的男女，他们生前的衣服都还历历可见，在那里，你甚至能够看到，一根腿骨从一只破旧的裤管中伸出，寂寞地指向空茫的远方。

和我在一起，似乎令他痛苦，就好像心里藏着庄严的秘密便不再适合玩"舌抵上腭"的游戏。我也觉得神魂颠倒的时候，不太适宜想起一根腿骨从一只破旧的裤管中伸出。我频繁地和男生们跑出去，对此他不置一词。他很麻木，整天都是垂头丧气的样子，像是身在一个没有余地的失败当中，或者是被判了终身的徒刑。"古典文学的精华尽在唐宋之前，元明清文学的讲授无须名师。"这是他自己对我说的，但我认为这不是他形同囚徒、自暴自弃的全部缘由。

有一天夜里，神魂颠倒之后，他关了灯，在黑暗中点着了蜡烛。他将自己的左手放在火焰上炙烤。蜡烛的光亮本来就微弱，被他用手掌按住，房间里的黑暗重若千钧，变得都有了分量。我想那会很疼。我都已经闻到了烧焦的糊味儿。可我一丝想要去阻止他的念头都没有。眼前的事超出了我所能感知和理解的范围。我哪里见过这样的把戏？只有呆若木鸡地看着它发生。他能坚持多久呢？自然，坚持不了多久。他的左手在很长一段时间都被缠上了绷带。最初几天的震惊过后，对这件咄咄怪事，我全部的疑惑就偏离在这样一个问题上了——作为和我"神魂颠倒"的惩罚，他自戕的对象，为什么非得是那只左手？

如今，我差不多已经忘记了地球上还有雪山的存在。当我裹着条毯子，蜷缩在这辆吉普车的副驾驶座上回忆往事，并没有太多缤纷的画面在我脑子里浮动，反倒是当年那股皮焦肉糊的味儿，若隐若现，依稀被我嗅到。

山路边的草地起伏绵延，车开得不慢，可是窗外的风景却似乎凝固不动。总会有一匹孤单的马站在我的视野里吃草，同样的背景，同样的姿势，顶多时远时近。天地阒寂，我能听到这匹马吃草的声音。

我们是从甘肃进入的青海，老王说翻过祁连山，我们还要再折回去。我不知道这是不是唯一的路线，但我想，就算老王绕道俄罗斯我也没意见。我睡着了一会儿，醒来时吃了一惊。车子停下了，窗外没有了孤单的马，是老王孤单的背影。他在撒尿。有一瞬间，我以为是那匹马直立起来了，穿了件红色的冲锋衣，摇身变成了老王。

我让老王陪我返乡，他提议驾车走一趟。如今的老王有了一辆吉普车，对此他好像挺自豪的。从北京开车到甘肃是个什么概念，我不是很清楚，上路后才发现，原来此行对我刚刚失去了一只乳房的身体来说，并不轻松。就像刚刚掉了颗牙齿的人总会不自觉伸舌头去舔那个空缺的洞，一路上我抱着双肩，肘部总是条件反射般地去试探胸前的那块伤疤。那里现在填充着棉织物，感受到的只是一种张冠李戴的挤压。这让我明确了自己今天的局面：残缺和破碎。

毕业后不久我就认识了老王。那时我被分配在县城当中学老师。教元明清文学的薛子仪老师还在师专的课堂上有气无力地讲着仓山居士袁枚。母亲每周都要来看看我，对于我得到了一份教职她高兴坏了，但不久之后我供职的中学也对她发出了要“劝退”我的威胁。

我总是被“劝退”。如果说我的人生是部电视剧，那么这句酸曲儿就是电视剧的主题曲。酸曲儿萦绕，我被搞得很烦。我想罢演，哪怕去另一部戏里当个配角。

老王就像一个星探似的发现了我。当年我见到他时，他还是个不折不扣的青年，但他已经自称是“老王”了。他长着一张配得上“老王”之称的老脸，脸上每一个毛孔都粗大到足以塞进一粒沙子。作为一个流浪诗人，他穿着脏兮兮的牛仔裤和一双破解放鞋，应我们那个小县城的诗友所邀远道而来。我被邀请去参加诗人的聚会。当天晚上，老王一声不吭地将我脖子上的那块配饰悍然咬住。第二天早上醒来，我下意识地望了一会儿窗外的雪山，垂下眼时，看到老王蜷睡在我身边，我的项链被扯在脖子一侧，那块骨头依然还含在他胡子拉碴的嘴里。我觉得这是个启示，因为那一刻我灵魂出窍。

我决定让老王把我带走。走之前我回家去跟母亲告别。我家住在一个小机关的院子里，老王蹲在院门口等我，我出来时他一支烟还没抽完。我与家人的告别如此干净利索，这很令老王意外。他因此对我刮目相看，好像我也领上了一张“流浪诗人”的资质证明,可以跟着他上路漂泊了。那时我并不知道,其实我哪场戏都演不好,在“流浪诗人”中，我连配角都算不上，顶多算是一个路人甲。

我跟老王用了半年的时间才回到他的老家。从此我在那个空气中常年充斥着海腥味儿却无比干燥的地方生活了很多年。在那里，老王和他的朋友们背诵“每个人都知道，生命是戏仿的，并且，它缺乏解释。因而，铅是对黄金的戏仿。空气是对水的戏仿。大脑是对赤道的戏仿。性交是对犯罪的戏仿”等诗句——但你要问及他的朋友们此地哺育过什么历史名人，得到的答案只会是“燕子李三”。

老王经常出门流浪，起初我还跟着他，后来我就不太愿意这么干了。我很累。而且，既然每个人都知道，生命是戏仿的，那么躺在床上就是对流浪的戏仿。在那里,我看不到雪山,但是我可以假装还能看到。平原是对雪山的戏仿。千禧年的时候,我再一次被这种生活“劝退”，我离开老王去了北京——在那个时候分手，看起来就像是我们共同生活了有一千年那么久。

老王回到车里就抓起瓶子给自己补水。我想起自己该吃药了，等他喝完，我要过水瓶，大口给自己灌下了一把药片。对于我的身体状况，老王没问太多。毕竟，他曾经是位流浪诗人，而流浪诗人就该有这样的积习吧——不挂怀。就像我当年用了不到一根烟的工夫便跟母亲诀别。

“我送我的哥哥红柳坡，红柳坡上么红柳多，红柳的叶儿往下落，红绸的裤裤往下脱。”引擎发动，老王唱起来。

这是我家乡的酸曲儿，他是那时学会的。看来世界还是一个纯粹的戏仿。

山峦上出现了巨大的广告路牌。车子进入甘肃境内了。不久就上了高速公路,视野里终于出现了戈壁滩。密布的风力发电机高高地矗立着，它们缓慢转动的白色叶片像大鸟的翅膀，凝重，矜持，仪态真的是好极了。降下车窗，我的脸上好像能够感到风吹来的细沙。老王唱得很来劲儿，难得他这么高兴，但我并不觉得他让我感到陌生。我们走了将近两千公里，最初的陌生感已经荡然无存。其实三天前见到他时我也没觉得有多生疏，他那张老脸早就老到了今天应有的程度，如今只是看上去更名副其实一些罢了。一别经年，我认为我会吓到他，但流浪诗人的习性还残存在他身上,当我摘下发套时,他没怎么关心我的脑袋,反倒把发套抢在手里左看右看,一副随时想扣到自己脑袋上试试的模样。当天晚上我们在酒店的同一间房里各自安睡，这让我舒了口气——将少了一只乳房的身体暴露给他，我还是会有些心理上的障碍。

车子开到了一个收费站，老王用跟我学来的当地方言一边交钱一边问路。收费员用不太标准的普通话告诉他,在下一个出口下去,还有七十公里。我没有听到乡音，老王那蹩脚的学舌连戏仿都算不上。我已经多年不曾发出过乡音。新世纪的朝阳升起时，我就发誓不再用方言发声了。

“老王，跟你说件事儿。”我像是自言自语，“当年我其实没跟我妈说就走了——我在我家门口站了会儿，没敢敲门。”

我这是在招供吗？如果当年老王知道我与亲人利落的告别不过是一次怯懦的遁逃，他还会带着我离开吗？他回头看了我一眼，好像没怎么把这句话当回事。

千禧年来临的夜晚，我还在河北那个小县城的酒吧里当老板娘。酒吧是老王开的，不过是几张桌子十几把椅子，用来招待四方的流浪诗人。当天从远方来了两位名气不小的人物，县城里的诗人们在酒吧里恭候了一天，但这两个人物姗姗来迟。后来老王接到电话，说来人没进县城，直接去了野外——他们觉得在野外搞一场诗会迎接千禧年，要比在小县城的土酒吧里更像那么回事。老王认为没错，率众去和他们汇合。酒吧里还有客人，是一对依依不舍的恋人。我不忍心催促他们，他们看起来就是在生离死别，默默地相对垂泪，又默默地拥抱接吻，一副唇齿相依或者唇亡齿寒的样子。等这对情侣走后，我才关了酒吧，骑上自行车去找诗人们。

在那千年更替的时刻，冬夜的北方县城却毫无节庆的气氛。偶尔有几声零零落落的鞭炮响起。出城后，路就变得糟糕，好在月明如洗，不至于让我四顾无路。我在寒风中骑行，脖子上挂着的那块白骨随着身体的颠簸上下跳动，它在黑暗中发出了荧光，明明灭灭，像一团有意要引导我走上歧途的鬼火。我努力辨认着道路，按照老王告诉我的方向骑行，竭力排除着这块闪烁的白骨带给我的干扰。

那堆篝火已经快熄灭了，远远望去，在旷野里显得欲盖弥彰。车子被一条土沟绊倒，我被摔得够呛，差不多是飞了起来。我爬起来，扔下车子，吸着气踉踉跄跄地跑向火堆。篝火映照的范围内，遍地狼藉，扔着许多啤酒瓶和空烟盒。眼前并不是一个我以为会有的盛大的场面。众人早散了，只有老王四肢大张着躺在野地里。他显然是喝醉了，身上全是呕吐物。我蹲下去拽他，但被人从身后拦腰抱起。有人在狂笑。我像只被缚的螃蟹那样踢腿伸脚。这没什么用。我被扔在了地上。就着篝火的映照，我认出了他们。尽管他们背对着火光，面目全非，黝黑变形，但我还是认出了他们。他们是两个有名气的人物，我见过他们的照片。他们醉醺醺地命令我背诗，就两句：上帝！你看呐，我已倦于复活，甚至也倦于死亡、倦于生活。我就范了。他们又要求我用方言来背。我稍有迟疑，他们就用力打我耳光。我哭喊，用方言声嘶力竭地朗诵这两句诗。我想吵醒老王，但他俨然中弹而亡了一般。他们用脚踢我的胸和肚子，看来真是倦于生活了。我倒下去。这次我的身下不是戈壁滩，我无从想象宇宙洪荒、天地玄黄，无法将自己安放在一个亘古的意义里。我也看不到雪山。我被举起了腿，我看到一根腿骨从一只破旧的裤管中伸出的景象。

第二天，我迎着新千年的夕阳离开。老王不在我身边，他去追击那两个逃走的人物了。我在火车站遇到了昨夜那对惜别的恋人。女孩和我一同挤进了车厢，列车开动后，男孩像电影镜头里经常出现的那样，一边挥手，一边追逐着车轮。我脖子上的项链不见了。

下了高速公路天色已经昏暗。老王让我和他一起下车活动活动腿脚。旷野无人，暮色四合。我走远一些去方便，站起时抬头看到西边祁连山的雪峰在夕阳下发着光。夕阳是金色的，它们却亮如白银。它们就这么发着光，肯定都有上亿年了。几十年前在戈壁滩上留下白骨的那些人，还有如今残破的我，跟白银般的雪峰比，算得了什么呢？？

“它们可是见得多了。”我指着远方的银光对老王说。

他凑过来帮我整理了一下发套。他挺爱这么干的。

“你们那儿尽管能闻到海腥味儿，但却看不到海。”我说，“如果能看到海就好了，海跟雪山一样，都能让人不太把自己当回事。”

“不一样，我家有亲戚在海边儿住，住在海边儿就得靠海糊口，”他说，“那可不是个轻松活儿，一辈子就像是服苦役。”

我不想辩驳，笑着握住他的手。他也抬头向西边眺望。

“不过不管在哪儿，人都像是服苦役。”他自己说。

我开始跟他说当年祁连山下的戈壁滩上就有一群人在服苦役，他们是那个时代的文艺青年，如果运气好，晚点儿出生，在新的时代，没准个个都是诗人。他不安地看着我，大概认为我的话中含有讥讽。他不再愿意提及诗人这茬了。我的头有些晕，他把我抱起来，小心地放进后排车座上，让我能稍微舒服地躺一会儿。车门开着，他站在路边抽烟。

“那么把他们扔到戈壁滩上服苦役也是个不错的办法。”他背对着我说。

他钻进车里，从前排车座拿起毯子，趴在椅背上给我盖好。然后发动引擎，向着我的老师开去。

我在北京见到过薛子仪老师一次。当时是在 798 艺术区，我从一个画廊出来，看到他坐在对面露天酒吧的遮阳棚下面。他穿了件褐色的中式对襟立领衬衫，显得是有那么一点儿仙风道骨的样子。他比以前更消瘦了，让人感到仿佛气若游丝。他双目紧闭地坐在那儿，俨然已经入定。我站在对面观察他，恍如回到了过去，正等着去捡拾一大笔制作骨头项链的真材实料。令我大吃一惊的是，后来有两个很漂亮的女孩来到了他的身旁。她们都穿着白色的长裙子，头发一模一样地盘在脑后。他张开眼睛，她们在两侧搀扶着他站起来，毕恭毕敬，态度就像对待一个主子。但他还是一副身陷失败的样子。我想起了袁枚，那个清代“以淫女狡童之性灵为宗”的仓山居士。这也是他在课堂上传授给我们的。他讲元明清文学，怎么绕得开袁枚？在我眼里，那两个女孩，像是他效仿袁枚收纳的女弟子。但他不是一个心里藏着庄严秘密的人吗？而谁都知道，袁枚却是个玩得很嗨的吃货。我在街的这面看着他，仿佛隔着无尽的岁月翘望。他对着楼面上一幅巨型招贴画指指点点，两个女孩子频频颔首，其中一个也用漂亮的手势附和着他，后来还把头靠在了他的肩膀上。我转身离开，心里面想着“启蒙”这个字眼。

县城已经完全变样了，霓虹灯远远地勾勒出了一座幻城。想不到我的故乡也有了“七天”这样的快捷酒店。投宿后，老王喊我一同上街吃饭，但我累极了，还有些隐隐的恶心。他给我买了炒面片和羊肉汤回来。我捧着塑料餐盒喝汤，抬眼发现他正愁苦地盯着我看，一瞬间我竟感到了久违的羞涩。

“我好像已经想不起从前的味道了，这和我在北京吃的没什么两样。”我一片一片地吃着那碗炒面。

“可毕竟是回来了，”他有点儿骄傲地说，“我把你送回来了！可能的话，我还想徒步走着陪你回来呢。”

“这算是退货吗？”我说，“可我已经成残次品了。”

这话听起来像是在谴责。这对他不公平，我对命运一点儿都不想抱怨。

“当然不是，杨洁，你知道我不是这个意思。”

“怎么个意思呢？”

“我也说不好，”这个曾经的流浪诗人变得拙于表达了，“而且，你也不是什么残次品。”

“我是。”

一瞬间我有将胸口那块伤疤亮给他看的冲动。但那并不是一枚军功章，没什么可炫耀的。几天来我们都住在一个房间里，但却分床和衣而睡。

“你不是。”他低下头说。

“对不起。”过了一会儿，我说，“老王，我也不是这个意思……”

我疲惫地看着他。面片和肉汤都令我难以下咽。已经停止化疗几个月了，可我还是厌食。

老王当年去追击那两个人物，并为此承受了八年的徒刑。我觉得，这反倒是我对他的亏欠。他在监狱里给我写过许多封信，寄到我母亲那里，再通过我母亲转寄到我的手里。他的信写得朴素极了，完全没有了虚张声势的抒情。

“杨洁，就算死后埋在这儿我也没什么意见。”他写道，“农场有几十万亩那么大，到处都是一眼望不到边儿的芦苇和蒿草。这里曾经是古黄河的入海口，五千年前还是一片深海，经过几千年的河床泥沙淤积，如今它才成了一片大苇塘。开垦这块土地需要大量的苦力，这个我们倒是从来都不缺乏。尽管从地图上看这里属于河北省，但是它却归北京管，所以当地人把它叫做‘飞地’。对了，还有一个女犯人组成的园林队，她们栽种苹果和葡萄，一个个看上去都健康极了。”

接到这样的信，我难免会心有所动。他像是在召唤我也去栽种苹果和葡萄。那块“飞地”让我想起故乡的戈壁滩，它们都是地老天荒的所在，适合流放与灭绝、囚禁与惩罚，人在那里，可以迅速地化为白骨。但我没有给他回过信，因为我怕自己无法写得像他这么朴素。我也难以响应他的召唤，因为那过于像是一个戏仿，过于美。

日子并没有传说中那么难熬。我发现，如果你真的领会了“生命是戏仿的”这个真谛，差不多所有问题都可以迎刃而解了。我最终居然在北京买下了一套单居室的房子，尽管远在通州，但看上去也好像是赢得了一场胜利。在这场胜利中，我失去了一只乳房，它发生了癌变，只好切除掉。二十多年来，所有的时光都凝聚在这只被摘除的乳房上了，事实上不足挂齿，宛如一只轻忽的气球。我站在自己供职的玻璃大厦里，看着窗外的大街上人来人往有如潮来潮去。我把“沙县小吃”吃成了故乡的味道。有段时间我患上了轻度的抑郁症，但公司里几乎所有的人都和我一样，吃着一种名叫“黛力新”的丹麦药片。北京奥运会的时候，我还做了几天志愿者。随后像是为了奖励自己，我去了趟瑞士。铁力士雪山有旋转三百六十度的绕山缆车，但我没坐，因为我从未曾想过可以如此轻慢祁连山的雪峰。我还见过不少年轻的孩子被这座城市“劝退”。我见过一个在地铁里卖唱的女孩，被几个喝醉的男人无端殴打。

起初我没有固定的男人。我养了三只猫。后来我的生活里干脆没了男人。为此我网购了几件自慰用品，最后鉴定出，原来我果真已经没有了欲望。我赚的最大一笔钱，数目刚好用来切掉我生病的乳房。在 798 艺术区见到薛子仪老师的三年后，我开始自学画画。我买了一套《芥子园画谱》，不知不觉喜欢穿白色的长裙子，习惯将头发盘在脑后。“薛老师现在很有钱。”母亲在电话里告诉我。他能多有钱呢？能像袁枚一样建起一座美轮美奂的随园吗？我从没动过返乡的念头，我怕我一回去，母亲就会再次陷入对于我被生活“劝退”的恐惧中。

黑河在窗外流淌，水声喧哗。从窗户望出去，水面在夜里灰光粼粼。我从卫生间洗浴出来，老王已经睡着了。我很怕看到他睡着的样子——就像是中弹而亡了一般。我关了灯，一个人坐在漆黑的角落里。关于我的老师，我能告诉老王些什么呢？他好像应该知道我此行的动机，所以我告诉他我的老师快死了，我最好是回去见一面。我的老师快死了，我对老王说，尽管他精通打坐之术，但也没法长生不老。他快死了，我最好去看看他，因为他曾经“启蒙”了我。我没有告诉老王，“启蒙”这个词原本是他赋予我的——我担心老王理解不了。这个词那么险峻，对我就像孤立的山峰和陡峭的奇岩怪石。我不想把事情搞得太玄奥复杂。我说，他对我的一生很重要，他让我在年轻的时候就变得不那么兴致勃勃，被一些亘古的事物所吸引，让我在本该青春飞扬的时候却迷恋累累的白骨。

“他让我和近在咫尺的历史建立起了联系。”我字斟句酌地说，生怕自己是在夸大着什么。

“历史？”

“算是吧，因为他就是活在历史阴影里的人。”

“你不该沉迷这些，”老王说，“那些事儿其实跟你没什么关系。”

“没有沉迷，也的确没什么关系。”我说，“我只是在说事情的缘由。”

“我陪你回去不需要什么缘由啊，你让我送你去火星都成。”

“噢，是！”我知道老王说的没错，也觉得自己婆婆妈妈挺丢人的。

“我们该活得简单点儿。”他继续说。

“那你干吗还幻想徒步陪我走回去，飞机不是更简单省事儿吗？”

“这个，我也说不清了，不是一回事。”

“其实是一回事，就算你现在开上了吉普车，心里也还有些东西放不下。”

“这和吉普车有什么关系呢？”他说着伸手又来整理我的发套。

“这么说吧，”我有些急躁，“就算你现在成了一个小老板，你也丢不下诗人的那一套！”

我觉得自己有些刻薄了，这并不是我的本意。我不知道自己想说什么，只好想到哪儿说到哪儿。上个月我在北京遇到了一个熟人。他身上的民族服装实在是太醒目了，让人无法忽视。我在酒店的大堂里一眼就将他认了出来。但是我已经忘记了他的名字，只有“尧乎尔”这三个字从嘴里惊呼般地脱口而出。他愣了半天，才迟疑着问我：“是杨洁吧？”他现在是县里的领导了，来北京参加一个民族会议。在他高领大襟的长袍背后，我总觉得挡着连绵的雪山。我们去了酒店二层的露天咖啡吧。他一点也不拘谨，好像根本不记得曾经在戈壁滩上将我撂倒。他像一个真正的县领导那样，跟我大谈县里经济的大好局面。于是就说到了薛子仪老师，因为“薛子仪老师为县里的经济做出了巨大贡献”——他办了企业，将蒲草加工成治疗女性痛经的药物；他成了地区的首富，住在一座自己建造的山庄里。

“可惜，他快死了。绝症。”“尧乎尔”说，“老头倔得很——他有七十多了吧——不去大医院，自己住在山庄里熬中药喝。”

“尧乎尔”最后热情洋溢地邀请我“回去看看”。他知道我父亲去世得早，母亲作为我在故乡唯一的亲人也在两年前去世了，但是，他说他会“像亲人一般地欢迎我回家”。

告别了“尧乎尔”，我乘坐地铁八通线返回通州。车过高碑店时，上来一个女人。她大概有五十多岁，很胖，肚子里像是塞进了一块正在发酵的面团，但她却穿着件正常身材的人穿上都会显得逼仄的小夹克。她浓妆艳抹，面无表情地坐在我的对面，长长的蓝色睫毛一眨不眨。她旁若无人，像一尊正襟危坐着的膨胀的菩萨。我突然感到羞愧难当。这尊地铁里的菩萨猛烈地震撼了我。在我眼里，她有种凛然的勇气和怒放的自我，这让她看起来威风极了。于是我做出了自己的决定。回到家后，我翻出了老王给我写的那些信。出狱后他依然写信给我，直到我母亲去世，再也没人替他转寄。我从信封上抄下了他的地址，写了一张简短的纸条寄给他。一星期后，我的手机被他打通了。

“老王，我要回河西走廊去。”我对着手机直截了当地说，“我的身体不大好，需要有个人陪着。”

“我明天就去北京接你。”他说。

“你方便吗？我是说……”

“我没老婆。”

我不由得笑了，这和我预感的差不多。

第二天下午，老王就驾车出现在了我的楼下。他的车停在路对面，我拖着行李箱穿过马路走向他。他跑上来两步帮我拉箱子，我们谁都没跟对方嘘寒问暖。一路上大部分时间都行驶在高速公路上，我让他别急着赶路，事情并没有那么急迫。我的身体也不允许我风餐露宿，我只要一个按部就班的行程就好。老王话不多，一边开车，一边有一句没一句地跟我聊那块几十万亩大的农场，听上去像是在跟我介绍一块旅游胜地。那里有成群的野鸭，他教我如何区别雄鸭与雌鸭的叫声：雄鸭是——“戛”，雌鸭是——“嘎”。

“戛！”

“嘎！”

我被他模仿出的鸭叫逗得开怀大笑，笑得胸口都发痛了。

但那块“旅游胜地”还是给他留下了一身的毛病，出来时，他两只手的关节完全变形，十指曲张，形同鸭蹼。他干过不少活儿，还到北京的一家图书公司做过编辑，结果都没法让他找到条生路。后来他想到了野鸭，这就像是上帝专门给他打开的一道窄门。独辟蹊径，他改弦更张，成为了饲养绿头鸭的小老板。他也遇到过几个女人，有一个差点儿和他结婚。但对方最后受不了他的少言寡语，还是跟他分手了。

“绿头鸭虽然有野性，可胆子小，警惕性极高，陌生人接近就炸了窝，要是突然受惊，它们就会像群疯子似的拼命飞逃。”他解释说，“饲养环境要求安静，尽量避免人畜干扰，时间长了，我就不爱说话了。”

他这么说，我就可以心安理得地坐在副驾驶的位置上打盹了。他可能也把我当成了绿头鸭，跟我说话时轻声细语的。

房间的电话突然响起来。我几乎是跳过去接起了电话。一个南方口音的女人问我要不要服务。我一言不发地挂断了，并且拔掉了电话线。我的眼睛已经适应了黑暗，就着月光，我看到老王睡得踏实极了，我还担心他如今也会像野鸭一样胆小警觉。但他睡得就像中弹而亡了一般。我在黑暗中摘掉义乳文胸，抚摸着自己胸口的伤疤。

第二天清晨，我们穿过空寂的县城朝南开去。薛子仪老师的山庄在当地尽人皆知，酒店前台的服务生告诉了我们详细的方位，她不知道我就是从这里走出去的，还想好心地画一张路线图给我们。

昨夜我睡得不好，上车后就开始被强烈的呕吐感所折磨。我们向着南方，那是祁连山的方向。雪峰的光芒在晨曦中明晃晃地刺眼，老王只好戴上了墨镜。虽然已是初夏，河西走廊的晨风依然有些料峭。道路两旁的戈壁滩上，籽蒿、沙柳这样的灌木在风中轻轻颤抖，它们毫无绿意，一律都是灰白色的。我忍着恶心，竭力向窗外张望。戈壁茫茫，我看不到一座当年被承诺了的墓碑，也看不到一座孤城般的墓园。所有的光芒都向我涌来。一群男孩子簇拥着我，个个都自命不凡，像一头头对世界知之尚少的小兽。两个坏人被身后的火光勾勒出了金橘色的轮廓，就像是用烧红的铁丝拧成的。母亲临死前念念有词，妄图替她的女儿向世界讨饶，不要让尘世“劝退”她的孩子。一个古代的书生转眼就老态龙钟，双手刚刚还是推搡的姿势，一眨眼就变为了拥抱。我的眼里落满了沙子，一阵风吹过，它们就变成了砾石一般的泪滴。我胸口的一侧空空荡荡，冰冷的空气在那里回旋。直到老王用他鸭蹼般的手将我唤醒。我在昏沉的假寐中发出了呻吟，他伸手抚摸我的脸。

我拍着车门让他停车。车子停在路边，我下车跑向不远处那棵枯死的胡杨。我在它嶙峋的枝干上掰下了打火机那么长的一小截。老王默默地看着我上了车，脸色变得有些灰暗。

“据说这种树死了也能一千年不朽。”过了一会儿他没头没脑地说。

老王的车开得很稳，尤其在他知道我总是被呕吐感折磨后。他时不时会用鸭蹼一样的手拍拍我的腿。吉普车开始爬坡，眼前的山体也渐渐有了绿意。接着就是整面山坡的草地了，黄色的油菜花星罗棋布，还有蝴蝶扇动着翅膀拍打车窗。我竭力遥瞰山下，真的看到远处的戈壁滩上站着一个女孩，她肃立千年，面向着雪峰，翘望已久。我们向着雪线开去。远远地，一片云下正有雨水飘落。

庄园并不显得突兀。“不望祁连山顶雪，错将张掖认江南。”这句诗是薛子仪老师当年教给我们的，他在课堂上恹恹地吟诵。那时他能预见到吗——自己最终会在祁连山上营造一座江南的庄园。这座庄园置身于祁连山脉，更像是一座遗世独立的禅寺。但无论是庄园还是禅寺，在我心里，都不该是那个焚烧手掌者的志向。

老王将车子停下，我让他在这里等我。我打开车门时，他叫住了我。

“杨洁，”他说，“从这儿回去后跟我去养鸭子吧。”

这句话让我走出了很远后，还身在一种灵魂出窍的恍惚里。

一座红土桥通向山庄的大门，桥下是细瘦逶迤的山泉。两根圆柱上横置着梁坊。“随园”写在一块不是很大的匾上。一切都不是簇新的，就像起码存在了好几百年。戈壁滩的风是做旧的利器，它能让尸骸转眼化为白骨，也能让新貌刹那变为旧颜。我用门环叩响了那扇厚实的木门。半天，旁边一扇斑驳的偏门才打开了条缝。

“你是谁？”门里的女孩问我。

我理所当然把这个身穿白裙的女孩视为了一个“女弟子”。她是当地人，脸颊上那两团特有的“高原红”就是我判断的依据。

“我找薛子仪老师。”

“我知道你找薛老师，到这儿来的都是找薛老师的。”她挺傲慢的，“我是在问你是谁？”

“我是他的学生。”我感到自己有些蠢。我已经四十多岁了，戴着只义乳，好像已经不配再去做一个学生。

“所有人都是薛老师的学生。”她抢白道，作势要关门。

“等等，”我急了，脱口报出自己的名字，“我叫杨洁。”

她定定地看着我，终于说了声：“进来吧。”

我看出来了，“杨洁”这个名字并没有什么说服力，她大概只是被我急迫的神色打动了。

园子里的确别有洞天。绕过一面萧墙，朝北开着一扇柴扉，进去后，竟然是一片竹林。脚下是石头顺着山势铺就的小径，拾级而上，穿过很长的一段回廊，一间明亮的大厅里坐着另外两个女孩。我觉得我见过她们。她们中的一个对我说：“老师病得很重。”另一个说：“他早已经不见客人了。”领我进来的女孩请我坐进了一把老式木椅中。我的两只手紧紧地抓在木椅的扶手上，不知所措地看着她们交头接耳。她们好像无视我的存在。我很恶心。我看到了当年将左手放在蜡烛上炙烤的薛子仪老师，和我神魂颠倒多么令他痛恨自己。老王用绿头鸭和家鸭杂交后的“媒鸭”来诱捕更多的野鸭，这项在农场学来的本事让他发了财。母亲在电话里告诉我姑姑死于一场突如其来的沙尘暴，系主任却在摸我的胸。那位地铁里的菩萨威仪地望着我，她给了我勇气。

“他左手的伤好了吗？”我突然问，问得好像我跟他只有一月小别。

她们彼此对视了一下，露出了惊讶的表情。

“你跟我们喝会儿茶吧。他现在正在打坐。”那个放我进来的女孩说。

她们喝茶很讲究，七碟子八碗的，其中一个对我说：“水是从山上取来的冰块融化的。”

“你从哪儿来？”她们对我的态度发生了变化，开始主动和我说话。

我想说“北京”，但突然觉得这多么虚假。我就是从山下的戈壁滩来的啊。

“我走了很长的路。”我只能这么回答她们。

她们再次交换着眼神。毕竟还是些孩子，很快她们的话就多了起来。我提及了那只左手的伤，这让她们很好奇。

“老师的左手很少给人看。还好，和领导们握手的时候他用的是右手。”说着，她们开心地笑起来。

女孩们也在他的企业里任职，她们彼此以“部长”和“经理”相称。我这才发现，她们的身上果然有着浓浓的蒲草味儿。还好，他没用仓山居士的方式来教导她们，也没用骨头作蛊，让她们成为像我一样无可救药的人。女孩们天性未泯，谈话很快转移到各自的网购经验上了。我静静地聆听她们聊天，在她们情绪高涨的时候，不失时机地问道：

“我可以去见他了吗？”

她们停下来，面面相觑，好像突然想起了我的存在。

“我走了很长的路，就是为了见他一面。”我觉得自己开始哀求了，“我还要走，还有很长的路等着我。”

脸颊红红的女孩站了起来，是她领我进来的，这时承担起了她的义务。

“你等等啊。”她冲我点下头，然后就离开了，消失在一架屏风后面。

我的手插进衣兜里，紧紧地将那一小截胡杨木攥在手心。不一会儿女孩从屏风后露出了脸，向我招手示意。我走过去，绕过屏风，跟着她又走进了一段回廊。回廊上爬满了藤蔓，叶子在山风中摇曳。这宛如江南植物的繁盛让我突然剧烈地恶心起来。但我却吐不出，只能弯下腰一阵阵干哕。

“你没事吧？”女孩紧张地看着我。

我强装镇定，努力平复着自己的内心。我的脸色苍白，头套可能也歪斜了。我想，我的样子一定很吓人，但是，这令我接近了那个地铁里的菩萨才有的风度。

我终于站在了他的门前。门楣上挂着一块写有“小仓山房”的横匾。我的掌心全是汗。

“进去吧——”女孩对我说，欲言又止。她都没敢抬头看我。

“谢谢你。”我为自己给她带来的惊吓而内疚。

房门虚掩着，我推门进去。

“老师？”

房间里有股难闻的味道。窗上的纱帘可能刚刚被拉开，在微风中飘荡，依然有一种大梦初醒的动势。

“老师，是我，我是杨洁。”

没人回答我。那张遍体雕花的木床上传来窸窣的声音。我看到他了。想象中，我认为他应当是盘腿坐在床上——不像是他，而像是塞在神龛里的一尊破败的偶像；实际上，他是躺着的，一条薄被一直盖到了下巴上。当然是这样。还能怎样呢？即便那明亮的大厅里有着他豢养的年轻女孩，即便窗外就是万物生长的夏日，但他也只能够这样几乎被完全覆盖着似的奄奄一息。我不想将之说成苟延残喘。但他真的就剩下半口气了。镂空的床楣上有一只蜘蛛在快速地爬行。一切就是这么的腐朽，还有股挥之不去的臭味。我的心里升起凶恶的伤感。我想大声骂他，用恶毒的话诅咒他。我们彼此启蒙，如今，他用一座随园戏仿了一座墓园。我像是遭到了背叛，但也说不好。我发散着的愤怒之波一定强烈到令他有所触动了，他盖在薄被下的身体开始微微发抖。他的嘴巴蠕动着，嘴角流出黑褐色的液体。我凑近他，他身上熏蒸出的苦味让我的心变软了。

“好吧，这不能怪你，这世界连戏仿的耐心都没有了。”我在他耳边说。

那只蜘蛛爬到了他的头上，我伸手替他捉了下来。我不忍心看他形容枯槁的脸上再爬过一只该死的蜘蛛。我在他身边坐下，从薄被下摸出他的左手摩挲。他的掌心犹如岩石一般冰凉和坚硬。

我把手伸在他眼皮前，对他说：“看，白骨。”

他的眼皮翕动，终究还是没有张开。我有一瞬间以为他已经死了，将手指探在他的鼻子下面，那微弱的生命之息令我一阵感动。

“你得跟我说说话。”我对他抗议。

他悄无声息。

“跟我说句话吧？”我跟他商量。他悄无声息。

“求求你，跟我说一句话。”我发出了呜咽。

他依旧悄无声息。

我哪儿敢摇撼他，我怕一使劲，他就会化为齑粉，让人连一把骨头都得不到。屋子很热。床脚一只大铜炉里的木炭余烬未熄。一部翻开的《子不语》扔在地板上，山风掀动着它黄色的书页。我过去把它捡了起来。结果它的下面还扔着一本《夹边沟记事》。我把两本书放回窗前的书案上，让一本压着另一本。透过敞开的窗扇，我能够隐隐听到野草发出的叹息般的歌唱。窗外的亭台楼阁，在我眼里一点一点成为了残垣断壁。

后来，我又回到了床边。我半跪在他面前，双手小心翼翼地搬动他的脸。他的嘴唇乌黑,我慢慢地亲吻上去。我用舌头开启他的嘴唇,他紧咬的牙齿顺从地松动了。我的舌尖轻微舔抵他的上腭，品尝着他的苦味。于是，我们便共同成为了没有牙齿的熟睡的婴儿。

我从随园的大门走出来时，看到山坡下老王站在车外和一个挎着篮子的妇女聊天。那个妇女头上裹着当地女人常见的红色头巾，与穿着红色冲锋衣的老王相映成趣。她可能是上山捡拾药材的。我慢慢地顺着山坡向下走。我没有回头，但知道身后的那座庄园在无声地坍塌。不，那不是灰飞烟灭，而是方生方死，海市蜃楼般地随风消散。我的心里星堕木鸣。老王和那个妇女相谈甚欢，慢慢地，我从这幅景象中看到了自己。我想我会去和老王养野鸭的。这是命运，一切都不是蓄意为之——谁让我已经学会了怎么分辨雄鸭和雌鸭的叫声？何况，在那样的生活里，我还可以不用再戴着一只悲伤的义乳。

老王看到我了，向我跑过来。

“怎么样？”他远远地问我。

我望着他，用只有自己听得到的声音慢慢地说：“执黑五目半胜。”

【作者简介】

弋舟，本名邹弋舟，江苏无锡人。有大量长中短篇小说见于重要文学刊物、被选刊转载并辑入年选。作品入选中国小说学会年度排行榜，当代中国文学最新作品排行榜，获《小说选刊》年度大奖，第二、三、四届黄河文学奖中短篇小说一等奖，第六、七届敦煌文艺奖等多种奖项。著有长篇小说《跛足之年》《蝌蚪》《战事》《春秋误》，长篇非虚构作品《我在这世上最孤独》，小说集《我们的底牌》《所有的故事》《弋舟的小说》等。

生命的虚无与历史的劫难

——评《随园》

王春林

《随园》所采用的，是第一人称的限制性叙述方式。第一人称叙述者“我”，名叫杨洁，作为小说中的主要人物形象之一，是一位生活上饱经沧桑精神上千疮百孔的知识女性形象。之所以能够饱经沧桑以至于千疮百孔，从根本上说，乃是因为时间因素作祟的缘故。虽然只是一个短篇小说，但《随园》的时间跨度却相当地大，从1980年代中后期一直延伸到了当下时代，差不多有二十多年的时光。初登场时的“我”，是一位玩世不恭的甘肃某师专的学生。然而，等到二十多年后，与老王一起踏上返乡之旅的“我”，却已经是因病而被切掉了一只乳房的沧桑女性。实际上，也正是在这次返乡过程中，“我”陷入了对于陈年往事的不无伤感的回忆之中。某种程度上，这篇小说本身，就可以被看作是这种回忆的产物。非常明显，在“我”的回忆过程中，当年的青春年少，与现在的生命颓败，形成了极其鲜明的强烈对比。事实上，当年与现在形成鲜明对比的，绝不仅仅只是叙述者“我”，薛子仪老师与老王这另外两位关键性人物，也处于同样的生命困顿的状态之中。首先，是老王。当年的老王，是一位虽然一身肮脏但却充满生命活力的流浪诗人。但到了当下时代，重新现身的老王，在经历了那场长达八年之久的牢狱之灾后，却已经变成了一位“饲养绿头鸭的小老板”：“一别经年，我认为我会吓到他，但流浪诗人的习性还残存在他身上，当我摘下发套时，他没怎么关心我的脑袋，反倒把发套抢在手里左看右看，一副随时想扣到自己脑袋上试试的模样。”老王的如此一种表现，毫无疑问是一种曾经沧海难为水之后的波澜不兴心态。当年的薛子仪老师，虽然已经略显麻木之态：“整天都是垂头丧气的样子，像是身在一个没有余地的失败当中，或者是被叛了终身的徒刑。”但他的内心里却毕竟还潜藏着某种庄严的秘密。然而，等到“我”重返故乡，再次出现在薛子仪老师面前的时候，薛子仪老师已经是一副病入膏肓以至奄奄一息的模样。

非常明显，只要将“我”、老王以及薛子仪老师这三位主要人物并置在一起，他们当年所拥有过的叛逆骚动，与后来的残破颓败，无疑构成了鲜明的对照与反差。穿越时光的悠长隧道，两相对比的结果，自然也就是生命存在的一种空洞与虚无真相的被尖锐揭示。但千万请注意，弋舟这篇《随园》在透视表达生命的空洞与虚无真相的同时，其实也还有着对于历史隐痛的深切谛视与反省。小说中，最起码有这么几处细节与历史隐痛的表达紧密相关。其一，是刚开篇不久，薛子仪老师曾经向我展示过一块白骨：“他还向我展示过一块白骨，也就一次性打火机那么大，让人难以判断到底出自躯干的哪个部位。白骨可真是白骨，它白极了，两端如同枯木的断茬，这让它看起来就像是从风干的胡杨上掰下来的。他拿这么一块白骨给我看，用来作为不陪我去戈壁滩的说明。他说他父亲就是死在戈壁滩上的，又如实交代：这块骨头不是他父亲的，是他捡来的。”其二，是当年薛子仪老师和“我”打得火热乃至于神魂颠倒之时：“薛子仪老师知道那块白骨累累的所在，但他并不打算带我去。他说有一天他要在那里修一座墓园，立碑安魂，把所有的骨殖都聚拢起来埋葬。他说，那些尸骨的主人离我们并不遥远，不过是几十年前的男女，他们生前的衣服都还历历可见，在那里，你甚至能够看到，一根腿骨从一只破旧的裤管里伸出，寂寞地指向空茫的远方。”其三，是在重返故乡的路途中，“我”和老王曾经一度聊起过薛子仪老师：“我说，他对我的一生很重要，他让我在年轻的时候就变得不那么兴致勃勃，被一些亘古的事物所吸引，让我在本该青春飞扬的时候却迷恋累累的白骨。”“‘他让我和近在咫尺的历史建立起了联系。’我字斟句酌地说，生怕自己是在夸大着什么。”“我”对老王说。“历史？”老王在追问。“我”的回答：“算是吧，因为他就是活在历史阴影里的人。”其四，在“我”抵达故乡去往薛子仪老师的“随园”的路上：“我忍着恶心，竭力向窗外张望。戈壁茫茫，我看不到一座当年被承诺了的墓碑，也看不到一座孤城般的墓园。”然后，面对着躺在床上气息奄奄苟延残喘的薛子仪老师，“我”感到某种特别的愤怒：“我们彼此启蒙，如今，他用一座随园戏仿了一座墓园。我像是遭到了背叛，但也说不好。我发散着的愤怒之波一定强烈到令他有所触动了，他盖在薄被下的身体开始微微发抖。”与此同时，“我”在地板上有了颇觉惊讶的发现：“一部翻开的《子不语》扔在地板上，山风掀动着它黄色的书页。我过去把它捡了起来。结果它的下面还扔着一本《夹边沟记事》。”

把这四点细节联系整合在一起，我们即不难发现弋舟《随园》的一种隐秘意图，的确在于对共和国一段沉重历史的书写与表达。只要是对共和国时代知识分子命运稍有了解的读者，就都知道《夹边沟记事》的作者是杨显惠先生。杨显惠这部影响很大的著作，所书写表现的是20世纪50年代后期至60年代初期，数千名因言获罪的知识分子，在简直就是荒无人烟的河西走廊一带的茫茫戈壁滩上，被迫劳教或劳改的真实历史故事。其中的很大一部分知识分子，被迫把自己的生命永远留在了那块土地上，真正称得上是白骨累累。这众多的受难者中，自然也包括薛子仪老师的父亲。这一点，在上述第一个细节中就已经做出了明确的交代。唯其如此，薛子仪老师才不仅拒绝陪同“我”到那片戈壁滩上去，而且还曾经信誓旦旦地向“我”表示，一定“要在那里修一座墓园，立碑安魂”。但结果，一直到薛子仪老师病入膏肓为止，他都没有能够兑现自己的诺言，而只是以一座自称的“随园”取代了承诺中的那座墓园。从这个意义上说，薛子仪老师80年代时的精神颓废与忧伤，以及后来的彻底绝望，自然也就可以理解了。一个篇幅不长的短篇小说，能够在直击表现生命存在的空洞虚无的同时，对于曾经的历史隐痛做深刻的书写表达，所充分见出的，正是弋舟非同寻常的一种艺术才能。

万用表

苏　童

一

大鬼第一次看见小康，是在红旗瓷厂的宿舍里。

小康当时正站在窗边。大鬼推门的动作很野蛮,吓到了小康,他的身体颤了一下，脑袋向后转，转一半，又坚定地拧回去，对准窗外了。看小康的身形，还是个少年。一头乱发灰扑扑油腻腻的，脖子细长，背部稍显佝偻，他穿着肥大的深蓝色西装，衣袖是挽起来的，手在西装的口袋里掏，掏出了一个东西，是小孩子吃的那种彩色果冻。大鬼看着小康用牙齿咬开塑料封纸，吐掉，然后是哧溜一声的吸食，那一小团橙色立刻消失了，剩下一个空瘪的果冻壳，被他随手扔在地上。大鬼叫起来，往哪儿扔？小康僵住，慢慢蹲下来，捡起果冻壳放在墙角的字纸篓里。大鬼嗤地一笑，说，你是小弟弟还是小妹妹，喜欢吃果冻的？

等不到小康的回应。大鬼坐下来换鞋，瞥见对面的床铺已经铺好，花布被子和花布枕头，都是用旧了的色泽，看起来脏兮兮的，枕边放了一只铝皮手电筒。床底下已经塞满，两双旅游鞋，一双黑色的在地上，里面窝着袜子，一双白色的应该是新鞋，隆重地放在纸箱上。有一只鼓鼓囊囊的红白条蛇皮袋很抢眼，袋子中央用墨汁写了个大大的康字。大鬼咳嗽了一声，说，你就是老康的儿子？到窑上做加料工？好，你前途无量么。小康在吃另一个绿色的果冻了，又是哧溜一声，他似乎在犹豫是否要回应这次搭讪，大鬼已经失去了耐心，拍一下桌子：你是哑巴还是聋子？你他妈的只会吃果冻，不会说话的？

小康终于回过头来，目光像一只惊鸟撞过来，撞在大鬼的脸上，稍作停留，又匆匆飞走了。大鬼听见了小康的嘟囔声，说什么？我不说话的。

并不像他父亲。小康的面孔算得上白净，清秀，唇上一圈又黑又密的胡须，不知道是刻意蓄留的，还是因为懒得修剪，看起来那是男性荷尔蒙张贴的告示。他的无礼，甚至是那圈胡须，都冒犯了大鬼，但那张脸上的少年稚气无可隐藏，它提示大鬼，对方几乎还是个孩子，不必过于计较。

说几句话会把你累死？大鬼脱下袜子，在空中啪啪地摔打，他说，老康是你爸爸不是？老康那么懂礼貌，见人三分笑，怎么会教育出你这么个儿子？你是扮哑巴还是学高仓健？你到底是不是老康生的？

这次，小康说话了，小康对着窗外说，驴日的二球货。

大鬼确定小康是在用方言骂人，只是不太相信自己的耳朵。他走到窗边朝外面瞟一眼，窗外并没有人迹，大鬼搭住了小康的肩膀，问，你刚才在骂我？二球货，是你们那边的骂人话吧？

小康要扒开大鬼的手，没有成功。手放开。小康说，我没骂你。我没跟你说话。

你没跟我说话，那你在跟树说话？你没骂我，那你在骂树？树是驴日的二球货？我请教你，什么驴能日出一棵树来？

小康转过脸，避开大鬼的眼睛。我没跟树说话。他说，我也没跟你说话。

窗台上放着一只搪瓷碗，面条早被大鬼吃光了，汤和葱花还在碗里，大鬼端起来闻了闻，怪笑一声，我们食堂的面条汤，很香吧？猝不及防地，大鬼将搪瓷碗扣在了小康的脸上。面汤四溅之际，小康愣在窗边，大鬼甚至有时间欣赏酱色的面汤在小康脸上流淌的辙痕。大鬼说，怎么样，香不香？小康的嘴边有一撮葱花，他对着地上啐了一口，忽然跳起来，像一头疯牛朝大鬼俯冲而来。小康的脸像一块石头，尖锐而沉重地撞在大鬼的手臂上。

而且，小康咬了大鬼一口。

咬得很深，也很精确。小康的牙齿似乎长了眼睛，恰好咬在大鬼的刺青部位上。事情顿时就严重了。大鬼的刺青在瓷厂是著名的，它是上下结构，内容互相冲突。上方一只虎头，下方一个文字：忍。它们代表虚无的荣耀，也是最通俗的座右铭。现在，一排牙痕镶嵌其中，虎头开始刺痛，荣耀在破碎，忍字开始刺痛，座右铭在摇晃。大鬼把小康推到了门边，轻易地掐住了小康的脖子。从小康脆弱的喉结上，大鬼感受到了自己非凡的腕力。小康挣扎了几下便不再抵抗，他在窒息中流出了眼泪，目光绝望地瞪着大鬼的手臂。大鬼不清楚小康是在欣赏自己的牙痕，还是在品味刺青的意味。虎头。忍。大鬼说，现在，你还能不能好好说话了？小康的喉结在大鬼手里蠕动，大鬼听见他艰难的声音，我，忍。大鬼说，不是你忍，是我在忍。我问你，你到底为什么不跟我说话？大鬼看见小康闭起了眼睛。

再睁开，那双眼睛里的泪水已经干涸，小康的怒吼冲出了大鬼五指的封锁，我偏不说话，驴日的二球货！

二

大鬼在瓷厂当电工，已经很多年了。

他的家在城北桑园里，离瓷厂不算很远，照理说没有资格住集体宿舍，但他自称家庭关系不睦，看见父亲就想骂，看见弟弟就想打，家里不宜久留，总是赖在厂里。他原本带了条毯子在各个宿舍打游击，东睡西卧，是模具工老秦给了他机会。老秦患了白血病，常年住在医院里，大鬼趁机占了他的床铺。那间宿舍还住了杨会计，人很文静，又要求上进，平素醉心于各种自学考试。他不敢驱逐大鬼，只能向有关领导诉苦，说跟大鬼住一起，他度日如年，已经连续两门自学考试没有通过了，再这样下去肯定影响工作，瓷厂的账目若是出了差错，怪不得他。厂里的领导对大鬼都有所忌惮，不想惹他，又格外器重杨会计，便专门在阅览室里为他隔出一个小房间，供他学习。杨会计起初是回宿舍睡觉的，回宿舍便会受到大鬼的骚扰。有时候骚扰以谈论国家大事为名，有时候是黄色笑话，有时候是半夜咕咚咕咚喝啤酒的声音。最离谱的一次遭遇，缘于杨会计不屑于回答大鬼的一个问题，大鬼问他，你怎么不交女朋友？问了三遍不回答，当天夜里大鬼便动手，扒了杨会计的内裤检查，说，你问题不大，就是包皮过长，割了就可以了。杨会计忍无可忍，第二天就把床铺被褥也搬去了阅览室。过了很多天，杨会计没有回来，也没有其他人愿意做大鬼的室友，大鬼便用红色墨水在宿舍门上写了两个大字：鬼屋。既是宣示产权，又威胁了别人。久而久之，别人的集体宿舍，便被大鬼独占了。

小康搬进来之前，后勤科来过人，带来一瓶油漆，刻意用白色油漆刷了宿舍的门。鬼屋两个大字被盖住了，门板上隐隐泛出些红色，像是两朵被埋葬的大红花。大鬼没有追究此事，他心里清楚，这个小康无处可去，从此以后，他必须与小康朝夕相处了。

他们之间的敌意是一场暴风雨，来得猛，去得也快。应该说，这是大鬼的功劳，他觉得与小康这种山里人较量，总归是杀鸡用牛刀，还落个欺负人的名声，没意思。大鬼当时正与东方电影院的一位女售票员恋爱，那姑娘有个美妙的绰号，叫东方梦露。每逢周末他都要去与东方梦露约会。这样的早晨，他的心情总是很好，盥洗完毕便来到小康的床边，用牙刷刷小康的唇须，嘴里还用英文喊早安，古德毛宁！古德毛宁！那把牙刷被小康打飞了好几次，直到有一次，小康不再还手，只是在枕头上转过脸来，打量着大鬼脚上铮亮的尖头皮鞋以及身上时髦的丝光T恤衫，突然问，你女朋友，见过你的刺青吗？大鬼一愣，说，你难得说句话，我怎么听不懂？小康转过脸去说，要是在我们那儿，正经姑娘不敢跟你的。大鬼明白过来，咯咯笑起来，真是乡下人。刺青算什么？人家是东方梦露，该见的不该见的，都见过啦！

大鬼对小康的热络，多少显得鲁莽。这一点，大鬼自己也是清楚的。他的与人相处之道一向怪诞，若是作恶，一切便自然而然，若是善意或友爱，偏偏就表达不当，弄不好就令人生厌，成为别人的负担。对于小康来说，这负担便是骚扰式的交谈。小康终究不是哑巴，渐渐愿意跟大鬼说话了，只是谈话不对等，通常大鬼说了半天，只能等到小康的只言片语，不是否定，便是拒绝。大鬼最擅长的黄色笑话，有一半小康听不懂，再三提示解释之后，才能勉强博他一笑。大鬼觉得无趣，邀请小康一起到别的宿舍打扑克，小康说，不打。大鬼说，你不会打扑克？小康说，你们赌钱，我不赌。又邀请他一起去外面的卡拉OK唱歌，小康摇头说，我不会唱歌。大鬼说，你不是陕西的吗，陕西人不会唱歌？山丹丹开花红艳艳不会？小康茫然，谁说陕西人都会唱歌？我就从来不唱歌。我们那里，男人不唱歌。大鬼同情地看着小康，问，那你会什么？看电影总会的吧，我陪你去东方电影院？美国的香港的，枪战片警匪片武侠片什么都有，不花你一分钱。小康想了想，似乎有兴趣，最终却还是摇头，反正都是瞎编的，算了。小康说，我明天还要上班。

遇到发薪水的日子，大鬼都要出去与东方梦露约会，有一次不知为何留在了宿舍里。他邀请小康一起去瓷厂后面的新丰村走一趟。小康说，去那儿干什么？大鬼对他挤眼睛，那儿有个洗头房，叫夜巴黎，对面还有一个维纳斯，洗脚的，你不知道啊？小康说，花钱去洗头？花钱去洗脚？不去。大鬼怪笑起来，你是真纯洁还是装糊涂，你不知道夜巴黎维纳斯有小姐？小康眼睛一亮，闪避着大鬼的目光，你去过了？犹豫了一下，又问，你跟你女朋友，吹了？大鬼挥挥手说，小姐归小姐，女朋友归女朋友，你别管我，我看你憋了一脸青春痘，为你考虑呢。看小康僵在窗边，大鬼先发制人地说，别再跟我说不会不会，打炮你总会吧？这件事情，你总会的吧？小康对着窗子说，不打，我的钱不往那儿扔。大鬼说，我就知道你不舍得钱，我请客，你出炮我出钱，这样总行了吧？小康拿起窗台上的水杯，咕咚咕咚喝了一大杯水，忽然正色道，请客也不行，犯法的，我不做那种事。

大鬼很失望。无论是作为他的马仔，还是作为他的哥们，小康都没有培养前途。毕竟不是一路人。大鬼对小康有一种恨铁不成钢的遗憾。有时候他尝试与小康认真地说说话，谈谈瓷厂的前景，谈谈各自的前途，谈谈爱情的困扰，甚至严肃地谈谈女人的肉体，一看见小康多疑而警惕的目光，他就泄气了。他知道自己在小康的眼里，已经丧失了严肃与认真的资格。

三

窑上有人告诉大鬼，说小康已经结了婚，老婆在老家的山村里，是个民办教师。还说看到过他们的结婚合影，小康的老婆虽然土气，但有一双乌溜溜的大眼睛。

这个消息让大鬼很惊讶，在他的眼里小康还是个少年，怎么也没想到，小康竟然已经结了婚。大鬼多少有点悻悻然，想想别人居然能够看到小康的结婚照，他跟小康朝夕相处，他待小康那么友好，却享受不到任何信任。小康那天下班回宿舍，顺手从桌子上拿他的香烟抽，大鬼拍了下桌子，那是谁的烟？要抽烟自己买去！小康不知所措，看看他的脸色，又把那支烟塞回香烟盒里去了。大鬼冷眼注视着小康，这样过了几秒钟，他的表情缓和了一些，但也显出一丝异样的严峻，他说，小康，我要和你好好谈谈。小康眨巴着眼睛打量大鬼，眼神里渐渐有了一种惧色，他下意识地转过身，嘴里嗫嚅道，谈什么？你能跟我谈什么？大鬼怪笑一声，谈你，谈你的事。大鬼走过去，一只手重重地搭上小康的肩膀，小康慌张地甩脱了他的手，但大鬼的手不依不饶，又在小康的头皮上拍了一下，然后手掌摊开，对准了小康的脸。结婚照拿出来！大鬼以命令的口吻说，你的结婚照，还有你的老婆，拿出来让我欣赏一下！

小康的表情与其说是腼腆，不如说是一种不安。他垂首思考，起码过了一分钟，从墙架上抽出一本杂志，抖出来一张彩色照片。看就看吧。小康的目光在照片上一跳，弹起来投在大鬼的脸上，忽明忽暗的，像是在期待什么，也像是躲避什么。

但大鬼用手掌把照片捂住了。大鬼闭上了眼睛，一副享受悬念的样子。听说有一双乌溜溜的大眼睛？大鬼夸张地做着呼吸的姿势，啊，激动人心的时刻到了，我要深呼吸。小康的脸已经涨得通红，要看就看，少来那一套，你女朋友是东方梦露，我老婆一个山里女子，土里土气的，有什么可激动的？

说不定你老婆是山里梦露呢。大鬼盯了小康一眼，嘴角上仍有笑意，但揶揄的目光几乎有点凛冽了，小康，你要跟我比老婆吗？小康一惊，想说什么又没说。他紧张地瞪着大鬼的手，目光缓缓爬行，爬上大鬼手臂的刺青部位。虎头。忍。昔日的牙痕已经消失不见了。小康抱住了脑袋，喉咙里咕噜一响，他说，不该给你看的，你快点啊。

大鬼的手慢慢移开了，他低下头，以一种庄严的姿态欣赏照片。是那种典型的县城照相馆风格的结婚照，背景是一片蓝色幕布，有两根白色罗马柱，一片粉红色的玫瑰，两个飞翔的小天使悬在空中，手里拿着爱神之箭。他看见小康穿着那件肥大的深蓝色西服，喜悦之色被拘谨与腼腆遮蔽，看起来接近无助的状态，他的脸上当时没留胡须，显得格外稚气。旁边的姑娘穿一件红色的呢子大衣，黑色健美裤与白色球鞋，怀里抱着一束鲜花，仔细看，她烫了头发，戴了一个红色的发箍，容貌稍嫌老气。两个人站在一起，是各自僵立，谈不上甜蜜，也谈不上亲密，似乎一切都只是强人所难。姑娘的一双眼睛确实很大，很黑，但因为紧张地关注着摄影师的镜头，眼神凝滞，并没有多少神采。大鬼是忽然狂笑起来的，乌溜溜的大眼睛？乌溜溜倒是乌溜溜，眼袋怎么这么大？你养过金鱼吗？那是乌溜溜的大水泡啊，哈哈，山里梦露！她只比你大一岁？你要不说，我还以为是你妈！

只是一刹那的震惊。小康瞪着大鬼，面孔发白。他在辨别什么，很明显他从大鬼脸上发现了某种深刻的恶意，但并不确定它的来历，这使他的眼神出现了短暂的迷茫。那一丝迷茫很快消退，有一片隐隐的泪光，交织了羞耻与痛楚，开始在小康的眼睛里涌动。小康突然朝大鬼扑过来，夺下了大鬼手里的照片，小康嘴里发出一声莫名其妙的冷笑，你们这些二球货，我骗你们的。这不是我老婆，是我姐姐！

四

大鬼知道自己伤了小康，伤得不轻。

做错了事，他心里有歉意，只是没有道歉的习惯。照片事件过后的第二天，他特意买了一包中华烟，趁着小康上班时放到他的枕边。傍晚，那包香烟原封不动出现在桌子上，大鬼猜小康是不接受他的歉意，不接受他就自己抽，拆开烟盒抽出一支，叼着香烟去食堂吃了晚饭。等他回到宿舍，发现桌上那盒香烟不见了。他好奇，擅自去检查小康的抽屉，抽屉上了挂锁，勉强还能打开一条缝，大鬼看见了那包中华烟，它已经躺在了小康的抽屉里。

锁好了那包香烟，并不代表小康接受了大鬼的歉意。小康变回了哑巴，好多天没与大鬼说过话。直到有一天，大鬼下班回宿舍，发现小康正摆弄他忘在桌上的万用表，神情专注，像一个孩子在钻研新鲜玩具。大鬼莫名地高兴，说，这是万用表，要不要教你用？小康没有搭理他，过了一会儿，突然丢下万用表，轻蔑地说，不就是测个电吗，凭什么叫万用表？

大鬼本能地维护起万用表的名誉，凭什么？我告诉你，这玩意不光能测电，它什么都能测，所以才叫万用表！

小康笑了笑，笑声也是轻蔑的，他懒懒地躺到床上，用左脚挠着右脚，还能测什么？好人坏人能不能测出来？穷人富人能不能测出来？谁要是得了癌症，能不能测出来？

很少听到小康一口气说这么多话，口齿如此流利。大鬼依稀觉得小康在发泄什么，影射什么，同时，似乎向他发起了某种挑衅。他不习惯这样一个小康，先是有点恼怒，继而莫名地亢奋起来。万用表还能测什么？大鬼的想象力经过了一番茫然的飞翔，之后忽然下坠，大鬼的目光也下坠，嗖地滑向了小康的裤裆，测那些有什么意思？大鬼说，我先问你，你搞过多少女人？

小康愕然，怒声道，你问这个干什么？

我研究这个。大鬼说，其实不用你告诉我，你搞过几个女人，自己说了不算，我拿万用表一测就知道了。

你自己测自己吧。小康冷笑了一声。

看起来，小康再也不会上他的当了。大鬼拿着万用表在小康身边绕了几圈，没有造次，最后将万用表的端子搭在了自己的两侧腹股沟上，你看着，我很诚实的，不像你假正经。大鬼一本正经地说，你看你看，看见了吧？我搞得太多，一测就爆表了。

小康当时就笑了，只是笑得不甘心，为了不让大鬼看见他的表情，他朝墙的一侧翻了个身，并且补充一声：二球货。大鬼听见他又在骂人，这次是笑着骂人，大鬼没有计较。不管怎样，他在小康面前的表演总算成功了一次。

说起来，那是大鬼在瓷厂的最后一个春天了。

最后这个春天，大鬼失恋了。他与东方梦露的恋爱开始得容易，结束得更加容易。为了一只来自法国的包包，他们在百货公司赌气分手，分手以后东方梦露就再也不愿见大鬼了。大鬼痛定思痛，将一切归咎于他拮据的荷包，他动了下海经商挣大钱的念头。曾经有几次，大鬼很想与小康探讨女人的心，探讨下海挣钱的各种方法，但只要他正经起来，小康便高度防范，用戒备的眼神告诉他，别来这一套，我不上当。有一次他拿出一张裸女照片，试图让小康辨认，那是夜巴黎还是维纳斯的小姐，小康居然从抽屉里拿出一张纸，用圆珠笔写了几个字，谢绝交谈！一眨眼，那张纸已经被小康张贴在宿舍的门背后了。大鬼一时张口结舌。小康的目光从他脸上一掠而过，眼神里是刻意张扬的厌恶之色。大鬼清楚地意识到，那不仅仅是冒犯，更是一种绝交的宣誓。他当时心寒，说了声好吧，走出宿舍去厕所撒了一泡尿，撒尿的时候他嘴里还骂骂咧咧，之后就想通了，想想这个春天他不仅放弃了爱情，还准备放弃工作，难道还在意放弃一个小康吗？

大鬼骗取了病假单，跟着几个朋友到广东福建的沿海地区走了一趟，在广东的时候他有心贩卖电磁炉，转到福建晋江一带，他决定参与朋友们的走私服装生意了。回到瓷厂已经五月将尽，他径直去了厂部办公室，办好了停薪留职的手续。之后，大鬼到宿舍去收拾他的东西，首先发现了门的变化。他不知道门上的油漆为什么会发生如此奇异的剥落现象，白漆到处都是好好的，唯有鬼屋那两个字，脱颖而出了。大鬼看着自己当初的杰作，一时竟然有点心惊。他把耳朵贴在门上，听了听里面的动静。对于大鬼来说，这是一个极其反常的动作，大鬼自己都难以解释，那动作代表了对小康的关注，还是意味着某种忌惮。他甚至不清楚，自己到底是希望小康不在，还是希望遇见小康。

迟疑了一会儿，大鬼终于拍了下门，大声问，屋里有鬼吗？

小康一定在窑上上班。宿舍变暗了，也变乱了。凝滞的空气里弥漫着一股浓烈的香烟味，混合着腐烂的水果与运动鞋散发的臭气。一条破床单被两颗图钉钉在窗框上，强充了窗帘。大鬼留在床底下的一双名牌新运动鞋，虽然还在原处，但鞋头反了，他敏锐地发现了问题，摸一下鞋垫，还湿湿的，很明显，那是被小康穿过的。大鬼有点惊讶，半个月的功夫，小康成功地把这间宿舍变成了他一个人的世界。大鬼去扯窗上的床单，发现窗玻璃上多了一张电影海报，是玛丽莲·梦露撅着臀部，在风中捂着裙子。梦露。好莱坞的梦露。大鬼有点惊讶。他不清楚小康的动机，他把原版的梦露请到窗玻璃上，是为了瞻仰她，还是为了亵渎她？是为了比较什么，还是为了反省什么？大鬼走到门背后，摘下他的电工包，发现那张纸条还勉强地粘在门背后，谢绝交谈！四个大字仍然透出一股锐利的寒意。大鬼心里忽然有点难受，难受过后是愤懑，他揭下那张纸团了团，扔到小康的床上。纸团落在小康的枕边。大鬼看见自己的万用表替代了原先的手电筒，它正静静地躺在小康的枕边，闪烁着一小片矩形的幽光。

大鬼有点惊讶，他不明白小康为何对万用表如此着迷。万用表总是有用的，他决定把它带走，留作纪念。大鬼拿过万用表扔到电工包里，食指上黏了一根软软的乌黑发亮的头发。毫无疑问，那是小康的头发。大鬼对着头发吹了一口气，那根头发飘进了他的电工包，仍然粘在万用表上。应该说就是一根柔软的头发，让大鬼动了恻隐之心，他最终把万用表放回了小康的枕边。

五

大鬼的创业生涯是从锦绣街开始的。

锦绣街在我们这个城市算得上是个热闹去处，大鬼随时随地都会遇到瓷厂的熟人。熟人们给他带来瓷厂的种种消息，大鬼并不在意，一切都与他无关了，小康也淡出了大鬼的生活，但偶尔有人谈起小康时，大鬼还是有兴趣听。人们告诉大鬼，他一走，小康就跑到厂部要去顶他的缺，厂里当时没有答允，后来听说是送了礼通了关系，现在他跟着贾师傅到处爬上爬下的，开始做电工了。人们指着大鬼脖子里的金项链说，小康脖子上最近也开始挂金项链了，不知是真货还是地摊货。有人断言大鬼是小康心里的偶像，小康从发型到穿着都模仿大鬼，甚至走路的样子，现在都有点像了。大鬼摇头说，怎么可能？我老寻他开心，他都恨死我了。但持此观点的熟人越来越多，大鬼相信了，得意之外多少有点迷惑，说，那他不是不学好了吗？他原本可是好孩子啊。

夏天的一个黄昏，大鬼在锦绣街的时装店里看店，发现玻璃门外有一对打扮时髦的年轻情侣，对着橱窗里的模特指指点点的。男孩女孩都面熟，他先认出了谈小菲，她是瓷厂医务室的护士，因为大鬼不正经，她曾经拒绝为大鬼注射青霉素。然后，男孩摘下了墨镜，也就是这个瞬间，大鬼几乎惊叫起来，那个染了一绺金发的墨镜男孩，那个穿着红色无袖衫和夏威夷短裤的时尚男孩，竟然是小康。

大鬼不敢相信，他的离开如此有效地改变了小康，甚至加快了小康的成长发育。小康长高了，变魁梧了，大鬼清晰地看见小康结实的大臂肌肉，上面文了一个醒目的硕大的刺青，是彩色的，是一条张牙舞爪的飞龙。

他迎出去的时候，谈小菲的身影在旁边的巷口一闪，不见了。小康也想走，一条腿跨下台阶，身体却留在台阶上，转过来面对着大鬼。有一丝不自然的表情在小康脸上掠过，很快他就坦然了，主动向大鬼伸出手掌，生意怎么样？大鬼潦草地碰了下小康的手，问，谈小菲呢？她跑哪儿去了？小康的微笑看起来有点狡黠，什么谈小菲？大鬼指着小康，脑子里蹦出来一句老话，他说，士别三日真要刮目相看么，他妈的。

他们在店门口站了一会儿，谈及瓷厂的现状和未来，小康说，瓷厂迟早要倒闭，我也准备不干了，到时候来给你看店，混口饭吃怎么样？大鬼笑起来，你要给我看店，我不也没饭吃了？做服装生意，赚少赚多全凭一张嘴巴，你不是谢绝交谈吗，怎么替我做买卖？小康略显尴尬，眼睛看着橱窗里模特身上的一条裙子，欲言又止的样子。大鬼说，谈小菲现在越来越漂亮了么，很多人追她追不上，没想到看上了你，这不是鲜花插在牛粪上吗？小康不接话茬，眼神里有掩饰不住的骄傲，他的手在牛仔裤口袋里掏了一会儿，又空手而出，手指弹了几下橱窗，问大鬼能否把橱窗里那条裙子先给他，等下个月发薪水再把钱送来。大鬼慷慨地答应了，他把那条裙子包好交给小康，小康抓住塑料袋，他抓住了小康的胳膊，这么大一条龙，让我欣赏一下。大鬼说，我要好好欣赏一下。

大鬼记得小康的大臂肌肉当时绷得很紧，那条龙的眼睛便一下瞪大了，看起来很凶恶。大鬼说，这么大一条龙？不是贴纸？文得还很细，是东门卷毛的手艺吧？小康说，怎么样？刺了二十天，把我的钱都刺光了。大鬼不置可否，忽然捏了一下龙的眼睛，捏得很重，小康一下便把胳膊抽回去了，面露愠色，你捏我干什么？大鬼笑了笑，我没捏你，我捏的是龙，龙眼睛。大鬼端详着小康，神色渐渐严峻起来，我劝你以后注意一点，这么大一条青龙文在胳膊上，出门要小心了，你知道我现在为什么穿长袖吗？大鬼拍了拍胳膊上的刺青部位，声调听起来很诚恳，懂我的意思吗，我知道你是个老实人，别跟人学坏了。小康看着自己的胳膊，伸出左手，揉了揉龙的眼睛，目光斜斜地升起来，射到大鬼的脸上，我跟谁学坏了？你怎么知道我是老实人？大鬼讪笑起来，挥挥手说，我才不管你要做什么人，我现在做服装生意，提醒你一句，你要是到北门一带，千万别穿这种无袖衫，北门的三霸你听说过的吧？他说遇到你这样的人，见一个收拾一个。

小康愣了一下，低头注视着自己的刺青，突然一笑，说，怕个球，我最近在练散打，我的堂兄是陕西省散打冠军。

整整一个夏天，大鬼都没有等到小康。倒是谈小菲爱逛锦绣街，大鬼在国庆假期期间见过她一次，身边的人不是小康，是一个胖姑娘。谈小菲从邻近的服装店袅袅婷婷地出来，几个购物袋都在那胖姑娘手里提着。路过大鬼这里，她们欲走还留，目光在橱窗的模特身上一番流转，看见大鬼出来，谈小菲脸上浮现出一种嫌厌的表情，扭身便走。大鬼对她喊，你跑什么？我又不找你打针！小康呢？谈小菲头也不回，是那个胖姑娘站住了，忿忿地朝大鬼翻了个白眼，什么小康大康的？我们不认识他！

大鬼没有想到，小康后来真的惹了麻烦。当然他也没有料到，小康遇到了麻烦，会来向他求助。离开瓷厂宿舍两年之后，他终于获得了小康的信任，或许小康最终把他当成了一个朋友，遗憾的是，大鬼不再是瓷厂的那个大鬼，小康怎样看待自己，大鬼早已经不作计较了。

是十月里的一个下雨天，锦绣街上人迹寥寥，大鬼在店堂里与人下棋，忽然有个人头顶一摞报纸，湿漉漉地走进来，站在门边对他哈腰，说，鬼哥，我来还钱了！

又见到了小康。他穿了一件条纹衬衫，手臂上醒目的刺青被遮蔽了，脸上却多出一只大口罩。大鬼注意到他的眼角上有明显的淤青，过去摘下他的口罩，发现小康鼻青脸肿。大鬼下意识地问，你去北门了？遇上三霸他们了？不听我的警告，吃苦头了吧？小康颓然地坐在一只纸箱上，说，我没去北门。是我老婆。我回了一趟老家。让我老婆打了。大鬼想笑，忍住了，观察着他的神色，你回家做什么，去离婚了？为了谈小菲？小康不说话，似乎默认了大鬼的猜测。大鬼说，你老婆用什么东西打你的，打得脸上这么花哨？小康沉默几秒钟，说，万用表。大鬼一时反应不及，什么表？小康叫起来，万用表，我们的万用表啊！大鬼一愣，然后便没心没肺地大笑起来，笑过之后想想此事蹊跷，他又追问小康，我还是糊涂，她为什么要用万用表打你？小康迟疑着，他眼角的淤青在店堂的灯光下泛出紫色的光芒，我们村里的人没见过万用表，我带回去了，给他们看个新鲜。小康开始躲避大鬼追询的目光，他转过脸看店堂里的试衣镜，捂住了脸孔，又掉转脑袋，望着门外的锦绣街，锦绣街上仍然一片雨雾。我骗她了。她不肯离婚。小康说，谁让她不肯离婚？我测了她，我用万用表测她了。大鬼心里已经猜到了什么，嘴里还是忍不住问，测她什么？小康终于低下头，用手捂住脸，过了一会儿抬起头，用一种怪诞的眼神看着大鬼，测那事。她自己让我测的。小康说，是她自己嚷嚷要测的，还让我当着家里人的面测，说她清清白白，测一百次也不怕。小康抱着脑袋思考了一下，喉咙里似有一阵哽咽，又很快恢复了镇定，我不是故意给她栽赃，我就是想跟她离婚。小康的目光热切地投在大鬼脸上，眼睛开始释放求助的信号，她疯了。昨天她找到瓷厂来了，她要把我拽回家，去给她恢复名誉。我也要被她逼疯了。

大鬼打量着小康，脸上的笑意慢慢地冻结。他的棋友已经离去，留下一颗烟蒂，还在烟灰缸里燃烧。大鬼穿越店堂，走到小桌边掐灭了烟蒂，他看着残存的棋局，忽然说，小康，不是我把你教坏的吧？

鬼哥，我没那么说。我从来没那么说过。我是来找你还钱的，那条裙子的钱，还记得吧？小康的表情看起来有点卑下，又有点可怜。他跟到大鬼身边，看看棋盘，看看大鬼的面孔，从口袋里掏出几张钞票，压在棋盘下。鬼哥，你不是认识三霸吗？能不能帮我个忙？小康又掏口袋，这次掏出一盒皱巴巴的中华牌香烟，递一支给大鬼，我老婆最怕三霸那种人，鬼哥你能不能让三霸到瓷厂跑一趟，吓唬吓唬她，让她别闹，赶紧回家去？大鬼斜睨着小康手里的那支香烟，嗤地一笑，你好聪明，可惜生意太小，三霸不会做的。小康说，怎样才算大生意？多少钱以上才算大生意？大鬼冷冷地看了小康一眼，动刀子，做掉，都是大生意，做掉你懂吗？大鬼说，你要不要把你老婆做掉？

小康打了个冷战，大鬼清晰地看见他打了个冷战。不，不动刀子，不做掉。小康的声音已经发颤，他说，只要吓唬吓唬她就行了，她一个山里女子，就是犟一点，吓唬一下她肯定就走了。大鬼笑了一声，推掉小康手里的香烟，说，自己吸吧，我现在不吸烟，只喝茶。然后大鬼开始动手泡茶，他只泡了自己的一杯，呷了一口说，普洱茶，养生的。小康茫然地瞪着他茶杯里深红色的茶汁，好，养生好。大鬼又呷一口茶，说，我好像是把你带坏了。你是不是要让我对你负责到底？我就负责到底，干脆我去瓷厂跑一趟，亲手把你老婆做掉，怎么样？店堂里的空气顿时凝固，小康手里的那支香烟掉到了地上。小康瞪着大鬼，似乎在竭力判断那是否是大鬼对他的又一次作弄。大鬼在微笑，那种微笑持续了几秒钟，渐渐露出讥讽的端倪，带着些蔑视，还带着些厌恶，然后大鬼在椅子上欠了欠屁股，对不起，大鬼说，我要放个屁。喝了普洱茶，我老是放屁。

大鬼知道他在刹那间压垮了小康，不仅靠那句话，不仅靠那一个屁。小康忽然蹲在地上，号啕大哭起来，我知道你在耍我，我就知道你又耍我，你这个二球货，驴日的二球货！

六

大鬼没有见到小康的老婆。

后来，他也没有再见过小康。

听瓷厂的人说，见到过小康老婆的人寥寥无几。他们只是听见过那山里女子沙哑的哭声，她从早到晚待在小康的宿舍里，从不出来，唯有哭声确凿地证明了她的存在。偶尔几次，小康夫妇用家乡方言激烈地争吵，大多内容是能够听懂的，住在隔壁宿舍里的人，能分析出女方此行的目的，她誓死要把小康带回老家。至于那对小夫妻之间到底发生了什么事情，为什么小康刚回来又必须回去，当时整个瓷厂无人知晓。

有人八卦，以为小康的老婆会去医务室大闹一场，但这样的热闹并没发生。医务室离集体宿舍其实不远，谈小菲也曾经听到过小康老婆的哭声，她还问别人，那是猫在叫，还是有人在哭？有人机智地开玩笑，谁知道，那儿不是有间鬼屋吗？说不定真的是闹鬼了。当时有很多人在场，听到了那个精彩的玩笑。很多人后来都为谈小菲作证，说要相信谈小菲，她与小康不过是普通的朋友关系，什么都没有发生。

大约是一个礼拜之后，鬼屋终于安静，一切都平息了。那天天蒙蒙亮的时候，两个食堂女工去市场买菜归来，看见小康提着一只漂亮的拉杆箱，铁青着脸走出瓷厂的后门，后面跟着一个穿红色呢子大衣的女人，左手右手各提了一只纸箱，对他们谦恭地微笑。食堂女工眼睛打量着她，嘴里问小康，这就送老婆走了？不留她多住几天？小康没有说话。那女人说，不住了，我在这儿待不惯。低头走了几步，忽然对着食堂女工说，我不是小康的老婆，我是他姐姐呀。

瓷厂的人们后来都在谈论这件事。两个食堂女工口径不同，一个说小康的老婆当时流着眼泪，另一个则坚持，小康的老婆说那句话时，脸上挂着不正常的笑容。大家不知道该相信哪一种说法，想想她能说出这样的话，无论是哭是笑，都是正常的。

还有人在她到达瓷厂那天见过她，说那山里姑娘的水泡眼，或许是哭得太多的原因，如果忽略了水泡眼的得失，她看起来并不丑，精神似乎也是正常的，只不过，相比如今的时尚青年小康，那样子确实是有些显老，有些土气了。

没有人料到小康会一去不返。走之前他跟瓷厂请了五天假。五天以后，他打了长途电话给厂里，说家里出了点事，还要过五天才回瓷厂。此后就没有音讯了。瓷厂的生产经营当时已经很不景气，常常发不出工资，少一个人，便少一份负担，所以并没有人去过问小康的下落。过了好久，有个小伙子穿着硫酸厂的工作服，跑到瓷厂的集体宿舍来，说是小康的表兄，受小康委托来收拾东西。人们问他小康为什么不回来，表兄说是家里人不准他回瓷厂了，看别人茫然不解，又补充一句，小康在瓷厂学坏了。有人打听小康家里出了什么事。表兄说，他老婆跳了崖，没死成，落了个全身瘫痪。人们一片惊叫，急着追问究竟。表兄摇头，似有难言之隐。拗不过众人热切的目光，他勉强开口，这件事也不好说，清官难断家务事。表兄说，反正家里人都怪小康，是小康不好，他在瓷厂学坏了。

小康留在宿舍里的东西，都被表兄扔进了一个蛇皮袋里。最后撬开了小康的抽屉，一眼看见一个万用表，静静地匍匐着。表兄也没见过万用表，拿起来问，这是什么东西？是听音乐的吗？旁边有人说，那不是听音乐的，是电工用的万用表。又提醒表兄，那不是小康的东西，是厂里的公物。表兄的手像是被烫了一下，把万用表扔回了抽屉，是公物我就不收拾了。他说，麻烦你们，把它交还给厂里吧。

大鬼有一阵子老是接到一个莫名其妙的电话，对方从不说话，偶尔可以从电话那端听见狗吠鸡鸣之声。查找来电区域，应该来自陕西。大鬼猜到了对方的身份，不知为何发慌，再也不敢接听。有一次恰逢酒后，酒意为大鬼平添几分勇气，他接了电话问，你是不是小康？又变回哑巴了？那边还是沉默。大鬼说，你什么时候回来我给你接风，先喝酒吃饭，再去水晶宫洗桑拿，怎么样？也就是这时候，大鬼听见那边有什么东西掉在地上了，咣地一响，发出清脆的震颤，然后是杂沓的来回穿梭的脚步，伴随着一个女人的哭声。大鬼拿着电话听，一边耐心地等待，终于等来了小康，准确地说，是等来了小康的呼吸。小康急促的呼吸慢慢转变为压抑的哭声，他在哭，哭得越来越响，像个伤心的孩子。酒意让大鬼的心肠变得很软，平生第一次，他的眼睛也湿润了。小康，你又不肯说话了？大鬼说，你不肯说话就别说了，我替你说，大鬼是二球货，大鬼是个驴日的二球货。

大鬼掐掉了电话。从店堂的试衣镜里，他看见自己的面孔，有点苍白，有点浮肿。他喝了一口普洱茶，想起电话那端咣的一声脆响，是什么东西掉在地上了呢？不是万用表。那不是万用表。大鬼思索了半天，断定那是一只搪瓷扁马桶的声音，是一只搪瓷扁马桶掉在地上了。

【作者简介】

苏童，1963年生。中国当代著名作家。现为江苏省作家协会副主席。1983年开始发表小说，代表作有《妻妾成群》《伤心的舞蹈》《妇女乐园》《红粉》等，长篇小说《米》《我的帝王生涯》《武则天》《城北地带》《黄雀记》等。小说《米》《红粉》先后被搬上银幕，《妻妾成群》被张艺谋改编成《大红灯笼高高挂》获得威尼斯电影节大奖，《妇女生活》改编为电影《茉莉花开》后，获得了上海国际电影节金奖。

“想象中国”的大手笔

——评《万用表》

刘阶耳

《万用表》主人公大鬼曾是红旗瓷厂的电工；后，自谋出路，——上世纪90年代中国社会“大转型”之际被称作“下海”；新世纪以降，类似放弃公职的个体，资本积累迥异，“身份”分化加剧，非成功人士，无论是否跌入社会的“底层”，终归游离于体制之外。该小说之于大鬼“身份”遭际的实质，尽管未置一词，可开阔的社会视野未必缺失；习见的曾鸣冤叫屈、抱打不平的“写实”策略、路径，显然为之巧妙规避了。世变缘常，人心惟危，《万用表》对主人公“身份”的叙述设定，用经典的现实主义理论来描述，俨然摄取了“典型化”的形象特质；镜鉴于现代主义的诗学观念，几乎接近“象征”般凌空蹈虚的境界。博采众长，取法乎上，《万用表》究竟意欲何为，自有其“逸轨的笔致”的。

所以，我们注意到小说中另一主人公——小康。出身寒门、来自西部乡村的他，“国企”不景气的大背景下，意外地搭上了“末班车”，被招工，进驻大鬼独占的宿舍。城乡背景的差异，决定了外来者与原居民摩擦不断。大鬼欺生，小康唯沉默以对，当代农民汇入“城市化”进程必将忍辱蒙羞的一环，不期而然地复现。——迄今风头犹健的乡土叙述，无不耿耿于怀于斯，但小说不事粉饰地抓取了小康茫然适应的心灵幽微，却是情有别裁，机杼独具；毕竟该主人公不是生活在路遥笔下高加林、孙少平那样的历史年代（“文革”前后）。他好面子，讲究享受，私生活不检点，世俗享乐式的消费文化大潮渐渐支配了他的心性，直至最后负心，闹出婚变，以貌似悲情的荒唐而收场。在他的身上，社会底层自我认同的焦虑依旧炽烈，世俗庸常“几乎无事的悲剧”的现代性怆痛，无以名状，毋宁更醒豁。和中国文学传统中的“负心汉”形象相比，小康这个人物显然更沉郁。

不过，小康总是置于大鬼俯视、审查的对立面。二人日常化生活交往状态，看似一边倒，可终究不是“言情剧”播弄噱头的高度“刻奇化”的叙事配置。所以回到大鬼的方面讲，该角色非但飞扬跋扈，还暗中约定着“叙述人”的功能导向。当二人初次见面就发生冲突时，有关这“戏剧性”一幕，叙述显然得益于大鬼的即事处境下自命不凡的优越感，就他的临场反应限制“冲突”的趋势；嗣后涉及大鬼猝然发作的心理缘由，叙述若是加以交代，“外在式”追述的手段加则排上了用场，相关往事“追忆”的进程，明显属于“旁观者”（亦即所谓的叙述人）主动出面干预的结果。限制性及全知性的“视点”在小说开端交替运用，预示着本次叙述的大体走向；不消说，大鬼事后“追忆”他和小康交往一场的歉疚，被叙述人不动声色地巧妙挪用了；这样“虚构”的叙述发生条件，嵌含着“主人公”——“叙述人”想象性同谋，因而所谓的歉疚，何尝不属于叙述引而不发的诗性“空间”？

小说计六章。前四章总体上由大鬼的“视点”驱动叙述；他霸道式的举止，其实无聊赖，对他人的隐秘好奇感强，可处处又冷漠，迹近于现代大都会“浪荡子”那类形象。下海后，生活未必如意，他开始正眼看待小康，毕竟小康正步其后尘，恍然若他的前世的复现；他的恻隐之心，搅动着他的懊悔，歉疚之情所以滋生。叙述人“追忆”往事，莫非正是借此意识而蓄积着丰富的想象的能指。

最后当大鬼意识到小康的不幸他应承担一点责任时，这份温情洋溢的诗意，唯其接近“人性”缺失的现实追问，有关歉疚的叙述传达方才显得练达。

《万用表》的作者苏童，曾荣获“鲁奖”“茅奖”；近年来创作势头明显放缓，然其“想象中国”的叙述方式，骎骎乎不失法度，凛凛然渐趋老辣。他的短篇小说，放到过去若说是振振于飞，以丰神情韵见长，当下则是蓬蓬远春，专注筋骨思理的变革，无愧于其“文体家”的盛誉；期于方远，活力无限！

狗叫了一天·日月山

徐则臣

狗叫了一天

给天空打补丁这事，只有小川干得出来。他站在我们的屋顶上，左手钉子右手锤子，往天上敲。一片云来了，他说，打上了；一架飞机经过头顶，他说，又打上了。张大川和李小红说，看，咱们儿子多聪明，就知道针和线缝不上去，往天上打补丁得用锤子和铁钉。他们站在院子里仰脸朝天上看，在北京难得的蓝天白云下，八岁的小川高举锤子和铁钉，怎么看都像一个伟岸的英雄。在他们的视野里，我也同样高大，为了保护小川的安全，我也站在屋顶上，不离小川左右。

小川是个傻子。张大川和李小红是卖水果的，每天开一辆带驾驶舱的三轮车早出晚归，苹果熟了卖苹果，橘子熟了卖橘子，西瓜熟了卖西瓜，偶尔也卖香蕉、芦柑、菠萝和梨。最贵的东西是樱桃。李小红说，不知道城里人为什么爱吃这么小的玩意儿，贵得要死，他们非叫它车厘子。小川喜欢跟着我，哪天我不出门贴小广告，张大川和李小红就会一手领着小川一手攥着几个苹果橘子，来到我们的院子里：小川，跟木鱼哥哥玩。当然，他们还会用饭盒装好小川的午饭，中午我帮着热一下。如果我的同屋行健和米萝也在，他们会多拿两个苹果或橘子。然后他们突突突发动三轮车，对口袋里装着锤子和钉子、歪着脑袋流口水的小川说：

"乖儿子，跟爸爸妈妈再见。"

我要说的不是小川，也不是张大川和李小红，更不是他们一天到晚穿行在北京的大街小巷装满各种水果的机动三轮车。我要说的是狗，张大川和李小红养来看家护院的。他们租了我们隔壁的小院，两间屋，一间住人，一间放水果，狗拴在水果屋门口，小偷小摸的进不去。我们烦死了那条狗，三轮车一响它就叫，三轮车跑远了它也叫，三轮车不知道钻到北京的哪条小巷子里时，它还继续叫。

“早晚收拾了这狗日的。”行健和米萝说。

早上狗醒得早，我们连个懒觉都睡不好。我们仨都是打小广告的，基本上是昼伏夜出，经常大清早才能爬上床，狗日的开始狂吠。如果夜里没出门，中午我们也会眯一会儿，它冷不丁来一嗓子，让你脚心都上火。早晚收拾了你个狗日的。

那天我们没出门。午饭后，我带小川在平房顶上往天上打补丁；行健在研究《周公解梦》，夜里他梦见一头面带桃花的白猪敲响了我们的房门，他开门，然后醒了；米萝在给昨天写出来的一段话分行，他觉得自己没准可以当个诗人。他们想午睡，根本睡不着，狗一直在叫。一直叫，一直叫。一直叫。不知道哪根神经搭错了。我在屋顶上都听见他们俩骂骂咧咧。三轮车地动山摇的发动机声由远及近，小川举着多少天来的同一把锤子和同一根钉子说：

“我爸，我妈。你看，是我爸我妈！”

张大川和李小红又回来了。

行健和米萝从屋里出来，对我说：“让他们把小东西带走！”

“我带他玩，不打扰你们。”

“那也不行，”行健说，“那狗日的烦死我了！”

“听着他们家狗叫，”米萝说，“还得帮他们带个傻子，没这道理。送他回去！”

三轮车停在院墙外，张大川和李小红一脸的笑，一个上午一车橘子卖光了，他们打算再装一车货。

“乖儿子，玩得高兴不？”张大川说。

李小红说：“记着叫哥哥。”

我只好对他们撒了个谎，我得去一趟姑父那里，拿刚印制出来的小广告。我说陈兴多赶上时髦了，一个办假证的也整了张名片，以后我直接把他的名片到处撒就行了，所以小川我得还给他们。

张大川两口子有点不高兴，但坚持没让腮帮子挂下来。又不是别人儿子。狗还在叫。李小红把她儿子从屋顶上接下来，撇撇嘴，饭盒得还给她。“你是不是惹人不高兴了？”她小声问小川。小川歪着头扭过身看我，伸出舌头笑，说：

“哥哥喜欢我。”

他的两只眼永远对不到一个焦点上，这经常让我着急，我觉得他在跟我说话的时候看的其实是另外一个人。但我的确喜欢他，他从不说假话，想干什么就说什么，他还没学会说假话。这一点张大川不如他。张大川总在跟你说，他们两口子如何爱这个傻儿子，所以至今没有决定好是否再生一个。按政府说的，他们完全可以再生一个。“可是，再生一个小川会不高兴的。”张大川笑眯眯地说。他从李小红的手里接过儿子，掐着小川的胳肢窝，一把扔到驾驶舱里。力气够大的，我都听见小川脑袋撞到挡板上咚的一声。张川的脸撂下来，皱着眉头低声呵斥：

“不许哭！”

车开到院子里，装满橘子、苹果和香蕉，突突突开走了。小川坐在张大川旁边，李小红坐在车帮上,屁股底下是一堆硬邦邦的苹果。狗叫得更欢了。两口子从外地来，可能跑的地方多了，口音也串了，你听不出他们说的是哪个地方的普通话。张大川没事还加几个儿化音：一群儿人排队儿买咱的果儿呢。一听这腔调行健就生气，操，丫也不撒泡尿照照，队儿队儿是他娘你丫说的么！

他把对张大川说话方式的不满转嫁到他们家的狗身上了。

“还叫！个狗日的！”行健说，“老子弄死你！要是条德国黑背，你叫就叫了，你他娘的连条京巴都不是，就是条土狗，你还有脸了！老子弄死你！”

说干就干，他跟米萝从屋里出来。两个人火气都挺大。不单是睡不着的问题，我怀疑《周公解梦》上的答案不太好，米萝的分行事业搞得也不太顺。把狗弄死肯定不行，太容易露馅了，他们俩决定折腾它，折腾一下算一下。米萝手里端着一碗吃剩下的排骨汤，因为天冷，浓郁的油汤呈半凝固状态。

“你，继续到屋顶上待着，”行健吩咐我，“听见车回来赶紧告诉我们。”

我拿了本旧书摊上淘来的《天方夜谭》爬上屋顶。

没有比屋顶上更好的看书地方了。西郊的平房和生活低伏在地面上，因为坐得高，似乎也将这个世界看得更清楚了；也因为坐得高，理解一本书比过去坐在教室里好像更容易了。我在靠近巷子边的屋顶坐下来。狗叫得更凶了,他们俩翻过了墙头。米萝夹出一截排骨扔过去，狗哼唧了两声立马不叫了。

那条狗的确没啥出奇的，一条土狗而已。皮毛只有黑白两色，现在黑不是黑，白不是白，随地乱卧，身上沾满了泥土和便溺。风餐露宿在门前简陋的狗窝里，冷惯了，一趴下就习惯性地缩成一团。我怀疑它从没吃饱过，瘦得弧形的肋骨都快戳到了皮毛之外。那狗的名字就叫“狗”。张大川和李小红招呼它也是这个字：狗。狗，过来！狗，叫什么叫！狗，死过去！个死狗！它两只前爪抓住排骨，激动得不知道怎么啃才好。行健和米萝从墙根处搬来两只小马扎，坐在旁边看着狗哆哆嗦嗦地吃那块排骨。行健回头对我打了个响指，下午的阳光弱下来。狗的影子在地上艰难地蠕动成一团。

“先让它尝到滋味。”米萝对我说。

《天方夜谭》是本好书，尤其在屋顶上，我更觉得它是本好书，它让我迅速地从低伏在大地上的生活里跳脱出来。我随手翻，翻到哪页看哪页。

狗花了很大的力气也没能把骨头嚼碎了咽下，急得像哮喘病人一样哼哼。又舍不得那点骨头，它就翻来覆去地叼住了吐出来，吐出后又塞进嘴里。行健伸出右手食指挑了一些汤汁，放在鼻子上闻，眯缝着眼，陶醉的模样那条狗肯定看懂了，突然安静下来，慢慢走到行健跟前，温顺地趴到地上。行健抬抬下巴，对米萝作了指示。米萝站起来，上去踹了狗一脚。那狗没反应过来，立马跳起来，刚叫了一声又安静下来，重新趴到了地上。米萝对着它屁股又来了一脚，狗再次跳起来，扭头看看米萝，叫声变成了愤怒的哼哼声，拖了一个奇怪的尾音，犹豫了五秒钟，趴下来。米萝看看行健，行健坏笑着点点头，米萝对着狗的肚子踢了第三脚。这一次狗真被弄恼了，原地又蹦又跳转了好几圈，行健和米萝本能地往后挪了挪身体和马扎。不挪也没关系，狗脖子上拴着根链子，它已经到了可以活动的最大半径。狗又叫了，但这一次叫声行健和米萝不烦，他们俩转身对我笑起来。

“你也来一下？”米萝招呼我。

“你们在干吗？”

“放心，逗狗日的玩呢。”米萝说，对着狗屁股又来了一脚。

那狗终于要被惹毛了，挣得铁链子哗啦啦响，行健及时抠了一块凝固的汤汁甩到地上，那狗一头撞过去。味道肯定很好。它用舌头把那块地面都舔干净了。吃完了，咂着嘴，缓慢地趴下来，脑袋搭在两条前腿上呜呜地叫。叫声里充满了绝望与哀求。行健把碗递给米萝，拎着马扎挪到狗身边，像亲人一样抚摸起它的皮毛，从脑袋梳理到后背，再到屁股。那狗闭上了眼。从我的角度看，行健本来打算对着它脑袋挥上一拳的，但他拳头握起来后又松开了，他可能也看见了那条狗殷勤摇动的尾巴。他再次抚摸它，从脑袋开始，到瘦削的后背和嶙峋的屁股，然后，他的手落到它的尾巴上，从尾根慢慢梳理到尾梢。他站起来。

“看看，车回来了没有？”行健问我。

我站起来，稀薄的影子铺在屋顶上，宽大又长远，一直覆盖到了屋顶的尽头。这样的下午太阳跟病人一样虚弱，打几个喷嚏力气就没了。远处是平房，再远处还是平房，也有树，再远处是一片铅笔画出来似的树梢，如同地平线，偶尔有一两座高楼，太阳随时都可能掉到高楼和树梢上。我探出脑袋往巷子尽头望，没有车，连个行人都没有，好像这北京西郊突然变成了一座空城。我对他们摆摆手。

“别看你那破《天方夜谭》了。”行健说，“就你这样，下辈子也撞不到个神话。

哥让你开开眼！”

他对米萝比划了一番，接过了碗。活儿由米萝来干。他把手伸进碗里，捞了一把膏状的排骨汤汁，抹到了狗尾巴上。那狗闻到了味儿，激烈地叫起来。

“叫什么叫！”行健踹了它一脚。

狗把叫声压低，开始扭着身子去找。排骨汤汁的确很香，我在屋顶的冷风里都闻到了。一架飞机从天上经过，小川的一块补丁。几只鸽子和麻雀从半空飞过去，也是小川的补丁。如果不看小川无法聚焦的两个眼神，不看歪着的脑袋和漏口水的嘴角，你不会相信他是个傻子。他比正常人有想象力多了，比《天方夜谭》的想象力都多，谁能够想象还可以给天空打补丁呢？谁还能知道针和线是派不上用场的，只有锤子和铁钉可以？

狗在绕着圈子找自己的尾巴。拴它的铁链子一次次绊住它的腿，它急得想不起来抬脚越过链子，更想不到转过身把链子放在一边。有几次它舔到尾巴尖，从它的急迫和突然就张大的嘴巴推测，它也觉得味道好极了。这激起了它更大的食欲。

我们都见过狗咬自己的尾巴，但从没见过如此笨拙、慌乱和章法尽失的追逐。看得我们一起笑。那狗一边转着圈去舔自己尾巴，一边哼哼唧唧地叫，老是舔不到的时候它就会大声吠叫。慢慢地，它发现了窍门，它把腰部猛地一对折，嘴就很容易地够到了尾巴尖。它一下下舔光了尾巴尖上的排骨汁。

行健和米萝争论起来。显然，再往尾巴尖上抹汤汁跟直接送到狗嘴里已经没什么区别了，这么干下去一点都不好玩。两人很快达成共识，把汤汁一点点往尾巴上方抹。看它能舔到哪个位置。

汤汁抹得越往上，狗的难度就越大，它得把自己对折起来。到后来对折起来都不行，怎么都够不着。铁链子也跟着捣乱，绊得它踉踉跄跄，有一次终于被绊倒了，费了半天劲儿才把身体从对折的状态恢复过来，恨得它牙根痒痒，一口咬住铁链子摇头摆尾地撕扯。链子影响了它的发挥。行健和米萝只顾看笑话。得承认，这样的笑话难得碰上。我站在屋顶上喊：

“把链子给它解开！”

我提醒了他们。行健在地上丢了一小坨汤汁，趁狗去吃的当儿，米萝解下了狗的项圈。

新的一轮逐尾游戏开始了。膏状汤汁越抹越高。那狗摆脱了项圈和铁链子的羁绊，其实并未获得多大的自由，但它以为得到了，当真是越发努力，独自一个绝望地战斗。自己跟自己的较量，基本上就是一条狗的极限挑战。我不知道一个人绝望时会发出什么样的声音，那狗舔不到沾有汤汁的那一截尾巴时，发出的狂躁、滚烫的声音，有一瞬间我觉得那完全就是人声。那声音让我浑身发冷，仿佛吹过我的不是黄昏时的冷风，而是一层层一片片凉水。我觉得游戏做过头了。

冷风带过来柴油发动机的声音，我侧耳倾听，又没了。但分明又在。我想提醒行健和米萝，差不多得撤了。他们看着推磨虫一样转着圈子的狗，前俯后仰地大笑。那狗突然凄厉地叫了一声，身体以超乎想象的幅度对折了一下，它肯定也被自己弄烦了，它一口咬住了自己的尾巴。那一口咬得如此痛切，它都无法及时地撒嘴，整个身体首尾相连地原地起跳，在空中停留了两秒钟然后尖锐地摔到地上，骨头撞击地面的声音我几乎都听得见。它松开了自己的尾巴，更加凄厉地叫了一声，跳起来往院门处冲。

老式院子，院门是对开的两扇板门，张大川上了锁。因为门大，三轮车可以直接开进院子里，两扇门之间的空隙就大，但也没大到一条狗可以随随便便就跑进跑出的程度，即使它瘦得皮包骨头。在平常，那条狗肯定有这个判断力，但那天它丧失了这能力，没钻出去，一头撞在门板上。它兜回一个圈子再冲刺，撞到了另外一扇门板上。它再次兜了个圈子，从院子的另一端围墙边开始助跑，快到院子中间时起跳，借助一棵死掉多年的香椿树桩，两条前腿蹬了树桩一下，成功地越出了院子，扑通一声，骨头和肉结结实实地掼到了水泥路面上。

“快撤！”我对行健和米萝喊，“他们回来了！”

柴油发动机的声音已经进了这条巷子。张大川的三轮车，不会错。行健和米萝显然也被那条狗震了，张口结舌半天才回过神，赶紧去翻墙。

那条狗爬起来，歪歪扭扭地跑，尽管步态像个醉汉，速度依然很快。对面刚拐进巷子里的三轮车开得意气风发，下午的水果卖得也好，一车又空了。那狗以迎接亲人的狂乱节奏飞奔向三轮车，这种举动和速度肯定超出了张大川的意料，狗快迎面撞到前轮的时候他才想起来要躲开。猛踩刹车时他扭了一下车头，三轮车翻了。狗在叫，人也在叫，有男声，也有女声。

等我从屋顶上下来跑到翻车地点，悬在半空的三轮车前轱辘早已经停止转动。那条狗瘫倒在路边，依然在叫。李小红跪在翻倒的车前嚎哭，她要从侧面钻进驾驶室里，敞开门的那侧车门对着夜晚即将来临的天空洞开；另一边，不知道经历过何种鬼使神差的过程，傻子小川被夹在那扇车门里，半个身子在车里，半个身子在车外；在车外的那部分身体上，卖光了水果的空三轮车的重量正一点点分摊过去。车底下一摊红黑的血曲折地流出来。

李小红声嘶力竭地叫着小川。小川一声不吭。一点声音都没有。张大川肩膀扛着三轮车的一侧，想把它掀过去，让悬空的轮子全都实实在在地落到路面上。我把肩膀凑上去，跟他一起扛。狗还在叫，声音怎么听都不像一条狗。

夜幕降临,天黑下来。从昏暗中走过来和狗一样歪歪扭扭的两个人,行健和米萝。他们也把肩膀凑了上来。我听见张大川气急败坏地说话。

“李小红，别哭了行不行？”张大川气急败坏地说，“这下咱们正好可以再要一个孩儿了！胳膊腿儿都好使儿的，脑子也好使儿的！你不用担心对不起他了！你也不用担心咱们养活儿不了了！李小红，我让你别哭了你听见儿没！”该用儿化音和不该用儿化音的地方他全用上了。

半个月后，我在一个旧书摊上乱翻，看到一本书里说，狗尾巴的作用之一，是保持身体平衡。“尤其在高速运动时，直线加速或匀速向前时，尾巴会向后伸直，转弯时会有突然的摆动，减速时会快速地画圈，相当于飞机降落时打开的减速伞”。我使劲儿想，终于清晰地看见了那个傍晚，张大川家的狗狂奔的时候，尾巴是耷拉着的，像一截破旧的鸡毛掸子。

我在旧书摊上乱翻的时候，那条狗已经死了。它不停地往门上冲，最后把自己撞死了。张大川和李小红也回了老家。他们老家在哪儿，我们都不知道。

日月山

从西宁出来，一路往高处走。天高地迥，阳光也好，出门前朋友建议我涂上效果最好的防晒霜。他不用，他长住西宁，习惯了高原上的紫外线，脸上有两团微微的红。“有反应吗？”他问。我们坐在车里，五月初的青海植被刚刚绿起来，高速路边的树叶子小得谨慎。“心跳稍有点快。”我说。

“乍来都这样。到日月山你反应会更明显。”

朋友开车，把一首叫《鸿雁》的歌声音开得很大。我喜欢在世界屋脊上听见辽远的大声歌唱。日月山海拔四千米，内地来的人基本上都觉得氧气不够用，会心慌。我有点心慌，但不是因为缺氧。我想此刻我妹妹一定有点心动过速，我感到了她的那种心慌。我们是孪生兄妹。她在北京，正准备嫁人。她让我来日月山看一个人。我该对那个叫扎西的藏族小伙子说点啥呢？

“你想说什么就说什么。”我妹妹说，“你要什么都不想说，就说，你是我哥。他会明白。”

我见过那个叫扎西的藏族小伙子的照片。他和我妹妹站在西宁街头，坐在青海湖边，站在布达拉宫脚下，坐在大昭寺前，每个人跷起一只脚独立于八角街边的大风里。在这些照片上，我妹妹吊在扎西的脖子上，她张大嘴开心地笑，露出了好看的牙齿。在这些照片上，扎西的确是个帅小伙，他笑得比较节制，像个康巴汉子。

"哥，你记着，他是长头发。"

我没理她。在这个问题上我大致站在父母一边，谁让我是当哥哥的呢。早出生一个半小时那也是哥哥。我不喜欢她在嫁人之前还想到一个叫什么扎西的男人。他们俩不可能有戏。旅游结个伴儿还可以，结婚过日子，我爸妈说：肯定不行！事实上也如此，她不可能一辈子都在缺氧的拉萨、西宁和日月山生活，她的心肺功能先天不好，还吃不了羊肉。"你要跟着他牵一辈子牦牛，在跑几天都看不见一个人的地方放牧？"爸妈说。我妹妹哭了。

"哭了就赶快回来。"我接过电话。

那是两年前，我妹妹还住在日月山下扎西家的小平房里。

我妹妹回来了，拉杆箱里的一部分行李还舍不得全拿出来。

"还想走？"我妈把她的心电图报告抖得哗哗响，指着窗外的中关村大街，"走了你就不用再回来了！"

我来的时候，没让爸妈知道。到机场妹妹又给我发了条短信，说："哥，他是长头发。"

"他是长头发。"我跟朋友说。

"管他头发长短，"朋友说，"日月山上牵牦牛的没几个。你看这天，阴了。"

阳光不见了。天低下来，几乎就在天垂下来的同时，落下了雪。"这可是五月了！"

"谁说雪就得在正月里下？"朋友点上一根烟，递给我一个酒壶。我不开车，拧开盖子，喝了一小口青稞酒，一道尖锐的火线直入肺腑。"你要待这里，会发现六月照样下雪。"

青藏高原六月里的确会下雪。我妹妹最初就是听说六月里青海下了雪，才急匆匆地想来看一看。她到西宁时，雪已经化了，但在水井巷里遇到扎西。在西宁市那条著名的美食街上，我妹妹突然对烤羊肠有了兴趣。她站在烧烤摊子前有点迈不开步。她不太吃羊肉，怕膻味，更少吃动物的内脏，但那个傍晚鬼迷心窍就想尝尝烤羊肠。她对烤串上一截截硕大的羊肠正犹豫，一个长头发的藏族小伙子走过来，买了两串，一串递给她。

"谢谢，我吃不完。"我妹妹说。

“吃多少我请多少，”长头发的藏族小伙子说，“剩下的我吃。”

我妹妹只吃了一截烤羊肠。然后两人就分手了。第二天她才知道那人叫扎西，她在日月山上又见到了他。三个牦牛客都想让我妹妹坐他们的牦牛，骑上去照张相也行，照一张十块钱。一头牦牛叫了一声，我妹妹吓得赶紧跑，缺氧了，她立马觉得心跳异常。一个男声说：

“上来吧，一分钱不要，想去哪儿都行。”

我妹妹转身看见了扎西。

“烤羊肠”扎西笑了，牙很白，像日月山顶峰上的雪。他牵的白牦牛有两只优雅地弯曲的角，牦牛的脑门上顶着一朵大红绸子扎成的花。

雪越下越大，天地一片苍茫。我在车里都感到了气温在一寸寸下降。初夏走了，春天也走了，冬天跟着一场大雪杀了一个回马枪。

“这种天气他会不会牵着牦牛回去了？”

朋友说：“你见过哪个藏族兄弟怕过雪？”

车在世界屋脊上继续跑，以一种缓慢的角度往更高的高原上爬升。因为下雪的缘故么，路上的车好像突然都躲起来了，半天才能见到一辆。黑的羊白的羊，黑的牦牛和白的牦牛，在路边的铁丝围栏里贴着地皮啃还没来得及大面积绿起来的草。放牧的人骑着马在往营地跑。雪纷纷扬扬，高速公路像腰带一样打起了弯。“喏，”朋友说，“那就是日月山。”

我把日月山想高了。我以为日月山一定壁立千仞险峻高拔，应该是奇峰迭起般的十万大山，事实上她就是比高原更高的隆起、隆起、再隆起，她的隆起和攀升安静、从容、柔和，有种风起云涌但又漫不经心的升高的力量。她是高原上的高原。我知道她是圣山、神山，尚未被大雪覆盖的日月山裸露着赤红色的沙土山坡。我们的越野车沿山道蜿蜒前行，车窗紧闭，但我能感到车外大风正紧，如朋友所说，我的呼吸出现了一点小问题。朋友宽慰我，别紧张，日月山也是山，大风雪天当地人呼吸也不会顺溜。我用抽取式纸巾擦车窗上的雾气，有两个藏族同胞正牵着披挂鲜艳的牦牛从山上下来，还好，来得及看清他们的脸，都在四十开外，而且不是长发。

从接受妹妹的嘱托开始，我其实暗暗希望只是来一趟而已，见不着最好。那个叫扎西的男人走亲戚了，云游四海了，或者干脆下落不明。抱歉，我丝毫没有咒他的意思。我只是想，日月山之行对我妹妹、对我，最好还是把它局限为一个仪式。既然是仪式，走完了就完了，如此而已。但在这个大雪天，我在希望白跑一趟的同时，隐隐地又担心见不到人。我把车前的挡风玻璃擦了擦，舒了一口气，雪帘后面还有牦牛和人的影子。

停车场上只有一辆车，很可能是工作人员的。卖藏饰和旅游纪念品的摊子全撤了。有一个摊主正往箱子里装他的假古董，一边装一边用带口音的普通话问我：

“兄弟，要狼牙吗？便宜了。”

我侧着身子对他摇摇头。顶着风雪说话根本喘不过来气。买了票，朋友让我把所有的衣服都穿上，风帽戴好，他就待车里了，日月山他来几十回了。看，那是日亭，那是月亭。当年文成公主赴吐蕃和亲，走到日月山，思乡心切，回望长安，把皇后送给她的日月宝镜拿出来照，竟在镜子里看见了京城长安的繁华盛景，且惊且喜且悲，情不自胜，宝镜脱手，摔成了两半。一半为日，一半为月，日月山就这么来的。你看那雕像，就是文成公主；还有那块石头，对，就那块，“回望石”，文成公主就是在那地方回头望长安，可怜无数山。朋友相当于把旅游指南简要地背诵了一遍，就关上车窗抽烟了。

不知道文成公主嫁给松赞干布以后，是否习惯粗粝动荡的游牧生活。她喝得惯吐蕃的酒么？吃得惯带膻味的牛羊肉么？从长安到这里，千万里也，车辚辚，马萧萧，文成公主硬是走过来了。我用围巾围住鼻子和嘴，只剩下一双眼睛看世界。好像整个日月山就我一个游客。此外就是一个磕长头的藏族老人，走几步扑通跪倒，舒展开身体匍匐在雪地上，起身，走几步，再跪倒，匍匐。他的脸是一块静默的黑石头。

经幡在远处的山坡上被风拉成了张张满弓，艳丽的红白黄绿蓝在浑浊的雪雾中也没那么抢眼了。我沿台阶往日亭上走，因为亭子旁边有一头可供观光的白牦牛，看不见牦牛的主人。上两个台阶我就停一下，调整好呼吸的节奏再走。这个节奏是妹妹告诉我的，她说是扎西总结的经验，要不她那样的内地女孩，在青藏高原上早歇菜了。扎西的节奏很管用。我登上日亭，牦牛客躲在背风的地方搓着两只手。五月天手伸到风里，没准也能结上冰。那人五十多岁，也可能四十多，长头发，胡子也不短。衣服很久没洗了。

“照个相吧，天不好，五块钱。”他说，“你看山东边，那是农业区；山西边，畜牧业区，一边照一张，十块钱，有纪念意义。日月山是分界呢。”

我站在日亭边上往四周看了看，大雪飘扬。除了风雪，整个世界像日月山一样安稳不动。

“兄弟，照一个吧，”牦牛客说，“除了我这个，没第二头牦牛啦。”

月亭在西，比日亭低。一个人影没有。

“您认识一个叫扎西的人吗？”

“叫扎西的人多得很。我就叫扎西。”

“我说的是叫扎西的年轻人，也在日月山上牵牦牛。”

“照个相吧。今天还没开张呢。”

我掏出十块钱递给他，我不想照相。

“那不行，”他笑眯眯地收了钱，把我往牦牛身边拉。“一定要照，不照我哪能要你钱。”我告诉他，手机没电了，照不了。他就让我骑到牦牛身上，他自己退两步，用两只手冻僵了的大拇指和食指拼成一个取景框，对我说：“看这里，笑一笑。笑得好。咔嚓。好啦，照完啦。”

我根本就没笑，就算笑他也看不见，围巾之外只剩下两只眼。但从牦牛背上下来我就笑了。

“谢谢你啊，小兄弟，”他说，“今天开张了，回家老太婆不会骂我了。我走啦。”他牵着牦牛真往山下走了，“对了，你要找那个小扎西？你看那边的山道上有没有。他不喜欢让他的牦牛站着给人照相，他喜欢让你骑在牛背上，他牵着满山道走。再见啦！”

我从日亭上下来，爬到月亭上，一路留意山道上的活物。早上我给扎西家里打电话，应该是他妈妈接的电话，说一早扎西就牵着牦牛上山了，带了干粮，通常傍晚才会回来。藏族的兄弟是不怕雪的。扎西喜欢在外面跑。我妹妹说，扎西散步能散出去二十里地。

站在月亭边上，我才看见另一边的山道上站着一头牦牛。雪还在下，要不是牛头上的红绸子和牛背上色彩鲜艳的坐垫，那头白牦牛就被大雪遮蔽了。因为牦牛在，我费力地在它周围看了半天，才看见一个坐在地上的人，他衣服的颜色像沙土，身上的落雪也在隐藏他的形状。他是最后的希望。日月山上不会再有第二个扎西了。

在我走到他面前的十几分钟里，牦牛摇了两下头，甩了三次尾巴，他像文成公主雕像一样动都没动。

我说：“兄弟，走两圈？”

他抬起头，光头，没戴帽子。就算他头碴顶多五毫米，我也知道他就是扎西。他比在我妹妹照片里的时候黑了一点，也老了一些，脸上出现干燥的皱纹。扎西的身上落满了雪。他没说话，从盘腿的坐姿直接双腿交叉站起来，站起来的一瞬间两腮的咬肌动了动。依然像个康巴汉子。他调整好牦牛位置，掸去坐垫上的雪。

“怎么走？”他问。

“随便。走你最喜欢走的那条线。”

我骑在牦牛上，看着他在左前方牵着缰绳。他穿一双靴子，可能是出于习惯，因为一大早出门时天很好，而他的衣服在风雪里看上去有点单。腰间缀着个老黄铜做的阴刻雕花铜环，直径两个半厘米，铜环下肯定不会有流苏。这是我妹妹的风格。

“能介绍一下日月山吗？”我说。

“你想知道什么？”他没回头。

“随便。挑你喜欢说的。”

“哦。”他摸了摸牛头，抖落红绸子上的雪。“您肯定听说过文成公主的故事。她的日月宝镜掉到地上，碎成了两半，东边的半块朝西，映着落日余晖，西边的半块朝东，照着初升的月光，所以，这里叫日月山。”

然后是沉默。牦牛的四只蹄子和他的两只脚踩得山路上的雪咯吱咯吱响。一头牛，两个人，我们孤零零地走在日月山的风雪里。

“你是本地人？”

“嗯。睁开眼看见的就是日月山。”

“没想过去西宁？”我说的是到西宁生活。

“过去想过。”

“现在呢？”

“不想了。”

“为什么？”

“日月山好。”

“那，北京呢？”

他停下来，扭了半个头看我，也可能根本没看到我就把脑袋转回去了。好像我说的是外语。“北京？”他用方言说了这个词，笑了一声，“太远了。”

沉默。

“这么大雪你怎么还不回家？”

“这么大雪你不也来了吗？”他说，“不需要的时候，牦牛没用；需要的时候，没它可能会出人命。”

“其他人都走了。”

“那是他们。”

“干这个，够吃吗？”

“看怎么吃。”

雪还在下，不像要停的样子。他的头上落了一层雪。我们围着山路绕了一圈，把该看的景点都看了，回到原地。“还走吗？”他问。

“你还愿意走？”

“你是客人，你说了算。再走一圈也没问题，不加钱。”

“那再走一圈。不用往景点绕了。”

他牵着牦牛继续走。我想在新的一圈里决定，是否该跟他说点啥。走了半圈我也没想到该怎么开口。我就盯着他的光头看，雪簌簌地落，仿佛日月山的雪全落他一个人的身上了。这一圈也快到头了。我觉得浑身发冷，我把自己包裹得严严实实，风还是有办法往身体里钻。朋友在车里应该很暖和，他可以开足空调的暖风。我看了一下停车场，我们的越野车只剩下一个被雪覆盖的车的轮廓。传来三声喇叭响，朋友已经等急了。

“冷吗？”我问。

“还行。习惯了。”

他说话让你无可奈何，你必须不停地找一个新话头才能把交谈进行下去。

“日月山好在哪儿？”我还是问出了这个问题。

他停下来，想了想，说：“地老天荒。”

终点到了。我不能再在牛背上待下去了。跳下牛背的时候我拉下围巾，露出完整的一张脸。按照扎西式节奏调整了呼吸以后，我才说：“你看我长得像谁？”

“你自己啊。”

“我的意思，你知道我是谁吗？”

他笑了笑，“一个游客。”

2014.05.22，知春里

【作者简介】

徐则臣，1978年生于江苏东海，毕业于北京大学中文系，文学硕士。“70后”作家的代表人物，代表作有《如果大雪封门》（获第六届鲁迅文学奖）《耶路撒冷》（获老舍文学奖、首届海峡两岸新锐作家好书奖）《跑步穿过中关村》《人间烟火》《天上人间》等。

我们如何对待他者，他者就会如何对待我们

——评《狗叫了一天·日月山》

颜　敏

尽管真正意义上的现代伦理意识视域中的动物叙事发轫于五四文学，但重新接续并且深化这个话题则是新世纪的当代文学。而且，新世纪文学动物叙事的驱动力，更多的不是源自中国现代文学自身的内在源流，而是来自新世纪以来我国生态恶化的现实挑战。具体地说，新世纪的动物叙事乃是针对当下普遍关注的日渐恶劣的生态环境，以及与之密切相关的生产模式、社会分化和人性迷失等等现实问题的挑战。虽然徐则臣的短篇小说《狗叫了一天·日月山》只是呈现出人与动物互害相残的冰山一角，但其场面足以令人触目惊心，寓意也耐人寻味。

这篇小说描述了一群在城市漂泊的社会底层人物与一条狗的互害悲剧，故事梗概普通得就像敏锐读者几乎在日常网络信息上都能看到的生活悲剧。行健、米萝和叙述者“我”是三个在城市打小广告的年轻人，他们的工作性质决定了昼伏夜出的生活方式。可是他们的水果摊贩邻居家的狗吠，常常让他们白天无法安睡，于是行健和米萝合谋报复这条狗，将它折磨得死去活来。受伤的狗听到摊贩主人回家的声音，疯狂冲出院门，但因受伤失去了方向和速度的控制，撞上主人的摩托小货车，导致翻车，主人的痴呆儿子死于车祸。最后，狗疯狂地撞死，失独的水果摊贩夫妇离开城市回了农村老家。

这篇小说故事简洁，但寓意却耐人寻味。首先，作品详尽地描述了三个年轻人残酷折磨狗的细节与狗因痛苦而疯狂的状态，生动表现出人性的残忍和内心的幽暗。应该说，行健和米萝的最初动机只是泄愤报复，设法惩罚一下这条让他们心烦意乱的狗。但是狗的痛苦不堪却激发了他们的莫大兴趣，他们以引诱的方式让狗不断自我折磨，直至极限以致自残。我们常说，人之所以为人是人有理性；禽兽只是按照生物本性而生存，犹如小说中的狗，生存就是为了直接满足自身的生物欲望和需求。然而，人的理性也是一柄双刃剑，恰当运用理性可以造福人类，滥用理性也可能导致道德沦丧。这几个年轻人正是运用人的智慧挑逗狗的欲望，以戏弄的方式折磨和残害其他的生命，通过施虐获取莫名的快慰，实质上这是在放纵自身残忍的攻击本性。简言之，他们凭据人的理性折磨和残害其他生命，以施虐来释放人性中的本能冲动，这对于拥有道德理性的人来说，可谓是禽兽不如的行为。

其实，狗并非人们想象的那样无知无觉，它也有痛苦或者快感的感觉能力。当狗听到主人回家的信息，拼命地冲出院子，像平日一样迎接主人，但因受伤

而失去自我控制的能力，导致车翻人亡。正因为这个悲剧的结果，狗痛苦不堪自绝而亡。在我看来，狗的痛苦绝望及其不幸结局也是一种隐喻，表明人类若对其他物种的生命缺乏敬畏之心，出于私欲或者泄愤而肆意妄为地残害其他生命，终究自食其果。这个世界上的人与动物可以相互依存，也可能相残互害。我们如何对待他者，他者就会如何对待我们，因为我们同为他者之他者。同理，我们如何对待自然，也就如何对待自身，因为我们身处自然之中。从这种意义上讲，小说祛除了人类中心主义，表现出生态中心主义的生命平等意识。

其次，值得注意的是，残忍戏弄和折磨狗的这三个年轻人，是在城市漂泊的社会边缘人。他们怀着各自的梦想进入城市，即使是在以打小广告维持生计，也念念不忘自己怀揣的人生梦想。可是冷酷的现实毕竟远离他们的梦想，因而“火气都挺大”。他们决意折磨这条狗的理由，除了狗吠影响他们的白日梦，还有他们根本瞧不起这条狗，认为它不过是水果房的看门狗，又不是什么血统高贵的宠物。问题的关键在于，这些处于社会底层的弱者，无意识地将自身的不幸转嫁给他们认为更加卑贱的生命，并从施虐中获得莫名的心理快慰。由此我们可以感受到这些城市边缘人的内心压抑和怨恨情绪，以及因压抑和怨恨而扭曲的幽暗人性。这倒不是说贫困人生和压抑心理，必然导致心灵扭曲和道德缺失，而是说不公不义的现实社会，必然强化底层社会的弱肉强食的丛林法则。不平等的社会环境使人们变得冷酷无情，这无助于底层社会人道地对待他人，更无遑人道地对待动物。我们应清醒地意识到，一个人对待动物的方式，很可能就是他对待同胞方式的反映！

最后，这篇小说的叙事方式颇为独特，它以第一人称有限叙述的方式，展现了一个触目惊心的悲剧性场面。叙述者是个身份较为独特的在场者，一方面他作为这场残酷游戏的亲历者，不仅亲眼目睹这场悲剧，而且清楚了解悲剧发生和发展的来龙去脉。另一方面，由于叙述者是被动卷入这场游戏的，与悲剧的直接制造者有一定的差异。因而他的讲述显得较为客观，并一直控制在有限的视域中。他只是悉心讲述事件的过程，叙述视角并不直接涉及参与者的内心世界，给读者留下较大的想象空间。

总之，这篇小说描述了几位城市漂泊的社会底层人物与一条狗的互害悲剧，进而深入到社会、文化和人性等更深层面的探求，从中透露出创作主体深切的生态意识和现实忧患意识。当人可以肆无忌惮地折磨和虐杀动物，同时以各种冠冕堂皇的名义将同类的他者等同于动物，人就找到杀人的理由了。我们不是有过这样的历史吗？

中国野人

房　伟

北海道是日本北面的苦寒之地，最早定居着原住民阿伊努人。北海道作为开化晚的“虾夷地区”，明治维新后，才渐渐走上文明之路。从北海道出发，坐船七天，才能到达中国青岛港，从青岛坐汽车，三天行程，才能到达山东高密县。昭和十九年后，很多中国人被掳到日本北海道煤矿做苦工，有一个高密男人，不堪忍受矿业所的虐待，逃脱出来，独自在雪原生活了十三年。他被人称作“中国野人”。

一

很多年后，垂垂老矣的野人，思绪还经常回到那片人迹罕至的雪原。崇山峻岭之间，雪落的声音，静到极处，仿佛暗夜花开，幽蓝芳香，不疾不徐，但没日没夜地落，也会逼得人发疯。雪一开始像小玻璃屑，硬硬的，一粒粒地敲在人脸上发痛，慢慢地就变成指头肚大小的雪块，最后就变成鹅掌形的雪片。北海道的寒冬特别长，为了躲雪，野人没日没夜地蹲坐在洞里昏睡，醒了就吃点准备好的土豆和野菜。让眼睛习惯黑暗，其实比习惯光明更容易，这会带来稳定持久的麻痹感。野人体会到盲人幽闭的处境。

长长的冬眠期，黑暗的洞穴，野人坐着，洞不敢挖得太深，地下水会悄悄地从身体下面渗出。洞穴要在雪季来临之前打好，不能太低洼，雪水会倒灌入洞；也不能在山的高处，那里风太大，只能在半山腰背风的地方，还要考虑躲避日本人，要在洞口做植被伪装。洞口不必太大，也不必太深，但一定要宽敞，像大肚子泥瓮。挖好了洞，野人就将全部家当搬进去。两只铝壶，一只半截铁铲，铁罐子里装着土豆、萝卜干、海带、干鱼和煮熟的野菜。一把柴刀用来防身。一小瓶盐和花生油，则是他的宝贝，只有非常饥饿的时候，才拿出来舔舔，安慰一下舌头和牙齿。一张破帆布裹住身体，破旧的美军大衣贴身穿着，零零碎碎的破塑料袋子和半张破狗皮则铺在身下隔离寒气。洞内空气污浊，要保持洞口通风。最麻烦的是大小便，由于摄入很少，野人没有多少排泄物。他在洞后端挖了一个深坑，如排泄了，就用碎塑料包着埋在坑里。

开始有些恐慌，慢慢地，野人进入冥想状态。他在黑暗中侧坐，身体各部分渐渐僵硬，和泥土一个温度了，生殖器也在寒冷的打击下，蜷成冷硬的东西，缩在两腿之间。眼睛沉入黑暗，像溺水的人慢慢划入深水，带有某种神秘宗教仪式气息。暗黑的洞，野人感到他像蚕蛹，一只赤裸的、蜷缩在永恒异国时间的幼虫。他在冬眠，不知何时醒来，或变成蝴蝶，飞回到中国高密那个叫团泊村的地方。他应是白色的，不是中国人的黄皮肤，而是蚕蛹苍白柔弱的样子，他的灵魂就飘浮在黑暗中，像牛乳沉入煤油。一片茫然虚无后，身体官能变得沉重，先是腿、胳膊，然后因饥饿瘪下的肚子，也停止了轰鸣蠕动。最后才是舌头。舌头安睡在嘴里，犹如躺在家里的土炕，保存着身体唯有的温度。此时听觉却格外灵敏。如果静静地听，人迹罕至的生命禁区，依然有无数丰富的表情。常见的是风声，发出“呜呜”的响声，时高时低，时粗时细，有时又会突如其来地发出“噗噗”的转音，该是遇到山口的阻碍，仿佛人的哭声被突然揪住喉咙。还有地冻裂的“咔咔”声，松柏裂开的“啪啪”响动，时断时续，似旷野深处的枪声，从很深的地方钻出，荡出无数回音，又在冰冷的空气中慢慢飘远。

他总在梦中来到大海边，束手无策。同伴未被日本人捕去的时候，他们曾一起围着大海哭泣。他们冒着生命危险扎成小筏，漂流了三天三夜，却被洋流暖风刮回岸边。他们痛恨那些冷峻的海。它把北海道变成无法脱离的鸟笼，他们虽然逃脱了矿业所，却怎么也逃不出日本，更回不了家乡。北海道的日本海波涛汹涌，寒风凛冽，掩盖了野人歇斯底里的哭号，也扼住了野人破碎的心。

寒冷冬季，只有昏睡才能将消耗降到最低，忘记刺入骨髓的寒冷。整日昏睡也不行，野人睡上几个时辰，就用指头掐胳膊，强迫自己清醒，但有时候，还是睡死过去，或再也睡不着，在黑暗中睁大双眼，无论眼睛如何努力，洞口尽头还是无边的黑暗，剩下的只有说给自己听的，也只有自己能听懂的喃喃低语。野人的梦中也会出现一只熊。它冷冷地注视着野人，巨掌的利爪，在冬阳里闪着寒光，刺痛野人的眼流泪不止。野人能感受到腥臭的、令人窒息的气息。野人数次在雪原见过熊，甚至和熊面对面地近距离接触过。他当时正在溪边捉鱼，熊饥肠辘辘，他也是。熊看他的眼神，充满了狐疑。也许熊对眼前这个长发垂肩、目光呆滞的动物尚不能准确判断。野人和熊对峙着。他不顾一切地怒吼，这可能激怒熊。但他豁出去了，他不想这样生不如死地活着。出人意料，熊转头跑开了。他至今不能忘记那次和熊的对峙。灵魂都要被熊捉住了，但他硬挺着不动，有种手指泡在烈酒里的感觉。

二

七十六号，还偷懒！打死你！

野人时常在狠毒的呵斥声中惊醒，醒来发现，那不过是幻听。梦中他也常回到漆黑幽深的矿井。那时他还不是野人，而是一个号头为“76”号的中国劳工。更远的记忆，来自民国三十三年秋的那个下午。鲁西平原的秋收即将到来，初秋有些凉了，野人喜欢在村口田垄护秋。金黄的麦浪，在微风吹拂下，微微颤动，蓝天下全是麦香的气息。世道不太平，日子总要过下去，只要活着，本分劳作，生活也有希望。年初，他娶了玉珍过门，如今妻子的肚子，仿佛颗粒饱满的庄稼，也已隆起。他急切地盼望孩子的来临。后来野人无数次回忆起那个下午，也觉出很多不同寻常之处。野人出了家门，身上穿着妻子刚做好的棉袄，邻居姜仁宝请他吃饭，答谢他帮助料理丧事。村口有座青石桥，他左脚踏上桥头，石板有些滑腻，夕阳软软地趴在肩膀上，轻轻地呵着暖气，不知为何，他没来由地感到惶恐。往日熟悉的村子，一下子变得陌生，石桥仿佛慢慢融化了，他一阵阵眩晕，脚下也虚浮，目光越过村口低矮的黄土墙，枝丫丛生的老槐树，远处是缓缓流淌的临沭河，几只黑颊花喜鹊惨叫着四散，在灰黄的天幕成为逃离的子弹。清蒙的太阳冷冷地挂在鲁西平原的天空，呆滞得似毫无生气的死胎。这时候，几个黄黄的人影，从不远处飞奔而来，发出含混不清的斥骂。野人突然想到，也许那就是地狱爬出的魔影。从那一刻开始，十多年的苦难之门就被悄悄地拉开了。正是那个下午，他被几个黄皮子伪军抓住，先押到村公所，后被装上汽车，拉到县城，从县城又到了青岛，他和七百个同样茫然无措的中国农民一起，被推搡到“普鲁特”商船。他狠狠地回头看了几眼祖国，心想这也许是最后告别了。他待在明治矿业所大半年，被折磨得生不如死，从一个高大壮实的汉子，成了瘦骨嶙峋的病夫。春节的寒夜，几十个中国矿工抱头痛哭。矿井里也是无边的黑暗，只有幽深之处传来的“叮叮当当”的敲打声，才能证明人还活着。病会死，饿会死，塌方会死，野人更怕被日本人殴打。有个狠心的日本人，居然将他的同伴活活打死，丢在深坑里。野人在矿井静静地哭泣，却找不到尸骨来祭奠。可惜了一个好男人，竟死在日本做了孤魂野鬼。他决心冒死逃出去。终于，他和同乡从厕所粪道里逃出，却迷失在北海道的雪原。后来，同乡都被日本人抓回去了，只剩下他在苦苦支撑，誓死不放弃。冷，饿，野人都咬着牙挺下来，但病来了，却难以承受。发高烧让人浑身酥软，头昏脑涨，心跳加快，拉肚子更可怕，好几天直不起腰。胃痛，眼睛痛，都是常见的。膝关节冻伤也触目惊心。每年春天，野人爬出雪洞，要花很长时间，重新学习走路。他像学步的孩子，初生的牛犊，跌倒了，爬起来，再跌倒，又手脚并用，每到这个时候，他总是泪流不止。活着，可以依靠的是食物。野人想到这两个字，胃里就会泛酸水。他在梦中总是记起故乡豆腐的味道，松松软软的，有种特别的豆腥味，如果稳住心神，仔细地嗅嗅，豆味又是香甜的。在矿业所，他们吃的是橡子面窝头，硬硬的，像石头，口感很差，还有木屑等东西掺杂在里面，吃多了，排便就困难，像屙刺球般死去活来。就这样的东西，也不能吃饱，野人被饥饿缠绕着，梦中媳妇给他烙葱油饼，香喷喷的炒鸡蛋，还有热气腾腾的饺子。野人常在半夜饿醒，悄悄地哭，哭饿了，再接着睡觉，涎水流满嘴角。野人偷监工们的泔水吃。有一次，他偷泔水，被绰号大鼻子的日本监工发现，打断了两根肋骨。在幽深的矿井，野人仿佛钻进地狱的十九层，每当闷闷的如打雷声传来，野人知道，又发生塌方事故了。日本监工不管中国人生死。他和几个工友利用休息时间挖出工友的尸骨，可怜这些工友，早上饿着肚子上工，到死都不能做饱死鬼。在雪原他学会了找吃的，山蘑菇、黑瞎子果、沙棘、野栗子，甚至苦菜、马齿苋、野苋菜、青苔，都被他找来充饥。还有更多叫不上名字的植物，如他自己命名的野韭菜和野山白菜，味道还行。就怕吃到有毒的东西，那时候只能听天由命了。他从未奢求在雪原搞建设，尽管他曾留心，是否能种植土豆，但雪原太冷，除了高寒植物，任何生物都难以存活。除非到山下，气候稍微暖和的地方，才能种植收获。他试着养鱼，圈养野山羊，也都失败了。

茫茫雪季，野人失去了时间。他真正感到了恐慌，不像春夏季节，他有太阳为伴侣，根据太阳升起的方向和青苔走势，他能判断大致方位，以及一天天时间的轮回。漫长的北海道冬季，他的身边只有雪，连野物也因严寒近乎绝迹。寂静的雪原仿佛创世纪初的鸿蒙大陆。时间在野人身边一点点消失，躲在洞里，他分不清日夜，也分不清一天和一个星期。他曾在洞外白皮松树上，做了时间刻度，每过一天，就用砍刀在上面留下一个痕迹。为抗拒洞外零下四十度的寒冷，他只能躲在洞里，暂时忘记时间。当再次春暖花开的时候，他才能出洞，重新找回时间。做水漏根本不可能，即使在洞内，尿液也很快变冰碴儿。但他还是试图保持清醒，估摸着一天过去，就在雪洞插上一根小木棍，等小棍插满了，冬天也就要过去了。

三

春天总会来。十三个日本北海道的春天，就是十三个孤独的庆典。鲜红的太阳，最初从雪原钻出，照亮大地，仿佛草莓浮出了牛奶。万物复苏，小河解冻，树木发芽，鸟兽也离开洞穴。雨也赶来参加来之不易的盛会，五月开始，雨断断续续的，催促草芽露出茸茸的小脑袋，不知名的野花也开始绽放生命。野人出洞后，不断找机会出山，跑很远的路，来到日本农人播种的麦田。

看到农田，野人不自觉地操起心，仿佛回到中国高密，在自家田头春耕。他兴奋地盘算着麦子的密度，灌浆饱满与否，可能的产量。他贪婪地趴在地头，闻着土地油密密的香气，仿佛饮了醇酒。家乡的春天比北海道来得早，想必这时候，媳妇玉珍已和父母安排好了施肥和除草。鲁北的春风，也比北海道温暖。野人站在丛林高处，遥望远方，仿佛目光飞过雪原，飞过日本海，飘过高密县城，又漫过村口青石小桥，“唰啦”一下越过低矮的土墙，来到自家院子。月光下，玉珍干了一天活儿，乏乏地躺在躺椅上，额头微微冒汗，身边是焦黄喷香的玉米面煎饼，儿子胖乎乎的小脸，也贴在玉珍胸前……

这份快乐无人知晓，野人对日本人抱有警惕。他信不过这些异国人。那些抓捕他的凶恶士兵，逼他做苦力的监工，都是日本人。早些年，就是因为向一个渔民要求借船出海，他们暴露行踪，同伴被捉走，剩下他一个人。日本农人在山边耕地旁，多建有一些小窝棚，干活儿时休息用，那里常放置食物和衣服、生活用品等。野人靠偷偷地拿些东西过活。五月，北海道一年一度的春祭开始了。热闹的人群穿上各种节日盛装，有的扮作鬼神的样子，祭奠先祖，祈求太阳对一年农作物的照顾。人们欢笑着，脸上洋溢着兴奋、松弛的表情。

野人在远处丛林，悄悄地观察。作为曾经的庄稼把式，他有些羡慕，也有些愤恨感伤。凭什么他们这么开心，他只能躲在山里当野人？他简直想冲过去，对他们痛骂一番。但看着看着，也生出了同情。山民的日子也不好过，北海道苦寒之地，庄稼收成低，遇上干旱或雪暴，可能颗粒无收。他亲眼看到，一个穷苦日本村妇，跪在绝产的庄稼前，使劲地磕头，鲜血染红了冰冷坚硬的土地。野人晚上摸到窝棚，拿上些东西，也要留下一些，从不都拿走，而且，绝不从一个窝棚拿两次。他也想，要不要走出荒野，出来见见日本人。村里的男人一天天多了，是不是战争结束了？日本胜利还是失败了？他看着不像胜利，劳作的人们，都面色阴郁，但他也拿不准是否失败了。他还要观察等待。要是他走出荒山，这些日本人会不会接纳他，让他在北海道也当个农民，安安生生地过完下半辈子？想到这里，野人的心便突突直跳，他马上为这些想法，感到脸上发烧。他被日本人害得背井离乡，在这里人不人鬼不鬼，他和日本人有说不完的仇，怎么还能有这样厚脸皮的想法？这对不住爹娘和妻子玉珍。那夜，春雨又来了，野人花了好长时间，才摸到一处窝棚。小雨密密麻麻的，不冷，但挠得人发痒，野人潜伏在窝棚外面，天地间静得沉甸甸的，野草的清香，虫子的鸣叫，钻入野人的鼻孔、耳朵，让他微微有些醉了。不知何时，小雨也停了，月亮挂在窝棚一角，小小的窝棚，在水汽氤氲之间，仿佛漂浮的宫殿，闪烁着奇异的光，靛青，酱紫，粉红，似故乡节庆的焰火余烬，将刚复苏的雪原照亮成神秘光芒之地。野人摸了过去，想轻轻地叩门，突然又收住手，自己也觉得可笑。难道这是乡邻的朋友串门？门是虚掩的，野人推开，正好看到床上好似有人，他猛地惊醒，匆忙退出来。等了一会儿，他折返回去，才发现床上是被子，他松了口气，开始寻找，找到一只铁锅，一桶煮好的土豆。他还在门背后发现了一件女式大衣。不知为何，他把日本女人用过的衣服披在身上，一股温暖的女体乳香气包裹了他，他一激灵打了个寒战，用嘴咬了咬衣领，有股咸咸汗渍的味道。突然，门“吱呀”一声响了，一个矮个子黄面皮日本女人，傻傻地呆立在野人面前。野人也发愣，他已几年没和人类打交道了，更不要说日本女人。他刚要开口，对她说，不要害怕，但许久说不出话，舌头僵硬无比，竟“咿呀呀”地表达不出来，日本女人却惨叫着昏死过去。女人躺在地上，露出一段白皙的脖颈，野人有些燥热，月光斜斜地照在窝棚门沿的一块镜子上，月光和镜子之中，他才发现，那是一个真正的“怪物”。脸颊深陷，颧骨高耸，脸上沟壑纵横，也看不出肤色，长长的头发乱草般堆在头顶，一直卷曲到脖子，遮住了那双野兽般毒色的眼睛！他已经是野人了，不是中国人，也不是日本人。野人的脸发烫，急忙退出窝棚。他飞速奔跑，好像要把什么东西甩在身后，又好似去追赶什么。他深一脚，浅一脚，“嗬嗬嗷嗷”地叫喊着，数次跌倒在小河与田垄，他不管不顾，甚至也不怕被人发现，他的眼泪在月光下绽裂，犹如飞舞的盐。不知跑了多久，野人又回到那片熟悉的森林，他叫了无数声，终于艰难地唱出了几句戏文。这怪异无比的唱腔，含混不清，时而低沉，时而尖利，不像中文，更不像日语，只有野人知道，那是家乡高密一带流行的茂腔，他唱的正是苍凉无比的《寻儿记》：烽火连天杀声喊，金兵逞凶犯中原，朝臣无能民遭难，弃家逃走恨绵绵……野人唱着，将长头发扎成了两个发辫，不仔细看，以为是女人的发式。

四

野人能恢复到正常，多亏了惠比寿屋的渡边老板和侍女美惠小姐。他重见天日后，被安排在札幌的旅馆等待归国。华侨热心帮助他，很多日本人也来和他亲近，但他不习惯。从住了多年的洞穴再次来到异国人间，他像初生婴儿，不会说话，怕人，怕光，怕陌生事物。野人还记得第一次见到渡边时的场景。几名华侨扶着他走入了这间旅馆，一个瘦小温和的日本男人，低着头来见他，一见面，就深深地鞠躬，用生硬的中文说，刘君，你受苦了。野人吓了一跳，慌忙从他身边躲开。日本男人依然保持鞠躬姿势，仿佛在乞求原谅。旁边有华侨连忙解释，渡边的亲人有好几个死于战争。他也痛恨战争。野人这才缓过神，扶起渡边。他虽没说什么话，但紧紧地握着这个日本男人的手。渡边抬起头，眼里饱含着歉意的泪水和真挚的同情。

野人恨日本人。那些狠毒的家伙，把他掳到北海道，让他变成穴居野人。他们打他，骂他，在深深的矿井，饿死他的同伴，肆意地杀死中国人。然而，眼前这个谦逊有礼的男人，野人怎么也难以将他和那些屠夫联系起来。

野人散步的时候，又遇到了一个日本男人。他激动地跑过来，要和野人握手，野人却警惕地将他的手甩开。他认得那些行军姿态。那个男人甩着手走路，明显是日本陆军多年养成的队列习惯。日本人也会讲一点结结巴巴的汉语，野人才知道，他在战争中服务于第十二军五十九师团，一九四五年夏秋，他执行任务，协助当地汉奸在高密一带抓走了很多中国人。野人不认识他，但看到他就很愤怒。他知道日本兵是来赔罪的，他应该大度宽容，但这么多年的苦，一句“对不起”就可以了吗？

让野人态度更复杂的是美惠小姐。她是一位圆脸的日本姑娘，说话细声细气，脾气好，对野人格外照顾。她的手艺很好，会做美味可口的饭菜。野人了解到，她出身贫寒，有六个兄弟姐妹，父母无法抚养，她只能来旅馆当侍女，没有费用，只是管吃住而已。美惠给野人拿来很多彩色画报，也尽力帮他找中国资料，野人贪婪地看着这些东西。野人害怕黄色，每次看到，都会大喊大叫，情绪崩溃，因为这让他想起日本军装，美惠就把所有黄色物品，如床垫，都换成天蓝或橙色。野人常年在雪原生活，有严重冻伤，膝盖痛得站不起来，只能整日坐着，脚上的冻疮，直流脓水。美惠从不嫌弃，她总是用温热汤水，为他小心清洗，每天为他轻揉膝盖，并扶着他，鼓励他练习走路。野人身材高大，行动艰难，走路时，全身重量都压在美惠身上，每次野人走几步路，美惠就大汗淋漓，却从不喊累。她笑眯眯地、用刚学会的中国话对野人说，刘君，很好，继续前进，一切都会好起来的！

野人依然惧怕黑夜。他要求开灯睡觉，但每次都睡不久，刚打个盹，就会惊醒，他甚至不习惯那层薄薄的榻榻米。那种细致的平坦让他紧张，他习惯了雪洞那冰冷潮湿的地面。他的头一挨到枕头，就针扎般地弹起，他只能缩在屋子一角，才能找到安全感。札幌的夜晚很安静，刚过了旧历中国年，二月的清寒，还冷得刺骨，不时有小雪花飘落。惠比寿屋外,联结着长长彩灯,让那片白色世界闪烁着美好的光明。街上的人大多已归家，还有些醉汉，在夹杂不清地唱歌。野人竖起耳朵倾听，冷风吹落了门前冷杉和白皮松的冰挂，先是“啪”的一声，然后无声无息地坠落，那是落在松软的雪里了。坚硬脆弱的冰挂，落在雪的怀抱，就像孩子找到母亲。还有些“唰啦”“唰啦”的声音，伴随着欢快笑声，像他走在家乡茂密的麦田，麦子打在腿上发出的声响。那是孩子们在无人的街面玩滑雪板，滑动雪面的声音。再远处，还有“轰隆隆”的车轮声，好似隐隐的雷。美惠告诉他，那是为札幌的雪祭节准备雪雕的车辆，在雪祭前两个月，就开始不分昼夜，成百辆推车、卡车和吊车日夜不停地前往附近山区搬运冰雪。运雪的队伍在雪地绵延数公里。

细碎的木屐声传来，野人听到门框传来低低的敲门声，他知道那是美惠。但他不想回应。他只是蜷缩在屋角，抽泣着，美惠有些焦急，低低说着日语，又快又急，野人也不应，美惠的声音更小了，但还是断断续续，像劝慰，又像是感叹。

不一会儿，门被打开，伸进来个托盘，野人看到一壶酒，被热水烫着，冒着热气，还有几个小菜和一盘热气腾腾的水饺。野人的眼睛温热了。他贪婪地喝着酒，吃着饺子，美惠的身影还映在窗纸上，久久没有离去。

过了几天，日本政府的人来到旅馆，要求见野人。他们衣冠楚楚，语言含糊，连连说“不好意思”，并递上一个信封，里面有厚厚的日币，说是“一点小意思”。野人没有接受，他要一个说法，为十几年的苦，而不是钱。“我在那里。你们要承认，要道歉。”野人抓着榻榻米的席边，手的青筋都绽了出来。政府的人头上冒汗，讷讷地拿回了信封。野人也给了他一个信封，里面也有不少日币。他说，那是在山外小棚发现的，不忍拿走，要把它全部捐出去，给需要帮助的人。政府的人飞也似的逃走了。野人感到了胜利。不少朋友则感到惋惜。他们认为，那些钱并不少，如果有了这些钱，再让日本政府承认居留权，野人可以舒服地开个小店，在日本过上不错的生活。“我要回家，我不想在日本。”野人坚定地说。他的心里闪过北海道那纷纷扬扬的大雪，但家乡的影像更加清晰了。那些在日本的日子，梦中，死去的工友总会来到他的身边，他们衣衫褴褛，穿着矿业所的号服，默默地望着他，脸上淌着血和眼泪，他们的身后，是呼啸而来的风雪……

五

躲在洞里的日子，野人无比地想念人类。尽管人类有时不可信任，他痛恨凶残的日本人，中国的黄皮子伪军也大多是坏人。但人总有好的，而且人有语言，有活气，有形状。没有人，那种孤独无依的绝望，简直比死还要难受。野人给仅有的用具起了外号。他不敢用家人的名字命名器物，那让他过于伤感。他把大肚子铁壶叫“胖洪”，它让野人想起家乡的本家兄弟。他会点拳术，喜欢喝酒，笑呵呵的。另一把缺少提手的壶，野人叫它“增福”，那是煤矿的小兄弟，憨厚老实，被日本监工打断了双手。瘦瘦的铁锹，则是麻杆侄儿与麻杆侄媳妇，这两人是一对瘦长人，在一起总惹人发笑。那把柴刀磨得锋利，被称为“将军”。野人觉得它应该性如烈火。它是野人的大杀器，靠着它，他数次和野物搏斗。林子里的野物，也成了他“敬而远之”的朋友。机警的松鼠，乖巧的雪兔，暴戾的野猪，天真的小雀，还有高傲的熊。野人远远地看着它们，和它们说话，或听它们说着野兽的语言。他还特别依恋这苦寒之地，咬牙生长的树们。冷杉样子漂亮，白皮松普通，但有意外的清香，还有数不清的柏树、油松，和连翘、金老梅等灌木。他痛恨自己，一个中国男人，怎么喜欢日本的东西。他曾一边吃着山韭菜，一边摇头说：“可惜，你是日本的。”时间长了，他又觉得可笑，日本的树和花草，又没招惹他，还陪他做伴，让他活下来，他有什么理由恨它们？当野人在雪地里发现一只冻死的黑颈角百灵，孤苦无依的情绪瞬间爆发了。那只可怜的小鸟，灰暗的羽毛还保存着些许亮色，身体已僵硬如石块，那半睁半闭的小眼，表明它离开世界时，是多么留恋与无奈。野人捧着小鸟，没有食物的激动。小鸟死了，还有他在哀悼，如果明天他也冻毙荒野，只会便宜野兽，连收尸打灵幡的都没有。他还不如一只鸟儿。他不再是丈夫、儿子和父亲，也不再有知心朋友，他不过是一个孤立无援的死在异国雪原的野人。那天晚上，野人的梦里，每一个枝头，都站着无数黑颈角百灵，这些鸟儿都在喊着“苦”或“冤”，那些幽怨的声音，回荡在空旷的雪野，令人心悸。那年冬季，野人在洞里连续昏睡了数十天，醒来后，吃了点海带与冻鱼。风雪声还在呼啸，天空被弥漫的雪雾遮蔽，看不到太阳，只有青白朦胧的光，阴惨惨地瘆人。野人突然听到窸窸窣窣的声音，他猛地抬头，发现有“东西”顶开了洞口。这时节熊也在冬眠，就是说，如果是熊来到这里，极有可能是被意外事件打扰，或洞穴被破坏。野人抓紧“将军”，手心全是湿滑汗水，生死攸关，全看在此一搏。

然而，“那东西”顶开洞口，径自伸进来，却不是熊，而是一截水鞋！原来是人，且是日本人！他清晰地听到了日语的询问声。

事情更严重了。如果是熊，可能被镰刀吓走，如果是日本人，则意味着他被发现了。也许，今天就是逃亡的终点。他将再次被日本人抓回去，在黑黑的煤矿折磨致死。野人不会允许这样的事情发生，如果这只脚再向前伸，他会毫不犹豫地砍下去。但他相信神灵会帮助他渡过难关。十几年中，他多次大难不死，这让他相信，冥冥之中，是有神灵的。他们知道他的冤屈，让他活下去，好活到见证这段苦难的那一天。他和熊对峙过，却安然逃脱。他想上吊，绳子却断开了。他几次逃离日本人的追捕，也曾吃了毒蘑菇，浑身浮肿。他被鹅毛大雪差点埋在雪洞闷死，他还曾造过小船，试图横渡北海道去朝鲜，差点被淹死在海里。但他奇迹般地生还了。他一定能活下去。一个人死，很容易，但活下去，不容易。无论中国人，还是日本人，都要活下去。哪怕在难以存活的地方。有人说好死不如赖活着，但他活着不是为这些。他要活到回家的一天。他绝不会下山投降，那不如死在雪原。假如他死在日本，也要成为一个无法忘却的事实。

汗水浸透了野人的大衣，"将军"在他的手上，发出低低呻吟，闪烁着幽蓝光芒。它在叹息，还是在诅咒？野人不能再辨别，外面生冷的空气猛地灌进来，夹杂着冰寒的雪渣，留给野人的时间不多了。

那只日本人的脚，正在逼近他……

六

昭和三十三年春，即中国旧历戊戌年，野人被一名日本猎人发现，后被送往札幌石狩郡。野人震惊了日本。很多旅日华侨和日本人同情野人，积极帮助他。但日本岸信介政府拒绝承认野人"二战"被掳劳工身份，甚至一度想以"非法入境"的罪名，对野人进行盘查。经过一番波折，野人乘坐"白山丸号"回到了中国。

天津码头，野人看到了敲锣打鼓的人群，迎风招展的红旗，听到了激动人心的革命歌曲。这一切对他来说，是如此陌生。野人辛苦持家的妻子玉珍，饱含热泪地躲在人群外，领着壮实懂事的儿子，看着领导人与野人见面的仪式。在他穴居日本的十三年，家变了，中国变了，日本变了，世界也变了。恰是这一年，中国人民志愿军全部撤出朝鲜，金门爆发"八二三"炮战，赫鲁晓夫接任苏联总理……

这一切都和野人没什么关系。野人短暂地在天津住了几天，一切都是新鲜的，沸腾的。领导安排野人去参观。以前，除了县城，野人从没去过中国的大城市。他发现很多地方都竖起高高的炉子，冒着黑黑浓烟，一群群中国人蚂蚁般地忙碌，将铁器塞入那些火热的炉子，野人甚至发现铁锅和门鼻儿也被丢进炉子，还有很多人在炉子旁，打着快板书，鼓动着人群热火朝天的干劲。野人迷惑，领导告诉他，这是大炼钢铁运动，祖国要争取在几年内超过美国和苏联。野人兴奋得热泪盈眶。天津最繁华的街道，野人看到人们拿着扫帚和各式工具，声嘶力竭地驱赶成群的麻雀。惊恐万状的麻雀，从一个枝头被赶到另一个枝头，从野人的目光里看去，密密麻麻的麻雀，惨叫着起起落落，渐渐变成了一个个吓人的黑点，伴随着兴奋嘶喊，好似地狱夏季提前来临。这让习惯了孤独寂静的野人手足无措。不知为何，那些麻雀总让他想到雪原冻死的黑颈角百灵。领导安慰他，说这是社会主义“除四害”运动。麻雀是公害，除掉麻雀，就像打败日本帝国主义，让祖国更加繁荣富强。

野人听不懂，但也觉得有道理。祖国把他从日本救出来，让他和亲人团聚，祖国大力发动的事，肯定没错。十三年实在变化太多，他要慢慢适应。又过了几天，野人终于回到了高密，回到了小村。依然是人山人海，很多外村被遣返的劳工，都跑过来看他。他居住的老屋门口，贴着大红对联“宁愿苦居山洞，不做敌人奴隶”，他的眼泪流了出来。母亲因思念他，早已故去。她再也不能在破败老屋门口，等待儿子归来了。家乡很多童年伙伴，都已认不出他了。村里的小孩子跟在他后面，好奇地盯着他的一举一动。野人羞涩而温暖，但继续在可以保持沉默的时候沉默着。他终于吃到了家乡的饺子，听到了过年的鞭炮声。一群后辈恭恭敬敬地给他磕头，祝他长命百岁。野人不再是野人了，成了一个正常的中国人。他高大的身形依然挺立，但也已越来越佝偻苍老。没人在意，这个自日本归来的野人，喜欢在雪天独自行走在村外的荒野，他缓慢地走着，不跑，他仿佛慢慢地踱去了一个世纪。

他还收藏着那些雪洞的物件，有时也拿出来，让它们透透气。煦暖的阳光下，他坐在自家小院，一遍遍地抚摸着这些老朋友。“胖洪”“增福”“麻杆夫妻”还有“将军”，它们也老了，但精气神还好，也都暖洋洋的。北海道的风雪，似乎没在它们身上留下什么痕迹。可是，每逢山东高密的这个小村庄披上雪花，他就会忧郁烦躁。他躲在厨房，看着飘扬的雪花，若有所思，仿佛铅灰色的天空抛洒下的不是雪，而是成千上万锃亮的小刀。他开始想念日本。冰窟窿里的小鲫鱼，海边的海带、海胆，煮熟的土豆，还有野韭菜、野白菜、口蘑，都仿佛在梦中钻出来，散发出诱人的味道。还有可爱善良的美惠，她在日本还好吗？回国前夕，美惠还专门给照顾他的华侨写信，交代野人的日常起居：“生鱼等食物，刘君是不吃的，夜间刘君九点睡觉，早上七点半起床，刘君晚上睡不安稳，需要清酒助眠……”为了让野人也看懂信，美惠特意向人请教了中文，用汉语写成了这封信。看着歪歪扭扭的汉字，野人感动莫名。细心的美惠竟忘记了，他在中国喝不到清酒，他也根本不懂多少字——无论中文，还是日语。

他想到最多的，还是雪。十三年，那些日本北海道下过的雪，真是太多了，多到野人自己也不知道那是多少。那些雪如果还活着，一定也已老态龙钟了。回到中国后，他也见到过很多雪，但大的小的雪，都不是日本雪花的后代。可惜，人生总有尽头，隔了大海，看不到年年的日本雪花。在他的梦里，那些雪花总在山东高密的上空不断集结，而他的身上，收集了雪所有的寒冷，大雪的白色，渐渐渗进他的内心，成为一团纯色的银。

后来，有人说，他的归来是中国革命伟大的外交胜利，见证了日本帝国主义对中国劳动人民的迫害，也显示了社会主义祖国的强大凝聚力。他表示拥护感谢。再后来，又有人说，应该让日本政府赔偿。他本不想提这些，但日本政府一次次拒绝承认他的存在，这让他怒不可遏。他要为死去的劳工讨还公道。他和日本政府打了几十年的官司，直到 2000 年，日本地方法院才判决日本应给予野人赔偿。就在那年秋天，野人离开了人世。据说他去世前，曾看过一本雪的画册，喃喃地说，听到了熊的吼叫。这让人不解，高密一带没有熊。

野人的故事还在家乡传颂，但年轻人知道得越来越少了。有本书中记载，20 世纪 60 年代初，在北京城，最高领袖接见了归来的野人。“寒冷的雪原，你如何活了下来？”领袖关切地问。野人露出了肿大的关节，缓缓地诉说着。领袖一言不发，面色凝重。

“我是存在的。我在日本度过了十三年，”野人坚定地说，“我活了下来，这就是真相。”

【作者简介】

房伟，出生于山东滨州，文学博士。中国现代文学馆首届客座研究员，山东师范大学文学院副教授。曾发表文艺理论、文艺批评及诗歌、小说等计 120 余万字，著有《批评的表情》《文化悖论与文学创新》《屠刀下的花季》《影视作品分析》等，曾获山东省优秀博士论文奖等。

大历史中的个人史
——评《中国野人》

汪 政

2016年的小说创作可说的话题不少，其中之一就是不少理论批评家写起了小说，并且有不俗的表现。吴亮在这一年出版了他的长篇小说《朝霞》，李云雷创作了不少颇受好评的短篇小说，再就是房伟，开始了他的抗战系列小说的写作。创作与研究的区别是什么？房伟说，“创作是研究的基础，以体验性思维组织个性丰富的文学语言，研究的长处在理性精神，能在作家意图之外看到丰富的社会文化信息。”

如果仔细研究，几乎在一开始，作家与理论家在创作上就有很大的区别。理论家的“问题意识”要强得多，对自己所要进行的写作“清醒”得多，而且，总会带有某种实验性，他们的创作可能在审美的“混沌性”上少一点，但却具有“话题性”和“学术性”。比如吴亮的《朝霞》，被称为批评家中的批评家写给作家中的作家的书，而他自己则将这部作品视为“当代艺术”，不仅是文字，而且是由文字做成的巨大的“装置”，由此可见，其作品的实验性和作家对此的自觉意识。而评论界在谈到李云雷的作品时，称其为“小说界打入到文学批评界的卧底”，“他能够透过批评的视界发现小说创作的软肋”，也是指出了批评家在从事小说创作时的特点。房伟也是一样，自觉意识很强。他说他喜欢历史小说，但又对时下的历史小说不满。在写作之初，他即为自己悬置了如下的鹄的：“我理想的历史小说，应是阔大神秘，又真实可感，能将人带入特定历史逻辑和情境，显现历史的荒诞、悲情、无奈，也表达历史的乐观、雍容与想象力，应是‘力’与‘美’的强大组合。同时，这种历史感，又必须是个人化、个性化的，充满生命细节，表达独特审美魅力与价值观。”这样清醒的自觉意识显然得力于作为一个批评家在长期的批评实践中的思考。作为这一理想的产品，他的“抗战短篇小说”又因题材的原因有了更具体的目标：“旨在探讨抗战史中各色人等的悲欢离合。我试图在中国民族的心理结构与内在气质的碰撞中，展现荒诞战争对人性的戕害，表达大历史与个人历史的种种因果互动、偶然与必然的纠葛，体谅人性的苦涩、温情与抗争。”作为这一系列的开篇，《中国野人》可以说比较真实而典型地体现了他的这些创作理想，实现了一个批评家的创作目的，二者构成了完美的互证。

我以为这样的互证在《中国野人》中最为突出的是历史感中的“个人化、个性化”，是具体个体的“悲欢离合”，是战争“对人性的戕害”，是“大历史与个人历史的种种因果互动”。《中国野人》是有历史原型的，房伟首先要处理的是纪实与虚构的关系，如果处理不好，小说就成了报告文学，就会为现实故事所绑架。其次，他必须与已经因长期和大量的抗战文艺影响而形成的阅读期待保持距离。这就要他在如何处理战争与人这个问题上花一番气力。所以，我们看到，作品虽然是抗战短篇，但“抗战”被虚化了，成为背景，不但作为事实成为背景，而且在人物的命运、心理与行为上成为背景。置于前景的是个人，一个成为野人的幸存者的另一种抗战。为抵御孤独，为抵御寒冷、饥饿等一系列生存难题，为抵御绝望和恐惧这些来自自身的心理压迫构成了人物的冲突与故事的动力。房伟在原型故事中重点截取的是野人在北海道的十三年，其他只作为穿插介入其中。他凸显的不是战争本身，而是战争给个体带来的非人道的生活，是战争对个体、家庭造成的无法挽回的巨大的创伤。野人不是英雄，不是战争的直接参与者，但他的遭遇却有力地反思了战争，批判了战争，而且，这样的反思和批判显然超出了具体的抗战，而上升到了文化、文明与人道的高度，上升到了对所有战争的超越性思考。由于将个体、个人化的历史置于中心，所以，野人不再是符号，更不是正义等等的化身，他作为“人”的所有丰富性和复杂性得到了呈现，他的软弱与坚强，他的理智与疯狂，他的绝望与希望，种种矛盾的组合构成了他生命的复合色彩。北海道非人的十三年扭曲了他的正常生活，同时又造就了他的传奇，他固然不愿回首，但他的生命无此又无法完整说明。所以，他一方面恐惧那十三年，另一方面又时时梦回北海道，错把归家当异乡。这样的复合性与复杂性不仅仅是个体的悲剧和畸形，更是从个人历史窥见大历史，是大历史无情碾压芸芸众生如蝼蚁的文学化书写。

非常期待房伟能有更多的文学创作实践，更期待这些实践能给创作界带去启发，给批评界带来话题。

寻 找

秦 岭

一

一茬茬，两茬茬，三茬茬，这达冒一曲，那达冒一首，成串儿传，风过处，就漫过了七沟八梁、四邻八乡。官家大老爷在轿子里哼，大户人家的小姐在阁楼里唱，耕地的庄农人在前坡里吼，放羊的碎娃娃在后梁上喊。反正哩，比秦腔接地气，比秧歌还顺溜。还用说嘛，我当然指咱天水的歌谣。

馒头山（哩嘛）山馒头，
翻里转面秦球球。
秦球球（哩嘛）球球秦，
斜里顺里想做人。
…… ……

这支歌谣咋冒出来的，鬼晓得？但鬼一定晓得秦球球是我大，用官话讲就是父亲。馒头山便是咱尖山村对面的那个大山包了，早年寸草不生，板结了厚厚一层又干又硬的盐碱，白森森的，连山羊也懒得多瞅一眼。我大成为这支歌谣的主角儿，至少几十年了吧。几十年来，我大愣是让馒头山换了装，林子由无到有，由少到多，由小到大，郁郁葱葱，遮天蔽日，像苍茫的大海上冒出了一个绿岛。

“额的个老天啊！丙子年，九月天，秋老虎的夜晚，热！一家人还没上炕哩，枪响了，狗叫了，全村人失急忙乱，来不及背米牵牛，就扶老携幼往堡子里逃命。你爷爷还纳闷呢，土匪从来都是悄悄来，悄悄走，放血用刀子，只有碰上硬茬人才放枪，可这次……”这是我大后来悲怆的回忆。我大的讲述像炕头泥炉子里闪闪烁烁的火苗，与罐罐茶里翻滚的水泡对峙。丙子年——民国二十五年，也就是1936年。当时世上还没有我，用咱天水话说我还在我妈的肚子里转经着哩。当时年仅十七岁的我大，一定不曾料到这是改变他一生命运的年份。

土匪、堡子、逃亡……这耳屎一样的往事早就塞满了我的耳刮子。村后，高高耸立在梁顶的堡子至今尚在，只是被岁月消磨得像个苟延残喘的老人。天水这一带，堡子到底有多少，要说成千上万？必定少说了，反正天水周边的甘谷、武山、秦安、清水、张家川、西和、礼县、漳县、徽县等十几个县，逢村必堡。每一段干打垒的老墙都镶嵌着一段段刀光剑影、骨飞肉走的往事。就说咱村的堡子吧，说是同治二年（1863），堡子被马化彪手下的马队攻陷，来不及逃走的人全被挑了血脖子，几十具尸体被倒挂在洋槐树上，只一夜，全被狼啃成了背篓架子。民国三年（1914），堡子又被白朗的队伍拿下，抢走了十个大姑娘和所有的牲口，几个青壮年的眼仁儿被剜出来喂了鹞子。民国十九年（1930），河州人马廷贤、韩进禄、王占林、马入仓攻打天水城，两小时就杀掉三千人，育生巷、古风巷、东关、双桥一带随处可见不肯受辱上吊、跳河、投井的女人。很多城里人翻过南北二山逃命，光咱堡子里就收容了一千多人……听老人说，最惨的要数甘谷、礼县、漳县一带，由于驻天水的国军、保安团鞭长莫及，军痞、土匪一到，好多堡子两三天内就变成血盆。啥叫血盆？人人被翻肠子、倒肚子，堡子盛血如盆。《天水县志》有载："血凝如脂，臭气冲天，野豹、狼犬、秃鹫厌而不食。"

快人，快马，快箭，快枪，快刀，这是土匪的特点。每次围村攻堡，都选择在夏粮入仓、逢年过节、迎亲嫁女这样的当口，大捞油水。土匪黑巾遮面，他抢，你得给，不给，就灭你，从头到尾不说一句话——还能说啥嘛！土匪也是土生土长，四乡八邻，田挨路，地连埂，迎亲赶集，要饭讨水，谁没见过谁？村里的泥腿子，看着一个个老实巴交，可是到了前半夜，村外一声口哨，必然有人拎上砍刀，钻天鼠一样旋出村。后半夜，又鼓上蚤一样拎着大包小包翻墙回来，擦刀，上炕，美滋滋的，和女人翻里转面戏耍日弄。天亮扛锄头下地，碰着女人喊婶，瞅着娃娃给馍，逢着羊群让道，还不忘吼几声秦腔："岳飞我打坐在中军帐内，为我王打江山精忠报国……"

我问过我大："土匪这么混账，县保安团难道都是一帮瞎怂吗？"

"你简直是个瓜娃，你能保准有些土匪就不是保安团扮的？"我如梦方醒。当时的保安团，还肩负着为天水一带毛炳文、鲁大昌、王均的国军筹粮要款的任务。"明修栈道，暗渡陈仓"。当年刘邦老儿在咱秦岭大山里用过的招法，如今用到种田人头上了。

人上有人，匪中有匪。最麻缠的是赤匪，敢明火执仗与国军干。上面从县到乡到村早就教化好几茬了：赤匪，一身灰，头顶有颗五角星，名号红军，是全民公敌。民国二十四年（1935），也就是去年，赤匪攻破腊子口，早就从岷县、卓尼、康县、两当、徽县一带向天水这达流窜了。听是听多了，谁也没撞上过。

官家告示：杀一个赤匪，奖励五石小麦；窝藏一个赤匪，全家砍头示众。

二

那个夜晚的不寻常，注定了。我大他们刚刚逃进堡子，土匪就围成了蛛网。山门多加了几个大碌碡，青壮年们不约而同地把守在墙垛子上，有的张弓搭箭，有的紧握长矛，有的抱着滚木礌石，紧张地瞅着满坡的土匪。惨白的月光下，土匪押着十几个没来得及逃出村的老人，朝堡子大呼小叫："不开山门，就把他们剁了脑壳子。"老招法了。堡子里的人急得十指抠墙，顿足捶胸。

"哎——我的娃哎——，斜顺不要听他家的，别上当，他家是来抓丁的……"

朝堡子喊话的是刘满良七十岁的老妈。老妈被五花大绑，像束紧了的麦捆子。抓丁？那是官家和国军的事儿，土匪抓啥丁哩嘛？刀光闪处，"咔嚓"一声响，老妈的脑袋飞离身子，像一个破鋆笼，"咣啷啷"滚下坡去。一只野狗纵身一扑，兴高采烈地接住了。

"啊！"刽子手中箭倒地。箭是刘满良射下去的。

"轰轰轰——"土匪们的土炮响了，炮弹在堡子里遍地开花，血光冲天。堡子外，刀光十几闪，十几颗人头飞了起来。黑乎乎的野狗们前追后撵，抢食一团。

每讲到这达，我大就说："要不是红军来，咱村就灭了，还能有你娃？"

事态像做梦似的掉个儿了。一支传说中的灰衣人突然与土匪交上了火，枪声顿时像炒豆子似的，炸，疾，烈，一阵紧似一阵。见过土匪之间火并的，还真格没见过这阵势。活着的人吓得窝在堡子里不敢露头。半晌过去，枪声也没有消停下来的意思，眼瞅着子弹像流星一样满天飞。我大壮着胆子朝堡子外一瞅。额的个天！县保安团与土匪合股，与灰衣人来来回回厮杀，走马灯似的……

战斗的原委超出了乡亲们的想象。原来，县保安团派出一个小队，化妆成土匪替国军抓丁，当晚堵住了刚刚放羊返回的小伙子刘岁保。刘岁保撒腿就跑，子弹已经尖叫着追进了他单薄的身体。麻明，枪声消停。坡前坡后横七竖八地躺满了死人，有保安团模样的，有土匪模样的，有灰衣人的……一位灰衣人用纸喇叭朝堡子喊话：

“老乡们！我们是中国工农红军，是革命的队伍，是专门为你们报仇的，你们出来吧……”

谁有这个胆？我大告诉我：“后来，天空飞来一些鼓囊囊的褡兜，大家吓一跳，以为是炸药包哩，可是，褡兜半晌也没爆炸，我放胆一瞅，褡兜里全是麦子、青稞、干肉。”这东西，是不是诱饵呢？

第一个搬开碌碡、掀开山门探出堡子的，是我大。按事先约定，山门立即重新关闭。我大很快加入到了灰衣人打扫战场的行列里，直到战场打扫完，乡亲们这才心有余悸地探了出来。下来的事情我无须赘言，一切像后来电影里常演的那种：红军卫生员帮老乡们治疗伤口，杀了村里的地主刘毓仁，开仓放粮。前村后店，几十个男娃二话没说，褡兜里装了他妈烙的锅盔馍，跟着红军过漳县，走武山，奔通渭，越走越远。这一走，就……就永世没有回来。

红军留下了好多歌谣，“里格里格”啥的、“介支个介支个”啥的，和咱天水这达歌谣的意思不一样，可唱起来蛮顺口。其中有一首，我大至今会唱：

一送（里格）红军（介支个）下了山，
秋风（里格）细雨（介支个）缠绵绵。
山上（里格）野鹿声声哀号，
树树（里格）梧桐叶呀叶落光，
问一声亲人红军啊，
几时（里格）人马（介支个）再回山。
…… ……

如今看来，我大一生的遭际，就在于掩埋红军连长那档子事儿上。打扫战场时，我大与几位江西、湖北、河南口音的红军战士一起，亲手把红军连长的尸体埋在了馒头山上，并插了一根筷子作为记号。馒头山地势显高，埋个人，将来容易找到。为了防止国军和保安团卷土重来掘坟剁尸，大多数红军的尸体与保安团的尸体混埋，并扒衣烧掉，不留一个坟头。红军出发十几天后，保安团果然来了。一根麻绳套紧了我大。我大力辩：“我埋的不是赤匪，是咱保安团的一个小队长。”

“但有人说，你埋的是赤匪。”

“长官也不想想，当着赤匪的面，我只能说埋的是赤匪了。实际上埋的是咱的弟兄。”

“何以见得？”

“咱先去找筷子。”

坟被掘开了。卷在破席洞子中的尸体已经腐烂成泥，面目全非，但保安团的黄色制服、皮带、大檐帽却一目了然。“事实胜于雄辩”。我大不但被奖励五石小麦，五石青稞，还被任命为甲长。十户为一甲，十甲为一保。当个甲长，便是村里的人上人了。对于这个招人嫌惹人骂的芝麻官儿，我大坚辞不受。团长火了：“你驴日的给脸不要脸，是不是心里有鬼啊？”吓得我大赶紧应承。不久，我大用麦子和青稞换来了赵集寨最漂亮的“白娃娃”赵岁莲，她就是我妈。“天水白娃娃”。老话了，谁让天水的女子咋那么白哩。后来，我大理直气壮地用石块、土坯砌了一个很是气派的坟头。

“想起来也后怕，当年我脑子咋就那么够用哩。红军一走，我就连夜刨开了两个死人坟，一个是红军连长的，一个是保安团小队长的，三下五除二把保安团小队长的一身黄皮给红军连长换上了。”

“衣服不是都扒下烧球子了吗？”我问。

“小队长的没烧，我留了一手。”

我大的这一秘密，天不知，地不觉，神不晓，鬼不察。每逢清明、过年，我大都要一个人上馒头山，在坟前培土、敬酒、烧纸、焚香……这事儿传着，传着，就传成了歌谣：“馒头山（哩嘛）山馒头……秦球球（哩嘛）球球秦……”

“这歌子，明明是欺搅我哩嘛，你瞅瞅老人们乱颤的胡须和娃娃们鼓圆的腮帮，把你大当火锅涮哩嘛！”这话，只有新中国成立后才敢说。

据我大讲，他雷打不动的守陵行为，不仅受到当时天水县政府的嘉奖，还被授予“典范保甲长”称号，代理县长庄以绥亲自为他披上了绶带。那年中秋，小队长的遗孀坐着轿子翻山越岭给我大送来月饼，身后跟着两个丫鬟和四个荷枪实弹的士兵。那阵子，有关红军在甘肃全境的各种消息像麻雀一样，扑腾得铺天盖地。我大出山赶集时每听到一个新消息，都要选择一个风清月白的夜晚，登上馒头山，“扑通”跪倒，对红军连长说一阵子悄悄话：“红军连长你晓得不？又有一路你们的人过藉河了，过漳河了，过渭河了。”

“晓得不？又有一路你们的人去通渭的榜罗镇那里聚上了。”

“晓得不？又有你们的三路人马在会宁那里见面了。”

“晓得不？又有你们的人在河西的戈壁滩上和马家军干上了。”

“晓得不？又有……”

我大还在坟头哭诉过这么一件事，那事在天水一带疯传得很玄乎，说是民国二十六年（1937），鲁大昌的部队反扑甘南卓尼县，把藏族土司杨积庆全家杀了个片甲不留。理由是民国二十四年（1935），毛泽东、周恩来、彭德怀带领的红军攻打腊子口时，杨土司带领的藏军明里听从鲁大昌调遣，暗里给红军让道，还给了红军三十万斤小麦，妥善安置流落红军二百多人。休整后的红军，终于顺利过境天水一带……

隔厚厚一层黄土，谁晓得里边的人听着没？可我大的念叨，没完没了。

新中国成立后我曾遍查资料，这才晓得，咱甘肃是三路红军唯一全部经过的省份，光天水的红军故事几鋬笼也装不下：1935年8月，红二十五军进入天水。1935年9月，红一方面军（陕甘支队）进入天水。1936年8月，红二、四方面进入天水……红军除了和胡宗南、毛炳文、鲁大昌、王钧的国军打，还要和土匪打。被红军削掉的土匪名号一堆堆儿：天水的“胡子团”、武山的“斧头队”、清水的“鹞子帮”、徽县的“黑枪营”……被红军处决的土匪名字一串串儿：杜伯成、张五十四、刘根代、杨双成、杨虎娃、贺岁娃……

“额的个天哪！”我不由仰天长叹，为红军，为天水，也为我大。

麻绳再次套了我大，是民国三十八年的事，也就是1949年8月，“共匪”王震的队伍解放了天水城。我大亮清了，王震的解放军，十几年前就是叫红军的。也就是说，十几年前红军又打回来了。天，是整个变了，估摸着再也变不回去了。可是，我大的罪名也浮出了水面：反动甲长、为伪政府卖命的狗腿子、给国民党反动派守陵的孝子贤孙。面对一大摞帽子，我大反而显得信心十足，他似乎有足够的理由证明自己。“哈！你们得自个儿给我解麻绳哩。这真格叫大水冲了龙王庙，一家人不认一家人，”

我大被抓的前一个夜晚，有个像叫花子一样的人摸到了我家，满口都是夹生不熟的天水话：“碎娃，你大哩？”

我说：“我大放牛去了，过一过就回来。你，是要饭吗？”

“不是，哦哦哦，那……我等等，等等。”

“这位老爸，你这口音咋就这么生哩。”

“哦哦，我老家河南的，姓樊……给你娃说不清，我等你大。”

当我大和牛同时在门口出现的时候，我发现两个长辈的目光先是一阵迟疑，然后像兰州拉面一样被抻直了。我大脱口而出：“额的个天爷爷哟！可把你……”

河南人的脸“唰”地白了，上前捂了我大的嘴。老樊和我大关了堂屋门，叽叽咕咕、神神秘秘地只谝了一袋烟工夫，老樊就匆匆离开了。出于好奇，我曾贴着门缝偷听过，但他们二位嗓音压得很低，我只听见“西路军”、“张国焘”、“陈昌浩”、“徐向前”啥的。尽管我对这些概念和人名蒙混不清，但还是有一道闪电划过了脑海，老樊该不是当年的红军战士吧！不！咋会哩，活下来的红军战士，如今早成革命干部了，哪有像叫花子的。我大果然告诉我：“这个老樊，是前些年逃荒来的河南人，在后山的窑沟当了上门女婿，和我一样当过麦客，这次来商量走陕西赶麦场的事儿。你这娃，大了，也是个麦客，这是咱庄稼人的命。”

我百分之百相信我大的话。真格的，咱这一带河南人比山羊还多。都传哩，民国二十七年（1938），蒋委员长为了阻挡日本人，下令炸开花园口黄河大堤，上百万河南人没了。那阵子，天水到处都是涌上来的河南难民，拖家的，带口的，卖儿的，卖女的，上门的，嫁人的。我问我大：“张啥焘、陈啥浩、徐啥前是谁个？”

“你真没球事干了！啥都问，都是我一搭的麦客嘛。”

第二天，工作组找上门来。我发现我大曾经满脸的自信早已打了折扣，那心虚的样子，像个偷惯了鸡、摸惯了狗的老贼。

但我大不忘千遍万遍罗列他的理由：“坟里真格是红军连长，不是保安团的弟兄……啊啊，不，不是敌人，真格的。”

“从1936年算起，你都公开守了十三年了，还抵赖？既然你说守的是红军，证人呢？”

“证人就是和我一起安葬连长的战士，好几个哩。可是，子弹不认人，有几个红军能活着回来哩。像咱这一带跟红军走的，一个都没回来。我还指望个啥？”

“村里有证人吗？”

“没有，当时都在堡子里不敢出来，就连卷叠连长的席子，也是咱家的。”

“看来，谁也证明不了你。”

“有。”

“谁？”

“不是人，是一个坛子，装有连长的血衣，我埋馒头山了。”

“那你把血衣找到再说吧。”

“埋坛子时，怕被保安团发现，就没敢留记号，反正就在这馒头山上。”我大不忘补充，“请同志们放心，坛子，我一定能寻到的。”

麻绳被解了下来。用如今的话说，我大开始了地毯式的搜索，一寸也不放过。镇压反革命那阵，我大的问题又复杂化了。那阵子，各乡几乎都有毙掉的人，有国民党潜伏特务，有土匪头子，有帮助旧政府欺压过老百姓的反动保长、甲长。传得最久的有这么一件事：二十几里开外的娘娘坝有位叫李逢春的人，民国二十五年（1936）在毗邻的李子园小学当教书匠，还兼职甲长。有天晚上，一支从南路过来的红军被王均的国军包围，红军死了很多人。当时只有十八岁的李逢春亲手帮助红军安葬了一位红军的头儿。红军北上后，县政府抓去李逢春审问了好几天，李逢春矢口否认掩埋过红军的头儿。因为没有证据，县政府只好先撤了他的教师之职，结论是“通匪一事待查”。解放后，李逢春作为伪甲长连同“地富反坏右”一起被专政了起来，成天挨斗。

我亮清了，假如找不到坛子，我大的下场一定比李逢春还要倒霉。

挖，挖，挖；找，找，找，一直折腾到1953年，仍然没有和坛子见面。那时我已经十五岁了，弟弟也已经十岁。为了我大的命运，我和我妈、弟弟义无反顾帮助我大寻找坛子。这样，我大挖，我妈挖，我挖，我弟弟挖，连我们自己都记不清到底挖了多少土方量。假如是开荒，至少也几十亩了吧。要命的是，挖过的地方，风吹日晒，和没挖过一样。为了避免窝工返工，我大又下了决心：“凡挖过的地方，咱栽上柏树，当记号。”

这不是让秃子长毛嘛。可我大是铁心了，每挖一片，就用毛驴从山下驮来黄土，把盐碱土替换一遍。他还动员我们沿着沟底墒情旺的地方开出了一片育林用地，在山下挖了一个常年可以沤绿肥的大坑，为育林提供养分，然后走村串户收集柏树籽，培育柏树苗子，清明前后，就上山移栽……除了农活，全家人的日子就这样和挖坑、换土、施肥、育苗、栽树、浇水、管护套紧了。与刺槐、毛白杨、榆树、臭椿比，柏树是个奇物，一旦移栽成功，便风吹不动，旱扰不垮，霜击不倒，百年千年都是老样子，怪不得咱这里常让柏树陪祖坟哩。可是，咱这达的土质太狗怂，育苗比病秧子女人保胎还麻缠，十成保五就算烧高香了。日怪的是，我大总能从后山捎来成捆成捆的优质柏树苗子。枝肥叶满，根系连同泥土一起包裹地严严实实。后山，仿佛有个专门为我大提供苗子的大本营似的。

“是后山的麦客在帮我。”我大解释。

“最铁是一搭赶过麦场的，最怂是一起分过家产的。”老话，我信。

岁月增长了我的见识，我开始对我大的行为产生了怀疑。挖了这么多年，寻了这么多年，不可能寻不到坛子的。何况就我大那样精明的人，不至于弄不清坛子的大致方位。这个折腾法儿，别说是个坛子，是根针也该找到了。我终于忍不住开了腔：“大，你到底埋没埋那个坛子啊？！”

“……”我大惊住了，继而怒吼，“你个狗日的，你连你大都不信吗？没有红军，就没有你大，没有你大，就没有你。”

“可是……”

“没有可是，只要咱的命能保住，咱就守着这馒头山，寻，寻，寻，往死里寻。”

我还能说啥哩嘛，那就，挖吧；那就，寻吧。

“馒头山（哩嘛）山馒头……”让人心里恓惶的是，这支解放前奚落我大的歌谣，解放后照样用得上。我只晓得，馒头山上的坑越挖越多，树越栽越多。柏树是四季常青的，耐寒，抗旱，木质坚韧，老远望去，黑乎乎的一大片，像脑袋上的一个大疤，而且，这个疤不但没有愈合的时候，而且越来越大。我还晓得，因了我大，我们全家在村里灰头土脸，低头短气。上村小那阵，同学们跟着我的屁股喊：“秦球球，二杆子；他女人，三杆子；他娃娃，四杆子……”

那时候，村里人茶余饭后谝传时夹杂了一些稀奇古怪的事情，比如，某乡有一位哑巴女人突然说起了梦话，满口都是红军、蒋匪、河西走廊啥的，听口音像是四川人。全家人吓了一大跳，以为是鬼魂附体了。再比如，某村有个老头疯了，张口闭口都是“董军长”。有识文断字的就怀疑了，当年冯玉祥的西北军有一支部队在江西宁都与红军打仗时，临阵起义了，起义队伍里就有上千甘肃人。这老头喊出来的董军长，是不是那位在河西走廊被马家军割掉脑袋的董振堂呢？那些日子，上边专门对西路军流落人员进行了大面积排查，一下子就在天水、武山、清水、漳县一带查出了一大串儿，有江西籍的，福建籍的，湖北籍的，河南籍的……有被俘后逃出来的，有被打散的，有受伤后掉队的……他们大多改名换姓，有装聋的，作哑的，有成家的，有当光棍的，有当叫花子的……

西路军是啥？乖乖！查出来的，有好果子吃嘛。批斗挨整，那真格算轻的。

额的个天！原来红军和红军也是不一样的啊！这是我最惊人的发现。

“大大，你还会等和你一起掩埋红军连长的战士回来给你作证吗？假如那战士，后来成为流落的西路军，他还敢露头吗？”

“屁话！跟我找坛子。红军多得很，不光有个西路军。”

风声又紧了。核心的问题是，我大仍然没有找到坛子。上面来了命令，认为我大的历史问题不容否认，应抓去进行劳动改造，所谓劳动改造，据说是判刑后押到引洮工程参加劳动。我大赶紧找工作组商量：“领导，劳动改造是个啥？”

“就是通过劳动，改造一个人。”

“有没有用植树造林改造坏人的？”

"有。"

"那能不能把馒头山名正言顺交给我，我把他变成一片林子。再说了，我一走，这些年的工夫就日踏了。"

在我大看来，引洮工程尽管是重体力活儿，但远不及在馒头山挖坑栽树的劳动强度大，如今政府号召植树造林，他愿意在工作组、村委会和人民群众的监督下，一边寻找坛子，一边植树造林，一举二得。好在那时候公检法不够健全，我大说的也在理，上边一番研究，竟然也就同意了。但明确指出，改造你秦球球，就是改造你秦球球，不能把全家都搭进去。从此以后，馒头山就成了我大一个人的光阴。

有谁见过这样较劲儿的？年复一年，日复一日，柏树像蛇吞象一样一寸寸挑战着馒头山，与周边光秃秃的山梁对比分明。柏树盖头大，像大大小小的麦垛儿。有的树干粗如背篼，有的细如锨把儿。这一粗一细，以年轮的名义昭示着栽树时间的跨度和岁月的延伸。说是唐僧经历了九九八十一难，用十四年取得了真经，我大呢？遭难不可谓不少，可是，坛子啊坛子，你在哪里？

一线希望，从给"五类分子"落实政策开始。全村人开始胆正了，联名给上面写信求情，希望给我大恢复自由，理由有一大堆儿：一是秦球球解放前没干过坏事儿，每次闹匪，能主动帮村里人躲进堡子安身；二是红军和保安团交火之后，秦球球是第一个走出堡子与红军取得联系的人；三是秦球球当甲长时，暗里和老百姓合一股绳儿，没让老百姓吃亏；四是到底为谁守陵那点事，等找到证据再说也不迟，何况时过境迁；五是秦球球几十年如一日，植树造林，造福一方，一个人干了全村人的活儿，有功劳，有苦劳；六是……那一年，是 1979 年。

上面尊重了村民的部分意见，恢复秦球球的自由可以，但历史问题马虎不得，为敌人守陵还是为红军守陵，是个原则问题，待查……

该工作组和全村人吃惊了。我大恢复自由后，挖坑栽树，一如既往。

"自由不自由没啥，只要不挡我找坛子就成。"

三

当年的红军还真有活着回来的。1983 年夏天，当年的红军晏福生、陈明义、伍修权等人重走长征路抵达天水，寻找当年牺牲在娘娘坝的战友。于是，一段尘封往事石破天惊地被掀开了。原来，当年被李逢春埋葬的红军头儿，是红二方面军第十六师师长张辉，晏福生就是当年的师政委。时任成都军区副政委的晏福生扑在张辉墓前痛哭失声："老战友啊！革命胜利三十多年了，我……"

张辉的革命经历很快被确认如下：

张辉：江西安福人。1910 年出生于一个贫农家庭。1929 年春，毛泽东、朱德领导的红军来到他的家乡，他参加了红军，先后担任班长、排长、连长，并加入了共产党。1932 年 3 月提升为营长。1934 年夏，红六军团在中央代表任弼时、军团长萧克、政委王震率领下突围转移，张辉被提升为该军团第十八师五十四团团长，率部西征。10 月，红六军团到达湘西，与贺龙、关向应领导的红二军团会合，他又率部参加了创建湘鄂川黔革命根据地的斗争，调任第十六师四十六团团长。1935 年 11 月，张辉率部随红二、六军团长征。1936 年 7 月，被任命为第六军（即六军团，合编后称六军）十六师师长，于 8 月进入甘肃南部地区。9 月，参加成（县）徽（县）两（当）康（县）战役，他和政委晏福生率部英勇作战，连续击退国民党王均部队的阻拦，攻占两当县城。10 月初，红二方面军奉命北上，第十六师担任右翼先锋，他率部在天水县李子园全歼王均部队一个连。10 月 5 日，在娘娘坝遭遇王均部队阻击，不幸中弹牺牲，时年二十六岁。

那一年，我大已经六十四岁，老眼昏花，头发白了，胡子白了，腰杆子弯了。煤油灯下，活像一个枯瘦如柴的老鬼。我妈的唠叨有了新话题："我说你个老颠盹，人家张辉师长的战友都寻到娘娘坝来了，你那个红军连长的战友咋就寻不来哩？"

"你个女人家，咸吃萝卜淡操心。"

李逢春的历史问题拨云见日后，也给我大的问题带来了转机。上面认为，馒头山史无前例的森林覆盖率，是秦球球勤劳、诚实、艰苦的劳动取得的优异成果，尽管历史问题依然是个谜团，可是秦球球主动、自觉的改造行为广大人民群众看在眼里，记在心上。事到如今，历史问题可以不再追究。可我大并没有见好就收，突然提出了一个要求："听说，娘娘坝那边，要给张辉师长树碑，能不能捎带着给红军连长也树一块碑？"

"……"

"那……我还是寻坛子吧。"

也就是说，我大至死也没有停止寻找那个坛子。当年，我大被天水县评为"全县植树造林工作先进个人"，奖励现金一百元。我大断然回绝。我反而对我大的质疑更重了，馒头山上，真有他埋的坛子吗？他长年累月这是做啥哩嘛！

有个老汉寻到了馒头山，那时我大正在挖坑换土。来看他的老汉不是当年的红军战士，更不是红军连长的战友，而是李逢春。李逢春说："这坑，咱老哥俩一起挖，这树，咱一起栽。”

“你这辈子，和我意思差不多，难道也不懂我吗？我是寻找一个坛子。”

“那，咱俩一起寻吧。”

“这坛子，不好寻的。”

“我陪你寻。”

“哇哇——”我大当场号啕大哭，哭得天昏地暗。

我大就是那年离开人世的。按照我大生前的愿望，他被埋在了馒头山上。县里给我大树了碑，上书“全县植树造林模范秦球球之墓”。郁郁葱葱的柏树林，已经好几百亩了，几乎覆盖了整个儿馒头山，肃穆，庄重，威严，厚实。很多人感慨：“多么像个陵园啊！这么大，全天水恐怕也找不出第二个来。”据传，在镌刻碑名的事情上，上面动了一番大脑筋，有人提议务必在“秦球球”三个字的后面加上“同志”二字，有人坚决反对，也有人认为“还不是时候。”

要说坛子，墓碑下还真埋有一个，是李逢春花钱买的。坛子里装有黄表纸一张，上书五个规规矩矩的毛笔字：红军守陵人。我以为是李逢春写的，可他说：“我可写不好那五个字，是请窑沟的一个老汉写的。”

窑沟，容易让我想起当年那个叫花子一样的上门女婿，那个说着夹生天水话的河南人。我想，当年的中年麦客，如今该变成老麦客了吧。

风过处，馒头山——如今的天水县烈士陵园一片浅唱低吟，层层叠叠的柏叶“嗡嗡”作响，像古老而新鲜的天水歌谣，它早已把我大和馒头山有关的那支歌谣湮没了，像叙说另一段百年往事。全县革命战争时期和社会主义建设时期牺牲的天水籍烈士遗骸均从散落各处的大大小小的陵园搬出，集中迁入馒头山。

我拜访过李逢春：“您断断，馒头山上，到底有没有我大埋下的坛子呢？”

“有。”

“在哪达？”

“就我埋下的那个。”

后记：

1984年2月29日，国家民政部、财政部、卫生部、总政治部《关于解决在乡西路军红军老战士称号和生活待遇问题的通知》规定，凡经当地政府确认为西路军流落人员的，在没有发现重大政治历史问题的情况下，一般应当给予承认，并统一称为西路军红军老战士。一年后，老樊的真实身份这才浮出了水面。老樊并不姓樊，而是姓范，叫范云清，他就是当年和我大一起掩埋过红军连长的战士之一。红军三大主力会师会宁后，范云清随西路军血战河西走廊，在倪家营子战斗中被俘，后成功逃脱，一路寻吃讨要到了天水。老麦客——不，老红军范云清告诉我："你大从来没有埋过坛子。"

【作者简介】

秦岭，甘肃天水人，现居天津，中国作家协会会员，著名作家，天津市文学院签约作家。出版有长篇小说、小说集、随笔集《皇粮钟》《断裂》《绣花鞋垫》《抚摸柏林墙》等六部。主要小说有《绣花鞋垫》《弃婴》《皇粮》《一头说话的骡子》《透明的废墟》《硌牙的沙子》《碎裂在2005年的瓦片》等，中短篇小说三十多次被转载或入选年度最佳小说选本。曾登上2003年、2007年中国小说排行榜，获《小说月报》"百花奖"，第一届、第二届梁斌文学奖一等奖，四部小说被搬上荧幕或戏剧舞台。

历史黑洞里的人性光芒

——评《寻找》

段守新

近年来秦岭在短篇小说创作上用力颇勤，且状态颇好，佳作迭出。2016年完成的《幻想症》和《寻找》，更是其中光彩熠熠的两朵并蒂莲。两篇小说的创作契机，原是应刊物"纪念红军长征胜利80周年"活动所邀，老实说，这样的命题作文，并不好写，而秦岭却能独出机杼，以"一种新的形式"重新描述那段大历史的诸般波诡云谲，以及带给各色人等命运的起伏荣辱，他重述历史的情怀、勇气和智慧，无法不让人且赞且叹。

秦岭的家乡在甘肃天水，小说中有言，"咱甘肃是唯一一个三路红军全部经过的省份，光天水的红军故事几鏊笼也装不下"。话虽如此，但这些红军故事，在既往的主流历史叙述中，却并不都具有同等的地位和价值，有的固然被大书特书，有的却因受质疑和否定，而长期处于隐匿的状态。而秦岭所着重讲述的，恰恰是红军中的一个特殊支系，西路军的故事，更明白些说，是一些历史上的"失败者"，一些曾被牺牲和遗忘者的故事。正如《寻找》的题目所示，秦岭为自己设定的任务，即是要在另一条路径上，“寻找历史、战争与人的关系，寻找战争原点和人性脉络中的衔接的部分，寻找普通农民精神的伤口与枪伤、刀伤的不同，寻找战争与和平轮回中人的生存、生活形态。”（创作谈《我把往事与小说一起寻找》）显然，这是有别于正统意识形态的一条路径，因为构成它的起点和支点的，乃是人性、人道的立场和视域。在这样的立场和视域里，无分胜利者和失败者，也无分战士和平民，他们首先而且必须是作为“人”被刻画、理解和尊重——刻画他们在历史、战争与政治的风暴里宛如草芥尘土一样的生命轨迹，理解他们为信仰或是为生存而付出的一切，尊重他们洁净而又混浊的灵魂，以及卑微而又崇高的梦想。

秦岭以乡土世界为叙事基地链接历史，其通常的策略，是设置一个涉世未深的憨实少年作为叙事人，通过他的认知和言说，去展现复杂的历史人事。这样，他的懵懂无知与世事人心的深晦幽暗，他对主流话语自觉不自觉地认同、袭用，和事情的真相之间，往往会出现有趣的错位和反差。正是从这里，秦岭表达出他对历史的反思和讽刺态度，同时，也向我们展现了他的迷人的叙事才华。《幻想症》主要讲述的是“我奶奶”的故事——一个溃败后的西路军战士，如何流入民间隐姓埋名忍辱偷生，以及她和她的子孙们为此承受的巨大恐惧和磨难；而《寻找》则转而讲述“我父亲”的故事，虽然是一介草民，但他和《幻想症》里的“我奶奶”一样，同样也无法不为革命、战争和政治所搅动的旋涡裹挟。“我大一生的遭际，就在于掩埋红军连长那档子事儿上”，日后天翻地覆白云苍狗，秦球球不得不在各种政治力量和政治运动的轮番挫折下，虚与委蛇小心翼翼地谋求一家人的生存空间。而命运的吊诡之处在于，他不只无法见容于国民党，也无法见容于后来作为胜利者的革命政权。因为唯一能为他作证的红军战士，也由于“历史问题”成了“革命逃跑分子”，自身尚且难保，遑论其他？秦球球万般无奈之下，只好生编出一个谎言：他曾在馒头山上，埋有装着红军连长血衣的坛子。结果，他的下半生光阴，都花在寻找这个原本子虚乌有的物证上。一个无辜甚至有功的人，经年累月，胼手砥足，以蚂蚁搬山之力，寻找、求证一个自己虚构的谎言，只为了能够活着、活下去，试问，还有比这更荒谬也更残酷的人生吗？小说开篇那首民谣里所唱“翻里转面秦球球”、“斜里顺里想做人”，可谓精简地概括了主人公被历史所劫持、播弄，想要“做人”而不得的悖谬情境。——也因此，有识者认为，在赓续着秦岭以往小说中浓厚的现实关怀的同时，《寻找》更多出了一层超越性的对存在意义的哲学诘问。细细想来，这番议论确实颇有见地。

而秦岭的叙述摇曳变幻，并不由此止步。迨至新时期“拨乱反正”，秦球球的政治处境有所改善，西路军的历史形象也有所修正，但他开山取土植树造林的工作，却一如既往，以致死后馒头山上已有了几百亩蓊蓊郁郁的柏树林。如果说，秦球球此前找坛子，只是为了自保，那么从他栽树开始，他的思想已有了新的进境，他实际是用这种方式，在为那些沉入历史地层的被遗忘的生命，树起一块块万古长青的纪念碑，同时，也是在为自己求索真正的生存价值。秦岭熟悉小人物，偏爱小人物，对小人物的生存状态、精神心理，有着高超的把握和表现能力。而秦球球则代表着他笔下的小人物系列的一个重要的发展，他既有着这些小人物的共性，委曲中带点狡黠，狡黠中又透着淳厚，又以其身上迸发的人性光芒和精神力量让人肃然动容。

无疑，《寻找》将会成为秦岭个人创作史上的一篇重要作品。在《寻找》里，秦球球在寻找着坛子，更在寻找着生命的价值，而秦岭则在寻找着他所苦苦期盼致力抵达的文学的真义和境界。这不只体现在它的主题的多重意蕴上，它的夭矫变化的叙事艺术上，同样，也体现在它的充满质感的语言上。无妨这么说，一个作家的语言意识，一个作家对语言的敏感度和创造性，往往内在地决定着他在文学之路上所能推进的距离。客观地讲，秦岭在写作初期，他的语言意识还并不显明，而越到近来，则越呈现出一种高度自觉的状态和神采。他在语言中——既包括人物语言，也包括叙事语言——放胆糅合进大量的陇南方言、俚语、谣曲、戏文，不只增添了浓郁的乡土气息和地方味道，更具意义的是，他也将它熔炼锻造为一种个人化的话语风格，并发展提升为一种强劲的叙事方式、叙事能力。他的每一个字、词，句式，似乎都充盈着灵性、活力，都处于解放的、流动的、汪洋恣肆的状态。可以说，《寻找》近乎完美地诠释、演绎和佐证了这一点，只是限于篇幅，兹不赘述。

爱情的头发

周李立

一

下水道堵住了。泡沫都堆在方卓的脚背上。他觉得痒痒的，有种不太干净的感觉。但只一会儿，它们便消失了。浴室紫红色的地砖上，摇荡着一层越来越厚的水。隐约中，他低头看，水也是紫红色。尽管他根本不打算承认，但当时，他还真是忍不住想到些电影里浴室凶杀的画面。于是很快，他关了水，出来。

"许小言，下水道该修了。"方卓一边往身上裹一块蓝色浴巾，一边往卧室走。

这是方卓的专用浴巾，蓝底上，一只巨大的机器猫。

方卓不喜欢机器猫。他也表示过不喜欢。

"这？给我用的？"

那是第一次，他皱了皱眉，惊讶了一下。他似乎还想起来，很多年以前，他的儿子还很小，也用过这样一块蓝色的有卡通图案的毛巾。他忘了是什么图案，可能是一只鸟或者兔子。

他还是把许小言手中的浴巾接过来了，是客随主便、将就的大度样子。他以为许小言不过顺手拿了一条浴巾给他。可不是吗，就算他是应约而来，她也不可能连浴巾都为他专门备下了——那非得是两人要作长久打算的意思才对。况且，这花里胡哨的卡通玩意儿，跟她房间里的这些五颜六色的女孩儿气十足的物件们，本来就是相衬的。它们根本就是近亲，一个祖宗生出来的。

二十多岁的小姑娘么，都恨不得把自己也变成卡通玩具。他很理解地想，并平生第一次用机器猫浴巾，揉了揉自己显而易见生出白发的脑袋。

这没什么大不了，男人又不会在不过是临时用一下的浴巾的花色上计较。

"给你的呀！专门给你的。"许小言像是在等待着一个表扬。可能是对他的反应有点不甘，以至于她的语调都一路上扬到最后一个字，听起来像是在说法语。那时她还没有开始吃素，而刚刚生出的爱情就像红石榴里汁液充盈的籽，一点一点填满了她。于是她看上去总是很热，脸颊从早到晚地红着，也像石榴。那劲头，真是俗啊，让人欢喜的俗。

"是机器猫，哆啦 A 梦，人称蓝胖子，像你啊，肚子胖，脑袋圆。"许小言真诚地解释，

"乖乖，我胖么？"头发已经擦过，方卓就势让机器猫替自己挡住圆肚子，"你用什么呢？"

"我……是这个！"许小言变魔法一样，不知从哪里变出一块浴巾，粉红色的。她高举伸直的双臂，浴巾便打开了，撑得平平地露出图案。方卓认得，是 Hello Kitty，戴着红色蝴蝶结，在吃饼干。

那时，许小言不知有意无意，刚好让自己被这吃饼干的 Hello Kitty 完全挡了起来。方卓因此也第一次发现，她其实这么瘦小。哪怕她圆润的红脸蛋时常让她整个人都显得肥嘟嘟的。

方卓第一次见许小言时，她戴着白口罩，头上顶着小船一样的白色护士帽，只剩下两个眼睛缺乏前后呼应地在笑。后来，她摘下口罩，露出的却是一张饱满的圆脸，有些意外。

方卓听见咯咯的笑声，就像吃饼干的 Hello Kitty 在笑。而这也让机器猫忍不住凑上前，果断、霸道地抱住了 Hello Kitty。

二

回到卧室。许小言仍躺在床上，她懒洋洋的，声音很轻，可能是回应着下水道的问题，方卓不确定。她瘦了不少，皮肤却越来越白。红石榴瘪了，露出轮廓分明的经络。她应该还可以被那块粉红色浴巾，完完全全挡住的，只是方卓好像再也没见过她高举浴巾了。

方卓也躺了下来，把刚洗过还潮湿的脑袋，塞到许小言胸前。还好，这里一如既往暖和，有甜味。

许小言愣了一下，可能是刚醒来。她把方卓抱进怀里。他感到这动作有些生硬与迟疑。尽管这动作对两人都不陌生。他埋头，她便去搂他，像母亲搂孩子。

总是这样，许小言随后会在方卓那些"不知死活还敢往外长"（许小言一开始是这么称呼那些白发的，后来不知为什么她不再这么说）的白发上，聚精会神一阵。

她右手拿一把张小泉牌小剪刀，左手在他的头上努力摸索那些漏网的白发。她这时的样子，方卓当然不会见到，除非他的眼睛长在头顶。但这并不妨碍方卓相信，她清理白发时的样子，那肯定是专注而享受的。

那个戴白色口罩、护士小船帽的许小言，当时也是这样，紧张地举着一根塑料管，眼睛里却是一种莫名其妙、没有出处的笑意，像狙击手等待着扣动扳机的指令，她就等着时机一到，便绝不客气地把塑料管迅速准确地插进方卓嘴里。

完成后，她会如释重负地呼出一口清淡的气，显得心满意足。那塑料管，有牙膏、血液、消毒水、花露水、雕牌洗衣粉、黑妹漱口水……混合起来的复杂味道。它吱吱叫着，用力吸走方卓口腔中那些不断积聚起来的唾液，让他觉得自己正在和一个贪婪的女人接吻。后来，方卓与许小言第一次接吻，他发现许小言的吻其实一点儿也不贪婪。她甚至拒绝进入他的口腔，过分的客套，完全忘记当初她如何强硬、毫不客气地用特殊器具强迫他大张开嘴。他嘴里那些亟待整饬的牙齿，就这么暴露出来，像被扒光的女人一丝不挂露出不忍直视的惨白肤色。这被动的暴露让方卓感到羞耻。于是自尊心要求他避免去看右手边那个中年女牙医的脸，尽管那张脸事实上也只剩下防护镜后面两只毛玻璃一样的圆眼。而方卓的左手边，军火供应商许小言正在源源不断地给中年女牙医提供凶器——不明功用的金属小器具，凛冽、尖锐，轻轻地碰撞也会发出寒气十足的声响，如同对一场即将来临的血腥风暴的预示。

方卓索性闭上眼，眼前反而出现一些变态而过瘾的画面，两个女人，一老一小，一个男人，被捆绑、被用刑。他在快感与羞耻之间徘徊了一阵。

后来许小言便把塑料管探入了他的嘴，那画面因此又出现过一次。她戴着塑料手套。光滑的塑料手套偶尔会蹭在他的胡须上，像是一个塑料玩偶在自不量力地对他施行挑逗。

再后来，他嘴里的麻药开始发挥作用。他对自己嘴里正在进行的屠戮与修建都失去了感觉，他因此失去的，还有与此相关的那些联想。

三

可能是职业惯性，她热衷于探究他颈部以上所有器官的奥秘。如今她成为一丝不挂被暴露的那一个。哪怕她手上并没有举一根吸唾管，她也要尽力享受那种探入的快感。他猜想，她可能是需要为他的探入，寻得一种补偿。

在他乏善可陈的五官上，她似乎感到失望。但她很快便给自己找到了新的乐趣——他的白发。那些不知死活还敢往外长的白发，她宣布，要消灭它们。

女人是一种缺乏逻辑的生物，她们的生活，必须依靠一个个现实又短浅的目标，才能连续在一起，不然，她们会让自己像断线的珠子，蹦蹦啪啪四处散落，在身边男人的生活里，砸出一些毫无意义的无谓的空洞。许小言的目标，就是一周给方卓清理一次白发。一周一次，并非她刻意安排，而只是客观条件限制。方卓一周见许小言一次，贡献出一些精液与若干根白发。许小言的日子于是被连缀起来了。这似乎是件好事，让她在一段时期内生理周期稳定、面色红润。

“帮我剪白头发吧。”方卓于是提醒她。

“嗯……”许小言调整了一下姿势，以更利于操作。这让她更像是被迫去做什么事情，热情不高。

他埋着头，没动，但感觉得到她在焦躁、胡乱地动。

“你坐起来！”许小言好像怎么也找不到一个不别扭的姿势，终于决定换个思路，让方卓改变姿势。

方卓坐在床边的地毯上，背靠着床，上身赤裸，下身裹着机器猫。

许小言也坐起来，坐在床上。

他觉得她可能还需要醒会儿神。因为她冰凉的手指穿过他的头发，在头皮上落下的，是一串凌乱的指印。

“要开灯吗？”他问，并下意识看了看窗外。从天色上，他看不出几点。空白的天空像雨落之前的海面，灰得很沉闷。他时常看见那样的海。北中国的海很少狂躁，而是始终沉稳低调，像人到中年。

她迅速打开了床边的落地灯。粉红色灯罩投出暖光，却并未提升能见度。可能是这华而不实的光线扰乱了她的视线，那灯光又马上被灭掉了。

“原来是怎么做的？”她问，“今天总觉得别扭，白头发，太不好找了。”

“也是这样吧。”他答，一明一灭的灯光，刚刚在他的视线里留下了几个光斑，像飘落的叶子一样，缓慢下落。

他过了会儿想起来，他本来想说的那个下水道的问题。

上周，下水道就已经堵住了，他告诉过她。她为什么没有清理？这不太像她的作风。在医院工作的人都不免洁癖，她也不例外，她不应该容忍连续两周和不通畅的下水道生活在一起的……但现在，他觉得说起这些，好像不太合适。

“是吗？”她明知故问，又乱动了一阵，终于盘腿坐在床上，踏实了。

他听见剪刀开合发出熟悉的声音。这意味着他们之间的暧昧仪式，终于开始进行。但仍然不顺利。她叹气。他问怎么了。

“剪不完，剪了还长。”

“长了再剪。”

“有什么用呢？”她说。

“不是你喜欢吗？”他说。

他想，在认识她之前，他倒真不是太在乎那些白头发。他其实都想不起来是什么时候第一次发现自己已经长出白头发了。他四十二岁，应该是中气十足的年龄。然而他也时常想不起来自己的年龄，就好像北京的天色，总是看不出时辰。他把海鲜水产生意做到半个区的高档餐馆和会所的时候，会觉得自己老得应该去退休了，然而没有人告诉他是否能退休，他很多年都只为自己和家人工作。如果他自己不叫停，没有人可以让他停下来。但在许小言的房间里，他又时常觉得自己尚且年幼，尽管许小言比他还小十六岁。不过其实都没什么，三十、四十、五十，他并不觉得其中有意味深长的东西，五十岁的日子不也是这样吗，买入卖出，赚钱养家。

许小言第一次给他剪白头发的时候，他就发现她的兴奋程度几乎仅次于做爱。他顺从了她，反正也不是原则性问题。什么是原则性问题呢？他的生活，买入卖出，赚钱养家，是吗？他曾经觉得是，后来又不敢确定。

他那时问她，“爽吗？”

她手起剪刀落，稳准狠，在卫校里练的，“当然！”

他怀着一种不明确的想法，试探地说，“要是你换个没白头发的人呢？”

她假装把剪刀伸在他脖子上，“什么？换一个人？”她凶狠狠地说。只是那剪刀实在太小，让她的凶恶也显得没有支撑、不攻自破。

他竟然开始为自己的白头发感到自豪。他还想起，在牙医诊疗台上的时刻和那些变态的联想。他相信，这里一定有些共通的东西，比如他的暴露和她的侵犯，他的受虐和她的满足，他们各取所需。

她收回剪刀，像老奶奶讲述过去的事情，“以前有个男的，没有白头发，我就给他清理粉刺，每次他都会尖叫，就像……”她突然不说了。

他大概想到了她忍住没说的后半句话，感觉有些奇怪。他们再也不谈这个了——关于她如何养成了这种癖好。

四

她后来又多了一些怪癖。比如吃素。吃素似乎不应该算怪癖的，眼下吃素的人那么多，动物保护主义者，减肥者，信教礼佛者……但她的吃素，缺乏这样一个理所当然的理由。

她原来吃肉的，尤其鱼肉，一个人吃掉一盘红烧鱼。

“你是猫变的吗？”他说。

有时候是他，带着鱼来。这想起来很方便，他的生意不就是海鲜水产么。但实际上，并不简单，他又不是菜市场里的鱼贩，他和鱼贩之间，隔着三五层市场关系。所以，水产老板乔装打扮后，也亲自去买鱼。

在华联超市，他匆忙掠走一条死不瞑目的鲈鱼。买鱼这样的事情，他从来没想过自己会做。但事情总是这样，有一天你突然就变了。曾经坚固的东西顷刻如冰化水，流向陌生的流域，而且也貌似理所当然。卖鱼的超市，是他陌生的领地。他一度在复杂的货架之间迷失，他那时想起，妻子日复一日穿梭其中，想必该敏捷如逆流的鱼。他这么想着，竟然就看见了收款台，出口，就像溺水的人看见水面上的光。他其实并没有和妻子一起逛过超市。这里处处闪动着妻子一般的中年女人的脸，她们每一个都像国王，一切尽在她们熟练的掌控中。

做鱼的人，其实也是他。简单的清蒸，放葱姜生抽。再复杂些他们都不会。她一样吃完，只剩一堆干净的鱼骨。

她心满意足，要求他，下次买活鱼，因为新鲜。

她难道想自己杀鱼吗？他相信她也一定是这么想的。他不会收拾鱼，他在厨房的功夫远不及在床上。她是知道的。

但她突然就不吃肉了，鱼也不吃，打趣说因为自己太善良，不能杀生。

“龙虾海蟹，你做的是杀生的事。”她说，“所以我得少杀生了。”

第一次有人这么说他，原来他半生的生活都建立在对其他生命的掠夺上？一时都不知该怎么回答。

她又说，实在是怕了。说有一天她在路上走，前面有两人在吵架，可能是夫妻，也可能不是，但一定是亲密的人。他们吵得太凶了，简直要杀了对方。她躲远了，却始终记得吵架的人身上散发出的仇恨。他们为什么会那么仇恨对方？

方卓问，这跟你吃素有什么关系？

许小言说，谁能想到呢？吵架的人，他们也想不到有一天会恨成这样。这是报应。我要积德，给我，其实也不只是给我，给我们积德。

她又说，反正我是绝不会跟你吵架的。

方卓没有重视这个吃素积德的决定，只当她一时兴起，日后想来，真是掉以轻心。

许小言说，就这么定了。

所以，她开始吃素。

五

不杀生？许小言哪有这么善良？在他看来，她身上甚至有一种血性的残忍。

医院这种地方待久了，是不是都会不拿人当人看？在那里，人只是需要被好好打理的一个什么东西。医生护士们高傲地发出指令。病人们则完全遗忘自己与他们其实身为同类的基本事实，顺从地撩起上衣，脱下裤子，或者像方卓那样被迫张开嘴，脸上盖张塑料布，让口腔从上面的一个洞里露出来。人们躺在味道古怪的各种诊疗台上，像砧板上的肉，急切得像呼唤情人的爱抚一样呼唤着刀俎。这种自轻自贱的感觉，让方卓在牙医诊疗台上的大半时候都不得不闭上眼睛，并怀着对痊愈的希望或者干脆绝望，沉默地忍受陌生人对自己身体的摆弄。而更加不可忍受的事实是——这其实都是他自找的，他心甘情愿，甚至还为此花费不菲。好在这种不可忍受的自作孽、任由摆布的感觉，如今在他们的亲密关系中，被转化为他隐秘的乐趣。他确信自己是在牙医诊疗台上时，才体会到这种身体被命令被摆弄的微妙感觉的，那的确不算一种太舒服的感觉，似乎有意要跟自己过不去，极尽自虐。

但同时，却又是解脱，一种彻底放弃底线之后的轻松。轻飘飘的，随波逐流，有点像水里的枯叶。

护士们总有种不怒自威的气质，像安静的小猫表情庄严，但随时都会咬你一口。许小言便是这样，如果方卓认为那张年轻的脸意味着胆怯柔弱，那他一定会为此误会而自食苦果。好在事实上，方卓从一开始就认定许小言是个厉害角色。女人们其实都是不好惹的，但许小言的厉害不属于女人的厉害。女人的厉害是以柔克刚的厉害，她们善于迂回委婉地达成目的，妻子已经在多年的婚姻生活里让他对这种曲线救国策略的有效性，了然于心。比如妻子已百般温柔地让他开始适应每天早上喝下一杯腥味十足的牛奶了。但妻子这样的女人至少能让男人们虽败犹荣，不管事实结果如何，至少表面看来他是不输的。他只是谦让，不跟女人计较而已。他屏住呼吸喝光早餐桌上的牛奶，省却被妻子普及营养学知识的半个小时时间，换来一天的好心情。这其实是划算的。虽然天长日久的一味退让，也会让人丧失信心，以及很多的快乐，想来还是沮丧。

许小言的厉害却是另一种。或许她见惯了血肉模糊的场面，所以显得无所畏惧，恐怖片对她也是寡淡无味的，因为她总是能从那些开膛破肚的镜头里找出些显而易见的破绽。“刀扎进这个部位，怎么会一下就死了呢？太假了，最多痛一下，晕过去。”

无知者无畏的道理被她颠覆了,她的无畏来自于有知。不知道什么才会对她有所触动?

方卓只是偶见，许小言如何在一个撕心裂肺号啕大哭的男孩手臂上，风轻云淡地扎下一根比男孩手臂还粗的针管，又胸有成竹地轻轻把针头在几乎透明的皮肤之下翘起，他便知道了许小言是个什么样的女人。男孩的哭声随着许小言温柔果断的动作而音量骤增，男孩的母亲几乎都已经落下绝望的泪水，只有许小言，面带不知是否纯属职业性的微笑，宛如收银员专注地摸索出几枚硬币。

她其实做得很好，根本无可指摘。这是她的工作，她的职业，她没有选择。她必须让男孩、方卓，让她服务的每个人都预先经历一番身体的折磨。她还可以光荣地宣称自己与他们其实身处同一阵营，她不过是为了他们的身体最终可以不被折磨。这是不消多说的道理，谁都明白。但方卓却始终忘不了她施加给他或者其他人的那些身体的疼痛与精神的不适。她是天生的铁石心肠还是后天习得，不得而知。她自己呢？不会痛吗？如果自己也痛过，又怎么会对别人的疼痛麻木呢？他想。

把自己的身体彻底交给她吧！这个惯于折磨人的小妖精，这个冷漠的小可爱——这个无端而生的想法，让方卓不寒而栗。他想起小时候，父亲经常打母亲，用一根捞面条的长筷子，打得母亲惨叫，胳臂上一道道血痕。他想去救母亲，但他也害怕挨打。他从来没有救过她。有时候还是深夜，他被母亲的惨叫声惊醒。有一次他终于攒够了勇气，几乎都快冲进父母的房门了，姐姐拦住了他，冲他摇头。后来他当然知道了姐姐为什么拦住他，姐姐什么都知道，知道他们在做那事。那事根本就跟挨打没有区别——这个想法困扰了他很多年，所以他迟迟不结婚，直到三十岁那年遇见妻子。

他的牙齿，那时已经经过历时三个月的数次诊疗，被替换成了一颗再也不会有痛感的种植牙。这颗不知道是什么鬼玩意儿制成的赝品，如今仍然以假乱真地潜伏在他的口腔里，并因为牙床对陌生的植入牙齿的抵制，而落下一道不会如原生牙齿一样通过牙床调节来愈合的牙缝。那个牙缝成为新的灾难的酝酿地。牙缝里落下的肉丝和菜叶，侵犯着邻近的两颗健康的牙齿。最终他不得不听从许小言的命令，随身携带牙线。这都是后话。

当时，这个对所有东西都没有感觉的麻木的牙齿，他还没有完全适应它。冷热酸甜，到了它的领地，都一样不存在。他感觉不到它，有时候会恐慌，总担心它会掉下来，被他吞进肚子。

他怀着对诊疗台的隐秘怀念，向护士许小言电话询问，如何对待一颗没有感觉的牙齿？

许小言很专业地回答，“不要咬硬东西，不要吃太黏牙的东西，你别不信，那会把它给黏下来的，半年复查一次，每天用牙线。”

他似乎得到了明确的答案——软硬不吃？但他仍感到，不应该就是这样而已。

但的确仅此而已。这是中年女牙医和许小言的功劳，让没有感觉的牙齿一样正常工作，没有人会为此大惊小怪，连假肢都可以让人正常行走，何况一颗卑微的牙。

六

从来没有人敢像许小言这样对待他——她拔了他的头发。

痛——方卓叫了起来。

他突然理解了，那个被许小言挤掉脸上粉刺的年轻男人的尖叫，他或许比方卓还要痛，于是年轻男人在她手里频繁地尖叫。年轻人也许在高潮时刻都紧闭双唇。但粉刺打败了他，他终于叫了出来。不情愿地、难堪地、不由自主地叫喊，又是让人神清气爽、理所当然、酣畅淋漓地叫喊。

“对不起，我只是，想试试……”这一刻许小言可能才被他意外的叫声从困倦中惊醒。

“你……”方卓欲言又止，其实他也不知道自己要说什么。

“我没有拔掉，白头发根本拔不掉。”许小言道出实情，并摊开没有拿剪刀的那只手，伸给他看，“你看，什么都没有。”

“你今天怎么回事？”方卓说，他觉得自己的声音听起来，似乎在生气。他难道不该生气么？她偷袭他，可怕的女人。

“我错了，我放弃，我保证不动你的白头发了。”许小言竟然主动投降，完全在他意料之外。

她沮丧地把小剪刀扔在床头柜上。

他忽然有些后悔，那稍纵即逝的疼痛以及渐渐消退的酥麻，其实并不难以承受。这无伤大雅的戕害或许正是他希望的，他不正是以此，来确认自己仍是一个有感觉的人么？

七

他们参加过一次户外活动，爬长城，是豆瓣网上民间组织的那种。那阵他们刚开始熟起来。她兴致勃勃地约他，像无家可归的小狗在祈求你带它回家。于是他就出现在了这个平均年龄二十岁的团队里。那些孩子们，都像她，看上去总是很热。

也许他生活中的冰，从那时起便开始融化了。其实这个时间点还可以再精确一点的，是回程时他们的大巴车出事故的时候。

这次不严重的追尾，也足以让全车的孩子们惊慌了，只有许小言突然亢奋起来。她大声宣布，我是护士。她还像个女红军一样冲向那个受伤最严重的女孩——尽管那也不过是显而易见的皮外伤，但血肉模糊的效果也很吓人。

女孩被冲撞甩向大巴车的一侧，一块剥落的铁皮划破了她七分裤下露出的小腿皮肤。创口很快涌出草莓果酱一般的血，那血又顺着女孩的小腿，流到地上，迅速变成黑色。孩子们看上去都不太好受，他们瘪着嘴，无动于衷又满腹心事地站在那里。

鲜血让方卓眩晕，也让他觉得奇怪，晕血的自己怎么会成为每日杀生的海鲜制品企业的商人呢？尽管他其实并不需要经常面对那些相貌奇异的海洋生物。

他没有留意许小言是如何找到车上的应急包、又如何熟练地处理完伤口的。直到许小言跟他说话，他才看见，她手上还沾着那女孩的血。

他相信整个旅程许小言其实就这一刻最激动，眼神放光，多么迷人。

“你不怕？”他问，但马上就意识到这是个蠢问题，她是护士。

“这有什么怕的？”

她突然想起什么，说，“实习的时候，我在重症监护病房，那才是，阴阳之间，那里的人都不算人，那才可怕……”

方卓实在不愿意继续这个话题。他想起，牙医诊疗台边的许小言，兴致勃勃地指给他看那颗刚刚被拔下来的牙齿——混在不锈钢盘里的一摊血水和几团血红的棉球堆里——他的牙齿，坏掉的牙齿，丑陋的牙齿。

他感到恶心，还有一种他不好意思承认的兴奋。那都是他的血。

她怎么毫不顾忌？哪怕他残破的牙齿和鲜血的腥气。他一厢情愿地以为，这不只是因为她的职业素养，而是她也能感觉到甚而也迷恋这种兴奋。

而她，竟然还看见了他身上最丑陋的部分——那颗坏牙。

他应该是从那时开始，感受到她的独特的。这世上大多数女人都是柔弱的，像见不得阳光的植物需要遮阴。许小言不怕，越猛烈的阳光越让她欢喜。

“你不弄一下吗？”方卓指着她手上的血迹，打断她，而她一直在兴致盎然地回顾自己在重症监护病房的英勇经历。

她拿出一包湿巾，用手术之前消毒双手的专业动作，清理自己。

此后，每当她的手在方卓的身体上拂过，他都会觉得自己满身血痕，并因此而快感加剧。

八

“这不公平。”许小言说，“拔都拔不掉，明明都全白了。”

许小言遇上了强硬的死敌。

他不确定自己是否需要为此承担责任，因为的确是他的头发给她造成了困扰，但他其实也不希望自己的白发如此坚挺、表现强硬、负隅顽抗。

“你看！”许小言指着枕头。

他不明白她的意思，直到她又打开那粉红色的台灯，他才凑上去看清了水蓝色枕头上的头发，黑头发、长长的，卷曲盘绕着，像钧瓷上的裂纹。

“我的头发，全掉了，躺一下，枕头上就落下一大把，我快成光头了……”许小言听起来像是要哭了，犹犹豫豫地说着，尽管他从来没看见她哭过。

“正常人都掉头发。”他说。

她大声说，“没有掉这么多的，你看你，白头发拔都拔不掉。”

他无话可说，因为这是事实。

他一点也不喜欢这样的时刻：一个似乎脆弱起来的许小言，眼巴巴地等待着他作出解释，而他根本不知道自己被赋予了解释的义务，何况，他也无法给出解释。他知道，女人们多数时候早知道答案，她们只是要你把那个答案说出来。

她说，“下水道里，都是我的头发，刚清理过，又堵了。还有梳子上、地板上、洗脸池里，到处都是，随便在空中一抓，都能抓一把我掉的头发。”她一边说，一边挥着右手，好像真的在空气中抓那些掉落的头发。

他终于想起了一点什么，说，“你该吃肉，补补营养。”

她坚决地说，“不。”

“那你还不是得掉头发。”

“我不吃肉。”

“吃一点肉，又会怎么样呢？”他想起上一次的不欢而散，觉得自己不该提这个话题。

“跟吃肉没关系。”好在她没有在意，避开吃肉的问题。

“那为什么掉发？你学过营养学，应该比我懂的。”

“我不知道。肯定不是营养问题，我只是觉得，烦。”她把披在肩头的头发拢作一束。她的头发的确不多，但很柔软。她把一只手摊开给他看，“你看，又掉了这么多！”

“好了，宝贝，告诉我，你烦什么？”他搂住她。

“我老也不开心，想见你，但真见到你，其实更不开心，有时候恨不得去死，没意思，你说，我怎么了？”她的脑袋钻进他的脖颈。

“你今天心情不好。”他说。

“坏透了。”她声音很小。

“因为我吗？”他一点儿都不会哄人。

“我不知道,可是,你也没有办法啊？”她说。他觉得她的话听上去,更像是勒索。

他松开了她。

九

这不是第一次。上一次也是这样。她像溺水者伸出绝望的手，不喊不哭，但她在下沉，歇斯底里着要领他遁入深潭。而他根本就没有救她的能力，他连自己都救不了。他倒是曾被她救过——在他窒息之前，她给他戳出了那个透气的孔。

许小言倒掉一盘刚蒸出锅的鱼，“明明知道我吃素。”她连盘子都一块扔掉了。“盘子也不能要了。”她很委屈，死命地盯着方卓，像是要他赔盘子。别的话再也没有了。

方卓低估了她吃素的坚决，企图用久违的蒸鱼的香，安慰疲劳的自己和焦虑的她。这不能怨他，他们一起吃饭的时候实在少得可怜。

她正在为护士们必须参加的一个考试焦头烂额。一本《现代汉语词典》那样厚的复习书里，印满骨骼、神经、肌肉、器官、牙齿和它们各自的名字。她在“心肝脾肺肾”的内脏图那一页停留了一个下午，心不在焉地重复念叨着那些名字，声音像上过发条。

也许她那天的举动只是因为这些繁琐生硬的名字，和这个也许会很难通过的考试带来的焦虑，而不是因为他好心好意专门给她蒸的那条鱼。他但愿是这样。

蒸鱼之前，他倒真还想了想她吃素的问题，但他又觉得，她不会格外当真。开什么玩笑，有不吃鱼的猫吗？他想。

鱼是无辜的，但她不怜悯。

他真的生气了。他一天都没有吃饭，而她倒掉了一盘鱼。他饥肠辘辘，心情极坏。他还说了一句很奇怪的、像是电视剧里的话，“你不要太过分了，莫名奇妙！”

像是火车进入隧道，他看见她突然黯淡下去了，把一句话说得断断续续，“我怎么过分了？是你过分！你为什么要蒸鱼呢？你老是要诱惑我，一直都是你在诱惑我，让我吃鱼，我不能吃鱼，我吃素，我就是吃素，心甘情愿，我只配吃素，我就是莫名其妙，我再不要被你诱惑了……”

他心软了，他想起来，她也饿着。饥饿中的人倒掉了自己最喜爱的食物——他突然意识到，她其实在自虐、自罚，饥饿、吃素，都只是她残忍对待自己的方式。她那么坚决地自我折磨，他几乎可以预感到，都是因为他。爱情让她饱满，也让她羞耻，她不说，说不出口，而她正好善于让身体承担后果，她现在在对自己下手了。

或者，他不也是这样吗？以身体的受虐来缓解生活中那些说不出的羞耻和憋闷，饮鸩止渴，终于掏空自己，剩下一片空虚。他很清楚这根本不是他想要的，但他还是会这样做，他看不到别的办法。

于是他想道歉，想告诉她，倒掉一盘鱼算什么，你再倒掉十盘鱼都不过分。

但他迟迟也没开口，因为她消失了，他不知道自己应该向谁道歉——她还在这里，一遍遍冲洗着蒸锅，委屈却安静，像任何一个受气的小媳妇。

她已经不是她了。她消失了。果断冷酷折磨他的护士、圆脸红润而无所畏惧的许小言、那个笼罩于烈日光芒下的她，消失了，她再也不属于他了。

现在，剪白发的工作也不再能让她保持专注了。他想，他可能也会是一盘被她热爱、也被她倒掉的鱼。

十

据说恋人们在床上说得最多的一句话，不是一句情话。方卓相信这是真的，因为这句话许小言就对他说过很多次：“你压着我的头发了。”——看来头发一直是个大问题。

“所以人们才说结发夫妻吗。”有一次，他不知道怎么随口就说出了“结发”。说完便后悔。很多词都是不能说的。

她突然很僵硬，伸手把散落在枕头上的黑色长发拢成一束，拉到自己胸前。多么长而柔顺的一束头发——或许那时她就已经开始为脱发困扰了？

她转过身，背对着他。他看见她后脑上，竟然有一块突出的反骨。“这样你就不会压着我的头发了。”她不谈“结发”，却顾左右而言他。正如她这么久都避而不说“脱发”的问题，直到事到如今、万不得已。

而她的反骨，他以前竟然没有发现。

爱情一定与头发有关，尽管头发上根本就没有神经，无法感觉。青丝让你心动，于是你想与她白头偕老。这不就是爱情吗？抚摸对方的头发，爱抚身体，是一样的温存。有些女人可以与你亲密，但当你摸她的头发，她会紧张、不适。而男人们普遍都不喜欢被人摸头，除非是自己的母亲。没有感觉的头发，其实感知敏锐、情绪丰富。头发裸露着，单纯而无辜。但头发又任性骄纵，它大胆地泄露着你自己都不知道的那些关于你身体的秘密。而你对它，根本无可奈何。

这是个问题。为什么？他的白发，看似时日不多，却又根深蒂固，而她美丽的、年轻的黑发，只能无奈地脱落。他想，头发只是表象，根源应在身体内部。

想来多么可怕。她的身体，他自以为再熟悉不过的，但事实上他一无所知，那些主导着她支配着她的东西，他从未认识，就像她一遍一遍背诵的那些人体结构图、神经分布图、口腔、内脏、心脏、脑部的复杂图示——人的复杂，远远超出人类自己的想像。于是如今，他才会恍然大悟般发现，爱情已经神不知鬼不觉地改变了她，改变就发生在他眼皮底下。

他相信，她对他也是如此。哪怕她可以熟稔地背诵出人体全部内脏名，她也无法了解他。她锲而不舍于他丛生的白发，是否也是希望从上面读出更多关于他的信息？

十一

他曾经无数次从这里离开，那多是一些阴沉的天气，模棱两可的气息，像极了路上行人们的神色，既不会有大雨落下来，也看不出晴朗的可能。这座城市的路人们，都带着一种绝不会泄露心事的表情，或者再彻底些，直接戴上口罩，适应着凶悍的天气。

如果不是这样的天气，他也许会有更多感触的——每次从许小言的床上离开，他都会这么想。

他总以为自己会想很多的东西，但是却从来没有，高兴时、甜蜜时、生气时、烦躁时……他统统都没有办法思考，其实，他也不知道自己该思考什么。但他知道自己早就出了问题，许小言曾经短暂地让他忘记了那些问题。可是，后来，他把许小言也带入了这片混沌得仿佛没有时间的永恒静止地带。

这天他离开时，意外地在下雨。雨不大，却很实在，可以在路面砸出水花。

他起初不太相信，这毕竟是一个让他难受的日子，他觉得有些不好的事情即将发生，但又不知道那是什么，他只是心神不宁。

他草草地吻过她，再一次与她不欢而散。他落荒而逃，像很多次那样。

偏偏今天下雨？

直到他走进雨里，雨滴打在身上，他才真的激动起来。

天色仍然灰白，几乎和平时没有差别，但是却真的在下雨。他都不记得北京城上一次下雨是多久以前的事了，或许其实也没有太久。只是他没有注意，只是时间让他有这样的错觉。

雨越来越大，该怎么冒雨回去呢？

他几乎是下意识地又回到了楼里，上楼梯，打开了她的门。

他需要一把伞，或者得告诉她，外面下雨了——这是不一样的一天，一切都会好起来。他隐隐有这样一些意识。

她竟然在拔自己的头发！

他没有看错，她有节奏地、一根一根拔下自己的头发，好像那根本就不是她的头发。

他惊动了她。

她扭头看他。她脸上丝毫没有被发现后的惊慌。她甚至根本都没有停下手上的动作，拔一根，用力甩一下手，头发似乎仍缠在她手上，她又甩手，然后又理出一根，拔下来，好像就是做给他看的。

她不说话，也不动，盯着他，好像他们根本就不认识。

他感到头皮一阵发麻，好像是他自己的头发正在被她一根根扯下来，痛得他龇牙咧嘴。

他喃喃着，疯了，疯了，就觉得自己马上就要瘫软在地上了，也许马上就要死了，人是很容易死的。他心里一阵发凉，他的心跳是不是已经停止了？

他八岁的时候，母亲死了，毫无征兆的。母亲给他们姐弟做好饭，就开始补袜子，补着补着，她突然放下袜子，去院子里，仰头就喝下了一瓶农药。姐姐告诉他，父亲外面有人，走了，母亲知道了。

他一直生母亲的气，很多年都不能原谅她。后来，他也结婚了，虽然他一直对婚姻感到恐惧，好在他结婚的对象是温顺的、知书达理的妻子——这样的女人，或许不会像母亲那样决绝？动不动就发疯？

但他错了，温顺的女人会更让你疯。妻子是蒲苇韧如丝，那张平静的脸，从来不动怒、不生气、不责备、不出格、不犯错、不高声说话、不哭闹、不叫、不喊、不急、不烦——所以，她总是能达成目的。

母亲死后，姐姐突然就嫁给了一个瘸子——他不明白，他一直相信姐姐会顺理成章嫁给青梅竹马的那个人。女人们为什么总是要让他意外？姐姐要带着他跟瘸子住在一起，瘸子的家是有院子的三层小楼。他逃了出来。

他只能逃，再逃一次。

他三步两步跳下台阶，在最后一大步时跌倒了，跪在水泥地上，膝盖破了，他顾不上，龇着嘴，爬起来接着跑。

终于跑到雨里，他大口喘气，吞下一些雨水。他试图让自己平静下来，但他感到很恶心，想呕吐，又吐不出来。

他弯着腰，两手撑着自己大腿，还是吐不出来。

他是在这时发现自己手里还拿着一个东西的。

是的，他本就回去拿伞的，但他拿的不是伞。

他似乎想起来，在夺门而出时，他的确顺手从门口抓了一个东西，他当时根本顾不上想伞的问题，他只是无意识地拿起一个东西，一心只想着，要离开她，她疯了。女人们都是疯子，可怕的疯子。

他举起双手，把这条蓝色机器猫图案的浴巾撑开，像当初的许小言那样。

他就这样，举着浴巾，让自己不被雨淋着，一路小跑。

他想，自己该上前制止她的。但他做不到。他像泥菩萨自身难保。他心里想着，原谅我吧许小言，一边又加快了步伐。

十二

那天，不少因为下雨摘下了口罩的路人，都看见了这个举着蓝色机器猫卡通浴巾奔跑的中年男人。浴巾飞起来，像超人的披肩一般招展。

没有口罩的时候，人们好像会愿意多说几句话。

“看那个人，两手举了个旗，在那跑。”

“哪里是旗？是个浴巾？”

“嘿，是机器猫。这人疯了吧？”

“跑得还挺快么！”

“别笑，他在学习刘翔呢……”

【作者简介】

周李立，女，1984 年生于四川，现居北京。中国作家协会会员。2008 年开始发表小说。中短篇小说集《欢喜腾》入选 2013 年度“21 世纪文学之星”丛书。获第四届汉语文学女评委奖、第六届“茅台杯”《小说选刊》奖新人奖。

“凛冽的隔膜”

——评《爱情的头发》

卢　翎

作为一种现代社会的文明病，孤独感和人与人之间的隔膜是自现代派文学以来文学写作的母题之一。作为出生于 1980 年后的一代人，成长在改革开放年代这一特殊语境下，充分地享受着一个新时代带来的物质的丰饶与和文化的多元，自然，他们对现代人内心隐疾、生存困境也有着深切体悟。周李立曾说她的小说“总是在写一个人与另一个人之间、一代人与另一代人之间、一个生活现场与另一个生活现场之间、一种处境与另一种处境之间、一种欲望与另一种欲望之间的隔膜与屏蔽”。这或许是她眼中的世界。然而，问题在于如何以小说的方式呈现所看到的世界，表现这种“隔膜与屏蔽”，传达对人的精妙地精神境遇的感悟。短篇小说《爱情的头发》，可视作周李立的一次尝试。

头发，不是人体的器官，却是人体的一部分，从我们的身体内部生长出来，伴随着身体的始终，我们的生命阶段、身体状态乃至情绪、心理、精神状态，都由它自然地呈现。或许正是因为头发诚实地向世界呈现我们身体和内心的全部秘密，所以，在文人的笔下，它的丝丝缕缕总是与心境相连。像“白发三千丈”,那是李白内心的愁绪,而“怒发冲冠”则是岳飞满腔的悲愤与焦灼，还有“多情应笑我，早生华发”，应该是苏轼的无限感慨。对此，周李立是了然的，同时，她又是敏锐、机智的，她这样说，“没有感觉的头发，其实感知敏锐、情绪丰富。头发裸露着，单纯而无辜。但头发又任性骄纵，它大胆地泄露着你自己都不知道的那些关于你身体的秘密”。因此，在《爱情的头发》里，她从“头”写起，头发是“关键词”，也是小说的核心意象，它由始至终与主人公的恋情缠绕在一起，泄露着“那些秘密”。

因为一次邂逅开始了一场各取所需的婚外恋情。然而，随着恋情的生长，男女主人公却陷入了更深的孤寂之中。

方卓的“白发，看似时日不多，却又根深蒂固”，仿佛永远“拔都拔不掉”，象征着疲惫无奈的心情和无法摆脱的“心魔”；许小言“美丽的、年轻的”、“长长的、卷曲盘绕的黑头发”，却无端地大把大把地掉落，则隐喻着许小言内心的茫然、孤寂和绝望。顽强生长的白发和无奈脱落的黑发是方卓疲惫无奈的现在、无法摆脱的“心魔”，是许小言的茫然孤寂的绝望。他们近在咫尺，“自以为再熟悉不过”，事实上却一无所知。方卓找不到温暖，更无法拯救许小言，“她像溺水者伸出绝望的手……歇斯底里着要领他遁入深潭。而他根本就没有救她的能力，他连自己都救不了”。人与人之间的隔膜如天堑般无法跨越，越是渴望认识了解，就越是被隔膜所阻断，仿佛置身无底的深渊，只能徒劳地独自挣扎。“头发”以其颜色、形态、质感将人的内心的荒芜与冷漠袒露无遗。这何尝又不是一种镜像，现代人无法摆脱的生存困境，一种普遍性的精神境遇。

在短篇小说中，周李立偏爱“碎片化的叙事结构”，即打碎时间的链条，将一个个蕴含丰富心理内涵的“碎片”，拼贴为“一幅时空反复流转的斑驳拼图”，情节断裂形成的空缺使文本的张力得以加强，进而拓展小说内涵的表达空间。这一结构方式在《爱情的头发》被运用得得心应手，在现在与过去的往返跳跃中，在碎片与碎片的灵动拼贴中，人物内心的图景渐次打开，兼之冷静客观叙述态度，将个中的悲凉演绎得透彻骨髓，格外凛冽。

周李立偏爱以一种冷静客观的叙述态度呈现这种“隔膜与屏蔽”。在《爱情的头发》中，她在渐次打开的图景中，一派荒芜萧索。

朋霍费尔从五楼纵身一跃

蔡 东

海德格尔行动筹划了已有半年，总是快成了，到底又没成。周素格透过玻璃窗往外看，大晴天，阳光从无云的天上浩浩荡荡地涌过来，阳台，花坛，泳池，到处积着白亮的光，看得她一阵眩晕，转回头来向着室内，眼睛里似蒙上了一层雾翳。

钟点阿姨负责清洁的最后一个地方是厨房，眼看阿姨晾抹布摘围裙了，周素格才下定决心，还是张嘴吧。

她把阿姨拉到卧室里，问，你再待两个钟头行吗?

阿姨警觉地扬起下巴，说，活儿干完了，瓷砖缝儿都用牙刷来回刷了。

再待两个钟头，不干活儿，看电视。

对方正犹豫着，她补上一句，这两个钟头也付给你酬劳。

阿姨朝门外努嘴，他呢?

他不跟我出去，你俩一起看电视吧。

你出门办重要的事情?

周素格点点头，是，有重要的事情紧着办。

她走到电梯口，盯着楼层显示器，电梯在十七楼停了一会儿，动了，每层一顿，她没再等，转身沿楼梯走下来。她步子急促地走出小区，穿过斑马线，进入路对面的公园，找到一张长椅，坐下来。

眼前是一块草地，网球场那么大。她望着草地，心里只有一种感觉，辽阔，太辽阔了。她塌陷进椅子里，身体本来像一把扎紧的线穗，这会儿，倏地全松开了。风是暖润的，阳光从树叶间漏下来，碎碎地落在身上。她向后仰着头，眯起眼睛，看到无云的天空像一张干净的没有皱纹的脸。

头顶的树叶，被阳光照耀成半透明的片片琉璃。她呼出一大口浊气，顿觉全身一轻，眼目也清明起来，目之所及，往常混沌沉闷的那一整块绿，活泛跳闪起来了，在初夏澄净的阳光里，各有各的意态。凤凰木、鸡蛋花、垂榕、香樟，她一一辨识了出来。

还有更多的树，绿得深浅不一，叶片形状各异。她有些惭愧，此前，她一直以为它们是同一种树。她沿着被树荫覆盖的小路往公园深处走，细细地看树干上的标识牌，绢柏、大叶紫薇、菩提、黄缅桂、木莲……远处的斜坡上，孤零零长着一棵树，正开着蓝色的花，一种恍恍惚惚的蓝色，花朵聚集在树梢，如一场场梦境般，浮在空气里。她走近了看，这棵树叫蓝花楹，它还有一个更美的名字，蓝雾树。

她倚着蓝雾树坐下，身下的草，在这背阴的地方，绿意更加凛冽鲜明。不远处，一个老太太领着一个三四岁模样的小女孩玩耍，小女孩看起来很不高兴，她一做状要哭，老太太就慌了，把她抱起来轻轻摇晃着。晃一会儿，老太太试探着把小女孩放下，小女孩不依，老太太就蹲下身子藏在灌木丛后，然后猛然露出头来，嘴里发出“叭、叭”的声音，小女孩嘻嘻笑了。周素格看到，孩子暂时得到安抚后，老太太转过身去疲倦地闭上眼睛，很快又睁开，眼皮奋力往上一抬。她挤眉弄目，不断露出夸张的表演性的神情。周素格望着老太太，只觉得累，觉得伤心。再远处的花墙下，聚集着成堆的老人和孩子，好像大家聚在一起，度过一个下午就不那么艰难了。照看孙辈的老人大多是胖子，不是源自于单纯享乐的胖，是终日劳累精神紧张暴吃出来的那种胖，她们穿超市开架的廉价服装，兼之头发稀疏一脸横肉，看起来总有些不堪了。周素格知道，她们本来不是这个样子的，她感叹着，把目光从花墙处收回来。

老太太又神秘地消失在灌木丛后，露出头来时，小女孩没有笑。她只好抱起女孩，去了花墙那面。过了一会儿，一个年轻女人走过来，坐在蓝花楹树冠的阴影里，她看起来有些心神不定。很快，她的手机响了。她受了惊吓般从包里翻找出手机，她说，怎么了，我还在商场，衣服没挑好呢，回不去。她有些急，到底怎么了，你说呀。她说，你别把孩子送过来了，我回去吧。

周素格同情地看着年轻女人，电话那边儿应该是她丈夫，周素格猜测着，又是一个无比重要的女人，刚出来不到半个钟头，丈夫就通知她，孩子哭了闹了，也可能，没说孩子想妈妈掉眼泪了，就一句话，“你回来看看就知道了”，不祥的气息从电话里透出，女人心往下一沉，然而又觉得这情境甚是熟悉，未及辨认清楚嘴里已答应回去了。

年轻女人没有马上回家，女人把自己摊平躺倒在草地上，躺了一会儿才起身离开。

周素格看看表，她也是时候回家了。她走出浓荫，置身于夏日阳光的明亮中，明亮得像歌剧女演员的一长串高音。

路上，她想着美好的蓝雾树，想着发生在蓝雾树旁的两幕小小的悲剧，一步一步地往家里挪。

昨天晚上，她想出去散散步，没什么，就是出去散个步而已。她刚站起身来，他马上也跟着站起来。她看一眼他脸上的表情，即刻判断出，这会儿他不是成年人。她说，你先坐下，别动。她边往储藏间走，边回头看他，他动作迟缓地坐下了。

储藏间里放着一把椅子，楸木框架，布艺软包的靠背和坐垫，可折叠，最大角度一百二十度，真是一把宽大舒适的座椅。半年前，她找遍家具卖场才寻获到这样一把椅子，她掩饰不住自己的满意，以至于连九五折的折扣都没有要到。她以为自己早就准备好了，准备好做那件事了，工具齐备，具体实施时动作的步骤和要领也烂熟于心，或者说，她在意念中已完成过很多次。她甚至专门为那件事起了个代号，就叫“海德格尔行动”。

她坐在椅子上，椅子含着她，储藏间的杂物含着她。每次在储藏间待久了，看着木架上一层层放好的生活物品，就好像看到了一层层时间，云母片岩一般的时间。小小的储藏间盛放着过往那些有密度有兴致的生活，分类放置的用品，代表着过去某段时期在某个领域的阶段性狂热。她时常在清晨午后的某些时刻讲究仪式感和器具之美：生活中需要这样的时刻，哪怕有些做作，哪怕心知肚明这不是常态。储物格里是软布覆盖的茶具，抽屉里是闲置的烤盘，角落里是蒙尘的长方形塑料盆——她喝茶、烘焙和种菜的残留，那些曾经热烈的过日子的兴头。

实施海德格尔行动所必需的工具，被她藏在储藏间最隐秘的地方，一个暗格里，跟她的白玉吊坠、珍珠手串和金饰放在一起。工具说平常也平常，但毕竟不是常见的家庭日用品，托老家的亲戚专门找了寄过来，颇费了番周折。

她抠开木板，往里头看，先看见的不是黄金珠玉，不是发光的黄金珠玉，是那件颜色暗沉的工具，一下子就扑到眼睛里。

她已经很久不佩戴首饰了，但始终记得首饰接触身体时的感觉。夏天戴上珍珠时那一瞬间的微凉，冬天热热的白玉坠子从毛衣里拉出来时胸口的虚空。

她抬起手来，准备取出工具。手缓缓地接近柜门时，她看见自己手上的皮肤变柔润了。有光透过玻璃窗，照进幽暗的储藏间，月亮出来了。

她挽起窗帘，重新坐回到椅子上。月光顺着黑暗淌过去，跟那天晚上的月光一样，柔软，轻逸，静静地在房间里漾着。得有十年了吧，那个夜晚，依然清澈地浮在无数个模糊晦暗的日子上面。

那晚，她走进卧房，摁下吸顶灯的开关，灯管沙沙两声还是熄灭了，房里却有光。她走到窗前，发现了天空中的月亮，月光沿着她散开的头发披拂而下。看到手臂上的光，她蓦地愣住了，仿佛是多年来第一次意识到夜晚还有月亮。清光湛湛，融掉了一大片黑夜，月亮周围，是冰环一般的莹白的清朗，接着，才是灰蓝色的夜空。他也走进来，跟她并排站着。她说，我想起来了，以前读过的古诗都活了，有自己的气息和体态了，我好像一下子能回到古时候：亲眼看见写诗的那些人了。你看看，唐朝的月亮，不也是这一个吗？他说，我知道，不用多说了。他们两人，心领神会，他们两人和月亮，也心领神会。久远 古老的月光，雪一样轻盈地落在他们的身体上，又化成了水般流向地面。月亮是痴的，多少年它都没变。他们在月光下并排坐着。她全身松弛，只觉得安详，她在他脸上也看到了踏实和平静。那一刻，她确信，他们抓住了一点儿不变的东西。那是个安全和确定的晚上，每次世界又让她惊惶难安时，只要一想起有过那样一个晚上，她就觉得心里踏实了。总有一些不变的东西。

此刻，她坐在椅子上，为明明没做成的事歉疚着：你想做什么？你想对他做什么？她合上暗格的门板，使劲儿摁了摁，像是要把那个邪恶险峻的念头关在里面，关严了，封死了，直至化成时间的灰。

她走出储藏间，把他从沙发上拉起来，说，走吧，我们一起散步去。

他们沿着人工湖的步道散步，月光在湖面的开阔处随水波潋潋地晃荡。他跟在她身后，不像影子，像是长在她身上了，硬石头一般，磨着她，坠着她。

夜里躺在床上，他抓着她的手才能入睡。自从朋霍费尔被发现摔死在小区天井后，他的情况就更糟糕了，清醒的时候越来越少。熟睡时，他依然花着一部分力气攥住她的手，甚至嘟嘟哝哝地，抓起她的手指头来用力吮吸。她夜梦很多。有时候会梦见朋霍费尔，被他揽在怀中，直直向上的尖长耳朵，全蓝的圆睁的眼睛，使得它保持住一副惊奇的表情，相较于雪白细滑的长毛和秀丽的尖脸，他更喜爱它这副惊奇的表情，好像时刻对世界有所发现。还有的时候，她梦见自己坐在飞机上，看到绵延的山向着一条河倾倒下去，流水被压扁，渐渐停驻在河道里，不动了。

第二天，周素格请钟点阿姨在家里多待了两个钟头，她独自一人来到公园，认识了一种叫蓝花楹的树。

我出门有紧急的事情要办。周素格眼巴巴地看着钟点阿姨。

钟点阿姨在家里做了三年，名字她总记不住，只记得是姓张。试用的那次，张阿姨做完清洁，和扫帚拖布一起并立在房间一角，喊准雇主出来检查。当着人家的面，周素格只随意扫了一眼，点头说好。等阿姨走了，她才蹲下去，伸长胳膊往电视柜里头摸，摸到最里面，看不到的地方，还是湿漉漉的，擦过了。谢天谢地，她在心里叫道。她俩年纪应该差不多，但周素格一直叫她阿姨。

阿姨说，你怎么又要出去办事？是上个月还是上上个月，不是办过了吗？

哪能是一桩事呀。你不用干活儿，就坐在沙发上看电视。咖啡茶，想喝什么就喝什么。水果，鸡蛋卷，核桃酥，饿了就吃。

你出去多久？

三四个小时吧！

是三个还是四个？

四个。

那不行，待四个钟头就六点多了，我还要赶回家做晚饭，我男人——

这次酬劳加倍。是急事，阿姨，你当帮我个忙吧。

张阿姨用百洁布猛搓几下人造石台面，抬起头来说，去吧，你去吧。

为了节省时间，周素格选择乘坐地铁，转一条线再坐三站，就是博物馆了。

几天前的傍晚，潦草的饭菜又被端到油腻的茶几上，她招呼他过来吃饭。两人一边看电视，一边把食物塞进嘴里。就是填饱肚子而已，他们已很久没有坐在餐桌前，好好吃一顿晚饭了。

本地新闻依旧是高空坠物、涵洞抢劫、孩童出走，节目快结束时才播报了一条文化新闻，她听着听着，猛地抬起头来，盯住了电视画面。屏幕里像透出一道光，另一个世界的新异的光，一下子照亮了接下来暗淡的一日。她站起来在屋里走来走去，越想越兴奋。兰森，她脱口叫出了他的名字。

随即，她意识到了什么，脚步放慢了。暮色在这一刻步入房间，她沉默地坐下来，夕照的光犹疑无力地浮动，屋里明明暗暗，抖颤着，悬垂在白日的边缘，不知道什么时候，黄昏转了个身，不见了。天黑了下来。

夜里她睡不着，照例是精骛八极心游万仞，头脑变得机敏异常。石器时代文物特展，石器时代，石器时代，她在心里默念着这四个字。她已经五十多岁了，却突然想到该去博物馆看看了，突然对石器时代的人怎么生活产生了兴趣。她也想跟他说说，像以前那样，无论多么复杂幽微的感受，也无论这复杂幽微是用多么破碎的语言表述出来的，彼此总是会意，不住地点头，并用欣赏的眼神看着对方。现在，她的高兴或悲伤，都没法邀请他品鉴了。

到底该怎样摆脱他呢？无数个想法像透明的汽水泡成串地升腾。第二天一大早，她下定决心，实施海德格尔行动。当然，上午一定要对他和善些，要忍住脾气少训斥他。她打算吃过午饭就取出木椅子和粗麻绳，捆住她的丈夫，确保他待在家里不会乱动煤气，也不会跑出去走丢了。她将拥有完整的一下午时间，想着想着，她就笑出声来了。

午饭是精心烹制的，红烧排骨，小白菜炒豆皮，西葫芦鸡蛋饼，海带汤，一一端上餐桌。吃饭的时候，因为知道海德格尔行动已矢在弦上，她对他就格外耐心，一脸笑模样，往他碗里夹排骨，轻声细语地让他多吃。落地镜映出餐桌和餐桌旁的两个人，她瞥了一眼，见镜中的自己正在微笑，只觉得别扭，镜中笑容蓦地消失了。她夹起几根豆皮，掉了一根，又瞥一眼镜子，心里有点儿发毛，怎么越来越不认识自己了，越来越拿不准自己了。说不清楚，真说不清楚。

他好像知道她是谁，眼神里没有茫茫的不安。她收拾碗筷时，他突然拉住她的胳膊，让她坐下。

她只好坐下，他慢慢从裤兜里掏出来一个什么东西，放在她手心里，郑重地压了压。她低头一看，竟然是一张皱巴巴的五十元钞票。

丈夫脸上带着讨好的笑，像献宝一样，给了她五十块钱。她想起了自己的母亲，母亲去世前的几年已不能走路，隔一阵子，歪在床上的母亲就跟犯了错一样地往外掏钱，她又急又气不知道该说什么好，母亲就讪讪地，把钱重新放回到枕头下面。

她把钱塞回到他手里，说，你是不是害怕什么？害怕我不管你？钱你自己收着吧。

他说，给你的。

她小心翼翼地问他，给我的，你知道我是谁吧？他低下头，攥紧了钱。

她叹了口气，说，我是周素格，你爱人周素格。你叫乔兰森，科大的哲学老师。咱家还养过一只猫，白色的安哥拉猫，你起的名字，朋霍费尔。

他认真听着，过了一会儿，他说，知道，我都知道。

周素格心里已然后悔，怎么又提起朋霍费尔了，万一他像上次那样拉着她到处找猫怎么办？她记得他遍寻不获的失魂样子。再度提起朋霍费尔，她心里是咯噔一下的，她忽然觉得有点儿不对劲儿，朋霍费尔是一只年届中年的猫，身手还算敏捷，经常上上下下地攀爬，五楼也不算高，它怎会落得如此下场呢？

无论如何，她都知道，博物馆是去不成了。一天天等着盼着，终于到了保洁日，她抓住钟点工来家里做清洁的机会，独自一人来到市博物馆。

一步就跨进了三百万年前。这里是另一个世界了，离她的生活足够遥远。她从没像现在这样渴望遁世，一瞥见几个中老年妇女在屏幕里晃动，她就烦躁不安，她对所有的时装电视剧都过敏。

第一眼看到石核、石球、刮削器，她呆住了。跟精巧无缘，但也绝不粗陋，她观察着小小的石球，一侧是毛糙的岩石粒，一侧光滑。它起起落落，砸开过多少颗坚硬的果实，她想象着那个场景。刮削器更让她惊叹，那磨过的一溜薄石片边儿，那一点非天然的弧度，现在这样看着，既叫人心生谦卑，又不禁后怕，那惊心动魄的一磨，到底是怎么发生的，要是没有那道灵光闪过，此刻我又在哪里？

旁边的展柜陈列着蚌饰和牙饰。她仔细一看年代，石球和蚌饰，竟然相距了两百万年，现在，它们只隔了一面玻璃。

她来到展厅中间的独立展柜前，里头是一块赭色的化石，它曾经是一只披毛犀的头骨。化石后面的背板上贴着披毛犀的复原图，还有一小段文字介绍。披毛犀是独来独往的猛兽，体长四米，鼻上一根长角，长毛垂地，皮厚得像铠甲。

石镞，陶鼎，纺轮，玉琮，每一样她都看得入了迷。最让她心动是一只骨笛，用鹤的骨头制成的笛子，笛子的一头已有些残破。她久久地盯着这根被制成笛子的鹤骨，鹤骨娉婷，担在两块肥圆的石头上。笛声如一缕轻烟从笛孔里飘出来，淡青色的烟，淡青色的笛声，升到穹顶处，顿了下，散开了。她的身体猛然一抖，灵魂归窍。

展厅里渐渐暗下来。最后，她重新回到披毛犀的化石前，她把手放在玻璃上，轻轻摩挲着。她真想骑着这头长毛垂地的猛兽，穿过一片空阔的草原，进入密林深处。

走出博物馆时，傍晚的光线，像一声声叹息，拉得长长地落在红砖地面上。

在地铁上，她看到一个小女孩，嘴贴住芭比娃娃的耳朵说着什么，女孩不时地觑看父亲，警惕，防备。周素格暗自揣度着女孩的心思，觉得很有趣。父女俩下车后，她也快到站了，蓦地，想起家里的他来。

他会不会也需要一个人独自待一会儿呢？就像小女孩偷偷跟芭比娃娃说话，其实并不想被大人听到。她胸口一热，是悲哀涌上来了，微微的灼烧感。他出神想事的时候，她总是在他身边走来走去，就算他真需要一个人待着，她也绝不敢再给他独处的机会。

她在小区门口就见到了张阿姨，张阿姨手里攥着个布兜，焦急地站在门口张望。一看见雇主，她就快步迎上去，说，你可回来了，以后我可不给你看家了。你家老乔总问我是谁，告诉他了也没用，五分钟一问，他还，他还，你快上去看看吧。张阿姨一脸上当受骗的表情。

周素格问，你出来多久了？他跌倒了？张阿姨说，不是，你自己上去看吧。

她没再多问，一路小跑上去，慌慌张张地把钥匙捅进锁眼，推门一看，他坐在沙发上，坐的位置跟她出门时一样。没有摔伤，不是脑溢血，这场景远没有她想象得那么可怕，她暗自舒了一口气。再走近看，她啊了一声，知道张阿姨为什么忸忸怩怩了。原来他尿裤子了，尿液顺着沙发淌，淌到地板上，汪着一摊。

她皱皱眉头，埋怨道，你傻啊，怎么不去卫生间呢？

他气鼓鼓地看着她。沉了一会儿，他抬起手来指着她骂，第一句叫骂甚是响亮，接下来的几句却断续低弱，莫名地泄了气，很快没了声息。

她继续说，你会用马桶呀，你不会连这个都忘了吧？

她看到他半闭着眼睛，两只手掌放在大腿根处缓缓收拢成拳头。坏了，他开始运气了，他已经在运气了。她心里暗暗叫苦，根据以往经验，他这是在酝酿下一波疯闹。她说，不要，不要，求求你乔兰森，你千万别闹。

忽地急中生智，她大叫一声，先于他躺倒在地上，开始翻滚。她抢占了客厅中心的空地，一边翻滚，一边念念有词。她辨认不出自己到底在念诵什么，形势所迫不及深思，任由喉咙里滑出念咒般富有紧迫感的一串叠声词。

她翻滚之余，密切观察着他的表情，果然奏效，他痴傻地张着嘴，木偶一般，已不是蓄势大闹的模样。她这才感觉到地板硌得肋骨疼，又不敢马上停下来，她的气息逐渐变粗，滚动得也越来越慢，终致仰面瘫软在地板上。

完全虚脱了，身子一直往下掉，往下掉，掉了半天，掉进一大片棉花般暄和的黑暗里，睡意袭来，但没有就此睡去，地板，沙发，他，都处在紧急状态中等她前去解救，理性悄然滋长逐渐主宰了她的世界。她不是真傻了，真什么都不知道了，翻滚完明确了这一点，第一个感觉是想哭。此刻滑畅地通往了彼刻，她看到自己站在讲台上讲庄周梦蝶的故事，初中语文课本里唯一的哲学寓言，讲过很多遍，从来不动情，直到现在，她才体会到那种深切的悲哀和无力，庄周与蝴蝶必有界限，庄周醒来后的第一个感觉，会不会也是想哭呢。

她侧过身子，鼻尖几乎贴上了茶几旁的书报架。她略支起身体，从书报架上拿出一本书，翻开来找扉页上的一段话。不用找，其实这段话她早就背过了：林乃树林的古名。林中有路。这些路多半突然断绝在杳无人迹处。大概是一年前吧，阿姨清洁书报架，她见抹布拧得不干就先把书拿下来，摞在沙发上，她偶然翻开一本书读到了这句话，愣怔了半天，心里有股说不出的惆怅。架上的书都是他曾经频繁取阅的，尼采的《论道德的谱系》，福柯的《疯癫与文明》，这些让她畏惧的书如今他也看不成了，但她始终没有把书收走，就陈列在架子上，常不等阿姨动手她自己就会细细掸去书上的薄尘，她幻想着，说不定哪天早晨醒来，就又见到他拿着铅笔在书上写写画画呢。

总算调匀了呼吸，她站起身来，挨着他坐下，轻声说，屁股瀑得难受吧，走，换条干净裤子去。

他神情呆滞，没理睬她。她看看窗外，自言自语道，那我先来拖地吧。

她先用报纸把尿吸了吸，吸得差不多了，就去阳台上接了半桶水，一手提着水桶一手拿着拖把走进屋。他抬起脚来，她赶紧来回拖，然后涮拖把，换一次水，再拖两遍。

她使劲儿闻闻，确实没什么味道了，便直起腰来，走上阳台归置拖把。放好拖把，她反手扶住身体站了一会儿，看到对面的楼上，灯一家一家地亮了，一群麻雀像树叶一样从半空中落下来。

以前，周末的时候，乔兰森喜欢坐在阳台的藤椅上跟学生聊哲学，他说话不紧不慢，很随意地引述原典，一派闲逸迷人的风度。恩柏多克利，休谟，老子，陆象山，维特根斯坦，人，独立，道德，自由，辩证法，绝对精神，全是高级话题。她在屋里准备茶水和糕点，听到这些宏大高深的词就摇头咧嘴。现在，她忽然能理解了，这些词一点儿都不大不深，对尘世生活来说，也一点儿都不隔。到底要不要把自己的丈夫绑起来？这也是一个哲学问题。

她记得很多美妙的瞬间。那会儿，他才四十出头，圆寸发型很精神，身材又瘦高，站起来在阳台上踱步时，一步一步，像风吹动起铜管风铃，连脚步声都是清脆的。即使当着学生的面，她看他的眼神里也掩藏不住爱意。他的爱徒是一个从西北来深圳读研的男孩，他们共同爱好着哲学和围棋，两样都是考验智商的东西。别的学生谈谈天就走了，西北男孩会留下来吃晚饭，再陪他下盘棋。她始终记得，丈夫食指在下、中指在上拈起一颗棋子的模样，还有棋子落在楠木棋盘上的声音，玎玲落子的一瞬，忽然生出寂静来。让她想起，半夜下起绵绵小雨时天地间的空明寂然，半夜醒来，听到雨声，只觉得寂静，听着听着又睡着了，睡得很沉很沉，再醒来时，心里全是满足。

他在屋里喊了一句，她听不清，含混答应着。转身进屋时，她又想起了博物馆里的披毛犀化石。她遐想着自己的结局：骑一头披毛犀，无声无息地，从五楼阳台走上天空，消失在淡金色的天边。

看着饭菜，周素格有些心虚，切成粗条的黄瓜码在盘中，木耳炒鸡蛋，六个脆皮肠，虽然脆皮肠仿照深夜食堂的做法，颇为花巧地煎成章鱼须的形状，但明眼人一看就知，这是一顿风格敷衍、只图省事的饭。她盼着能把这顿饭蒙混过去。他对菜肴的鉴赏力时高时低，有时什么都不挑，有时却是老辣的评鉴家，三言两语正中要害。

他嚼了一口脆皮肠，她感觉空气很紧张，像一面鼓，绷得紧紧的。

他说，没有肉，吃不饱啊。她说，脆皮肠不是肉呀。他说，要炒的荤菜，荤菜。

她翻翻眼睛，说，吃吧。她知道他想吃炒的猪肉片，青椒炒蘑菇炒土豆炒什么都可以，如果他还是他，她多想对他尽情宣泄，她对生猪肉的痛恨，她再也不想切生猪肉了，死去多时的肉，冰凉，滑腻，淡淡的腥气，会让人生出细小而具体的绝望感。

他又说，菜太少了。她说，三个菜呢。他说，炒鸡蛋不能算一个菜。

她很想闭着眼大叫，发脾气，话冲到嘴边却觉得没意思，吵架也要势均力敌才痛快，他理解力和反应力都跟不上了，哪里吵得起来。她只能生闷气，挑衅地问自己，人为什么每顿饭都必吃？她总是被自己到点就来的动物般的饥饿感到羞辱。他肯定不知道，这两年，一日三餐带给她多大困扰，她把冰箱冷冻室里塞满各种半成品食物、速冻包子饺子，以便特别不想做饭时应个急，她也叫过一阵快餐，吃快餐竟吃得轻微厌食，又承受不了经常出去吃大餐的罪恶感，一看信用卡账单，钱基本都吃了，一顿饭连着一顿饭，难以置信，心如刀割，最可恨还吃胖了，接下来就开始处处俭省。为了省钱，也为口味计，她盘算好一周吃什么菜，带着他，拉着折叠车，跑农批市场。

说起来，她也算个热衷于家事的女人，兴头上跑几个超市买材料就为做一道程序繁琐的新菜。但现在大部分时候，她提不起兴致来，日子一天一天失去了柔韧性，心绪没来由就是恶劣无比。她听到了日子发出的声音，规律得让人听久了会发狂的声音。如果是她一个人，她更愿意将就，饿就饿，不严格按照饭时吃，而且，用馒头夹一块豆腐乳也可以是一顿饭。幸好还有桂格麦片，用水泡泡，早晨就不用开火了。她煞有介事地说，高纤维，降低胆固醇，健康食品，糊弄着他喝一碗。她暗暗感激着麦片罐子上的那个老头，他看起来真亲切，红润的好气色，微卷的银发在脸侧蓬蓬着。

虽然他指责这一桌“不算菜”，但这顿饭吃得还算顺利。她在心里默默感谢着各路神仙，并随即生出奇妙的预感，晚上的演唱会，她能成行。

一进门，张阿姨就强调，我是来打扫卫生的，半个月一次，合同上写得很清楚。

周素格心里一凉，本来还想诱之以利，看阿姨的样子，是早有防备的坚决。

她只好说，我那不是有事要办吗，不然不会麻烦你的。

阿姨眨着眼睛，说，办什么事？神神秘秘的。办事也可以带上他呀，他又不是小孩，也不会拖累你。

她也眨着眼睛，一字一顿地说，就是不方便。

阿姨没往下争辩，说，我在你家做了三年，也没见过你家的孩子，让孩子周末回来，你不就能出去，能出去办事了吗？

她说，孩子在加拿大，做飞机维修工程师。

阿姨拖着长音，“哦”了一声，说，孩子吗，孩子吗。

周素格想起，每次电话里，亲耳听着儿子说话，也还是觉得那么远漠，儿子的呼吸声很粗重，他生活在一个严寒的、空气稀薄的地方。她越想越觉得黯然，真想摸起电话来，对儿子说，你回来吧，不指望你什么，就回来住上几天。

她到底没有摸起电话，而是摸起遥控器打开了电视。

阿姨俯低身子擦踢脚线，嘴里还跟她闲扯着，问她护工请到第几个死心的，她说，请过两个就断了心思。阿姨又问，老乔认家吗？她说，搁板上的小物件该擦擦了。

阿姨不再说话，默默地干完客厅的活计，进了厨房。

周素格偷偷看了他一眼，他在家里呢，好好地坐着呢。她时常会吓出一身冷汗，他明明就在身边，她却担心他终有一日会失踪，在一个她不可能找到的地方流浪。

阿姨在厨房里喊，周老师，你过来检查检查，行了吗？

阿姨叫她进去看，多半是这次做得彻底想展示保洁的成果，烟机锃亮，锅具焕然一新，连盛放香料的玻璃瓶都挨个儿擦了一遍。她在客厅里说，肯定行，不看了。

送走了阿姨，周素格准备陪着丈夫，在回放里一集一集地找《天天饮食》看，看烦了就换成《西游记》。感谢电视，要是没有电视，这几年她真不知道该怎么熬下去。谁知他说不看，没什么好看的。

她说，要不，就睡会儿觉去？他茫然地摇摇头，说，我想做个木匠。

起病后，他说话就没头没脑地，但今天这句话还是让她愣住了。木匠？草青草黄做了三十年夫妻，她还是第一次听他说起，他想做个木匠。

她说，不对，你是学哲学的，你从小就喜欢哲学。

他说，我从小就喜欢做木工。

她看着丈夫，此刻的他，是裸露的，诚实的。借由脑部的萎缩退化，他再度成为十几岁的少年，那段幽密的记忆突然开始放光，纤毫毕现。

她点点头，我知道了，知道了，原来你是想做个木匠。

她看看表，已经五点多了。这些天，她的脑海里，总是时不时地浮现出公园花墙下的画面。老太太们把哭闹的孩子抱在怀里，“噢、噢”地哄着，声音里有一种不过脑子的机械感，表情是老猫般的漠然，还有一丝属于人的被理性管理着的情绪，管理后剩下的，至多算是无奈了。她们跟她一样，服着天地间古老而平凡的役，平淡无奇的劳累，理当如此的安排，没人觉得这其中有何难以忍受之处，更不会察觉到她们可能正身处绝境。她们活了这么久，铁做的一样，哪还有什么细致幽邃的感情呢。

她从来不敢细细地算，沦在这样的生活里，得有一千天了吧，还是更久？

她说，兰森，我等着给你买点儿做木工活的材料，眼下，我也——她犹豫着，到底要不要说出口。他一次次地回到过去并停驻在某个特定的场景中，他并不真正在这个房间里。

不管他是不是真正在房间里，能不能听明白，她还是说了。眼下，我也有自己想做的事，我想一个人出去待一待，放个假，放几个小时的假，你能听懂吧？

乔兰森点点头，他说，马颊河的木匠最好。

演唱会八点开始，她第一次看演唱会不熟悉情况，想着还是早去为好。她从暗格里取出麻绳，捋几圈挂在胳膊上，又搬出木椅子，跟沙发并排放好，确保椅子跟电视机之间的距离合适。

他看到崭新的木椅子，很欢快地坐上去。她赶紧抻着麻绳，把他拦在椅子上，先系上一道。接着捆胳膊，木椅子棱多，很容易穿梭打结，最后是绑住两只脚踝。打结的扣是死扣，但绳子绑得松，怕勒疼了他。

熟练，迅捷，闪电行动。她半张着嘴，脑子里一片空白。所有的动作似乎都带着肌肉的记忆，所有的动作无须大脑参与，自己完成了自己。

看着她忙活，他一直笑，说，你先绑我，一会儿我还要绑你。什么时候换？

乔兰森终于被她绑在了椅子上。海德格尔行动，筹谋多时，大功告成。

她低声说，我寸步不离地看护你，时刻提着心，在超市里买袋盐也担心，往购物车里放完东西，一回身你已经不见了。

我真的受不了，受不了了，让我坐下，再找个小房间告解吧。

她拿起皮包，检查了一下演唱会门票。挎上包，换鞋，开门，她听见他的声音从身后传过来，你要走？

她说，我出去一下。他继续问，去哪里？她背对着他，说，你看电视吧，《猫和老鼠》。

她迅速关上门，乘电梯来到楼下。经过天井时，她的步子慢了下来。她控制不住地想象家里的画面。也许，乔兰森正低着头，身子往前挣，想从木椅子上挣脱出来。就算他从麻绳里挣脱出来又如何，他被幽闭在一个奇怪的地方，脸上是智识诡异消失的蠢样子，不能思考，不能独立完成任何一件小事，经历过的往事也逐片剥离，弃他而去。

她猛然睁开眼睛，白猫侵入了她的行程，这次白猫出现的方式跟以往不同，它不是被抱在怀中的，也没有躺在地上的光斑里。白猫朋霍费尔从五楼纵身一跳，摔死在小区的天井内。这幅画面如此真切，就像她亲眼看到过一样，画面里，白猫没有回头，一跃而下。

上楼，打开防盗门，冲进客厅，站在椅子前面。她惶惑地站着，根本不知道自己怎么会出现在家里。他笑了，说，这么快就回来了？

她愣了一下，忽然想到什么似的。她回答道，好玩儿吧？今天就到这里，先不玩儿了，晚上我带你去看演唱会。

她俯下身子先解他脚踝的绳扣，解了一会儿，麻绳磨得手指热热的疼。她从茶几抽屉里扒拉出剪刀，冲着绳子剪下去，剪刀刚一接触到绳子，她突然停住，放下了剪刀。

她坐在地板上，把牙和指甲都用上了才把绳扣一个个解开来，解完呼哧呼哧喘了半天气。休整片刻，她捡起地上的绳子，团起来，放回到储藏间的暗格里。

在体育场前的广场上，周素格把手里的票贱卖给黄牛，又从同一个黄牛手里买到两张奇贵的连号票。她牵住乔兰森的手，两人一起安检、进场、找座位。

钴蓝色的光笼罩舞台，拱形金属灯光架在夜色中发酵出浓浓的科幻感。体育场上方敞着口，露出一块椭圆的天，月亮靠过来，倚在树枝般的钢架旁，越发温软了。舞台上表演的是一个外国乐队，她听不懂唱词，但她明白了一点，在演唱会上，亲吻是一件容易的事。大屏幕不断闪现着情侣亲吻的镜头，那么自然，那么动人。主唱忘情，观众也就忘情，蹦跳，拥抱，喊叫，欢呼声涌潮般赶着，赶着赶着就从开口处飞升上夜空。她伸手搂着身边的人，云遮住了眉月，夜色渐深，恍然间，她有点儿怀疑了，是他吗，你把他放出来了吗？

主唱的声音不是从低到高慢慢攀升的，而是突然炸响，带着暴烈的毁灭感直达顶点，并不破不裂地停留在那里，高亮而宽广。她感觉自己被声音托起，在空中悠悠荡荡。此后的几天里，这种感觉始终不曾消失。

她记得她亲吻了丈夫，她记得亲吻时，半是沉醉半是痛楚地闭上了眼睛，那一刻，万人体育场空旷无比，仿佛就剩下她一个人了。

【作者简介】

蔡东，女，1980年生于山东，文学硕士。现执教于深圳某高校。在《人民文学》《收获》《当代》《天涯》《花城》等刊发表中短篇小说若干，获《人民文学》首届柔石小说奖、华语文学传媒大奖年度最具潜力新人奖等。

一个短篇的三个命题

——评《朋霍费尔从五楼纵身一跃》

公　仲

小说《朋霍费尔从五楼纵身一跃》，这长长的篇名写的却是一篇并不太长的短篇小说。我不知小说取个这么长的古怪篇名是什么意思，反正我读起来就费劲。其实，小说也很简单，讲一个妻子常年守候一个病残失忆的大学哲学教授丈夫的故事。她烦了，向往着外面精彩的世界，想把丈夫捆绑起来，自己溜出去放松一把，轻松一阵。可也许是那丈夫命名的朋霍费尔大白猫从五楼纵身一跳而死于非命的惨状，叫她感到良心有愧，情感放不下来，便又返回给丈夫松绑，带着他一同去看体育场的演唱会。就这么个小小的故事，看似比较平淡，并不特别动人。然而它承载了三个令人深思的写作命题，越读越耐读，越读越有味，她简直就是个文坛老手，谁信竟是个80后的女生！

小说从一般的思想内容，文以载道的层面上来讲，它提出的是一个道德的命题。一个常年守候病残丈夫而无任何自由，想外出喘口气，又为了丈夫安全，暂时将他捆绑起来，以便自己外出。这在中国当下的法律上来看，并不犯法，但是有点缺德，违反人权的。周素格最终幡然悔悟，心存感恩，带着丈夫去看演唱会，甚至彼此温存爱怜起来。这样的结局，可以说是较完美理想的。这是道德的回归，人性的光辉。一般的小说能做到这点就很不错了。

小说的更深一层的探讨，是一个哲学的命题。小说提到了两位德国哲学家的名字。朋霍费尔是位大哲学家的牧师，为了拯救犹太民众，他与人合谋，要暗杀希特勒，结果事败牺牲，为民众的自由解放而捐躯。联想到以朋霍费尔命名的大白猫，从五楼纵身一跳，这一跳将大白猫送上了祭坛，救赎了周素格的灵魂，挽回了她的良知和情感。海德格尔也是德国的大哲学家，然而他有反犹支持法西斯的重大历史污点。小说中的所谓海德格尔行动，就是要把周素格的丈夫乔兰森捆绑起来，以便周素格自由外出。海德格尔行动，“总是快成了，到底又没成。”这里道出了一个哲学命题“向死而生”。这是海德格尔哲学思想的核心，《死亡本体论》的中心议题，存在主义的基本观点。这与我国孙子兵法的“置之死地而后生”有着异曲同工之妙。生死哲学，总是人们特别关注的问题，知死守生，视死如生，轻死重生，向死亡存在，是“面对死亡的一种持续的逃遁”。孔子说：“未知生，焉知死。”生在前死在后，生实死虚。海德格尔行动，终究未能实现，死里逃生，正印证了海德格尔自己的哲学，生能胜死，存在决定一切。乔兰森的哲学战胜了周素格的软弱自私。

小说的成功，最终还是得益于美学的命题。年轻的作者，老到的手笔。她的美学理念是追求一种宁静、优美、自然天成的境界，哪怕是生死的课题，激烈的行动，也是用平静的语气，柔和的姿态，舒缓的抒发，娓娓道来。

小说故事的记述，很少用语言来交代，人物对话极少，她坚持着“看，不是说”的形象美学原则。全篇情节不是在叙述，而是用精细生动的形象描绘出来。小说发展的中心线索，是周素格内心心理历程的轨迹。但作品从没有让周素格站出来自我表白，没有主观的人物内心独白，只有客观的情景展现。她写筹划海德格尔行动，没写过程，只描写情景：“周素格透过玻璃窗往外看，大晴天，阳光从无云的天上浩浩荡荡地涌过来，阳台，花坛，泳池，到处积着白亮的光，看得她一阵眩晕，转回头来向着室内，眼睛里似蒙上了一层雾翳。”写向往外界的自由，也是写景：“她望着草地，心里有一种感觉，辽阔，太辽阔了。她陷进椅子里，身体本来像一把扎紧的线穗，这会儿，倏地全松开了。风是暖润的，阳光从树叶间漏下来，碎碎地落在身上。她向后仰着头，眯起眼睛，看到无云的天空像一张干净的没有皱纹的脸。”最终，她悔悟了，解脱了，带着丈夫去看演唱会。她是这样写的：“体育场上方敞着口，露出一块椭圆的天，月亮靠过来，倚在树枝般的钢架旁，越发温软了。舞台上表演的是一个外国乐队，她听不懂唱词，但她明白了一点，在演唱会上，亲吻是一件容易的事……她伸手搂着身边的人，云遮住了眉月，夜色渐深，恍然间，她有点怀疑了，是他吗，你把他放出来了吗？”写得冷静、含蓄，此处无情胜有情。

短篇小说二则

娜仁高娃

热恋中的巴岱

巴岱闭着眼吼了一声，像那条被哑巴老头剜走眼珠的黑狗一样，在沙尘中奋力地吼了一声。吼声从他口腔里完整地发出，但又在瞬间销声匿迹。风，太猛烈了。巴岱觉着，风简直就是无数支胳膊，不停地往身上肆虐：揪头发、打脸蛋、抓鼻耳、掐喉咙、扎额头、扯衣角，就连深藏不露的五脏六腑，也有种被撕被拽的疼痛感。

巴岱又吼了一声。他知道，此刻在这片昏黄的沙窝子地没人能听到他的吼声。他转过身，倒退着走。风劲儿翻了一番，身上所有能抖开的都被风舌子舔舐着，呼啦啦地抖。袖口、裤腿、衣角儿都变成小旗子，争先恐后地随风战栗。口腔里的唾沫嘶嘶啦啦地被牵出，在风里抖。巴岱咬紧牙关，像是与整个沙尘暴抵抗似的一步接一步。

四周，浑浊，黄澄澄的，老木匠的家早已看不见。几个时辰前，老木匠的老婆劝巴岱改天来取门扇，巴岱却没有听劝。是啊，他凭什么听老木匠老婆的劝告？不就是一张门扇吗？我给你扛过去！从此你我有个了断，老死不相往来。什么爱呀恨呀的，统统都被这狂乱的风吞去，刮走。还有那些，那些亲嘴，也都统统——亲嘴，巴岱不由想起那次湿漉漉的亲嘴。那是巴岱头一回亲女人的嘴。他没想到女人的嘴远远比看着时柔润，柔润的仿佛不是两片儿粉扑扑的肉，而是两片儿滚烫的、乱颤的、黏稠的豆腐脑。他是吃过豆腐脑的，在城里，看着一块儿一块儿的，嚼进嘴里却什么都没有。

巴岱眯缝着眼向昏黄的沙尘望去，什么都没有，除了扭捏着身段呼啸而过的尘土。巴岱闭上眼，后腰发劲儿，往一片沙丘上爬。风速越来越紧，也越来越让人捉摸不透。一会儿从袖口裤筒往里灌，一会儿又从衣领处往外扑。裤腿噗突突地打着胫骨，像是很害怕被扯走，死拽着胫骨。

抓门扇的指头早已过了麻劲儿，不知疼痛地死掐着门扇。整个门扇比巴岱高出一头，宽出一大截，巴岱需要弓着背才能将门扇离地。老木匠的老婆很是心疼地劝他等风止了再来取门扇，还啰里啰唆地叮嘱来的时候牵头牲口，或者驾个四轮儿。你怎么就赤手空拳的来了？又不是扛棺材，非要用肩头扛着。老木匠老婆说一句带一声啧啧，外加一双不解的眼神。巴岱听了不搭腔，他凭什么理她？她又不知道他遇到了什么事儿。赤手空拳怎么了？谁不是赤手空拳地来，赤手空拳地走？大不了死在沙窝子里，让这漫天的沙尘埋了算了。

埋你爹那个头。

巴岱再次吼了一声。他站到沙丘上，听着沙粒儿噼噼啪啪地敲打门扇。如果没有走错方向，再有三里地就是她家了，那个与巴岱亲嘴时脸蛋变得通红的女人家。那天巴岱本来没想过要亲女人的嘴。可是，那天女人一直站在窗前，眼睛看着窗外的雨。当巴岱已经离她很近了，她还是看着窗外。后来巴岱就扯了一下女人的手，很轻微的一下，女人便转过身来正对着他，将下巴稍微扬起。这么一来，那两片厚厚的嘴唇就在巴岱眼下了。那瞬间巴岱什么都没想，完全是本能地把嘴扣上去。很自然，很是水到渠成的样子。起初巴岱以为亲一口，女人就会推开他，谁知，女人不但没推开他,反而整个人依过来,贴到他身上。巴岱先是感觉后脊梁上嗖嗖地冒汗，接着是腿根处火辣辣地抽搐，最后是胸口上扑通扑通地响。他的手先是在女人胳膊上掐了一阵，随后自作主张地往上爬，最后居然莽莽撞撞地到了女人胸脯上。那里，真是一片丰腴。巴岱的十根粗粗粝粝的指头似乎被浸到一坛油滑中，无法缩回来。

女人比巴岱年长十岁，个头却比巴岱小很多，因为个头小，亲嘴时女人一直仰着脖子，两条散发着一种浓郁味道的胳膊向上举着，勾住巴岱的脖子，结结实实的。

那天回家的路上，巴岱闻着雨后沙窝子地散发的泥土香，感觉整个人都晕晕乎乎的。那天的风很凉，但是巴岱身上火燎火燎的。他好几次想拔腿狂奔，可是脚底却沉甸甸的。他还觉得，腿根处麻麻的。那天之后的四个夜晚，巴岱都没能好好入睡。夜里总是睁着眼，一遍又一遍地回想着十根指头被油滑浸泡的瞬间。第五天早晨，巴岱往女人家走去。

这一天天一亮沙窝子地便灰着脸，当巴岱远远地看见女人家时，沙尘暴开始了。对于这种天气，巴岱早已习惯。在沙窝子地，每到春天总有那么些天是沙尘天。这种天里沙窝子地人不是跟着牲畜在沙窝子里转，就是在家里炖一锅牛羊肉，慢悠悠地等着天黑下来。这一天，女人家里除了女人外还有三个男人，一位是女人的父亲，一位是哑巴老头。女人的父亲往哑巴老头的小腿肚泼酒，哑巴老头的小腿被一条流浪的黑狗咬成烂坑。哑巴老头的拳头红红的，那是狗血。他把黑狗摁在地上，用他那十根瘦指头剜走了黑狗的眼珠。当哑巴老头龇着牙剜狗眼珠的时候，狗像啃骨头一样啃着哑巴老头的小腿。哑巴老头忍着痛把狗的眼珠剜了，狗也忍着痛吞了一块儿哑巴老头腿肚儿上的肉。

当巴岱进屋时，女人的父亲正向哑巴老头问，剜走的狗眼珠呢？哑巴老头哼哼哼地指着窗外。几个人都顺着哑巴老头的手指看，猜不出其余人看到了什么，巴岱却只看到了镶着小小玻璃块儿的窗户，他不由想起那天的小雨，以及那天的油滑。他向站在哑巴老头一旁的女人扫了一眼，女人不看他，女人身后的另外一个男人却看着他。这个男人大约三十出头，脸蛋圆圆的，眼睛圆圆的，就连嘴都是圆圆的，整张脸活脱脱是一张拔掉毛的牛犊脸。牛犊脸紧挨着女人站着，一手端酒瓶，一手抓哑巴老头的腿。女人的父亲先慢慢地呷口酒，然后奋力地往哑巴老头的伤口泼去。每泼一回，哑巴老头就发出公牛发情般的吼叫，蹬腿，用带着狗血的手掌往自己脑袋上乱打几下。

四个人对巴岱的到来毫无反应。他们对他就像屋外的沙尘暴一样，看了看他，没人和他说话。泼完酒，女人的父亲下炕从躺柜里取出一包药粉来。哑巴老头见了那米黄色药粉，仿佛早已猜出药劲儿似的，呜啦啦地说了一堆话，但是谁都没听懂。女人的父亲这时对着巴岱说了句，年轻人，你来的正是时候，给我摁着他的胸。

巴岱脱掉鞋跳到炕头，双手摁住哑巴老头的胸。那胸硬撅撅的，在薄薄的褂子下都能摸出肋骨来。女人的父亲将药粉往伤口撒了几把，当那药粉变成黏糊糊的一层红时,哑巴老头满脸鼻涕泪水地号哭,脸色也变得苍白。巴岱这时向女人勾了一眼，可是女人依旧不看他。倒是那个牛犊脸朝他看着，脸上露出若有若无的笑。因为哑巴老头的腿不停地来回蹬,牛犊脸躲避着往一边靠,已经靠到女人身上了。奇怪的是，女人让牛犊脸靠着自己，一动不动的，她的胸还抵着牛犊脸的胳膊肘。

她的胸，那片丰腴的——

巴岱往沙丘下走，风一浪一浪地撞过来，门扇一阵一阵地颠晃，巴岱脚下就深一下浅一下地乱踩。如果不是憋着一股气浑身上下发劲儿，他准会一次又一次地跌跤。手腕被拧得几乎要断了，他只好将门扇移到身前，这么一来，如同是抵着一堵墙在前进。他整个人紧贴着门扇，一点一点地往前蹭步。沙粒子打不到脸上了，这让他有了喘口气儿的空当。

突然，昏黄中闪过一道黑影。巴岱站住脚，往那黑影望去，是一条黑狗，在沙尘中夹着尾巴跑。黑狗的毛发很长，很乱。他站住脚，看着黑狗顺风跑去。也许他身上的味道在风中传到了黑狗鼻子里了，跑过十多步之后，黑狗陡地停止，向后扭过头来，伸长脖子。巴岱看见黑狗的脸上红红的一片，猜出这条黑狗就是那条被剜走了眼珠的狗。巴岱纹丝不动地站着，屏声息气。

呜哦——黑狗突然长长地吼了一声，然后继续向前跑去了，很快隐入昏黄的沙尘中，无影无踪。

等女人的父亲包好哑巴老头的伤口后，牛犊脸才将胳膊肘从女人胸前挪开。随后几个人围坐到桌前谈论起黑狗来。那是一条流浪狗，或者是疯狗，已经吃掉了女人家三只羔羊。女人的父亲说，要是有杆儿枪就好了，嘣一下，打死算了。牛犊脸却说，剜了眼睛更来劲儿，叫它慢慢饿死。也不知为何，巴岱接住牛犊脸的话说，那么残忍干吗，一脚踹死不是更好。接着他讲起他小时候养的一条黑狗的故事来。当他讲到黑狗死了他哭了时，牛犊脸扑哧地笑着说，到底是年轻人啊，年轻人。巴岱听了脑子里轰的一声，眼前什么都没了，唯有一片灰白的光。这时女人的父亲对着巴岱说，跟你姐夫喝两盅啊。巴岱还没反应过来，牛犊脸便举过酒盅来对着巴岱说，来，跟姐夫喝一盅。巴岱看了看牛犊脸，又看了看灶旁捞肉的女人。女人一定听到这句话了，因为她脸上红扑扑的，嘴角还弯着，巴岱立刻看出那是一丝甜蜜的微笑。巴岱顿然明白了，他闷着脸哧溜地将酒盅底儿朝天。酒很辣，辣得巴岱嗓子里嗞嗞响。巴岱虽然十九岁了，但他从未醉酒过。他不喜好那玩意儿。牛犊脸却很是喜好的样子，一盅接一盅的，一会儿功夫脸上便生出酡红来，眼周围也圈出一道深红，那红很突兀。女人的父亲不沾酒，在一旁吸着烟，偶尔递句话。

下过六盅酒后，巴岱再也不想下了。牛犊脸却频频劝酒，说，年轻人就是一根冰棒，得用酒来化解。巴岱听不懂牛犊脸的话。这当儿女人给每人盛饭，先是给父亲和哑巴老头各盛一碗，接着给巴岱盛。巴岱将碗推到牛犊脸前，女人却说了句，你先吃着，他胃不好，吃不了那么多。女人的语调很平静，巴岱听着却很扎耳。他接了一句，胃不好，那得吃狗肉啊。牛犊脸大概没想到巴岱会蹦出这么一句，惊奇地盯着他，不言语。女人说，巴岱，喝碗汤，解解酒。巴岱把碗推过去，下了炕，像是自言自语地，吃黑狗的肉啊，狗肉好啊，疯了的更好啊。

巴岱，你说什么胡话！

女人将碗和筷子搁到桌上，筷子碰到碗沿儿发出清脆的声音。巴岱笑了，低头找鞋。头晕眼花的，脚和鞋无法往一块儿凑。他索性一踢，鞋飞出去撞到门扇上。

巴岱，醉了？要酒疯了？年纪这么小，就会要酒疯了？牛犊脸说道。巴岱一脚套上鞋，一脚空着，一瘸一瘸地走到门边，继续用脚钩鞋口。可是那鞋口窄窄的，怎么也不往里接他的脚，他又不想弯下腰来。钩了几回他都没能钩住，托着门的手又一滑，他差点趺跤。

巴岱，来，坐下。

女人向他走过来，巴岱却莫名地一转身，用穿着鞋的那只脚对着门猛地一踹。轰的一声，门扇被踹出一道斜斜的口子来。屋里立刻静悄悄的，一直吧唖吧唖嚼肉的哑巴老头也停止嚼肉。

巴岱没有看向屋里任何人，他坐到地上穿好了鞋，当他站起身欲走时，女人的父亲突然大声地说了句，巴岱，你等等。

巴岱站在门旁，等待着。

巴岱，你醉了啊！等你醒酒了，把门扇给我赔了啊。女人的父亲说道。

赔就赔，我现在就赔。巴岱几乎是喊着说出这句话的。

那好啊，快去快回啊。

醉你爹那个头。

巴岱在心头骂道。他眯缝着眼判断方向，隐约看到了那株老槐树。这株老槐树可谓是沙窝子地地标，这里的人都依它来判断距离方向。从树往北走一里地就是女人的家了。巴岱看了看树，又看了看树上黑乎乎的一团，那是雀巢。他突然莫名其妙地想到，巢里肯定很暖，肯定有一对儿雀鸟交颈而眠。巴岱感觉胸腔里陡地生出一股子暖，柔柔的，憋了一路的气儿瞬间蒸发了。他知道酒醒了。

渐渐，风劲儿减了很多，能望见几十步之外的地形了。天色如橘，有一群羊走过，低着头，悄无声息的，像一群偃旗息鼓的逃兵。沙地上除了被吹出的草茎外，还有很多石子儿。隐约看见女人家柴草垛，灰色水塔，大大的羊圈。紧接着是女人家青砖屋墙，墙跟前没有摩托车，说明那个牛犊脸不在了。门扇上，远远地见个黑口儿。巴岱懊悔起来，为自己的粗鲁难堪起来。但转眼又想到女人的那句：他胃不好。她的语调是那样的柔柔的，那样的沾情夹爱的。巴岱心里刚刚滋生的懊悔瞬间散去了。

他机械地迈着步，肩头手腕早已过了酸疼，干过无数苦活儿的十根指头更是早已成了十支无知觉的肉夹子。

哑巴老头在炕头睡着，脸色蜡黄蜡黄的，伤腿下垫着东西。女人的父亲不在，女人也不在。巴岱从女人家仓房里找来改锥和钳子，开始卸门扇。

你扛回来的？突然，传来女人的声音。巴岱停顿了片刻，但没有回头，也不搭腔。他用改锥拧螺丝，发麻的胳膊不听使唤，改锥掉地了。捡起后巴岱更猛力地拧，螺丝钉嘎吱嘎吱地响，像是很疼。陡地，巴岱觉着身上很憋屈，他向一侧挪了挪身，他知道女人已经站到他跟前了。也不知为何，他很抵触与女人这么近的距离。

歇会儿吧，喝碗茶吧。

女人的语调干巴巴的，完全没了先前的黏糊糊。也许，只有对着那个牛犊脸，女人才会发出那种黏糊糊的语调。

巴岱仍不理睬，也不看女人。手上的劲儿却增了一倍，拧断了好几枚螺丝。女人不作声了，在一旁默默地站着。卸下门扇了，巴岱扛过去哐啷地往地上一掼，没有掼烂，只掼出灰灰的尘土来。巴岱低着头回到原来位置，开始安新的门扇。女人要帮着他抓一下门扇，他却用力地晃了晃门扇，用这种动作告诉女人他对她极为厌烦。

嚯咦，吃口茶吧。女人说道。也不知为何，女人的声音夹杂着明显的胆怯，或者一种近乎哀求的味道。

你要结婚了？巴岱问道。

嗯？你要嫁那个牛犊脸了？

巴岱的嗓门陡地提高，眼睛睁圆，盯着女人问道。

女人将脸避开，眼睛盯着别处，很是迟疑地点了点头。

巴岱坐到炕沿，鼻腔里涩涩的，那是填满了沙粒。女人递来一碗茶，他看到碗底蓬头垢面的自己。他喝了口，茶太烫，烧得他喉咙里生疼。他将碗放回桌上，下了炕，走过去。他的样子明明是要推开门走出去，可是，当他走到门跟前时，他顿了顿，突然抬起腿，猛地踢去。随后，他直直地走了出去。

噢——女人盯着门扇上斜斜的新口子，不由哀呼道。

醉 阳

一

草玉茭地上，一红，一黑。红的是米都格老人的头巾，黑的是东茹布老人。他俩是一对儿老夫妇，生活在库布其沙漠腹地。那里，春夏季不见一场雨，哪怕一场小小的雨都难得有。湛蓝天空下，尽是羞涩涩地弓着脊背的草茎儿。然而，到了秋季，总会有那么十多天的阴云密布，秋雨萧瑟。那些从春到秋，没长够身子，没一日舒坦过的蒿草、沙竹儿、沙蓬等，就得借着这几日的恩赐，狂乱地长几截。尤其是憋屈了整整一夏天的十亩草玉茭，逢了雨，简直就是嗖嗖地吹着口哨长身子。短短三五天工夫，它们就长到比人高了。

东茹布老人和米都格老人结婚有四十八年了，四十八年间，他俩没离开过沙窝子地，也没想过要离开。他们觉着，归根结底，世界的本来模样就该是这样的，灰扑扑的，但又充满了安宁与恬静。

老夫妇俩种了十亩地草玉茭，这是他俩四十八年婚姻生活中的一件新鲜事。时光倒至三年前，十亩玉茭地还是长着青芨芨和甘草的斜坡。老夫妇俩是牧羊人，牧羊人是不晓得耕种的。三年前的春季里，沙窝子地刮了一场慵懒的沙尘暴，从春刮到秋，刮死了各种嫩草芽，刮活了一丘一丘的沙梁。到了冬天，老夫妇俩的羊死了多半儿，唯一的一头黑骡子也在饥饿难耐下啃噬了羊尸体后死掉了。老夫妇俩本来想把羊尸体和骡尸体一同埋掉，可是，大地早已冻得铁硬，无法凿出口子来。羊和骡子的尸体便横竖地摞成堆。夜里，一群狐狸在尸堆上饕餮，也许对狐狸来讲，尸体太新鲜了，或者惊喜来得太突然了，等吃饱了，临走时还喤喤地叫嚷一阵。在冬夜漆黑中，那喤喤声不像叫声，而是忽近忽远的狂笑。

老夫妇俩坐到炉前，听着忽近忽远的狂笑，一言不发。

开春后，老夫妇俩决定种草玉茭，他们再也不忍心看到羊群饿死了。宁叫牲口撑死，胀死，也不能叫饿死。六道轮回里讲，羊是要被杀死才会投胎。饿死了，就等于一个个魂灵四处飘荡了，那是何等的凄凉。

老夫妇俩一锹一锹地踩着开了十亩地，又一锹一锹地埋了种子。没出乎老夫妇预料，沙窝子地里，春夏两季滴雨未降。那些刚吐嫩叶的草玉茭在酷阳肆虐下，恭恭敬敬地贴着地面，一派的逆来顺受。正当老夫妇俩觉着冬天里又要饿死牲口时，却意外地下了一场雨，气节刚好是大暑扫尾时。几乎是在一夜之间，先前只有脚踝骨高的草玉茭，雨过后，抖擞抖擞地长到腰高。先前指头宽的叶片，也成了巴掌宽。

那年冬天，老夫妇俩的羊没有饿死，而且几个母羊下了孪生胎。这让老夫妇俩眉头舒展，东茹布老人眉头更是大大地舒展。

东茹布老人没啥特别，脸黑黑的、方方的、瘦瘦的，多年的沙窝地牧羊人生活早已将他锤炼成一个缄默而安静的老人。他没有坏脾气，也没有多余的心思，除了爱喝点酒外，他没有任何的特殊嗜好。每天夜里，临睡前他得呷几口酒，每天早晨亦如此。他喝酒从不用酒盅，他喜欢用塑料吸管儿吸着喝。他往酒瓶盖儿钻个口，将吸管儿插进去，酒瓶藏到炕角不易察觉的地方。然后，躺下去，闭了灯，黑暗中将吸管儿含入嘴里，嗞溜嗞溜地吸。在米都格老人耳朵里，那嗞溜嗞溜声早已不是什么新鲜事儿了。她甚至可以从这种声音的快慢与高低，持久与短暂中判断出丈夫的心情。有时候她躺着，听着他贪婪地吸着，便会不由自主地嘟哝一句：又不是吃奶，嘴馋的——馋鬼。

对于跟自己睡了四十八年一盘炕的女人的话，东茹布老人从不反驳。他听着，舌头在口腔与吸管儿间来回捣。最后依依不舍地摩挲一番，将吸管儿掖回炕毡下。

到了早晨，东茹布老人睁眼后的第一件事便是从炕毡下抽出吸管儿。那酒度数高，五十八度。空腹呷三嘴，辣辣的、凉凉的，沁人心脾。随后东茹布老人也不急着起身，而是闭眼躺一会儿。在这短暂的静谧与慵懒中，一种奇幻的感觉令东茹布老人身心舒贴。他能觉察出酒液在他体内四下散去，带着一种隐隐的温度，像万千个细长细长的触角在体内安抚他。他感觉眼前的一切都变得温和起来，那些粗糙的碗碟、漆面斑驳的壁柜、黑身敞口的水瓮、窗外清亮的晨色，以及那个陪他度过了四十八年的老女人的脸上也滋生出几分温润。

刚开始的时候——很久以前的事了，超过了三十年——米都格老人厌烦丈夫喝酒，后来老了，见丈夫一辈子也就这点德行，于是也就顺着丈夫了。

对于东茹布老人来讲，他早已完全沉湎于这种奇幻、美妙，嘴上说不出来、但在心头荡漾不止的别样感觉。这种感觉是完完全全属于他的，是他独有的。如果不是发现了这个，在沙窝子，一切看起来是多么的平淡而无奇。那些终生逆来顺受的羊群，那些与生俱来都有超强抗旱能力的野柳，那些在沙碛地默然躺了千万年的石头，它们是多么的平淡而无奇。

东茹布老人的每个早晨就在这样的奇幻中开始。他眯眼向东方望去，天边沙峰，以及峰上的曈昽初日。一道道光芒扑面而来，撞到人脸上，柔柔的，暖暖的，带着辽阔的风。东茹布老人很早以前便知道，在风的那头还有许许多多如沙窝子地一样，安宁而恬静的地方。这个世界上美妙的事情是很多的，只是太缺少发现它们的眼睛了。

与东茹布老人相比，米都格老人却感觉不到辽阔的风。她只觉着，等初阳刚升到驼峰高，地面上就会升起一股股的热浪。那些在夜间开的昂首扩胸的花草，在热浪下瞬间塌秧，认罪似的低下头。

让羊群安然无恙地度过冬天、春天，让母羊多生羔子，让公羊多生肉、生绒，这是米都格老人的心愿，也是生活重心。一切得围着这个转。有了羔羊，羊群就会增多，就会有很多羊绒，有了羊绒就可以换来别的。比如，那一瓶瓶五十八度的酒。

那一瓶瓶透明的液体，对于她的老伴儿来讲，是他一生不富裕生活中最大的乐趣。因此，家里是不能缺少酒的。对此，老夫妇俩很默契。

二

晨色褪尽前，东茹布老人已经坐到石墩上哧溜哧溜地磨起了镰刀。米都格老人在灶口铁锅里翻着白面饼，那饼足足有三指厚，饼皮儿焦黄焦黄的，那是米都格老人往锅底撇了两勺酥油。灶肚里火苗噗突突地舔着锅座儿。

“眼能瞧见不？当心划拉手的。”米都格老人眼睛盯着锅里，嘴上对着老伴儿说。

东茹布老人当然听到了老伴儿的话，但他不吱声。在过去的四十八年间，米都格老人每天都要说几句类似的话。比如，想吃血肠不？我给你灌，或者，把那褂子套上，别着凉了等。东茹布老人早已习惯了这些话，但他不厌烦，也不惊喜。他有时候觉得老伴儿就是自己的母亲，是他七十余年不惊不乍的岁月所培育出来的额吉。

磨着磨着，东茹布老人觉着早晨的那几口酒有点少了。因为不停地出汗，身体里储存的酒精已经随着汗粒儿被排挤出去了。他得再吸几嘴。不过，他又有些不好意思当着米都格老人的面儿。对于眼前这个女人，他又是尊敬又是感激，又是疼爱，又是不可缺少。她是他的母亲，是老伴儿，更是他极力抵制，从而完好地保留自己的人。他总觉得，面对她，他稍不留心就会不见了自己。家里的生活都是这个女人在安排。他除了挑水、和泥、拉粮、杀羊外，什么事都掺和不上。在这个家，他是无处不在的小螺丝，而她是那些看得见摸得着的大件儿。

总之，她叫他干什么他就干什么。唯独，喝酒这点上，他坚持自己的。她曾说，你要喝，就大口大口地喝啊，总要那么吸着，像个吃奶的孩子。他就笑了，他这一笑不是笑她的比喻，而是笑她不懂他心里的秘密——那种微醉后的微妙感。

微醉后的微妙幻觉，那是他的秘密，活了一世，难得保留一个秘密。

东茹布老人脑子里思谋着一个问题：怎样才能把那半瓶酒神不知鬼不觉地带到玉茭地上？

后来，东茹布老人终于找到机会了。当米都格老人压着菜刀切厚厚的面饼时，他匆匆地将半瓶酒塞进衣兜内。他的黑色外套不是很宽松，但是他那么瘦小，哪里都能藏个半瓶酒。往玉茭地走的时候，他走得极快，这倒不是不想和老伴儿一起慢慢地走，而是随着迈步，那半瓶酒发出咕咚咕咚的声响。他可不希望她能听到这种声响。

到了玉茭地，东茹布老人匆匆穿过玉茭地，从另个方向往老伴儿来的方向割。见东茹布老人非要多走一截，米都格老人就大声地问他怎么不从这边割，东茹布老人便大声地回答说，这样背阳，不晃眼。

得趁着白露前把草玉茭收割存棚，不然，冷不丁遇个秋寒，玉茭叶儿冻了，风一吹，尽是哗啦啦地被卷走。那样的话，家里的七十多只羊就要挨饿了。

在开始割草玉茭前，东茹布老人蹲坐下，迅猛而贪婪地呷了满满的一嘴酒。然后，将酒瓶塞进不显眼的杂草堆里。他将酒闷在口腔里，一点一点地往下咽。他享受着酒液从舌上滑过时的清凉，以及清凉过后的辣劲儿。

待口腔里只留得一点点酒味儿时，东茹布老人低声哼起曲儿来。对于他来讲，割十亩地玉茭真不是什么苦活儿累营生。日子长着哩，连绵不断着哩，就和那沙丘一样，风从这边吹过来，它就往这边倒，风从那边吹过来，它便往那头倒。风停了，沙丘依然连绵着，还新吞了几块儿地。可是米都格老人眼里，日子却是极其的短暂。好多时候，还没等她干活干得疲惫不堪了，天便黑下来了。所以，她习惯于在最短时间内，干完最多的活儿。

同样是割草，米都格老人那边的镰刀是噌噌地一阵挥动，而东茹布老人这边的镰刀是咔嚓咔嚓的，像是一头老牛在反刍。但是，东茹布老人的巴掌很大，抓一把就顶米都格老人的三把。

远远地，东茹布老人望见米都格老人头上的红头巾了。在米黄色的玉茭地上，那一抹红，像是一苗长脚的火，或者是一只红脸黄羊，慢慢地移动。东茹布老人想起自己在七八岁时，跟着父亲打猎时看到过的黄羊。他记得有一只黄羊长着红红的脸、红红的嘴唇、红红的斑点。他问父亲，为什么这么美丽的动物要被杀戮？他父亲说，杀掉它，它就可以转世了，就可以变成美丽的姑娘。从那之后，东茹布老人便在心下认定，世界上的女人都是红脸黄羊转世过来的。就连眼前的女人，她也是黄羊转世过来的。虽然，她已经很老了，他依然从那张布满皱纹的脸上寻得她年轻时候的模样。

豁了嘿（蒙古语，可怜的），跟着我老了。东茹布老人不由嘟哝道。

噌噌噌，镰刀富有节奏地吃着草茎。红头巾很近了，几乎挨着鼻尖了。东茹布老人深深吸口气，埋头憋气。他知道眼前这个女人的鼻子很灵，会闻到他口腔里的那股浓香的。是的，很浓很浓的酒香。在他眼里，酒是浓香的，而不是她说起的刺鼻味儿。红头巾从身边安静地过去了，东茹布老人舒口气，回头看看红头巾下那张酱色脸庞。多少年来，这张脸一直是这样均匀的酱色，不变黑，也不变白，好似永久地深藏着众多喜怒哀乐，而又无处可诉。也许，穷苦的日子，原本就是这种颜色的吧。

割了一垄，东茹布老人突然感觉口干舌燥，他从家里提过来的奶壶倒了半碗茶，喝了两口，觉得嘴里甜腻腻的。这下，他提高了速度，不过，速度上来了，质量就差了。刚才，镰刀在离地四寸位置哗啦下去，这会子却是八九寸了。可是东茹布老人已经无心去关心这些，他只有一个目的：要快。他的巴掌本来很宽，先前是抓三把，这下能抓六把了。这会儿的动作几乎不是割，而是在砍。噼里啪啦的，一阵咔咔。余光里,他看到红头巾了。这会儿红头巾高出玉茭梢头一截,在湛蓝天空下漂浮。他定睛一瞧，原来是自己的老伴儿正用一种奇怪的眼神盯着自己。

他不由放慢速度，动作上也规范了些许。

“啊湿，你啊，就不能把那腰往下弯弯，留下这一截给谁呢？”没出东茹布老人所料，红头巾在叨叨。

东茹布老人不搭腔,他知道只要他不搭腔,她也就不叨叨了。他抬头向前看了看，只有十余步了，他加把劲儿，快速砍起来。他汗流浃背，口水直往嘴角淌，鼻涕也出来了，半空里摇摇晃晃地来回荡着。有几次，东茹布老人不得不停下来，哼哼地擤鼻涕，擦汗。

终于到了，扔掉镰刀，剥开杂草，找出瓶酒，嗞溜嗞溜地呷了几嘴，觉着不过瘾，咬去瓶盖儿，咕咚咕咚地咽了两口。随后，咯咯地打嗝儿，又灌了一口，浑身打战——这一系列动作之后，东茹布老人才深深舒口气，有些动情地盯着眼前的草玉茭地。米黄色玉茭地浸在一片望不尽的幽静里，阳光下，玉茭梢头间染着一层油，亮闪闪的，而脚下的土，又是暗红色的，散发着诱人的泥土香。东茹布老人暗自想，如果没有呷这几口酒，他是发现不了眼前这么多的颜色的。这酒啊，是多么神奇的粮食啊。

嚯突突的，一群花鹌鹑逃出玉茭地，惊起三五只乌鸦直直地往高处飞。东茹布老人顺着乌鸦看，没看到乌鸦有几只，却看到天空上飘来乌云。

都这会儿子了，还下什么雨？

东茹布老人嘟哝了几句，他看了看玉茭地，又看看天空的云，觉着就算整片云都下来了，也不会盖住玉茭地。于是他放心地、懒懒地抄起镰刀，慢腾腾地挥动着。咔嚓咔嚓，一头老牛在反刍。咔嚓咔嚓，日子长着哩，急不得。

到了另一端，东茹布老人站着，有些暗淡地望着对岸，这是一段不远但也不近的距离。红头巾已经从那边往这边移动，偶尔立着歇腰。他看不清她那张酱色的脸，但能看到她魂灵中的结实。这个结实的女人，在跟着他过了无数个穷日子后，居然没有把一双结实的臂膀、一颗结实的心操碎了，而硬是把魂灵塑得结实了。

东茹布老人咬咬牙，一鼓作气，甩开臂膀干起来。他必须给自己鼓劲儿，因为他突然觉得脑子里晕晕乎乎，脚底虚虚实实。他看到玉茭秆沁出油来，黄澄澄的。先前好看的，不扎眼的米色玉茭地，变成烧焦般的橘红。他奇怪怎么会有如此糟糕的颜色？他觉着脑子里发蒙。这种感觉与他惯有的、那种微妙的感觉完全不同。那种感觉会令他舒坦，而此刻他却头晕脑胀，胸口发痛恶心。

“刀不快了，你给磨磨。”

红头巾走到跟前。

“你先歇会儿，我这就给你磨。”米都格老人走过去了，迎风吹曲子，许久后大声地：“怕是要下雨了。”

这次，拿起酒瓶后，东茹布老人没有急着大口大口地咽，而是小心地呷了一点点。也很奇妙，只是一点点，东茹布老人便觉着好受多了。头不晕了，脚底也稳妥了。他看了看酒，不多了，顶多剩三两。他蹲下身，避开老伴儿的视线，足足地呷了一口。然后他慢腾腾地往老伴儿那边走去。

米都格老人坐在刚割下的草玉茭上，手掰开面饼，一边嚼着，一边说：“看你鼻涕哈喇的，给，擦擦。”

东茹布老人接过妻子的手帕，擦了一圈脖子，翻过去擦了鼻子和嘴巴，然后还回。米都格老人接去看也不看地往衣兜里塞，嘴上说：“明年得种十五亩。”

“十亩就够啦，咱是越活越老，越老越省饭。”东茹布说道，他的手肚儿往镰刀刀刃上轻轻地刮。

“省下几个钱，给你买几瓶好酒。喝了一辈子的酒，没喝过几瓶好的。”

东茹布老人万万没想到，眼前这个满脸粗粗拉拉的女人会讲出这样的话来。他心尖儿上一拧，觉着一股热流就涌到眼角上了，但是他却皱起了眉头，认真地瞧着镰刀。其实他没看到刀刃儿，也没看到刀刃上的寒光，他只看到眼球上蒙了一层亮晶晶的水花儿。他硬是把水花吞了回去。

过正午时，老两口总算把活儿赶了三分之一。再赶个一天半天，就能完事了。可是，天气骤变，阴云密布，起了阵阵凉风。

米都格老人得去把羊从河槽地往回赶，马楠河河槽全是石头，不吃水，偶尔下场雨都会发洪。

“嚯咦，你是怎么了？懒一阵勤一阵的，你看看你割的，一会儿镰刀贴着地面扫，一会儿又是留出一拃高，怎么拾掇镰刀会是那样子的？”

“汗水儿眯住了眼，我是睁只眼闭只眼地干啊。”

米都格老人听了扑哧一笑，她知道老伴儿在糊弄她。

“这天要下雨了，无论如何咱是躲不开这催命雨了，你扎捆着，我把羊儿赶回来。”米都格老人边说边往河槽地方向走。

东茹布老人目送着老伴儿，他只往那红头巾上盯着。他不知道红头巾是从什么时候开始缠到老伴儿头上的。他不关心这个。这么多年了，他对老伴儿身上的任何一种变化都保持着死水一般的静。比起生活本身的变化，一个女人身上的微小变化简直是太不足挂齿了。去关心女人的头巾，远没有留意镰刀、磨石、面饼、酒来的有趣。不过此刻，东茹布老人丢下镰刀，穿过玉茭地，从草丛里找出那瓶酒，喝了一小口之后，仍然痴痴地远眺着越来越模糊的红头巾。

东茹布老人把瓶底的三两酒喝下去，用脚尖刨了个坑埋掉酒瓶。

突然，东茹布老人欢快地哼起歌来，激昂亢奋，异常澎湃，好似用歌声驱逐天空上愈来愈阴沉的乌云。他搂起一把割下的草玉茭，走几步摞到另一把上，再搂回几把，然后蹲在那里扎捆。他早已熟练这种活儿，手脚不慌不忙的。捆了几捆，扛到高处，头对头地立起。当他空着手往坡下走的时候，又大声地哼起歌来。忽然，他眼前闪过一道亮亮的白光，紧接着是几道黑光，不等他缓过神来，地面摇晃着向他的脸撞过来。

三

米都格老人从老远距离便望见了草垛旁的一团黑。起先，她以为自家那个老东西在那里躺着歇息，可是过了很久还是一动不动的，她就慌了，丢下羊群往这边跑。雨已经下过了，沙子地坚硬了许多，草梢头挂着水珠儿，每跑一步，裤腿处都要甩出一股子的水。

当留下半里地时，米都格老人喊起来：“嗨！嚯咦！老东西！东茹布！”

空旷的原野地出奇地寂静。雨后的太阳明晃晃的，从云缝儿里射下长长的灰色光柱。喊了几回，喊不出声了，喉头上剧烈地疼，好似什么掐住了喉头。米都格老人哭起来，这一哭，喉咙处豁然顺畅了，她边哭边喊：“嚯咦！老东西！东茹布！”

原野地从未这样辽阔而寂静过，哪怕一丝的风都没有。很近了，只有十余步，米都格老人终于看清了东茹布老人的半张脸，另外半张杵进草堆里。她用红头巾缠紧昏迷中的他的脑袋，又用头巾一角擦去了他嘴角吐出的白沫。

“东茹布！东茹布！你这是咋了？你说话啊。”米都格老人晃着东茹布老人，也许晃得过于猛烈了，东茹布老人的眼睛睁开了，但那眼神很远很远的。

米都格老人本想细瞧瞧东茹布老人的眼，可是视线老被泪水填堵，趁她擦泪的当儿，东茹布老人的眼皮就松松垮垮地往下垂，只留出小缝儿。雨下了多久，他就在雨里躺了多久。他身上湿漉漉的，身下的草却干巴巴，隐隐地散发出尘土香来。

米都格老人斜斜地抱起东茹布老人，走了十余步，他的鞋跟儿与草屑子搅到一起。米都格老人只好停下想别的办法。谢天谢地，红头巾够长的。米都格老人用红头巾将东茹布老人拦腰套住，扛到后腰上。这么一来，她弓着背，眼睛只盯着地面。她是顺着草的模样回到家里的。幸亏，她认得她家四周每一根草。

到了家，米都格老人将东茹布老人脱个精光，塞进羊皮被子里。东茹布老人呼噜呼噜地睡，或是喘气，眼睛微闭着，偶尔张张嘴。

米都格老人站到屋前的土墩上，向四下望去。她从未觉得原野地是如此的空旷，那些紫红色的沙峰似乎就是天边。远处的羊群像是几粒米撒在那里，而那些野生的槐树像是惧怕什么似的远远地立着。米都格老人不由抽泣起来，但立刻又停止，到仓房找来一包药末儿来。她想不起这些药末儿是干啥用的，只是能闻见药香。米都格老人熬了一小锅水，然后将药冲好喂到东茹布老人嘴里。

一眨眼功夫，天就黑下来了。她挤回羊奶来，往东茹布老人嘴里一勺一勺地喂，刚喂了三五勺，东茹布老人的喉咙里咕咚一声，喂进去的羊奶全都顺着嘴角往外淌。米都格老人见状不由咻咻地落下泪来。

也许是捂在羊皮被里捂暖了，血液畅通了，还是药末儿起作用了，总之，半夜时分东茹布老人居然睁开眼，虚虚地说：“水，水。”

在灯下愣神地坐着的米都格老人，猛地听到这句，先是呆呆地看着，又瞬间扑在灶台上，把碗底儿的药喂进老伴儿嘴里。

东茹布老人咂吧咂吧嘴，说：“渴，渴，再来点。”

米都格老人这才发现自己原来把药当成水给喂了，忙端来半碗开水，不等她吹吹烫，东茹布老人就晃着脑袋往碗口噘嘴。

“你这个老不死的，吓得我。”米都格老人一边给东茹布老人喂着水，一边嘴上叨叨着，眼睛里又是一阵稀里哗啦的。东茹布老人睁大眼，痴痴地看了一会儿后，嚯嚯地笑了，不过没笑出声来，只是扯出几道歪歪的笑容。

“你，咋把我，脱个精光？”

原野地人很少光着身板儿睡，东茹布老人在被窝里摸见自己光着，很难为情。

“不是在雨里泡成一坨牛粪，我会把你脱个精光？”

米都格老人搓搓因泪水泡了一次又一次而生疼的脸和眼皮儿。

“这么晚了啊？太阳落了？我咋就光看见个红头巾，红眼睛？”

“现在呢？还看见红头巾？”

“不，是那会儿。一只红脸黄羊走过来用嘴嗅着我，不停地嗅着。后来，我听到你喊我了，你过来扯我，扯得我身上酸疼，可是我就是没法子说出话来。”

第二天，东茹布老人便下地走路了。那神态，好似没发生过前一日的事。他仍是去割草玉茭，仍是避着米都格老人将酒藏在草丛间。

忙了三天，总算把活儿赶完了，老夫妇俩闲下来了。没几天，沙窝子地的各种草，也都开始掉籽儿的掉籽儿，掉叶子的掉叶子，悄然进行着植物界从生到死的短暂旅程。羊儿们的肚子比春夏两季圆了一圈，走路都是喘着粗气儿。长足了膘的公羊更是神气活现的，屙下的粪蛋也是黑亮黑亮的。这一日，米都格老人给东茹布老人舀了碗稠稠的酸奶，搁了半勺白糖。东茹布老人几大口吃完，递过碗，示意还来一碗。米都格老人便问：“还搁糖不？”

东茹布老人却反问道：“刚才搁了？”

“都半勺了，你没尝出来？”

东茹布老人怔了怔，说：“我说嘛，有点甜。”

又过几日后，米都格老人炖了一锅汤，忘了放盐，却把花椒粉多搁了一勺。她吃在嘴里很是难咽下去，东茹布老人却呼啦呼啦地吃得满头大汗。

“来，搁点盐，我忘了放盐了。”

“不了不了，好吃的很呢，瞧着就好吃。”

东茹布老人的这句话很随意，在米都格老人耳朵里却有了另外的腔。没几日，她把没有放盐的茶水倒给东茹布老人，东茹布老人却一碗又一碗地喝个干净。

这下米都格老人确定了，眼前的这个老头子已经没有了嗅觉，味觉。他口腔里的那个黑乎乎的舌头是死的，还有那窄长的鼻子也是死的。

豁了嘿哒，老东西！米都格老人心下很悲伤。她觉着这一切都是因为他喝酒造成的。如果不是酒，他的舌头鼻子怎么会失去了知觉？而在东茹布老人那里，他自己完全不知道这点。每天临睡前，他仍然是要吸几口酒，早晨醒来后也是美滋滋地吸几口。

悄悄地往酒瓶里灌开水的主意是米都格老人在一天夜里躺下去后，听着一旁嗞溜嗞溜的声响时突然想到的。是的，祸根就是酒。如果不是酒，身边这个黑瘦黑瘦的老头子会莫名其妙地昏倒？这次多亏了神的保佑，才能缓过来了。不行，得想个法子，得制止酒。米都格老人苦思着，她知道他离不开酒，如果硬要他戒酒，他准会发疯。想着想着，眼前突然一亮，米都格老人想起东茹布老人死掉的舌头。对啊，他不是嗅不出气味了吗？不是尝不出甜酸了吗？

趁着东茹布老人不在屋里，米都格老人倒掉了插着吸管的半瓶酒，灌进凉开水。

夜里，米都格老人早早便躺下去了。她有些担忧，又有些难过。当她听到黑暗中的一连串滋溜滋溜声时，她又是喜又是悲，但又怕叫东茹布老人发现，只好起身到屋外。

冬天的夜晚，极寒极寒的。米都格老人走到羊圈里，毫无目的地左看看右看看。

接下来的好多天里，东茹布老人都没有起丝毫的疑心。他依然每天呷几口“酒”，沉湎于他那独有的美妙“幻觉”，心满意足。

四

可是，第二年开春后，米都格老人担心的事还是发生了。东茹布老人不但不会走路了，就连说话也不利索了。每次想说话，张开嘴，嘴角便抽搐，他得等着那抽搐停止后才能吐出一句半句来。他的右胳膊、右腿无法动弹，右手手腕往内钩回去，像是要从腹腔内刨挖什么。米都格老人请来老蒙医给东茹布老人治，老蒙医扎了几回针，熬了几锅子药，又用土法子将东茹布老人赤身塞到刚杀的马腹腔内，但都无济于事。

“我恐怕是要死了。”东茹布老人说道。

“要死，你也得等到卖了羊绒买几瓶好酒后再死。”米都格老人宽心地说。当米都格老人这样说时她脸上丝毫没有担忧与焦虑的神色，但她的心在胸腔里拧成一疙瘩。

好不容易到了六月份，羊毛剪完了，卖掉羊绒后，米都格老人从旗里买来三瓶金骆驼。喝了一辈子酒的东茹布老人从未喝过这么贵的酒，一瓶顶一只羊。

他疼惜这么贵的酒，一天只呷六口。

“你就甭心疼那酒了。”米都格老人往酒瓶盖儿钉钉子，铁锤落下去，在瓶盖儿上扎下圆圆的一个小口。她将钉子抽回来，插进长长的塑料管儿，然后把另一头塞进东茹布老人手里。看他小心地呷了一小口，她又说了一句：“大大地呷一口，酒多着呢。”

如果是在几个月前，无论如何米都格老人是不会买这么贵的酒。她不但不会买，还会倒掉，然后灌进开水。她是真的害怕了，害怕某一天在沙窝子地就剩她一个人。她怕孤寂，比死亡还要怕。她要他好好地活着，一同老去，老到动弹不得，像一对儿牙齿磨平、目光浑浊的老羊。她想，若要走，两人一起走。没有他的日子，还算日子吗？可是，他还是这般地固执。就在一个很晴朗的早晨，他躺在炕头，眼珠儿翻白，浑身抽搐，不等她扶起来，他便偏瘫了。

最近以来，米都格老人还觉察出，东茹布老人身骨缩小了。很明显，当她忙碌着给他擦身换衣服时，看出他比原先瘦了一大圈。

看着东茹布老人一日比一日的憔悴，米都格老人的泪便吧嗒吧嗒地止不住。

“不哭啊，不哭。”东茹布老人说着想要笑，半张脸却抽搐成像是被什么狠狠地抓了几下。

“你个，老不死的，明明是在喝水，怎么就落成这般模样？”她嘟哝道。

她的话他没听明白，左手抓过吸管儿放进嘴里，吱吱地呷了一点点，说：“这是好酒啊。”

“好酒？那你就多喝几口。”

“咦，不能，不能贪，一瓶抵一只羊呢。”

“你就放心地喝吧，咱家的羊下了好多羔子。”

一日正午，给东茹布老人拔火罐子时，他突然说道：“你把那红头巾戴上。”

“红头巾？”

“嗯，红头巾。”

米都格老人找来那条已经磨出小眼儿的红头巾，在东茹布老人眼前晃了晃，问道：“它吗？”

东茹布老人点点头，脸上一阵凌乱的抽搐后，吐出半句：“红脸黄羊——”

米都格老人戴上了，她心下已经猜出眼前这位就要永远丢下她了。他是要她在举行最后的仪式，一旦仪式结束了，一切就成永恒了。她强忍着泪，强忍着一把扑过去抱住眼前这个又瘦又黑的老头子，这个陪了她半个世纪，却从未与她红过脸、吵过架的男人。她将红头巾两角用劲儿地挽成大疙瘩。

“是这个样子？”

米都格老人笑着问。东茹布老人久久地盯着，灰色的眼眶内闪着一对儿灰色的眼珠，最后说：“外面的天气一定很暖和。”

“来，我抱你到屋外。”

夏日正午，骄阳当头。这一年夏天，沙窝子地破天荒地下了三场雨，万物早已是绿油油的一片。

“今年，你就不要割了。”东茹布老人突然说道。

“不割了，不割了。”米都格老人说着，眼睛往东方向远远的一片黑绿看，今年的草玉茭长势真不错。

“再也不用种了。”

“不种了。”米都格老人说着，将插着吸管儿的酒瓶往东茹布老人怀里放好，继续说：“这是第三瓶，咱还有三瓶。”

“来。”东茹布老人将吸管儿对着米都格老人。

“我？”

“嗯，你来一口。”

米都格老人笑了，接过吸管儿，轻轻地滋溜一下，喉咙里立刻被呛得辣辣的。她皱紧眉头，说：“哟哟，好辣。”

东茹布老人见米都格老人这般模样，咯咯地笑着，像个婴儿一样眼睛里聚满了泪花。他没说话，但他多么渴望米都格老人能感觉到他那独享了一辈子的秘密——神秘的、富有神性的幻觉。是的，东茹布老人坚信，当自己微醉后看到的世界是神秘的、富有神性的。如果不是因为这些，他怎么会如此迷恋酒呢？他知道，当他微醉后，他看到了万物的贫瘠与丰腴、看到了大千世界的轮回与更替、看到了生活本身的真实与虚幻。它们是美妙的，是无可替代的，是每一个人所需要的。

夜里，东茹布老人安然地离去了。

在一个很温和的傍晚，米都格老人坐到门前。已经是伏末了。再有几天，她就得开始收割草玉茭了。但是她觉着已经不用买酒了，所以就不急着割了。但她又想起，羊群是需要草玉茭的。于是她思谋着，是趁白露前将草玉茭收回来，还是应该等到寒露前再收。

米都格老人心头糟乱糟乱的。

这时，公羊莫七走过来，从米都格老人脚跟前捡着土豆皮。米都格老人这才想起，自己要做晚饭吃。但她真不想动弹。这只公羊是东茹布老人最疼爱的公羊，早就到了该杀的年龄了，但东茹布老人已经不在了，现在谁来杀它呢？以此来完成它的轮回。

“来，莫七，我的孩子。”

莫七嚼着土豆皮，看了看主人的脸，咩咩唤了几下。

“来啊。”

莫七犹犹豫豫地走过来。米都格老人往酒盅里倒了满满的一盅金骆驼，让莫七闻，莫七闻了闻，噘起嘴唇。

“来，喝一口。”

米都格老人抓过莫七的脖子，还没等莫七明白过来，一盅酒已经被灌到它嘴里了。莫七急忙而慌乱地挣脱出主人的手，大声叫着，吧啦吧啦地舔舌头。米都格老人看着公羊莫七这般模样笑了。然而，正当米都格老人回屋时，莫七却走过去，往她身上闻。

米都格老人倒了第二盅，这次莫七没有等着主人给它灌，而是很主动地舔起来。舔了六盅后，莫七站在那里咕咕地打嗝儿。

“豁了嘿，我的孩子。太好了，我还寻思着，这瓶酒怎么办呢？它可是一瓶好酒啊。”莫七安静地站了一会儿，然后，突然地冲着屋门撞过去。门玻璃哐啷地碎了。

“嚯咦，莫七，怎么了？醉了？”

接着，米都格老人听到一种近乎歌声一样的绵长的咩咩咩——

只见，公羊莫七叉开四蹄，睁圆双目，迎着风，吐出舌头，咩咩地发出冗长冗长的呼声。米都格老人突然想起，东茹布老人偶尔也会唱出这种歌声来。米都格老人坐下来，听下去。

公羊莫七，分明是醉了。

【作者简介】

娜仁高娃，女，蒙古族，“80后”作家。内蒙古作家协会签约作家。蒙汉双语创作，作品散见于《中国作家》《民族文学》《草原》《读者》等。2014年长篇小说《影》入选内蒙古宣传部重点扶持作品；2015年微电影《塔灵》入选内蒙古宣传部“精彩草原故事”优秀节目。

浑厚草原图景中的生命涌动

——评娜仁高娃的短篇小说

江 冰

读女作家娜仁高娃的短篇小说，跳进脑子里的第一个词，就是巾帼不让须眉。但是又觉得这个词，不能完全表达我对她小说的感觉。作家的写作背景是内蒙古：大漠孤烟直，长河落日圆。草原苍茫辽阔，长调悠远沧桑。不由得联想到今年夏天，巴黎罗浮宫看到的古希腊雕塑，那尊雕塑是一个男子：方脸大耳，孔武有力，背部的肌肉，胸部的肌肉，腹部的肌肉，大腿的肌肉，肉筋鼓涨、血脉丰盈——我们很难从她的小说中看到女性的色彩。她的语言雄浑有力，好似油画笔触，那么斑驳，那么雄浑，那么厚重。而描写的事情，又是那般日常普通。实在让人惊讶，这是出自女性之手。

小说语言值得琢磨：浑厚，厚重，但绝不涩滞，不做作，不拖泥带水，散发着草原的那种气息，是浑厚的，是质朴的，又是动人的。比如说在《醉阳》里有一段，老头喝了酒以后看草原景色："米黄色玉茭地浸在一片望不尽的幽静里，阳光下，玉茭梢头间染着一层油，亮闪闪的，而脚下的土，又是暗红色的，散发着诱人的泥土香。"这样一种语言，将人物心理与生活细节糅合在一起，外在景色与人的内在心理水乳交融。

娜仁高娃的这两个作品，属于短章。很短，但是，淳朴自然且耐人寻味。她写的是草原上的人，草原上的那种感觉，草原上那种苍苍茫茫、纯粹大自然的感觉，写得淋漓透彻。但淳朴似乎又不能完全表达她的作品。草原的环境描写与人生命的感觉，相得益彰。那种草原上，普通人平凡人生命涌动的感觉，应当是作品中间最动人的部分。第一篇，热恋中的巴岱，一个十九岁男孩，对于一个大他十岁的女人的喜爱。尽管男孩的心理描写并没有那么复杂，那么深度。但是，抬着门板艰难行进风沙，以及碰到那只被抠掉眼睛疯狗的感觉，更加精彩的是那个细节：两次将门扇踢坏——贴切地表达了十九岁草原男孩的特殊心理。娜仁高娃是一个写细节的高手。她写男孩第一次遭遇女人身体的感觉，手指摸在女人胸脯上仿佛手指浸在油里。

第二篇《醉阳》，写草原上的一对老夫妇：他们的劳作，他们的情感。同样委婉动人。比如，老头悄悄喝酒的感觉：奇幻奇妙，身心舒坦，隐隐的温度，像万千个细长细长的触角，在替你安抚他。感觉殊异而动人，表达了这些几乎跟大自然一样淳朴沉默的牧民——他的内心依然那么丰富和火热。老人最后丧失了味觉，将水喝成了酒。情节过渡到最后，老太太真的买了好酒给老头子喝。老头终于在喝酒微微醉熏中，告别了世界。

小说结尾，依然精彩，引人回味。老太太最喜欢的一只公羊莫七，居然也喝起了酒，而且喝醉了："只见，公羊莫七叉开四蹄，睁圆双目，迎着风，吐出舌头，咩咩地发出冗长冗长的呼声。米都格老人突然想起，东茹布老人偶尔也会唱出这种歌声来。米都格老人坐下来，听下去。公羊莫七，分明是醉了。"这个结尾太有诗意了！透过娜仁高娃作品可以看到草原，感受草原人奔涌而出的生命，这种生命与大自然流动融汇。生活、日常，也许是平庸的，但是小说却是一个神奇的发现，把那些身体里头的、流动的、活跃的、像血液一样殷红鲜活的感觉呈现出来。这是小说家的发现，也是我们生活中所蕴含生命力状态——顽强而不歇地奔涌！

归去来兮

康志刚

给四喜子烧了三七纸，梅香就要走了。

如今村里的习俗是可以随便更改的。从前，在葬礼的第三天，人们要为死者举行一个隆重的祭祀仪式，名曰伏三。不知从何时开始，村里人把这个仪式提前到了第二天，因为，像待客的锅灶碗筷、桌椅板凳等等，都是临时租用的，改为伏二无疑减少一天的租金；而且，葬礼上买的肉呀菜呀，还有米饭馒头，多放一天还会少些新鲜。伏二和头七是两个顶重要的祭祀日子，以后，还有三七、五七，一直到七七，这时离亲人去世已经四十九天了，烧完七七纸和百天纸，祭奠才算告一段落，而一直笼罩在人们心头的那层悲痛才会淡去一些。但并不意味着要将逝者忘掉，不是的，只是把对亲人的思念深埋在了心里。

和前几次一样，这次上坟回来，一大家子依然在四喜子家吃伙饭。几个凉菜，几盘热菜，男人照例还要喝酒，女人们不喝酒，喝露露和高橙，人们说说笑笑，已经没有多少悲伤的气氛了。

吃罢饭，女人们开始收拾碗筷。看看天气不错，大喜拎只椅子从堂屋里出来，他坐在院里，边晒太阳边吸烟。的确是冬天一个难得的好天气，天空湛蓝如洗，暖阳高照，似往院里铺了一层明灿灿的金子。

大喜抽了两支烟，第三支刚续上，身边传来了梅香的声音："大哥，我，我该走了。"

大喜扭转头，见梅香一边拿着毛巾擦手，一边望着他。他装作吃惊的样子，目光盯在梅香脸上："啊，你走，去哪呀？"

"我，我想回娘家住几天。"梅香的声音依然很小，怯怯地像蚊子哼哼。

"好哇，"大喜停一下，做出关心的样子，"你，你今后打算咋办呀？"

梅香躲开大喜探询的目光，两只手叠压在一起来回搓着，声音依旧怯怯的："大哥，我，我也不知道该咋办。"

气氛就显得有些凝重了。大喜愣怔一下，眼里迸一丝亮光，但马上又熄灭了。他伸一根手指弹弹烟灰，用语重心长的语调说道："你年岁还不算大，以后有了合适的就往前走一步吧，老了也有个伴。"因为保养得不错，如果不是花白的鬓角，还有微秃的闪出一抹亮光的脑壳，没人相信他已经六十开外了。

梅香用手抵住鼻子，眼睛里洇一层泪光，紧盯住地面看。她脚上是一双襻带棉布鞋，刚才洗碗时落上油渍，黄乎乎的像粘上几点泥巴。她狠劲咬住嘴唇，哽咽道："谢谢大哥的好意。我，我就先回娘家；不过，大哥，我，我还有个想法——"

大喜眯起眼睛，从眼缝儿里射两道锐利的光亮。好呀，她终于要吐口了。这些天，他们等待的就是这个呀。于是所有人都屏声敛息，都把目光落在梅香那有几分憔悴的脸上。她的脸，黑，瘦，因为有点奔头，眼窝就比一般人要深一些，俩漆黑的眼珠子像摁上去的两颗干扁豆。

大喜原本要和她开个玩笑的，说那你就说吧，咱还是一家人哩。然而，脸上的笑很快僵住了。其实心里早做好了回击她的准备。他嘬一口烟，慢慢地吐着，目光盯在梅香眼睛的最深处，突然觉得好笑。哼，你这个妮子，还想和我耍心眼儿呀，你还是个雏儿。想着自己这一生的丰富经历，先是当大队长，后来又在商海摸爬滚打，什么人没见识过？什么事儿没经过？于是，又不动声色地笑了笑。

"大哥，四喜子的情况不用我说，这些年，我们没积攒下多少钱。除去这次的开销，还剩不到五千。这，这钱我带走，其他的我一概不要！房子嘛，我更不要！"梅香似乎没有注意大喜脸上神色的变化，仍怯怯地说道。

什么？她不要房产？起初，人们以为自己耳朵出毛病了，及至弄明白这话真出于梅香之口时，都禁不住呆了，震惊的程度不亚于往院里扔一颗炸弹。嘿，这，这怎么可能呢？这次看四喜子不行了，她才肯回来，不就是奔着遗产来的吗？怎么又自动放弃了？这到底是怎么回事？咦，黑夜里出太阳了？于是人们互相交换一下眼神，像征求各自的意见，以便决定下一步棋怎么个走法。

其实，大家也清楚四喜子和梅香的家底。这些年，四喜子一直在大哥家的板材厂干活，梅香患有慢性肾炎，没出去找活干，平时就在家给四喜子做做饭呀，洗洗衣服呀，四喜子一个人挣的钱两人花，还能剩下多少呢？还有，除去电视、冰箱，他们再没有什么值钱的东西了，就数这座房子值钱。房子是上世纪 80 年代末由大哥张罗，兄弟三个共同出资盖的。那时候，他们的父母已经年迈，没能力管这个了。虽说是旧房子，也是青砖到顶，大玻璃门窗，明亮宽敞，在当时的村里数一数二。院子尤其大，足有半亩。如今人们去城里和镇上买楼房的不少，但听说村里将来要搞新民居，说不定什么时候就要拆迁，这一拆迁，就能得到一笔非常可观的补偿款。这可是一夜暴富的好机会，因此从前不被人放到眼里的平房，转眼间变成了宝贝。这处平房连同院子,按时价少说也能卖到十万元。十万元,可不是个小数目。可以说，这些天他们一直琢磨一直守护的那个底线，就是这处房产，也不知背着梅香凑一起念叨过多少次了。大家你一言我一语，唯独大哥不吭声，像个局外人似的，只是一个劲地吸烟，嘴角的线条是凝重的，脸上的神色也是凝重的。只是那道深邃的目光，偶尔扫向大家。在他们看来,大哥的不表态其实也是表态。大哥喜怒从不在脸上流露，大哥城府极深。再说，这事儿他比谁都要恼，因为梅香等于打了他的脸。依他的脾性和处事方式，哪会善罢甘休呢？因此他们是齐心协力来守护这处房产的，其实更是以此来维护他们的自尊。这些天，大家表面上对梅香一团和气，但暗地里结成了统一战线，要同仇敌忾地对付这个山里来的女人，不能让她的目的得逞。想不到梅香却主动放弃了，这竟让他们有些泄气，就像一个披甲戴盔的将士刚摆开阵势要和敌人决一死战，对方却乖乖地缴械投降一样，你说，能不让人感到扫兴吗？

然而，他们马上又明白：他们小瞧了这个瘦弱的病秧子似的女人了。她明知道这房产不会轻易归她的，别人不说，大哥那一关她就过不去。如果张口嘛，半张嘴就能把她顶回去。四喜子生病正需要你时，你干吗去了？如果你在跟前，这次四喜子犯病也不至于把命丢了吧？你没尽到做妻子的责任，就别怪我们不客气！可万万没有想到，她自己倒主动提出放弃了。也好，这样做双方都有面子，看来她到底还是个明白人。

显然，事情没有按照他们料想的那样发展，这就意味着这些天他们白凑在一起磨牙费脑筋了。但就这么轻易让她走了？那不太便宜她了？便宜了她，怎么能对得住刚刚死去的四喜子呢？何况，梅香自打从娘家回来，对他们没有表示过一点歉意，一点也没有，这个女人太不像话了呀。因此，看上去他们都平平静静的，但每一个人都在心里憋足了劲，专等着这个时刻的来临。就好似一个灌满水的蓄水池，终于等到提闸放水的时候了。

于是，人们都将探询的目光投向了大哥，看他究竟怎么办。大哥是他们的主心骨，更是个人精，在家里是，在村里也是。不然，他怎么能当那么多年的大队长呢？如果不是“文革”结束，他也许还会照样干下去的。下台后，他率先办起了板材厂，因为经营有方，短短几年就成了村里第一批先富起来的人，照样是个人物，照样吃香喝辣。是的，不管世事如何变化，他都有办法让自己立于不败之地，总做人上人，这不是能耐又是什么呢？因此，在家里就连父母都听他的。那一年，他非要把支书的女儿说给三喜。支书的女儿长得丑不说,在村里也是出了名的厉害。见大家不同意,他抄起一根麻绳就要上吊。二老跑上去央求他，三喜也抱住他两条腿，哭道，大哥，快下来吧，我娶她就是了。他这才下来了。

今天，他们都不错眼珠地盯着大喜，看他如何来收拾这个局面，又如何来对付这个女人。其实村里人也都在观望呢,都是看戏的那种心态。你不是要强了一辈子吗?你不是个大能耐人吗？去年四喜子得中风，梅香却把他丢给你们，拍屁股回了山里的娘家，这不是给你弄大难堪又是什么呢？看你敢把人家怎么样？尽管二喜三喜也都窝了一肚子火，在人前感到脸上无光，然而有大哥在，他们心里就踏实。他们都在等着大哥给四弟出这口气！即便他们知道该如何办，但同样的话也得由着大哥说。谁让他是大哥呢？又那么有能耐。他们那么尊重他，因为他对这个家贡献最大，为四喜子也操心最多。毫不夸张地说，这个家是由大哥来支撑的。

别看这些天大喜一直不言语，但心里对梅香的怨恨一点不比大家少。常言说，一日夫妻百日恩，这女人怎么就一副铁石心肠呢？她不爱四喜子不假，但毕竟在一起生活了十来年，就是一块石头也早焐热了。她万万不该在正需要她的时候，扔下男人走了。

这么想着，大喜就用极复杂的目光，悄悄地扫了梅香一眼。梅香呢，一碰到大喜的目光，就赶忙低下头。但从这匆匆的一瞥中，大喜还是从她的眼里发现了一缕哀求。没错，她是心里有愧呀，她想得到他的宽恕哩。他这么想着，心猛地一沉，脑海里顿时浮现出四十年前那双惊恐的眼睛。只是和梅香不同，当年，那女人是跪在他面前的，仰起浸满汗珠的脸，向他哀求：大哥，只要你肯放了我，不给人说，不让我游街，我，我就把我给你！她说这话时，手早揪住了裤带儿。这是个有几分姿色的女人，三十来岁，俏眉俊眼，面色又白净红润，头上包一块花头巾，穿一件红碎花的确良小褂，胸脯高挺像扣俩大馒头。几只绿莹莹的玉米棒从她身旁的包袱里滚出来。其实，那个年代人人都有偷秋的习惯，认为偷队上的不算偷。那时的大喜正值壮年，那种男性的欲望就像熊熊燃烧的野火，能把他瞬间烧化的，他恨不得将那女人扑倒再撕成碎片。但他还是把持住了自己。那年他刚当上村治保主任，发誓要抓个典型，杀鸡给猴看。他就在心里这样一遍遍地告诫自己：一定要挺住啊，心软了没人把你当回事儿。他就像电影里那些意志坚定的革命者。不知怎的，此时这双眼睛穿越时空和梅香的重叠在了一起，两双眼睛就像两颗哀怨的星星，在他的眼前闪动着,搅得他心里乱糟糟的。其实,这双眼睛几十年来就从没在他脑海里消失过。

正是这双眼睛，让大喜觉得今天的事情变得复杂而棘手了。是呀，十年，多么漫长的岁月；一个女人，和一个半傻子在一起生活这么长时间，也真难为她了。

四喜子的智障是从娘胎里带来的，也就是说天生的。在大喜看来，这都是上天的安排。而村里人却说，他们家的智慧都让大喜占了，可不得出个傻子呀。父母相继离世后，作为家里的顶梁柱，大喜自然有责任为四喜子张罗婚事。如果四喜子成不了家，终究还是他的一大累赘。可谁又肯把女儿嫁给一个智障男人呢？在平原上不好找，他就利用自家是平原人的优势，托人从山里寻觅。还真有那么两家有了那个意思。媒人按照大喜的叮嘱，只说四喜子人太憨实，没别的毛病。然而，见面时人家却发现四喜子原不是这么回事儿，是三句话不打锅。即便彩礼再多，也没人肯把女儿往火坑里推。后来,大喜自掏腰包,花五千元买来个四川女人。那个面容姣好,说话像唱歌一样的四川妹和四喜子生活了没几天，就在一个月黑风高的晚上，趁四喜子呼呼大睡之机溜了。原来是放鸽子的。但大喜不气馁，又经多次努力终于如愿以偿。梅香的男人是做皮货生意的，有钱后就把梅香甩了，而且俩孩子一个也不让梅香带走。于是,梅香就糊里糊涂地嫁给了四喜子。她还以为四喜子只是个闷葫芦呢,哪会想到竟然是个智障。她像一只受过伤害的小鸟儿，哪里还经得起再折腾呢，何况又做了绝育,成了一只不下蛋的母鸡,只好死了心。但大喜还巴不得她不能生育呢,因为不必担心四喜子再生个傻子，他只是给四喜子找个伴儿。就这样，四喜子和这个山里来的女人生活了十来年。白天，四喜子就去大哥的厂里干活，憨人不会耍滑，只知道吭哧吭哧地傻干，没别的心思。晚上回来，除了笨手笨脚地折腾梅香，就是睡觉。累了一整天，头一挨枕头就呼呼睡去，打都打不醒。

看大喜没别的意思，梅香认为自己不必再待下去了。她都在这个空落落的家里待了二十多天了。一天到晚陪伴她的，只有那条小黑狗，她叫它小黑。她要再次回到山里的娘家，然后就等着上天对她的人生进行重新安排。她一走，日子还是日子，但日子在这里永久地画上了一个句号。

大喜可没有理由不让梅香走。但他不能让她走痛快了。他早给她准备了一肚子难听话，不，其实不用准备，只是随便几句就会让梅香羞愧难当，让她只能灰溜溜走出这个家门，不仅给四弟出了那口恶气，也为大家挽回了面子。可他的喉咙此刻却像让什么东西堵住了，他恍若又看到了那双绝望的眼睛，里面还满含了对他的怨恨。因为他拒绝了她，这就意味着那女人不但要受到扣工分的惩罚，还要游街示众。而相比前者，后者更让她战栗。因为害怕她紧缩着身子，显得越发瘦小了，似乎光剩下个花头巾。那花头巾在他眼前飘呀飘，像让风追着似的，一直飘到了天边。那女人有四个孩子，因为男人太懒，不愿意干重活，每年挣不下多少工分，家里日子自然就过得很紧巴。无毒不丈夫——这是大喜一直遵循的人生格言。让他庆幸的是，在这个关键时刻，他的心没有一点松动。

“天早哩，再歇会儿吧，喝点水。”大喜完全乱了方寸，说的都是些客气话。

梅香自然没想那么多。她回答大喜，说一百多里地呢，还是早点动身吧。她有意识地强调了路程的远。一百多里的确不近，但更主要的不是这个，她想马上离开这里，一刻也不想待下去了。她对这个家一点也不留恋吗？也不全是。她喜欢这个宽敞的院落，喜欢春天时院里大槐树上喷香的槐花。当然，她更喜欢平原上相对富裕的生活。然而，所有这些还需要有一个力量来支撑，还需要一缕阳光照亮。可她的生活里就缺少了这些。她说的还是那种硬扎扎的山里话，或许这意味着她终归不属于这大平原。说完，她就去屋里收拾东西。一条黑色紧身裤，将她的下半身箍得凸凹有致。暖阳把她的身影抻得很长，像一条影子一样晃进了屋里。

莫非，大哥就这样让她走了不成？人们都有些疑惑，都用不解的目光望着大喜。三喜哪还沉得住气，他走近大喜，说:“大哥，这事儿你可得做主。”他没再往下说，其实什么都说明白了。弟兄几个数他脾气暴躁，又长得腰圆背颀，像个猛张飞，然而，却是有名的怕老婆。却没人笑话他，如果他不怕老婆，人们才奇怪呢。二嫂呢，本来是站在堂屋门口的，这时也凑近大嫂，低声说，也忒便宜她了吧？二嫂性格最温和，就连她都有些沉不住气了。三嫂倒沉得住气，她一直倚着门框，低头拿剪刀剪指甲，一双像锥子般尖利的眼睛，透过垂在额前的秀发，不时朝院里瞟一眼。以她的脾气，早拿巴掌抽梅香的脸了。但她却克制着，为了大哥。她尊重大喜，是因为大喜当年顶着巨大压力让三喜娶了她。她爱三喜，但又要控制三喜，让他总是对自己俯首帖耳的。

而大嫂呢，大嫂心里何尝不急？除了要狠狠地数落梅香，还得让她给大家道个歉，把这口恶气出了。这次四喜子病重时，她曾发下狠话：梅香即便回来，家里的财产也甭想有她的份儿。平时，妯娌几个都瞧不起梅香。在梅香面前，她们都有各自的优越感，因此，怎么能容忍在各方面都不如自己的梅香，做出对不住她们的事情呢？大嫂长得富富态态的，穿一件深红色毛衣，头发烫成了大波浪，怎么看也不像六十多岁的人。她和大喜是很般配的一对儿。

都收拾好了，梅香再一次来到了大哥面前。“大哥，我就走吧——”她在向大喜和这个家做最后告别。

大喜依然坐在那里吸烟，身上已被太阳晒得暖融融的了，这让他闻到了一股好闻的阳光的味道。他突然从梅香眼里瞥见了一丝感激，仿佛又看到那个女人。那个女人被民兵押着游街，那几只玉米棒用麻绳串在一起挂在她脖子上，像戴条硕大而奇特的绿项链。但围观的人没有一个被她这副滑稽样儿逗笑，脸上似敷一层沉重的铅。晚上，那女人上吊了，幸亏被家人发现救了下来。而大喜的目的也终于达到了，村里偷秋的风气不但被刹住，他还有更大的收获：没过多久，就由治保主任升为副大队长，几年后又成了大队长。而且，没人敢给他使绊子。然而以后的几十年，这双充满怨恨的眼睛，像是牢牢地镶在了他心里，抠都抠不掉了。就因为这件事，那女人的大儿子三十多岁才寻上媳妇。有一年,那女人在路上碰到他,似要和他打招呼,他却扭头走开了。事情都过去了几十年，人家也许不再怨恨他，可他哪有勇气面对那双眼睛呢？他躲这眼睛，一直躲了几十年。他不想再让另一双同样的眼睛，也印在他脑海里。

“大虎，你过来。”他扔了烟头，转身喊大虎。

大虎走过来叫：“爸——”

“去，给我拿两千块钱！”

大虎没动弹，不解地望着父亲。

大喜白他一眼：“还愣着干吗？快去呀。”

大虎眼珠一转，朝父亲伸一下舌头，不再问了。他早和父亲达成了默契，父亲的一个眼神、一点暗示他都能心领神会。他转身朝停在院门口的那辆奔驰车走去，再回来，手里捏着一匝钱。

大喜接了，又扭头递向梅香：“这是两千，你拿去吧。”

大家好半天没反应过来。即便退一万步，不给梅香弄难堪，让她顺顺当当地走也就罢了，怎么还能给她钱呢？这不是大哥的做事儿方式呀。他们都尊重大哥，却又都无法理解他今天的这个做法。于是，都大眼瞪小眼，谁也不吭声。仿佛嘴被胶带粘住了。

看梅香犹豫，机灵的大虎朝她一挤眼睛：“拿着吧，婶子。不能让你白给俺们当婶子呀。都当了十年,没有功劳也有苦劳。家里的东西嘛,只要你喜欢,就随便拿。”

人们顿时明白了。大哥不愧为大哥，大哥不缺钱，大哥是在用钱羞梅香的脸哩。更佩服大虎的聪明，同样的话让他说出来就比大哥有分量得多呀，他是晚辈。看这孩子和他父亲演的这出戏，青出于蓝而胜于蓝，将来肯定要超过他父亲。这几年，大喜把厂子的大权交给了大虎，名曰放权，实则当起了幕后指挥。他是在故意锤炼大虎。大虎也很争气，小小年纪就能独当一面了。

然而，又转念一想，是呀，梅香和一个缺魂儿的男人生活了十年，真不容易。话说回来，如果没有梅香，他们还不知要为四喜子操多少心呢。这样一想，对梅香的怨恨渐渐消失了。尤其是大喜家两个女儿，大玲和小玲，她们年岁和四喜子差不多大，大玲还比四喜子大了两岁。四喜子是和她们一起玩大的，疼起她们来也是傻疼，很做得起叔。事实上，四喜子也很乐意她们把他当长辈，喊他四叔，每当这时，就咧开一张大嘴傻乐。大玲和小玲出嫁后，只有春节才来拜个年，例行公事似的，哪里还瞧得起这个傻乎乎的四叔呢，更瞧不起梅香，这个瘦瘦弱弱的山里来的女人。待四叔永远离开这个世界，才明白原来自己对四叔也是有愧的。正是这个让她们一直瞧不起的女人，竟然默默地伺候了四叔这么多年，真有些不可思议。她们应该感激这个女人才对。大玲和小玲的日子过得都不错，大玲在城里教书，女婿是个局长；小玲呢，虽说没吃公家饭，但家里开公司，城里就有三套房，什么也不愁。

对四喜子心生愧疚的，还有他的三个嫂子。平时，谁家有了重活儿，比方说夏天收麦、锄地，秋天收棒子、起圈，往田里运肥，这时她们就想到了四喜子。在她们眼里，四喜子就是一架干活的机器，是一个符号。是对四喜子的愧疚，让他们原谅并理解了梅香。怪不得，大哥这些天一直不发表什么看法，嗨，还是大哥，大哥高明啊，不佩服不行！

“梅香，这里永远是你的家，今后路过这儿，一定回来看看！”

“小婶子，俺们都不会忘记你，其实，你给俺们帮了大忙。钱不多，是我一点心意。”

“婶子，俺们都感谢你哩。你让俺四叔过了十年好日子！”

这个山里来的女人，感觉眼前的一切像做梦。可又不是梦，她手里真的被塞进了沉甸甸的一些钞票。这些钞票几百元上千元不等，除了嫂子们的，还有大玲小玲的，还有其他几个侄子侄女的。她仿佛第一次感到他们真的是她的亲人。然而她就要离开他们了，也离开这个生活了十来年的家。她的脑海里一片空白，只感觉心里涌起一股热辣辣的东西。渐渐地，眼前的一切都模糊起来，像隔了一层毛玻璃。

扑通，梅香双膝一弯，给大喜跪下磕了一个响头。

“大哥，我一辈子也忘不了你们，忘不了这个家——”她哽咽道，“其实，我心里有愧，我对不住四喜子，更对不住你们！”

大虎开车送梅香回娘家。除了梅香要带走的衣物，大虎还把那台电视机给她塞进车里。

当梅香走出院子，拉开车门，抬起一只脚正要上车时，小黑摇着尾巴跑来。虽说是一条土狗，却非常聪明，它要跟着主人一起走，便渴望地盯着梅香。但梅香不能带走它。它永远属于这个家，而她呢？她还要往前走，尽管并不知道前边的路有多坎坷，面对她的又是什么，可她必须要往前走！

梅香弯下身子，轻轻地抚摸小黑光滑油亮的脊背，抬头对大喜说："大哥，小黑就托付给你们了，它在这家里也待了十年了。"

【作者简介】

康志刚，河北正定人。2003年毕业于河北师范大学中文系。历任《河北文学》编辑，河北省文联《小小说月刊》副主编。著有中篇小说《谁是小草》《昨日风景》，短篇小说《天文现象》《醉酒》《敬酒》《香椿树》等。其中《醉酒》获第十届河北文艺振兴奖及2002年河北十佳优秀作品奖，《天文现象》获2004年河北省优秀作品奖，《枯井》获第四届河北金牛文学奖。

羞愧的力量

——评《归去来兮》

郭宝亮

康志刚的小说《归去来兮》描写了一个简单的瞬间画面：四喜子死了，丧事办完后，以大喜为首的几个兄弟妯娌们，严阵以待，准备迎接一场由四喜子的遗孀梅香可能发起的争夺房产的挑战，然而，梅香的要求却是"要回娘家住几天，并且什么都不要，房产更不要"。这样的"要求"令所有的人大出意外："什么？她不要房产？起初，人们以为自己耳朵出毛病了，及至弄明白这话真出于梅香之口时，都禁不住呆了，震惊的程度不亚于往院里扔一颗炸弹。"小说便在这种震惊中次第展开了。

最初的反应是不能相信："嘿，这，这怎么可能呢？这次看四喜子不行了，她才肯回来，不就是奔着遗产来的吗？怎么又自动放弃了？这到底是怎么回事？咦，黑夜里出太阳了？"这是利欲熏心时代人们所遵循的惯常逻辑：那个面临拆迁的房产，本来是个一夜暴富的机会，她怎么可能轻易地放弃呢？这个瘦弱憔悴的女人不按常规出牌的行为，实在令人困惑和尴尬。为了这处房产，兄弟几个谋划已久，做好了充分应对的准备，突然间，一切都失效了，"就像一个披甲戴盔的将士刚摆开阵势要和敌人决一死战，对方却乖乖地缴械投降一样，你说，能不让人感到扫兴吗？"于是，大家把目光投向了大哥大喜。

大喜是农村中的能人，政治至上的年代，他是村干部，商业至上的年代，他又是个人发家致富的榜样。他处处要强，威势无比，是这个家的主心骨，也是企图阻止梅香抢夺房产的主谋。他对梅香的怨恨更深重。他也深知，梅香并不爱四喜子这个天生的智障，生活了十多年,基本上也是出于无奈,但夫妻十年，这个女人却在四喜子中风之后离开家回了娘家，这让乡亲们看了笑话，这是大喜最丢面子的事。大喜本来是憋足了劲要痛击这个女人的，不料这个瘦弱的可怜又可恨的女人却以另一种示弱的方式打乱了大喜的谋划。至此，小说写道：

“大喜就用极复杂的目光，悄悄地扫了梅香一眼。梅香呢，一碰到大喜的目光，就赶忙低下头。但从这匆匆的一瞥中，大喜还是从她的眼里发现了一缕哀求。没错，她是心里有愧呀，她想得到他的宽恕哩。”

我觉得这是小说最为关键的一笔，也是康志刚最为精彩的一笔。只这“愧疚”的一瞥，却击中了大喜内心最为隐秘和柔软的那方领地。他浮现出四十年前年轻的“梅香”的那双惊恐的眼睛，那是历史中极左年代的因“偷秋”被大喜拿获的梅香惊恐和哀求的眼睛，这是现实激活的历史的眼睛，小说至此发生了逆转——“正是这双眼睛，让大喜觉得今天的事情变得复杂而棘手了。是呀，十年，多么漫长的岁月；一个女人，和一个半傻子在一起生活这么长时间，也真难为她了。”——瞧，这是大喜心理的微妙的变化，也是合理的变化。这种变化是羞愧的力量所致！一个时期以来，由于市场经济的提倡，欲望的魔盒被打开了，欲壑难填，欲望泛滥，导致了人们无止境地追逐利益、无底线地追逐金钱,人们的内心再也没有羞耻二字,羞愧，愧疚等古老的正常的道德观念全都抛到九霄云外去了。大喜兄弟们之所以认为梅香要抢夺房产，就是这样的时代症候的体现。而梅香那哀求的眼睛的一瞥，正是羞愧，愧疚的复活。梅香虽然不爱四喜子，但她仍然恪守着传统的道德观念，就是妻子要尽妻子的义务，而她在四喜子中风最需要妻子照顾的时候，自己回了娘家，四喜子死了，自己实在羞于提出房产之事了，这哀求的眼睛，是真诚的，是梅香内心深处羞耻感、愧疚感的自然流露。这种流露，使得大喜心中残存的那点羞恶之心觉醒了，回归了。于是，我们看到，大喜给了梅香两千元钱的描写，是大喜良心发现后的合理发展，这是羞愧心理的物质呈现。最终在大喜和儿子大虎的感染下，兄弟妯娌几个也有了良心发现，羞愧之心也被渐渐激活，小说最后的结局是人人都给梅香塞了多少不等的钱，一场礼崩乐坏的家庭大战转换成一次温馨的依依惜别的亲情交流的现场。

康志刚在此是在为传统美德招魂。传统文化中的思维八德：礼、义、廉、耻，为四维，忠、孝、仁、爱、信、义、和、平为八德，管仲曾言：“礼义廉耻，国之四维，思维不张，国乃灭亡。”如今，国人不知礼义廉耻为何物，这是多么危险的事呀！康志刚这篇小说看似简单，其实内涵大得很哩！

「中篇小说」

空色林澡屋

迟子建

去年花开时节，我率领着一支森林勘察小分队，自察卡杨北上，来到中国北部的乌玛山区。我们此行的目的，是对停伐五年后的乌玛山区的自然状况做实地勘察。看看休养生息后的森林，野生动物是否多了，消失的溪流是否如闪电一样，依然给大地撕开最美丽的裂缝。

因为要穿越大片的无人区，风餐露宿，猛兽、不可预知的自然灾害、匮乏的野外生存经验，对我们来说都是一道道看不见的网，构成威胁。我们托当地林业局的同志，帮我们请了一位山民向导，并为他配备了一杆猎枪。

他叫关长河，戴一顶有帽遮的鹿皮小帽，个子矮矮的，罗圈腿，黝黑的扁平脸，塌鼻子，看人时喜欢眯起一只眼，眉毛疏淡得像田垄上长势不佳的禾苗，额头有两道深深的横纹，像并行的车轨，那额头就给人站台的感觉。但这样的站台，注定是空空荡荡的了。他不用嘴时，嘴唇也鱼嘴似的翕动着，好像在咀嚼空气。他牵来一匹鄂伦春马，驮运帐篷等物资。

进山第一天，他牵着马在前引路，不时嘟嘟囔囔地骂着什么，让人好生奇怪。晚上宿营时，我们才明白他嫌子弹配备多了，三十发——这分明是对他的枪法不信任嘛。他说非到万不得已，自己是不会动枪的。要是滥杀动物，乌玛山区的各路神仙，就会把他变成瘫子！

他带了一箱塑封的散装土酒，半斤装的。傍晚支起帐篷，燃起篝火，他就取出一袋，用牙齿在一角咬出豁口，将酒倒进一个漆面斑驳的搪瓷缸，随便倚着篝火附近的一棵树或是树桩（若倚着树桩，他头顶戳着一截黑黢黢的东西，便像旧时披枷戴锁的犯人了），耷拉着眼皮，十分享受地喝起酒来。他喜欢空口喝上小半缸，再凑过来吃饭。我们带了不少肉食罐头，他闻了总是蹙眉，宁愿吃他带的马鹿肉干，它们看上去像切断的棕绳，干硬干硬的，我们的牙齿对付不了，他却像嚼松脂油，毫不费力。我们带来的食物，他唯有对挂面情有独钟，他会把顺路采的野菜，水芹菜呀，柳蒿芽呀，或是蕨菜，在河中晃荡几下，算是洗了，也不用开水焯，更不用刀切，直接拌在面里。所以他碗里的面条总是绿白相间，像是一丛镶嵌着阳光的绿柳。

出发的第一周，我们发现几处落叶松林有被盗伐的迹象。树墩横切面现出的白茬，还是新鲜的。关长河告诉我们，所谓停伐，只是不大规模采伐了，林场的场长们，各踞山头，还是偷着砍木头，运出卖掉，中饱私囊。怕劣迹暴露而被追究责任，狡诈的林场主，将盗伐的林子放上一把火，烧个光秃秃，就说是雷击火引起的，瞒天过海。但是一周之后，当我们深入到密林深处，离公路铁路越来越遥远，连山间小路都难得一见的时候，我们如愿看到了繁茂的树，看到了在溪畔喝水的马鹿，看到了在柞木林中追赶山兔的野猪。我们还看到了硕大的野鸡——这森林中飘曳的彩虹，当它掠过树梢时，那泛着幽光的五彩翎毛，简直就是给绸缎庄做广告的，让人惊艳。

森林中最可怕的野兽不是狼和熊，毕竟遭遇它们的概率小，再说有关长河和他的猎枪护卫着。比野兽更凶猛的，是拂之不去的蚊子和小咬。尤其是不出太阳的日子，森林缺了阳光这味药，它们就猖狂起来了，抱团飞旋，跟着你走，将我们的脸叮咬得到处是包——它们恨我们侵入它们的领地吧，在我们的脸上埋下地雷。所以宿营的时候，我们总是先笼火熏蚊子，再支帐篷。我们还在篝火旁撒尿，不然裤带一解开，蚊子小咬有如发现了乐园，一拥而上。关长河对我们在篝火旁撒尿很鄙视，说火神会怪罪的。他不怕蚊子小咬，有时还伸出舌头，舔几只吃。晚上他独自睡一顶帐篷，月亮好的夜晚，我们起夜时，不止一次看见他酒后站在泛着幽蓝光泽的林中，朝着月亮张开双臂，手掌向上，像是要接住什么的样子。我们当中有人按捺不住好奇，问他夜半那姿态是干吗，他说，月亮太明亮了，怕是天也难容，万一月亮被推下来，我还能救它一命。不然月亮的脸破碎了，夜晚就没亮儿啦。他那郑重的语气，让人不敢发笑。

一路上我们只吃了两次野味。一次是我们发现一只折断了翅膀的大雁，匍匐在沼泽地上，关长河说失去了天空的飞鸟，生不如死，开枪射杀了它，这也是他此行开的第一枪。当晚我们将大雁拔毛，烤了吃了。另一次是从猎人下的套中，获得一只死狍子。我们逢着它时，它的身子还没凉透，嗅觉灵敏的鹰隼闻风而动，盘桓在上空，准备饱餐一顿。关长河先是责骂给狍子下套的猎人，所选择的树下没青草，让被缚的狍子失去口粮，活活饿死。之后他低头念了几句咒语，掏出猎刀，熟练地肢解了狍子。那晚在营地的篝火旁，我们用吊锅煮狍子肉。关长河采了一把野韭菜，掺着盐切碎了，狍子肉蘸野韭菜的味道，美妙极了。关长河没少吃肉，也没少喝酒。

我们问他有老婆吗，他说老婆是天上的云，不能要。我们笑，又问他有情人吗，他说情人是地上的霜，千万不能踏。我们笑翻了，问他真没碰过女人吗，他很认真地说，碰过，女人给我洗澡。我们问，是城里洗浴中心的小姐吗？他摇摇头，说给他洗澡的是个老太婆。我们只当他胡说，不再追问。

关长河第二次开枪，是因为行程的最后几天，一条狼总是在黄昏时，跟在我们身后。它的气息扰得鄂伦春马心烦意乱，走不稳路，一会儿吊锅从马背掉下来了，一会儿盐袋落下来了，一会儿测量仪器又滑下来了，马背仿佛成了滑坡事故现场了，他不得不开枪吓跑狼。关长河不瞄准它，说是孤狼都有一肚子的心事，得留它一命。不过当晚到了营地后，他就自责带上弓箭好了，它完全能呵退狼，不该浪费那颗子弹。他还赌气地冲他的马说，一队人跟着，狼又吃不了你，瞧你慌张的，好像丢了屌，真没出息啊！马摇晃了一下脑袋，屙下一堆圆鼓鼓的粪球，像是无数只愤怒的眼，在瞪着他。关长河无奈地笑了，拍着马屁股说，我一说你，你就拿这一招对付我啊！

我们走出森林的前夜，考察接近尾声了，大家都很感激关长河，白天特意在一条小河上，用石头垒坝，憋了十几条半大不大的鱼，傍晚宿营时，燃起篝火烤鱼，轮番给他敬酒。关长河对鱼没什么兴趣，只吃了半条鲶鱼。他对酒倒是热情万丈，来者不拒。他对我们说，明天出了山，会看到一个只有三户人家的小驿站，那里有个澡屋，叫空色林，是个老太婆经营的，她一天只烧一锅水，给一人洗澡，而她给人洗澡不收钱，只收吃食。其实那锅的直径，少说也有半丈吧，一锅热水洗两人绰绰有余。但如果真是两个人去了，都想洗，另一人就得等着，第二天再享受。

我们问关长河，你说的给你洗过澡的女人，就是她啦？

关长河眯起一只眼，点了点头。

她多大年纪了？

她开这澡屋，快二十年了吧。多少岁数，她不说，咱也不问，我估摸着，少说也有七十几了。她原来挺高的，现在一年比一年矮了，人一抽抽儿，就是老啦！

她只给男人洗澡吗？

关长河说，南来北往跑运输的，哪个不是男人？再说了，女人哪有男人风尘多！

那你是完全脱光了，让她洗吗？

关长河翻了一下眼珠，反问一句，你们见过在水里穿裤衩的鱼吗？

我们大笑起来。

关长河说陪我们走了一路，分别之际，他没什么好送的，就送这个老婆子的故事给我们听。

我们知道这该是个很长的故事，纷纷起身，有给篝火添湿枝丫的（这样它能燃烧得长久些）；有去小解的（听精彩的故事，最怕憋尿）；还有加衣的（森林夜露浓重，月亮给加的衣服，毕竟太薄了）。我们为了迎接关长河送的别致礼物，做好了准备。

在乌玛山区，冬天时老天是昏庸懒政的皇上，天门晏开早闭，几不理朝；夏天则改朝换代了，一派勤政之气，天门洞开，有点夜不闭户的意思。太阳落山了，西边天上，还浮游着丝丝缕缕的晚霞。它们是仙女们准备的金丝线吧，预备着缝补月亮。而那晚的月亮，确实缺了一角。

关长河故事的主人公，是一个女人，三个男人，和一条叫白蹄的狗。

这女人是旺河人，她来到乌玛山区时，还是个少妇。她带着儿子，投奔在翠岭林场的丈夫。那时乌玛山区刚开发，她男人是首批进驻的工人，带家属的男人少而又少。

他们的婚姻是父母包办的，男方并不想娶她。因为这男人生得俊朗，女人却很丑。她高个子，身材也匀称，就是脸面与常人不同。别人的鼻子，是脸颊的中界线，可她的鼻子，偏袒一方，致使左脸辽阔，右脸一派失地气象，狭窄逼仄。脸不对称，就给人扭曲之感，她不得不梳一缕长长的刘海，遮住半个左脸，削弱它的势力范围。但麻烦又来了，她的眼睛不歪不斜，这缕浓密的刘海，常让左眼失陷，使她看上去像是独眼女人。据说她丈夫只身来到艰苦的乌玛山区，就是想摆脱她。不料她跟过来，并在此扎根。

这女人在家属队干活，夏季种菜，冬天拉雪爬犁运粮油。她力气大，好脾气，乐于助人，所以人缘不错。女人们尤其喜欢她，因为所有的女人在她面前，都是美人了。她说话有个特点，但凡说到自己，不是以“我”或“俺”自称，而是“咱”，好像谁和她都是一体的。自打她来了翠岭林场，她男人就没气顺过，常跟她找碴儿。她受了委屈无处哭诉，就在吃食上为难男人，做夹生饭，将菜炖得齁咸，把玉米饼子贴得跟石板一样坚硬，折磨得她男人胃痛，他怕坐下病，就收敛些。

她有两大嗜好，洗澡和喝酒。那时还没水井，他们吃水靠的是河。春夏秋季倒好说，河水是活的，灌到桶里，担回就是。冬天河冻住了，就得用冰钎凿冰，将冰块装进麻袋背回家，像柴草那样堆在户外，随用随取。即便取水困难，她冬天照例每周洗一回澡。她一洗澡，她男人就挖苦她：你还能把自己给洗俊了？女人噙着泪花说，除了这张脸，你说咱身上哪点对不住你？也是，她夏季下河洗澡时，不止一个女人，看过她光着身子的样子。她肤色微黑，但皮肤细腻，双腿修长结实，腹部无赘肉，双乳坚挺，屁股圆润而微翘，的确是完美的身躯。只可惜造化弄人，把她的妙处都藏起来了，而把她最没风光的地方，一览无余地展现给了世人。有次她喝多了酒，有个好事的妇女逗弄她，问她男人和她同房时，是不是得用布遮着她的脸？毫无城府的她“啊呀——”大叫了一声，瞪着乌溜溜的黑眼睛，说，你咋知道的？每回他都用枕巾蒙着咱的脸，好像咱是驴！他还想从后面来，咱一屁股把他顶到地上了，咱又不是狗，凭啥那样？这番话传遍了翠林林场，爱开玩笑的男人见了她就说，跟咱睡吧，不蒙你的脸，让你当褥子在咱身下！她撩开那绺长刘海，扒开眼皮，露出白眼仁，龇着牙，做出狰狞的样子，气呼呼地说，你跟咱睡，那你得让你家女人预备着针线，好缝你被咱吓破的胆儿！

这个女人成了翠岭林场的名女人。她婚姻的解体，源于一个瞎眼的算命先生。

那是个夏天的傍晚，一个穿灰布褂的男人，一手拄棍儿，一手打着竹板，来到了翠岭林场。这儿的人，对这类走江湖的人并不陌生。劁猪的，算命的，磨刀的，打家具的，崩爆米花的，甚至是说媒的，在那个年代走村串镇，都能混上口饭。这算命的看来道行浅，他来的那晚，林场绝大多数人，都到附近的雪岭林场看露天电影去了，留在家里的没几个人。那女人没去看电影，是想趁着林场的人走空后，在月夜独享那条河流，把它当成自己的大澡盆，痛快洗个澡。谁想她洗完澡上岸，清清爽爽地回家时，在路上遇见了算命先生。他叫了多户门，都没打开，倒让一户人家的看家狗，给咬了一口。那女人遇见他时，他正坐在场部大松树下的石头上，用唾沫擦拭腿上的伤口。

那女人看他可怜，就把算命先生带回家，点燃蜡烛，帮他清理伤口。听他肚子饿得咕咕叫，还给他做了半锅疙瘩汤。算命先生感激不尽，坐在女人家窗下的矮脚方凳上，让她报上家人的生辰八字，给他们无偿算命。他舞动着手指，翻着眼珠，把她家人的命，掐算得天花乱坠。最离谱的是说她母亲，明明老人家过世了，可他说她能活到九十六岁。他还说歪鼻子的她花容月貌，十七岁时，就有三个男人争相娶她。女人苦笑一声，意味深长地说，看来你真是看不见啊。她知道这瞎眼先生为了糊口，只是顺情说好话。被算的命没了曲折，一派阳光灿烂，听着也没趣儿。她乏了，可看电影的人还没回来，她也没处打发这算命的，想着他两眼一抹黑，没甚威胁，就吹了蜡，瞎编了几个生辰八字报给他，由他胡说，自己悄悄去炕上歇着了。

她是在睡梦中被男人给揪起来的，他揪的是她遮脸的那绺刘海。男人带着儿子看电影回家，见屋里没亮儿，就打开了随身携带的手电筒。往炕上一照，发现她身边躺着个男人，火冒三丈，恨不能拿菜刀把他们一块儿剁了。男人唤儿子点起蜡烛，自己则挥舞着手电筒，朝向那算命的，把他打得嗷嗷叫。

那时候他们住的家属房是四家一幢，间壁墙不隔音，同样看电影归来的邻居们，听到他家闹得沸反盈天的，以为夫妻干仗，怕出人命，纷纷过来劝架，谁想到中间夹着一个瞎眼的算命先生呢！

男人骂女人，说她趁他和孩子不在家，和狗男人偷情。女人赌咒发誓地说没有，她不过是乏了，想眯一会儿，谁想睡过去了。瞎子也说自己是被冤枉的，他根本没碰女人。他算着算着命，听见女人的呼噜声，便摸到炕上，也想歇歇。谁知一躺下就睡着了，他太累了。当事者都说没想睡，却睡过去了，愈发让男主人怒不可遏。他扔掉手电筒，从园田的豆角蔓间抽出一根柳条，当鞭子使，抽得那瞎子陀螺似的转圈，爹一声妈一声地惨叫。男人边打边骂，说，他们蜡也不点，肯定干了不正经的事情！女人说，在一个瞎子面前，点蜡不是白费亮儿吗？咱还不是为了给家里省截蜡！女人还说，他一个瞎子，腿还让狗咬了，能干啥呀！男人瞪着眼珠说，他上面瞎，下面不瞎！他快活起来，哪还顾得上疼！男人不依不饶，打完瞎子，又打老婆，边打边说女人的身子是臭水沟了，他不能再碰了，当着众人，说要和她离婚。据当年在场的知情人回忆，这女人听到“离婚”二字，像下完蛋的母鸡似的，张着双臂，“咯咯咯——”地叫了半晌，然后跌坐在地上，凄凉地对她男人说，咱再丑，一铺炕也滚了十来年了，这事你都不信咱了，那就离吧。咱啥都不要，把儿子留下就行。没等男人说不可，孩子很干脆地表态，说他不跟妈妈，要随着爸爸。女人眼含热泪地看着儿子，说，你也嫌咱丑是吧？孩子不吭气，女人便对他们父子说，从此后你走你们的阳关道，咱走咱的独木桥，两不相干。记着，有一天咱就是快饿死了冻死了，路过你们门口，咱也不会吃你一粒米，喝你一口热水！女人取了剪子，一低头，把那绺遮脸的刘海攥在手中，“咔嚓——”一声铰掉。她脸上的那面为丈夫而竖的旗帜，就此倒了。

他们离婚后，翠岭林场的人背后都议论，说那男人其实知道老婆是清白的，只不过他一直嫌弃她，而今找到一个好借口，趁此休掉了她而已。离了婚的女人，并没像人们想的那样离开翠岭林场，回她的老家去。林场边上，有一座筑路工人住过的废弃的小黄房子，她把行李搬进去，抹了墙泥，为房顶苫了油毡纸，将歪斜的门窗修正了，盘了炉子，开始新生活。她家里的家具炊具，大都是同情她的女人们送的。她们的同情心也很有限，把残次的东西送给她，豁了嘴的海碗，裂了纹的盘子，失了耳朵的耳锅。不过她也不介意，能凑合着使就行。她独立门户，有声有色地过起了日子。端午节时，她将门楣插上艾蒿和葫芦；元宵节时，她挂出火红的灯笼。人们以为除夕对她来说最难熬，这屋子会传出哭声，可是没有，她一个人照旧贴春联，放鞭炮，包饺子，喝酒。只是她思念儿子，常在林场学校的围栏外转悠，期待着课间休息时，能远远看一眼在操场上的儿子。

她哭没哭过呢？大家听见的只有一回。小孩子长个儿快，她发现儿子穿的棉裤，裤腿短了，她怕寒风吹着孩子的脚脖子，就拿着省下的棉花票和布票，去供销社买新棉花，扯了二尺蓝布，做了一条棉裤，天黑透时送到她以前的家。守夜的老狗仍认她为女主人，见了她热情地打转，闻裤脚。她没有敲门进去，而是把棉裤放在了柈子垛上，想着第二天早晨前夫出来抱柴生火，一看就明白是她做的，顺手拿进屋了。谁知那天深夜狂风暴雪，冻得瑟瑟发抖的老狗，跟她不见外吧，打起这条棉裤的主意。它蹿上柈子垛，把棉裤叼进窝，撕个稀烂，给自己絮了个暖暖和和的窝。女人观察几天，见儿子没穿上自己做的棉裤，又见那条游荡的老狗，身上沾着白花花的棉絮，要把自己变成白狗的模样，她明白老狗糟蹋了她的心意。她回到自己的小黄房子后，放声大哭，路过的女人听见哭声，进来劝她，这才知道棉裤的事情，不由得跟着唏嘘。也就是这件事，让她前夫下决心远离她。他找到领导，说离异的夫妻在一个林场生活，都受煎熬，希望把他调到别处。那年冬天过后，女人的男人带着儿子和老狗，离开了翠岭林场。不久，传来了他再婚的消息。据说他娶了个离异的不能生养的女人，她模样周正，性情温顺，待孩子特别好，当亲生的养着。前夫和孩子过得好，这女人也不吃醋，时常跟人说，人这一辈子，跟谁不是过呢？人家找着了比咱好的人，该为人家高兴啊。只是她说这话时，眼神是凄凉的，语气是落寞的。

关长河讲完女人和第一个男人的故事时，抬眼望了望天。月亮刚好被一缕云遮了半个脸。他叹息一声说，你又不丑，咋也整绺刘海遮脸呢？我们笑了，抢着给他添酒，夸他会讲故事。我们指责那男人，还说那个不认亲娘的孩子是白眼狼。关长河抿了一口酒，说，男人骂别人都理直气壮的，轮到自己时，也未必比那男人强。他问我们，你们说说，这么丑的女人，你们乐意跟她过一辈子吗？大家面面相觑，有人说可以给她做整形美容，把鼻子给拉回正路上来；有人说可以让她戴纱巾，朦胧的纱巾背后，哪有丑女人呢？关长河再抿了一口酒，将我们挨个瞟了一眼，说，人可真是怪物啊，歪脖垂腰的杨柳，龇牙咧嘴的花儿，奇形怪状的石头，曲里拐弯的河，都说美，轮到人呢，就不一样了，可见人多是没良心的！他用一根桦树枝，捅了一下篝火。一簇火星飞旋而起，篝火上空立刻就有了星空的气象。

关长河的脸在火星的映衬下，就像一尊雕塑，庄严而华美。他知道我们对这故事入迷了，接着讲下去。

这女人与她生命中的第二个男人，是镜子牵的线。

女人因为貌丑，素来不照镜子，她家里也从不摆一块镜子。别的女人去供销社买东西，店员总会推荐摆上柜台的最新式样的镜子，而见到她，则有意识地用身子遮挡，免得她不快。

这男人是个跑船的汉子，靠青龙河吃饭的。有人说他是赫哲人，还有人说是达斡尔人，谁知道呢。

青龙河是乌玛山区最长的河流，支流多，流域广。每到开河时节，这人就驾着独木船，开始他的营生了。他的小船，是用整根松木砍凿而成的，长不过两丈，中间的舱口能容一人坐下，船两头起翘，像一条贴着水面飞的大鱼。这人把船叫威呼，他用威呼打鱼，也用它盛小百货，拿到沿岸的村屯去卖，兼做货郎，这一带的人因此叫他威呼郎。

威呼郎正当壮年，他中等个儿，黑瘦黑瘦的，刀条脸，头发微卷，眼睛有点凹陷，一只鼻孔豁了，说是他年轻时打鱼，让鱼钩给挂烂的。威呼郎卖货时，会将小船停靠在岸边，挑担上岸。他去的大都是离岸不远的村屯，超过二三十里路的，他极少去。因为他的货好出手，沿岸转一两个村屯，基本就卖光了。

翠岭林场离青龙河有三十多里路，威呼郎只去过两回。头回去是为了收取猎户手中的熊胆，女人那时还没来翠岭林场呢。第二回去是卖货，女人倒是来了，但那是采山时节，穿花衣服的人都在山里转（他们自是无缘见面），威呼郎的货无人搭理，几乎是整担挑回来的，所以他发誓不再去了。

威呼郎是怎么认识的女人呢？这事说来蹊跷。这女人的前夫不是离了婚，又娶了一个吗？虽说后妈待自己的孩子不错，可女人心里还是无限牵念，时常梦见他。如果梦里孩子欢蹦乱跳，面目洁净，穿的衣服不露肉，一派阳光，她醒来心情就很好。可有时她做的是噩梦，孩子让驴踢了，让马蜂蜇了，或是爬树摔了下来，她就闷闷不乐。

有一天夜里，她又做了噩梦。她梦见一个面目不清的女人，坐在幽蓝的山坳里，张着大嘴，“咔嚓咔嚓——”地啃着什么。她问，你吃什么吃得这般香？女人头也不抬地说，兜兜的手指，比新拔出来的胡萝卜还脆生啊！女人醒来一身冷汗，她的儿子小名就叫兜兜。女人早饭也没吃，带着两个凉窝头，一块芥菜咸菜，就上路了。

女人去前夫所在的林场，要到青龙河中游的一个小镇乘船，她一路疾行，到了青龙河畔时，衬衫已被汗水打湿。合该他们有事，她沿着青龙河奔向船站时，威呼郎驾着小船飘忽而下。他见一个女人孤零零走在岸上，就朝她吆喝：哎，买点什么吗？见她不语，他拿出一面拳头般大的圆镜子，晃她，说，这镜子是新出的样式，背面有牡丹喜鹊图，可以便宜卖给你！这女人看到镜子，就像看到千古仇人，停下脚步，怒气冲冲地说，你干脆骂咱得了，拿镜子寒碜咱，有你这么损人的么？威呼郎放下镜子，将小船划向岸边，终于看清了女人的脸，他非但没被吓着，反而夸她英气逼人，非一般女人可比。他说她的鼻子是匹谁也驯服不了的野马，想踏哪片疆土就踏哪片。女人哪有不爱听好话的？那条船和船上的人，在她眼里是此生见过的最美的水上风景了。威呼郎问她去哪儿，女人告诉了他。再问：去那儿干啥？她说，儿子的后妈，把咱儿子的手指当胡萝卜啃着吃，我要去教训她！威呼郎先是骂那当后妈的蛇蝎心肠，之后靠岸，拉她上船，说要把她送到那儿，帮她收拾那人。女人上了船，等于踏上了一个漂泊的家。据说船行了一半，威呼郎跟女人仔细一聊，才明白她不过是做了一个关于儿子的噩梦。看着阳光下她丰满的胸部，看着她红通通脸上那抹动人的忧伤，威呼郎动了心，他将船泊在一片茂盛的柳树丛，把女人拽上岸，抱她入怀，说他能终止她的噩梦。女人不知道，一个噩梦结束了，另一个噩梦却开始了。她依恋上威呼郎，开始跟着他在青龙河上跑船，打鱼，挑起货担上岸卖杂货，俨然是他老婆了。

但威呼郎有老婆孩子，不能娶她，所以女人只有半年跟着他。冰雪覆盖了大地，河水结冰了，威呼郎收船上岸回家，他们之间的鹊桥也就断了。

女人孤零零地回到翠岭林场时，总是带着女人们喜爱的货品，头绳、发卡、钩针、丝线、鞋垫、脖套、假领子、松紧带、梳子篦子等。这些货品，她得比供销社卖得便宜，且花色和质量要更胜一筹。女人们来她的小黄房子买东西时，爱问她威呼郎对她好不好。她总是平静地说，啥好不好的，他不嫌弃咱，咱就跟他在水上过半年日子呗。女人们说，既然他那么相中你，干脆让他跟老婆离了，娶你得了。她苦笑一声说，咱不能作那个孽，人家把男人半年的筋骨都给了咱！女人们便取笑她，问，啥是筋骨哇？她红了脸，说，筋骨就是筋骨，你们懂啥！

最初几年，她归岸后脸颊是红润的，爱与人交往，眼睛弥散着淡淡的幸福，安然度着漫漫长冬，春节时独自守岁，把那小小的黄房子装扮得喜气洋洋的。她恪守着与威呼郎之间的私下协定，从不去找他，他也不来。可自从她流掉和威呼郎的孩子后，她瘦了下来，眼里透出凄凉的神色了。

那年深秋她上岸后，看上去分外疲惫，走路拖沓，呵欠连天，说话声也低了下去。她说这一季鱼少，他们的网快把青龙河撒遍了，但收获平平，把她累坏了。她勉强撑持着，腌了一缸酸菜，溜了窗缝，便闭门不出了。女人们敲她的门来买小百货，看到的多半是她睡眼惺忪的模样。天冷了，雪来了，她馋酸的馋疯了。以前放在抽屉里的五盒山楂大药丸，被她翻出，吃个精光，她还把没腌透的酸菜，吃掉了大半缸。她发现腿肿了，肚子微微凸起，明白自己这是怀孕了。她不想给威呼郎找麻烦，开不出证明，不能名正言顺去城里医院做流产，她只好自行解决。她家不缺烧的，可她扛起斧头，拉着雪爬犁进山了。她将斧头疯狂地抡向各色树墩，尤其是难砍的老榆树墩，将它们劈成柴拉回家，垛在院子里。第四天的时候，人们看见她步履沉重地拖着满满一爬犁劈柴回来了，她的刘海和睫毛挂满霜雪，眼里泪光闪烁。她身后的雪地上，除了两条爬犁的印痕，还有一道星星点点的血迹。她的院子堆满了柴，而她失去了孩子。那个冬天她很少出门，过年也没挂灯笼，但她家的烟囱炊烟依旧，人们知道她还过着日子。

往年一进三月，她就盼春天了。屋顶积雪融化后，会传来滴水声，那是她最喜欢听的声音了。外出归来的人，若是告诉她，青龙河的积雪薄了，冰面有裂纹了，她就掩饰不住地笑，说咱的好日子要来了！可自打流产后，她就没那么盼春天了。那年开河后，威呼郎来接她，她见着他呜呜哭了，说，咱的孩子没了，你可害死咱了！委屈归委屈，她还是跟着他跑船去了，而且半年后回来，脚步又轻快了，面色又好看了。

他们就这样风风雨雨地又过了几年，直到有一天，威呼郎突发脑溢血，他们才彻底分开。疾病像一张看不见的网，把威呼郎打捞上岸。他保住了命，但是瘫在床上，再也不能到青龙河寻生计了，只能留在老婆孩子身边。这时女人才后悔，她捶着胸口跟人说，原来跟着不属于咱的人，咱最后想伺候人家都不行啊！

她大病一场后，人瘦了许多，头发也花白了许多。她出了趟远门，想把她和威呼郎一起生活的那条船弄回来。他发病时，船就近泊在青龙河中游的一个小村，拴在村边的一棵松树下。可她去了那儿，船却没影了。有人说它被人劈了烧火了。有人说孩子们好奇这船，把它推下水，它像一条大鱼，游向远方了。最让女人不能接受的说法是，船是被威呼郎的老婆给弄走了，说她取船的那天叼着烟袋，哼着小曲，穿一件银光闪烁的袍子，说她男人不能跑船了，威呼不能闲着，拿回家当马槽使。

女人没取回船，回来歇息一日，便带着干粮，朝人借了匹马，进山去了。她转悠了两天，选中一棵粗壮挺直的松树，用弯把锯放倒，截取中段，让马给拖回来。那一年里，她家里不断传来斧凿声。转年春天，她做出一条小船。看来她没白跟威呼郎跑船，把他造船的技艺学来了。

这条船比一般船要小许多，只能坐下一人。船头宽，有个横板；船尾尖，无桨无舱，看上去像只小脚老太穿的鞋。她用这条怪里怪气的船做啥呢？洗澡。她把它横在小屋的中央，当成澡盆。人们说她这么做，是忘不掉威呼郎，她仍幻想着在他怀里。

她又过起了一个人的日子，开荒种地，饲养鸡鸭。她还学会了造肥皂，自己琢磨着，用碱、猪油，和各种花草熬制肥皂。有两种肥皂最为人们喜爱，一种是松露皂，一种是玫瑰皂。她在松露皂中，加了樟子松的松脂，这样做出的肥皂凝脂般细腻，淡黄色，像一片大好月色。而她在造玫瑰皂时，在寻常的制皂原料中，加了野玫瑰的浆汁，还兑了蜂蜜，这种玫瑰皂晶莹剔透，散发着香气，朝霞般鲜润。靠着这两种肥皂，她赚来了油盐酱醋的钱。因为她的肥皂有了声名，人们就此称她为皂娘了。

关长河讲到这儿，望了望升高的月亮。无云遮蔽，它的面庞是如此明净，月亮里好像也点着篝火，而且十分旺盛。关长河收回目光时，告诉我们，他躺倒的时候，常分不清天上人间。有时觉得大地是天空，绿草是云朵，花朵就是星星。而天空就是大地，太阳是做饭的大火炉，月亮是人住的屋子，星星是禾苗。我们当中有人开玩笑，说此刻的月亮更像茅屋。他不高兴了，"霍——"地一下站起来，撂下喝酒的搪瓷缸，说把月亮当茅屋的人，满脑子的屎尿，不配听他的故事。我们赶紧说，月亮是美好的，它像他说的屋子，也像柴垛、粮仓、湖泊，最不济的，也该像皂娘用的澡盆吧。关长河这才不生气了。他转身撒了泡尿，去溪畔洗了手，回来后给马喂了块豆饼，这才舒坦地坐下，接着讲故事。

皂娘一天天老下去啦。人老了跟现在河老了一样，一年年显瘦喽！这时上头来了新令，各林场都不许采伐了，林场转产撤并，搞旅游开发和绿色种植了。城里在造一个模子的房子，就是那种长方形的棺材似的矮楼，把人往里赶。翠岭林场是撤并的林场之一，所有人要搬迁到青龙河下游的安东林业局去。人们大都喜欢去安东，那里有暖气，有煤气灶，不用烧柴取暖做饭了。而且它热闹呀，饭馆、旅社、网吧、书店、发廊、干洗房、珠宝店、点心铺子、农贸市场、服装店、鞋铺，只要有了钱，真是想要啥就有啥。可老人们过惯了山里的日子，就不愿意进城。但儿女们要走，他们只得跟着。城里没有菜园子，没有猪圈羊圈和鸡窝狗窝。那段日子，翠岭林场的家家户户，杀猪勒狗，宰鸡宰鹅，过大年似的日日开荤，吃得人满面油光。

皂娘住在林场边上，跟威呼郎跑了多年船，大家也不大把她当林场人看待了，所以她选择留下，就算是与她还有走动的女人，顶多劝说两句，说一个人留下除了寂寞，遇到难处谁来帮忙呢，不如随大溜进城吧。皂娘说，人活着不就是受苦么，咱没享福的命，不怕。女人们也就不管她了。林场的人搬空了，水电自然切断了。不过这对她没啥影响，她的小屋这么多年来，因为跟威呼郎跑船时错过了，始终没有通电和自来水。

她也不是一个人，她有个伴儿，就是白蹄。

翠岭林场的人搬迁前，不是对饲养的家畜大开杀戒吗？王喜山家有一条母狗，通身黑色，但四蹄雪白，所以名叫白蹄。它才两岁，却是林场里的名狗。

白蹄为什么有名呢？不为它漂亮，而是它四处捣乱，常做些惹人发笑的事情。

比如它跟着主人去参加婚礼，在典礼现场，竟然用嘴撩开新娘的花裙子，那理直气壮的样子，仿佛它是新郎。它知道自家的女主人哭时，喜欢拿块手绢擦泪，它在一个葬礼上，见棺材前挂孝的人哭得稀里哗啦的，手上却什么也没拿，就去人家的灶房，叼来一块脏兮兮的抹布，歪着脑袋，满怀同情地送到那泪流满面的人面前，让吊丧的人哭笑不得。

白蹄还爱管闲事，它一岁时看见公鸡掐架，就去拉架，试图分开它们，谁知两只公鸡把矛头转向它，一起掐它，倒弄它个鼻青脸肿。有回它路过一户人家，透过栅栏的缝隙，看见这家的猪，趁主人都不在，在偷吃园里的菠菜。它进不了门，想从栅栏钻入，可惜缝隙太小，心急火燎的它便用蹄子刨坑，试图将栅栏弄翻。结果猪主人回家，看见白蹄刨坑，非常生气，说，你咒我死啊，咋不在你家刨坑呢？抄起一根木棒打它，让它滚回老窝。这一幕恰巧被邻人看见，说，你先别打白蹄，看看你家的猪在干啥呢？主人一望，知道白蹄是想阻止不良的猪，转而去教训猪。

白蹄受了冤枉也不长记性，有回它跟着男主人去别人家打麻将，发现这家的猫在偷吃碗柜上的鱼，就去叼猫主人的裤脚。人家正摸得一手好牌，在兴头上，哪顾得上其他，踢开它照旧摸牌。白蹄一着急，蹿上牌桌，把牌给搅乱了，气得那人直说白蹄是主人带出的老千，专挖他墙脚的，两个男人还因此闹了不愉快。

最可笑的还不是这些，而是白蹄对性的无知。它一岁半时，见一只公狗骑在母狗身上，就冲上去，拽公狗的尾巴，试图把它拖下来。它也因此惹恼了其他狗吧，那以后它们见了白蹄都不理睬，尽管它常热情洋溢地奔向它们。

翠岭林场的场长有个开金矿的发小，钱没少挣，可却得了严重的抑郁症，整天琢磨自杀的事情。场长知道白蹄能给人带来快乐，跟王喜山商量了，给了他两箱高粱烧酒，带走白蹄，送与朋友逗乐。结果白蹄去了一周，就被送回来了。它不但没给那抑郁症患者带去快乐，反而是苦恼。它不会上楼里的洗手间，把屎尿遗在沙发床下；它见电视里的鬣狗围攻棕熊，便想助棕熊一臂之力，扑向画面，把电视机掀翻在地；它不习惯在阳台守夜，楼下一有汽车经过它就叫，搞得一家人彻夜难眠。那人本想把它送到狗肉馆，但见它一双湿漉漉的眼睛满怀好奇，还看不够这世界的样子，起了恻隐之心，亲自驾车把它送回。

人们因着搬迁而烹鸡煨鸭、蒸猪炖狗时，白蹄失踪了，王喜山知道它是畏惧死亡而逃走了。他其实并不舍得勒死它，想把它带进城，送给哪个单位做看门狗，这样还能时常看看它。可直到他离开，寻遍了白蹄可能去的地方，都没能找到它。

翠岭林场人搬走后的第二天早晨，皂娘一推开门，就发现了白蹄。它趴在她家的窗根下，瘦得皮包骨了。那些天它去了哪儿，无人知晓。皂娘后来跟人说，估计它逃进了深山，因为发现它时，白蹄被蚊虫叮咬得眼睛和嘴巴都肿了，毛发里夹杂着松针。幸好那是秋天，山中还能寻到浆果和蘑菇，不然它早饿死了。

皂娘有了伴儿，就不寂寞了。她带着它拉柴，挑水，打鱼，采山，种田，制皂，形影不离。白蹄出落得愈发漂亮了，它个头高了，力气大了，毛发有光泽了。但它天真未改，依然做些可笑的事情。皂娘制酒，将用糯米做的酒曲子放在搪瓷盆里，摆在屋外晾晒。白蹄以为皂娘给它换了一个狗食盆，将酒曲子吃了，醉得它呼呼睡了一天。皂娘去小溪刷鞋,先将鞋子浸在水中,因为浸透了好刷。怕鞋子被水流冲走，皂娘在鞋窠压上小石头。白蹄在水边看见鞋子不在主人手上，而是在水里，以为它们会漂走，冲向小溪，把鞋子叼上岸，再把鞋窠的小石头悉数掏出，令皂娘无可奈何。

白蹄最让皂娘生气的事儿，是有一回她攀着梯子，去房顶晒干菜，没等她下来，它却给撤了梯子。那天皂娘上梯子时，白蹄正追逐菜圃中一只美丽的蝴蝶。蝴蝶飞向倭瓜花，它也奔向那里，把倭瓜花给打落了；蝴蝶飞向院子的窗户，它就扑向窗户。谁料蝴蝶一转身上了梯子，白蹄没头没脑地扑过去，蝴蝶飞了，梯子倒了。刚上了房顶的皂娘傻眼了，白蹄也傻眼了。皂娘骂它是条蠢狗，说它想害死主人。白蹄顾不得蝴蝶了，它后悔地叫着，用嘴叼，用爪挠，试图把梯子给竖起来。可它使出浑身解数，梯子还是死尸似的打横，没有起立的意思，白蹄快急疯了，在房根下围着梯子团团转。皂娘在房顶等了两个多钟头,看着梯子是扶不起来了,便脱下裤子,把它撕扯成宽布条,连接在一起,拴在烟囱上。可惜一条裤子接成的绳子,长度不够,皂娘拽着绳子向下滑时，绳子端头离地还有半丈，她只能撒手跳下来。皂娘毁了一条裤子不说，还伤了脚踝，所以她再用梯子时，就把白蹄拴上，免得愣头愣脑的它闯祸。

这个爱给人添乱的白蹄，有年冬天从山里，给主人带回一个男人，这是皂娘生命中的第三个男人。

乌玛山区的冬天实在太漫长了。这样的日子对一个孤身女人来说，就像跟在身后的一条饿狼,难缠得很。皂娘在冬天就特别爱喝酒,酒能消磨长夜,还能省下劈柴。你喝得浑身燥热时，是不需要炉火的。

这天中午皂娘喝多了酒，特别想跟谁说说话。没人对话，她就唤白蹄进屋，让它坐在窗下。皂娘说，白蹄啊，你是个姑娘呀，这林场就剩你一条狗了，咱想把你许配给谁，难喽！要不等着开春了，咱领你去有人家的村子，相相亲去？你跟咱说说，你得意啥样的？喜欢长腿的还是短腿的？喜欢眼大的还是眼小的？喜欢黑色的还是白色的？喜欢爱翘尾巴的还是耷拉尾巴的？喜欢性子烈倔的还是温顺的？白蹄不语，它站起来，只是摇摇尾巴。先前皂娘把喝剩的半缸酒，放在了窗台上。窗台矮矮的，白蹄摇尾巴时，把盛酒的缸子扫了下来。白蹄没回应皂娘，还弄洒了她的酒，皂娘好不扫兴，她用鸡毛掸子敲了一下它的狗头，赶它出门。

皂娘酣睡了一场，天将黑时来到院子。以往她一出屋门，白蹄就奔过来，叼她的裤脚。皂娘没见白蹄，以为它生气了，就召唤几声。未见动静，她就房前屋后地找，还是没踪影，皂娘慌了，她走到院外，看到柴垛后有一行新鲜的蹄印，指向山里，她赶紧进屋穿戴暖和了，沿着它留在雪地的蹄印，一直寻到刀锋岭下。落日正红，皂娘终于看见了白蹄。它像个得胜的猎人，雄赳赳地走在前，身后跟着它的猎物，一个又矮又瘦的老头！他黑袄黑裤，戴一顶狗皮帽子，衣帽都是簇新的，眉毛胡须被霜雪染白，但鼻头和嘴唇红通通的。他见着皂娘咧嘴乐了，将紧捏在棉手套里的一封信，递给皂娘，眼泪汪汪地说：你是尚天家的吧，有你家的信！

皂娘接过那封信，等于接过了他这个人。

他姓曲，家在离翠岭林场百里之遥的县城。老曲很不幸，他中年丧妻，一人拉扯大独子，未再娶妻。老曲干了大半辈子的邮递员，快退休时邮局裁员，他被迫买断工龄，提前回家。老曲整日郁闷，精神终于失常了。他最爱倒腾街头的垃圾桶，只要翻出废信封，就如获至宝，也不管多脏，抓在手里，四处敲住户的门，要把信投给人家。老曲的儿子小曲无奈，只得给他买了一箱信封，装上裁好的废报纸，用胶水封上，再在收信人一栏，随便填上地址和姓名，由他去投。他把信拿到手里，发现没邮票和邮戳，就跟儿子急了，说这些信来路不明，不能投。小曲无奈，只得买了邮票，又私刻了一枚邮戳，将信封贴上邮票，盖上邮戳，老曲这才满意地去投信了。老曲病后认人恍惚，但他还认得字。小曲编的名字，有的过于寻常，比如张亮、刘刚、王彩霞、刘桂芝之类的，那城里有叫这名字的人，所以信偶尔也能投出去。小城不大，老曲终日在街上游荡，很少有不熟识他的，所以老曲把信投给谁，谁都接着，表达谢意，老曲这天回家就很高兴，能多吃一碗饭。

小曲是孝子，待父甚好，可他媳妇却对一个疯癫的公公，厌恶至极。小曲在刨花板厂下岗后，靠卖粥赡养父亲，供儿子读大学。他凌晨四点钟就起来煮粥，这样早晨六点左右，能携着热气腾腾的粥现身早市。小曲的媳妇是县公安局的勤杂工，岗位不起眼，挣得也不多，但因为在一个显赫的单位工作，总觉得自己比小曲高出一等，在家颐指气使。她挣的钱，都花在了自己身上。她追逐时髦，讲究穿戴，上班时一件蓝袍子，下班后则花红柳绿的。小曲因为辛劳，头发过早白了，腰也弯了。他媳妇倒是滋润，他们同岁，可她看上去小他一旬的样子。

这年夏天，小曲觉得身体不适，他消瘦，乏力，面色灰黄，有一天早晨他蹬着三轮车去卖粥，晕倒在路上。他进当地医院作了初级检查，医生怀疑他得了胰腺癌，建议他尽快去大城市确诊。小曲没钱，只好求助于民间医生，用土法治疗。然而奇迹并没像他期待的那样出现，雪花飘舞的时候，他病情加重，腹部疼痛难忍，别说卖粥了，连行走都困难了。小曲想着自己死后，媳妇能对儿子好（毕竟那是她身上掉下的肉），可对父亲，她不会孝顺的。因为在他眼皮子底下，她还敢把剩饭剩菜端给公公，从来不把他的衣服和家人的衣服放在洗衣机混洗，说公公身上有细菌。一旦家里缺钱了，她就骂小曲，说他把钱都给老东西买邮票贴信封了，老的和小的都是祸害精！

小曲不想让父亲在他死后，过地狱般的日子，他想趁自己还能动弹，先送走父亲。他去棉活店，给老曲做了棉袄棉裤，又买了顶狗皮帽子和一双翻毛大头鞋。上路那天，小曲带着父亲，先去澡堂子泡澡。老曲满身风尘，难得洗回澡，那池温热的洗澡水，把他洗得婴儿似的，浑身红通通。他们父子俩在热气缭绕的澡堂子里，各自流泪。老曲是美哭的，小曲则是因为愧疚，多年来他忙于生计，很少带父亲来澡堂子。洗完澡是近午时分了，小曲给父亲穿戴一新后，带他去了饭馆，点了老曲爱吃的酱猪蹄和红烧大鹅，还给他要了瓶好酒，让他畅快吃喝了一场，然后驾驶着一辆从朋友那儿借来的破吉普，载着父亲上路。

他们出了城，一路向西。小曲年轻时学会的开车，并无驾照。多年不摸车，他把车开得醉鬼似的，常常跑偏。好在往来的车辆少，错车时有惊无险。老曲喝了酒的缘故吧，一路上非常快活，看见车窗外的白桦树，就喊“娘子——”看见乌鸦就叫“剑客”。他还哼哼唧唧地唱歌，旋律滑稽，歌词只一句“儿子啊儿子——”听得小曲心痛。看着父亲满面天真的模样，他几乎要掉转车头，把父亲带回烟火人间。但他想自己不在后，父亲会流落街头，没人在意他的冷暖，小曲噙着泪花，加大油门，呼啸着向前。快到刀锋岭时，他停下车，将事先准备好的一封信交给父亲，说前方有片林子，叫空色林，那里有一户姓尚的人家，这封信是投给他家的。老曲下了车，鼓起眼睛，仔细看了看那封信。收信人地址一栏写的是：乌玛山区空色林，收信人的名字是“尚天”，寄信人地址是老曲所生活的小城的邮局。老曲举着这封信，按儿子所指下了公路，乐颠颠地向深山走去。小曲跪下，对着父亲的背影，给他磕了三个响头，号啕大哭。

刀锋岭是乌玛山区著名的迷路岭。那座山岭高耸入云，像一把锋利的刀壁立着。从乌玛山区开发时起，无论是森林勘探队、伐木队，还是生产队、知青队，都有在此迷路的人员。人们说这座山岭是旋转的磨盘，经过它的人，变成了蒙眼的驴子，只能围着它转圈。据说飞鸟经过它上空，也会迷路，所以刀锋岭上空，鸟儿总是盘桓不休。因为它强大的威慑力，无论是打猎的、采药的，还是拉柴的，都不愿去那里，所以刀锋岭的植被未遭破坏，动植物丰富。人们常见狍子从里面没头没脑地跑出来，看见刀锋岭外的松鼠在断粮的时候，去那儿寻松子。

小曲遗弃了父亲，从刀锋岭回返时，有种杀人的感觉，浑身冰凉，手脚哆嗦。他满脑子是父亲最后的影像，他拿着一封信，那么坚信不疑地奔向深山。刀锋岭是不是有狼？想着父亲可能成为狼的大餐，小曲心慌气短，吉普车在他身下也就成了野马，难以驾驭，左冲右突，不走正道，在一个转弯处掉到沟里。事故不大，小曲只是胳膊擦破了皮，吉普车也只是轻微剐蹭。他试图将车从沟里弄出，可他开足马力，它却纹丝不动，仍赖在那里。小曲只得上了公路，求助过往车辆。隆冬时分，公路极少有车辆经过。他在寒风中等了一个小时，才遇见两辆车。一辆是运煤卡车，司机停下车，问他有没有棕绳，可以帮他把车拖上来。小曲说没有，司机说他得赶路，撂下小曲走了。第二辆车是个轿车，车主远远见一辆吉普车掉进沟里，不想惹麻烦，所以加大油门，呼啸着从招手的小曲身边急速掠过。小曲冻得瑟瑟发抖，觉得自己这是遭了报应，不如跟父亲一起死了算了。他没有朝回城的路走，而是奔向刀锋岭。想着父亲在那里，他腿上有了力气。晚上八九点钟，他看见了远方公路的一处灯火，他犹疑着接近那座院落。一只狗汪汪叫着扑来，屋门随之打开了。小曲初见皂娘那张扭曲的脸，以为撞见了鬼，他想这是阎王爷派来收拾他的。谁想进得屋里，见父亲坐在烛光闪烁的餐桌前，正吃着热气腾腾的汤面。老曲见着小曲，抽了一下鼻涕，打着饱嗝说：儿子，可找着空色林的人家了！

皂娘从那封信和老人癫狂的精神状态上，知道他是遭遗弃了。至于被谁遗弃，她想收留了老人后，再做打探，谁知小曲当夜就现身了呢。老曲见着小曲说的第一句话，皂娘一切都明白了。她并没急于谴责他，而是让他烤火，然后给他盛了一碗面，看着他吃完，这才对小曲说，再不济的，他是你爹，咱咋能干出这种事哩。小曲哭了，把心中的苦衷讲给她听。皂娘听了后说，你怕他在你死后受罪，也不能把他往狼嘴里塞啊，要不是白蹄，你就再也见不着爹了！你放心吧，咱家白蹄把他带来了，他就跟咱有缘，不管你将来是死是活，你爹都是咱的人啦！咱会好好待他，不让他受罪。小曲感泪涕零，跪下给皂娘磕头，叫了一声“妈——”。他告诉她父亲做了大半辈子的邮递员，对信最有感情。只要他发病了，塞给他一封信，让他送信去，他就听话了。

小曲回城后，病情迅速恶化。腊月时他强撑着，租了辆车，最后一次探望父亲。他送来了父亲留在家里的衣物，还有一纸箱伪装的信件。小曲勉强过了年，正月一出，人就没了。从此以后，再没谁来探望老曲了。

皂娘收留了老曲，除了白蹄，又多了个伴儿。那时乌玛山区东部发现了金矿，开矿的来了，再加上旅游开发，过往的车辆多了，常有车主在经过她的黄房子时，朝她讨水喝。皂娘觉得这是好商机，便把家改造成小店。热茶、家常菜、自酿的烧酒，使她的小店热闹起来了。客人们进屋后，发现有个船形澡盆，吃饱喝足了，不特别赶路的，就让她烧锅热水泡个澡，松快松快。皂娘年岁大了，男人们也不避讳她，常光着身子，唤她搓澡。皂娘看他们喜欢泡澡，就在屋子东南角，隔出间澡屋，将她打造的那个船形大澡盆搬进去。

从翠岭林场迁走的人，听说皂娘开了小店，赚着钱了，有两户眼热，也回来开起客店。这样，这个本该荒疏下去的地方，因这三户人家，渐渐成了驿站。那两户人家抢了皂娘的生意，她也不恼，因为老曲拿着信在翠岭林场废弃的老房子转悠时，没敲开过任何家门，他们的归来，至少让老曲有了送信之所。为免纷争，皂娘后来干脆不经营饭食了，专给客人洗澡，兼卖手工皂。她用榆木做了一块长方形的匾，将都柿果捣烂，用它靛蓝的浆汁，自上而下，写上“空色林澡屋”五个字，竖立在院外。从此以后，小曲信封上那个虚妄的地名，就有了人气了。

故事讲到这里，关长河再次起身，嚷着喂马。我们说，你先前不是喂过了吗？关长河说，刚才是豆饼，现在得给它点草吃。我们说马拴在草地上，它一低头不就吃草了吗？关长河“咳——”了一声，说，你们懂啥？草里也有坏草。好草跟好人一样，不多，你得去找，好马得用好草养！关长河借着月亮光，去寻他说的好草了。大概半小时后，他回来了，身上果然携带着一股不寻常的草香。不过他湿了一只鞋子，原来他在溪边滑了一跤，一只脚掉进溪里了。他脱下那只湿鞋，放在篝火上，当咸鱼来烤，而它的确散发出咸鱼特有的味道。

不等我们催他，关长河一边烤鞋，一边把故事讲下去。

皂娘给客人洗澡，总是带着老曲，而且无论白天黑夜，澡屋都得点根蜡烛，不然老曲会不安。

客人进了澡盆，先泡上个十分二十分钟的，皂娘这才带老曲进去。为方便给客人服务，皂娘坐在澡盆旁的一只四脚矮凳上，老曲则与她平行着，坐在一把高背椅上。老曲手里攥块肥皂，目不转睛地盯着客人，像警察瞄着小偷。

皂娘给人洗澡，是从脚开始的。她让客人仰躺着，先洗正面。她会把客人的脚趾掰开，轻揉轻洗，好像每个脚趾都是花骨朵，得格外爱惜，不然就被碰落了，这时的她就是个花匠。洗过脚后，她变身为琴师了。她纤细苍老的十指，会将客人的腿认作竖琴，在上面轻轻弹拨，抖掉风尘。男人们腿间的私物（皂娘称之为“淘气包”），她也不避讳，她耐心而轻柔地清洗它们，就像对待婴儿一样。而洗到客人的胸腹部，她就像要为盛宴中的菜肴，找一张光亮的桌子来摆置，反反复复地擦拭，这时的皂娘就是厨娘了。洗过胸腹，她会拎起人的胳膊，把腋窝当鸡窝来打扫。有的人害痒，会呵呵笑起来。客人一笑，老曲也笑，“哗啦哗啦——”的洗澡声，也像是在没完没了地笑。而皂娘是不笑的，她洗过胳膊，会让客人翻身，俯卧澡盆，洗客人的反面——搓背。她先是灌溉农田似的，把温水撩到人的肩背上，然后从尾骨开始向上搓，手指如翻转的浪花，层层推进，一直到后脖颈。她不断重复这个动作，不断加力，清理陈年旧账似的，将脊背的尘垢一扫而光，让它成为朝霞映照的湖面，明媚鲜润。之后她洗他们的臀部，她苍老的手就像受伤的鹰，在努力爬过高山。待到攀至峰顶，她会擂鼓庆祝似的，朝着屁股，快意地“啪啪——”拍打几下，这也是让他们回转身的指令。

客人回到正面后，澡盆的水多半浑浊了。这时皂娘会起身，端来一盆温热的清水，放在她坐的矮凳上，让客人侧身，而她屈身站着，为他们洗头。她洗头很费心思，先是揉捏太阳穴和耳蜗，然后才浸湿头发，从老曲手里取过肥皂（也许是玫瑰皂，也许是松露皂，这得依据客人的喜好了），将头发均匀地打上肥皂，让头发与皂液先亲密接触着，将手移至眉毛，用指甲理顺它们，然后再修剪树木似的，仔细清理了胡须，这才去洗头发。此时的发丝经过皂液的滋润，非常好洗。皂娘洗头的时候，手会淹没在雪白的泡沫里。老曲看不见皂娘的手了，会紧张得跳起来，呜哇喊叫，急出泪来。皂娘就得抽出手，晃晃给他看。沾在皂娘手上的肥皂泡出水后，如绽放的爆竹，“噼啪——噼啪——”地破灭。老曲见皂娘的手在皂花开放后，完好无损，这才坐回去。皂娘洗完客人的头，会把洗头水泼掉，再往澡盆加上几瓢热水，撒上晒干的野菊花瓣，丢下一条干爽的毛巾，让客人独自静默地再泡上一刻，出浴后自行擦干身体，然后她带着老曲，轻轻关上澡屋的门（如果是白天，她会先把蜡烛吹灭了），出去饮酒了。她每给客人洗完澡，都要用一盅酒来慰劳自己。

起先来洗澡的客人们，出浴后会给皂娘留下三四十块钱，后来因为来的人多，价钱自动涨到五六十块了。皂娘带着老曲受羁绊，进城采买不容易，就跟客人说在山里花钱麻烦。有心的客人便问她想买啥，可以给她捎来。皂娘说，人活着最要紧的是打点肚子，吃喝最重要了。皂娘的话传扬开来，客人们再去空色林澡屋，付给她的就是吃食了。鸡鸭鱼肉，烟酒糖茶，大米白面，腊肠豆干，挂面粉丝，瓜果梨桃，油盐酱醋，甚至姜葱蒜，真是要啥有啥。

老曲跟了皂娘，就是掉进福堆了。他胖了，气色好看了，说话声音也洪亮了。他一旦发病，皂娘就往他手里塞上一封信，让他去投。怕他走丢，她会让白蹄带着他。那两户回到林场开客店的人家，不知收了多少信。他们心疼皂娘，信攒了一沓后，又悄悄给她送回来。白蹄有时想撒欢儿，就不把老曲往客店带，而是领进山里。有窟窿的树桩，在老曲眼里就是邮筒吧，他会把信投进那里。皂娘是怎么发现这个秘密的呢？有回她为了得到烧柴，扛着斧子去劈树桩，结果劈出一封信来。

皂娘知道老曲有时连人和邮筒都分不清了，对他更加体贴。白酒要给他温过，茶水绝不让他喝凉的。老曲喜欢吃带馅的东西，包子饺子和馄饨，就是她家灶上的主角。过年时皂娘一身旧衣裳，可她会在腊月带着老曲进城，给他买新衣新帽。她还会给他糊上一盏红灯笼，除夕夜往他衣兜揣上花生瓜子，让他提着灯笼出去转。

皂娘和老曲睡一铺炕，但不是一个被窝。因为老曲来后，她添置了一套铺盖，被褥枕头，一应俱全。他们洗澡时，总是老曲在先，皂娘在后。人们说起他们的事儿，无不哀叹，说要是时光倒流三十年多好啊，皂娘和老曲就能搂在一起睡了。

老曲闲下来时，爱摆弄皂娘的鼻子，他老想做英雄，把它拯救到正路上来。他揪着她的鼻子，执拗地拽向脸颊中央，就像牵一匹不听话的烈马。有好多次，鼻子仿佛是归于正位了，可他一松手，它又回根据地了，让他好不沮丧。皂娘常被他弄疼鼻子，也是烦了，又留起长刘海，遮着那半张脸，这样老曲就放过她的鼻子了。

又过了几年，皂娘把那绺长刘海再次铰掉了，不说你们也明白的，老曲死了！

他是怎么没的呢？说是那年夏天有个客人洗完澡，出了澡屋，掏出一个巴掌大的游戏机，边玩边喝茶。老曲凑过去，见好几只骷髅头在动，大叫一声“捉鬼”，之后一个跟头栽倒在地，瞪着一双惊恐的眼睛，走了。

皂娘把老曲埋葬在黄房子西侧的松林中，逢年过节，不忘了带供品去看看他。每逢吃饺子，还习惯给他留一碗，搁在桌上。看着烛光下的饺子热气散尽，筷子没人碰，她会长叹一声，连喝几盅酒，把凉透的饺子吞掉，然后睡上一场。

皂娘依然给客人洗澡，不过带的不是老曲，而是白蹄了。她白天去澡屋，也不用点蜡了。白蹄坐在老曲坐过的地方（当然把他的高背椅挪开了），跟老曲一样机警地盯着客人，只是它手里不能攥着肥皂。谁要是在皂娘给洗胳膊时，手无意间触着了女主人的脸，它就会汪汪叫着抗议。所以入了澡盆的男人，比老曲在世时还规矩，皂娘让怎样就怎样，不敢有丝毫不恭。

白蹄老了，但它生性难改，还是做些可笑的事情。

有个客人洗完澡，做了个抽烟的动作，说要是在澡盆抽上一棵烟多恣啊。白蹄跟皂娘出了澡屋后，就把桌上的半盒香烟叼起，放进澡盆。想想人抽烟得使火，它又去灶台，取了火柴送去。客人眯着眼享受时，听见白蹄“哈哧——哈哧——”进出不停，也没理会。待到他闻到烟丝的味道，睁开眼时，发现了澡盆上漂浮着的香烟和火柴。客人笑了，捞起它们，送到皂娘面前，说，你看那蠢狗干的好事。皂娘把白蹄吆喝过来，说，白蹄啊，你真是狗脑袋啊，烟丝火柴进了水，等于是人绑着石头投了河，不是找死吗？看在你跟咱一样老了的分儿上，咱就不揍你啦。从此后皂娘把香烟搁在柜顶，把火柴放在调料架上，都是白蹄难够到的地方。不过半年以后，皂娘又把它们放回原位了，她老得胳膊抬不高，取香烟火柴太费劲了。

关于白蹄，流传着的最令人捧腹的一件事，是有个客人吃饱了过来洗澡，洗到一半，放了一连串响屁，白蹄见澡盆“咕嘟嘟——”地冒出一串气泡，来了神了，以为气泡下面有鱼经过（它跟着主人去溪边时，皂娘指点给它冒气泡的水面下，有鱼活动，它因此练就了从水泡下捉鱼的本领），白蹄兴奋地奔向澡盆，张着大嘴准备逮鱼，被皂娘及时呵斥住。客人吓得双手捂住私物，生怕白蹄把他的宝贝当鱼给捕获了。

来空色林澡屋的，谁没点委屈呢。皂娘给他们洗澡时，那些委屈大的，算是找到了宣泄口，会痛快哭上一场。泪水融入散发着他们体味的洗澡水，就像汇入了世俗生活的洪流，他们拔脚出浴时，轻松了许多。

有个病入膏肓的中年人，怕自己死了再也不见日月，觉也不睡了，昼夜望天，说要多汲取点日月的精华，不然在另一世，会堕入黑暗之中，精神快崩溃了。他听了空色林澡屋的神奇故事后，特意来此洗澡。他是白天来的，但皂娘知道他的事情后，等到天黑才给他洗。她也没点蜡，带着白蹄坐在黑暗中，手指撩着温润的水，就像浇灌久旱的荒山，从他的脚到头，每一寸肌肤都滋润到，揉捏到，爱抚到，让他的每个阻塞的毛孔，都打开天窗。她问他感觉到黑了吗，客人说没有，他感觉全身心沐浴在光里。皂娘说，这就对了，要说黑，心待的地方是最黑的，可它不怕黑。它怎么不怕黑呢？它跳，咚咚咚咚，不停地跳，这样它住的黑屋子就亮了，光也出来了。

你不用找光，只要你的心好好地跳，别缩，光就能找你。也怪，洗过澡，这人归于平静，把生死看淡，彻底放下，居然战胜病魔，幸存下来。他每到腊月，会带着鸡鱼猪羊，给皂娘送来年礼。

皂娘上了岁数后，更加心疼白蹄，她想让它多陪自己几年，所以不吝惜把好吃的分给它一些。每天晚睡前，不管多累，她都要蹒跚着走到院子，跟白蹄打声招呼：咱俩得好好的呀，明早不许不醒来！

皂娘最怕的就是自己先死，白蹄没了主人，谁还会收留一条垂暮的老狗呢？为此她跟那两户开客店的人家，努力着搞好关系。客人送来的东西吃不了，就分送给他们，只图万一她没了，他们能善待它。两户人家都表示，开客店剩饭剩菜多，养个白蹄不成问题。皂娘再嘱咐他们，万一白蹄做了错事，呵斥它几句就是了，老狗懂人话，千万别踢它，它老了，不经踹了。还有，万一它死了，别吃它的肉，把它埋了。客店主人都撇着嘴说，一条老狗，有啥吃头？埋，肯定埋！皂娘就安心了，回头再取几块她做的肥皂，给他们送去。

我记得很清楚，当我们还想听空色林澡屋的故事时，关长河抬眼看了下天，长叹一声，说，月亮也是个大澡盆，它用的是银河的水，要是此刻我能飞进月亮，让皂娘给洗个澡多美啊！他那语气和神态，好像皂娘在月宫烧好了一锅洗澡水，正候着他呢。我们意犹未尽，可关长河说时候不早了，该睡了。他起身的时候，朝我们要此行的向导费，说明天就出山了，夜里揣上钱，睡得会踏实。我们没有犹豫，按照事先讲好的，把钱如数给他。他很认真地在月下点过钱，拉长声说“对数——”，跟我们挥挥手，然后指向星辰寥落的东方，有意无意地说，明早朝着那儿走，就能去空色林澡屋泡澡啦。

关长河睡去了，他睡在离马很近的地方，我们在他离开后争论的间隙，还听到过他的鼾声。由于空色林澡屋只收吃食，我们先是在篝火旁，把所剩无几的罐头、干肠和饼干搜罗到一起，然后讨论去空色林澡屋的人选。因为皂娘每天只给一人洗澡，而我们只是路过，不能久留，仅一人有这福气。开始大家都沉默着，没谁主动说去，也没谁说放弃，而沉默总是风暴的前兆。

最先打破沉默的是小李，他从林业大学毕业才一年，这一路他刻意不刮胡子，留起长发，像个落魄的艺术家。也许是在大学熏陶的，他提出了一个AA制洗澡方案。五个人都下澡盆，分别洗头、胸脯、肚子、腿和脚。我们以为他开玩笑，可他认真地说，既然大家都想洗，此分配最为合理，这样每个人都能进澡屋。他说如果大家同意他的方案，他有优先选择权，他要洗脚。因为皂娘给人洗澡，是从脚开始的，那时的洗澡水最干净，而他走了一路，脚疼得很，正需按揉。我们四个比小李年长的人，觉得他这是痴人说梦，异口同声地予以否决。接下来是对领导的话永远言听计从的小许提出的方案，他说应该领导洗。我是此行的队长，那就是说让给我洗。其他人不吭声，我赶紧识时务地说，这可不能搞特权，再说五人当中，有两位比我年长呢，他们应该有优先权。那两位年长我三岁和四岁的人，一个是老孟，一个是老薛。孟薛对望一眼，孟说应该抓阄。薛说拼酒量，把余下的酒喝光，谁没喝倒，就是谁的。老孟的好手气和老薛的好酒量，都是有名的，小李和小许，旗帜鲜明地反对。小李说，抓阄等于绕开了问题实质，张扬中庸之道，应予摈弃。小许说，拼酒量那是野蛮人的做法，极不人道。看大家争执不下，我说，皂娘愿意给风尘大的人洗澡，比一比谁的风尘大，谁就去洗。老薛呵呵笑着说，泥坑的猪风尘最大！我们大笑起来，那一刻气氛是融洽的。最后大家依着我的思路，统一想法，就是敞开心扉，诉说各自的不快，比一比谁的委屈更深，磨难更大，辛酸更多，空色林澡屋就归谁享用。从我开始，按照围坐于篝火的顺时针次序，依次开讲的是：老薛、老孟、小许、小李。

我先说。先说的好处是先声夺人，可把最刺目的痛楚当利剑亮出，让小痛楚在它面前被腰斩。我说，你们看到的我，不是我，而是非我。我自幼喜欢医学，可我那做教授的父亲，认定这地球上最伟大的职业，就是做地质学家，他居然篡改了我的高考志愿，把我送入地质大学。我毕业参加工作后谈了一个女友，是中学音乐老师，可我母亲认为一个搞音乐的妻子，私生活会像五线谱一样混乱，私下约会她，愣说我有相恋多年的女友，两家早就会过亲家了，我爱的女友信以为真，一怒之下离开我。最终我娶的老婆，你们也知道，是父母为我选的图书管理员。她太古板了，一点女人味都没有。我们过了二十几年，我等于在冰窖里活了二十多年哪！那个冷啊，不是一个正常男人过的日子。你们知道吗？我老婆健健康康的，可她说她活着就是为了等死，她厌世得厉害，华服美食，自然美景，音乐美术，男欢女爱，这些能引起人愉悦的事物，她一概没兴趣。我让她去看心理医生，她反说我有精神病。跟你们说真话吧，我受不了她，几年前与初恋女友联系上了。她还当音乐老师，就是日子过得不顺，她丈夫虐待她。为啥呢？不用说你们也猜得出来，她把初次给了我，她男人新婚之夜发现她不是处女，从此酗酒，每次醉酒打她，就逼问破了她处女身的元凶，声言要干掉这家伙。她怕说出我的名字，这男人真会提刀找上门来，所以一直跟他说我得了癌症，早死了！现在你们理解了，为什么我父母相继去世后，我的精神状态反而比以前好了？因为他们再也不能干涉我的生活了！你们说我这半辈子，活得苦不苦？

我以为自己的情感经历，泪迹斑斑，能引起大家同情。谁料先是小李冷笑一声，说，队长看着挺聪明的，没想到是个窝囊废！谁让你当木偶啦？是你愿意啊，不是活该吗？两个人能过就过，不能过就散，你和音乐老师现在也可以重温旧梦呀，这算什么苦呀？接着老孟“哼——”了一声，说，你老婆再冷，这冷宫不是给你孕育了个儿子吗？她要真是冰窟窿，啥种子能发芽啊？这一老一少，戗得我哑口无言。

接下来大倒苦水的是老薛。他像个说书人，清了清嗓子，拍了一下大腿，揉了把脸，说，你们看我这张跟黄土高坡一样的脸，就知道我遭过多少罪吧？我年轻时挖过煤，每天下井的感受你们知道吗？就跟被人抬进棺材一样，随时有被埋掉的危险。为脱离这地狱似的环境，我跟爹娘说，给我半年时间复习吧，让儿子能从地下升到地面，享受到阳光，不然这一生太黑暗了！我家那时穷成啥样呢？房子是漏的，铺盖不够用，米缸常常是空的，肥皂和灯油都使不起，我要是不挖煤，一家人可能会断顿！但爹娘听我这么说，还是咬牙同意了。我不分昼夜地复习，也是争气，当年就考上了大学。我得感谢那时大学为贫困生设立的助学金,没有它,我很难读下来。不瞒你们说，大学时我没添过一件衣裳，吃的是最差的饭菜。大学毕业参加工作后，我挣的钱大都贴补老家的父母了，依然清贫。不怕你们笑话，米面油盐、牙膏厕纸，甚至内裤袜子，无论什么，我都得精打细算，买最便宜的。好在那时单位分了套小房子给我，我才娶上媳妇。就因家庭条件差，媒人给我介绍了四个对象，只有暖瓶厂的一个工人看上我。谁看上我，谁就是我的福音书，我娶了她。接下来的故事你们也知道的，她生的是龙凤胎，对别家而言，这是喜事，可对我们来说，抚养一双儿女成长，天天都得爬坡过日子。后来暖瓶厂黄了，她下岗了，家中用度，全靠我一人了。日子本来过得就难，偏偏我娘得了癌症，把我仅存的一点钱，都烧到手术台上了，娘的命却没保住。我爹受了刺激，高压天天都在二百徘徊，最终中风偏瘫，这样我只得把他接进城伺候。因为妹妹嫁了人，我们那里的风俗，女儿是可以不赡养老人的。你们想想吧，一套四十平方米的屋子，老少三代挤在一起，是个什么景象！阳台就没晴朗过，天天吊着洗的东西；为了省下买青菜的钱，我家冬天以腌菜为主，本来不大的厨房，摆满了酸菜缸咸菜坛，没个好气味。队长嫌你爹娘干涉太多，给你改了高考志愿，可他们给你遗留了大房子，你再不痛快，也是在大房子里敞敞亮亮的不痛快啊。我呢，伺候生病的老的，还得掂掇这俩孩子上大学的学费，就差卖血啦。说真的，勘察结束，最伤心的是我了，我不愿意回到城里那个小屋子啊！爹在哼哼，媳妇苦巴着脸，我就像在垃圾堆旁找食儿的秃鹫，哪有什么尊严啊。我爱喝两口酒，就想麻醉自己，可我他妈的就是醉不了，心里好像绷着根弦，千万不能倒下。我一倒下，我家就相当于公司破产了。我愿意待在大自然里，这里随处可扎营，我愿意住多大的屋子就住多大的，喝水不用交钱，烧饭不用交煤气费，太阳月亮没有被雾霾遮蔽，黑白都有灯使，电费也省了！老薛说到此时，声音颤抖，用手蒙住脸。他是否哭了？那晚西去的月亮，也许比我们看得更清楚。

轮到老孟说话了，老孟先是对老薛说，管咋的，你还有爹可伺候着。爹是什么？是太阳啊。有爹在，他就是再磨人，相当于乌云遮住了太阳，背后还是亮堂的呀。你们不知道，我是个遗腹子，爹连张相片都没留下，我不知他长啥样。我娘带我改嫁后，继父对我的狠，三天三夜也说不完啊。继父一打我，你们知道我干啥？我就坐在镜子前，对着自己的脸，在作业本的背面画爹。我画完一张，就偷偷给我娘看，我娘一摇头，我就知道画得不像。只是有一回，我拿着画像给娘看，她一看就落泪了，我知道自己画对了，这张画像我一直留着，结婚后把它镶上，除夕在家里的香案摆上相框，给爹磕头拜年。我长大后不止一次问娘，我爹咋死的？娘总是回一句，他寿路到了。直到我娘去世后，我小舅才对我说出实情。饥荒年代，我爹为了给怀孕的娘找吃的，惦记上了盘在村中井壁的一条蛇。他趁晚上井台空荡的时刻，腰间缠了绳子，带着自己用树杈做成的捕蛇器，去了水井。结果爹没捕到蛇，反倒让蛇咬了。爹中了蛇毒，挺了一天，就没气了。那条咬他的蛇，从井壁消失了。村里就这一口井，村人说我爹碰那条蛇，触怒神灵，从此喝这口井水的人都会遭殃，逼我家另打一口井，还不准爹落葬。村中几个瘦得皮包骨的汉子，把我爹抬到山坳，说是惩罚他，让他暴尸荒野，实则把他当成诱饵，打的是捕猎的主意。我小舅说，闹饥荒那会儿，村人把能吃的树都啃秃噜皮了，没啥吃的啦，动物也少，飞禽走兽极难见到。那几个男人在爹身上，设置了各种捕鸟和捕兽的夹子。那段时间，去爹尸首旁等猎物的，接二连三。爹最终为村人猎获了七只乌鸦、两只鹰和一条狼，听说爹最后只剩下几根骨头。村人不能再用我爹作诱饵时，撇下他回村了。我娘生下我后，去山坳寻爹的尸骨，可她一根骨头也没捡着。我小舅说捕获的猎物，让村中濒临死亡的人，活了下来。他们也感念我爹，给我娘分了半只乌鸦。不是这半只乌鸦，我娘都没力气生下我。我不敢想爹的尸首作诱饵的情景。你们没发现吗？这三年来，我头发掉了多半，自打我小舅跟我说了实情后，我整宿地不睡，一闭眼就是乌鸦老鹰的影子。所以你们明白了吗？这一路为啥我听见它们的叫声，就心烦意乱？唉，要是皂娘能给我洗回澡，把憋在心里的委屈洗淡一点，我也不枉在这青山绿水中走一回！

老孟的诉说，应该是打动了在场的每个人。因为大家以哀悼的姿态，低下头来。

最终是老薛先抬起头来，叹息一声对老孟说，毕竟都是过去的事了，现在你家过得多好哇，老婆有个好工作，儿子考上了北大，你家的日子，比这团篝火还红火，谁不羡慕啊。老孟说完，拍了一下小许的肩膀，示意该他说啦。

小许一张口，还是强调应该让领导洗。如果领导一定让给手下人的话，谁身上的味儿最难闻，谁就去洗。老薛首先反对，说，你小子脚丫最臭谁不知道？老孟也反对，说，别人都讲委屈，你不能绕过，绕过就等于刺探了别人的隐私，把自己深藏起来，这是叛徒的行为。小许被逼无奈，说他此生最大的委屈是入赘。他家在农村，在城里买不起房，只得娶了个有房的城里人。她老婆在京剧团做剧务，有演出的日子，他们就得分床睡。因为她爱舞台上扮相俊朗的小生，演出当晚回到家，她还痴迷着角色，看小许便百般地不顺眼，他就得给她个心理调整期，分居一两天，让她能够从虚幻的舞台，回到柴米油盐的日子。小许说入赘的男人，就是做了战俘，终生不得翻身。

最后登场的是小李，他先申明他的委屈，不是个人的，而是一代人的，所以他是在争取一代人洗澡的权利。小李说，不管你们有多大的委屈，你们居有定所，毕业后组织给分配了工作，医疗有保障，手捧铁饭碗。我们这代人呢，赶上了高房价、高物价、高污染空气和水源的时代。像他这种毕业后找到工作，算是幸运的。很多大学生，毕业就等于失业了，成了啃老一族。他们蜗居在父母家中，被苍老的翅膀护卫着，怀揣简历，奔波在路上找工作，在夹缝中求生存。这样的青春岁月，就像在荒漠中跋涉，该是多大的委屈！小李说以他为例，他一个月的工资三千六百块，去除每月房租一千二百块，伙食费一千块，水电煤气费三百块，上网费电话费二百块，看电影、日常生活用品等三百块，再加上人情往来，真是属于月光一族了。即便贷款买房，五六万的低首付，对他们来说也是天文数字，不要说成家生孩子了。他大学同学中，毕业后唯一结婚的，是个叫方超的人。方超在城里找不到工作，干脆回乡开了养鸭场。他父母说早知道他回来养鸭，就不让他上大学了。方超找了个开鞋店的姑娘，日子过得挺踏实。小李说得兴味索然，我们也听得兴味索然。我对小李说，每个人都讲了各自隐秘的事情，你总得说出一桩，不然月亮都不饶你！小李哈哈笑了，指着滑向西天摇摇欲坠的月亮说，你瞧它困得都要回屋睡了，哪还顾得上咱们这帮说委屈的傻瓜！一定让我说一桩的话，我告诉你们，我的女友大学毕业去西北支教了，原想着两年支教结束，她会回城和我团聚，可是三个月前她突然告诉我，她爱上了当地公安局的一个警察，打算留在那里了。她说凡是支教期满主动留下的教师，当地政府会分给一套两居室的房子。我们好了三年，一想到我爱的女人，一生要经受大西北狂风的吹打，我就心痛！我们同居过，她喜欢吃黄瓜，身上总带着一股清香味，现在我夜里睡不着时，真是奇怪了，总能闻着黄瓜香味儿，真是让人伤心哪。小李说完，脸上浮现出奇怪的笑容。

那晚在场的人都道出了委屈，接下来就是品评谁的委屈可以下澡盆接受洗礼了。我们像是一群在婚宴上抢糖果的孩子，争得面红耳赤，互不相让。最后伤了和气，谁都没进帐篷，散开后各自展开睡袋睡下了。关长河的离开，我们毫无察觉。总之早晨醒来，飞舞着阳光的松林里，关长河和他的马，就像昨夜天空的浮云，踪影皆无了。

我们在失去向导的情况下，向着东方，艰难地走出森林。出山后果然在公路旁见到一个小驿站，那里有两家客店，提供简单的吃食。我们分别向主人打听空色林澡屋，打听皂娘和白蹄，他们一脸迷惑，说不知道。我们不相信，返程途中，只要遇见乌玛山区的人，不管他是放马的、护林的、运煤的，还是采山的、种地的、打草的，都会问空色林澡屋在哪儿。可是无一例外，他们都冲我们摇头。

我们的勘察任务完成得堪称完美，各项数据的获取非常翔实，可是我们离开乌玛山区回城后，莫不垂头丧气的。老孟老薛在单位见了我，都躲躲闪闪的。小许则变成了絮叨的老婆子，见了我一遍遍地解释，入赘其实对他来说不算啥委屈，他老婆待他挺温柔的。总之，大家都有说出秘密后，那种难言的空虚和后悔。

有一天下午小李来我办公室，送关于乌玛山区水文方面的勘察报告，这是此行他负责的内容。我问他与大西北的女友真的彻底断了吗？如果忘不了她，还是要去争取。因为在青春时代错过爱情，婚姻很容易坠入世俗的泥潭。小李眨着眼笑了，先拱手对我说，领导对不起了，接着告诉我，他与女友间的悲摧爱情故事，是被逼无奈，依照报纸上看到的一条消息，编排到自己身上的；他还没女友呢。

小李见我惊愕不已，说其实关长河讲的故事，也未必真实，不然他为什么在说完空色林澡屋的故事后，不辞而别呢？因为他无法带我们抵达那里。小李还说，他也不大相信那天大家诉说的委屈。真正的委屈，不是那么轻易道得出来的。而能说出的委屈，因个人处境和地位的不同，自然也作了种种修饰或伪装。

小李的话令我动气，我将那份乌玛山区水文勘察报告甩在办公桌上，冲小李吼，你在怀疑老薛老孟和我编瞎话？小李说，领导息怒，我不是不信任你们，我是不信任那晚的场景，它太像电影了！关长河是个好猎手，更是个高超的导演，他把我们往一个情境里赶，就像把猎物圈在他的围场里，他都不用举枪，我们个个中弹，和他故事中的人物，一起成了演员。

小李是什么时候离开的，我毫无察觉。我在办公室，从下午呆坐到黄昏，无论是敲门声还是电话铃声，一概不理。下班后我给老婆打电话，谎称出差，告诉她晚上不回家了。我找了这座城市最偏僻街巷的一家小酒馆，要了油焖河虾、酱焖酥鲫鱼和啤酒，自斟自饮。在小酒馆吃喝的，还有四个出苦力的人，他们显然是进城打工的农民，头发乱蓬蓬，裤子满是灰土，衣裳汗渍斑斑，脚下的绿胶鞋散发着臭烘烘的气味，但他们热情洋溢，高声说笑。他们点的菜比我口味重，麻辣螺蛳和红烧猪大肠是主菜，配菜是花生米和海带丝，一瓶老白干四人均分，一人一海碗米饭。他们连吃带喝，胃口极佳，杯盘碗盏，最终丝毫不剩，光可鉴人，好像刚从洗碗机中出来似的。他们结账，居然采用AA制方式，每人花费三十二元。他们离席时，其中一人看了我一眼，说，兄弟一人喝酒多没意思呀。我顺势请他们喝啤酒，四人也没忸怩，一人要了一瓶，开瓶后对着瓶嘴，站着一口气喝光，然后快意地谢我。其中有两人还说了祝福语，一个祝我买彩票中奖，一个祝我早日抱上孙子。

我学着那几个民工，把盘中菜吃得光光的，酒也喝得一滴不剩，飘飘忽忽走出酒馆。夜已深了，我去附近的一家快捷酒店登记住宿。一口黄牙的老板娘扫了我一眼，问，就你一个人住？我说是。她诡秘地一笑，压低声说，我知道你们这些男人是来干啥的，我帮你联系小妹吧。你喜欢啥样的？我告诉她，我不喜欢小妹，我喜欢老婆子。有个老婆子叫皂娘，你要是能把她请来，给我洗回澡，我就付她五星级酒店的房费。老板娘把钥匙牌“啪”的一声摔在柜台上，不再理睬我。

我拎着钥匙，沿着逼仄狭窄的楼梯进了鸽子笼似的房间，一头扑倒在床上。这时手机铃响了，我很想在此时跟谁说说话，按了接听键。电话是个男人打来的，他很客气地自报家门，说他姓部，是乌玛山区林业局帮我们请向导的人，我们见过一面，下午他给我打过两个电话，我没接听，而他要说的事情紧急，所以占用我休息时间再次打来了。老部先问我关长河一路用了多少颗子弹？我想都没想，说了个“二”字。他迟疑一下，说，你说的是“二”，还是“十二”？我捋直舌头，强调是“二”。他微妙地叹息一声，再问关长河的猎枪，是在与狼搏斗中损毁的吗？我“霍”地从床上坐起，说我不知情，因为出山前夜，他撇下我们，和他的马一起消失了。老部沉吟一下，说，关长河告诉他们，出山前夜勘察队在营地遭遇到狼群袭击，他为了保护我们，独自与狼群奋战，猎枪废了，弃在山中，不能归还，而他总共用掉十二颗子弹，所以行程结束，他只是还回了十八颗子弹。现在需要我们出具一份材料，证明这位向导，在我们勘察过程中协助我们完成了任务，猎枪是因保护我们而损毁的，子弹用掉了十二颗。因为猎枪是从派出所借的，不还回去，当地林业局有责任，而关长河也会因此被视为持枪的危险分子。

我抓住这个机会，问他知道关长河的电话吗，我有事想跟他沟通一下。老部说，关长河从来不用电话，想找他，得通过他人去寻，他常年在山中游荡。我又问，关长河有家吗？老部说，他是个弃婴，当年被人扔在山上的鄂伦春营地，所以他是鄂伦春人带大的。至于他是汉人还是鄂伦春人，无人知晓。但从他的体貌特征来看，他应该有鄂伦春血统。他至今未婚。我再问老部，听说过空色林澡屋和皂娘的故事吗？老部很干脆地说，没有。末了他嘱咐我尽早把证明材料写好，加盖公章，用特快专递寄来，收件地址他随后用短信发送到我手机上。我一边答应，一边乞求老部，如果见到关长河，务必把我电话给他，请他回个电话。老部勉强地说，好吧。

为了给关长河写那纸证明，我们勘察队一行五人又聚集在一起。我转达了老部的话，希望大家充分发表意见，达成共识后出具证明。小许首先表态，他说，领导怎么办，我都没意见。老孟说，那晚没听见狼嗥，所以猎枪是在与狼搏斗中遭损毁这一条，写时要慎重。老薛也说，关长河显然是在撒谎，即便他遭遇了狼群，他有子弹，只要开枪，驱狼那不是轻而易举吗，何至于把枪当长矛使，与狼短兵相接呢？老薛老孟观点的不谋而合，至少冲淡了归来后，弥漫在大家之间的冷漠情绪。轮到小李，他爽快地说，当地让怎么写，就怎么写呗，毕竟关长河一路上为我们立下了汗马功劳。现在假证明满天飞，又不差这一张。小李还分析说，关长河当初嫌配给他的子弹多了，显然那时他还没有私吞子弹的想法，如果他说用掉了十二颗子弹，只有两种可能，他后来变了主意，想留下猎枪和子弹，所以提前离开我们，对当地林业局虚构了狼群的事情。还有一种可能，就是这一切都是老部策划的，关长河是他找来的向导，老部想私藏猎枪和子弹，于是让关长河编瞎话。小李的后一种分析，让我们这些比他年长许多的人，为之侧目，他的判断不是没有道理的。大家多方权衡，反复推敲，最终形成的证明材料中，关于猎枪和子弹的内容，用的是模棱两可的句子：我们在勘察途中几次遭遇野兽袭击，向导关长河用猎枪为我们解除险情，动用了相应数目的子弹。

我将出具的证明材料加盖公章，特快寄出。

三天后我给老部打了个电话，想问问他是否收到证明，再打听一下关长河。可我拨了几次电话，老部始终不接听。直到下班时刻，他才简短回复了一条短信：证明收悉，诚致谢意。

这样的回复，就是告别语。我知道通过他寻找关长河，是不可能的了。

我试图让生活回到正轨，或者说是回到平庸中，可是当空色林澡屋的故事像一道奇异的闪电，照亮了人性最暗淡的角落后，我的整个生活就被它撕裂了。我在空洞的光阴中，能感受到它强烈的光明，不禁又寻着这光明而去。我把春节的休假，放在了乌玛山区。

这次没有任务在身，我谁也没找，就是一个轻松的背包客，一站一站地行进。越向北走，旅人越少。在路上折腾了两昼一夜，除夕夜我到了乌玛山区。那里正是漫天风雪的时刻，连绵起伏的山峦披挂着白雪，看上去像无尽的白色毡房，很有烟火气的样子，而其实人烟寥落。越往乌玛山区深处走，寒流越强，景色也就越壮美。我每到一处驿站，都要打听空色林澡屋和关长河。很多人知道关长河，都说他很难找到，但没人知道空色林澡屋。我每离开有手机信号的驿站，会把自己的电话号码，留给驿站主人，求他们见到关长河后，请他给我回个电话。

我就这样搭乘各色车辆，与乌玛山区冬天特有的麻雀和乌鸦为伴，在茫茫山林中寻找了六天，经过了多个驿站，直到返程在即，也没有见到关长河，更不要说空色林澡屋了。但我收获了辽阔的天空，清冽的空气，洁白的雪，满天的繁星和每家驿站灶上的热汤，它们胜过最璀璨的城市灯火和最丰盛的年夜饭，是我此生过得最知足的一个年。

离开乌玛山区的前夜，我在一家林场酒馆怅然饮酒，手机突然响了，我迫不及待地接起来。送话器先是传来一阵风声，接着是一个人沉重的喘息，一个苍凉而熟悉的声音随之响起，我立刻听出，他就是我苦苦寻找的关长河！他劝诫我不要找皂娘和白蹄了，谁也找不着空色林澡屋的。我急切地问为什么，关长河沉吟一下，说，其实当时他应该对我们说真话的，皂娘遭人举报，指控她在深山搞色情服务，去年深秋她带着白蹄，乘着那个大澡盆，从青龙河顺流而下，不知漂荡到哪里去了。我万分愤慨，说，一个老太婆怎么可能搞色情服务？关长河深深地叹息了一声，又说也有人告诉他，皂娘是洗不动澡了，所以她带着白蹄，去没人的远山修行了，她什么时候回空色林澡屋，那得跟看流星从夜空划过一样，靠机缘了。也许很快，也许数年。我再问他为什么提前一夜离开我们，他真的遭遇了狼群吗？猎枪和子弹还在他身上吗？关长河只回了一句：咱把那个带帽遮的鹿皮小帽给弄丢了。

我以为他以“咱”自称，会以皂娘的说话方式，跟我多聊一刻，可他似乎厌倦了追问，不再言语。听筒最后传来的只是“呵呵——”的声音，像他的笑声，更像那一刻横贯天地的风声。我的眼前闪现出戴着鹿皮小帽的关长河，他顽皮起来像个少年。而当他眯起一只眼时，他就是在打量你了。

关长河挂断电话后，我赶紧回拨过去，可是无人接听。再拨，接电话的是我途经之地的某个驿站的主人了，他告诉我关长河今日黄昏路过此地，他告诉他，有人在找他和空色林澡屋。关长河说找空色林澡屋的人，一准是喜欢和星星一起过日子的人。驿站主人掏出手机，劝他给我回个话，可他执意不肯。驿站主人为了促成通话，特意陪他喝酒。一瓶酒落肚，关长河面色和悦了，主动抓起手机，出门给我打电话。驿站主人说，关长河还回手机，我们通话的一瞬，他已经骑着鄂伦春马，离开了驿站。

我谢过这个热心的驿站主人，出了酒馆，迎着冷风，仰望银河。银河在夜空正以长剑的姿态，洒下亘古的光明，傲然插在茫茫雪原上，期待它以英雄的名义命名它。

不管空色林澡屋是否真实存在，它都像离别之夜的林中月亮，让我在纷扰的尘世，触到它凄美而苍凉的吻。我只身从乌玛山区回城后，生怕自己有一天会因这样那样的原因，淡忘了它，于是用七个夜晚，把这个故事记录下来。因为是复述，故事的情境和人物的对话，难免有语意的微妙差异；而因为一些当事人与我相熟，所以我将他们的真实姓名隐去了。其实真名和假名，如同故事中的青龙河与银河，并无本质区别。因为它们在同一个宇宙中，渡着相似的人。

【作者简介】

迟子建，女，1964年元宵节出生于漠河。已发表作品六百余万字，出版有长篇小说《伪满洲国》《额尔古纳河右岸》《白雪乌鸦》，小说集《北极村童话》《清水洗尘》《世界上所有的夜晚》，散文随笔集《伤怀之美》《我的世界下雪了》等九十余部。部分作品在英、法、日、意、韩、荷兰等国出版。

“空色”之间，顿悟还是更深沉的迷惘

——评《空色林澡屋》

李　星

迟子建的中篇新作《空色林澡屋》虽只有两万左右的字数，但却在如“俄罗斯套娃”般一层又一层的内向结构中，讲述了十多个人物的人生命运故事，既大面积地表现了痛苦和虚无的人生本质，又以无限的悲悯热烈而执着地赞颂着劳动和爱于人生的重要意义。结构及故事的独特、情感和思虑的深邃与人生视野的广大，使《空色林澡屋》不仅具有了随着作者年龄的增长而渐增的生命的迷

惘和人生的忧伤，而且有着更为苍凉悲壮的以劳作与爱为核心的生命理想。

“套娃”结构的《空色林澡屋》最外层是迟子建的读者所熟悉的大兴安岭林区环境，是一支五人勘察小分队和它的向导老猎人关长河；它的第二、三、四、五、六层分别是关长河于月夜野营地所讲的那个面孔畸形的女人和她的伐木工人丈夫，一个偶然改变了她命运的盲人算命先生，及把一半的“筋肉”给了她的货郎情人。而作为她老年同伴的则是一个被他绝望的儿子抛弃于刀锋岭的神经病老人老曲。第七层仍然是那个开口称“咱”的人称皂娘的老年女人，她在黄色木屋开了一间“空色林澡屋”的洗澡间，自己既是老板娘又是搓澡工，把全部的柔情蜜意献给每天只收一个的满身风尘的过路男人……这是一个升华了精神的与“色”无关的圣灵式的孤独女人。“空色林”既是“无色”，更是“无欲”的爱与关怀。再里层却分别是勘察小队的队长“我”、老薛、老孟、小许、小李几个人各自不幸的人生，诠释着“幸福的人生是相似的，不幸的人生各有各的不幸”的个人或一代人的苦难和不幸。而关长河的人生不幸则是他“老婆是天上的云，不能要”，“情人是地上的霜，千万不能踏”的饱含着伤痛的人生体验。

“套娃”的核心层却是颠覆着全作的面目全非的“那个女人皂娘”和“关长河”；关长河成虚报兽情和私藏子弹的嫌疑人，而那个皂娘则成了被人举报“搞色情服务”的荡妇，最后竟不知所踪，他们都是被世俗社会妖魔化了的人。而那个美好的“空色林澡屋”是否存在，最终也成了一个疑案。其实，“空色林澡屋”的船型木澡盆形状、女主人公脸型虽丑“却对得起自己男人”的健美身材，她被婚姻中男人和非婚男人们的忽视，每天只接待一个男人的服务方式及光顾它的男人都能得到极大的肉体和精神满足，年老的老曲竟然可以拿她的脸做移鼻游戏、及皂娘对男性身体那出神入化的洗澡艺术，都给人一种“性”的暗示。或许，“空色林澡屋”原本就是一个曾经得不到异性爱的女人变态式的色情故事，是同为女性的创作者赋予了它以爱和温暖，让女主角皂娘得到了苦难和灵魂的救赎。如此这般，“空色”也就不仅仅是“无色”，而是“无限”的色、无限的爱、无限的欲望和性。皂娘原本就是一个有着各种正常的人间欲望的健康女人。丈夫的歧视尚可理解，而亲生儿子的背弃，更是一个为人母者不可承受的身心打击。驾威呼的货郎曾经用爱滋润了她，但那是怎样屈辱的爱呀，她连一个健康女人生育的权利都被剥夺了，她的世界是如此残酷！世界与人们亏欠她的太多！

在迟子建笔下，乌玛山区的空色林是个天人合一的迷人世界，这个世界月色迷人的夜晚，更是能让人摆脱一切尘世羁绊、一吐真情真言的世界，因此也是能够产生童话和寓言的世界。正是在这里，在这里的月夜关长河、勘察小分队的人都曾经除却了世俗的束缚，留下了真人至情，讲述了各自的人生不幸，但是一到外面的世界，他们又都戴上了世俗的假面。“空色林澡屋”正是空山深林、月光之夜关长河所讲的故事。但当人们真要去找它时，却又难觅踪迹。而那个圣洁温润的皂娘却已面目全非，由天使变成了魔鬼。

由迟子建的《空色林澡屋》，我想到了与她年龄相近的另一个女作家铁凝的一篇随笔式的散文。名字忘记了，但那意思却令我感叹不已。她表现的是一个想要追求完美品行的人在世俗人口中是怎样被误解扭曲着，真是闲话如刀，人言可畏呀！人们似乎已经难以相信任何美好的事物。铁凝、迟子建们或许是那些具有悲天悯人的情怀的人，所遭受到的种种误解和不幸。这让我想到了以一个曾经锦衣玉食的大家族的衰落，诠释着“色即是空，空即是色”的不朽文学巨著《红楼梦》。原来作家有了一定的阅历和体验，人到了一定的年龄，都会产生出“空”与“色”的顿悟与迷惘。或许，这正是《空色林澡屋》这部笼罩着神秘氛围的中篇小说的无解之解。

义乌之囚

陈　河

一

杰生是昨天夜里一点半钟到达义乌城的。一天前他坐加拿大航空公司班机从多伦多出发，下午四点到上海浦东机场，再坐机场五线到火车站，用护照买到一张卧铺票，晚上八点坐上去义乌的火车。当走进卧铺房间时，看到下铺坐着一个非洲黑人女子，他和她打了个招呼，随即爬到了自己的上铺。从上铺看下去，这个非洲女子的手臂像乌檀木一样光滑发亮。杰生和她交谈了起来，她会说简单的英语。她说自己是非洲中部一个叫纳布尼亚的部落的人，现在要去义乌。杰生说自己也是去义乌,问她去义乌做什么。她说自己是信使（messenger）,说自己的部落被军阀包围了，十分危急，部落派她找人去解救。杰生听着，以为她在讲梦话，看她的样子也像在梦游。没多久，杰生听到她发出轻微的呼噜声，这样他自己也迷迷糊糊睡着了。在到达义乌之前，乘务员把到站的旅客叫醒。杰生和她又说了几句话，问她要住什么地方,要不要和他一起坐车进城。她说不要了,她自己会安排,要去住一个名字叫“巧心”的宾馆。这样，杰生下火车后就坐出租车到了“花来香”宾馆，时间已是两点多钟。他在飞机上一点也没睡着，喝了酒也没用，人已疲倦到了极点，所以一进房间倒头便睡。

他醒来时，发现窗帘外面一片白亮，响着混杂的人声，这让他明白市场早已经开门了。他一看时钟,还不到七点,这里还保持着农民早起赶集的习性,像农贸市场,只是没有牲口的叫喊，只有人们在大声说话。他才睡了三个多小时，脑子昏沉沉的。但他还是决定马上起床，因为他心里堵得慌，在床上躺不住。

杰生是个动作利索的人，不到十分钟，他就穿戴好了走出宾馆，只觉得外面阴冷潮湿，寒风刺骨。这个时候是 2004 年，义乌市场一大部分都还在稠州路一带，福田大市场尚在建设之中。杰生住的宾馆靠着江边，挨着宾馆的是几家卖皮鞋的商铺，夹杂着一家卖菜刀剪刀之类的五金店。其间还有一家早餐店，很多家长带着穿校服的孩子到里面吃东西。附近有一所小学，能听到学校广播放的升旗歌曲。杰生进去买了稀饭和小笼包。他熟悉这里，以前来吃过，认得做馒头的还是那个老板，店里还是和以前一样脏。在吃早餐的时候，他心里还没想出接下来先去哪个地方。他只是觉得十分烦闷，每回到义乌的第一天，他都会对接下来要做的事情心烦意乱。但他知道这是无法回避的，他必须打起精神来对付。

“好吧，就让我先去找那个做围巾生意的小青吧，看来她是知道很多事情的。”杰生对自己这么说，决定先去位于商场三楼的围巾帽子市场。

虽然好几年没来义乌，杰生还是不费力就找到了老市场的巨大建筑。这个看起来很简易的建筑十分庞大，它是个四方形的房子，每条边长有一公里，有四层高，外墙是简易的石灰墙，粉刷成发紫的蓝色，而屋顶上铺着的是钢架横梁加上玻璃纤维瓦。一二层是开放式的，店铺挨着店铺，但三楼四楼的内部很复杂，像是一个迷宫。这里就是围巾帽子类市场，里面布满多个井字形的组合，一个套一个，有穿堂风在回旋，很冷，店铺里稍微聚集了一点热气，马上被冷风带走了。杰生在通道里绕着圈子，在一个个挂满围巾的店铺中间张望着，他看的不是那些围巾，而是在寻找一个人。

杰生现在要找的是那个卖围巾的小青。他还记得她的摊位号是H5068，但他发现这里的编号已经采用了一种新的系统，他已经无法按编号找到原来的那个店面，只得凭着记忆在楼道里寻找。在冷冽的穿堂风中，他努力唤起记忆里小青的形象：齐额的刘海，明亮的眼睛，修长的身材。他只见过她几次，而且已经过了三年，记忆有些模糊，无法准确地在心里画出她的样子。时间还早，这里的商铺卷帘门才刚打开，店主们有的在洒扫，有的凑在一起讲八卦新闻，还有的凑在一起打牌。几个擦鞋的妇女坐在楼梯边等着客人，有小孩在打一种会发光的陀螺，还有些卖青菜豆腐的挑着担子在叫卖。杰生在一个店门口稍一停留，在隔壁店里聊天的店主就飞快地跑回来，问，要不要？这里的店主第一句话几乎都是这三个字“要不要”，杰生以前觉得好笑，客人还没进门看货，怎么会知道要不要呢？

杰生对义乌的历史是熟悉的，他知道这里的店主在几年之前都还是在地里干活的农民，而且很多是小学都没读过的农村妇女。她们迎接客人说的“要不要”这句话，其实和以前赶集时卖鸡蛋卖芋头时说的话一个样。但也有例外，这里的一个店主让他难以忘怀。三年前，那一次他从楼下大堂里的日用杂货商区，转到了楼上的围巾帽子商区之后，在拐角看到一个店铺的外面陈列着一批色彩醒目、设计新颖的围巾。他只觉得眼睛一亮，走近一看，那些围巾看起来质地还不错，像是羊毛的，底下有个商标“CASHMERE”，就是开司米的意思。杰生走进了摊位里面，看见里面的样品更多些，有条纹的、方格的，还有仿造名牌的。他还发现这个摊位精心布置过，灯光和色彩都有点讲究。他正在看着，却听得后面有人问：要不要？还是那句可笑的话，他心里想。但是他回转头来，却发现说话的是个相貌秀丽气质青春打扮入时的青年女子。他心里一惊，觉得这个姑娘不大可能是刚刚从农田里出来的，听她的话音也是比较标准的普通话。那个女青年从一排排围巾中显露出来。尽管第一句也是“要不要”那样的话，她后来介绍产品却十分得体和内行。她就是杰生现在要找的小青。

在这个冬日的早上，杰生从多伦多来到了义乌商品城的顶楼，什么也没做就一直在找这个叫小青的姑娘是有原因的。这个叫小青的女子当时让他惊艳，后来一起吃过两次饭，在 KTV 唱过一次歌。在最后一次见面的那个晚上，他们一起喝了酒，情欲在心里升起，只差一点他们就有了肉体关系，但最终杰生选择了退缩。这一退缩，让他们之间的温情荡然无存。后来，他们就没有再见过面。杰生现在后悔的是弟弟到义乌为他进货时，他不该介绍弟弟去找她。弟弟是个不会自制的人。从他后来收到的货来看，弟弟一定被她吸引住了，采购了大量她的围巾，质量大不如以前，价格又不便宜。弟弟在义乌出事之后，他父亲在讲述事件经过时，一直提到弟弟和一个做围巾生意的女人关系密切，似乎他们有同居的关系。杰生相信父亲讲的这个做围巾生意的女人就是小青。

弟弟是一个月前被杀的，他死于一场酒吧里的斗殴。那场斗殴后的隔天早晨，一个扫大街的人在街角一排冬青树丛下发现了弟弟的尸体。他是因腿部动脉被刺断，流血过多致死。看得出来，他是挣扎求生时，钻进了树丛。警察的调查报告称弟弟和几个人在酒吧时，有一群黑人袭击了他们，其他人逃走，弟弟却被刺中。义乌的警察很重视这个案子，很快就破案，把杀人者抓到了。行刺者是个在中国签证过期的非洲黑人，身无分文，现在据说已经被关押在广东的外事监狱。弟弟出事的时候，杰生正因为那一批假冒名牌的双肩包吃官司，处于担保假释状态。如果这个时候他回国去料理弟弟的事情，法院会认为他弃保逃跑，所以父亲没让杰生回国，他自己去义乌处理了后事。

杰生想起小时候的事。弟弟比他小三岁，小时候一直和他争东西吃，两个人经常会打斗。杰生十六岁到了纽约，寄居在舅舅家里。那是极其难受的几年，但是弟弟并不知道外面的艰难，一直觉得父亲偏向杰生，整天和父亲吵着也要出国。弟弟中学毕业就不读书了，成了问题少年，在东门一带打打杀杀，老是惹麻烦。杰生父亲是卖烧鹅的，每天在菜市场起早摸黑。杰生那个时候一直在纽约打工，根本没有能力把弟弟带出来。好多年后他到了加拿大，结婚，生了孩子，开始自己做进口生意。起先是他自己回国到义乌进货。后来，父亲让弟弟帮他在国内进货，免得他飞来飞去花钱花时间，而且可以把弟弟带起来，等生意好了可以合伙，下一步也可以带他到国外去。父亲这个决定犯下致命的错误。弟弟在义乌的两年多时间里，开销很大，几乎占到采购成本百分之十，而且货物很多不对路，到了国外卖不出去。弟弟以为杰生是华侨外商，钱挣得很多。其实杰生一直在投钱，把自己以前打工挣的钱全投进去了，还使用老婆娘家的钱。丈母娘用住房抵押了一笔贷款，把钱给杰生做生意本钱。弟弟被人杀了，不管情况怎么样，弟弟都是为他的生意送命的，所有的亲戚都会这么认为，连杰生的父母亲也是这样想的。因此，杰生在心里为弟弟的死背起了一个十字架。不过唯一让他稍感安慰的是，弟弟还没有成家，没有妻室，这样至少没有连累他人。

杰生转了几圈，市场里的人慢慢多了起来，那些店铺开始忙着做生意。杰生想着一个月之前，弟弟还在这些摊位之间跑来跑去，现在却已经死去，没有人会记得他，不禁悲从中来。就在这个时候，他转到了一个通道的尽头，看到那里挂着几条熟悉的开司米围巾。他认出这是小青的围巾店。他还记得一个细节，小青围巾店外面有个窗口可以看见中国银行大楼尖塔顶。他转头一看，果然看到了中国银行楼顶。于是他振作起精神，走进了店里面。

“要不要？”

杰生听到声音。那是一个中年男人，从铺子里的办公桌后面站起来。

“这里是小青围巾店吗？”杰生问道。

“不是的。你要不要？”那人生硬地回答后又问道。

“我知道这里以前是小青的围巾店，她现在在哪里？”杰生坚持着问。他急着要找到她，因为只有从她那里他才会了解到弟弟的事情。

“我不知道她在哪里。你到底要不要？我给你便宜一点，东西都是一样的。”

“你得告诉我她在哪里，我找她有事。”杰生坚持着。

“我说过我不知道。你这人真是很烦。”那人说着，不再理会杰生，坐到桌前开始摆扑克牌算命。

杰生感觉到这个人一定是知道小青下落的，只是不愿说，几乎所有的义乌人都把信息看作是神秘的财产，不肯和别人共享，于是杰生决定使点手段。他说：

“我是来找她赔偿的，我收到一批她发的货全部霉烂了。如果你不告诉我，那我就认你这个店铺。我马上去找工商管理局，让他们来找你赔偿。”

他这句话似乎发生了作用。那人在一张纸上写下了几个字，塞给了杰生。“你快走吧，到这个地方看看，也许她在那里。”他没好气地说。杰生看看纸条，上面写了个地点是：庐山街 45 弄 6 号。

杰生知道庐山街是在市场斜对面，处于稠州路和篁园路之间的南侧。庐山街口有一个牌坊，上面写着“文胸内衣专业市场”，紧挨着的是卖袜子的街。他以前并不知道文胸是什么，以为是人工增大乳房之类的东西，在走进这条街之后才知所谓文胸其实就是胸罩。这个市场除了庐山街外，还包括了桂林街、漓江街和保联一街，里面的店面都是卖胸罩内衣的。杰生第一次进入庐山街时加快了脚步，因为他觉得这里的店面如同女洗手间女浴室一样有着性别倾向，男人在这里走不合适。但是后来他在这里进过几批女式内衣，很好卖，之后脸皮也就越来越厚，自如地在这些店铺间走动了。

他仔细看着门牌，发现了 45 弄 6 号不是在街上，而是在一条小弄堂里面。弄堂内停着一辆桑塔纳车。当他推开了这个门牌的大门，发现这是一个古式的院子，里面有天井、中堂，中堂上堆满了装满货物的纸箱，还挂着各式各样的围巾样品。原来她还卖围巾，并不是改成了卖胸罩内衣内裤了。院子里有几个人在干活，有几个本地工人，还有两个包着香葱一样头巾的印度人在用胶带枪打包纸箱。所有人都转头惊讶地看着杰生。

杰生说要找小青。他们都说小青现在不在。问他们她什么时候回来，都说不知道。再问她的手机号码，也说不知道。杰生知道他们一定有，只是不肯说。他说那他就在中堂等她回来。他感觉到其中一个本地人偷偷在后面打电话，说的是义乌本地话。杰生感觉到他是在和小青说话。果然，那人出来问他是什么人。杰生说自己是加拿大来的杰生。那人又跑到后面去，说了一通话。一忽儿他出来让杰生等着，小青还在很远的东阳，要两个小时后才能回来。他带杰生进入一个房间去休息，这里有一张沙发和电视，看来是专门给客人休息的。杰生打开了电视，靠在沙发上看起来。

兴许是路途太累了，加上时差的关系，杰生一阵困意袭来，沉入很深的梦境。他做的是一个童年的梦，里面有蜻蜓、蝴蝶和很多羽毛。他后来被一些声音吵醒了，醒来时还不知自己身在何处，只是脸上挂满了睡觉时流出的口水。他赶紧擦干了口水，听到外边有人说话，是一个女的声音，然后看到了一个女的走进来。一开始他还没反应过来她是谁，但很快认出是小青。她以前是长头发，现在剪短了。她冷冷看着他，问他有什么事情。

“你不认识我啦？我是杰生，是杰林的哥哥。”杰生说，心里不是滋味。

“这个我知道，你以前买过我的围巾。你还来买围巾吧？”小青还是那样冷淡。

“不是为了围巾，我是想找你打听一下我弟弟的事。”杰生说。

“这个事你不要找我，应该找公安局去了解。”

“是的，我会去那边了解的。我只是听说你是我弟弟的好朋友，所以才来找你。我爸爸说弟弟死之前和他打电话时经常说起你。”杰生说。他看到这句话发生了作用，小青的眼圈一下红了。

“那你怎么过了一个多月才来？你是他亲哥哥吗？”小青说。

“是，我来迟了。弟弟出事的时候，我正吃官司，被关在警察局里。后来被保释出来，但那段时间失去了出入境的自由。直到上个星期那边的警察局才取消了对我的限制。”

“先吃饭吧。我这里还有客人，吃好饭再说话。”小青说。然后她到别的房间，招呼客人。

接下去，杰生被叫到了饭堂吃饭。这是老房子后面的一间厅堂，摆着一张大圆桌。他奇怪的是，饭桌上坐着一个很大年纪的老奶奶。她的眼睛有白内障，在喝着一杯酒，吃相凶猛，像是一个年轻人戴着老人面具。桌上摆着一个大火锅，烟雾水汽弥漫，对面看不到人，像是过去的澡堂。同桌吃饭有一个伊朗人、一个印度人，他们都会使用筷子。杰生坐下之后，小青也来了。她的身后跟着一个穿武警衣服的人，自我介绍是当地消防队五号分站队长。吃饭过程大家都很安静，好像是在一场宗教仪式中。

二

吃过饭，天已经大黑。杰生又等了一会儿，小青终于把事情做好了。她告诉了那个老奶奶要出门。小青是这老奶奶养大的，老奶奶的眼睛一直瞪着杰生。小青背起了包，带着一只小狗和杰生一起走出来。她打开车门，小狗熟练地跳进去，坐到后排。当车子开出一段路，车子暖和了一点，车厢内就散发着小青身上的气息。杰生感到这种气息和弟弟的死亡事实混合在一起。

“真不好意思，给你添麻烦了。”杰生说，他这样说其实是想打破车内的沉默。

“不客气，应该的。我知道你心里很难过，我心里也一样。”小青说。

“我们现在去哪里？”杰生问，他看到车子已经开出了城区，过了一条河。

“去你弟弟租下的房子。他的房子已经付了半年的房租，还没到期。我有房子钥匙，他留下的东西都在那边。”小青说。

这个时候车子转弯，进了一条小路。这路水泥路面已经铺好，可路灯和交通标志都还没做。车子在一座房子前的路边停下，借着这座三层高的楼房一些窗户透出的亮光，能看到路基下面还是一片农田。小狗跳下了车，摇着尾巴兴奋地跟着小青。小青拿钥匙打开了楼下的门，小狗一头跑进去，往楼上跑，然后站在二楼一个门边叫了几下。小青把房门打开后，小狗钻了进来，没有叫，只是在每个房间找来找去。

“它在找你弟弟。”小青说。

杰生打量着这个房子。这是一室一厅的小单元，是弟弟工作和居住的地方。墙角还散乱地放着一些样品，桌子上有一部电话，杰生在加拿大和弟弟通话就是通过这部电话。杰生因为他进货东西不对路或者花费太大等事情，经常在电话里和弟弟大声吵架。有一次他明显地听到了狗叫声，大概就是现在这条狗。杰生看到床上还有被子，厨房里有碗筷，他心里像是灌了铅一样沉重。弟弟已经没有了，要不是因为他的生意弟弟不会来这里的。现在弟弟死了，而他的生意也糟糕得像是陷入一个泥潭。杰生坐在桌子前，看着桌上的那部电话，突然控制不住地痛哭起来。他埋头哭了一阵，想起小青还在房间里，转头去看她，看到她也在那里流泪。

“他出事的那天，我刚好出差到广州了。”小青说着，“那天晚上我和广州的客户吃饭应酬，很吵，听不到手机响。吃好饭看手机时，看到一个小时前杰林给我来过电话，我打回去的时候没人接。后来知道他给我打电话时，他已经被刺中了，正在树丛里。要是我接到了电话，也许马上可以找人去救他。他要是马上打 110 的话，救护车也会来救他。可是他只想到了我，可能已经太虚弱，失血过多了，只能想起我一个人。现在想起来真悲伤。”

“这事说起来还得怪我，我现在很后悔让他到义乌来。他不是一个适合做生意的人。”杰生说。

“这个我同意。你弟弟是个可爱的小伙子，但不是一个适合做生意的人，他太意气用事。”小青说。

“这个我知道。他死得太年轻了，才二十八岁，人生还没真正开始。你能告诉我吗，他死前这段时间过得怎么样？”

“他并不喜欢眼前做的事。他一直说以后要到欧美国家去。他好像对指望你带他出去失去了信心，有段时间他跟我说起过，准备找偷渡的蛇头带他出去。后来他还跟我说准备去非洲。”

“其实他对国外的情况一点不了解，以为国外的生活像电影里一样精彩，地上都铺着黄金。他要是真到了国外会吃尽苦头的。我父亲因为让我出了国，觉得亏待了弟弟，所以就什么事都向着他。我父亲给他钱做了几桩生意，办托运部，开小酒馆，开网吧，结果都赔得干干净净。我一直觉得欠着他的情，虽然知道国外很辛苦，还是惦记着想办法要带他出来。我从美国到了加拿大后开始做生意，开始的时候生意还蛮顺手的。我父亲为了让弟弟有事情做，说服我让他到义乌帮我进货，实际上那个时候开始我的生意已出现麻烦。我前些日子还在想早点把弟弟弄到美国算了，就算让蛇头带他偷渡也行，可是没想到他突然就出了事。”

杰生和小青说了一阵子话，小青说自己还有些事情，要先回去。她把房子的钥匙交给他，让他在这里慢慢整理他弟弟的东西。这里要回城里很方便，一出马路就有出租车。

现在杰生独自待在这个屋子里，弟弟的气息充满了这个屋子。父亲在电话里交代他要把弟弟使用过的碗和筷子带一副回来，这样他在阴间才有饭吃。还有弟弟穿过的衣裤也带一套回来，和碗筷一起放在他的墓穴里。杰生把父亲交代他收拾的东西都收进一个提包里，还收了弟弟穿过的一双运动鞋，他觉得弟弟在另外的那个世界里需要穿鞋子走路。杰生还发现弟弟杂乱的抽屉里有一些非洲地图、黑木面具、硬币、几本关于黄金的书、一些印刷粗糙的图片和小册子。他没仔细看，但感到有点奇怪。他想起小青说的话，弟弟干吗对她说要去非洲？是准备绕道非洲去西方国家吗？弟弟为何和黑人打架而死呢？他抽屉里怎么有这些关于非洲的东西呢？这些事情之间是否有某种联系？

从弟弟的住处回到城里，天已经很黑了。街路上所有的铺面都已关闭，只有马路上的垃圾和破报纸被风刮得打着滚。风在加剧，把铺面的广告牌和塑料雨棚吹得嘎嘎作响。杰生想起了印度人拉米，上回拉米在多伦多遇见他时告诉过自己在义乌的电话号码。他试着给拉米打了电话，没想到马上接通了。拉米说了自己的所在位置，让他过去见见面。杰生看看时间还不是很晚，就在稠州路上拦下了一辆出租车，前往拉米所在的印度人聚居区——一个叫“小小孟买”（LITTLE MUMBAI）的酒吧。

从宾王路那里拐到福田路，马路宽了，看起来像是到了另一个城市。街两边冷冷清清，明亮的路灯下不见行人。这条路的两边原来都是农田，几年之前，政府在这里征下几万亩的地，要建造一个世界上最大的小商品批发市场——福田商品城。在前面的地方，第一期工程已经完工，一部分的圣诞礼品、首饰、画框工艺等市场已经迁入新市场。杰生在出租车里能看到路边那些高高的塔吊、还搭着脚手架的庞大的建筑体。福田市场前方的汽配街附近有一个小街区，因为租金便宜，在义乌的印度人、巴基斯坦人和其他一些阿拉伯国家的人都聚居在这里。这里有了他们自己的宗教场所、出租屋、旅馆、酒吧饭店甚至学校。“小小孟买”酒吧外面画着大象，有一个寺庙一样的屋顶，亮着几盏不很讲究的霓虹灯。杰生走进来后，屋内浓烈的咖喱气味扑面而来，里面坐着一桌桌暗色皮肤的人，有几个穿印度衣裙的女人在做招待。杰生远远看见拉米坐在里面的桌子上。非常奇怪，虽然是在自己的国家里，看到了拉米却好像是在天涯异乡看到老朋友一样亲切。

“嗨！你看起来不错。”杰生对他说。他的确感到拉米比起一年前是精神了许多。

“这地方比多伦多好，我可以喝到天亮。”拉米说。他说得没错，在多伦多酒吧过了十二点就要关门，而且喝酒的客人还不能把酒带出店门继续喝。

杰生想起“9·11”那天，他正送货到拉米的货仓，在他的办公室看到电视里纽约世贸双子塔倒了下去。那次他看到拉米的脸上有了真正的恐惧，而他当时心里多少还有点幸灾乐祸。那以后，生意就开始变得难做了，后来他才明白拉米的恐惧是有理由的。

杰生知道拉米早年在香港生活经商，挣了不少钱。上世纪80年代之前，中国大陆出口物资大多是通过香港转口出去的。拉米那个时候做的是中国纺织品出口代理，他卖得最多的国家是利比亚，还见过卡扎菲。到了90年代，中国大陆开始有了自己进出口的渠道，加上香港主权要回归，拉米的生意开始式微，便带着细软移民到了加拿大。杰生是在街头推销时在爱格灵顿街一个小杂货店里认识拉米的，拉米当时说自己很快就要进入批发行业，他的一个兄弟要把生意让给他。果然，不久之后他接手了一个一万多平方英尺的大货仓。在后来的几年时间里，杰生卖了大量的货物给拉米。拉米的销售渠道掌握在一个叫帕米的推销员手里，拉米脾气不好，最后和帕米闹翻了，生意也亏得一塌糊涂。拉米后来没有了货仓，只靠自己开着车推销点货物。这个时候他已经六十多岁了，受不了在街上推销货物的辛苦，人开始垮下去。杰生有很久没有他消息，但想不到这个家伙还是有办法的，到义乌做起了出口代理。他在香港生活过，对中国的事情略知一二，很快适应了义乌的环境。他传话给杰生说自己在义乌很快活很自由，这里有很多的印度朋友，还有很多女人可以搞。他说每天要喝一瓶威士忌才会去睡觉，看他今天喝酒的模样，这话不会有假。

“我为你感到难过。我听说过你弟弟的事情了。你弟弟是个很酷的家伙，在义乌有很多朋友。没想到他会被人刺死。”拉米说，他的眼睛里有真心的悲哀，印度人的眼睛看起来特别真诚。

“我非常自责，不该让他到义乌来。要是他不来义乌，就不会出这样的事情。有时候我会想是我害死了他。我对他了解和关心都不够。”杰生说，他的心情败坏，喝了一大口威士忌。

“你去过警察局吗？他们跟你说些什么呢？那些人是怎么打死他的？”

“我还没去警察局，我刚刚到这里，我会去了解一些情况。事情是有点蹊跷，我弟弟不是爱打架的人，怎么会和人动刀子呢？而且对方是非洲的黑人。”杰生说。

“你有没有见过查理？也许他知道些什么。”拉米说。

“谁？哪个查理？”杰生问，他像被什么蜇了一下，精神马上集中了起来。

“查理·杜，以前多伦多红龙公司的那个家伙。”拉米说。

“没有，我没有见过他。他不是早就不在多伦多了吗？我很多年没见到过他。你怎么突然提起了他的名字，让我很吃惊。”杰生说。

“他到义乌来了。你看，好多在多伦多做生意失败的人都跑到义乌来了。”拉米说。

“查理并不是因为生意失败离开多伦多。他好像是故意把生意搞糟了，把家庭和生活都搞糟了，然后就离奇地失踪了。没想到他也会到义乌来了。”杰生说。

“你弟弟死前有一段时间，和查理经常在一起，有的时候还到这个酒吧里来喝酒。我远远看着他们，你弟弟对他好像是一个弟子对待大师一样尊敬。”

“有这等事情？我和弟弟经常通电话，他从来没提起过和查理在一起，而且警察在调查和侦破我弟弟被害案件中，也从来没提起过有查理这样一个人存在。”杰生说。

“我也没说他和你弟弟被杀有关系，只是觉得他也许知道些什么情况。反正那段时间他常和你弟弟在一起。”拉米说。

“我要见见他。他在什么地方？你有他的联系电话吗？或者地址？”

“我什么也没有。查理也不是固定出现在什么地方，也没有固定的生意，有时会很长时间都不在义乌。你找他不容易。不过，很多人知道查理的，你多问问店家，不少店家和他有来往的。”

“他在义乌干什么呢？”

“听说是给人家做代理，帮助人家组货。他在非洲打开了市场，在义乌很有势力，非洲这块市场大半都是他的了，也听说他在这里办工厂了。”拉米说。

“他开工厂？在什么地方？生产什么东西？”

“不知道做什么东西。听说工厂是在海边的什么地方。”拉米说。

杰生听到这句话的时候，突然心里有一股海鱼的腥臭味升了起来。这种气味在最近几个货柜里都出现过，他找出原因是一种迷彩的双肩背包上散发出的。他为了驱除这种气味花了很大的功夫，也为这种带气味的双肩包吃了官司。在拉米说起查理在海边开工厂的时候，他不知为何心里会出现这种海鱼的腥臭味。他发现自己的梦魇中一直有查理的影子。查理的影子经过了拉米的叙述，和非洲大陆黑人产生了关系。而杰生意识中弟弟出租屋里那些非洲地图、面具、炼金术书籍等东西，都在那海鱼的气味里飘浮起来。

三

这个晚上杰生回到了“花来香”宾馆。脑子里一直在想拉米说的查理在义乌和弟弟很接近一事。

拉米称他为查理。大家都这么叫他，但杰生知道查理真名字叫杜子岩。他相信拉米所说的弟弟经常和查理在一起的话是真的，因为他说到弟弟和查理在一起时像对待大师那样恭敬。正是这句话，杰生觉得拉米没骗他，因为他自己最初见到查理的时候，也是像一个学生对待大师一样战战兢兢。拉米的描述非常准确。

杰生还清楚地记得第一次见到查理时的情景，那个时候他还在多伦多皇后区金先生的批发货仓里做工人。有一天，他看见有一男一女两个华人在货仓里的货样中间看来看去，不出声响，还避开了金先生不快的目光。金先生是个上海人，在加拿大三十多年了，原先做小生意一直不挣钱，就这几年中国出口廉价商品之后，他的批发生意才好了起来。他很怕生意被人家学走，所以只接待有零售执照的买家，不让做批发的同行参观，对于华人面孔的生人更是防贼一样警惕。当金先生看到这一男一女陌生华人在货仓里转悠，心里便是一股怒气，脸也拉得很长。只是此时货仓里有几个犹太客人来批发东西，金先生得陪着客人说话，才没有去盘问这两人。

这两人一直在货仓转悠是有原因的，他们在等待时机。当那几个犹太人带着货物走出门口，还没等金先生去理会这一男一女，他们自己便向着金先生走过来了，向他说明他们是做进口的，想让金先生看看他们的样品。在获得金先生同意之后，那男的便到外边的车上取来样品箱子。

那一天，金先生一直是拉着脸对着他们，看着他们一件件从样品箱里拿出样品摆到桌上，一直摆出不感兴趣的臭脸。而这个时候，杰生就站在不远的地方，看见了这两个人的模样。那个女的四十来岁，衣服很简单，头发也很朴素，说话比较多，但听不出是哪里的口音。那个男的年纪略大一点，头发有点卷曲，头大，下巴部分却是尖的。他的眼睛有点奇怪，有点像庙里的四大金刚，带着一点点的斗鸡眼。他们和金先生说了很久，最后金先生买了他们一些东西。杰生这个时候听到他们说，这些货物是从中国义乌采购过来的。

这些话并不是偶然钻进了杰生耳朵，而是他有意去仔细倾听。为了听到这些话，他故意装出是在整理离金先生不远的一个货架上的东西，而实际是为了听他们的说话。杰生在这里做工的主要目的是在暗地里学生意。他留心搜集金先生的供货商和客户的信息，准备不久要自己做进口生意。因此，当他看见这两个做进口生意的中国人时，想到自己很快也要走这一条路，心头怦怦跳动。

这一对男女就是查理夫妇。一个月之后，杰生对查理略有所知，知道了他是美国一个大学的酒店管理业博士，一年前来到了加拿大。他现在住在一个出租公寓里，开一辆有二十年车龄的老丰田厢式车。一个初夏上午，杰生看到查理带着一个样品又来见金先生。那是一种竹子编的汽车坐垫凉席。查理满头大汗，很激动，口沫乱飞，对金先生说这个产品如何如何好。金先生左看右看，没把握能否卖这个产品，就让他拿两箱子过来试试。第二天查理来了，他抱着一个巨大的纸箱子，用肩膀顶开门就进来了，而通常这样的重货都会用推车的。他的脸涨得通红，咬着牙齿，看起来异常有力，很难想象他是个有博士学位的人。他把箱子放在金先生指定的地方，用开箱刀划开纸箱，把里面的竹制坐垫展示出来。那竹片看起来有点象牙的光泽。

不知为何，杰生对这两箱竹垫特别在意，一直留心有没有人买它。两天过去了，一张竹垫都没有卖出去。第三天的时候，杭州人戴利维来了。每次戴利维到来的时候，金先生都会很欢迎，干活的伙计也会很开心，因为他总是会带来很多八卦消息。要是说起来，戴利维本身就是个八卦的话题。他原来是杭州一家工艺品进出口公司的，出国之前听一个老资格的科长说，在加拿大中文报纸报缝里有个叫刘贵章的人的电话号码，只要给他打个电话就可以把你接走。这个老科长说话无心，戴利维却牢记在心里了。五年前他随公司来多伦多做展览时，在唐人街买了一份《星岛日报》，在报缝里果然找到一个叫刘贵章的人的联系电话和地址。那时他没办法打电话，只给那个地址写了封信，说自己要脱逃。他把旅馆房间号留下，但用了化名赵联。第二天白天他在展馆，晚上回来时，旅馆前台告诉他，今天有个叫刘贵章的人打电话到他住的房间，要和一个叫赵联的人说话。戴利维知道联系上了，但又极度害怕。带队的领导嗅出了味道，知道有人要脱逃，当天晚上开会宣布明天要全体住到领事馆去。戴利维一听骨头都冷了，他知道一到领事馆，就等于进入了中国领土。在那里国安人员可以审讯他，甚至可以直接带他上回国的飞机，等待他的将是监狱生活。

戴利维觉得现在只能赌一把了，他不动声色，装作没事一样。到了夜里，他离开房间，说去大厅里倒杯咖啡。他一离开房间，领队马上跟了过去。此时他已接近旅馆的门厅，他一个箭步蹿出门厅，领队一把没拉住他的衣袖。他像兔子一样狂奔，一逃到街上，知道就没事了。这里有警察，领队不敢动粗了。领队只能改成笑脸，隔空喊他名字，小戴，你回来，快回来！小戴只管大步前行，此时他已熟悉了唐人街的情况，知道用二十五分加元硬币可以打公用电话。他打通了刘贵章的电话，劈头就骂，我操你妈！你差点毁了我性命。这刘贵章连连道歉，说自己给他打电话太鲁莽，很快开车过来把他接走了。刘贵章本来想拉他做些政治的勾当，可戴利维是个明白人，死活不干。他开始在央街、登打士街一带倒卖手表，五块钱批发来，五十块钱卖给游客，很快有了点钱。如今他干的是盘购积压货的生意，把倒闭公司的积压货低价买来，再分类高价卖出去。

就是这个一身八卦的戴利维，知道多伦多杂货批发业的大量消息，每次来都会让人乐一阵子。今天他来了以后，在货仓里转了一圈，看到了竹垫子，就说这是查理放这里的吧？金先生说，没错，你怎么知道的？

"他这货几乎铺遍了所有的批发商，你隔壁的几家都有放，都不好卖。"

金先生一听，脸上就挂不住了，因为当时查理说这一带只放他一家呢。戴利维还说这竹垫有些发霉。金先生让杰生把上面几张拿出来，果然看到下面的几张有霉点。金先生问杰生卖出多少了？杰生说都没卖出。金先生就告诉杰生，打电话给查理，让他把东西拿回去。

戴利维接着说，你们知道查理一家在多伦多的故事吗？大家都说不知道。戴利维说那我来讲讲。一听戴利维讲故事，大家就知道有八卦了，金先生转怒为喜，大家都有一种兴奋感。

戴利维说的是查理家族的故事。

"不知你们去过没有，在东区唐人街杰拉德街和卫斯理街的交界处，有一座双层的屋子。楼上是住家，楼下是铺面。听说这座房子有一百多年历史了，有大半时间都是空的，因为屋里老是闹鬼，是有名的Haunting house（鬼屋），美国一档专门介绍鬼屋的电视节目都来拍过。但十多年前，有个大陆来的年长妇人租下了这个屋子，开起了杂货店。"

戴利维渲染气氛开始了故事，一下子把大家的胃口吊了起来。

他说老妇人开杂货店的时候身边还住着一个儿子。这个儿子从美国过来的，在当地一所医院当外科医生，他名字叫杜东盛。说起这名字大家都有点熟悉，那时大陆新移民社团活动新闻中经常能听到这个名字。戴利维说自己见过他，他喜欢穿一套白西装，确是仪表堂堂，风流潇洒。杜东盛当时快四十了，可还是未婚。但是他有一个非常漂亮的女友朱朱，是多伦多皇后音乐学院一名在读的硕士生，小提琴拉得非常出色。杜东盛因为要和她同居，搬出了杰拉德街的杂货店，住到了湖滨一所高级出租公寓。前年夏天，人们发现朱朱突然失踪了。警察后来在湖滨的几个垃圾场发现了几个装着尸块的袋子，是朱朱的尸体。肢解的刀法非常高明，完全是一个熟悉人体肌肉骨骼结构的医生所为。警察推断杜东盛作案可能性最大，但是却找不到一点可以给他定罪的证据。杜东盛确是个行事严密的人，不仅没留证据，和警察的谈话也滴水不漏，让警察无机可乘。但是这边的警察一点不着急，慢慢等着，用高科技的方法监视了他的所有行动。而杜东盛也知道这一点，一直没有上当。这样过了两年，今年春天化雪之后，有一天杜东盛接到一个医学会议的邀请，让他到尼亚加拉瀑布附近的一个小镇开一个学术会议。杜东盛这天出发了，这是他两年多来第一次去尼亚加拉镇。这条路上布满了小湖泊，风景优美。他显得轻松，不时观察后视镜了解后面的车流情况。在过了圣卡瑟琳娜镇不久，他在一段僻静的路边停下了车。他走到湖边，这里一片林地，非常寂静，不见人迹。他不慌不忙掏出一个白色布包，里面似乎是些金属重器物。他一挥手把布包扔进了湖里面，看它沉下去。在他准备转身离开时，看到了对面原来空无一人的地方，怎么突然现出一个钓鱼的人。这让他有点惊慌，赶紧离开了。这一天接下来的时间里，他都有点心神不宁。

果然，杜东盛这回中了警察的圈套。警察得知他要去尼亚加拉开医学会议之后，觉得他两年没出门，这回有可能会把作案工具顺路丢弃，所以派人在沿途几个有可能成为丢弃地点的小湖泊边潜伏监视。杜东盛丢了布包之后看到突然出现的钓鱼人，正是皇家警察的一个密探。在杜东盛走了之后，立即有直升机盘旋在那个小湖上空，接着几十辆警察车辆开过来，潜水员下到湖底，把那个布包捞出来，里面是一整套锋利无比的手术刀具。经过刑事专家比对鉴定，朱朱尸块的切痕和这套手术刀具完全吻合。这样，警察有了指控他一级谋杀的证据，马上把他关了起来。现在已经被判终身监禁。

戴利维说故事期间听的人心都提到嗓子眼儿了，这时才松了一口气。金先生问道：“你说了这么多，可和查理有什么关系呢？”

当然有关系啦！这个杜东盛是查理的亲哥哥。杜东盛判刑后，查理才从美国过来，现在他就在东唐人街的杰拉德街那个店里做生意，一边零售，一边进口。原来是这样！金先生倒吸一口冷气。毫无疑问，戴利维说的八卦故事给查理的形象蒙上了一层不祥的色彩。

第二天查理接到了金先生的电话，过来把竹垫拿了回去。这一回，杰生帮了他一把，用推车把纸箱子运到门口，还帮他装到了车上去。之前，查理只看着老板金先生，没有注意到杰生，这回好像才发现他似的。

“兄弟，你刚来的吗？”查理问杰生。

“哪里啊，我一直在这里。你第一天来见金先生的时候我就看到你了。”杰生回答。

“干吗为这个小气鬼打工？你不想自己干进口吗？”查理说。

“是有这个想法，可是没有门路，不知怎么做。”杰生说。

“这个不难。你什么时候有空到我店里坐坐，我教你几招。”查理把自己在东区唐人街的地点告诉了他。杰生之前在戴利维的八卦中已经知道了这个店铺位置。

杰生一直记得第一次去唐人街见查理的情景。他从戴利维嘴里听来的八卦，让他对这个店铺有一种先入为主的恐慌感。尽管店铺里都点着灯，他还是觉得这屋里黑沉沉的。他看到查理坐在店铺里，像是一个泥胎的菩萨，看到有人进来也没反应。杰生自己转了一圈。在商店前面部分，放着不少生活用品。还有一部分是礼品区，放着一些东方的工艺制品。但是在后面部分，放着的却是灯笼、佛像，还有香烛、纸钱，这说明以前查理老母亲卖的一部分货物是冥器。他在货架中间转着，突然看见查理就站在一个关公像边上，吓他一跳。

这个时候店里没顾客，查理和杰生说起话来。

“听说你是美国毕业的酒店管理学博士，怎么会对义乌这种做小生意的地方感兴趣？”

“这话说起来会很长。我是个老三届生，还没成年就遇上了‘文化大革命’，到处串联。那个时候就是想闹革命，想到可以战斗的地方去。我十五岁和几个同学去了云南，加入了金三角的知青军队。我的青年时期就是在金三角丛林里度过的。我参加过很多次游击战，打死过人，也负过重伤，生过很严重的疟疾病。我认识不少金三角的毒枭，他们其实都是些老军人，一辈子在丛林里打仗。我就是在这样的环境下生活了八年，到‘文革’结束才离开了那里，回城考上了大学，后来又来到了美国。你知道，我的心里有一些很奇怪很黑暗的念头，它们像种子一样，遇到了合适的条件就会膨胀发芽。多少年来，我一直觉得自己像是在烈日下行走，内心焦灼不安，像是一个没有贝壳的寄居蟹，赤裸着身体。我在美国得了严重的焦虑症，差点进了精神病院。”

查理一说起这些事就显得精神亢奋，眼神发直。杰生觉得他说得没错，他看起来的确有点精神病的症状。

“后来为了写博士论文，我来到了中国考察酒店业。我最初只是去广州、上海、香港这些大城市，那些地方并没有让我觉得有意思。可我第一次踏上了义乌的土地，我就发现自己内心起了变化，好像沙漠上行走的人进入了绿洲，感到清凉和舒适。你知道，以前我们读书时都说抗战时期革命青年都向往着延安，不管那是不是真的，反正我到了义乌之后，就像当年那些青年到了延安一样的兴奋。多么美好的地方，你看那些商城和摊位都是从泥土里长出来的，那些原来种地的农民都变成了企业家，一个小小的县城突然成了世界的中心，全世界的人们都往这里跑，不管是美国英国，还是最穷的非洲，做小生意的人都往义乌跑。当我站在义乌的街头，就觉得这里是世界的中心，一条条纽带从这里伸展出去。只有义乌这样一个和土地紧密联系的地方，才可以和世界上那些有真正生命活动的地方产生联系。到了义乌之后，我发现了自己的方向，我内心那块黑暗开始融化了。这里才是我心灵的故乡，是我精神的圣地。”

“你的意思是觉得义乌是做进口生意的好地方吗？”

“目前我想到的只是这样。自从我发现了自己内心和义乌这种神秘的联系之后，我就离开了美国酒店管理业，开始从义乌进货到多伦多销售。我母亲的这个店铺正好可以让我用来起步。我现在还刚刚开始做，事情不是那么容易，我遇到了很多困难。最近我内心那种焦躁的感觉又来了，好像随时会爆炸一样。”查理说，他的脸上再次出现了一种疯狂的神色，但很快就消失了，恢复到了正常。

有一阵子，杰生听他说话，已经忘了戴利维说的他兄弟分尸朱朱的事情。但这回查理脸上露出的这种神情，让他又联系上了那件事。他们都是兄弟。

“看你说的样子，好像义乌对你来说重要的还不是做生意挣钱，而是别的方面一些事情。”

“我现在还说不出来，我只是觉得在义乌有一条通向我梦境的路径。我前些日子看过一本书，里面写到了对一个失落梦境的描述。一个失落的梦境可能在秘密的山峰上原封不动，被稻田埋没或者被淹在水下。它广阔无边，不仅是一些八角凉亭和通幽曲径、萤火虫、随风飘落的树叶，它还是由河流山川、部落、省份和王国组成，这样一个梦境是错综复杂的，包括了过去和未来，在某种意义上还关系到了银河之外的星云。”查理说着这些，完全沉浸在虚幻的想象中。

“你说的这些事情我无法理解。你是不是把义乌当成你过去的金三角了？”杰生说。

“某种意义上说，义乌的确包含了我的过去、现在和将来。”

就在这个时候，店里进来了两个姑娘，是那种当地高中学生模样的白人。她们在店里东张西望转了一圈，眼睛不时瞅着查理。查理觉得她们有什么事，就转头问她们：

“May I help you？”（我可以帮你吗？）

“是的，我们想要买一种彩色铅笔，是迪士尼品牌的，米老鼠那种。”两个白人姑娘说。

“没有，我们这里不卖这些。谁告诉你们这里有这些的？”查理突然生起气来，脸色涨红地说。

“大叔别生气。是我们的一个好朋友告诉我们的，她以前在这里买过这种彩色铅笔，特别喜欢。过几天是她的生日，我们很想给她一个惊喜，在生日派对上给她送十二打这样的彩色铅笔，让她当礼物发给大家。”

面对着这两个可爱又性感的女孩，查理的怒气消退了下去。他看起来有点犹豫，狐疑地看着她们，但最后他还是改了主意，对她们说：

“你们等着，我去找找。”

查理进到后面的库房，一忽儿出来，拿着一个内包装纸盒。他当着女孩的面把纸盒打开，里面的彩色铅笔真的印着迪士尼米老鼠的图案。

那女孩子在打开纸盒之后，两个人都发出快乐的惊叹，然后她们付了钱，拿到了收据。一个拿出了照相机对着纸盒连续拍了几张，另一个脸色变了下来，对查理说：

“对不起，我们是多伦多迪士尼公司律师事务所的代表。你所贩卖的迪士尼彩色铅笔是冒牌的，已经侵犯了商标权益。这是我们律师事务所给你的信件，请你在指定的时间缴纳罚金三万加元。否则我们将提告法庭，控你犯罪。”

查理一听，脸色的怒气上升。他后来说自己的怒气是对着自己来的，怎么会这样笨，中了小孩子的圈套。他当时就大骂起来：

“Fuck you of bitch，get out here！”（操你的母狗，滚出去！）

那俩女孩见状赶紧掉头跑了，要是晚跑一步，弄不好查理真的要对她们动粗。

查理坐在那里气得脸色发白。杰生得知了这件事的来由。大概是一个月之前，有几个警察过来堵住他的店门，搜查了店铺，搜出几个冒牌的香奈儿、古驰的女包，他们要查理缴纳一大笔罚金给品牌公司的代理人。查理了解到那几个警察是在休班的时间被品牌公司雇用来搜查他的店铺的，并没有正式的搜查令。一个华人大律师得知详情后，愿意免费帮他打官司，控告品牌公司违法搜查他的店铺。眼看着他的官司就要赢了，没想到对方施了一计，用几个女孩子引他入套。这下对方有了新的证据，帮他的律师也没办法了。

那以后，杰生没有再去他的店里，也不知这个官司是如何结束的（后来听说他还是被罚了一大笔钱，坐了一个星期监狱）。就在杰生即将淡忘查理的时候，查理突然变成了多伦多进口业的大人物。他成立了一个叫大红龙的进出口公司，在一个展览上，杰生看到了查理身穿高级西装，开着奔驰车，戴着墨镜，很是风光。那时据说他在海上走的货柜有几十个，每天都有三四个货柜到达。他租了市中心地段五万平方英尺的货仓，雇用了几十个印巴人当推销员。那时只要是他进口的货物都非常好卖，他进的产品成了市场风向标。查理在生意最兴盛的时期，多伦多同行都叫他疯子查理。杰生就是在这个形势下开始进口的，他完全是在查理的阴影之下，生意起步非常艰难。有一天他经过东区唐人街的时候，看见了查理原来的店还开着。他进去一看，看到了店里坐着的一个白发的老妇人。起先他以为是查理的母亲，仔细看想不到是查理的妻子。比起第一次在金先生货仓见到她时，她的样子变化很大，头发全白了，神情落寞。杰生和她交谈，得知她的儿子回中国东北老家读中学了。杰生好生奇怪，国内的人都千方百计把孩子送到多伦多读书，而查理的孩子为何居然独自回东北老家读中学？还有他老婆，怎么会一头白发独自在看一个卖冥器的小店？这和他风光的样子反差太大了，这可不是正常的现象。

果然，不到两年，查理的大红龙公司就灰飞烟灭。最初的那种繁荣很快过去，他的生意一落千丈，变得很萧条，行业间还传出消息说查理的老婆疯了。有一天查理突然消失了，家里的人也跟着消失。人们发现那五万平方英尺的货仓里剩下的都是卖不出去的垃圾货，推销员的工资拿不到，都来哄抢积压的货物。查理欠了很多个月的货仓房租、银行贷款、员工薪水，信用卡透支了，他留下的一份遗产就是他的几十个印巴人推销员都学会了做生意，在接下来的时间里成了多伦多市场的主角。他们知道通往义乌的路线，从义乌进货继续供应给多伦多市场，而查理从此没有再在多伦多露面。一个疯狂的茧子孵化了，飞出一条恶龙，翻云覆雨了一阵，然后不见了踪影。

四

不知为何，有关查理的记忆里总有一种不愉快的感觉。在查理消失之后，杰生以为再也不会见到他了。但现在查理出现了，而且和他弟弟的死连在了一起，和那噩梦一样的双肩包腥臭气息连在一起。为了查清弟弟死前的活动情况，他觉得应该找到查理和他谈谈。在这之前，他要先去一下公安局。

第二天一早，杰生前往公安局刑警队。他向一个负责接待的女警员说明了自己是不久前的命案死者杰林的哥哥，想来了解一下弟弟的案情经过。那个女警员翻了翻卷宗，说这个案子已经结案了，没有什么东西可了解了。杰生说自己刚从外国赶过来，还给那女警员看了自己的加拿大护照。外籍华人的身份还是有点作用，女警员让他等等，拿着护照进里面和领导说话。她出来后，让他到隔壁的接待室等待，他弟弟案件的经办人员会过来和他见面。

一忽儿，一个看起来很干练的警官带着一个助手过来见杰生。警官自我介绍姓杨，他问杰生有什么疑问需要解答。杰生说想看看弟弟命案的现场，想知道他最后是怎么死的。杨警官说这个可以做到，他现在就带杰生到案发现场看看。说着，他就让助手去开车。

警车一开到街上，就鸣起警笛闪起警灯，好像是去执行一个紧急任务一样，遇见红灯也不需停车。没多久，车子在一条小街边停下来。那个街角是一个酒吧，但是现在还贴着封条，处于停业状态。杨警官带着杰生走到酒吧背街的一面，这里有一排齐胸高的冬青树丛。杨警官指着冬青树丛，他弟弟最后就死在这里。杰生盯着看，发现了地上还隐约可见一个人形的白色喷漆印记。杨警官说，这就是当时的尸体位置。

杨警官接着带他进入处于停业状态的酒吧里。酒吧屋内很凌乱，到处是破碎的酒杯和玻璃瓶，桌子椅子都被掀翻，杨警官说这就是那天打架的现场。他说这个酒吧是他的心头之患，自从去年这里开始成为黑人聚集的酒吧，这里就不断会闹事，还成为贩卖毒品的点。义乌黑人治安管理是个新课题，难度很大。公安部对待黑人有专门外事纪律，警员又不懂黑人说的复杂的五花八门的语言。杨警官说，义乌这一点警力很难管理和控制频发的黑人治安案件，而黑人的数量每年都在成倍增长着。他对杰生说，你弟弟真不应该到这样的地方来。

杰生看着凌乱的酒吧。他以前在纽约见过黑人社区的酒吧，所以能想象得出这个酒吧夜间营业时的情况。但是他无法想象弟弟会坐在这个酒吧里和黑人在一起，他根本不懂英语或任何外语，他干吗会在这里？

“案发的时候，我弟弟是坐在什么位置的？”杰生问。

“据我们所知，应该是在中间的那个地方。你弟弟和七八个黑人在一起喝酒。”

“我弟弟不会说英语，更不会其他外语，怎么和黑人交谈呢？是不是还有别的中国人和他在一起？”杰生问。

“是的，当时的确还有两个中国人和你弟弟在一起的。后来，有另外一群黑人冲进了酒吧，和你弟弟这一群发生了冲突，开始打架。先是在酒吧里打，后来打到了外面。你弟弟那帮人打不过，撤退了。但是你弟弟被刺伤，逃到了树丛里，结果失血过多，死在里面。他的伤口其实不大，主要是刺到了腿动脉。”

“他要是早点有人救援，把伤口包扎起来止血，是不是可以活下去呢？”

“也许是的。可是你弟弟那帮人被打散了，也许是你弟弟被刺后钻到了树丛里，他们找不到他了。你弟弟的运气不好。”

“和我弟弟一起的那两个中国人，后来你们找到他们了吗？”

“是的，找到了。经过调查之后，我们找不到他们有犯罪的证据。他们坚称自己只是在酒吧里喝酒而已，因此他们最后都和案件洗清了关系。”

“那你们是怎么抓到刺死我弟弟的凶手呢？”

“酒吧周围我们早已装设了几个监视的摄像机，可以调摄像资料找案犯。可是这个难度实在很大，因为在摄像的资料里，酒吧里进出的黑人长相几乎都一个模样，很难分辨。不过我们最后还是破了案，查出了那个刺死你弟弟的人。这种案件我们这里还是第一次发生，我们不知道怎样去审判一个外国人，所以这个犯人转到了广东的监狱，那里有好多的外国人罪犯。”

“你能告诉我那两个和我弟弟在一起的中国人是谁，还有他们的联系方式吗？”

“恐怕不行。他们没有被起诉，他们的信息就有隐私保护权。我们不可以把他们的信息透露给第三方。”

“那我自己去找他们吧。我知道里面的一个人是谁，是查理，在加拿大人们这样叫他。他的真名叫杜子岩。”杰生说。

“既然你知道他，那就好，义乌不大，你应该会找到的。”杨警官说，“我在调查中知道了他的一些事情，他会说流利的英语，黑人都叫他 Doctor 查理。他在义乌行踪不定，大部分时间是和黑人在一起。不过我得提醒你，你得小心一点，这个人身边的黑人脾气不大好。”

“谢谢，不过我还不知他在哪里。”杰生说。

这天中午，他离开了公安局。接下来的时间，他来到了老市场日用品区。他现在心里空空的，但有一条他是明白的，弟弟死了，他还活着，得把生意做下去。这一次来义乌不只是为了调查弟弟的事情，还要把供货的关系重新建立起来。

现在，他来到了老市场西侧楼梯口厕所附近，那浓重的气味自然让他联想起了张国珍，她的摊位是挨着厕所的。果然，他眼睛扫了一下，就看到了张国珍的摊位，她就坐在摊子后面。张国珍看见他，马上从摊位后跑出来问候，虽然几年没见，她还是清楚地叫出了他的名字。杰生有一种亲切感，如果义乌他算还有个可以信赖的人的话，张国珍大概是唯一的一个。张国珍问候他近来可好，甚至还问候他的父亲身体如何。多年前杰生自己到义乌进货时，怕自己忙不过来，带了父亲来帮忙，这事张国珍都还记得。杰生看看张国珍摊位上的货物，大部分和以前的差不多，都是竹子制品。这些竹子制品杰生一直在卖，最初卖得最好的是一种放在桌子上搁热锅的竹垫子。杰生想起最初大批要这些竹制品的有朝鲜人 Jhon，还有意大利老家伙杰克、S&G 的保罗，他们后来一直要这些货呢。现在想起来，张国珍的竹子制品大概是他的生意能立足下去的一个不起眼的重要部分。

“你弟弟出事情之后，我一直觉得难过。他真是个帅哥，也很聪明。不过他和你很不一样。”国珍说，杰生听得出她的话里还是有点别的意思在里面。

“你经常能见到他吗？我一直交代他到你这里拿竹子制品，你的竹垫子一直好卖。”“是啊，他来市场的时候，都会来这边看看，开一部分单子。只是他和你不一样，你以前每次都结算清楚，他的账要拖很长时间才结。你看，这回他出事了，账都还没结。不过我倒不担心，知道你会来结的。”

“是吗？他还有货款没和你结？”杰生一惊，这情况他之前都没想到。他以为是最后一批货的货款，数目不会太大。

“是啊。开始的时候还好，可后来越欠越多，还不停地要货。我是怕不给他货了，前面的货款也拿不回来，结果就越欠越多。我总觉得你还会回来的，只是没办法联系到你。”张国珍把一个本子翻开来，里面有一大沓货单，都有他弟弟的签字。明细上写了半年前就开始欠了，共欠了十五万多人民币。

“奇怪啊，我可是每次货柜一出，就把货款汇给他的，还交代他要及时和摊位结清账目，怎么会欠这么多钱呢？”

“老板啊，我知道你弟弟不幸去世了，还向你要他欠下的钱有点不好意思。只是我们是小本生意，赚的是蝇头小利，这么一笔钱对我们可是大数目。”

“国珍，我不是赖账的意思，也不是不相信你。只是我没想到事情是这样，我一下子还不知道怎么办，你给我一点时间，让我想一想。”

“不着急，我不会给你压力，你慢慢来就是。你是个好客人，我们都是老朋友了。”

从张国珍摊位离开，杰生感到脸红，因为他觉得像自己骗了人家一样。他从来不习惯拖欠人家的钱。他有点担心了，既然欠了张国珍的钱，那么一定也会欠其他摊位的钱。张国珍的产品是比较少的，不是主要的供应商，那么那些主要的摊位会不会欠得更多呢？因为这样想，他在市场里往前走时，就有点心神不宁。

现在他漫无目标地走入了工艺品市场摊位，这部分摊位面积较大，每个摊位是独立的隔间。他看到了橱窗里一些橙子大小的密封玻璃球，里面有三条彩色的小鱼在游动。他马上想起了以前来过这里，因为第一次看见这个玻璃球时，他以为里面的鱼是假的塑料鱼，但仔细看发现是真的鱼。店家告诉他这个玻璃球密封之前灌进高压氧气，水里还有营养食物，可以供里面的鱼生活六个月。他问那六个月后呢？店家笑笑，意思是那就管不了那么多了。这个情景让他想起了人类登火星之后如果回不来，大概就是和这些鱼一样的下场。他当时觉得这个产品新奇，但太残忍，就打消了进货的念头。他接着看到货架上的流沙画，在一个方形的玻璃密封框里面，装有彩色的沙子和一种油，沙子沉积在油的下面，像是山脉一样好看。当把玻璃框倒过来时，沙子压到了油液的上面，重力作用使沙子会慢慢穿过油层下沉，这个过程中彩色沙子会显出很奇妙的状态，最后沉到底下形成新的图形。杰生当时喜欢这产品，进过二十箱货，但并不是很好卖。他在货架上还看到了熟悉的八音盒，上面有会跳舞的人；还有包在玻璃球内的雪花飞舞的圣诞夜房子。他在这个展示厅里转着，突然看到了一个员工和里面一个老板模样的人在交头接耳。之后他便感到那老板的眼睛余光在跟着他走，让他不自在。他准备悄悄离开，转身时却见那老板模样的男人挡住他的去路，他的脸上带着微笑。

“先生你好。你那些流沙画还好卖吗？”

“老板真是好记性，我是三年前来过的，就这么一次，没想到你会记住。”杰生说。

“说真的，我没有记住你的人，只是记住了你的鞋子，你的鞋子很特别。”那人微笑着说。

杰生也笑了。他的鞋子是有点特别，是在国外的Foot locker店买的，是一种印第安人古老式样的鞋，鞋背中央有一条缝。杰生突然有点紧张，没想到义乌人的记性会那么好，会记住他几年之前穿过的鞋子。这样的话，如果弟弟欠了人家的钱，那么人家肯定都会认出他来的。好在这个老板什么也没说，只是寒暄了几句，请他在店里好好看看，也许会找到感兴趣的东西。

杰生本来已经准备离开这个店铺，看那老板这么热情，就不好意思马上离开，在店里多看了几眼。就在这个时候，他发现了一样熟悉的产品，是一种带着宗教图像的玻璃镜面时钟。一个系列是基督教的，有好多种耶稣和玛利亚的图像，还有一个系列是穆斯林的寺庙和经文的图片。这两个系列产品正是杰生上半年卖得最好的货物，卖了好几个货柜，原来弟弟是在这个店里采购的。本来，他应该和店老板谈谈这个产品。但是他的心里有一种恐慌，生怕弟弟欠人家的钱，所以他就不敢说了。

正在这心神恍惚之时，他在交错的镜面中看到了火车卧铺里遇见的那个非洲女人，她像黑檀木一样黑，一脸庄严的神色。杰生搞不清她在哪个位置，因为她虚晃的影子在环绕店铺的玻璃镜中形成了无数个影像。杰生想起她说过，自己是带有紧急使命的信使，她怎么会在这里转悠呢?

杰生离开这个工艺品店铺。现在他走在连接商场左右两翼的那一条长长的通道里，这里还是那样灯光昏暗空气潮湿，有很多孩子穿着会闪亮的冰鞋在滑行，让这通道里变得好看起来。从这里出去，正好就是手套市场了，前面几排都是卖白色纱线手套的。杰生没想到一走进这里，马上就看见了熟悉的摊位主人陈玉兰。做白手套的陈玉兰不知从哪里突然闪出，一见到他马上给他迎头痛击，问他要欠款。杰生还没明白她说的货款是怎么回事，她就开始发飙了，开始用最大的声音嘶喊起来：你还我钱，你还我钱！陈玉兰的嘶喊引来了周围人的观看，人们都用一种仇视的眼光看着杰生。杰生这个时候感觉到就像在噩梦里一样。的确，他在前些日子的噩梦里常见到这样一个用力嘶喊的女人。他知道这个时候无法说话，赶紧转头离开了，还好陈玉兰没有追赶过来。

从这个时候开始，杰生内心的不安开始浮现出来。这种不安随着一个具体的人物形象而浮上心际。那是几年前的一天，在宾王市场一个卖沙发坐垫的店铺里，他的对面有一个看来身体虚弱上了年纪的人。他也在挑选着沙发垫子的样品。杰生已经忘了那人是怎么开始说自己被囚禁的经历的。他还能想起那人的脸相，消瘦苍白，头发稀疏，声音软软的，他是个出生在美国的第三代广东华人。那人非常平静地说着自己的故事，他说自己已经在义乌做了十几年的生意，从义乌开埠他就来了。他的生意做得很大，义乌的厂家都争先给他发货，延期付款。他说自己的生意大了，都没仔细算账，但是有一天，他的麻烦来了，在美国的生意突然大亏，付不出义乌的货款。他当时还不知道后果,还到义乌来找老供货方商量。结果,他被囚禁了起来。他说自己被关在一个迷宫一样的屋子里，有人看守，在屋里行动自由，但他是无法逃脱的。他每天都能听到市场里喧哗的声音。一年半时间，他就在屋子里兜着圈子。直到半年前，他在美国的家人还清了他的欠款，他才获得了自由。那一天，杰生在这个摊位待了大概半个小时，一直在听他讲被囚禁的事情。从那之后，这个被囚禁的人的形象就进入了杰生的意识深处。现在，这个人的脸从内心深处浮现出来，变成了一个面具一样的东西，一个象征囚禁的符号。

下午三点多，他转到了福田箱包新市场。这里是一个巨大的建筑，有气派的滚动式电梯、大理石的地面、暖和的中央空调。但是铺面实在太多，且每一个店的陈列都相似，他走了一大圈还是提不起兴趣进店里看看。突然，他感觉到了一种熟悉的气味，一种变了味的海鱼腥臭。气味很淡，几乎难以捕捉，市场里那么多的人，大概没人会去注意这轻微的气味。如果他没有特殊的记忆和恐惧，一定是捕捉不到这气味的。它像是从内心的意识里浮现出来似的，在他被杨警官带到弟弟死去的现场时，他内心里曾浮现过这种感觉。但是现在，他知道这气味不是心理的，而是空气里真实飘荡着这一种气味的分子。这是他的噩梦的气味，一连串的厄运就是从这里开始的。

三个月前那个货柜到达多伦多之后，柜门一开，立即有一种浓重的腥臭味弥漫在货仓。当时隔壁的绣花厂就有人过来抱怨受不了这气味，待货物全卸下来，还是搞不清这气味是从哪里来的。直到把一批双肩包的纸箱打开时，才发现气味的源头在这里。这些双肩包都有内塑料袋包装，颜色很鲜艳，打着一个巨大的钩形耐克商标。这样的包怎么会有气味呢？看看里外都是全新的，干干净净的，不像被污染的样子。杰生后来明白货柜在海轮上漂过太平洋时，在烈日的暴晒之下，柜内的温度很高，这些包的材质有问题，是再生的人造革，所以在高温之下原材料的气味跑了出来。杰生的厄运从这气味中开始了。为了把这些带着气味的双肩包卖出去，他想尽办法，从沃尔玛买来了许多瓶纺织品清香剂，喷洒在包上，结果使得气味更加恶心。但这种双肩包设计新颖而且是耐克品牌，卖起来没问题，很快都卖光了。这批货连续来了几次，引来了一个更大的麻烦。警察包围了杰生的货仓，全面搜查，查走了所有冒牌的货物，而且还控告他卖假名牌货。他被关了半个月，最后缴了10万加元才被担保出来。就在这个时候，他得到了弟弟被杀死的消息。好不容易等官司了结了，他才脱身来到义乌。

杰生在箱包区转了几圈，终于看到了有一个店铺墙上挂着几个双肩包，样子和颜色和他那一批货很像，但是没有耐克的商标。在义乌，现在也在反假冒，商店里不能展示冒牌的商品。但是杰生知道，一些店家私底下冒牌的产品还是有做的。这时候一个胖胖的店主凑了过来，问："要不要？"

杰生说他要这种双肩包，但是要有耐克商标的。店主把头摇得拨浪鼓一样，说："不行不行，我们店不做冒牌货。"但是当杰生假装要离开，说自己去其他店里问问的时候，店主叫住了他。不知怎么的，杰生突然想起了那一回在查理的店里，那两个卧底的女孩引诱查理上钩的事情。而且，他有一种感觉，觉得眼前这个中年男人是戴了假面具的，拿掉面具，背后的脸就是查理。

"客人别走，你好像以前进过这种双肩包的？"这个人低声说。他掏出了一包中华烟，递给了杰生一支。杰生已经戒烟五年了，但还是接过了烟，点上了。

“的确是这样。就在不久前我还进过这种包。这批货每五个一小捆，黑色两个，蓝色两个，灰色一个。耐克的标志是在拉链的上方。”杰生准确地描绘了那一批包的包装特征。那个人盯着杰生的眼睛看了一忽儿，然后突然头一歪，使了个眼色，说：“跟我来。”

他转身往店铺里间走，进去后把门关上了。他按了一下开关，墙面上有个活门开了，原来这里是有一个夹墙的。里面点着灯，但还是显得黑暗，空气很闷，有汗味霉味混在一起。杰生突然看见了在屋子一个角上坐着两个黑人，光着头，油黑的身体和昏暗的背景融在了一起，只有那特别白的眼白闪着亮光。店主人对着他们做个不要作声的手势，杰生看到他们在一个女包上装着一个金属的商标，大概是香奈儿的。

店主打开了一个射灯，一面墙上的样品都照亮了。现在杰生看到了有几个绣着耐克商标的双肩包，和他收到的那批货一模一样的。

“是的，就是它们。”

“是谁帮你订的这批货？”

“是我的弟弟，他代表我长住在义乌。他叫杰林。”

“不认识，没听过这个名字，也许看到人会认识。”那人说。

“那奇怪了，他怎么会有你这些包呢？这里还有别的店在经销这个厂家的包吗？”

“没有了，只有我一家。除非他从那个厂家直接进的货。”

“你听说过一个月之前有个年轻人，在酒吧里打斗被人杀死的事吗？那个被打死的人就是我弟弟。你看看，这是他的照片，他是不是来过这里？”杰生把照片交给了那人。

“不认识，真的不认识，我从来没见过他。”那人有点老花了，把照片放得远远地看着。从他的动作和表情来看，他说的是真话。但是杰生发现那两个黑人好像知道他在说什么，低声咬着耳朵。他便问他们：

“你认识他吗？”杰生把照片给他们看，用英语问道。

黑人接过照片，稍稍一看就说：

“Yes Yes，I seen him before（是啊，我以前见过他）。”黑人说。

杰生还想和黑人说话，可店主人示意黑人闭嘴。之后，他就带着杰生走到了前面的店铺。他看杰生不是来订货的样子，就对他很冷淡，而且有一种防备态度。杰生知道再待下去也了解不到什么东西，就离开了这里。

五

下午，杰生拖着疲惫的步子回到了宾馆，时差开始发作，他困得要命，加上情绪低落暗淡，他躺在床上，昏睡过去。即使在睡眠里，他还是感到心里非常难受。不知过了多久，他被手机铃声吵醒，是小青打来的。

“嘿，你怎么样？前天晚上之后就没了你的消息。”小青说，她的声音里透着一丝关切。

“情况有点不好。我没有搞明白弟弟的事情，反而觉得自己正陷入一个大麻烦里。”

“什么大麻烦？”小青说。

“我也说不清。反正我觉得好像是在一个黑暗的树林里一样，身后正尾随着一些野兽。我有点害怕了。”杰生没有说明自己的害怕是因为弟弟欠了大笔的货款，只是笼统地说。

“没那么严重，没什么好害怕的。你等我，我接你出来喝杯咖啡吧，十五分钟后你到宾馆门口等我。”

杰生赶紧从床上起来。他只觉得身上一股臭气，满脸油腻，嘴里发苦牙齿发臭。他赶紧去洗个澡刷了牙，然后穿上干净的衣服，跑到了宾馆门口。他觉得风很冷冽清新。一忽儿，一辆红色的跑车开过来，在杰生的身边停住。杰生发现小青白天的车很普通，夜里开的车则是高级的好车。他打开门，坐了进去，车里有一股好闻的法国香水气味，能看见小青化过妆的脸，在街灯变幻的光线中时而明亮时而带着阴影。车子开得很快，杰生虽然大致熟悉义乌城的路，但很快就分不清方向，不知车往哪里开。不久后车停了下来，进入了一个庞大的建筑里面，杰生明白，这里大概是一个夜总会之类的地方。

小青带着他走到一个相对幽静的角落坐下。桌子上一个玻璃杯里点着一支小蜡烛，那柔和的烛光照出了小青脸部的轮廓，显得说不出来的漂亮。夜总会大厅中央地带有两组钢管，穿着比基尼的女郎正在扶着钢管表演。侍者端着盘子送来了两杯香槟酒，杰生隔着香槟的泡沫看着小青无比美丽的脸庞。尽管他正身处麻烦之中，这一刹那间他还是感到了一阵阵幸福。但他的这种幸福感很快就荡然无存了，因为他看到在不远处的桌子边坐着一个穿橄榄色军装的人，细细一看，他就是前天在小青家厅堂里围着圆桌一起吃饭的那个消防队军官。他好像一直在注视着这边，用眼睛的余光观察着，和他一起的是几个穿西装的人。

“你的脸色很不好，看起来在发愁。说说你这两天的事情吧。”小青说。

“我发现了一个很奇怪的事情，弟弟好像欠了很多账，他好像有个巨大的资金黑洞。我每个货柜的钱都已经付给他，他却没有付给摊位厂家。我现在所知道的还很少，也不知这个资金黑洞到底有多大。”

“在义乌，做货物代理的人有时欠摊位厂家个把月的货款是有的，但是超过这个时间就不正常了。我和你弟弟虽然经常在一起，但是对于他的财务情况却不了解，只是经常听他说资金很紧。”

“我很奇怪，弟弟这些钱都到哪里去了？听我父亲说，他来处理我弟弟的后事的时候，发现他只有几千块现金，银行里也只有一万多存款。这个很不正常，别说我已付清的货款钱，就是平时我在他这里也有二十几万的周转金，现在都没有了。”

“你大概不会怀疑他的钱被我拿走了吧？”小青说。

“不会，我不会这样想。”杰生说。他说的是实话，他能感觉到小青很有钱，而且小青身上有一种非常诚实的气质。看她那富足的样子是不会用弟弟的钱的。

“我弟弟有赌博吗？有吸毒吗？”杰生问。

“这个我可以保证，他没有赌博，没有吸毒。”小青说。

“我这几天发现，我弟弟和一个叫查理的人来往密切。这个叫查理的人以前也在加拿大，我认识，是个想法和行为都很奇怪的人，对义乌有特别的狂热。他后来在多伦多破产，人也失踪了。可我现在知道他就在义乌活动，到处有他的活动的痕迹，而我的弟弟正是紧紧地跟随着他。就在我弟弟被杀的那个晚上，弟弟是和他一起在酒吧喝酒的。我现在想，弟弟的资金问题是不是和查理有关系？”

“你说的是不是那个做非洲生意的人？”小青说。

“正是他，他的身边有很多非洲黑人。但是我却无法知道他在哪里，也不知道他的行踪。你知道他的情况吗？”

“我听你弟弟说起过他，也知道他很崇拜这个人，但是我并不知道他在什么地方。你是想找到他吗？”小青说。

“我也说不清。从内心来说，我对查理这个人有一种恐惧，如果在路上远远看见他的话，我的第一反应大概会是躲起来不愿和他照面。但现在我想从他那里了解弟弟死前的情况，还有，我得搞清我弟弟的资金去向问题。我觉得应该找到他。”

“也许我可以打听一下他的情况。这个夜总会里有各个码头的人，有放高利贷的，有做私人侦探公司的，还有地下公安的。我过去问问吧。”小青对杰生说，让他独自先坐一会儿。她起身往通道深处走去，杰生目送着她，看到那个消防警官也站了起来，陪着她往里走。

一忽儿，一个戴着墨镜脸色发灰的人走了过来，看得出这人是吸白粉的。他坐下来，把眼镜一摘，他的眼神是温和友善的。

“你找的这个人我知道得很少，他的路线和我们不交叉，他做的事情也和我们做的很不一样。他是一个奇怪的人，我们不喜欢这样的人，所以他进不了这个夜总会。而事实上，他根本不愿意到这边来。”

“你能说具体一点吗？我不大明白你的意思。”杰生说，他往前挪了挪身子。

“我们义乌人做事情无论做什么，有一件事都是一样的，都是为了赚钱。我想全世界做生意的人也都一样，赚了钱再投资赚更多的钱，有了钱可以过体面的生活。而他不是这样的，听说他在义乌也赚了很多钱，做代理、开工厂，还有洗钱什么的勾当。但是他一直没有在义乌花钱，听说他到义乌时住的是五十多块钱一夜的宾馆。他搞到的钱全部都投到了非洲一个鸟不拉屎的丛林里。那里一定有很多猩猩，也许他讨了头母猩猩当老婆。”

“是吗？听起来像是个电影故事里的怪人。”杰生说。

“听说他在这里做了很多大胆的事情，我们都知道他是做冒牌的大王，他就是靠这个挣了大钱。什么耐克啦，阿迪达斯啦，香奈儿、古驰包他都做，而且他都能搞定海关运出去。还不止这些事，我最近听到消息，说他正在偷运一批军火到非洲某个地方去，那里正是他的地盘，是从缅甸那边起运的，有没有经过义乌我不知道。反正这个人是非常厉害，义乌的黑人都叫他查理博士。我听说在国外的黑道上，那些被人叫做博士的人是特别厉害。他和广州那边的帮派有关，能摆平很多事情。他的势力在非洲，义乌的黑人都聚集在他的门下。我们对他的世界不了解，不知道他的幕后背景，只知道他是一个国际性的人，很危险，很神秘，所以也都远离他。”

“你知道他平时在什么地方吗？”杰生问。

“这个不是很明白。他没有一个准确的地方，人家说他住五十块一夜的宾馆也只是传说而已。但是有一个地方应该是真的，他有一个生产基地，一个生产冒牌箱包的工厂，大概是在海边什么地方。但是没有人知道确切的地方。”

“那你见过他本人吗？”

“没有，我没有见过他。我们这里没有人见过他。也许有人见过，只是不会知道是他。因为这个人极其低调，见了他，你也不会觉得他和别人有什么区别。”

这个人说完话，戴上墨镜就起身沿着刚才过来的通道往里面走去。之后，小青走了回来。她刚才和别的人说了会儿话，带了一些消息过来。

“我听到了一些不大好的事情，说你弟弟的确欠了摊位和厂家很多钱。这些钱零零星星的，加起来数字很大。”

“是啊，我也感觉是这样。我今天去了几个熟悉的摊位，好像都欠着钱，真不知道欠了多少。”

“你得小心，现在的摊位会委托讨债公司去追回欠款。讨债公司如果发现某个债主欠了很多摊位的钱，他们会下工夫去追讨的，甚至会用特殊的手段。所以你现在还是小心为好，不要公开在市场上露面，不要让熟悉你的人知道你在义乌，也不要让人知道你是死去的杰林的哥哥。”小青说。

六

来义乌四天了。

如果说杰生最初像是进入一个黑暗的丛林什么也看不清的话，那么现在他的瞳孔应该已经张开了些，看清了环境，看见身边的一些路径。他虽然感到欠债的危险在等着他，但是想继续调查的念头越来越强了。

他不再去熟人很多的商场看货，而是走到了春江路上。这里是一条街，店铺在路边，大部分是做皮带、帽子的店铺。他记得做棒球帽的黄历明的店开在这里。他好几年前进过黄历明的棒球帽子，上面绣着加拿大枫叶的图案。但是这几年，他没有进棒球帽了，因此觉得不会欠他的钱，可以去他店里看看。

当他离那店还有几十米的时候，就看到小白脸黄历明坐在店里。他这会儿大概闲着没事，看着马路，远远就认出了杰生，起身迎接。

“你有很多年没有来义乌了吧？我一直都觉得纳闷，以为你不做生意了。”

“做倒是还在做，只是我一直没来，是我的弟弟在这里给我代理组货了，所以我一直没来义乌了。”

“有一次你们加拿大的查理到我店里来，我问过他认不认识你，他说认识。”黄历明说。

“这是什么时候的事情？”杰生说。他的神经一下子绷紧了。他终于触摸到了查理在义乌的行踪，好像他发现了一个蜗牛在菜园里留下的一条丝带状发亮的踪迹。

“好几年了。那时他常来我这里。现在他不来了，但和我有联系。”

“查理现在怎么样？”

“查理现在在这里生意做得很大，有专门的仓库，每天要出好几个货柜。他在我这里也经常有订单，你看，今天我就要给他发一百箱棒球帽，一个小时后我就要过去给他送货。”

“他在做哪里的生意？加拿大他已经没戏了。”

“非洲国家。他现在是有名的非洲王，几乎所有非洲黑人出的货柜都是他代理的。我见过他几回，只见他身边总是有一群群黑人。”

“我很奇怪，查理在加拿大的生意曾经做得很大很好。不知为什么突然败了，而他的家庭也毁了，他却跑到这里做非洲黑人的生意。”杰生说。

“这件事有点复杂，不过我大概知道其中的一些原因。早些年他还在加拿大的时候，有一回他拿来了一个图案，是格瓦拉的头像，要绣到一批棒球帽子上去。现在我知道这个头像叫格瓦拉，可那时我不知道。义乌人都叫这个头像是雷锋，因为和雷锋的一张标准像很像。查理告诉我，这是一个了不起的古巴英雄，是在玻利维亚打游击时被打死的，之前还去过非洲的刚果打过仗。查理说他最大的愿望不是做大生意，而是有一天要像格瓦拉那样去干一件大事情。”

杰生想起以前在查理的店里的确看到有很多切·格瓦拉的画像。

黄历明说，大概在四年之前，查理有一天来到他的店里，带着几个行李箱。他说自己在加拿大的生意彻底破产了，说自己欠了很多债，再也回不去了。看他的样子很狼狈，衣裳不整，胡子拉碴，头发凌乱。但是神气里却不见那种破产落魄人的沮丧。他说自己现在无路可走，老家在东北，回去也无事可做，所以就准备先在义乌待下去。当时他还住在旅馆里。过了一些日子，他又来了，说自己要到非洲看看，他还把几只暂时用不到的箱子寄存在我的店里面。

一年之后，查理再次来到我的店里，来取那几只箱子。我差点把这些箱子扔掉了，因为他那么久没回来，我以为他不要了，后来在一个角落里找到了它们，里面已经住进了老鼠。

我问他这一年去哪里了，他说自己一直在非洲。我虽然没出过国，但对非洲还是了解的，以前咱们国家不是帮助他们建设过坦赞铁路吗？我的一个姑父就是去建坦赞铁路的，最后得传染病死了，所以知道那是个可怕的地方。查理告诉我，坦桑尼亚那些地方算是开发过的，他去的地方是非洲的黑暗之心，在最内陆的地方，那里的人们至今都不穿衣服，部落之间还相互猎头。他说自己在那个地方的部落里都开设了贸易点，深入到了村庄。他和部落酋长结盟，最后还成了部落酋长们家里的常客。看这个家伙的样子，他在加拿大的破产是假的，他是把钱都卷来了，现在用到了非洲。他的样子变化很大，身上有被火烧过的疤痕，脸上被刀砍过，据说肩膀上有被子弹穿过的洞。

你知道，以前义乌很少有非洲黑人来的，和非洲做生意的是一些已经在那边的中国人，也有些台湾人、印度人。但在查理从非洲回来之后，带来了一批非洲人。他们直接来到商铺进货。最初他们只会一句话：最低最低。意思要你报最低最低的价格。黑人越来越多，非洲的市场也越来越大，黑帮的势力都加入了，争地盘打打杀杀的事情越来越多。查理这些年成了黑人的教父，很多事情都要他介入。他说除了用钱摆平事情，有时还得靠打架。听说上个月有一帮从广州过来的黑人和他的一帮人打起来了，结果打死了他手下一个小兄弟。

杰生没有说这个被打死的小兄弟正是自己的弟弟，只是在心里叹了一口气。他又一次听到了弟弟是在一场和查理有关的打斗中丧命的。接下来，黄历明说要去给查理送一批货，那边已经开始装货柜。杰生说也跟过去看看。

那个仓库在靠江边的江滨北路。黄历明说这个仓库前年发生过一次大爆炸，仓库被封了。后来是查理打通关系，把废弃的建筑改装成为出口非洲的专用仓库。当车子进门时，外面有保安检查核对。进去之后，仓库里气味很浓，虽然是冬天，里面还是闷热。这里有不少的黑人，但他们不是干活的，干活的都是中国人，在扛着箱子往货柜里堆。在昏暗的光线中，这里像是中世纪贸易商船的码头。从这里，有一条纽带直接通到了非洲的最心脏的地方。杰生看见有一个黑人收到货之后往单子上画了一下,算是签字；还有一个黑人在一张张数钱给人家,他数钱的方法太笨太慢，收钱的人有点不耐烦；还有一个黑人熟练地用筷子在吃方便面。一个头上缠着布的黑人妇女带着几个黑人小孩住在仓库的一角，她正在给一个婴儿喂奶。如果周围有几棵香蕉树芒果树的话，这里就成了赤道几内亚某个部落的一角。这里是黑人的地盘，一切都是黑人在做主。但是杰生知道，他们背后有个人是查理，虽然查理自己并不在这里。杰生从黑暗的库房里看着外面阳光明亮的街路，再次看到火车上同一个卧铺房间的非洲黑人女子正在走过，她的影子像蝴蝶一样飘动。

这天晚上，杰生独自在春江路口的温州饭店吃了他家乡的饭菜。吃好饭，他走着回宾馆，要经过商场门口的那一片空地。这里白天是停车点，是装卸散货的地点，也是人行道。还有的店家会把大件货物摆到这里卖。杰生吃饭前经过这里时，这里还很热闹，正在举行流行的家家乐节目，商场摆摊的一些家庭自娱自乐陆续上台表演。可这忽儿台子还在，灯光全黑了，人也散光了，地上都是纸片，被冷风卷着在空中打转。这一切都让人觉得内心空虚，想尽快地离开这黑影幢幢的区域。杰生往前走，突然见前面昏暗的路灯下有个女子站在一边，对他说，大哥帮个忙好吗？杰生一惊，问什么事？她说自己到义乌找一个朋友却没有找到，现在身上的钱都没有了，还没吃饭，问他能不能给她一点钱吃个晚饭。

杰生是个怕惹是生非的人，他知道路上这些要钱的人都是骗子，通常都是不搭理的。但是他看到眼前这个女子衣着整洁，梳着整齐的头发，脸孔也秀气，身上还背个双肩包，像个学生范儿。虽然他知道她的话是编的，但觉得她这样要钱也辛苦，而且要求很低，只要一顿饭。于是他掏口袋，可口袋里只有五元零钱，其他都是一百元的。他掏了几下，都没找到更多零钱。他只得把五元钱给了那女子，那女子说了声谢谢就走开了。

杰生往前走了几步，总觉得自己给那女子的钱太少了，五块钱怎么也不够吃一顿饭啊！可是他又原谅了自己，因为口袋里没有零钱，总不能给她一百元吧。要不我就给她元吧。他突然想，要是她看到我给她一百元一定会高兴。也许，我应该叫她一起去吃饭，虽然我已经吃过了，可是陪她一起吃饭也是应该的啊，也许她还会讲讲她自己的身世。是啊，应该给她一百元才对，给她五元真是太少了，一定很伤人家自尊心。

杰生转过了身，决定去找那个女子，这个时候他已经走出了半条街。他加快了步子，沿着原路回来，一路张望。他觉得这个女子也许还在原来的地段继续向人家要钱。可是当他回到了原来昏黑的路灯下，却不见一个人影，那女孩不知去哪里了。她也许是去火车站了，也许是去一个快餐店，也许去睡觉了。她有地方住吗？天那么冷，她会住在桥洞吗？她会不会只是要到五块钱？要是她真的只有五块钱，今晚她可得饿肚子了。

杰生在黑暗中继续走着，转着头颈张望，内心里满是后悔。他潜意识里的东西现在都浮上了心头。要是刚才给了她一百元钱，可以和她一起去吃饭，其实还可以多给她一些。也许可以带她回旅馆，让她有个温暖的地方可以住，可以让她洗个热水澡。他要帮她脱衣服，然后，她一定会愿意和他做爱。

在黑暗中的冷风里，杰生像是那个卖火柴的女孩一样做着美梦，卖火柴的女孩梦想着圣诞老人，杰生则渴望着那个路边骗钱的女子，只恨自己被她骗去的钱太少。在这样一个黑暗的街角里，他的性幻想如一面风帆被吹起来了，让他今晚要驶向那闪着月光的神奇海洋。

杰生回到了房间之后，心情突然非常低落，什么也不想做，不脱衣服就仰躺在床上睡着了。他睡得很沉，但是被一阵电话声吵醒了。他知道这些电话是旅馆内的小姐打来的。他一直不接这些电话，本来都会把电话搁起来，免得吵。但今晚他不知怎么没搁起来，而且听到电话声就去接了。是一个细细的女孩声音，问他要不要按摩？他略微犹豫了一下，让她过半个小时后过来。

杰生迅速整理了一下凌乱的房间，把一些重要的东西放好了，然后去浴室里洗澡。他这次到义乌之后，因为弟弟的事情麻烦缠身，所以都没有碰过小姐。如果没有晚饭后在马路上遇见那个女子要钱的事，他一定不会让电话里的小姐过来的。但现在他需要小姐，要不今晚会过不去。他冲好了澡，然后穿着浴衣等着。

他看着手表，半个小时快要到了，他的心怦怦跳了起来。他提前到了门边，从猫眼里看着门外的动静。他很小心，听说国内的社会治安很凶险，害怕这个小姐会带着劫匪过来。他几年没来义乌，对这边的情况太不了解了。没多久，他看到走道里有个小姐从电梯出口处过来了，只有单独一人。然后，听到了门铃叮了一声。他没有立即开门,要不人家会知道他躲在门后。他数了十下数字,这样大概会是三秒钟，然后把门打开，让小姐进来，立即关上了门。他看到了小姐，心里不禁失望。这哪里是小姐，分明还是个小孩子。

他坐到了沙发上，看着她。她在距他约两米的地方站着，也看着他。她很瘦，皮肤发黑，脸上的轮廓线条很深。她的头发以一种奇怪的样子高绾着，插着一朵令人注目的绢制大丽花，手上还挽着个小提包。她的神情倒不胆怯，固执而冷漠地看着杰生，问他：

“你要我留下来还是要我走？”

“留下来吧，没叫你走啊。”杰生说。虽然他犹豫过想让她回去，但她这么一说，他倒不忍心了，这大半夜的，不可以叫这么个小姑娘来了，又让她走回去。女孩子听他这么一说，脸上绷紧的神情松了下来，露出了笑容。

“你刚才躲在门后，从猫眼里看我，是不是要搞阴谋？”女孩子说。

“我是害怕有坏人骗我，所以我要看清楚是什么人。”杰生说，奇怪她怎么会知道他躲在门后。

“你怎么还没有睡觉？是不是睡不着啊？”女孩子打量着房间四周。把小提包放在桌子上。

“我本来已经睡觉了，是你打电话吵醒我，还问我为什么睡不着。”

“那你为什么要让我等半个小时，你是不是在搞阴谋啊？”

“我刚才睡得昏头昏脑，起来洗个澡，我不想让你见到一个脏脏的人。”杰生觉得这个女孩子嘴里会说出阴谋这样的词有点好玩。现在她就坐在他的边上，等待着他的动作。杰生感到她大概只有六七十斤重，那手像是鸡爪一样，胳膊像树枝，大腿不如他的胳膊粗。她的脸形和神情都有点远方外族的味道。她的眼神很动人，一点不胆怯，兴致勃勃。还有，虽然她瘦，但是她的胸却不是平的，在紧身内衣上方露着部分小而坚实的乳房。他觉得自己慢慢习惯这个女孩子了。

“你叫什么名字？”杰生问。

“这里的人都叫我‘外星人’，因为我什么事情也不懂，好像外星球来的一样。你也这样叫我吧。真的名字不告诉你，告诉你也没用。”

“那你是哪里人？不要告诉我你的家在火星上。”

“那我不会这样说的。我的家在温州平阳水头镇。”

“你是平阳水头人？看起来不大像啊。”杰生说，因为他去过那个地方，知道那里的人不是这个长相的，说话的口音也不是这样。

“我没骗你,我真是那里的人。我妈妈是水头人,我爸爸是云南人。”“我去过水头，那里是有名的风景区，两座山之间有一条美丽的小溪。但是后来当地人在溪水中硝制牛皮，把溪水污染了，臭气冲天。我不知道现在怎么样。”杰生说。但是女孩子对于这条溪水的污染问题没什么反应，她显然不关心这些事情。

“我住在镇上，现在镇上很热闹的。我在那边有很多姐妹的，我在那些女孩中可算是见过世面的大姐呢。那些有钱的老板对我很好，我把好些个还在中学读书的小妹子介绍给他们玩。我当时想挣些钱，买一辆 QQ 车子开。”

“你说你爸爸是云南人，那是怎么回事？”

“我妈妈年轻的时候到云南那边做生意。平阳水头那个地方的人过去都是出去做生意的。我妈妈到了云南边境遇到了我爸爸，后来就留在了那里。我们那个地方挣不到别的钱的，只有运送和贩卖毒品。我爸爸妈妈干的就是这些事情。我还记得我妈妈在我很小的时候抱着我上街，把一包包白粉塞到我的衣服里躲避检查。还有一次我看到了妈妈在街头被批斗，衣服被脱光，只戴着一个胸罩。反正那个地方大家的日子都是这样过的，抓住了，再放出来。可是我的爸爸五年前出了大事情，被判了二十年的刑。这样我和妈妈在那里待不下去了，只好回到了妈妈的老家水头镇来。”

杰生听得入神，怪不得他觉得她像外族，也许她真是傣族的，她的样子像只野孔雀。

“你现在还去云南吗？”

“我的祖母还在那边。我去年去看过她，她说要是我们有钱送公安局的人，我爸爸是可以提早放出来的。所以我现在要多挣些钱，把我爸爸搞出来。”

“真是个懂事的孩子。”杰生说。

“你是哪里人啊？你住在哪里？”

“我是加拿大来的。”杰生如实说。

“好像听说过这个国家名字的。你可以给我一点那边的钱吗？只要一点点，我想收集外国的钱，我已经收到了一点点了。”

“这个没问题。”杰生从口袋里翻出了一个两元的加拿大硬币给她。她看了半天，爱不释手的样子。杰生说，这个就给你了。她显得很高兴，说：“真的给我啊？你这不会是阴谋吧？”

她突然想起了什么，说自己已经有一些外国的钱，想让杰生看看是哪里的钱。杰生说可以。她说那些钱就在楼下她住的地方，她下去拿上来。杰生同意了。

没多久，她又上来了，把自己一点点的收藏给杰生看。杰生看到一张是印度尼西亚的纸币，面值五千盾，还有一张面值一千的意大利里拉。杰生知道这些面值很大的外币其实只抵几块钱人民币。他看到了一个熟悉的硬币，加拿大铜色的一元硬币。他便告诉女孩这也是加拿大的钱。

“怪不得我说加拿大的名字有点熟呢，上次给我这钱的人说过。”“那人你还记得吗？是什么样子的？”杰生说。他突然有一种奇怪的感觉。

“他是个东北人，有点斗鸡眼，年纪比你大一些。后来我还遇见过他一次，是今年上半年，我还认得他。这一回，他又给了我一张钞票，是这张。“小姑娘指着一张纸币说。

杰生拿起这纸币，上面印着一个穿元帅服的黑人头像。他试着拼上面的字母，是法语的，大致能拼出是非洲的国家。他一下子想到了，给她钱的这个人可能就是查理。

“你怎么啦？好像很奇怪的样子？”她说。

“我认识这个人。你知道这个人现在在哪里吗？”

“这个我可不知道。”

杰生再次感觉到了查理的存在。通过这个女孩子，他感觉到自己在追逐查理，查理在前面不慌不忙地走着，时隐时现，在他到达这个女孩子之前，查理已经给他留了一个记号，或者是一个暗号。

尽管这个女孩子像个小孩子，瘦得像麻雀，但是杰生感到她的性格是成熟的，她的乳房也结实饱满，让他觉得喜欢。他最后还是和她发生了关系。看到她屏住呼吸，一副认真工作的样子，心里不可遏制地想到了查理，好像他还在她身体里。

女孩子离开的时候，杰生在付过钱之后，又多给了两百元。女孩子接过钱，没说谢谢，说："喂，你多给我钱是不是一个阴谋啊？"

七

次日，"花来香"宾馆的饭厅供应港式早茶。杰生今天起得比较晚，独自进餐。

餐厅里比平时要嘈杂许多，有许多人好像在聚餐开会，上面有条横幅，写着"义乌台湾商会年联谊会"。看起来他们是刚刚改选了会长，有一派人显得很不服气，有一派则喜气洋洋。有一个人上去唱了一首《爱拼才会赢》，马上下面有人喝倒彩，还有人站起来指着他直接骂。后来的一个人大概是被选下去的前会长上去说话，并不是说些客气话，而是指责对方搞不光彩的拉票。很快局面失控，双方争吵扭打成一团。

杰生被眼前这一幕闹剧所吸引，一时间忘记了连日来的烦心事。这个时候，他看到有两个人在他的桌子边上坐了下来。他以为是餐厅满座没空位，这两个人是来拼桌的。他为此觉得有点不快，如果要拼桌至少得征求他同意啊。但是那两个人都没吱声，也没点菜，一声不响坐在那里，好像是在等待杰生结束吃饭。杰生觉得有点不自在，匆匆吃好了早餐，想站起来走开。而这个时候，对面的那个人向他说话了：

"你是杰林的哥哥吧？"

"是啊，你怎么知道的呢？"杰生说。

"我们是杰林的朋友。我们想和你谈谈杰林的事情。"

"那好，我正想知道他的事情。"杰生说。

"我们在这里不方便说话，还是到一个清静的地方再说吧。"对方说。

杰生同意了。起身跟着他们下楼，路边停着一辆雪铁龙轿车，有司机已坐在上面。杰生上了车，车子就开动了。

车子沿着稠州路向前，越过了跨河的大桥，向着城外的方向开去。杰生对义乌的地形略有了解，知道许多厂家办公室都设在城外，所以对于车子往城外开并没觉得意外。但是，车子开出了郊区的范围，路边都是一片农田了，车子还没停下的意思，他有点不安起来。问边上的两个人，回答说马上要到了。这个时候，杰生觉得事情有点不对头，好像自己已经遇上了麻烦。

车子离开大路拐进了小路，再开了一程，然后在一个废弃工厂一样的地方停了下来。

"我们是讨债公司的。厂家和摊位收不到货款，只好委托我们来收。我们现在只是在办我们的公事。"那两个人对他说。

“你们想怎么样？”

“也没什么，我们只是想让你见一下我们的老总。现在我们得把你的眼睛蒙起来。”

杰生知道自己已经落入人家手中，不服从只会让对方有动粗的理由，于是就同意他们用黑布蒙住自己的眼睛。先前他预感这个时候会到来，但是没想到会这么快。

接下来的车程有将近半个小时。他的眼睛被黑布蒙着，意识变得漆黑一片。慢慢地，那个在沙发坐垫摊位遇见的义乌之囚的形象浮现在脑际，他的灰白的脸庞、柔弱的声音和勉强的笑容都活动了起来。他所描述的被囚禁两年的生活就摆在杰生的面前了，杰生逐渐认识到自己的处境有多糟糕。现在，他真是心乱如麻。

杰生被解开蒙眼的黑布时，看到自己是在一个 KTV 一样的地方。一切就像警匪电影里一样，一个光头的胖胖的人坐在沙发上。

“听说你是杰林的哥哥，从加拿大过来，欢迎你来义乌，我们一直在等着你过来。杰林出事了，我们都很难过。”

“你们和他有生意上的来往吗？”杰生问。

“是啊，生意上的来往。我知道杰林是给你收货出货的。你的生意做得很好，每个月都走那么多的货柜。”

“货出得是不少，可是好多货都不对路，积压得很多，钱都压在货上。”

“这个我们可以理解的，生意做得越大，资金会越紧张。不过，你们欠下的货款也实在是太多了。你们欠了三十多个货柜的货款，总共有八十多万美金了。”

“你说什么？我欠了三十多个货柜的货款？欠了八十多万美金？你开玩笑吧？怎么可能？我每一次收到出口货物的发票之后，马上会把钱打过来，每一笔账都会及时清理。”杰生说。

“你的钱付给谁啦？付给了厂家和摊位吗？”

“付到了我弟弟这边，由他再付给供应方。”

“可是你弟弟并没有及时付给供应商啊。是的，最初的时候他是及时付款的，但从去年开始，他开始了延期付款。摊位和厂家觉得他的生意还可以，货出得还正常，量也比较大，就只好迁就了，可是他拖欠的时间越来越长了。他们都很担心，不想再给他供货，可是如果不供货给他，又怕收不回前面的货款。所以呢，他拖欠的货款越来越多。”

这个人说的话杰生前几天在张国珍那里已经听到过，看来弟弟的确欠了很多人的钱。杰生的脸色开始变白。

“你们准备把我怎么样？”他问道。

“这个问题问得好。”光头说，这年头黑社会的人也会用这个热门的外交辞令，“我们是专业的地下讨债公司，当然会有很多不同寻常的方法。通常我们都是用拘禁欠债人的办法，少则几天几个星期，多则几个月，也有超过三年的。大部分的结果还好，钱财总没有生命重要，很多人懂这个，最后会还钱换回自由。当然也有个别不好的结局。你大概听说过，去年有个债主把欠债人装在一个铁笼子里，从百米高的大桥扔到了水库里。最后捞出来时笼子里只剩下几条白骨。”

“听着，我真的不知道弟弟会欠这么多钱，也不知是真是假。而我现在根本还不出那么多数目的钱，就算你们把我关押起来也没办法。”杰生说。

“是啊，对不同的对象，我们会用不同的办法，而且我们也一直会用一些新办法。”光头胖子说。

“你们准备用什么办法对待我？”杰生说。

“不是准备，而是已经完成了。你还记得这个姑娘吧？看看这张照片。”光头把一张照片给了杰生，是一个神情呆板的姑娘。杰生不认识她，但是觉得有点脸熟，有点像昨天晚上路上拦着他要点钱的那个姑娘。

“我不认识她。你干吗给我看这张照片？”杰生说。他有点紧张。

“真不认识啊？不会吧？昨天你给了她五块钱之后，又转过身来去找她。其实她那时离你不远，正在一个角落里看着你。”光头说，对他挤挤眼睛。

“你们监视我？”杰生的脸涨红，怒气上升。

“不是监视，是我们安排的行动。”

“你们干吗要做这样的事情？”杰生说。

“是为了引导你进入我们的计划。我们已经暗中观察你几天了，发现你冷冰冰的，对女人不感兴趣，这样我们的计划就无法实行。现在我们有学心理学的大学生作策划，对你这样的对象得慢慢吊起性子。所以我们安排了一个看起来还清纯的姑娘向你要点小钱，让你觉得她是个需要帮助的、而且是有机可乘的女孩。这也是一次测试，当你回头来找她的时候，我们就觉得接下来的计划有可能实现。”

“那你们为什么又不让我找到她？”杰生说。

“当然不能，要是让你找到她，带她去吃饭，带她到旅馆里打炮，那我们的计划就落空了。我们安排昨天夜里和你在一起的不是这个成熟的姑娘，而是这个小妹子。”光头说，把一张照片摆出来。杰生认出是昨夜那个给他看外币的女孩。她照片的样子很漂亮，盘起的头发上戴的就是昨夜那朵红绢花。

“漂亮吧，很喜欢她是不是？虽然才十四岁，人很瘦很黑，像一只野性的小鸟，可云南人发育早，奶子不小了。看你昨天夜里和她还是蛮开心的。”

“这也是你们安排的？她也是你们的人？”杰生问，他觉得自己正滑入深渊。

“当然是我们的安排。不过她不知道我们的计划，只是在做一次普通的接客。她做得很好，我们所有的目的都达到了。我们拍摄下了所有的过程，还保存了你留有精液的避孕套。再跟你说一下，她还差三个月才十四岁，身份证复印件你要看看吗？你当然知道，在中国和没满十四岁的少女发生性关系就算强奸。”

“你们现在要我怎么样？”杰生说。

“你是聪明人，又是加拿大来的，所以我们就尽量选择了不让你吃苦头的计划。你现在要赶快把欠款还掉。在还清欠款之前，你是不能离开义乌的。你先跟我们住在一起，不要想逃跑。你要是逃跑，那么我们马上会把你和十四岁未成年女孩子性交的案件发到公安系统，我们有人，有足够的证据，这些事能做得很熟练。机场的禁飞名单里马上有你的名字，你是离不开的。还有，如果你不听话，我们还会把你和女孩子打炮的录像给你的老婆，你大概不希望这件事发生。”

到了这时候，杰生完全失去了心理防线，低下了头。他知道这下自己是遇上大麻烦了。

“所以，你现在就在这里住下去吧。等你把钱付清了，或者告诉我们你付钱的办法，我们会放你出去的。”

八

杰生在到达义乌的第七天，开始被监禁。

他被关的地方是一座四层楼房，这里地势很高，能望见远处的义乌城。

看守的措施并不严格，他的囚禁生活基本上像是住旅馆，有个中年妇女会上来打扫卫生，并三餐送来饭食。他被告诫不要下楼去，因为楼下是有带武器的看守人员的。屋里没有电视电话，他的手机也给拿走了。有一天，他无意中掀开床单，看到床板上一道道刻痕，每七条一组，有很多组。他明白这些刻痕一定是一个被囚禁在这里的人刻的。这些刻痕有八十多组，算下来有五六百天。这说明，这个人在这里被囚禁了一年半多。这个时间吻合了他遇见过的那个义乌之囚所说的被囚天数，莫非这就是那个人刻的？杰生一想起那张苍白的脸，不禁打了个寒战。

杰生苦思如何才能从目前的困境中摆脱出来。他知道那些人囚禁他是因为要钱，而不是想要他的命。只要付清了他们所声称的债务金额，他马上可以获得自由。但是他一想到要付出这么多钱，马上心里有刀绞一般的痛。他知道如果要筹集这笔钱，不可能向父亲要，只能告诉自己的妻子。但是怎么开得了口呢？妻子娘家的房子抵押贷款他都还没还清呢。杰生甚至觉得，如果把妻子逼得再去筹钱，让家庭陷入贫穷，还不如自己被关在这里，哪怕是会死掉。他害怕贫穷超过死亡。现在他想得最多的一个办法就是去找查理。他觉得弟弟的资金肯定是流到查理那边去了。要是他自己能见到查理，也许可能说服查理，把资金还给他。杰生把这个主意说给囚禁他的人听，但是他们觉得这个主意不可靠，没有答应他，还是让他给自己家里人打电话筹钱。杰生不愿意，就这么僵持着。

杰生想着现在能帮助他的只有小青了。他把小青的电话号告诉给囚禁他的人，让他们联系，但他们总说联系不上。杰生怀疑他们没说真话，觉得他们已经在联系了。他有几个晚上做了同样的梦，梦见有人敲他窗门。他起来一看，窗外是那个消防队军官站在一个高架的消防云梯上，把他从窗户里接出来。那云梯收缩起来，让他下到了地面。然后他看到了小青，他们一起坐在一辆庞大的消防车驾驶室里向义乌开去。

几天之后的晚上，囚禁他的人上来和他说话，说他的朋友来见他，会带他离开这里。至于杰生以后的事情他的朋友会告诉他的。杰生下了楼，看见了小青来接他，开车的正是那个消防队军官。

车子向义乌城里开去。小青告诉他，她和讨债公司的人达成协议，让他先出来去找查理。讨债公司答应给他在外面一个月，如在这个时间内还不了钱，他们还向她要人。小青说这事也只能这样办，因为杰生弟弟的确欠了义乌摊位厂家一大笔钱。小青说现在杰生不宜住在旅馆里，她安排他住到他弟弟杰林原来租下的屋子。那屋子已经付过租金，现在还可以使用。小青带他到了这个屋子，杰生看到，自己原来在旅馆的东西都已经搬到了这里。屋里已经打扫过，冰箱里有食物，厨房用具齐全。小青吩咐他尽量少外出，他的安全应该没有问题。

当晚他睡在弟弟租下的屋子里。他到达义乌的第一天，小青就带他来过这个屋子。虽然他现在还是处于被小青担保的状态，讨债人时刻还可以让他回去，但毕竟他是在自由的空间里了。当太阳升起时他感到莫名的激动。

弟弟房间里有电视机，他看了一阵，很快就发现看不下去。他关掉电视机，呆坐在屋子里。这时他想起了上一次小青带他来时，他看见过屋子里有非洲的地图、面具、书本之类的东西。现在房子打扫过了，桌子上什么都没有了。他在屋子里找起来，后来在桌子下面的抽屉里发现了它们。

在这堆东西里有两本中文的书，一本是《黄金的矿脉分布》，是科技出版社出的；还有一本是《黄金提炼技术》，是中国冶金出版社出的。这让杰生很不明白，弟弟怎么会有这种关于黄金的书。一堆印刷品中，除了好些鲜艳的外国杂志，还有一本印刷质量很差的地图册。杰生拿起来仔细看，这个地图的比例很小，里面能看到一条条小河流的支流，上面还有一些是非洲村庄和人的图片。杰生看不懂上面内容，猜想这大概是非洲某个小地方的地图册，杰林怎么有它呢？有什么用呢？还有一本更奇怪的本子，像是一本工作手册，里面有一张张非常黝黑的黑人的照片。杰生慢慢翻着，他对于黑人的长相是能分得清的，在美国加拿大他常和黑人打交道。当他翻过了几张，突然看到了一张熟悉的脸，她就是在火车卧铺上碰到的那个黑檀木一样黑的非洲女子，后来在义乌城里也遇见过她几次。

这张照片让杰生突然想起那女子说自己是个 messenger（信使）。那样的话，弟弟这本手册里的黑人照相册莫非是一本信使的相册，用来辨认信使的面貌？如果这样，弟弟怎么会和他们发生关系呢？毋庸置疑，一定是因为查理的关系。弟弟跟随着查理，已经成为他身边的一个人。杰生突然想到，如果是这样，那么这个黑人女信使说自己有紧急的任务要去见人，不可能是见弟弟这样的小人物，而是要见重要的人物，那么一定会是去见查理了。这样的话，她一定是知道查理在什么地方。

杰生还记得，那个黑女人在火车上说过自己住“巧心”宾馆。他前几天还在街上看见过她，所以他觉得可以去“巧心”宾馆找找她看。但是他不敢贸然去找她，他戴了一顶帽子，尽量低着头，坐出租车到了“巧心”宾馆附近。他看到对面马路有个茶馆，就在茶馆里坐下来，张望着旅馆的门，等待着她的出现。这个宾馆住着不少黑人，进进出出很频繁。杰生全神贯注地观察着，他在当天就看到了她走出了宾馆。杰生在后面悄悄尾随，她走出不远，在一个理发店里做了一下头发就回了宾馆。第二天下午时分，她再次出来，这次走得远一点，在文化宫那边的肯德基吃了一份汉堡，之后还是回到了宾馆。杰生一直等到天黑，没见她再出来。

第三天一早，杰生又来到“巧心”宾馆对面的茶馆。这个时候，他看到她又出来了，手里拉着个拉杆箱，像是要出个小门。她上了出租车，杰生马上叫了车尾随而去。车子开出不大远就停住了，杰生看见路边是宾王汽车站。

九

宾王车站紧靠着宾王纺织品市场。据说唐朝的骆宾王是这地方的人，所以以他的名字给市场和车站命名。在义乌商场发展最初阶段，客人需直接到市场提货，所以宾王车站客流很旺。现在义乌在城市周围建起了几个大车站，宾王车站只保留了几条省内的短途线路。

杰生看见黑人信使走进车站，看起来她对这里很熟。她没有去买票，而是径直走进了停车场，上了一部开着门的大巴士。杰生看到那个巴士的车头挂着个牌子，写着：义乌→白浦镇。他想都没想，一头钻进了车子，坐到了靠后的位子上。几分钟后，售票员上车售票，车上人不多，坐不满。很快，车子就开出了车站。

杰生靠在车窗上望着外边景物，路边基本看不到农田，大部分是各种房子，只有小块的农田在房子的间隙一闪而过。除了高大的厂房，那些农宅也很高大，每个屋顶上都有一串糖葫芦似的不锈钢串珠，房子越大，串珠越大。这些串珠大概是避雷针。

车子开了五六个小时，在一个地方停下来，潮湿的空气中立即充满了浓重的海洋气息。司机叫到站了，都下车吧！车上的人一下车，都往小镇里面的方向走，车边有很多三轮车和残疾人的电动车在拉客。杰生眼睛盯着前面走的黑人女信使，看她拖着箱子走出车站。他回绝了所有拉客的人，跟在她身后往小镇走去。走出车站后，人流车流都少了。杰生看见了路边有个黑人跨在一辆嘉陵牌摩托上。女信使奔向他，他们拥抱了一下后，女信使坐上了后座，摩托以飞快的速度狂奔而去。杰生还没反应过来，摩托车就消失在路的前方。这时杰生的边上没有车可以搭乘，即使有，那些三轮车电动车也赶不上那飞驰的摩托。杰生放弃了跟踪的念头，他想这个黑人小伙儿开摩托车来接人，说明他是从不远的地方来的，这么小的地方应该能打听到，于是他就继续往前走去。

他在小镇狭窄的街路上前行，路上有很多水洼坑，路边杂乱地停着车，好些摊位又搭着棚子占掉了路面一部分，他只能在路中间走着。后面猛一记车喇叭，他紧急避开了，只见擦身而过的小皮卡上有一条巨大的鲨鱼。起先他以为这是一条假的鲨鱼，塑料做的，但是看到鲨鱼的皮随着车子的震动而抖动，血水从鲨鳃边流出，一群苍蝇在上面打转，才知是真鲨鱼。越往前走，见运鲨鱼的车子多了起来，有几千斤重的大鲨鱼，也有一米多长的小鲨鱼。再往前走，他看到一个大门上挂着“环太平洋海产加工公司”的牌子，工人就在大门口那块地上切割鲨鱼。杰生看到有一排木架子，晾晒着剥下来的鲨鱼皮，还有的铁丝上挂着切割下来的鲨鱼鳍。杰生知道鲨鱼鳍里的软骨就是名贵的鱼翅。杰生和站在门口看门的保安聊了一下，得知这里是东部沿海有名的鲨鱼产品集散地。这里的鲨鱼商人会雇船在海上收购渔船捕到的鲨鱼，也有捕到鲨鱼的人主动送到这里卖掉。鲨鱼在这里被做成鱼皮、鱼翅，还有鱼肝油。

整个小镇在一群群黑色的苍蝇包围之下，掺和着浓重的鱼腥臭味，让杰生无处藏身。他捂着鼻子穿过了小镇，在小镇的另一头，这里已经没有鲨鱼加工厂。路边有一个小饭店，他走了进去，准备吃点东西。他叫了几样小菜一瓶啤酒，心里奇怪为何黑人女信使到这么个地方。难道查理会在这里？然而直觉告诉他，他来对地方了，他已经接近了查理。他已经闻到了那种腥臭的海鱼气息，这气息躲藏在那双肩包里，在货柜里穿过了太平洋和北美大陆，到达了加拿大东海岸，最后散发出来。他的桌位对着窗门，窗门外是那条狭窄的道路，两车交会得慢慢擦肩而过。小镇只有这条唯一的道路，刚才那个黑人小伙的摩托车一定是沿着这条路开下去的。他把饭店老板叫过来，问，这条路通到什么地方？老板说这路下去有一个废弃的码头，还有一个工厂，听说是外资工厂，是生产人造革制品的。听起来越来越对头了，查理的工厂和基地就在这个镇上，就在这条水泥路通下去的海边。现在，杰生已经接近了目标，他的心怦怦跳了起来。

他从饭店出来，向那辆摩托车开去的方向走。走不了多久，就看到了海边一个城堡一样的建筑群。越走近，越看得清楚，其中有几座高高的合成塔，还有冒着黄烟的烟囱。在工厂的门口，插着许多设计古怪的旗子。有两道铁门，外面还有一道铁丝网，里外站着好多个保安，有两个保安是黑人。

现在他已经到达了查理城堡大门跟前，只觉得心潮起伏难以平静。但这个时候他告诫自己冷静下来，他不敢肯定自己是不是真的找到了查理的工厂。他决定暂时不进去，先熟悉一下情况，明天再作计划。

他看到离这个城堡不远处的路边有一个小旅馆，于是决定先在那里住下来。他向登记的人说要一个能看到海景的房间，结果进房间后，发现这个房间正是观察城堡的最好的位置,能看到工厂全貌,还有背后的码头和大海。他想起刚才经过小镇时，有一个航海器材店，橱窗里有望远镜。他于是返回去，买了一个望远镜。整个下午在太阳下山之前，他一直在观察着工厂的地形和动静。

从小旅馆房间窗口观察查理的工厂，能看到正面的建筑和厂区的一个操场。在望远镜里，大门的牌楼上除了奇异的旗帜，还装饰着羚羊的角、一圈骷髅头、弓箭和长矛，正中央还有一个人的浮雕塑像。这塑像像格瓦拉一样戴着贝雷帽，但是模样却很像查理，杰生觉得这个塑像一定是按照查理的面相塑成的。

第二天清晨，杰生早早拿着望远镜在窗户后面观察着，他想看到查理出现在他的眼前。七点的时候，他听到厂区响起了电铃声。很快，操场上热闹起来。只见从主厂房边的宿舍楼里跑出来许多许多穿着绿色工作制服的工人，动作飞快地排成了一列列队伍。有个工头一样的人对着一排排队伍说了一通话，之后工人们排着队进入了工厂的厂房。

杰生没有在操场上看见查理，他开始有点焦急起来。他觉得老是在这里看来看去解决不了问题，决定直接去找他试试看。他离开了旅馆，走向了查理的工厂。走进大门的时候，保安问他要干什么，杰生说要见厂里的老板。保安对着对讲机说了什么，一个秘书模样的人出来，问杰生什么事。杰生说自己是从加拿大来的，有重要的事情要见一下查理。秘书说查理现在不能见客人，让杰生留下电话号码，明天告诉他情况。说着，就让他走。杰生还想赖着不走，抬头往铁门里看，结果一个带着狼狗的黑人保安把他轰走了。

第二天，那个秘书真的给他打了电话，说查理要两个礼拜以后才能见他。杰生说自己有急事。对方说两个礼拜算是最快的，一般见面得安排到三个月之后。说完就挂了电话。

虽然被拒，但是杰生觉得还是有了进展，因为毕竟找到了查理，而且已经听到了他的消息。只是这个家伙藏在里面不愿见他，或者是做贼心虚，想拖延时间。现在就剩下最后一条路，杰生决定自行进入工厂，直接到办公室里找他。

他用望远镜观察了工厂周围的地形，看到工厂后面靠海边的地方布满礁石。涨潮时礁石被淹没，可退潮时，礁石连到了一起。礁石区没有铁丝网，他可以从这里进入厂区，然后想办法找到查理的办公室，突然出现在他面前。这个念头虽然不那么光彩，但现在他只有这一招了。

在第二天退潮时，他攀越过一块块礁石，从海滩悄悄潜入了工厂的背后。这里有一个码头，有一条船在卸货，都是一些废弃的渔网，有几个工人在干活。借着附近一排绿化灌木丛，他猫着腰躲过了工人的视线，慢慢接近厂房。他看到主建筑有个小门开着，就闪了进去。

进门就是一条铁制的楼梯，连接到了主要的车间。这条铁梯和车间内的化学合成设备连成一体，可以到达任何一个部位。杰生不能往后退，只有沿着这一条铁梯往高处走，越走越高。他到了穹顶位置，从上往下，看到了那些从轮船上卸下来的旧渔网被填进一个巨大的粉碎机，粉碎后的旧渔网成了颗粒状，从另一个出口喷出来，由输送带送到了合成反应锅炉。在他爬过了这一道楼梯之后，看到了反应塔另一侧车间的工序。从那里有一条宽大的输送带飞快地转动，已有平整的人造革坯布出来，经过了冷却水，冒出巨大的蒸汽和臭气。流水线继续向前，再出来就是印着鲜艳图案花纹的成品人造革布了。现在，杰生终于彻底明白为什么他收到的双肩包带着一股海鱼腥味的原因了。

他继续向前，看到下方是缝包的车间。这里的工人都是女工，穿着军绿色的工作服，那些电动的缝纫机飞快地转动，缝好的裁片自动进入下一道流水线。当他继续往前走，视线稍远一点，就可见前面有个展示厅，有几个美女和摄影师正在给各种各样的背包拍广告。他再往前走，穿过了一个铁门，那里已经有三个保安在等着他。他被抓了起来。来审问他的正好是昨天那个秘书。他说自己有要事马上要见查理，所以才闯了进来。

他被关了三个小时后，有人进来了，给他松了绑，带他穿过了一条走道，进入了一个庞大的房间。那人让他坐着不要动，他要见的查理很快要接见他了。

杰生坐在房子中央的一张椅子上，一张玻璃台子上放着一杯水。房间很大，灯光昏暗，墙壁上都包着皮革，准确地说是色彩棕红的人造革。天花板很高，上面有星星一样的射灯照下来。他的头隐隐作痛，他不知查理会从哪个门进来，心里觉得紧张。

突然，有一面墙出现了光斑，慢慢亮了，原来是一个大的电视屏幕。起先是一阵流沙一样的混沌，伴着嘶嘶作响的噪音。沙粒状的光点像是个筛子，慢慢筛出个图像来，逐渐地清晰，能看到是一个人形，模样像是查理。图像突然一下子清晰了起来，正是查理。他坐在一张椅子上，背后的景物焦距是虚的，看不清楚，大概是树林和河流。他戴着一顶贝雷帽，穿着和切・格瓦拉一样的军服，肩上挂着一支冲锋枪。但是杰生觉得他的样子不像格瓦拉，倒是有点像本・拉登。视频里查理的背后有零星的枪声和迫击炮声。

“嗨，杰生，你现在怎么样？都好吗？”屏幕上的查理说话了，那声音是从杰生背后的麦克风里发出的，图像和声音有个时差，所以看起来和他的嘴形对不上，怪怪的。他的脸上长满了胡子，以前可不是这样的。

“查理，你装什么蒜？你躲在什么地方？是在墙后面吗？”

“呵呵，杰生，你的想象力不行。我现在离你远着呢，我在非洲中部尼罗河上游呢。”为了证实他的话，对准他的摄影机转动了镜头，画面上能看到他背后的一个长满香蕉树的村庄，一条奔涌的河流，几个黑人对着镜头傻笑，还有一头水牛慢吞吞走过去。“本来我准备过两个礼拜后回来见你，可你看来很心急。听说你一直在盯着我，到处找我的踪迹，所以只能这样见你了。”

“查理，你怎么会在这个地方？”

“大约半个月之前，一个非洲女信使来到了义乌，找到了我，送来的是部落酋长的亲笔求援信。因为军阀包围了他们，我们的贸易站和采金场受到威胁。这个事情非常紧急，所以我马上飞往了非洲。如果我不去那面指挥，我们的军队不会有战斗力和信心。我现在是在战斗的间隙，我遇到了前所未有的强大对手。刚刚打完的一战我们这边死了很多人，对手也死了很多人。我们在大河边设下了埋伏，不让对方过河，对方的人被我们的重机枪射中，然后鳄鱼吃了他们的尸体。”

为了印证他的话，摄像镜头转过去，对准了丛林，拉近了焦距，画面上可见远处有燃烧的村庄，冒着烟雾。

“我不明白，你会做这样的事情。”杰生说。他相信查理说的都是真的，因为这个女信使和他一起到达义乌，而他也是跟踪她才找到这里。

“我只有十分钟时间和你说话，我马上要出发去打仗了。你快说吧，找我有什么事情。”

“我这次是为了我弟弟的事情到义乌来。之前我并不知道你在义乌，但是我在弟弟的事情上发现了你在这里。很多人告诉我弟弟死之前跟你来往密切，我在公安局了解到弟弟出事前正和你一起在酒吧里。所以，我想见到你，想了解我弟弟的情况。”

“你想知道什么情况？是那天晚上的事情吗？我觉得你最好不要了解得那么详细，因为知道自己的亲人死的细节，会给自己增加折磨。但是既然你这么费心思来找我了解这件事，我总得告诉你一些事情。你弟弟是好样的，很勇敢。他是为自己的理想而死的，死得有意义。你不要太难过。”

“我看到了你在义乌搞起了一个你自己的根据地，我弟弟成了你忠实的信徒。”查理的话让杰生感到愤怒，但他尽量控制住自己。他知道不能激怒查理，因为接下来还要提弟弟的资金去向问题。他不敢贸然说弟弟资金的事，得小心翼翼地去接近这个话题。

“根据地谈不上，但我的确在义乌这个地方扎下了根。你不会知道，我内心里有一块黑暗区，那种黑暗的程度是你无法理解的，它是一种有毒的会毁灭一切的物质。我不知道内心的黑暗是什么时候开始形成的，大概早年在金三角的时期就慢慢开始堆积，它像恶性肿瘤一样潜伏在我的心底，让我总是觉得自己是个悬崖底下见不到阳光的人。在我到了义乌之后，我内心的黑暗开始慢慢稀释了，我渐渐看清了自己的路径，我发现义乌原来是一个奇异的迷宫，从这里可以找到自己失落的梦境。”

“很多年前那次在你的店里，我就听你说过义乌是个迷宫。后来，你的生意突然发达了起来，我知道是义乌的资金货源让你走对了路。但就像海市蜃楼一样，你的生意败坏了下去。多伦多的人都说你是故意把自己的生意毁灭掉的。”杰生说，他觉得自己平静了些。

“你说得一点没错。当我在唐人街那个店里开始做生意的时候，老是觉得自己会爆炸了。你知道，那个时候我的生意很小，连你的老板金先生都在欺负我，拿了两箱竹子坐垫还让我拿回去。你还记得那一次的名牌商品律师派小姑娘让我上钩的事情吧？那个官司我被罚了两万美金，还坐了一个星期的监狱。这该死的帝国资本主义！这个事让我受到太大刺激，反而成了一种催化剂，让我的生意突然就庞大起来。一切事情顺利得无法想象，进什么货物都卖得掉，银行和商家争先恐后给我提供资金，很多人都称我是大人物。我那时都轻飘飘起来，以为自己已经功成名就。但突然有一天，我内心的那块黑暗又重新凝结了起来，让我失去了前进的动力。我变得焦躁不安，想破坏一切，家里的事情也搞得一团糟。儿子独自出走回国，老婆也疯了。我开始在黑暗中坠落了。之后，我的资金链断了，卖出去的货款收不回来。当那些欠我钱的人知道我的生意出现状况之后，他们更是hold住我的钱不还，这些人就像草原上空盘旋的秃鹫，早早就会发现一个目标的死亡气息。当我的公司彻底塌陷之后，我在多伦多待不下去了，就来到了义乌，把义乌当成了下半生的一个主要据点。这个时候我的心情反倒平静了下来，我觉得自己有了真正的自由。现在想想，我在多伦多的衰败真的是我故意造成的，目的就是能够让自己痛痛快快地回到义乌来。”

“可你现在并不在义乌，而是在非洲，你怎么和非洲建立起关系的？”

“这事说来话长。我早年也是个读书人，有一天，我在芝加哥大学图书馆读到康拉德的《黑暗的心》，这书让我知道在非洲最心脏的地方有一个最黑暗的地方，书里那个先驱者库尔兹最后死在这片黑暗中，而这样的一种文明照不透的黑暗正和我内心的黑暗非常相似。还有一本书对我影响至深，那就是切·格瓦拉的《玻利维亚日记》。我无数次读过这本书，最初读的时候竟然号啕大哭，现在读还是会热泪盈眶。格瓦拉是我最崇拜的英雄，我曾经无数次到古巴去追寻切·格瓦拉的踪迹。格瓦拉在前往玻利维亚山地打游击之前，曾经去过刚果的金萨沙策划革命，但是最后失败了，被赶了出来。我从多伦多来到义乌之后，看到市场上经常有一些非洲来的黑人在转悠。他们是真正的非洲黑人，和北美的黑人完全不一样。我想起了切·格瓦拉那次失败的非洲之旅，突然产生了前往非洲作一次调查的愿望。我一个人开车进入非洲之心纳布尼亚，经过几年的开发之后，我打通了义乌和非洲之心的通道。

我现在有大批的贸易领地，有好几个采金矿场，好几座出产红木的森林。我可以和军阀一起喝酒，可以打电话给外交部部长，可以买通议员立法，如果有足够的钱，甚至可以发动一场政变。我在尼罗河上游流域的部落间有着权威，每个住在这里的人都尊敬我，把我看成神灵一样。如果有人对我不尊敬，到了晚上他家不是丢了一头牛，就是屋顶被石头砸开了。"

"你这个样子像是去闹革命，而不像是去做生意。"

"这个问题正是我苦恼的，我也说不清我到这里是干什么的，我只是在跟着我的 Intuition or Instinct（直觉、本能）。我是个金三角的知青，在热带丛林里产生了革命情结。到了国外，我更是在精神上追随着切·格瓦拉，一直渴望着回到丛林里去战斗。在抵达了非洲之后，我的内心开始平静，我现在明白了，在我的灵魂里充满着原始的情感，渴望着声誉和虚名，追求着徒有其表的成就和权力，渴望在什么不为人知的鬼地方干一番惊天动地的大事业。"

"听着，查理，我想和你说说我弟弟的事情。"杰生开始说出自己想说的事情，他是那么紧张，嘴唇都有点发抖了，"我没有责怪你的意思，我的弟弟跟随你是他的选择自由。但是他做了一件让我意想不到的事，他把我的货款弄得不知去向，欠了一大笔钱。现在，为了这笔钱，我已经被义乌的地下讨债公司控制了，他们随时可能毁了我。现在我所能想到的是，弟弟一定是把这些钱投到了你的非洲事业上去了。但这笔钱不是他的，而是我的货款，他没有权利这样做。查理，你知道我在多伦多做点小生意有多么难，如果这笔钱是投到你这边了，还请你先还给我吧。"

"杰生，让我讲个故事回答你的问题吧。切·格瓦拉在进入玻利维亚后，当地有一个华人参加了他的游击队，成了他的追随者。在切·格瓦拉的《玻利维亚日记》里，切·格瓦拉称这个中国人为'契诺'，西班牙语意思就是中国人。我后来千方百计查到他姓谭，但名字却找不到。他是第三代的华人移民，曾经是个富有的矿主。这个姓谭的华人跟随格瓦拉在玻利维亚的山地丛林战斗了四十天，最后在过一条河的时候，被政府军的机关枪打死。我三年前到古巴圣·克拉拉看望切·格瓦拉的墓地时，看到纪念广场底下一面墙上点着长明灯，里面是一个个小小的墓穴，安葬着格瓦拉和他在玻利维亚一起战斗一起遇难的游击队员。我找到了写着'契诺'名字的那个中国人谭的墓穴。他把什么都给了切·格瓦拉，这就是一种事业。"

"查理，别跟我说这些了，我知道你的意思。我现在是遇上了大麻烦了，我需要弟弟那一笔钱，我知道弟弟是花不掉那么多钱的，一定会在你这里。"

"我和我的朋友们随时都愿意为了非洲事业而死去。对我们来说，钱财是沙子水泥，我们用它们来建设一个城堡。我们的钱财一旦加入了，就如浇筑混凝土一样凝固在大厦上，怎么也取不出了。看看我，我现在没有私人财产，我与妻子和儿子都不再有家庭关系，我不会有一分钱的私产留给他们。杰林的资金已经融入了我们的非洲事业中，今天我们军事行动的每一发子弹、每一颗手榴弹都有杰林的一份贡献在里面。”

在和查理经过一番对话之后，杰生知道自己是在和一个狂人说话。这个人是一个有金三角革命后遗症的疯子，一个没有理性的狂热的格瓦拉模仿者，一个终身在悬崖底下黑暗中行走的人。杰生心里产生疑惑：莫非他弟弟的身上也存在着这种可怕的黑暗吗？他一直在努力寻找查理，现在终于找到了，但他对自己能否从查理这里找回资金已经不存希望。绝望在他心里升起。

“时间真快，你看，非洲的太阳下山了。”查理说着，背景正一片通红，“河马要回巢了，狮子要睡觉了。现在该是结束我们对话的时候了。我们的战斗已经开始，你听，那丛林的鼓声已经响起来了。”

杰生看到墙上的图像慢慢减弱，还原成先前那种宇宙沙尘的模样。在嘶嘶作响的电流声中，查理的图像正逐渐模糊，他开始令人恐怖地大笑起来，最终消失在一片白茫茫电子光尘中。

【作者简介】

陈河，著名华人作家，现居加拿大。首届“郁达夫小说奖”，以及“华人华侨文学奖主体最佳作品奖”获得者。曾任温州市作家协会副主席。1994 年出国，在阿尔巴尼亚居住五年。1999 年移民加拿大。曾停笔十多年，近年重拾写作，主要作品有《夜巡》《黑白电影里的城市》《红白黑》等。

格瓦拉的影子

——评《义乌之囚》

李国平

近年来，旅居海外的华人作家在国内文坛受到越来越多的关注，一批海外作家的创作丰富了当代中国文学的结构，为当代文学的创作增加了世界性因素。

这中间，陈河是突出的一位，陈河的引人注意，他的中篇小说《黑白电影里的城市》是一个标识。这部小说吸引人的阅读点之一是异国的传奇和怀旧的诗意。我曾经为这部小说写下过这样一段评价文字：“这是一篇给人带来陌生感和新颖感的小说。不仅仅在于题材，题材的选择实际上反映了作品的记忆、经验和视野。不能说他给当代创作提供了新经验，但可以说他给当代创作提供了新视野。作品将传奇的叙述和宏阔的背景物相结合，传导出关于人生、历史、现实和命运的多重意味。”这段评语其实并未完全说出我读陈河小说的感受，还有什么呢？

陈河的大部分小说，都好读，也耐读。好读是因为他的叙事吸收了通俗小说的元素而又不失精英文学的精致和经典小说的底蕴；耐读，是因为陈河对于小说叙事从形式层面到意义层面所建立的自然的连接，陈河并不追求主题的直截和明晰，而总是尊重读者的智慧，留下和读者交流共鸣的余韵。若简单地分解陈河小说，用关键词给予归纳，那么，富于当代生活的传奇，异域和跨国经验书写，跨时空切换叙事，宏大而鲜活的历史背景的设置和跌宕奇异的情节的结合，尤其是悬疑小说的外壳，则是突出的特征。《黑白电影里的城市》不用说，他的长篇小说《布偶》是如此，长篇小说《甲骨时光》是如此，《义乌之囚》亦是如此，通常理解的悬疑小说的特征，诸如《义乌之囚》所写的几个节点，打斗、凶案、死亡、绑架，一般理解的悬疑小说的模式，犯罪、命案、侦破，对真相的探寻和追问，构成了《义乌之囚》的基本情节。

《义乌之囚》所写的是移民加拿大的华裔商人杰生返回中国义乌调查弟弟死亡真相的故事。这个杰生，在加拿大经营批发生意，而他的弟弟杰林则帮他从义乌组货。不想，弟弟在一场斗殴中丧生。哥哥回国处理后事，但也遭遇陌生人绑架。这是一个在刑事层面已经结案的事件，但在哥哥心里却疑雾重重。“我非常自责，不应该让他到义乌来。要是他不来义乌，就不会出这样的事情，有时候我会想到是我害死了他。”“杰生在心里为弟弟的死背起了一个十字架。”因为情感动机为真相而来的杰生却进入了一个疑窦丛生，悬念迭起的迷宫。弟弟屋里那些关于非洲的图片和册子，“弟弟为何和黑人打架而死？”情感的负疚并未解脱，却发现弟弟之死几乎将家庭拖向商业的黑洞，还有那“掺和着浓重的鱼腥臭味”，那穿过太平洋和北美大陆的货柜，“那种腥臭的渔鱼气息”，都使整个叙事弥漫着一种神秘不安的气息，仿佛一种隐喻，吸引着读者和叙述人一起去探秘，破解事件的真相，探究命运的真相。整部小说，因为情感的介入，基本上抛弃了智力的推理和演绎，它用了悬疑小说的外壳，而传导的内容，却非悬疑所能收拢。

陈河的小说，具有突出的横向的空间跨度和纵向的时间跨度，他的小说里，已经不太能读到异乡他族人的伤感和怀旧，他描写的是新移民的生存方式，是移居它国者内部权力、利益的争斗，是新老移民关系中的生存哲学，商业争斗，权力结构，这是杰生和查理们的经验；陈河的小说，具有戏剧化的跨文明和跨文明的戏剧性，《义乌之囚》所写的义乌，借助于叙述者的描述，由于中国的发展，“一个小小的县城，突然成了世界的中心”，然而，它仍然是一个“和土地紧密联系的地方”，它的“商城和摊位都是从泥土里生长出来的”，虽然义乌的触角伸向了全世界，但是它的许多生产场景和商业行为仍然具有资本原始积累的特征。这个义乌，是全球化视野的典型，生长着有待整饰的秩序和旺盛的商业生命，古典的古朴商业伦理和现代的酒色、刁诈的生存方式并存，由各种肤色所组合的族群显示着不同的文化认同和价值认同，呈现出民族主义和世界主义共生，古典、现代和后现代混搭的世界性图景。

在宏观的世界背景和具象的义乌背景中，就是在现代社会商业贸易环境取代了激进的革命的后革命环境中，怎样出现了格瓦拉的影子或复活了格瓦拉想象，多少有点离奇和荒诞。作品所着力塑造的人物查理——中文名杜子岩，作品给出了他的精神谱系，“我是个老三届生，还没成年就遇上‘文化大革命’，到处串连。那个时候就是想闹革命，想到可以战争的地方。”后来到金三角，认识毒枭，打过游击。“格瓦拉是我崇拜的英雄”，是他的神明。在异国他乡经历了商业的大红大紫和烟灰飞灭之后，原始的情结，激进的情感在义乌复活。“到了义乌后，我发现了自己的方向，我内心那块黑暗开始融化了。”查理这个人物，颇具真实性，因为他有自己的性格逻辑，查理的行为，多少有点幻像，当他狂热的时候，“完全沉浸在虚幻的想象中”。作品塑造的查理，在当下复杂的世界图景中，非常有意味。他身上映现出民族主义和意识形态的影子，在格瓦拉几乎成为现代商业社会炫耀性消费的形象的时代，格瓦拉精神，却在他心中复活，并且付诸行动。作品借助杰生的判断，给过查理一个评价：“这个人是一个有着金三角革命的遗症的疯子，一个没有理性的狂热的格瓦拉模仿者，一个终生在悬崖底下黑暗中行走的人。”是在纠偏对格瓦拉的误读，似乎在清理一个时代情结的晦暗不明，又似乎在拷问全球化资本背景下，人如何寻找拯救之路。所谓义乌之囚，非身体之囚，乃精神之囚。

风中事

张 楚

风来了

关鹏在超市里买蜡烛、矿泉水、酸奶和面包。新闻里说台风“小仙妮亚”即将登陆。对于这座滨海城市而言，台风意味着全城停水、断电、万分之零点零三的死亡率、短暂的道路堵塞和名正言顺的休班。对关鹏来讲，停电造成的黑暗、停水造成的暂时性饥渴都不是问题，昏天黑地的睡眠也不会让他得阿尔茨海默病。他的担忧说起来颇为可笑：美少女战士王美琳会不会手持断钢剑穿越暴风雨来找他？

他以前不怕王美琳，他以前最怕在楼梯口听到老男人响亮的咳嗽声。那肯定是父亲和母亲大驾光临了。去年，他们动辄克格勃般现身，既不事先打电话，也拒绝配钥匙。对于他们的来访，关鹏开始抱着无所谓的态度。如果没猜错，他们不是给他介绍女友，就是突击检查他的私人生活。不过，女友一概离谱，托的全是八竿子打不着的三亲六故。有次叔伯姑奶给他介绍了东港渔村搞水产养殖的姑娘（姑娘边和他聊天边抓起池子里的海鳗装箱。当她闪电般攫擸住窄扁的鳗鱼头时，他冷不丁打个寒战，下体莫名疼起来）。还有回，远房姨姥的姑爷给他介绍了名擅长顶碗的杂技演员，头次见面她就忍不住表演了“柔术”，头从胯间猛然探出，倒立的金鱼眼紧瞪着他……

后来对他们安排的相亲渐生腻烦，却又不便捅破。父亲肺叶里埋藏着无数吨金属氢炸药，这个曾经的炮兵营长最窃喜别人将导火索点着，然后将他人和自己炸得粉身碎骨。他怀疑父亲骨子里有浓烈的英雄主义情结，只有牺牲才是最浪漫庄重的誓言。母亲就更不能得罪。这位在特殊教育学校教了半辈子聋哑儿童、智障儿童和脑瘫儿童的迟暮美人，天生一颗玻璃心，五十多岁了还动辄哀暮春伤晚秋的。也许，看过太多肉体上的残缺，总让她习惯看别人的戏，流自己的泪。

还好，他们最近极少来访。兴许是母亲的玻璃心反射到了他稍显冷漠的眼神？兴许是父亲担心自己的火药桶被儿子走火引燃？说到底，他仍是他们最嫩的那块心头肉，襁褓里喝奶的屎尿娇婴。有段时日母亲婉命他每晚与她视频，汇报饮食起居吃喝拉撒，他就频繁地跟同事换班夜夜巡逻，裹着大衣在昏黄路灯下压嗓跟她聊两句，不是跟踪连环杀人疑犯就是追踪盗窃犯。母亲泪水涟涟下线，估计是去吃速效救心丸了。儿女与父母鏖战时总有种冷酷的本能，套路无论新或旧，手段无论刚或柔，终归是旗开得胜的一方。

王美琳就没那么好对付。关鹏觉得遇到王美琳，既脱离了经验主义，也脱离了对称逻辑。

这女孩是在夜店认识的。喝了几杯加冰的假芝华士后，两人开车去了海边。虽是初夏，人已密如蝌蚪。她的手指摸上去如单腿蛏般细小软滑。这是关鹏憧憬了许久的时刻：跟女孩光脚在沙滩上漫步，风吹着他的白衬衣和她的碎花短裙，而海面上由远及近的豪华游轮上，正举办着维塔斯的插电演唱会。在阉伶般空妙绝伦的歌声中他缓缓揽她入怀……那晚没有豪华游轮也没有维塔斯的演唱会，却有架闪着尾灯的庞大客机从海上由东向西急速飞过。他低头吻她，女孩的舌尖冰激凌般凉甜，他感觉自己的整个肉身都被那小小舌尖吮吸着，一寸寸融掉，最后单剩下随海风消逝的灵魂。是的，他想到了“灵魂”这个古老的词。他们在海边的旅馆开了房。事毕，当他瞥到白色床单上的血迹时，禁不住愣住。

说实话他有些许慌乱。这样的邂逅，或许只能是邂逅而已，他素来不抱什么奢望。可那抹血迹让他隐隐厌恶起自己。后来他们躺在阳台的藤椅上，吹着咸风，凝望着黑暗中咆哮的野兽。女孩轻声细语地说，她读大学二年级，学的中文，不过最爱的是唱歌。她大部分业余时间都用来参加各种声乐培训，如果哪天去参加《中国好声音》，她肯定得冠军。“你什么职业？”女孩狸猫般蹿坐到他腿上，掐着他脸颊傻笑，“贼眉鼠眼，不会是毒贩吧？”他告诉她，他不是毒贩，是人贩，天亮了就把她拐卖给深山茂林里的老光棍。女孩咯咯笑，顺手将他内裤扒扯下，稳稳坐了上去。这样，波涛声中他们忍不住又做了。当他手扶阳台上的银白栏杆抽烟时，霞光已由绵黑叠云层峦爆射而出，海面上游动着一群又一群黄金铸造的鱼。这让他有种错觉，他的好时光恐怕要来临了。

这个叫王美琳的女孩犹如肥美腥嫩的牡蛎，委实让他贪恋……王美琳是白羊座，天生冒傻气，喜欢零食甜点，不过也吃不胖。她老黏着他去各大夜店喝鲜啤。他还从未遇到过如此喜欢喝酒的女孩，似乎她瘦弱的身躯就是看不见的下水道，可以无限量排放各种酒精度各种麦芽糖度的液体。她还烟不离手。他曾忧心忡忡地盘算，由酒精和尼古丁供养的身体，会生育出什么品种的婴孩？

当然这些都是小事。他受不了的是她的脾气。正值夜班，王美琳打电话，吩咐他去哈根达斯买冰激凌。每年夏季单位最是忙碌，上面的官员都来这里度假，如果级别高些，他和同事们得整宿整宿在大街上巡逻。那天王美琳说，如果他买不到冰激凌，以后就别来找她。他只得跟领导撒谎说，犯了结肠炎，要去医院打点滴……两个人去看电影，王美琳想吃爆米花。他说爆米花是垃圾食品，除了香精就是色素。王美琳噘着嘴让服务员拎了六桶，尽数倒在脚边，边倒边踩，边踩边扯着细嗓喊：愣着干吗？付款啊！他久久盯着王美琳，恍然明白件事：王美琳大概是将他当作了她的父亲。

明白了此事，一切豁然：这绝对不是未来孩子的母亲。他需要一个跟他睡觉生孩子、跟他打游戏会亲朋、跟他泡酒吧去西藏旅行的女人，但绝不需要一个将来内裤袜子要他洗、孩子要他喂、饭要他煮、屁股要他擦，稍不留神还可能给他戴顶绿帽子的女人。

想通了，心就散了，电话也懒得打，王美琳打电话也不接。一来二去王美琳也察觉到他有些异样，便常跑宿舍腻歪，找也就找了，见也就见了，睡也就睡了，可曾让他融化的舌尖再不是甜凉的舌尖，那个被海风卷走的灵魂重又栖居进他的肉身。他想嘎嘣其脆结束这段关系，可始终找不到恰宜的借口。他这才猛然发觉，若想摆平一件事，无论好事还是坏事，都需要冠冕堂皇的理由。当这理由还未灵光闪现，只能蟾蜍般被温水继续熬煮。

那日从超市出来，乌云盖顶。他想打出租，等了半晌也未等到，只得怏怏步行。雨点很快噼里啪啦拍到身上，狂风中他如稻草人般被鞭打撕扯，身体险被拉扯进闪电。好歹踉踉跄跄跑回单位宿舍，浑身已精湿。他撣撣头发慢慢悠悠往楼上走。当意识到门前缩着团黑影时，心咯噔沉下去。看来王美琳还是来了。

“你终于回来了！”那团半蹲的黑影陡然站起，“你他妈终于回来了！兔崽子！”

不是王美琳，是个男人。这男人声音如此熟稔。他揉揉眼眶，这才发现顾长风正三步并作两步地朝自己走来。

“我操！你咋来了？”关鹏吐了吐舌头，“你……”

“是‘小仙妮亚’把我吹来的，”顾长风嘿嘿笑着，拽了拽身后，昏暗光线下还站着个小女孩，“快叫叔叔！”顾长风摸摸孩子的头顶说，“你关叔是老爸最好的哥们儿！”那个长着双虾米眼的小女孩怯怯地说：“叔叔好。”

关鹏皱着眉头问："怎么不提前打电话？"

顾长风搔搔头说："电话欠费了。"

关鹏边开门边说："欠费了就交啊。"

顾长风半晌才磕磕巴巴地说："我最后的……积蓄，都用来……买、买火车票了。"

好基友的碎碎念

顾长风跟他有段时日未曾联络，或者说，顾长风二婚后，就从关鹏的生活中彻底消失了。这是意料中的事。顾长风第一次结婚时也如此。他那个在小学当语文老师的妻子其实还算明事理，可顾长风就是那种人：一旦黏上女人，哥们儿就犹如洗澡时掉下的毛发，全被冲进下水道。关鹏回老家时招他喝酒，他不出来；招他唱歌，他不出来；招他足疗，他不出来；招他打篮球，他不出来：招他打麻将，他不出来。这个叫顾长风的人总会有理由搪塞：譬如在给老婆炖草鸡汤，譬如要给怀孕的老婆洗澡，譬如要给丈人家抢购盘锦大米……有次他甚至信誓旦旦地说，吃海鲜喝啤酒过度，得了痛风，尿酸高骨头肿，走路一瘸一拐，出门甚是不便。然后在超市，关鹏碰到了挽着孕妇胳膊买凤梨酥的顾长风。这鸟人不是尿酸高，而是脑子里灌了硫酸。对这个见了女人骨头就酥软的发小，关鹏只能跟哥们儿喝酒时恨恨损上两句，最末总要咬着牙根说，早晚一天他死在女人手里。死了我也不送葬！你们给我记着！

其实顾长风跟第一任老婆离婚没多久，就闪婚了。第二任妻子是县药监局的临时工，没有编制，工资比顾长风高不了多少。论起长相，也只是个女人而已。关鹏一直不明白顾长风看上了她哪点。按照关鹏的想法，顾长风该从第一次短暂的婚姻中吸取教训，而不是急着再婚。婚姻不是儿戏，哪能这厢旧人尚在檐下泣，那厢新人就在洞房笑？后来听同学说，这老姑娘家世不错，父亲是建筑商，身家千万。思忖一番，顾长风想得也没错，娶个浑身镶嵌着金边的老姑娘，也算良缘。可他实在想不明白，顾长风为何来找他？不光自己来了，还带着跟前妻的孩子豆豆。

"我实在受不了她，"顾长风啃着面包嚷道，"我要跟她离婚！"

"疯了吧你？"关鹏觑他一眼，"孩子才一周岁，哺乳期，法院不会受理的。"

"不同意我也离！"顾长风把面包掰碎了塞豆豆嘴里，"如果再跟她过，生不如死。"

"你第一次离婚时，也这么说。"

"是吗？"顾长风伸出食指蘸起餐桌上的面包渣儿，"我的命怎么这么苦？"

"苦就是福呀！"

顾长风说："你还有心情笑？有没有点儿人性？"

关鹏说：“我的人性早被你泯灭了。”

顾长风哼了声说：“我没吃饱。”

关鹏说：“豆豆吃饱就行了。”

顾长风说：“你他妈一点儿都不关心我。”

关鹏说：“我又不是你爸爸。”

顾长风不说话，趴餐桌上默默流泪。女儿豆豆用小手帮他擦眼眶。

关鹏说：“这么没出息！做不成小鲜肉，就做老腊肉。”

顾长风哭声更大。关鹏说：“说吧，到底怎么了？我最喜欢给别人伤口上撒盐了。”

窗外飓风降临，枝丫脆响。顾长风断断续续地讲，关鹏有一搭没一搭地听。在他看来，顾长风是个对自己极为不负责的人，或者说，是个完全没有看清自己本质的人。男人到这年岁，对自己还缺乏唯物主义的判断，生活偏离轨道也正常。顾长风说，他没想到第二个老婆是个好吃懒做的女人。婚后没多久就看清了他的家底，积蓄不过四五万块钱，若不是公婆帮扶日子也难将就。就怂恿他将那辆帕萨特卖了。这车是他头婚时父亲送的礼物，只卖了十万块钱，转卖给了谁？她舅舅。不满一载，卖车的钱就全花光了。怎么花的？说不清，反正想买啥就买啥，想吃啥就吃啥，想去哪里就去哪里。本来还幻想着岳父岳母可能会周济布施——有钱人手指尖稀稀拉拉流下的金粉也能抵普通人家一辈子的家底。可事情完全不是这样，岳父痛惜地说，他的家当全压在开发区的娱乐城上了，娱乐城一日不竣工营业，他就一日不能翻身做主人。

孩子两个月时闹肺炎住院，顾长风身无分文，又不好意思朝爹妈开口，只得伸手跟老婆讨要。老婆泪眼婆娑地说，你去跟我爸借吧。岳父借给他两千块钱，孩子住院花一千，剩下那一千，他还给岳父，岳父推辞一番就揣裤兜里了。孩子周岁生日时，他母亲给了孩子两千块钱，老婆回家后要闹一番，说，哪里有这么抠的奶奶？孙子过生日只给这俩子儿！平时可只拉扯豆豆，没抱过几次孙子！家里准备好了饭菜，老婆也没吃，抱孩子回了娘家，临关门前撇着嘴说：我妈知道外孙过生日，买了百十块钱的上好野猪排呢！如此这般奇葩种种，真是三日三夜道不尽。

不久两人又生龃龉，老婆指着他说，你呀你，就是个绣花枕头！就是个驴粪蛋！顾长风最听不得人喊他绣花枕头，最听不得别人喊他驴粪蛋。就说，我们干脆离婚吧，你找你的高富帅，我找我的黑木耳。老婆冷笑三声，开始协议离婚：孩子归她，不过顾长风每月要给孩子九百块抚养费。顾长风硬咬着槽牙应了。要知道，他是电力局的临时工，月薪不过两千。不承想日后老婆又反悔，抚养费涨到一千五。他总不能去喝西北风吧？离婚之事就僵到此。母亲素来心律不齐，以前被第一任儿媳折磨得披头散发，如今又被第二任儿媳折磨得眼泡肿胀，干脆搬进医院。顾长风意乱心烦，想到关鹏，于是跟单位请了长假，带豆豆来散心。

关鹏问："你是不是真铁了心？别他妈住两宿拍屁股走人，回头破镜重圆，搂着你老婆往我身上泼脏水。"

顾长风说："我再不离婚，早晚被她吸得骨髓都不剩。再说，我是出卖哥们儿的人吗？"

关鹏只得说："那先住我这儿吧。不敢保证你嘬香喝辣，可也不至于吃糠咽菜。"

落水狗

"小仙妮亚"并未在此久留，翌日就撤了。关鹏带顾长风和豆豆吃了早餐，又塞给顾长风三百块钱，让他带孩子四处逛逛。这季节，此城最美艳。一座城若依附了海，犹如美人眉心又点了颗朱砂痣，绿海金沙，白鸥快帆，虽比不得马尔代夫巴厘岛，也被诗人们谓之"太平洋的最后一滴眼泪"。当初关鹏没回廊坊而是报考此处的公务员，跟这海也不无干系。他自小生在平原，十八岁之前没见过山没见过海，也没坐过绿皮火车。在他印象中，世界就是浑圆寡静的地平线，线上缀着灰色城郭与枯寡杨柳。头次看到大海时他扒个精光在海水中一路狗刨，几乎游到警戒线。他恍惚是重回到母亲的子宫，在温热漆黑的羊水中游弋。世界那么静，上帝尚未赐予他双耳。

等正式工作，对海的情感则斑驳起来。六七月，大量游客拥入，这座城一改往日肃穆，变成了童话里的城堡。游客脸上俱戴着"笑面人"面具，贩卖海螺草帽泳衣花伞的本地渔民，眼角深匿的狡黠也褪去商人本色，变得如初诞的匹诺曹般天真。盯着京津冀黑吉辽俄罗斯白俄罗斯哈萨克斯坦甚至车臣的美女们箍泳装在沙滩上散步日浴，还真养眼惬适。不过，若是来了"领导"，无论重要的还是不重要的，正的还是副的，退休的还是没退休的，只要是"上面"的，他们这些小警察日子就不好过。各种繁文缛节姑且不论，单是连他这种办公室文职人员也要深夜巡逻就让人委实吃不消。而这个夏天，除了如癞皮狗般生冷不忌棍棒不惧，他还要接待来自远方的落魄故人，若只是如此也罢，偏偏还要时刻担忧那个叫王美琳的女孩。

王美琳即便再没有心肺，也肯定明了关鹏如今的心思。所谓不冷不热，无非是分手的前奏。要是换了旁的女孩，分也就分了，反正关鹏这般的男人一抓一大把。关键在于，王美琳似乎真对关鹏动了心，这是关鹏最头疼的问题。以往处对象都是好聚好散，成年人嘛，做不成情人做朋友，做不成朋友，无非老死不相往来，此城虽小，可要想无故邂逅，还真是沙漠里寻粒做了标记的沙。但王美琳身上有股子凌蛮之气，似乎她若不想分手，关鹏就永远是她掌心里的痣，是她耳垂上的瘤。关鹏不想做那颗痣，不想做那个瘤，他只想找个合意的姑娘，早日把婚结了。

以前倒不急，反正刚毕业，涩果一枚，无论领导还是家人，都劝他以业务为重。如此几年，单位介绍对象的骤然多起来，红娘大多是同事，就不忍拂人脸面，靠谱不靠谱的一概会会，大不了找个借口撤了，人家也不会介怀。碰到有眼缘的，吃吃美食逛逛大街，看看电影泡泡酒吧，合意的日子上上床，处上段时日，脾气秉性要是不合，一拍两散。掐指算算，关鹏见过面的大抵也有三十位女孩。

其实最急的，还数老炮兵营长和老林黛玉。县城里跟关鹏同龄的，孩子都会打酱油了，即便关鹏待在三线城市，二十七八也是个坎儿。关鹏也有些急。晚结不如早结，孩子早拉扯早省心。可这些年过去，碰来碰去，还真没碰到命中注定的那位结朱陈之好。他素来是个经验主义者，对“谈恋爱”曾作过细致分析，除了自己的择偶标准，他认为至今未婚的关键性因素还是外在的，用列宁同志的话来说，就是事物的性质主要地是由取得支配地位的矛盾的主要方面所决定的。

这座城市的坐地户，都想找坐地户，理由也简单，你个外来人，根不深叶不茂，如何能有好前程？若说这城是张网，那么关鹏连只花腿蛛幼卵都算不得。女儿家有点儿姿色的，首选是私企外企国企的年轻高管，关鹏这样的小公务员，如今连灰色收入也被掐根断茎，日后如何过安逸日子？即便是坐地户愿意找关鹏这样的，不是没正经工作就是长相差点意思，关鹏也瞧不上眼。而那些外地来的女人，长得好家境也好的，首选也是当地男人。关鹏倒不在乎对方仙居何处，只想找个有点儿文艺气质的姑娘。他想，一定要找个结了婚就再也不会离婚的女人，然后像老炮兵营长和老林黛玉那样过烟熏火燎的日子。而王美琳呢，年小未定性，等她毕业，谁晓得哪里落脚？谁晓得到时会否另栖高枝？她是西安人，极有可能毕业后回十六朝古都。他总不能把工作辞了去做倒插门女婿吧？如此细思，关鹏心气更凉。

这天突击检查工作的是省厅，作为办公室负责采购的人员，关鹏要订招待水果，还要去酒店订餐。正在这里筹谋，手机急躁地爆响起来。

“我想跟你好好聊聊，”王美琳说，“我下午没课。”“忙着呢。没空。”“你什么意思？”“我的意思是，我现在不想跟你说话。”“我想你……”

“我们分手吧……”他淡淡地说，“分了吧。”

这句话终于说出来了，毫无征兆地说出来了。先是莫名的静，而后传来王美琳急促的喘息声。两个人都没有再吭声。关鹏默默挂掉手机。

一上午他都惴惴不安，老觉得一抬头王美琳就站在眼前。如果她真站在对面，能有何说辞？不知道。那天中午他在饭店里跑前跑后，每每听到铃声都不禁浑身哆嗦。还好，王美琳再无声息。说实话，他倒希望她在电话里咒骂他一番，那样的话他会好受些。而现在，王美琳的沉默让他犹如深陷黑暗甬道，不晓得何时光亮才会照进。

王美琳的疯狂是从午后开始的。她打他的手机，他没接。她再打，他还是没接。在半个小时里她打了六十多个电话。如果不是单位有规定必须二十四小时开机，他早把手机扔进抽水马桶了。刚开始只是内疚，当刺耳的铃声如复读机般萦绕耳畔时，他渐而麻木起来，将手机调到静音状态，有条不紊地结账、签字、护送领导到高速口、向主任汇报下月预算、复印文件、购买办公用品、到财务报账……手机一直在手包里嗡嗡响动，犹如怪兽在魔瓶中绝望呜咽。下了班，他直接开车回宿舍。推开门，发现王美琳正坐在里面跟顾长风聊天。顾长风嬉笑着站起来说，美琳来半天了，你怎么才回？王美琳没有吭声，只是低头喝咖啡。他一把拉扯起王美琳："你不是想谈谈吗？我们走！"

他们其实也没谈什么。王美琳只是抱着他哭。哭阵儿停阵儿，停阵儿哭阵儿，后来干脆坐马路边抱头嘤咛。关鹏捋了捋她的长发："回去吧。你现在还是个孩子。等你长大了，我们再谈恋爱。"

王美琳真就打了出租车回校，且几日音信渺茫。这倒让他颇感意外。按她的脾性，总要弄个鱼死网破。就想，也许她终于想通了，这世上没有谁离不开谁，谁都不是谁的恒星，谁也不是谁的行星。

顾长风呢，仍带豆豆乱逛，去了海豚馆和极地海洋世界，去了游乐场。更多时候，是在梅地亚广场看大妈们跳舞。关鹏想问他何时回廊坊，话到嘴边又咽了回去。他又问关鹏要了五百块钱。关鹏想起上高中时，顾长风已经去职业技校念美术专业。他人漂亮，画又好，揽了不少私活。回县城头件事，就是带关鹏下馆子，生平第一顿自助涮羊肉，第一顿肯德基，第一顿必胜客牛排，第一顿日本料理……都是顾长风开着他父亲那辆破皮卡带他吃的。那时的顾长风，是腰缠万贯的老大哥，是世界连通器。他曾想，以后也要成为顾长风那样的人……而现在，看着顾长风略显佝偻的背影，心里说不出的怅然。

那天关鹏突然接到陌生男人的电话。男人的声音听起来闷声闷气又异常洪亮，似乎随身携带着低音炮。他自报家门，说是王美琳父亲，想和他当面聊聊。关鹏想也没想就应了。等见了面，才发觉不光有王美琳的父亲，还有王美琳的母亲和王美琳。看来一场审判要开始了。关鹏还没见过如此阵仗，额头难免冒虚汗。王美琳父亲是个胖子，穿身板正白西服，系条猩红领带。母亲则黑瘦干瘪，满脸罩着煞气。王父也没兜圈子，说王美琳跟他分手后得了抑郁症和厌食症，如果病情继续恶化，后果不堪设想。你说怎么办吧？

关鹏很怕跟成年男性私下打交道。他缺乏经验。印象中，父亲与他虽血肉相连却冒着金属冷冰之气。小时父亲在黑龙江当兵，回家探亲时带不少榛子、松果、奶糖、果丹皮和棒棒糖。上大学后，父亲如果去了超市，仍会买大堆果丹皮，回家默默塞给关鹏。关鹏每次将糖纸剥下，都会发现自己瞬间变成七八岁的男孩。他们没一起喝过酒，没一起打过篮球，没一起下过象棋——他晓得曾经的老炮兵营长在部队时是主力后卫，也是象棋高手。上班后他给父亲买过管萨克斯，回家时也没见他吹过，只是擦得雪亮，摆在电视柜上，像平日的父亲般寡言。

如今面对王美琳的父亲，关鹏一时无语。他继续说："关鹏啊，你们是自由恋爱，可自由恋爱也有底线，不能新鲜劲儿过了就分手。你去买水果，咬了口就能随便扔吗？你比她大，凡事要让着她，想着她，由着她。"

关鹏沉吟片刻才嗫嚅道："我们分手了，她以后怎样，跟我没什么关系。不过，我倒真心希望她过得好。"

王美琳母亲就是这时发飙的。她从椅子上跳起，指着关鹏大声骂道："你什么东西！玩弄完我女儿的感情就想撒手！没门儿！她又不是过期产品说扔就扔！你给我听好了，我女儿的病治不好，你要养活她一辈子！"

关鹏更不晓得如何应答，只是磕磕巴巴问道："那你们……你们想怎么样？"

王美琳父亲朝老婆做了个手势，示意她息怒。他说："问题很好解决，给你两个方案，你自行选择：一是继续跟美琳谈恋爱，解铃还须系铃人，你留在她身边，她自然会康复；二是你走你的阳关道，她走她的独木桥，不过，你要给她十万元的精神损失费。"

关鹏起身就想走。王美琳父亲清清嗓子说："年轻人不要太拿自己当回事儿。如果你不配合我们，我们就去你们单位掰扯掰扯。你肯定不希望自己的大好前程毁了吧？一个在职警察，玩弄无知少女，话好说不好听啊。"

关鹏的衬衫都湿了，说："你让我好好想想，让我好好想想……过段时间我们再联系。"

王美琳父亲哼了声："你最好明天就给我回话。我在北京开了十二家羊肉泡馍店，手下员工百十号人，可比你个小屁警忙多了。”

关鹏满脑糨糊。他感觉自己就是条落水狗，正挣扎着爬向岸边。还好，他相信自己游泳技术还不错，姿势也不会太难看。

有美一人兮

老炮兵营长和老林黛玉火速赶来了。关鹏听着门外焦灼的敲门声，忍不住去瞅顾长风。顾长风咧嘴道："是我打的电话。信我的没错，酒是陈的香，姜是老的辣。"

老两口儿水都没喝，先问询起事情原委。老炮兵营长还从褪色的军用书包里掏出笔记本记录。遇到关键性问题，譬如，关鹏是否和王美琳发生过性关系？发生过几次性关系？是否采取了避孕措施？有没有堕过胎？老炮兵营长都会皱着眉头用红水笔做标记。当关鹏支支吾吾地将事情说完，老炮兵营长的本子上也密密麻麻写满了字。为了清晰可见，他还利用老林黛玉去厕所的空隙画了张形势分析图。他说，形势有点儿紧迫，但还不至于到警戒状态。王美琳父母知道开弓已无回头箭，唯一的目标，无非是想从你身上诈些钱财。这时站位要高，目光要远，态度要积极，行事要低调。如果他们真闹到局里，名声肯定受损。这种事，掰扯不清，千万不能让领导和同事认为你是个玩弄女性的男人。虽然现在开放了，但还没开放到美国的程度。不过十万块也确实离谱，我会帮你处理好的。最后，老炮兵营长拍了拍儿子肩膀，铿锵有力地说："战斗开始了，不过我们肯定是胜利一方，美国哪里干得过中国？纸老虎而已。把那老家伙的手机号给我，我和你妈去谈判。"

他们下午四点钟去，晚上七点钟回。回来后老炮兵营长清了清嗓子说："去外面吃火锅吧。"关鹏就知道问题解决了。老林黛玉无疑流过些许泪，眼布血丝，声音也有些喑哑。当老炮兵营长点菜时，她朝关鹏竖起三根手指轻轻晃了晃，于是关鹏知道，赔了王家三万块。那是顿沉默的晚餐，只有豆豆举着爆米花在他们中间跑来跑去。等吃完饭已九点，老炮兵营长执意开车回廊坊。关鹏晓得他认定的事，别人休想劝阻，只得叮嘱他们上了高速要注意安全。老炮兵营长重重"嗯"了声，扫他一眼，说："狼行千里吃肉，狗行千里吃屎。我们是本分人，既不能做狼，也不能做狗，我们要做狼狗，谁欺负咱了，该咬谁就咬谁。记住没？"

这么些年来，关鹏还是头次听到老炮兵营长的肺腑之言，不禁拼命点头，同时将老林黛玉的泪水慌乱揩去。以为就没事了。

本来他劝顾长风随老炮兵营长一起回老家，可顾长风说，他老婆又改了主意，不想离婚了，跑到单位撒泼耍赖，弄得领导很是火大，此时要回无异于飞蛾投火，还是先在这里休养生息。他前几天看广告，发现有家私立幼儿园招校车司机，他就去应聘了，人家也录用了他，还说豆豆如果入托，会减半收费。关鹏就没话可说了。

过不几天局里要举办消夏晚会。每年盛夏，局里都举办这样的演出。有点儿文艺细胞的男警女警集体出动，会唱歌的唱歌，会跳舞的跳舞，会说相声的说相声，会演小品的演小品，主题无非是“警爱民民拥警，警民携手一家亲”。作为工会兼职干事，关鹏必须像只皮猴不停旋转，挑选节目，购买服装，写主持词，联系场地，事先排演，如此如此，堪比迎春。往年，还要从市歌舞团邀请舞蹈演员领舞伴舞。今年领导说了，要开源节流，坚持两个“务必”，伴舞的就挑些腿脚伶俐的女同志吧。没经验？那就请有经验的老师带一带嘛。我们女同志抓坏人都手到擒来，还会被扭扭胳膊撩撩大腿这样的屁事难倒？既然领导如此安排，主管副局长和主任也不便多言，吩咐关鹏想办法聘请艺术指导。关鹏有个高中同学在本市艺术学院教书，便给他推荐了舞蹈系的一名教师。

这女人叫段锦。素面，长发，穿条宝石蓝长裙。她跟关鹏在办公室聊了个把小时。声音清脆，时不时夹杂些手势，手势也柔和，并不显得夸张或傲慢，关鹏就多瞅了几眼。事情谈拢，关鹏说：“段老师，天都黑了，您忙活半天真不落忍。不如这样，我请您吃晚饭吧？”

段锦笑笑说：“我晚上有约了，改天吧。你要是还有什么想法，尽管和我直说。”

女人的长发腰间荡漾，关鹏倚着门框愣了片刻。随后，麻烦事就来了。

是王美琳。关鹏本以为再也听不到她的声音了。她嘶哑着说：“你看看我的微博吧。”

一看真吓一跳，王美琳正在微博上进行自杀直播。有张图片是条细柔的胳膊，胳膊上那条醒目红线无疑是刀片割的。还配了句话：“原想选一人到老，择一城白头。不承想终究镜花水月。再见了，我爱的你。”关鹏再联系她时已经关机。除了恐惧，关鹏更感觉到一种深深的厌弃。他不喜欢拿性命开玩笑的人，更不喜欢拿性命威胁别人的人。作为训练有素的警察，他很快得出结论：王美琳只是在恐吓他。这个时间正是吃晚饭的点，她们宿舍的同学肯定都去了食堂，她心血来潮搞了这么张图片来吓唬他。钱她已拿到手，还想怎样？思来想去他给顾长风打了个电话，然后两人去了美大。如关鹏猜度的那样，王美琳穿着睡衣披头散发地开了门，见到关鹏先拱入他怀里，鼻涕一把泪一把。关鹏二话没说，拽起她旋出宿舍。

这间咖啡厅他们以前常来。关鹏给她点了比萨和果汁，看她小口小口地吃，边吃边嘟嘟囔囔，说她把父母赶走了，她会把那三万块钱还给他，她不缺他的钱，只是缺他的怀抱。抬头看着关鹏傻笑，笑得关鹏心里很不是滋味，犹豫半晌才道："你知道我为什么要和你分手吗？"

王美琳说，知道，怪我不懂事。

关鹏说："其实那都是谎言。"王美琳说，知道，你肯定爱上别人了。

关鹏说："知道我爱上谁了吗？"王美琳摇摇头。关鹏指着身边的顾长风说："如果我说是他,你觉得惊讶吗？没错,我是'同志'。今天跟你'出柜'也是迫不得已。我不想你嫁个一辈子戴面具的男人，也不忍心将你的幸福毁在我手里。"说完将顾长风搂过，定定地看着王美琳。

王美琳嘴里的比萨掉在桌上。关鹏说："我知道你是个好女孩。我的选择你也肯定理解。你会祝福我们俩的，是不是？"王美琳盯了顾长风良久才说："谢谢你的信任，关鹏。我会为你守口如瓶的。"关鹏长叹一声："我知道你是世界上最善解人意的女孩。"王美琳神情恍惚地乜斜他们俩一眼说："为什么帅哥都是'同志'呢？给我讲讲你们的故事吧。"

把王美琳送走，顾长风再也忍不住狂笑起来。关鹏很严肃地问道："我演技怎么样？"顾长风重重捶他一拳说："我才是最佳男主角好不好？"关鹏说："好个屁。额头的汗差点儿滴我手背上。唉,只能用荒唐来对付荒唐。"顾长风托起关鹏下颌说："亲，不会真爱上我了吧？"关鹏搡掉他的手说："滚！即便地球上只剩下凤姐和你，我也会选择凤姐。"顾长风"嘁"了声说："你该怎么感谢我啊？"关鹏说："去'梦吧'好了。不醉不归！"

关鹏将豆豆托付给小弟炳文，然后带顾长风去了酒吧。未曾想酒吧里碰到帮老友，酒就喝得喧闹。大鸟在市城管局工作，父亲是国税局局长，但人低调实诚，身边总是那个小鸟依人的女友。胡烈和女友正在玩骰子。胡烈是一家商务公司的老总，即便在酒吧,白衬衣的袖口也扣得格外紧绷。他女友是港务局的会计,长得特像《复仇者联盟》里的黑寡妇。一帮人猜拳掷骰子玩真心话大冒险，不亦乐乎。顾长风啤酒一杯接一杯，后来又换了伏特加。关鹏晓得他是难得的轻松，压抑这些时日，换成他早疯了。去洗手间时眼风扫到个背影，依稀熟悉却偏念不起是谁，不禁跟着走几步，待看到侧脸才惊喜地喊道："段老师！您也来玩了？"

不是段锦是谁呢。只是换了条黑色短裙,化了烟熏妆。段锦笑道："还真有缘分，这里又碰上了。"关鹏搔搔头："是啊。您自己来的吗？"段锦说："别老您呀您的，我可能比你还小。直接叫我名字好了。"关鹏说："好啊好啊。您在哪桌？不如过来喝两杯。”段锦说：“跟同事们来的。不方便吧？”关鹏说：“您是我们的艺术指导，有什么不方便的？那是蓬荜生辉啊。”

于是并桌，不管相熟不相熟，先是通乱喝。关鹏喝得少，动辄就去偷瞄段锦。这姑娘无论何时，脸上都挂着抹仿佛随时要消逝的笑容。后来在别人脸上，他再也没有发现过类似表情：那笑容是剂镇静剂，能让你即刻心安，可是因为短暂，又会让你心生怅惘。酒也不乱喝，从不主动敬酒，当别人向她举杯，她含笑盯着对方，象征性地抿上一小口。那口酒洇留在唇齿间，随时都要从红嘟嘟的唇里渍出。关鹏的心有些慌，跟她碰了几杯后，邀她去舞池里蹦迪。段锦摇摇头，说她不会跳舞。

关鹏说：“我教你啊。”

段锦歪着头问：“你经常教女孩子跳舞吗？”

关鹏说：“我只教喜欢的女孩子跳舞。”

段锦说：“我只和我男朋友跳舞。”

关鹏有些失望。段锦又说：“不过，我和男友分手了。”

关鹏眼睛亮了亮。刚想说点别的，就接到了老炮兵营长的电话。老炮兵营长说话素来言简意赅，口吻犹如长官对士兵训话。他说，我和你老妈商量了几天，决定给你买辆新车。什么牌子？奥迪 Q7。为啥买这么贵的车？我们想透了，这世道，人靠衣装佛靠金装，尤其你们大城市，更是狗眼看人低。说白了，买新车就是为了给你提高身价，能更快捷、更省事地找个好老婆。哪儿来的钱？你忘了吗？咱家旧城改造时，老房子换了三处新楼房，我不过卖了一处而已。

关鹏愣住，不晓得说什么。老炮兵营长说，这个礼拜天你跟我去北京提车，然后直接开回你们单位。让你们单位的人也知道，咱家不是白给的，让那些拜金姑娘也看看，你不是白给的。

接完电话回到酒吧，段锦已经走了。关鹏有些失落。他不晓得为何失落，此时应该感觉到兴奋才对。还好，不久接到了段锦的短信。她的短信很短，只有五个字：“晚安，小警察。”关鹏盯着那五个字，隐隐觉得有戏。如她对他无意，何必发短信？即便礼节周全，“晚安”两字足够，如果是业务关系，加上“警察”两字也无可厚非，可是前面那个“小”字，就有了些调侃有了些亲昵的意味。关鹏忍不住跟大鸟和胡烈他们又狂喝了几瓶啤酒，内心里始终燃团微微了了的火焰。到散场找到顾长风时，顾长风正搂着位“公主”互留手机号，拽他起来，才发觉路也走不稳。等出租车时，脑子里还想着段锦的背影。他有种预感，如果明天约她共进晚餐，她肯定不会拒绝的。

钢铁侠

每日清晨关鹏的行程大致如此：六点半起床，七点开那辆老桑塔纳拉顾长风和豆豆吃早点，七点半把父女俩送到幼儿园，顾长风要开着那辆造型夸张的校车接孩子们。八点到单位。单位没有保洁，需要同志们自己打扫楼梯厕所。刚上班时，关鹏早早跑到单位，拖地板倒厕纸，顺便将同事们的杯中沏满普洱茶。这是老炮兵营长一再叮嘱的，说新人就要眼尖手勤腿快嘴甜。过段时日，关鹏听有人背后议论，说这新来的后生心眼儿真不少，看着傻，其实比谁都精明，如此急功近利想干吗？听着生气，关鹏故意到得晚，别说拖地板，桌上直积了半尺灰尘。过段时日又听人说，哎，这孩子原来比谁都懒，新鲜劲儿过了，就露真相啰。

关鹏是个经验主义者，上大学时哲学老师讲，经验主义是形而下的哲学，被毛泽东、邓小平批判过，但关鹏觉得经验主义至少要比理性主义靠谱儿。他发现，大家基本上是掐着点来。八点半上班，八点二十五分到，到了后，象征性地抹抹桌子扫扫地，开始各忙各的。关鹏也照猫画虎，不过分热诚，也不过分冷淡，反正大家都这德行，谁也挑不出谁的理。倒也真的没人说三道四。

这几天去得早，纯粹是因为演出事宜。马上要文艺会演，先是西岗区那个从小学五年级就指挥少先队员合唱团的老刑警得了阑尾炎。接着两个女警在跳拉丁舞时崴了脚，肿成大象腿，再没办法训练。另外就是从网上购买的裙子号码普遍小一码，本来都是臃肿的大妈了，勒身上仿佛群面相愁苦的巴西女奴……关鹏知道考验自己的时刻到了，如果这些小事不能嘎嘣其脆地处理好，不定遭多少人背后耻笑。

段锦听说后倒帮了不少忙。她说她有个学生指挥是把好手,获过全省的什么“金指挥棒”奖；至于跳舞的就更好说，简直比蚁窝里的工蚁还多。关鹏支支吾吾地问，那费用怎么办？确实，上面给的经费不够塞牙缝，用起来真是英雄气短。段锦说，她那个学生，父亲是老公安，自小崇拜警察，要是指挥这么一帮叔叔阿姨合唱，高兴还来不及，谈什么钱不钱？至于伴舞，备好服装就行。关鹏嘻嘻笑着说，真是警民鱼水一家亲。段锦说，那是，不过，会演结束后，你要请我们吃麻辣小龙虾哦。关鹏赶紧说，等那么久干吗？不如今晚就请。段锦想了想说，改天再说吧，你忙成这样了，我们怎么好意思打扰。

她说得比较犹豫，关鹏说，也好，过几天再请他们不迟。不过我前几天团购了“盛世海鲜”的券，不如今晚我单独请你？听说那里的海鲜煲请的可是韩国料理师。段锦沉默良久，方才盯着关鹏说：“我今晚约了朋友，去看俄罗斯皇家芭蕾舞团的《睡美人》，真是抱歉。”

看来她说了谎，那晚刚提及和男友分手，今晚就约人看《睡美人》？瞥眼段锦，却没再问别的。

不过，晚饭还是在饭店吃的。顾长风发工资了。这货向来是有一分花两分，非要请关鹏吃大餐。关鹏说，那就去吃大排档，老王家的擀面老汤味道杠杠的。顾长风急了，说，那怎么成？我还请了同事呢。我可不想让人家以为我抠门。关鹏懒洋洋地问，什么同事啊？男的女的？顾长风说，女的，我们单位的财务会计，人老好了。关鹏问道，结婚了没？顾长风若有所思地答道，应该没有吧？

等见了面，才明白顾长风那句“应该没有吧”是有所指。这是个比豆豆高不了多少的女人。身材如孩童，却是老姑娘面相。关鹏不禁皱了皱眉。还好，豆豆跟这个叫盈盈的侏儒很合。盈盈脾性也好，声音柔柔的，一辈子都不会着急的样子。他们四人坐在一起，仿佛是两位父亲带着两个女儿共进晚餐。顾长风说，去了幼儿园，人生地不熟，是盈盈关照有加，才让他觉得心里挺暖和。盈盈说，谁都有初来乍到的时候，这么做是应该的。顾长风就倒了满满一大杯啤酒敬盈盈，盈盈也不推辞，一饮而尽。顾长风瞄了瞄关鹏，关鹏也接圣旨般赶紧敬酒。敬第二杯酒时，手机响个不停，看了看，是段锦。心差点儿跳进酒杯，慌里慌张跑到屋外。

“你到星海剧院接我来吧。”段锦说，“我在停车场等你。”

肯定是段锦遇到意外情况，不然不会这个点给他打电话，也不会用这种口吻跟他讲话。关鹏也没跟顾长风打招呼，开车直奔剧院。到了停车场，空空荡荡，只剩辆宾利停在那里。段锦端着胳膊靠在车门上，她对面是个穿西装的男人。关鹏瞅了瞅那男人说：“段锦，我们走吧！”男人愣了几秒，一把抓住段锦，又瞥了瞥关鹏，问道：“这就是你说的新男友？”

段锦说：“没错。”

男人问：“警察？”

段锦说：“没错。”

男人笑着说：“样子不像个警察，倒像个吃软饭的小白脸。”

段锦说：“好坏跟你都没关系。”

关鹏想了想，走过去拉住段锦的手，转身对男人说：“别再骚扰段锦了。她以后不想再看到你。”

男人仔细打量关鹏一番：“这样毛手毛脚的男孩，过两天就腻了。”

两人上了车。段锦用纸巾擦了脸，又掏出化妆盒小心地涂口红。反光镜里关鹏看到她的脸在忽明忽暗的光线中显得那么陌生。“送我回家吧。”段锦说，“我累了。”

途中两个人谁都没吭声。本来关鹏以为段锦会跟他说点儿什么，比如，关于这个看起来颇为神秘的男人，比如，他们之间曾经发生过的故事，比如，今晚他们一起看的芭蕾舞剧《睡美人》。可段锦的唇线封得死死的，目光游离地看着窗外，关鹏也就没好意思开口。不过，男人肯定是个有钱的男人，没钱能开宾利慕尚？男人也是个有来历的男人，当了这么些年警察，还是一眼能看出对方成色的。不过男人还是有些特别，不像这个地区的有钱人，脖子上挂着黄金链、手腕上拴着赛鸽蛋的象牙。他看起来很清洁，眼神里满是迷离和……疲惫，仿佛一个随时会睡着的孩子。

段锦在小区门口下了车，朝关鹏摆摆手。关鹏说：“要我送你上楼吗？”

段锦说：“改天……再请你上来喝茶吧。”

关鹏说：“明天上午预演，局长审节目，不要迟到啊。”

段锦只是笑了笑。

回到家里，一个人没有，看来顾长风和盈盈他们聊得很投机。想到段锦说，改天请他到家里喝茶，难免欢喜。又想到今晚她的举动，心里满是疼惜。她骗那个男人说，他是新交的男友。如果对他尚无好感，怎会拿他当挡箭牌？又让他救驾，明显拿他当了贴心人。她还把他的身份告诉了男人，无非想让男人少找麻烦。再有钱的人也不会主动招惹警察。这女人看起来云淡风轻，其实心思缜密得很。关鹏推开窗户，小声咳嗽。他看到顾长风回来了。豆豆走在中间，左手是顾长风，右手是盈盈。他们有说有笑，仿佛是顾长风带着幼儿园的小朋友在郊游。

翌日段锦来得很早，穿了身咖啡色套装，娴静庄重，看到关鹏先就笑。只是一笑，关鹏就酥软了。那天虽有局长坐镇观摩，他仍气定神闲地调度，半丝躁气也无，连那个老嗡嗡乱响的音箱也傻大黑粗地站在那里，中间没有变调或失声。演员们也争气，合唱气势冲天，眉毛都快从眉骨上飞弹出；扎着马尾辫的小指挥别看纤细，指挥棒一动，先把自己拧成芙蓉姐姐的S形，顷刻调动起千军万马，女人们的裙子全换成了加肥版，她们张着赤红大嘴歌唱、摇摆，深情如天主教堂唱诗班的女童……局长当场表扬了大家，当然也表扬了办公室，说办公室措施得力，安排巧妙。关鹏忍不住得意地瞄了段锦一眼，不承想段锦也正拿眼风拢他。两人相视而笑，段锦还趁机眨了眨眼。她这个小动作不禁让关鹏浑身燥热起来。他抽空给她发了条短信，说：为了庆祝预演成功，我们去吃海鲜吧。不久便收到段锦的回话：“好的，小警察。”

那日的晚餐既喧闹又宁静。喧闹是别人的，觥筹交错，划拳行令；宁静是他们的，只是默然吃饭，间或关鹏抬头看着段锦“嘿嘿”傻笑两声。段锦也不搭理他。关鹏有些恍惚，身边蓦地万籁俱寂，这个叫段锦的女人，仿佛已陪伴他在此坐了数十载。

“你老傻笑什么？”段锦终于忍不住问，“没见过女人吃饭吗？”

关鹏说：“没见过女人连吃饭都这么美。”

段锦说：“油腔滑调，哪像人民警察？”

关鹏说：“人民警察也得学会赞美姑娘啊。”

段锦正色道：“记得正式演出了，千万让那个男主持别再忘了拉裤链。”

关鹏笑着说：“他有前列腺炎。”

段锦“哦”了声：“不早了，我要回家了。”

关鹏说：“回家有鸟意思？我带你看些好玩的。”

段锦狐疑地盯着他，慢慢擦掉唇边的海鲜汁。

他带她去了宿舍。她没反对，安静地在他身后跟着。顾长风带着豆豆去海边了，打开窗户，濡湿的风不时袭来。段锦说：“宿舍够乱的。”关鹏吐了吐舌头：“我有个哥们儿带着孩子也住这儿。”段锦说：“开收容所啊？”关鹏将顾长风的事简说一遍，边说边踩着板凳将一个硕大纸箱从衣柜顶部搬下，擦拭掉灰尘，瞥眼段锦，慢慢腾腾地打开。

那是箱超级模型：全是大小不等、造型各异的钢铁侠。它们站在箱子里，仿佛一支整装待命的部队。“这个最威武的，三十五公斤呢，是一比一的钢铁侠，3iron Man 3 MK43 手办模型，纤维增强复合材料的，啧啧，战甲是金黄色相间，眼睛和胸口能发白光。是不是跟我一样帅？”关鹏把这个跟他差不多高的模型搬开，“这个是二比一钢铁侠，材质是 PVCABS 的。喏，再瞧这款。本来是漫威的限量版，但战损版是我亲手做的。牛逼吧？我一帧一帧看电影，然后买了电钻、焊枪、喷枪、金属油漆、头灯和放大镜，用了半年的休息日做出来。后来用单反拍了照片发到论坛，有人出价三万块钱我都没卖。我怎么舍得卖呢？哎，等我搬新家了，我要专门做个玩具柜，要按照电影专门定制，把一至七代全放在水晶弧形格子里。这个想法牛逼吧？”

段锦坐地板上托腮仰望着关鹏唾沫星子乱飞，脸上是那种惯常的微笑。她什么都没说。

关鹏有些失望，满以为她会很喜欢，即便不喜欢，最起码也要装出喜欢的样子。他点上支香烟说：“这些都是我的宝贝。下班没事干，就一个个摆出来。站在它们面前，我觉得自己成了将军。小时候，爸爸给我买了套塑料圣斗士星矢，整个暑假我都没出门。”

段锦说：“说实话，你把那个最大的钢铁侠搬出来的时候，吓了我一跳。让我猜猜你的心理吧，你梦想着成为超级英雄，可是呢，内心还是个小孩。”

关鹏犹豫着拉过她的胳膊：“我哪里都不小了。不信的话你摸摸。”

段锦打掉他的手：“谁稀罕啊。”

关鹏说：“真的不喜欢啊？”边说边把她拽进自己怀里。段锦拱了几拱，他喘息着说：“别动，别动，我可是钢铁侠。”段锦“扑哧”一声笑了，气力就绵软些许。关鹏顺势熄了灯，一把将段锦按住。

深 海

关鹏没料到和段锦进展得这般顺利。段锦不是矜持的女人，该做的两个人也都做了。关于床事关鹏对自己甚是满意，多年的魔鬼体能训练让他比肯尼亚草原上的猎豹还勇猛。那晚他送段锦回家,分别时吻了她。她的舌头是茉莉花。他闭着眼憧憬，蜂蜜般甜美的日子怕是真来了吧？

才知道什么是热恋的滋味。以前和女人们的种种，跟段锦的种种相较，全是温吞的白开水。上班时会忽地想她，想她的桃花眼，想她嘴角不明显的细碎纹理；午餐时会忽地想起她，想她在床上凌乱的长发，想她腋窝牛奶的香气，此时那地方就不由得竖起杆旗；下班时会想起她，想她走路的姿势，想她说话时的语调……冷不丁清醒过来，难免自嘲，也算久战情场，何故如情窦初开？怕影响她上课，只有不停地给她发短信。短信也清洁，无非是忙不忙，吃了没有，注意午休啊诸如此类的日常性问候。段锦回话一般都要迟些。他更难受，单枪匹马在城里闯荡打拼的姑娘，哪怕有怪物史莱克疼她也好。

关于段锦家世，关鹏还是在乎的。他觉得，择偶好歹要进行一次科学化、程式化的考察，与王美琳的荒唐事更从反面印证了此点。这是父母传授给他的经验主义。首先对方有无家族性遗传病史，比如白癜风、癫痫症、红斑狼疮、精神病、抑郁症、舞蹈症、侏儒病、糖尿病，底线是色盲和左撇子——只要不驾驶车辆，色盲和左撇子还是无关紧要的。其次对方父母是否近亲结婚，这东西最有可能隔代遗传，底线是五代以外直系血亲，他相信医学，到了第六代染色体估计就不会交叉影响。再次对方是否单亲家庭。这点也要命，是老林黛玉一再强调的。她认为，凡是家庭不完整的姑娘大都有心理暗疾，比如轻微自闭症、间歇性暴躁症和隐蔽性孤独症，日后必会影响夫妻关系和婆媳交流，底线呢，是父亲或母亲因病早逝，毕竟是天意，对孩子的伤害有限，不会影响心理发育。水务局那个长得像高圆圆的姑娘，虽貌美性温，和关鹏也情投，但因八岁时父母离异，还是被老林黛玉和老炮兵营长一票否决。

最后是对方有无身体残疾的兄弟姐妹。要是配偶有个脑瘫弟弟或低智商妹妹，岳父岳母病故后如何抉择？百分之五十的可能性是由他们抚养，一旦如此，问题也如多米诺骨牌般纷至沓来：家庭负担加重，夫妻矛盾剧增，离婚率骤升。当初，他颇为心仪的那位幼儿园老师，就是因为有个脑瘫弟弟，相处了三个月后，仍分手两相忘。

虽深陷情网，关鹏仍保持了充足的警惕性，把段锦背景摸个底透，结果也让他颇为满意。她老家是内蒙古呼伦贝尔草原的，父母都是县城公务员，体健貌端，弟弟正上大学，是学校篮球队的队长，还参加过全国大学生篮球联赛。她在上海念的艺术学院，毕业后一直在本市大学教书，去年入的党，曾连续三年被评为全校优秀教师。可说算得上标准的小康之家。唯一让他疙里疙瘩的，是她的前任男友。那个开宾利的男人，时不时会忽然蹦出，斜眼打量他，让他心里陡然一凛。他本想跟段锦问问男人的情况，话到嘴边又生憋回去。即便真问了，段锦也未必说，没准还会勾连起伤心事；即便真说了，难免觉得他小肚鸡肠。两人都不再是榨汁机刚榨出的纯天然新鲜果汁，没必要计较果汁底部是否有沉淀物。何况，有些事过去，最好的选择就是让它埋葬在马里亚纳海沟。

然而那天心里还是硌硬了下。本来说好跟段锦去张北草原音乐节。据说罗大佑、朴树和伍佰要来。奥迪也从北京提来了，正好跑高速磨合磨合。顾长风和豆豆呢，要参加幼儿园组织的夏令营，也不会打扰他俩。查了查天气，不冷不热，最适宜租住帐篷，早早将杂物备好接上段锦。快上高速时，他接到条短信：

“你会后悔的，关。”

你会后悔的。关鹏皱皱眉，盯着号码。是陌生号，也许发错了。转念一想，如果发错了，怎知他姓关？那么，谁给他发这样一条没头没尾的短信？这话什么意思？忍不住偏头看了眼段锦。段锦正塞着耳机听歌，吐着舌头问：“怎么了，小警察？是不是忘了带身份证？”关鹏强笑道：“也不看看我是吃哪碗饭的。”

那天天气委实不错，关鹏心里却蒙了层霾。他掰着手指数了数最近自己干的活儿，数来数去好像并无漏洞，更没得罪什么人。就是跟王美琳分手而已……对，就是王美琳，关鹏恨恨地想，这不知好歹的，难道还在打他的主意？转念一想又不像。王美琳是个没心没肺的人，什么话都炮仗般直接飞天炸裂，断然不会如此委婉晦涩。心里就有点乱，给小弟炳文偷偷发了微信，让他帮忙查下号码。炳文很快回了，说这是黑号，查不到机主是谁。关鹏闷头闷脑地开了阵车，时不时乜斜段锦两眼。段锦那天吊了条马尾辫，她发质硬，可能刚洗的头，有几根随风胡乱飘拂。她的侧脸没有正脸耐看，下巴过于圆润，可飞驰的阳光打在上面，有种瓷釉方有的光泽。

然而还是挺开心。乱糟糟的音乐节，客栈全满，帐篷租光，伍佰晃着几根油腻的长发唱了《挪威的森林》，罗大佑颤抖着破锣嗓儿唱了《恋曲 1990》，朴树压根儿没来，然后是些莫名其妙的乐队，新裤子旧裤子，盲肠玫瑰异度空间之类。关鹏从身后搂紧段锦。霓虹灯和射灯将黑黢黢的天空射穿了几个洞。当他抬头仰望天空时，恰有流星驰过，不禁闭眼许愿，无非是跟段锦百年好合之类。许完愿忍不住自嘲，都什么年岁的人，还跟个孩子似的幼稚。即便如此，心里仍是汁蜜流淌。只是当他小狗般舔舐着段锦散发着茉莉香气的发梢时，车上接到的那条短信忽又跳脱出来，一字一字在瞳孔里放大，随着歌声左飘右摇。关鹏猛然间醍醐灌顶：这短信，八成是那男人发的吧？他怎么舍得段锦这样的女人？穷追猛打不成，才发了短信让他生疑猜忌。如此手段，也真够下三滥。想明白了，将段锦搂得更紧。段锦用手指敲敲他脑门说："又发情了？"

从张北回来，忙得是脚尖朝后。先是文艺晚会在梅地亚广场隆重上演。让关鹏欣慰的是，主持人裤链没忘拉好，小指挥的 S 形堪比逻辑回归模型，小品演员没有卡壳冷场，总之一切都顺当流畅。刚忙完会演，上面的暗访组又来暗访，少不得接待应酬。接着是部里的老干部们来疗养，他们要挨个儿慰问。除了这些，还有让他担忧的事。有传闻说，纪委收到了举报大局长的匿名信。他呢，虽没做过什么违法乱纪作奸犯科之事，可毕竟是大局长这条线上的人，如果大局长出什么意外，主任他们难免受牵连。不过看样子传闻也只是传闻，大局长照样开他的会，吃他的饭，瞧不出什么风吹草动。他这才稍稍心安，跟段锦商量，是否跟他回趟老家？

他的意思很明了，想让段锦拜会下父母。无论如何，老炮兵营长和老林黛玉这关肯定是要过的。按照他的预测，这关不是问题。见面无非是给他们提个醒：他有了女友，老林黛玉莫再为他的婚事失眠。段锦那边也无异议，只是说，她要把课调换下。又问去那里的话，需购买哪些礼物？关鹏想了想说，买些土特产就好，爸最喜欢吃虾皮，妈最喜欢吃螃蟹。段锦说，给爷爷奶奶买什么？关鹏心里一暖，她想得真周全，不过是无意间提过，他跟爷奶感情深厚。就说，他们牙齿都掉没了，买些"富贵轩"的糕点好了。本想替段锦打点这些礼品，不料单位有事，等联系段锦，她说已购备齐全。他也就没说什么。

老炮兵营长他们无疑做足了准备。他们住六楼，还有电梯，仍将一至六楼的紧急通道细细打扫。屋内更不消说，百十平方米的屋，老两口儿昼夜未歇地拾掇两天，就差门上插彩旗墙上贴横幅了。见了段锦这叫个亲，老林黛玉左看右看，前看后看，老也看不够。老炮兵营长假装用纱布擦那管瓦亮的萨克斯管，一双老花眼瞪得溜圆溜圆，怎么都忙不过来。到了做饭的点，段锦一直陪老林黛玉守在厨房。老林黛玉赶了她三次都没能赶出来。菜肴无非是老三样，海蟹大虾炖排骨，鲍鱼鲜蛏烧大鹅。满满一桌子菜，就差白酒了。老林黛玉说，地下室还有两瓶陈年茅台，这么欢喜的日子就喝了吧。段锦就陪老林黛玉去了趟地下室。老炮兵营长朝关鹏"嘿嘿嘿嘿"地傻笑，犹如下岗职工中了五百万彩票。关鹏心下暗自得意，酒就喝得有点儿高。段锦也小酌了两杯，不时偷偷掐下关鹏的大腿。关鹏就迷离着眼死盯着她看。段锦说，少喝点儿，待会儿陪我去街上逛逛。老林黛玉忙接话道，去吧去吧，我们县城虽小，也是千年古镇。关鹏说，县城有什么好看的？还是带你去市里转转吧。

两人打车去市里。女人嘛，世界上大抵有三个地方最值得她们留恋：厨房、化妆间和商场。段锦似乎也不例外。在专卖店她看上双红皮鞋。处了这么些时日，倒很少见她这般兴浓。试穿后她又把那双鞋在手里掂来掂去，间或瞥关鹏一眼，半晌才说："真是不错。很早就想买双这种款式的，不想在这里遇到。"

关鹏不是傻子，焉能不明白她的意思？他此时最该做的，就是屁颠屁颠地去开票付款。按理说这是他的职责，即便是热恋中的阿根廷雄火烈鸟，也晓得把最肥美的蛤蜊献给雌火烈鸟。但是——关鹏愣没开口。那双鞋标价两千五百元。两千五是什么概念？他半个月的工资。打小起，关鹏便是个不随便花钱的孩子。这可能和老林黛玉的教育有关系。老林黛玉时常念叨："由俭入奢易，由奢入俭难"，"一粥一饭，当思来处不易；半丝半缕，恒念物力维艰"，"常将有时思无时，莫把无时当有时"。甚至还让他把《蔷薇园》里萨迪的那句名言抄到日记本上："谁在乎平日节衣缩食，在穷困时就容易过难关；谁在富足时豪华奢侈，在穷困时就会死于饥寒。"关鹏出生没几年，邓小平就"南巡讲话"了，可从小到大，关鹏极少买零食，玩具也都是表哥们玩剩下的。他极渴望得到那套塑料圣斗士模型，又不敢跟父母讲，恰逢老师留了篇作文，叫《我的爸爸》。他就在文章里赞美老炮兵营长，说他喜欢圣斗士玩具，过生日时老炮兵营长毫不犹豫地给他买了全套。老炮兵营长偷偷读了他的作文，彻夜未眠。翌日关鹏床头便多了那套梦寐以求的玩具。由此他晓得，不能轻易开口讨要礼物，而是要等对方主动馈赠——即便对方是父母。别看平日里他衣冠楚楚，拉风得要死，其实穿的都不是名牌，全是淘宝淘来的，不是优衣库就是 H&M，款式新颖便宜，穿一季扔掉也不心疼；即便跟狐朋狗友去泡酒吧，也都是网上团购酒水门票。当然，他唯一的奢侈品就是那些成箱成箱的钢铁侠。

当那双鞋子在段锦手里像团火焰来回晃动时，他其实做了无数次斗争：买，还是不买？买了，段锦肯定认为理所当然，热恋中的男人即便为女人掏心掏肺也理所当然，可以后呢？有一就有二，有二就有三，他开着奥迪 Q7，可并不是他妈的富二代。千万不能给段锦造成这种错觉：他有钱，他喜欢花钱，他喜欢为女人花钱。不然的话日后矛盾定会迭出，女人的欲望是器官上的息肉，割掉虽还会长，但不至于长得太过臃肿肥大；如果一直不割，很可能发生癌变。不买呢，段锦肯定会好好思忖一番。是舍不得，还是别的缘由？她冰雪聪明，定会明晓他的心思，也会体谅他的难处。果然，段锦见他没有动静，就对服务员说，还要去别家看看，先放起来吧。

就去看她的脸，没有丝毫沮丧的样子。她甚至朝他笑了笑，说："还是有点小贵。我们走吧。"关鹏说："你要是真喜欢，我们就买了。"段锦说："一双鞋子嘛，有什么真喜欢假喜欢的。"关鹏说："也好，也好，不如我们去看电影吧，听说《云图》最近挺火。"段锦说："我们还是随便逛逛吧。你们这里不是有地震遗址吗？应该是免费开放的吧？"关鹏偷偷掐了把她的细腰说："有什么好看的？要去的话也晚上去，还能干点别的。"段锦拍了拍他的头："你呀，满脑子黄色思想。"关鹏从后面揽住她说："领导一针见血，领导高屋建瓴，领导总是在最关键的时刻挽救同志。"

两人就回了县城。老炮兵营长和老林黛玉早备好了晚饭。依然是饕餮大餐。老林黛玉真是使出了浑身解数，烹炒煎炸，新蔬时鲜，只恨买不得龙肝凤胆。老炮兵营长也贡献了道据说在部队练就、关鹏只在口头听说过的驴肉焖洋芋，吃得关鹏直打饱嗝。段锦不停地给老两口儿夹菜，老两口又夹给她，她又夹给关鹏。待酒足饭饱，老林黛玉去收拾寝室，犹如老宫女侍奉皇后般，一水的新褥子新被卧，据她说是1985年结婚时的嫁妆，多年来一直压箱底，怕有樟脑丸的气味，已然在阳台暴晒三日。段锦说："阿姨，我跟你睡吧。"老林黛玉去瞅关鹏。关鹏说："我妈晚上打呼噜，堪比八级地震。"段锦瞪他一眼，他赶紧说："妈，还是让段锦陪你睡，你们娘儿俩亲热亲热，好好说说话。"段锦说："是啊。"老林黛玉就不敢再说别的，忙去铺床温被。

听着身边老炮兵营长均匀的呼吸，关鹏睡不着了。看样子，段锦对父母印象不错。她是面上窥不出心思的人，不过从她言谈中尚能窥知她对自己的家庭甚是满意。这在意料之中。他掏出手机，仔细打量着上面那条新收到的短信："你会后悔的，关。"这些日子，每天他都会收到这条内容相同的短信，有时是清晨，有时是午后，有时是日暮。他已然认定是她前男友所发。对这位神秘的现任女友的前男友，他一直保持着沉默。说实话，他完全有办法查到男人的相关信息，男人的车牌号他当时只扫了一眼，却早牢牢记下。可查出来又有何用？只是条骚扰性短信，连威胁都谈不上。每次看完短信他都想删除，可想了想又保留下来。他也不晓得这是何故。有时看看短信，再去看段锦，就觉得这个女人身上隐藏着无穷无尽的旧事。他渴望知道她身上发生过什么，但又极力克制自己的好奇心。“好奇害死猫”这句话他是信的。

父亲来回翻身，想必是酒喝得高了。他悄悄爬起踱到窗前。已立秋，夜色凉润。楼身后是田地，农人种了苞米、高粱和大豆，清甜之气随风卷漫。这晚无月无星辰，分不清哪里是田野哪里是夜空，黑黢黢苍茫虚空，偶有枝叶被风吹得窸窣响动，疾而忧伤，犹如夜海上传来的细碎疲惫的涛声。他点上支香烟，默然凝望着凝望着他的黑暗。

烟 火

回单位的高速路上，关鹏接到主任来电。主任说，你方便吗？方便的话你听我说，大局长被双规了。据说是他们写了匿名信。这几天可能会有纪委的人找咱们，当然，咱们向来公事公办，做了的事就承认，没做过的千万不能乱说。记住没？

就挂了。

关鹏蒙了。没想到这天真来了。主任口中的“他们”，他当然知道是谁，无非是那两位向来与大局长面不和心也不和的副局长。本以为之前的传闻纯属空穴来风，不承想坐了实。他心里倒也安生，他和主任虽是大局长的人，但丝瓜藤是丝瓜藤，肉豆须是肉豆须，即便有纠缠，还是分得清，平日里办事全照着规章，没玩过幺蛾子。只不过如若大局长真被拿掉，他们这些一条绳子上的蚂蚱，断胳膊断腿也是难免的。

段锦问道：“出什么事了吗？”

关鹏笑笑说：“没有。办公室的都是奴才命，这不主任又让我安排午饭。”

到了单位一派兵荒马乱。本想找主任私谈，问问细情，可主任没在。其他处室的人见了他，匆匆忙忙点下头，半句话都没有。他甚是无趣，只得坐在电脑前发呆。及至晌午接到顾长风电话，说他在外面租了房子，想下午搬家。关鹏问他为何搬家，顾长风说：“我们爷儿俩不能老鸠占鹊巢啊。快让段锦搬过去住吧。”关鹏也没心思挽留，只说下午帮他拾掇东西。

其实也没什么东西，一个行李箱就把顾长风和豆豆的衣物全装下。顾长风说他租的房子在附近，有什么事也好照应。关鹏寡着脸将他送上出租车，顾长风说：“真舍不得我们爷儿俩？”关鹏挥挥手：“滚吧，快滚吧。”顾长风说：“我可不是翻脸无情的人。晚上一起吃饭吧。”关鹏神情恍惚地点点头。顾长风又叮嘱道：“别忘了带上你老婆。”

那顿饭吃得还算热闹。顾长风带了豆豆和盈盈。盈盈烫了鬈发，看上去像个衰老的洋娃娃。段锦和盈盈都围着豆豆转。顾长风附在关鹏耳朵边问：“你拉着个臭脸给谁看？”关鹏道：“有吗？”顾长风说：“怎么没有？是不是掉茅坑里了？”关鹏挤出丝微笑。顾长风说：“女人嘛，绰号叫麻烦，漂亮女人嘛，就是麻烦他娘。你是爷们儿，让着她点儿。”关鹏忍不住瞅了眼段锦，段锦正喂豆豆吃虾，就说：“我们能有屁事！”顾长风怏怏道：“那就好，那就好。”

顾长风搬走后段锦偶尔住关鹏这里。关鹏住的是单位宿舍，低头抬头全是同事，也顾忌段锦老被他们看到，不定传什么闲言碎语，更多时候是他去段锦那儿。是学校的宿舍，不过气氛要闲适些许。那天两人完事后，段锦摸着他小腹说：“我姑父他们来旅游了，我明天上午有课，你去机场接他们吧。”关鹏皱着眉说：“单位这几天乱得很，我怕万一……”段锦打断他说：“没有万一。”关鹏不吭声。段锦又说：“人多，记得开你那辆 Q7 去。除了我姑父姑妈，还有表姐表姐夫。”关鹏问：“接到后送哪儿？”段锦弹弹他脑门：“把他们扔大街上算了。”

于是晓得段锦是让他给亲戚们安排住宿。这倒简单，单位跟宾馆素有往来，安排几间房不成问题。不过这几天单位很多人被找去谈话，按说也该轮到他，难免心里绷了根弦。据说问得特详细，连购卫生纸的账目也要核查。

越怕什么就越来什么。翌日刚想去机场，纪委调查组的人就来了，指名要跟他谈话。他在办公室当了几年采购，心里还是有谱儿的，账务的来龙去脉也清楚，人家问什么，他就老老实实答什么，虽心无赘事，手心也是捏了把腥汗。待到谈完话已上午十点多，姑父他们在机场都等半个多小时了。他这才开着那辆老桑塔纳疯了般开奔机场。中间段锦打过次电话，一个自称“你姑父”的男人也打过电话。到了机场，呼啦啦围上一帮人，倒把关鹏吓了一跳。原来除了姑父姑妈，表姐表姐夫，还有两个双胞胎男孩。关鹏连忙道歉。姑父没好气地说，我知道你是警察，忙，就别客气了，一家人不许说两家话。瞅了瞅姑父，典型蒙古人，宽颊细眼，体态如熊，一看就是摔跤高手。

只得又打辆出租，将贵客载至宾馆。段锦早在宾馆等得不耐烦，见关鹏从那辆老桑塔纳车上下来，脸色就有些不对。关鹏忙说单位有急事，段锦也没搭理他，只是满脸堆笑跟亲戚们又搂又抱。饭是关鹏订的四百元套餐，除了猪肉炖粉条就是小鱼贴饼子，段锦抽空问道：“怎么没有海鲜？”关鹏一愣，旋而红着脸说：“哦……怕他们吃不惯。”段锦笑着说：“你觉得我们呼伦贝尔人没吃过猪肉吗？没吃过鲫鱼吗？”没等关鹏插话就扯着嗓子喊服务员：“来两斤基围虾！再来八只阳澄湖大闸蟹！”

姑父他们热情得让关鹏有点儿手足无措。给关鹏带了箱“绊马索”白酒，两箱牛肉干和奶酪，还给老炮兵营长带了件羊皮袄，给老林黛玉带了件鄂尔多斯羊绒衫，礼节周全得让关鹏后悔没订只澳洲龙虾。吃完了就嚷嚷着去海边洗澡。关鹏说：“现在水凉了，洗海澡容易感冒。”姑父说：“不怕不怕，我们酒喝多了，冬天也敢骑马背上睡觉。”关鹏不好再劝阻，将炳文唤来，两人开车将一大家子运至海边。段锦问：“怎么没开你那辆奥迪？”关鹏支支吾吾道：“雨刷器坏了。”

其实那辆奥迪关鹏倒极少开。平素都停在宿舍后院，上班下班依旧开那辆老桑塔纳。原因是有的，这么年轻，开着辆百八十万的车，同事不定在背后唠叨什么闲话。可老炮兵营长既然买了，又不能不要，只有跟段锦出去兜风购物，才悄悄开上。发动车时也探头探脑，怕被哪个同事撞到。

段锦说：“记得六点钟接我们。”

关鹏忙说：“尽量，尽量。”

段锦扬了扬眉，想说什么又没说，转身带着姑父他们去买泳衣泳裤。

结果下午五点多主任来找他。主任虽只比他大四五岁，却是个沉稳干练的老江湖。在关鹏印象中，如若天漏了窟窿，主任会悠闲地迈着八字步去超市买胶带纸，断然不会有丝毫慌张。可这次不同，主任脸色阴沉，坐他对面只是抽烟，屋子里满是烟雾。好歹他抬起头，盯着关鹏说：“兄弟，哥对不起你，白跟我混这么些年。下午局党组找我谈话了，说给我换个岗，去党办管理资料，待遇还保留着，只是没实职。我倒没什么，不过连累了你，心里难过得很。我担心没准哪天，他们也要拿你开刀。”关鹏沉默良久方道：“主任，这么多年了，我最了解你。无论你去了哪儿，或者我去了哪儿，我们还是穿一条开裆裤的铁哥们儿。”主任的眼眶有些湿润，哽咽着说：“我明白。这样吧，晚上我们去喝酒。何以解忧？唯有杜康。古人的话总是没错。”

关鹏也不好意思拒绝，心里想着段锦那头，却也不能扔下老主任。忙给段锦打电话，说单位加班，让他们打出租回市里，晚餐也不能陪他们了。段锦说：“晚上我就不去你那边了。”关鹏说：“好的好的。把姑父他们陪好。别忘了替我敬杯酒！”

那晚主任喝了瓶衡水老白干。关鹏知道主任能喝。据说有次主任陪上面的人吃饭，喝了两瓶茅台，喝了两瓶茅台的主任照样陪客人打牌打到天亮，一句酒话没讲，一件酒事没办。那天两人没任何言语，都心知肚明，此时说什么话都是废话。喝完酒都晚上九点了，主任打了车回家。关鹏赶紧联系段锦。段锦说，姑父他们累了，已睡下，她也没什么精神，正躺床上读书。“我就不过去了，”关鹏舌头都短了，“明天我有急事，你陪他们去极地海洋馆吧。孩子们最喜欢海豚。”段锦沉默了会儿，问道：“你是不是有心事？”关鹏说：“没什么，单位最近有点儿忙。”段锦又沉默了会儿，说：

"要真有什么事，尽管跟我说，没准我能帮你的忙。"关鹏嬉笑道："你能帮什么忙？别替我瞎操心，好好教你的书。"

第二天醒来头疼欲裂。关鹏急忙赶到单位，单位也没什么鸟事，平静如风暴眼。难得清闲，关鹏找了本落了尘土的小说，有一搭无一搭地看起来，看着看着想起内蒙古来的客人，忍不住给段锦打电话。段锦说："我们玩得好着呢，你忙你的。"关鹏说："你们要是去森林动物园就跟我说，那里的园长我认识。"段锦说："那个动物园除了绵羊就是黄牛，呼伦贝尔有的是。"

白天清闲，晚上偏又来拨客人，尽管主任已调离，可后勤的事还是关鹏负责，依旧忙如龟孙。回宿舍倒头就坠梦里。醒来时发现段锦坐在床边凝望着他。关鹏拉住她的手问："什么时候来的？"段锦抽出手拍拍他的脸："姑父他们明天下午就走了，你陪我送送。"关鹏问道："才来屁会儿的工夫就走？"段锦说："他们要带孩子去天安门广场看升旗仪式。下午四点的火车。"关鹏将她搂过来猛亲，段锦推开他，整了整裙子说："明天记得到学校接我。"

翌日去火车站的路上，段锦突然说："糟了，忘了给姑父他们买点吃的。附近好像有家乐福吧？"关鹏说："你等我。"他很快就回来了。段锦瞅了瞅，塑料袋里有六根双汇火腿肠，六个乡巴佬茶叶蛋，六瓶"北纬 48 度"矿泉水，问道："只买了这些？"关鹏说："是啊。不够吃吗？七点钟他们就能到北京。"段锦喃喃道："哦，你想得真周全。"本来关鹏还想买几桶方便面，想想吃不了也会扔掉，何必浪费呢，就说："那当然。"段锦乜斜他一眼："我记得旁边超市里土特产也不少，鱿鱼片黄鱼干乌贼肉啥的。"关鹏问道："你没给姑父他们买吗？"段锦说："买了。"说完定定地看着关鹏。关鹏说："咋啦？"段锦想了想说："没什么。"

亲戚们走后那几天，段锦没怎么联系关鹏。关鹏也没有往心里去，他这头虽风声松懈，心里那根弦绷得倒比之前更紧。局里已陆陆续续清理大局长的旧部，人事处的处长去了食堂管伙食，监察处的处长下派到分局当副局长，总之都是明降。像关鹏这样没职位的，最担心的就是下派到某个兔子不拉屎的派出所当巡警。他联系了几次主任，主任只是叮嘱他，作最坏的打算，不过年轻人吃点儿苦总是好的，要记得星云大师那句话，吃苦是福。关鹏还能说什么？在办公室如坐针毡，接到段锦电话也没个精气神。那天段锦说，好久没去酒吧了，晚上去玩吧。关鹏倒有些意外，她极少主动张罗去如此喧闹的地方，就说，好啊，我把顾长风也叫上。段锦说，那我把师姐带上，好久没见她了。关鹏问，什么师姐？段锦说，大学的闺蜜，以前都在上海读书，现在做酒店呢。关鹏说，怎么没听你念叨过。段锦淡淡地说，她呀，比国家第一夫人都忙，不是想见就能见到的。

关鹏跟顾长风到得早，碰到了大鸟、胡烈他们。大鸟似乎有什么心事，死劲儿喝酒，偷偷问胡烈，这才知晓，大鸟跟女友分了，本打算十一月底结婚，问题就出在买车上。大鸟想买辆荣威 W5，女友不干，说一辈子结这么次婚，要买辆好车，起码要捷豹 XE 吧。大鸟说，车就是代步工具，有辆凑合着用就行。女友说，如果买荣威，那婚也就不必结。本是两人私话，谁知被大鸟父亲知晓。父亲说，那就让她嫁给买捷豹的男人吧，咱们家买不起。大鸟又犯了个错误，把话传给了女友，女友告诉了家里，家里又不干了，说大鸟家有的是钱，买辆破车还要推三阻四，明明是瞧不起我们闺女，这婚不结就不结，再说了，我们家闺女找什么样的找不到？如此如此，再加上亲戚添油加醋煽风点火，大鸟干脆和女友分了。

关鹏说："至于吗？她以后到哪里找大鸟这么好的富二代？有钱不乱花，颜值高不乱搞。真是傻逼一个。"胡烈似乎颇为感慨，说："现在的姑娘，老觉得全世界都对不起她，老觉得全世界都是她的。"瞅了瞅"黑寡妇"嘿嘿笑着说，"像我女朋友这样视金钱为粪土的，还真是快绝迹了。"关鹏就去看港务局的女会计，看着看着难免羡慕起胡烈来。

关鹏喝得有点儿晕乎，见到段锦进来时忙晃晃悠悠站起来迎接。段锦说："快来拜见我师姐。"关鹏就去看女人，一看不打紧，头先炸开去。那女人见了关鹏也是愣住，盯着关鹏看。段锦说："大眼瞪小眼的，怎么，你们认识啊？"关鹏忙摇了摇头，师姐笑了笑，说："你男朋友长得可真像那个明星，叫什么来着？'跑男'里的，对，郑恺。"段锦说："他可比郑恺帅多了。"

师姐入座，时不时瞥眼关鹏，关鹏忙低头倒酒。她怎会是段锦师姐？他跟她早就相识，有段时间单位来了贵客，都住富丽华酒店。女人就是富丽华酒店的前台经理。关鹏那时到办公室不久，常办漏兜的事，女人帮他打过几次圆场。关鹏难免对她微生好感。她是那种男人看过一眼就永远忘不了的女人，说美艳呢，端庄起来堪比马利亚圣母；说端庄呢，眼风扫过尽是春水微澜。有次结账后，关鹏笑着说请她吃饭，她也没拒绝。在海边的山庄，他们喝了三瓶波尔多红酒。与电视剧里老套的情节无异，他们睡了，关鹏一直认为那次是睡女人睡得最爽的。后来两人也交往过，她很喜欢关鹏。不过关鹏作了些调查，发现她情史杂乱，又约了几次后对她说，还是做朋友吧，友情远比恋情长久。他记得说这话时是在家火锅店，羊蝎子冒着浓烈的膻味，水汽像雾霭般将两人笼罩，根本看不清彼此眉眼。从坐下到离开她一直没说话。关鹏这才知道，世界上最有力气的动物不是大象，不是雄狮，也不是抹香鲸，而是沉默不语的女人。

没想到如今在此相遇，更没想到，她竟是段锦师姐。酒意骤无，话也不敢多说，坐段锦与师姐对面，眼风却笼着胡烈、大鸟那桌。段锦说："你呀，心不在焉。要想喝酒，就去找那帮狐朋狗友吧。"关鹏如获大赦，嘴上却道："我怎么舍得？丢下两个美女，简直是犯罪。"段锦说："随你便吧。"关鹏立马正襟危坐，脸上堆笑目视着段锦。冷不丁扫到师姐貌似哀怨的目光，只得低头小酌。段锦和师姐在嘈杂的音乐声中窃窃私语，时不时同时抬头扫关鹏一眼，扫得关鹏心如鹿撞。还好，过不多时师姐起身辞别，她说，相聚时难别亦难，酒店里还有点儿紧事，要先行告退了。段锦嗔怪道："你啊你，总是这样，这心刚热乎，就幽灵般飘走了。"师姐说："哪里有女人老恬不知耻当灯泡的呢？等哪天大家都空闲，到我们酒店里喝。我好多年没醉过，倒真想好好醉一场。"段锦说："也好。"

师姐走了，段锦默然跟关鹏喝了几杯血腥玛丽，说："我这师姐，大学跟我一个宿舍，最是贴心。人长得美，又挑剔，一晃到现在也没嫁出去。"

关鹏皮笑肉不笑。

段锦说："你们单位要是有合适的，不妨给她介绍介绍。"

关鹏说："我们这清水衙门，全是糙爷们儿，有品有位的师姐，哪里瞧得上眼？"

段锦说："你倒是很了解师姐呢。"

关鹏说："天下美女的心思，全都差不多。"

两人边说边走出酒吧，在关鹏那辆车旁停住。段锦摸着车门说："这辆车是贷款买的啊？"

关鹏说："谁讲的？我老爸卖了处拆迁房呢。"

段锦笑吟吟地望着他，半晌才说："上次跟你回老家，阿姨说，车款只是交了首付，叔叔每个月要还贷的。"

关鹏不禁皱了皱眉，一时无语。转念一想，段锦说的也不无道理。县城里一处拆迁房，也就四五十万的价钱，还真只够付个首付。自己倒从没想过这个问题，就说："管他呢。老爷子的心意我也不能辜负。日后有了钱，我也给他买辆好车。"又说："你闭上眼睛，我有礼物送你。"段锦眯眼看他，关鹏说："小狐狸，听话。"段锦闭了眼。关鹏从包里掏出件物什塞她手心。等她睁开眼，却是枚黄金十字架，在微光浸润下尤为闪亮扎眼，不禁"啊"了声说道："你怎么……"关鹏将她揽入怀中，吻得她半个字也哼不出。她搡开他，将十字架在手里翻来覆去地瞅，"你真是有心，后面还刻了我的名字。"关鹏说："姑父来时，说你小时候在教堂受过洗，那天路过金店，就特意定制了这枚十字架，也不知道你是否喜欢。”段锦又将十字架把玩一番，犹豫着戴到脖子上，喃喃道：“其实……”关鹏嘿嘿笑着说：“其实我们该回家了。”

回到宿舍，难免巫山云雨。关鹏兴致高涨，段锦却颇意兴阑珊。关鹏打她身上翻落，她也只在黑暗中看他抽烟。“以后少抽烟，老了，肺就成了破蛛网。”她将灯打开，俯身凝望着关鹏，关鹏将烟雾喷吹到她嘴里，她也没有往常般拧他耳垂，只是说：“我倒是想看看你收藏的那些钢铁侠呢。”关鹏说：“黑灯瞎火的，有什么好看的。不如好好看我。”说罢屈臂展示肱二头肌，段锦嫣然一笑，从床上跳下，搬了凳子去够。或是太沉，怎么也没搬动，干脆从凳上下来，手里抓着把烟花。关鹏已然忘记何时买的，段锦呆呆地说：“我们去放烟火吧，很多年没放过了。”边说边用抹布将上面的灰尘抹掉。关鹏说：“半夜三更去放烟火？”段锦说：“是啊。也不用走太远，附近不是明德广场吗？’关鹏叼着烟屁股假装恨恨地瞪她一眼，说：“哎，良辰美景本应颠鸾倒凤，却要无故去受风寒。”段锦说：“就这一次，以后也不会有了。”关鹏说：“那不行。以后我们有了孩子，逢年过节，都要一起放烟火。”段锦笑了笑，没说别的，只用手轻柔地蹭着烟花细杆。

是小跑着去的。广场除了他俩再无旁人。关鹏用火柴将信子引着，段锦一手抓杆，一手捂住自己左耳。关鹏说：“别怕，只是烟花，又不是鞭炮。”段锦不听，依然那般姿势。广场上灯光灰昏，耳畔有咸风号走，关鹏看着银白色烟花柔曼地喷涌，于风中摇曳盛开，随即消散开去，星星点点伴着“刺啦”细响。段锦笑得清澈，后来忍不住跳跃挥舞起来，宛若婴孩，烟花也随之雀跃流离，将夜风划开一道又一道口子。放完了一支，关鹏说：“我们不如去角落里，那样烟花才更美。”段锦咬着下唇说：“算了吧，我还是喜欢在明亮的地方放烟火。颜色单调是单调，心里却安稳。”关鹏说：“傻丫头，总是跟别人想的两路。”段锦也不搭理他，径自又引一支，将手臂高高擎起，关鹏仰头，看那烟火被风吹得一路飘摇，竟有些痴了。很快烟花燃尽，关鹏将段锦裹进自己夹克衫里。段锦一直不停地哆嗦，不晓得是寒风侵袭，还是兴奋难平。不禁将脸贴至她耳畔，却听她念诵道：“桃花落尽满阶红，后夜再翻花上锦，不愁零乱向东风。”就问：“你说什么呢？”

段锦淡淡地说：“没什么，几句酸词腐句而已。”

关鹏如幼犬嗅骨般闻着她发香，说：“甭给我转词，要记得跟粗人说粗话。”

段锦未应，关鹏却察觉到她在轻推自己。当她转过身仰望着关鹏时，关鹏见她瞳孔中似有泪光，不禁埋怨道：“操，没想到你这么多愁善感呢。”

段锦的嘴唇翕合数次，这才缓缓说道：“关鹏……我们分手吧。”

关鹏将耳朵侧过，问道：“你说什么？”

段锦说：“我们分手吧。”

关鹏傻盯着她。她从脖颈上摘下十字架，想了想，塞给关鹏，说：“送给别的好姑娘吧。”

关鹏一句话都说不出，近乎粗野地将十字架套勒进她脖颈。她没有反抗，任关鹏将十字架塞进内衣。等他大口喘息着横眼瞥她，她只是随手捋了捋被夜风吹乱的头发。发梢上全是烟火的碎屑。

麋　鹿

关鹏一直后悔那晚眼睁睁地看着段锦离开。夜那么深，出租车也少，他为何没开车将她送回学校？他坐在明德广场的台阶上闷头抽烟，呛得自己咳嗽不已。有那么片刻，他凝视着段锦越发黑小的身影，眼前除了朱玉碎片，再无旁物。当段锦拐弯时，他猛然站起狂奔过去，风割双耳却万籁俱寂，仿若他在深海区游泳一般。他看着段锦离自己越来越近，恰在此时，走过来一干人马，不是别人，正是此区的巡警。他们一般都在下半夜巡逻。他不由自主地将脚步缓下。等这干人走远，再去寻段锦踪迹，已如黑鸟入夜。关鹏不禁坐到马路牙子上，又猛抽了几支烟，想那段锦为何突然提出分手。就这么白牙露红唇启，将过去抹得干干净净，一走了之。思来想去仍然莫名，打段锦的电话，通是通了，没人应答而已。如此反复数次，心就越发荒凉。回住处取了车，直开到段锦楼下。敲门半天，悄无声息。就想，像段锦这么聪明的，怎会猜度不到他如此这般，肯定是去别处借宿了。心扭成麻绳，怏怏回了宿舍。躺在床上如被旺火烹炸之鱼，满肚子的怒气无奈。翻过来翻过去，天似乎快亮了。他开上车，又跑了趟段锦的宿舍，猛擂房门，不会儿对面探出头颅，骂道，神经病吗？半点公德心都没有！关鹏怒气冲冲地瞪那人一眼，那人轻手轻脚关了门，门缝里遂又传出嘀咕声，警察有什么牛逼的！

警察能有什么牛逼的呢，连个女人都搞不定。关鹏只得又回住所，站窗前看那光亮膨胀蔓延，旭日东升，霞光凛冽。匆忙洗脸赶往单位。单位又要开会，布置最末季度任务事宜。其间他溜到厕所，战战兢兢拨通那号码，遗憾的是又传来熟悉的铃声。他想，说不定段锦也在纠结懊悔中，没准中午会主动联系自己。待到中午，倒真是接到了电话，不过不是段锦，而是顾长风。顾长风说晚上要请他和段锦吃饭。他最近炒股，小赚一笔，因而将饭店定在了最豪华的金鼎轩。关鹏有气无力地应付着他，脑子里满是段锦。

下午跟领导请了假，去了趟大学。他知道今天下午阶梯教室有段锦的课。结果却是位白发老先生。老先生说，段锦跟学校请了长假，说家里有事，回了内蒙古。关鹏道了声谢，蔫头蔫脑踅回车里，痴眼望着银杏树的叶子。自己哪里犯了大错，让段锦如此决绝？她那么聪慧宽厚，如果是小错，断不会这样果断。两人相处数月，脾性都摸得透，自己也没有过什么难堪可隐瞒。想到这里突然念及师姐。段锦带师姐跟自己见面，是什么用意？难道她知道了自己和师姐的关系，这才让两人相见以辨虚实？可忆起那晚场景，除了略显尴尬，也没说什么错话。即便她知晓了，那又如何？谁的旧爱不是他人新欢？越想越乱，越乱越想，然后猛地察觉，那弱小的、不安的、如彗星般扫过的阴影，似乎曾在他脑海中迂回游动。从接到那条莫名其妙的短信开始，一种不祥的预感就如夜之鸱鸮萦绕不散。他翻出手机，扫了眼中午收到的短信：

"你会后悔的，关。"

即便如今，他也没有后悔过。如果说，此前几年的单身生活是雾霾之都偶然的几次放晴，那么认识段锦之后，几乎日日是海南岛绵延的晴空。她毫无缘由地离开自己，又玩起失踪，难道有难言之隐？到了晚上，昏昏沉沉去赴约。除了顾长风，当然少不了盈盈，这次顾长风还叫上了炳文。也难怪，他早把炳文当成自家的男保姆了。盈盈似有心事，菜没吃，酒也未喝，不时拿眼风扫关鹏，欲语还休，关鹏也没心思去度量。见到顾长风倒是愣住。这家伙一身名牌，手腕上还戴着块价值不菲的名表。顾长风见他那副嘴脸，忙讪讪地说，偶然认识一哥们儿，是股市操盘手，透露不少内部消息，今年股市行情大好，于是挣了些零花钱。关鹏低头饮酒，也懒得听他絮叨，喝着喝着晕乎起来，撑着双臂想站立，不承想腿脚绵软跌坐椅上。他恍惚着想，妈的，自己一定是生病了。

果真就在医院躺了数天。也不晓得是否昨晚受了风寒，发烧咳嗽拉肚子，冥顽不退。顾长风看守两天，又是验血验尿，又是心电图胸透，忙得四脚朝天，只得暗地里通报给老林黛玉。老林黛玉和老炮兵营长连夜赶来，见关鹏脸颊苍瘪，难免黯然。关鹏自小皮实，还真没患过灾病，大不了感冒，药也不吃，打几场篮球出几身臭汗，小恙即安。那天顾长风探病，关鹏将老林黛玉和老炮兵营长支走，断断续续跟顾长风说了段锦的事。顾长风大惊，说："你们郎才女貌，神仙眷侣的，咋会变成这样？你是不是做了亏心事？"关鹏苦笑一声说："我堂堂正正，能做什么亏心事？"又瞥顾长风一眼，"做亏心事的是你吧？你那块浪琴手表，从哪儿偷来的？"顾长风嬉笑着说："朋友送的。"关鹏说："你又说你炒股赚了钱，可你哪里来的本钱？巧妇还难为无米之炊呢。”顾长风沉默了会儿，仍嬉笑着说：“我们从小光屁股长大，你不是不知道，我向来胆小怕事，违法的事从来不沾。”不待关鹏再追问又匆忙道，“我又该做脑电图了，先不陪你了。老话说得好，天涯何处无芳草，分就分吧，总有好麦穗在后头。”

关鹏问：“什么脑电图？”

顾长风笑笑说：“没什么。”

关鹏没跟父母谈段锦的事，可住院这几天，段锦一次没来，老林黛玉和老炮兵营长再迟钝，也难免心生疑窦。那天输完液，老林黛玉边给他按摩手腕边漫不经心地问：“段锦出差了吗？”关鹏湿巴着眼不吭声。这时老炮兵营长问：“儿子你说实话，是不是你们出了问题？”关鹏挣扎着起身，说：“我们分了。”

老林黛玉和老炮兵营长对视一眼，未再盘问。待到下午，老林黛玉说：“妈是过来人。你要真放不下，就豁出脸皮死缠烂打，软磨硬泡。女人家，最大的缺点就是心软。”又说：“要是放得下，就别再想陈芝麻烂谷子，你条件好，就是天上的仙女，都恨不得嫁给你。我刚和你姑姥姥通了话，她说有个高速公路上的收费员，漂亮又贤惠，要不先见上一面？”关鹏将头摇得如龙睛鱼尾。老林黛玉说：“哎，不过段锦这孩子，倒真是懂事。”关鹏心一阵绞痛，老炮兵营长使个眼色，老林黛玉忙借口买水果出去。老炮兵营长说：“儿子，你把段锦电话给我，我想跟她当面谈谈。”关鹏说：“我的事我来处理。放心吧。”老炮兵营长站立一旁，搓着手似有心事，半晌才磕磕巴巴地说：“儿子，哪天我带你去把包皮割了吧。”

关鹏一时无语。他小时候确实是包皮。那时老炮兵营长从部队回来，最喜欢给他洗澡。“没事的，”关鹏低头嗫嚅道，“不影响。真的不影响的。”

老炮兵营长讪笑着将一把棒棒糖塞他枕下转身走了。关鹏偷偷剥了支含嘴里，明明是最喜欢的荔枝味道，尝起来却是苦的。

其实这些天他一直给段锦打电话，可都是失落。看来段锦已然铁了心。有时他盯着房顶想着与她的点滴过往，总想号啕一场。可这把年岁，又怕被医生护士听到，更怕惹老林黛玉和老炮兵营长神伤。好歹出了院，老林黛玉和老炮兵营长元神归位，他也到单位上班。这些时日，单位仍是惊魂未甫，老局长未肃清的旧部仍如惊弓之鸟。他懒洋洋地处理着日常旧务，不慌不忙，心也渐渐澄明。那天他接到老主任电话。老主任说：“有两件事想告诉你，一件好，一件坏，你想先听哪个？”关鹏笑着说：“我都这操行了，还能有什么好事？”老主任说：“那我就先说好事。我表妹有个同事，在街道办事处工作，淑女一枚，要不要见见？”关鹏说：“坏事呢？”老主任沉吟片刻说："我听到私下里消息说，这次又有一批人被下放，你呢，被分配到官营派出所了。"

官营派出所是最偏僻的所，开车到市里尚要四十分钟。关鹏说："我还是先考虑考虑工作吧。"老主任说："也好也好。越偏远的所越锻炼人，你还年轻，有的是机会。"

虽被贬到派出所当巡警，介绍对象的却没少。闲极无聊也联系了几位。有个某区宣传部的干事，在电话里问了他的学历专业，又问了他身高体重，戴不戴眼镜之类，还要了他的照片。后来说，觉得两人气质不符。关鹏有点儿生气，说那好歹也让我看看你模样吧？那姑娘倒也大方，迅速将照片传来。关鹏一见不禁哑然失笑，照片上的人，从面相上根本看不出是男人还是女人，好像还是兜齿。还有某小学教师，在电话里问了他幼儿园的毕业成绩，小学的毕业成绩，中学的毕业成绩，大学的毕业成绩，工作后有没有立过三等功，还问了问他最喜欢什么动画片，最后也不了了之。关鹏自嘲，如果不说是《圣斗士星矢》，而是说《熊出没》，会不会就成了？如是几番便彻底没了兴致。那天去超市购物，忽然一位女孩远远跑过来搭讪，却是王美琳。王美琳倒没什么变化，只是睫毛膏比以前打得更重，看上去成熟些许。王美琳用一种怜悯的神色打量关鹏一番，支支吾吾道："有件事我……我不知道该说不该说。"

关鹏说："怎么，三万块钱花完了吗？"

王美琳白着眼说："你怎么变得这么刻薄？我们虽然分了手，可还是拿你当朋友。你们的事，我可半个字都没跟别人说过。"

关鹏就笑。笑是一种没有副作用的镇静剂。王美琳说："那天我在商场见到了顾长风……就是你那个男朋友。"

关鹏咦了声道："他怎么了？"

王美琳说："哎，我没想到男人和男人在一起，也喜欢跑偏。那天他挽着个珠光宝气的女人买衣服。那女人啊，没五十岁也有四十岁了。"

关鹏说："这有什么稀奇的？陪朋友逛街呗。"

王美琳说："你知道一起买什么吗？乳罩啊。他怎么能这样对你呢？"

关鹏想了想说："我跟他分手了。"

难免有些担忧顾长风，不知道这家伙玩什么幺蛾子。想哪天定要跟他好好聊聊。东西还未买全，就接到老主任电话，老主任说，上次提到的那个姑娘，人家催了，问要不要碰碰面，也是好几户人家排队呢。关鹏说，主任你就做主吧。

第一次见面他去晚了。刚接了件棘手的事，几位女大学生援交，在辖区的小旅馆被抓。到达茶馆时，他远远看到老主任正背对他跟一位中年妇女聊天。那个面目模糊的女人有头蓬松乌黑的头发，这让关鹏有种错觉，仿佛女人的身体跟空气没了界限，随时都会被吸入到一个黑洞里，而他在行走的过程中，女人的轮廓却越来越亮，从看清她黑沉沉的眼袋，到看清她眼角被脂粉涂盖的皱纹，心情才豁然起来。他跟老主任打了招呼，又跟女人握手。眼光游离时才发现，中年妇女身边坐着个女孩。他很惊讶刚才进来时没瞅到她。也许，是恰巧她头上的灯光太暗，抑或是，她母亲庞大的身躯将本就羸弱的她挤成了可有可无的影子。

“你好，我是米露。”她欠身，朝关鹏点了点头。她有些羞怯，仿佛躲在树桩后的麋鹿。他不禁朝她咧嘴笑了笑。

那顿下午茶，基本上是例行公事的下午茶。米露母亲肯定带女儿相亲无数，问题演习多了，难免延伸出某种略显疲惫的惯性。比如她问了关鹏的家庭情况，父母的职业啊，年龄啊，家庭成员啊，他是哪里毕业的啊……关鹏盯着中年妇女一一作答。后来他干脆不等问询就主动说下去，他觉得这样会让这个女人歇息会儿。说实话，她干燥、浓重的鼻音让他有种被审讯的感觉。他说，他上班时间不长，只有五年。他说，他在北区买了处楼房，还没装修，不过面积不大，只有九十平方米。他说，他工资不高，如果不算奖金，只有五千来块……在他平静地介绍自己时，留意到女人的眼神越来越冷淡。她甚至有些走神，望着黄色桌布上的一块铜钱大的油渍。她那头蓬松的头发上栖了只苍蝇。关鹏看到那只苍蝇安静地舔着毛茸茸的纤腿。

“时间不早，我们先回去了。”女人白了女儿一眼，“你晚上瑜伽馆不是还有课吗？”

关鹏刚知道米露除了白天在东区的街道办事处上班，晚上还在一家瑜伽馆当教练。

老主任瞥了关鹏一眼，关鹏犹豫着说：“阿姨，我送送你们吧。”

“不用了。”女人仰着下颌说，“我们自己开车来的。”

女人的语气有些意料中的生硬。关鹏扭头去看缩在女人身后的米露。米露只是垂着头。

在胡同口倒车时，一辆红色轿车从他那辆Q7旁缓缓蹭了过去，无疑是米露母女。又瞅到老主任正开着车窗抽烟，就摇下玻璃按了按喇叭。老主任见到他很是吃惊，摆了摆手大声喊道：“操，啥时候买的新车？中彩票了？”

十五分钟后，他接到老主任的电话。他说，米露的母亲对他挺满意，希望他跟米露先处段时间，待会儿就把米露的手机号发过来。“好好把握机会啊。”老主任叮嘱道，“别忘过年了，给我买条猪背腿！”

吃 货

然而也只是见了一面而已，再无联系。说实话没什么心气。脑子里想的尽是段锦。那天他开车偷偷去教工宿舍，正碰到段锦在楼下晾衣。天那么凉，段锦穿着件宽松的白衬衣，下身裹条咖啡色长裙，脚上是双拖鞋。难道她不冷？关鹏真想将她冰凉的脚趾焐在自己胸口暖一暖。他闷头抽了支烟，再抬头时段锦已端着洗衣盆往楼道里走。他打开车门追了过去，可追了几步就停住，仿佛谁在背后猛力拽扯住他。他想，看样子她过得很好，晾衣服时嘴唇翕动，无疑是哼着歌谣。她过得好，说明她早已经不在乎自己，即便如老林黛玉所言，一味死缠烂打，又有什么意思？他开始还怀疑段锦是否与那个看芭蕾舞剧的男人重修旧好，可这几天仍收到那条骚扰短信，看来男人也未曾知道他已跟段锦分手。回头将自己和段锦往来的短信和通话记录全部删除，又将段锦遗留在自己房间的长筒丝袜和化妆品扔进垃圾箱。暗自思忖，段锦会不会也将那枚金十字架扔了？站了片刻，恍惚着将丝袜和化妆品弯腰捡出，扔进盛钢铁侠的箱子。想到那天晚上段锦站在凳子上搬箱子，又疼了下。再看看那些神色形态各异的钢铁侠，已经很久没留意过它们了。虽短短几个月，却仿若星辰移转，已多少年头。

那天局里开大会，让全体干警参加。开完会已是下午，没回所里，在街上转了转。想起来手机摔坏了，就跑到电子城。电子城门口长年累月躺着个乞丐，刚将车停好，便看到有个姑娘正往罐子里扔钱，转身离开时可能绊到了石头，一个趔趄跌在路边。关鹏大踏步走过去，忙将她搀扶起来。姑娘刚说了声谢谢，倏而又道："关鹏？"

关鹏定睛一看，面熟得很，一时又有些恍惚。那姑娘又说道："我们喝过下午茶啊。"

关鹏说："你是米露？"

米露笑了笑。关鹏说："好久未见啊。"

米露又是笑了笑。

说实话关鹏有些愧疚。自己当时对段锦耿耿于怀，米露虽留了手机号码，却从来没有联络，委实失礼。就说："有空没？一起喝杯咖啡？相请不如偶遇啊。"

米露垂头，然后点点头。这样在初冬的下午，这两个相过亲的人重新面对面地坐到桌子的这头和那头。这座城，一到了冬天，就像是美人患病掉光了头发，萧瑟愁苦。咖啡馆里也没几个顾客。他们靠窗坐了，各自点了杯拿铁。音乐放的是李志的歌，先是《春末的南方城市》，后是《和你在一起》，再是《你离开了南京，从此没有人和我说话》，恰恰都是他喜欢的，越听越喑哑。米露也不说话。一杯拿铁喝完，关鹏看了眼米露。米露穿了件米黄色高领衫，梳的马尾辫，整个人缩在灯光照不到的暗处。即便如此，她的额头仍然光洁如蛋清。她一直盯着那块素色的桌布，不时伸手摸摸上面凸起的花朵。似乎花朵时不时变成火焰，手指被火烫着般缩到唇边，轻轻吹上一吹。

是她孩童般的动作打动了他，还是民谣忧伤的旋律打动了他？关鹏已经说不清楚了。他素来最厌恶伤感主义，他喜欢的是干练实用的经验主义。可那天下午，那个与米露面对面喝咖啡的下午，他突然滔滔不绝地讲起话来。他讲到小时候父亲当兵，每次回家都会给他买果丹皮；他讲到喜欢圣斗士星矢玩具，曾经偷过伙伴的阿布罗狄；他讲到初中时曾经跟顾长风反目成仇，因为顾长风找了个名声不好的女孩；他讲到高中被母亲强行拆散的女朋友，她有两颗尖尖的吸血鬼般的虎牙；他讲到大学时军训，被教官罚了三个小时的军姿，他咬着牙愣没倒下；他谈到工作后总被一个老同志为难，后来闹清楚是有次吃饭，他从桌上拿走了唯一的那盒中华烟；他谈到到了官营派出所后，同志们都对他事事提防，似乎他是个携带病菌的感染者……

在他说话的时候，米露也是低着头的，间或抬起头，迅速瞥他一眼，然后静静转动着手里的咖啡杯。她乖巧恬静的样子似乎更加激发了他说话的欲望。当他偶尔看到窗外暮色已起灯火阑珊时，这才问了句："不如，我们一起吃晚餐吧？"

米露说："出来这么久了。"

关鹏说："是啊。没想到碰上我这个话痨吧？你喜欢吃海鲜吗？我们去海边吧。"

米露站起来，靠着窗台看着关鹏。关鹏极少看到如此宁静的瞳孔。

他们先开车到海边走了走。海边散步是正餐最好的开胃酒。风很大，两个人沿着海岸线走。海岸线那么长，黑暗一步一步被抛在身后，松软潮湿的沙粒不时灌进鞋子。米露只穿了件毛衣，关鹏将自己的警服披到她身上。她没有拒绝，紧了紧领子。耳畔唯有波涛的呻吟。他们谁也没吭声。有那么片刻，关鹏觉得是在跟自己的那件警服散步，风吹得满面细沙，他时不时回头张望米露一眼。远处灯塔的光芒隐隐地晕在米露脸上，让她的目光笼了层动人的羞涩。关鹏又想到和王美琳的那个初夏夜晚，他们也如此漫步，只不过王美琳是只喧闹的鸟罢了，而段锦从来没有跟他来过海边，他为何从来没有约段锦来过海边呢？他皱了皱眉，回头疑惑地看米露。米露说："有点儿冷。"

关鹏本来点了红酒，米露说："知法犯法。"红酒就没启。待开车送米露到家，已月上柳梢。关鹏问："你平时忙不忙？"米露摇摇头。关鹏说："我们以后没事了，就出去溜达溜达吧，闲着也是闲着。”米露点点头。关鹏问：“你妈知道你跟我出来吗？”米露笑了。关鹏搔搔头说：“这个礼拜六你要有空，我们到‘盛世’吃极品海鲜煲吧，韩国的料理师呢。”米露说：“好。”

果真去吃了海鲜煲。米露不怎么说话，吃起东西来倒还尽兴。这样他们很快就将这座城市的美食吃了个遍。米露话少，面目极少有表情，只有吃饭了，五官才生动活泼起来，眉眼盯着热气腾腾的食物，嘴唇抿得紧紧的，在食物入口的刹那，她的瞳孔会瞬息肿胀，仿佛久未享受饕餮大餐的美食家终于吃到了传说中的佳肴，而实际上入口的，无非是块铁板豆腐而已。关鹏想，找个话少、爱吃、能吃的女人当老婆也是个不错的选择。这次他放弃了经验主义，在他看来，经验主义已经在很大程度上妨碍了恋爱的进程，更多时候，它会将一个人带到理性主义的泥淖——能做什么，或不能做什么，甚或是做到一半发觉不能做什么，其实都是僵化的、一成不变的思维定式。他没有如往常般去查米露的背景，米露是真实的、动态的、形而下的，她的眼睛一分钟眨十二次，比标准值少三次：她的脖子大概有十一厘米，比标准值长两厘米：她左手的小拇指还比右手的小拇指短十毫米……至于她的父母做什么职业，她谈过多少次恋爱，有无隔代遗传疾病，都是无所谓的、虚无的问题。只要看着她甜美、庄重地吃东西，看着她少女般单薄的身躯下意识地隐藏到暗影中去，关鹏的荷尔蒙就会骤涨。

那个周末他们在关鹏宿舍做蛤蜊丝瓜牛奶汤，两人正在商量要不要加蚝油，关鹏接到了一个电话。电话是区公安局打过来的，那个语速缓慢的警察问，是关鹏同志吗？有空的话来我们这里一趟。关鹏很是好奇，不禁问道，你是哪位？对方说，我们开会见过的，你在办公室的时候，还来我们这里作过调研。关鹏问，今天正忙，过两天去行吗？对方沉吟片刻说，咱们都是自家人，我也就不说暗话。段锦是你前女友吧？她失踪二十多天了，学校报了警。前几天在月亮湾发现了具尸体，经过法医鉴定和亲属认定，我们已经确认是她。你要是不忙，我们想咨询些事情，顺便做下笔录。

手里的蚝油瓶就掉在灶台上，碎了，厨房里满是腥气。

其实只是象征性地做笔录而已，比如何时分的手，分手后有无联络，最近一次见到段锦是在何时何地，有无其他线索和怀疑人，等等。关鹏只是呆呆地坐在椅子上，别人问什么，他就回答什么。后来那位同志说，关鹏啊，我看你也挺伤心的，快回去吧，你也别介意，我们这是法定手续，你是明白的。关鹏站起来，盯着对方说，如果还有什么要问讯的，尽管找我，如果你们找到了凶手，也一定要告诉我。

回到宿舍，蛤蜊丝瓜牛奶汤已盛好上桌，米露正在用高压锅炖肉。见关鹏进来也没说话，只是盛了碗汤摆到他面前。汤有点凉，白色乳汁漂着星油花。米露站在他背后问,热一热吗？关鹏忽而转身抱住她。她那么单薄,宛若十六岁少女。没事吧？米露细声细语地问道，乌贼炖肉马上要出锅了，洗手吃饭吧。关鹏仍死死地钳箍住她，后来米露说，累了，就先睡会儿。关鹏这才踉踉跄跄回了房间，躺在床上动也未动。不久米露蹑手蹑脚地过来，替他脱了鞋袜，又探手摸了摸他的额头，喃喃道，有点儿热呢，我给你冲杯板蓝根。关鹏一把拽住她的小手，将她拉到自己胸膛上。米露说,大白天的……他迷迷瞪瞪扒掉她的外套和裤子,甩到床头,猛地就进入了她。她嘴里还嚼着粒牡蛎,满嘴的腥凉之气,关鹏也不管不顾。他小心地起伏着,米露说，我在那本《美食大全》上，又看到一道好菜，叫貉子乌鸡炖当归。貉子肉味儿土腥，乌鸡正好能解，如果配上定西的当归、章丘的大葱、西宁枸杞和铜陵的紫姜，既滋阴壮阳又安神宜睡……关鹏狠狠嘬住了她的嘴唇。

安　眠

段锦的事，区局再也没找过关鹏。关鹏本来想私底下找几个铁哥们儿问问案情进展如何，可思来想去也就罢了。有时深夜巡逻，便想起分手的那个夜晚，段锦在明德广场放烟花。那晚风大，白色烟火很快被夜风吹得四处飘逸。他还记得她的发梢上，全是烟火碎屑。

这桩案件在本市很是轰动，多家小报都曾经作过专题报道。毕竟是座小城，一位貌美大学女教师离奇失踪死亡，倒真是不错的饭后谈资。他听人家说，宿舍楼的人最后一次见到段锦时，她是穿着睡衣跑下去的，匆匆忙忙上了辆红色出租车，之后就再也没回来。坊间有传言说是情杀，也有传言说是劫色，无论哪种说法，段锦都被塑造成一个无辜的受害者，这让关鹏多少有些心安。他曾经查过骚扰短信，十天之前还能收到，那时段锦早就遇害，说明发短信的人不是凶手，也就是说，那个颇为神秘的段锦前男友，应该不是嫌疑人了。在他的意识里，那条傻逼短信就是她前男友发过来的。关鹏还记得他的车牌号，也曾经考虑过是否将号码告诉专案组，或者自己私下里去查查，想了想，此时多一事不如少一事。如果显得过分关注此案，反倒有可能引火烧身。自己本来已是虎落平阳，何苦还要防备别人从身后捅上一刀?

倒是将老林黛玉和老炮兵营长请来，跟米露见了面。老林黛玉盛装出席，穿了件枣红对襟描金唐装，绾了高高发髻，还打了腮红，看上去倒比米露还艳光四射。老炮兵营长套了身青色中山装，在关鹏印象里，只在表哥婚礼时穿过一次。无疑他们对米露甚是满意，当场送了米露枚白金戒指，说是老家风俗，算是头次见面的薄礼。

关鹏焉能不明白他们的心思？无非又是把满腔热情全押宝般押在了米露身上。米露也未推辞，大大方方接过去，道了声谢，就直接戴在了无名指上。老林黛玉就笑得更为灿然，眼角的皱纹几乎都要从脸上挤下。老炮兵营长也很是开怀，自斟自饮了两盅白酒，临休息时还郑重地拍了拍关鹏肩膀说："你这孩子眼光不错。真是虎父无犬子，强将手下无弱兵。"

仍是带着米露四处吃吃喝喝。有时也陪米露去瑜伽馆。所谓瑜伽馆，只是租了某处学校的几间废弃仓库,学员全是半老徐娘。有回关鹏先去执行任务,再去接米露。他从窗户外偷着瞅了几眼。米露穿着芭蕾舞演员才穿的练功服做示范动作。她双手撑住地板，两条纤弱的腿盘在胳膊上，仿若观音坐莲。关鹏想，这个喜欢吃也喜欢瑜伽的姑娘，兴许就是那个他等了这些年的人？此时便又念起段锦，念起她的种种，鼻子难免发酸，只得逼迫自己将目光死死盯在米露身上。

然而还是忍不住想段锦的事。那天他在内部网上，怎么就莫名其妙搜索起段锦的个人信息。这个系统是个巨大的搜索引擎，全国联网，只需输入个人身份证号，此人所有信息就会一览无遗：比如何年何月何日刷过信用卡，何年何月何日住过酒店，何年何月何日购过房屋。关于段锦的信息极少，除了在商场购买过家电，几乎没有别的信息。他托着腮帮，百无聊赖又随手输入一个身份证号，等他意识到那是米露时，不禁摇头笑了笑。不过还是顺手点了下鼠标。他本来正在喝茶，当网页上一条条记录滚动起来时，他不得不放下了手中的杯子。

米露竟然在两年里住过三十六次酒店。

她为何如此频繁出入酒店？只是街道办事处的普通职员而已，平时又极少外出参会。酒店基本上是同一家酒店，钟点房。关鹏百思不得其解，蓦然想起头次相亲的情景，当她母亲听说他只是个收入不高的普通警员时，眼里满是冷淡之色，也没有留联系号码，只是当见到自己开的那辆轿车时，才将电话号码发过来……内心又是狐疑又是郁闷，便给米露打电话问个究竟。米露说："有事吗？"她的声音轻柔，又仿佛能渗出蜜糖。关鹏心就软了,说:"晚上有空没？我们去酒吧。"米露说:"好。"

那晚在酒吧，关鹏遇到了大鸟，大鸟对他一通埋怨，问他为何好久不来耍。关鹏说，我们这些苦逼警察，天天为人民服务，哪里像你们这帮闲人，活着就是吃喝玩乐，纸醉金迷。大鸟说，眼瞅着年根儿了，你们也不歇歇吗？关鹏说，到了年根儿，贼忙，我们更忙。逡巡一番不见胡烈，就问，胡烈呢？大鸟惊讶地说道，你真不晓得？胡烈把公司的高管职位辞掉，在婺源买了处民居，带女朋友隐居了。听说在那里开了家客栈，又是种田又是养花的。关鹏有些讶异，艳羡道，"黑寡妇"也辞职了？

大鸟说，什么“黑寡妇”“白寡妇”，快把这杯“大都会”喝了！

酒是喝了不少，想问米露的问题却始终没问。米露酒量好，不过也不乱喝。后来跟大鸟他们玩起掷骰子。关鹏迷迷糊糊地看着米露想，她开过三十六次房又如何？即便她真的曾跟男人胡搞，也只是过去的事。她如今对我好，我也对她好，就够了。这狗屁日子，能有个暖被窝的人就不错了。眼眶有些潮，凑到大鸟他们那边，见他们玩得正嗨，也不便打扰，便走到吧台前又买了杯朗姆酒。一口还未咽下，手机便响起来，一看是顾长风。不待他说话便骂道：“你个臭小子，哪里鬼混去了？多少天了，也不汇报你的思想动态。”

那边沉默半晌，才说：“关鹏，我在东区派出所。你快过来趟。”

关鹏说：“咋啦？找小姐被抓了？”

顾长风支支吾吾说：“差不多吧……”

也没跟米露打招呼就呼哧带喘去了东区派出所。到了之后才明白“差不多吧”是什么意思。年前省里来了命令，又是一轮新的“扫黄打非”，顾长风跟某女人在警察查宾馆时被抓。开始顾长风狡辩说对方是他老婆，可是竟连他老婆的名字都不知道。如此这般，如此这般。又不想让派出所通知单位，只得找关鹏来交罚款。

出来后关鹏使劲踢了他一脚：“你妈的！老也管不好自己那个东西！”顾长风不言语。关鹏又踢了他两脚，不承想顾长风蹲路边抽泣起来。关鹏笑也不是，恼也不是，只得递给他支烟：“不是我瞧不起你，找一夜情还找个四十九岁的，你他妈什么品位？”

顾长风站起来，猛地搂住关鹏放声大哭，哭得关鹏眼角发酸，忍不住摸了摸他脸庞说：“你呀，还不知道吗，无论你变成什么鸟样，我都是你死党。我们从九岁就是死党了。”

顾长风更是哭得歇斯底里。关鹏说：“想开点儿，有什么呀。活着，就是让别人笑笑，顺便笑笑别人。”

顾长风抽噎着说：“我跟你说实话，你可别生气。”

关鹏说：“我要总生你的气，早他妈被气死了。”

顾长风说，他跟那女人根本不是普通约炮，女人是要付他钱的。他做这行也三个多月了，不然哪里有钱请他们大吃大喝？关鹏听傻了，瞪眼盯他，良久才反应过来，结结巴巴地说：“你、你、你……”

顾长风说：“她们要么是有钱人，要么是有钱人老婆。到了这岁数，除了吸毒和找我这号人，活着也没什么意思了吧。”

关鹏问道：“你没接过男客吧？”

顾长风说："没有。"

关鹏转身就走。顾长风一把扭住他说："还有件事我没告诉你，我脑子里长瘤了。"

关鹏骂道："你脑子里没长瘤会做这样的蠢事吗？"

顾长风说："真的，秋天查出来的，我从你那里搬走，就是不想让你知道，怕你担心。瘤子已经核桃那么大，一直在吃药。医生说，最晚年底做手术，不然压迫神经，就会变成傻子，破裂的话……"

关鹏瞅他半天，才问道："为啥不早跟我说？"

顾长风嗫嚅道："从小就是我照顾你……不想快而立之年了，反倒让你操心。"

关鹏将车门打开，说："先上车。明天带你到协和医院检查检查。"

顾长风说："再说吧。"

关鹏说："你是想让我替你收尸吗？甭想得太美！"

顾长风将脸转向窗外。关鹏说："米露催了，我们去酒吧接她吧。"顾长风没吭声，一直盯着窗外。关鹏瞅了瞅倒车镜，却是下雪了。今年冬天来得早，雪却从没飘过一场。雪花很小，缓缓落在车上，落在路上，落在深夜里安眠的房屋上。关鹏将暖风打开，瞥了眼顾长风。顾长风似乎睡着了，也只有没心没肺的男人入睡才这般快。他叹息了声，打开雨刷器，将细雪刮掉。

路过海滨浴场时，他接到了老主任的电话。老主任的声音有些游移，他说，你在哪儿？讲话方便不？关鹏说，方便。老主任停顿了片刻说，有件事我不知道当不当说。关鹏道，跟我还有什么藏着掖着的？放心，过年了我肯定给你买条猪背腿。主任没笑，又是沉默。关鹏就觉得有些不对劲。老主任说，我有个哥们儿在重案组，正好负责段锦的案子。关鹏的心抽搐了下，问道，抓到凶手了？老主任说，你别急，现在只是有了些线索。关鹏将耳朵紧紧贴在手机上。主任说，你知道有种行业叫代孕不？关鹏说，知道，前年不是还抓了几个非法代孕的吗？老主任咳嗽了两声说，段锦以前……也干过这行，替某个公司高管生过一个男孩，人家给了她一百二十万。你知道，有钱人就喜欢这种高学历的……

主任还在唠叨什么，关鹏已经听不清楚。他挂掉手机，怔怔地看着方向盘。雪虐风饕，白茫茫遮了公路，遮了别墅，遮了海与天，也遮了这漫漫长夜。他摇下车窗，海风疾卷，迫着雪花刮进脖颈，他不禁打了个寒噤，去瞅顾长风。顾长风打着细碎的鼾声。他打开双闪下了车，站在公路上。公路旁就是大海。夜里的海什么都看不到，即便雪花在夜里，也是黑色的。他掏出手机，看了眼早晨收到的那条短信，"你会后悔的，关"，随手关了机。

后来，他点了支香烟，不声不响地抽起来。

【作者简介】

张楚，1974年生，河北文学院签约作家。著有中短篇小说集《樱桃记》《夜是怎样黑下来的》《野象小姐》《在云落》及随笔集《秘密呼喊自己的名字》，曾获《中国作家》大红鹰文学奖、2004年人民文学奖、林斤澜短篇小说奖、《十月》青年作家奖，以及第六届鲁迅文学奖等。

残存的理想主义？

——评《风中事》

郭宝亮

和以往的写作一样，张楚的《风中事》仍然写得风生水起，颇有看头。小说以小警察关鹏的几次恋爱情史为线索，细腻而又合乎逻辑地展示了当下青年的恋爱现状和生活态度。

和所有的现代青年一样，关鹏的婚恋问题一直是其父母操心的大事，关鹏也在父母的安排下，不断地相亲见面，然而，他的婚恋却遭到了前所未有的麻烦。第一个麻烦是美少女王美琳。这是个在校的大学生，一个任性而娇气的姑娘："这绝对不是未来孩子的母亲。他需要一个跟他睡觉生孩子、跟他打游戏会亲朋、跟他泡酒吧去西藏旅行的女人，但绝不需要一个将来内裤袜子要他洗、孩子要他喂、饭要他煮、屁股要他擦，稍不留神还可能给他戴顶绿帽子的女人。"与王美琳的分手，颇费周折，王美琳动用了其父母来助战，甚至不惜以自杀来要挟。王美琳这一形象的设置，显示出关鹏骨子里的传统因子。也为他与段锦的相遇奠定了基础。

与段锦的相遇是这篇小说的核心情节。段锦娴静庄凝，是个真正的美人。当关鹏坠入情网，"才知道什么是热恋的滋味。以前和女人们种种，跟段锦的种种相较，全是温吞的白开水。上班时会忽地想她，想她的桃花眼，想她嘴角不明显的细碎纹理；午餐时会忽地想起她，想她在床上凌乱的长发，想她腋窝牛奶的香气，此时那地方就不由竖起杆旗；下班时会想起她，想她走路的姿势，想她说话时的语调……"显然这是一次浪漫的恋爱。段锦的美丽端庄既是外在的，又更是关鹏的想象中的。在和段锦的恋爱中，关鹏残存的理想主义与庸俗的世俗主义全都暴露无遗。关鹏实际上是想要一份认真的，传统意义上的爱情和婚姻，然而，段锦的物质主义，却也在粉碎着他的这份奢求。先是段锦与开宾利的有钱男人的神秘瓜葛，再是关鹏舍不得给段锦买奢侈的鞋子，最后是段锦为人代孕神秘被杀，一步步验证了段锦美丽外表下物质主义的时代髓核。连段锦这样的看似美丽的女孩也把情感变成为如此实利主义的交换，不能不令人震惊！

与米露的恋爱则是一种无奈的退却。米露是个十足的吃货，但她却实际得多。这是一个完全没有灵魂的肉体的躯壳。就是这个米露曾在两年内在酒店开过三十六次房。更奇葩的是，关鹏的那个男友顾长风竟也干着“鸭子”的营生。这实在是一个混乱的时代！

小说的男主人公关鹏，其实也不是一个洁身自好的主儿。他也是这种吃肯德基长大的物质主义的一代。一到单位同事朋友给他介绍对象，他也不好推辞，“碰到有眼缘的，吃吃美食逛逛大街，看看电影泡泡酒吧，合意的日子上上床，处上段时日，脾气秉性要是不合，一拍两散。掐指算算，关鹏见过面的大抵也有三十多位女孩。”关鹏在恋爱问题是其实也是庸俗不堪的，但他至少在骨子里还保留了一份传统，或者说是一种理想主义，不过这种理想主义也是自私的理想主义。他希望找一个能够结婚的妻子，就是对自己忠贞，有奉献精神，不物质主义的好老婆，这是地地道道的男权主义心理。然而，他找不到这样的女孩了，这个时代已经不再出产这样的女孩了。王美琳、段锦、段锦师姐、米露……几乎所有的人，也包括关鹏、顾长风等，都已经成为物质主义功利主义时代的参与者和实践者了。

至此，张楚把婚恋问题与时代问题联系起来，使得小说具有了更加阔达的内涵。溃败和腐烂遍布生活的方方面面：单位中的争权夺利（局长被双规，局长一线的人被查处和放逐），有钱人的穷奢极欲（找高学历的人诸如段锦这样的美女加才女代孕，富婆也在找人满足自己的欲望），穷人的对金钱的不择手段的追逐，道德沦丧，廉耻尽失，加速了这种无序状态的发展。严格地说，婚恋问题绝对不单纯表现为婚恋问题，而是社会问题的投射。我觉得，张楚这篇小说的最大价值并非在于写了一个当代青年人的婚恋问题，而是通过这个婚恋问题指向了一个更加阔大的社会生活场域。全面物质主义时代来临了，残存的理想主义还有没有自己的空间？关鹏对钢铁侠的崇拜，正像段锦所言：“你梦想着成为超级英雄，可是呢，内心还是个小孩。”关鹏作为一个普通的小警察，他其实在内心仍然残存着一丝理想主义，但面对现实是无力的，这也正是张楚的内心。张楚在这篇小说中表现出极大的理想主义色彩，他犹如一个孤独的英雄，抗争的愿望随着强大的无物之阵，撕裂着这最后一点残存的理想主义，在即将到来的海风中，它会不会被吹得烟消云散呢？

直立行走

宋小词

完事后，周午马说，你去洗洗吧。杨双福便听话地从床上起来，踩着纸一样的拖鞋进了卫生间。水阀打开，冷雨像箭一样射下来，半天才有热水。雾气弥漫，蒸腾出某种龌龊。她取下角架上的洗浴液，挤出一大坨，狠狠地抹在脖颈上、双乳上、腋窝下、私处和双腿上，用力揉搓，打起满身泡沫，然后取下莲蓬头猛冲。下体有一股热液涌出，伴着一股浓郁的腥味儿，她忽然感到羞耻，觉得自己像周午马的一只夜壶。

冲洗了半小时，她围了条浴巾出来，周午马已经衣是衣衫是衫穿戴整齐地坐在沙发椅上拨弄手机。她哆嗦了一下，迅速知道这晚开的依然是钟点房。他的白衬衫一丝不苟地扎进黑色牛仔裤里，一条高仿的爱马仕皮带穿腰而过，“H”标志咧嘴大笑，酒足饭饱似的。她有些愤怒。下了床，他早早从兽变成了人，而她却还赤身裸体，像个畜生。她慌乱地穿起衣服，忽地有种被欺负的感觉。

看她穿得差不多了，他对她笑了笑。她也对他笑了笑。

他说，你先走吧，晚了就难坐车了。你住得远。

她没说话。拿起包就走了。

在电梯里，对着镜子，看着烧红的脸，她觉得自己丑极了。

电梯门开的时候，一股冷风迎面袭来，她打了一个冷战，将羽绒服的帽子戴在头上。下了雨，江汉路水淋淋的，四处游走的霓虹仿如肥皂水泼得满大街都是。到处都是人，每个男人的腋下都夹带着一个女人，高的矮的胖的瘦的香的臭的，蝗虫般黑压压地在街上打成了堆，每家的店铺和摊位都是人，几家餐馆前等着就餐的人排队都排出几道弯来了。步行街上三步一岗五步一哨全是兜售玫瑰花、巧克力和发光牛角箍的。

七点半，别人的情人节这会儿才刚刚开始，而她的情人节已经草草闭幕了。一对对情侣从她身边谈笑而过，她犹如受了内伤一般。

周午马约她三点来江汉路，她上午就从武昌赶过来了，怕堵车。她住在关山一个偏远的城中村。武汉这两年大兴土木，每天一万多个工地一齐开工，每条路如癌症晚期一般，一堵车就堵成一锅粥。每次他约她，都是在汉口。她对汉口的地形不怎么熟悉，每次约会，他说一个地点，定下一个时间，她都要提前很长一段时间用来寻找他说的那个地方。她从来没有迟到过。每次他满头大汗地赶来，看到她早早坐在店里了，他总是很惊喜地叹道，哇，你好贼，这个犄角旮旯我还担心你找不到呢。她笑笑。她不想让他看见她在大街上慌忙前行，两眼迷茫，抬头四顾，走三步就拉人问路的狼狈样子。

说到底，她还是怕他瞧不起她。其实她心里也知道，无论她怎么努力，他都是瞧不起她的。城里人总是瞧不起乡下人的。他们今天三点半就在江汉路的一家小餐馆吃了饭，宽阔的餐厅里就他们两个人入座，好在她中午只吃了一个面包，所以还能下得去筷子。三个菜，一道葱烧武昌鱼、一道香酥锅巴、一道广东菜心。中途他叫服务员给她加了一个木瓜炖雪蛤，半只转基因木瓜里盛了些白色的碎末，她舀了一勺，大部分是银耳。她看了看桌上的三脚架菜谱，不贵，二十八元，好歹是他的一个心意。她吃了，吃完了。

之后他们就去了附近的如家酒店。这是他约她的重点。她是清楚的，没必要去计较，很多事说穿了就没有味了。只是她以为今天会比以往多一些娱乐内容，她以为会在餐桌与上床之间增加个看电影或是打桌游的节目，再不济轧轧马路也行啊，这样安排会让她觉得更精神文明些。她有一些失落。

房间是早就开好了的，他拿房卡把门打开，她走了进去，她希望能在桌上或是床上看见一束玫瑰或是巧克力，这样多少会给她一些尊严和慰藉，可是什么也没有，只有一股常年不见阳光的霉味。他将她推到在床上压在身下，双手在衣内一把抓住她的胸时，她的心“咚”的一声跌在了深洞里，五脏间一片黑暗。

杨双福在光谷鲁磨路一家私企里上班，老板是做商超培训的，号称全国都有业务，手下五六个业务员各自划有片区，她分管华北区。她从大学毕业就在这里混着。上班就是打电话，华北区商场超市的电话胡乱打一通，通常自报家门后，对方就不耐烦地挂了电话，有的还要把她妈操一下才肯挂电话。刚开始她气鼓鼓的，还掉泪。每次员工训话，他们老板总说，这年头能把别人口袋里的钱捞出来揣自己兜里才叫本事，一句操你妈怎样了，卵大个事也值得放在心里磨，你们的心眼也太便宜了。后来她也就皮糙肉厚了。她清楚付出就有回报、勤劳就能致富的美好时代已经一去不复返了。

茶水间里同事们都在谈论各自的情人节，嘻嘻哈哈的，晒着各自的礼物，脖子上的黄金项链、手上的戒指、肩上的包包、脚上的鞋子。她们探出头来问她，双福姐，姐夫给你买什么礼物了？她心里一苦，笑笑，说，老夫老妻了，哪里还有这些浪漫。

双福姐，这么好的男人，你要抓紧点，不要拖啦。

你看人家要模样有模样，要身材有身材，难得的是武汉本地人，配你那是，啊，不要不知足哦。

她跟她们笑笑，进去端着一杯奶茶又走了出来。她知道她跟周午马的差距，他配她那是占大便宜了。周午马武汉人，身高一米七五，眉眼有几分国民男神张国荣的样儿，这样的男人哪怕当众擤个鼻涕吐口绿痰都是帅的。自己呢，一个农村姑娘，身高不足一米六，相貌平平，因为久坐，腰腹上趴着了一圈赘肉，又不懂穿衣打扮，她能跟周午马搅到一堆，是让许多女人恨得牙痒痒的。她们很想看看她的下场，什么下场呢，无非就是看周午马能不能娶她，她们大抵觉得男人许给女人婚姻比男人本身还要可靠，千好万好若不能结婚总是一场空。她又何尝不想结婚呢，可跟他相处了这么久，他从没有流露要她上门见他父母的意思，她都不知道他家住哪里。他跟她之间的关系靠吃饭和睡觉维系着。

她如身陷一场泥泞，拔不出来，只能一点一点地陷下去。

她给周午马发了条微信，问他在干什么，并附上一个笑脸。她怕那些字太冰冷，得有个笑脸的表情。她对他用尽心思。发出后很久都没有回音。这便无端搅乱了她的心境。她开始仔细回忆昨天的约会，是不是有什么地方做得不够好，令他厌弃了。有时候她自己都厌弃自己，作为一个女人她没钱没貌没出身，只有一对乳生得还算丰满，可这一对乳又能挽留他到何时呢。

整个下午她都恹恹的。她一直将手机摆在桌前，一有动静就划开看看，每次都是系统推送的广告信息。她的心光随着窗外的天光逐渐黯淡了下来。在下班前她的手机短促地响了两下，是微信，她的心一紧，打开一看，果然是周午马的，发来两个表情，一枝玫瑰一个红唇。

这就够了，玫瑰与红唇都是爱情的意思。爱情是她的青山。只要青山在，就不怕没柴烧。她的心豁然开朗了，所有的光都来了，希望来了，甜蜜也来了。晚上同事们邀着去锅加锅吃香辣虾，她也赶着去凑了热闹。都是一群外来人，乡里的，小县城的，农二代工二代穷二代，两三杯啤酒下肚，就胡乱言语。

双福姐，一定要拿下姓周的，一定要在这里扎下根来。

双福姐，男人是很好弄的，一瓶红酒加一个裸体就搞定了。

双福姐，一定要豁出去，舍得一身剐，敢把皇帝拉下马，你找了个武汉本地的，不知道省了多少事，起码房子不用愁吧，这就比我们少奋斗二十年，二十年啊，人生最值钱的二十年啊。

很快就有人纠正，说，三十年，三十年啊。知道武汉现在的房价吗，光谷都一万五一平方米了。

这就是武汉人的荣耀，他们生下来不动弹也比我们快三十年。

来，为双福姐提前三十年进入中产阶层干杯！

哈哈。

呵呵。

他们像背负着血海深仇一样从乡野进入城市，每天如鸡一样，两只爪子得在地上刨出血来才有一爪食吃。

她颇有些惆怅，麻木地灌了自己许多酒，直喝得头脑发沉，同事看出了她的醉态，酒事匆忙结束。她知道自己的量，她并没有喝高，她只是装醉。她想体会被人搀扶的滋味，想感受人与人相偎着的暖意，在这个闪亮的城市里，她每天都戴着盔甲，全副武装地把自己弄得质地坚硬，只有她自己清楚，她是个弱者，敏感又极其容易受到伤害。

同事们架着她在商量对她的处理，对谁来护送她回家都很犹豫，大家都有各自的事情。在解释与推诿中，她知道自己成为了包袱。她最终还是推开了同事们的手臂，她有一些苍凉。她不想给同事们添麻烦，自己不能给予别人什么，便也不能奢望能从别人那里得到什么。一辆空的士救星般从路边开来，她果断招手，迅捷地打开车门坐了上去，对司机说了地点，在同事们都还没有反应过来时她大笑着对同事们说了拜拜。

含着 PM2.5 的风吹着她的脸庞，看着光谷转盘中间的喷泉，她一时感伤，流下两串热泪。

日子像是被胶粘住了似的，时光缓慢滞重。已经三天了，周午马像是忘了她这个人，没有给她一条信息。他总是这样子，在饱餐了她之后总有一个礼拜左右的时间是想不起她的。她虽热盼他的消息，但她那点可怜的自尊一直克制着自己的殷勤。

周五的晚上，她拎着一碗麻辣烫上楼时，手机铃声在包里轰然大作。她的心一下腾起波浪，这是她专为他的来电设的《死了都要爱》，“死了都要爱，不哭到微笑不痛快，宇宙毁灭心还在，把每天当成是末日来相爱……”她慌慌地从包里掏手机，她怕接迟了，爱就走了。

喂。她轻轻地。

双福，明天是元宵节，你到我们家吃汤圆吧。

她的脖子顿时伸长两尺，她有些蒙，你刚说什么？

叫你明天到我们家过节。中午之前，我过来接你。

我，我。她有些慌乱，她似乎一直都暗暗地为此事准备着但又一直没有准备好，猛地这么一说，就把她抵到了悬崖上。她说，午马，能不能不到家去啊，我，我。

别不识抬举啊，是我爸妈的意思。

她怕他不耐烦，说，我没有别的意思，我只是，我只是害怕。

行了，我明天来接你。

谈恋爱，见父母总归是一件大事，这是他俩关系脱胎换骨的关键一步。失败了，便前功尽弃；成功了，他们将走进新时代。这机会，她必须得牢牢抓住。从前她一直隐隐担忧自己会在泥淖里沉沦下去，现在才发现周午马是靠谱的，是可以托付终身的。她的命真是太好了。武汉人，城里人都还是好的。

打开寝室门，啪地开灯，一阵窸窸窣窣的声音，几只蟑螂四处逃窜，桌上的、地上的、墙上的，一下就没影了。她对此已经习以为常。

这个城中村卵蛋似的被四周高楼夹击，像一颗发烂的心脏在黑暗中微弱地搏动。小区路口的垃圾箱，棺材一样，常年臭气熏天，污水横流，这里地势又低，一遇到暴雨天，整个城中村一秒钟变大海，日照不充足，潮气久久不退，所以这里终年都散发着霉味和馊味。但这里也热闹，有许多小餐馆，烟熏火燎的，路面被地沟油盘出一层包浆，乌亮乌亮的。边上一条水果摊，烂苹果烂梨子都沤出了一股酒气。城中村的住户很杂，学生、贩子、民工，天南地北的人都有，是另一个江湖。杨双福住的这个楼大多是附近几所高校的学生，考研的、同居的、考编制的、啃老的都窝在这楼里，所以时不时还能听到读单词的声音，也能闻到精液满天飞的气味。她大学毕业就被学姐介绍租住在这里了，十五个平方米，一个月七百块，她觉得还是贵了，但她知道在城区却是最便宜的租价了，搬到这里两年了就没挪窝，这里的老鼠蟑螂苍蝇蚊子她都认识了。

远处是挖掘机的作业声，很多次她都梦见那些挖掘机并排向这个城中村开来，它们把这里的房子、树木、泥土、老鼠和人都当成了垃圾撮进搅拌机里，含着血肉的泥浆从搅拌机里流了出来。她惊恐地呐喊着，挣扎着，想要逃，可是有股巨大的力量将她吸了进去，将她甩入齿轮里。她总是在大叫声中醒来，怔怔的，然后在心悸与不安中又沉沉睡去。

次日里她早早就起床去了超市，在卖酒和卖茶的专柜里盘旋了很久，一只手在这个上放一放，在那个上放一放，不知道选哪个好。武汉人讲面子，送廉价货是很得罪人的。最后她狠了狠心拿了两瓶贵州茅台，七百多块钱。又拿了一提“不是所有牛奶都叫特仑苏”的礼盒，这便拿得出手了。

回到住处烧水洗头洗澡。重头戏便是穿衣服了。她把柜子里的衣服都搬到了床上，她望着这堆衣服，像狗看着一只刺猬，无从下手。平常胡乱逮着哪件穿哪件，也能出门，可今天不比寻常，她想靠这些衣服来装扮出自己的分量、价值、脸面和教养来。紫色的棉衣显得老气，鹅黄的斗篷质地太差，蓝色的卫衣已经起毛了，穿上虽然还过得去，可心里总归是别扭，怕别人从这一细节中捕捉到她的寒酸，顿了顿又脱了。穿了脱，脱了穿，坏情绪弥漫开来，她快要晕厥了，镜子里的一张脸红得像烧煤的，越发的粗陋。她忽然讨厌起自己的生活，她仇恨贫穷和自己的出身，她痛恨起那些光鲜靓丽的、会穿衣打扮的女子，她们依靠着姣好的面容和身材俘获有钱男人过着有房有车的日子，然后她痛恨起这个不要脸的社会来，竟纵容这样的风气，竟允许这样的败坏，让她们年纪轻轻却能不劳而获，享受丰富而全面的物质生活，让她们这些勤劳诚实的女子汗水洒一地，却连一件像样的衣服也买不起。她感到些无助与灰心，跌坐在床上，眼泪不自觉地流了下来。

外面响起汽车的喇叭声，接着她的手机在桌上响了起来。是周午马来了。她赶紧抹泪。扒了条牛仔裤和黑色羽绒服匆匆照了照镜子，就拿了包和礼物出了门。

她看见了一辆掉了漆的白色富康。周午马在车里吸烟。太阳底下，喧闹声变得稀薄，她的脑袋嗡嗡作响。她想到了一年半前的那个傍晚。

前年的11月11日，她被学姐拉去参加她QQ群的一个单身汉聚会。那是她第一次去传说中的酒吧。逼仄的包厢，昏暗的灯光，十几位穿红着绿的男男女女挤着坐在一圈软沙发里。几十瓶朗姆酒和啤酒炸弹般堆在条桌上。“嘭嘭嘭”，座中一男子训练有素,一连开了十几瓶酒,然后给每个人面前放了一瓶。看见酒她惊慌地站起，连连摆手说，我不喝，我不会喝酒的。学姐在后面扯了她的衣服。接着她听到很多人的笑声。她知道她出了洋相，在这么一群光鲜入时的帅哥靓女堆里，她是如此的土鳖，她更加的拘谨与自卑了。

她长这么大还没见过这样的世面，她确实不会喝酒，这样的场合使她感到恐惧。她的衣着也明显跟这里不搭调。她为自己的圆脸、雀斑、杂乱的眉毛和光秃秃的手指感到难为情，一看就是从乡里出来还没有被城市格式化的姑娘，话里也夹杂着浓重的方言。她不明白学姐为何要拉她来参加这样的聚会。学姐虽然跟她是一个地方的，可是学姐已经进化了，画着口红和指甲，脱去外套，里面的衣服也照样光彩照人，纤纤玉指弹着烟灰，一副江湖老辣的派头。而她呢，里面穿着一件黑毛衣，还是她母亲手织的那种，紧紧地箍在身上，赘肉如汆丸子般这里鼓出一团那里闪出一坨。在空调的烘烤下，热得额头冒汗，可是哪里敢脱去外套，一脱，她的穷酸与窘迫将一览无余。

她就那么枯坐着，看着那群狂犬般的光棍们。她看得最多的是对面那个穿红蓝格子衬衣的男子，小平头，长形脸，眉形好看，像两把剑，眼睛也亮，玻璃珠子似的，鼻子又高，喝了酒，嘴巴湿漉漉的还带着红润。这模样，用她们老家人的话说，生的也能吃。她知道他姓周，身边的人都叫他午马哥。她想他一定是午时出生的，午属马。男子要午不得午。命书上讲男子生在午时是顶好的。或许是马年生的，那么他就长她四岁。心里不觉对他多了些好感。

她看见周午马跟身边两位男的突然叽叽地发笑，还时不时拿眼瞟瞟她。这令她百般不自在，她两腿绷得紧紧的，尽量让自己坐得端正些。她感觉到那种笑有些浑浊、带着不怀好意的劲儿。他们一定是在取笑她的乡土气息，她的鞋子还是那种带绊的圆头皮鞋。她将脚朝沙发边收了收。她的脸红了起来。

促狭的空间里烟雾缭绕，她去了趟卫生间。出来时恰巧碰上周午马。他跟她打招呼，嗨，杨双福。并请她先用洗手池。她赶忙笑了笑。她没想到他还记得她的名字。更没想到他竟然主动向她要了手机号码。她没多想，心里雀跃着，大方地告诉了他，还掏出手机互相加了微信。

她跟在他后面走到座位处，引来一片目光，而且他居然还坐到了她的旁边，那片目光顿时探照灯一般聚拢到她的身上来，连学姐都瞪大眼睛，大抵都觉得她是闷骚型的。她承受不了这些眼光，便借故撤了。她回屋没多久，手机便“嘀嘀”了两声，竟然是周午马的。他问她住哪？这令她有些慌乱并恼怒，他们才刚认识，不，他们还没有认识，他竟直白地打探她的巢穴，这有点无耻。杨双福在床上滚了几滚，心烦意乱，却按捺不住兴奋。她一屁股坐起来，把自己的安身之所告诉了他。周午马很快回复，晚上请你吃饭，希望赏光。她顿了顿，像是怕错过什么似的，回了一个“好”。

她的心莫名跳动起来。她恼恨自己的轻浮，怎么随随便便就答应了别人的晚餐呢，一点都不矜持，女孩子越是这个时候应该越是稳重，否则会让人轻看的。她后悔了。她捏着手机打算推掉，可是她又怕自己一装逼，对方就永远对她失去兴趣了。她二十六岁，大学毕业都三年了，她没有谈过恋爱。可是在大学里和公司里，她的有性经验的同学同事们讲荤段子都不避讳她，她们私下里讨论床技与口交，看她脸红齐脖子,都尊她为另类,讥讽她装纯洁。她又气愤又委屈。她倒是渴望交个男朋友,渴望有份浪漫掉馅饼似的砸她脑袋上。别人也跟她介绍过几个,但坐在那些男人面前,她不知道说什么,而对方也同样木讷。她对自己越发的不自信了。她搞不清楚这满世界的男人到底喜欢什么样的女人。她只觉得贞节、忠诚、本分、善良这样的传统美德似乎过时了。这个时代都要求女人学妖精,丰乳肥臀,伶牙俐齿,风流妩媚,自私自利,以美色去俘获男人的下半身,而不是以操守去打动男人的心灵。伟大的女人们倘若变质了,哪里还能找出优质的男人呢。

推脱的短信到底没有发送。她已经没有勇气说不了。她换了身衣服,洗了脸搽了香香,与时间一起坐在床上。

差不多五点多钟的样子,他发微信说他到了。她出去,看到小区外停着一辆香槟金的小轿车。周午马戴着墨镜叼着一根烟靠在车门上,像极了港片里小马哥的派头。她从生锈的铁楼梯一步步下来,闻着各种被沤烂的气味,第一次有了一种在尘埃里绽放的神色。

他们在光谷一家新开的小餐馆里吃了一个鱼火锅。他劝她喝了一瓶啤酒。吃完饭他对她说,我们不要那么早回去,你多陪陪我吧。她说好。出了门周午马就揪住了杨双福的手,杨双福假意抽了抽,便任由他牵着,后来他又扶住了她的肩,一只手吊在她的胸前,似有意又似无意地时不时就会触碰到她高耸的胸。她很讨厌这样,便把他的手拿下,但他又固执地搭了上来。终于周午马一把抱住了她,在光线幽暗又人头攒动的大街上,他的舌头强硬地撬开了她的嘴唇。羞愧、惊恐、骄傲、激荡、兴奋一齐滚进她的感觉里。她推他却死也推不开,求欢的力量如泰山压顶。

几家连锁酒店都没房了。他们在寒风中寻找了好久才在一个犄角旮旯里找到一家旅店。地毯凹凸不平,他拖着她高一脚低一脚地走进一间霉迹斑斑的小房间里。关上门,都等不及插卡取电,就着窗户外城市的灯火,他便将她抱上了床,在她的扭捏与抵抗中脱去了她的衣服。她的乳房完全暴露了,她的内裤也被扯下,她赤条条地躺在白色的窄床上,巨大的羞耻和恐惧像浪一样涌向她,她感到窒息,也感到愤怒,但同时也感到新奇。一丝不挂的周午马俯下身来了。他把她的手引向他的性器,那是她第一次看见男人的那东西,像一根钢筋棒,灼热坚挺,蛮横霸道。

她被他揉搓得汁液横流。她明白她守了二十五年的贞操就要完蛋了,到了这步田地她没有了任何退路,绝地里,她凭空生出一股勇气,她开始迎合他,用她的嘴唇、乳房和身体。

在他提枪挺进的时候,疼痛令她如虾一般弓起腰身,她不停地喊轻点轻点。他在她上面直喘粗气，力道并没有减弱，相反火力更为猛烈。她感到下体一阵撕裂的剧痛，他对她没有怜惜，她的心里涌起一阵寒意。

他把卡插上，灯跳了一下然后猛地亮了，床单上有血。杨双福有点难为情，她怕旅店责难，便在洗漱间取了水和肥皂，将其搓洗干净。她光着身子劳动，他便光着身子在旁边一直撩拨她。

这是他第二次开车来她的住处接她。一年半了，他们之间还在交往，他并没有甩了她，这便是她的体面了。好多人包括学姐都说周午马蹬你，分分钟。学姐还说，你跟他是不可能长久的。可是他跟她之间已经一年半了。他睡了她一次又一次，这里面不能说一丁点爱意都没有。

他看到她手里的东西，笑了笑，说，还买什么礼物啊？

她说，第一次登门，是礼数。

他把酒和牛奶扔在车后座上，让杨双福坐在了副驾驶上。武汉近来天气还不错，虽有雾霾，但阳光还能穿透，照在光秃秃的树木和泛黄的野草上面，也能显出某种生气。车里有暖气，杨双福伸展开手脚，隐隐有一种主人公的感觉来。一路上，他的电话没有消停过，短信、电话、微信、QQ 隔几秒钟就“嘀嘀嘀”，一直嘀到上一桥才清静些。这些声音像一根根刺捣进杨双福的心里，可是她不能表达些什么。能跟他相处这么久，她清楚这跟自己的忍耐与包容有巨大的关系。她年轻，脚尖眼尖，可是她必须得装聋作哑，装糊涂。有时候她是恨自己的，但人际关系学让她继续软弱下去。从小家里人就教她，忍得一时之气，免得百日之忧。人能百忍自无忧。她便在这种容忍之道的家教中长大。只是她不明白的是，忍了这么多，人生之忧好像并没有消除。

都是些垃圾信息，不是推销楼盘就是推销迷药，妈蛋。周午马从裤兜里掏出手机摔在车台上。

杨双福笑笑，说，别把手机摔坏了。

周午马说，心里烦。

她不知道他心里烦什么。她的心里也是一包糟，第一次登男朋友的门，见未来公婆，见识大城市家庭，她很是紧张，她怕人家瞧不上她，城市家庭里地板都闪着光，进门要换鞋，她为此特意穿了一双漂亮的袜子，还是有五个脚指头的时髦袜子。

车上了晴川桥，几天不见，汉江瘦成了一条裤腰带。一些船搁浅在两岸，像一堆废铜烂铁，兼着有霾笼罩着，江面模糊不清，死气沉沉。江岸这边的汉正街批发市场倒是车来车往，人声鼎沸，隔着车窗都能听见吆喝声和叫喊声，杂乱得像打仗一般，一些摊位、货车和打货的人群将这里挤得水泄不通，交通灯沦为摆设。车在晴川桥上一堵就能堵上个把小时。不耐烦的车喇叭声使这条路溃疡一般烂成一片。

杨双福一调眼，从桥上突然看到汉江边好几栋房子白花花一片，定睛一看原来是攀扯的一条条白色横幅，横的竖的，从屋顶垂下来，像灵幡。上面用墨汁泼满了大字，“反对强拆，还我家园”“无良开发商违规拆迁，黑心政府欺压无辜百姓”“誓死捍卫家园”“先还建，后拆迁，否则免谈”。原来是要拆迁。这种事如今见得也多了，以前强拆死几个人还算得上新闻，现在赔上几条人命也已不新鲜了。武汉因为一拆暴富的人多了，闹一闹也无非是为了多得点钱。拆迁户争是为他们的利益，犯不着拉着不相干的人去为他们长威风。杨双福撇了撇嘴。

道路松了点，车一溜烟就下了桥，拐了个弯，车便停了。周午马说，到了，得走一段。杨双福愣愣地下了车，从后面车座上拿起礼品。待周午马锁好车门后，就跟在他后面往前走。穿过一条做布匹生意的小街后就到了一座高楼前，楼房有些旧了，白瓷砖上的黄渍像尿垢。几个垃圾桶摆在楼前的花坛边，一些白的黄的塑料袋浑浊地露出来，散发一股沤烂的臭味，杨双福有些恶心。

楼盖得有些奇怪，一进去是一片空旷，像是一脚跌进洞里。两边是若干门面，大半是批发布匹的，兼有批发水钻、纽扣、流苏、徽标等小物件的，地上全是些烂布头，被鞋底踏过后，统一呈现泥色。这楼的三层全是门面店，人声嘈杂，比菜市场还乱。到了第四层才稍微清静些，可是楼道黑黢黢的，她咳嗽了两声企图咳出点光亮来。

周午马说，灯坏了。

好半天杨双福才适应这微弱的光线。扶手一股铁锈味儿。楼道外一阵噼噼啪啪的声音，像擂鼓。透过老式的水泥镂空窗花，她往外细细一看，原来是大风吹动布匹擂打墙面的声音，在桥上看到的白色横幅是悬挂在这栋楼上的。怪不得一进来就闻到一股拆迁的味儿。

楼梯被杂物占据了一小半,她两手提着东西行走有些不便。她忽然有些气愤,说,你就不能帮我提一下吗？周午马“哦”了一声，接过了她手上的东西。这是他们交往以来，她第一次这么不客气地使唤他。她从这栋黑咕隆咚的楼里敏感地嗅到了穷和困的气味。周午马跟她一样都是贫寒的出身。

一股浓浓的猪蹄炖藕裹着煤火和八角味儿扑面而来。

这是我妈炖的猪蹄。周午马说。

香。杨双福说。

气喘吁吁爬完最后一步楼梯，对面污迹斑斑的木门吱呀一声开了，走出一个穿深红色棉睡衣、腰系蓝围裙的精瘦妇女来，手里夹着双长长的竹筷子。一看见他们眉眼就弯了起来。周午马说，这是我妈。杨双福赶紧叫了声阿姨。

阿姨眉开眼笑，说，快让小杨进屋。上前一把拉住杨双福的手，说，哎呀，这手冷得像块冰。小午快把电暖炉打开，让小杨烤烤。

周午马把手里的东西放在桌上，然后把沙发边的电暖炉踩燃，红通通的火光照出一个橙红的扇面来。阿姨将杨双福按在这片扇面里。说，瞧你，还买什么东西，瞎花钱，以后不允许了。

杨双福说，应该的，应该的。

阿姨对一旁摁电视遥控的周午马说，小午，你好好陪小杨，我去买点蒸肉粉。

阿姨走了后，杨双福感到一些轻松。一旁的周午马并没有表现出许多的热情来，他的手臂枕着头，半身不遂似的卧在沙发上，盯着体育频道的滑雪比赛。在插绿箭口香糖广告的时候，周午马说，你自己随意啊。

杨双福便站起来，在不宽敞的屋子里走动，四下打量。屋子是一室一厅的格局，家具与陈设都很老旧，一套组合柜刷的是闪光漆，90年代流行过，不少地方漆掉了露出木胎，像得了牛皮癣。组合柜上面钉了两枚钢钉，一枚挂着一杆老式木秤，秤头的黑铁钩像只极大的问号，一枚挂着秤砣，那秤砣有鸭梨般大小，形状好似宝塔，上面斑斑点点,像是出了天花一样,粗粗的麻绳吊着,挂在墙上如一个惊叹号。这“问号”和“惊叹号”令杨双福觉得这面墙这房子都充满了哲思。对面是卧室，但卧室是关着的，从门里往外散着浓浓的药丸味儿。

靠大门的是厨房，逼仄如鸟窝。案板是水泥砌的，贴的白瓷砖，用的是坛子气，单炉打火灶上面一口黑铁锅，应该刚煮过东西，半锅水还冒着热气。边上有个推拉门隔断，杨双福推开看，是卫生间。卫生间小如雀卵，便池上积着陈年尿垢。她忽然起了一阵尿意，便合上了推拉门。脱了裤子刚蹲下，便听见墙那边传来咳嗽声，打机关枪似的。杨双福推断墙那边应是卧室，咳嗽的人可能是周午马的父亲。他父亲病了？房子不隔音，解手时只有提住一口气，不敢弄得咚咚响。她到底还是不敢放肆。

一泡尿的工夫，周午马已经在沙发上睡着了。杨双福便从墙上的衣帽钩上取了一件衣服盖在他身上，并把电暖炉换了个方向。周母推门进来，手里端着一只碗，满脸笑嘻嘻地说，小杨，别管他，来，尝尝我炖的猪蹄藕汤。杨双福双手接过，喝了一口，抿了一下，说，好喝。又说，真好喝。周母说，你说好喝，那我就放心了。

然后用脚踢了踢周午马，说，别装睡了，赶紧起来捡桌子端菜。

阿姨，我来吧。

你别动。周母将她按在沙发上。

周午马嘴里嘀咕了声“烦人”但还是爬起来了，把靠电视机旁的一个铁架子拿到屋中间撑开，从组合柜后面滚出一个小圆桌面，搁在铁架上。杨双福人生地不熟帮不上忙，就睁着俩眼看他们母子俩忙活。周母麻利，不一会儿便从炉上的蒸锅里端出了五六盘菜，梅菜扣肉、粉蒸牛肉、红烧武昌鱼、蒸茼蒿、炖蛋和一盘卤猪耳，一大钵猪蹄藕汤放中间，一瓶雪碧立在旁边，桌子一下子就热闹了。

从关着的卧室门里又泄露出了几声咳嗽声。她察觉周午马皱了一下眉头，周母的神色也黯淡下来。

是叔叔吗？杨双福问。

是。周母招呼杨双福坐下，说，肺癌，去年下半年就查出来了。给杨双福倒了饮料后，周母盛了一碗汤进了卧室，不一会儿就出来了。说，吃，吃吧。

但席间的气氛突然沉重起来，好像都不知道该说什么，屋子里一片压着心事的咀嚼声。阿姨的茶饭不错，梅菜扣肉好吃，杨双福的一碗饭眼见得快吃完了，但不知道该去哪儿添饭，便喝了一大口雪碧，草草结束中餐。

小杨，你们干脆结婚吧。

这话前不着村后不着店，杨双福一愣，一口冰凉的雪碧呛进了气管里，止不住地咳嗽起来。

你今天有些不清白吧，瞎说些什么撒。周午马很是气愤，斥责完母亲后，他狠狠瞪了杨双福一眼，一脸轻蔑厌恶的神情。

杨双福忍着喉咙的火辣，停止了咳嗽。虽然他家的条件没有她想象得那么好，但是周母的热情令她有种别样的安全感，在这个屋里她没感觉到城市的拘束，周父又病重，使得她对这个家充满了同情，况且，周午马的样貌没得挑。她竟发现自已是个好色的。她当然希望跟周午马结婚。这个念头从她第一次跟他做爱的时候就有，一直盘桓在心头。她本以为她跟他要走到一起，得横跨很多条鸿沟，征服许多个山头，没想到，才迈了一脚，就已登封到顶，这太意外太意外了。

阿姨，午马他好像不大乐意。

别理他，还能翻天不成。吃家里喝家里几十年，养得人高马大的，臭屁不懂事，你不嫌弃他，那是他前世修来的。他跟我们说起你的时候不多，但我知道你是好人家的女儿，今天一见，果然不错。我们这样的家庭，没什么家底，也不想去攀个高枝，只想找个老实本分的姑娘进门来，踏踏实实过日子。

离了饭桌，周母把她请到了沙发上，自己也跟着坐到了她身边。周午马出去了，在门外走廊上抽烟。这楼矮，兜不住光，太阳一扫而过，屋子便暗了下来，也添了一些寒意。

周母拉起杨双福的手，说，我看今天你就别回去了，在这儿过夜，明儿，明儿一早你就去跟他到民政局领证。说着，周母的头扭向大门，嚷了起来，我看这狗日的敢说个不字。

周午马确实没有说“不”字，但他头也不回地走了。杨双福看了周母一眼，很是尴尬。周母拍了拍杨双福的手说，别理他，我的儿子我了解，虽然脾气大，但也算孝顺，父母的意思他不敢不听的。

卧房又传来剧烈的咳嗽声，像是要咳出血来的样子。周母扔下杨双福忧心忡忡进房里去了。杨双福跟在后面。

一张黑红色的木质双人床占去房间大半地儿，一只镶嵌穿衣镜的立柜蹲在角落里，两张条桌靠墙摆着，上面搁着棉被和一些衣服。顶上拉了根铁丝，挂着一些冬衣，为避免落灰，衣架上都挂上了报纸。铁丝另一边挂了一些腊肉腊鱼和香肠。床与条桌挤出一条盲肠般的过道，过道上放着小便壶，还放了一个装着炉灰的瓷盆，周父咳出的痰和血就裹在炉灰里。房间里各种味儿汹涌澎湃，让人的心情瞬间变得潮湿沉重。

周母轻拍着周父的后背。周父说，水。杨双福赶紧提过开水瓶，倒在搪瓷缸里。按照周母的指令，杨双福将床头柜上的药包递到周父的手里。

骷髅样的周父看了杨双福一眼，点了点头，连声说了一串好。

周母朝杨双福笑了笑。杨双福也只得笑了笑。

快到吃晚饭了周午马还没回来，给他发了几条信息也没动静。杨双福便觉得很没意思。城市亮起了灯火，天空一片黑暗。她很难在这冰冷的沙发上坐下去了，她打算告辞，但周母高低不让她走。她领她来到走廊的尽头，那里用砖砌了一个小屋子，跟她们老家搭在外面的茅房一样。她以为周母在里面养了狗或者猫，特地带她来看看解闷的。周母把门推开，将灯拉燃，她才顿然明白这不是茅房也不是狗窝，而是周午马的房。一张一米二的木床刚好与门框平齐，床头朝里，一张小小的四方凳充当床头柜。显然还是精心收拾过的，墙面整个新糊了白纸，凳子上铺了带流苏的韩式桌布，还放了一盆廉价的假花，床上的铺盖想必是洗干净晒过的，散发阳光和洗衣粉的香味。

其实她从进屋就一直在想，周午马睡哪里。就一间卧室，也没独立的阳台，外面一条长长的走廊是楼上四家共用的。周母还留她过夜，是要将她糊在墙上吗？

猫腰从房间里出来，杨双福忽然感到鼻子里一阵辛辣，对周午马好心疼。她替周午马感到委屈。

晚饭时听到敲门声，杨双福顺手把门打开，走进来三个人，每人手里都提着东西。杨双福以为是周家的亲戚，热情地迎了进来，忙不迭地端茶倒水。这些“亲戚”对杨双福很是警惕。周母坐在饭桌边纹丝不动，说，小杨别管，来吃饭，菜都凉了。

来的人把东西都放在茶几上，不过是些汤圆酥糖港饼之类的便宜礼盒。打头的中年男人满脸堆笑，问，嫂子，这是您家请来照顾大哥的保姆？

莫瞎说，这是我的儿媳妇。

儿媳妇？从天上掉下来的儿媳妇？哈哈，嫂子您可真会开玩笑。

我跟你们开什么玩笑？一就是一，二就是二，儿媳妇就是儿媳妇。明天我们就把结婚证拿给你们看。

三个人很有板眼地交换了一下眼色。中年男子的脸上随即都堆起笑来，说，周大哥一向可好？

还没等周母答话，卧房就传来了周父的声音，说，托肖主任的福，我一时半会还死不了。

大哥，您多保重身子，少操些心，会好起来的。我们这就走啦？

不送了，你们一路走好。周父在房里很大声地说。

肖主任们尴尬地笑了笑，便起身，朝周母点头的时候，又朝杨双福打量了几眼。杨双福也并不躲闪，一副女主人的样子。

为了应节气，周母收拾完碗筷又去把炉子捅开，要烧水给杨双福做米酒汤圆吃，硬是被杨双福拦下了。周母有些过意不去，便将电视摁开，把电暖器开到最强档，说，那你就烤火看电视吧。自己从组合柜里拿了一只纸箱子过来，从纸箱子里掏出一个塑料盒子放茶几上，又拿出一摞布来。周母说，我做做活儿陪陪你。

周母的活儿是贴水钻。塑料盒子里一格一格放着大小不一的水钻和胶条，胶条加热后，固定在布上，以模具压出各种花朵或动物的形状，水钻也铺在相同的模具里，待胶烫融到合适的状态下，然后将模具用力地按压上去，一个水钻猫或是水钻玫瑰就做好了。

做这个已经十多年了，从下岗后就开始做，这里拿货出货都方便，按件计算，一个月能赚个两千多块，买油买盐不愁了。周母一边做一边跟杨双福说话。

杨双福细细欣赏周母的手艺，周母说什么她就听什么，从周母的话里她知道老两口以前都是针织厂的工人，1998年夫妻双双下岗，周父便在汉正街做起了扁担工，周母在大街上摆缝纫机给人吊扁缝衣改衣，后来才做起贴水钻的活儿。

慢慢熬吧。周母从一堆水钻和布头中抬起头来，对杨双福说，一代总是强过一代的。等这个房子拆了，搬进了新房，日子就会变好的。

这里怎么个拆法？杨双福问。

先说是按面积补，这里房子的面积都不大，我们家总共也就三十来个平方，他们最多补六十个平方，还建在古田，你知道那个鬼地方，千好万好也不能跟汉正街比，我们当然不干。闹了几次，上面答应，特事特办，违反政策给我们按人头补面积，一个人头补三十平方米，其实闹一闹，无非是想多得点利益，谁都知道胳膊是拧不过大腿的，政府要这块地，那是说要就要的，我们老百姓也只能见好就收。这楼里的住户其实都搬得差不多了，也就剩七八户了，底下的门面也是一天比一天少，按照规划，都是要搬去汉口北的，那里要打造第二个汉正街，都是穷折腾。

杨双福便知道，她一进这个家，就为这个家争取了三十平方米，这个家就可得一百二十平方米。一百二十平方米，确实是大房子。这样的结局，是值得憧憬的。眼面前的这点艰难算什么。武汉人终归是武汉人，骆驼瘦死了也比马大。

卧室里不时传来咳嗽声。周母似乎已经习惯了，只有两次周父咳得喘不过气来时，周母才起身去看了看。她隐隐地替沉疴中的周父感到些人世的悲凉。她今天给周父拿药时瞥见床头柜有一瓶吗啡，那是止痛的，癌症病人开始服用吗啡，说明治疗已经穷途末路了。但周父不能死，活着就意味着三十平方米。

近十点的时候，周午马才回来，一身酒气。没进屋，摇摇晃晃径直去了自己的“狗窝”。周母拍了拍杨双福的腿，说，快去睡觉，快去睡觉。

那天晚上她就这么睡在了周家，睡在了周午马的旁边。喝多了的周午马打嗝放屁流涎吐口水，要喝冷水又要喝热水，折腾了半个晚上。杨双福起来好几趟，后来索性穿好衣服坐在床头等他酒醒。磨着牙齿的周午马翻身起来冷不丁将指头伸进喉咙，“哇”一下吐了一地。杨双福捏着鼻子出去，在煤炉边夹了几个死煤球进来，踩碎在上面，又忍着臭气，将那堆污秽撮走，房间没窗户，只得开了门透气。

陡然睁开眼的周午马看见杨双福惊了一下，问，你怎么在这里？似乎想起了什么，然后一双手便在杨双福身上忙活起来。杨双福反复推开了几次，周午马也不罢休。他把自己的二弟亮给杨双福看，肿得像根棍子。杨双福欠着身子待要关门，周午马却一把扯下她的内裤从后面进入了。杨双福弓着身子手扶着门框，任周午马打夯似的在身体里撞击着。月亮升起来了，照出了他们的影子，她觉得她跟他就像两只狗。

次日里，周母早早就叫他们起床，给他们煮了汤圆当早饭。吃的时候就一直催促着他们去民政局领结婚证。周午马说，你烦不烦人，大清早的，像只乌鸦。

周母在扇煤炉，一把破蒲扇拍在周午马的背上，说，你给老子懂点事，白长苕大个，现在你老头躺下了，你也该为这个家挑挑担子了。

挑挑挑。周午马将半碗含着煤灰的汤圆往桌上一掷，在走廊上点了一支烟。周母从房里出来，将户口本递给他。又问杨双福，你的户口本？

杨双福说，哦，我的户口还在学校，到学校户籍处开个证明就行了。

哦，那你们身份证别忘记带了。

两人各自跟自己的单位请了半天假。在杨双福的印象中，周午马做销售，工作并不怎么稳定，一年换几个公司，没攒到几个钱，倒攒下一堆狐朋狗友，隔三岔五聚在一起喝大酒。从前没觉得有什么，但想到马上他要成为她的丈夫，是她过日子的合伙人，便开始为他的前途隐隐担忧，可又不知道该怎么说。

很顺利，不到两个小时，他们便从民政局领出了小红本。周午马说，你满意了？杨双福说，满意什么？你要实在不愿意结这个婚，也没人拿刀架你脖子上。

行了，再说这也没多大意思了。你上班去吧。

杨双福悻悻地走了。但好心情没有受到影响，她想跟家里打个电话，把这个消息告诉给爹妈，她爹妈早知道她在武汉谈了个男朋友，还看过周午马的相片，他们对周午马相当满意的。睡觉睡到半夜，她妈翻身坐起推醒女儿，叫她赶紧定下来。如果她告诉父母她已经跟他领证了，他们一定会乐掉大牙。但她还是决定不打电话，等他们搬进新房确定办酒的时候再告诉也不迟，省得现在告诉了，父母一时兴起要来见亲家，看见亲家这样的环境，自己父母不放心，婆家也没面子。她很在意婆家的体面，婆家的体面才是自己的体面。

路过糖果店，她称了两斤太妃糖。她想让同事们来分享她的喜悦，她的爱情总算是修成正果了。从某种意义上来说，她成功了。

从汉口这里去光谷上班交通不太方便，得走半个小时才能到地铁二号线的江汉路站。坐地铁上班每天的成本增加了两块钱，但转念一想，结婚了，房子就可以不租了，每个月可以省下七百的租钱，早餐跟晚餐也可以省下来。杨双福在心里默默盘着账，对未来的日子有了些底气。

满面春风走进公司，给每人的桌上抓了一大把糖。同事们很快就围了上来。杨双福从包里拿出结婚证晃了晃，一把就被同事们夺了过去，集体“哇塞”一下，打开一看，又“哇塞”一下。一男同事说，哎哟妈，闪瞎我的眼睛了。

气氛一下热烈起来，同事们连声恭贺。都问姐夫家住武汉哪儿？杨双福说汉口汉正街那块，晴川桥一下去就是。

哎呀，那可是武汉的裤裆，要命的所在，寸土寸金啊。

汉江边，那块的房价两万一平方米，杨姐你可大发了。

哪里哪里。杨双福眯着一双笑眼谦虚着。

请客请客。

改天吧，一定请。婆婆刚发了条短信，叫晚上一定回家吃。杨双福说着，还摇了摇手机。

哇。又是一阵尖叫，感叹她竟然遇上这么好的武汉婆婆。她一直温和地笑着，不想给人小人得意的嘴脸。但她从一些心高气傲的女同事脸上看出了一些别的东西，总的来说是妒忌。此刻她需要妒忌，这比恭喜更令她感到快意。

晚上回到周家，周母的饭菜已经摆上了桌。六菜一汤，有鱼有鸡，丰盛得很。周母说，快去把包放下，小午也快回来了，我们一家人好好吃顿饭。杨双福应了一声，到走廊尽头推开小房的门，电灯拉燃，心头顿时一暖，床上用品换成了大红色的四件套，被子中间窝着两只身体僵硬的鸳鸯。虽然棉质粗陋，却也难为了周母的一片心思。这个家穷一点算什么，杨双福觉得，只要人好心齐，便没有过不去的坎。她对这个家生出一种深厚的阶级感情。

出来时，刚好周午马也回来了，两人一齐进到客厅。赫然看见饭桌旁坐着骨瘦如柴的周父，他裹着一件泛黄的军大衣，戴着一顶灰色的线帽，眼窝深陷，颧骨高耸，坐在椅子上，摇摇欲坠。

周父朝他们抬了抬手，示意他们坐下。

周母给杨双福添了一碗饭，说，吃，饿了吧。

杨双福慌忙站起，说，阿姨，我自己来吧。

周母看着她，说，嗯？

杨双福顿时红了脸，笑了笑，响亮地叫了声妈。

哎。周母敞亮地答应。

杨双福又朝周父喊了声爸。

嗯，好，好，好。周父含着笑点了点头。

周母从衣兜里拿出一个红包递给杨双福。杨双福赶忙推脱。周母说，拿着，这是改口费，是老古礼。杨双福也知道这个礼，便收下了。

周父吃了两个鱼丸便开始咳嗽，咳得上气不接下气，胸脯剧烈地起伏，眼珠子也有点往上瞪。周母也慌了神，手忙脚乱地在柜子上找药。杨双福赶紧过去扶住周父，一只手轻抚他的后背。周午马忙着倒水。

有敲门声，但都没空去开门。门还是被推开了，昨天来过的肖主任一行又来了。进门瞧着周父这症候，他们顿时收起笑容，如受惊的土拨鼠一般你望望我我望望你。肖主任一副江湖老辣的做派，走到周父身边看了看，对后面一位穿红色羽绒服的男子说，快拨打120，周大哥这情况很危险。

周父喘气挣扎着，要命的咳嗽像是从脏腑里生了根，堵在了喉头，令他无法呼吸，鹭鸶般伸长着脖子，他还是腾出一只手对肖主任摇摆起来，张开的五个指头带着愤怒。周母从柜里找出一个氧气瓶，将氧气嘴对着周父的鼻孔，过了一会儿，周父才渐渐稳定下来，惨白的脸上稍稍有了些红色。

肖主任自己找了个塑料凳坐了下来，说，周哥，您这情况还是要上医院，不要舍不得花钱，这人可受大罪了。

周父说，你看看这个家，哪里是舍不得花钱，是根本没钱花。

周母说，去年住院的钱找厂里去报，报到现在，连个屁都没报出来。

周父说，莫跟他们扯远了，你们三番五次来这里，我也知道你们的意思，无非是想看我究竟还能活几天，你们就想着把我熬死，好少算房子面积，我告诉你，我就算油尽灯枯了，我也要跟你们耗。周父抬起头，瞪大着眼睛咬牙切齿看着对面的肖主任，说，你，你们，都是他妈的狗娘养的。

肖主任点头哈腰，赔着笑意，说，您说哪里话，您莫激动，莫激动，我们不是那个意思。

周父显然更激动了。他长长吸了口氧气，说，我不是个苕，老百姓不是苕。

当然不是了，您跟嫂子都精明着呢，哈哈。

周父没有理会肖主任的话，继续说着，我这辈子信奉个不争不斗不出头，以前在厂里，响应什么以厂为家，为集体效力，我们两口子忙得顾不上孩子，后来下岗，我们还是没说什么，国家困难嘛，如今几十年过去了，我也像是睡醒了，我的不争不斗让我的领导同事都得了好，唯一害苦了我的老婆儿子，这么个寒窑我们一住几十年，你们去看看外面走廊的红砖房，那是人住的房子吗，可我儿子从四岁就住在里面，一直住到二十六岁。现在我儿媳妇也要住在那里面。在你们眼里，我们平头百姓就是一条狗。

肖主任僵硬着脸继续向周父笑着，向屋里所有人笑着。

我这一生什么都不争，拼我最后一口气，就争这三十平方米。周父用巴掌拍着桌子。

您莫误会，我们不是跟您耗时间，我们也一直在办理这个事情，你莫急，再等等，拆迁赔偿协议马上就下来了。您这一家三口。

是一家四口。周母冷冷地说。她朝杨双福努了努嘴，杨双福便出门到房里拿了结婚证。周母将证打开递给肖主任，说，是一家四口，总共是一百二十平方米。

好好好，一家四口，一百二十平方米。肖主任很客气地笑着。杨双福替他那腮帮子感到发酸。您家莫急，再给我们一点时间，我们尽快啊。

周父拿起桌上一只碗砸向门边，有气无力说了一句滚。众人一下愣住了。周父又说，滚!

肖主任一行训练有素，依然满脸笑容，起身告辞，还说改日再来看周大哥。

周父捂着胸口幽幽地说，你们这些杂种，好话说尽，坏事做绝。你们真正是婊子养的。

晚上躺在床上，杨双福久久不能安睡。又不好翻身，怕打扰了周午马，她只能干瞪着俩眼。这房间关了门熄了灯，便如矿洞一般黑。墙缝里传来周父的咳嗽声。她在想，周父还能撑多久?

周午马没有打鼾，这说明周午马并没有睡着。他跟她一样僵在被窝里。枕头下还压着结婚证，是光明正大的夫妻了，今夜正经的洞房，他们却尸体一样躺在床上，一动不动。

我妈给了你多少钱?终于周午马说话了。

两千。杨双福答。

就两千?不止吧。她没跟你谈谈条件?周午马问她。

谈什么条件?杨双福反问他。

没什么，睡吧。周午马翻过身去，说，明天把这床单被套换了，一股化纤味。

哦，好。杨双福嘴里应着，心里却在琢磨他刚说的条件。她有点云里雾里。半夜里掀被起床去解手，拉开灯，她发现自己的白秋衣上一块一块的红色，被套掉色。她没想到新婚的床品竟廉价到这个地步，又想起周午马刚才那番话，她有了些浅浅的不安。

虽然周母待她还是那么热情，见到她就笑意盈盈的，但从昨晚掉色的床品她内心知道周母从骨子里是轻视她的。她一定知道她免费甚至贴钱贴米被她儿子睡了一年半。她第一次来她家，她就安排她跟周午马睡一个屋。她要他们结婚，她十分配合地就跟他领了证。这个满脸堆笑的女人谙熟她的身体和心理。她没有费吹灰之力就搞定了她。她活该被瞧不起。但转念她又觉得周母不会是那样一个人，她家只有这样的环境和条件，很多事情她一定是心有余而力不足的。

在周家生活了大半个月，日子过得似乎还行，一日三餐，洗洗涮涮都是周母的事儿，她只需在一旁合把手。但很多时候，周母都会提点她，带着她领悟她的意图与心思，她清楚这是一种潜在的驯化，说好听点是磨合。她眼明心亮，很快学会了生煤炉、红烧肉菜和烫水钻。她在乡里都没学过生炉子，在城里学会了生煤炉，想想，她自己也觉得好笑。

大楼越来越冷清了，楼下开张的门面也多是三天打鱼两天晒网，许多店铺的卷闸门今天落下了，就任由铁锁生锈。地上的烂布头和过早后的纸碗也无人再收拾，这里一堆那里一堆，天气越来越热，苍蝇结成团伙，成天嗡嗡嗡，像个垃圾场。

以前周母拿货出货都在这栋楼里，现在不行了，得穿过几条街去汉正街东边的白马商城拿货。这一行都是做熟客生意的，找新活儿，价钱会比以前低很多，每次出货回来，周母的脸上都一股丧气。杨双福知道她又被宰了。周母的货拿的一次比一次多，像是在赌气，杨双福每次下班后都要陪着周母贴钻贴到深夜。杨双福可怜婆婆，两鬓斑白浑身精瘦的老人却要负担这么个破家。养出个儿子似乎也不怎么争气，成天见不着人。她不曾见他拿出钱来贴补家用，有次他提醒过他，却被他吼了一顿，他叫她少管他的闲事。她掐不住他，只是过意不去，自己拿了三百块钱交给周母，说是她跟周午马的伙食费，推脱了几次，周母收下了。

周母拿货出货一般都选在周日，这一天杨双福不用上班，一去一个多小时，有她在家，周母很放心。周母一走，家里就弥散出冷火黢烟的味儿。空荡荡的大楼，冷寂寂的屋子。特别是听到周父像是要咳死过去的咳嗽声时，她的心里就七上八下，头皮一阵阵发麻。她总觉得这屋里到处都躲着无常，到处都是牛头马面。

周父又在咳嗽，听这动静八成是咳出血来了，她的心里泛起阴影。太阳刚好躲进云层里，她感到周身一冷。周父还在咳，她有点进退两难，房里忽然传来碗盏被打碎的声音。杨双福只得进房去看看，一进去便闻到一股恶臭，屎尿盆翻了。周父半卧在床上喘气，一脸的愧色，她瞥见他的裤子还没有提上去，有半截生疮的屁股露在外面，床沿上还糊了些黑色的大便。

她朝周父笑了笑，说，没事的爸，我收拾一下。

她忍着潮涌般的恶心将屎尿盆端进卫生间倒了，将地面拖了三四遍，洒了沐浴露又拖了两遍。屋子里腥臭味被掩盖了，然后将窗户推开透透气。

外面出太阳了吧？周父虚弱地问。

嗯，出了。杨双福回答。

我想晒晒太阳。周父瞥见杨双福为难的面色，又指了指条桌旁的一把轮椅，说，我坐轮椅，你推我出去就行。周父大口呼吸了两下，又说，不会有事的。

杨双福便从角落里把红蓝格子轮椅推到了床边。周父裹着棉被坐在上面，杨双福像推座山一样将周父推出来。下午两点，太阳正风骚，走廊里暖和得连空气都懒得流动了。沐浴在阳光中的周父像一支风干了的竹竿，面色如泥，双眼深陷，眉毛脱落，鼻孔显得格外大，双唇薄如刀锋，带铁青色，这种被病痛异化的面相让杨双福又害怕又心疼。她给他倒了一杯水。

周父随身还带了个小碟机，两个按键帽掉了，绑了坨红色塑料纸，碟机也便一副寒酸的样子。放的是样板戏，李铁梅正美滋滋地数她家的表叔。周父好像兴致不错，望着对面橙红色的晴川桥跟杨双福说起了他当年在汉正街做扁担的事情。那个时候他浑身都是劲，能吃能喝能睡，一餐一碟子油泼辣椒和一瓶二锅头，那日子真是顺意。他捡过一个温州老板的皮包，里面有十多万现金，他站在原地等失主到夜里九点多，总算把东西给了人家，人家拿出两万块钱来感谢他，他没要。杨双福问他后悔不。周父摆摆手说，不是自己的财，就不往自己怀里揣，揣了就会惹出祸来的。

周父语气虚弱，但是没有停止说话，他的精神头很好，与往日大不相同。他甚至还想喝点酒。杨双福说不可以。他笑了笑，说，我只是说说而已。他指着走廊尽头的红砖屋说，这还是我当年亲手砌的，小午当年睡这屋才这么大，现在比我还高半个头了。他比划着。他忽然说，小杨啊，爸爸对不起你们啊，没给你们创造好的环境。

杨双福说，您别这么说，只要人对，就是好环境。

周父说，不管怎么样，这一次我一定要争取这三十平方米，爸爸是享受不到新房子了，但是爸爸希望你们能幸福。小午脾气不好，你要多担待些，爸爸知道你是个好孩子。

碟机里，李铁梅的唱段已经结束了，换成了杨春霞，她正高亢地唱着“工友和农友，一条革命路上走，不灭豺狼誓不休，不灭豺狼誓不休”。太阳有点偏西了，有寒意入侵。杨双福忽然意识到不对劲，周父太反常了。她以前听人说过，将死的人如果突然好转多是凶兆，乃回光返照。一只肥硕的老鼠从屋里窜了出来，沿着墙根一溜烟跑了。有风吹来，在煤炉边绕成一个旋涡。整个楼，整条街，整个汉口像是死了一样，悄无声息。

杨双福感到恐惧。她给周午马发了几条短信，要他赶紧回家。但周午马没理她。她给周母打电话，周母的手机落在了沙发上。时间与空气突然变得狭窄起来。

她说，爸，我们进去吧，现在有点冷了。

再坐会儿。我想再多看看这汉江和晴川桥。

楼梯里总算响起了脚步声，是周母回来了。杨双福赶紧迎了上去。周母说，咦，今天怎么突然想要晒太阳了？杨双福说，嗯，今天太阳还不错。

她说，老头子，进去吧，着凉了越发受罪。她拍了拍他身上的被子，又拍了拍他的脸。周母似乎察觉到不对劲的地方，她伸出手在他眼前晃了晃，然后颤抖的手指伸向了他的鼻子下。周母悲哀地叫了声，老头子，又叫了声，老头子啊。

杨双福也叫了声爸。

周母的眼眶里瞬间就涌出了泪水，她伸手将周父的眼睛抹了下来。她对杨双福说，不要跟人说你爸死了。

杨双福听话地点点头。

给小午打电话，叫他回来，不要说他爸去世了，免得他在外面瞎嚷嚷。

杨双福依然点头。

她们将周父推进房里，杨双福打来热水，周母给周父擦洗了身子，趁着身体的温度，周母给周父迅速换了身新衣服，是早就准备好的寿衣，一套烟灰色的唐装式样的棉袄。周母又从组合柜里拿了一叠黄表纸和香蜡，在床前一并烧了。然后周母坐在床沿，痴呆一样。

妈。杨双福叫。

你先出去吧。周母说。我陪陪他爸爸。

杨双福便不好再说什么，退出来，并将房门轻轻带上。在走廊给周午马打电话，打到第五遍的时候周午马才接，他说，你又有什么事？我发现你自打进我家门后，你事儿特别多，你真把自己个当女主人了是吧，管教我，你下辈子吧。

家里有事，你快回来吧。杨双福几乎在哀求。

周午马把电话挂了。

天很快黑了。周母在房里一直没有出来，杨双福去推了门，发现门已经反锁了。她担心地叫了几声妈，周母应了声，叫不用管她。杨双福想着周母肚子应该饿了，便把走廊的煤炉捅开了，切点腊肉煮了点豆丝。

周母象征性地吃了一点，便又进屋了。她瞥见周母的双眼又红又肿，一看就是被泪水浸泡了很长时间的。杨双福的心里一时也压抑悲伤起来。

夜里她一个人烫钻烫到十一点钟，有点困了，她想跟周母说一声，刚要敲门，周母出来了。她叫了声妈。周母摇摇晃晃地走到沙发跟前，问，他还没回来？

没有。

你去睡吧，我今天睡沙发上。

妈，人死不能复生，您要节哀，还是早点给爸办事，让他入土为安吧。

道理我都懂。老头子争这三十平方米，活活熬了半年，眼下吹糠见米了，人没了，这半年遭的罪不是白受了？

杨双福咬住嘴唇，没再说话。

周母说，你去睡吧。

夜里不知道几点，周午马一身酒气地上了床。在杨双福身上东摸摸西摸摸，杨双福被他搅醒了，她有点气，将他的手重重地摔下，但那手又固执地爬上来，用力地揉搓她的乳房。她再次将他的手重重地摔下。他的固执与力度不仅没让她感受到爱意，反而感受到了屈辱，他没有把她当作老婆，只是当作工具。更何况，这个夜晚应该庄重一些，不应该有性爱和快感。周午马揉搓着她也揉搓着自己，并试图扒下她的内裤，她誓死护住。他们在被窝里扭打起来。最后周午马狠狠蹬了杨双福一脚，翻身睡去。

周午马的鼾声响起时，杨双福的眼角突然淌下泪来。她感到委屈，她选择这个男人不知道是对还是错，跟他在一起生活，没有想象中那么美好。以前还有憧憬，还有希望，如今只有一堵黑墙，她眼里的光芒黯淡了下来，连肤色都晦暗了许多。公司的同事都说怎么结个婚把自己结苍老了。她只能笑笑，说成了家，操心的事情多了。

忽然周午马翻身坐起来，大口喘气。她把灯拉燃，看见他手捂胸口，满头是汗。她问他怎么了？他像一只受惊的雀儿，他说，我做了个梦，梦见我爸坐在晴川桥上跟我招手，我说老头儿危险，叫他下来，他不下来。我就准备爬上去把他拉下来，刚伸手，他一扑通跳汉江里去了。在水里伸出个头来跟我说，我走了。然后一个猛子一扎，不见了。

杨双福心里咯噔了一下。周午马一把抓住杨双福的胳膊，问，我爸是不是走了？

杨双福点点头。

你个婊子养的，你给老子打那么多电话，你不晓得告诉我一声，你个臭婊子养的。

周午马愤怒地踢了她一脚，然后掀被起床，疯了似的跑去拍客厅的门，杨双福追在身后，叫他小声些。

门开了，周母站在门口，压着嗓子厉声说，你瞎嚷个什么？周午马没理会，径直走向里屋，推开门，床上的周父被一条旧布单盖住了。他揭开布单，看到了周父苍白如纸瘦骨嶙峋的尸体，僵硬的，冰冷的，眼睛紧闭，嘴巴紧闭，双手交叉在胸口，安详的，了无牵挂的样子。

爸。周午马叫了一声。

爸。周午马又叫了一声。

爸。周午马再次叫了一声。然后一下子跪在地上匍匐在床沿上痛哭起来。

周母在旁边也一个劲地抹眼泪。杨双福的眼底也是一片潮湿。周母撩起衣衫擦了擦眼睛，说，行了，动静闹大了，别让人听出风声来。

周午马说，你不会就让爸这么躺着吧。

周母说，那你说怎么办？明天大办丧事，把你爸大大方方抬到扁担山去？那三十平方米我们不要了？你整天在外面胡吃海喝，养你养得五大三粗的，你为家里担起半分担子没有？你连你爸最后一程你都没有送到，养老要送终，你就是个不孝子。周母说着动怒了，她拿起手边上一根撑衣杆劈头就向周午马打来。周午马也不躲闪。杨双福上前去拦，却活活挨了几杆子。在她老家有句话，磨不转打驴，媳妇不孝打儿。她不知道婆婆这是在打儿子还是在打她。

周午马突然问，我今天早上出门爸还好好的，怎么说没就没了？

周母没有作声。

杨双福说，今天下午，爸他说他想晒太阳，我就把爸推到走廊上晒太阳，爸晒太阳的时候精神头很好，还说了很多话，说着说着人就……杨双福没有再说下去了，她感觉到她四周有种仇恨和怨气向她逼近。她兀自心虚起来。

你这个臭婊子养的多事，谁叫你推他出去晒太阳的，你不知道他是个什么状况吗？他这么个身体哪里还经得起折腾。周午马上前一把扯住杨双福的衣领，说，你给老子滚！

行了！周母说话了。你们别闹了，都去睡吧，别让人察觉到什么。这楼里又不止我们一家，这个节骨眼上，每个人的眼睛都跟鹞子似的，生怕你多得半点好，多占半点便宜。

杨双福先回了房，她没想到，周午马会把他父亲的死归罪到自己的头上，这是她无法接受的，她对他的混账感到心寒，她第一次对周午马产生出了恨意。

第二天，他们吃完早餐准备出门时，拆迁办的肖主任就来了。照例是隔老远就打着响亮的哈哈，老远就热情地叫着嫂子。他进屋取下帽子，将油亮的额头抹了抹，说，嫂子，周哥还好吧？我是特地给你们送好消息来的，咱们这片按人头补面积的拆迁政策就要落实了，区里昨天专门就此事开了会，估计最快十五个工作日内，你们就可以签合同啦。哈哈。

哦，把肖主任费心了。周母冲着肖主任笑了笑。一夜之间，周母憔悴了许多，鬓角的灰发也变成白的了，整张脸仔细看还留有悲伤的痕迹。

肖主任摆摆手说，没啥，没啥，多年的老街坊了，帮着跑个腿，说个话应该的，哈哈，应该的。肖主任说，周哥呢，我来看看他，下次来啊，我请个社区的医生来给他做下护理，像周哥这种倒床的病人啊，做下护理对身体还是有些好处的。

周母说，老周他昨夜吸了半天氧，今早上吃了片吗啡，才睡下了。

肖主任说，哦，睡下了？睡下了那我就不打扰了。哈哈，我就问问，那我走了，嫂子。

哎，您好走。

周午马拿了包在屋里踱来踱去，他抽了一支烟，问蹲坐在沙发旁贴水钻的周母，老头儿就这样在床上一直躺下去？

不然怎么办呢？好在快要签合同了，合同一签，我们就可以给你爸办丧事了。现在抬出去，半分钱的好也没捞到。

现在清明都过了，一天比一天热，到时候臭了，那就“掉的大”。

那你是什么意思？周母抬起头来，望着人高马大的儿子。

少住三十平方米又怎么样呢？这事瞒下去，一是对不住老头子，二是如果穿帮了，还不知道是个什么下场。

能有个什么下场，你爸熬这么久不就是为了熬这三十平方米吗？你爸这死是自然死亡，是寿终正寝，又不是我们谋杀他，国家哪条明文规定，家里死了人就非得立刻挖坑掩埋，我把老头子多留些日子难道触犯法律了？周母拿了根木条在贴了水钻的布面上敲打起来，她的眼睛虽然还有些红肿，但神情却很坚定，像块磐石一样。周母说，这个事你们就不要管了，你们只管好自己的嘴。

杨双福突然发现周母嘴角两旁的法令纹比往日更显形，像是重新凿了一遍，这两条深刻的法令纹似乎连周母的面相都改变了，那一瞬她觉得周母的脏腑里长着匕首和刀剑。

公司拖欠了员工两个月的工资，恰好上周一笔大额的培训费到账，财务决定把工资结了。中午的时候，同事们缠着让她请客，说她早说过要请吃饭的，不能说话不算话。这是同事们的美意，想闹一闹她。她笑着说，好，今天晚上吃我的。

同事们“哦”的一声，制造出一大片欢腾。晚上一下班她就被同事们拥着出了写字楼，平时，大伙请客都是傣妹、简朴寨、人民公社，把肚脐眼撑翻也不过两三百，但今天他们商议的地点是街道口群光上面的日本料理，这一顿不知道要烧多少钱。杨双福惴惴不安地跟着他们上了的士，还有两辆的士在后面跟着。

到了地点，上了桌，七八个人围着大理石的料理台，看着生蚝、花蛤、扇贝、鱿鱼、基围虾、螺肉、牛排躺在中间的一块大铁板上，白衣白帽白手套的料理师将手里的铲子翻动几下，便嗞嗞冒出一片油来。香！真香。众人都兴奋着，筷子夹着，嘴巴嚼着，手里还捏着黄澄澄的啤酒。他们与杨双福干杯。杨姐是了不起的，从农村来，无钱无貌无后台，到如今有房有家有存款，从杨三无到杨三有，我们可是看着杨姐一步步走过来的。她没有被谁潜规则过吧，人家全是靠自己。所以，杨姐，你是我们屌丝的光明，是我们的榜样。来，祝福杨姐。祝杨姐早点被她老公搞大肚子。哈哈。

杨双福也高兴了，她敞开了心性也敞开了钱包，今朝有酒今朝醉吧。吃，牛排、猪排、鳕鱼、多宝鱼都来一份。酒足饭饱，杨双福晕着脑袋去前台结账，服务员堆着笑，说，您的消费一共是一千九百八十八。杨双福的心里如刀绞了一下，但她还是爽快地数出了两千。服务员找了钱又送了一个水晶玻璃杯给她。她拿着这装逼的物证，顿时生出一种罪过，花了这么多的冤枉钱。

她坐着的士回汉口，夜风像只温暖的手抚摸着她，热闹过后的孤独，像块冷猪油存在心里，她有种被抛弃的感觉。

居住的大楼一股子烂布头裹着柴油的味儿。这栋楼里做生意的几乎都搬空了，就剩一两个门面还在这死撑，夜里从半落下的卷闸门里透出惨白的灯光来，像荧荧鬼火。楼道里黑黢黢的。杨双福从包里掏出手电筒。想着屋子里躺着已经去世的周父，她的心里还是有些害怕，她相信世间有鬼，而且就在她的身后、她的旁边，在电筒光照不到的黑暗里。

她的后背涌出一身冷汗，越往上越害怕。她不知道周父会不会像他儿子一样混账，把自己的死怪在她的头上。她一路吓唬着自己爬到了顶楼。客厅里没灯，想必周母已经睡了。

她径直走到走廊头，钥匙还未拿出，门开了，周母披头散发站在门后。她吓了一跳。

周母说，怎么了？怎么这么晚才回来，不在家吃晚饭，也不打个电话说一声，害我多煮了两杯米。

哦，公司临时加班。她说。

从今天晚上，我跟你睡这个屋，让小午睡沙发，他毕竟是男子汉，火气旺些。周母说，我跟小午商量了，他也答应了。

哦。杨双福心里一炸，她不乐意这样的安排，但是她也只能应允。她跟她儿子商量了，他们压根就没考虑过她。

僵硬地躺在床上，杨双福久久不能合眼，她心里鼓起一大个包。她翻了个身，露出半截脖子。周母起来将被子与她压了压，说，把被子盖好，别感冒了。

她忽然又感觉到一些暖意，心里的气也消了，还闪过一些些愧疚。她从小就是这样的脾性，恨一个人总恨不长久。

连着出了几天的太阳，快有入夏的感觉了。大街上许多人都穿上短裤凉鞋了。周五吃晚饭的时候，杨双福在客厅里隐隐闻到一股异味，她抽了抽鼻子，是一股变质的肉臭味儿。她叫周午马也闻闻。周午马也抽了抽鼻子，然后走到组合柜前抽鼻子，站在卧房门口又抽了抽，似乎弄准了散发异味的方位。他的眉头皱了皱，朝他嚼咸菜疙瘩的妈狠狠瞪了一眼。他说，你成天在这屋里待着，你难道没闻到？

他妈喝了一口稀饭，说，没闻到。

信你的邪。周午马说。

屋里杆子上挂的腊肉腊鱼，有味也正常。他妈说。

我是说正经的，得想想办法。周午马说。

那等会吃了饭，你帮着搭把手，把你老头儿摊到地上，地上总归比床上要好些。我明天再去弄点石灰，一个是杀菌，另一个可以干燥环境。再拖过一个礼拜就好了。周母也显出了一些底气不足来，想必她也一定闻出了异味。别说是一个人，就是一只老鼠一条鱼死了搁上这么多天也会有味的。

收拾了碗筷，周母将房门打开，异味更大了。杨双福佯装看煤炉，远远地躲到了走廊上，这味儿令她很是恶心，也令她心慌。

她听到屋子里有低低的争吵。说话的是周母，她说，你莫怪我，要是那天他不出去晒那鬼太阳，说不定还能多熬几天呢，鬼使起的。

他们锁上房门出来的时候，杨双福看见周午马对她板起了一张脸，好像与她有深仇大恨似的。周母还是对她笑了笑，但这笑却让杨双福反胃。她内心里对她的亲近感已经没有了，她跟她只不过维持着表面上的和气。演戏一样，演给周午马看，演给街坊邻居看，也演给自己看。

楼梯口上来一个人，是楼下阿婆，手里端着一个搪瓷缸子。杨双福赶紧招呼，说，阿婆，您好。

好，你妈呢。

在屋里呢。

周母出来了，接过阿婆手里的东西，递给杨双福，说，拿厨房去，再带把椅子出来让阿婆坐。杨双福一看是一碗米酒，清甜的香。

阿婆说，我们家那老头突然想要吃糯米酒，说外面卖的都是掺了水的，寡淡没味，要我亲自做，这几天气温高，我这一钵子曲子酒长毛长得漂亮，今天窝好了，煮了一尝，味道还行。这东西也不常做，做一次，楼上楼下分一点，是个意思。特别是周师傅，病了那么久，吃点米酒正好补虚。

周母说，让您家费心了。

阿婆头往屋里探了探，说，周师傅是不是不在啊？

杨双福瞥见周母惊了一下，脸色一咯噔，说，阿婆您说么子？

阿婆说，我是问周师傅是不是不在家，去医院了还是去哪了，个把星期都没听见他的咳嗽了。

周母很是警觉，苦笑了一下，说，您家不知道，他哪里还有劲咳嗽，每天喘得厉害，也就是在挨日子啦。

唉，造孽。按人头补面积迟迟不落实，周师傅可是熬苦了。

唉，是啊。周母忽然扭头对一旁的杨双福说，你怎么没把阿婆的碗腾出来？

杨双福“哦”了一声，赶紧将那个搪瓷碗洗干净了拿出来，阿婆接过碗有些不情愿地道了别。周母说，阿婆，您家慢走啊，小心楼梯。

周母对杨双福说，这老婆子鬼心眼真是多，我今天亲眼看见她在路边买了一大碗米酒，端上来说是她自己做的。她就是想来打探事情。

杨双福嘴角笑了笑，她不想与她多说话。她进了房，躺在床上翻看手机书。微信响了，扒开一看，是周午马的，他问她要一千块钱，说发了工资还她。她说，没钱。他说，你妈屄。她也说，你妈屄。他说，晚上出去玩一下，屋里憋人。她说，好。

他们在江汉路王府井百货地下美食楼吃了一大盘花蛤和潮汕海鲜粥再加两根烤鸭脖，在电玩城一人玩了盘杀西瓜，然后在附近的旅馆开了个房，钱都是杨双福给的。周午马好像还有那么一点点愧疚似的，在杨双福身上倒是肯下力，上上下下，前前后后，把自个弄得汗淋淋的，弄得杨双福最后实在绷不住，叫了。两人瘫在床上。半晌，周午马点了根烟说你别忘记吃药。她满足的欢心一下就被扫荡了，她跟他已经结婚了，做这个事还要吃药吗？交往一年多，每次事后她都会买紧急避孕药吃，吃了好像也没什么，但有两次非经期她的下面莫名其妙流出血来，她才知道，这东西是有害的，于是好几次她都没有吃，起先提心吊胆的，后来也没怀孕，她有种隐忧，她怀疑自己是不是已经失去生育的能力了，她不敢多想，不能生育的女人注定是一场悲剧。自从大红的结婚证压在了枕头下后，她便希望自己能怀上，可是三个月了，她的大姨妈都如约而至。现在他居然还让她吃药，在他心里她连生育的工具都算不上，她只是他的性工具。

操你妈。她在心里狠狠地骂他。

第二天两人坐地铁过江在户部巷吃了糊汤粉回家，家里已是炸开了锅。走廊上人挤人，杨双福跟周午马拨开人群往屋里走，屋里也是人，周父的尸体已经被人抬出来了，搁在沙发旁，周母盘坐在周父尸体旁哭天抢地。拆迁办姓肖的站在周母的前面，掰着手指头似乎在跟周母讲道理。一边还有几台摄像机在录像，看上面的logo，是电视台的，还有几个拿着本子、笔和录音笔在记录。

周午马上前扒开姓肖的，说，这是怎么回事？你们这是干什么？

肖回头一看，立刻满脸堆笑，说，小周啊，今天一大早呢，我带了社区医生和媒体记者一同过来看望你爸爸，一来呢是给你爸爸检查下身体，二呢让媒体记者宣传宣传你爸爸，这半年来你爸爸一直与病魔作斗争，这种坚强乐观的求生态度也是一股正能量啊是不是。哪知道一来后是这样子的，对于你爸爸的事情，将心比心，我们也很不好受。但是人已经死了，还是要早点入土为安啊。你瞧瞧，你爸爸的身体都开始腐败了，这很不好啊。

屋里被人群染黑了，连警察都来了。杨双福知道，这是拆迁办做的局，什么保健医生什么抗癌精神，都是扯淡的。他们一定是知道周父早已死了才故意闹出这样的动静。

一个画了粗眉红唇的女的牵着话筒线来到周母身旁，她问，请问死者去世后在屋里放了多少天？

周母两眼坐在地上，两眼放空，嘴唇紧闭，鼻翼下两条法令纹像雕刻一般坚硬，呆板没有生气，像一条风干的咸鱼。

所有的记者都围拢过来，将周母与一旁包裹着的周父团团围住。

女记者继续在问：

为什么死者去世后您不及时发丧，而要停留这么久呢？以致尸身腐坏，散发异味？

听说这栋楼要拆迁，按照区里的政策是按人头补新居面积，一人补三十平方米，秘不发丧是不是想多得补偿面积呢？

您与死者多年的夫妻情分，在您心中难道抵不过区区三十平方米吗？为了三十平方米，您忍心让您的丈夫死后都不能入土为安吗？

周母忽然哇哇大哭起来，她两脚不断蹬搓，双手捶胸，她的眼睛睁得跟电灯泡一样，盯着发问的女记者。周午马拨开人群进去将周母扶了起来，揽在怀里，他将这些记者一个个往后推，他说，你们想干什么？跑到我家里来耍威风是吧，记者就了不起吗？欺负一个穷酸老百姓算什么本事？你妈有种，你怎么不去欺负那些披人皮干狗事的贪官们，怎么不去查查那些一肚子屎肠子的大款们，查查他们赚的钱是不是干净的，跑一无产阶级家里穷抖能耐，高唱道德赞歌，显得多他妈有正义感，多有道理，我呸你个脑壳进了水的。

那群记者们一个个脸色铁青，咬着牙齿，举着话筒的那位女记者脸上的妆都气黑了。说，你们不尊重死者，你们还有理了，不要扯穷人富人，现场只有死人与活人，你挺能说的，那你说说为什么不让死者入土为安？让其尸体腐坏，变质发臭，你有道理你说，你有困难你说，你家如果有这样的丧葬传统也可以说，你说！你说！

周午马鼓着嘴巴连喉结也鼓了出来，他连鼻孔眼里都冒着怒气，他说，你滚，你们滚，滚，我见你们心里烦。

女记者轻蔑地笑了笑，依然将话筒毫不客气地伸到周母面前。周午马气得浑身发抖，他将两个指头掸到女记者的面前，说，你个婊子养的，你要再对我老娘说一个字，老子今天跟你拼了。

你干什么？警察闪了进来，吼了周午马一嗓子，并把周午马的胳膊往后一扭，周午马的上半身也跟着弯了下去，他挣了挣，挣不脱，疼得直叫唤。

屋子里一片寂静，周母鼻涕虫一样瘫坐到了地上。因为人多，空气不流通，沤出一股酸坛子味来，尸肉的腐烂味也裹挟在里面。杨双福感觉要晕倒了。她走了过来，她知道周家这是到了绝路上，她就算对他们再不满，周午马再畜生，此刻她必须要跟他们站到一起，他们是一家人，一家人的关系应该是铜墙铁壁的关系。

她主动走到女记者的话筒前，周围的记者也都涌了过来，团团围住她。杨双福说，死了的这位大爷以前是针织厂的一位工人，九六年下岗后一直在汉正街做扁担，他曾经捡到过一个十多万现金的皮包，但是他归还给了失主，他从来不要不属于自己的东西。在这个阳台走廊的尽头有一个红砖砌的屋子，石棉瓦搭的斜坡顶，没有窗户，如果你不进去，不开门，你会以为里面住的是一条狗，或是一只猫，你永远不会想到里面住的是人。如果你是在这样的环境里长大，或许此刻你就不会这么咄咄逼人了。你涂着口红，染着指甲油，踩着高跟鞋，与拆迁办的官员手挽手肩并肩，却口口声声说要为老百姓说话，你不觉得可笑吗？你们愚弄我们多少年了？

女记者浑身颤抖，恶狠狠地收拾起话筒线，咬着牙对杨双福说，你不可理喻，你们太不可理喻。为了多占国家三十平方米，竟连人伦道德也不要了，不要跟我谈贫富差距，不要扯上层与底层，退后三十年还讲个人穷志不穷，如今穷人、底层人竟可以大大方方地不要脸了。

杨双福气急，她说，你以为我们是要争这三十平方米吗，我们争的是我们作为人的尊严！！

周午马跳了起来，骂道，你妈屄，你才不要脸，臭婊子，千人捅万人日的臭婊子，滚。身后的两位警察慌了，他们在他反扭的胳膊上再次使劲，周午马叫了一声，拼命反抗。他用腿踢蹬警察，左边的警察一脚踹在他的膝盖窝里，周午马跪下了，他站起来，又被踹跪下了。右边警察说，老实点，否则告你袭警。他们把他的脑袋摁在地上，周午马的嘴里发出杀猪般的号叫。

人群再次安静下来，他们看着肖主任看着记者看着警察，眼神里流露出愕然与哀戚来，他们感觉到了某种过分，但畏惧使他们不敢言语。楼下阿婆说，小午，乖一点，好汉莫吃眼前亏。不要跟他们斗。

嘴巴对着地板的周午马还在号叫，挣扎。踩在他的背上的脚又往下压了压。周午马的眼睛里流下了泪水。

杨双福愤怒了。她像一头烦躁的牛牯冲上前去，她用爆发的力量撞开了警察，把一位警察撞倒在了地上。人群里发出哄笑。警察被惹恼了，爬起来后，将别在腰里的警棍举了起来，人群纷纷往后躲。都在劝说周家，莫闹了，把周爹爹赶紧安葬了，三十平方米不要了，人命要紧。

从盘古开天，哪有胳膊拧过大腿的事儿。

在警棍的威胁下，杨双福与周午马退到了墙角。周午马的手在组合柜上摸索着，他在一个盒子里摸到了一把剪刀，然后他看到了墙上挂着的秤砣，他丢下剪刀，翻身冲过去将秤砣抓在了手上。杨双福曾掂过秤砣的重量，大概有十二三斤重，褐色的铁砣，已经很少用它了，周家一般拿它当锤子用，周午马曾拿它砸过核桃，只一下，像脑袋一样的核桃就粉碎了。

周午马拿着秤砣胡乱挥舞着。警察摆着了勇斗歹徒的架势，弓着身子，高举着警棍吼道，放下，把秤砣放下，再不放下，我就开枪了。

警察说着，手伸向腰包，掰开扣子，真的取下了一把黑色的手枪。人群里有人发出了尖叫，有的拥挤着退出了门外。记者们也都傻眼了，但很快情绪就高涨起来，他们兴奋地等待事件的进展。

警察用枪对着周午马说，放下，听见没有，放下。

周午马将秤砣死死捏在手里，愤怒与恐惧令他浑身涨出力量，他的双眼像烧红的炭，他不停地喘着粗气，他肌肉紧绷，汗毛炸开，他与警察较量着。

周午马咬着牙，晃动着秤砣说，姓肖的，你给老子听着，老子今天要是死了，做鬼也不会放过你。姓肖的吓得一跳，说，这关我什么事，我是一番好意。周午马对着警察说，还有你们，又对那个女记者说，还有你这个婊子养的。女记者双腿一抖，只翻了一下白眼，没有作声。周午马说，来啊，来啊，来打死我啊，我老头死了，我没埋，我犯了罪了；我不要脸多占国家三十平方米，我犯了罪了；我骂了记者婊子养的，我犯了罪了；我被警察打了，我踢了警察两脚，我犯了罪了，来啊，来枪毙我。周午马说着冲了上来，脑袋直往枪口上顶。杨双福在后面拉着他，他一把甩开了杨双福的手。

拿枪的警察一脸惨白，他的手直哆嗦，但是他没有往后退却，他跟周午马一样年轻，也跟周午马一样血气方刚，他的战友拽着他把他往后扯，但是他没动。他颤抖地说，别逼我，都是人生父母养的。

呸，我是人生父母养的，你们都是狗娘养的。

你！那位警察似乎彻底被惹怒了，他举起警棍，锤子一样落在周午马的头部，周午马"轰"一下倒在了地上，连叫都没叫一声，他手里的秤砣滚在地板上，咕噜一阵响。杨双福啊了一声，她瞬间感到一阵晕眩，她觉得这屋子在摇晃，人群在摇晃，自己也在摇晃。

瘫坐在周父尸体旁的周母动了一下，她朝天花板凄厉地叫了一声，她爬过去趴在儿子的身体上，大声喊着，杀人啦，杀人啦，警察杀人啦，警察杀死我儿子啦。天啦，警察杀人啦。周母捡起地上的一把剪刀，说，我不活了，我今天跟你们拼了。

放下，放下，听见没有！年轻的警察再次吼道。但周母还是冲了过来，"轰"一下，周母也倒在了地上。警察慌神了，他的脸色惨白，不断地吞咽口水，硕大的喉结像一枚反复拨动的算盘珠，他丢开警棍，像是被烫了似的。他对另一位警察也对着人群说，我，我不是故意的。我，是他们逼我的，是他们逼我的。

在晕眩与摇晃中，杨双福支撑着自己的身体，她捡起了周午马身边的秤砣。在周午马倒地的一瞬间，她想起了周午马零星的好处，他曾经在她生病的时候给她下过一碗肉丝面，他曾经在她生日的时候送过她一条纯羊毛的围巾，在江滩看国庆焰火她崴脚后他也背过她，他还在金器店给她买过一枚两点多克的黄金戒指，因为太细，只能戴在小指上。一日夫妻百日恩，她跟他是多少夜的夫妻了。现在她的丈夫被人打倒在了地上动弹不得，死活不知。她是他的妻子，她理所当然要为他报仇。她把全身所有的劲都往右边胳膊赶，她捏着秤砣，咬着牙骨，跨过周午马的身体，跨过周母的身体，然后像中学体育课上扔铅球一样，她把秤砣扔了出去，秤砣径直飞向警察的脑袋，"崩"的一声响，警察向前晃了晃，又向后晃了晃，然后倒在了地上。

血、血、血呀。女记者尖声叫了起来。

杨双福自己也尖声叫了起来，她捂住自己的耳朵，又捂住自己的眼睛，她背过身去，又转过身来。她看到血从警察的后脑勺汩汩流出，像泉眼，流到了周午马那里，流到了周母那里，流到了周父那里。一屋子血腥味，咸咸的。杨双福忽然感觉到冷，浑身颤抖，眼前的一切都变得模糊，所有的声音都隔了万重山。她的胃里一阵翻江倒海，她哇的一声呕吐起来，然后她便什么都不知道了。

她不知道是什么时候醒来的。她做梦，梦见自己躺在海滩上，海浪一波一波地涌向她，后来她感知到了海浪的恶意，好像每朵浪花都带着刀子一样，打得她浑身疼。她叫了一下，便醒了，睁开眼她看见四面白墙，刚开始以为是医院的病房，又不像，哪有病房没窗户的，而且一个病房也不可能只住着她一个人，睡得好像也不是病床，她摸了摸，是睡在一张木板上，浑身湿漉漉的，不是汗，是水。

醒了？

有人在问她。她循声看去，看到了三四个警察和一排铁质的栅栏，有一个警察端着一盆水，正准备泼她。她才明白这是在派出所。

他们要她交代袭警的经过和原因。她脑子一片空白，她想了很久才想起之前发生的事情。她头疼欲裂。

我老公呢？他怎么样了？还有我婆婆我公公？

你公公已经由街道送去殡仪馆冷冻，你丈夫跟你婆婆在一医，都没什么大碍。

那，那位警察呢？

呵，你终于想起问那位警察了。

他怎么样了？死了吗？是不是死了？我是不是要抵命？

审问的警察顿了顿，说，目前还在抢救，抢救过来了是你的造化，这样量刑就会轻一些。

我不是有意的，我与他无冤无仇，我没想到要害人，我从生下来，我就没害过一个人，这次是他们逼的，兔子逼急了还咬人呢，我是良民，一直安分守己。杨双福拼命地开脱自己。

栅栏外的警察毫不理会她的辩解，他们问她的姓名年龄，籍贯与民族，问她的直系亲属与社会关系。她一一交代。她来自鄂西南的农村，靠勤奋与努力考上了武汉的大学，三代种田，祖传的贫穷，她们家没有人练过法轮功，也不信邪教，更没有加入任何恐怖组织，家族里没出过叛徒也没出过土匪，她的背后没有团伙。她只是一个穷打工的，贪色，认识了汉正街的帅哥周午马，赶上了拆迁，为了夫家多分三十平方米，闪婚。她半辈子的梦想就是在一间稍微宽敞点的房子里，跟自己喜欢的人过日子，生个娃，把他养大，然后寿终正寝，从来没想过要把自己过到派出所的审讯室里，更没想过会把自己过到牢里去。

她被限制人身自由，整天关在审讯室里，四盏白炽灯二十四小时照着她，她像是跌进了石灰池，浑身烧人。她每天都询问那位警察的消息，她期盼他快点脱离生命危险，尽早好起来，不要死，她还年轻，她不想为他抵命。五天后审讯她的警察隔着栅栏告诉她，那位警察被抢救过来了，但是因为颅内大量出血，视觉神经受损，双目已失明。

瞎了？怎么会这样？怎么会这样？那我是不是要坐牢？我不要坐牢，我还有父母要赡养，我不是故意的。杨双福哆嗦起来，我的婆婆和我的老公呢，他们怎么样了，他们知道我被关在这里吗？

他们已经出院了，刑事拘留二十四小时内通知家属这是程序，我想他们知道你在这里。

那他们有没有来这里要求探望我？杨双福双目炯炯望着警察。

警察咬了咬嘴巴但还是摇了摇头。

哦。她麻木地回应了一声，心里一团漆黑。

审讯的警察还说，那位警察的家属现在天天蹲在派出所里讨说法，要求严惩凶手。警察的爹手里拿着柚子般大的秤砣，各种赔偿都不依，说只要把手里的秤砣原样砸在凶手的脑袋上。

杨双福一怔，继而捂着脸，蹲在墙角，肩膀一耸一耸的。

过了两日，一位警察通知三天后她将被提请诉讼，他们已经通知她的家属为她请一名辩护律师。过了三天，她戴着手铐被两名女警察押着上了一辆警车。隔着车窗看着马路两边的被太阳照着的商铺、广玉兰和行人，她不禁流下眼泪，眼泪一流便再也止不住了，索性号啕大哭起来。押解她的一名女警官哼了一声，说，现在后悔了吧，晚了。然后她们木偶一样的看着她。

下了警车，忽然从四面涌来许多人将她围住，有人高喊，照她眼睛打，打瞎她的双眼。她本能地弯下身子,戴着手铐的双手高高举起护着自己的头。两名女警喊着，不许打人，不许打人。她的身上还是挨了许多拳脚，直到几名武警赶到，这群人才一哄而散瞬间不知去向。

庭审没多久便宣判了，她定性为故意伤人罪。她的辩护律师沟通了受伤警察的主治医生，颅内出血导致的双目失明是短暂的，以现代的医学水平，只要治疗及时，眼睛在半年内就可恢复。这个有利因素使律师为她争取到了最轻的处罚，她被判处一年有期徒刑，赔偿被伤警察五万元医药费和二十万精神损失费。

在庭上她看见了周午马和他的妈妈，他们穿得像是走亲戚来了，周午马竟然还穿了一件衬衣，挺括的，只差领子上打一个蝴蝶结了，他们虽然面带愁容，但杨双福感觉他们并没有真心地感到难受。他们看这场庭审的神情就像在看一场事不关己的热闹。在宣判后，她请求跟她的丈夫周午马单独见面。

庭上同意了她的请求，两名女警察捉着她的胳膊在走廊上与周午马见了面。

杨双福看着周午马，热泪长流，周午马摸了一把脸，把头转向一边，很快就转了过来,他冷着驴一样的长脸说,你太不理智了,你就不该把秤砣扔出去。这下好了，要赔人二十多万,二十多万啊，天啦，我们家哪有这么多钱?

她一直都不后悔自己扔出去的那个秤砣，她不害怕为了周午马坐牢，但是此刻她后悔得要命，她恨不得剁掉自己的右手。她为了他们家的尊严为了他的二两骨头，她扔了那只秤砣，如今她要为此蹲一年的监狱，坐牢啊，一辈子的污点，她的人生都要毁了，他却还在跟她算账。还天啦地呀，二十多万。

呵呵。呵呵。杨双福止住泪，忽然笑了起来。真是可笑，太可笑了。这是她从前想着要托付终身的人。呵呵，太可笑了。她看着他，脑海里全是他趴在她身上劳作的样子。他腋下轻微的狐臭，浓重的体毛，圆鼓鼓的肚脐，磨旧了的性器和高潮来到时狰狞的面孔。她仿佛闻到了热汗与精液交织的气味，她忽然觉得他如此丑陋，如此的面目不堪。

她看着他说，你鸡巴真恶心。

周午马说，什么?

她一字一顿，缓慢而又清晰地说，你、鸡、巴、真、恶、心。

周午马气急败坏，他的脸一下子涨得通红。他不知道该怎么回敬她。他恼怒得双脚跳，屁眼里着了火似的。他大声地骂她婊子养的，骚货，贱货，丑货。

她哈哈大笑起来。

收监后不久，狱警就给她递来一个快递，她在监视下打开，里面是一份离婚协议。周午马协议离婚的理由是两人性格不合，女方有暴力倾向，由于两人结婚时间不长，没有共同购房购车，也没有孩子，故不存在财产分割，但夫妻一场，周家愿意给女方四万块离婚费，从此再无任何瓜葛，女方所犯的刑事案件及由此产生的经济赔偿由女方一人承担。

杨双福当着狱警一字一字地念着寄来的离婚协议，像小学课堂上朗诵课文一样。那些字像小刀一样剜着杨双福的内脏，她的胸口一阵一阵的疼，疼得她难以呼吸。什么一日夫妻百日恩，全他妈是狗屁。但是她还是在离婚协议上签了杨双福三个字，每一笔每一画，她都用了力。

她知道汉江边的那栋楼房在她受审讯的时候就已经爆破了，拆迁补偿也到了位，周午马在古田有了一套一百二十平方米的还建房。她为他们家争得的那三十平方米，他们按一千多块钱折算给她。她清楚古田那地方即使再偏僻，房价也是近六千一平方米。她的躯体里长满牙齿，恨不得立刻咬住周午马，活吃了他。那个秤砣她砸错了人。

一连二十多天，杨双福的心里恨恨的，就算离婚也不能便宜了他们，做不成夫妻就做仇人，她甚至想着出狱后第一件事就是杀了周午马，反正她已经坐了一次牢，不怕再坐一次，吃了一个多月的牢饭，她对坐牢已经没有那么恐惧了。每每想起那张离婚协议，她的拳头便会不自觉地握紧，她希望日子快点过，她好早日去教训那个王八蛋。她很想看到他倒在她面前的那副惨样，她想象在他的新房子里，她砸他们的家具家电，她表现出的凶狠一定会让他们瑟瑟发抖，他们一定会向她求饶，他们的所作所为是对不起她的，他们算计了她，辜负了她，玩弄了她。然后她会在冷笑中一刀刺进周午马的心脏，她要让他为她彻底痛一次。每次这样的想象都令她十分解气。

她知道自己恨人不长久，为了阻止因时间长了对周午马的恨意减轻，杨双福每天早上起床后都会在心里默念三遍杀了周午马、杀了周午马，杀了周午马。然后逼迫自己去想周午马混蛋、王八蛋的时刻，他在她面前一直是强势的，说一不二的，他知道她对他的爱和对他的忠诚，他便一直得意洋洋一直高高在上，她知道他从未把她当作真正意义上的女朋友，他把她当作他的奴仆。他明知她深爱他，却如此玩弄她。一位哲人说过，这世间任何东西都可以玩弄，唯一不可玩弄一个人的内心深处。他玩弄了她的内心深处，这不可原谅。她每天都对升起的太阳发誓，她要杀了周午马。

仇恨给了她别样的力量与坚毅，她在狱中更积极地劳动与生活。缝纫时，她会把布匹当成是周午马，她的脚便踩得分外有劲；拔草时，她会把草当成是周午马，每根草她都会连根拔起；扫厕所时，她会把每坨屎当成是周午马，这样她必要冲洗得干干净净。她在狱中获得了许多表扬，比在大学和公司获得的表扬还要多，她觉得自己适应能力好强，一枝黄花一样，哪儿都能生存。

终于刑满释放了。监狱领导看她表现好，特地为她安排了工作，汉口郊区某大型制衣厂做设计员，月工资四千，比她以前做伪白领强多了。她感谢组织，但出狱后她并没有去制衣公司报道，而是径直去了古田。她拨打周午马的电话，听出是她的声音后，周午马冷冷地说，你找我做什么？我跟你还有关系吗？然后他果断挂掉了电话，再打过去，他就一次次挂掉了。他竟如此绝情，好歹他睡了她近两年，就算一个嫖客对一个婊子也不至于如此冰冷。杨双福被激怒了，她一出狱就奔他的地儿来，心里还是有一丝残存的念想的，哪怕他一句寻常的问候也会削弱她对他的恨意，但是他对她如此狠毒。她进了超市买了一把菜刀装进袋子里。她要真正与他一刀两断。这口恶气她憋得太久了。

然后她给学姐兼老乡打了电话，让她打听周午马的新居在哪里，几栋几单元几号房。学姐说，你还找他干吗，他都结婚了，老婆都怀上孩子了，你彻底没戏了。杨双福说，我知道，所以特地去恭贺他。学姐很快给她回了话，告诉了她周午马的地址。

杨双福很快就到了周午马的家门口，她敲了很长时间的门，没动静，屋里没人。她掏出一张公交卡往门锁里捅了几下，门就开了。这活儿是她在狱中跟一位狱友学的，当时只想着好玩，没想到一出狱就派上了用场。她推门进去，闻到一股浓重的甲醛味儿，客厅的一面墙上挂着周父与周母的照片，看来周母也挂了。看到照片，杨双福又想起居住在周家的许多事情来。想起了周母的粉蒸牛肉和米酒汤圆，想起了周母的贴水钻、周父的咳嗽和去世前在走廊里与她说的那些话，想起了与周午马的吵嘴和做爱，不觉热泪滚滚。

杨双福在他家客厅坐了许久，周午马并没有回来，她便往里走，一百二十平方米的房子确实宽敞。厨房连着餐厅，餐厅连着阳台。卫生间两旁各是卧室，她推开左边一扇门，一眼就看到床头上挂着的巨幅男女合照。蓝天白云下，银色的沙滩上，女主角一头大波浪的长发，鬓角插着一朵粉色的扶桑花，一件波西米亚风格的长裙总往天上飞，胸大，腰细，她双臂搭在男主角的肩上，手里还握着一双白色高跟鞋，男主角穿着白色的T恤和蓝色的西装短裤，双手环在女主角的腰上，他们像是刚说完一件有趣的私房话，各自都大笑着。她见过许多婚纱照，那笑容假的像是粘上去的，且僵硬如水泥，但是这张的笑容却不是，这是发自内心的笑，是恩爱甜蜜的笑，是你情我愿的笑，是告别灰暗终于迎来光明的笑。他们笑盈盈地站在相框里，多么的郎才女貌，多么的佳偶天成。她的心里一时五味杂陈，她也与他照过相，手机自拍过，他在她跟前从不曾有过这样的笑容，她知道，在他心里，她是迫于现实不得已选择的勉强凑合的伴儿，而相框里的才是他一直渴望的爱人，漂亮、性感、风情万种。然后她看见了相框下的床，顿时惊住了，她从未看过如此大的床，大约有四五米的样子，占据了大半个房间。这张变态宽的床让杨双福感到猛烈的心酸，这巨大的宽阔是以前憋屈太久了的一种宣泄，是痛诉，是愤慨。她忽然感受到了周午马对以前生活强烈的恨意。

大门处有钥匙扭动的声音。周午马回来了。她听到周午马说，你快在沙发上休息一会，今天在医院折腾了一天了，你累，肚子里的小宝贝也累。你坐着别动，我去给你倒杯水。她便在心里感叹，原来他也懂得心疼女人。

啊！忽然一个女人的声音尖叫起来。

周午马问，怎么了？

女人说，你看你爸妈的供桌前，谁点了三支香？谁进这屋里来了？

客厅里一片安静。

杨双福从卧室里出来，就在刚才，她对他已经没有了恨意，这个男人不怎么喜欢她，却与她交往了两年多，还跟她结成了夫妻，他跟她在一起的生活和性生活他都要忍受郁闷和压抑，这是多么的不容易。更重要的是他狗一样蜷缩在狗房子里近三十年，受了几十年的苦楚，总算要由狗变成人了，娶了理想中的妻子，又孕育出了下一代，而且住上了窗明几净的房子，多么美好的结局，总算苦尽甘来了。她要好好祝福他下辈子的人生。

她打算跟他握手言和，刚走到客厅，就感觉有个黑影在她眼前闪了闪，接着她的脑袋被某种钝器砸中，“嗡”一下，她的眼睛被定住了，无法转动，她看到了周午马手持钢棍万分惊愕的样子，她看到了站在他身后微微隆起肚子的女人。

然后“扑通”一声，她倒在了地板上。

【作者简介】

宋小词，女，原名宋春芳，生于1982年。现为武汉市第八届签约作家。曾在《芳草》《长江文艺》《山花》等文学杂志发表中长篇小说，著有中篇小说《血盆经》《太阳照在镜子上》《呐喊的尘埃》等，长篇小说有《声声慢》《所有梦想都开花》等。

房屋拆迁与人的尊严

——读宋小词的《直立行走》

杨剑龙

毕业于大学中文系的宋春芳，钟情于小说创作。2006年作家刘醒龙发现了她，将时任电视台记者宋春芳的小说《晚妆》在《芳草》杂志头条推出，并为其取笔名宋小词。后来《芳草》又发表她的中篇小说《天使的颜色》《路在何方》，此后她陆续发表了《血盆经》《开屏》《太阳照在镜子上》《呐喊的尘埃》《锅底沟流血事件》《一把薄刀》《膏肓有疾》等小说，其作品多次被《小说选刊》《小说月报》《中篇小说选刊》选载，她另著有长篇小说《声声慢》《所有梦想都开花》。

发表于《当代》2016年第6期的中篇小说《直立行走》，获得《当代》文学拉力赛“中篇小说年度总冠军”，为《小说选刊》、《中篇小说选刊》2017年第1期转载，获第六届湖北文学奖，入围2016年“《收获》文学排行榜”。宋小词的创作主要以当代女性生活为题材，关注女性的生存状态与情感危机。《直立行走》以城市房屋拆迁为题材，在城市平民期望改善生活的挣扎中，极为冷静地表达人的命运与尊严。作品以底层社会的悲剧故事、委曲求全的人物性格、一波三折的叙事节奏，以直面生活的姿态书写出现实生活的困境与病痛。

出生于农村的宋小词，对于底层社会有天然的关注与同情，该小说以来自乡村的女大学毕业生杨双福，与城市平民周午马的交往与婚姻，叙写出一幕底层社会的悲剧故事。其貌不扬的杨双福毕业三年了，还没有谈过恋爱，她在一个单身聚会时结识了帅气的周午马，周午马主动与杨双福约会，她如身陷一场泥泞拔不出来。他们俩保持了一年半的交往，靠吃饭和睡觉维持着关系，她真心想嫁给周午马，周午马却始终不冷不热。周午马终于邀杨双福上他家，她却发现周午马住在即将拆迁的贫民窟里，父母都是下岗工人，父亲患肺癌已经晚期。拆迁政策按人头每人补三十平方米，周母留杨双福过夜，让儿子明天去领结婚证。病笃的周父没等到签拆迁合同就咽气了，周母竟把尸体放在家里秘不发丧。警察、媒体上门处理，在与警察对峙中，周午马与周母被警棍打倒，杨双福用秤砣砸伤了警察，杨双福被判刑一年。周午马不仅没去探监，反而送去了离婚协议书，愤怒至极的杨双福决心复仇。刑满释放的杨双福找到了周午马一百二平方米的新居，见到了周午马再婚的合影，想到前夫苦尽甘来的生活，杨双福打算与周午马握手言和，却被周午马用钢棍砸倒。小说在对于底层社会的描写中，呈现出作品浓郁的悲剧色彩，周午马的因欲望而和杨双福交往，杨双福的因婚姻而应周午马的约会，病笃的周父因增补三十平方米的挣扎，周母为此而撮合儿子与杨双福的领证，以及为此而隐藏尸体秘不发丧，导致了杨双福的判刑和被砸，底层社会的悲剧人生令人发指让人怜悯。

宋小词常常从女性视角描述女性的生存状态与情感危机，常常融入其自身的生活与情感积淀。小说塑造了女主人公杨双福的形象，在其身上呈现出一种委曲求全的性格特征。农村姑娘杨双福大学毕业后在私企做商超培训，她“没钱没貌没出身”，她结识了“要模样有模样，要身材有身材”的周午马，她受宠若惊地赴了周午马的约会，她献出了她处女的贞操。一年半了，“能跟他相处这么久，她清楚这跟自己的忍耐与包容有巨大的关系”。她终于等到了周午马约她上门，她见到周家陋室的逼仄、周父的病笃，当周母提出让他们俩结婚时，她感到十分意外，后来她知道她一进这个家，就为这个家争取了三十平方米，她内心知道周母从骨子里是轻视她的，她内心也知道周午马与她结婚是不情愿的，她知道他没有把她当作老婆，只是当作工具。周父死了，周午马怪罪她推父亲去晒太阳。周母藏匿尸体的事情暴露了，在警察上门处理过程中，面对丈夫和婆婆被警棍打倒，杨双福用秤砣砸伤了警察，酿成她被判刑入狱，虽然出狱后的她有复仇的想法，最后她却想握手言和。出身农村的杨双福始终有一种委曲求全的性格，她始终处于弱者的地位，她千方百计逢迎周午马，她委曲求全讨好周母，最终却身陷囹圄为丈夫所抛弃，虽然出狱后的她找上门去，最后她却从内心深处原谅了前夫，但却倒卧在周午马的钢棍下，杨双福的委曲求全令人怜悯也令人不满。

宋小词是一位会编故事的作家，《直立行走》的情节跌宕起伏，构成小说一波三折的叙事节奏。小说先以杨双福与周午马约会行床第之事写起，在引人入胜的细节中，主动者与被动者的约会，便见出性格的一斑。在介绍周午马约请杨双福元宵节去他家后，插叙一年半以前他俩的结识和第一次上床。在杨双福走进周午马贫民窟即将被拆迁逼仄的家后，当周母呈现出极为热情的态度时，当患晚期肺癌的周父与拆迁办肖主任的讥诮中，交代拆迁政策按人头每人补三十平方米，周母提出让儿子明日去领结婚证时，读者自然而然对于这个婚姻产生了怀疑。杨双福在周家过起了正常的家庭生活，情节在平稳中又起波澜，杨双福推轮椅让公公去晒太阳，患肺癌的周父死了，周母决定隐瞒死讯藏尸家中，便有些惊世骇俗的意味。警察与媒体的上门，引发了周午马母子与警察的对峙，杨双福的出手酿成了其被判刑的结果。小说到此并未结束，作家让周午马与杨双福离婚，让杨双福出狱后上门复仇，却让杨双福企望握手言和中被钢棍击倒。整篇小说让读者以同情怜悯的心态关注杨双福的命运，没钱没貌的杨双福与帅气的周午马约会，元宵节杨双福被周午马约请上门，周母让他们俩明天去领证，周父死后周母决定藏尸家中，警察上门杨双福出手被判刑，在一波三折的叙事节奏中，以杨双福的命运和不幸展现出底层社会的挣扎与苦痛。

在发表处女作十年后，宋小词已经成为一个颇有影响的作家，她的创作对于底层社会的关注、对于女性人生的体悟、对于现实问题的质疑，成为其创作令人瞩目的基础，小说《直立行走》成为其近年创作的代表作，虽然该作缺少点题，但是期望直立行走保持人的尊严的主旨仍然跃然纸上。

李海叔叔

尹学芸

一

那个黄昏，李海叔叔毫无征兆地来了。他把电话打到我家里，让我到北外环去接他。我是骑车去的，回来时，李海叔叔是跟我走回来的，我一路几乎没怎么跟他说话。他这是第一次到我自己家来，路上絮絮地告诉我，这座县城他曾经无数次地路过，但从来没有停下脚。我懂他的意思。县城西边的那条道是国道，是山里下山时的必经之路，一直朝南走，就到我的老家罕村了。叔叔无论说什么，我都没有吭声。好在叔叔并没有减少说话的兴致，他倒背着手，优哉游哉地走，夸外环的路修得好，绿化也不错，都快赶上承德了。就是最后这句话，让我心里膈应了一下。我气鼓鼓地想，你儿女都在承德，承德的虱子就都是金眼圈。不得不承认，我当时促狭得毫无道理。原因只有一个，眼下的李海叔叔，是一个不受欢迎的客人，

叔叔打电话的时候，我正陪父母斗小牌。一岁多的女儿在摇椅里睡觉，被电话铃声惊醒，烦躁地大哭起来。听说李海叔叔已经到了城北，父亲把手里的纸牌横着丢在了桌子上，皱着眉头说："干啥来？"父亲的意思是，你没有必要来，这里没有人想你。或者，你根本就是不知趣，来得实在多余。父亲的情绪影响了我，父亲不喜欢的人也很难让我喜欢。所以陪叔叔走的这一路，我都打不起来精神。

来到楼下，叔叔问我住几楼，我说住二楼。叔叔仰头往楼上看，说一楼脏，二楼乱，三楼四楼住高干。我说，有房子住已经不错了，还管他住几楼？到了我家里，母亲还有一丝热情，给叔叔沏茶，端水果。父亲则坐在床边，望着窗外，一直都没怎么正眼看叔叔。叔叔跟他找话说，父亲就一哼一哈。这种尴尬叔叔显然是心知肚明，但他毫不在意。晚饭就是棒子面粥，没有因为李海叔叔到来而稍有改善。这也是父亲授意的。叔叔一边喝粥一边说，自己的五个孩子都出息，大女儿海棠一个夏天就

买了五条裙子。她工作在保安公司，属公安局管。大儿子自贡工作在政府机关，很快就要提科长了。最小的儿子自奋也顶替他去了矿上做钳工，跟煤黑子一点边儿都不沾。去苦梨峪问问，一家五个孩子都在外工作的人家有没有，一个都没有！只有我李海一家！叔叔说得激动，两只眼球按捺不住要跳出眼眶。叔叔无论说什么，都没人接下言。父亲、母亲和我，以及我的女儿，我们都在各行其是。叔叔的声音就像锯条切割木头有种撕拉声，那种声音从他抻长的鸡皮包裹的喉咙里冒出来，听着那叫一个凄切惨淡。叔叔就像独角戏演员，没人喝彩依然演得十分卖力气。孩子哭着要吃奶，我有些难为情。但我的难为情母亲不懂，把孩子往我怀里塞，孩子像小猪一样往我胸前拱，我心一横，把衣扣解开了。

房子只有二十九平方米，一大一小两间。里间我们一家三口住。外间兼作客厅，有一张折叠沙发，夜里放下来安顿父母。晚上十点叔叔也没有要走的意思，即使父亲话里话外一再暗示这里没有他的容身之地，外面不远处就有旅店，但叔叔置若罔闻。没奈何，我和爱人各奔单位，把床让给父母，父母把沙发让给了叔叔。转天早晨我来给孩子喂奶，发现叔叔已经走了。县里的医院新进了一台 CT 机器，这种机器据说只有北京上海的大医院才有。叔叔从河北的某个山村来我家，就是听说了这台新机器，他是专门来照 CT 的。

“他没有病却来照 CT，看来是钱多烧的。”父亲气哼哼地总结。

母亲说：“你桌子上的那本书有用么？你叔叔也不问价儿，临走直接装进了包里。”

我确认了是一本青年作家的短篇小说集，书名叫《希望之星》。首篇是我的《难得浪漫》，写这些年的情感经历。还真是巧，里面的一段内容，写的是我和自贡哥似是而非的故事。

母亲唠叨说：“这么多年过去了，他还是把别人的家当成自己的家，把别人的东西当成自己的。一点变化也没有。”

我看见父亲“横”了母亲一眼。他不愿意母亲谈起这个人。

我赶紧说：“那本书我还有，他拿走就让他拿走好了，不耽误事的。”

叔叔来我家的事，我第一时间告诉了哥哥和姐姐。他们几乎不约而同地问，叔叔是空着手来的？我说，是空着手来的。哥哥说，他没有带兜子？我说，他没有带兜子。姐姐问，他没有给孩子钱？我说，他没有给孩子钱。他们就在鼻子里哼了声。我们这边的风俗，久不上门的客人是不兴空手的，就像初次遇到从未谋面的小孩子要给看钱一样。当然，哥哥姐姐所说的兜子还不是这个意义上的，这一点，我在后面专门会讲到。那个时候，叔叔大约已经有四五年没有跟我家联系了，如果不是他主动来，我们差不多都把他忘了。

他成为一个话题在我们嘴边挂了一段时间，后来，终于不再提起。

二

关于李海叔叔的故事，实在是太漫长了。

我最早的记忆，是六岁或者七岁那年害眼病，在炕上躺着。父亲上窑回来，在院子里喊，来客了！来客了！

父亲嘴里的喜气，把全家人都调动了起来。哥哥担起水桶去挑水，母亲和面，姐姐烧火。然后是咣哨咣哨擀面条的声音。我在屋里就能听见一家人热火朝天。我的两只眼都被药膏糊住了，父亲让我喊叔叔，我坐起来，举着脑袋睁眼瞎一样喊了声，却没看清叔叔长什么样。叔叔拍了拍我的头顶，在炕上撒了一把糖，我摸到了一颗剥开放进嘴里，真甜。

那种奶香味，一直甜了我好几年。

这顿饭，只有父亲和叔叔两个人上桌子。事后据姐姐说，母亲只下了两个人的面，多一口的富余也没有。面条是姐姐擀的。父亲和叔叔吃完，盆里就只剩下井拔凉水空空荡荡，还有寸把长的一截面条漂呀漂。姐姐说，断条了，面还是有点软。母亲说，是煮的时候绕到了笊篱上。叔叔连说捞面好吃，擀面、切面、煮面的功夫和火候都恰到好处，吃到嘴里滑溜却不失韧性，是他吃过的最好的面条，比矿里的食堂做得好。这在当时简直是最大的赞美，想想吧，姐姐擀的面条好过矿里的食堂。那可是个大矿，有两千多口人。姐姐做的面条居然能打败那么多人，想不自豪都难！叔叔还特意赞扬了那卤，炒了两个鸡蛋放到炸好的花椒油里，那种香味简直要把房盖顶了去，不好吃才怪！

母亲对姐姐说："你叔叔夸你呢。"

姐姐的得意似乎就在脸上挂着，说："叔叔爱吃我擀的面，以后常来。"

叔叔说："那晚上就再擀一次吧。"

姐姐高兴地说："好！"

晚上的面条，母亲又减了一半的面。母亲和面的时候，父亲就去菜园子里给烟叶打尖儿。不打尖儿的烟苗就往高里蹿，长得像树一样。饭熟了叔叔却不肯上桌子，说要和大哥一起吃。"大哥"就是我的父亲。母亲说，你大哥在菜园子里干活呢。叔叔问菜园子在哪里，母亲迟疑了一下，说："在甜水井边上呢。"

叔叔说："我去找。"

母亲说："你不认识路。"

我从炕上爬了起来，自告奋勇说："我认识路，我带叔叔去。"

说来也怪，叔叔没来时，我的眼睛肿得像烂桃一样，啥也看不清。这种情况已经有两三天了。叔叔来了一天，我吃了三块奶香味的糖，眼疾也大好了。叔叔牵着我的手，往菜园子方向走。我发现叔叔高身量，白皮肤，重眉大眼，大背头一根不乱，穿一身毛蓝色的中山装，完全是一副干部派头。从打看清了叔叔，我就喜欢上了他。甜水井是我们这一条街的饮用水，哥哥挑水就来这里。路过几户人家，我话痨一样介绍这家人叫多头，那家人叫二灯，都是我要好的小伙伴。还说甜水井的井壁上有麻雀窝，有一天，我亲眼看见一只小麻雀从里面飞了出来，却不敢飞回去。小麻雀在井沿上喳喳地叫，等来了它妈妈大麻雀，大麻雀张开翅膀把它抱走了。这边有甜水井，那边就有苦水井。苦水井洗头头发是黏的，用梳子都梳不开。但队里的牲口不怕苦，他们统统喝苦水井里的水，喝得咕咚咕咚的。我也不知道我说的话叔叔爱不爱听，我不太好意思看叔叔的脸。他也实在是太高了，站在我身边，像一棵树一样。

父亲从老远的地方看见我们走过来，就用握着一把烟叶的手往回轰我们，说你们先去吃饭吧，我干完了活再回去。叔叔说，我跟大哥一起吃。父亲看着一大片烟地说，你先去吃，你先去吃。我干完还得等一会儿呢。叔叔就牵着我的手回来了。桌子上他一个人吃面条，又把那只盆子吃得空空荡荡。叔叔打着饱嗝坐在炕沿上抽烟，我失望地小声对姐姐说："以为面条能剩下一些呢。"姐姐说："馋了是吧？馋了就咬嘴里子。"我愤怒地叫了一声："姐姐！""咬嘴里子"的话，差不多就相当于骂人了，意思就是吃肉，也就是自己吃自己。姐姐这话说得足够刻薄，一下子让我知道了什么叫羞臊。

果然，父亲回来天都大黑了。父亲蹲在屋檐底下吃饼子。那饼子是白薯面和棒子面的混合体，黑乎乎的，一股霉腥味。我对那个味道深恶痛绝，手里掰碎了，却不愿意往嘴里填，饼子渣落在了地上。母亲毫不张扬地打了我一巴掌，看上去是虚虚晃了一下，其实手上是用了力道的，因为母亲的嘴角使劲扯了一下。若是往常，我会气得哭一场。姐姐就管我叫"哭吧精"，说我眼窝子浅，动不动就长泪短泪。但眼下，一切看在叔叔的面子上，我忍了。父亲三口两口就吃完了一个饼子，又举起一大碗稀粥喝了个精光。我呆呆地想，父亲为啥不早回来呢，早回来就可以跟叔叔一起吃面条了。父亲喝完粥，手拿空碗又发了一会呆，暮霭像纱帐一样笼罩了他，父亲黧黑的脸孔失去了柔和，眉目逐渐变得模糊了。

我不知道父亲在想什么。

爷爷在饲养场喂牲口，常年吃住在那里。父亲把碗递给母亲，说我和李海先去饲养场。母亲应了声，把碗放到锅台边上，边走边用围裙擦手，来到了鸡窝旁。母亲蹲下身去，伸手就从里面掏出只公鸡，把两只翅膀掀起来叠在一起，给了父亲。父亲提着公鸡和叔叔先后走出了院子，到了外面，两人就肩膀并了肩膀。事后我才知道,那一晚父亲和叔叔到爷爷面前去行了跪拜礼。大礼过后,他们就成了结拜兄弟，理所应当的叔叔就成了爷爷的亲儿子。

两个人回来时，脸上的笑意都藏不住，一黑一白两张脸都冒着一种圣洁的光。若干年后我仍然想不好如何形容这种表情，我只能说，他们的那种笑容真的有些神圣。是那种羞怯的、含蓄的、隐秘的、温暖的种种元素，同时出现在两张丝毫不一样的面孔中，那种感觉，除了神圣，还是神圣！

父亲在屋里宣布：从今天开始，李海就是你们的亲叔叔！

母亲正倚在墙柜上纳鞋底，听了这话，脸上的笑容突然也变得神圣了！

母亲热切地说："那敢情好！"

我和姐姐在炕里边坐着，倚着被垛。我有些不明白，悄声问姐姐："老叔还是不是爷爷的亲儿子？"

姐姐撇着嘴说："当然不是。"

姐姐大我七岁，基本上她说什么我就信什么。父亲兄弟两个，爷爷也是兄弟两个。爷爷的弟弟我们叫二爷爷,家里没有孩子。听母亲说,二奶奶曾经生过一个丫头，起名领弟。意思是，领来一个弟弟。可领弟不仅没领来弟弟，连自己也没保住。二奶奶信鬼神，常年偷偷在卧室的里间磕头烧香。领弟从小就胆子小，有一天晚上出去解手，据说看见了通天扯地的大白人，结果把自己吓死了。二爷爷从打解放就在村里当干部，如今已经当了二十多年。二爷爷家拖累少，是我们这条街上最富裕的。老叔和老婶不待见爷爷奶奶，总往二爷爷家里奔，后来干脆两家并成了一家。吃食堂的时候，二爷爷家的粮食吃不完，我奶奶饿死了，我爷爷饿得全身浮肿，也没能得着二爷爷和老叔的照应。埋葬奶奶时，老叔像外人一样在人圈外看热闹。他对别人说，他要养着二爷爷和二奶奶，和我们这个家没有关联了。这些历史从父母嘴里传了下来，都快成传说了。

所以姐姐说老叔不是爷爷的亲儿子，我果断相信了。

姐姐悄声说："李海叔叔才是爷爷的亲儿子。他跪在地上磕了三个响头，又喝了滴了鸡血的酒，李海叔叔就是亲的了。"

我问："如果不喝滴了鸡血的酒，会是亲的么？"

姐姐说："当然不会。兄弟有相同的血，才会是亲的。否则，即便李海叔叔管爷爷叫爸爸，他也不会是亲的。"

我确实难以置信，问："李海叔叔叫爸了么？"

姐姐说："当然叫了。他是爷爷的亲儿子，当然叫爸了。"

我立刻热血沸腾，浑身的每一个细胞都似乎雀跃起来。我那么喜欢的李海叔叔成了爷爷的亲儿子，我的亲叔叔，世界上没有比这更美妙的事了！

我问姐姐："你高兴么？"

姐姐说："当然高兴！他下次来我还给他擀过水面，把面和得硬硬的！"

我想起了奶油味的糖果，心里有点沮丧。姐姐能给李海叔叔擀过水面，我能给李海叔叔做什么呢？李海叔叔的糖，让我分给了好几个小朋友，你可别以为我会一人给他们一块，我没有那么大方。我是把一块糖咬成许多瓣，最小的那一瓣，大概比芝麻大不了多少。

几年以后，李海叔叔第一次到我家来的时间，在我们家曾经引起过争论。爷爷说一样，父亲说一样，哥哥说一样，姐姐说一样。他们各有各的参照。比如，爷爷会说，队里枣红马下驹那年，枣红马喝了鸡汤么。父亲说，我那年上窑地，挣了四百五十块钱。姐姐说，一天做了两顿过水面，这样的日子从来没有过。哥哥说，我是不是那年买了上海全钢手表？没人征求我的意见，其实我也有一肚子话想说。只不过，大人说话我老也插不上言儿。一家人在那里争论不休，母亲端着簸箕进来了，把一簸箕玉米棒子"哗"地倒在了炕上，我们一齐动手，刨的刨，搓的搓。母亲说，那年大旱，队里每人分了十二斤麦子，我们全家才分了七十二斤。大家一下子不言语了。母亲说的是对的，那年叔叔临走时，把几斤白面刹到了自行车的后座上，怕不牢靠，找了长绳子五花大绑。

母亲是个特别能算计的人。只有那一年，我们家的麦子没有吃到年对年。

三

叔叔给父亲做过三个月的徒弟，他们是在窑厂认识的。

父亲每年春天，都要去河北那一带的窑厂做短工。父亲有打砖坯子的手艺，每月能摔出一万多块。而像他一样的手艺人，能摔出七八千块已经不错了。据说父亲在那一带有着很高的知名度。父亲每年出去务工，都要请大队会计吃饭，然后请小队队长吃饭，因为他要带着大队的介绍信和小队的请假条。这两样，都需要加盖公章。

每年请人家吃饭都像过鬼门关一样，好酒好菜预备了，还唯恐人家不来。人家答应来，也不会来得痛快，要三请四叫才行。虽然父亲挣的钱大部分要交给生产队，再由生产队记工分，但毕竟还有剩余。你能用手艺挣活钱儿，这在当时，是遭嫉恨的。

有一天，窑主来找父亲，说从今天开始你带个徒弟，叫李海。是附近矿上的“右派”，来窑厂改造的。父亲问窑主啥叫“右派”。窑主说，他也说不准，反正不是什么好人。父亲问“右派”做了啥坏事。窑主说，他疯狂反对毛主席。父亲立时仇恨满腔，咬着牙说，那就让他来吧，看我怎么收拾他。

窑主有点不放心，说你就把苦的累的活计交给他干就行，还别把他累坏了。矿里说了，他是八级钳工，还得随时去矿上干特殊任务呢。

父亲与李海叔叔一见面，就觉得他不是干苦力的人。那样的高挑个儿，那样白净的皮肤，衣着那样整齐，哪能一天到晚跟泥水打交道呢？父亲听窑主说，李海这样的钳工，整个松山煤矿也没几个。所以他虽然是“右派”，却是个牛“右派”。在矿上，都敢倒背着手走路。平时这样走路的一般得是矿长级的人物。父亲佩服有本事的人，所以见了李海的面，就把他疯狂反对毛主席的事忘了。李海叔叔拿铁锨要锄泥，父亲马上把铁锨抢了过来。父亲说，你一边坐着就行，活不用你干。

坯场附近有草棚，李海坐在那里抽烟。也给父亲卷烟，点火，吸一口，然后插到父亲的嘴里。李海叔叔的卷烟纸，都是成条的，白的，寸把宽，一叠一叠的。不像父亲的卷烟纸，白报本，报纸，马粪纸，赶上啥是啥。父亲的两手都是泥，若是往常，父亲每天最多能吸两三支，洗手要跑很远的路，父亲也不愿意耽搁时间。否则那一万多块的砖坯，哪里摔得出来。砖坯是青砖没进窑烧制前的叫法，因为是纯粹的黄黏土，砖坯光亮齐整，码上去简直严丝合缝。自从李海叔叔一来，父亲多了帮手，反而降了速度。父亲有时一天能吸二十几支烟，吸得那叫一个心满意足。

李海叔叔爱说话，这也是父亲降了速度的主要原因。父亲要从草棚的方向往远处摔砖坯，一行四块，像排兵布阵一样。可如果离得远，就听不见李海叔叔说话了。为了能听见说话，父亲总是在拐过来时多耽搁一下时间。父亲听得很认真，是因为李海叔叔说的话他都觉得新鲜。李海叔叔先说自己是怎么当上“右派”的。厂里中层干部开理论学习会议，李海叔叔用一只烟头烫报纸。烟头燃尽了，李海叔叔把报纸拿了起来，被人发现报纸背面的主席像，正好被烟头烫出了个洞。父亲听得直打冷战，李海叔叔却像没事人一样。他说烫的是报纸，又不是活人，有人也许拿着报纸就去擦屁股了。厂领导找他谈话，说多亏这是在内部发现的，内部处理，你就当个“右派”算了。若是被人宣扬出去，你就得蹲大牢，吃枪子。哪有当个“右派”

这么轻松简单。

松山煤矿两千多人，出了三个反革命，“右派”却只有李海一个，还是矿里自己定的。矿里的领导告诉他，按罪行，他也应该是个反革命。可当时矿里正在搞一项技术革新，事关安全生产，正干到半截上，若真把他抓起来，任务就完不成了。所以给他好歹安个名目，到窑地来避风头。李海自己也说，要不是这个安全生产的任务，他估计该戴手铐了。

李海叔叔还爱谈他的家事。他在石家庄上的技术学校，考学的时候，他是年龄最大的学员。中专毕业，顺便也把城市姑娘马爱花搞到了手。马爱花在书店卖书，李海叔叔就每天到书店看书，其实一本书也没看下去，他的眼睛，始终围着马爱花的身影转。岳父岳母都以为李海叔叔是承德市里的人。他们私下商量说，远是远了点，城市小了点，但风景还不错，皇帝都愿意到那里歇着，将来咱们也可以到那里去当皇帝。既然姑娘乐意，那就把她高高兴兴打发了吧。结了婚才知道，李海叔叔的家在山沟里，离承德还有两百多里的路程。关键是，李海叔叔被分配到了松山煤矿，离石家庄也是十万八千里。等于是，哪都不挨哪。马爱花的工作关系转不过去，叔叔给她出主意，让她辞职。结果马爱花偷偷把工作辞掉了。这下岳父岳母不干了，大姨子小姨子不干了，大舅子小舅子也不干了，他们一致认为李海叔叔把马爱花骗了。他们声势浩大地支持马爱花离婚。马爱花也动摇过，那时他们已经有了一个儿子，有一天突然来了封加急电报，上写父亲病危。马爱花忙不迭地回了家。李海叔叔等一天人不回来，又等一天人还是不回来。李海叔叔心说不好，找到石家庄才发现，岳父根本没有病，马爱花跟同学去看电影了！李海叔叔让马爱花跟他回家，马爱花说，要在娘家待上几个月，好好享受享受，那个穷山沟能憋死人了。这还了得！李海叔叔赶紧找到邮政局，给家里发了个电报，电文只有两个字：回电。转天，连着三封电报都是加急的，上面都是相同的电文：孩子病危，赶紧回家！李海叔叔看着马爱花收拾东西，假惺惺地说别着急，晚两天走没事。马爱花不满地说，孩子病了你都不着急，你还是亲爹么！两人奔波了一天来到了家门口，看见刚会走路的儿子正在追蝴蝶，孩子病危原来是李海叔叔临走之前导演好的！

李海叔叔说到得意处，笑得周围的空气哔哔啵啵直响。李海笑父亲也笑，周围干活的人不明白是怎么回事，跑过来看稀奇，李海便又当故事说了一遍，父亲在旁边默默地听着。父亲听第二遍，居然像听第一遍一样津津有味。父亲佩服李海，还在心里拉近了与李海的距离。这个晚上，父亲请李海喝酒，两人就着一个老咸菜，居然喝到了后半夜。

是李海提出要与父亲结拜的。父亲觉得自己是粗人，配不上李海叔叔。可李海叔叔说，啥粗人细人，咱哥俩感情好，就是亲人。李海叔叔运气不错，当了三个月的徒弟没怎么干活，三个月后，厂里就把他调了回去，只是降了两级工资。他就是在调回去之前跑到我家拜亲的。父亲说，这也是李海叔叔的主意。李海说，娘没了，爹还在，应该去给爹磕个头。这个爹，指的就是我爷爷。

李海叔叔第一次来我家之后的许多年，我的大脑里是空白，就像那些岁月从没在我的脑子里走过一样。相似的记忆,总是有相同的场景,年复一年几乎都没有变化。李海叔叔每年都是正月初一来我家拜年。他工作的地方，是承德西部，家则在承德东部的一个深山区,紧临那条武烈河。从家到松山煤矿,或是到我家,是同等的距离,几乎都是一两百里的路程。春节放了年假，叔叔从煤矿骑车回家，在家过了年，再骑车来我家拜年。不是三年两年，甚至不是十年八年，一晃就坚持了二十多年。这样一份情感，想不珍贵也难。

初一下午三四点钟，父亲穿着簇新的衣褂，晃着肩膀攀上了河堤。我们这一条街的人都知道，父亲是去接叔叔了。我家到河堤大约有五十米，但到远处的大桥，大约有一公里。父亲不会一直走到桥头，而是在离桥三四十米的拐弯处，来回溜达。我们猜，父亲这样做是为了掩饰内心的焦灼，他不愿意让叔叔看到他等候已久的样子。从早晨到现在，父亲都没怎么好好吃饭。他这一整天都因激动显得坐卧不宁。而这时候的家里，姐姐一准在擀面，母亲一准在烧火。大锅里的水哗哗翻滚着，不时添加，既为了暖炕，也为了耗损。因为长时间的沸腾，锅底会起一层白碱。只要李海叔叔一迈进家门，面条就得下到锅里，似乎让他多等一分钟，都是罪过。父亲接了叔叔许多年，几乎从没落空过。要知道，平时我们和叔叔几乎没有什么联络，都靠临走时的那两句对话。

父亲问，明年初一还来么？叔叔说，还来。

李海叔叔不单是我家的亲人，也是我们这条街的亲人。叔叔来的这天晚上，屋里通常没有我们的座位，炕上炕下都是人。女人爬上炕，男人排在炕沿上，挤的都只能放半个屁股。还有人在院子里打一晃，看屋里的人实在装不下，看一看，听一听，悻悻地转身往回走。逢到这个日子，我们全家人的脸上都是喜气，父亲母亲出来进去合不拢嘴。在我们的眼里，或者，在我的乡邻们的眼里，叔叔就是高门贵客，是见过大世面的人。他随便说点什么，都是我们不知道的。比如，他说煤矿的小火车，像条蛇一样在山里钻来钻去，很多人就想不明白，火车又没有腿，怎么就能走路。山上都是石头，怎么能在石头堆里掏出一条路，那些石头不会掉下来么？比如，叔叔还会说起大鼻子尼克松来中国访问，天还很冷，他吃完饭就在院子里搓煤球。有人问为啥让人家客人搓煤球，叔叔认真地说，他不能白吃中国人的饭，美国人都很自觉。

我跟小伙伴们踢毽子，因为叔叔的缘故，总是踢得心不在焉。身边不时有人凑过来问这问那，叔叔几个孩子，都叫什么名字。叔叔家待的城市大不大。婶婶是不是售货员。叔叔这次来有没有带奶香味的糖……只要是有关叔叔的话题，我什么都愿意回答。只不过，有的答案是叔叔讲过的，而有些答案，就是我编的。比如，叔叔的五个孩子中，两个女孩三个男孩，名字都让我们的耳朵起了茧子，所以这些问题回答起来一点都不费力。至于叔叔的家，我知道那是在深山区，有坡上坎下，家里的粮食，差不多就种一种大黄米，孩子们都没见过水稻和小麦。这是叔叔诉苦的时候我听来的，可听来的话，我却不愿意告诉其他小朋友。我只说，叔叔一家就住在大城市，有很高的楼，有很大的公园。旁边就是电影院。婶婶就在一个很大的商场卖点心，卖不了的点心允许统统拿回家里，家里经常都不用做饭。小伙伴的眼睛都直了,流着哈喇子看着我。她们实在想不出那样一种生活有多幸福,我们长这么大，就在代销店见过点心，实在是，指甲大的那样一块点心也没吃到嘴里过。

至于奶香味的糖，叔叔只带来过那一次。但在我的嘴里，一定是年年要带的。小伙伴多头是我的同龄人，气得哼哼说，你叔叔年年给你带糖，可你就给我们吃过一次！我解释说，糖都被母亲锁进了柜子里，我没办法啊！

小伙伴排着队跟我回家看李海叔叔。她们大多躲在门帘后，扒着门框偷偷往里看一眼。叔叔用侉侉的声音招呼说，进来啊。结果他们都是耗子胆儿，谁都不敢进，哗啦一下全跑了。多头对我说，你叔叔长得真叫俊，简直就像周总理。我很得意，那种高兴劲，就像是真的周总理到我家来了一样。

四

叔叔一般在我家里住三天，初四一大早，就要上路了。初三的这个傍晚，是我家最为忙乱的。叔叔的后车座上夹着一个青灰色的旅行包,很大,能装进一个小孩子。母亲第一次提在手里掂了掂，就说能装个小孩子。母亲提前跟父亲商量，这个旅行包里装点啥呢？父亲说，还能装啥，粮食。他们家就缺粮食。于是母亲打开缸盖看了看，用一只瓢朝下扤一通，满满一瓢白面就出缸了。母亲把装满了白面的瓢放在缸盖上，回身再拉开旅行包的拉锁，才发现硬皮的旅行包里原来有内容。拿出一个布兜，还有一个布兜。拿出一个袋子，还有一个袋子。母亲一下子就掏出来七八个。

当时母亲是在后院的储藏室里，是蹲着的。而我正在门前踢毽子，我发现，母亲突然“哎呀”了一声，一屁股坐在了地上。她显然是让那些布兜、袋子吓着了。她让我把父亲喊了来，两个人头碰头摆弄那些布兜袋子，嘴里咕哝着商量了老半天。最后一致决定，哪个布兜、袋子都不能空着走。烟叶、粉条、薯干、花生、瓜子、红小豆、白爬豆、芝麻、棉花、黏面、小米……只要我们家有的，不管是啥，统统带给叔叔。于是叔叔走的时候，自行车就像是全副武装一样。车把上，后座上，绑的绑，挂的挂，都是装满了货物的布兜和袋子。最多的一次，母亲曾掏出来过十二个袋子。既有学生用的帆布兜子，又有临时用布条缝制的布袋子。母亲翻看了一下针脚，都是粗针大马线的。我说，婶婶的针线活不好，不如您的好。母亲说，别瞎说。你婶婶是干啥的,我是干啥的。你婶婶是在大城市当过工人的。在我们老家的语系中，凡是城市的、吃商品粮的人，都统称是工人。

实在没东西可装，母亲去邻家借了十个鸡蛋煮熟了，说给叔叔路上打尖用。母亲边煮鸡蛋边自责，叔叔在路上要走差不多一天的时间，过去从来没想起来过要给叔叔准备打尖的食物，叔叔这一天都要饿肚子。从那一年开始，十个煮熟的鸡蛋就成了保留曲目。为了能让叔叔满载而归，我们全家半年前就要口挪肚攒。比如队里分了花生，母亲提前会把给叔叔的一份单独放着。有时候我们嘴馋从袋子里偷着抠几粒，但会自觉不动其中的一个袋子，因为那是准备送给叔叔的。

数不清多少个正月初一，父亲在河堤上的暮霭中接到了叔叔。那个时候，父亲差不多在河堤上已经转了一两个小时。远远地看到一个骑车人过来，父亲停下了脚步，仔细辨别，觉得模样像叔叔，遂疾步往前走。叔叔戴着一顶狐皮帽子，帽子耳朵张开着，随着土路的颠簸，呼扇呼扇，从远处看，就像会飞的风筝。他一下一下紧着蹬车，看见父亲迎他，越发加快了脚下的速度。我无数次地想象，他们的相逢应该像电影，有一种激动人心的力量，让围观的人湿了眼睛。可现实总是让我失望，他们的见面平淡无奇，他们只会平淡无奇。多是叔叔跳下车来，喊一声“大哥”。父亲应一声，就没事了。既没有拥抱，也没有问候。让看热闹的人很是失望。父亲接过叔叔的自行车往回走，这一天的等待就算结束了。连我似乎都能听到父亲那颗悬着的心“咚”地落地的声音。

爷爷给我起了个外号“电报车”，是说我嘴快腿也快，总是第一时间跑回家，告诉母亲叔叔来了，然后再跑到饲养场，告诉爷爷叔叔来了，还要张扬地告诉我遇到的所有人，我叔叔来了！不知为什么，爷爷总没有我期待的那种对叔叔的热情，他与父亲刚好相反。饲养场有一间筒子房，爷爷靠在廊柱底下搓麻绳。我旋风一样跑过去，大声喊，爷爷爷爷，叔叔来啦！爷爷一张平静的脸看我，说，慢点跑，别栽了。我的印象中，爷爷从没回家看过叔叔，除了那次行大礼，叔叔也再没张罗来看过爷爷。这段时间里，爷爷仿佛是不存在的一个人。按说这事儿有点匪夷所思，只有我在写这部小说时，才发觉这绝对是个问题。可惜当时都被叔叔带给我家的热闹掩盖了，我们甚至没人想起爷爷这个人。

爷爷是夏天去世的。我已经记不起来是哪一年的夏天，三年级，或者四年级？我提着筐拿着镰刀去采猪草，在河堤上碰到了我的老师，老师叫着我的名字打趣说："王云丫,你的眼窝没湿,不应该啊！"我不知如何应答老师的话,不好意思地笑了下。家里，爷爷直挺挺地躺在门板上，身上盖着青色的布单子。木匠在打棺材，大师傅在埋锅造饭，里外都是忙碌的人。父亲母亲得空偷偷抹一把眼泪。我很得意我的眼窝没湿，故意把脖子往上挺了挺。我刚走到河对岸，就看见有人在坡下一手推着车，一手搭着凉棚朝我看。我惊喜地对身边的伙伴二灯说："快看！这人好像是我叔叔！"二灯在风中甩了一把鼻涕，嘲讽说："拉倒，你凡是看见体面的人都以为是你叔叔。"二灯醋天寡地的话根本没有打击我，我眼睛盯着那人，拧着身子快步往前走。那人也一直在看我，往坡上走了几步，他首先说："这不是云丫么？"就听"哗"的一声，我被一股巨大的温暖包围了，叔叔出现得可太是时候了！我跑过去喊了声叔叔，告诉他爷爷去世了，家里正打棺材呢，大师傅正在埋锅造饭呢。叔叔说，那我回来得正好，怪不得这两天心里总是闹得慌。你去干啥？我说我去采猪草。家里的老母猪要下崽了，每天都会吃很多猪草。叔叔回家了，我挽着二灯的手臂往前走。我的甜蜜幸福与二灯的灰心丧气形成了鲜明对比，这一路我俩都没好好说句话，二灯始终跟我拧着脖子。爷爷去世的事并没有通知叔叔，叔叔能够赶过来磕头纯属偶然。叔叔也因为这件事声名鹊起。大家都说叔叔虽然跟爷爷没有血缘关系，却跑了这么远来让爷爷"得济"，比那个人强。

"那个人"，无疑指的是爷爷的另一个儿子，我的老叔。

关于"得济"，我稍稍解释一下。在我们老家那个地方，老人最大的"得济"，就是临死之前儿女能看一眼。或者，在灵前磕个头，送亡者上路。否则，你就是平时再孝顺，照顾得再周到，老人去世时你没在身边，这也是没得济。古语说的"父母在,不远游",折射的可能也有这个道理。许多年里,老叔基本上与我家断绝了关系，所以爷爷去世时，根本就没见着他的身影。叔叔这次来，是来跟我家借钱的，没想到正好赶上爷爷的葬礼。

五

从打我记事起，我家就住在一个四合院里，是土改分得的胜利果实。正房的其中一间，住着二爷爷二奶奶，对面是生产队的粮库。我家跟老叔住东厢房，而西厢房住了一户外姓人。倒房里住的则是被分胜利果实的那家人，是个富农。印象中，他总揣着袄袖在院子里晃，终年挨批斗。斗争他的人让他管蒋介石叫爹，他不叫，被人打断了一条腿。

老叔和老婶就算过继给了二爷爷家，也没履行啥手续。他们只是持续地年复一年地不过来看我爷爷，我爷爷便对我父亲说，你就当没有这个兄弟吧。

二爷爷要了处宅基，要到外面盖房。某天我父母上工回来，才发现好好的房子被拆得只剩下了一半。砖瓦石料木材都被老叔扯走了。我家这一间半房子，侧面成了一个巨大的伤口，若是浇一场大雨，一准坍塌。母亲一下就哭出了声，围着房子疯了似的转来转去。父亲原本又要去河北的窑厂去上工，因为房子成了这样，不得已留了下来。父亲安慰母亲说，要不也该盖房子了，孩子眼瞅就大了，不能总挤在一起睡，该分窝了。

要想盖房，先得拆房，计算有多少建筑材料能够重复利用。房子落了架，松木檩柁一敲梆梆响，父亲在这边忙碌，富农揣着袄袖歪着肩膀远远地看着，说劈成一半也比现在的木头结实。这整个一座宅院都是富农的爷爷盖的，据说松木都是用胶皮大车从东北拉来的。富农的话让父亲茅塞顿开，如果能把这些木材劈开，一层房的材料就都有了。父亲指挥帮工的人把木材抬到了院子的一个角落，老叔来了。老叔说，这房子也有奶奶一份，既然奶奶都过世了，就应该有他的老儿子一份。说完，走向那架最粗的房柁。父亲一看急了眼，连忙站到了圆木上。怎么也没想到老叔一猫腰把圆木抬了起来，一下就把父亲撤了个仰八叉！父亲摔在地上起不来，嘴里却不停地破口大骂。父亲骂人这一生也仅有这一次。不幸的是，爷爷就在不远处听着。老叔一看父亲态度强硬，灰溜溜地走了。我家的三间房子后来盖了起来，一看就是将就的，檩条和房柁都是白生生的茬口。这是一九六九年的事。

一九七六年的秋天，父亲从大队要了宅基，在苦水井附近盖起了一层四破五。这在当时的村里也是件轰动的事。儿时的伙伴多头家里经常因为这个干吵子，多头妈说多头爸废物，一辈子挣不来活钱儿。瞧人家云丫的爸，一层四破五的大房，像气儿吹的似的眨眼就盖了起来。

但这层房命运也不长久。上梁时木材还是湿的。我们住在里面几年，房柁总像下雪一样飞一种奶茶色的粉末，有时直接就能飞到饭碗里。仔细一看才知道，原来是木头里面生了虫子。那些虫眼越来越多，房柁眼瞅着不能承重，父亲就在下面支了根木头，就像屋里长了棵树一样。后来这根木头也真发了芽，是棵柳树，顶住房柁的地方，长出了一簇绿生生的叶子。

一九八五年，父亲手里攒了些钱，决定把房子推倒重盖。这回是当作百年大计来盖的。当时我高中毕业以后在村里的服装厂上班，利用停电的时间，曾经跟父亲跑过几次木材市场。父亲选的木材，都是最贵的东北红松，每一根椽子都是红松的，俊俏笔直，连个疤痕都不带。我高中时的成绩不错，家里一直对我的高考抱着希望。可是我偷偷地学文科考了理科，是想早早步入社会体验生活写小说。写了四五年，浪费了若干纸墨和电费，却一事无成。母亲大字不识，却能从村里给我拿回退稿信——她是怕别人看见。

有一次父亲跟老叔吵架,因为什么忘记了。老叔指着父亲的鼻子说,瞧你的孩子，瞧你的孩子！老叔的意思是，你的孩子没出息。老叔主要指的是我，因为我总半宿半宿地开着电灯浪费电，成了村里人嘴里的笑话。没想到父亲理直气壮说，我的孩子怎么了，比你家的强！我的儿子当老师，我的闺女会写小说！这话简直惊世骇俗啊，大哥当的是民办老师，而我的会写小说真是不能当话说啊。我只发表过一首诗，赚了一块钱稿费，还让邮递员扣去五分钱。大喇叭一遍一遍喊我去取稿费，我不好意思去取，邮递员把稿费送到了我家里，我躲在屋里不敢出来，羞得恨不能找个地缝钻进去。可父亲不觉得我丢人，就那样骄傲地响声大气说出来，惊了一条街的人。

那层房父亲一共盖了七间。父母住一间，哥嫂住一间。姐姐出嫁了，但父亲特意给我辟出一间闺房。父亲说，我恐怕不能像多头和二灯那样早早就嫁人。只要一天不出嫁，家里就得有你住的地方。

父亲这句话，温暖了我一辈子。

六

有一年的正月初一，父亲没有接到叔叔。月亮升起来了，星星爬满了天空，河里的水因为结了冰，又被寒冷冻裂了，发出了喀拉喀拉的响声。零星的鞭炮清冷寂寥，厚重的夜色像水墨一样铺排，把村庄整个都包裹了。起初，我一直在河堤上陪父亲，后来实在冷得受不了，我先回家了。河堤与街道就是一个T字型，我把那条街走完，要拐弯，突然回头看了眼父亲。暗淡的星光下，父亲矗立在河堤上，像一棵长了腿的树。后来这棵树越来越矮，直至消失。我不放心，又跑回了河堤。堤上堤下河边对岸哪里有父亲的影子！我不敢大声喊，怕惊扰了这黑夜。对岸的堤上都是灌木丛，让夜色弄得鬼鬼祟祟。我跑回了家，堂屋里热气蒸腾，锅里的水也不知道添了几回，案板上的面条码放得整整齐齐，母亲和姐姐在包饺子，留待明天早晨煮。我气喘吁吁说，父亲找不着了，哪里都没有。母亲把情况听完，头也不抬地说，他一定是去大马路上接了。我恍然大悟。对岸的河堤下面是一大片高粱田,夏天我们在河里洗澡，曾经到高粱地里吃甜棒。高粱田的那边，就是新修的大马路，一端通到天津，一端通到承德。叔叔每年都是顺着这条路来我家。姐姐问，这样晚不来，叔叔还能来吗？母亲说，是家里有事？是车子坏了？是煤矿没放假？真是急死人了。我坐在灯光的暗影里嗑瓜子，想着在马路上焦急等待的父亲，有点后悔一个人先跑回来。母亲说，你爸就是死心眼儿，等不来就别等了啊，这大冷的天！我抓了把瓜子装到兜里，说我去找他。母亲斥责说，黑灯瞎火的，丫头家家瞎跑啥。冻不起他就回来了，不用你去找！

父亲在灯影下吃饭的场景充满了忧伤，父亲怔怔的，半天才动一下筷子。面条挑了起来，却没往嘴里放。筷子搭在碗上，面条搭在了筷子上，开始还冒着热气，后来便成了冻僵的蚯蚓。叔叔初一没有来，初二也没有来。不知道叔叔为什么不来，那些给叔叔准备的东西都摆放在储藏间，一样一样，笸箩、簸箕、沙斗子，凡是能用上的东西，几乎都派上了用场，就像穆桂英摆的天门阵一样。叔叔不来，我们还不止是忧伤，还惶惶不可终日，总是担心着，惦记着，恐惧着。我偷偷对姐姐说，叔叔不会是死了吧？姐姐拍了我一掌，嫌话说得不吉利。可转过脸去，她就把同样的话对母亲说了，母亲却没有拍她。母亲说，我们今年可以多吃几顿烙饼了。

天都大热了，我们接到了叔叔写来的一封信，是写给父亲的。解释他今年正月初一没来的原因，是因为生了场大病。这封信只有半页纸，在我们家每个成员手中传阅。叔叔写的是连笔字,很好看,很大气。大家一起唏嘘,总算解开了心中的疑团。大哥那年新定了对象，脸上总有一层桃色水气。他对母亲说，给叔叔留的花生和芝麻不能过夏天，过了夏天就长虫子了，不如我给丈母娘家送去吧？母亲嗔怪地看了他一眼，答应了。信到我手里时，已经是最后一站了。我读初中二年级，开始对文字和行文敏感。我上下看了一眼，说，这信是三个月之前写的。哥哥姐姐不信，抢过去看,日期果然是二月十二号,若按阴历算,那时应该是年后不久。父亲表扬了我，说哥哥姐姐都是高中毕业，却不如人家初中生能看出门道。姐姐狡辩说，我还没看完呢！事后我们问过叔叔，是不是信写得早，寄出来晚。叔叔说不是。那么这封信就是在路上或我们大队给耽搁了。大队的信箱是一个绿皮桶，各种信件经常散落得到处都是。

经过全家一致协商，由我来给叔叔回信。这是我第一次写信，而且是写如此重要的一封信，我没法不认真对待。有好几天的时间，人在教室上课，脑子里就全是信中想写的内容。信写好以后，给全家念，改了又改，抄了又抄。比《红楼梦》披删的次数都不少，我就是从那年才开始看这部大书的。母猪下崽了，哥哥订婚了，姐姐用一尺布票三尺三的面料自己裁了条裤子。父亲不能出去务工了，因为他当了生产队的队长。林林总总,杂七杂八。总是写不全面,总有新的内容需要补充和添加。信写好后，密密麻麻足足四页纸。我最后一次给全家念时，磕磕绊绊念了足有半个小时。明明是写通顺了，可一念又觉得不通顺了。我着急，父亲比我更着急，他的脸上和手上都替我使劲，我一看他，就更紧张了。信念到一半，我都要虚脱了。那个晚上村里有电影，姐姐陪着我，在看电影之前把信庄重地投到了信箱里。电影看到一半，我突然“哎呀”叫了一声，信封上光注意写地址，忘了写叔叔的名字！我和姐姐赶紧挤出人群，来到了那只邮筒旁，信就在里面，可我们却取不出来。邮筒不知什么时候被人上了锁，过去明明是不上锁的啊！转天我们再来找，发现那些信已经被邮递员老吴取走了。好在老吴是个热心人，他到邮局发现了这封没有收信人名字的信，把信退了回来。

这封信开启了我跟叔叔的通信生涯。如果说，写信也可以算创作的话，这无疑是我最早的创作经历，我跟叔叔之间天上地下无话不谈。叔叔写的信，一点也不比我写的短,而且都是鼓励鞭策的内容。看信和写信,成了我那一段生活中最幸福的事。

七

又一个正月初一，叔叔不是一个人来的，后车座上坐了个小丫头，不用问我们也知道，她叫海棠，是我的妹妹。还有另一个更小的妹妹叫腊梅，比这个叫海棠的小了十分钟，她们是双胞胎。即使是双胞胎，叔叔也一定是带海棠来，因为在叔叔的嘴里，提到海棠的次数要比提到腊梅的次数多得多。海棠从大堤上走下来，我们这一条街都轰动了。当然我这样说有点夸张，所谓轰动，是指我们差不多大的丫头和小子，都从四面飞奔来，要看海棠妹妹长什么样。这个海棠可真是漂亮啊，两条麻花辫又粗又长，刘海弯弯曲曲，她是自来卷！一双大眼睛水汪汪，嘴唇红得像点了胭脂。关键是，她的皮肤青白青白的，真的就像鸡蛋清一样。光是这一样，一下子就把我们比下去了。我们都是上树捉鸟、下河捞虾的野孩子，脸都跟红高粱一个颜色。海棠坐在炕沿上，一只出生不久的小羊羔从柜子底下战战兢兢爬了出来，海棠惊奇地说，这是小狗吧？不怪海棠认错，这只羊羔太像小狗了身上的底色是白的，却有黑的棕的花斑点，还没长犄角，一张俊秀的小脸毛茸茸，可不就是小狗么。海棠的这个笑话，被我渲染给了很多伙伴听，大家都乐得前仰后合。要说这有什么可笑的呢？许多年以后，女儿跟我出门看见一头牛，女儿说，这是大猪吧？都没有这么好笑。那种好笑一点都不带嘲讽或蔑视，相反，带一种羡慕和景仰。瞧，海棠不认识羊，人家连羊都不认识。这说明了什么，说明了人家的生活的底子跟我们不一样，人家是城市来的！

天知道的，我给这一切打了掩埋。海棠不是不认识羊，只是没认出我家这一只。只要是山区，最不缺的就是羊，因为那里有天然牧场。

海棠不认识羊，成了她身上鲜明的特征。再加上她说话的声音就像小羊羔，更让我喜欢得不得了。我上厕所都要带着她，她实在是太有趣，太迷人了！我把所有的私藏与她分享：没头没尾的书（后来才知道是《青春之歌》，算禁书）、灯芯绒的布包、红油漆的羊骨、几块视若珍宝的手绢……海棠妹妹如果提出想要什么，我会毫不犹豫送给她，包括一件新做的花格褂子都舍得。但海棠妹妹什么要求也没提出，她仔细地替我把东西收好，放到了橱里。母亲正在做饭，喊我去后院拿一把柴禾。别多拿，再有一把就够了。我应了声，拉着海棠妹妹一起去了。所谓的柴垛，早就夷为平地了，只剩下了一些碎的柴草节，一二寸长。海棠妹妹看着我把柴草节装到一只粪筐里，惊异地说，这能烧么？这能做熟饭么？我说，我们一直就烧这个啊！海棠说，我们一直以为大爷家的日子就像天堂一样，没想到烧柴都这么困难。我说，我们烧柴一直困难哪。这些柴还是我们拣来的，要跑十里八里的路呢。在饭桌上，海棠对李海叔叔说，爸，大爷家里没柴烧，你应该给他们拉些煤来。海棠直视着叔叔的眼睛，说起话来像大人一样。叔叔说，要说松山矿啥都缺，就不缺煤。新出的一种大同块比山西的煤好烧。海棠说，那就赶紧拉一车来吧。叔叔说，好，等我回去就操办。我看见爸妈兴奋地彼此看了一眼，我则崇敬地看着海棠，小丫头人不大，说起话来却丁是丁卯是卯。

过了不久，一卡车大同块就轰隆轰隆拉来了。叔叔说，他的几个徒弟挑了一晚上，保证里面一块石头也没有。母亲张罗做饭，叔叔说来不及了，他和司机都是偷着出来的，得赶紧回去。两个人连口水都没喝，又把卡车轰隆轰隆开走了。这个晚上，我家没完没了地有人串门子，他们都是来参观的。煤堆在我家院子里，真跟一座山差不多。有人问父亲这车煤有多少，需要多少钱，既然李海在煤矿工作，应该能便宜不少吧？别人无论问什么，父亲都一脸幸福地摇头说不知道。其实连我都知道这车煤是五吨，不知道为什么父亲要刻意隐瞒。许多年以后，我终于明白了这里边的机巧。我问母亲李海叔叔是不是送给咱一车煤，母亲说，他送？那车煤一共二百块钱，李海要走了二百二，说要给司机二十块好处费。我说，可大家都以为李海叔叔白送了咱一车煤。母亲说，还不是怨你爸。咱花了煤钱的事，你爸不让对别人说。

但这车煤还是给叔叔找了麻烦，他在矿里挨批判了，罪名是“倒卖能源”。挨批判的事是叔叔写信告诉我的，他说他一边写信一边写检查。叔叔的信写得很轻松，一点也没因为写检查影响心情。叔叔是个有气度的人，这一点，特别让人崇拜。我特意把那封信藏了起来。没有告诉父母，是怕他们担心。我对自己说，王云丫，你已经长大了，得能扛点事儿了。

八

高三上了多半年，转眼就要面临毕业了。原来一直想脱离学校步入社会写小说，真的要面对这一天了才知道，到哪里去找写小说的门路啊！我们这所乡办中学教育质量差，连续几年没有高考上线的，大家都惶惶不知所终，我则开始烦闷和愁肠百结。偶然在《中国青年》杂志上看到署名潘晓的文章《人生的路啊，怎么越走越窄》，我似乎醍醐灌顶。这不是说我么，我的路就是越走越窄啊！我给叔叔写了封长信，信中散发着少有的悲观甚至绝望的情绪。就好像，我还没有踏上人生旅途，所有的路就成了断头路，没有哪条路能带我走向光明。而光明的路什么样，我又不知道。班里的团支书毕业就跟男同学结了婚，男同学是我的邻居，就住在我家前院。我出来进去绕道走，不愿意碰见她。其实是不想碰触她那种生活，仿佛是，那种生活原本是跟我不相关的，一碰触，我就看见了不远处的自己。

可还是有个男同学让我心动了一下。他姓胡，是不远处的柳河套村人。他经常让一个女同学把信捎给我。信是封好的，可我拿到手里一看就知道，封口曾被启开过，因为浆糊还是湿的。这样的结果我一点都不在意，等他的信成了一种慰藉。

过去，我对那个男同学并没有好感，他多少有一点好高骛远。是他信中的一些文字感染了我，他说他希望能遇到这样一个人，和他一起去走天涯。

走天涯的想法，契合了我心底的浪漫和虚无的感觉。

我把这些信息也汇聚到了那封长信里。没想到，一向温和的叔叔突然板起了面孔，给我回了封措辞非常严厉的信，他批评了我。他说你还没有走在路上，怎么就知道路越走越窄？人生的路千条万条，你不走一走，怎么能知道哪条路适合你？叔叔说，我不知道潘晓是谁，但我知道她矫情。人有脚，就是用来走路的。你在雪地上反复沿着自己的脚印走走看，路只能越走越宽，绝不越走越窄！

他把那个男同学说得一无是处，等于兜头给我泼了一盆冷水。冷静下来我好好想了想，高中三年我从来没喜欢过这个男生，眼下对自己妥协，纯粹还是因为觉得无路可走。

信的末尾，叔叔邀请我出去散散心，说也把自贡哥哥叫过来，跟我做个伴。叔叔的这个邀请在我就像久旱甘霖，我太想出去走走了。在这之前，我从没出过远门。

自贡哥哥大我两岁。我们每天除了看电影，就是东游西逛。整座矿山坐落在山环里，附近山上的果子几乎都让我们尝遍了。我第一次知道有种苹果叫美夏，长着红艳艳的脸，个头不大，却很甜。我问自贡哥哥苹果为啥叫这样的名字，自贡哥哥说，夏天来了，它们就美了。我们在树上选最大、最圆、最红的苹果，吃够了，会偷几只装到口袋里。那里的老乡都淳朴，你若是吃，吃多少他都没意见。若是想带了果子出山，如果让他们看见，他们就不乐意了。

自贡哥哥提前走了，李海叔叔带我去城里串门子。是城市中心的一片小平房，我们拐进一条胡同，敲开了一户人家的门。出来开门的是梁叔叔，黑皮黑脸小眼睛，样子有点像马未都。我第一次看见马未都时，就吓了一大跳。叔叔介绍说，梁叔叔是剧团团长，我们今晚去看他导的戏。介绍我时叔叔的口气有一点特别，说这就是天津大哥家的二丫头。就好像，他们昨天还在谈论我。梁叔叔欠着身子往我脸上看，嘴里哦哦地应。看得出他和李海叔叔关系非常好，一句客套都没有。但我看出了别的一点什么，时隔多年，我甚至回忆不起梁家婶婶的样子，她只打一晃，就不见了踪影。但就是那一晃，让我感受到了我和李海叔叔并不受欢迎。好在叔叔不在乎，我是顾不上在乎。到城里的人家做客，我平生还是第一次。每顿饭都是梁叔叔下厨房炒菜，时隔多年我回忆，才醒悟梁家婶婶大概带着两个儿子回娘家了，因为两间小平房，根本住不下这么多人。我第一次知道鸡蛋还可以摊成饼一样装在盘子里，与盘口正好一样大。我们吃了饭匆匆去剧场，梁叔叔陪我们看戏。有个小生出场，梁叔叔说，这个丫头哪都好，就是个子矮，我给她定做了半尺高的鞋，在袍子底下遮着呢。我左看右看，也没看出这个小生是丫头。

李海叔叔做客做得很兴奋，他对我说，这都是好朋友，以后可以常来。

九

父亲当了三年的生产队长，生产队解体了。

开始是有风刮了过来，说别处早就包产到户了。我不信。我喜欢生产队，觉得生产队的集体劳动才是生活。我只是以学生的身份到生产队劳动过，大家比着赛地讲笑话，既动口又动手。比着赛地学偷懒，比着赛地占生产队的便宜。那种生活简单快乐有趣。高中毕业后一直想融入他们之中，但就是缺那么点勇气。从叔叔那里回来的路上，心一下就安静下来了。我对自己说，你没有退路了。是时候了，去参加劳动吧。即便是为了体验生活，也应该有行动了。我从大马路上下了车，一个人往家里走。走到家门口，正好碰见母亲牵着一头驴回家。是头好大的灰驴，大概不情愿被人牵着，头总往缰绳相反的方向挣脱。我帮着母亲把驴轰进了院子，问母亲要干啥活。我以为驴是从生产队借的。可母亲说,驴是咱家分的。那么多人抽勾（抓阄）,一下子就让我抓着了。母亲的兴奋溢于言表，说队里一共就有五头驴，又有老，又有小,只有这头驴不老也不小。当然还有牛和马，可那是大牲畜，不适宜在家饲养。

就像倒憋了一口气，我一下就给闷住了。我刚下决心到生产队参加劳动，没想到这样的机会就永远失去了。我还有一件事百思不得其解，大片的土地被切割，机械化怎么操作？现代化怎么实现？各家各户守着自己的一亩三分地，人心就会散如沙。大家心不往一处想，劲不往一处使，要实现共产主义，还不得驴年马月！我整天瞎想,父亲却早早收拾好行囊出发了。母亲说,父亲一辈子挣的钱能压死一匹骆驼。父亲一生就对两样事有瘾，一是干活，二是挣钱。

终于不要介绍信，也不用请假条。我猜，父亲骑在那辆叮哨作响的自行车上，心一定是飞起来的。村里建起了服装厂，我带着家里的缝纫机到厂里做了工人。工资不低，但我工作得不愉快。心里总像长了雾，看不清自己，也看不清别人。每天的工作时间是早晨六点到晚上十点，中间只有各半个小时的吃饭时间，要跑着家去，再跑着回来。我把那些所谓灵感的火花，都随手记录在衣服的卡片上。这年的正月初一叔叔是坐长途车来的，他把我关到了门外，说有重要的事跟我父母商量。叔叔走了以后母亲才告诉我，叔叔想跟我家结亲。我不明白，啥叫结亲？母亲戳了我一指头，“你叔叔看上你了，要你做他家的儿媳妇，你乐意不？”

我立刻心如鹿撞。这样的事，在我还是新鲜的。胡姓同学如春光乍泄，那一段很快就过去了。叔叔喜欢我，让我的心里甜丝丝的。后来我想，假如当时父母答应了叔叔，我可能也不会反对。毕竟，我喜欢叔叔，也喜欢自贡哥。自贡哥是一个漂亮的男孩子，我在他面前，甚至有点自惭形秽。他在山上给我砸野核桃，两只手都像生锈似的变了颜色。他只允许我摸白白净净的核桃仁，说女孩子要保护好自己的手。跟他玩在一起十几天，是我有生以来不一样的生活，那种生活轻松，愉悦，时尚，浪漫，我们赤着脚在小溪里淌水，鱼儿就在趾缝间钻来钻去。如果我不想脱鞋袜而又想过小溪，自贡哥二话不说就会把我背过去。我不知道自贡哥是怎么想的，我是喜欢跟他在一起的。但这个喜欢，跟想嫁给他肯定是两层意思。

母亲告诉我，叔叔提出这个要求时，父亲斩钉截铁回绝了。叔叔显然没想到父亲会拒绝得这般彻底，伤心得落了泪。他觉得，是父亲瞧不起他。在这之前，父亲一向是有求必应，叔叔就像是被父亲宠坏了的孩子，对父亲的拒绝没有一点心理准备。我也很难过。我的难过有点莫名其妙。我对父亲拒绝叔叔没感觉，仿佛是，父亲拒绝或接受都不关我的事。我的难过是因为叔叔，叔叔的难过让我觉得不能承受。换言之，我为叔叔的难过而难过。这里面的关系，除了我大概没有谁能够捋清楚。因为我是联络两个家庭的桥梁和纽带，所以父亲郑重其事跟我谈了一次话，明确表示，我不能嫁到叔叔家，叔叔再喜欢我也不行。“那个地方太穷，太远，太偏僻。现在我们家里的日子刚缓上一点劲儿，我不想你去受那个罪——你明白我的意思吗？”

我点点头，明白了父亲的话。多年后想起这件事，我仍觉得父亲是个了不起的父亲。面对这件事，父亲首先考虑的是事物本质，一点也没有被他与叔叔的感情所迷惑。

父亲可以散尽钱财，却没有舍下女儿。

只是，父亲没有想到的是，这个时代变化得快。有朝一日，叔叔的儿女们全都走出了穷山沟。

十

这一年的春天，叔叔给父亲写了封信。在这之前，收信人的名字一直是我。我把信打开，草草看了下，转手给了父亲。叔叔说，他家想盖房子，材料都准备得差不多了，但粮食不够，想跟我家借些小麦。父亲赶忙走进储藏室，掀开水泥做的缸盖看了看，父亲说：“你叔叔盖房是大事，他家缺粮食，你们赶紧想法子给他送过去。”经过商量，我自告奋勇和哥哥每人一辆单车上了路。哥哥驮了只大口袋，里面大约有百八十斤小麦。我驮的口袋小些，也有五六十斤。那年是包产到户的第二年，我家分了七块地，种了七块麦田，每块地春种秋收的过程都可以写一本书。家里的缸啊囤啊都被小麦挤满了。哥哥做生意去过一次叔叔的老家，而我是第一次骑车走这么远的路。我们没有走通衢大道，而是选择了小路。哥哥说，小路要翻越两道山梁，但比走大路节省很多路程。

我刚出了县界，人就累得走样了。从我家到县城三十八里。从县城到县界二十五里。出了县界是遵化，到山里还有十几里的路程。而这些，还远没到翻越山梁。哥哥不得不走走停停，等着我。大概是因为不得法，我大腿内侧似乎是磨坏了，火烧火燎地疼。翻越的第一道山梁名叫半壁山，我抬头往上看一眼，都要晕了。别说推着车，车上有重载，就是让我单手徒步走，攀上去大概都会累残。大哥躬着腰推车，一手扶把，一手拽住后车座，一步一步朝上走。走出几步，大哥回头说，你先在下面等着，回头我帮你推。可我不忍心让大哥再攀爬一遍陡坡，我对自己说，你不是想体验生活么，这就是生活啊！我咬咬牙，使出吃奶的力气开始爬坡，无奈腿肚子抖得厉害，掌把的两只手也开始不听使唤，刚走出十几米远，就连人带车摔倒了。自行车压在了粮食口袋上，我躺在自行车上，轮盘在我身下哗啦啦转动。腰处有些硌得慌，可我一动不想动。天近正午，太阳白花花的。山峦叠翠，俊鸟高飞。我此时的感觉，是心脏响若重锤擂鼓，口干唇裂，大脑一片空白。山崖下就是大水库，一池碧水映着蓝天白云。可我是一步都不想再动窝，那种累，实在是连咬牙的力气都没有。

这时候，有辆马车停下了。车把式很响地“吁”了一声，拉动了车闸。他用脚碰了下我的脚，问我怎么了？我把脚收回来，坐起了身。车把式是位上了年纪的大叔，有双和善的眼睛。我说我实在走不动了。我看了看驾辕的那匹马，是栗子皮的颜色，有四条健硕的腿。我鼓了鼓勇气说，我要去苦梨峪，您能让我搭个便车么？车把式看了看前方，吃惊地说，苦梨峪在山旮旯呢，你们到那里去干啥？听说我们是去走亲戚，车把式说，我是本地人，都没去过那个地方，连路都不通。看了看粮食口袋，车把式说，他们还有门好亲戚，不容易呀。说完，把鞭子夹到腋下，弯腰把粮食口袋抱到了车上。

车把式说，前面还有闪坡岭，比这个上坡还陡。你一个小姑娘驮这么重的粮食口袋，家里人可真舍得。我赶紧说，我哥哥还在坡上呢，大叔行行好，让我们一起搭车吧。大叔真是好说话，把车赶到坡顶，帮我们把车和粮食口袋一起搬了上去。我和大哥坐在两边的车帮上，伸手扶着自行车，两辆自行车叠放在了一起，口袋则竖在车厢里。大叔坐在车辕上，有一搭没一搭地跟我们说话。听说我们去山里送小麦，大叔回望了一眼，羡慕说，这不得有一百多斤哪！你们可真是实在人，这么老远愣能驮着来！大叔说起那个苦梨峪，大姑娘把筛子当镜子照，草帽底下遮住一块地，全家人穷得盖一床被。总之都是笑话山里人的。我们问大叔是哪里人，大叔自豪地说，是梨花镇人。苦梨峪就是属于梨花镇的，难怪大叔说起梨花镇那么有底气。车到闪坡岭，大叔早早跳下了车辕，也让我们从车上下来了。大叔解释说，不是我心疼哑巴牲口，是这坡太撅，多放只鞋牲口都费力。我说，那就把车子搬下来吧，我们推着。大叔说，换了别人我可不就叫他推着了，你这个小姑娘一路走来不容易。得，就让我的牲口受点累吧。我得意地看了眼哥哥，眉里眼里都是笑。哥哥说，你非要逞能来，要不是遇见这位大叔，看你不得哭一路。走到坡顶，累得大汗淋漓。回头看了一眼，顿觉双膝发软。若不是遇见大叔，就那两个粮食口袋能不能运上来，还真是未知数。

我们重又上了车，顿时觉得眼前风景如画。马蹄声敲击着地面，像是给画面伴奏一样。这一气大叔就把我们拉到了梨花镇，这里离苦梨峪还有七八里。把路指给我们，他就驾车去了另一个方向了。大叔说，我们都管苦梨峪叫断头村，再往里就没路了。

哥哥指着马车走的方向说，上一次他就是从那边来的。

到了村庄附近，路窄得只能放下一只脚。实在走不动，哥哥让我看着两辆车，他回村去搬救兵。哥哥再回来时，身后跟着一大家子人。自贡哥哥跑在最前边。婶婶的身后跟着海棠、腊梅和自强、自奋两个弟弟。我先看腊梅，发现她跟海棠长得一点都不一样。她没海棠漂亮，也没海棠洋气，神情很拘谨，是一个彻头彻尾的山里丫头。我第一眼见到婶婶，就发现她长得像电影演员李秀明，眉眼都非常像。《春苗》在我们村第一次放映时，半个村的小伙子都因为她睡不好觉。婶婶搂着我，心肝宝贝心疼得不得了。自贡哥接过了我的车，弟弟自强接过了大哥的车，大家热热闹闹往村里走，说起这一路的艰辛，转眼就成了云淡风轻。就连大腿内侧火烧火燎的疼，都不在话下了。叔叔家住的是石头房，低矮狭窄。院子是窄窄的一个长条，就栖身在一处石崖的下面。屋里没有顶棚，被烟火熏得乌黑皴裂。吃饭的碗要比我家的碗大一号。第一顿饭就把我吃撑了，黄米饭炒倭瓜，婶婶总是在我没防备的时候把我的碗填满，我咬牙吃了第三碗，一个没防备，婶婶一铲子黄米饭盖过来，又把我的碗盖满了。我实在吃不动了，只得剩了碗底儿。婶婶端过我的碗来吃得香甜，我的心里很过意不去。

在婶婶家待了几天，每天三顿饭都是黄米饭炒倭瓜。其实不应该说炒，应该是焖。倭瓜都是半大的，被婶婶切出厚厚的四方块，焖出来面乎乎的。我怀疑除了放点盐，大概连油和葱花也没有。家里除了五个孩子真的是一贫如洗。来时的新鲜和热闹很快就过去了，我从第二天就开始吃不饱饭，总觉得大黄米像沙子一样噎嗓子，倭瓜也难以下咽，闻上去总有一股铁腥气。为了防止婶婶突然给我的碗里添饭，我总要提心吊胆地躲避。有一次，一铲米饭都盖到了我的手腕上，把腕子上的皮肤都烫红了。

又一次吃饭我只吃了小半碗，婶婶忧心忡忡地看着，满脸都是愧疚。我跟她去坝台上摘瓜，她操着跟这里人不一样的口音，见了人就热切地介绍我。与叔叔在我家一样,我也成了这里最尊贵的客人。这种角色转换在瞬间就完成了,让我觉得神奇。一个女人问："这就是你大哥家的丫头？”婶婶说："是呢，来送麦子了。”那女人满是崇敬地看我,说:“山外的日月好呢,看人家长得多水灵。麦子送来多少？”婶婶说："满满两口袋呢。”女人说："这下你家可有白面馍馍吃了，羡煞人呢。”婶婶抿着嘴笑，那笑容我至今也找不到合适的言辞形容。不是满足，也不是优渥，就是那样一种从心底漾上来的不是甜蜜胜似甜蜜、不是幸福胜似幸福的感觉令婶婶的整张脸都放出光来。她们的对话我不大懂，但意思还是听得明白。没来由的，我就觉得自己尊贵了许多，再看这山这水这人这石头坝台果树庄稼，不由得脸上就有了淡淡的意味。那种意味不用别人告诉我，我是用自己的嘴角感觉出来的。

坝台上是瘦弱的庄稼秧苗，庄稼的空当栽种了些倭瓜。我对婶婶说，嫩的倭瓜炒了才好吃，用酱爆，或者用花椒油，炒出来都很香。婶婶置若罔闻。她还是摘了半老不老的青瓜让我抱着，用指甲都掐不透皮。手里有了分量我突然明白了，嫩的倭瓜必须养老了才能吃，因为，半只倭瓜就可以吃一大家子人。

走在窄窄的畦梗上，婶婶说："丫头，留下来吧。"

我愣了一下，没听明白。

婶婶那个样子回头朝我笑了一下，说："自贡是个好孩子……就是你得受委屈呢。"

我这回明白了，脸有些烫。我问："婶婶，您嫁到这里后悔吗？"

婶婶说："后悔。咋不后悔呢？开始天天哭，天天哭，哭得眼睛起了一层皮。"

我问啥叫起一层皮。

婶婶说："就是看啥也看不清楚。"

晚饭以后，横七竖八摆了一炕的人。婶婶跟我们扯闲篇儿。我说起村里服装厂的事，婶婶眼睛直了：村里都有服装厂？服装厂发工资么？我告诉婶婶，就是因为服装厂按时发工资，母亲总给我做“小锅饭”。她说家里有你挣钱，我们可以顿顿吃烙饼炒鸡蛋。发了工资全交给母亲，但我有用项，会跟母亲讨。比如上个月，我发了七十二块钱。头天交给了母亲，转天停电，我跟伙伴要去县城玩，结果看上了一件呢子大衣，花了七十三块钱……

婶婶有点难以置信，问："买了？"

我说："买了。"

屋子里忽然一阵静默。

哥哥下炕大概是想去解手，插话说："云丫现在是我们家的财主，比我工资都高。"

自贡哥干咳了一声，清了清嗓子才说："要是苦梨峪也有个服装厂就好了。"

婶婶叹了一口气，说："我们就是受穷的命。"

叔叔家的屋后是一处高坎，坎上都是灌木丛。从婶婶的言谈话语中，我知道了这里是宅基地，日后要给自贡哥哥盖房子娶媳妇用。午后哥哥他们打牌，我到附近转了转，没发现叔叔在信中写的建筑材料。也就是说，我没发现叔叔家盖房子的迹象。我家盖过房子，所以我熟悉盖房前的所有准备。自贡哥高考失利了，他正准备来年和两个妹妹一起考。叔叔正在等自贡哥的高考结果也未可知。一想到自己不用参加高考，我就打心眼里觉得逍遥。我特意到坎上看了看，灌木丛结成了篱笆，连脚都插不进去。我心说，这要是在我家门前，父母白天没空，黑夜也会把这些灌木拔了去，深翻土地，铺排粪肥，种上蔬菜或庄稼。绝不会任由它们荒芜。这些疑惑我都存在了心里，甚至没有对哥哥谈起。婶婶正在劈劈柴，做午饭用。婶婶劈柴的动作就像个未成年的孩子，生疏得让人胆战心惊。斧头举得高，却总也落不准地方。柴棒子一拨楞，斧头险些砍在脚面上。许是这个家太缺少劳动力，看在我眼里的都是急就章，没有长久的生活准备或储备。比如，邻家劈好的柴垛捆好了码放，齐齐整整，想要做饭了，伸手就取。婶婶家则像个荒败的临时客栈，随时准备迁徙或闭门谢客。若不是丫头小子一个比一个漂亮得有生机和活力，这户人家简直可以称作惨淡。

最小的弟弟叫自奋，总是怯生生地看我，眼里有一种光放射出来。我清楚，这道光就如同我当初看叔叔一样。叔叔照亮了我，我也愿意照亮他。我招手让他过来，他第一句话说："姐，你当我嫂子吧？"我含笑看着他，摇了摇头。他仰头看着我说："你在这里能吃饱，我们全家都会让着你。"我摸了摸他的脸，这是一张酷似女孩的瓜子脸，有着尖尖的下巴。我没有告诉他"能吃饱"对我不是吸引，我还有别的追求。我拍了拍他的脸，说："你快些长大吧，长大了就到山外去找我。"

说了这话，我莫名有了感伤，想起村里寄身的那个服装厂，其实我并不喜欢。

每次叔叔离开我家，我们说得最多的一句话，就是下次带着婶婶来。我们都想见婶婶，母亲尤其想见，一年不定要念叨多少次。结果是，她们终生都没能相见。母亲现在多少有点小脑萎缩，虽然还能玩小牌，但除了自己的儿女，她已经想不起惦记别人了。眼下婶婶就在我面前烧火做饭，人到中年，仍不失美丽。但婶婶做什么都显得笨手笨脚，灶灰抹上了额头，在锅上忙碌时，灶里的火差点烧到裤脚。婶婶曾在大城市的书店工作，许多年的岁月艰辛，婶婶仍眉目清朗。也许就是因为这一份清朗，才能让婶婶在这闭塞的地方隐忍了这么多年。我悄悄跟婶婶换了下位，别说几十年，我大概一年都很难坚持。

有爱情也不行。

我们回来的那个早晨，家里的母鸡忽然下了一只蛋，婶婶说什么也不让我们走，非得把这只鸡蛋吃了才行。灶下烧着火，鸡蛋打在了碗里，上了蒸锅。我们急着赶路，婶婶急着把这只蛋羹蒸熟，可越着急蛋羹越不熟。婶婶不时打开锅来看，那只碗里总是稀拉逛汤。最后我也没能把蛋羹吃到嘴里。婶婶一直把我们送到村外，嘴里还在说，再等一会就好了。

远远离开了那个村庄，我长长舒了一口气。没想到叔叔家的日子这样艰难，我们家费尽心力帮了他们这么多年，原来什么问题也没解决。自贡哥的神情里有了自卑，我无意中看懂了那种自卑，心里"咯噔"了一下。我想是不是我的炫耀和张扬伤害了这个青年。那个陪我在山上玩了十几天的漂亮男孩，因为自卑而变得形象模糊。

我不愿意他这样。

事隔多年又想起那只鸡蛋，水煮，油煎，都比蒸蛋羹好熟。我没有吃到婶婶的那份心意，在我，是件值得庆幸的事。因为我看见了门帘后面那张眼巴巴的面孔，那是自奋，最小的兄弟。

我所有的关于这次苦梨峪之行的记忆，到这里戛然而止。有一次我跟哥哥偶然聊起这件事，我说："那次给叔叔家去送粮食，怎么去的我有印象，怎么回来的我却一点印象也没有。"哥哥说："我有。自贡不知从哪里借了辆自行车，我们出村才发现他跟了上来，然后一直把我们送出了大山，来到了遵化县城。我们在那里打尖，几个毛头小子总对你指指点点。我们以为他们不怀好意，自贡撸胳膊挽袖子要跟人家动武。后来才弄清楚，你的长头发上系了条花手绢，人家觉得你洋气，是在看稀奇。我们和自贡分手时，自贡嘱咐你把手绢摘下来，免得路上再有麻烦。"

我难以置信，"这样重要的事我怎么连一点印象都没有？"

哥哥说："谁知道你都记住了些什么。"

我说："我把手绢摘了吗？"

哥哥说："没摘。你那时正臭美，哪里舍得摘。"

我不好意思地笑了笑。年轻时臭美的很多事都记得，却唯独忘了这件事。

十一

记不得从哪年开始，叔叔说话的语风语调似乎就变了。到了80年代末期，我还苦苦地在那条文学的羊肠小道上求索。村里同龄的姐妹都出嫁了，乡邻们看我的眼神越来越复杂，而父母看我的眼神越来越忧伤。自贡哥哥和他的两个妹妹，都大学毕业以后参加了工作。大妹海棠跟我联系得多些，曾经带了男朋友给我相看，回去不久，他们就结了婚。随着家里经济条件的改善，叔叔明显来我家的次数多了。有时一年能来三四次。叔叔是一个喜欢喝大酒的人，一顿午饭能喝到下午三四点。这样的事情过去其实也发生，但因为是在年关时节，大家都闲，所以不怎么让人在意。有一次，叔叔来的时候正赶上秋收，一顿饭总也吃不完，害得父亲母亲没法下地干活。真正的抱怨就是从那时开始的。父亲第一次没有陪完这顿饭，就黑着脸起身离座了。叔叔醉眼迷离，一个劲地问大哥哪去了。没有人回答他，仿佛叔叔的话根本不值得回答。秋收的忙乱在我家尤其显眼，别人家的活计能拉开空当，我家则是集中在两三天内收完种完。因为窑厂还等着父亲淬火，父亲摔了一辈子砖坯，忽然无师自通地学会了烧窑淬火。淬火是技术活，就是把砖坯烧成熟砖，然后通过淬火变成青砖或者红砖。父亲从没失过手，如果失手，则变成夹生砖，青砖不青，红砖不红。

有一天早晨，霜雪让土地长了一层白毛毛。全家人都起床了，父亲却还在炕上躺着。母亲觉得奇怪，父亲应该是全家起得最早的人。母亲过去喊他吃早饭，父亲没有动静。用手拨拉一下头，父亲还是不动。母亲慌了，赶忙找车把父亲送到了附近的医院。我们那个时候才知道医学上有个名词叫脑溢血。好在父亲病得不重，输了几天液，人就转过来了。姐姐闻讯来住娘家，我们俩商量给父亲做点什么好吃的。姐姐说，父亲爱吃馄饨，我们包些馄饨吧。于是和面剁馅，包了馄饨给父亲送到了医院。父亲吃了一个，说，这是馄饨么？这就是没尖的饺子。说完，把筷子放下了。我和姐姐面面相觑，都不知道怎么办。别说做馄饨，我们甚至都很少见馄饨。我们做的馄饨就是比照饺子做的。有一次叔叔到我家来，面条锅里下了几个馄饨，是他教我们包的。当时父亲对馄饨赞不绝口。

父亲在家歇息时，不停地长吁短叹。他一辈子没有这样无所事事过，面对突然出现的大片空白时间很不适应。他总是很烦躁，而烦躁对病情没有好处。母亲跟我商量，要不让你叔叔过来陪陪他？我也觉得这是一个好办法，叔叔会说话，父亲喜欢听他说话。叔叔如果能抽时间过来陪他几天，父亲一高兴，说不定病就好了大半。

我平生第一次到大队去打长途电话。电话机是那种带手摇柄的。先要了乡里的总机，再要松山煤矿，再要机修车间。我坐在排椅上等着。每次电话铃响我都心惊肉跳。拿起来听，是别的电话打进来的。广播喇叭喊谁谁来接电话，我就担心得不行，害怕把我的电话冲没了。大约过了一个多小时，电话又响，我拿起听筒，只听里面有个女声说，机修车间来了。我内心一阵狂跳，听到里面有人喊李海的名字，我激动得都要发抖了。我用很大的力气告诉叔叔，父亲病了，叔叔如果有时间，快过来看看他吧！叔叔问病情重不重，我说是脑溢血。叔叔说，有生命危险吗？我怔了一下，怕叔叔不来，果断地说：有！

可叔叔的到来并没有让父亲哪怕有一点点开心。他让父亲喝酒，父亲不喝；他让父亲吃饭，父亲不吃；他让父亲吃药，父亲也不吃。父亲的厌烦摆在了脸上，他总是把脸朝向里面，侧着身子，把后脑勺对准叔叔。两条腿编着十字花，我甚至能感觉到他赌气般的一动不动。叔叔一个人坐在炕头喝酒，喝得有滋没味。他只在我家住一宿，就匆匆回去了。母亲送他出了院子，我送他走到了河堤上。堤面上长满了父亲接送他的脚印，可惜那些脚印都被岁月的尘埃埋没了，肉眼看不出来。但那些脚印一趟趟的，都在我心里。从我家到河堤那五十米，叔叔没有说什么，我也觉得无话可说。不知为什么，就有一种叫做隔阂的东西自动生了出来，阻碍了我和叔叔的交流。叔叔临走说了两句话：自贡哥哥的工资比他还高。海棠妹妹的一双鞋子花了两百多。我默然。我不知道叔叔说这话是什么意思，不管什么意思，这话茬都让我没法接。

现在想一想，这里面应该有嫉妒吧。

叔叔这次又是空手来的，而且没有撂下一分钱。过去是因为穷，现在叔叔已经富裕了，再这样一毛不拔，连我都有想法了。但我的想法不会对任何人说。我不说，家里人谁都不说，但我相信，谁的心里都是这么想的，包括我父亲。父亲这次态度如此冷淡，我不用猜也知道，原因就在这里。

那天，久不联系的老叔来我家，他是听说父亲有病特意上门来的。老叔给父亲放了二十块钱。一张十块的，两张五块的，都有许多褶皱。二十块钱真是不多，可那是老叔的心意。老叔是庄稼人，两儿一女过得都不好。大儿子信神，每天祷告念经，经常吃了上顿没下顿。女儿嫁在了当庄，年纪轻轻就得了脑血栓。老叔一辈子土里刨食，看上去比父亲还要苍老。老叔坐在炕沿上，几十年的干戈都成了书里的故事。父亲一下子眉目舒朗，二十块钱仿佛就是一座桥，连接了以往所有岁月中的坑坑洼洼。那些坑洼原来只值二十块钱，稍稍有点心情就可以填满。那晚老叔想回家吃饭，父亲说啥也不放他走。母亲炒了两个菜，父亲不喝酒，可他看着老叔喝。父亲的眼里都是情愫，似乎老叔是一朵花，怎么看都还嫌不够。老叔喝着喝着就掉了眼泪。爷爷奶奶去世他都没有过来磕头，不知道老叔的心情是不是与这些有关。

十二

叔叔就像一个疖子长在了父亲的心里。父亲再也不提他，有时我们不小心谈到他，父亲会非常不耐烦。随之而来的正月初一我们甚至会提心吊胆，担心叔叔来，担心父亲给他难堪。还好，叔叔似乎从我们家的记忆里抹去了，连续几年都没音讯。面对这件事，母亲比父亲心态好。她说父亲傻实诚，宁可自己饿着也要让别人吃饱，这样的傻事你们都不要再做了。母亲说，伤人心呢。

我跟母亲认真地谈了一次叔叔。那些装满了的兜兜袋袋的花生棉花之类的东西不算，只说借钱和借粮，母亲告诉我，叔叔光钱就借了六次！最少的一次借了三十块，最多的一次借了二百八十块，差不多是父亲当窑工半年的收入。而且，哪怕是口头上，叔叔永远没提过一个“还”字！我大叫了一声，凭什么啊？叔叔是挣工资的人啊！父亲的钱都是受苦受累的血汗钱啊！我的眼泪不争气地掉了下来，我觉得，就是因为这些钱，我们让叔叔看轻了！叔叔拿到钱太容易了！叔叔拿着这些钱前脚出门，后脚说不定就去买酒了！母亲叹了一口气，说你爸是哑巴吃黄连，有苦都说不出。当年是看你叔叔穷，后来接济他都成了习惯，想停都停不下来。罢了罢了，你叔叔家也确实困难，就他那点工资养活一家六口，自己又好吃好喝，说句不寒碜的话，连你爸的零头都不如。我还是气愤难平，说起唯一的那次去叔叔的老家送小麦，那么远的路，那么金贵的粮……可叔叔说粮食盖房用，却分明是在撒谎！

母亲平静地说：“他撒谎的次数多了，我都不愿意提。”

我追问叔叔还在什么问题上撒过谎。

母亲说：“他有一次借钱说给你婶婶治病，后来自己说漏了嘴。”

我说：“我爸知道吗？”

母亲说：“你爸不信我。他信你叔叔。”

我说：“他是不得不信了，就像开弓没有回头箭，他回不来了。”

母亲说：“不是，他是真信你叔叔。”

我说：“我们跟叔叔交往了那么多年，他当真从没拿过东西吗？”

母亲认真地说：“怎么没有，他第一次上门拿了一包糖。你那时小，记不得了。那时的一包糖，可真金贵。”

我一下子记起了那股奶香味，甜了我好几年。

有关叔叔的一页就这么翻了过去，三年五年过去了，叔叔没再露面。我们就以为叔叔永远不会露面了。谁知他为了照 CT 竟然来到了我家里，还拿走了我家的一本书。我家的电话号码，是他从老家的大哥那里打听来的。

十三

父亲是一九九七年的冬天去世的。父亲去世那天，是他和母亲结婚五十周年纪念日。

我现在越来越有些迷信，就是从父亲的葬礼上开始的。老话总说生不由人，死不由人，可有些人的死亡日期，会暗合生命中的一些关键节点。这简直是一种明示。

父亲不止一次跟我说，他要存点钱，留给母亲用。他说母亲一辈子也是穷，但从来没有摘摘借借过，不管大钱小钱，手头从没断过。

母亲没有因为钱挨过“瘪”。

父亲的言外之意是，他百年以后，母亲也不要受穷。

每次听到这种话，我都很不以为然。我不耐烦地说：“养儿养女是干啥用的，不是还有我们么！”

说这话时，是上个世纪 90 年代中期，应该是在李海叔叔出现之后的事。那时孩子小，父母一直住在我家。有一天，父亲出去剃光头，回来摇头晃脑对我说，他要去窑地给人家做帮工。说好了，一个月给八百。

我一听就急了。说您没跟人家说得过脑溢血吧？没跟人家说因为干活摔断过一条腿吧？没跟人家说腿里还有三根钉子吧？我把父亲狠狠闹了一顿，总算让他打消了这个念头。父亲孩子样地垂着头坐在沙发里，一脸的闷闷不乐。母亲狠狠白了他一眼，说：“你说话他还能听一耳朵。若是我说，他早夹着铺盖卷跑了。”

我说：“人都七十多了，还能跑到天上去？”

换来了父亲的一脸苦笑，那脸苦笑里埋藏着很深的寂寞。

我是正在上班时被人通知父亲病危的。我打了一辆出租赶回了家，同族的二娘正往外迈门槛，见了我摆手说，二姑娘快进去看看吧，抬头纹都开了。

我问二娘干啥去。二娘说，招呼人，给你爸穿衣服。

父亲直挺挺地躺在炕上，显然已经是弥留状态了。我重点看了他的额头，那些皱纹果然平展了，变成了一道道的白印子，脸上虚虚地浮着一层汗水，那汗水却是冰凉的。父亲闭着眼，呼吸若有若无。我附在他的耳边说：“爸，我回来了，你听得见吗？”父亲全无反应。怔了片刻，我又俯下身去，说：“爸，我们要通知李海叔叔吗？”

父亲的眼球在眼皮底下突然骨碌了一下，随之便有一滴泪水挤出了眼角。父亲的眼泪让我心疼了，我把脸贴在了父亲的脸上，痛哭失声。母亲从另一个房间抱着寿衣赶了过来，一把把我拉开了。刚好，父亲的嘴里扑出了最后一口气。

事后母亲说，人的最后一口气扑到谁的脸上，谁一辈子都是霉运。

父亲的葬礼简朴简单。村里那时都讲究要“吹”儿，唱大出殡，穿白戴白。我们却只是一块黑纱送别了父亲。我绝口不提我跟父亲之间最后的对话，这是我们两个人之间的秘密。没人想起通知叔叔，那时离叔叔最后一次出现在我家，已经过去了五年。

我偷偷对老天说，父亲这一辈子以助人为乐，还不止是资助了叔叔一家。无论谁家有困难，只要求到他头上，他都会尽心竭力。村里那样多的人家，没有哪家的房子父亲没搁过手。父亲是瓦工，还是木匠。

如果老天有眼，就降一场雪送送他吧。

从火化场回来，天空忽然飘起了鹅毛大雪。雪花稀疏单薄，却盛大，在空中且行且舞，像在进行某种仪式一样。我把脸贴在车窗玻璃上，贪婪地看着远处的旷野。灰白的天际，麦苗蛰伏在冻土里，大雪于它是一种温暖。可我相信，大雪就是为父亲降落的，因为在送行的路上，我一直在祷告，老天一定是听见了我来自心底的声音。

去往墓地的路上，六岁的女儿一直紧紧牵着我的手。我问：“你知道什么叫死亡吗？”

女儿干脆地说：“知道，死亡就是埋坟。”倒退几年，父母看我的眼神是忧伤的。他们从不抱怨，但心底的一些想法，会通过注视我的神情流露出来。因为我没结婚，又事业无成。虽然各类文字总在发表，但对我的生存状况没有丝毫改善。我在容留我的那个村庄显得越来越古怪。一个偶然的机会，我的小说改成了电视剧，导演在跟县里领导谈协议时信誓旦旦，说这部戏能拿飞天奖。整个外景选在了离县城不远的一个山区，我却一次片场也没去。我不喜欢电视剧，也不喜欢电视剧组。天气突然冷了，他们因为发不发一件军用大衣也能吵得天翻地覆。但县里的领导喜欢，他们专门有负责联系剧组的人。这个戏结束了，我的许多问题都解决了。这许多问题包括待遇，甚至婚姻。

我得用这些告慰父亲，否则，父亲在另一个世界也会惦记得合不上眼。

日子就是那样不经过，一转眼，又是很多年过去了。

十四

自从家里买了车，每年东一趟西一趟跑高速就成了习惯。听说京承高速风景好，就一直憋着想看看沿路的风景。北京城里的奥运会正如火如荼，我们风驰电掣地与五环擦肩而过，一路飙向承德。去之前，我确实没有其他旅行以外的想法，承德不过是我周边的一座城市，与其他城市没区别。临行前，司机严先生提醒我，想想承德有没有要见的朋友，给人家带份礼物。我当时手头正给一件外套缝纽扣，多少有点不耐烦。我说："就是出去溜达一圈，哪有那么麻烦。"司机严先生就是个不怕麻烦的人，当然，他还有另一个身份，我丈夫。

我又说："承德对我没有吸引力，对于我来说，那就是个从没去过的地方罢了。"

我有一句口头禅：没去过的地方都要去一下，没走过的路都要走一走。

站在承德最繁华的一条大街上，我忽然有些恍惚。这些景物我熟悉，似乎在哪见过。高楼，公园，电影院，点心铺子。时光荏苒了三十几年，它们从我的记忆深处浮现了。似乎是，三十几年前它们已经是这个样子了，不曾有过一丝一毫的改变。没用费力气，我就知道了这种熟悉的感觉来自哪里，这座城市曾经让我做过梦，那些曾与许多小伙伴分享的梦，一直储存在儿时的记忆里。也许她们都忘了，但作为做梦之人，我不但没忘，年龄愈大，记忆反而愈清晰了。

那些梦当然与李海叔叔有关。

当年明明知道李海叔叔的家在深山区，可我却对小伙伴说，叔叔一家住在大城市，有很高的楼，有很大的公园，旁边就是电影院，婶婶在商店卖点心，家里的点心可以当饭吃……那座我梦中的城市，就是承德。眼下我置身在车流人流中，想起了很多遥远的往事。我踢毽子，周围有很多小朋友，他们都对叔叔和叔叔的家人充满了好奇……我想不明白我自己，小小的年纪为什么要撒谎，仿佛是，那种虚荣与生俱来。叔叔一家住在城市或住在山区，与我或我的小伙伴们有什么关系么？用现在流行的话来说，真是一毛钱的关系也没有！

叔叔因为住在城市会更被人额外尊敬？或者因为叔叔住在城市我会被人高看一眼？是的。当那块奶香味的糖被我咬成很多块分发掉，它来自城市或来自山村，给人的感觉是不一样的，这一点我有理由相信。因为首先，它给我的感觉就不一样。一颗来自深山沟的糖果，在大家的嘴里，味道会淡很多。事过多年，我仍然清晰地记得当时的场景，童年的伙伴多头和二灯，分到芝麻那样大的糖块也欣欣然。如果她们知道我在糖果的出身上打了掩埋，就是把整块的糖果含在嘴里，她们也不会觉得多么甜吧。

是的，一定是这样！

可我们家欢迎叔叔，并不是因为叔叔来自哪里呀！我还记得那个傍晚，我被叔叔牵着手去菜园找父亲，父亲正在给烟叶掐尖儿。我眼疾初好，发现叔叔高身量，白皮肤，重眉大眼，大背头一根不乱，穿一身毛蓝色的中山装，完全是一副干部派头。我的喜欢溢于言表，而那时，我对叔叔的背景还一无所知。

等等，这些表象莫非是在说明，叔叔自己就是自己的背景？我喜欢的不是叔叔，而是叔叔的背景？我是因为喜欢叔叔的背景而喜欢背景中的叔叔？

故事就是在行进的过程中人为地增加了原料和底色。我从自己，想到了父亲。父亲对叔叔的感情，初始肯定源于自然，但往深里走，也添加了自己的元素也未可知。那年复一年的等待和迎接，现在想一想，是过于隆重和热烈了。叔叔就像一件展品，或一道大餐，或一个品牌，成了若干年里我们家正月初一的标志。有了这个标志，我们家才在众乡邻中显得不同，甚或，增加了几许荣耀。叔叔也一定从这种标志性的身份中悟到了什么，逐渐偏离了自己的航道也未可知。

于是叔叔之于我们家，或明或暗地成了一个象征。

我突发奇想，这其实更像一个合谋，把一份原本淳朴、纯洁、纯粹的情感扭曲了，变异了。时间是经，故事是纬，所有的人物穿行其中，都在随着经纬度的变化而产生裂变。只是那种裂变不是我们理想的方向，于是众多想法彼此纠结，成了解不开的死疙瘩。叔叔最后一次来我家，喋喋不休地说海棠妹妹一年买了五条裙子，潜意识里除了炫耀，也一定是在校正自己的身份。我们那时还在探讨叔叔有没有带来空兜子，事实上，叔叔早就从那种境遇中走了出来。他执意住在我家，不顾我父亲的冷眼，是不是一种最大限度的表白？甚或，他是蓄谋已久、下定决心来做最后的亮相？

再或者，他根本没有去照CT，照CT只是个借口？

我觉得眼前豁然开朗。

车子停在了马路对面，严先生从驾驶室里探出头来，像风一样朝我招手。我知道他是想让我上车，但我此时有了别的想法。我拦住一个行人问，你知道保安公司在哪里么？隶属公安局分管的保安公司。这是海棠妹妹的单位，叔叔最后一次来提了那么一句，重点强调了公安局。我没想记住，却留在了记忆里。我计划问三个人，只问三个人。如果三个人都摇头，我就上车走人。那人刚从一家手机专卖店里出来，看了看我，一转身，指着身后说，喏，那不是？我说，哪个是？他说，那个蓝牌子……

那么大的牌子你看不到？我真看不到，我是不相信事情会是这样巧。我问有多远，他看了看我的脚，说你走十步，走十步就到了。我说，是公安局分管的么……那人大概嫌我啰嗦，转身走了。

我计划走十步试试。朝严先生招了下手，示意他开车跟着我。于是我数着脚下的步子。果真有一块白底蓝字的牌子，大字写的是“保安公司专卖”，边上还有一行小字，写的是“承德市公安局”的字样。我一分神，数乱了脚下的步子，但真没有比十步更远。是一处窄小的门脸，与左右的光鲜比，这里仿佛倒退了二十年。门还是旧时的那种门板，塑胶的帘子扭扭捏捏，摸上去冰凉刺手。门脸寒酸，但是觉得寒酸得有气势，因为牌子比左邻右舍都大。我进到里间，是更显狭窄的一方天地，两边都是格子间，码放的是叠得整整齐齐的灰色保安服。原来这里是卖衣服的。一个女人面朝里侧身坐着，端着搪瓷缸喝水。长发，独辫，顶上的头发浓密，卷曲。听见动静，转过身来看我，又顺势站了起来。她的脸上似乎是笑了下，但那笑容有些羞怯，很浅，倏忽就没了。我忍着心潮澎湃，胳膊肘支在柜台上，含笑看她。她不开口我绝不开口。她迟疑地喊了声：“二姐？”就愣在那里了。我努力平静着语调说：“我打这里过，随便进来看看……没想到你就在这里工作。”

生活有时候就是这么有意思。有些寻觅踏破铁鞋，有些铁鞋不用寻觅。

我说：“你都没怎么变，还那样。”

海棠终于找到了话说：“二姐也没变。”

我说：“我们有多久没见了？”

海棠仓促地说：“你和大哥去我家送小麦……有二十年了吧？”

那一刻，我有些感动。她仓促应答的一句话居然是小麦，可见那次我和大哥的苦梨峪之行分量有多重。我特别想一把揽过她，跟她拥抱，跟她亲亲密密，就像小时候一样。可在心底，总有一种声音拒绝我那么做。有一种矜持在心里，在脸上，也爬上了肢体。我觉得，我应该矜持。这种矜持，是王家对李家的矜持。我有权利那么做。那一瞬间，心中涌起的是几十年的风雨波澜。我观察着海棠，她也没有跟我亲密的愿望和打算。这让我失望，很失望。既然她没有，我又何苦自作多情。我心里，淡淡地漾上来一股液体，酸的，涩的，有毒的，把我往事情相反的方向左右。许多年了，她没有主动给我写过信，没有给我打过电话。她是李家人，她是做妹妹的，无论从哪个角度讲，主动的都应该是她……可如今，站在她面前的反而是我，我除了矜持找不到适合的表情。

我说：“送小麦不是最后一次，还有那次你带男朋友去我家……”

海棠有些窘，赶忙说：“忘了忘了。可不是，那回是最后一次。”

我们的对话隔膜到毫无温度，就好像每天都要碰面的陌生人，打不打招呼都不影响彼此之间的距离。但我看出她有些慌，扑过去拿手机时，碰翻了脚下的凳子。电话接通了，她背转过身去，小声说：“大爷家的二姐来了，你还记得吗？是大爷家的二姐，天津的……你快通知腊梅和自强……”这个电话应该是打给她丈夫的，我猜。海棠随后又摁了电话，这次声音放开了，敞亮地说：“哥，大爷家的二姐来了，在我这里呢，你赶快过来吧！”

十五

见到自贡哥，那种熟稔的感觉终于回来了。我们甚至抱了抱，是自贡哥主动的。他还开玩笑说：“妹夫不吃醋吧？”自贡哥是典型的官员体态，胖了，肚子撅起来了，眼睛让酒精泡浑浊了。自贡哥对严先生说：“没有大爷就没有我们一家的现在，我们嘴上不说，心里其实都明白。”严先生自然也知道自贡哥所说的大爷是谁，他见过李海叔叔。曾经因为李海叔叔住在我家里，三更半夜跑到单位找住处。我发自内心地笑了笑，说：“过去的事，不提了。”自贡哥说：“咋能不提呢？这些年两家少来往，但我们从来没有忘记大爷大娘。”他问大爷大娘身体可好。我说，父亲几年前去世了。母亲在老家跟大哥一起生活，她喜欢住家里的平房。自贡哥说：“跟我的老爹老娘一样，死活不肯离开那个穷山沟。”

腊梅和自强都拘谨，他们一个工作在物价局，一个计生委。我问最小的弟弟自奋现在怎么样。自贡哥说，自奋最滋润，当年招工顶替去了松山煤矿，可很快就从那里下岗了。现在自己在老家当老板。去年新盖了一溜大房，给套别墅也不换。

自贡哥问，你们是不是刚到？我说刚到。自贡哥说，海棠赶紧去请假，我们陪他们两口子到处转转。我赶忙说，不用麻烦，我们自己随便走走就行，你们忙你们的。自贡哥说，这哪行，到了我的地盘，就得听我的。

自贡哥上了我们的车，坐副驾驶。三辆车浩浩荡荡往避暑山庄走。路上我问自贡哥，叔叔婶婶身体怎么样。自贡哥说，叔叔三年前得了脑血栓，一直瘫痪在床。婶婶就是受累的命，过去家里穷，缺吃少穿。现在家境富裕了，又要伺候瘫子。叔叔身体不行了，脾气却越来越差，不是哭叫就是骂人，吵得四邻不安。

我说：“叔叔今年也才七十六岁，跟我母亲同龄，都是属狗的。”

自贡哥说：“他总是喝大酒，不把身体喝垮不罢休。”

车内短暂地沉默了会儿。自贡哥扭过身来对我说：“二妹，我们从来没有忘记大爷大娘的恩情。真的。”

我的眼圈突然红了。父亲如果听见这句话，应该是个安慰。

严先生是个旅游迷。走进避暑山庄，就把我忘了。两个妹妹和一个弟弟跟在他后面走，不一会儿，就不见了踪影。自贡哥陪着我，我们之间隔着一个人的距离。太阳把我们的身影拉得很长，有好一阵，我们都不知道该说什么。看着气象万千的大园子，我笑了。自贡哥问我笑什么，我说，我从没来过这里，却为这里写过诗，还赚了一块钱的稿费，那是我赚的第一笔稿费。自贡哥问咋写的。我随口吟道：路旁条条翠柳，湖中朵朵荷花。如波深处笼轻纱，湖上漾舟度假。金山巍峨矗立，烟雨楼外生辉，如意洲里青松挺，游客如痴如醉。

哈哈，我自嘲。因为是发表的第一首诗，所以这么多年都还记得。

自贡哥惊奇地说，如波亭、金山、烟雨楼、如意洲，都是里面的景点，你没来过，是怎么知道的？

我说，我是听叔叔说的。他当年坐在我家炕沿上，曾经对避暑山庄如数家珍。后来我买了一块手绢，那上面是避暑山庄的旅游图，我每天晚上都看。后来上面的字都被水洗模糊了。我是没来过这里，可这里的景物，我记了一辈子。

二妹。

哦。

谢谢你。

这是怎么话说的？

当年支撑我们这个家的，除了大爷大娘，其实还有你。

我没做过什么。

那时候家里的那种难，你想象不到。我们唯一的乐趣，就是听我爸讲山外的事情。他走了，那些事情又重复讲，一直讲到他下次来为止。他每次休假回家，都会带一摞你的信，我们轮流念那些信，都被你的文采打动过。那些信装满了一个纸盒子，被我们宝贝似的收藏着。直到后来，里面住进了一只大耗子，那只大耗子又生了一窝小耗子。那些信纸，都被耗子撕碎做棉被了……自奋打开一看，就哭了。

我悲怆了一下，又笑了。信中那些幼稚到让人脸红的句子，那些像蜘蛛爬的字，每行都写不直。有些干脆是用尺子逼着写，就像有一道下划线一样。早些年若是知道它们享受了这般待遇，我会无地自容。

如今，一切都云淡风轻了。

我说，时光过得真快。

自贡哥说，那时的时光才真是漫长，我们跋山涉水去梨花镇上学，目的只有一个，能走出穷山沟，能和你平起平坐。腊梅因为不用功，挨了我爸一顿打。是用藤条打的，穿着厚棉袄，颈窝都抽出了血印子。老爸下手狠，打谁都往死里打。老爸对她说，你成绩这样差，以后谁都瞧不起你，山外的二姐也瞧不起你！腊梅说老爸偏向，带着海棠去山外的大爷家，不带她。她说若是带着我去山外的大爷家，我也会跟海棠的成绩一样好！

我扭过头去，没有让自贡哥看见我的眼泪。我们和他们，原来这样相像。一直都相互影响着，相互依存着，又相互错着位，走过了这许多年。若不是这次偶然见面，我再有想象力，也想不到这一点。

我庆幸这次的私字一闪念，让我和李家有了见面与和解的机会。

不过，话又说回来。自贡哥忽然拉了我一把，一辆汽车从我们身边快速开过，旋起的气浪吹飞了我的帽子。自贡哥赶紧跑过去捡了回来，笑着扣在了我的头顶上。他用轻松的语调说，老爹有这样那样的毛病，可是一个好老爹，一个伟大的好老爹。上学的事我刚才说了，他常挂在嘴边的一句话是：你们五个都算上，上到哪我供到哪，别管我有钱没钱，就是去偷去抢，我去做恶人。

我突然拍了一下自贡哥的肩膀。

他扭头问我干啥。

我想了想，其实没有预备要说啥。

自贡哥问我，你知道什么叫“打秋风”吗？

我怎么可能不知道。我打小就知道，大概是家乡的一句俗语。我奇怪自贡哥怎么也知道。

自贡说，有些事你可能不记得了，那时你还小……

我“喝”一声，说我就比你小两岁好不好。自贡哥宽容地笑了下，接着说，家里穷，年都过得凄惶。每年大年初一老爹都去你家“打秋风”，很多年都不间断。我们在家里眼巴巴地等，从初一等到初四，老爹从不让我们失望，有时也能等到十只煮鸡蛋。十只鸡蛋六个人分，你知道怎么才能分得匀吗？

……二妹，二妹，你怎么啦？

我无论如何也忍不住想哭一场的愿望，那种感情太复杂了……到底还是忍住了。可汹涌的泪水把自贡吓着了，他惶惑地问，我说错话了？

我没有告诉他是“打秋风”这三个字刺痛了我。那几十年的等待和期盼……不是这三个字所能涵盖。就说那十只鸡蛋，也不是简单的事。冬天母鸡都不爱下蛋，有时母亲要跑几户人家去借。为了还上人家的鸡蛋，家里的母鸡不知要受多少冤枉骂……我抹了一把眼泪，摇头说不是，不是你说的那样。自贡问，哪样？我没有解释。我情愿相信，时过境迁以后，这只是自贡哥当下的语境，他的话像掠过耳畔的风一样没有分量。

——这就是我们之间的距离。我想。

我们在承德耽搁了三天，李家兄弟几个全程陪同。我和海棠的关系一直很微妙，仿佛是，我矜持，她比我更矜持。我们都是参透了彼此内心的人。吃饭，旅行，住宿，都是她跑前跑后，忙前忙后。可我却感受不到她内心的温度，她更像一个称职的导游员。这一点，让我很别扭。我主动与她攀谈，问起她的丈夫和孩子，她回答得简约而又冷淡：丈夫在人事部门上班，孩子在江南上大学。回答完，转身就去忙别的了。我思忖：莫非自己又居高临下了？那种有恩于人的嘴脸是让人厌烦。我努力调整着自己，心态，神情，脚步。我的心思总围着她在转，不知她是被我起初的矜持所伤，还是这些年形成了这样的性格。或者，她只是以一种报恩者的心态在尽责任和义务。想到后一点，我心里就很不是滋味。

我有些后悔，初次见面不该计较太多。

我跟严先生交换对海棠的看法，严先生说："海棠是多好的人啊，不温不火，不徐不疾，礼貌周到。是你对人的要求太高了。"

我说："我总觉得哪里不对劲。"

严先生说："你就爱瞎多心。"

谈起这两天所受到的礼遇。严先生说："过去你们总说人家忘恩负义，这次知道种瓜得瓜了吧？"

我有些心虚，说："别瞎说，谁说人家忘恩负义了？"

严先生说："当年李海叔叔在我们家喝棒子面粥，你忘了？"

我有点难为情。

我们回家的那个早晨，李家的三辆车都来了。后备箱里放满了东西，似乎是要把这些年的亏欠都补齐。我对自贡哥说，你这是干什么？自贡哥说，没事儿，现在咱有条件了。我无言地看着他们把东西塞进后备箱，又打开了车门，往车座底下塞。自贡哥说，我们这代比父辈强，赶上了好时候，他们一辈子活得太辛苦，太憋闷，太委屈。不怕二妹笑话，我们兄妹几个都参加工作了，老爹还非要跑去你家看究竟，看你们的日子过成了什么样。他这一辈子,算是跟你家揉上了。回到家来就长吁短叹,说你二妹都住上楼房了。我说老爹,你放心,将来咱也住楼房,而且一定要比二妹住的楼房高。为了让他满意,我们兄妹几个买楼都买顶楼。别管楼多高,统统高高在上。你说,这不是有毛病么?

"老爹还说了一句话,二妹你准猜不着。"

我问说什么。

自贡哥说:"老爹说二妹虽然住楼房,但生活差。吃饭就吃一盆棒子面粥,还不如二十年前呢。"

我笑得收不住,却又悲从中来。

上车前,我和严先生逐一握手,腊梅跑过来跟我抱了下,因为毫无准备,我们甚至刮蹭了一下脸。海棠就在圈外垂手站着。她没有走过来,想了想,我也没有走过去。严先生跟她握手时,停留了足够长的时间。在车上坐好,扎好安全带,我撤下了车窗,重点看了一眼海棠。她真像临风的一株树一样。我挥手时,她也把手举了起来,却没怎么摇,敷衍地晃了下,就转过身走了。

车子要拐弯了,自贡哥还在朝我们望。

十六

严先生笑了一下,又笑了一下。我说:"你傻笑什么?"

严先生说:"当年李海叔叔来咱家,是想看看我们过得怎么样。"

我白了他一眼,纠正说:"不是我们,是我。"

严先生说:"我说的就是你……演电影都不会有人这么编吧?好歹也是一百多里的路程呢……他那时也有七十多了吧?"

他看了我一眼,手掌用力拍了一下方向盘,"简直比写小说还出人意料!"

我看着前面弯弯曲曲的盘山路,什么也没说。

每年的腊月二十三,我和姐姐都紧着备齐年货给老叔送过去。送晚了怕他自己去市场。老叔住的还是当年二爷爷盖的那层房,屋脊都塌了,瓦楞子上长满了野草。老叔的屋子四处透风,一只蜂窝煤的炉子用来取暖,那一点点火光,看上去很可怜。老婶团坐在床上,围着两条被子。她因为腿病下不了床,一双新棉鞋摆放在床头,还是去年我买的。老婶见到我们就拉住手不放,连续几年说同一件事:我小时候在被子里围着,她在外面骗姐姐说,有人把你小妹抱走了,还不回去看看。姐姐就哇哇哭着往家里跑，每天不定要哭多少次。姐姐得意地对我说，那时就怕你丢了，明白吧？

每次从老叔家出来，我们都感叹，人老真是件无奈的事。想老叔年轻的时候，在生产队打头儿，管着全队四十几个劳动力，每天听着河对岸的火车鸣笛，或看着太阳收工。有一天是阴天，火车也没鸣笛，或者鸣笛声被风刮走了，总之老叔没听到。老叔带着这支队伍锄地，一直干到晌午歪。别人都说该收工了，老叔就是不信，老叔只信太阳和火车的鸣笛声。大家都累坏了，老叔一直都强打精神。回家的路上，老叔唱《小拜年》，一会男声一会女声，给大家解乏。人要是不老该有多好啊！姐姐慨叹。

从老叔家出来，自然就说到了叔叔。那些年，老叔是我们家的伤痛。后来，叔叔也成了这样的角色。父亲如果不是因为他们，说不定能多活些年，父亲去世那年，才七十三岁。父亲对叔叔态度的改变，自己得转多大的弯子！那真是要触及思想和灵魂啊！看到村里的老人在墙根底下晒太阳，我们都很羡慕，不知这是谁家的老人，他们的儿女多有福气啊。

姐姐问："老叔和李海叔叔见过面吗？"

我沉默了。

我想起了某一年的正月初一，那时姐姐已经结婚了。老叔特意来看李海叔叔，家里贴了春联，地下都是瓜子皮儿。老叔穿着簇新的蓝布袄过来串门子，进屋就说："我来看看二弟，我来看看二弟。"

他管李海叔叔叫"二弟"。

那时李海叔叔刚进屋不久，一家子的热气都还围着李海叔叔转。因为老叔的到来，骤然就冷了。父亲坐在那里卷烟，叔叔也坐在那里卷烟。母亲、哥嫂和我都在屋里坐着，谁都不看老叔，谁都不跟他搭一句话。老叔靠在门口的墙上，一张脸羞臊得鲜红。他几乎没站稳脚跟，自言自语说了句什么，自己转身走了。

老叔走了，家里立刻一片欢欣。叔叔给纸烟点着了火，狠狠吸了一口，对我们说："还来跟我套近乎，没门！"

因为口音的问题，叔叔说不出那个"门"字的儿化音。但叔叔对老叔的态度，像火盆一样烤热了我们，我们觉得叔叔更亲了。

自贡哥经常有电话或短信过来，各种节日更是周到备至。那种殷勤让我觉得不好意思，有时候电话接通了，都不知道应该说些什么。姐姐还记着当年叔叔提到的两家结亲的茬儿，警告我别瞎联系，瞎联系不好。那天自贡哥又来电话，说有件事，不知道该不该说。我豪气地说：你说。自贡哥说，自从知道我和严先生去了承德，叔叔就中了心病，他每天都念叨我，说云丫该去看他了。说我们家兄妹几个，他就喜欢我。有一天，把婶婶说得不耐烦，婶婶说，你就死了心吧，人家不会来的。叔叔忽然把一碗粥整个扣到了婶婶的脸上，碗边儿把婶婶的眉骨磕了一个大口子，血把眼睛都糊住了。他骂婶婶是乌鸦嘴，说云丫原本是要来的，被你这样一说，人家就不来了。坏事就坏在了你这张臭嘴上！

我默默地听着，没有说什么。我能说什么呢，说什么都觉得不合适。陪着自贡哥叹了回气，就把电话挂了。后来自贡哥又来了三四次电话，都是暗示叔叔如何想我去看他的，我都没有接话茬。

我和姐姐住在一个小区里，三天倒有两头能碰面。有时候，我跟姐姐说闲话会说起这件事。眼下家里有车，交通这么方便，去看一下叔叔真不算回事呢。姐姐比我记仇，斩钉截铁说，不去，谁都不许去。这么多年没来往，断了就断了，还拉扯什么。姐姐埋怨我，你去承德就罢了，干啥非要找李家的人呢？如果李海不知道你去承德，也就不会有这些麻烦了。

我不得不承认，姐姐说得对。

每天的午后，隔壁都有一张小牌桌。我每个月都会过去跟人玩一两把，玩多了会有罪恶感。这天是周末，已经到了上班的时间，大家都没有结束战斗的意思。于是看热闹的拉下了窗帘，把这里变成了一个封闭的世界。就在这个时候，我的电话响了。自贡哥吞吞吐吐说：“二妹，想求你个事呢。眼看就要放十一长假了，不知你有啥打算？”我脑子里转了个弯儿，把手机夹到了肩窝里，边抓牌边决定先发制人，“肯定要出门的……跟人定好了先去上海看世博会，然后再走苏杭。怎么，你有事么？”自贡哥说：“是这样……你跟老爹说吧。”就听自贡哥在那端说：“爸，二妹在那边跟你说话呢。你说，你说话。”电话里突然发出了“嗷”的一声叫，很瘆人，把周围的人都吓了一跳。我愣住了，喊了声叔叔。李海叔叔颤抖的高音似乎是哭出来的，“云丫，你啥时来啊？我想你啊！”我说：“有空就去看您。”叔叔像小孩子那样急迫，说：“你定，现在就定。是明天，还是后天？”我脑海里出现了叔叔眼巴巴的样子，可我没法接他的话茬，只能假装听不见。我说：“叔叔你好好的，我改天再给你打电话，我现在正在开会不方便跟你多说。”说完，把手机关上了。大家都在等我出牌，我说了声“不好意思”。牌友问我家里是不是有什么事，我遮掩说，啥事也不如玩牌大紧。

牌一直打到了晚上，然后又去喝酒，又去唱歌，回到家已经很晚了。因为在歌厅又喝了些啤酒，身上难免有酒气。严先生素来不喜欢我在外喝酒，此刻冷着脸说，你越来越像官员了。我打着哈哈说，像官员好啊，我好想像官员。严先生厉声说："你为啥关手机？自贡哥打不通你的电话，还以为你遭谁绑架了！"我点着他的脑袋，借着酒劲说，你态度不好，我拒绝跟你说话。说完，我去洗澡，把水量开到最大。蒸腾的雾气很快把我淹没了。耳边突然响起一声瘆人的叫，那是李海叔叔，隔着时空突然像警报一样回响，让我毛骨悚然。我怕冷一样抱紧了自己的肩，瞳孔慢慢渗出了泪水。

十七

姐夫从工作岗位上退了下来，整天一副郁郁寡欢的样子。姐姐对我说，我们开车到哪里去转转吧，散散心。我说，想去哪里？姐姐说，去哪里都行。你们把车开到哪，我们就坐到哪。过了几天，姐姐突然给我打电话说，你不是想去看李海叔叔吗？去好了。我问她为啥改变了主意。姐姐答非所问："李海吃了我多少面条啊！"

可不是。姐姐都出嫁了，有时候李海叔叔来，我也要把她接回来，就为了擀面条。李海叔叔总说姐姐擀的面条好吃。

那时姐姐的婆家离我家，足有二十里。

还是严先生开车，姐夫坐副驾驶，我们一行四人出发了。出发前，我给自贡哥打了个电话，说最近手里的工作终于告一段落，我们过去看看叔叔。说这话时，我一副完全放松的语调，不是刻意，是情不自禁。严先生批评我说话太过随意，我回敬说："你懂什么，随意才显得亲近。"这话当然言不由衷，严先生知道我此刻心里想些什么。感觉中，自贡哥应该对我们的即将出行惊喜交加，这毕竟是他期待很久的。可他却支吾了，连着说，你们到承德来，到承德来吧。我从这话听出了推诿，不高兴地说，我们是去看叔婶，到承德干什么？你们有事就忙你们的，都不用回去。

自贡哥说："不是，二妹……"

我说："如果不方便，我们不进家，就在村头转转。"

我的话说得有点赶尽杀绝。

自贡哥无奈地说："二妹误会了，我们哪能不回去呢。我们都回去，在家等着你们。"

很多年前的记忆轻而易举就回来了。我和哥哥每人一辆单车来送小麦。那时还是沙土路，到处坑坑洼洼。我们早晨四点从家里出发，足足走到了天大黑。若不是路上好心人让搭马车，真不知道会不会被累死。姐夫惊呼，这样陡的坡你们能上来？我打开了车窗，石崖上正好闪出“半壁山”三个红色的大字，想是最近几年新刻上去的。我说，这里的坡不是最陡的，前面的闪坡岭更陡。

在车轮下，感受不到多少坡度，许是修路的时候路基抬高了。虽是九曲十八盘，但路面平整，几乎没有对头车。当年千辛万苦的奔波，如今就是踩几脚油门的事。我心里有淡淡的感伤，当年走这条路刚满十八岁，一晃就过去了三十年，可在我的感觉中，却像发生在昨天一样。沿路的村庄和景物，有的还有印象。这里没有过度开发，很多地方保持着原貌。只是闪坡岭上削掉了半座山，留出了把路拓宽的痕迹。姐夫一个劲地夸这条路修得好，空气没有污染。天蓝水绿林木森森，车在路上走，犹如在森林氧吧里穿行。

那座叫苦梨峪的村庄确实不认识了，有许多高大的房屋，还有不少别墅。整个村庄坐落在武烈河边，下面就是河床，河水淙淙流过，是一处优雅的所在。自奋的七间大房盖得富丽堂皇，我们站在院子里，都有点被那种气势镇住了。右手第一间就是厨房，比我家的客厅还大，足有三十平方米。长条案上，摆放着不知多少盘碗，里面都是满满的内容。我吃惊地说：我们才来四个人……你们这是要做席面哪！自贡哥说，我们还有一大家子人呢，也不是光为你们准备的。腊梅和自强都带爱人和孩子来了，但没看见海棠。自贡哥没说海棠为啥没来，我也没问。房子有气势，居然还有几件硬木家具。严先生看见一只五斗橱就挪不动步了，他用指背敲了敲，说这是老的安梨木,不老根本出不来这么精细的花纹。我小声说,咱别小家子气好不好,好歹咱也是见过世面的。

我问自奋是怎么发的家。自奋从外窗台上拿来一块石头举给我说，二姐认识么？我接过来仔细看了下,像铁矿石一样是黑色的,但那种沉郁的黑色中,有金属的光泽。我说，这里是不是有金子？自奋说，二姐就是聪明，这就是含金矿石。我说，原来你是淘金人啊。自奋说，严格说淘金的是别人，我是管理矿山的。我说，给淘金人当老板？自奋点了点头。我问矿山在哪里，他朝北一指，说如果用脚走，得走溜溜一天。

我说，真想去看看哪。

自奋说，那就住下来吧。二姐也好好体验一下淘金人的生活。

几个房间参观完了，我才突然感到缺了点儿什么。我问自贡哥，叔叔婶婶呢？

自贡哥说：“还没来得及告诉你，老爹一年前已经去世了。”

我“哎呀”了一声,刚要说“你怎么不早说”,才想起我一直没有给他机会。“婶婶呢？”我问得特别羞愧。

自贡哥迟疑了一下才说：“老娘去石家庄了，回娘家了。要不打个电话请她回来？”

我赶忙说：“别。”

腊梅说：“上周走的，下周就回来了。大姐、二姐多住几天，就赶上了。”

姐姐失望地叹息一声，说早知道这样，我们下周再来就好了。

她还没见过婶婶呢。

李家三兄弟都遗传了叔叔的喝酒基因。我们这边没人喝，三兄弟却自己斗酒闹得厉害。自奋因为是纯粹的东道主，英雄一样一口就是一大杯。自奋坐在我身边，搂着我的肩膀说，我可想二姐了，二姐是我的亲人。当年二姐临走时把蒸好的蛋羹留给了我，我多会儿想起来，心里都暖和和的。我说，我可不是故意留给你，是鸡蛋羹没蒸熟。自奋说，二姐的心思我明白，老嫌蛋羹不熟，其实就是想留给我吃。那哪里是一只蛋羹啊，是二姐的一片心啊！我想了想，确认他说的是心里话。否则一只鸡蛋的蛋羹不足以让人记三十年。

自奋举起酒杯来跟我碰，“来，二姐，兄弟敬你！”

说完，一杯酒又一饮而尽。

我劝他少喝点，自奋说，二姐三十年才来家这一次，我喝死都是应该的。说完，往后面的沙发上一靠，就打鼾了。

下午我们想打道回府，自贡哥仗着点酒劲伸开双臂挡在车前，说啥也不放我们走。姐姐姐夫跟我们商量说，大老远来的，要不就住一晚吧。严先生说，应该住两晚，这小地方山清水秀的真不错。结果晚饭又喝了起来。因为彼此熟络了，晚上的酒反而喝得轻松愉悦，姐夫和严先生端起了酒杯。大家热闹的时候，我起身离席，站到了院子里。山里的夜空没有光污染，星星都称得上璀璨。我仰头看着它们，不知道哪颗是父亲，哪颗是叔叔。现在他们老哥俩到了同一个世界，不知道是不是已经碰面，碰面了是不是彼此已经宽谅。屋里大概摔了一只茶杯，那种尖锐的声音很刺耳。我朝外走去。门口是一个下坡道，我深一脚浅一脚地走出来，突然有人喊了声：丫头。我一惊，循声望去，一个高高大大的女人在黑暗中走了过来，旋即，捏住了我的手腕。我借着星光看那人，那人一口侉侉的口音说：“丫头，是我。”

我吃惊地说：“是婶婶？”

天底下只有婶婶曾经叫过我丫头。

婶婶拉着我往前走，拐进一个胡同。手腕始终被婶婶捏着，我走得很不舒服。

我说，我们这是要去哪儿？您不是去石家庄了么？婶婶气愤地说，我哪里去石家庄了，他们不就是嫌我丢人么。我说，您丢啥人？婶婶说，一群白眼狼，一个有良心的也没有。说着话，走进了一所院子。这里明显是个老宅院，窗子很小，屋檐下吊着许多红辣椒。走到屋里，一个年老的男人正在地下砸核桃，核桃仁已经装满了一只大海碗，看见我进来，那人顺便把碗端了起来，放到了炕上，说你吃。

地上躺了老大一片核桃皮子，看得出，那人已经砸了好一会儿了。

婶婶用笤帚扫了扫炕，说你吃。专门为你砸的。

屋里悬着一个大灯泡，亮如白昼。我周围环视了一眼，就觉得屋里的陈设仿佛让我走进了三十年前，那些个物件儿似乎都在记忆里。

那个年老的男人矮个，秃头，大圆脸，脸盘像熟透了的向日葵，有一种温暖的气息。婶婶介绍说，这是你新叔，你叔死了以后，我就嫁给他了。

我张口结舌看婶婶，发现婶婶一点都不怎么显老，与我记忆的样子没多少分别。只是鬓边的头发白了，眼神里多了许多慈祥，可也多了凌厉。婶婶右边的眉骨有一道显眼的疤痕。我指着说，是不是碗碴的？

婶婶用手摸了摸，说是你叔碴的。几句话不顺他就发疯，他可是好不容易死了。他再不死，我就要熬死了。

婶婶坐到炕沿上，抓一把核桃仁给我。婶婶说："从年轻的时候嫁过来，就没过过一天好日子。不是缺吃就是少穿，大过年连顿饺子都吃不上，眼巴巴地等着从你家带回来白面。你叔晚上到，我们晚上包饺子。半夜到，我们半夜包饺子。孩子们馋啊，一年到头难得吃上一顿白面。有一次，遇上大雪天，车子骑不动，你叔一直走到大天亮，到家就像个冰人儿，手'锯链'地张不开……一大家子人，那样多的活计，从来也没有人帮帮我……你叔不会干家务活，到死都不会……现在好了，你新叔，啥活都不让我干，我每天早晨一睁眼，饭做好了给我端到被窝来，我不想起来就躺到九、十点钟。孩子们看见我就像看见仇人……丫头小子都想让我跟他们过，我现在还能当老妈子，就这也得看人家的脸色……现在好了，我就是个福老太太，谁也别想挡住我享清福！"

婶婶在炕沿上盘起了腿。一伸手，一支烟递了过来。随后，蓝色的一簇火苗凑到了鼻子底下。新叔用圆滚滚的一只手环住火机，然后又甩了甩。

我说："记得您过去不吸烟。"

婶婶说："还不是伺候你叔那几年愁的么？"婶婶使劲嘬了一口烟，把烟圈吐了出来。又说，"丫头，你说我嫁人丑不丑？"

我说："这是好事啊，自贡哥应该支持。"

婶婶说："他支持？他把人家的门牙都打掉了。"

男人张开嘴，把牙上的一个豁口亮给我看。

我下炕，拉着婶婶说："走，婶婶跟我回家。他们不能这样对待您。"

婶婶说："那不是我的家，我不去。"

我说："您的儿女，您不想他们？"

婶婶说："不想。他们不想我，我也不犯贱。"

我想了想，说："要不这样，您二老今天就早点歇着。明天一早，我和姐姐、姐夫一起来看你们。"

婶婶说："不用过来了，我在街上偷偷看你们一眼就行了。"

我说："不行。"

十八

炕太暖和。我和姐姐一个在里、一个在外躲开了烟道，还是热得睡不着。见了婶婶的事，我和姐姐说了。姐姐和我一样，心中许多块垒一下子就被婶婶关于饺子的话冲没了。婶婶当年放弃大城市的工作来这个山旮旯，这一辈子的艰辛谁能体会，连叔叔都不能。我们商量明天怎么办。姐姐主张偷偷去看婶婶，给婶婶放些钱。我说，不行。婶婶不丢人，我们也不丢人，凭啥偷偷摸摸呢？我们就要大大方方去看。姐姐说，就怕因此让婶婶为难。我说，婶婶为难的日子已经过去了，自贡哥把那个老新郎官的门牙都敲掉了。我说得怒气冲冲，从被子里坐了起来。"自贡哥是政府官员，居然能做出这么没品的事，气死我了！"姐姐也坐起了身，说自贡是不怎么样。最不该把婶婶藏起来，让我们大老远来的见不上面。我说，婶婶还是有勇气的人，敢于把事情说出来。姐姐说，她就是勇气太大了，否则当年怎么会跟李海叔叔跑到这个兔子都不拉屎的地方。我说，现在可不是兔子不拉屎，是兔子爱拉屎了。不信明天早晨到武烈河边看看，保准到处都是兔子屎。

悲伤的氛围一下子就被几句戏谑冲淡了。我问姐姐："爱情到底是个什么东西，婶婶这一辈子，似乎就是为了爱情活着的人。"

姐姐说："屁爱情。她就是傻，被人骗了还帮人家生孩子。"

我"噗嗤"一声笑了，说："现在可是生不出来了。"

晚上睡得晚，早上都起不来。太阳出来老高了，一幢房子里还静悄悄的。我和姐姐几乎一宿没睡。姐姐想出去转转，我说，千万不能出去，婶婶肯定在外面候着呢。姐姐说，那不正好？我说，等自贡哥起来，我们大大方方去看婶婶，看他怎么说。听见院子里有动静，我和姐姐穿戴整齐出去了。自贡哥在院子里伸懒腰，腰向后闪，更显得前边像扣了一口锅。

自贡哥热切地说："这么早就起来啦，怎么不多睡一会儿？"

我含笑看着他，"我昨晚碰到婶婶了，我们先去看看她。"

自贡哥脸上的肉突然痉挛了一下，整体往下拉了一公分。他梗着脖子喊："自奋，自奋！"自奋应了一声出来了，边走边往衬衣里伸袖子。自贡哥说："你陪大姐他们到前院去。"自奋还想装傻，"前院……"看到自贡的脸阴得要下雨，一拧脖子，"我不去。"我说："不要你们陪，我认识路。"说完，拉着姐姐走出了院子。

来到了外面，我用电话叫醒了严先生，告诉他喊姐夫一起出来，我们去看婶婶。严先生说，婶婶不是去石家庄了吗？我说别废话，快点出来。我们四个人走进那间屋子，就像罐头一样把里面装满了。婶婶慌得不知拿点啥东西给大家吃好，那种感觉，真是像极了三十年前。

婶婶一直都在跟我们说叔叔。在她的嘴里，叔叔简直是个混世魔王。尤其是有病瘫痪的那几年，他唯一的乐趣就是折磨婶婶，每天伺候他吃饭，婶婶就伤透了脑筋。婶婶做了什么，他不吃什么。然后就嫌婶婶不好好伺候他，敞着嗓门骂，半个村庄的人都能听得到。婶婶还得提防他什么时候动手伤人，掐一把，杵一拳，或者随手拿到什么东西就朝婶婶的头上砸。伤不到婶婶，他就几天不出好气。如果伤到了，让他见着了血，他会得意地高兴大半天，就好像自己很有作为一样。

姐姐说，叔叔这样不正常，还是因为有病吧？

那个新叔叔插话说，他就是成心的。

我看了他一眼，他说的话我不爱听。我推心置腹地说："自贡哥给我打了几次电话，我都抽不出时间来看叔叔。唉，不知道叔叔的病情这么严重，否则，我说啥也要过来看看他。"

说完这话，仿佛有谁在揪我的后脖筋，我突然有些心慌气短。

婶婶说："对了，他就是天天念叨你，一天到晚说云丫头要来了，云丫头要来了。那天自贡说让他跟你通电话，可只通了一下，就再也不通了。自贡说你那里有事，可他不信，说自贡和手机合伙骗他，愣是把手机要过来，朝着玻璃窗砸了过去。结果手机摔坏了，玻璃窗也砸碎了，自贡一生气回承德了。他就整天哭啊闹啊不吃饭……"

我想起了那天的午后玩牌，听到了叔叔的一声叫，很瘆人。叔叔叮问我什么时候来看他，我匆匆说了几句谎，就关了手机。现在想来，连我那几句谎话叔叔也未必听到。此刻我的脸一定很红，可我淡定地问："叔叔到底是什么时候去世的？"

婶婶说："你先听我说……有一天晚上，他突然说想吃元宵了。我说这不年不节的上哪里去弄元宵？找了几家都没有黏面，你叔说，天津大哥家有，你去他家拿。我说你这是扯疯呢。天津离这里一百多里地，我咋去拿？我从来也没去过那里，也不认识道儿哇！他就不依不饶地又哭又骂，足足折腾了一宿。转天，我只得让自贡从承德送过来。第一个元宵，他吃得好好的。炉子上的水开了，我把元宵碗放到了炕沿上，转身去倒水。我倒水的空儿，他抓了两个元宵一下子都放进了嘴里，伸着脖子往下咽，我灌完水一看，他脸都憋青了，连话都说不出来。我一看事情不好，扔了水壶就跑过来，把他抱住了。我想把元宵给他掏出来，可哪儿掏得出来啊……就这么眼瞅着人就不行了……苦命的男人啊，我还没伺候够你啊……"

婶婶忽然放声大哭。

我和姐姐也都抹了眼泪。没想到叔叔的结局这么悲惨，被两只元宵要了性命。婶婶骂了半天叔叔，这一刻的感情流露，应该是最真实的。

叔叔在生命的最后时刻没有忘记我的父亲以及曾拿过来的黏面。那些黏面是高粱的，黏高粱。因为分得少，不值得去加工厂，加工厂碾出的面也不黏。一遍一遍推碾子碾轧是我童年悲惨的回忆，我总会想起磨道里的驴。它们可不像玉米那么好碾轧，不定要轧多少次，用箩筛多少回，比白面讲究得不是一星半点。每年春节母亲都蒸一锅黏饽饽头，里面装满了豆沙馅。剩多剩少给叔叔打包，一起打包的还有红小豆。

那些个日子原来都沉淀在了叔叔的记忆里。

我们在屋子里说话，那位新叔叔就在院子里劈劈柴，手法娴熟，举重若轻。我忽然想起了第一次来叔叔家，婶婶笨手笨脚劈劈柴的样子。眼下这些活计，终于有人替她干了。

只是，岁月走得太深了。

十九

我们从婶婶家出来，不知怎么的，气氛就觉得不对了，眼神就觉得不对了。一家人到处散落着，却没有谁看我们。自贡哥的笑脸非常勉强，说你们再住一宿吧。我和姐姐赶紧说，不了不了。我们从住的房间迅速拎出几件衣物扔进车里，然后告别。那种叫热情的情感不见了，一切都显得程式化、程序化。连告别的言辞似乎都是提前拟好的，显得特别机械。我们离开时，自己都觉得讪讪的，仿佛是，人家一直都好心待你，你却做了对不起人家的事。世界上没有比你们更差劲的了。关上车门，姐夫激愤地骂了句："连娘亲都不认，什么东西！快走快走！"可我还想看一眼这一家人、这一所宅院……我把脑袋伸到了车窗外，自贡哥虚浮的白脸在我眼前一晃而过。车子风驰电掣抛开了这座纠结了我们两代人的村庄，严先生是厚道人，嘟囔了句："我们去看婶婶，还是应该跟自贡哥讲清楚。这样私自行事，就太不给他们面子了。"

姐夫不以为然，"都是姥姥、姥爷（我父母）养大的，他们有什么面子？"

严先生说："我们这次来得这么仓促，说真的是对人家欠尊重……"

严先生摇摇头，脸上写满了遗憾。

姐姐显然不同意严先生的看法，从鼻子里"哼"了一声。

关于他们，关于我们自己，我什么也不想说了，因为说什么都于事无补。所有的事情看上去都符合程序甚至正义，但只有我自己清楚，这里面有太多的微妙不能对人言。我们这代人，到底跟父辈有着不小的差距。他们能把友谊保持几十年，我们却要通过计算才能得出结论。还不止是心态问题，应该说，骨子里已经成了一种习惯。

我主动坐到了副驾驶，是想好好看一看来时的路。这条承载了我们两家万千情感的路，如今彻底走到头了。姐姐、姐夫都发出了鼾声。我睡不着，我怎么可能睡着呢！我在想那些年的叔叔，和那些年的我们。叔叔年复一年地往我家跑，我们年复一年地焦急等待，现在回头看，感觉一切都值得回味和纪念。这样的等待，在人生中都不可复制。眼泪悄悄从眼角滑落。我想起了叔叔最后也是唯一的一次去我自己家，父亲给他冷眼能够理解，我有什么资格那么对待一位远道而来的老人呢？还别说他是我的长辈，曾经比亲叔叔还亲。他陪我走过了惶惑的青春时代，写的信如果汇集成册，可以出不知多少本书……我是两个家庭交往的最大受益者，自诩天生具有悲悯情怀……我到底是怎么了？

叔叔临终前最大的愿望就是见我一面，可我面对叔叔的这个愿望，表现得足够自私和冷酷。这次的苦梨峪之行成了一面镜子，我好像一下看清了我自己。难道虚荣与虚伪是一对孪生姐妹？

天空灰白，像是有雨似下非下。车到闪坡岭，我无意中朝车窗外看了一眼。见有个人骑辆老旧的自行车顺着路边走。那是个大个子男人，穿一件蓝工装制服。后车座上，夹了个空蛇皮袋子。我突发奇想，倒退几十年，这不就是李海叔叔么！我撳下了车窗玻璃，见那人不紧不慢蹬着自行车。到了坡顶，突然飞也似的滑了下去。

【作者简介】

尹学芸，女，生于1964年。天津市作家协会文学院签约作家，已发表各类文学作品300多万字。著有短篇小说《难得浪漫》、中篇小说《女人是祸水》等。曾获首届梁斌文学奖、孙犁散文奖、林语堂文学奖和全国文学作品大赛创作奖。

人们为何可共患难而难同欢乐

——评尹学芸的《李海叔叔》

颜 敏

我们这个时代历史背景与现实场景的转换如此迅速和决绝，以致人们似乎还来不及反应和准备，就被抛入一个虽曾期待但却终究陌生的所谓现代世界。这个年代前景暧昧，前时代、现代和后现代文化鱼龙混杂，各种相互牴牾的思想观念激烈碰撞，个体的自我连续性和自我完整性断裂破碎。在这种现实文化语境下，我被《李海叔叔》温馨却忧伤的个体生命记忆打动，也在思索这种记忆隐含的一个难题：人们为何可共患难而难同欢乐?

中篇小说《李海叔叔》讲述的是两个家庭两代人长达半个多世纪的交往情谊及其微妙的情感纠葛，深刻揭示出当代中国民间社会人伦道德的珍贵坚韧与纤细脆弱，从中透视出人性深处的善良与弱点。

先说这两个家庭两代人交往情谊的坚韧与珍贵。“我”父亲与李海是异姓结拜兄弟，但他们的情谊却超越了同胞兄弟。虽然他们结交的机缘是李海的政治罹难，但让他们打破身份差异而金兰结交的缘由还是惺惺相惜：一个是矿山上的八级钳工，一个是农村里的能工巧匠。自从他们结拜兄弟后，李海每年都来“我”家拜年，初一下午“父亲穿着簇新的衣褂，晃着肩膀攀上了河堤。我们这一条街的人都知道，父亲是去接叔叔了。”而且，“李海叔叔不单是我家的亲人，也是我们这条街的亲人”，李海来的这天晚上，屋里炕上炕下都是人，因为他在“我”家乡邻的眼里是见过大世面的高门贵客，能给大家带来外面世界的各种信息。“逢到这个日子，我们全家人的脸上都是喜气，父亲母亲出来进去合不拢嘴。”初三晚上李海走的时候，“自行车就像是全副武装一样，车把上，后座上，绑的绑，挂的挂，都是装满了货物的布兜和袋子。……只要我们家有的，不管是啥，统统带给叔叔。”父母已将接济李海一家人视为一种义务和责任，并以自我牺牲的方式来实现对兄弟的承诺。

这两个家庭的患难之交不仅维持了二十多年，而且沿袭了两代人。在“我”高考失败的人生迷惘期间，李海不仅来信引导，而且把“我”带到他矿山散心，使“我”走出人生的苦闷，寻找到一条实现自我的人生道路。“我”之所以成为作家，很大程度上得益于与叔叔的长年通信。同样，也正是在“我”家资助和激励下，李海的儿女不懈奋斗，终于走出山区摆脱贫困。他们兄弟姐妹一直怀念“我”家的长年接济与资助，抱着感恩心情与“我”家继续交往。其实，这两家的多年交往并没有震撼人心的戏剧性事件，多由过去日常生活中的断片连缀而成。虽然过去的日子异常艰难，但是这些从如梦往事中蒸馏出来的人性氤氲却能沁人心脾，直达个体内心的柔软之处。

再说这两家两代人珍贵情谊的纤细和脆弱。值得深思的是，这两个家庭在困厄人生中相互扶持共渡艰难，却在走上富裕日子后产生了隔阂，滋生相互怨恨的情绪，并且一度中断往来。小说提出了一个人生难题：人们为何可共患难而难同欢乐?

中国传统的人伦道德主张重义轻利，因而朋友之交在于义的观念在中国民间社会历久弥坚，即使是高压政治的时代也没能在民间社会消除这种伦理道德认同。“我”父亲在50年代末期与右派分子李海结拜为兄弟，并且为了兄弟情谊慷慨解囊，竭尽全力资助贫困中的李海一家。不过“我”父亲在接济李海的同时，也有内心的隐秘需求：一方面他从接济朋友的行为动机中获得道德的自我满足；另一方面“叔叔就像一件展品，或一道大餐，或一个品牌，成了若干年里我们家正月初一的标志。有了这个标志，我们家才在众乡邻中显得不同，甚或，增加了几许荣耀”。如果说李海来“我”家怀有获取物质资助的利己需求，而“我”父亲则从给予资助中获得名誉满足的利己需求，两家的兄弟情谊在相互需求和满足中达到平衡。这就是说，朋友情谊不仅建立在自愿和信任的基础上，也是产生在有条件的互利交往的过程中，而不是无条件的单方面给予或者接受；相互承诺是有限地尽义务，而不是单方面地无限负责任。

上世纪80年代改革开放后，李海一家逐渐摆脱困境走向富裕，但他依然空手来到“我”家，甚至在父亲患病也没有撂下一分钱。这时城乡差距开始缩小，“我”父亲不再需要李海在乡邻面前为自己增添名誉，因而开始对李海一毛不拔的吝啬耿耿于怀，对他态度冷淡下来。显然，李海没有意识到双方家庭经济状况和生活环境的变化，不仅惯性思维地依赖“我”父亲，而且还在“我”家炫耀他家庭条件的改善，以补偿多年来在“我”家接受资助而压抑的内心自卑。因此“我”家再也无法忍受李海无休止的索取，李海也不能在“我”家获得贵客的待遇。于是父亲与李海的兄弟情谊开始解体。

至于这两家第二代人重新接续的交往情谊，显然比他们上一代更为脆弱。第二代人情谊再次出现裂痕的原因，仅仅在于“我”家姐妹对李海的儿女强行阻碍母亲丧夫再醮表示不满；前者认为老人拥有选择生活方式的权利，而后者则认为母亲再嫁有损家庭声誉。应该说，这两家第二代共同拥有美好的交往记忆，也悉心珍惜父辈用人生苦难编织的情谊，但这种珍贵的情谊既纤细又脆弱，因为他们的共同记忆毕竟牵涉到内心深处的辛酸情结。李家儿女诚邀“我”家姐妹重游故地固然含有报恩之情，但同时也有补偿曾经的心理自卑缺憾的隐秘动机；因而从“我”家姐妹关于李母重嫁的态度上，再次敏感地受到某种优势心理的冒犯。当然，“我”家姐妹的态度也可能混杂着隐秘的忌妒心理。也就是说，人性本身的虚荣和忌妒，可能在毫不经意之间怂恿个体做出冒犯对方的举止，轻而易举地摧毁苦心经营的朋友情谊。再说，再牢固的朋友情谊也是两个孤独个体之间的交往，无论交情多深都有一定的边界，倘若一方贸然逾越边界触犯对方的心理防线，无论有意无意都会伤害对方。因此，现代社会的个体总是敏感而孤独的，友谊的选择也更加严格。

总之，这两个家庭的情谊交往及其解体表明，人们可共患难而难同欢乐。也许，人们过去的困顿生活迫使人们必需过着共同扶持的生活，这种必需使人们具有较强的心理承受力，以互相忍让共度艰难。当人们走出困境后，丧失了以往相互扶持的强化情谊条件，情感牵系变得越来越纤细，往往会为对方的一些失误或者弱点相互埋怨，不再愿意与对方分享欢乐。特别是日益功利化的现代城市生活，正在侵蚀人们因彼此交往与互助而生发的热情和感动，似乎只有深藏个体生命记忆的纯粹情谊才能滋润着干枯焦躁的心灵，替代性地补偿内心深处生存焦虑这类形而上的意义缺憾。正是从这种意义上讲，小说既是对共度艰难的返顾体验，又是对同享欢乐的质询追问。

隐　疾

裘山山

一

那个名字出现在青枫电脑屏幕上时，青枫的心脏一阵悸动。今年体检查出左心室缺血，也许那一刻血液突然加热膨胀，涌入了干涸已久的左心室，心脏很不适应地疼了起来，是刺痛。那种疼让她瞬间想到了四十年前的那个夜晚，唾沫星子溅到脸上的疼。

青枫的第一冲动是想删掉这个私信，第二冲动是想拉黑给她私信的那个人。但还是忍下了。毕竟，人家仅仅是询问，三个询问句而已。如同遇见问路的人，你可以说你不知道，总不能去骂问路的人。

那三个询问是这样的：你是岳青枫吗？你知道冷锁江现在在哪儿吗？你有他的联系方式吗？

她确定这个冷锁江就是她认识的那个冷锁江，这样的名字不大会重复的。更何况，问的人知道她是谁，指向明确，是她认识的那个冷锁江，而不是世界上其他的冷锁江。虽然这名字已被埋了四十年，陈旧得像写在斑驳黄纸上的字迹，可瞬间出现，还是坚硬地戳过来，刺痛了她。眼前黑乎乎的一片，仿佛电脑死机。

这是什么人？为什么要找他？干吗到她这儿来找他？莫名其妙！四十多年了，她一直在努力忘掉他，差不多已经忘掉了。这人却这么冒失地跑来，粗暴地把他推到她面前，给她一闷棍。

青枫的名字，是父亲从《春江花月夜》里取出的，“白云一片去悠悠，青枫浦上不胜愁。”她出生的时候，父母的确是不胜愁的。用不胜愁形容都轻了，应该是万念俱灰。但骨子里热爱古典诗词的父亲，还是在万念俱灰中残存了一点诗意，给小女儿取了青枫这样一个名字。前些年微博盛行，她注册时便用了“白云去悠悠”

替代自己。而后的微信以及网上的各种注册，她都沿用了这个名字。时间长了，很多熟悉的朋友索性叫她白云。

可是这个人是谁？ Ta 是从哪儿知道“白云去悠悠”是她的？青枫心里一阵烦躁。她已经很久没这样动过气了。日子越来越顺滑，也越来越没劲儿，连生气也难得遇到。毕竟，知天命已知了很多年，更年期也更了很多回，整个生命程序都进入到了尾声，仿佛一首歌，抒情的序曲唱过了，高亢的主旋律也唱过了，甚至副歌也唱过了，剩下的只有余音。

青枫让自己平静下来，默默敲下几个字：我不认识他。你是哪位？想了下，又改成：我不知道他在哪儿，你是哪位？然后发出去了。

那人很快回复了：

我是二班的黄黔英。

我们班在你们班斜对面。

我跟冷锁江是同班同学。

我们想搞同学会，在找他。

显然这是个女人，不仅仅是名字像，还有这么急促的一句接一句的表达方式也像。青枫完全不记得这个黄黔英，她连自己班上的同学都记不全，何况对面班上的同学。她能确定的是，此人应该是高中同学。只有上高中时，他们一班和二班才是门斜对着的，中间隔一条走廊。还有，此人肯定是他们铁道兵部队的孩子。只有铁道兵的孩子，才会在名字里频现地名，闽、川、渝、襄、黔、桂、滇。铁路修到哪儿，部队就进驻哪儿；部队进驻哪儿，孩子就生到哪儿。青枫和姐姐之所以跟他们不同，是因为她们出生的时候，父亲在院校。

她没再回复，站起来打开窗户。她的心脏急需新鲜空气。

正是春寒料峭的时节，天微阴，细雨蒙蒙，是她喜欢的味道。树木开始泛绿了，葱绿，豆绿，冬瓜绿。其间也夹杂着一些红。那红，也是树叶，看上去却像花。有的树从不开花，但一直红艳如花；有的树一直开花，却微小到无人察觉。青枫喜欢琢磨树，也常常看着树发呆。碰上美丽的树她会驻足，暗自拍手称赞。当然，她知道树自己并不在意自己的长相，而且对人工修剪一定是憎恨的。

比起花红柳绿热风扑面的仲春，青枫更喜欢凉凉的早春。喜欢春分到清明那个时节，介于暖和冷之间，有些暧昧。有时候她的一些沉睡的记忆会在早春复苏，带起整个身心，欣欣然，回到从前。

此刻便是。

但此刻的记忆之门洞开后，是漆黑的。像小时候父亲给她讲的那个故事，兔子不小心掉进了树下的无底洞，一直掉，一直掉。

不见底。

二

青枫决定给幺妹打个电话。

幺妹不是她妹妹，是同学，大名姚梅，因为她妈妈用山东话叫她：姚——梅！听上去怎么都像是四川话里的幺妹，当时他们正好在四川，于是乎左邻右舍都叫她幺妹了。在青枫那个时期的同学里，幺妹和她是最要好的，用现在的话说是闺蜜，虽然她们只做了两年同学。她们两家在走廊的两头。每天早上上学，幺妹都会在楼梯口叫“青枫”青枫一耳朵听到了，迅速出门，两人就一起下楼去学校。但如果是青枫先吃完饭在走廊上叫幺妹那是无论如何也叫不应的，不是幺妹耳聋，而是青枫的声音太细小，用她妈妈的话说，跟蚊子一样。也由此可见青枫是个什么样的少女。幺妹的妈妈孙阿姨人很和气，脾气像面团一样，但即使如此，青枫也不去她家，她和幺妹只在上学的路上交谈。这是妈妈定的规矩，不要随便去别人家。

青枫此生都没有发小，因从小随父母迁徙漂泊，总是和这群孩子相处一时期，又和那群孩子相处一时期。发小只有姐姐。不过幺妹是个例外，貌似发小。她们十二岁相识，十七岁分开，之后三十多岁时又走到了一起。幺妹是随丈夫到了北京，青枫是大学毕业留在了北京，两个人偶然相遇，好一阵激动，像找到了失散的亲人一般。青枫甚至觉得，自己这棵小树因为幺妹的存在，便在偌大的北京多了一根根须。幺妹没读过大学，高中毕业跟父母回了山东老家，在一家街道企业当工人，好像是做纸盒子的。后来跟丈夫随军到了北京，干了十几年超市营业员，五十岁不到就退休了。她感兴趣的话题和青枫感兴趣的话题，几乎完全不搭。但青枫愿意和她在一起，亲切、轻松，透着家人的随意。有时候青枫在家请客，就让幺妹过来帮忙烧菜，幺妹总是非常痛快地答应，好像真的是她幺妹一样。其实她们俩同年，幺妹比她小两个月而已。

电话打过去，幺妹接起来就说：哎哟，我正想给你打电话咧。

幺妹也是山东口音，只是比她妈妈淡很多。

青枫的心里已经猜到大半，脸上浮起了笑容。幺妹能说什么她还不知道吗？无非是胖胖（小孙子）今天问了她一个她答不出的问题。或者，昨天晚上韩剧里那个女人为啥犯贱。幺妹的生活主题就是这两样，孙子和韩剧。但她有一大优点，谦虚好学，什么事儿都爱问个究竟。她们之间的问答关系，并不是像孔夫子和子路或者颜回那么有人生哲理，而是像母亲和阿姨们。小时候母亲也时常回答左邻右舍阿姨们的提问。比如，许大姐，今天广播里说，某某死了，中年（终年）七十三岁。他都七十三了，还能算中年吗？母亲就耐心解释说，那个终不是中年的中，是终结的终，意思就是他生命结束那一年七十三岁。又比如，许大姐，叶剑英是个男人嘛，干吗取个女人名字？母亲就说，那可不是女人名字哦，剑，是刀剑的剑，英，是英雄的英。阿姨们释然，笑呵呵的很满意，好像吃到一口好菜。母亲姓许，比阿姨们都要年长，她们就叫她许大姐。偶尔，阿姨们也会问到一些高深的问题，比如，许大姐，广播里天天批林批孔，林彪是坏人俺知道的，他要害毛主席，那孔老二咋啦？他不是个古人吗？不是早就死了吗？为啥还要批他呢？这种问题，母亲是不敢回答的，母亲说，报纸上是这样说的，你看嘛。母亲就拿报纸来读。阿姨们没兴趣了，不再问。母亲这样一个"摘帽右派"，哪里敢解读当下政治？母亲更愿意回答的是"七十三岁怎么能算中年呢"这样的问题，又有趣，又安全。

每次青枫回答幺妹问题的时候，就会想到母亲。她和母亲是越来越像了，越老越像了，包括回答问题时的语气。自然，幺妹的问题比阿姨们宽泛许多。阿姨们的问题仅仅来自每天的新闻联播，幺妹有电视，现在还有微信。

没想到幺妹开口跟青枫说的，既不是孙子，也不是韩剧。

幺妹说，那个谁，她到北京来咧。青枫问，谁？幺妹忽然顿住。青枫隐隐意识到什么，追问，谁来了？幺妹说，丽闽，王丽闽，她来北京咧。青枫不说话了。幺妹歉意地说，我本来不想跟你说的，可是她非说要见你咧。青枫说，见我干吗？我有什么好见的。幺妹说，不知道呀。估计是想你了嘛。说完幺妹似觉得不妥，又说，反正她说想见你。她和以前不一样了，成天烧香拜佛的。青枫说，你们已经见过了？幺妹说，还没呢，她明天到。我让儿子去接她。她来北京看病。

青枫心里略略有些不快，听上去，她们关系还挺近的。但她没有表露。尽管她跟幺妹关系很好，也无权干涉她跟其他人交往，包括跟她不喜欢的人交往。

她要住你家吗？她略带醋意地问。幺妹说，不不，我家哪有地方。她在医院旁边订了宾馆。

青枫还是不说话。

幺妹说，嗯，那个，你要是不愿意见也没关系，我已经留了个活口，我说我先打电话问问，看你在北京不。

幺妹到底还是跟她更亲近些。青枫放松了些，说，对的，你就跟她说我不在北京，回老家了。

幺妹忽然问：哎，你给我打电话是什么事？

青枫回过神来，顿了一下，把有人在网上打听冷锁江的事情告诉了幺妹。说着说着，不免又愤愤然，声音也高了几分。平日里青枫说话总是绵绵的，小时候妈妈说她像蚊子叫，老了大概就是个老蚊子在嗡嗡了。今天这么高声大嗓的，实属罕见。但幺妹肯定明白她为何反常的，她在幺妹面前无所顾忌。

幺妹对这个黄黔英倒是有点儿印象，她说的确是个女生，是另一个团的子女，小时候蔫蔫儿的不爱说话，跟王丽闽一个班。

提到王丽闽，青枫更懊恼了：那她干吗不去问她？问我干吗？我跟他八竿子都打不着，我凭什么要知道他的联系方式！真好笑（我就恨不能不认识他。这后一句，青枫忍住没说出口）！

幺妹顺着她说，就是，挺烦人的。可能是要搞同学会吧，这几天到处找人，我也接到好几个电话。也有来问你电话的。今年是咱们高中毕业四十年。

青枫心里嗖的一阵，蹿过冷风。今天真吊诡，王丽闽来北京，冷锁江冒出微博。对她来说，这两件事其实是一件事，这两个人其实是一个人，他们又联手攻打过她了，一如四十年前那样。她不想迎战，只想关上门。毕业四十年？才四十年？她感觉已经过去一个世纪了。她和他们，是上辈子结下的孽缘。

幺妹又把话题回到王丽闽头上：可能是老了吧，王丽闽说了好几次想见你，我都没告诉你。她每次给我打电话都要问起你，问你好不好。变样没。还问你孩子多大了。挺念旧的。这次因为人都来了我才跟你说的。她还说今年秋天同学会，让我叫上你。

青枫冷冷地道，我不去。又问，你要去吗？

幺妹说，嗯，我想去，我挺想他们的，好多同学从高中毕业就没见过了，再不见真的老了。我们是从小一起长大的呢。

青枫不语。

幺妹继续说服她：丽闽她真的变化挺大的，不像小时候那么神气了。每天在家念经呢。对了。我听说，那个男生，冷，他肯定不会去的。他身体垮了，起不来床，好像是中风了。

是吗？青枫有些惊讶。事隔四十年，她第一次听到关于他的消息，却是这样一个坏消息。不知为何，她并不觉得高兴，默默放下了电话。

过了一会儿，大概不到三分钟，青枫又打了过去，她跟幺妹说，见就见吧。但是你必须一起见，我跟她没话说。

幺妹连连说，当然，当然一起见。我想过了，后天正好是星期天，我把孙子送到亲家那儿去，我来包饺子，你们一起来家吃饺子。

从幺妹的语气里听出，她特别高兴，甚至有点儿兴奋。这感染了青枫。也许自己一开始就该答应的，不要让幺妹为难。青枫略有歉意。

其实她最后的妥协，不是因为那个坏消息，而是缘于王丽闽的变化。她居然信佛了？这倒让她有几分好奇。

三

去幺妹家，青枫总是选择地铁，十站路就到了，而且两边都不用走太远，更而且，从地铁口上去就有家超市，规模挺大，青枫总是到那里买些东西带过去，主要是烧菜的食材。现如今都叫食材了，无非是鸡鸭鱼肉之类。幺妹的厨艺特别好，别看是山东人，面食之外的菜也烧得好。每每做了好吃的她就打电话叫青枫去品尝。作为回报，青枫总是买最好的食材给她。比如最好的牛肉，或者黑猪肉，或者新鲜黄鱼。那都是幺妹不大舍得买的。幺妹家本来还算富裕，丈夫当到营职干部从部队转业，在一家国营商场当书记，一直干到退休。但两口子千辛万苦省下的钱，都给儿子买房了。北京的房子，那绝对是血盆大口，一口下去，幺妹就剩骨头了，所以家里日子过得很勤俭。即使去中低档超市买东西，也经常晚上去，买那些临期的便宜货。

从超市出来，过马路时，青枫发现身边一戴眼镜的老妪，犹豫着不敢过街，虽然人行道已是绿灯，但一些骑电瓶车的，还在不自觉地横穿人行道，也不减速。她便用手轻轻扶在老妪胳膊上，带她一起走了过去。过去后老妪连说谢谢。青枫这才发现，老妪的年龄不是太大，说不定和自己差不多。可能是神情胆怯，加上灰白的头发，显出了老态，一旦过了马路，就正常了，走得还挺快。

青枫加快脚步，超过了她。她不能比一个过马路需要扶的人还慢吧。她时常提醒自己，你还不老，不能有老态。母亲六十多的时候，看见公交车到站了还会跑几步去赶。母亲是她的榜样。

幺妹打开门，张着沾了面粉的两只手呵呵地笑着，她的笑容和以往不同，高兴里带了几分感激，仿佛青枫答应见王丽闽，是给了她面子。这让青枫不习惯。她径直把买好的东西送进厨房，又洗了手要帮忙。幺妹推她进客厅：你去喝茶。跟着又加了一句：丽闽还没到。

青枫放松了，她之所以在厨房滞留，就是怕和王丽闽打照面。既然没到，她就自在地脱掉外套，给自己泡了杯茶。

青枫端着茶站在厨房门口和幺妹聊天。幺妹说，我今天包两种饺子，一种猪肉大白菜的，一种素菜馅儿的，是韭菜豆腐干。青枫说，行，你包什么我都喜欢。幺妹说，丽闽现在吃素了，素馅儿主要是给她包的。

青枫想，真是变化挺大啊，居然吃素了。

幺妹一边忙着手上的，一边给青枫大致讲了王丽闽这几十年的经历，当了几年兵，没提干就退伍了。退伍后进了政府部门，城管局还是房管局，幺妹没记清楚。总之在局里从小科员一直干到处长，很能干。前两年退休了。

青枫问，她来北京看什么病呀？幺妹说，你不知道，她特倒霉，眼睛出问题了，得了个什么眼底黄斑病变，听说很难治。

青枫心里忽闪了一下，这可是够倒霉的。

到了她们这个年龄，难免有这个病那个病的，比如幺妹就是血压高血脂高血糖高，这个不敢吃那个不敢吃的，偶尔吃块红烧肉，还先在餐巾纸上按按，把油吸了去才吃。而青枫自己，除了心脏不太好之外，最严重的是腰椎间盘突出，发作的时候走路非常困难，连刷牙都要撑在水池台子上。可是相比之下，王丽闽这个毛病更让人同情。要是瞎了，日子怎么过呀，还有啥意思呀。如果能自选，青枫宁可选缺胳膊断腿，也不要失明。

两人正聊着，幺妹电话响了，接起来，是王丽闽，她说她有点儿转迷糊了，找不到她们家。幺妹说，你在哪个位置？站着别动，我来接你。王丽闽说她在他们小区的杂货店门口。

青枫在一旁听到了，略微勉强地表态说，我去接她吧。

幺妹手一拦：哪有让客人去接的？我去，你帮我再剁剁白菜。

幺妹真是个善解人意的女人。青枫想，真让她去接，那才尴尬。她赶紧去厨房剁菜馅，她宁可一直在厨房待着，擀皮包饺子，怎么都行，好像根本没来。

青枫也是会包饺子的，在部队长大的孩子，哪有不会包饺子的？但青枫对厨房没兴趣。一想到从面粉到饺子的全过程，青枫就头大，那得在厨房站多久才能完成？实在是太熬人了。

小时候，就是和幺妹做邻居的时候，幺妹的妈妈经常包饺子。山东人包饺子就跟玩儿似的，下班回来才开始和面剁馅儿，天还没黑就吃上了。通常都是素馅儿饺子（因为肉要凭票），也很好吃。每次青枫母亲都不停地点赞：小孙你太利落了！小孙你真是能干！

小孙就是幺妹妈。幺妹妈煮好饺子，总会让幺妹端一碗到青枫家。当然，青枫妈做了好吃的，也会让青枫送过去。比如粽子，那是妈妈的绝活。还比如自制的米花糖，自己发的豆芽，自己腌的榨菜，自己做的豆豉。青枫妈妈虽然是文化人，却在厨艺上极有天赋，什么菜都会做，青枫至今想起都很崇拜。

由于青枫和幺妹是好朋友，两家母亲便也亲近了很多。青枫都记不清吃过多少回幺妹妈包的饺子了。如今幺妹妈已过世，青枫母亲虽然还在，也多年不进厨房了。老了，老到在厨房站不住脚了。连她都老了，母亲能不老吗？日子已过去了很多很多，像她们小时候形容的那样，像头发那么多，像树叶那么多。那么多那么多的日子，要埋住她们了。

四

青枫时常会想起在小镇的日子，不是怀念，就是想起。好像那个日子在她的脑海中的划痕特别深，稍不留神就凸显出来。也许是那个时候她的脑海特别柔软，特别干净。

这里说的“那个时候”，就是 70 年代初，“文革”中期。青枫的父亲被打成“资产阶级教育路线的黑干将”“白专道路的典型”（原因很简单，父亲是连续数年的优秀教员），从铁道兵学院，调到了在大巴山修铁路的部队。谓之“到基层锻炼改造”。一家人便随同父亲迁徙到了山里的小镇，住进了部队家属院。所谓家属院，其实就是向当地一家工厂借来的两栋老楼。现在想想，工厂真不易，自己的房子都不够住，还借给部队两栋。也许是上级有命令吧：必须无条件支持解放军。

幺妹家和青枫家住在其中一栋的四楼。一条长走廊把八户人家串在一起。走廊是开放式的，一面朝外，一面是房间。和北方的筒子楼不一样，八户人家分成四组，每两户共用一个厨房。但没有洗碗池也没有厕所，洗碗池在走廊中央，家家户户排队在那儿洗衣服洗碗打水。至于厕所，整条走廊都没有，整栋楼都没有。全工厂宿舍区就一个公共厕所，在宿舍中间的空地上。所以，说是住楼房，生活条件却是非常原始的。

和青枫家共用一个厨房的是杨阿姨家。她丈夫是父亲那个团的政治处主任。左边头上是陈阿姨和邓阿姨，右边是赵阿姨和王阿姨，再过去是马阿姨和孙阿姨，也就是幺妹家。这八户人家的男主人分别是参谋长、政治处主任、教导员、营长、股长（两个）、后勤处长，唯有青枫的父亲是工程师，不带长，无权无势。偏偏青枫母亲还是家属里唯一的“臭知识分子”“摘帽右派”。可想而知,青枫家在团里的地位了。

幸好这八户人家的阿姨，大都是从农村出来的，很朴实，加之没有文化，平日里读信写信什么的，都要靠青枫母亲帮忙。母亲也总是尽其所能帮她们。因为部队在川陕交界的大山里施工，距离小镇有好几百公里，家家户户的男主人，只能一年探亲一次。平日里，就是家属们相伴着过日子了。除了写信，母亲还帮他们做衣服，当然不是大件，就是背心短裤什么的。青枫家有台飞燕牌缝纫机。所以青枫家和邻居们的关系，很是和睦。

有意思的是，八户人家大多是男孩子，差不多二十个，女孩子就四个，青枫家两个，幺妹家一个，马阿姨家一个。男孩子们从八岁到十六七岁不等，正是惹是生非的年龄，打架斗殴，上房揭瓦。走廊上每天都能听到阿姨们此起彼伏训斥打骂孩子的声音。有时候鬼火冒，做母亲的下手也很重，青枫母亲不得不前去阻拦，便被误伤，手臂上好几次留下乌青。事后阿姨们少不得上门道歉，端碗饺子，或者给青枫姐妹抓几颗糖。

尤其是最头上的陈阿姨，四个儿子，老大老二只差一岁，每天在外和人打架不说,回到家还要互相打。常言道“兄弟打架不要命”,青枫对此话的感受可是太深了。某一日老二不知为何事发怒，举着菜刀追老大，老大脸色煞白从家里跑出，跑过青枫家门口时，青枫母亲一看不妙，打开家门让他躲进来，把老二堵在门外。老二进不了门，就拿菜刀砍青枫家的门，把青枫吓得两腿发软直打哆嗦，方知那共产党员掩护战友可不是闹着玩儿的。

陈阿姨经常被她的俩儿子气得发疯，就往死里咒骂：监狱怎么不把你们收了去？汽车怎么不撞死你们？看到青枫家的门被她儿子砍得一道道刀印，唉声叹气地说，许大姐我真是羡慕你啊，你看看你俩女儿多好啊，又听话，又懂事，要是我的闺女，我砸锅卖铁都要给她们做新衣服穿。但有时候，陈阿姨也会骄傲地跟青枫妈说，我们村里人都说，他老钱家真是烧高香了，娶了我这么个媳妇，一下子给他生了四个小子。

不管陈阿姨说什么，青枫母亲总是微笑着听着，不言语。

有没有儿子，对青枫母亲来说，真是太次要的问题了。只要能安安生生过日子，青枫的父亲在工地上好好的，两个孩子在学校好好的。再退一步说，能不被周围的人歧视，两个女儿能和其他人家的孩子一样，她就心满意足了。

表面上看，是一样的。白天青枫母亲和阿姨们一起去上班，也就是在部队工地上帮忙打杂，挣一点儿钱贴补家用。青枫和姐姐去学校上学。晚上下班回来各自做饭，做了好吃的互相品尝。由于每家的屋子都很挤，走廊便成了饭厅，尤其到了夏天，家家都在门前摆个小桌子，放上两三个菜，坐在小凳子上吃晚饭。青枫家没有小桌子，就用一张凳子替代，反正最多两个菜，也放得下。日子虽然拮据，也不乏快乐。

青枫在这样的环境里，生活了五年。从十二岁长到十七岁。

五

王丽闽出现在幺妹家门口时，青枫傻掉了，原来就是刚才那个她扶过马路的戴眼镜的老妪！竟有这么巧的事。青枫有点儿不知所措，好在，王丽闽没有认出她来，也许她的眼睛真的不行了。青枫自然也就默不作声了。

王丽闽伸出手来和青枫握，笑眯眯地说，你是青枫吧？哎呀真不好意思，我迟到了。我看错楼号了，跑到八号楼去了，还上到五层去敲了门呢。丢人现眼的。

幺妹连忙说，喀，我们这几个楼都一样，容易认错。

青枫也顺着说，是的，我头一次来也找错了。

把六看成八，看来她的视力的确出了问题。

幺妹说，早知道我就让儿子去接你了。

王丽闽说，不能老麻烦孩子。我打车过来很方便的。

青枫想，她肯定撒谎了，她明明是从马路对面过来的，显然是坐公交车，要不就是地铁。可是，这也没什么丢人的呀。青枫现在越来越喜欢利用公共交通了。

幺妹又钻进厨房继续做她的饺子了，青枫便给王丽闽泡茶。她再次打量，确定刚才自己扶过的老妪就是王丽闽，她摘下眼镜后，脸上便现出了小时候的影子，虽然胖了一些，老了一些，基本模样还在。她突然想起李益那句诗，“问姓惊初见，称名忆旧容”，真的是“称名忆旧容”啊。

此刻坐在客厅里的王丽闽，不像站在车水马龙街边的王丽闽那么局促害怕，战战兢兢了。一旦放松，她身上那股劲儿就回来了。

嗨，你家房子真不错。她环视四周对幺妹说，这个地段肯定很值钱，又靠地铁。幺妹说，地段不错，就是有点儿小，儿子他们来了没法住。王丽闽说，我家倒是宽，楼上楼下的，打扫一次卫生都得大半天。可是跟乡下差不多，没人去呀。

自谦里满是自得，谁都能听出来。肯定是买了别墅。

青枫把泡好的茶递给王丽闽，注意到她的手腕上戴着珠串，也不知是什么木头，取自哪棵树。现在戴这个的人特别多，成了新时尚。据说有些珠子非常昂贵。青枫倒是一点儿不感兴趣。

王丽闽抬眼打量了她一下，笑眯眯地说，你变样了，青枫。我脑子里还一直想着你小时候的样子，黄毛丫头一个。现在要是在街上遇见，肯定认不出来了。

青枫敷衍道，可不是，都成老太婆了。

王丽闽说，不是不是，和老没关系，是我眼睛不行了。前年同学会的时候，我还能叫出一多半同学的名字呢。这一年眼睛突然就不行了，看啥都只能看个大概，快成瞎子了。

她对自己的病好像并不在意,随口就说出来了。性格似乎也和小时候一样,随意、率性、满不在乎。用英语说就是 not care。貌似大大咧咧的，其实是藏着一种自负。

青枫还是礼貌地问，我听幺妹说了，她说是眼底黄斑病变，不好医治吗？在北京找到专家了吗？

王丽闽说，嗯，挺麻烦的，医生说很难逆转，搞不好过两年就瞎了。这不有个朋友给我介绍了一个协和专家吗？好不容易才挂上他的号，周一去看看。死马当活马医呗。

青枫点点头，不知说什么好。她对此一窍不通。若是说到椎间盘腰腿痛什么的，她还可以聊几句。她朋友里还没有眼睛出毛病的，缺乏谈资。青枫只好一个劲儿喝茶。

你挺好的吧？王丽闽跟她寒暄起来：我听幺妹说，你事业有成，家庭幸福，福报好呀。

话语里果然透出信佛的气息了。

青枫讪讪道，哪里，普普通通的。

王丽闽继续寒暄：我听说你也是个儿子，在哪儿工作呢？也该结婚了吧？

青枫一一作答：就在北京工作。还没结婚。

幺妹在厨房大声插话，青枫的儿子可出息呢，又高又帅。

王丽闽说，是吗？阿弥陀佛，随喜随喜。

青枫听着别扭，只好客套说，也谈不上啥出息。

王丽闽说，我已经有孙子了，都上小学四年级了。

看青枫那么惊讶。她解释说，我结婚早嘛，二十三岁就生儿子了。不过我可不像幺妹那么有耐心，我没管。我儿子说我成天在家烧香拜佛的对小孩儿不好。有啥不好的？有佛祖保佑才好。不过我巴不得不管，让亲家去管。

青枫笑笑，不知该接什么话。

王丽闽忽然说，青枫你不想见我吧？我知道。

又笑道：可是我很想见你呢。真的。

青枫毫无防备，尴尬地说，没有没有。但“我想见你”这句话，是怎么也说不出口的。她不想见她，真不想见，直到今天来的路上，她还在后悔答应了幺妹。

王丽闽说,没事儿,我知道你还在生我的气。嗨,都是小时候的事了,别老记着了。

王丽闽说到此处，竟然伸出手来放在青枫的腿上，很亲切很随意地拍了拍，就好像长辈对孩子。青枫感觉很不舒服，假装倒水站了起来，摆脱掉那只手。但嘴上依然下意识地说，没事儿没事儿。

她感觉到自己脸红了，好像做错了什么。为什么她要说“没事儿”？怎么会“没事儿”？她干吗脸红？

青枫恼恨自己，不想再和她对话了，她倒了水，走到厨房门口说，幺妹你别一个人忙，端到屋里我们一起包吧。我也会包的。

幺妹回答说，好的，马上。

王丽闽也站了起来跟到厨房，探头对幺妹大声说，幺妹，我刚才跟青枫说，以前那个事儿，别老记着了，是吧？咱们都老了。

幺妹说，嗨，青枫早忘了，小时候的事，过去就过去了。是吧青枫？咱们还是好朋友。

青枫无语。

六

幺妹曾经问过青枫，就是她们刚在北京遇见的时候。她们说起小时候的事，说到了王丽闽，青枫掩饰不住自己的厌恶。幺妹便问，你为什么那么讨厌丽闽啊？

青枫反问，你不讨厌她吗？

幺妹说，有时候想起来，也会觉得她太霸道了。可是谁让她爸是团长呢，你看师部头头那几个孩子，更霸道。她算好的了。

青枫不愿再去想那些，她的少女时代是灰色的，她是灰溜溜地长大的。她把话题转移到了别处，但又被幺妹拽了回去。

幺妹说，我觉得丽闽对我们还是挺好的。那个时候糖果好稀奇哟，我妈根本舍不得买，星期天她把我们她家去吃糖果，吃江米条什么的。还有她妈妈孟阿姨对我也挺好的，有一次我买米回家，路上碰到她妈妈，她妈妈还让我搭了车呢，就是她爸爸那个吉普。

青枫忍不住了，那你忘了那件事了吗？你忘了她欺负咱们那件事了吗？她把咱们一个个叫到房间去审问，你都吓哭了！

幺妹竟然笑了：没忘没忘，搞得跟国民党审问地下党一样，就差严刑拷打了。真把我吓哭了。

青枫不可思议，这样的事，她还能笑出来？她不觉得难过？不觉得生气？不觉得被羞辱？

幺妹轻描淡写地说，小孩儿嘛，胡闹呗。

青枫说，那时候她已经十八岁了，十八岁可不是小孩儿！

幺妹依然说，小时候不懂事嘛。

就是从那次起，青枫意识到，在这个问题上，她和幺妹的感受天差地别。她决定不再和幺妹谈这个话题。没法谈。幺妹仿佛也明白了这一点，在她俩后来的交往中，再没提过王丽闽了。

在青枫心里，这件事绝不是胡闹那么简单，无法过去了就“过去了”。这件事深深刻在她心里，刻痕太深，以至于成了一触碰就会出血的伤疤。即使不触碰，它也在皮肤下面，改变了血流的方向。

上个世纪 70 年代中期，青枫和幺妹，还有王丽闽，同时就读于小镇的唯一一所中学。从初中到高中。高二那年，青枫和幺妹十七岁，王丽闽十八岁。班上同学的年龄参差不齐，最大有二十出头的，最小的不到十七岁。因为铁道兵“志在四方”，孩子就时常转学，留级是稀松平常的事。

虽然在同一所学校，青枫几乎不与王丽闽来往。不在一个班是个原因，更重要的原因是王丽闽的父亲是团长，她长得又漂亮，团里的孩子们都讨好她。而瘦小的青枫唯一的骄傲资本，就是学习成绩，她总是能考到前三名，比王丽闽好很多。

十八岁的王丽闽，的确很有公主范儿，亭亭玉立，漂漂亮亮，风头十足。他们家四个孩子，她是老大，走出家门也保持着老大的范儿。每次王丽闽出现，孩子们总是会围上去打招呼，只有青枫待在角落里不动。青枫的这种状态很难定义，有矜持，有胆怯，还有自卑。以这样复杂的心境，她不想和太得意的人交往。她生性敏感，还孤僻。平时也只和幺妹这样的女孩儿玩儿，幺妹父亲只是个股长，身上便没有那种颐指气使的味道。

事情发生在一个夏天的午后，青枫她们马上就要高中毕业了。

那天下午上课铃打响，王丽闽班上的同学走进教室，豁然看到黑板上写着一行粉笔字：王丽闽和冷锁江耍朋友！

这下可炸了锅，或者叫舆论哗然。“耍朋友”是当地话，意思即谈恋爱。本来十七八岁的年纪，正是情窦初开日日怀春的年纪。但在那个年代，谈恋爱相当于耍流氓，相当于二流子，所有的孩子都自觉地将其划人坏人坏事的范畴。

以前黑板上也经常出现淘气同学的涂鸦，连青枫也被同学们恶搞过。但王丽闽不一样，她是公主，是孩子们的老大。谁竟敢造公主的谣？最最重要的是，竟敢把她和冷锁江扯到一起（而不是和师长的儿子或者师政委的儿子）。冷锁江是谁？是他们团里一个刚从农村出来的男生，高一才转学的，父亲是一个营的副营长。这是完全不可能的，这个恶搞包含了双重的恶意。所以对王丽闽来说，黑板上的这句话相当于"反标"（反动标语），属于恶毒攻击。她怒不可遏，据说她们班下午的课都没上好，乱哄哄的。

青枫听到这个事情时，已是黄昏。毕竟她们不在一个班，青枫又总是缩在教室角落看书的人。傍晚她正在家里帮母亲做饭，幺妹跑来叫她，眼睛红红的像是哭过，她说，你赶快去王丽闽家吧，她有重要事情找你。青枫问怎么了，幺妹眼圈儿里泪水打转，说丽闽生气了，有人造她的谣，说她和冷锁江耍朋友。青枫很意外，竟然有人敢造王丽闽的谣？但感觉此事和自己无关，不想去。幺妹一定要她去：你去吧，你不去她会骂我。青枫只好去了。

去了才知道，那个在黑板上写"反标"的人很快被查出来了。因为王丽闽愤怒不已，闹到他们班上不了课，老师无奈，只好说要在全班查对笔迹。这一来，班上一个男生站出来承认了，说是自己写的。王丽闽立即审问那个男生从哪儿听说的。男生说是听团里几个女生说的。至于是哪个女生，男生坚决不肯说了，俨然共产党员不怕严刑拷打的样子。王丽闽没辙了，就通知团里所有女生放学后到她家，她要一一审问。

王丽闽家住在另一栋楼的二楼上，青枫从来没去过。她家占了两套房子，有四间。不仅如此，青枫还常常看到王丽闽的母亲坐着绿色吉普车去买米买面（而青枫她们只能背着背篓去）。所以在那个时候的青枫眼里，团长是很大很大的官儿。

因为有四间屋子，王丽闽便有自己的闺房。青枫进到她家，发现屋里好几个女孩儿，都是本团的。女孩子们被一个个叫进闺房，没叫到的孩子就坐在外面等。无论是从房间里走出来的，还是等在外面的，女孩儿的眼里都是害怕和惊恐。

轮到青枫走进去时，见王丽闽坐在床上，靠着床边的书桌，让她坐在她对面的小凳子上，有点儿居高临下的气势。青枫又害怕又生气，害怕占了主导。这场面，令她想起小时候陪母亲去开批斗会的情形，那是"文革"开始的第一年，她才八岁。她心里的阴影迅速扩大，黑云压城，不由得打了个冷战。

王丽闽语气和蔼，但表情严肃。她说，岳青枫，你知道我为什么叫你来吗？今天有人在黑板上造我的谣，说我和冷锁江耍朋友。我问你，这话是不是你说的？青枫连连摇头，我没说，我不知道，我也是刚刚才听说的。王丽闽冷笑道，别不承认了，张襄林（那个始作俑者）说了，就是我们团的女生说的。

青枫说，不是我。

王丽闽说，不是你说的是谁说的？我就知道你一直讨厌我。

青枫连忙摇头。王丽闽又说，你就承认了吧，承认了就没事了。我就是想知道干吗要这样说，我又不会把你怎么样。

青枫依旧摇头，不语。

王丽闽生气了：为什么要造我的谣？说我和冷锁江耍朋友？我怎么可能和他耍朋友？简直胡说八道！青枫你说，可不可能？我怎么会跟他耍朋友！

青枫听出来了，王丽闽不是生气人家说她耍朋友，而是生气人家说的耍朋友的对象。事后回想起来，王丽闽是想从青枫这里得到坚决的否认，说冷锁江配不上她，根本配不上，那都是胡说八道。也许青枫这样说了，她会好受一点儿，或者，就可以排除嫌疑。可是青枫对这种事一点儿经验没有，她在男女情事上严重滞后，一直懵懵懂懂的不开窍。她只会沉默。

王丽闽说，我再问你一次，是不是你说的？

青枫说，不是。我没说。

青枫忍着眼泪。她不想在王丽闽面前掉眼泪，但是身子已经开始微微发颤。

过了好一会儿，王丽闽说，算了，你走吧。

青枫这才得以回家。

如果事情到此结束，青枫也许生一下气就过去了。

七

幺妹的饺子大获成功，无论是荤馅儿还是素馅儿，都被大家交口称赞，也许对美味的赞扬是最搞不得假的，味蕾和话语来自同一个地方。四个中老年居然也吃了两大锅。

幺妹的老公是吃饭的时候回来的，他虽然退休了，每天也不着家，据幺妹抱怨，参加各种社会活动，跟上班一样早出晚归，时常不在家吃饭。今天是因为有客人才按时回来的。老公按北方人的习惯，给她们一人来了头大蒜，王丽闽居然没有推辞，倒是青枫婉拒了。她不是不喜欢，是考虑到在别人家做客不妥。但幺妹和王丽闽都毫无顾忌地大嚼蒜头，那一刻让青枫感觉，她们才更亲近。且不说都是北方人，她们才是从小一起长大的发小。幺妹说她五岁就认识王丽闽了，青枫是十二岁才走进她们生活的，十二岁之前，她们与她有着截然不同的生活。

青枫努力让自己放松，不去想往事。不就是吃一顿饭吗？她想，吃完就了了。她夸赞说，幺妹你的饺子快赶上你妈的水平了。

幺妹说，那还是赶不上，我妈还会西红柿牛肉馅儿、虾仁玉米馅儿，我就是白菜韭菜两个主打。

青枫说，那也很不错了，不像我，我在厨艺上完全是菜鸟，我妈那些手艺在我这儿全失传了。

王丽闽插嘴说，你的手是拿笔的，不是炒菜的。你从小就和我们不一样。

青枫立即住嘴。王丽闽一开口，就让她意识到还有一团不堪的往事杵在她身边，死盯着她。她的心又缩起来，整个人像猫面临攻击那样耸起了脊背，那是外人看不出的一种状态。这样的状态青枫从小就有，进入中年后慢慢松弛了，但还是会时不时地，突耸一下。

饭后幺妹老公去收拾厨房，让三个女人聊天。

仿佛和少女时代一样，王丽闽很自然地成了中心。她谈起她出国的见闻滔滔不绝，笑声不断。原来，眼睛出问题后，她并没有老老实实待在家里，而是制定了一系列的出游计划，一年内，国内两次国外两次。这个，是幺妹和青枫都望尘莫及的。青枫暗地里有些佩服。看来 not care 有时候也是个不错的状态。

当说到她在意大利街头一把抓住偷她钱包的吉卜赛女郎时，青枫也忍不住赞叹了：你好厉害。

王丽闽嘿嘿一笑：居然偷到我头上了。她也不想想我是谁，我可是中国人民解放军的一名老兵！她撞了我一下，我迅速反应过来，一把拽住了她。

幺妹大笑，带着些讨好的意味说，丽闽你太牛了，你小时候就敢和男生打架的。

王丽闽接着说，我们那个导游把警察叫过来，导游再次问我，你确定钱包在她身上？如果警察搜了不在她身上可就麻烦了。我说，确定，就在她身上。那个吉卜赛女郎没办法了，只好从胸口把钱包掏出来扔给我。哈哈，太爽了！我们全团的人都为我鼓掌。

青枫完全能想象出那个场面。王丽闽肯定是果断的，毫不手软的，她从来如此。如果换作自己，会纠结，会迟疑，会忍气吞声。

在王丽闽连比带画的过程中，幺妹注意到了她手腕上的木头串，好奇地问，你怎么也戴这个？这不是男人戴的吗？王丽闽说，哪里呀，你不懂，我这个是菩提子，是在少林寺加持过的，大法师开过光的。跟着她又从衣服领里拽出一个项链，上面挂着一个佛像，伸给幺妹看：这个，是我去台湾的时候，在台北龙山寺请回来的。这两样我到哪儿都戴着，是我的护身符。

幺妹看不出所以然，放弃了这个话题，问起了王丽闽的母亲：孟阿姨挺好的吧？我挺想她的。王丽闽说，还行，就那样。不知怎么，她们俩互相说起母亲时，青枫脑海里马上浮现出她们小时候的样子，一个瘦小胆怯，一个高大骄傲。虽然几十年过去了，坐在一起，对应的关系依然还是那个状态。

从家人，她们很自然地进入了往事。她们才是发小，是一起长大的姊妹。说起这个同学，那个同学，这个阿姨，那个叔叔，丝丝缕缕，盘根错节，无穷无尽。青枫一直默默地做着旁听生，偶尔被问到的时候，吱一声或点个头。

旁听的时候，青枫又注意到了王丽闽的白发，她的白发不是从根部开始白的，而是整根整根地掺杂在黑发中，令她的头顶，呈现出灰白色。这表明她从来没染过头发。染过头发的人，往往齐崭崭地从根部白起，十分扎眼。青枫自己是要染发的，也曾下决心不染，但白发冒出占领头顶时，人立即老了十岁，连精气神儿也跟着苍白了。青枫暗想，在这点上，她还真是有点儿佩服她，依然那么满不在乎，也算是她的过人之处了。或许，她们若在成年相识，也能成为朋友？

约一个小时候后，青枫终于撑不住了，她说，那个，我想先回去了。你们接着聊吧。

幺妹马上明白了，笑说，是不是惦记你家贝贝了？

青枫说，可不是，下午三点多就出来了，小家伙还没吃饭。

贝贝是她晚饭后提早回家的常用借口。幺妹看样子是想继续和王丽闽聊天，便主动帮她说出了这个借口，没有挽留她。

哪知王丽闽站起来说，我跟你一起走吧，我也该回去了。

八

在青枫和幺妹无数次的聊天中，仅有一次，她们谈到了冷锁江，谈到了那件事。是幺妹先提起的，也许这事在她心里也是个疙瘩。她不在现场，反倒是她妈妈在现场。

因为青枫总是回避那个名字，幺妹就用了一个字来指代。她说：我听我妈说，那个冷，当时没有动手。

青枫点头。

是后来打的吗？

青枫摇头。

那，是欺负你了？

青枫明白这个欺负的意思，是男人对女人的欺负。调戏，猥亵，甚至，性侵。

青枫更加坚决地摇头：当然没有。

幺妹感到不解了，非常不解：那你干吗那么恨他？

青枫看着幺妹，眼里也是不解：我为什么不恨他？他那样伤害我。

幺妹疑惑了。没有打，也没有欺负，那是怎样的一种伤害呢？

青枫说，是羞辱，羞辱！

幺妹很茫然，眼神里流露出完全搞不懂的木讷。那样的木讷让青枫难受。青枫绝望地说，咱们不谈这个好吗？

她再次感到，她没法和幺妹谈这个话题。完全没法谈。四十年前的那个夜晚又一次涌入她的脑海，又一次被她死死按下去。整个事情的发生其实很短暂，也许就十分钟，但接下来的青枫，在黑暗中度过了漫长的一夜，再接下来，又度过了漫长的没有血色的青春期。

事情就发生在她们高中毕业的那个夏天，或者说，就发生在她和幺妹被王丽闽审问后不久。两件事大概相隔了半个月。高中毕业后青枫成了待业青年，姐姐已于一年前下乡了，她根据当时的政策留在家里。可是除了帮妈妈做点儿家务，没有任何能打发光阴的事。班上的同学有一半准备下乡去，有一半打算当兵去，只有她没有方向。没有朋友，没有书籍。什么都没有。

那个时候父亲所在部队，已经将铁路修到了靠近小镇的地方，工地距离小镇只有一个小时车程了。于是父亲和其他叔叔们，可以每个周末都回家了。

那天显然不是周末。吃过晚饭，青枫百无聊赖地坐在家门口，听母亲和阿姨们闲聊。闷热的夏日傍晚，一点儿风也没有。青枫有一下没一下地摇着蒲扇，耳朵里听着阿姨们说话，眼神却是涣散的。

忽然，楼梯口出现了一个男青年，他气冲冲的，身子前倾地快步走过来，径直走到青枫家门前，凶巴巴地说，岳青枫，我有事问你！

青枫莫名其妙，母亲也很紧张，那个时候的母亲，对谁都小心翼翼的，她连忙把他让进屋，请他坐，还让青枫给他倒水。原本一起聊天的几个阿姨，包括幺妹的妈妈孙阿姨，感觉有些不对劲儿，也在门口张望。

这个人，青枫和妈妈都认识，他就是冷锁江。因为高一才从老家转学过来，所以他出现在家属院比青枫还迟，加之他们家住在另一栋楼，青枫平日里和他没有交往。后来见过几次，还是因为母亲，母亲是家属委员会的学习委员，管着几份报纸。冷锁江提出他也要看报纸，母亲就时常让青枫给他送报纸去。母亲还在青枫面前夸过他，说一个中学生，就这么关心国家大事。但青枫每次给他送报纸去，他都很冷淡，从来没说过一句谢谢。青枫不知道他的冷淡缘于什么，不过也没介意，她从小习惯了被人冷淡。

冷锁江进屋后，并不坐下，而是冲到青枫面前恶狠狠地说，是不是你造的谣，说我和王丽闽耍朋友！

青枫一听又是这事，低声而坚决地说，我没说过。

冷锁江完全不信，一步步往前逼，直到把青枫逼到墙角。青枫的背紧紧地抵着墙壁，内心缩成一团，强忍眼泪，一言不发。冷锁江把一只手撑在墙上，一张脸几乎贴近了青枫，恶狠狠地吼道，你不要抵赖！有人告诉我了，就是你说的！我就知道是你说的！

青枫感觉到他的唾沫已经喷到了自己的脸上。她快要顶不住了，要崩溃了，想大哭了。唾沫星子刺痛了她，针扎一样，每一点都很痛，整个脸庞要烧起来了。但她依然坚定而又小声地回答，我没说。我不知道。

冷锁江继续吼道：就是你！我知道就是你说的！你有什么了不起的？成绩好就可以瞧不起人吗？你把我当成什么了？竟敢造我的谣？看老子不揍死你！

说着，他扬起了拳头，这时母亲在一旁按捺不住大喊了起来：你干什么？不要打人！

母亲的喊声把阿姨们唤进了房间，王阿姨、杨阿姨、陈阿姨、孙阿姨，都围了上来，七嘴八舌的：别这样，孩子，有话好好说。怎么了？有什么误会吧？青枫可是个老实孩子。

冷锁江终于放下了拳头，他呼哧呼哧喘了会儿气，退后一步，然后转身走了。但走到门口又转身过来，恶狠狠地说：老子不会放过你的！走着瞧！饶不了你！

然后掉头走了。

前后，大约十分钟。

等冷锁江下楼的脚步声消失后，母亲扑上来抱住了青枫，浑身打战，痛哭不已。青枫挣脱了母亲，取下毛巾用力地擦自己的脸，恨不能把脸上的皮肤擦掉一层。之后，她破天荒地跑去了幺妹家，进门就放声大哭。幺妹吓坏了，上来抱住她问她怎么了。青枫只是哭，哭得喘不上气。幺妹的母亲走了进来，告诉幺妹刚才发生了什么。幺妹愣了一会儿，开始陪着青枫哭。两个少女，在夏天的夜晚，尽情哭着，像两片被大雨淋透的树叶。

是夜，青枫生平头一次失眠，失眠又是因为生平头一次胃疼，疼得她缩成一团，一股带着棱角的气团在她胃里乱撞。后来她在一本小说里看到了这样的句子：母亲气得心口疼。她才知道生气是会让心口疼的，看来那晚上她也是被气得心口疼，而不是胃疼。

她不想惊动母亲，忍着疼。脑海里反反复复地出现几小时前发生的那一幕：他冲进来，他把她逼到墙角，把脸紧凑在她脸前，唾沫星子溅到她脸上，不过，他除了“老子”几乎没说什么脏话。但他的举止已深深地刺痛了她，是心痛，被当众羞辱的心痛，痛入骨髓。

为什么？为什么？为什么？

她在暗夜里反反复复想的，就是这三个字。

不料，事情还没结束。第二天，冷锁江再次找上门来，要打人。

幸好，青枫的母亲预料到了这一点，第二天天不亮，就带着青枫坐长途车去了父亲的部队。

父亲听了事情的经过，略微沉吟了一下，拉过青枫小声问，真的不是你说的？青枫还来不及回答，母亲在一旁就发作了，母亲大声道，就算是她说的又怎么样？是犯了死罪了吗？这事若放在其他孩子身上他们敢吗！

母亲说到最后，声音已经哽咽。

青枫用力摇头对父亲说，不是我，真的不是我。

说完也放声哭了出来。

父亲站起来，一脸凝重地去了团长办公室，他把整件事情告诉了团长。父亲情绪激动地说，我来团里五年多了，除了工作，没向团领导提过任何要求。现在，我请求团领导保护我的孩子。

团长愕然，他常年不在家，对自己的女儿已不甚了解了。他让父亲放心，说一定会教训那两个孩子的。哪知父亲刚回到宿舍，王丽闽和冷锁江就赶到了，他们居然追到了部队。

团长大怒，叫警卫班的战士将二人拖走，塞进车里，送回小镇。

青枫和母亲，就此在父亲的部队住了下来。她无论如何没想到，自己会以这样的方式，离开小镇。

九

王丽闽提出要跟青枫一起走，青枫本能地拒绝。

别别，你们接着聊，幺妹也好不容易跟你见面。

王丽闽却说出了非常过硬的理由：我也不能太晚，明天要早起呢。然后又对青枫说，你正好送我一段，免得我一个瞎子上错车了。

青枫很懊恼，不能拒绝，又不情愿。王丽闽还是跟小时候那么强势，何况现在还有菩萨做靠山。她只好说，我坐地铁，你呢？

王丽闽说，我也可以坐地铁。你住哪儿？

青枫说，我在四惠东那边。

王丽闽说，哈，正好，我们可以同行一段，我在西单下，再打个车十分钟就到宾馆了。

这么合情合理的同行，青枫实在无话可说了。幺妹看出了青枫的勉强，试探着跟王丽闽说，要不，我让我儿子开车过来，送你回去吧？你一个人行吗？黑灯瞎火的。

王丽闽说，放心吧，别忘了咱是当过兵的。

青枫想，好吧好吧，该来的就来吧。也许，王丽闽是想正式地向她道个歉？认个错？随她吧，接招就是了。也许她现在真的不再是公主了，而是一个随时合十的老妪。

这世上的事，谁能掐准？比如她种的三角梅，去年开出的花是紫色的，并且像绣球一样簇拥成一团；今年却开出了淡粉色的花，且是单瓣儿，以至于让人对那句著名的诗，"年年岁岁花相似，岁岁年年人不同"产生了怀疑。又比如，老话总说，做了恶事会被雷劈，遭报应的。可是前不久，一个西方男人被雷劈后，却变成了女人，皮肤变嫩，乳房变大；还有个农村女人被雷劈后，醒来就会说英语了。报应的含义也这么没谱了吗？如此说来，一个曾经对一切都不在乎的公主，一个曾经刁蛮不讲理的女人，如今也开始修行了，不是没有可能。

青枫默默地跟在王丽闽身边，走向地铁。她有点儿无措，不知道是该扶着王丽闽，还是不扶。没想到王丽闽主动抓住了她的胳膊，笑呵呵地说，我抓着你心里踏实点儿。

因为身体的接触，两人靠得很近，青枫浑身不自在。即使和幺妹一起走，她们也是互相不挨的。她大概要说什么了吧？青枫既期待，又害怕。她能说什么，说对不起吗？她若说了对不起，自己会回答没关系吗？

王丽闽果然开口了，但她没有说对不起，而是说，青枫你别老生气了，那样对身体不好，小时候的事过去就算了嘛。都是不懂事瞎胡闹的。

她为什么老是把这件事定性为小时候的胡闹？青枫不语。胡闹是可轻可重的。那样的审讯，审讯之后的兴师问罪，在青枫看来，绝不是孩子的瞎胡闹。即使在他们那里是胡闹，在青枫这里不是。

青枫不说话。她不想说“没关系”，也不想说“已经过去了”，更不想说“我没生气”。凭什么？她压根儿就不想和她交流，只想赶快分道扬镳，回到从前的生活。

王丽闽说，其实我当时那样对你，是因为有误会。我和你一起走就是想告诉你这个的。在幺妹家不好说。

青枫不明白她指的误会是什么，继续沉默。

王丽闽说，前年我不是去参加同学会了吗？遇到张襄林了。

哪个张襄林？

就是当年在黑板上写我坏话的那个男生，你忘了？

青枫不是忘了，而是从来不记得那个男生的名字。虽然他是始作俑者，在青枫这里却是最次要的角色。张襄林可能写，李襄林也可能写。他们写的时候，绝不会想到后面发生的事。

王丽闽说，闲聊的时候，张襄林问你怎么没参加聚会。我说青枫还生我气呢。张襄林居然问我你为什么生气。我说你忘了？那个时候你在黑板上写我的坏话，我问你听谁说的，你说是听我们团女生说的，结果我查出来是岳青枫说的，就让冷锁江去教训了她，她特别生气，后来一直不理我。张襄林大吃一惊：怎么会这样？不是这样的，我没听岳青枫说过，是我自己胡乱写的。那个时候看你那么骄傲，就想气气你，随手写了。我也很吃惊，问他为什么偏偏是冷锁江。张襄林说，其他男生我不敢呀，个个都那么牛叉。我又问他，那你当时为什么说是听我们团女生说的？他说我看你生那么大气，吓到了，就胡诌了一句。天哪，我这才知道我冤枉了你，青枫，原来不是你说的。

青枫一路听下来，终于明白王丽闽说的误会是什么。张襄林随口说，是团里的女生告诉他的，她就把“女生”安到了她头上。可是，这很重要吗？正如母亲说的，就算是她说的，是犯了死罪吗？看来王丽闽有歉意是因为“误会”，误认为青枫造了她的谣，而不是后来的所作所为。

王丽闽继续说，我真的以为是你说的，你一直不爱跟我玩儿。我认为你成绩好瞧不起我。所以人家告诉我是你说的，我特别信。

青枫终于开口问，哪个“人家”跟你说的？

王丽闽说，嗯，就是，你别生气哈，告诉我的那个人，就是幺妹。

青枫站住了：不可能！

王丽闽拽了一下她，又往前走：我知道你不会信，但真的是她说的。因为是她说的我才特别信，我想你们俩好啊，你什么都跟她说。当然，我起先就怀疑你，你不承认，后来我又找幺妹问，问了她好几次，到底是不是岳青枫说的？她终于承认了，说就是你说的。那我肯定相信她的话。

青枫的心脏突突突地跳，干涸的左心室又被来路不明的热血攻入，她有些承受不了这样的进攻，两腿发软。

她傻掉了。不是愤怒，也不是绝望，就是发傻。

夜晚的地铁没了白天的拥挤，多了几分温馨。不多不少的乘客散落在车厢各处，低头看着手机，或者像青枫一样发呆。报站的声音一次次响起，幽幽的，传达出几分老故事的气息。青枫专心地听着车轮与铁轨摩擦的声音。摩擦也会发出那么响的声音。她真希望那个声音能覆盖掉王丽闽。

青枫忽然想起一个细节，就在那件事发生不久之后，她和幺妹一起去院子里的公共厕所，隔着一堵墙各自蹲着。幺妹忽然没头没脑地说，青枫我对不起你，我没想到会那样。青枫没明白，站起来一边提裤子一边问，怎么了？幺妹也站起来提裤子，却没有回答。这时有人进来了，幺妹说，我要走了，不能和你玩儿了。两个少女就隔着墙，说了些道别的话，因为幺妹的父亲转业，她们全家要回山东了。

也许那个时候，幺妹说的就是这件事？

王丽闽继续在絮叨：幺妹说是你，我当时就相信了，特别生气，真的，特别生气，我就去告诉冷锁江了，让他教训一下你。冷锁江也特别生气，因为男生看到标语就嘲笑他，说他癞蛤蟆想吃天鹅肉，他其实是个特别要强的人。他就跑去找你。想教训你一下。后来他告诉我，他没打你。我就骂他无能。他更生气了，第二天又跑去找你。结果你和你妈去团里找你爸去了。我就跟他说，那咱们也去，到团里更好，我爸管着她爸呢。唉，我当时真是特不懂事。

青枫继续被耳边的声音蹂躏着。如果说地铁的声音是噪音，那么王丽闽的声音就是消音器。四周变得寂静无声，让她感觉透不过气来。往事从来就不如烟，如雾霾。雾霾笼罩着她，让她恨不能大叫一声。她只好一次次深呼吸，深呼吸。

今天我来见你，就是想把这件事告诉你。王丽闽还在她耳边絮叨：现在我们都老了，身体也不好，冷锁江比我更不好，两年前中风了，偏瘫在床。你就别生我们的气了，也别生幺妹的气，她肯定也没想到后来会发生那样的事。

其实你认真想想也没啥，都过去了，佛祖说一切皆空，真的，我们把一切看开就好了，真的是一切皆空。我现在每天都要念一遍《心经》，我都会背了：色不异空，空不异色，色即是空，空即是色，受想行识，亦复如是……

青枫，你要看开点儿，别老想以前的事。要往前看，这样心情才好。你要学会放下。你这个人就是心重，小时候就心重。这样活着太累！你看我，什么都想得开。

轰隆隆。轰隆隆。

十

春天的夜其实并不温柔，暗藏着寒气。倒春寒其实是倒冬寒，往冬天里倒过去。青枫裹了裹身上的风衣，快步进入幺妹她们家的小区。

刚才，下地铁后，她犹豫了片刻，就重新上了相反方向的车，又回到了出发的站台，那是去往幺妹家的站台。她实在是按捺不住，要当面去问问幺妹：王丽闽说的是真的吗？是真的吗？当年真的是你告诉她是我吗？为什么？为什么？

王丽闽刚才一再指点她，要她看开些，那语气仿佛是大法师面对佛教徒。有趣的是，她原本是个来道歉的人。可是一句“对不起”都没说，却居高临下地批评起青枫来了：你这样执念很不好，对身体也不好。我们都应该放下。什么都是空的呀，四大皆空，什么情啊爱啊的都不存在。

青枫始终不语。如果要说出来，那就是她现在比任何时候都执着，不是执着于往事，而是执着于真相。她渴望弄清真相。更何况，就她所知，《心经》里所说的“空”，并非王丽闽所说的“空”。“空”不是什么都没有，不是。“空”只是不确定，世间的万物都处在不确定的变化中，一个人分分钟都在变化，细胞死去，人衰老，江河分分钟都流淌着不一样的水，所以才不能踏入同一条河流。

但青枫无意与她探讨。过去不想，现在更不想。走到幺妹家那栋楼的楼下，她站住了。那么熟悉的楼，熟悉到像是她的第二个家，这里曾带给她许许多多的温暖。今晚，却变了。人不能踏入同一条河流，也不能踏入同一个家？她抬起头，看着五楼左边幺妹家的窗户，客厅的灯还亮着，厨房的灯也亮着，那种光亮让她想起了四十年前，她们做邻居的时候。也许幺妹还在收拾那一片狼藉，还在洗碗，还在拖地，还在把没煮完的饺子冻到冰箱里，与此同时，还在和老公聊着她们小时候的事。她这么返回，去质问，幺妹一定会大吃一惊的，血压升高也未可知。

青枫的勇气瞬间消失。

一个老头路过她身边，看了她好几眼。也许他以为她想问路。这么晚在楼下转悠，的确有些异样。青枫只好转身往外走。走到门口，又停住了。小区门旁有一片绿地，里面有几样健身器材，还有个花台。夜晚空无一人。她走进去坐在台上，拿出手机，拨通了幺妹的电话。

是幺妹老公接的，马上把电话转给了幺妹。

幺妹笑盈盈地说，你到家了？

青枫说，嗯，到家了。

幺妹说，挺快的嘛。刚才王丽闽打电话来，她刚到宾馆呢。

青枫说，幺妹，王丽闽刚才告诉我，当年是你告诉她，那个谣是我造的，就是她和冷锁江。不可能吧？是她撒谎吧？

青枫也不知怎么，突然就说出口了，那么不婉转，直通通的。她知道她不快速说出来，勇气马上就会消失。

幺妹略微怔了一下，回答道，是我。我记得我跟你说过呀。怎么又突然想起这事了？

语气里没有意外，也没有抱歉。

青枫问，为什么（为什么是你？为什么你不抱歉？）？

幺妹说，嗨，那个时候丽闽老审问个没完，一会儿叫我去她家，一会儿又来我家。害得我挨我妈的骂。我想看来非得说出个人，她才会罢休，我就说了你。

为什么是我？

幺妹说，我当时觉得吧，我们女生里只有你不怕她。你敢不理她，不跟她玩儿。其他女生都怕她。可是我根本没想到她会让冷锁江来打你。我以为她最多就是不理你嘛。真的，后来的事情我完全没想到。我要是想到了，打死也不会说是你的。

幺妹的语气，是那么的理所当然，那么轻松，和以往跟她聊天没什么两样。青枫彻底傻了，不是绝望，也不是愤怒，就是傻。

她默默地关了电话，独坐在黑暗中的花台上。

脑子很乱。整理一下吧。

四十年前，一个恶搞的标语，惹怒了王丽闽，王丽闽有充足的理由生气，乃至愤怒。因为她觉得她被捉弄了，一个高高在上的公主，竟被说成和一个各方面都不及她的男生谈恋爱，难道她没人追求吗？要下嫁给一个农村青年吗？她当然生气。那么冷锁江呢？他原本自卑本分地躲在角落里过自己的日子，却忽然被扯进了这样一个绯闻中，更要命的是，他在这个绯闻里的标签是下等人，是“癞蛤蟆”，他当然更有理由愤怒了，作为男人的自尊心严重被损。那么，幺妹呢？也就是姚梅呢？

她历来胆小怕事，父亲是个小官儿，自己呢，既不是漂亮的公主，也不是被老师宠爱的优秀生，面对公主的逼迫，她有什么办法？她出卖青枫，不，诬陷青枫，并不是真的要害她，仅仅是因为她觉得青枫能够和王丽闽抗衡。她认为这样的事伤害不了青枫，她把青枫想得很强大。所以，她也是无辜的。至于张襄林，一个十七岁的男生，搞了这么一个无心的恶作剧，哪里能料到事情会发展到那个程度？他更是无辜的（而且据幺妹刚才补充，张襄林的确是看到王丽闽和冷锁江在一起过，才那样写的）。

事件中的四个人，都有被原谅的理由。

如此，青枫是不该生气的，没道理生气的。

而且，这么梳理了一通下来，青枫好像真的没有以前那么生气了。这件事不再是一个碰不得的伤口了。不但可以碰，还被彻底翻搅了一通，搅到她没了感觉。也许真的像王丽闽说的，他们都老了，身体很差，一个已经偏瘫，一个面临失明，又何必纠缠在四十年前的一件往事上呢？至于幺妹，她那么喜欢她，把她当姐姐，虽然她只是比她小两个月，她信任她，依赖她。对这样一个几十年的闺蜜，青枫难道不该护着她包容她吗？

青枫站起来，最后看了一眼五楼的窗户。厨房的灯灭了，客厅灯随后也灭了。他们要睡了。今晚，幺妹会感到不安吗？不会吧？如果有，也是对青枫的不快。她刚才已经略微有些埋怨地说了青枫：青枫你干吗老放不下那件事啊？丽闽不是都跟你道歉了吗？青枫说，她从来没有道歉过，连句对不起都没说。幺妹说，她主动见你，叫你别生气了，就是道歉的意思嘛。再说你现在样样都好，比他俩都好，比我也好，就别再为过去的事情生气了，好好过日子嘛。

老了，就应该抹去过去的一切吗？青枫默默走出幺妹的小区，重新进入到车轮和铁轨的摩擦中。回到家后，心绪依然不宁。丈夫出差在外，她无人可说。不过想了想，丈夫在，她也不愿意多说。这是她自己的往事，远得就像上辈子。

真的每个人都可以原谅吗？每个人都被原谅后，往事真的就可以消解了吗？真的就可以和现在截然断开了吗？

如同四十年前那个夜晚，她又醒到天亮。天亮时，她终于理清了自己的思绪，作出决定，她不原谅，不放下，不抹去，不愈合。她要把这件事继续深埋在心里，继续让自己憋屈着，继续让心里那道伤痕疼着，成为一种隐疾，让这隐疾伴随一生。

她不原谅，但这个“不原谅”不是仇恨。她不恨他们。她不原谅只是为了把自己和过去捆绑在一起，不让自己与过去脱钩。如此，她不原谅的不是他们，而是那个年代。

一旦决定，心里就舒坦了。

拉开窗帘，天竟然放晴了，是雨后那种清爽的晴朗。亮晃晃的阳光铺进来，照着她一阳台的花草。

她关掉手机，拔了座机，然后拉开被子，在明晃晃的天光里，倒头睡下。

【作者简介】

裘山山，女，1958年生于杭州。1983年毕业于四川师范大学中文系。四川省作家协会副主席，成都军区一级创作员。作品曾获中国人民解放军文艺奖、全国优秀散文杂文奖。主要作品有小说集《裘山山小说精选》，长篇小说《我在天堂等你》，另有散文集及传记文学多卷。

个体与时代的责任纠结

——《隐疾》的追问与启示

李运抟

作为一种涉及“文革”国民精神状况的历史叙事，裘山山的《隐疾》无疑指向了一个重大历史话题，这就是关于“文革”的忏悔问题。这并非一个新话题。“文革”之后，晚年巴金就提出了“全民族忏悔”的重大反思意识，很多作品也涉及过这个问题。但我觉得《隐疾》重提这个话题，仍然值得重视。这种历史追问在今天不仅没有过时，而且具有温故而知新的时代意义。关键还至于作品触及到的个体与时代的责任纠结，是“文革”的一个深层而复杂的问题。

触及忏悔的重大问题，《隐疾》切入的“小小的恶之花”的角度非常有意思：四十年后的一次同学聚会的邀请，在主人公岳青枫心中牵引出一件埋藏了多年的“隐疾”。正如作品描述的，四十年前正值少女时代的岳青枫遭遇了一个让她受到极大屈辱的恶作剧。某天班级的黑板上赫然出现了一行字“王丽闽与冷锁江耍朋友”。也就是说这两个同学在谈恋爱。按常理，传播某女同学和某男同学“好上了”的恶作剧，在十六七岁的少年时代可谓司空见惯，甚至成为一种我们从小学到中学都能够常常遇到的少年时代游戏。对于当年豆蔻年华的岳青枫，这件事却成为一种无法释怀的精神创伤。所以如此，当然是因为她这个局外人无端的被认为是肇事者，而且还无辜的受到了冷锁江的辱骂。但联系恶作剧及其误解的前因后果，更为深层的原因显然是这种少女屈辱涉及到“文革”时代的政治环境。当时岳青枫所在的高中二班，同学们基本都是来自部队的孩子，唯独她是来自院校的孩子。尽管她读书很好，成绩在班上名列前茅，她也以此有了自己的尊严。但在并不尊重甚至排斥知识的时代，在那些讲究家庭出身尤其喜欢拼比父辈地位的部队子弟中间，她其实是个被人瞧不起灰姑娘。

“文革”时代出现了这样一种现代荒诞剧：一方面是无法无天的“造反有理”，另一方面则是个人崇拜的“造神运动”。两者之间都纠缠着政治权力关系，而这种隐含着封建血统论意识的权力关系又无所不在，不断毒害着孩子们的心灵。从《隐疾》展示的故事情节看，我们不难发现与恶作剧相连的几朵“小小的恶之花”，恰恰是这种权力意识的衍生：

首先，王丽闽为何羞怒？

王丽闽所以在班上总是摆出公主范儿，而且对其他同学还有些颐指气使，主要不是因为她漂亮，而是因为她是团长的女儿。换言之父亲地位是王丽闽“公主范儿”的底气。如果恶作剧说她与师长或更大干部的孩子谈恋爱，那还无所谓。而有人竟然说她与冷锁江“耍朋友”，这不仅是癞蛤蟆想吃天鹅肉，简直就是奇耻大辱。门第权力观念在王丽闽心中已经很深。

其二，张襄林为何选择冷锁江？

张襄林拿王丽闽开玩笑，是不满意王丽闽总摆公主范儿，这只是一种顽皮男孩子的常见心理。但选择冷锁江弄恶作剧则不同，没有其他原因，就是因为其他男同学“个个都那么牛逼”，相比之下只有冷锁江可以被欺负一下，背后依然是权力意识问题。

其三，冷锁江为何选择上门辱骂的极端做法？

冷锁江平素在同学中间保持低调，不仅因为他是来自农村的孩子，关键在于其父只是一个副营长。但冷锁江敢于上门辱骂岳青枫，固然因为他其实个性强烈，更因为有同学骂他癞蛤蟆想吃天鹅肉。而他采取极端做法虽然是为了自尊，但也说明他同样有权力观念，因为辱骂岳青枫不会受到权力的报复。

其四，幺妹为何成为“出卖者”？

正如作品告诉我们的，和岳青枫关系最好的幺妹也是“出卖者”，幺妹当然并非有意，而是被王丽闽纠缠得无可奈何。但这种怕纠缠，其实也是有些畏惧权力。

如前所说传播女生和男生“好上了”的恶作剧，对孩子来说确实只是少年时代的游戏。但从上述“小小的恶之花”的产生看，封建血统意识的权力关系和扭曲的权力心理无疑已经在毒害少年们。而在“文革”时代，这些意识则大量发生在成人之间，也是“文革”时代一个普遍而重大的社会问题。“文革”出现了不少“被侮辱被损害”的形象，几乎都与荒唐的权力意识密切相连。接下来的一个重要问题是：出现这种荒唐的权力意识，当然与荒唐的时代相连。但它们的普遍存在，究竟是时代还是个体的责任？从作品的整个描述过程看，我们发现王丽闽、张襄林、幺妹们都没有表现任何负罪感，还是以为那只是孩子的游戏。或许我们确实也很难指责他们，当年的他们毕竟都是些少男少女。作品中，岳青枫的态度虽然是“不原谅”，但这不仅“并非仇恨”——她不是恨王丽闽她们，而且还是不原谅“那个年代”。但不难发现将“文革”问题完全推给时代，显然还是没有揭示出深层和复杂的时代原因。因为时代是人所造成的时代，历史也是人的历史。

这种时代与个体的责任纠结，长期以来一直众说纷纭，也存在种种困惑。事实上我们从裘山山创作谈《我们为何无法释怀》中也感受到了这种犹豫。不过作者还是有自己的思考，正如作者所说：“小小的恶之花，连着深深的毒根。由于缺乏反省，缺乏追究，缺乏忏悔，毒根至今未能彻底铲除，尊严也就无法重获。”而毒根的铲除和尊严的重获，恰恰需要每个个体的“从我做起”。非常明显的事实是，一个社会，一个时代，如果没有个体思想的随时反思和真正的自觉，社会和时代就不可能出现科学与民主。“文革”时代发生的许多愚昧可怕的现象，屡见不鲜的严重的人人自危和人人互危，就显然与无数个体的自身行为有关。

众所周知，当年鲁迅启蒙主义的国民性批判言及整体国人。而启蒙和国民性批判，确实有不可忽视的现实意义和思想价值。当今中国需要启蒙的东西还是多。如新时期启蒙文学所批判的文化专制、愚民政策、官本位和权力腐败等，仍然多见不鲜。世界近代以来的思想启蒙，可以分为传统启蒙和现代启蒙。前者针对的是传统专制主义，如王权、教会、神权、贵族等；后者针对的是现代社会的不公与极权。但现代社会的不公与极权不像传统专制那样明目张胆，而具有隐蔽性和衍生性。这使很多问题变得扑朔迷离。能否以现代理性来直面“文革”问题和审视历史原因，确实至关重要。

最后想说件“文革”中我亲眼目睹的悲剧：当年我读初中，所在附中一群高中生就在学校露天电影院以“流氓”罪名活活打死一男同学。所谓“流氓”，就是因为这个高大帅气的男生和班上一位女同学（女生很漂亮，被称为“校花”）谈恋爱。这种青少年的无知残暴，当时的学生们还只是觉得红卫兵就是要这样打击“流氓”，今天想来真是触目惊心。裘山山说得对，对历史毒根必须反省、追究和忏悔，而这种责任反思也必须同时面对时代与个体。

父

陈希我

一

“又迷路了！”父亲说。

父亲坐在床沿。“这不是在家吗？”我说。

“老是迷路……”父亲仍然说。

父亲六年前就担心迷路了。那时候他还能骑自行车，整天往外面跑。那时候母亲还在世，父母和大哥一起住。母亲去世后．大哥说他家开餐馆，没法在家给父亲做饭，父亲就到我这边来了。当初我鼻血滚滚的，还有点反衬兄嫂不孝的意思，长久下来就后悔了，我根本管不住父亲。好在他喜欢往外跑．这样中午这餐就不要为他准备了，他自己外面解决。他能跑，也说明身体还好。但不久他就做迷路的梦了。

“我年轻时‘大串联’，去北京都不会迷路！”他说。

都什么岁数了，还提年轻时。一次他还说要做个牌子挂住胸前。我笑：“人家还以为是‘牛鬼蛇神’呢！”

不过写个地址放在他的衣袋还是好办法。但一直没有做。一拖两年过去父亲真的迷路了，最初迷路是在鼓楼购物中心。他很久没有去那里了，钻进去就摸不出来。还好最后有个热心人把他带出来。那一次我开始警惕，又想起写字条。但没人会按字条上的地址把他带到家，只是给他指点。第二次迷路，他七转八转．到大黑才摸到家。

要是父亲有手机就可以给我打电话了。我要给他配，但他坚决不用。他说手机是个怪物。“线也没有，对着空气呱啦呱啦．以为是神经病！”他说。

父亲早已跟不上形势了，对新事物总是抵制。他自己当年还是个满嘴“社会主义新生事物”的人，这是个新生事物层出不穷的时代，他早已跟不上了。他因此总是很不满，抨击这个，怨恨那个，说要给自己挂个牌了，也是出于对这时代的怨恨。但能抨击，说明他还有精力，脑子还能想。但接着又一次迷路，表明他脑子也不行了，他竟然记不得衣袋里揣着地址条。他坐在路边，边上围了许多人，招来了协警。问地址，他记不起字条，最后人家索性动手搜。我感觉问题有点大了，劝他不要出去，但他不听。

“一个人待家里，等死？”他说。他为自己辩解时，脑子又灵光了，他说他一个同事退休后，整天待在电视机前，不到半年就痴呆了，再几个月就死了，这例子他说无数遍。现在想来，那也许只是他思维重复。

家里人要么上班，要么上学，他一个人待着也确实无聊。他不爱看电视，也不看报纸。最好是有人来家里玩，但他没有朋友。老同事都跟他有矛盾。当年他当车间主任，跟同事关系搞得很僵。一退休，就没人理他了。他只能到外面转。但他还爱管人，人家聚在一起，他一掺和进去，就搞得不欢而散。人家不敢迎他，他一到，人家就散了。他就转去远一些的旧工人文化宫。三天前，他又跟人家大吵了，回来发誓不再去。这样，他的去向就没法判断了。

我是下班回来才发现饭桌边没有父亲的。父亲这时候一定要坐在饭桌边酌他的酒，“地瓜烧”。饭还没做，他就先喝上，那是他早年养成的习惯。等到吃饭，还没见到他。我没心思吃饭.让妻子和儿子先吃，出门去找。问小区门卫，门卫也是个老头，说看见我父亲早上就出去了，他还问去哪里。

“他怎么说？”我问。

“应都不应。”门卫说。父亲就是这个做派。

“早上几点出去的？”我又问。

“好像是下午……还是早上……”门卫说不清。

不管怎样找吧！先在小区附近转，没找着。于是扩大半径，仍然不见。抱着侥幸心理往家打电话，是儿子接。问爷爷回来没有，儿子说：

“神马都没见到！”

“还有心思贫嘴！”我啐。

“现在你有心思了？”妻子接过电话说。我知道她指的是什么，她几次跟我说不要父亲住在我们家。肯先原因是父亲不肯交伙食费。之前我母亲在，由母亲交，母亲一走，父亲就不交了。大哥大嫂把他赶出来，深层原因是这个。只是他们不说，只说没法照顾父亲，父亲过来了，第一个月不见交，第二个月第三个月也不见交。在妻子压力下，我去提醒他，他竟然勃然大怒。

“操，我把你养这么大，要算多少伙食费?”

“操”是父亲的口头禅。我只能去做妻子的思想工作，说父亲也没多少钱，就当他是食客吧。不料这个食客却要当主人。他什么都要管，管自己的儿子，孙子也就算了，还管儿媳。他看不惯我妻子很多东西，最看不惯的是化妆。有一次他酒喝多了,还说她扑粉是“白脸”。我们这里“白脸”就是娼妓,搞得妻子要跟我闹离婚。那以后妻子就不要父亲住我们家，父亲第二次迷路，妻子更催促我，说担心父亲在我们家出事，无功也就算了，还有过。于是父亲住谁家的问题又提出了。父亲四个儿子,我是老二,上有大哥,下有两个弟弟。小弟在美国,没得指望了。三弟离了婚,他说他自己有上顿没下顿，哪能照顾父亲?大哥还是强调自己一家早出晚归。我妻子针锋相对，我们家不也是早出晚归?你可以早上把父亲一起带去店里，餐馆有东西吃，也热闹，老人怕寂寞。何况父亲原来就是从大哥那里出来的，更何况，大哥现在住的是父亲的房子。大哥无法反驳，就采取拖延战术，能拖一天是一天。我也不好逼兄弟，反正没出事。现在出事了。

“你大哥饭都吃了吧?”妻子又说。

我一看时间，已经十点了。大哥是开餐馆的，要打烊后才能吃饭。这话倒提醒了我，得告诉大哥。我打电话给大哥，大哥说他扫尾后过来。我又给三弟电话，他说在加班。他总说在加班，典型的“甩手掌柜”，不指望他了。在大哥来之前，我想再找找，妻子又来电话，说饭冷了。

“我不能一热再热!”她下最后通牒。

回到家我才扒几口饭,大哥就到了。大哥满身油烟味,一脸疲惫,语气有点急躁:“怎么搞的!”他脱口而出。妻子不高兴，甩了手，进卧室去了。我向大哥使眼色，大哥也觉出自己冒失,解释道:“一个客人叫来物价局,说我暴利。我那怎么是暴利嘛!还敢暴利?稍微一提价客人就不来了!简直半义务，客人还不满意，还投诉。到现在饭都还没入口……”

妻子还揣度人家饭吃了呢!我叫他一起吃，他不吃，没心思。我也没心思，推了碗，和大哥一起出门找。坐着大哥店里运货用的小面包，能跑远些。整个城市跑遍了，还找不见父亲。已经零点过了，大哥说过再过三个小时他得去农贸批发市场采购，我天亮也得上班，就只能先回家。希望最后有惊无险，像前几次那样。

“一个大活人，应该没事吧!”我说。大哥也表示认同。他还特意抱怨了父亲几句，说他吃太饱了，太闲了，能量过剩。我知道他在强调父亲身体好，身体这么好，受受苦也经受得了。又是夏天，不会冻。当然有蚊子，也该让他被蚊子咬，看他下次还敢乱跑！

我们兄弟两个互相打着烟雾弹回家了。但我睡不着，辗转反侧，虽然我知道明天还得上班，得赶紧睡。其实父亲身体并不好，只是他喜欢动。人家是运动，有节制有保护，他看不上，盲动。这样他过一段时间都要大病一场。这两年来更加频繁了,动不动上医院。现在看病手续他已经不会做了,都是我陪他去。有时候半夜发作,得马上送去医院。打点滴,就一夜别睡了。更不要说他两次做手术。一次是小肠疝气,一次是前列腺增生，本来想叫护工陪护，但一说，父亲就生气了。他说他生了四个儿子,除去美国一个,还有三个,就没有一个指望得上？让人笑话。最后白天请护工,晚上由我们兄弟轮。大嫂和我妻子是女人，不方便，三弟动不动就加班，基本是我和大哥轮流。

父亲是个折磨人的人，不让你消停。一会儿要叫护士，一会儿要翻身，一会儿要揉这里揉那里，一会儿要喝水。因为他怕痛，没有用导尿管，所以喝了还得顾他撒尿。我觉得奇怪父亲当年不是这样的，他是我们家最耐磨的人，就像他那一身耐磨的工衣，到老了竟然娇气起来了。一会儿就叫一次，我就干脆坐着等。但他又要我躺下睡。我哪里睡得了？刚迷糊下去，他又叫了，这更难受。有时候我真的迷了下去，被他一叫，像被鬼拉醒一样。

这还是小手术，如果生了更大的病呢？更大的灾难简直不敢想。年龄一年年大起来，他的身体一年不如一年。我忽然想起，他有高血压，药带在身上吗？赶紧起床查看，没带。这应该想到的，父亲出门不会带药，我也没想到让他带。反正一天一次，他总会有在家的时候，就没想到常规生活会被打破。如果是对我的孩子，就会替他预防发生意外情况，甚至安排到自己死后子女怎么生活。对父母就不会这样。天底下只有“孝顺子女”的，没有孝顺父母的。也许是因为父母是从强壮到衰老，不知不觉他们已经脆弱了。

二

早晨我给大哥电话，说父亲没带高血压药，还得抓紧找。大哥在批发市场，正忙着。想想还是得把三弟拉出来,平时“甩手”也就算了,到现在这份儿上也该出力。三弟一接电话就问：“爸找到了？”

“躲得远远的能找到？”我没好气。

“你还睡过了，我还没合眼呢！”

“你以为我合眼了？”

“你又没加班，怎么不睡？”

“爸呢？”

三弟被噎住了。他头脑里就没有父亲这概念。“你们别以为我就不惦记着爸！我走不开，加班！你们犯不着骂我嘛！”

骂？一听才知道，大哥刚电话他，骂了他。既然如此，他应该知道父亲没找到，他却还问“爸找到了？”他这脑袋鬼得很。他提议报警，说警察毕竟专业，他说大哥听不进去，只道他想“甩手”，逃避。我说大哥说得对，你这是态度问题。“什么态度不态度？”他说，“态度能够解决问题？”

“不管怎样，你就先有个态度！”我说。

我所以要拉上他，还有个原因，他有驾照，可以开大哥的车。车毕竟跑得远。三弟答应下班后来，约在大哥店碰头。大哥只出来交个车钥匙就又钻进厨房了，他是站厨的，这是最忙的时候。三弟一个多月不见，瘦得跟猴子似的，眼睛满是血丝。

看来真是累坏了。我也不忍心了，让他回去，我来找。三弟不肯，说来都来了。我说你都累成这样了，他说：“没事，死不了！”

他就爱说这样的话。我啐他，他笑了，又说：“真的嘛，不会‘过劳死’的！”

“过劳死”这个词不会产生在父亲那一代。那代上班基本是混。我小时去父亲工厂，他们抬个东西都要一群人，也不知谁用力，谁没用力。现在，你敢偷懒看看？上头不逼你，你自己也会逼自己。父亲，你可知道你儿子们活得艰难？还要折腾出麻烦来。

过去老听父辈叹息：“上有老，下有小；既要忙内，又要忙外。”其实我们这代才是。而且外头干，回家还得干。当年祖父母没有给我父亲什么麻烦，虽说得赡养，也只是给碗饭吃。下有子女，也不过给饭吃。我们几个兄弟都是放养大的，没给父母添多少事。母亲说，父亲抱都没抱过我们。哪像现在的孩子，在肚子里起就没让父母省心。所以三弟才执意不要孩子，因此，老婆跟他离婚了。“总不能像爸那样对孩子吧？知生不知养。”他说，“你们说我是‘甩手掌柜’，爸才是‘甩手掌柜’！”

确实，对家庭，父亲是“甩手掌柜”。家里的事通通不管，就知道喝酒。家里什么都可以省，他的“地瓜烧”不能省。一上饭桌，把饭推一边，先喝酒。母亲常在灶边瞪他：“喝，喝，喝！喝死你！”

他喝醉了，还会发酒疯，骂人打人，还会打母亲。他说他必须喝酒，工作累。大家都在混，只有他积极。但其实他也不过是在整人上积极。他也喜欢整人，所以很遭人恨，我们都受连累。大哥带我去工厂玩，传达室不让进。大哥报出父亲名字，传达室说："不报你爸还让进！"那些被我父亲整过的人的孩子，还朝我们扔石头。大哥跟他们打起来。人家告上门来，父亲先是跟人家吵架，然后再关起门来打大哥。父亲管儿子的方式就是打，不管三七二十一。有时候我会替大哥鸣冤，说都是因为父亲，他们才欺负我们。父亲说："不想做我儿子滚出去！"

有一次，大哥真的离家出走了。被找回来，又痛打一顿。大哥从此变得沉默寡言了，跟人打架的风格也变了，只打架，不哼哼。见儿子被打得鼻青脸肿，父亲说："瞧你这本事！有本事把人家打死啊！"

"去就去！"

大哥真的要去把人家打死，这态度却又冒犯了父亲。你可以打遍天下，但唯独我这个老子不能冒犯。后来我发现，所有独裁者身上都两种原则并存：砸烂一切，唯我独尊。也因此，所有独裁者的追随者都有一个共同心理：取而代之，随即鞭尸。

当时大哥就常恨恨发誓："我操！等你老了再打你！"

不知大哥长大后是否还记得这话，但明显他跟父亲不亲。我们兄弟对父亲都没有亲近感。当时还常常冒犯地觉得，外面人讨厌我父亲是有道理的。我们既不亲外人，也不亲父亲，我们孤独地站在外人和父亲之外，我们从小像野兽一样独立。父亲太不通人情，但这只是对下，对上，他会揣摩领导喜好。领导喜欢搞形式，他就动不动敲锣打鼓、送决心书、倡议书。领导喜欢他，让他入党。但下面的人讨厌他。他也无所谓，对比他低的人能踩就踩。

"老子又没本钱存在你那里！"他说。

那时他应该没想到那体制会改变，工厂会倒闭，他会和大家一起下岗。据说最后一天，有人故意找他，挑衅道：

"有权不用，过期作废！这不，作废了！"

我不知道父亲当时是怎样心情。他后悔了吗？但他的脾气是"粪坑石又臭又硬"。甚至你越反对，他越来劲。从此他虎落平阳，掉了毛的凤凰不如鸡。人家人缘好，有了新饭碗，他没门路；人家去卖早餐，当门卫，他觉得丢人。有一次，有人介绍他去一家小私企当管理人员，他没几天就跟老板吵架，被辞回来。他说那是资本家剥夺劳动人民。他开始骂社会，这个社会还是不是共产党的天下？要是毛主席在，早把你们抓去枪毙了。他的脾气变得更坏了，好像内心总揣着一个火盆。他老往外面跑，可能也是因为要去散热。我从自私角度说，他到外面去，家里就安宁了。但他毕竟年龄这么大了，就提醒他别出什么事。他竟然说："你是不是想最好我出事？"

我要辩解，他说："别狡辩！我都知道！"

他总是觉得自己很懂，而这懂就是把人把世界往坏里想。他的内心极其黑暗，时刻准备着斗。

“与天奋斗，其乐无穷；与地奋斗，其乐无穷；与人奋斗，其乐无穷。”三弟对这点也有印象。他说当时他尚小，父亲的一些话常让他震惊，他渐渐地觉得这世界可怕，不可掉以轻心了。

不知不觉车开到江滨路。边上拉过一队人马，走在机动车道，是一队白发苍苍的老人，他们的身体好像就擦着车身。这些也是不能安静的老人。我很奇怪现在老人怎么那么爱折腾？印象中，我祖父祖母整天坐着，后来就躺床上，然后就死了。哪里像现在的老人那么多事？现在老人精力比我们还旺盛。

队伍浩浩荡荡，统一服装，前头有人举旗，中间每隔十米就有吹哨子的，还有人手里拿着高音喇叭喊话，让我恍惚又回到了“文革”年代。这是这些年老人们玩出的新花样：街头暴走。“暴走”本是日本年轻人的词，老人们也赶时髦。但这不过是多年前的时髦，无论是日本还是中国的年轻人已不用这个词了。这给人一种错位感，就好像“红歌”是从他们腰间的科技新成果小巧播放机放出来的。

路堵了。前面传来消息说，一个“暴走”老人被车撞了。

父亲也爱在马路中间走，我也担心他被车撞。跟他讲多少遍，他就是不听，还说：“把我撞死吧！操！把我抓去杀了，判反革命，死刑！”

有时候心平气和，他会说路是公家的，他有“路权”。他也学会“路权”这个时髦词，他有时也挺与时俱进的。毕竟他当年也是个小干部。

应该不会是父亲。父亲不可能加入这种团体。

但他是赞成街头暴走的，难说不会掺和在一起。我到前面看，大家议论纷纷，都说这些老人怎么不好好在家里待着，满大街跑。老人反驳，我们跳舞你们有意见；不跳舞了，走路，你们也有意见。你们还让不让老人活呀？我们老人为你们劳累大半辈子，为国家贡献了大半辈子，到老了，才知道生活本应该这样的。过去傻，只知道干活，为别人活，现在要为自己活。为自己活有错吗？人人都需要实现自我价值，就你们年轻人需要实现？被你们赶来赶去，你们也有爹妈，就这么赶你们的爹妈？没有我们，哪有你们？

父亲也常说这样的话，摆功劳，倚老卖老。

他下岗后，脾气更坏了，越老脾气越坏，到了蛮不讲理的地步。一次上公交车，一个小年轻没给他让座，他竟然吆喝人家起来。人家说让座是我的风格，不让是我的权利，他啐：“你讲权利？当初老子就不知道讲权利？但是我们讲共产主义！什么都共出去了，哦，现在轮到你们了，你们讲权利了？我们白贡献了？没我们当年贡献有你们？这社会全是白眼狼！你不让也得让！”

人家就是不让，他就抢了，把人家衣领提起来。人家起来了，嘟囔几句，他竟然还甩人家耳光，说是教训教训。人家又不敢还手，不小心就打出什么毛病来。现在社会，最凶的就是老人。他们也不怕公安。父亲在外闹事，公安来了，他还叫嚣公安把他抓进去。

“死在里面，看你吃不了兜着走！”他说。

反正老人可以耍无赖，耍无赖就会赢。但这耍无赖是拿羸弱的生命当赌注的，想想是更大的悲哀。以卵击石，以险求活。眼前躺着的这个老人似乎并不幸运，他真的被撞坏了，躺在地上，眼睛紧闭，一摊不可收拾的形骸。120来了。120晃着焦人的灯把老人运走了，接着就要联系家属了。眼前不是父亲，不等于父亲不会出事；父亲不在此处出事，不等于不在别处出事；此次没有出事，不等于接着不会出事；不会出车祸，不等于不会出别的事。我承认我更担心父亲出事，那样我就必须去收拾，不可收拾也得收拾。我回到车里，跟三弟念叨起。三弟说先别想这些，努力找吧。他显得很理性，他当然可以理性，父亲没有压在他手上，我承认我有焦虑症。但我确实不能不想。我还是絮絮叨叨，要是父亲真出事了怎么办？他说，所以要赶紧找啊！你看车可以动了。我仍说，找到了已经出事可怎么办？比如倒床了。三弟叫起来，肚子痛，他要找个厕所。

车刚停，他就逃也似的钻出去了。他这种形骸我不陌生，父亲住院时，好容易他值几个晚上，早上我到医院，他就已经站在病房门口等我接班了。我一进病房，他就说上班来不及，拎起包就走。简直迫不及待。

等他很久。我给他打电话。电话才接起来了，他说他拉肚子了，中暑了。好家伙，父亲还没出事，他先出事了！

“正擦着呢！一边手拿电话。”他说。他描绘着，我知道他是在用幼稚和低俗来掩饰他的慌张。

他好容易出现了，仍捂着肚子。坐上车，他装作无意看看手表。“啊，九点了！”他叫。

这么迟了，他又生病了，我提议结束。我所以这么提议，也因为我无法面对我所焦虑的问题。但三弟却说继续找，他倒好像比我干劲大了，也许他真是想赶在父亲出大事前把他找回来，毕竟如果父亲倒床了，他也逃不了干系。

“反正今天不加班。”他又说。这是什么意思？我明白了，他是在说明天还得加班，明天不可能再找了。但剩下这么一点时间，怎么可能有收获？寻找于是成了消耗时间，一个钟头一个钟头地消耗掉。谁也不抱希望，或者说，谁都害怕找到的不是自己希望的。在店里的大哥倒乐观，打电话来问怎么样了？我说没结果。三弟凑近道："老天不负有心人。大哥，你店里不是有观音吗？拜拜去！"

"我知道拜！"大哥说。

"保佑找到全身的！"三弟说。他终于也暴露出来了。

"全身？"大哥愣。

"你希望找到半身不遂的？"三弟说。

"犬吠！"大哥啐，"你这乌鸦嘴！"

三

三弟继续加班，大哥店里放不下，我也忙。我的工作是推销员，一上班就连轴转。忙了一天，回到家里，觉得什么不对，是少了父亲。家里已经不能没有父亲了。当初父亲搬出大哥家，大哥是否有这种感觉？也许不会有。大哥一整天也没给我电话。当然，打给我干什么？我又不在找父亲。我给大哥电话，商量接下来怎么办。大哥声音里夹杂着掂勺声和抽油烟机声，我才意识到这不是时候。我能想象他正皱着眉头炒菜的样子，被火烤着，他的声音也满是火气。他说他正忙。

我又给三弟打电话。他说因为没加班，事情堆了一大堆，现在饭还没吃。他们都忙，倒好像我不忙似的，可以回家吃饭，有闲暇让感觉纤细。

三弟说，还是得报警。也只能报警，警方无论如何总会有些行动。报完警，我觉得有点轻松。与其是相信警方，毋宁是在走投无路之下，好歹把任务交了出去。

我把报警的事告诉大哥，我说是三弟的意见。大哥说："他说报警就报警。"

大哥这话是什么意思？是讽刺？还是赞同？我说明说也只能报警，父亲已经失踪三天了，也去找了，能找的地方也都找过了。大哥说，我知道，也只能报警。

大哥也只能这么表态，要不然，他有空去找吗？虽然害怕父亲出什么事，但我还可以晚上付出行动，他做不到，只能顺其自然了。不管怎样，我们有了共识，三个兄弟齐刷刷把目光投向警方。我虽然晚上仍出去找，把找过的地方再找一遍，希望奇迹出现，但也不过抱着侥幸心理。想，父亲应该不会有事的吧，老人被撞只是个案，父亲的高血压也没有严重到哪里去，不会几天不吃药就出问题。

出点小事也就罢了，我们不可能那么倒霉。

一天过去了，两天过去了，警方没有消息。我跑去问，警方说还在找。大哥三弟倒沉得住气，跟没事发生一样。我挨不住了，特别到了天黑，心会不能遏制地焦灼起来。想想还是得自己想办法，又给大哥打电话，大哥说："老三不是主张报警吗？"

大哥这是什么话？他不是也同意的吗？我仔细琢磨，他的表述跟三弟的话并不一样，敢情他是把责任推给三弟的。

"他就那样，老是加班，你又不是不知道……"我说。

"忙？总有吃饭时间吧？我是连吃饭时间都没有！"

"我们有吃饭时间，怎么了？"可能是大哥太大声了，我妻子在边上听到了，她冲着话筒应。我连忙把电话按掉。

"大哥又没说我们。"我说。

"他就是指桑骂槐！"妻子说，"我们有吃饭时间没挣钱时间，他拿吃饭时间挣钱，他挣了钱归他自己，我们为大家照顾你爸，白照顾，还说你爸补贴我们钱！"

女人就是爱翻旧账。父亲到我们家没交伙食费也就罢了，但大嫂嘴贱，来刺探我妻子，问父亲交多少伙食费。妻子认为大嫂是别有用心，认定父亲把钱补贴我们，就吵着要大哥把父亲领回去。我好容易把妻子安抚了，现在她旧事重提，说父亲找回来，绝不能再住在我们家了。我只能一再说明，大哥确实不是指我们，是指老三，老三那德性。

"老三那德性？他又是什么德性？我还不知道？"妻子应，"你爸又是什么德性？谁像你这么傻？从你哥到你两个弟，到你爸，全是人精，你们兄弟如狼似虎，就你是羔羊。还当沉默的羔羊？嫁给你，也跟着你吃亏！你能吃得了亏，我可吃不了！"

她要我给大哥手机拨电话。我当然不能从命，她就来抢我手机。我抢不过她，手机到了她手里，她拨通了大哥。

"大哥，我们是有时间吃饭，但我们没有饭吃，我们要拿时间去挣钱吃饭。还有付房子月供，你们不要付月供，你爸的房子现成住着。你爸住这边，我们养不起供不起，以后就住你那儿了！"

她把电话掐了，不让大哥有回嘴机会。我说人家大哥还听不清楚她说什么，她说："他不明白？他心里明白得很！看看他来不来问！"

果然，大哥没来问。过后他再没有了音讯。

想想，他应该也知道把父亲推给我们，理亏，只是他也搞不定大嫂，只能躲着。但他躲着，父亲怎么办？时间一天天过去。多拖一天，父亲就危险一天。妻子也是不看时候，偏在这种时候提这问题，等父亲找到了再提不行吗？先把父亲找回来再说。

我想向大哥表达这个意思，电话通了，他掐掉了。

再打，又掐掉了。我只能跑到他店里。他正在掂勺，不理我，只顾炒菜，炉灶噪音很大。炒好，他关上煤气装盘，我开口了。我刚开口，就被他挡住了。

“你那老婆，没法说！”

我有点生气，怎么没法说？她说的又不是没道理。这些年父亲在我家，还不是她伺候？但我忍住了，不跟他吵。“她那边，总会有办法的！”我说。

大哥动作停了，瞧着我，那眼神几乎是喜出望外。我知道这最能宽解他。

“不管怎样，还是先把爸找回来！”我又说。我没有给他明确许诺，他的眼神又暗淡了下去。埋下头继续干活。但我也只能说到这儿，我怎么可能打包票？大哥你后面有老婆，我后面也有老婆。我只能硬着继续：“好不好？先找回来。”

“我又不是不想找回来！”大哥说。

“那得想办法呀！”我说，“现在警方一点声音也没有，爸又高血压，没带药，要是有个什么事，找回来个躺着的，你家里我家里更不好做工作了！”

大哥拿勺的手软了一下，险些把菜洒出来。

“所以得尽快想办法！”我又强调。

“我有屌办法！”大哥暴躁起来。

“你是大哥啊！”

“大哥又怎样？也不比你们大几岁！都是成年人了，我还已经是老年人了呢！他才几岁？”

我知道这“他”指的是三弟。“他比我们都年轻！”大哥说“我们”，把我拉到跟他同一战壕里了，矛头只对准三弟。“他从小脑子就比我好使。

“他有文化，我没文化，我是站厨炒菜的，我懂什么？我有什么本事？我能做什么？我又没有他那样有门路！”

“这件事，三弟估计也没门路！”我说。

“估计？你怎么知道他没门路？他是藏着自己用！他那人我还不知道？早看穿他了。你不问他，他会告诉你有门路？他会自找麻烦？用了门路，人情谁来还？还不得他自己来还？大家的事，让他来还债，他会愿意？”

我倒没想到这。我说，可以向他表示，这费用大家一起出。

“他怎么可能答应？兄弟间的，自己爸的事，跟你们算钱？何况他自己也得出一份！”

大哥这么想，有点过分了。不管怎样先问问三弟。我掏出手机，大哥说：“找老三？

我来问！”

他竟然自告奋勇。他撒下勺，到一个稍微安静的角落，从围兜里面掏出手机。电话通了，他竟然一开口就骂。什么都没讲，就开骂，骂三弟死得远远的，甩手掌柜。大哥怎么这样？

三弟当然不是好惹的，跟他对骂了起来。三弟最初还有点迟疑，但大哥不停地进攻。虽然是亲弟弟，人家也是成年人了，树有皮，人有脸。当然可以把大哥的举动理解成是去扎破三弟坚韧的皮，否则他不会被触动，他一直很赖皮。但如果这样，三弟被刺起来后，就得出兵。何况出菜口有伙计在找，但大哥没有停下来的意思。他不是很忙吗？他也没有提出实质性的要求，比如三弟你去找门路，比如托门路的钱我就是不付，比如父亲将来住你那里，哪怕是无理要求，他都没涉及。他只是没头没脑地一顿乱棍。

“我还得炒菜！店倒了！”他猛然刹住，把手机一掐，回灶边，丢灶台上。开炉火，继续炒菜。

他这是干什么？他这不是去解决问题的，是去向对方开火的，是去挑衅，去激化矛盾，纯粹激化矛盾。

他的电话响起来了。他腾出一只手，捡起手机，瞄了一眼，掐掉了。

“老三的？”我问。

“还有谁！”大哥说。

三弟也是多事，怎么反找过来了？接着我的手机响了。三弟跟我诉冤，发泄愤怒。“我找也去找了，请假也请假了，还生病了！”他说，“现在老板对我意见大了，还不知道会不会被‘炒鱿鱼’！”

前几天他只是说事情堆积，现在又变成要被炒鱿鱼了。

他说他本来还在想办法，找门路，让警方尽力找。现在大哥这样对他，他不管了。这么说，他还可能有门路。还真难说，他在大公司，不像我们在底层滚爬。他在上面，七拐八弯总会找到点关系。中国办事靠的就是关系。我跑到外面去，劝他不要生气，不要跟大哥计较，把精力放在找父亲上。但他说坚决不管了，大哥他有本事，他自己去把父亲找回来。我只能一直劝，说父亲又不是大哥一个人的父亲，是我们大家的父亲。我苦苦相劝，晓之以理，动之以情。他不好再固执了，但他要求大哥要向他赔礼道歉。这简直不可能，大哥那脾气，都不知什么叫道歉，三弟他又不是不知道。但三弟坚决要求大哥道歉。大哥跟三弟从来是猫跟狗不能同巢，平时常有争吵，但也不至于牙齿咬得这么紧。

僵着，根本无法商量找父亲了。事情又耽搁了下来，他们怎么就没想到拖一天，父亲就危险一天，只顾着吵架？真是愚蠢！

“你才愚蠢呢！”妻子说，“你还看不出来？他们是存心的！”

“存心？存什么心？”我不懂。

“他们故意在拖！”

我也知道他们在拖，但拖有什么好处呢？对他们也没有好处。

“拖到彻底解决！”妻子又说。

彻底解决？什么意思？找到父亲才是解决。“说你傻就是傻！”妻子说，“找到又能怎么样？”

一丝冷风拉过来，我的心发毛。我好像明白过来了，让父亲消失，永远消失才是彻底解决。这简直太可怕了。我的兄弟怎么会有这种想法？他们怎么会是这种人？对自己的父亲，漠不关心也就罢了，见死不救也就罢了，怎么能故意让自己的父亲死？他们是不孝，但他们怎么会是杀人者？但他们确实就是在拖延，他们明明知道拖延的后果，我已经明确警告了，他们还在争，还在吵，还在纠缠不清。他们揣着什么心理？他们是我的同胞。他们虽然不是善类，但也不是魔鬼。同胞间还是有基本信赖的，对同胞的认同就是对自己的认同。也许只是妻子瞎猜的。如果可以切割，妻子比兄弟容易切割。兄弟是手足，妻子不过是衣裳。妻子毕竟是外人，我更愿意怀疑她。妻子你怎么这么想？结婚十几年，我第一次发现妻子原来这么可怕。你怎么就这么想我兄弟？难道就因为不是你父亲？“小人之心度君子之腹！”我啐妻子。

“我小人？他们君子？”妻子道，“好，我小人！我就小人了！你要当孝子，你当去！”

“我是什么孝子？”

“你不是孝子吗？”

“我是什么屌孝子！”我叫。

妻子诧异地瞧着我。其实我一直受用于被称赞为孝子的，平时虽然觉得冤枉，但被人称为孝子，还是像被摸顺了毛的猫。人总有荣誉感。但现在，我却像被扎了一针，跳了起来。我也不知道自己怎么了。我忌讳被称为孝子。也许是不愿意被端在“孝子”的烤炉上烤，兄弟们可以逃之夭夭，我却逃不了。如果父亲被找回来，好也罢孬也罢都要我承担，除非他死了。

死！我怎么也想到死？称我孝子，就像是对我的揭发，好像一道强光打在我脸上，我慌忙通过皱脸来平衡阴暗。其实妻子把我高看了，在父亲问题上我比她更焦虑。她只是儿媳,我是儿子,我无路可退。其实我也隐约意识到这是改变局面的契机。要是父亲没失踪，现有局面只好延续下去。现在可以了，“彻底解决”。

当然我的“彻底解决”跟兄弟们的不同,我只是想把父亲推出去,不是要父亲死。但某种程度上说，兄弟们的残忍却是我造成的。我为什么让妻子给大哥打电话下最后通牒，从而导致他去刺激三弟？我一个大男人，怎么让一个女人把手机抢到手了？难道我不是有意让她把手机抢到？她跟大哥说的，正是我想说的，我不便说出的。

我难道不了解大哥的行为方式？他一旦急了走极端。但我却放任他。在他店里，他自告奋勇给三弟打电话，难道我就没有觉得蹊跷？我难道真是那么愚蠢？

我看穿了自己。但我又自我辩解：虽然我有居心可怕，但毕竟没有去实行。谁的灵魂是经得起凝视的呢？谁是圣人？这时代已经不相信圣人了。

灵魂深处闹革命已经被证实太荒谬。而事实是我一直在竭力找父亲，我的错误只是失误，所以可以原谅。这样，我在谴责自己和原谅自己的平衡中，又过了几天。

这几天，兄弟没有消息，他们相安无事，也达成了平衡了。妻子跟我冷战，这可不好，一个屋檐下，低头不见抬头见，见了不说话，总被提醒有着什么事。什么事呢？父亲的事。所以还是必须说话，让生活恢复常态。我跟妻子说话了，想好好谈谈。“我们讲道理，讲道理……”我说。

“好啊，摆事实，讲道理！”妻子说。“是不是你爸最不疼你？”

确实。父亲最疼大哥，因为是长子。

“你爸不疼你，却还要住我们家，他认我们好了没有？”

没有。不过也不能说没有，他应该还是知道我们好的。我嘀咕，但我知道妻子听不见，我只是说给自己听的，告诉自己，我在抵抗。我不想让妻子继续不下去，她在讲道理，也是在为我理清逻辑。“你那些兄弟认我们功劳没有？”

没有……

“为什么你爸和你兄弟都没有认？因为你是窝囊废！”妻子道，“窝囊废是用来用的，坏孩子是用来疼的！坏孩子越坏，父母越爱。特别是父亲，特别是对父亲看儿子！”

这还真的是。大哥老跟父亲对着干，父亲其实骨子里挺欣赏大哥。“东风吹，战鼓擂，现在世界上就是谁怕谁！”这是父亲的一个口头禅。大哥那脾气明显是遗传了父亲。三弟也遗传了父亲不顾家，母亲指责父亲对家庭不负责任，父亲说，男子汉大丈夫要在外面干大事。小弟从小争强好胜，在学校，成绩比他好的都成了他的敌人，父亲很欣赏他这一点。我也爱读书，但我没考上大学，父亲认为我书白读了，说我是没有用的人，窝囊废。我一说话，父亲就认为不着边际。

在四兄弟中，我本来最不像父亲。父亲曾骂我太软弱。我确实软弱，当初大哥要把父亲推我家时，我也软弱。当时没人愿接纳，最后让父亲自己选，父亲竟然选去我家。父亲房子在大哥那里，他又不疼我，怎么选我家？更让我无话可说的是，父亲竟然说是为了帮我照看孩子。不错，我儿子当时才读一年级，但父亲又不是母亲，能做什么？学校就在我们家边上，也不用他接送。我简直冤死了。

尽管我接受了，父亲仍然没有喜欢我，作践我，让我这样，让我那样，没个满意的时候。也许我的软弱让他想到他晚年的衰弱，他竭力要摆脱衰弱，摆脱失败，于是要把我踢开。

其实男人家庭、人伦意识强，就是衰弱的表现。女人成了母亲，从而懂得体恤母亲，是女人的进化；男人成了父亲，从而懂得体恤父亲，是男人的退化。所以父亲终生要奴役别人，母亲被他奴役了一生。弱者被奴役，又得不到尊重。

道理不辩不明，我和妻子站在了一起。当然我也渴望兄弟们站在一起，“兄弟阋于墙，外御其侮”。现在是共赴家难。但我的兄弟们实在很可恶，难以逾越。何况大哥跟大嫂之间也有墙，三弟跟他未来的妻子之间也有，难道三弟就不要再娶吗？现在谁愿意嫁进有老人拖累的家庭？简直是障碍重重，隔墙林里，军阀割据，山河破碎，无法解决了！无法解决，无法解决……大家都很难，我知道兄弟他们也很难，我不是不通情达理的人，我善良，我不好去逼他们找父亲。但我又无能为力，我已经尽力了，我本来就是个窝囊废，我承认。好在已经报警了，相信警察吧！相信人民警察，人民警察为人民。但警方那边仍然没有任何发现。我又想起父亲口袋里也许还揣着家庭住址，也许会有好心人帮他回家的。我明明知道这世界上碰不到好心人，但我仍然抱着侥幸心理，期待着、慵懒着。在慵懒中，又过了几天。

四

“爸，不找爷爷了？”儿子问。

“谁说不找……”我支吾。

“你都在家里！”

这是周末。家里有小孩真是麻烦，口无遮拦，没轻没重。太放肆了！大哥总是对他的孩子绷着脸，孩子就不敢乱问。不敢乱问就没有问题。“警察在找……”我说。

“对了，警察有电子监控，我知道！”孩子说。

“就是嘛！”我说。

“要是监控坏了呢？”他又说。

“不可能！”我说。

“怎么不可能？电视上都说了！”

电视上常有报道哪个地方监控成了瞎子的眼睛。这小孩，懂得太多了！他那眼睛好像窥视到了我的心思。“跟你说不可能就是不可能！你这孩子怎么胡搅蛮缠！”我啐他。

我还甩了他一巴掌。我破天荒第一次打孩子。

他实在太烦人了。都怪我平时对他太民主，看来对小孩子还是专制点好。当大人在阴沟里，专制就是窨井盖。本来在阴暗中，一潭死水，好好的，就这样，就这样，保持现状，维持稳定，也实在是无计可施……忏悔，只在忏悔中，麻木，死……可是他却去搅这潭水，简直恶毒。

儿子被我打，哭起来了。妻子叫：“你打孩子干什么？你拿孩子撒什么气！”

她难道不觉得被搅局了吗？她也是局中人。

你怎么站到我的对立面了？也许因为是女人，爱孩子，爱使得她丧失了理智。作为男人的我可不能，我要冷静。但这又反衬了我的冷漠、冷酷。好吧，我也有心肝，妻子你有心肝，孩子有心肝，我也有。妻子你既然因为爱孩子，不顾父亲找回来的后果，那么我也可以不顾，走失的是我父亲。我对孩子说：“爸爸当然想到监控会坏……”

“那为什么还依靠监控？”孩子责问。

“没有依靠监控，是依靠警察，警察不只是有监控，还有很多找人的手段，还有公安网络系统。”

“那为什么找不到？”

“警察也不见得都找得到……”

“那你为什么不去找？”又回到最初问题了。

“找了呀！整个城市都跑遍了。”我说，“而且还在找。”

“你不是在家里吗？”

“大人的事，小孩懂什么！”只能又转而镇压。“你就觉得没有爷爷了，没人陪你玩了！”

我这么栽赃孩子，也并非完全没有根据。孩子平时就喜欢跟爷爷打闹，爷爷这时候就跟老小孩一样，显得可笑又可爱。“你以为爷爷是你的玩具？”我说。

“不是！”儿子冤枉争辩，又哭了起来。我也知道我是冤枉他，他已经过了玩玩具的年龄了。但我必须反转矛头。

“你还有理了？”我说。

“就是有理！”儿子说。

这孩子真犟。你犟,你有理,不就是因为你不需要承担吗？“你有理,我就没有？”我说，“你可以哭，我怎么哭？丢的是你爷爷，还是我爸呢！”

我知道我这么说很没有当爸的风度。

“爷爷疼我！”儿子说。

“就不疼我了？”我说。

我简直是疯话正说。父亲怎么会疼我？只是孩子难以对付，只能这样镇住他。孩子不知道父亲从小就不疼我，有一次作文，写父亲和我，他想当然地把我和他的情形套在我父亲和我头上。他不知道中国父子关系已经发生了天翻地覆的变化，而这变化的基础，就是我这代付出代价：既要哄上，又要哄下，没得到上一辈呵护，却要给下一辈温暖。还要装做得到极大的天伦之乐。但话说回来，父亲对我儿子好，不疼儿子疼孙子。他老了，不能长时间抱孙子，一会儿就要别人接手，但稍缓过力气来，就又要抱。谁会嫉妒自己的儿子？当爸的怎么会跟自己的儿子争宠呢？我说：“我知道，我知道爷爷疼你……”

妻子搂着儿子，摸着他的头，劝他，眼睛也红了。我父亲不喜欢她，但对她的儿子好，她也多少原谅了他。疼孙子也就是疼她的儿子。而且，现在被孩子激发，还头脑发热，孩子说要上街去找，她就命令我带孩子找。我暗示她都不起作用，拦也拦不住。也不知她是爱孩子，还是爱我的父亲。

该找的地方都已经找过了。但找不找得到，得先去找。找不找是态度问题，是给孩子做榜样问题。

烈日下转了一天，孩子累得精疲力竭，好像有点中暑了。但他没有打退堂鼓的意思，仍然计划着第二天。小孩子就是任性，这孩子就像他爷爷一样任性。第二天只能继续出发。不停地走，这哪里是我带他？简直是他押着我。要这么一直走下去，我要死在路上了。儿子不会死，我会死。我一边被儿子逼迫，一边还得考虑找回来的后果，万一真找到了呢？这问题毕竟无法逃避。也许最可行的方案是大家轮流。但大哥三弟能同意吗？即使同意，父亲那么乖张，他肯依吗？都是问题，都是问题！我太累了，走不动了，我这种年龄，体质正迅速走下坡路。我心力交瘁。我得回家。

但我不能说我要回家，我只能把孩子打发回去。我说你得回去做作业了，学习是最冠冕堂皇的理由。

“不找爷爷了？”

“谁说……找爷爷是大人的事！”

“也是我的事！”他说。

“你一个小孩，不给大人增添负担就行了。你看你走得这么慢！”

“我可以走得快，我会跑！”

“你很本事啊？”

“我真的很会跑！”

“病了怎么办？你就要病啦！到时候大人得照顾你，怎么找爷爷？”

孩子无话了。

“听话！你回去，爸爸来找！”

“那你一定要把爷爷找回来！”

“好。”我说。

“要说‘一定’！”

“好，‘一定’！不是跟你说过了吗？你爷爷是我的爸，就像我跟你的关系。你丢了，我能不去找吗？”

“不对，是你丢了！”儿子说。

“对，我丢了，你能不去找吗？”

“不会！”儿子说，“我找不到就不回家！”

这么说，他是觉得我没找到爷爷，也不能回家了？我暗暗叫苦。和他一起回家，才擦了擦身子，喝了水，就感觉到他严厉的眼睛。我简直是被他赶出自己家门的。我在外面流浪，到了傍晚，终于可以回家了。没有找到爷爷，但我明天要上班了，大人要上班，怎么能像小孩那样任性？“又不像爷爷那样不要上班！”我又说。

“那怎么办呢？”孩子问。

“还是交给警察吧！有事情找警察，人民警察为人民。”我说，开玩笑地笑了。孩子没笑，表情依旧严峻。我赶忙收起笑，认真说：“毕竟警察专业，光是警车都胜过我们‘11 路汽车’，”我拍拍两条腿，“只要搞个‘地毯式搜索’。”

我没想到我这话，在他那小脑袋里起了作用。他孕育起一个惊人的计划，竟然联络上大哥的儿子，第二天逃学，跑去派出所，要人家出动警车搞“地毯式搜索”。人家把他们轰出来，大哥儿子像大哥，是个暴脾气，去跟人家打。人家就把他们控制了起来。问家长，不敢报父母，就报了三弟。孩子们跟三弟好，三弟会跟孩子们打打闹闹。三弟接到警方电话，马上通知我和大哥。我赶到派出所时，撞见大哥给他儿子一个耳光。

“打我干什么！”大哥儿子横道。

“替警察打！”大哥道。我知道这是打给警方看的，是在控诉警方。打罢，大哥对警察指着自己儿子，“你们满意了吧？”

大哥儿子哼哼：“有本事打警察啊！”

“我不敢打？”大哥做着挽袖管的样子。警察一边退，一边叫：“你别乱来……”

“乱来又怎样！”三弟的声音。才发现三弟也在场。他不要上班了？三弟一下逼到那警察跟前，“你们能乱来，我们就不能乱来？”

警察说，是孩子父亲自己打孩子。三弟说，为什么会打？还不是原因在你们？警察说，原因怎么会在我们？你们孩子自己跑来捣乱。“捣乱？要你们履行职责叫捣乱吗？”三弟说，“我们父亲失踪，报警了，你们不作为……”

“我们都在找！”警察说。

“你们怎么找的？”三弟问。警察愣愣地说不出来。

“说不出来吧？”三弟说，“别抵赖！小孩都看得出来！你们就这么敷衍我们？把我们当小孩一样敷衍！”

三弟像逮着了证据一样得意。

“你们干什么屌工作！”他突然发火，把桌子一拍。这火发得冒失，但任何一个丢了父亲的人都会发火的。这火发得不理性，但丢了父亲还能理性？理性就是冷血，就是不孝。三弟一跃成为最孝顺的儿子。我瞧见大哥也往前一冲，我也下意识地跟上去，我不能不跟进，我不能手指向外扳，我也不能显得事不关己。

“你们想干什么？”警察叫。

“这应该我们问你们！”三弟说，“你们都干了什么？拿人钱财，总懂得为人消灾吧？”

“谁拿了你们的钱！”警察紧张辩污。

“你！你们！你们的工资哪里来？是我给的，我们！我们是纳税人！”

这话绝！三弟历来维权意识极强。对方哑口了，只瞪着冤枉的眼睛。大哥趁势也喊起来，说警察拿钱不干活。大哥绝对不是有权益意识的人，他是被三弟启发了。更让我不可思议的是，大哥那么大年龄的人，竟然手舞足蹈。不是打架的架势，而是唱歌跳舞似的。他从来没有这种样子。大哥和三弟一唱一和，联合发难。这不只是问责警方，甚至根本就不是在问责，而是在进攻。他们身上都有着戾气，大哥平时很恨戴大盖帽的，现在找到了发泄机会。三弟是什么都恨，在公司被上司和客户欺压，到社会上囊中羞涩。但这样闹，难道就于事有补？三弟可是比大哥理性的人。他为什么要这样？警察眼看要发威了，但他没有罢手的意思。难道他相信自己能够凌驾于警方之上？我于是转而劝他，他把我甩开，叫："怕什么！大不了一条命！"

这语气像极了父亲，三弟骨子里有父亲的决绝劲。但我总觉他的激愤底下有点虚，倒像是表演。他嗓音很高，动作幅度很大，但眼神冷静，这眼神出卖了他。我蓦地明白了，他是在策划事态升级，要跟警方关系恶化，矛盾打结，再也无法打开。我明白了他怎么这么积极跑来，他发现了这是一个契机。也许大哥暴怒打儿子也是出于同一个动机。

当然我也可以把他们想得人性一点，这么多天，不再找父亲，他们也会不安，毕竟丢失的是自己父亲。风平浪静更容易想起父亲。我就处在这种状态，如同被隔离审查，期待着外面哗变。机会来了。

矛头对准自己家人，总不如对准外人来得踏实。兄弟算计，亲人反目，指责来指责去，无论如何都牵扯着自己的影子，抛不开自己的责任。指责外人就不一样了，特别是指责公权机关，大家都对公权机关不满，只要骂公权机关，骂者一定被同情，没有人会同情公权力。"臭头鸡仔大家啄"。

但这骂也只是骂，只停留在愤怒，盛怒。从头到尾，无论是三弟，还是大哥，当然我也是，都没有说出对警方具有实质性威胁的话。其实只要扬言要去上级机关告状，警方就会软下来。或真到网络上发帖，敲几个字，鼠标一点。但我们只是骂，辱骂。彼此心照不宣，冲向一个结果：警方从此不理我们，怠工，扯皮，踢皮球……我父亲要有个三长两短，你们得负责！但警方能负责吗？这是中国。问题大而化之了。我们怨恨这个社会。这不是美国。我们自怨自艾。早知道当初送父亲去美国，去小弟那里。

五

小弟已经移民美国。家里有事，已经想不起他了。他也乐得逍遥。母亲去世时他都没回来，说是公司没法请假。这符合父亲的意识形态：人家母亲死了也不让回家奔丧，资本主义没有人情味。但我觉得是小弟自己问题，根据我的阅读，西方人对家庭是很看重的。

他躲在国外，只是一段时间打个电话问问父亲。他跟父亲说不了几句话，基本是跟我说。他问父亲情况，我常觉得他是在审问我。父亲就过着日常生活，过就过了，要我汇报，就跟写总结报告一样。本来没有问题，一经盘问，就显出问题来了。当然我可以诉苦，但这样他就会指手画脚，这个不对，那个不该。我做事，反而有了错。多做事就多出错。不做只动嘴，永远没错。做事的人，做得好是应该的，做得不好就是不应该。他应该也知道父亲那脾气的，可能时过境迁了。

但毕竟他比大哥三弟会念叨父亲。其实我也愿意父亲过得幸福。父亲虽然不如母亲好，但毕竟是父亲。母亲走了，想着父亲还在世，总会有一种安慰。只是父亲别住在我家，他住在别的地方，愿意每周去看望他一次，每三天也行啊。我愿意给他买很多东西，在我跟他在一起的短暂时间里，任凭他怎么折腾我，我可以忍，因为有尽头，这只是阶段性的。这才是理想的尽孝状态。小弟做到了，我无法做到。归根结底是他有本事，他有能力远走高飞，我只能搁浅在我出生的地方。我对小弟，更多的是羡慕夹杂着嫉妒。

有一段时间，父亲烦我管他，说要搬去养老院。那一阵媒体在讨论中国养老问题，说到了养老院。父亲说他要去养老院，不求子女。他显出很硬气的样子，其实他哪里是真想去？他住院请护工都不愿意，再说，他丢得起这个脸？无非是赌气，要寒碜我。他还故意大声嚷嚷，说得邻里都听见。

他说起养老院，总会描绘一番悲惨景象，挨饿，挨打，被绑在椅子上，死在床上。这些从各渠道获得的传闻，他特别容易记住。但有一点他从来不说，就是孤独。其实在养老院，他所列的情形未必会发生，但孤独是肯定会的。也许孤独是水一样无法把握形状，他可以回避。也许孤独是指向内心深处，男子汉大丈夫活到老了，暴露了脆弱的内心，多么丢人。

有一次我跟小弟说到，父亲吵着要去养老院，小弟竟然说，国外老人去养老院是很正常的。但中国怎么能跟国外比？国外福利好。

说到国外福利好，三弟出了主意，让父亲移民美国，进美国的养老院。小弟回国探亲时，三弟对小弟说。当时小弟就慌了，说父亲的移民申请很难批的。三弟又将他一军：那就先探亲。小弟又强调他工作忙，压力大。三弟说现在国内生存压力也大，工作也很忙。小弟又说国内好歹有三个兄弟，可以互相支援互相帮衬，在外面他只有一个人。说到急了，他强调他从来都是自己一个人打拼，一切全靠自己，父母没有给他什么。他出国，父母，没给他一分钱，是他自己申请到伯克利的奖学金，路费也是他向朋友借的。这是事实。但父母没有给你好处，就可以不管吗？我也没得到好处。

三弟也知道自己的话站不住脚，就说："二哥你不也是？都靠你自己。三哥你不也是靠自己打拼？”

我和三弟被他统战了。“其实大哥也是，”小弟又说。大哥也在场。小弟可真是统战高手。“大哥也是白手起家。”

大哥除了住着父母房子，也没有从父母这里得到任何东西。其实我们这代人，谁能从父母那里得到什么？大哥叹息：“爸就是这种人！珠蚶都不分我们吃一颗。”

大哥揭开我们兄弟共同的记忆。小时候，家里穷，我们吃不饱，父亲却还要喝酒，用珠蚶下酒。珠蚶小小的，放在他嘴里吮着，配合着地瓜烧的香气。我们兄弟站着看他吃。有时候邻居看不过去，说他，他还理直气壮：“小孩子不要吃！”

我们现在做父母，千方百计首先保证子女，巴不得给子女多一些，再多一些。

那一次，话题转成了声讨父亲，感慨命运对自己这一代的不公。小弟逃过了一劫。虽然如此，他也被吓得够呛。他走前，还跟父亲吵了一架。我们都怀疑他是故意的。那次父亲跟外面人吵架，动了手，人家告到家里来。这种事也不是一次两次了，我总是出去赔礼示软。谁叫我摊上这么一个父亲？一边还得哄父亲。小弟却怪我太软弱，他坚持要父亲自己去承担后果。父亲恼了，骂他吃里扒外，骂他出国出傻了，这是在中国，中国就是拳头说话。他说父亲：“你这样，要在美国，是要坐牢的！”

他强调父亲这样子，到美国根本无法生存。我知道他是不想把父亲接去美国。其实小弟多虑了，父亲也不会去美国。父亲不喜欢美国，还讨厌美国，那是他青壮年时期意识形态教育的后遗症。当然主要原因是不适应，他熟悉的人中也有老了去国外的，往往不适应跑回来。当然还有叶落要归根的原因吧。政治、文化、经济种种因素，父亲根本没有去美国的念头。我曾经试探他，问他愿意不愿意去美国，他说：“为什么要去他美国？在中国就饿死了？”

这回答里有太多的信息。父亲不是说不去美国，而是反问为什么要去美国？不是说“美国”，而是说“他美国”。难道我这么没骨气？难道我非要离乡背井？难道你们逼我去？难道我不去就要把我饿死？饿，是他们那代人深刻的记忆。我不会被你们饿死，我花自己的钱。甚至，美国还欠着中国的钱，他们才会饿死。

但父亲有时候又会炫耀小儿子在国外，从世界名牌大学毕业，在大公司工作。但他很快又会显出不在乎的样子，说：“小孩再本事也是小孩的，跟我们做大人的什么关系？”

但有时他又会骂小弟，说他跑远远的，没有对他尽孝。所以小弟的谨慎也是有道理的，说不定父亲要他尽孝，表态要去呢？就像当初父亲表态要住我家。父亲常让我们捉摸不透。

小弟应该肠子都悔青了，这时候打电话回来，简直是自投罗网。如果他不打电话回来，他还可以装作不知父亲失踪。

座机响起时，我已经躺下了。这座机是专门给父亲用的。大家都用手机了，父亲坚持不用手机，只能给他留着座机。半夜打来，只有小弟。电话比以往迟了一个小时。他后来说，他总感觉父亲有什么事，心一直很焦，想打，又想是自己多疑。犹豫来犹豫去，最后还是打了。这么说，他本就是要自投罗网了？也许，他是没想到父亲出了这么大的事。失踪，这不是电话关心关心就可以的。

妻子当时已经睡下。我们用的是子母机，子机在父亲房间，母机在我们床头。电话把妻子吵醒了。小弟问起父亲，我支支吾吾，我又怕他责备我，毕竟父亲是从我这里走失的。妻子戳我胳膊："你要死呀！这么大的事，你瞒得住？"把电话抢过去，朝话筒喊："你爸走丢了！"她特地说"你爸"。

"怎么会这样？"小弟叫。

这是普通的疑问句,但我们心虚,理解成了责问。"什么,怎么会这样？"妻子应道，"你爸那脚，你管得住？家里就两三个人，白天不是上班就是上学，哪里有办法看得他？"

"这我知道,"小弟说，"早知道送养老院。"

我简直怀疑我的耳朵了。他怎么这么说？话说出来，他好像也意识到不妥，赶紧又说："毕竟养老院有那么多人看着……"但已经没有用了，他已经刺伤我妻子，他是在怪罪我们。而且偏偏是当初他说要去养老院，我反对。我妻子应道："是啊，还是该去养老院，就你二哥这傻子不让去！这不，出事了！最好是去美国养老院！"

"也不见得……"小弟支吾，"美国那养老院也不见得就好……"

"以为我们不知道？"妻子说，"至少比国内好多了。光是福利就不知道要好多少倍。中国是怎样的？过去是'国家来养老'，后来变成了'政府帮养老'，再后来干脆变成'养老不能靠政府'，靠自己，还说可以靠房子，'以房养老'。但中国房子只有七十年产权。你爸倒有房子，混着养完他自己还可以，但你大哥占着。我们都是自己交社保养自己，希望着六十岁退休就能拿了，现在又说要六十五岁才能退休，还得交！美国不这样吧？我听说美国还有叫'间接财政转移'的？"

我没想到妻子还知道这么多，也许她是真关心的，毕竟我们也到了快退休年龄。

小弟道："虽然是……但人家美国，是对人家的国民。你一个外国人，老了去人家那里吃福利，要是都那么容易的话，那还不都跑去了？人家为什么给你？人家美国人享受福利，是因为做了贡献，劳累到老，像我。再说，国内人以为在美国工作就那么轻松？知道我的压力有多大吗？爸要是来，不要说让不让定居下来，就是定居下来了，我也没法照料他。我自己这边一摊子家庭。这里的老人都是自己生活，外国人，子女才不管呢！”

还是老掉牙的理由。我妻子应：“你又不是外国人，你是中国人，怎么可能不管呢？”

小弟明显不是我妻子的对手。他说：“我这不是在管了吗？”

“你在那么远，怎么管？”我妻子道，“得先回来嘛！”

“等我回来怎么来得及？”小弟说，“不管怎样，先去找啊！”

“你怎么知道我们没去找？找到了，放你那儿怎样？”

“以前不是都跟你们说了吗？签证签不下来！”

“怎么知道签不下来？你去签了吗？”

“怎么知道我没去做？”小弟也是急了，明显撒谎。送没送签，需要国内提供材料，这我们还是知道的。但说实话，他要坚持说签不下来，我们也没办法。毕竟那么多人没签下来，他再在材料上做个手脚，我们全是外行。但我妻子却要他表态，到时候他把父亲接美国去。也许因为我妻子逼得紧，他慌张了，就是不肯表态。“还是先把爸找回来再说！”他说。

他习惯于说“再说”。我妻子说：“‘再说’？‘再说’这么多年，从来没个下文。你们兄弟，谁也没有给个说法。我们一直承担着，也只有你二哥才会做锤砧。到头来还要说我们没有看好老人！”

“二嫂，我真的没有怪你们的意思！”小弟苦苦辩解。他慌得先把电话挂了。

“他肯定说断线了！”妻子说，“你们兄弟都是什么德行，我还不知道？要不是长途，我就挂过去！”

六

我觉得妻子对小弟也太尖刻了。不过把他顶回去也好，免得又来个搅局者。我以为他就此会躲起来了，没料到第二天，大伯来了电话，问我父亲失踪的事。

父亲的兄弟姐妹，在世的还有大伯和姑姑。

父亲平时跟大伯不怎么来往，他们曾经为分祖产搞得剑拔弩张。现在大伯竟然关心起我父亲来了。大伯怎么知道我父亲失踪了？一听才知道，是小弟向他告了状。小弟说他得知父亲失踪，一个晚上没睡着。他说他人在国外，公司又不让请假回来，只能请长辈们帮忙了。倒好像只有他孝顺似的。

我知道小弟是在争取舆论支持。也许他还更深谋远虑，他怕父亲找到了，我们真把父亲甩给他，到时候他推托，会得到亲戚们理解。

大伯仗着是长辈，当晚召集开会，在我家，让我召集大哥三弟到场。“别说没空，不来他自己负责！”大伯语气强硬。

大伯还拉来了姑姑。长辈思维，先是问责，怎么会把父亲弄丢了？我妻子一听，就不接受了。她说父亲有两条腿，总不能把他绑起来吧？

媒体上曝光有的子女，害怕父母乱跑，把他们绑起来，舆论总是一边倒指责子女，老实说，是站着说话不腰疼。大伯就是这样的人。他斥：“你这是什么话！自己的爸，绑起来？”大伯不冲我妻子，冲我，“你要学电视上那些不孝子？”

我噌地火了。说我不孝，最刺激我。“我不孝？我已经够孝了！”我叫。

我最不能容忍被说为不孝。我觉得自己一直在为尽孝付出牺牲，简直高风亮节。妻子制止我：“你做再多也是不孝！不如不做！全给狗做了！”

“你说什么？”大伯叫。

“我们是不孝！”妻子直对大伯，“孝子大有人在，四个儿子，总有孝顺的吧？比如在美国，一定文明多了。”

“就知道算计！”大伯道。他明显偏袒小弟。

“算计？”我道，“我要算计还能撑到今天？”

“就算算计，让他尽义务有没有错？兄弟四个，又不只有我家一个！”

“人家在国外嘛，”姑姑说，“国内还有三个嘛！”

“三个？哪里有三个？我以为只有一个呢！”

妻子道，“做事时只有一个，出了问题，就一个个来问责了！”

“我们又没有怪你们！”妻子其实是指大伯，但大哥心虚，连忙说。他害怕引火烧身，一开始就很低调，坐在角落。这下妻子真把矛头对准他了。

“没有吗？第一天来就露马脚了！还有，什么我们家有时间吃饭？”

“那是我口误……”

“口会误？我口说我心！”

“我真没这意思！”大哥苦苦辩解。看得出来他已很愠怒，但他竭力忍着不爆发出来。我知道他不敢爆发，如果爆发了，大伯姑姑在这里，脓疮捅破，那么就来解决一下父亲住谁家问题。他是长子，长辈就讲长幼有序，何况又是住着父亲的房子，完蛋的绝对是他。他甚至还自打耳光，说：“我自己都做得这么差，我怎么可能去指责你们？我又不是有的人，躲在外国，还觉得自己最孝顺，做得最好！”

他想纠正枪口朝向，也想把枪口朝向小弟。三弟也怕转向他，说：

“对，自己做不到，就不要说别人，就应该感激做事人！我历来都感激二哥二嫂。二哥二嫂已经做得够好的了！要换成我，我都不知道怎么跟爸相处。一想起跟爸待一起，我就要做噩梦。老实说，爸要给我照顾，恐怕早就没人了！”

“说什么！”大伯喝道。

“不是吗？”三弟道。他敢对大伯硬气，大伯虽然是长辈，但对他的利害得失没有影响。他甚至挑衅：“不信，您来试试？”

“我干吗试？”大伯道，“我是他什么人？他儿子全死光了？没人管了？无处收容了？”

“不是叫您收容，只是说跟他相处相处。也不行？”

大伯语塞。

“对了，其实您跟他相处过，还吵了那么大的架！”三弟指的是当年分财产的事。“您觉得我爸好说话吗？”

大伯脸白了。

“所以嘛，还是那句话：自己做不到的，就不要说三道四，满嘴仁义道德。”见大伯要爆发，三弟又说：“我是说美国那个。”

大伯没理由爆发，只能用颤巍巍的手指戳着三弟。三弟懒懒地跷起了二郎腿。大伯什么也说不出来，拂袖而去。

“姑姑在这，”三弟继续道，“我在这里要表个态，二哥二嫂，对你们，我一直是心存感激的，万分感激！你们怎么做我都没意见！”

“我也没有意见！”大哥也急着表态。

我蓦然意识到不妙，没意见？那岂非要保持现状？他们两个岂非合着算计我？好一个没有意见！没有意见就没你们什么事了？两个人都说没有怪我们，抢着表态，显得境界高，其实是没把父亲当一回事。在他们眼里，父亲就是一坨屎，不沾就好，管你怎么处理。

姑姑应该也看出来了，她朝大哥三弟道：“你们可以走了！”

两个兄弟好像不敢相信，犹疑着。姑姑又朝他们挥挥手，那动作很无力。

“他们不能走！”妻子叫。

妻子这么一叫，他们立马像被踩了尾巴一样，逃走了。

姑姑冲着门的方向道：“畜生，还能指望什么？”

姑姑骂得这么狠,也把我们镇住了。姑姑又安抚我妻子,摸着她。“会急,会理论,会抱怨，说明还有心！我们做大人的，眼睛还不至于瞎掉，心像镜子一样清楚的。”

妻子哭了。

“儿子生那么多有什么用！”姑姑又说。

姑姑说，要不是她劝住，父亲当初还要再生一个。父亲觉得他一连四个都是男孩,第五个肯定也是男的。但姑姑觉得家里经济负担重。好在后来实行计划生育了,超生要处理。那时候父亲还顾及他的政治生命，才作罢了。

父亲延续香火思想很重。父亲表面上思想进步，其实骨子里很封建。也许应该说是强权意识重。父亲崇尚强权，他要生男孩，与其是为了延续香火，毋宁是显示强大。他经常说：“儿子排成一排，铜墙铁壁一样，谁敢来！将来抢也抢得过，夺也夺得过！”

却不料这些如狼似虎的儿子，连父亲也不认了。这是父亲的报应。

“生得对，生一个就够了！”姑姑说。这“一个”明显指的是我。我有一种被抚摸的酥麻。我感激姑姑承认我的功劳，现在我更要配得上姑姑的信任，他们都不管，我一个人也要把父亲找回来。

姑姑想出个寻找的法子：跳神。她熟悉一个跳神的，说是很灵。这种事我历来不相信，这是迷信。但不敢违抗，否则就是没孝心。何况也没有别的办法了。

神汉高深莫测坐着。室内幽暗,隐约看得到香案、神位以及供品。供品是塑料的,蜡烛也是通电的，这让我产生了不信任感。好在请神的香火还是真的。点着，渐渐有气氛了。神汉闭着眼睛，嘴里念念，我们跪着。神汉忽然浑身颤抖起来，迅速抖得厉害了，我知道这就是神附到他身体上了。他手里的铜锣碰撞，很快敲打起来。他完全失控了。姑姑知道时机已到，催促我问话。我问我父亲在哪里？对方的话我听不清，努力辨认，才辨认出他说的是：“踏破铁笼凤飞去。”

“飞哪里去了？”姑姑问。

“北……方……”

“北方哪里？”

“……北……京……”

这似乎不靠谱，怎么一说北方就是北京？我知道很多神汉巫婆是没文化的，也许他只知道北京，因为北京是首都。

“北京哪里？”姑姑又问。

神汉说了什么，我无论如何听不清了。姑姑也听不来，急道：“你大声点！”

还是听不清。对方声音是放大了，但只是噪音放大。正竭力张大耳洞，对方忽然口吐白沫，扑倒于地。

一会儿，他苏醒了，说神已离去了。

“就是没听清北京哪里！”姑姑遗憾道，“北京那么大。”

我想，也许是因为具体的方位难以忽悠，他干脆醒了。

出来，姑姑说：“还是很准的。‘踏破铁笼’，你爸在你家，就是像在铁笼子里。”

我愣。

“不是说你不好！”姑姑怕伤了我，说明道，“你做得够好了！”

姑姑这么说，我倒愿意心平气和检讨起自己来了。我知道父亲在我家一直不太适应，但也不至于是“铁笼”啊！该给他的，我们都给他了。要说限制他，该限制的不也得限制？他实在不听，也就随他了。他是我们家最自由的人，爱骂谁就骂谁，爱怎样就怎样，简直是“太上皇”。

“其实你爸觉得挺亏欠你的。”姑姑说。

“他会吗？”我说。

“会！他跟我说过，他最疼的是你大哥，最不疼的是你。姑姑是多话，你不要介意！”

这我知道。

“他最疼的是你大哥，所以他不舍得劳累他，选了你。他自己做事不公允，做大人的就怕这样。当时我就劝他了，可是他不听劝。但他在你那里心是不安的，他总觉得亏欠你。你毕竟也是他的儿子啊！你还记得他疝气开刀住院那次吧？他跟我说，把你折腾苦了。你晚上陪护，他知道你困，他想让你躺下，去睡，不要坐着。他说作为老人，要自觉！可是他一会儿就尿急，一会儿就口渴，只得又把你叫起来。”

原来父亲也知道累着我啊！

“他又没钱补贴给你，他自己就那么一点钱。”姑姑又说，“他那点钱啊，只够他喝‘地瓜烧’！”

那也不止，但我知道姑姑是在强调父亲手头拮据。

“喝了一辈子酒，戒不掉了！也没必要戒，这种年龄了。我们也没想要他那点钱。”我借机说明。“只是大嫂还说我们揩了父亲的钱……”

“这事我也知道，她是嘴贱，不要跟她计较。”姑姑说，“我们亲戚大小都知道你最孝顺，知道你没用你爸的钱，你爸还吃你的！”

“老人家，也吃不了多少，合着吃也省。”我客套道。“正因为这样，你爸才压力大了！”姑姑继续她的话。

“怎么说？”

“他觉得是蹭你们的啊！”姑姑说，“他那性格！所以他又要显出不怕你们不给他吃的样子，他自己有能力养活自己。”

怪不得，父亲一旦不高兴，就会宣扬：“老人手上就应该有钱！有钱了，就不怕子孙嫌弃！”这话特别令人生气。妻子曾经说：“说得这么绝情！我们做了这么多都白做了。好，他反正不领情，那就让他交！伙食费、住宿费全交。”但说是这么说，真的向自己的父亲索要，我实在做不出。我只能去安抚妻子，老人家，不要跟他计较了，不理睬他就是了。但我们不理睬他，他却要管我们，他是父亲，他要干涉我们的生活。比如他干涉我妻子化妆，一半是价值观问题，一半是消费观问题，他觉得化妆品贵，没必要用。买卫生纸，父亲会因为我们买了价格贵几元而指责我们浪费。但买便宜的，不经用还容易破，其实更浪费。为了卫生纸的事，父亲不知挑起了多少次冲突。有时候他还会强词夺理，说过去用的还是草纸，早年农村还用竹篾刮屁股，现在屁股就娇嫩了？

“你妈用一辈子草纸，那屁股还生了你们四个兄弟！”

把儿媳说得发臊。父亲就是这么粗鲁，“大老粗”一个，过去说是工人阶级的语言朴素，其实是流氓语言。

他骂孙子浪费，我是赞同的。现在孩子确实不懂得节俭，比如吃东西，挑肥拣瘦。但妻子却不同意，觉得我们家孩子已经享受得少了，现在哪家孩子不是蜜罐里泡出来的？孩子不爱吃饭，爱吃别的，妻子就同意把饭剩下，再给他做别的吃。父亲就骂孩子：“你把饭剩下？谁吃？”

“倒掉呗！”孩子理所当然道。

“浪费粮食，要遭天谴的！”

“唉呀怎么说得这么难听！”妻子忌讳父亲这么说。

“难听？不听难听的，就怕会难过，过不下去！”父亲说，“这样浪费下去，家里有多少钱经得起这样浪费？”

妻子表面上没再说，背后对我说，这又能浪费到什么程度嘛！简直小题大做。再说，家里钱又不是他挣的。他要担心家里开销，怎么不把钱拿出来？

父亲大概也知道我妻子不认同他的观念，他就自己行动。有一次，儿子汉堡没吃完，他捡起来吃。妻子对我说：你爸这是干什么？他这是抗议我们！他如果想吃汉堡，也可以给他买嘛！我跟姑姑说起这事，姑姑说：“这是有点过了！他这人，寒碜起人来没情面！但还是担心你们家钱花光了。他本来应该把自己的钱补贴进去，但他担心自己以后。不是说你不孝顺，不是说怕被子女抛弃，老人家嘛，总是会担心，所以手头上总得留点钱。我是没工作，交了养老保险什么的，还得靠子女。平时你表哥给点钱，我就攒着，能省就省。”

“那他还给孙子七买八买？跟他说过多少次了，这才是浪费，才是纵容小孩，他就是不听！”

“还不是要孙子高兴？”姑姑说。

“这我知道。但这是溺爱！”

“还不是想让你们高兴？你们就不高兴？”

我愣。确实，我们内心也是高兴的。

“你们高兴了，他就可以在你们家待下去了！”

不至于吧？那他为什么又要跟孙子抢吃的？

孙子吃零食，他常会要求：“给我吃一点！”孙子不让。孩子一旦占有，就不愿意让出来了。开始我们以为父亲只不过逗孙子玩，不料孙子不给，他却执意要。爷孙俩像两个小孩一样你争我抢，互不相让，家里闹得鸡飞狗跳。有时候零食是父亲买的，他还会说：“这还是我买的！”

“你给我了！”孙子应。

“我后悔了！”

“不行！大人不能后悔！”

“我不是大人！我是老人！”

听这话说的，像倚老卖老，但又像表明自己是弱者，乞怜对方让他。每当这时候，我妻子就会说：“你爸越来越没大人样了！”

有时候我会想，父亲是不是返老还童了？我让儿子让爷爷，儿子不肯：“爷爷赖皮！”

“怎么能这么说爷爷！”我制止。我想按父亲的脾气，一定会当真，甚至发怒。却不料父亲仍然嘻嘻笑着，贪婪盯着儿子手上的东西。看来他真的是只在乎得到这东西。儿子最终被我说服，把东西给爷爷了，父亲竟然一脸满足的样子，甚至憨憨的，那样子简直像白痴。

这种跟孙子争夺的事情，近年发生得越来越频繁了，成了我新的烦恼。我不明白他为什么要这样？联系到他的迷路，我以为他真的是脑袋出了什么问题。我把这跟姑姑讲了，姑姑笑道：“他那是装白鼻子丑角！他有时在我这里也会装。我是知道的。你们是晚辈，看不到！”

我蓦然有一种被算计的感觉。难道那一切都是父亲装出来的？就为了讨我们欢心？或者，也许干脆是想让我们相信他已经痴傻了，就不会跟他计较了？

想想我也是糊涂。父亲也是经风雨见世面的人，精明强干，怎么可能幼稚成那样？他这么丑化自己形象，出卖自己尊严，就不觉得羞耻？他不是个争强好胜的人吗？一个强人。

一个强人，竟然装傻卖乖，跟孙子抢东西，取悦儿子儿媳，父亲的内心是怎样的扭曲和绝望。

七

对父亲的内心世界，我几乎一无所知。我甚至从没有意识到父亲有个内心世界。

在我，在我们兄弟眼里，父亲有着金刚不坏之身。即使看见他身体衰老，也只是关心他的身体，不会想到他还有一颗心。对男人来说，心这东西太软，难以拿出来给人看；对生存角斗士来说，心碍事，所以心灵空间必须挤压。我也是男人，我有这体会。我也不会去探寻他人内心，那是一种猥亵和冒犯。

实际上，父亲虽然身体还能自立，但他的心已经弱不禁风。他已经像孩子一样，需要大人牵着。

所以他一改壮年时的习惯，变得喜欢跟大家挤在一起。这在我看来，简直是怪癖。我虽然也能体会他孤独，但我很快会觉得，我对他内心的关怀已经够多了。当我自己为生计疲于奔命，我会觉得他的孤独是闲出来的。所以也可以不满足他的需求，就像小孩要求去玩，大人完全可以拒绝。

或者，敷衍一下。对父亲，我更多的是采用敷衍策略。相反，对我的儿子，我更多的会满足他。我年轻时候，中国人意识到了孩子心灵世界，但至今却忽略了老人的心灵。也许是因为老人是尊长，一开始就高高在上，像我的父亲，他总是那么威严，我无法在他面前柔软。有些事一开始没有做，就永远无法做了，就好像有些话一开始没有说，就永远说不出来了。

我们兄弟几个和父亲都从来没有交流，连坐下来谈话都没有。小时候，我们做了坏事，父亲就打骂了事。小弟有一次回国，聊起美国家长不这么对待孩子，父亲就说：“中国爹妈就这样，你认美国人去！”

在我的记忆里，父亲和祖父母也没有好好坐着谈心过。那时祖父已经衰老，父亲从没有好好坐下来听祖父说话。祖父跟父亲说话，父亲总是一边做着他的事，一边听。我也从父亲那里学了这种习惯，但父亲会不满，说："你开会也这样？"

他还记着开会。他所说的开会，就是当年单位里的开会。但我的时代已经不开会了。当下的事情，父亲往往会遗忘，过去的事情他却记得很牢。

有时候我不禁会想起一句俗语："病狗记得千年屎。"

"要是当年我讲话时你这样……"父亲说。他不说"说话"，说"讲话"。"讲话"是会上领导说的话。虽然当年他不过是个车间主任，但他讲话时，严格要求下面的人不乱走乱动。

父亲一直忘不了当年的身份。也因此，他老被他同时代的人群攻击，比如那些聚集在旧工人文化宫的老人。对这些，我有所风闻。那些老人就像那文化宫一样，被时代废弃。他们牢骚满腹，父亲也牢骚满腹，但因为父亲过去是管人的，他们是被管的，父亲就被他们排除出去。其实父亲也是那时代的牺牲品，他只不过是车间主任，要被提拔了，粉碎"四人帮"了，他差点被当成"三种人"。后来干部"知识化"、"专业化"来了，他更没机会了。再后来就是下岗，他跟普通工人一样拿一万五的"割头子"补偿，不像那些领导，合伙廉价出卖企业，大捞一笔。工厂卖给了私人，父亲想去看看，人家门都不让进。他没得到好处，却还要承担责任，他当然不干。

既然他不愿意承担责任，他可以把自己从这个群体切割出去。何况严格上说，他并不属于这个群体，至少也可以不跟人家念叨他当年的事迹。但他做不到。现在想起来，那是他人生的巅峰，残存的一点可夸耀的资本，他的人生已经被那个时代所绑架。他只能反过来为那时代辩护，说当初做法是合理的，不惜强词夺理。但事实胜于雄辩，实践检验真理，结果证明一切。他于是又变换了话语："没功劳，也有苦劳嘛！"

他的话语经常变来变去，就好像一汪水，这边被堵住了，就往另一边突围。我一直觉得三弟和小弟这点上很受父亲影响。但也许不只是父亲，整个社会都是如此。在一个缺乏客观的价值观的社会，只能哪个实用抓哪个，赢就是硬道理。

父亲对他的时代，无论是炫耀还是辩护，在我看来都是可笑的。父亲的年代，一部分也是我的年代。我们的历史部分重叠。在我有了思辨意识时，那与父亲重叠的历史被认为是荒谬的，我努力切割。我生命力最旺盛的时代，就是否定父亲的年代。当时我真年轻。

在否定父亲上，小弟与我类似。小弟刚懂事时，中国就改革开放，他不明白父亲那一代怎么会发生那样的事情？对父亲的年代，如果说我是切割，他则是置身事外。我强调那时代我还小，至多只是红小兵，跟屁虫，对历史我没有责任，他则是完全不知情。所以我们有理由“弑父”。

暴力者是无视被暴力者的，于是对父亲视而不见。其实我怎么可能愚蠢到不知父亲有个内心世界？别人，哪怕是不相关的新闻事件里的人，他们遭受不幸、不公平，我都会被刺激起来。我会关切远在天边的人，唯独无视身边这个人，这个诞生你生命的人。

那些在广场上、讲坛上慷慨激昂者，置生死于度外，可曾“梦里依稀慈母泪”？无视亲情伦理的革命家，是怎样的革命家？

当然我也会竭力体会父亲的心情，但只是以未衰老的，甚至是年轻的心态推测之。虽然我已经不年轻，渐入老境，但在父母那里，子女总会显得年轻。以年轻的心体会衰老之心，必然会得出“无非就那样”的结论，老人了嘛！自然规律。我也会对他说：“没关系啦！”看似安慰，实际上是不关心。

父亲失踪前，我又对他说过“没关系啦！”那是他从工人文化宫回来，情绪恶劣，说再不去那种地方了，我自然推测到他又是跟人吵架了。他是否真的跟人吵架了？他跟谁吵架？为什么吵架？从吵架到他失踪，父亲内心里发生了什么？我利用周末时间，去了工人文化宫。

那些老人，我从来没有正眼瞧过他们。他们一群一群的，特别是黄昏，半晦半明中，好像一群群黑压压的昏鸦。他们骂现状，但他们对现状一点也不重要。对同样是牢骚满腹的我也不重要，我可以实际去挣钱，他们只剩下了骂，还有回忆。他们怀念他们年轻力壮的时候，怀念那时候的好时光，那时的社会风气是好的，那时没有贪官污吏，那时老人摔倒不会没人管，那时候到处都是雷锋。他们前几句还在控诉那时代，接着就又怀想那时代。他们其实是在怀念自己的青春。实际上他们也跟我父亲一样，被那个时代所绑架。他们无法跟那时代切割，那毋宁是切割自己身上的肉，尽管这肉是伤口上的坏肉，也已经成了身体的一部分。

中国普通人，从来没有像他们这一代人被赋予政治荣誉。他们被说成国家主人翁，工人成了领导阶级。他们还被告知，自己的国家是世界革命的中心，西方也在学中国，像老牌资本主义国家的法国。我第一次知道世界上有个叫法国的国家，就是从父亲嘴里。父亲有一次喝醉了，跟邻居显摆革命形势。他从上层的学习材料里知道，法国有个叫拿破仑的说中国是一只狮子，只不过一直睡着，现在这只睡狮就要醒来了。

后来我猜想，父亲跟邻居讲拿破仑时，他并没搞清楚拿破仑不是当代人。邻居们更根本不知道拿破仑，“拿破仑”这名字都是父亲杜撰的。他们背后里给我父亲取个外号叫“狮子”。这外号叫了好一段时间，连我母亲跟父亲吵架，也会说：“你还真是狮子！”

母亲明显是带着贬义的。中国人对狮子的观感并不好，相比同样是猛兽的老虎，狮子不仅凶猛，外形也邋遢，还秉性苟且。母亲这么说时，是带着自怜自艾的。如果父亲是公狮，那么母亲就相当于母狮。传说母狮除了产小狮子，还要负责捕猎食物等一切事情，公狮什么事也不做。母亲一辈子都在跟父亲争这个。母亲说，她不是家庭妇女，她也要工作，新中国了，男女平等。父亲思想进步，满嘴革命，但就是无法做到跟自己的老婆平等。这是共产革命中妇女解放的奇观。

许多年后，偶然的机会，我看到儿子语文课外读物，说到狮子。据科学家发现，公狮不仅会占有他者的母狮，残杀它们的幼狮，对自己的孩子也很残忍，会将它们抛弃，让它们挨饿，饿死，甚至也会在饥荒时吃掉它们。这让我联想到父亲和我们。当父亲做着“狮子梦”时，他是否想到他的儿子们在他衰老时会怎样对他？

20 世纪 80 年代，我知道拿破仑确实说过那话。那时全国铺天盖地引用这句话，中国这只睡狮要醒了。但父亲却开始衰弱了。父亲像一只被打败的老狮子，即使竭力让目光如炬，仍然无可奈何地睡眼惺忪。他被驱逐出丛林了。

现在想来，父亲长时间来过着被驱逐的生活。最初时代变了，他还有单位。后来单位倒闭了，他还是党员，街道还叫他过组织生活，读读报。我跟他说，你就别去了，你还什么党员啊？还得交党费。但他愿意。想想也可以理解，他这样才能牵紧主流的衣摆。但不久他自己跟组织闹翻了。别的地方返还的党费，可以拿部分作为党员福利，发点小饼什么的，他这里却没有。他去闹，人家说：“你入党是为了利益？”

他说：“你们贪污，我就该死？”

其实他也没证据证明人家贪污。他骂骂咧咧，再不参加组织生活了。他曾经拥有的被一步步剥夺，职务、职业、社会地位、日常生活，哪怕最日常的穿衣，他都很难买到想穿的衣服了。当年，父亲的服装总是工衣，另备一件中山装，放正式场合穿。20 世纪 80 年代后，工衣不再是原来朴素的工衣了，有了胸饰袖杠等装饰，父亲觉得胡里花哨。中山装，人们渐渐不穿了，很难买得到。有的店有，但都是改造的了款式，时装化流行化。父亲认为那根本不是中山装。人家说：“你要那种土不拉叽的呀？都什么年代了，谁还穿？”

穿衣都这么难，现在想来，父亲的内心应该是惨淡的。他看出来了，这世界不属于他了。

整个城市没剩下几个会做中山装的裁缝，价格也比较高。父亲也做了。在我看来简直奢侈。穿别的衣服不行吗？但父亲说，别的衣服就是穿不出去。

父亲不是奢侈的人，但某些方面又显出奢侈。

一是喝酒，二就是穿衣。前两年，他又迷上了保健品。他本不是讲保健的人，体检都不去，还老说现在人太娇嫩，他怎么就被那个叫恬恬的推销员给迷惑了？他买了很多保健品，都写着根据祖国医学研制，一看就是忽悠。父亲不是容易被忽悠的人，怎么就被忽悠了？我自己就是产品推销员，那些伎俩我太清楚了。不让他买，他说他用的是自己的钱。

我说你自己的钱我也替你可惜，他就说："你可惜，你怎么不掏钱？"

他还会装身体不好，做出病恹恹的样子给你看。

有一次，那个叫恬恬的推销员竟然跑到家里来了，我亲眼看到她是怎样忽悠我父亲的。我要把她赶走，父亲说："你不关心我死活，也不让人家关心我死活！"

我承认，推销员那作态，那些话，我确实无法做出说出。但是父亲你怎么不明白，那都是虚的，都是盯着你的钱。她会给你做一餐饭吗？会给你洗一件衣服吗？她会供你生活费吗？她只会抠你的钱，嘴上说得好听："客户的需要永远是我努力的方向！"那是经营策略，"银发经济"。

但现在想来，我们总以为亲情不需要经营。现在想来，我也只是满足父亲的基本需求。那些聚集在文化宫的老人，他们的子女最关心的可能就是他们不要跌倒，不要被车撞，身体不要出事，没有想到他们还有一个心灵。所以精明的推销商苍蝇一样聚集那里。父亲就是在这种地方被上套的吧？

推销的最高境界，不是让对方相信他需要产品，而是产品需要他，社会需要他，时代需要他，他不可缺少。对被边缘化的老人，还有什么比被需求更重要的？我记得那个恬恬还要邀请我父亲开讲座。她甚至会直接让我父亲救她的业绩。这明明暴露了她的商业面目，但我父亲乐呵呵地答应了。也许父亲把对方当作应该呵护的孩子了。甚至是英雄救美。人老了，并不等于心也老了。

文化宫边上有个简易茶馆，设有内室。电视曾报道这里发生卖淫现象。取缔了几次，又死灰复燃。原因是无法下大力度，执法会遭到老人们围攻。嫖客年纪大，突然抓捕，身体要是有个好歹，责任担不起。

那些卖淫女都已到中年，在老人间穿梭，打情骂俏。她们表现出对老人的喜欢，但我很奇怪，老人难道就不明白自己并没什么值得这些女人喜欢？不过是谋你的钱。自己身体完全不行。当然报道说老人基本只是摸摸，但这毋宁是对老人更大的奚落。

本来存在的事实，现在确凿地被证实了。也许是那些女人干脆表明她们需要老人的钱生存？或是老人有着“同是天涯沦落人”的感觉？一边是沦落风尘女，一边是穷途末路人。既然如此，还求什么？无所谓操守，无所谓晚节，无所谓名誉。整个社会都不守节操，凭什么要我们这些将死的人守？能捞多少算多少，及时行乐。老子就是这样，又怎样？我父亲就喜欢说“又怎样？”我总觉得，这句式承接的是那句“造反有理”。老子造反了，又怎样？老子就是吵你了，又怎样？老子就是骂你了，又怎样？把我杀了吧！怕什么？我揣测，这些老人就是抱着这种心理进入暗室的。我看到，一个老人进去前，说道：“土都埋到脖子了，怕什么！”

我惊愕地听说，我父亲也去过那暗室。老人中流传着关于我父亲的桥段。我父亲出来时，说了一句堪称经典的话：

“操，奶都平了，抓着可以摇铃！”据说父亲说出那话后，就发誓再不来了。他不去文化宫，并非跟人吵架。

八

父亲轰然坍塌了。

过去，父亲尽管难侍候，尽管霸道，不近人情，那还是父亲。甚至父亲就是霸道的。现在这个搞女人的人不符合父亲的形象。他可耻地挂着生殖器。虽然我也应该知道父亲有这器官，我就是这个器官的产物，但人伦禁忌，自动屏蔽了这些内容，代之以崇高的生命繁殖。虽然骂人时，会以性内容攻击对方，但并没有真的性意识。大哥小时就受父亲影响，“操”挂在嘴里。一次跟父亲吵架，他骂：“操！”

“操？”父亲应，“我没操会有你？”

没想到父亲会这么说。大哥赶紧噤声。那是我们不小心涉进父母性领域，就好像不小心掀开父母蚊帐，看到我们不该看到的。不，是父亲竟然转过身来，把赤裸裸的下身亮给我们。

小时候，母亲经常跟父亲吵。父亲迟回来吃饭，母亲就说：“我们吃！人家外面有饭吃！”

有一次，母亲直接说父亲“风流筋翘”。当时我还不明白什么叫“风流筋”。后来知道了，想，父亲凶巴巴的，怎么可能有女人喜欢他？但有一点很蹊跷，父亲爱听歌。有时还会在喉咙口哼哼，但只是悄悄的，很快就收敛。父亲性格霸道，从来不知收敛，却偏偏在哼歌上做贼似的。被母亲捕捉到，他就显得很理短。母亲说他不正经，他辩说，这有什么？这是革命歌曲，文艺宣传队都可以当街唱。现在想起来，父亲是把情欲的私货藏在光明正大的政治皮囊里。这实在是一种巧妙策略。汉民族绝对不是能歌善舞的民族，没有这种“政治正确”的伪装，怎么可能毫不腼腆地高歌扭腰？现在那些在公园里唱“红歌”、在路边跳街舞的，如果没有这种“政治正确”的坚韧皮囊，怎么可能唱得起来扭得起来？父亲的政治，毋宁是体制。

现在想来，当初母亲的猜测可能是对的，父亲就是会搞女人的人。想想，他享受着母亲的侍候，喝着母亲给他端来的“地瓜烧”，心里却想着外面的女人。我为母亲鸣不平。这不只是背叛，背叛这种说法太明亮，也不是欺负，是欺侮。

但我归根结底不想介入父母间这种事，那有一种“混账”的感觉。我特别不愿意正视父亲的性。

我从小就躲避父亲的身体。小时候有一段时间，我睡父母床上，总要睡母亲那侧，不肯睡在父亲那侧，也不肯睡他们中间。母亲以为我是害怕父亲，其实我是忌讳与我同性别的父亲的身体的味道。我青春期时身上也有了这种味道，我对自己也产生了恐惧。这是荷尔蒙的味道。其实我是忌讳父亲的肉体。

父亲住院，不能下床小便，我给他把尿壶，都要他自己把东西掏出来。我的眼睛也竭力移开去。

替他擦换下身，都要小心翼翼让布接触在他肉体上。有一次给他换姿势，不留心去拉他的手，只是手，那温度就像电流一样闪来，我赶忙撒手。

但其实那未必如电流一般强烈，只是肉麻。也不是麻，是一种敏锐的感应，一种不该有的私密交流，像通奸。

我后悔我为什么要去工人文化宫。我也不敢告诉兄弟们。难以启齿。兄弟间谈论父亲的性事，像乱伦。

我更不敢告诉我的妻子。父亲的奸情就是对我的指认。“有其父必有其子”。

这秘密我只能自己消化，烂在心里。我暗夜潜行。我揣着父亲的黑暗，忍辱负重。

一天，那个推销员恬恬又来了。她找我父亲，说是前几天我父亲买了保健品，来做个回访。我问她什么保健品，她说我父亲知道，她要见我父亲。

她听说我父亲失踪了，慌忙走了。

我感觉她有什么隐瞒我，也许她知道我父亲去哪里。我去文化宫找她，没有找到她，撞见了一个父亲的熟人，姓霍，父亲曾经把他带回家来。父亲极少带人到家里，恬恬算一个，霍老算一个。我向他问一个叫恬恬的保健品推销员，霍老说知道她，带我去找，也没有找到。我问前几天我父亲买过的保健品，霍老变得躲闪起来。“你自己去问你爸吧！”他说。

我告诉他，我父亲失踪了。他惊讶得合不拢嘴。“还真是，说去就去！”他嘟哝。

“去哪里？”

“……北京。”

去北京？我几乎叫出声来。“踏破铁笼凤飞去。”飞去哪里？北京。难道真被那跳神的说中了？我们家没有亲戚在北京，也没有朋友，父亲北京干什么？我问霍老，霍老不肯说。我说现在我正找父亲，父亲已经失踪这么多天了，现在只有您能救他。他才告诉我，父亲去北京找一个叫方小红的女孩子。

我更糊涂了。我怎么没听说过这个名字？父亲这秘密，竟然藏得这么深。他真是“风流筋太翘”了，这么老了，对方还是女孩子。霍老说，我父亲说那叫方小红的才十八岁。这是他的孙辈，也就是我儿子这辈，他也下得了手？简直太荒唐了。

“就是那个药害的！”霍老说。

药？

“中国就这样，保健品药品不分！”他说。我想起来，父亲出走前几天，有一次吃饭，裤袋里一盒保健品掉了出来。他的保健品从来是到处乱丢，但这个却揣在裤袋里。孙子要去捡，他竟然慌张地抢起。当时我没有留意，以为是比较贵的保健品。

“我劝他不要信，保健品是保健品，药物是药物，两回事，报纸上都在说，国家三令五申，但他就是不听，跟吃错药的老鼠一样。对，就是吃错药的老鼠！结果呢？没用！”

“没用？”

“当然没用！”霍老瞥一眼茶馆。我明白了。

为了让霍老消除顾虑，我告诉他我已经知道父亲去那个地方，别人跟我讲了。

“他们那些人的话，”霍老摇头，“不真！”

他告诉我，我父亲出来时，神态并非赖皮的，而是黯然。父亲进去，是去试试自己吃药后的能力的。他俨然是战士上战场，这样，失败就成了惨败。

我就奇怪了，他都这把年纪了，怎么还有那么好的预期？霍老说，不是预期太好，而是一直太坏，反生出了狂狷。因为害怕，自卑，所以渴望表现得好，所以才去吃药。

那么既然已经被证明不行，怎么还去北京找那个方小红呢？对方可是小女孩。霍老说，我父亲把原因归咎于那些卖淫女人不行，太老，没有魅力。他说自己本来是行的，不需要药都行，看着她都勃起。于是他决定去找方小红。

原来父亲不是迷路，是出走。既然如此，应该带行李。但他没有带。衣服也没带，除了身上穿的，都在家里。身份证呢？不然怎么买车票？我赶回家，父亲的身份证没有找到。我又找他存折，他的钱平时都是他自己收着，我没去管。我翻箱倒柜也找不到，也许也带上了。

带着身份证带着钱，父亲是蓄谋的。倒是我们傻乎乎地着急寻找他。我有些安心了。只是父亲是怎么认识这个方小红的？他平时又怎么跟她联系？他不会上网，没有手机。难道是写信？但那么个小女孩，谁跟你一个字一个字地码？难道用的是家里的座机？我查了话单，无论是呼出还是呼入，都没有北京的号码。

父亲平生只去过一次北京，那是他二十多岁时，“大串联”。父亲那时已工作结婚了，他是和几个同事混在学生队伍里去北京玩的。因此没去上班，还被当旷工处理。这事让父亲跟领导结下了梁子。

那领导没多久失势，父亲是斗他最凶的一个。我长大后偶然知道父亲当年跟领导的事，还有点不可思议，我印象里父亲满脑子都是领导思想。想想也不稀奇，那时候父亲还是年轻人，谁没有年轻过？何况那个时代，何况有仇怨，父亲这种性格。

当年和父亲一起去北京的，有个姓高的同事。

“大串联”事件后，“当权派”被打倒，“革委会”成立，父亲这拨人得势。老高比我父亲运气好，爬得高，但没两年就摔下来了，到了我父亲车间。据说我父亲管他也挺不客气的，所以他对我父亲也很不满，没往来。有一天，我在路上碰到了他。我叫他，他瞧一眼我，想装作不认识。我说，您不是高伯伯吗？当年跟我爸一起去“大串联”的。听到“大串联”，他才眼睛发光。

“还什么‘大串联’啊！”他马上又叹道，“哪朝哪代的事了！”

“我爸还经常提起呢！”我说，“常提起您！”这是我编的。

老高停了许久，拿中指戳着我。“你爸这人哪！”

他说，他和我父亲曾经是那么好的朋友，战友，所以才一起去北京。一路挤火车，白吃白喝白住，到了北京，正赶上毛主席第六次接见红卫兵。

他们被安排在同一个方阵，又是唱歌，又是拉歌。

当时他们方阵里有个女的，歌唱得好，指挥也好。

一到方阵间拉歌，大家就一起喊她的名字，推她出来指挥。

我的心一个咯噔。

“当时我们在天安门东侧，”老高继续回忆，“从傍晚开始就出发了。说是要从东向西经过天安门，接受毛主席检阅，毛主席会站在天安门城楼上。我们都兴奋极了。队伍走走停停，停停走走。走了一夜，一会儿在灯火通明的大街上，一会儿走进忽明忽暗的巷子里，一会儿，周围黑漆漆的，有人说可能是到了郊区。什么也看不见，解放军就让大家每个横排手臂挽着手臂，防止队伍被挤乱了，冲散了。大家就按解放军说的做。那手从腋窝穿过去，痒死了。但也得穿。好在我左边就是你爸，平时玩，打闹惯了。你爸左边的。”老高顿了顿。我的心揪紧了。

“就是那女孩！”他说。

“也是天注定！”也不知过了多久，老高说。

“后来呢？”我问。

“后来，”老高说，“没有见到毛主席。到我们走到天安门，毛主席已经走了！”

我想知道的不是这。也许这对他们很重要。

“再后来呢？”我问。

“我们等于陪你爸去北京了！”老高说。

怎么会是陪我爸去北京呢？我父亲不是也没见到毛主席吗？“再再后来呢？”我追问。

“队伍散了！”

“你们再没联系了？”

“那么多人，五湖四海的，怎么联系？”

“我是说……那个女孩。”我只能直接说了。

“再没见到了！”

“没有联系？”

“怎么联系？我连人家胳膊都没碰过！”

我猛然明白，他为什么说是等于陪我爸去北京。“不知道地址？”我又问。

“怎么了？”

“没什么……我爸去北京了……”

“去北京干吗？人家是不是北京人都不知道！”老高怎么反应我父亲是去找她？

“口音是北方口音，普通话讲得很好听。”

老高细密回忆着。他说得这么细致，身临其境，我也有点恍惚了。“她叫什么名字？”我问。

“方小红。”

我大吃一惊。父亲不就是去找一个叫方小红的吗？见我惊异的样子，老高问：“怎么了？”

我告诉他，我父亲失踪了，他走之前跟一个熟人说，他去北京要找一个叫方小红的女孩子。

"人家怎么还是女孩子？"老高叫起来。

我愣。

"早跟我一样老了，老太婆了！"老高道。

他粗野地说"老太婆"，不是"老太太"、"老人家"。他这么说时，重重往自己胸口戳，那简直是在作践地表明自己已经老朽了，但又似乎在炫耀，自己是和那女的一同老去的，我们是同龄人，我们是一代人。甚至，你的父亲都不在其中，还说人家是女孩子呢！还去北京呢！是啊，父亲怎么就没有意识到人家已经老了呢？难道他糊涂了？难道他老年痴呆了？但他都把身份证和钱带上，怎么可能痴呆？

难道他独独在这一点上认知障碍？印象中有"部分认知障碍"这种说法。我查了一下，确实有。认知是人的心理活动之一，是指认识和理解事物的心理过程，它由多个认知区域组成，包括记忆、计算、定向、注意、结构能力、执行能力语言的表达、理解等方面。记忆障碍的临床表现是记忆错误：错构症和虚构症。

父亲应该是属于记忆错构，或是虚构。还有一种临床表现是记忆增强。是什么导致父亲把那么久远的记忆放大，错构和虚构？也许父亲内心一直有着一个结，只是他没有跟我们说，他没有倾吐的习惯，我们也不可能去听他。我们只知道他言行怪异，不知道那就是老年痴呆的前兆。

我曾寻思祖父那代怎么没有"老年痴呆"？

其实按病症，祖父就是老年痴呆。现在我们很知道这种病了，还知道它有个学名叫阿尔茨海默氏病。其实父亲有些行为是对得上这种病症的，只是我潜意识在回避，只愿意想是他脾气不好，至多是老糊涂。一方面过于焦虑，一方面又竭力回避。

九

如果父亲真患上了老年痴呆，怎么办？这可是个严峻问题。

我本应该立刻告诉警方父亲可能去北京，这样寻找就有方向了。但我没告诉。我总是很忙。其实只要一个电话就可以了，但我很忙。时间浑浑噩噩又过去了，一天，我突然接到警方电话。我有点恍惚，我甚至想不起警方为什么会给我打电话。警方说，在火车站监控里发现了我父亲。他们竟然一直在找。我的心提了起来。

警方说，查火车票，我父亲是去北京了。我有一种被逮住的感觉。

警方又说，通过全国公安联网，北京果然有一个信息跟我父亲相同的人。"哦。"我说。

警方说这个人躺在医院里。

“哦。”我说。

警方说这人是倒在路上，被人发现送进了医院的。

“哦。”我说。

是突发脑溢血。

“哦。”

“你听清楚没有？”警方说，“你父亲是突发脑溢血！还昏迷不醒。”

“那什么时候醒？”

“这不知道。可能要做长期准备了！”

长期准备？什么长期准备？我好像完全没有反应过来。但我的心已经沉到了谷底。我已经后悔了。

我实在后悔！如果早点发现，如果我们抓紧找，如果我们不互相推诿，不互相计较，如果我们想到父亲会出事。

其实我也想到父亲会出事。大哥三弟也想到，所以才担心。如果真担心，如果我一知道父亲去了北京，立刻就赶往北京，也许父亲还不至于昏倒。

至少，我可以抢在他昏倒前，把他扶住，撑着。

只要他不倒下去，就不算倒，就不会躺倒，就还有救。

“还好发现及时……”警方说。

及时？还及时？都倒下来了，还不如不要发现。只是我没有说出来。我瞧见了自己的卑劣和冷酷。

我没有将父亲去北京的事告诉兄弟们，好像也不只是羞于启齿。羞耻感那么重要吗？难说我就没有叵测居心？其实在我潜意识里，隐约在等着出事，父亲远在北京出事，中国人冷漠，警方又不作为，那么就好了。是谁这么热心把我父亲送进医院的？警察怎么变得这么敬业？这世界真荒谬，而我却算得太如意。人算不如天算。到头来不但不能好，还更糟了。

后悔啊！但后悔来不及了。哪怕痴呆，都比现在好。完了，一切都完了！拖你几年，十几年，几十年……下半辈子要全搭进去了！回忆往日，父亲尽管烦人，但生活能自理。那些日子都变得令人怀念了。但一去不复返了。现在想来，让父亲住在家里就那么难吗？难到过不下去的地步？只是不愿意付出牺牲。其实连牺牲也谈不上。如果把幸福期指调低一点，有什么不能忍受的？但谁也不愿意调低。

我也不愿意。某种程度上，正是我造成了现在的局面。我忏悔。我得把父亲接回来，义无反顾，继续住我家就住我家吧！

警方问我什么时候去接父亲。我一惊。这太复杂了,父亲还昏迷不醒,怎么回来?不能坐飞机,不能坐火车,总不能抬着担架一路走回来吧?问题太大了,问题太多了,难以解决。我愿意解决,但实在是难以解决。我说我得跟兄弟们商量。

我打电话给大哥。我说父亲找到了。“在哪里?”他问。

“北京。”我说。

“怎么跑北京去了?”大哥说。

“北京的医院里。”

我把父亲的情况说了。电话那边没了声音。好半晌,我才听到大哥喉咙里咕噜出一声:“操!怎么会这样?”

“他跑北京干吗!”又半天,大哥又问。

我就把父亲去北京找女人的事说了。还没听完,大哥就愤怒了。“操,我们到处找他,他倒好!寻花问柳去了!告诉老三了吗?”

我说还没有。“走,告诉他!”他坚定说。

大哥竟然撂下他的店,跟我一起去找三弟。这在我看来并没有必要。到了三弟单位,我告诉他父亲找到了。他愣了一下,笑道:“别吓我!”什么吓你!我说,是警方通知我的。三弟表情僵硬了:“警察会这么敬业?”跟我反应一样。

我告诉他,父亲是在北京找到的。“他跑北京干吗?”他的反应跟大哥如出一辙。毕竟我们是一个娘肚子里出来的。我说去找人了。“谁?”他问。

“一个老相识。”我说。

“老相好!”大哥不耐烦道。

“我怎么都不知道有相好?”三弟道。

“我也不知道!”大哥说。“他把我们都给骗了!”

“把咱妈也给骗了,”三弟说,“骗到死。”

听三弟这么说,我感到悲痛。母亲去世多年了,但母亲仍然是我的念想。父亲背叛母亲,我不能接受。虽然我不是头脑封建的人,我承认母亲去世这么久了,父亲有权利寻找新伴侣。但我本能上抵制父亲这么做。即使父亲光明正大明媒正娶,我也会反对。当这种情绪占上风时,我宁可自己照顾父亲,也不要那个可以照顾他的女人。我的正义感道德感亢奋地勃起着。

“其实早应该想到了!”大哥说,“妈在的时候就老猜他外面有人。”大哥回忆了一些旧事。三弟表示惊讶,“我怎么都不知道?”

“那时你还小!”大哥说。

“我更像傻瓜了！”三弟说。“这可是原则问题！”他说。三弟从来不是原则的人，现在讲原则了。“这不是孤立事件！是他一贯的作风，是前科再犯！这种事，会搞一次，就会搞第二次，第三次！自作孽，不可活！这样的人，我们做子女的为什么要认他？”

三弟不是说“爸”，而是说“这样的人”；不是说“我们”，也不是说“我们做儿子的”，而是说“做子女的”，这使得这指代超越了我们具体单个家庭。这样的人，是社会公德也不能容许的，大家都不能原谅，我们怎么能？

三弟说“为什么要认他”时，动作幅度特别大，胳膊甩了起来，脸却别向一边，好像要背弃而去。我的心也像刚杀的鸡内脏一样热了起来。父亲的丑事，之前是困在我内心，所以彷徨，不敢发泄出来。现在放在明里谈论，公开鞭挞，旗帜鲜明。我们三个兄弟站在三弟公司大楼前的大街上，怒不可遏地声讨父亲。

可是再可恶，也是我们的生我们的父亲。三弟说，生我们怎么了？他也不过是因为那个快活才生下我们，我们只是他快活的副产品。

三弟这话说得也太白了。我不自在起来，转换话题。我说毕竟警方在催，父亲这样躺在北京医院，也不是办法。至少费用，每天都在产生费用，医疗费、床位费、陪护费……

“不是有相好吗？”三弟问。

“那是你后妈！”大哥道。

“后妈就后妈！反正能把爸接手了就行！”三弟说。他的话让我恶心，大哥则笑他想得太美了。

“后妈在哪里？”大哥反问。

我告诉三弟，父亲发病时身边没人，那女人现在还不知道在哪里。父亲是被人发现了送医院的。

“那人是谁？”

“不知道，打电话报警，没露面。”我说。

“这蹊跷了！”三弟说。“这可得搞清楚！”

他给警方打电话。他说应该找到肇事者。“哪有肇事者？”警方说。

“不是没有，是逃逸了！打个电话逃了！”

“人家那是好心……”

“那为什么要逃？”

“可能怕误解吧……”

“误解把他当肇事者了？他是好人了？他是雷锋？”这想法当初也曾在我脑子里闪过，只是我觉得这么想不近人情。“我们家从来没有撞上好运，运背着呢！怎么这次偏偏被我们撞上好人了？”

“怎么能这么说！”对方声音有点恼怒。

“你别激动！你也不在现场。”三弟说，“你也不知道这个报案人是不是肇事者。我知道我不该这么怀疑，但我爸这样了，换成谁都会这么想，将心比心。你可以说我小人之心，是小人，可到我这份儿上只能当小人。而且我还可以告诉你，肇事者还是个女的！”

“你怎么知道？”

“我们当然知道，你们调查一下就知道了！”

三弟简直疯了。调查？怎么可能调查出来？何况老实说，我也不能确切断定父亲会遇到那个方小红，而且，那个小孩子的方小红是否就是那个老太婆的方小红。三弟难道就想不到？

警方说，调查需要时间，如果你们等得起就等吧。我们当然等不起，如果调查没有结果，肯定不会有结果，那么医院里的费用又要增加了。天知道警方拖到什么时候。

三弟说，不怕，有人可以付美金。我知道他指小弟。三弟看时间，下午五点，那边是凌晨。但还是打了，用三弟公司电话。

小弟一听父亲躺在医院里，就表示要回来。这次他表现得很积极，我们都没想到。三弟说：“爸还没死。”

“我知道。”小弟说。

“可能要做长期打算了！”我也说。

“我知道。”他仍然说。

“你到底是醒还是没醒？”三弟道，“你以为爸这么快死？你回来能待多久？我们都在国内，可以出力，只是费用上很成问题！”

“多少？”

“不是小数目。”三弟说。

“具体是多少？”小弟问。

“还不知道。”我说，“得去北京后才知道。”

“怎么还没去北京？”

“去北京容易，”三弟道，“就是费用问题。”

“不去怎么知道费用？难道车票机票也买不起？”

“你这是什么话？”三弟道，“你以为就这费用？医院要讹多少钱？那可不会是小数目。还有，爸这样子，回来了，接着怎么办？我是喜欢‘丑话说前头’的，免得到时候发生纠纷。亲兄弟明算账。”

“我知道，又没说不算。”小弟说。

“算就够了？”三弟说。

“够不够，也要接回来才知道够不够。”不知是否小弟装糊涂，就是没法说到点子上。“我们会去接的。”我把电话接过来。

“那不就结了？”小弟说。

三弟索性道：“我是说，我们穷，到你这里化缘来了！”

“不需要化缘，是我自己的爸！”小弟说。

“真会说话！”三弟说，“还知道有个爸！”

“我当然知道，”小弟说，“所以我知道回去。你能吗？你就在国内，你会去接爸吗？”

三弟被噎住了。他突然喷出话来：“你怎么知道我不会去？大不了丢工作！大不了当乞丐！”

“那好，北京见！”小弟说。

“见就见！”三弟冷笑。“见了又怎样？我还不知道他？钱抓得紧紧的，人跑回来见？还不是做个姿势，我也很孝顺，我也尽心尽力了，我公司不能请假都硬是跑回来了，冒着失业的危险。然后，一抽脚又跑回美国去了！”

“人家小弟又没说不承担费用。”我说。

“那他说啊，表个态啊！承担多少？你听他说的是‘再说’。你回忆一下，他说‘再说’，什么时候有个说法？”

“也许这次不一样了……”我说。

“什么不一样？对，是不一样了，爸昏迷不醒，爸要成植物人了，需要全护理了，永远不可能好起来了，会把我们拖老，拖垮，拖死！还有，还有不一样的，爸外面有女人了……”

“他又不知道这。”我说。

“他知道了，我看连回来都不会回来了！”

三弟说，“他还会回来当孝子？当这样的父亲的孝子？可能吗？你以为他境界多高啊？你以为他去了西方就成了圣徒了？我操！他是耶稣啊？我操！耶稣从西方来啊？太阳从东边来，耶稣从西边来啊？我操！我操！这世界上有耶稣吗？”

“扯什么乱七八糟的！”我说，“现在当务之急是订机票！”

“我还得请假。”他说。他瞅大哥。大哥说：“看我干什么？我又没说要去北京！”

“没问题啊！”三弟道，耸耸肩，“哈，我去没问题啊！但是接回来后去哪里，你们可得想好了！”

“还能住哪里？住医院啊！”大哥说。

“长期住？钱呢？”三弟举举手，“人家会同意吗？”才发现电话没挂。拿起来听，那边挂了。

“所以最后还得住家里。当然得住他自己的家，最后从自己家里走。”

大哥说他要回店里了，顾客要把店炸了。三弟冲大哥背影，嘲讽道：“不能解决，白忙！”

我回到家里，跟妻子说起父亲将来住哪里。我没去搬三弟的话，担心妻子也说大哥住着父亲的房子，让父亲住过去。明显大哥不会同意。妻子说，还是去养老院吧，全护理。这倒是一个办法。

“爷爷不去养老院！”儿子插嘴。

“谁说爷爷不去养老院！”妻子道，“爷爷不是闹着要去养老院吗？”

“不对，爷爷怕去养老院！”

“爷爷自己都已经不知道了……”妻子说。

“不知道了就可以不管吗？”

“谁不管了？”妻子恼了。“我们到时候也要去养老院！爷爷这代，还有我们可以给他养老，我们这代，你能吗？你这小孩，什么都不懂！两边四个老人，还不送去养老院？有没有钱去养老院还不知道呢！你能照顾我们？别想了！”

孩子瞅瞅母亲，又瞅瞅我，眼神幽幽的。我感到害怕，小声制止妻子：“说什么呢！你这是在教孩子吗？”

妻子赶紧不做声了。

睡前，妻子对我说，可要说好了，这养老院的钱大家分摊。要说穷，你是四兄弟中最穷的。妻子说得在理。但这也是令人头疼的。三弟明摆着要推给小弟，小弟又不明确表态。正想着，座机响起来了。这点钟，肯定是小弟打的，正好，再跟他沟通沟通。我妻子上次刚跟小弟吵过，怕她又来搅局，我跑到父亲房间接。

十

小弟说，他已经订好机票了，明天就出发，直接去北京，我们在北京汇合。

“你公司那边，走得了吗？”我问。

“公司……没什么事了！”他说。

他这话怪怪的。“马上要被裁的人，还有什么事可干？”

我大吃一惊。怪不得他这次马上说要回来。“当然兄弟们亲戚们也可以认为我所以会回来，只是因为闲着。”他又说。

“不会不会！”我说。要在平时，我应该会这么想。但现在他落难了，我就不能这么想了。何况他毕竟说回来就回来了，而我们这边，连去不去接回父亲还不能统一意见。

“会的！”他说，“换成我也会这么想！”

他说得很冷酷。“都是兄弟……”我说。

“三哥说我的我都听到了！”

我就猜他听到了。

“他说得对，我不是耶稣，不是耶稣西来，我本来就是东来的中国人嘛！”小弟说，“一辈子都是，二代三代能否改变？不知道。反正我这代是变不了了。当初出国，也就是想改变，至少下一代不按这轨道走下去。我承认，我逃出国去，也在逃离我们这个家，逃离爸。我从小见爸就总想掉头逃走。但是最后还是逃不了。我是爸的种，妈说过这话。这是遗传！基因的力量是非常强大的。自从知道肯定被裁员，一下子闲下来，我才有时间，失败让我想很多。或者说是黑洞。据说每个人内心里都有或深或浅的黑洞。所有物理定律遇到它都会失效。黑洞是个无底的深渊，大人的黑洞对小孩有着很强的吞噬力。”

这我不懂。

“你还记得父亲那个外号吗？狮子。”

“记得，前几天我还记起爸当初喝酒说狮子的样子，他说拿破仑说中国是一只狮子。”

“其实拿破仑根本没有说中国是狮子。这是中国人自己编造的，中国人自己想成为狮子。多少年来，中国人做着‘狮子梦’。穷时做‘狮子梦’，现在有钱了，在国际上就露出了狮子的牙齿，所以被人家忌讳，被人家讨厌，被人家排挤。我公司裁员，第一个就找我谈。也难怪，我抢过别人的客户。但不抢我的业绩就上不去，我是移民，而且我是中国人移民，我不能失败！不要说别的，我要失败了，我是个穷光蛋，爸会认我吗？当然我也没拿什么钱给爸用。”

小弟还算坦诚。这让我信赖他。

“我也很羡慕人家‘老外’。在外面，看到人家好，就会想，为什么我们做不到这样？可就是做不到。因为我们就不是生在那样的娘胎里，我们的父亲就不是那样。你看我们的父亲是什么样？人家老人安安静静，不，是……静穆，”他斟酌词句，“对，静穆！有一种庄严的力量。有时候我也想把爸接出去，但是……据说上帝的原型是人类的父亲，所以上帝身上有着父亲几乎所有的正面品质，可我们的父亲呢？”

我承认父亲拿不出手。有朋友来我家玩，我都会希望他到外面去。他要在家，我就尽量不让他跟客人说话。

“我在伯克利时，”小弟说，“曾跟一个搞中国文化的教授谈，他说中国人没有信仰是个最大问题，很多问题都可以追究到缺乏信仰。其实中国人哪里没有信仰？比如信佛，我们家没有少供。‘文革’时不让供，妈就偷偷供。供品爸也吃，他也觉得吃了可以避邪，他那还是党员呢！即使没有信仰，还有人伦嘛，还有亲情，这也是一种宗教心。不需要供拜，以宗教心养育孩子，以宗教心赡养父母。但为什么也不能做到？就是太功利。都说父母把子女当作工具，传宗接代，老有所养。子女对父母不也是采取实用策略？你老了，没有利用价值了，就必然生出遗弃之心。你已经被用过了，即使赡养你，也只是尽尽义务。但你死了，又不一样了，你的地位又高了，你成了能够保佑子孙的神了，但也是供供你，利用利用而已。这样的供拜，就是有宗教形式，又能怎样？吃斋念佛却不事善行，捐赠寺院却不赡养父母，建立功德却无视公德，还有，父亲那代为革命事业牺牲家庭，我这代，提倡振兴中华，却无视个人权益。其实不过是野心在作怪，无视基本伦理的革命者或是宗教者，不过是野心家，拿冠冕堂皇的东西掩盖自己。我告诉你，就在上周，知道父亲失踪了，我还跑去教堂。我知道我在躲避，我躲在国外，不敢正视现实。我谴责自己，我要去忏悔。但到了教堂立刻逃了出来，因为我发现自己不过是企图获取‘义’。基督教认为是没有义人的，人所有的‘义’就像污秽的衣服……”

我一惊，好像被他的刀尖剐到。

“之前我打电话给大伯，我其实就是想取得长辈的认可，让他们觉得我有孝心，我有‘义’。放下电话，我就谴责自己了。我不知怎么办？所以我跑教堂去。我不是基督徒。其实我不过是临时抱佛脚，不过是想穿上‘义’这件衣服，给自己看。但是在教堂那个气氛里，我看到了自己不过是法利赛人，觉得自己已经把金钱奉献给神了。”

我不知道基督教这些东西，但我能感受到小弟对自己的苛刻。在那件事上，我也在跟小弟抢着“义”。被否定,我那么受不了。我觉得自己无疑是亲情伦理上的“义人”，不可否定。

“其实，关于把父亲接出来，归根结底是因为我不想把他接来，什么理由都是借口，文明可以培养，习惯可以改变，就是我自己不愿意。”他又说。他这么说，我没有想到。在我看来，父亲的素质，这硬件确实是个问题。他竟然把刀剖向自己。

“我承认，我甚至还想过父亲你为什么要赖着我？我又没有得到你的好处。”

这话他过去说过，但此时此刻听起来，我觉得未尝没有道理。不，很有道理。事实难道不是这样吗？我因为认同小弟的忏悔，从而认同了他的观点。但是他自己却不认同。“我怎么能这么想呢？这不也是利用逻辑吗？”

我觉得被他抽了一巴掌。但是我不怪他，因为他是在忏悔。“我告诉你，我甚至还有过很不该的想法……”

“什么？”

“父亲你为什么要生我？我又没要求你生我！你生我之前跟我商量了吗？你在我没有意志前生下了我，养了我，我得到了你的好处，现在要向我讨还债务！我欠了你的债了！我怎么会有这混蛋的想法？畜生的想法！”

他把自己骂得这么狠，令我吃惊。这个小弟，我从来不知道他有如此自省之心。也许就是进了那次教堂。宗教的力量是神奇的，中国问题就是缺乏宗教，人人都在维护自己，而他，却把自己剖得鲜血淋淋，甚至并没有道理，鞭挞，往死里否定，暴虐，这也是暴力，但是宗教的暴力。至少，区别在于这是自己对自己的暴力。只有这样才能救赎。那么我就真可以得理不饶人吗？我就真有理吗？实际上我未必比大哥三弟好多少，我们都一样。甚至，我比他们还差。我也竭力把自己往低里踩，越是踩，就越有上升的反弹力，越能升华，升华到了宗教境界。人人都会渴望到这种境界，就好像小草渴望阳光。那是一种宣泄，一种畅快的突围。有一种喷薄的感觉,像一轮太阳升起,我能听到它的声音。我简直感动。我听到小弟在继续说：“……是我的问题！但是到我明白过来，已经晚了！后悔已经来不及了！”

“还没有，爸还在！”我说。我这么说，心里是欣慰的，我确实感觉到父亲在世，哪怕是现在这种状况，多么值得宽慰。我这不是敷衍，不是虚伪，不是矫情，我真是这么感觉的。但是小弟仍然痛心疾首叫：“已经这样了！在有什么用！太迟了！一些事拖拖没关系，但一些事拖了，再没机会了……”

“还来得及，还来得及！”我安慰他。

“所以我一定要回去。我都想不出来了，永远回去！回家，陪在爸身边。当然这也不可能，毕竟我这边也有一个家。”他说。

“我知道，我知道……”

“但我真想把爸接出来！可惜接不出来了！”

“不用接，这里有我们，至少有我。我不跟大哥三弟计较就行了，我不计较！”

晚上，我睡得非常踏实。父亲失踪以来，我从来没有睡得这么踏实。我受了一场洗礼，脱胎换骨了。我的灵魂高高飞扬，这让我忽略了一个知识盲点：美国人并非都是基督教徒或天主教徒。当然可以理解成清教徒思想影响了美国人的价值观，但清教徒讲的恰恰是开拓，致富是上帝对其选民的要求，相反，贫穷是对上帝赋予的荣耀的贬损。西方人有那么长的征服史，征服者多是有信仰者，甚至征服以上帝名义。

我还忽略了，小弟与我的思维中的一个逻辑破绽：我们畅想上帝，只不过要逃脱我们的父亲。希望逃脱暴君，只能皈依上帝。

我还忽略了一个客观现实：美国老人不需要子女赡养和照料，他们的子女，哪怕是再虔诚的教徒，也不用被压上中国子女那样的义务。

我更忽略了一个实际问题：父亲去养老院的费用还是没有落实。

值得庆幸的是，大哥答应去接父亲了，因为他儿子被拘留了，校园暴力，虐打同学。大哥的儿子得大哥遗传，有暴力倾向。本来这种事在中学生中屡见不鲜，基本是批评教育一下就过去了。但这阵发生了中国留学生在美国的校园暴力事件，媒体炒得沸沸扬扬，说是按美国法律，可能判终身监禁。国内舆论呼吁对此类事件严加惩处。大哥的儿子撞在枪口上了。

大哥没有任何门路，只能求签拜神。他想起我曾经去找的那个跳神的，让我带去。跳神的说，是父亲的事没有做好，惩罚到长房长孙了。

大哥相信了，答应把父亲领回来，该怎样就怎样。有大哥这话，三弟就放心了，他说他可以去北京。我也可以放手干了。我马上去公安局办手续。

警方拿出我父亲的卷宗，到里间给北京那边打电话。隔着玻璃，我看见他打了一个电话，又打了一个。我听不到他的声音。突然，他转头瞅我，目光愣愣的。

父亲去世了。今天凌晨一点。

我给大哥电话，还没开口，大哥说：“不是都说好了吗？先接回来！”

我给三弟电话，还没开口，三弟说：“知道啦！我现在就买机票。”

我让三弟给小弟电话，叫他不要回来了，得赶在小弟动身前。

我打给妻子。妻子说：“爸怎么偏在这时候走了？”

她说“爸”，不说“你爸”了。

我想，父亲不给我们机会。

小弟电话打到我手机，表示他仍然要回来。

这是送父亲最后一程。他说要给父亲办最隆重的葬礼，还要做满“七七四十九天”。我很赞成，这也是我的愿望。但我把这计划跟三弟说时，三弟反对，他说还没去把父亲接回来，事情一大堆，你们还有心思畅想这？我说这是尽最后的孝心。这刻薄鬼说：“什么孝心！过节啊？你们不过是在消费父亲！”

这是什么话！这简直是对我、对小弟的侮辱。算了，凡事跟他都商量不来。我又去找大哥，大哥心不在焉。我想起他的儿子还在里面，父亲突然走了，他没有机会讨回家运。我建议他再去找那个跳神的问问，该怎么补救？在给父亲办丧事上好好弥补。但他不去。再问才知道，他忧虑的是他现在住的那个房子。房子是父亲的名字，父亲去世，必须更换名字。兄弟四人都有份，那么必须分割，他只能拿到四分之一。房子本来只有两间。

我主动说我放弃分割。“我知道你好！”大哥感激说。

“一家人嘛！”我说。我还说小弟应该也不会来争的。大哥将信将疑。我说你们都不了解小弟。

傍晚时分，小弟又打我手机，说他准备去机场。他改签了早上最早的航班。他喘着气，好像在赶路。他说到机场还会给我打电话。他等于一路直播奔丧了。他说昨晚忘记说了，他本来准备承担父亲医疗和养老院所有费用的。我说，我知道，我知道你的心意。

手机显示有电话进来，是妻子。我挂掉小弟电话，回拨妻子。妻子说：“你快回来吧！”

“怎么了？”

“你爸回来了！”

“怎么可能！”

“儿子电话我的！”

“你还没到家？”

“你先回去看看！”

我往家赶。这怎么可能？难道警方消息有误？

我打给警方，警方又打北京，父亲确实已经去世。

那怎么可能？父亲回来了。没有人接，他自己回来了。如果这是真的，如果父亲真的回来了……推开家门，没有见父亲。

“在哪里？”我问儿子。

“这不！”

儿子指饭桌。但我没看到父亲。“别瞎说！”我说。

“我没有！爷爷，你自己说！”

我没有听到任何声音。

“你再瞎说！”我喝。

儿子急得哭了，哭得证据确凿似的。“爷爷，你说话！你别喝地瓜烧了！”

我毛孔竖了起来。

“那你问爷爷去哪里了？”

儿子冲桌子问。我听不到回答。

“爷爷说了：‘出去转转不行？操！’”

我愣。

【作者简介】

陈希我，原名陈曦。福建福州人。1983年毕业于福建师范大学中文系。1989年赴日留学，1994年回国。2004年入福建师大文学院就读比较文学与世界文学专业博士学位。1988年开始发表作品。著有长篇小说《放逐，放逐》《抓痒》，小说集《我们的苟且》《冒犯书》等。作品曾被冠以“极限写作”“后先锋”等头衔，引起过极大争议。长篇小说《放逐，放逐》、小说集《我们的苟且》曾获福建省优秀文学作品奖，中篇小说《上邪》获2006年度“人民文学奖”。

叛逆的孝道

——评《父》

文 欢

“文学就是冒犯”——这是作家陈希我一贯秉承的文学创作主张。“冒犯是为了感受疼痛，引起治疗。”冒犯的是常态世界，疼痛的是已趋麻木的灵魂。因此陈希我的作品常会因尖锐和挑衅，让读者有压抑和恐慌之感，但不可否认，这种压抑和恐慌也正是作家要达到的冒犯目的和效果。疼痛当然会不舒服，但也正因不舒服才会知道真正的病灶究竟在哪里。《父》无疑又是一篇精彩的“冒犯”之作，冒犯的是在家庭地位中充当权威角色的父亲，和千百年来子女对父亲所必须遵循的孝道。

小说的核心内容是四个兄弟寻找突然失踪的父亲。在寻找的过程中，父亲这个人物形象及他所处的那个“与天地奋斗，其乐无穷”的“革命”时代；和儿子们当下所处的时代环境及生存现状，两相对照与交融，弹奏出的是一曲多音部混合嘈杂的交响乐，可以说极不合拍，听之刺耳。随着寻找过程的推进和展开，小说的内核逐渐剥露，诸如老人的养老问题和自我认知问题，与子女想尽孝道却力不从心的矛盾纠结，这些对现实生活的真实描述，读来真令人感同身受。四个儿子（其中小弟在美国）各有各的生存困境，老有所养落实得“简直是障碍重重，隔墙林里，军阀割据，山河破碎，无法解决了！无法解决……大家都很难”。而现实中这些老人“也是不能安静的老人。我很奇怪现在的老人怎么那么爱折腾？印象中，我祖父祖母整天坐着，后来就躺床上，然后就死了。哪里像现在的老人那么多事儿？现在老人精力比我们还旺盛”。的确，现在的老人像是突然醒悟了人生真谛，为了争取被人尊重的权利，也与年轻人一样想实现自我价值，这种愿望多少有些可笑。而他们所要实现价值的行动，也可能是些诸如暴走，跳舞等活动中，似乎参与了这些活动才是为自己而活，才能实现自我价值。于是又诞生了一个新的名词叫“银发经济”。这也是这些被边缘化的老人为了满足被需求感，心甘情愿促进这种经济的繁荣而发展起来的。如此想体现自我价值，并且如此焦躁，连老年人也染上了这种时代病，毫无老年人应有的超脱和达观。

小说中的父亲是上世纪的一个工人，粗鲁暴躁，这种粗鲁的表现，在儿子成年后知道了“过去说是工人阶级的语言朴素，其实是流氓语言”。这样的父亲对家庭和子女毫不关心过问，是儿子眼中试图砸烂一切，唯我独尊的独裁者。使儿子们从小就无法与之亲近，因此中国传统道德伦理上的“父慈子孝”在父亲这儿就已经打上了个死结。父亲对母亲似乎也毫无爱情可言，“父亲思想进步，满嘴革命，但就是无法做到跟自己的老婆平等。”不但不平等，还背叛。以至儿子愤怒地认为“背叛这种说法太明亮，也不是欺负，是欺辱”。这样的父亲，难免让儿子们在寻找的过程中互相埋怨和推诿，甚至在知道父亲出走是为了找一个女人的真相后，这种积怨竟不由产生了可怕的“弑父”心理，虽然看似一闪念，但却并不突兀。由此，对传统伦理道德的冒犯和僭越让人不禁为之一惊。也许这种心理也与很多人心灵深处的幽暗之处不谋而合，这种触碰的疼痛当然会让麻木的灵魂产生震荡，但会产生治疗的效果吗？希望能。作品大胆地挑战了父亲这种权威象征，曾让子女讳莫如深的父辈隐私被暴露出来，当儿子们知道父亲居然还去嫖娼后，父亲的形象终于彻底坍塌。但让儿子们悲哀的不仅是父亲形象的坍塌，而是由此及彼，他们也看到了自身掩藏的人性弱点，作为儿子，他们所做的“孝道”又如何去评判？兄弟四人都面临着无法尽孝的理由，并且这些理由看似并不牵强，而是实实在在的生存困境，其中两个儿子三弟和小弟的命运甚至完全是受父亲所影响才陷于无法幸福之地。三儿子因看透了这种父子关系，因而坚决不要孩子，导致妻子与他离婚，他也坦然接受了这种世俗眼中无望无果的生活；小儿子则因从小目睹父亲的所作所为，所以痛下决心用好好学习铺垫出了逃离之路，最后去了美国生活。应该说这些逃避自身已经是对孝道的背叛，或者说是对这种父亲才会有的背叛和逃避。但显然这种叛逆的孝道并不能令儿子们心安，“对父亲的内心世界，我几乎一无所知。我甚至从没有意识到父亲有个内心世界”。传统的孝道，在当下的社会现实中如此奉行艰难，因为父亲那一辈并“不知道中国的父子关系已经发生了天翻地覆的变化，而这变化的基础，就是我这代付出代价：既要哄上，又要哄下，没得到上一辈呵护，却要给下一辈温暖。还要装作得到极大的天伦之乐”。

这种难以为继的孝道同样为父亲所愤慨，于是他出走了，轻微的老年痴呆症让他带着模糊的梦想踏上了寻找之路，寻找那个年轻时代认识的女人。这种寻找带有极强的象征性，揭示了每个人都无法与时代分割的真相，都被所处的时代所绑架。说来说去真正的内核还是时代之痛带来的灵魂之痛。这种深层的痛楚也许是因为混乱，没有了可以遵循的规矩和秩序所造成，任凭怎样挣扎扭转也于事无补。这样的大环境中，每个人都变得复杂，难以琢磨，因为无所依靠，所以只能随波逐流，哪怕内心充满忏悔也无所改变。小儿子在美国的反思很是耐人寻味，他跑去教堂，想解开内心的心结，却发现自己不过是在企图获取“义”，认为自己不过是亲情伦理上的“义人”，“我们畅想上帝，只不过要逃脱我们的父亲，希望逃脱暴君，只能皈依上帝”。

于是寻找父亲的过程，似乎也成为一种反思传统孝道，并企图冲破僭越这种孝道的过程。但无论怎样反思，似乎都是无奈和无解的。所以有了一个看似荒诞的结尾：警察告知父亲已死，可小孙子却说父亲正坐在桌上喝着地瓜烧酒，于是儿子望着空桌，唯有发愣。

哲学的瞌睡

孙 颙

一

不可能发生的事情，突然冒个泡，就有了石破天惊的感觉，成为最具杀伤力的新闻。

作为本报首席记者，我相当清楚，其中“突然”一词，乃分量特重的要素。不管何等古怪稀奇的消息，若半遮半露，反复折腾，一旦掀开盖头，多半失去了吸引眼球的新鲜感。

我，一脸淑女相，笔挺端坐，凝望着桌子对面的主编，聚精会神，倾听他下达任务。心中翻腾的，却是上述飘忽的念头。

“去母校跑一趟吧，才女施！”只要单独谈话，主编就收起了领导的腔调，言语中，不再夹带长长的拖音，变得直截了当；且眉宇闲散，情绪非常轻松。他是高我两年的大学校友，喜欢搬出我的绰号，是当年男生们不怀好意的恶作剧。我姓施，起初，他们发明的称呼是“才女西施”。我听着，怪怪的，那几个字眼，让人联想到“豆腐西施”，几次怒目相对，他们才简化为“才女施”。我奈何不得，不至于为个绰号老是发火，只能不予理睬，由他们叫去。

主编笑眯眯地观察着我，见我一脸疑惑，补充道：“采访你的师兄啊，刚刚晋升的大校长，看他喂你点什么料！”主编乜着眼，话里藏话地调侃：“他是你永远不变的倾慕者，不会让你空手而归！”

我讨厌他暧昧的眼神。男人，哪怕身居高位，逮住机会，也喜欢意淫吗？我没有顶嘴，只是含糊地“嗯”了一声。在男性权势强大的地盘，装聋作哑，常常是最好的自我保护。

窗外，哗哗地下着暴雨，把玻璃砸得噼里啪啦；窗户被雨水洗得模糊不清，连对面的大楼，也只剩下高处残缺的影子。这样的鬼天气，跑二十多公里路，就算自己开车，也够呛。

主编继续神采飞扬地道："莫校长脑子够快，给你们古教授祝寿，热闹热闹罢了，竟然奇兵突起，搞一个哲学与金融的跨界论坛。眼下，金融危机，热点，热点啊，哲学傍上金融，高，绝对高手！"

古教授，我的导师，也是新任校长莫明的导师，海内外知名的大学者。我心里想，主编耳朵够长，他又不是哲学系的，我们系筹备的事情，他为何一清二楚？

按照本来的计划，我明天才去母校参加活动。如果不是因为母校浸淫在奇特的新闻里，这样的大雨天，我肯定懒得出发。想不去，对付主编——这个经常把"校友"挂在嘴边的领导，有的是推脱赖皮的办法。我心里窃窃私语，主编还不晓得母校刚爆发的特大新闻哩，否则，他的兴奋点八成会大转移。此事件，突然性十足，不折不扣，属爆炸性新闻！

我站起身，走近窗台，装模作样，瞧瞧外面的天色，长长地吐出气来，双脚在橙黄色的地板上磨蹭，一脸老大的不情愿。心里寻思：母校，特别是我们哲学系，眼下肯定乱成一锅粥。我不妨跑去近距离观察，很有意思的，这样，与主编派下的任务一拍两合。莫校长么，正处于漩涡中心，很想看看他如何表演。至于采访，即使他荣升校长，也引不起我多大兴趣。距离产生神秘感，对大人物，或不大不小的人物而言，绝对真理！莫明校长，太熟悉了：白白净净的圆脸，经常洋溢着温和的微笑；精致的金丝边眼镜，显示出脱俗的身份；说话不慌不忙，实乃标准的知识型干部。我坐在报社里，大体猜得出他会说点啥道道，谁让我们是师兄妹呢！莫明最大的优势，口才出众。我的先生，妒忌地形容过莫明的嘴唇。说它们像东北人的手擀饺子皮，薄薄的，却弹性十足；天下新出炉的话语，凡被这两片嘴唇抓到，加进学术和政治的高汤，辅之以抑扬顿挫的演说，必然发挥得淋漓尽致。座谈改革，他能由商鞅变法讲到康梁上书；讨论法治，他会从大秦律法扯到美国宪章。这是一种难得的本事，若非学富五车，实难仿造。从多如牛毛的书呆子中，莫明脱颖而出，自有不二法门。口若悬河，滔滔不绝，那风采，那才气，在我还是研究生女娃时，颇有几分魅惑力。现在整天跑东跑西，见过的优秀男人多了去，耍嘴皮的功夫，未免看淡了些。

我回转身，看看主编，很认真地抱怨："下这么大雨，二十几公里的苦差事，你单挑我啊？总该给点奖励吧。"窗外的风，正把树叶刮得哗哗响，树枝黑乎乎地摇曳，产生呼啸山庄的感觉。我的视线定格在窗玻璃上，自言自语道，"路不好走，估计今天赶不回来了！”

主编双手一摊，背脊舒适地靠在高高的椅背上，哼哼笑道：“不回来？打算彻夜长谈啊！行啰，你不必赶回报社，我批准，有稿子，发回来就行。也算配合莫校长搞的讲坛。至于奖励，”他歪歪嘴，甜腻腻地道：“我给你评首席记者，对得起小师妹啦。这次，让你师兄好生招待，彻夜长谈，美死他！”

我瞪他一眼，懒得接口，讨厌他没完没了的无聊。我正处于情感的静默期，对任何男人没有感觉。延续了十来年的婚姻，面临无疾而终的境遇，心中是狼藉遍地的空虚。

二

雨点，急速地打向挡风玻璃。车内车外温差明显，密密的白雾升起来，弥漫到车窗玻璃的角角落落，像涂了层薄薄的乳漆；雨刷忙乱地刮动，发出辛苦的咕咕声响，还是不顶用，刮得落水花，仍去不掉雾罩。雾气粘在玻璃的内侧，越积越厚，视线模糊起来。我赶紧打开车辆的去雾键，一股股温暖的气流，徐徐喷出，由下而上扩展，渐渐把白雾驱散开去。道路前方，全部在暴雨笼罩之下，灰蒙蒙的，雨区无边无际。近处的道路，好歹看清了。

这条路，读研究生时，走过无数次，一直是挤在人肉罐头似的公交车里。炎热的夏季，车厢内充溢着汗水的酸臭，熏得想吐，却没法闪躲。现在，开着帕萨特，屁股坐在柔软的皮椅上，当然舒服。在风雨交加的时刻，外面的世界变得狰狞恐怖，躲进密封度甚高的车厢内，与狂暴的自然隔离开；放一点莫扎特的音乐，营造纯属个人的小圈圈，情绪顿时松弛，把着方向盘的双手，也不那么紧张了。

这辆车是先生——日益离我远去的先生——送我的礼物，同时，也是我们矛盾逐步尖锐起来的见证。他是我研究生时的同学，一起师从古教授。先生取得硕士学位后，多年在社会科学院工作。当然是清贫的差事，哪里有钱买车？他经常抱怨，穷得“亚历山大”，在父母亲戚面前没脸面。种种唠叨，让我的耳朵起茧，说硕士选读哲学，是人生最大的错误，说我们的学科被社会边缘到极点，一点花头没有。我不爱听他叹苦经。男人喜欢抱怨，是没出息、没定力的表现。我说，钱多钱少，够用就行。他不以为然地反驳，那你一门心思跟着古教授啃书本啊，何必跑到报社搞新闻，还不是因为做记者收入高？这话实属小心眼！当初，因为常写点思辨类的小文章，我被报社看中，诚意邀请我加盟。我犹豫不决，正是古教授极力鼓动，才帮我拿定主意。他批评我人生阅历浅薄，从小学读书开始，中学大学一路上来，社会经验接近于零。哲学，是对世界高度抽象的学问。视野狭窄，生活单纯，是哲学研究者之大忌。他说，像费尔巴哈那样，躲在乡下，做不知人间精彩的哲学家，怕是难了。行千里路，读万卷书，缺一不可。他认为，搞搞报业不错，四处跑跑，多看看尘世，多接触各色人等，绝对有益。

二十二岁那年，我在中文系读完大四，考研究生，思虑再三，选到古教授门下。当时，成为校内一大新闻，中文系的男生们愤愤不平，说哲学系抢了他们的系花。攻读哲学硕士博士的，一般人看来，应该是脑容量超人的须眉；其中，偶然有个把女生，被口舌毒辣的男生形容起来，十之八九，是缺少雌激素的圣女。在他们眼里，我算美丽的异类。很快，我发现，自己糊里糊涂掉进诡异的漩涡，被动地成为哲学系男子们角力的对象。我从来不觉得自己颜值多高，也很少刻意修饰，追求的是学业不输于他人。那一阵，我无意中与哪位师兄多聊几句，竟成为哲学系男生们的谈资。据说,某人与某人还设了赌局,看哪个抢先得手。好像我注定是哲学系锅里的肉，逃不脱他们的天罗地网。想想可悲，理应投入学术研究的智慧，竟烂在了猎色上面。其中，大师兄莫明的紧逼，还有古教授儿子的穷追，让我头疼，最难以应对。

为了避免处于越来越尴尬的境地，在多次难堪的煎熬之后，我被迫决定，在哲学系的先生中挑选一位，充任自己的保护人。我的婚姻，正是如此，很不浪漫地启航了。现在想来，我选中这位先生的原因，主要是年龄与我相仿，看上去单纯些，比其他老谋深算者，让我多份安全感。当时，绝对不会想到，两人志向、情趣的差异，最后会发展到完全不和谐的地步。

我把决定告诉了古教授，我信赖他。

那天的情景，我一直记得。上午，教授的书房，书桌旁，阳光和煦，老师坐在宽大的藤椅中，他喜欢如此闭目养神。藤椅，被岁月打磨得光滑油亮，空落落地圈住了精瘦的老人。我们学生知道，此时的他，并非瞌睡，只是入定般漫步在自己的思维中。我安静地伫立在他身旁，站了好一会。老师没有睁眼，轻轻说一句："来啦，坐下谈。"我没有像往常那样傍着他坐下，依旧站立在藤椅旁，最后，颇为羞涩地说出了想法。教授听罢，几秒钟后，抬起眼帘，慈爱地望着我，沉吟片刻，才缓缓吐出四个字。老师说话，向来简约。当时听着，我觉得，老人送了我一句祝福："原来是缘。"我听着，一阵温暖的风拂过身子，忐忑的心，顿时安稳下来。

很久以后，当我和先生的裂痕渐渐明显，我才对那天的感觉产生疑惑。我读了本佛学书，书中有一句禅，"缘来是缘，缘去非缘。"老师讲话的习惯，不求穷尽，常留余味。那天，莫非他仅说了前四字，而略去后四字？可惜，我不敢冒昧向老师求证，不愿用乱麻似的情感，搅动他的宁静。

三

手机的音乐铃声急促地响起来。看看屏幕，是留在母校任教的师妹来电。她自愿充当我的线人，常给我送一点学校的花边消息。一早，我睡眼惺忪，正是她的来电，通报了新冒出来的特大新闻：我们的老师，哲学系的国宝，八十五岁的古教授，竟然离奇地失踪了。

这样的鬼天气，我不敢边开车边接听电话，只得把车子停在了路边。雨大，又不是交通高峰，通往母校的道路，显得冷寂，车辆稀少，临时停车，也没警察管。

师妹的嗓门特尖，“事情越发荒唐啦。古教授没找到，古公子带头闹起来！”

古公子，是古教授唯一的儿子，当年我的追求者之一。古教授的老伴去世后，儿子总是与老爸闹别扭，早就搬出去住。我问：“他闹点啥？”

师妹道：“他能闹啥？担心老爸的财产丢啊！”

“财产？有甚财产！”我很惊讶。据我知道，古老头素来两袖清风，连一般文人喜欢的字画文物也从不收藏。至于存款，原先是他老伴管的。妻子去世后，儿子顺势接管。除了每月的工资打在银行卡上，儿子拿不走，其他财物，早就不在古教授的控制下。古公子还有啥可闹？

师妹在电话那端冷笑，“我们当然想不到！古公子贼精，他听说老爸失踪，回来就是翻箱倒柜地查，然后直接找莫校长报案，说古教授最贵重的手稿不知去向，那玩意，他说值几百万，还可能上千万，要求学校立刻报公安。”

我倒吸口冷气，浑身一个哆嗦。这样的儿子，真做得出！

报公安？儿子出老爸的丑？亏他敢说！

我听明白了，古公子牵挂的，是古教授最新一部哲学专著的手稿，书名《哲学的瞌睡》，古教授花十年时间撰写而成，评述世纪之交，世界文化、思想的流变。我曾经向老师求教，为何取这么别致的书名。古教授笑笑，淡淡地答道，人类思想潮流，若干年形而上多些，若干年形而下多些。导师说话，简约得直指核心，是否听懂，有赖对方悟性。我随老师久了，熟悉他的语境，听到此处，对他著述的大立意，顿时有所领会。

书稿已经交出版社发排，近期即可见书。那手稿实在珍贵，十万余言，古教授用蝇头小楷书写而成。出版社不敢拿这样的手稿发排，是我们几位学生，用照相机一页页拍了，送到编辑手中。我曾经问教授，你从来没有用毛笔字著述的习惯啊。他含笑回答，当今哲学冷门，有的是闲暇，慢慢写，慢慢想，权当修身养性。古教授的小楷，娟秀端庄，在书法界颇有名气，十万字，厚厚一摞毛边纸，光书写工夫就难以估摸。消息外传后，有土豪托中间商上门，十万字的手稿，开价二百万。据说，收藏名家手稿，是眼下的热门。此类物件，比画作更为稀缺，又难以仿制造假，颇得藏家青睐。古教授精致的小楷手稿，实属罕见，出此价，算物有所值。古教授听罢商人来意，哈哈一笑，“价格不错，不错。眼下，不急，不急。等我缺钱，再谈吧。”不伤和气，把中间商打发了。现在看来，古公子倒是上心了，惦记着那笔价值几百万的资产。

“他脑子有病！老爸人在，凭什么报公安？”我愤愤说。

“他担心有人拐走老爸，顺便把几百万一起拐走！”师妹也愤愤道。

“担心谁？”我兀地一惊。

“他猜疑的人，是照顾教授的老阿姨呗！他早就放过风声，担忧古教授一时糊涂，给他找个后娘。唉，古教授生出这般儿子，早晚活活气死！”

我心中纳闷。教授的手稿，在拍完照片后，是我亲手藏好，安置在书房的漆木箱中，怎么会丢失？当时，我顺口问教授，箱子要上锁吗？教授笑笑，摆摆手道：“几张写过的毛边纸，锁它干吗？”不过，若说是阿姨做了手脚，我无论如何不相信。那么多年，一个人的心地，早就看明白了。

我为无锡阿姨叫冤。老实巴交、从来没有歪心思的女人，竟被古公子如此糟蹋！我问师妹：“莫校长如何答复？”

师妹说：“这件事情，他脑子算是清楚，立刻把古公子顶了回去。说是眼下赶紧找教授，报案是万万不可的！”

听到这里，我不由松了口气。能做到校长，自有一番功夫，分析思维能力，当然在古公子之上。

四

重新发动汽车，继续去母校的行程。

风雨的势头比刚才弱了些，雨点打在挡风玻璃上，淅淅沥沥，声响小许多，雨水丝丝地淌着，不再是雾茫茫一片。

暴雨洗涤下的公路，车辆稀少，路面空荡。我的心跟着有空落落，无比苍凉的感觉。

人和人，关系非常密切的人，轻而易举，变得形同陌路。难怪，古教授在八十五岁高龄，临近生日前夕，会学老托尔斯泰的样子，断然离家出走。有一个不成器的儿子，还有一个曾经最受器重、现在贵为校长，却明显不对心思的学生，老人的晚景，难见风和日丽。老师天性洒脱，整日里神游天外，内心，着实是凄凉。

播下良种，收获的是杂草？古教授一生沉浸在形而上的学术里，他的得意门生和他的儿子，是否陷进了形而下的泥潭？那个正与我闹离婚的先生，何尝不是如此？

莫明和古公子，又齐刷刷登台了。

他们，像生命中摆脱不了的幽灵！当年，若不是他们所逼，我也未必会走向这段婚姻。到今天，品尝着无穷的后悔与伤感。

我考上古教授的研究生时，内心无比欢喜。转型中的中国社会，社会矛盾错综复杂，有太多的事情看不懂。中文系四年，读书不算少，充溢爱情乳汁的甜腻腻的文学本本，读起来滋味浓郁，放下书本，眼前的世界，依旧混沌、繁杂。难以回避现实的困惑：由崇拜精神到荒唐地步的国度，一步跨入金钱无处不在的社会，连短暂的过渡也省略了；文化的纽带，被生硬地切断，群体意识，由紊乱而至对立。众多无解之题，让各种等级的家庭和个体，经常性地处于茫然不安的状态。古教授是著名的学者，有大智慧的老先生，桃李满天下，能拜到他的门下，是我这个中文系学子明智的抉择。我期望，在老人智慧的润泽下，我能够寻找到安顿心灵的天地。

哪里知道，逃离文学书本情感的甜腻，又荒谬地陷入男女情欲的漩涡。读大四时，追求者也不少。量身定制的情诗，把我美化得出奇，似乎上天入地难寻，经常悄无声息地进入邮箱。那时我的抵挡之法简单，坚决装聋作哑，不搭腔，不理睬，过些日子，对方自然知难而退，偃旗息鼓，找别的赞美对象去了。哲学系的男生们，好像有理工男的犟劲，不屈不挠，盯上你之后，哪怕你全身铠甲，他们顽固地不肯退后半步。

最让我害怕的，有两个人，一位是古教授的公子，另一位，是古教授过去的研究生，当时已经荣任哲学系主任的莫明。

莫明是有婚姻史的，那一阵刚刚离婚。他开始追我时，铁口铜牙地告诉我，在钟情我以后，就下决心离婚。我听了不寒而栗，拆散旁人家庭，这样的恶名我承担不起。他结婚离婚，关我啥事？很快，有女同学悄悄告知，我考入哲学系之前，莫明喜欢哲学系大四的一位女生，关系发展到相当暧昧程度，被莫明妻子察觉，闹开来，才被迫有离婚之举。那女生觉得丢脸，毕业后就与莫明断了关系。这时，我刚巧跨系过来，莫明随即盯上了我。听了如此这般的故事，莫明的形象立刻垮了，像烈日照耀下的雪人，灰色的脏水流淌一地。哲学系主任的光环，顿时消散。

生活处处有陷阱？他毕竟是系领导！我情绪紧张，连连失眠，第一次品尝需要药物帮助入睡的滋味。

很久以后，偶然听得古教授的高见，是对莫明痛感惋惜的评说。他说，莫明绝顶聪明，是他的学生中，天资最高的几人之一。这种天分，用到学术上，可以出大学问。可惜，莫明用错了地方。古教授并不知道莫明在情感方面的浑浊，他所讨厌的，是莫明追求仕途的手段——那顶官帽，成为人生主要目标。对自己的门生，教授解剖得入木三分。有一回，他和我讨论《儒林外史》，对范进之类的儒生，一脸鄙夷。

古公子的追逐，直截了当，更是逃不得，避不开。那时，古师母在病中，严重的心脏病，医生要求绝对静养。我们去古教授家求教，总是轻手轻脚，唯恐吵了师母。古公子不在乎，有几回，在走廊上逮住机会，连起码的礼节也不讲，上来就是熊抱，嘴里只念叨简单的句子，“爱你，爱死你了！”莫明刻薄过他，说他继承的全部是父母的糟糕基因。话虽然毒，但是，你不得不承认，在古公子身上，几乎看不到智者古教授的丁点影子。那种情景下，我何等难受，拼命挣扎，躲闪着喷到耳边的雄性气息，使劲撑开浑身蛮力的汉子，还要担心教授和师母听到声响。后来，我几乎不敢单独进古教授的家门，进去了也不愿走动，连想上厕所，都憋着不动。

有一回，我陪古师母去医院看病，她担忧地谈起儿子。她说，“文革”期间，古教授多年在农场劳动，她身体不好，孩子一直在外面野，早年缺少教育，后悔啊。我猜她多少知道儿子的粗鲁之举，有打招呼的意味。我无话可答，含糊地应付过去。

某日，莫明郑重邀请，提议去附近的宾馆坐坐，喝杯咖啡。碍于他师兄加领导的双重身份，不答应也不成。那天，他有备而来，闲聊几分钟，即直奔主题，逼我表态，是否和他确立恋爱关系。他说话的口气，直白草率，毫不含蓄，像是谈一桩生意，或者，文雅一点，是安排下属的某个学术项目，总而言之，没有任何情感交流的过程，只需要我表示“yes or no”。比我大十几岁的男子，鹰一般锋利的目光，粗野地逼视着我，渴望看见我的慌乱和顺从。如果我不知道他的精彩故事，在贴身紧逼的进攻面前，也许，我会手足无措。但是，那会儿我足够清醒，必须给他坚决的答复，以免更多的纠缠。我说，不可能！他不甘心，反复追问原因。他认为自己的学术地位、官场前途摆在那里，没有女生能轻易拒绝。我干脆回答，从来没有考虑过。他继续追问，今后也不考虑？我勇敢地抬起双眸，没有躲避他的目光，肯定地点了点头。他的脸色顿时阴郁起来，眼神变得冰冷。我想明确我们之间的界限，补充了一句：“莫主任，你不要再约我，让别人看见不好——”听到这里，他的目光不再含情脉脉，竟露出了让我害怕的敌意。他横我一眼，用手指猛蘸咖啡，在桌面上写了个大大的“古”字，然后咬牙切齿地说：“哲学系追你的人，你一个也看不上眼，你就是盯住他，想等师母的位置空出来？你，做梦吧！”说完，他起身走人，路过吧台，丢了张大钞在服务生面前。

目瞪口呆的我，可怜巴巴地僵在咖啡座上。那一刻，我内心的苦涩，与浓咖啡的味道搅合在一起，折腾着肠胃。思维混乱之中，突然想到英国文学经常抨击的假绅士。如果面对女子的拒绝，依旧彬彬有礼，没有恼羞成怒，那种风度，才弥足珍贵。

喝咖啡之后，莫明确实不再纠缠，他是极为理智的男子，行事为人，拿捏得精准。见我态度坚决，知道没戏，心有不甘，还是悻悻然放下。毕竟，在他的人生征途上，有分量更重的东西要追求，不值得在一个小女子身上消耗太多。偶然见面，倒也恢复领导状态，坦然自如，似乎从来没有发生过什么不愉快。据说，他曾经告诫失恋的师弟，不要因缠绵痛楚而失态。他认为：五步之内，必有芳草！君子何须为女人戚戚，忘记了吧。

我则被他无耻的话语震撼。咖啡店谈判之后，哭了一夜。早晨醒来，渐渐拿定主意，尽快在追求者中选择一位可以信赖的先生，公开我的护花使者。既是为了摆脱古公子一类的麻烦，也是怯于被莫明点破的危险——并非我真有如此心魔，而是恐惧世俗的猜忌。我确实热爱古教授，喜欢他的智慧与豁达，喜欢静静地陪伴他，听他随便聊天。他言语简短，令我脑洞大开。那种崇敬，除了面对自己父亲，从未在其他男性身上产生过。不过，我绝对没有莫明指称的阴暗心思，我一直祈祷师母的康复，继续陪伴古教授的人生。

我的婚姻，一半是莫明和古公子他们促成的。在十多年以后回望来路，脉络显得很清晰。往事如车窗前的雨丝，飘飘洒洒，牵扯不尽。我的心，随着马达微微颤动，无声地哀怨叹息。

五

我的帕萨特缓缓开进母校大门。暴雨终于收场。教学大楼的上方，悠然亮出一片蓝天，几朵绵羊状的白云，还有一团乌黑的雨云，在空中顶牛似的拥挤。天气的变化，真是快速，雨，说来就来，说走就走。比起人的情感，收放自如。

车轮从湿润的路面上轻轻滑过，发出令人愉悦的沙沙声。柳树的枝条弯弯地垂挂，晶亮的水滴潇洒地飘落，淋湿了没有打伞的女孩的头发。我想起读书时的雨中漫步。还是本科的几年轻松，没有读研时那等麻烦。

车速放慢了，可以看清路旁的招贴长廊，很醒目的一张，粉红色的底板，是哲学系的海报，正是明天开张的论坛预告："金融危机与哲学视角"，标题下面，还有几个粗黑的大字，像是副标题。我脚下带了刹车，把左侧的窗打开大半，才看清楚了，论坛果然有个副题，仅仅五个字眼，挺抓人。"丧钟敲响了"，我嘴里念叨着，心中纳罕，原来没有听说过这个副题啊。莫明的脑子灵，点子多，真让人来不及跟！

教授对莫明的不满意，我早就感觉到。前两年，老校长奉命去联合国某机构工作，莫明以副校长身份主持校务。他雄心勃勃，希望由此大展宏图，说是应当证明自己不虚此职。当时，最热门的话题是改革创新。莫明组织班子写文章，自称敢于吃螃蟹，敢于涉足深水区，在学校里大刀阔斧推进改革。大会小会，慷慨激昂；变法创新之类的词儿，口头禅似挂在薄嘴皮上。在市教委组织的交流会上，莫明的长篇发言，曾引起广泛关注，我们的报纸也跟踪采访报道。古教授知道后，却大为不满。那天，我去看望他，刚进门，教授便责问，你们报纸动不动脑筋，莫明的怪话，你们也敢大字标题推出？古教授指着摊在书桌上的报纸，正中央，有被做成标题的莫明原话："像经营企业那样经营大学！"那次采访，是别的记者所为。我委婉地为同事作了辩护。我说，现在搞市场经济，学校学习企业一套，不得已而为之啊。古教授勃然变色：像经营企业一样经营大学？哪里拾来的牙慧？荒唐！大学是培养创造性人才，还是培养商贩？最让他气恼的，是破墙开店，校园里生意兴隆，运输车辆络绎不绝，到处弥漫着炸鸡烤肉串的味道。他愤愤地说，世界上哪家名校是这么搞的？他说，对于社会而言，厨师和跑街缺不得，不过，那不是我们名牌大学的职责。他一巴掌按住莫明的宣言，"不伦不类！"他给那个标题下了定论。我看他愤愤不已的神色，哪敢再辩，乖乖听训，代莫明挨批。

很少见教授发脾气。我理解，心爱的学生，与他渐行渐远，让他有说不出的难受。待气息稍平，他坐到藤椅中，语气回归学术性的表述。他说，中国文化的源头，是大气的。"天行健"、"地势坤"，乃"天人合一"，何等的气度。"无为而治"，王者之势；"中庸之道"，操行要义。可惜，明末腐朽，继以清的三百年蛮横，大气消耗殆尽；"辛亥"以后，战乱不止，一波三折，更令文化断层；多重压力与诱惑之下，知识精英，渐失胸怀、方正，反受市井熏陶，变得圆滑而猥琐，势利而极端。

一席教诲，掷地有声，让我回味无穷。

原先，教授还只是不满，有机会发发牢骚。现在则釜底抽薪，在莫明设计的论坛开张前夜，教授干脆玩起失踪，用意清晰，让莫明下不了台。这一招，厉害。就我熟悉的导师性格而言，算石破天惊，奇峰突起，完全出乎我的意料。

我并没置身事外，称得上古教授的半个同谋。老人信任我啊。他多次说，我是他的关门弟子。莫明若知道我参与古教授的阴谋，会恨不得撕了我。

昨天中午，我在报社食堂用餐。正咬着喷香的鱼排，手机铃声不合时宜地响起来，一看，是古教授的号码。五指在纸上擦擦油腻，赶紧放下吃的接听。那边，是照料古教授的阿姨的声音。她说一口温婉的无锡话，听着挺舒服。师母过世后，先生全靠她悉心照料。阿姨脾气好，做事细致，与我也谈得来。她告诉我，古教授已到了报社大楼的门厅，要我过去，有急事找我商量。我听罢大吃一惊。教授属于闲散之士，懒于应酬和社交，几十年以校园为活动半径，把他拖出来走走，吃顿饭，很难得。今天不请自来，有什么情况？

出了电梯，远远地，就看见教授的鸭舌帽漂浮在人头济济的前方。那是他标志性的符号。我急忙跑到他身旁，见他神定气闲，脸色红润，不像有多大麻烦事，悬着的心才算放下。门厅里，来来往往的人多，声音嘈杂。我说："老师，去我办公室坐坐。"他挡开我搀扶的手，稳稳坐定在门厅的长椅上，表示不愿动弹。他说："你帮忙找个干净的宾馆。我累了，想立刻休息。"我被他搞糊涂了。为什么要去宾馆休息？我说，我的家就在近处，是否过去歇息？古教授摇摇头，他执拗地要去宾馆。

阿姨把我拉到一边，语气紧张地告诉我，早上，起床不久，教授执意立马离家，说是外出散心，要找家宾馆住几天。她实在劝不住，只得说她办不来酒店的事，劝他来找我，让我帮助找住处。阿姨知道，在诸多学生中间，教授最信任我，所以希望我能劝说老人，还是回家里去。"匆匆出来，生活用品也没有准备，怎么过？"阿姨担心地说。

教授生性开朗，师母患病多年，早早离他而去，即使心情非常糟糕时，也不见他折腾旁人。现在，算唱哪一出？我猜，其中必有蹊跷。我坐到教授身旁，慢慢询问，很快，把来龙去脉搞明白。

前一天夜里，莫明去古教授家，通报论坛和纪念活动的筹备情况。没说几句，师生俩就谈僵了。莫明告诉老师，这次活动，规格甚高，海外的学生，请回来三十几个，国内的更是几百了。答应参加论坛开幕活动的，有各领导部门的代表，至于媒体的记者，自然要来一大帮，贵宾云集啊。古教授对莫明的计划一直不起劲。他知道，学生们全是忙人，凑起来要耽误多少事情？莫明哄他，邀请书写明白的，各位随意，能来的就聚聚，绝对不勉强。古教授听了，才不置可否，随他去张罗。现在一听，这个架势，闹大了，惊动四面八方，还有众多领导，就很不乐意。端详着莫明递上来的策划书，教授开始生气。他问莫明："为什么扯上金融？你懂这个？"莫明打哈哈，"懂点皮毛，不过，现在的热点是金融，金融界有兴趣，还赞助了很多经费。"教授听罢，把海报往桌子上一丢，"噢，是拿哲学系换钱，还是拿我老头子换钱？"莫明不乐意了，再三解释，赞助完全是人家主动，是一家金融期货交易公司，没有附带条件，因为哲学界讨论金融，少有，新鲜。他这么讲，教授的反感丝毫没有减少，他对搞学术的追逐时尚和热闹，向来保持警惕。他说，这个论坛搞不搞，由不得他老头子说三道四，不过，最好把他的名字从海报上拿掉，他搞不懂现代金融花哨的架构，不愿意凑合。莫明当下表示为难。他说，宣传已经做出去，收不回来。再说，海内外的学生们，统统是冲着古教授教学科研六十年这名头过来的，如何能够拿掉。古教授听罢，很尖锐地问了一句："你计划周详，我难逃此劫？非得把我摆在上面，算你安排的钟馗？"莫明被老师训得尴尬，又不便多争，只顾反复耐心劝说，软硬兼施，无论如何请教授帮忙，出场坐坐，让事情圆满办成。

古教授越说越生气，问我："你这个师兄着啥魔？他当了校长，还想怎么地？还想做更大的？"教授用手指点点空中，继续说："他搞这套，是为我？我年纪大了，脑子没有完全糊涂。他不就是想博个眼球，挣点高分，捞些本钱？"

我不得不承认，教授年事虽高，对世道人心的观察，依然深入骨髓。校友中，了解莫明的，早就议论，莫明的自负，岂是一个校长了得。在此任上，他总会折腾点名堂，为进一步的攀升垫好脚跟。我劝教授，人各有志，犯不着为他动肝火。老师说，不是我挑他刺，是他不让我安生：亏他想得出，要赞助钱的期货公司聘我做顾问。如果他们搞雷曼兄弟那一套，不是让我跟着背黑锅？！我一惊，莫校长还有这一招？！教授回答，他花花点子太多，说是大胆创新，学校与金融的战略合作，教授们帮助企业提升文化形象，企业用资金回报教学。说白了，拿钱买人的名字呗。我摇头、苦笑，莫明把算盘拨弄到自己老师身上，实在可恶！老师的脾气，一辈子超然世外，把他赶到金钱圈里，着实难为了。教授哼哼，眼不见为净，出来散几天心，任它花开花落，随它风来雨去。我说，我家安静，住两天吧。我没说出我的先生已经离家出走，何苦让老人操心此类杂事？教授坚决摇头，"我跑出来，把校长先生得罪大了，再不能把你牵扯进去。给我找个宾馆吧，普通些的，不要豪华的。"教授的脾气我清楚，拿定主意的事情，谁也劝不转。最后，我不得不依了他，在离报社不远的地方，找家干净的小宾馆，将他与阿姨安顿下来。

眼下，在莫明的管辖区域开着帕萨特，想着这里是他说了算，忽然产生异样的感觉，校长人贵权重，无形的法网，在头顶飘荡，随时可以压将下来。他早已不是可以说笑的师兄，也不是当年被我拒绝的追求者。在学校的围墙圈里，谁敢不听他的？

我苦笑着，不由自主地摇头。连莫明的恩师，亦奈何不了他的作为，唯有一走了之。我同时感叹教授的细心。今天见到莫校长，肯定回避不了教授失踪的重大新闻。若是把教授安顿在我家，莫明问起老师可能去了何处，我装傻也心虚啊。我这个人，说假话缺乏修炼，肯定脸红。何况，今后事情难免露馅，再见莫明的面，就难堪不已了。老人想得周到，是在维护我。

六

校长室外面的女秘书，是熟悉的校友，见我到来，自然不拦，只是使个眼色，手指点了点内间。我听出里面声音很吵。我问，校长有客人？她轻声回答，古教授的儿子儿媳，闹得厉害！

哼，这种出息！把老婆拖来一起吵？我从心底瞧不起古公子。那时，听师母说到“文革”期间的事，家庭遭遇苦难，觉得古公子可怜。早年，需要父爱的年龄，古教授偏偏不在身旁，对他也曾有恻隐之心。后来看他一再胡闹，对父亲毫无感情，那点恻隐之心，渐渐消失。当年，我逃避他的追求，是聪明之举。

“莫校长，你赶紧采取措施啊！”是女子尖利的嗓音。我见过教授的儿媳妇，脸蛋有几分姿色，表情则矫揉造作。特别不能听她开口说话。一开口，骨子里的势利就露出来，全没了大家闺秀的模样。“那手稿太值钱了，有好几百万，比我们家的房子还贵。拜托校长了，报告公安，很简单的事，为什么不做呢？”

莫明的声音明显已不耐烦，“我解释几次了，教授留下纸条的，说明是外出散心。怎么可以报案，硬说他失踪？”

“如果有人逼我父亲留的条呢？”古公子蛮不讲理的声音，“或者，那是有人伪造的纸条？”

莫明分明在冷笑，“你们谍战片看多了吧？瞎说八道！教授的笔迹我还会认错？笑话！”

应付这对夫妻，莫明的智商绰绰有余。我淡淡一笑，问秘书：“教授留了条？”

秘书指指办公桌，玻璃板下，确实压了纸条，是古教授的毛笔楷书。他写字从不龙飞凤舞，一律是工整的正楷。“我外出散心，不必寻找！”古教授考虑得周到，他留一短柬，旁人就奈何不得。出门散心，多自在！我好不容易才憋住窃笑。

古公子的嗓门依然很高，“如果家里不丢东西，我自然不着急，偏偏少了贵重手稿。校长你想，他出门散心，会提着那沉甸甸的手稿？”

这个问,倒是在路上。连我也诧异。教授和阿姨匆忙离家,没见他们带啥东西啊。

里间，莫明没被问瘪，他尖刻地反问：“你着急的，到底是老爸，还是手稿？”

听他们唇枪舌剑，估计一时半会儿结束不了，我又懒得见那对夫妻，就央求秘书向校长通报，我前来采访，希望莫明安排时间接待。说完，我退出了校长室，顾自去食堂解决肚子问题。

从行政楼的台阶往下走。长长的石梯，一节连着一节，由天然大理石铺成。有一回，闲得无聊，我仔细数过，足足有十六级台阶。大概是为了让人对大学领导产生足够的敬畏，建造者才把台阶设计得如此壮观。

走到最后一级台阶，雨后耀眼的天光，突破云彩，瀑布似倾泻下来。我没有戴墨镜，双眼被突然袭击般地刺了。我停住脚步，呆呆地站立着，这时，一阵心酸，从体内深处泛起。我感到好难受，为我所热爱的古教授伤感。不公平啊，很不公平。令人高山仰止的大学者，门生满天下的教授，私人的生活，怎么搅成一团乱麻？不成器的儿子，加上添乱的媳妇，还有，曾被寄予很高期望的大弟子，几个难以切割的身边人，均与他格格不入。难道说，这是命运的平衡？按民间风水轮流之说，教授获得了太多的成就，享受了崇高的荣誉，把好运用完了。月盈则亏，磨砺自来；凡人皆苦，无可幸免？

我傻傻地站着，心里是悠长的叹息。就在那个瞬间，我的悟性洞开。人生本短，何必纠结于一时之烦恼——哪怕是天大的烦恼？先生决意离我而去，我还心有不舍，终是自寻无趣。“任它花开花落，随它风来雨去。”我记起教授豁达的快语。跟教授学习多年，能像他一般为人处世，不容易。我咬咬牙，终于做出决定，不再拖延，以免遭受更多的痛苦。他已经给我发了离婚协议的邮件，我何苦心结难解？今夜就给先生复信。愿走，痛快点走吧。亦无须讨论破裂的来龙去脉。事已至此，争是非曲直全然无益，好合好散，权当十年一梦。生活可以重新开始。

虽然如此想，泪水依旧不听话地溢出眼眶，弥漫在眼瞳上，视线模糊起来。

去年，为了多赚钱，先生决定从社会科学院辞职，跳槽去一家名声显赫的上市公司做董秘。我们结婚十年，有个默契，为了各自的事业，暂时不要孩子。现在，他到了副高，我也有了首席记者的称号，应该是考虑孩子的时候。最要命的是，我临近女子生育的年龄大限，他就不在乎？他选择的新职业，上市公司董秘，必然面对各种应酬，常有灯红酒绿的忙碌，家里怎么办？我反对他去，说不稀罕他赚大钱。

他却铁了心肠，声称不想永远做穷书生。凭女人直觉，凭他少有的决断，我感到事情有蹊跷。追问是什么诱惑了他。他骂我小心眼。我说，一点小心眼没有，准是缺心眼的女人。他不肯退却，高傲地保持沉默。恋爱以来，十多年平和、安宁的关系被打破。他执意要去，我坚决反对，冷战开始。就在冷战之中，他气昂昂地去了新公司，走马上任。

为了证明他的决策无比正确，赚钱多多，跳槽后的第三个月，他就买了辆帕萨特给我，说是方便我跑采访。我觉得奇怪，他哪能一下子赚那么多钱？他笑笑，说是正赶上公司做成大生意，大家分奖金，新近入伙的他，跟着沾光。

眼下，我要做出决定，当我们正式分手后，我是否要把车退还他？他没有提这个话题。但是，我有自己的尊严。尽管这车使用率高，已经是我工作的好帮手。

他，一个哲学硕士，到社科院又混了个社会学博士，书呆子做久了，凭啥能耐去上市公司当董秘，拿几十万年薪呢？天上掉馅饼？后来发现，情节并不复杂，他接受院部的一项课题，跑了几家上市公司，与其中一家的董事长关系密切起来。先生认为，对方看中他的才气，希望引进他这个人才，提高公司的文化形象。对此，我深深地表示怀疑。不久，我恍然大悟，有个关键的情节，他故意含糊不说。赏识先生的伯乐，公司的董事长，乃离婚不久的单身女人。他几次醉醺醺回家，到底是工作必须，还是另有故事，我的猜疑，自然有枝有蔓地伸展开来。难怪他对是否要孩子不上心，不着急，原来，他已经另有打算！“傍富婆！”我想到流行的词语，好恶心！构建一部庸俗故事，基本材料，搭配齐全。他辩解说，上班之后，董事长带他外出谈判，有个博士在身边，特别有面子。我讽刺他，是公司有面子，还是董事长本人开心？他听出话里有话，冷冷回答，随你想吧，一个样。我顺口接上，当然，一家子啊！先生被我吵烦，脱口而出：“我本来没有这种念头，你逼我走？！”我立刻呛他：“你装傻！你会猜不出对方的钓饵？”

由于双方均不让步，我们的关系降至冰点。最后拉断情感丝缕的吵架，是一个多月前的事情。古教授，是我们共同的导师；莫校长，又是我们的师兄。莫兄早就开始张罗，要在古教授八十五寿辰时，庆祝他从事教学和科研六十周年，搞一次国际性的论坛，把古教授门下的学生召回，热闹热闹。那天，先生回家，告诉我一个设想。他已经说动女老板，赞助几十万，庆祝活动场面上的费用，包括请师长、校友们去饭店聚餐的经费，不成问题。他说这些，多少带点讨好我的味道，因为他知道，我对古教授，敬若父亲。他现在能讨好我的，只剩下钱了吗？看他说得眉飞色舞，压抑已久的怒气热辣辣升腾，控制不住的情绪如洪水决堤般发泄出来。我吼道，你怎么宣布？从哪里乞讨来的饭钱？你的老板娘，那富婆，为什么如此慷慨？他骂我歇斯底里，我恨他没皮没脸。当时，心中还泛起一句很刻毒的话：哲学系再穷，不吃软饭！此话终于没说出口，因为如此埋汰他，实际是糟践了我自己。双方长时间的怨愤，如火山爆发，终于吵得不可收拾。从本月开始，他已经不回家住。

决裂，终于不可避免。

七

午餐的时候，我给报社主编去了电话，报告母校出现的新情况。我说，对莫明的采访，眼看要泡汤。古教授不见踪影，校长正在火上烤着，不被烤焦就算幸运，哪里有心思闲聊。主编听得此事，在电话那头发呆，一时，只听得电流的嗞嗞声。估计他也是大惊失色。他沉吟许久，八成在判断突发事件。熬了半分钟，他才认真关照，让我别离开，在学校盯着，一旦了解到内幕消息，哪怕下班了，亦赶紧通报。即使报纸无法报道事件的诡异，作为校友，作为古教授的粉丝，他绝对关切此事的走向。

挂断手机，见到短信通知，是校长室的女秘书来过电话。猜想莫明那里有啥安排，赶紧把电话拨了回去。

女秘书甜甜的声音，通过天空传来，比当面听着更舒服入耳。她说，按照莫校长的要求，已经为我在专家招待所安排了房间，我过去报个名字，就能入住休息。我受宠若惊。母校的专家招待所，是精致的小宾馆，一般只招待请来的贵客。对外开放，收费不菲。校方邀请来讲学的外国专家，还有国内顶尖的学者、教授到访，才安排在那里住宿。我提高嗓音问，我一个小记者，莫校长为什么这般客气？女秘书笑着回答：“你身份特别啊。今天晚上还有小范围的宴请，欢迎从欧洲归来的郭教授。也是你的师兄和好友。莫校长希望你作陪。宴请正是安排在专家招待所的小餐厅。”

我没有继续客套。我已经猜测到莫明的用意。我可能成为他处理当前危机的缓冲器。郭教授者，全名郭文，与莫明一样，当年是古教授麾下最被看好的弟子。莫明从政，郭兄则始终在学术方面发展，眼下是德国著名大学的教授，主讲东方哲学思想。郭文的论著，常发表于顶级的学术刊物，赫然已是大家。这次，莫明搞国际论坛，总要有几位重量级的海外学者压阵，自然想到身在远方的郭教授。有庆祝老师教学科研六十年这面大旗，郭兄也不得不回来啊。

眼下的局势不妙。古教授突然失踪，舆论哗然；明天的论坛，当是一坎，学生们肯定要向校方提出责问。主事的莫明，处境难堪。稳住名头大的郭教授，必然是他需要采取的策略。今天晚上的欢迎宴会，把我这个小师妹放上去，属莫明的挖空心思。当年追求我的哲学系诸君，郭兄亦算一个。他比旁人文雅含蓄，不露声色地追求，我是不失风度地暗拒，不伤脸面，始终保持着良好的师兄妹关系。往事早已云散，旧梦不再，毕竟有那么一段，见了面却是倍感温馨。有我在场，饭局的气氛自然缓和些。莫明的智慧，在这种细节里灵光毕现。

我被他利用，小事一桩。千不该，万不该，他不能把算盘打到老师身上，辜负了待他如子的恩师，激怒不轻易生气的老人。

我坐在专家楼的底层客厅，等待莫明的到来。

秘书又来个电话通知，说莫校长亲自去机场接郭教授，之前，先弯过来看看我，希望我在房间里等候。我暗自好笑。我有那么重要么！

我想了想，跑到专家楼的客厅候着。宁愿坐在底层等他，而不想让他进我的客房。并非故作矜持。招待所的服务员，已经话中有话，说我是莫校长特地关照的贵宾，有什么需要服务的，尽管招呼。我不想鼓励她们挤眉弄眼的好奇。女人的模样招眼些，此类遭遇就多，有时真不胜其烦。

闲坐无聊，未免发呆。发呆想心事，是我日常生活的内容之一。

莫兄和郭兄，走了两条不同的路。郭文全凭自己的实力，莫明如何？

在莫明荣任哲学系主任之前，他的人生之路，确实是靠自己打拼。他的家庭很普通，在江苏农村长大，通常的所谓贫寒子弟。他幸运之处，是做研究生时，被古教授赏识。哲学系的年轻老师，本事大的，还有几位。莫明碰到了好机会。哲学系主任位缺出时，正巧，上面提倡干部年轻化。莫明是古教授常常夸奖的青年学者，推荐新主任，他占据了有利位置。在此之后，他腾飞的法道，我就不甚了了，只能凭推测。听校友们说，有领导下来调研教育改革，莫明鞍前马后，跑得辛苦，提供了许多符合领导胃口的素材，最后，还自告奋勇，奋战两夜，帮助草拟了调查报告，因此甚得领导赏识。嫉妒他的人说，难得的机遇，被擅长察言观色的莫明一把逮住。

他的能言善辩，他的改革胆量，肯定给领导留下深刻印象。领导做报告时讲过，我们的改革大业，需要有政治敏感的有胆量的知识型人才。莫明恰恰是在正确的时刻做出了正确的表现。那位领导，可能是他升迁的贵人。佐证这种传说的，是他本人的言论。在某些场合，莫明偶尔不经意透露一点信息，说他向领导汇报工作，如何如何获得赞赏，受到鼓励。吞吞吐吐，欲说还羞，给人的印象，那种交谈，不是在办公室或会议室的公事公谈，是个别的私下交流。那就神秘了。谁能与领导有私交呢？至于究竟在什么场合发生的故事，莫明没有明说——比明说更加刺激人的感官，且留给你们自己去猜想。

很高明啊。按照报社主编的评论语言，高手，绝对高手。公事私交混杂一起。有问题吗？说不清。没蹊跷吗？也说不清。

反正有结果摆在那里。莫明，腾腾腾上去了，先做副校长，接着主持校务，然后正式担任校长。他的仕途，可能远未到达尽头。传说，莫明在上面的走动很勤，不是只有一个靠山。当校长后，莫明更加起劲地做事，期望别出心裁地立功。“金融危机与哲学视角”的论坛，是他一手精心策划，甚至不惜得罪了他的恩师。

宣布莫明荣升校长的会议上，按例，莫明需要表态。熟悉的仪式性话语之后，莫明大胆地谈了自己的雄心壮志。最后,他铿锵有力地说：“请大家给我十年的时间，我会和大家共同奋斗，把我们的大学，建设成世界顶尖的名校。”他的话，霎时间赢得雷鸣般的掌声。第二天，在学校的报纸上，赫然成为头条标题。

后来，我逮住机会，责问过他。我说：“师兄，你真敢吹！世界顶尖的名校？十年后，你如何向众人交待？！”他睨我一眼，略带讽刺地说：“你的问题，傻吗？你以为，十年以后，我还是在这里吗？”

他如此放肆地调侃，霎时，把我说懵了。在他眼里，我是不谙政治的小女人，才敢大胆吐露心声。我内心惶然。他的地位越来越高，人却变得越来越陌生。

“才女，发什么呆？”莫明突然出现，让我一惊，胸口扑扑地跳。他将我当年的绰号省去一个施字，算他独特的招呼。

柜台后，模样端正的女服务员，迅速跟过来，毕恭毕敬地问：“莫校长，您要茶还是咖啡？”我面前碧绿的清茶，就是她送上来的。她特意说，泡了上好的新茶，因为我是校长贵客啊。

莫明没瞧她，抬起胳膊，扬扬手，示意她快些离开，不要打搅。做领导的派头，修炼得很到家了。

我微微一笑，“在此专门等候校长大人。”

“去，去，你也来这套！”莫明在我对面坐下。“你说来采访？我有啥值得首席记者关注？”

我不想多打哈哈，直接切入主题：“报社确实有采访任务。不过，既然哲学系出了大事，我肯定不能再花费你的时间。”

“你听说了？”

“本校，但凡有耳朵的，均知道啊！”

“你说说看，古教授会去哪里？”莫明单刀直入地问。

我料到他会这么问。他在去机场接人之前，专程过来一趟，正是为此一问。他聪明而多疑。古教授相信我这个关门弟子，校友们统统知道。他肚子里必然有所猜测，担心我是古教授同谋。我脖子一挺，很有力度地挺直了，沉着地道：“我正想问你呢！你个大校长，神通广大，在自己地盘，连老师也照顾不好？”

他脸色一阴，“说话没意思吧？我还能成天在老师家守门？！我忙着办祝寿的事，哪里想到，在这个当口，老师忽然要外出散心！”

他全然不提前日冲撞古教授的情形，我也只能装傻，“该找的地方，均问过？”

他冷冷扫我一眼，“所以也问问你啊。你是教授的关门女弟子，他最信任你啊！”

我沉住气，摊开双手，“一无所知，帮不了！”

“能找的地方都找了。除去报公安，别的法子全用上。他儿子媳妇还跟我闹，烦死人！”莫明一脸苦相。我猜得出他内心的极度紊乱。

说话间，他看看表，“噢，我得去机场了，你郭师兄马上到。晚上，我们吃饭再聊。”

莫明见从我嘴里问不出名堂，转身要走。走开两步，回过身子，重重地，很有威势地看我一眼，撂下一句有分量的话，“唉，拜托你，一定再找找老师，有消息，快告诉我。记住，不能糊弄师兄！你能把他找回来，给你记大功！”

八

很久以后，我还是没想清楚，如何定义那天的晚宴。

晚宴的规模，最后缩小到三个人，莫明，郭文，再加上我。三人晚宴，那是莫明的刻意安排。外地回来的师兄弟们很多，随便叫叫，两三桌挤不下。他的心思，我一猜便准。担心郭文追问古教授失踪的缘由。堂堂校长，不愿被人看见师弟指责自己的尴尬。古教授桃李满天下，郭文是佼佼者，向来不甘心居于莫明之下。他现在是德国的名教授，腰板硬，不会畏惧校长的威严。

说是鸿门宴吧，不准确。莫明自视甚高，但缺少楚霸王的胆魄和气势；郭文么，书生气十足，亦没有刘邦的狡黠；我更难担当啥角色，范增、项伯之流，均与我风马牛不相及。

说是稀松平常的同门聚会吧，定义也不准确。一落座，就有点针锋相对的味道。当年，古教授评说两位得意门生，莫明才思敏捷，郭文功力深厚。今儿个，两位才俊单挑，面对面角力，我唯有做倾听者、旁观者；偶尔，也是气氛的调节者。

郭文，其形象与名字的落差明显，最为缺乏的，是儒雅的书生风度。他天生黑黢黢的脸庞，下巴胡子拉碴，大嘴宽鼻长耳，乍一看，长得着实粗相。这种造型的好处，是较少被时光磨砺。看上去，他和十年前一般年轻——只能说，那时的他，提前显得苍老。和莫明坐一桌，两相比较，此消彼长；当年的莫明风流倜傥，否则也不会把大四女生迷得晕头转向；现在，莫明额上的皱纹，线路似的，深且密，平日里心思用得太多的缘故。

当郭文在包房门口出现时，我立即笑盈盈起立，款款向前，欢迎师兄。他一见我，丢下陪同的莫明，大步流星走过来。我突然有点儿紧张，左脸的肌肉抽了一下。他在欧洲住久了，担心他习惯了欧洲的文明方式，猝不及防给我个贴面礼。倒不是我过分保守拘谨，因为莫明就在面前，不想让他捞到嘲笑的口舌。好在郭兄处事得体，冲到我面前，收住身子，仅仅规矩地握住了我的手，一句温馨的话语，轻轻送到我的耳边："一回来就见到你，真高兴。"人不可貌相。他外形粗糙，待人接物却相当细致。

饭前，郭文在母校里转过，对目前局势已然清楚。我们在精致的小包间刚刚坐定，郭文就心急地问："莫兄，怎么回事啊，你倒说清楚，老师去了哪里？"

莫明早等着对方开场，笃悠悠把陈年的黄酒斟满了酒杯，"来来，旅途辛苦，先喝一杯。"

我不想他们见面就弄僵，也笑眯眯举起了小酒杯。郭文性子直，一如当年的脾气，德国的学术历练，没有令他学会含蓄，待我们三人酒杯轻轻一碰，算过了仪式，他又追问："你们倒是说清楚呀，不要把我堵在闷葫芦里！"

莫明不接话，将一旁的公文包取过来，松开拉链，取出一张毛边纸，摊在了郭文的面前，"你自己看吧。"

我一瞧，是原先压在秘书桌玻璃下的纸条，熟悉的字体，正是古教授的留言。郭兄看罢，沉吟道："不合老师的性格啊。这么大的事情，学生们老远赶来，老师一人出去散心？"

莫明耸耸肩，一脸苦笑，转过头问我，"师妹，你说老师演哪一出？"他狡猾，一皮球踢到我这里。我也不含糊，"你是校长，这围墙里面的方圆天地，你法力无边。老师的情况，当然问你！"

郭兄皱紧眉结，看看我，又看看莫明，最后盯住莫明的双眼，不无疑惑地问他："八成，是你把老师气走了？"

我在心中为郭兄叫好。眼光厉害，分析透彻，一下子就捅到了要害。莫明脸色沉稳，纹丝未惊，悠悠地喝尽杯里的好酒，淡淡答："你开玩笑啊。我气谁也不敢气老师。我摆那么大的场面，不就是为我们老师争光吗？校内有人讲风凉话，说我利用校长职权，为自己老师祝寿！唉，这年头，做什么全被人看成歪的。小人之心多，君子之腹难！"最后一句话，愚笨如我，也听清楚，是反攻郭兄的。

郭文倒不计较，他只是为古教授的去向伤神。他说，"你手下那么多部门，那么多官员，连老师的方向也摸不清？"

莫明说："我一整天就在忙这事。估计很快能查清。着急的，是明天早上论坛开幕。宣传铺天盖地，总不能偃旗息鼓，让大家看笑话吧？"他转过头看我，"你们媒体偏偏喜欢炒这种新闻！"

随即，他双手一拱，"郭兄，无论如何，你得帮一把，明天，我们先把场面撑住，对得起古教授和他门下这么多兄弟。"

我明白了，他低声下气招待郭文，不惜屈尊去机场迎接，目的只有一个，明天的论坛开幕，要郭文站他一边，补补台。明天开幕式，后面的重磅节目，是郭文的演讲，标题醒目："金融危机漩涡中的文化因素"。想听名教授演说的学子甚多，何况是名满欧洲的学者，据说，明天肯定爆场。这出戏文，莫明无论如何得保住。郭兄的水准，倒不是浪得虚名。他的演讲全文，后来在大学学报上发表，引起广泛好评。文章的主要观点：冷战的突然结束，鼓励了想要终结历史的急躁；人类不终结，历史何来终结？哲学认知上的虚妄，导致决策者头脑的不清醒；决策的自大与冒进，是诱导金融危机爆发的直接因素。在我看来，他与古教授思维的方向一致，只是游历海外，更多国际视野。不过，那均是后话了。

郭文的思路，并没有被莫明牵开，他再次端详着古教授的留言，一击掌道："老师为啥关照不要寻找？"他瞧瞧莫明，又瞧瞧我，"有蹊跷！他的态度，应该是不想参加明天的论坛开幕，所以顾自散心去，还关照我们不要找他！"

郭文厉害，这一说，让莫明稳不住了，"郭兄，你福尔摩斯啊？想多了！古教授又不是不知道，这论坛一多半是为他举办，为什么不愿参加？"

郭文反问："那你得给我一个理由，古教授早不散心，晚不散心，单挑眼前这当口，原因何在？"

"是啊，总得有说法！"我帮着郭兄将军，也不怕莫明恼怒。我想看他的薄嘴唇能翻出什么花样。

莫校长不愧是莫校长！他把酒杯轻轻一推，看它在桌面上慢吞吞滑开，长叹口气道："老托尔斯泰晚年为何出走？故事你们均知道。老年人，最怕的是家庭烦恼。师母不在了，儿子媳妇是咋样，你们不清楚？近些日子，越发不像样。教授分明是被他们气走的！"

郭文和我同时兀地一惊。他惊在不知详情，我惊在太知详情。如果不是亲耳听古教授说得端详，莫明的话，也能唬我。莫明的高明，大大超出我的预想。他修炼得可以啊。太极功夫，轻轻一推，就像酒杯滑过光溜的桌面，不露痕迹地转变了方向。

老练如郭兄，一时也被莫明糊弄，他着急地问："古教授儿子闹啥？"

莫明指着我淡淡地说，"上午，师妹到校长室，听见的，古教授刚刚外出，儿子媳妇别的不着急，盯住追他的手稿。就是盯着钱。天天不让教授安生，老人烦啊，不出意外才怪！"

郭文瞧瞧我。我一脸苦笑。莫明说的情况没错，我也无法否认。莫明的移花接木，手法高超，我又没法当面揭穿。眼下，我还得装作对教授去向浑然不知。

莫明见郭文无语，笑笑，补充道："其实，古教授儿子追问的手稿，我是知晓下落的。教授的意思，再三关照过，不让他儿子晓得，我没法违背他老人家意思啊。"

他抛出这个料，奇兵突起，我和郭文均很纳闷，疑惑地盯住他的双眼。莫明不慌不忙，把谈话完全纳入他预设的轨道，"古教授把手稿赠送学校图书馆啦，签下了赠送公证。条件是，在他有生之年，不得告诉他儿子。唉，老人天不怕地不怕，就怕唯一的儿子，闹得他没法安度晚年。我担心啊，老师早晚被儿子闹出病来！"

这件事情，教授没有对我提及。我想，他是不愿意我卷入古家的麻烦。他那个宝贝儿子，属脑子缺一角的愣头，发起脾气来，逮谁闹谁。我明白了，古公子向莫明报案时，校长对手稿失踪，相当淡定，原来，他早知道下落，只是不能告诉古公子。唉，古教授夫妇，因为"文革"之中蒙难，当时照顾孩子少，心存歉疚，后来过于溺爱，纵容过头，害得自己吃苦。

莫明的策略完全成功。郭文对师兄的追问，因此被轻松消解。郭文伤感地道："老师可怜。"莫明说："郭兄，爱护老师之心，我们完全一致。眼下，一面找老师，一面把论坛场面稳住了，绝不给老师丢脸。"看见郭文默默点头，我想，莫明脸上含而不露，心中却是得意洋洋；这棋局，完全步入了他设想的套路。

九

事情再起波澜，打乱局势，让莫明猝不及防，是在晚餐快要结束的时候。

喝干净杯中的黄酒，郭文黑黝黝的脸膛，微微泛红。他向莫明提出，饭后，去学校的演讲厅跑一趟，看看明天论坛现场。莫明哈哈一笑："我知道郭兄的仔细，晓得你的习惯，演讲场地是要提前看过的。不过，这个厅，你我本来熟悉，闭着眼睛就想得出模样。新鲜的，无非是本次会场的背景布置。"莫明说着，从公文包里取出一款平板电脑，摊在了餐桌上。那只厚实的皮包，拎起来沉甸甸，像座随身仓库，藏着莫校长一应齐全的宝贝。大皮包，是在晚宴开始前，由莫明的秘书送到校长身旁。看来，莫明早有预案，晓得郭文会提出什么要求。面对两个老同学，校长的派头还是收敛的，并没有让秘书随时等在隔壁伺候。

莫明边开启电脑，边说："我把现场的布置，统统摄像啦，连讲坛的边边角角均没遗漏，郭兄看看吧，一览无余。现场么，今夜就不必去，管理会场的该下班了。"

郭文见莫明想得如此周到，也不再坚持己见，拿过平板电脑，细细看着。这一看，挑出了毛病。"莫校长，"郭文直呼莫明的官衔，"你的论坛，'金融危机与哲学视角'，为什么多出个副题？"

我伸长脖子看过去，果然，论坛的背景布置照片，在主标题下，画了条粗粗的红杠，后面跟着五个醒目的大字："丧钟敲响了。"是啊，昨天进校门，在招贴栏读到过它，当时，心里咯噔了一下，觉得这副题有啥不对劲，那会儿心里正乱，没仔细想。郭兄厉害，火眼金睛，逮住了。

郭文看定莫明，重复喊他的官衔，"莫校长，你这样做不对，你给我的邀请书上，只有论坛主题，没有这副题。"

莫明感到意外，神色悻悻然，大约是后悔没想到郭文对此发难。他挠挠头，作无辜状，"几个字的副题，严重吗？邀请书早发出，后来才想到要副题。加几个字，目的简单，无非是希望媒体关注。"他瞧瞧我，又把我拖进争辩，"唉，才女，你是搞报纸的，你们记者，不就是喜欢夺眼球的文字吗？"

我恨他老是拉我垫背，就顶他一句，"我只知道跑腿，你大校长的丰富思想，跟不上！"

莫明摇摇头，"毕业好多年，美女脾气还是没有磨掉！讲话这么冲？"

郭文没有理他的打岔，圆睁大眼，坚持说："不行，这个副题我难以理解。"

"我和论坛筹备组商量过，没有人提出异议，大家都说好！"莫明的话，分明想堵郭文的嘴。他的意思很明朗，论坛的名称，该由筹备组拿主张，不劳演说者七嘴八舌。

郭文听出他的暗示，愣了愣，却没有退缩，他认真说道："筹备组，当然可以决定用任何名称，但是，我有我的权利。你给我的邀请书，遗漏重要内容。我有充分理由，撤销接受邀请的决定。”他略作停顿，慎重地说：“我从来不在缺乏严谨学理的论坛上演讲。”

郭文说话不紧不慢，声调亦不高，但话语的意思实在厉害，让莫明脸上的肌肉抽搐起来。我赞许地看着郭兄，内心使劲为他鼓掌。他黑黑的脸膛，因为激动，也因为刚才喝的酒，泛起红色的光泽，神情顿时变得生动许多。我不由心生微澜。当初，在哲学系众多追求者中，我也曾瞩目才华横溢的他。为什么没有考虑而错过？噢，那时，我太年轻，还不真正懂得识别男子！他毫不出众的外貌——坦率地说，是逊于多数男子的外貌，让我做出了排除他的选择……

我的思维，无法在过去长时间停留，旁边，心急火燎的莫明，已经高声喊起来：“郭兄，你的想法太苛刻吧！一个副题，值得如此大做文章？”他的神情显得慌乱。绝对没有料到，在这样一个细节上栽跟头。末了，他咬咬牙，不情愿地补充道；“行，我理解你，学理的严谨，德国式的严谨！那么，我们在副题后面加一个问号，表示问题的不确定性。可以了吧？”

我知道，莫明一定要抓住郭文这根稻草，他愿意让步。

郭文还是不肯点头，他看着莫明说：“莫兄，我晓得你才思敏捷，点子多。我认死理，不和你搞文字游戏。反正，我不同意耸人听闻的一套。是有金融危机，世界性的严重危机。不过，危机就是危机，与丧钟敲响，是截然不同的概念！做学术的，不能模糊基本界限。”

莫明说：“你书呆子气！你尽管照自己的想法说。论坛副标题，不就是为了引人注目？对你的严谨学术，没有丝毫妨碍！”

郭文说：“我可以取消演讲。如果你觉得为难，来回的差旅费，我也可以自行解决。我的态度历来如此，不赞同的事情，我可以不公然争论，但是，我不附和，至少，会选择沉默！”

莫明的脸色由白泛青，牙齿咬得死死的。我知道他在努力克制自己的火气。我猜测，按他的思维，认为郭文存心与他过不去。在他目前的位置上，教授、学者，谁会轻易与之对抗？他听到的全部是顺耳舒心的服从。身边四周，一片恭维的赞歌。他想出“丧钟敲响了”这样的副标题，手下的人，肯定用劲鼓掌，称之为绝妙的主意。很久以后，我才听说，莫明组织的写作班子，在论坛开始之前，早用“丧钟敲响了”为题，拟写了论坛的综述，准备在报纸上发表，以引起轰动效应。郭文的反对，实在是捣他的心窝。在莫明看来，你郭文虽然不拿他的工资，不吃他的饭，但毕竟是同门师兄弟，不给面子，还要抉？！若在平时，莫明咽不下这气，他肯定吼了，“你不讲，罢了，肯讲的，抢着要讲的，多的是！”

不过，眼下，莫校长显示了过人的智慧与自控能力，终于强行压住火气，脸色由青转白，狂风暴雨收起，语气变得出奇和缓，表示他再次让步，“行，你的严谨，我服了！我们同门同师，有啥事不好商量？明天，你上讲坛前，我保证，拿掉副题！”

莫明向来孤傲固执，所以郭文不相信地问：“真话？一言为定？”

“当然，有才女施在此作证！”他又把我拖了进去。今天，他把我拉来陪饭，目的非常明确，尴尬时刻，我就是他转弯的工具。

莫明做人做到如此，够辛苦。古人说，无欲则刚。反过来，有欲则软。

我想起古教授对莫明所作所为的评论：他为啥？不就想博个眼球、挣点高分、捞些本钱吗？俗语说，知子莫如父。我看，知徒莫如师了！

十

我太熟悉这个报告厅了。

举行硕士学位的典礼时，它刚刚落成，我们见证了它的处女秀。后来，母校的重要文化活动，多半在其间举办。这是座中型报告厅，阶梯式，坐三五百人不显得拥挤。座位有软垫软靠，屁股和脊背均觉得舒适；过道宽敞，相向而行的人流不会碰撞；空中悬挂着德国造的扩音设备，一般的音乐会完全够对付；全木板的墙面，延伸到高高的穹顶，四处安置了精致的壁灯；木质呈浑然一体的棕红色，显示高贵的气派。这里经常举办本校高级别的讲座或讨论，凡国际背景的学术活动，更是努力挤进此报告厅的节目表。

既然是莫校长亲自抓的学术研讨，在这个有身份的报告厅举办，是早就确定的格局。昨天到校时，大雨刚过，驱车欣赏母校雨后的景致，已然发现，海报张贴，宣传广告，早就散落在校内校外。古教授的失踪，是昨天突然发生的事件，莫明来不及做应变的方案，由着那些海报四处招摇。各路来宾，其中有几十个海外学者——大多是古教授的学生——刚刚飞抵本地。你智商再高，也想不出消解这尴尬局面的妙策。

好在我的大师兄久经官场，最关键的补救措施还是采取了。早上，在早餐厅一见我，便苦笑着告知，清晨，他直接给顶头上司打电话，央求教委的领导无论如何取消原定计划，不要前来出席讲坛和为古教授祝寿的活动。他在电话里获知，有一位市级老领导原打算到场，亲自向古教授祝贺，当即惊出一身冷汗，只得再三拜托教委领导，千万挡驾，事后他自会当面向老领导解释赔罪。我听他絮絮叨叨，心中暗自好笑：放下电话时，莫校长的内衣估计汗湿了一大片。他本来肯定希望来的领导越多越好，级别越高越妙。现在呢，唉，被可爱的古教授害惨了！

领导挡住了，场面还得撑啊。进得会场，我坐在头排，静观师兄表演。记得古先生曾经感叹，莫明志不在学术，浪费天资，将来必然后悔。他说此话时，莫明刚提任副校长。莫明来报告好消息时，古先生摇头道，你执掌哲学系，若还想在学术上有造诣，已经不容易，何必再往高处去？莫明悻悻然，没有吱声。其实，我早就知道，莫师兄的心目中，哲学是当今社会的弃儿，做不出啥名堂，所以他一心要到官场上出人头地。有一回，校友的饭局上，喝了几杯，他吐露真言，说是在官员面前做学者，在学者面前是官员，进退自如。哲学已死，他无意殉葬。这些话，我不敢在古教授面前捅穿了，伤老先生的心。老先生一辈子的情感，全维系在学术上啊。

我四处张望，没有郭文的身影。问了张罗会务的学妹，说是他不参加开幕式，在旁边贵宾室准备讲稿。郭兄做事实在是一丝不苟。凭他的功底，还需要反复推敲讲稿？人的心思用在何处，真有天壤之别。难怪天资出众的莫明，已经多年不发表学术论文。他的天赋，在别处消耗掉了。

主持人宣布会议开始，由校长莫明先生致辞，闹哄哄的报告厅霎时安静下来，会场里向来难免的嘤嘤嗡嗡，悄然隐去，现出可怕的沉寂。我心里很清楚，那不是对新任校长的恭敬，是一番阴冷的诡异。我相当熟悉本校各种会场的状态，有嘈杂是正常的，没杂音是不正常的。学子们很挑剔，只有他们真正崇拜的学者登场，才肃然起敬；更没有敬畏非学术权威的习惯，行政首长登台，照样肆无忌惮地窃窃私语。眼下的寂静，应该是且看校长如何圆场的全体默契。古教授失踪的消息，在本校已经成为天字第一号的新闻，现场哪一位人士，会愚笨到一无所知？

莫明从座位上站起，西装把身材勾勒得相当挺直，连发福的肚子也被收紧消失。他不慌不忙，稳重地朝台上走去。他心里不踏实，脚步依然是训练有素的稳健，让我由衷佩服他的心理素质。

台上的会标，现在，只有一溜大字高高地挂着，“金融危机与哲学视角”，给人的印象，是美术设计不到位，那些字显然贴得太高，下面空荡荡，会议主题悬空突兀，找不到立脚的支点，非常不自然。我晓得不协调的原因，并非美工设计时喝多了。下面本来还有两行字。一行是副会标“丧钟敲响了”——这副会标是莫明的神来之笔，他懂新闻采访的诀窍，要用醒目的言辞吸引记者眼球，以便在媒体上博取关注。如古教授指出，莫明搞这个论坛，不就是为自己的新职务争分吗？在媒体上炒一把，是捷径啦。谁知，他花大力气从欧洲请回来的郭师兄不买账，坚决反对此副题，强调丧钟敲响的形容纯属臆想。莫校长不得已兑现饭桌上的承诺，很不情愿地让手下拿掉了副题。

这是莫明学了韩信的隐忍，胯下之耻呗。古教授已经离奇失踪，如果郭师兄再罢讲，莫明天大本事，也难以收拾此论坛的局面。会标删去的另一行大字，当然是祝贺古教授学术生涯六十年的字样。据管会场的人说，直到今天清晨，莫校长才决定把祝寿的字样拿掉。他的心思，我一猜便知。人不在场，圆谎也难，何苦自己找难堪？

讲坛上，三支话筒正对着莫明的胸膛。我产生古怪的感觉，那玩意仿佛三杆直通通的枪啊。向来以语言为骄傲为强项的莫明师兄，今儿恐怕心虚，难以口若悬河地滔滔不绝。

为古教授祝寿的会标可以拿掉，为古教授祝寿的话语还是不得不说。全世界均知道莫校长为自己的恩师忙活了几个月，他被顶在杠头上啦。师兄的眼圈发黑发青，大约是整夜难眠，我想，莫明的迟疑，是在斟酌百般无奈的措辞。他总得给大家一个说法啊。

莫明在话筒前的呆滞，其实只有短短二三十秒，但是，无论对台下的听众，还是对他本人，均显得无比漫长。这种巨大的时差感觉，大概只能用爱因斯坦的相对论才能够解释。

莫明清清嗓门，“尊敬的各位来宾，老师们，同学们——”他终于慢吞吞开口时，台下，竟然骚动起来，先是轻微地有人惊呼，紧跟着，那声响汇成一阵呼啸，哗哗地从阶梯报告厅人群的头顶滚过，像是有人发出“向左看齐”的口令，所有的视线，统统投向左侧前方。那里，原本有一道门，为了保持会场的安静，会议开始后已经关闭。现在，门被打开，室外的日光，敞亮地投射进来，照出了门口的景象：礼仪小姐，笔挺的身子，弯成好看的柳条形，恭敬地迎进来一位人物。

众人皆醉我独醒。几百到场者，只有我会心地微笑着，丝毫不感觉意外。起床前，我与古教授通过电话。他的手机关了，但是，宾馆是我为他租的，我当然能找到他。我恳求教授，今天需要他露面。教授倔倔地说，我不参与莫明的勾当。我劝他，你得顾及那么多的学生啊，大老远的，世界各地飞回来，见不到老师，大家着急啊。古教授说，我到场，不就是表示与莫明合作吗？听他口气和缓，我赶紧劝道，你失踪几十小时，已经表明态度。再说，你出现了，也一样可以有不合作的态度啊。我向他报告了郭兄的高明，逼着莫明拿下论坛的副题。教授听罢，气恼地说，莫明实在荒唐，小心眼太多。电话结束时，古教授答应考虑考虑我的请求。按他的脾气，那就是基本恩准了。我随即关照无锡阿姨，说我会在饭店的前台，为他们预定车辆，出门前问一声即可。我劝教授回来，不是为了替莫明补台。昨夜，回房间睡不着，手机上的信息铺天盖地，聚拢到学校的学长学弟们，忧心似焚，为老师的不知去向担忧。我是知情者，又不便明说，心里着实不安。

此时，莫明的视线也离开话筒，被台下的骚动吸引，不由自主转到了众人目光投射的方向。他的眼睛眯起来，似乎被门外耀眼的光线刺了一下，身子下意识地打了个寒战。不，光亮难以令强大的莫校长颤抖。他应当看见了出现在门口的人物。矮小瘦弱的老头，套一件我熟悉的蓝布衫，戴了顶让我觉得滑稽的鸭舌帽。在大街上，谁也不会对如此普通的老头多瞧一眼。不过，眼下，他是唯一让莫大校长又畏惧又紧张的老先生。

莫明的脚挪动开来，他分明想要下台迎接自己的恩师。确实是他的恩师啊，古教授再次拯救了处于灾难场景的莫明。我的反应比他快，距离也比他近，我迅速奔到门口，搀住了古教授的胳膊，把他往前排正中的空位引去。我朝莫明挥挥手，示意他不必下台，继续他的演讲。我看见他投来感激的目光。他误解了，我不是帮衬他的天使，仅仅是不愿意他假装亲近地靠拢古教授。教授率真，不喜欢做戏。我挡住莫明，是为了避免引起老先生的反感。

在我搀扶古教授的当口，全场沸腾起来，所有的男男女女，均起立热烈鼓掌呐喊，我听见有男生带头高喊“古教授生日快乐”，很快，发自大家内心的呼喊，此起彼伏，回荡在报告厅的穹顶之下。古教授不失幽默地摘下头上的鸭舌帽，轻轻地向他的学生们挥舞。

古教授的突然出现，对他的学生们而言，犹如珍贵的宝物失而复得，能不欢欣鼓舞吗？我附在教授耳边，轻声说，我劝你到场，没错吧？他淘气地撇撇嘴，露出天真的笑容。我看清楚，他眼圈里闪出隐约的泪珠，他被自己的学生们感动了。为了掩饰，他使劲挥动鸭舌帽，小小的帽子，在他脑门前高高地画了个圈。我这时终于明白，滑稽的鸭舌帽，在特殊的场合，也可变成高贵仪式的工具。

危机消解，台上的莫校长，迅速调整了情绪，脸庞上重新泛滥起自信的光泽，声调也回复到平日的洪亮铿锵。他说，今天，是哲学系和本校光荣的时刻，海内外知名的古教授，从事学术研究和教学工作六十年；他说，在这个重要的日子，我们举办重要的国际性论坛，意义无论如何估量均不会太高；他说，我们从哲学视角分析本次全球性的金融危机，是学界的一大创新——我吃惊于他的转换速度，从一脸窘迫，到神态自若，立刻恢复了惯常的口才，完全脱稿，话语如庐山瀑布，面对全场，倾泻而下。

莫明的连珠炮一炸，我耳朵就轰鸣得难受。我的眼光转向旁边的古教授，随手把一瓶矿泉水递过去。老先生倒安逸，均匀地呼吸着，面对学生的语言轰炸，他脸容平静，无动于衷，这种定力啊！我把水瓶捅到他胸口，他也不接。

噢？细细一瞧，我分明看错了！古教授的无动于衷，实际是老人淡然入睡的安详。教授的入睡本事，我在做他的研究生时就领教。午餐后，他的屁股一碰到个人专用的藤椅，想睡就睡，几秒钟工夫，就去了苏州。不过，在正式的会议上打瞌睡，从来没有发生过，至少，我没有看到过。讲究修养道德的古教授，注意公众场合的形象，肯定不愿做出如此不合适的行为。

不过，此刻，他真的睡着了。

在莫明抑扬顿挫的雄辩声中，古教授安坐在报告厅第一排正中位置，旁若无人地睡了。我起初还猜他是假寐，后来觉得不像，呼吸声轻微而匀称，眼睫毛纹丝不动；滑稽的鸭舌帽略微顺前额滑落，帽檐遮住了台上刺目的灯光。古教授确实在学生云集的会场中睡熟了，甚至发出了婴儿般的鼾声。

他这样的年龄，他如此的成就，谁有权指责他？不应该强求他在公众场合演出，他可以拥有想睡就睡的特权。

我瞧瞧台上的莫明，用手指点点身旁的古教授，又做了个手势，示意他的嗓门别太高昂，吵了老师的休息。精明的莫校长，也终于发现了台下恩师的异样。他的滔滔不绝，被急刹车般打住，嘴巴张开了一条缝，满脸尴尬，双目现出少有的茫然无措的神色。

我心中泛起苦涩的滋味，为台上台下的师徒俩一声叹息。哲学的瞌睡？此刻，是哲学泰斗的瞌睡！

好在，瞌睡总是瞌睡，不会过分长久。

【作者简介】

孙颙，1950年生人，浙江奉化人。中共党员。1982年毕业于华东师范大学中文系。历任上海文艺出版社编辑、社长，上海市新闻出版局局长。1974年开始发表作品。著有长篇小说《冬》《雪庐》《烟尘》《门槛》，中篇小说《他们的世界》，散文集《思维八卦》等。

怎一番“瞌睡”了得

——评《哲学的瞌睡》

王 侃

孙颙是一位善于在思辨中创作的作家，他的一些作品着意描绘社会某些层面的喧哗与躁动，并在这种看似将要“崩塌”的生存环境中用峰回路转的故事去完成一种精神上的考量。尤其是此次的中篇小说《哲学的瞌睡》，在承继以往的叙事策略之上作者用以轻击重的笔触将小说一步步地勾勒出来，展现了人物在出走和归来这一双向维度间如何更好地救赎，并且小说于不动声色间迈进的这条救赎之路在微澜溅花处有着恰到好处的惊喜。

作者将小说的视角放在哲学系之中，试图以小见大般地将类似的一类高校群像囊括其中。整个故事叙述了新任校长举办论坛之际，因为德高望重的恩师古教授的出走，作为记者的“我”不得已受命回母校进行采访。新任校长莫明野心勃勃，意图借助此次论坛和恩师古教授的影响为自己在仕途上攫取资本。在这个过程中，莫校长早已放弃了自己作为学者的操守和信念，开始迎合媒体，搞“大新闻”；开始迎合官员，搞人情社交……小说为读者展示出一个利欲熏心的知识分子如何在名利中屈膝跪拜，而这一切都和自己的恩师古教授以及师兄郭文形成了鲜明的对比。

就作者的叙事策略而言，显然他实在算是一位老成却不失细腻的作家。老成，是指他的小说叙事手法，别具匠心间其义自见；细腻，则是指他的小说行文风格，简洁明晰间精准轻盈。作品的两条线索不断交错和纠缠着：一条主要的线索是古教授和莫校长等师徒关系的变化；另一条相对的线索是主人公“我”、“先生”以及恩师之间复杂的情感关系。在这些欲说还休的问题背后折射出的是当一门学问被市场打为“冷门”之后，从事这门学问的部分人等或为安身立命，或为出人头地，纷纷放弃了做学问的初衷，成为金钱和权势的附庸。或许只有很少一部分学者可以像古教授一样，在社会转型中虽然只能用“瞌睡”之法进行抗争，但这种有姿态的方式彰显的是知识分子该有的涵养和品格。

细细考究，作者很善于在一明一暗的叙事中将人物内心的起落勾连出来。比如在谈及学术圈内“知”的视域这条明线之时，又用一条暗线将主人公“我”的“情”的范畴隐入其中。这从一个角度上反讽的是权贵观念不仅在腐蚀学术事业，也侵入到个人丰富的情感判断之中；再比如作者在处理一些细节之时也是在明暗之间淡笔一描，很有韵味。整个故事都弥漫在暴雨过后的外在氛围之中，却不知这种苍凉的雨天中“灰色”的学术界就潜藏在这股暗涌之下。值得玩味的是，小说一开始就没有落入俗套，作者在开篇很快就投下了一枚蓄势待发的炮弹（古教授的出走），这种出走的行为暗合了哲学上“隐”的味道，殊不知小说之后“旁支旁叶”的冷静穿插更是赋予了小说一个具有喜剧效果的结尾，古教授“拨开云雾见月明”般的现身也正应和了哲学上“显”的意味。于是，一隐一显间平淡的叙事语言、生活化的情感表达转化为作者情感一次次内化的砝码。

倘若深而究之，熙熙攘攘，利来利往。社会的剧变让市场化这个词迅速挤占进社会生活的各个领域。当然文化和知识领域自然不能幸免。无序的、过度的市场化意味着无休止地开发和利用资源，而这背后累积的不是金钱就是名望。于是像莫校长这样的一类人不惜利用自己的恩师去满足自己的欲望，甚至赚得盆满钵满都不止步。于是所谓的“名家”和“泰斗”之类的资源便成为人们趋之若鹜的对象。于是一双双充血的眼睛每天盯着他们的生活，总是想从他们的知识库里挖一些出来变为获利的招牌。唇齿间的大喇叭高喊的是尊师重道，本质上却是把师和道变成了徒有其表的形式主义。

莫说已显贵的莫校长，就连二流子一样的古少爷也时刻惦记着老爷子的那“几百万”手稿。可见知识分子在社会转型中瞬间成为了小人物，小人物在社会的挤压之下不可避免发生种种异化。莫校长和“我先生”之流属于投机钻营的“远见卓识”者，而古教授和“我”属于顽固不化的“目光短浅”者。反观当下，现代社会带来物质财富的同时也打开了人们压抑太久的欲望之门。这种将蜜糖和苍蝇一起搅和进来的时代，知识分子“变节”后选择欺诈、专横和谄媚已经不足为奇，甚至由此可以变成“我先生”那样的软骨病患者，以钱权去轻贱学术和文化。所幸，或者说所哀的，是在强大的商业化潮流中，有出淤泥而不染的人在与变节者抗争着的一个个“古教授”。即使饱读圣贤书的知识分子做不到“富贵不能淫，贫贱不能移，威武不能屈”，也起码应如青松翠竹一般刚健有节。

由此观之，“哲学的瞌睡”意味着精神的匮乏，隐喻着现代知识分子信仰的缺失。古教授对“哲学的瞌睡”释名：“人类思想潮流，若干年形而上多些，若干年形而下多些。”这很容易想到“天下大势，分久必合，合久必分”的一类历史观。另外，古教授对主人公“我”的爱情的那句祝语：“原来是缘（缘来是缘，缘去非缘）。”和这样的历史观更是相互映衬。细细品味，倒颇有几分禅味，作者的这些有意无意的细节描写都很合哲学的脾胃。不过作者还是对未来的趋势有着光明的渴求，故事中郭文的角色担当，古教授最终现身论坛，学子们真诚的祝寿都是这一光明尾巴的反映。

其实不免唏嘘，各种社会转型中，“瞌睡”的不只是哲学。而选择“瞌睡”着委婉地拒绝同流合污也只是一种姿态，更重要的是人在从心之所引中探寻出一条乌托邦崩塌后的救赎之路。为此古教授要了一把性子，但怎此一番“瞌睡”便可了得？结局任凭怎样粉饰，又何尝不是一种对权势与利益的妥协。在此不仅发问：究竟是谁在瞌睡，谁又能真正超然于世外，谁又不是在带着镣铐跳舞？借用金庸笔下的人物一用，那么古教授是王重阳飘然世外，郭文算个全真七子之辈，校长就是赵志敬下作之流。虽然追求名利的“行而下”风潮在历史前行中无法避免，就算无法阻止它的发生也可以不参与其中，不妨也可以像古教授那样“闭上眼睛打个瞌睡”吧。

这次第，“好在，瞌睡总是瞌睡，不会过分长久。”孙颙笔下“瞌睡”的这种方式就如同米兰昆德拉在《生命无法承受之轻》里所表达的那样，他也认为闭上眼睛是陷入自己的世界，拒绝接受眼前的事情；也如同王小波在《沉默的大多数》里所认为的当我们面对这类不适的事情，我们不是非得参与，也可以选择沉默。但在异化的环境中又怎一个“瞌睡”了得？当这厢“学术之魂”灵魂出窍，那厢“名利之魄”便鸠占鹊巢时，那个似乎一直阻挡着社会更好前行的原来是只是一个个“变坏”的我们自己。

麦子熟了

许春樵

一

好几个月了，电子厂订单出奇的少。订单一少，麦叶她们就不用加班了。没了加班的夜里，躺在床上，翻来覆去，死活睡不着。麦叶问麦穗是怎么回事，麦穗说：“想男人！”

麦叶脸红了，吞吞吐吐辩解说想老家的孩子。麦穗说：“不对，是想男人！”

馊主意是麦穗想出来的，下班后到镇上的建筑工地扛水泥、卸黄沙，麦叶担心吃不消。麦穗说：“不累个半死，你夜里怎么睡？”怕麦叶不明白，麦穗又补了一句，“把女人累成男人，把男人累成畜生，出门打工，就这命！”

麦叶是麦穗带出来打工的，平时她总是听麦穗的。可说好了去工地的这天傍晚，麦穗却不见了，打电话，没人接。

工厂在镇子边上，麦叶三步并作两步地急赶到镇上，麦穗才回电话说此刻正跟微信上的一个微友在县城街边吃烧烤。麦叶被麦穗放了鸽子。

在街口一个流动挑子上吃了碗面条，天就黑了。麦叶去找在镇上“海天足浴城”的麦苗，她想劝麦苗回电子厂上班，帮人洗脚太腌臜人了，回老家也说不出口。一个村子出来的，一个人出事，等于集体上吊。可足浴城那位嘴唇跟门匾上的霓虹灯光一样猩红的前台小姐很不友好地告诉麦叶：“技师晚上不准会客！”

麦叶租住的下浦村离镇上两里路，有一里多没路灯，报纸上说这一带半年内抢劫强奸的案子犯了六起，四起没破。想到这，夜色中站在街边的麦叶两腿打软，心里发毛。正一筹莫展，一辆摩的卷着一股黑烟在麦叶脚边突然刹住，橘黄色的头盔里面吐出黑烟一样呛人的声音：“上来吧！三块钱！”

麦叶不敢上。头盔里声音很轻松，“你是装配线上的，我认得你。一个厂子的！”

上车的感觉像上贼船。坐在车后的麦叶被一种野蛮的速度蛊惑着，鼻子嘴里呛满了头盔男人身上的汗馊味和烟草味。这是一种熟悉而陌生的味道，像麻辣火锅的味道，又像是乡下灶膛里烤红薯的味道，钻进心里，心就一气乱晃。有那么一个瞬间，麦叶突然想抱住前面的腰，当她意识到腰的主人是个陌生男人时，蠢蠢欲动的手触电似的僵住了。离家一年多了，男人的身体和男人的气息在她的生活中已经死绝了。

下了车，摩的司机收下麦叶五块钱纸币，找了零，又从口袋里掏出一张硬纸片强行塞到麦叶手里，“上面有号码，要用车就给我打电话！”

出租屋又停电了。躺在黑暗中的麦叶望着更加黑暗的屋顶想象着头盔男人，头盔男人说他在厂区开电瓶运货车，可她就是想象不出他是怎样的嘴脸。屋里的黑暗潮水一样漫上来，麦叶有一种要被淹死的感觉。

麦叶最初听到的是老鼠咬床腿的声音，后来改啃墙角的纸板箱，先前装饼干的纸箱里放着鞋子、袜子、肥皂、卫生巾之类的杂物，老鼠在残存的饼干气息中啃得津津有味。麦叶能清晰地感受到老鼠走动的线路以及饥饿中啃啮的表情。应该是一只妻离子散、流浪他乡的老鼠，麦叶想。

麦叶想喝口水，但她没有去抓床头的塑料水杯，她怕惊动老鼠。

老鼠是被隔壁屋里突如其来的尖叫声惊走的。先是床腿不堪重负的吱吱呀呀地惨叫着，然后就是男女短兵相接中你死我活的搏斗和完全失控的尖叫，那种死得其所的尖叫和绝望的喘息在麦叶的大脑中如同晴天霹雳。

麦叶受不了这声音，她在黑暗中捂紧了耳朵，可越捂声音越大。声音像魔鬼。隔壁住的是高压开关厂的河南女工林月，跟麦叶不是一个厂子的。麦叶想不通平时低眉顺眼的林月怎么会在夜里变得这么放肆，屋里哪来的男人。

也许过了一个世纪，也许不到一个小时，隔壁的声音终于平息了，麦叶的心里却怦怦直跳起来。

麦叶是在不知不觉中抓起枕头边电话的。“你谁呀？”电话里嘶嘶啦啦，声音很嘈杂。麦叶抖着声音说：“桂生，是我！”丈夫桂生的声音很不耐烦，“深更半夜的，打啥子电话？”麦叶怯怯地问：“桂生，你在干吗呢？”桂生在里面吼了起来：“借了庚宝家的拖拉机，到地里抢麦子，天要下雨了！”

麦叶这才想起已是老家的麦收季节，她听到了电话里沉闷的雷声从天边一浪高过一浪地滚过来。桂生在电话里烦躁地吼着：“晚上还有三块地要抢割，快说，啥子事？”麦叶对着电话，愣了半天，终于从牙缝里挤出几个字，“桂生，我想你！”

远在三千里之外的桂生在电话里暴跳如雷，“你神经病呀！”

麦叶放下电话就后悔了，她觉得就是打自己耳光，也不该打这个电话。好像已是后半夜了，村巷里一家廉价的歌舞厅还在营业，垛在门边笨重且落满灰尘的音箱里一首叫《风吹麦浪》的歌还在抒情：

远处蔚蓝天空下
涌动着金色的麦浪
就在那里曾是你和我
爱过的地方

二

清晨的太阳被海水泡了一夜，湿漉漉的，似乎能拧出盐分很重的水来。沿着潮湿的光线，依稀可见斑驳的盐霜在村巷的墙壁上、砖缝里一路泛滥，还有一些通缉令和制售假证、房屋转租、无痛人流、养生按摩、狗肉火锅的小广告混迹其中，一路的“拆”字样在盐霜腐蚀后依然青面獠牙，气势汹汹。

下浦村的村民全都搬到了镇子上新农村复建点的楼房里，村子里残破的房屋和早年的猪圈、鸡舍、牛栏刷白后被分割成无数的“鸽子笼”，租给来自四面八方的打工一族。两千多人的村子挤进了三万多打工男女，人比当年村里的鸡鸭还多。麦叶租住的是原先村民养兔子的圈舍，很矮，进门得低头，麦叶像兔子一样住在这里一年多了。

大清早，麦叶在“鸽子笼”外面公用水龙头边上刷牙，头发凌乱的林月拎着塑料痰盂去村巷里的公厕，麦叶咬住一嘴泡沫中的牙刷，欲言又止：“晚上，好像你屋里……”林月脸红了，吞吞吐吐地说：“我、我老公来了……对不起，真对不起！”

麦穗上早班时给麦叶带来了一块烤得焦黄的烧饼和一根油条，“那个王八蛋说是请我吃大餐，到了县城，让我蹲在街边大排档吃烧烤，连个坐的板凳都没有。”麦穗又从口袋里掏出一串项链，“滑石粉假冒的，他骗我说是珍珠的，不打折才八块钱一串。”

在烧饼包油条的安慰下，麦叶心里的一丝抱怨被抹平了。她有些担心比自己大几岁的堂姐，“你没被欺负吧？”麦穗说哪会呢。

上班路上，麦穗告诉麦叶自己是在不开心的日子被一个叫“开心有你”的男人用微信摇过去的，那个倒卖地沟油的男人在县城烧烤摊上还没吃几口，就拉着麦穗去“青年旅社”一起“闲扯”。“闲扯”是下浦这一带露水鸳鸯一夜风流的别称。

麦叶问：“那男的要不倒卖地沟油，你是不是就跟他一起去了？”

麦穗说：“也不会。牙太黑了！”

镇子附近的外贸工厂不是几家，而是几十家。一早村道上，上班的打工男女们像难民一样拥向工厂，读过中学的麦叶觉得这些人跟中学课本里的“包身工”是一样的，自己也是。

麦叶问麦穗，镇上的工地还去吗？麦穗说当然去。

大大小小的工厂都在村子一公里范围内，走路十来分钟就到了。麦穗在厂门口将那串假珍珠项链塞到麦叶手里，“算是那个王八蛋给你赔不是！”麦叶说不要。假项链在姐妹俩两只手的推拉僵持中左右为难。这时，一个身板结实、脸上长满了胡茬的男人挡住了麦叶的去路，他从口袋里掏出一张五元纸币伸到麦叶面前，“不认识我了？”麦叶很迷惘地摇了摇头。

男人表情很夸张地嚷着：“你昨晚坐摩的给的五块钱，假钱。我一分钱没赚到，还倒贴了你两块钱。你说，咋办？”麦叶一时愣住了，不知所措。男人说我男子汉大丈夫不会为五块钱去诬赖一个女人，你只要承认是你的，我就认栽了。一旁的麦穗一把抢过男人手里的五块钱钞票，三下五除二撕碎了，“你要是不想诬赖一个女人，你就不会到厂门口来丢人现眼！”男人看着空中假钞的碎屑，一时下不来台，他不服气地说：“我要是赖她，我就是三陪小姐养的！”

这时厂门口围了一大圈免费看热闹的工友，有人起哄说：“老耿，你三陪小姐睡得太多，真是三句话不离本行！”人群中一阵哄笑，厂里的上班铃声响了，工人们一窝蜂地拥进厂区。

三

大约是去年麦收季节，麦叶第一次去麦穗那里借针线缝衣服扣子，进门一刹那，麦穗迅速踩住地上的一个烟头，没被踩住的另外几个烟头，就成了泄密的叛徒。二十六岁的麦叶孩子都快四岁了，她有足够的直觉判断出屋里来过男人。当麦叶看到纸板箱里一条男人的大裤衩时，她有些想哭。堂姐麦穗搂着麦叶的脖子，王顾左右而言他地说：“麦子熟了，太阳一晒，麦粒噼噼啪啪地就炸裂了，捂都捂不住，是吧？”麦叶想起了老家沿河谷一路麦浪汹涌的麦田，她不敢对麦穗公开声讨，只是小心谨慎地说：“你们家那么多麦田，全靠刘哥一个人，还要带孩子。”刘哥是麦穗丈夫，一个老实得有些窝囊的男人。

麦穗不说话了，她在光线阴暗、烟味很重的小屋里像个哑巴。

从那以后，麦叶再也没有去过麦穗那里，她害怕看到男人留下的蛛丝马迹。去年夏天，麦穗也来厂里加夜班了，麦叶很诧异，但没问为什么，后来听跟麦穗一条线上的女工说，跟堂姐有一腿的那个江西男人老婆死了，儿子才十三岁就学会了抢劫，他必须得回老家管教儿子。男人在一个月黑风高的夜里走了。

厂里订单一少，下午五点钟就下班了。这时候，镇子上空血红的晚霞铺天盖地，麦叶闻到了晚霞中的血腥味和盐霜的味道，她总觉得海边的太阳是咸的，像老家腌熟的咸鸭蛋。

下浦村工厂里女工占七成以上，这些外来女不关心油价上涨、治安混乱、地沟油泛滥，她们只关心订单，订单是她们的工资，也是她们的奖金。抢单加夜班最容易把人累垮，累垮的女工们后半夜回到宿舍不洗不漱倒头就睡，那真叫一个幸福！下浦村几家私人小诊所里有卖老鼠药的，就是没有卖安眠药的。

麦叶去年一过来就白加黑连轴转地加班，她确实没想过丈夫桂生，也不是不想，而是来不及想，往床上一倒，桂生模样还没想清楚，人就睡着了。

直到一年后坐上摩的的那一刻，麦叶才悟出了男人在自己的心里还没死透，头盔男人身上的烟味、酒味，还有汗臭味几乎让她失控，而新婚之夜桂生的野蛮和粗鲁的动作与细节像一把锋利刀子，让她彻夜难眠。麦叶虽然从没想过要跟别的男人“闲扯”，可按照桂生骂她的逻辑，能想丈夫，就能想别的男人，所以麦叶被骂得无比羞愧，无地自容。“我想你”，自己怎么能说出那么“不要脸”的话来，真是“神经病”！

麦叶和麦穗去镇上工地的时候，麦叶没头没脑地说了一句，“桂生骂我！”麦穗也没头没脑地回了一句，“男人都不是什么好东西！”

镇上建筑工地的晚上灯火通明，抢建楼房等于抢钱。运沙石、水泥的货车清一色超载，为逃避罚款，它们像特务一样，常常是在夜幕掩护下开进工地。

与工头王瘸子接上头，天已经黑了，王瘸子对麦叶和麦穗说：“卸一车黄沙三十五，水泥四十！”麦穗问王瘸子能不能一车加上几块钱，王瘸子不规则的牙齿咬住香烟，声音很冲，“要不是老郭从江西打来电话，我才不要你们女人卸货呢。”老郭就是跟麦穗“闲扯”过的男人，王瘸子的老乡。

麦叶和麦穗第一天卸完一车水泥，每人挣了二十块钱。干完活，两人浑身上下全是水泥灰，眼睛和鼻子在满是灰垢的脸上流露出很盲目的兴奋。回到村里，已是晚上十点多了，她们在村口湿热而黑暗的风中分手，这时麦穗突然对麦叶冒出一句，“忘了跟你说了，厂门口拦住你的男人叫耿田，他‘闲扯’过的女人不下一二十！”

出租屋总是停电，麦叶准备用电饭锅烧水洗洗身子，又跳闸了，她想等电来了再烧，可往床上一躺，却爬不起来了，身子如同一卡车水泥，纹丝不动。

今年跟去年就是不一样，人累了个半死，却睡不着。麦叶恨恨地想，要么真是得了神经病，要么就是活见鬼了。确实，那个叫耿田的头盔男人像是鬼魂附体一样在她眼前晃动。

两个礼拜前的一个傍晚，一辆来路不明的农用车开进下浦村巷子里卖特价的卫生纸和卫生巾，麦叶买了两包卫生巾，才四块钱。麦叶递过去十块钱的票子，那位看上去就很不厚道的小贩，找了一张五元纸币和一元硬币。麦叶接过票子，当时就觉得有点不对头，但哪儿不对头，她又说不出来。

电终于来了。麦叶从枕头下的帆布小钱包里掏出了那张写有电话号码的硬纸片，抓起枕头边那部老式诺基亚手机，手指好像有些抽筋，她哆嗦着手指按了号码，居然通了。电话里头盔男人的声音豪情万丈，“哪一位？我是耿田！”

麦叶面对着蓝光闪烁的手机屏，突然不知道该怎么说了。

“要车找我，不要车也可以找我，我是耿田！”头盔男人说话像割麦子一样勇往直前。

麦叶想说明天我补你五块钱，但她被男人没心没肺的口气吓住了，她不敢说了。她想，如果头盔男人说：“你深更半夜给我打电话难道就为五块钱，想‘闲扯’就过来！”要是那样，麦叶觉得会比挨桂生骂更加难堪。

麦叶立即挂断了电话，心里一气乱跳。好在自己没说话，头盔男人不知道她是谁。

后半夜的时候，她决定不再想假币的事了。五块假钱有可能是自己的，但也不一定，开黑摩的的耿田那晚又不是拉她一个人。再说了，即使假钱是自己的，当场没提出异议，过后当然不认账，银行也是这么干的，离开柜台，一律拉倒。

麦叶是在三天后下班的路上遇到耿田的。耿田骑摩托车上下班，他从黄昏的摩托上跳下来，一把拽住麦叶的胳膊，“晚上过来‘闲扯’。我住下浦南头十六号，和你那儿隔三条巷子，十分钟就到了！我到你那儿去，也行！”

麦叶望着耿田，满眼的恐惧，被攥着的胳膊剧烈颤抖着，“你说什么呀？我不认识你！”耿田松开麦叶，然后将脑袋凑到麦叶的耳边，很轻松地说：“电话里怎么不说话？这有什么不好意思的！”“我没给你打电话。”麦叶心里暗暗叫苦。耿田说：“你不说话，我也知道是你。”他吐掉了嘴里的烟头，压低声音，“我早就看上你了！”

麦叶这才看清耿田的嘴脸，四十左右，脸上的胡茬蒿草一样茂密，眼睛里是一种满不在乎的锋利，老头衫后面全身的腱子肉此起彼伏。麦叶觉得耿田上辈子就是一头牛。一年多了，她还是头一回见到说话这般直白和粗俗的人。

路上有三三两两的女工经过，有的熟，有的半熟，麦叶脸憋得通红，像是被人当众撕开了衣服。她竭力反击，“我连话都没说，你怎么知道我给你打电话了？”耿田玩世不恭地笑着，“我是用鼻子闻出来的！”忍无可忍的麦叶对着耿田骂了一句，“流氓！”

耿田亮出那由来已久的轻浮和浪笑，没说话，跨上摩托车疾驰而去。

女工们嘻嘻哈哈的笑着，没人觉得这场景有什么奇怪的。

四

电子厂台湾老板的身上弥漫着旧社会的气息，厂里的管理条例冷漠而苛刻，生产线上女工不许互相说话，上厕所要先“报告”。这一天，麦叶终于看到了耿田开着运货电瓶车在车间里反复来往，可以前从没看到过他，也许是没注意过他。麦叶一直想问耿田是怎么知道自己电话号码的，可她不能问。耿田说是闻出来的，鬼才相信。

麦叶对麦穗说那个叫耿田的真不要脸，麦穗说耿田自我感觉太好是因为从没被女人拒绝过，“你算是第一个！”麦叶试探着问：“要是你，你怎么做？”麦穗不正面回答，绕着弯子说了一句，“我没你年轻漂亮，他怎么会看上我！”

麦叶结婚早，可毕竟才二十六岁，城里这么大的姑娘好多还没找到对象呢，麦叶皮肤白，模样好，平时总是像一滴水一样安静。与那些叽叽喳喳满口粗话的打工娘儿们相比，上过高中的麦叶还带有点书卷气，给人一种“看得见却摸不着”的感觉，很吊男人的胃口。其实麦穗也不过三十出头，只是跟大多数打工女人太相似，大大咧咧，没心没肺。

下浦村这里出事是正常的，不出事反而不正常。夏天的男人比天气更加燥热，也更加冲动。电子厂打工仔阿水在下浦村几家简陋而肮脏的洗头房嫖娼得了性病，怕回老家不好交代，就在耿田隔壁的猪圈里上吊死了，扔下了远在千里之外的一个年轻的寡妇和两个牙齿还没长全的孩子。

下班后的耿田堵在厂门口，手里捧着一个纸箱，箱子上用碳素笔歪歪斜斜地写了几个字，“一方有难，八方支援”。耿田拉着一个嘴上没毛的小伙子当帮手，下班挨个让全厂职工给阿水家捐款，每人二十块钱，阿水的大西南老乡每人捐三十。

麦叶觉得耿田今天的表情很滑稽，那么自负而彪悍的男子汉像个乞丐，每当有人往捐款箱里塞了钱后，他总是对捐款人鞠躬表示感谢，“大爱无疆，好人好报！”麦叶从口袋里掏出了二十块钱准备捐出去，她在老家乡下见过吊死的人，死相很难看，舌头吐得老长的，像一条被霜打过的紫茄子。

最初麦叶不知道阿水为什么上吊，可听到身边有人说阿水是嫖娼得性病自杀的，麦叶心里的同情立刻逆转成鄙视，甚至觉得阿水死有余辜。她将二十块钱又塞回了裤子口袋，正准备悄悄溜出厂门口，耿田突然抱着纸箱挡住了麦叶的去路，“你跟阿水是大老乡，三十！”

厂里人太多，她都不知道阿水长的什么模样，就被以老乡的名义套牢，麦叶推开耿田蛮横的纸箱，“我没带钱！”耿田从自己的裤兜里掏出三十块钱，“我借给你！”

麦叶说：“我不借！”

耿田像塞给她电话号码一样，强行将三十块钱塞到麦叶手里，命令着，“放到箱子里去！”

麦叶继续拒绝，“我不放！”

耿田又飞快地抽过麦叶手里的三十块钱塞到纸箱里，“你不放，我放。你欠我三十块钱！”

厂门口不少女工起哄说自己身上没带钱，希望耿田先借钱捐一下。耿田说没钱了，有女工说那你为什么借钱给麦叶。耿田眼一横，说：“我跟麦叶是老乡。”

麦叶想说我都不知道你家在哪里，真是一个不可理喻的人。

那天晚上麦叶和麦穗在建筑工地卸了一车水泥后，灰头土脸地坐到地上喝水，看上去两个人像是两袋水泥，麦叶说比老家割麦子还累。这时验收登记完的包工头王瘸子走过来挨着麦叶坐在满是泥灰的地上，他将卸货的四十块钱递给姐妹俩，说：“是累呀，我看着都不忍心！”麦穗反击说：“那你还那么抠，一车多给五块钱都不干。”王瘸子说：“女人本来就不该来工地卸料。这样好不好？麦穗，你下班后过来给我们工地烧开水，帮着洗工人的脏衣服，洗衣机绞，不累。麦叶，你晚上到我住的公寓帮我煮点夜宵，整理整理房间。报酬跟扛水泥一样！”王瘸子的嘴里一股蒜味，很呛。

姐妹俩走出工地的一片灯火后，麦穗告诉麦叶，王瘸子曾偷偷送过她一瓶廉价的护肤露，托她做做工作，他晚上想包下麦叶，每个月给一千八百块零花钱。麦叶想起王瘸子满嘴的蒜味，还有拖着的一长一短的腿，全身汗毛都竖了起来。她问麦穗怎么说的，麦穗说她跟王瘸子说："你做梦去吧！"

麦叶每晚回到出租屋的时间是夜里十点至十点半，等到用电饭锅烧水洗好身子，再到屋外水龙头上洗好衣服，差不多就十一点多了。这时候正是这一带小偷、嫖客、"闲扯"男女们倾巢出动的时间，所以，收电费的老鲍来敲门的时候，麦叶迟疑了好半天不敢开。牙齿漏风的老鲍对着开裂的门缝说，来过好多次了，总是遇不到人。进门后老鲍用一支生锈的手电筒看了看电表，然后说要多收三块五毛钱电费。麦叶问为什么，老鲍说这一带有人偷电，逮不到现行，电损只好平均摊。麦叶觉得很窝囊，自己没偷电，还承担了三块五的偷电责任，她不愿多交。老鲍说："你要是不交，那就只好拉闸，停你的电！"

门外的黑暗中很扎眼地划过一束摩托车灯光，紧接着是发动机吼叫声突然熄灭，麦叶手里攥着老鲍递过来的电费收据，还没看清电费单上的数字，耿田就头撞进门来了。麦叶心头一紧，脸上先是惊讶，继而是惊恐。收电费的老头怀揣着多收的电费别有用心地说了一句，"我什么都没看到。"转身就走了。

深更半夜不期而至的耿田进门就说今晚出去跑摩的，生意糟透了。耿田像一扇门板一样倚着门框，"你得把三十块钱还给我！"

麦叶说那三十块钱是你逼着我捐的，不是我自愿的。"我扛一晚上水泥，才挣二十块钱，刚才被收电费的老头又多收了三块五。"麦叶说着说着鼻子就有些发酸。

耿田打开翻盖烟盒，用牙齿咬出一根烟，叼在嘴上，"我一晚上才挣了十二块钱，可我捐了九十。人都死了，行点善，积点德，掏个二三十块钱，就那么难？"

麦叶竭力为自己辩护，"他是染上脏病死的，谁叫他不正经了！"

耿田急了，他吐掉了嘴里还没来得及点着的香烟，声音像是摩托车发动机里爆裂出来的，"你以为阿水想嫖娼呀，三年没碰女人了，破费了钱，还染了病，你不想想，人家多可怜呀！"

麦叶觉得耿田只是为男人说话，所以她有限度地抗议了一句，"他家里女人不也守活寡三年了！"

耿田显然不想继续讨论这无须讨论的话题，于是直截了当地伸出手，"三十块钱给不给？"

麦叶面对一双沾满了汽油味的手，不吱声了。

她想已经赖过人家五块钱了，不能再赖账了。沉默了好一会儿，她说昨天给家里寄了钱，今天晚上挣的钱刚交了电费，"宽限几天，等发了工资，行吗？"

见麦叶认账了，耿田就不再纠缠三十块钱，话锋一转，“要不是家里三个娃上学，我也想到洗头房耍耍。没钱呀！跟你说实话，自打开春看上你后，我都四个月没碰女人了！”

麦叶觉得耿田如此赤裸裸，太不像话，简直是欺负人，她走到低矮的门边，带有逐客的意味，“我不要你看上我，钱我保证还你！”

耿田对麦叶的情绪抵抗毫不在意，他只是按照自己的思路说话做事，将用塑料纸裹着的两个卤鸡蛋塞到麦叶手里，“你跟下浦这一带成千上万个女人都不一样！把你扔在女人堆里，一眼就能认出来。我就看上你了！想好了，就到我那里‘闲扯’。我不强迫你，我也是有文化的人，当年我给县广播站写过稿子，全县大喇叭里都播过，正宗的普通话播的！”

麦叶将卤鸡蛋塞还给耿田，耿田推开麦叶的胳膊，“镇上卖卤蛋的老乡给的，散黄了的坏蛋，能吃，不好卖。不要钱的！”话没说完，人一头扎进屋外的黑暗中，声音一半在屋内，一半在屋外。麦叶手里攥着流露着茴香、桂皮香味的坏蛋，她觉得耿田就是一个坏蛋。

耿田消失了，麦叶确实很饿了，她在犹豫这卤得喷香的坏蛋是吃，还是不吃。

五

工资是在耿田上门讨债三天后发下来的，麦叶准备将三十块钱还了。去镇上工地的路上，她刚掏出电话，又放下了，她怕耿田再次自作多情。再说就三十块钱，又不是三十万。麦叶不知道自己什么时候将耿田的号码存了下来，注名“橘黄头盔”，对这个百年不遇的荒谬男人，麦叶心里充满了太多的疑问。

麦叶准备删掉“橘黄头盔”时，电话响了。是丈夫桂生打来的。桂生说寄回去的钱收到了，父亲的风湿病更重了，拄着拐杖也不能下床了。前些天一个江湖医生给父亲开了一大壶药酒，寄回去的八百块钱一下子全花光了。桂生说麦收刚结束，村里婚丧嫁娶赶集似的一哄而上，礼份子吃不消，能不能再寄五百回来；麦子没卖，价格太低，放到秋天，每斤最少能多卖八分，说不定能多卖一毛。电子厂单子少，麦叶这个月才拿到九百多块钱，房租六十，电费十好几，还要买米、买馒头、买牙膏、买香皂、买洗衣粉、买卫生巾之类的，怎么着也得三四百块生活成本，麦叶这个月最多也只能寄五百了。桂生的电话每次都短得不能再短，嘴里蹦出的每个字经长途漫游，都是要付钱的，打一次电话，两三斤小麦就没了。麦叶特别想桂生能说句暖人心的话，可离家一年多了，他连一个暖人心的标点符号都没说过。后来定下心来一想，结婚五年多了，他们彼此从来就没说过一个字的你情我爱，每天睁开眼就看到锅灶上严重不足的柴米油盐，盘算着什么时候翻盖透风漏雨的老屋。

麦叶在装配线上，麦穗在检测线上；麦穗活轻些，下班也早些。她们去镇上工地很少一道去，反正不远，先去的守着货车，能抢到第一车货，卸完就能早点回来。她们也曾妄想过，一晚上卸两车，可常常是卸完一车水泥或黄沙，人瘫坐在地上，歇上好半天，手撑着地才能爬起来。今天麦叶赶到工地，麦穗没来，等到天黑，还是不见人影，她怕麦穗再被那个倒卖地沟油的骗子骗走，急忙给麦穗电话。麦穗好半天才回过来，她说跟耿田在一起。

麦叶心里一沉，很不是滋味，她觉得麦穗只要跟男人在一起，就掉了魂，事先连个电话都忘了打过来。麦穗口口声声说男人不是好东西，还要自己提防着耿田，自己却坐着耿田的摩托车到洋浦镇逍遥去了。

洋浦镇有一个停车一分钟的火车站，阿水老婆和孩子来厂里处理好了后事，这天晚上要带着阿水的骨灰乘八点半的火车回老家。脸上缺血的台湾老板还算仁慈，派了一辆中巴车将阿水一家送往洋浦。车刚开走不久，住在阿水隔壁的耿田发现屋里床底下还有一双阿水的旧皮鞋忘了带走，这是阿水生前置办的最值钱的一件家当，假冒真牛皮的，六十多块呢。耿田看到这双贵重的旧皮鞋，跨上摩托车就直奔洋浦。刚出村巷，遇到了去镇上工地的麦穗，麦穗拦住了耿田的摩托车，“你知道那天我为什么撕你的五块钱？”耿田踩了刹车，没下车，也没熄火，他拨开头盔前面的挡风罩，“那么多女人我都没记住，哪还能记住五块钱！”

耿田说话总是轻佻中裹挟着毫不掩饰的轻浮，但奇怪的是，这一带打工的女人并不反感，她们把他的轻佻当作零食，所以就很享受那种变本加厉的下流，这就像用舌头舔刀尖上的蜂蜜，如果你不想着刀尖，只想着蜂蜜，舌头舔到的就是甜蜜，而不是伤害。麦穗攥着摩托车的车把说：“你不要打我妹妹的主意，她不是那种人！”耿田笑嘻嘻地说：“你妹妹是哪种人，难道你们姐妹俩不一样？”麦穗说：“我们是堂姐妹，不一样，很正常。”耿田不正面搭理麦穗，他将装着阿水旧皮鞋的塑料袋塞到麦穗手里，“上车吧！洋浦一家百货商场倒闭了，正大甩卖呢！一个真丝的奶罩子，才卖三块钱。好多人都去了！”

麦叶又一次被麦穗放了鸽子。她去跟王瘸子打招呼说今晚不卸货了，王瘸子正在毛竹搭的工棚里跟几个小工头就着卤鸭脖子喝酒，他借着酒劲问麦叶，“想好了没有？晚上去我屋里帮着收拾收拾！”麦叶不看脖子上青筋暴跳的王瘸子，她对着工棚外尘土飞扬的工地和渐次亮起来的灯火说了一句，“我只扛水泥，卸黄沙。别的不干！”王瘸子走过来，满嘴喷着夹杂着蒜味的酒气，“再加一千,一个月两千八怎么样？”那些喝得脸红脖子粗的男人们起哄说：“不少了，这年头，钱不好挣。王老板腿短功夫不短！”他们给王瘸子帮腔，就像他们正在喝酒一样，理直气壮地将无耻当鸭脖子拿到桌面上公开咀嚼。

麦叶一句话不说,默默地走了,她听到身后狼一样的号叫声错综复杂。麦叶觉得，她应该是最后一次来工地了。

已是夏天，路上行人不少。满腹委屈的麦叶一个人往下浦村走，半路上，耿田的摩托突然停在她的脚边，“上车吧！刚把你姐送回去！”

麦叶明确地告诉耿田，“我不坐！”

耿田熄了火，声音清晰了起来，“你姐跟我去洋浦买便宜货，一家商场倒闭了。”

麦叶说：“要是晓得她跟你走了，我就不来工地了，白跑了一趟！”

耿田说：“所以，我不要钱，免费送你回去！”

看不清麦叶的表情,但她的声音里却有着一股莫名的怨气,“不要钱,我也不坐！”

能感觉到黑暗中不可一世的耿田被麦叶的拒绝击碎了，他第一次有些尴尬地说着：“你这样的女人，万里挑一！我要是你老公，把你当菩萨供着，哪忍心你出来打工！”

六

麦叶老家在群山深处的河谷地带，河水平缓而清澈，两岸是一路绵延的肥沃土地，住在河谷里的乡民们几千年如一日地在河水冲击出的黑土地上种植小麦和油菜。直到山外的电线拉进来，盘山公路盘进来，他们才知道山外面有方便面、可口可乐，还有绣了花的真丝乳罩、避孕套，山外面的世界让人眼花缭乱。

山里的老婆就是老婆，不可能当菩萨供着。麦叶父亲上山采草药摔断了腰，家里十几亩地的一根扁担断了。那年她读高二，父亲暗示说考上大学学费太贵，读出来又没门路找到好工作，听话的麦叶第二天就辍学了。邻村的桂生经常帮着家里收割麦子，割麦子割到第四个年头的时候，麦叶就稀里糊涂地嫁了过来。父亲对她说：“桂生，过日子踏实！”婚后，麦叶发觉桂生踏实到除了干活、吃饭、喝酒、跟老婆在床上折腾，什么都不会，什么都不想。桂生脾气不太好，容易发火，但对麦叶还是挺好的。冬天的早晨，桂生穿着皮衣到河里摸鱼，用摸鱼换来的钱给麦叶买了一个金戒指。桂生说这是结婚亏欠她的，一定要补上。麦叶看到金戒指就会想到成百上千条无辜死去的鱼。

麦叶本来是不愿出来打工的。前年冬天，桂生父亲患了风湿，每天只能倚着门框晒太阳，干不了活儿，还要花钱吃药。在一个山里树叶被剥光了的冬夜里，麦叶和桂生抓阄决定谁出去打工，结果麦叶抓到了打工的阄。过年的时候，麦穗回来了，桂生拎了一只鸡送过去，麦穗在吃了香喷喷的鸡后，开年正月初八就将麦叶带出了大山。临行前那天夜里，麦叶抱着桂生哭了一夜，麦叶觉得“生离”比“死别”还要残忍，她听到屋外冬天凌厉的风在河谷里彻夜呼啸。

打工的日子，比牲口还要辛苦。

麦叶死活不愿再去建筑工地了，她说王瘸子太讨厌了。麦穗说耿田“闲扯”了那么多女人，一分钱没花，反倒不讨厌了。一提起耿田，麦叶心里就有些别扭，“你事先不给我打个电话，就跟他走了。”麦穗王顾左右而言他地解释说：“他对你心怀鬼胎，我跟他去，就是要警告他，不许打你的鬼主意。”麦叶觉得很蹊跷，心想，“我没派你去警告他呀！”但没说出口。麦穗见麦叶不吱声，就继续发挥，“你是我带出来的，要是出了什么事，回去跟桂生不好交代。”见麦叶还是不搭腔，麦穗就很警惕地说了一句，“你是不是也看中耿田了呀？好多女人都喜欢他一身横肉和一脸胡茬。”麦叶终于开口了，“我不喜欢！”语气平静而坚决。

后来，工地还是去了。麦穗说，王瘸子要是想霸王硬上弓，我就买一包老鼠药偷偷放到他茶杯里，让他到火葬场去花天酒地。可是到了工地，王瘸子宣布将她俩开除了，王瘸子说：“女人卸料太慢，工地上的货车司机都等不及，赶工期，时间耗不起！”麦叶拉着麦穗就要走，王瘸子凑到麦叶的正面，麦叶只觉得刺鼻的蒜味源源不断地扑过来，“你他妈那天让我在兄弟们面前丢脸，你就不打算给我个说法？”麦叶很害怕，她恐惧地攥紧了麦穗的手，手心里全是汗。麦穗见王瘸子如此欺负人，也火了，“王瘸子，你要是再不要脸，我就叫老郭回来，把你的那条腿也修一下，让你下半辈子坐轮椅！”王瘸子流着一嘴的哈喇子大笑起来，“你去问问老郭，他当年是我手下的马仔，难不成这小子一上女人床，就不知道自己姓啥了？”

麦叶和麦穗都不敢再说话，默默地走了。王瘸子尖厉的声音在她们身后灰暗的灯光中依然嚣张，“乡下婆娘，有什么了不起的！老子同样的价钱，女大学生都能玩到。”

麦穗压低着声音骂了一句王瘸子没听到的话，“畜生！”她拉着麦叶的手，能感觉到麦叶全身都在发抖。

麦苗一个月只有一天假，也许好久没见面了，这天休假，她打电话说要到下浦村请麦叶和麦穗吃麻辣涮。姐妹仨在下浦村一个光线很暗、苍蝇很多的小铺子里吃麻辣涮，一直吃到汗流满面才放下筷子。

晚上回到出租屋，麦叶闻到了屋内麦苗残留的气息，她有些恐惧地望着条纹粗布床单。麦苗来的时候一进门就坐了上去，她才十九岁，身上洒了那么多香水，嘴上涂得跟喝过人血一样，她担心麦苗在足浴城做了什么见不得人的事。即使没做过，像王瘸子那样的常客全身上下都是性病病菌，要是不小心染上，带了几个性病病菌过来，她就得像阿水那样，找绳子去上吊。麦叶望着床单像是望着一个敌人，于是在一秒钟之内迅速抽起床单，直奔屋外的公用水龙头，倒了大半袋洗衣粉，搓了揉，揉了搓，漂洗了十多遍，直到她感觉到粗布床单快要搓碎了，才停下已经麻木的手。

没有了加班，也没有了工地的苦力活儿干，麦叶觉得像是活在半空中，很虚，很不踏实，而且很恐慌。夜晚如同深渊，她怀疑自己是不是病了。

七

村巷里有几家网吧，下班后，都是没结婚的年轻工友在里面玩，麦叶和麦穗是有家有口的女人，舍不得花钱。麦穗叫麦叶开通微信，比上网吧便宜多了，再说微信还可以走着聊、躺着聊、坐着聊、站着聊，也许能聊到称心如意的，“我晓得你看不上老耿，那家伙太花！”麦叶说：“不想聊天，也不想看上谁。”麦穗一边翻看着自己的微信，一边说：“麦叶，你再往下装，就没意思了，姐也是女人！”

麦叶在尖锐问题上，几乎从不跟麦穗争什么是非，有些事越争越糊涂，所以，麦叶每每遇到这种场景，就不说话。

麦叶在村巷里的一个门面残破的烧烤店找了一份清洗蛏子、扇贝、海带、海虾、海鱼的活儿。店主是贵州的，三十来岁，几年前在一个五金加工车间被机床切掉了三根手指，他用三根指头换来的三万块钱在村巷里开了一个烧烤店。麦叶找到这份兼职时，烧烤店小老板说，三万块钱开的小店如今一万都不值了，他的脸上是一副苦大仇深的表情。工厂不景气，吃烧烤的人也少多了，麦叶的活儿计件报酬，最惨的一个晚上只挣了两块六毛钱，勉强够买两根油条。店主老婆悲观地对麦叶说：“店是没救了，你长得这么好看，到哪儿挣不到钱呢？”麦叶淡淡地回了一句，“我不是来挣钱的。”

麦穗家条件比麦叶家要好，家里没病人，晚上就不再出来兼职卖苦力了，她说微信上很好玩，躺在床上手里攥着手机，就像攥住了整个世界。麦叶说：“你就不怕上当受骗？”麦穗说：“我只跟认识的人聊。老耿说他也没开微信，你们是不是约好了的？”麦叶脸色涨红，鼻尖上都冒出了汗，“姐，你不能把脏水往我身上泼！”

麦穗看麦叶委屈得都要哭了，就搂过麦叶的脖子说："我跟你开玩笑的！"麦叶觉得这样的玩笑是不能乱开的，但她没说。

夏天正式来临的日子，被外来民工塞满了的村巷整天弥漫着死鱼的腥味和旱厕里久久不绝的粪臭味与尿臊味，在令人作呕的空气中，麦叶想象着秋天的风和冬天的寒冷，像是想象一位失散多年的亲人。她在上下班的村道上，不止一次遇到老耿，她想把三十块钱还给他，可老耿像是忘掉了，看到麦叶也不停下来讨债。有一次麦叶甚至想拦下老耿，但她还是眼睁睁地看着老耿和他的摩托从身边呼啸而过。她不敢，她怕老耿想歪了。麦穗说："要不你把钱给我，我替你去还，我不怕他。"

下班时间好像已经过了，老耿送完最后一车货，天色已晚，刚出库房，麦穗堵住了老耿的去路，她说麦叶托她还三十块捐款的钱。老耿说："麦叶欠我钱，她怎么不来还？"麦穗说："人家怕你！"老耿嬉皮笑脸地说："你就不怕我？"麦穗说："狗嘴里吐不出人牙来，我不怕！"老耿说他要去镇上跑摩的，说着发动摩托，一溜烟钻了出去。麦穗对着老耿的背影骂了一句，"老耿你个死鬼！"黄昏的暮霭中，麦穗的眼前飞舞着密集的夏天的蚊虫和苍蝇。

麦穗将三十块钱退给麦叶。麦穗说这三十块钱就是老耿放的一条钓鱼的鱼线，想让你在不知不觉中咬钩。麦叶说他不要就不还他了。麦叶嘴上这么说，但心里还是有些不踏实，毕竟那是人家垫付的货真价实的三十块钱。

一个星期后的一天中午，洗碗池边，刚洗好碗的麦叶和老耿正面遭遇，麦叶不知从哪儿鼓起的勇气，主动地先跟老耿说话了，"我把钱还给你！"老耿脸上的胡子硬邦邦的，像疯长的野草，他轻松的表情很大程度上是因为陶醉于一脸胡茬。老耿不提钱，话锋一转，自以为是地说道："想通了就好，晚上到我那里去，我等你电话！你要是讨厌烟味，今天晚上我一支不抽。"麦叶气得一扭头，拔腿就走，钱也忘了还。

麦穗知道后，对麦叶说："这有什么好气的，男人不坏，女人不爱。多少厂里女工就是这么被他半真不假地勾引过去'闲扯'的！"麦穗说，老耿在女人那里就像香烟，不对，像毒品，明明知道吸进去有害，可就是放不下，舍不得，一碰就上瘾，都是女人，谁还不知道谁，你也一样。

麦叶没搭腔。她觉得今天主动找老耿，真是太蠢了！最近这段日子，麦叶心里一直想不明白，为什么每次在车间、在路上、在食堂遇见老耿时，自己总想着要跟老耿说一句话，"我还你钱！"难道这三十块钱真那么重要吗？如果老耿是毒品，是不是自己也中毒了？她不愿意承认。所以，她对麦穗说："捐款是老耿逼着捐的，不还了！"

麦穗安慰麦叶，“这就对了！老耿没文化，你用不着跟他计较！”麦叶随口答了一句，“老耿有文化，给县广播站写过好多稿子！”麦穗张着嘴，像是听到了外星人的声音，一脸的不可思议，“你怎么知道的？”麦叶见麦穗神经过敏，就敷衍说：“我是听别人说的！”麦叶第一次在麦穗面前扯了谎，她不敢说老耿到她屋里来找过自己。

中秋节快到了，日子越来越难过的台湾老板给每个员工发了一箱廉价苹果，不少背井离乡的员工捧着苹果流下了感动的泪水。麦叶没怎么感动，她只是在这个日子想家里的女儿小慧，她牙该长齐了，还想桂生是不是又到镇上给公公抓药去了。下班回“鸽子笼”的路上，麦叶一路胡思乱想，不小心被一块断砖绊了一下，本来就不牢靠的纸板箱从麦叶胳肢窝下摔落，苹果滚了一地，还有几个滚落到了路边泛着臭味的污水沟里。这时，老耿骑着摩托车过来了，他停下车，对麦叶说，上来吧，我送你回去。麦叶抱着变了形的纸板箱摇了摇头，老耿跳下车，将自己的一整箱苹果搬到地上，又将麦叶怀里破纸板箱子生硬地抢过来塞到摩托车后备箱里，他对边上一群女工说：“我这箱是跟她换的！”女工都笑了，说：“你不是换苹果，是想换人！”

老耿的摩托消失后，女工们继续取笑麦叶，“这个厂里活得最滋润的就数老耿了，‘闲扯’从不花钱，还有倒贴的。这人小气，你是第一个占他便宜的了，最少占他三个苹果的便宜。”还有人说滚到臭水沟里的足足有四个苹果。麦叶满脸通红，似乎跟老耿真有什么似的，于是撂下一箱苹果，转身就走，“我不要了！”拿麦叶开涮的女工们拉住了麦叶，都说是逗着玩的。

晚上正要去大排档洗海鲜，麦穗堵住麦叶的门，“一整箱苹果都给了你，你说老实话，你是不是已经跟老耿‘闲扯’上了？”麦叶望着村巷里墨汁一样漫上来的黑暗，眼泪流了下来，她对麦穗说：“姐，我明天就回家。”麦穗感觉到了黑暗中麦叶的颤抖与泪水，于是声音软了下来，“回家，桂生他爸看病的钱，到哪儿挣去？都不能下床了，花钱祖宗，无底洞！”

八

中秋节那天，下午厂里放了半天假，麦穗跟一条生产线上的几个娘儿们约好了，到县城买大甩卖的衣服、鞋子、袜子、牙膏、香皂之类的东西。麦叶去镇上找麦苗。

最近县城商场像感冒病毒传染一样，清仓、破产、倒闭的一个接着一个，大甩卖的传单都散发到了下浦村这一带。这些商场都是给互联网电商害的，麦苗给麦叶说出这一观点的时候，姐妹俩正在镇上一个叫“夜来香”的小馆子里吃饭。老式的方桌，长条凳，颜色灰暗的砖墙上挂着斗笠、镰刀等部分农具，其间穿插着许多年代久远的宣传画，一幅现代京剧《沙家浜》的剧照被虫子咬了几个不太明显的洞。麦叶和麦苗就坐在指导员郭建光的枪口下，筷子的前方是一碗老豆腐、一盘笋干烧肉、一碟糖醋花生米。

麦苗说今天她请客。

正要动筷子开吃，麦叶的手机响了。在饭菜香雾缭绕中的麦叶随手接了电话，居然是王瘸子打来的。王瘸子说他正在“夜来香”二楼包厢吃饭，手下弟兄看到麦叶在一楼大堂拐角，桌子上只点了三个菜，所以就想请她上来一起吃饭，最后他还绞尽脑汁想出了几个夹杂着成语并且逻辑比较混乱的句子，“我们一起庆祝中秋，共度良宵！狭路相逢，不期而遇，天赐良缘！”

麦苗知道是王瘸子的电话后，没说麦叶该上去，也没说不该上去，她只是说王瘸子人长得丑了些，不过出手倒是蛮大方的，每次做完足浴按摩都会给个五块、十块的小费。麦苗是没见过钱的乡下丫头，十块钱就是一笔巨款了。麦叶掐了电话，就没心情吃饭了，她将塑料袋里装着的五个苹果塞给麦苗，说累了，想回去睡觉。麦苗送了麦叶一包廉价抽纸，是足浴城过节发的，跟苹果一样，没花钱。

要不是麦苗付账时跟老板争了起来，后来的事就不会发生。她们俩吃了三十一块五毛，麦苗要优惠一块五，老板说小本生意，不能再优惠了。就在争执不下时，楼上下来两个穿着对襟拷绸衫、嘴里叼着香烟的男人，一个光头，一个左侧脸上有一条寸长的刀疤，他们几乎是不由分说地拉着麦叶就往楼上拖，“王哥看上你，是你福分，你还敢给脸不要脸！”麦叶吓得腿脚抽筋，牙齿也跟着打战，“我不认识你们，你们这是干吗？”

麦苗见麦叶遭人欺负，攥着装苹果的塑料袋砸向刀疤男人，“土匪，流氓！”两个男人见麦苗多管闲事，松开麦叶，上来给麦苗很简单地一顿拳脚，她就捂着肚子蹲到了地上。

一边的麦叶几乎是本能地掏出手机拨通了一个电话，她对着电话只说了几个字，“快来救我，夜来香！”直到老耿赶来时，她都不知道打的是老耿的电话。

老耿在镇上跑摩的，中秋节，生意好，接了麦叶的电话，正在“夜来香”街口的老耿不到一分钟就赶到了。这时两个男人正架着麦叶往楼上推，餐馆里人声嘈杂，食客们大多神情恐惧地看着眼前的暴力场景，不敢吱声。老耿冲进门，一拳将刀疤男人揍趴在楼梯口，然后夹住另一个光头男人的脑袋，将右胳膊向后轻轻一扳，没听到咔嚓声，胳膊就已经断了，光头男人痛苦地瘫倒在蚂蚁横行的砖地上。刀疤男人从楼梯上反弹起来，嘴里还骂着："我看你他妈的是活腻了！"说着一个螳螂腿横扫过来，老耿轻松一跳，飞起一脚踩到刀疤男人的胸脯上，然后又扑上去用脚踩住刀疤男人前胸，一用力，肋骨断了一排。刀疤男人捂住胸口龇牙咧嘴，额头大汗淋漓，嘴里却吼着："小子，你要是能活到过年，我是你孙子！"

老耿将瑟瑟发抖的麦叶掩护在身后，对瘫在地上的刀疤男人说："孙子，我等着你来给我练手艺！"老耿中学时曾偷偷将家里卖牛的钱拿去到少林武校习武，练了三年，练了一身腱子肉，李连杰没当成，黑道打手不愿干，空留了一身武功回家种田。这么多年了，只要看到有人打架，他的手就痒得不行。

等到喝多了的王瘸子听到动静赶到楼下时，老耿已经拉着麦叶和麦苗走了。王瘸子看到两个趴在地上的马仔，骂了三个字："窝囊废！"

老耿是在中秋节夜里两点多钟的时候被警察抓走的。当时兴奋而又有些迷惘的老耿还没睡，他手里抓着一瓶啤酒，嘴里叼着一根香烟，香烟是唯一的一道下酒菜，喝一口酒，抽一口烟。老耿望着窗外一轮圆满的月亮百感交集，今天晚上他想问题有些简单了，将麦叶从王瘸子虎口里救出后，骑着摩托车带着麦叶回到下浦村。到村口，老耿赤裸裸地对麦叶说："不用怕，今晚上你就到我那里去'闲扯'，喝啤酒，啃苹果。"麦叶还没从噩梦中醒过来，她突然放声大哭了起来，然后，莫名其妙地哭喊着："妈，小慧，我要回家！"老耿听得一头雾水，见此情景也傻了，只得将麦叶送回她的"鸽子笼"。站在小屋门口，老耿当着麦叶的面狠狠地扇了自己一个耳光，"我他妈也不是人，乘人之危，图谋不轨，相当于敲诈勒索，比王瘸子好不到哪儿去！"看老耿如此自责，麦叶抹着眼泪对老耿说了一句意思很含糊的话，"是我不好！"

老耿还没想清楚麦叶话里究竟是什么意思，窗外的村巷里警车就鸣着警笛开了进来。老耿起初以为是来抓小偷，没想到警车在自己的门前停住了。他刚从门缝里伸出半个脑袋，人已被按倒在地，两个警察扑上来迅速给老耿铐上了手铐。老耿无济于事地说了句，"你们抓错人了！"

老耿被塞进了加满了汽油的警车。

王瘸子坚持要求警方将老耿送到大牢里去，说两个手下一个胳膊折了，一个肋骨被踩断了三根，还言之凿凿地说老耿在下浦村是一个流氓惯犯，强暴霸占打工女一二十，而老耿却执意坚持自己是见义勇为，他对警方说："奖金我可以不要，见义勇为证书总该发我一个。王瘸子在达浦镇一带是公认的流氓黑社会，你们公安又不是不知道。"警方当然知道，但抓老耿是县里领导亲自打的电话，镇派出所当然不能抗命。警方经过三天走访和调查，最后没让老耿去坐牢，但也没发给他“见义勇为”奖状，老耿因故意伤害致人重伤，被处以拘留十五天，赔偿医疗费营养费五千六百四十块钱。

麦叶一开始听说老耿要坐牢，吓得浑身筛糠，在生产线上一天焊接了六件残次品，属于严重失职，被罚款四十块钱。她跑去找麦穗，哭着问怎么办，麦穗说：“要是把老耿送去坐牢，你就去派出所门口上吊！”麦叶一听，腿都站不住了，哆嗦着说：“小慧还小，桂生一个人怎么办呀，他爸还瘫在床上。”麦穗扶住站立不稳的麦叶，“不是叫你真去上吊，是带根绳子去做做样子。”麦叶说我不敢，麦穗生气了，“谁叫你打电话给老耿的，那人愣头青，你没长脑子呀！”

三天后，麦叶从镇上海天足浴城的麦苗那里知道了老耿的处理结果。麦苗说：“老耿有些逞能，没必要下手那么狠，把你拉走不就得了。”麦叶说想去看看老耿，麦苗说，有什么好看的。麦叶说人家是因为救我犯的事，心里过意不去。麦苗在足浴城练就了一副江湖表情，她问麦叶：“你打算对他说什么？对不起，还是以身相许？”麦叶不说话，只是拉着麦苗往派出所方向跑，她们杂乱无章的脚步在石板街上越跑越快。

满头大汗的姐妹俩赶到派出所时，派出所警察告诉麦叶，“老耿今天早上已经送县看守所了！”

麦叶喘着气，眼睛瞬间模糊，不知是汗水还是泪水，她抹了抹眼睛，抬头看到小镇秋日黄昏已经来临，有斑块的夕阳悬挂在小镇灰色屋顶的上方，像是一个熟透了的烂苹果。

九

蓬乱的头发和杂草一样的胡茬基本上都是在铁窗里面定型的，所以老耿走出那两扇笨重铁门的时候，一眼就能看出这是一个犯过事的男人。老耿拎着一网兜衣服、球鞋、塑料杯、牙膏、牙刷出来前，死活不愿在释放手续上签字，他坚持要见义勇为证书，那位肚子比较肥沃的警察很耐心地告诉老耿，“你要是再胡搅蛮缠，补一个手续，马上把你再关进去！”

老耿卡上的钱加跑黑摩的挣的现金总共三千七百块钱，台湾老板为他垫付了两千块钱，人才放出来。老耿说，欠的钱从工资里扣。台湾老板说：“那当然。不过拘留半个月的工资照发。”

老耿放出来后，麦穗试探着问麦叶：“老耿出来了，你不去看看人家，表示一下感谢。毕竟是为你被关进去的。”麦叶说：“我不去。等我积攒一点钱，我补偿他一些，可小慧爷爷每个月都要吃药，钱要寄给桂生。大排档打杂也挣不到钱。”

老耿上班那天，下班铃声响过后，车间里女工们鱼一样你追我赶地滑出车间，麦叶却磨蹭着走下生产线，她看到车间里只剩下老耿正在传送带终端往电瓶车上搬最后一筐电子元件。麦叶犹犹豫豫地走了过去，腿脚像是刚从建筑工地扛水泥的货车上下来，很沉。她磨蹭到老耿的身边，对着一身烟味的老耿声音低低地说：“真的谢谢你！赔偿的钱该由我付！”

老耿见是麦叶，哈哈一乐，“人是我打伤的，哪该你付钱的。这不成了我请客，你买单了！”车间里很空，鼻尖上已经冒汗的麦叶又对老耿说了一句，“我去镇上派出所看你，说你已经被送到县里了。”老耿像是被雷电击中，他的头发和声音不再嚣张，嘴唇哆嗦着，“你只要有这份心，我就是被枪毙了，也够本了！”

老耿第一次没有以轻佻和浪荡的口气跟麦叶说话，而且第一次没有提到“闲扯”两个字。她发现这个男人的内心并没有他身上的肌肉那般强悍和有力，最起码在她面前是这样的。麦叶有些担心地问老耿：“赔偿的钱够吗？”她从口袋里摸出五百块钱，递过去，“就这么多了，以后我慢慢还你！”

老耿推开麦叶的五张百元大钞，“钱已经赔过了，我惹下的祸，与你无关！我挣的比你多。”老耿推钱的动作坚决而小心，他的手在距离麦叶手指不到一厘米的地方，猛然回缩，像是怕碰上地雷。这个玩世不恭的男人原来这般胆小如鼠，都说他“闲扯”过一二十个女人，麦叶觉得很不真实，也许就是造谣。她觉得老耿属于那种“嘴上穷狠，见色发冷”的男人，平时只是过过嘴瘾而已，这样的男人生活中隔三岔五总能碰到。但有一点是可以肯定的，老耿绝对是一个仗义的男人！

麦叶这样想的时候，自然就不再紧张和恐惧，心里被一种感动的情绪包围得水泄不通。感动和冲动是一对孪生兄弟，感动中的麦叶想起老耿在拘留所半个月伙食很糟糕，一冲动，对老耿说：“国庆节放假我请你吃火锅！”就像她那次对桂生说“我想你”一样，麦叶一说完就后悔了，吃饭是补充营养，是表示感谢，是表达暧昧，还是同意“闲扯”，都像，又都不像。老耿不相信自己的耳朵，“是我听错了，还是你说错了？”

厂里后勤主管过来关车间的卷闸门，对老耿和麦叶语气轻薄地说了一句，“车间可不是‘闲扯’的地方。”这里的男人和女人多多少少都有一点变态，所以，老耿和麦叶都没怎么在意。

老耿准备去仓库，电瓶车启动前，他对麦叶说：“货马上运库房，我骑车送你回去！”麦叶说不。

麦叶自己一个人走进了秋天的黄昏中。

离国庆节还有一个多星期，麦叶被她冲动中的承诺绑架了，她不知道该如何面对那个日子，也不知道见面时该说些什么做些什么。虽说麦穗和麦苗都认为老耿用苦肉计来感动和勾引麦叶，但这些判断到了麦叶这里，就只剩下感动，勾引却是连一个偏旁部首都没留下。

在一个夜深人静的后半夜，麦叶甚至觉得就算是老耿勾引她，她也认了，她愿意被老耿勾引，就像麦穗说的那样，老耿是毒品，明知有毒，却欲罢不能。那一刻，桂生如同山谷间的一团晨雾，若无若有，虚幻而迷离。麦叶睡着后，梦中的桂生真的就是一团雾，飘忽中被早晨的阳光粉碎，桂生所有的表情连同他的牙齿和咳嗽声全都化为乌有。第二天麦叶是被早晨的阳光惊醒的，窗外漏进来的一缕阳光照亮了“鸽子笼”里潮湿的地面，麦叶呆坐在床上，视角沿着光线的方向，却看不到桂生的蛛丝马迹。她有些鄙视自己，竟然忘记了桂生的模样，忘记了冬天桂生下河摸鱼为她买的戒指，那枚戒指去年麦叶要当了给公公看病，可桂生坚决不同意。麦叶白天走在阳光下，特别希望自己被阳光化作一粒尘埃，或一撮灰烬。

老耿和麦叶每天在车间里都能遇见，车间没有言论自由，而且严禁说话。有时候麦叶会抬起头用一秒钟不到的时间，瞥一眼老耿，她发觉老耿的头发和胡茬已被修理整齐，身上早就褪尽了拘留所的气息，蓝色工装与发达的肌肉紧密配合，上下服服帖帖。老耿在车间里跟麦叶形同路人，麦叶以为前些天开出的空头支票已经作废了，可临近国庆节的那天夜里，老耿的电话打过来了，“你说请我吃火锅的话，还算数吗？”麦叶已经不怎么怕老耿了，也不再抗拒老耿的电话，她有些别有用心地问电话里的老耿：“算数怎么说，不算数又怎么说？”老耿在电话里说：“算数你请客，不算数我请客！”

国庆节厂里工会安排了六部大巴车，邀请无家可归的打工男女去参观游览滨海集装箱码头，还免费吃一顿有少量海鲜的午餐。麦穗来找麦叶，说想拍几张码头的照片发回去，激励激励读小学的儿子，将来长大后争取到码头上开吊车。麦叶说，国庆节我不想出门，麦穗问为什么，麦叶说外面太危险，我怕。麦穗说，光天化日，怕什么，下午就回来了。麦叶还是不愿去，麦穗说：“你不去拉倒，我约老耿去！”

麦叶听到老耿的名字，像是听到了海洛因或罂粟一样，她没说话，径直走向有鱼腥味的烧烤大排档，麦穗被扔在味道复杂的风里，黄昏正在步步逼近。

十

麦叶是读过琼瑶和席慕蓉的女人，中学时的数理化还有外语单词都还给了老师，但偷偷读过的浪漫而忧伤的琼瑶、席慕蓉的文字，却在大脑里生了根。她隐约还记得席慕蓉在她辍学时给予她的文字抚慰：所有的颜色都已沉静，黑暗尚未来临，在山冈那丛郁绿里，还有着最后一笔激情。而国庆节这天早晨一睁开眼，麦叶却是被席慕蓉的另一句话套牢了，“再不相遇，就老了。”

“再不相遇，就老了”被麦叶定义为，“再不请老耿吃饭，就失去了向老耿表示感谢和感激的机会，再往后拖就拖没了。”她不愿正视请客背后的任何其他意义。

麦叶是胆小的，也是复杂的，复杂得连她自己都理不清自己。

老耿“夜来香”拔刀相助被罚得倾家荡产，还欠了债，如今不跑点外快连抽烟的钱都没有了。所以国庆节一早发过来一条信息，说节假日镇上生意好，要跑摩的，吃饭最好放在晚上。最后还文明礼貌地附了一句，“恳请告知地点，万分感谢！”

麦叶没回信息。没回是因为纠结，纠结在麦叶心里几乎成了一个死结。

国庆节各家工厂都有安排，人大多出去了，下浦村空了一大半，但麦叶还是心悬着。在哪儿请老耿？如果在村巷的小馆子里吃火锅，让别人看见了，她解释不清楚；而镇上自中秋节“夜来香”出事后，她是再也不敢去了；买一些卤猪头肉、酱鸭、茶干、花生米和烧酒到出租屋里吃饭倒是没人看见，但一旦被人看见了，那就更是跳进黄河也洗不清了；如果说自己生病了，把请客干脆推掉，倒是方便，可转念一想，老耿要是执意来出租屋把自己送医院去看病，不仅要穿帮，遇到熟人更加解释不清。想来想去，直接爽约最简单，麦叶又觉得对不起人，老耿为自己付出了惨重代价，自己总不能落下个出尔反尔不讲信用的口实。一上午，麦叶在小屋里搜肠刮肚，她望着屋外面粉一样密集的阳光，始终没想出头绪来。中午肚子饿了，她给电饭锅插上电，准备煮面条，这时候，她才发现这个上午自己已经将六平方的“鸽子笼”打扫得干干净净了，枕巾换了一条新的，粗布条纹床单被抹得又平又直，印着荷花的被子叠得一丝不苟，墙上那面缺了一个角的镜子擦得透明铮亮，老鼠经常光顾的纸板箱用胶带整齐密封，水泥地面也被抹布擦了一遍。麦叶都不知道自己是怎么做完这一切的。

用电饭锅开始煮面的时候，麦叶心里的纠结已经基本抹平了，晚上请老耿在自己的屋里吃饭，比外面安全，别人也不会看到。至于吃完晚饭后，会发生什么，麦叶不愿想，想也想不清楚，所以就不想了。

下午很漫长，麦叶买了一大包卤菜，又买了两瓶高粱酒，还有一个塑料杯子，总共花了六十三块四毛，这是麦叶出来打工在吃饭上花钱最多的一次，不过这次不是吃饭，是还人情。今天晚上，她想把自己灌醉，在老家村子里，醉了哪怕骂架、斗殴、掀桌子、放火烧房子都是情有可原的，所以，麦叶想让自己喝醉后成为一个宠辱皆忘、没有责任的人。买完酒菜回来的路上，她遇到了隔壁屋里的林月，林月说她晚上去老乡那里吃饭。“你也请人吃饭？”林月对着麦叶的一包酒肉问道。麦叶欲盖弥彰地说：“我……我买了自己吃。”林月笑了笑，说：“我今晚上住老乡那里，你就放心地慢慢吃吧！”

太阳还没落山，老耿就来了，他是带着两只卤猪蹄和一个 MP3 来的。麦叶见了老耿再也没有第一次那么紧张和恐惧了，她像是接待一位多年不见的远房亲戚一样，诚恳而又真实。麦叶第一句话不是说你怎么带卤菜来了，而是问：“你的摩托车呢？”老耿低着头进了屋，“我怕放在外面被人偷了，送回去了。”这一问一答有点像两个人在练太极推手。

屋内没有桌子，酒肉就放在封了口的纸板箱上，麦叶坐在床沿，老耿坐在挪了位置的床头柜上。一开始麦叶想把门开着吃饭，可当酒肉摊开后，她发觉这比在饭店公开吃饭还要令人生疑，于是，她就对老耿说：“天黑了，开灯吧！”说着就关上了门，拉亮了电灯。昏黄的灯光照亮了纸板箱上的酒肉，屋内气氛突然变得暧昧而含糊起来。老耿今天不仅穿了一件浆洗干净的夹克，脚上的那双真假不明的皮鞋也擦得铮亮，他的语气和声音也像他修剪过的胡茬和头发一样有板有眼，麦叶恍惚中觉得老耿像一个搞艺术的人。

动筷子前，老耿将挂着耳机的 MP3 从夹克口袋里掏出来，“我觉得你有艺术气质，给你最合适，里面有三百多首歌呢，你听听！”麦叶不会说谢谢，只是说：“这得要多少钱，你哪有钱呢？”老耿将耳机线理顺，递上 MP3，“在镇上拉客捡的，不知谁下车匆忙落下的，耳机缠在后座上，回来一试，好的。没花钱！”

麦叶用新买的塑料杯给老耿倒了满满一杯高粱酒，自己拿平时刷牙的玻璃杯倒了大半杯。在这之前，麦叶从没喝过高度酒。端起杯子，他们就像在食堂用餐一样，没有任何请客的仪式，老耿将一个卤猪蹄塞给麦叶，自己手里抓了一个，说：“来，喝酒！”麦叶说：“好，喝酒！”一人灌了一大口，麦叶觉得烧酒像一条火蛇顺着喉咙钻进了胃里，沿途火光冲天，脑袋里像老家山谷里的早晨，大雾弥漫。老耿说：“你喝得太猛了！歇一会儿，吃点菜，听一会儿音乐！”麦叶抓了几粒花生米，嚼了一会儿，脑袋里稍微明朗了一些。老耿伸手打开 MP3，麦叶塞上耳机，里面正好播放《风吹麦浪》：

远处蔚蓝天空下
涌动着金色的麦浪
就在那里曾是你和我
爱过的地方

麦叶听着听着眼睛里就盈满了泪水，此刻她看到老家蔚蓝的天空下，沿河谷一带，麦浪汹涌，可那里只是她和桂生干苦力的地方，而不是什么相爱的地方。最后一笔激情是在麦田里耗尽的，那是一个与爱无关的地方，自己只是一个与活着有关的人。

老耿见麦叶热泪盈眶，就说："我猜你是被音乐打动的，而不是被烧酒烧的！"麦叶发觉老耿把自己看透了,她点了点头,算是对老耿理解自己的认同。老耿说:"你高中，我初中，我没你文化高，但我喜欢有文化的人，武术没学成后，我想当一个记者，我给县广播电台写过稿子，最多一次，收到过两块钱稿费。"麦叶突然很好奇了起来，"怎么又出来打工了呢？"老耿说自己想当记者的时候，结过婚了，超生罚款，老婆整天跟他闹，这才出来，"家里被罚了个底朝天，一万多斤小麦被罚掉了，三四年庄稼白种了。"

麦叶突然觉得老耿很可怜，这是一个心比天高命比纸薄的男人，他只是活在他的想象中，她确信，所谓"闲扯"过一二十个女人，只是别人对他的黄色想象。麦叶端起刷牙杯，心生怜悯地跟老耿碰了一杯，"我不大会说话，中秋节那天真是给你添麻烦了，我心里一直过意不去！"

老耿喝了一些酒，说着说着又冒泡了，"没有'夜来香'，哪有今晚的酒肉香。你从不给我机会，被拘留，我一点都不抱怨，因为我总算给你做了一回贡献！只是那天下手比较狠，钱赔多了！"

麦叶心里一直有一个疑惑，老耿是怎么知道自己电话号码的，"那天，我没说话，你怎么知道是我打的电话？"老耿将一块酱鸭骨头吐了出来，"员工花名册里一查不就知道了，这有什么难的！"麦叶问："你查我电话干吗？"老耿将半塑料杯酒倒进喉咙里，"这我跟你说过，你跟下浦村所有女人都不一样，我早看上你了！"麦叶没反驳，也不正面回应，她只是将自己的刷牙杯和老耿的塑料杯倒满酒，然后端起来，王顾左右而言他地说："我敬你一杯，干杯！"说着像喝矿泉水一样一口气喝干了一刷牙杯烧酒。

麦叶的大脑中像是一大堆麦秸被天火烧着了，烈焰冲天。

老耿愣住了，他有些不知所措地望着麦叶通红的脸，“你这么大酒量，平时一顿喝多少？”麦叶脑袋已经不做主了，吞吞吐吐说：“没喝过，不知道能喝多少。”老耿很轻松地喝干了杯中的酒，他说喝八两酒开摩托车正舒服，但他劝麦叶，“没喝过烧酒，你就不要喝了。”

麦叶撬开了第二瓶酒，又给自己倒了满满一杯，她硬着舌头说：“我想喝，我想喝醉！”说着自己端起杯子独自喝了起来。

老耿发觉麦叶有点不大对头，于是他扔掉手里刚抽了两口的香烟，站起来夺麦叶的杯子，“你不能喝了！”杯中的酒泼洒到两人的身上，两只手终于纠缠到了一起。麦叶嘴里喃喃地说着“能，我能喝”，老耿夺下杯子，脖子却被麦叶双手吊住了，麦叶目光迷离地望着老耿，“你是我的恩人，你是我的冤家！”这时的老耿突然酒醒了一半，他警惕地盯着麦叶，像是盯着一个陌生人，“你早就打算今晚把自己喝醉，是吗？”麦叶依旧死死地吊着老耿的脖子，嘴里逻辑混乱地呢喃着，“借酒壮胆，借酒发疯，我要喝酒！”老耿用力掰开麦叶的两只胳膊，他像是突然被人打了一耳光一样，情绪很激烈，大声地对着麦叶吼着：“你想醉酒从了我，我趁你喝醉占便宜，你把我看成什么人了？告诉你，我没那么下贱！”

麦叶已无力说话，或者说没听到老耿说的话，她倒在了自己那张狭窄的单人床上，像一条柔软无力的蚕，头发散乱，满面绯红，身体和胸脯不规则地此起彼伏。老耿将屋内的鸡鸭残骸收拾干净，又倒了一大杯白开水放到麦叶的床头，才悄然离开。

老耿离开麦叶的时候，还不到晚上八点。老耿回到自己的出租屋里，情绪很是败坏，他能听到自己的嘴里不停地喘着粗气，进门拉亮了屋里的电灯，老耿发觉身后紧跟着闪进来一个人。他扭头一看，是麦穗。

十一

老耿的痕迹在第二天一早就被麦叶抹了个一干二净。麦叶将剩下的猪头肉、鸭和花生米还有大半瓶白酒，一股脑地全都扔进了巷子里的露天垃圾池里，看到成群结队的苍蝇喝醉酒般地直扑残羹剩菜，她觉得自己昨晚就是这其中的一只苍蝇。

晚上麦穗在麦叶的屋里没有看到老耿的痕迹，但她闻到了屋内由于通风不良而挥之不去的酒气，更为糟糕的是麦穗从床下面踢出了一个空烟盒，烟盒是新鲜的。这屋里来过男人，而来过的男人绝不是收电费的老头。麦穗眼睛死死地盯住麦叶，“你得告诉我，‘闲扯’的男人是谁？”

麦叶虽说昨晚喝多了，但她醒来的时候，衣衫完整得几乎一丝不苟，除了接老耿递过来的MP3碰到过他的手指，她没有任何手指之外的感觉和记忆，所以麦叶很清白地告诉麦穗，“没有‘闲扯’，哪有男人？”

麦穗生气了，她从地上捡起烟盒，故意放在鼻子前嗅了嗅，“你会说，这烟盒是收电费老头扔下的，酒味是你自己一个人喝酒庆祝国庆的，你自己相信吗？”麦穗狠狠地扔了烟盒，“别跟我胡说八道，我不是你们家小慧，四岁的生日还没过！”

麦叶觉得自己被逼进了一个没有退路的死胡同，她不知道如何辩护，她想坦白为感谢老耿“夜来香”拔刀相助请他来屋里吃过饭，但请吃饭为什么不到饭店去请，请到自己的小屋里，关起门来推杯换盏，什么意思？老耿是打工村里出了名的少妇杀手，你请他到自己屋里“吃饭”，等于请他到自己床上“闲扯”，两个词在老耿那里是一个意思。麦叶终于知道了什么叫做“走投无路”了，麦叶知道坦白等于认罪，而她自认清白，所以在麦穗咄咄逼人之下，仍作绝望中的最后抵抗，她把球踢给了麦穗，“姐，我真的没有跟男人有瓜葛。你又不是不了解我，你说我能跟谁‘闲扯’？”

麦穗目光锥子一样锥住麦叶，“老耿！”

麦叶一下子急了，她委屈得哭了起来，“姐，你这么说让我以后怎么做人？”说着她拉住麦穗的胳膊，“走，找老耿去当面对质，我什么时候跟他‘闲扯’了！”

老耿这个人从来都是敢说敢当，在“闲扯”这事上从不避讳，而且经常添油加醋夸大其词，麦叶确信这是老耿在麦穗面前吹牛吹出来的冤案，她没做，所以，她不怕。

麦穗怕了，因为老耿没告诉她跟麦叶“闲扯”，连在麦叶这里吃饭都没说，麦穗完全是推理推出来的。昨晚上麦穗去老耿那里，先是说了一番“今晚月亮真圆”之类的话，然后说代表妹妹麦叶来谈谈拘留罚款的善后处理。“麦叶当然要放点血，五千六最起码她要赔四千，我不能让你既坐了牢，还要倒贴钱！”麦穗这么晚来谈别人的事，还为老耿抱不平，胳膊肘往外拐，拐得有点不近人情，拐得有点荒谬。老耿当然知道麦穗是什么意思，喝多了酒的他几乎用逐客令的口气对麦穗说：“刚从牢里出来，我对国家大事都不关心，对女人更是毫无兴趣！”麦穗对着老耿屋内的摩托车狠狠地踹了一脚，“姓耿的，你不要自作多情了，我找你是来谈事情的，你自作多情想得太美了。你不撒泡尿照照自己，你什么东西！换个地方，你就是一个穷得叮当响的小瘪三、下三烂、活流氓！”老耿不生气，不辩解，他甚至有些惭愧了起来，“对不起，我酒喝多了，如有冒犯，还望多多包涵！不过，我希望你嘴下留情，我承认我是小瘪三，但你不能骂我活流氓和下三烂，我是个堂堂正正的男人，我没那么贱！”

麦穗本来对麦叶不去集装箱码头看风景心生疑惑，约老耿一道去，老耿又没回电话，她凭直觉觉得有些不妙。那晚回来后见老耿屋里风平浪静，她就没话找话地进屋了，在被老耿一顿抢白后，她否定了自己天马行空的联想。但第二天到了麦叶屋里后，想象又如同脱缰野马，麦叶屋里来过的男人如果不是老耿，就是桂生来了，而桂生正在老家的山谷里收割庄稼呢。可麦叶哭着要拉麦穗去找老耿对质，麦穗又糊涂了，如果真有什么事，麦叶不会如此激烈的，因为麦叶是一个性情温和的女人。麦穗觉得自己的大脑里灌进去了一斤多烧酒，晕晕乎乎的，压根不知道在她视线之外发生过什么。她心虚了，搂着麦叶，并用自己粗糙的手抹去麦叶右眼角边的泪水，“好了，别哭了，姐是怕你被人家欺负了，才这么多管闲事的！当然了，你要是真看上老耿，我也没什么说的，而他根本就配不上你！他在女人面前的仗义，只是为了勾引女人，下三烂，活流氓！”

尽管麦穗不愿把麦叶和老耿放在一起联想，而且她也愿意相信麦叶眼泪的真实性，但她实在没法理解麦叶屋里久久不绝的酒气和那个经不起推敲的空烟盒。王瘸子绝无可能，那会是谁呢？此后的日子里，麦穗没好再问，麦叶也从来不说，秋天就这样慢慢地向深处滑行，屋外从海上漫过来的风越来越咸，越来越冷了，村巷里一些无人管理的大叶杨树在秋风中纷纷落叶。

麦穗发觉麦叶心思太密，藏得太深，她很懊恼，也很无奈，她固执地认定“鸽子笼”里的空烟盒和酒味几乎就是麦叶和老耿“闲扯”的证明，可她又拿不出一星半点的实际证据。矛盾纠结中的麦穗有一次莫名其妙地对麦叶说了一句，“我脑子真笨，就小学毕业。我要是你肚子里蛔虫就好了。”

麦叶听得一脸迷茫，似乎有些明白，又有些不太明白。她需要给麦穗一个解释，但这个解释就像衣服里面的一个疮疤，捂着还好，一揭开就是一个疼痛难忍的伤口。所以她一直不跟麦穗解释自己屋里的酒味和空烟盒。国庆节后，车间里每天都能见到老耿。老耿开着电瓶车在她面前不足一米的地方穿梭来往，可他从来没看过麦叶一眼，麦叶偶尔抬一下头，看到老耿完全是一个木偶，他脸上的胡茬也如细铁丝一样生硬，他们像是隔着楚河汉界的两个毫不相干的陌生人。

麦叶晚上兼职的烧烤店终于倒闭了，歇了几晚，她又找到了一个在火锅店洗碗碟的活儿。站在水池边洗涮的时候，她耳朵上挂着耳机听 MP3。重复洗涮很无聊，每当累到手指发麻、人有些恍惚的时候，麦叶似乎听到MP3里面是老耿在唱歌。有一次火锅店那位嘴有些歪的小老板拍了一下麦叶的肩膀，“我说妹子，你也老大不小的了，边洗碗边听歌，你们厂里是这么干活儿的？”此后麦叶再也不敢听MP3了。

国庆节后，麦叶和老耿没有过任何联系，冬天将至，吃火锅都有人穿上了毛衣。一天晚上十点多钟，老耿跑黑摩的跑到了村巷里的火锅店门口，麦叶正准备下夜班，两人在流淌着花椒和辣油味的店门口不期而遇。麦叶慌了神，她不知道该跟他说什么。老耿倒是很随意，摩托熄了火，他搓了搓有些冰凉的手，说：“天冷了，人都不出门了，生意好难做。”麦叶多心，就很不安地说：“你欠的钱该我还的！”老耿说：“你再提赔钱就没意思了，这事早就了结了。不过，你把上次捐款的三十块钱还给我，手头有吗？”麦叶刚好领了这个礼拜火锅店打杂的工钱七十六块。麦叶掏出一张五十的递给老耿，老耿接了过去，又找了麦叶二十块，麦叶推挡说不必找了，老耿说我又不是放高利贷的，推挡中两人的手第二次碰到了一起，麦叶有一种被火锅汤烫着了的感觉。

老耿讨回了三十块钱，解释说厂里把这两个月的工资都扣下还打架垫付的赔偿款了，明天要给老家读中学的孩子汇生活费，这两个月跑摩的总共挣不到五百块钱，凑上三十正好刚够五百，还能剩下两包烟钱，“实在不好意思，明天一早就要汇走！”麦叶说：“是我不好意思，拖累你了！”

火锅的气味渐渐稀薄，店里关门打烊了。村巷里路灯一大半都不亮，在一盏摇摇晃晃的昏黄的路灯下，老耿突然问了一句：“要不要我送你回去？”

麦叶望着被灯光扭曲得脸色蜡黄的老耿，多此一举地问了一句：“晚上巷子里是不是很不安全呀？”

老耿说：“这倒没有，好几个月村子里都没犯案子了。”

麦叶说：“也不算远，前面过两个巷口就到了。”

老耿说：“是不远，那我是不是就不用送了？”

前面的对话还比较流畅，说到这里，麦叶停了一会儿，她看了一眼情况复杂的天空，有少量的星星在既定的位置上发着微弱的光，它们几万年如一日，从没改变。麦叶终于说：“那、那就不用送了，谢谢你！”

老耿发动摩托后，又对着麦叶说了一句：“什么时候需要我，跟上次‘夜来香’一样，直接给我打电话！”

摩托车一溜烟钻了出去，麦叶看到的是老耿和摩托同时被黑暗吞没了。

十二

冬季人不容易发火，天却容易起火。那天上午厂里搞防火演习，车间外墙角边点燃了电子厂的边角废料，野火浓烟冲天而起，车间里全体员工紧急疏散，消防车拉着警笛直冲现场救火。蚂蚁一样密集的员工们站在工厂大门口，很愉快地看着厂里虚假的火灾和救火表演。这时电视台记者钻进了人群中，一位记者拉住相貌特征明显的老耿，“请问这位工友，你对打工村里的临时夫妻怎么看？”老耿说：“夫妻就是夫妻，临时的就不能叫夫妻。”这时记者身边一位头发比较乱的中年男人说：“我是作家，正在着手写一部临时夫妻的小说，我想请你谈谈，临时夫妻究竟是为了性，还是为了情？”老耿有些不耐烦了，“我们这里没有临时夫妻，你们这些人真无聊，不去采访救火，拿我们这些打工的孤男寡女寻开心！”麦叶那个时候在距离摄像机和作家不到一间屋的地方，她觉得老耿回答得真棒，记者和作家问这个问题太不厚道，想出他们这些穷人的洋相。

假冒伪劣的火灾很快就结束了，员工们纷纷走进车间，电视台记者和那位作家也开着小车走了。后来听说报道演习的是另一路新闻记者，工厂大门口的是电视台“实事求是”栏目组的记者，他们总想对生活真相进行挖掘，但基本上是越挖掘离真相越远。

就在当天晚上，十点半钟左右，刚从火锅店下夜班回来的麦叶身上像是背了一袋水泥一样，很重，很沉，她没洗漱，直接躺在床上听起了 MP3。没听一会儿，那首男女二重唱的《萍聚》在恍恍惚惚中演绎成了她和老耿在对唱。错觉越陷越深，麦叶泪流满面：

别管以后将如何结束
至少我们曾经相聚过
人的一生有许多回忆
只愿你的追忆有个我

屋外刮起了冬天的风，风声尖锐，能感觉到有一种呼啸的气势，可在没有窗户的小屋里却是一种窒息，麦叶突然觉得喘不上气来，猛烈地咳嗽了几声，脸上像是刷了一层火锅店的辣椒油，直冒汗，接着又是全身发冷，她觉得自己可能感冒了。沉溺于感冒幻觉中的麦叶几乎不假思索地拿起枕边电话，轻轻一滑，通讯录里的“橘黄头盔”就迅速跳了出来，正要按，手指突然抽筋，僵住了。麦叶不知道跟老耿说什么。送她去诊所？还是买一些药送过来？是不是自己已经严重到不能到几百米外的小诊所买药了？再往下追问，受了点风寒，既不发烧，也不头疼，真需要去诊所？真需要去买药？麦叶理不出头绪了，她将手机塞到枕头底下，躺在条纹粗布床单上看着黑乎乎的屋顶，一脑子的胡思乱想。她想，也许明天感冒就会加重，她希望明天晚上在火锅店打杂的时候，能够发烧，最好是当场晕倒，那样她就可以给老耿打电话，让他带她去看病，看完病，再送她回去。大约在后半夜的时候，她已经想好，这次绝不犹豫了！

麦叶睡着了，似梦非梦中，麦叶听到屋外激烈的争吵声和摔椅子、砸电饭锅的声音，其中夹杂着的女人尖厉的哭声像刀子一样捅进了茫茫黑夜。外面的动静混乱而恐怖，麦叶拉亮电灯，听清了激烈的声响就在隔壁河南女工林月的屋里。麦叶慌忙下床，步履忐忑地跑出去，推开林月的屋门，见一个五大三粗的男人将一个白净瘦弱、戴着眼镜的年轻男子打得鼻孔流血。年轻男子抱着头蹲在地上,林月披头散发、衣衫不整地坐在床上不停地哭。平时温和的麦叶急了，她搂住林月的腰，指着蹲在地上的年轻男人，对五大三粗的男人谴责道：“你凭什么打人，人家是林月的丈夫，你算什么？”

那天早上麦叶见过这个戴眼镜的年轻男人，林月介绍说是她丈夫，来探亲的。

五大三粗的男人不理睬麦叶，他对着年轻男人又狠狠地踢了一脚，“你以为你有几个臭钱，就胆敢霸占民女？”他又薅住林月的头发，“还有你，你这个婊子，老子里里外外、没日没夜地操持一家老小，你他妈的背着我偷人！良心被狗吃掉了！”麦叶似乎明白了，她不再替林月辩护，但她推开了男人薅住林月头发的手，麦叶感到男人的手指里充满了愤怒。

周围的租房客们有人打了报警电话。后来，警察将林月两口子和戴眼镜的年轻人带到了镇上派出所。

第二天一早，买了早点的打工族们从村巷里走出来，他们朝着工厂的方向边走边吃，边吃边议论昨夜发生的事。高压开关厂河南女工林月跟同一个工厂的安徽技术员“闲扯”到了一起，林月老家的丈夫人虽五大三粗，心却很细，他从老家电信局调出了林月与年轻技术员频繁不断的通话记录，并且在一个夜深人静的时刻悄悄来到下浦村，在两人毫无觉察中，将他们在床上当场活捉。麦叶听着这些，像听一个古代的故事，觉得很遥远，很不真实。中午吃饭的时候，厂区食堂里也在到处传说和议论这件事，麦穗用一种中性的语气告诉麦叶，“做这种事，是有风险的！”国庆节后，麦穗就不怎么跟麦叶来往了，她们只是在上下班路上遇见的时候，才说上几句闲话。麦叶觉得这样挺好。

第二天下班后，麦叶继续到火锅店打零工，但奇怪的是，她的感冒好了，不仅没发烧，没头疼，连昨晚全身酸软无力的感觉也无影无踪。她找不到理由给老耿打电话了，所以，她是身体健康、心平气和地回到“鸽子笼”的。

见隔壁林月屋里还亮着灯，麦叶就过去看了一下，没见到林月，却见到房东正在将屋里旧鞋子、纸盒子、塑料盆之类的东西往屋外扔。

房东也是农民，先前是养兔子的，兔圈租给麦叶她们，自己住到了镇上的新农村新楼里。麦叶问林月呢，房东像兔子一样眨着一双精明的眼睛说：“被她男人带回河南去了，还欠一个多月电费没交呢。”房东还说，连夜收拾屋子是因为第二天有新房客要搬进来。

麦叶望着这个已经没有了活人温度的空间，她觉得林月不是走了，而是死掉了。一种悲凉的感觉在夜风推波助澜下不断地被强化。

十三

圣诞节之前，厂里的订单多了起来，晚上居然有了加班，最多时每个星期能加上两个晚班。即使再累，麦叶总觉得在厂里加晚班名正言顺，这跟扛水泥、卸黄沙和清洗海贝、带鱼、碗碟是根本不一样的。

麦叶希望自己晚班的时候能遇到老耿，老耿要是愿意下夜班用摩托车带她，她不打算再拒绝了，夜色中每个人的面貌都含糊不清，再说平时麦叶从来不跟那些蠢蠢欲动的女工们来往，所以也没几个女工关注过自己。女工们把有一种女人叫作“石女”，不喜欢男人，不能生育，还不愿跟女人打交道，麦叶差不多就是“石女”，所以即使有人认出来她趁着夜色坐上了老耿的摩托车，也不会过度在意。

然而，老耿不仅在麦叶加夜班的时候没见到，连正常的白班也没见着。麦叶莫名其妙地慌了起来，她怕老耿再惹出什么事被抓了进去，或者这个人从此就失踪了。下浦村这一带经常有工友家里出大事突然辞职的，比如跟麦穗“闲扯”过的老郭，还有像林月那样东窗事发、工资不要就走人了，她不知道老耿是怎么突然不见了。她想问仓库主管，下班时，到了仓库门口，站在主管面前，原先想好了的那句“老耿是我老乡，我欠他钱，找他还钱”，此刻一个字也说不出来了。主管是一位长相有些猥琐的中年人，他看麦叶东张西望的，就用手指着库房东边的一座烟灰色的屋子，“你是新来的吧？厕所在那边！”找老耿变成了找厕所，麦叶预感到事情有些不妙。

其实给老耿打一个电话很简单，但打电话说什么呢？麦叶将手机抓在手里，一筹莫展。

于是，麦叶准备一个人到老耿住的地方去找他，一路上麦叶的想象无边无际，混乱不堪。已是夜里十一点多了，她小偷一样向“下浦南头十六号”的那条巷子深一脚浅一脚地走去。这是一个即将拆掉推平的村子，冬天的巷子里寥寥无几的路灯鬼火一样泛着黯淡的光，风一吹，灯光就碎了，路上偶尔有骑自行车的人匆匆经过，留下的也是一串冷风。一个馄饨挑子在巷口卖馄饨，见麦叶来了，卖馄饨的老头对麦叶说：“来碗馄饨暖暖身子，早点回家睡吧！日子不太平，听说前几天镇上又有打劫的出山了，好像都闹出了人命。”麦叶停下脚步，犹豫着，虽没来过这里，但她凭感觉觉得这儿离老耿住的地方已经不远了，于是她问另一个在馄饨挑子边吃馄饨的陌生女工：“附近是不是住着一个叫老耿的？”估计刚下夜班，陌生女工吃相有些贪婪，一直没抬头，听到了老耿这个名字，立即警觉了起来，“好几天晚上都没见着人影了，天知道他又睡到哪个女人的床上去了。这么晚了，你找他干吗？女人要有自尊，哪有倒贴送上门的，他伤的女人太多！”麦叶被这个陌生女工呛得牙齿酸疼，她没说话，也没买馄饨，转身回去了。确实，这么晚出门去找一个男人，哪怕故事编得跟作家一样，也没法获得一个纯洁的评价。

回到出租屋，麦叶感到全身发冷，她的心突突地乱跳着，她无法遏制自己对老耿不祥的关注和想象，于是，麦叶再也顾不了许多，她拿出手机，拨打了老耿的电话。当按键轻快地跳跃时，麦叶才觉得自己谨慎得有些蠢，本来很简单的一件事，她整整纠缠了两天，难怪麦穗说自己太不潇洒。

可电话里传来的声音是，“您所拨打的电话已关机，请稍后再拨！”因为要跑黑摩的，麦叶知道老耿二十四小时从不关机，所以麦叶一直不停地拨打着电话，到了后半夜三点多，麦叶的手指已经麻木，电话里却一直重复着同样绝望的回复。麦叶放下电话，心里只冒出了两个字：坏了！

第二天傍晚，麦叶刚下班，手机响了，她以为是老耿打来的，迅速掏出电话，一接听，是镇派出所。派出所上来劈空来了一句：“人已经抢救过来了，神志不太清楚，一问三不知，只记得你一个电话号码。你是他什么人？赶快过来！”

老耿是被打昏迷后送镇医院抢救的，三天后才醒过来，醒过来医院就跟他要医疗费，总共两千一百块，而刚发了工资的老耿卡上只剩下一千七百块钱，还欠四百块钱。老耿在医院催逼下，连自己是哪里人都记不起来，却一口报出了麦叶的号码。

麦叶心神不宁地赶到医院，见老耿头上缠着纱布，眼睛血肿，整个脑袋像一个破瓦罐，而老耿看到麦叶，丧失的记忆一下子全激活了。

三天前晚上九点多钟，老耿开黑摩的送客到镇子老街后面的一条人烟稀少且没有路灯的小路上，这时突然从路边的葡萄园里钻出两个人影，劈头就是一木棍，将行驶中的老耿击昏在地。他几乎没做出任何反应，人就被撂倒了。后来是一个下夜班的三陪小姐报的警，老耿才被警察送到了医院。老耿说："当晚跑摩的的三十二块钱，还有我身上的现金一百零六块钱、华为手机都不见了。"麦叶坐在老耿的床边，一言不发，她不知道说什么好，只是不停地给老耿倒水喝，老耿显然对喝水并没有多少热情，但麦叶不停倒给他，他就不停地喝着，一直喝到喘不上气来。

警察当着麦叶的面做着笔录，老耿刚说完案情，办案的两位警察几乎异口同声地说："抢劫，暴力抢劫案！"那位终于看清了老耿面目的老警察曾办过中秋节老耿伤人的案子，他开玩笑地说了一句，"看你这身板儿，又进过少林武校，挨打的该是别人，没想到风水轮流转，转到了自己头上。"老耿头上缠着绷带，尴尬地苦笑着，"暗箭难防。"做记录的小警察临走前问麦叶："你是他什么人？"麦叶一下被问愣住了，脸上紧张得快要崩溃了，老耿很从容地替麦叶回答："我们是老乡！"

麦叶替老耿补缴了欠医院的四百块钱医疗费，又给老耿留下五十块钱买饭吃，她有些不好意思地对老耿说："就这么多了，我公公每个月吃药要八百多块，人都瘫在床上了。"老耿有几次想拉住麦叶的手，但他的手伸出去，最后悬在半空，接着又收了回去。麦叶也不太会说话，只是说："你好好养伤，厂里工会知道了会来看你的。"工会上午已经来过了，没送钱，只送了几袋奶粉和两箱椰子汁，听说老耿是跑黑车受伤的，跟上次"夜来香"见义勇为性质不一样，厂里很不高兴，台湾老板已经发狠话，"以后谁在外面干私活儿出事，厂里一律不管。"

老耿后脑勺开裂已缝好了，脑震荡还要再观察几天。老耿吊了许多水，又喝了许多水，他有些憋不住了，要上厕所。镇医院条件是比较差的，几个病房只有一个护士，一直没有护士过来，老耿脸色几乎憋得发紫了。麦叶看老耿额头源源不断地冒着虚汗，就问他怎么了，老耿说没事。旁边病床上的那位不停哮喘的老头很有经验地对麦叶说："你再不扶他上厕所，要炸泡了！"

麦叶连忙托住老耿的腰，这是第一次大面积接触老耿，她觉得老耿的身体比水泥还沉，身上还有一股残余的血腥味。老耿很困难地坐了起来，蜗牛一样缓慢下床，他轻轻推开麦叶，"我自己来！"麦叶不说话，她手抓着老耿正在吊着的盐水瓶，走向病房里的简易卫生间。在卫生间的门口，麦叶举着盐水瓶不知自己该不该进去，她很为难。那位老者说："病人相当于婴儿，你跟他一起进去，有什么难为情的！"

就在这进退两难之际，麦穗和电子厂的几个女工进了门。她们一进门，没有震惊于老耿包裹着的头颅，而是震惊于麦叶在厕所门口举着吊瓶。她们哑口无言，眼睛里六神无主。好在护士来了，将老耿扶进了卫生间。

麦叶站在麦穗和几个女工面前，脸色刷白。麦叶想解释，但越解释越糊涂，"是派出所叫我来的！"麦穗和几个女工更加不可思议了，那个叫刘莉莉的女工说："真是奇了怪了，老耿被抢劫打伤，通知麦叶干吗？难不成是麦叶抢的！"麦穗从麦叶手举吊瓶的姿势里已经明白了一切。

老耿出院后的一天早上，麦叶花钱给自己和麦穗一人买了一根油条和一块烧饼，上班路上，她们边走边吃。麦穗吃着烧饼油条，悄悄地对麦叶说："老耿，不错的，真男人！姐为你高兴！"麦叶鼻子酸酸的，她想解释，但所有的解释听起来都是一种掩耳盗铃的借口。后来，麦叶在食堂遇见了出院了的老耿，老耿对她说："谢谢你，麦叶！欠你的钱，我会还你的！"

冬天已经正式来临了，海边的下浦村是一种潮湿的阴冷。在这样的天气里，麦叶被寒冷的空气反复启发和暗示，她隐隐地觉得，老耿被抢劫有些蹊跷，两个人抢走了他身上的一百多块钱和一个手机，但他身上有身份证和银行卡却没要，那是可以直接去银行变现的；而一上来木棍直接奔头部去，显然第一目标不是逼停摩托车，而是要将人废掉。

麦叶想把这些疑惑告诉老耿，但上班没机会说，下班老耿不来，自己也不去。不来是自尊，不去是自重。下浦村很稀缺这种德行，所以，做起来和看起来就有些节外生枝的别扭。

十四

年底了，集聚几十家外贸加工厂的下浦村一带天下大乱，每天都有打工男女们扛着大包小包你追我赶地回老家过年。他们大多一两年没回去过年了，有的甚至三四年都没回过老家了，不是不想回去，是路途太远，车费、食宿费、过节买东西花费掏出三五个月薪水都不够；花钱不算，车票还难买，一路逃难一样地回到家，跟家人热乎不了几天，又要往回赶。打工人的感情是粗糙的，他们对过年回家最大的定义就是回去睡老婆、搂丈夫，其次才是看望老人和小孩。

麦叶去年就没回去，离家快两年了，桂生和女儿的面相都有些模糊了，虽然塑料钱夹里有一张全家三口的照片，有时麦叶也拿出来看看，可照片中连自己都变得很陌生了，小慧和桂生像是外国的亲戚。小慧一两个月跟她通一个电话，电话里小慧跟她说话，如同对着动画片说话，天真幼稚而且没有什么太多的感情依赖，妈妈在她那里只是一个符号，甚至连记忆都没有。离开老家的时候，小慧才三岁，她都认不清自己，当然也很难认得清所谓的妈妈。

那天老耿在厂门口还麦叶住院的四百多块钱，说自己不回家过年了，“今年不主财运，路费没了，过年跑摩的生意好，一个节能多挣一两千块钱。你回去过年？”麦叶没正面搭腔，只是说：“你还我钱，真太不好意思，该我还你的才是。”麦叶不要，老耿将钱塞到麦叶棉袄口袋里，发动摩托车一溜烟跑了。

日子已进入腊月，麦叶一次没提过回家过年的事，麦穗有些急了。麦穗找到麦叶，“我们家刘大山电话里说，桂生最近老是喝酒，酒一喝多了就打小慧，小慧身上被打得青一块紫一块的，一个大男人，扛了两年了，撑不住了，拿孩子出气。你怎么从来不跟我商量哪一天走？”麦叶吞吞吐吐地说着：“姐，我是想，回去后，就不来了。我不想出门打工了。”麦穗意味深长地望着麦叶，“你舍得？”麦叶认真地说：“姐，我说的是真的，过了年我就不来了。厂里的效益也不好。”麦穗拉着麦叶的胳膊说：“走，先跟我去一趟县城，买些年货带回去。过了年还来不来我说了不算，回不回去过年由我说了算。”

麦叶和麦穗在城里买了一大堆衣服、鞋子、袜子，还有香烟和糖果之类的年货，其实这些东西在老家县城都能买到，但在这里买了背回去，就显得很贵重，有面子。麦穗说：“外面的月亮总是比家里的圆。”

麦苗已经不在镇上的足浴城当技师了，她到县城开了一个网店，专门在网上卖女人的内衣、内裤、化妆品之类的。麦叶和麦穗扛着一大蛇皮袋年货，七转八绕了好几条街，才在一个居民楼里找到麦苗的网店。一套装修过的三室一厅单元房，就是麦苗的店铺和宿舍。麦叶她们进门时，麦苗正在网上发货，她头也不抬地对两位姐姐说：“屋里乱，你们自己倒一口水喝，饮水机就在门边上，晚上我们一起吃饭。”麦穗和麦叶没喝水，她们穿过堆满了纸箱的客厅走进了一个摆着双人大床的房间，想找个地方歇会儿。房间比客厅更加凌乱，牛奶盒子、饼干筒、手机充电器随处乱扔着，墙上的大屏幕液晶电视机倒是很招摇，只是家具有些庸俗，白里透着黄，黄里透着脏。让麦叶更为震惊的是，床头居然有一幅王瘸子的艺术照，穿上西装打上领带的王瘸子神情自负，头发油亮，闻不到他满嘴的蒜味，更看不出有一条腿已经短了十好几厘米。双人大床前的一双男士棉拖鞋，还有床头柜上一个堆满了烟头的烟缸已经无声地说明了一切。麦叶突然想哭，她拉着麦穗的手说："姐，我们走！回家我要告诉来宝叔！"麦穗攥紧微微颤抖的麦叶胳膊，"回去一个字不能说，知道吗？我们在外打工什么都没发生过，你懂吗？不是什么话都能随便乱说的！"麦叶若有所思，她抹了一把快要溢出来的泪水，点了点头。麦穗将床前的那双放反了的女式绣花拖鞋理顺、放正，望着麦叶，也有些伤感地说："出门打工，过的就不是人的日子，不偷不抢，拿自己的青春换一些柴米油盐，算不得遭天杀的！"

十九岁的麦苗忙完了活儿，进房间后不停地道歉，"真对不起，网店就我一个人，实在太忙了！"她说不回去过年了，托麦穗带八百块钱回去给她爸，"就说店里走不开，明年保证回家过年！"麦穗接过钱说，可以理解，过年生意总要好些。麦叶一直不说话，脸上有些麻木。听说麦叶和麦穗不愿在这吃饭，麦苗就给每个姐姐送了一支护肤霜一瓶润肤露，麦苗似乎看出了一些异样的苗头，就对麦穗和麦叶说："网店的钱全都是王老板出的，好几万呢。你们不愿跟王老板吃饭，也没关系，我能想通。其实，王老板人不错！"一直没说话的麦叶见麦苗一声一声地叫王老板，终于忍不住呛了麦苗一句："是王瘸子！"

虽然厂里订单大幅减少，过年台湾老板还是给每个员工发了五百块钱红包，这笔意外之财几乎将麦叶在县城买的年货全都实报实销了。火车票是厂里统一买的，腊月二十四，也就是临行前一天的晚上，麦叶想对老耿说："过了年，我就不来了。"但又觉得不妥当，不来就不来，告诉他是什么意思呢。麦叶很希望老耿这个晚上能给自己打一个电话。今年在下浦村这段日子，她觉得很难熬，很难受，也很对不住老耿。后半夜的时候，麦叶几次拿起了手机，翻出了"橘黄头盔"，但她还是没敢按键。村巷里的风声很紧，有哨子一样的尖啸声，下浦村的最后一个夜晚很快就要过去了，麦叶在做出最后一个决定后，脸上滚烫，像是着了火一样。她拿出一枚一元的硬币，往床单上扔，如果是正面朝上，她立即就去老耿住的地方辞行；如果是反面，她就再也不给老耿打电话了。

麦叶扔出硬币，像扔出去一颗炸弹，她是在爆炸中死里逃生，还是在爆炸中粉身碎骨，一切听天由命了。

硬币在空中划出一道不规则的弧线，落在带条纹的床单上，麦叶忐忑不安地捡起来，她闭着眼不敢看，憋了五秒钟，睁开眼，傻了：反面。

麦叶将电话扔在床头柜上，人像一口袋被水泡软的面粉，稀松涣散地倒在床上，床上是一堆碎砖烂瓦。

麦叶的火车夜里零点零八分开，第二天晚上仍有一半是属于下浦村的。付清了水电费、房租，麦叶连电饭锅都收拾好了，准备一同带走，打好包后，才晚上八点多一点，她知道这是在下浦村最后几个小时了。麦叶这一次几乎想都不想地就拨打了老耿的电话，电话很快就通了，她对老耿说："我晚上零点零八的火车，明年我也不来了，你马上过来，骑摩托车送我走吧！到洋浦火车站十五分钟就够了！"麦叶没想到有些看起来很难说出口的话，但只要你有勇气说出来，也就是几十个汉语拼音的音节，没什么大不了的。

麦叶说完这一通几乎大半年都不敢说的话，身上像是卸下了一卡车水泥一样轻松。这是麦叶第一次主动打电话让老耿过来，过来送行相当于接头暗号，他们谁都知道电话后面是什么意思。可电话里的老耿却有些沮丧地说："我的摩托车被城管没收了，他们说我跑黑车，还说要罚我款，我正在城管这里接受处理呢。"

麦叶心一下凉透了，她说："你跟他们说说，你是电子厂上班的工人，不是专门跑黑车的！"

老耿在电话里说："我说了，他们不睬我。摩托我不要了，我马上到你那里去！"

麦叶面对着话筒，像是面对着绝望的深渊，"不用了，你处理摩托车的事吧，我自己走，马上就走！"说着掐断了电话，像是掐断了自己的喉咙，麦叶的眼里终于流出了两行伤心的泪水。

麦叶走的那天晚上，下浦村的夜露中开始结冰，等到火车开走后，天空好像也冻住了，星星在固定的位置上一动不动。那时候，老耿正从城管所往下浦村一路奔跑，他的摩托车已经被没收了！

十五

绿皮火车在冰冷的空气中开了一天两夜，到了大西南一个偏僻的小站，麦叶她们接着坐了一天一夜的长途汽车，又倒了四个小时的农用车，终于回到大山深处的河谷地带。这时天已黑透了，时间已是腊月二十八，还有两天就过年了。

村里一趟车回来的有六个女人，她们在不同的工厂，有不同的故事。麦穗和麦叶分手各自回家前，麦穗还对麦叶强调说："我们在厂里打工，下了班接着出去打零工，其他什么都没做，听到了没有？"麦叶在黑暗中点点头。

回到家的麦叶非常兴奋，见到桂生和小慧，像是死而复生。桂生不停地憨笑着，一晚上嘴始终合不拢，小慧吃着麦叶带回来的饼干和糖果，屋内屋外四处乱窜，公公瘫在床上，穿起麦叶买回来的新棉袄，嘴角流出了幸福的口水，他执意要起床陪麦叶吃晚饭，麦叶说不用了。桂生为迎接麦叶杀了一只鸡，蒸了一碗咸肉，麦叶很孝顺地盛了一碗饭又夹了几块鸡肉和咸肉送到床头。麦叶看到公公接过碗，嘴角不停地抽搐着。公公只说了一句话："嫁到我们家，你受苦了！"

一切是那么熟悉，桂生的憨厚中还夹带着粗鲁，小慧简单得就像一个新买的碗，一览无余。空气中有油烟和灶火焦煳的气息，这是麦叶熟悉又备感亲切的气息。晚上睡觉关上房门，麦叶觉得，这里才是自己的家，这里才是自己踏实的生活。

桂生一晚上非常野蛮，他憋了两年的欲望要在一个晚上兑付，所以人就变得异常贪婪和暴力，他一次又一次地进入麦叶，用手掐麦叶的乳房和耳朵，而麦叶比桂生更加失态，她在和桂生的疯狂交合中，突然抬起手，猛地一巴掌抽在桂生的脸上。这是麦叶用憋了两年的力气扇出去的，桂生鼻子、嘴里流出了鲜血，而他浑然不觉，鲜血滴落到麦叶的乳房上和肚子上。麦叶像冬眠刚刚苏醒的蛇一样箍紧了桂生的脖子，两人搂抱在一起，时而笑，时而哭，身上满是汗水、泪水还有血水。折腾了一夜，只睡了一小会儿，鸡叫的时候，桂生又翻到了麦叶的身上，像是饿了两年的叫花子，又加了一顿餐。

麦叶在风停雨歇后，吊着汗湿了的桂生问："你说，我们是不是畜生？"桂生回答得非常干脆："我们本来就是畜生！"

过年的气氛好极了，乡邻亲戚们走东家，串西家，跟共产主义似的，走到哪家吃到哪家，抓起筷子就夹菜，端起杯子就喝酒。乡下虽不富裕，但过年了杀猪宰羊，炖鸡烧鸭，整天吃得满嘴流油是有保证的。小慧以她不到五岁的智慧对麦叶发出感慨："妈妈，要是天天过年就好了！"麦叶和桂生都笑了。

"乐极生悲"这个词好像就是为桂生准备的，年初三晚上，按顺序轮流，来宝叔请了几个乡邻来家里喝年酒，桂生和刘大山这两个打工家属也被邀来了。一桌八个男人很快喝掉了一箱白酒，等到刘大山和桂生舌头发硬的时候，桌上已撬掉了五斤白酒，酒一喝多了，话匣子就刹不住了。来宝叔说麦苗带回了八百块钱，女儿有本事了，能挣钱了，喝酒喝得痛快。刘大山搂着来宝叔的肩膀说："叔呀，你喝得痛快，麦苗喝得痛苦呀！这么好的一个黄花闺女，亏了！"没人听出刘大山说的是什么意思，别人甚至连搭腔的兴趣都没有，来宝叔的酒早已过量，他文不对题说："麦苗过了年才二十岁，有什么亏的，有什么痛苦的！"

刘大山要酒喝就说明已经喝多了，他要跟桂生再炸一杯，已经不胜酒力的桂生不答应，刘大山一摔酒杯，玻璃酒杯在地上碎了，他手指着桂生，"你算个毬，看不起我，我们家麦穗是没你老婆年轻漂亮，但我老婆在外打工不偷人，不跟野男人上床！”桂生一下子酒醒了，上来一把薅住刘大山的棉袄领子，“刘大山，你给我说清楚，我老婆偷谁了，跟哪个野男人上床了？”桂生摔碎了手里的一只碗。刘大山酒喝多了，嘴里胡言乱语：“跟哪个野男人，问你老婆不就知道了，我又不是你老婆。”

“你胡说！”桂生要打刘大山，场面已经失控，没喝多的人纷纷上来拉开两人。桂生还没动手，刘大山已经躺倒在地上。地上满是鸡鸭的骨头，还有酒瓶盖子、香烟头之类的，屋内乌烟瘴气，屋外还有零星的鞭炮在山谷里远远近近地爆响，这响声提示人们，过年还在继续。

但麦叶家的年从初三这天晚上起，提前结束了。

桂生踉踉跄跄回到家，小慧在另一间屋里已经睡着了，瘫痪的父亲在厢房里拼命地咳嗽着，喉咙里像是被鱼刺卡住似的。只有麦叶在等桂生，她知道桂生喝了酒后总是要她，所以她铺好了床上的花被子，还换了一条新枕巾，怕桂生出汗太多，她还泡了一杯山茶放在床前的夜桌上。

麦叶看桂生满脸通红，眼睛也是血红的，就站在昏黄的灯光下问他：“是不是先喝点水？”麦叶端起泡好的茶迎了上来。

桂生不说话，满脸酒气的脑袋逼近到麦叶的脸上，他一字一顿地喷着酒气对麦叶命令道：“跪下！”

麦叶很诧异地望着桂生，“你喝多了！”

桂生用食指顶着麦叶的鼻子，“老子没喝多，你给我跪下！”

麦叶隐隐觉得事情有点蹊跷，但她理不出头绪，就很迷茫地望着桂生，“你这是怎么了？”

桂生上来就对着麦叶的腿弯处准确无误地猛踩一脚，“跪下！”被踹了一脚的麦叶几乎是情不自禁地跪了下去。

桂生显然不满足于麦叶跪下的姿势，于是又冲上来薅住麦叶的头发，对着麦叶的脸，左右开弓扇了二十几个来回，直到他手指发麻了，才停下来。

麦叶嘴里、鼻孔、耳朵全都出血，眼睛也充血了，差不多就是通常所说的七窍流血。麦叶捂着脸，伤心地大哭，面对这突如其来的暴力，她已经没有力气说话。

桂生坐在床沿上，一只脚踩在麦叶的身上，然后点燃一支烟，将烟雾喷到麦叶血肉模糊的脸上，像是电影中军统特务审讯地下党的画面，“从实招来，野男人是谁？姓名？电话号码？什么时候开始偷情的？”

麦叶终于明白了桂生拳脚的内涵了，但她确信桂生能够掌握和了解的都是似是而非的想象和推理，不可能有什么铁板钉钉的事实，所以，麦叶一口咬定，“没有，我只打工，什么也没做！”

桂生见麦叶一副视死如归、大义凛然的样子，于是开始用刑。他翻出了捆麦子的麻绳，再洒水打湿，然后用绳子将麦叶捆好吊到了屋梁上。麦叶像一只弯曲的虾被悬挂在屋梁上，她感觉到全身的骨头和肉都在加速撕裂，那种千刀万剐的疼痛让麦叶发出了惨绝人寰的惨叫。厢房里瘫痪的父亲被正屋里撕心裂肺的叫声惊醒，他下不了床，于是高声喊：“桂生，你发哪门子疯呀！”桂生走过来，冷冷地告诉父亲：“你听错了，是电视剧里审问犯人的声音。”

天亮时分，麦叶终于全部招供了。

男人叫老耿，全名耿田，是大西南这一片的大老乡，帮着自己打抱不平，被拘留，挨罚款，他帮自己完全是为老乡而两肋插刀，他们之间没有发生任何事。麦叶很困难地维护着老耿的形象，她说老耿就像活雷锋一样，自己几次想替他承担一些罚款，可老耿一分都不要。桂生本来已经冷静了下来，听到麦叶一说细节，上来又是几巴掌，刚从屋梁上放下来的麦叶一下子瘫倒在地。桂生吐掉嘴里的烟头，继续薅住麦叶凌乱不堪的头发，“他不想要你钱，是想要你人！”桂生命令麦叶把手机交出来，他要审查麦叶和老耿的联系信息，麦叶乖乖地掏出手机，翻出了“橘黄头盔”，桂生眼睛里冒着火，嘴里当然也不可能干净，“橘黄头盔，你们他妈的还对暗号！”麦叶说当初不知道他名字，当翻到信息中，老耿对麦叶说“吃饭最好放在晚上”，麦叶回信息说“晚上就在我屋里”时，桂生一下子跳了起来，这已经不用解释了，他妈的约好了国庆节偷情。还美其名吃饭，吃饭在屋里，还是晚上。桂生这次没打麦叶，而是猛扇自己耳光，一口气扇了自己十几个耳光，“你这个臭婊子，老子在家。既当爹，又当妈，你在外面给老子戴绿帽子！妈，我好冤呀！”桂生蹲在地上捂着脸哭了起来，他向已死去多年的母亲喊冤。

麦叶觉得自己跳进黄河洗不清了，她拉起桂生，冷静地说：“桂生，我没有对不起你，你要是还不相信，我天一亮就到河谷里去跳崖，我不死在家里，好吗？”

桂生突然站起来，抱住麦叶号啕大哭起来，“你可千万不要这么想，小慧还不到五岁，不能没妈。对不起！是我无能，让你受苦了！”麦叶一句话没说，夫妻俩抱头大哭，太阳在两个年轻人的哭声中升起，阳光铺满了山区里的河谷地带，也铺到了桂生家沉默的屋顶上。

第二天，桂生家里好像什么事都没发生，桂生再也没提过昨晚的事，一切归于风平浪静。桂生和麦叶一起去麦叶娘家里拜年，年初六桂生还提议带着女儿到县城照了一张全家相。麦叶心里一直很虚，好像自己真的做错了什么似的，她总是反复地对桂生说："年后反正我也不去了，种几亩地，养一圈猪，房子也能翻盖。"

本来已经说好了麦叶不再出门了，可年初七夜里，桂生父亲呼吸突然急促而混乱，好几次气都喘不上来了。桂生和麦叶连夜借拖拉机将父亲送到县医院抢救，医生说老人瘫痪后风湿侵犯心肺导致呼吸障碍，人是抢救过来了，可医疗费花掉了六千多，家里钱花光了，还借了两千多块钱。

桂生对麦叶说："家里这个样子，实在是走投无路了。一进医院，钱就是纸了。你还得出去打工，家里我来照顾。"

麦叶说："我说过了，我再也不出去打工了。"

桂生见麦叶手抚摸着颈脖处的伤口，软下口气，"算我求你了，好不好？"

麦叶本想说，出门打工我可担当不起偷人养汉的罪名，但桂生自初三那天晚上酒喝多了发飙以后，一个字也没提过，也许他已经意识到自己的过激和荒谬了，麦叶要是再提出来无疑是把好了的伤疤又用刀子捅破。所以，麦叶就没说话。

年初十，麦叶还是和麦穗一道出门的。麦穗见麦叶颈部有伤，就问麦叶："你们两口子是不是太疯了，在床上做好事还把颈脖子抓伤。"

麦叶不说话，目光死死地咬住麦穗，麦穗发觉麦叶的目光像刀子，她无中生有地搓着自己空虚的双手以掩饰内心的摇晃。

十六

下浦村的海风依旧，扑面而来的不是风，而是盐霜和湿漉漉的水气。

麦叶的房子已经退掉了，麦穗要麦叶临时跟她一起住几天，麦叶没答应，她一下车就去村巷里找中介，不到半个小时，就租下了距离老耿出租屋只隔一条巷子的一间平房，是原先一间牛栏改造的，房子大些，还有一个脸盆大的窗子，只是每月房租比原先多了十块钱。麦穗是陪着麦叶一起去找房子的，见租下的房子离老耿很近，麦穗什么话也没说，分手的时候，只是说："你要是愿意的话，今年下了班后，我们在村巷里摆地摊，听说最多一晚上能挣五六十呢。"麦叶脸上一点表情都没有，她只是说："我被桂生打伤了，不想出门。"麦穗惊得脸色刷白，她自言自语了一句："怎么会呢？"

上班的日子按部就班，上班的时间如同死亡的时间，尤其是在生产线上，每天只重复一个动作，插件或连线，下班后，手指和内心一起麻木不仁。装配线上干上几年，不是变成傻子，就是变成疯子，这话是老耿说的。可上班第一天，麦叶却没看到老耿。

大年初一时，麦叶收到了好几个生产线上姐妹发来的拜年短信，但老耿没发一个字过来，好几次手机短信提醒声一响，她就迫不及待地打开来看，但老耿好像从地球上消失了，当然，她也不会给老耿发短信的。他们已是两个毫不相干的人了，所以她很快就说服了自己的内心。初三晚上桂生发飙要看手机，麦叶当时很庆幸老耿过年没信息过来，可国庆节相约吃饭的信息没删，而那几条信息比拜年信息更加可怕。

没见着老耿，麦叶也没怎么往心里去，她觉得也许老耿摩托车被没收后，回老家过年去了，可他哪有钱做路费呢，大半年都是过着倒霉的日子。桂生下手太重，麦叶觉得自己还是有点冤，可老耿比自己更冤。这样一想，她就觉得应该见一下老耿。巷子早已空了，深夜，麦叶终于给老耿拨了电话，电话里的回复是：您所拨打的电话已经停机。

此后一连三四天，老耿还是没见到。其实，麦穗早已知道了真相，但她没告诉麦叶，麦叶也没去问她，姐妹俩年后在厂里几乎已没有什么来往了。上班后的第五天，麦叶终于忍不住在午饭后休息的半个小时里，跑去找到了库房主管。库房主管正眯着眼晒太阳，当麦叶问起老耿时，库房主管连眼睛都懒得睁开，声音很冷漠地告诉麦叶："老耿年前就辞职了，听说到舟山那边的一个岛上打鱼去了。"麦叶问老耿为什么辞职，库房主管睁开眼，盯住麦叶，"我哪知道，这个人不是一个省油的灯，就你们女人喜欢，你可知道他在这里惹了多少事！"

此后的日子里，麦叶再也没向人打听过老耿，她也想把这个男人从自己的记忆里抹去，可那个仗义行侠、敢作敢当的男人像是病毒一样，时常在她的头脑里和梦里出现，而且总是对她说："有什么需要的，直接给我打电话！"可电话已打不通了。

时间是最好的解药，春天来临，枯树发芽，阳光和空气越来越暖和了，麦叶在阳光的温暖下，心情慢慢地平静下来。厂里订单今年似乎更少了，下班提前到了下午四点，四点过后，麦叶去镇上医院当晚班护工，每天为病人端屎端尿到夜里十一点，一晚上的报酬是四十块钱，还免费提供一顿晚饭。每次走过老耿抢救时住过的病房，她好像都能看到老耿头上缠着绷带，张着嘴，等待着麦叶给他喂水，老耿干裂的嘴唇和受伤的表情是那么的可怜。

麦叶跟桂生没有什么联系，桂生不给麦叶打电话，麦叶也不给他打电话，她只是不停地往家里寄钱，每月工资加上打零工的钱分两次寄回家。

三月上旬的时候，两个警察在车间里将麦叶了出来，他们神情严峻地对麦叶说：“老耿死了，案件与你有关，你必须配合调查！”

老耿在舟山群岛打鱼，那天凌晨上岸送鱼到交易批发市场，在出市场的街口被一辆急速而过的摩托车撞倒了，还没送到医院，人就死了。

麦叶愣在那里，像是听天书一样茫然，而给她致命一击的消息是，撞死老耿的人是麦叶的丈夫桂生。

麦叶是后来从警方那里了解到事情全部真相的。麦叶在外打工偷人的消息实际上从年初三那天晚上起，就在村里传开了，经过春节假期的全面发酵，全乡都知道了，这成了春节期间全乡酒桌上的另一道下酒菜。桂生本来不打算深究麦叶，可桂生父亲在听到一个上门探视的远房亲戚说了这事后，当场就晕了过去。老人受不了这有辱门风的事，抢救过来后，从此就不再说话，半个月后，撒手人寰。桂生知道父亲是被麦叶气死的，所以，老人下葬桂生都没通知麦叶回来奔丧，也就是说，直到案发，麦叶都不知道公公已经去世。

桂生曾经打过老耿的电话，停机了。但麦叶交代过老耿的老家是离这里六百多里外牧牛山里的桃溪乡。桂生埋了父亲，日夜兼程赶到老耿老家，弄到了老耿现在的打工地点、电话号码和打鱼的照片。桂生说他是以前老耿的打工同事，分开后一直很想他。老耿老婆见来人这么有情有义就很感动，不但给齐了老耿各种信息，中午还留桂生吃了顿午饭，饭桌上特地上了一盘咸肉炒鸡蛋。

桂生潜伏到舟山渔场一个星期后，摸清了老耿的相貌和行踪，为了不留下把柄，他在一个管理不善的住宅小区偷了一辆摩托车，并于一个暗无天日的凌晨将老耿撞死。老耿死的时候，他从渔船上送上岸的鱼基本上都还活着。

在天网工程的笼罩下，桂生很快就在监控的揭发下以故意杀人罪被逮捕了。

麦叶辞职回到了老家，家里已经全空了，只剩下麦叶和小慧这两个孤儿寡母。桂生的案子很快就要起诉，麦叶请了律师，律师说应该是死刑，我们争取判个死缓，毕竟那个老耿也有过错。麦叶异常固执地告诉律师：“老耿没有错！”

麦叶去看守所想见一下桂生，桂生收下了麦叶带来的衣服和鞋袜，但不愿见麦叶。麦叶回到村里，村里没一个人理睬她，他们见到麦叶都绕着走。麦叶知道，在这个村子里，她已经待不下去了。

麦叶从家里找到了捆麦子的绳子，准备上吊，一死了之，简单而实惠。可绳子扣到屋梁上后，小慧抱着麦叶的腿说：“妈妈，我怕！”麦叶就想自己走了后，女儿怎么办呢，于是她对女儿说：“我们在屋梁上扣上绳子，做一个秋千，好不好？”小慧喜笑颜开说：“好！”麦叶搂着女儿，泪水夺眶而出，但她不能哭出声来。

河谷地带的麦子正在拔节，绿色的麦田沿着河谷两岸密不透风地向前铺陈，麦叶拉着小慧的手，走在麦地的空隙里，她们正在离开这座村庄，她们的头顶上是成群结队的燕子在阳光下飞舞，这是燕子的季节。

清明节那天早晨，六百里外的牧牛山桃溪村村口，麦叶牵着小慧的手，问一个牧牛归来的汉子：“请问，老耿的坟在哪里？”

清明一个月后，桂生因故意杀人罪被判处死刑，缓期两年执行，麦叶应麦苗邀请，带着小慧到麦苗的网店打工去了。又一年后，麦穗突然辞职，到普陀山出家了，至于原因是什么，谁也不清楚。

【作者简介】

许春樵，安徽天长人。1983年毕业于安徽师范大学中文系，1991年又毕业于华中师范大学中文系研究生班。曾先后在学校、报社、出版社任教师、编辑、记者，1997年底调安徽文学院任专业作家、副院长。著有长篇小说《放下武器》《男人立正》，中短篇小说集《谜语》，散文集《重归书斋》。作品获过《上海文学》奖、安徽文学奖、《当代》小说拉力赛冠军等。

小说中的小说

——评许春樵小说《麦子熟了》

王达敏

读惯了许春樵的小说，乍一读《麦子熟了》(《人民文学》2016年第10期)，甚为惊讶，这是许春樵写的吗？

《麦子熟了》是纯粹人性叙写的审美化小说，与许春樵之前的小说完全不一样。这两年，许春樵跟自己较劲，铆足劲要突破自己、超越自己。《麦子熟了》破壳而出，于“不一样”中初步实现了他所期待的自我突破和自我超越。

认准《麦子熟了》突破性和超越性的变化，并不是说许春樵之前的小说不好。《麦子熟了》是人性化、审美化的好小说，而许春樵以前的小说则是另一种好小说。从1991年开始小说创作以来，许春樵发表了四部长篇小说和几十部中篇小说，形成了个性化的写作特点和艺术风格。他的小说辨识度很高，是“传统和经典的故事＋先锋的个性叙事＋思想的深度发现”。这些小说多取与现实对抗的立场，在现实和人性的关系中表现现实的强势话语对人性的压抑、扭曲乃至变异，比如《放下武器》，它在一种司空见惯的庸常的政治现实中发现了一个天大的秘密：道德的个人与不道德的社会之间形成了一种悖论关系，即个人的道德在集体中常常难以实现，而集体要求的道德表现在个体身上往往以牺牲个人的道德为代价，集体的力量将不道德合法化、制度化，直接导致了道德分辨的模糊和人性的裂变。由此，许春樵小说表现出理性力量很强的特征。“理性”是20世纪小说区别于19世纪以前小说的一个重要标识，无可厚非，关键在于理性渗透的方式与艺术表现是否合度。理性的渗透深化了许春樵小说的思想力量，已经成为不争的事实。

《麦子熟了》缓解了人与现实的对抗关系，它大踏步地后退，一直退到18、19世纪文学那里，退到人物的内心世界，写人性的复杂性、不确定性和丰富性。福克纳曾说：“人心内部冲突的问题本身就足以成为理想的写作材料，因为这是唯一值得写的”。表面写打工族的故事，实际上，写什么题材对于许春樵已经不是至关重要——题材只是他用来勘探人性的载体，重要的是他要把人放到“打工环境”，在这个犹如“人性实验室”里，看看这些农民工男人和女人在这个特殊环境里，他们的情感和精神会发生哪些变化，由此而洞悉现实和人性在深层的真相。

表面上看，这是一个关于打工女人出轨的故事，写漂亮文静且传统自守的少妇麦叶的性心理和性欲望，顺便提及，写少妇的性心理和性欲望是许春樵小说创作的一大进步，以及与她发生联系的老耿、麦穗、麦苗等人的人性状态。深入勘探会发现，由“性压抑”、“性欲望”引发的情感的煎熬、人性的撕裂和心灵的痛苦成为他们精神生活的真相。

麦叶单纯，单纯得像一泓水波不兴的湖水，但她幽闭的内心世界却无比丰富。她欲进又止、欲止又进、退退守守的姿态让人难以把握她内心活动的全部信息，可能连她自己也难以对其作出准确的解释，其他人物的内心活动的水平多半亦如此。在2017年1月7日安徽省作家协会召开的《麦子熟了》的研讨会上，许春樵坦言，这部小说中的人物的内心活动，有些是他能够解释的，有些是他不能解释的，比如：麦叶是想出轨，还是不知不觉地渴望出轨？麦叶最初拒绝老耿是道德坚守，还是内心恐惧？麦叶后来愿意跟老耿“闲扯”是本能的欲望，还是情感的饥渴，抑或道德底线的失守？麦叶心里接受了老耿是还人情，还是萌生了爱情？麦叶离开工厂前主动邀约老耿过来，是操守的崩溃与沦陷，还是心里想兑现对一个男人的情感？出轨究竟如何定义？麦叶身体始终没有出轨，但她精神上是不是已经出轨？麦叶究竟是麦穗的妹妹，还是麦穗潜在的情敌？麦穗是保护了麦叶，还是毁掉了麦叶？麦穗过年回家出卖麦叶是无心的疏忽，还是有意的报复？老耿对麦叶是为了“性”，还是为了“情”？看似动物性生存的“打工村”里究竟有没有高贵的情感和神圣的尊严？麦苗被王瘸子包养是贪图享受，还是生活无奈，是主动投怀送抱，还是被利诱和勾引？还可以接着提出如此疑问：老耿被麦叶的丈夫撞死后，麦叶带着女儿寻找老耿的坟墓，是怀念老耿，还是表达内疚情感？麦穗到普陀山出家，是逃避责难，还是赎罪忏悔？

疑问源于人性的不确定性，不确定性对应于确定性。确定性的最佳答案是唯一性，即单一性、绝对性。而不确定性则是复杂性和丰富性的表现，它不是二元对立的二取一，也不是简单并列的多元化，而是复杂意义上的互生共存和混沌互为的状态。一个对象只要存在两个以上的解，其内涵就是不确定的，表现为不确定性。对此，我曾指出：“最大的不确定性等于最多的可能的确定性”，也就是“丰富性”。但人性不确定性中的确定性完全取决于人物在特定情境中的情感变化和精神取向，麦叶等人的内心变化遵从了人性演变的逻辑，于是，许春樵的这些“是”和“还是”的疑问都可反转为对“是”的回答。

有人问，许春樵转向内心的写作，会不会降低甚而消失思想的力量？不必担心，人性不是与世隔绝的抽象虚幻的存在，它实在是一个融化并包含着情感与道德、现实与历史、社会与人生、思想与精神的实体。钱谷融先生七十年前就说，人是生活的主人，人是社会现实的主人，写好了人也就写好了现实。如此推论，写好了丰富的人性也就写好了思想。特别是当人性完全被打开而进入灵魂和精神的境界时，思想会自然而然地彰显出来。麦叶和麦穗最后的负疚、忏悔、赎罪，已经显示了这一点。

地下三尺

陈　仓

一、忘记自己还是诗人

这块空地上的一根草，空中飞过的一只小麻雀，还有偶尔飘来的一朵白云，从眼下开始都属于他陈元的了，起码它们的命运是掌握在他陈元的手中。

陈元站在这块空地当中，一边摸着自己的光头，一边眯起一对小眼睛，仰望着一根大烟囱，独自一人嘿嘿地笑着。正是秋后的正午，阳光有一些晃眼，他心情十分愉悦，可以称得上心花怒放。他万万没有想到，自己也有让上海晃一晃的时候。

陈元一下子有了写诗的冲动，这么多年在外漂泊，尤其从陕西塔尔坪一头扎进上海，已经十年时间了，生存的压力，让他忘记自己曾经还是一个诗人。陈元从包里掏出一沓文件，有一份是自己公司的营业执照，还有一份是几个小时前刚刚拿到的一个项目的标书，立即记下了这首诗：

我有一片空地
暂时允许它长满荒草
如果我愿意我可以种上麦子
也可以植入有毒的罂粟

二、不明白自己拜什么

想起一年前，自己的小诊所出事那阵子，陈元感到十分心酸。在给一个女学生堕胎时，竟然出现了大出血，酿出了一条人命，小诊所就被人给查封了。不是自己倾家荡产，把这件事情给摆平了，说不定现在还待在监狱里。几名跟随多年的小兄弟，还有女朋友兼小老乡的小护士，大家一哄而散；最最要命的，自己一下子无家可归，连房租也交不起，硬是给人赶了出来，只好流浪街头了。

那段时间，他身无分文，走路的时候基本低着头，两眼盯着脚下那些花花绿绿的垃圾，他多么希望能够拾到十块钱。是的，就是十块钱！开小诊所的那阵子，十块钱算什么呢？每次碰到了乞丐，他丢过去的就是十块钱。如今十块钱对他来说，就是五个包子，就是一天的口粮，就能维持一个人的小命。

他的小诊所开在桃园地区，是普陀与嘉定两区的交界处，不但流动人口比较密集，而且离工业园区又近，还是比较吃香的。小诊所不远的地方，有一块三五亩的空地，为什么一直空着，没有人说得明白。开小诊所那阵子，陈元把它当成了自己老家的一块田野，一旦想家了，心烦了，高兴了，他就来这里，打打滚，发发疯。

小诊所关门后的某一天，他仍与往常一样，无所事事地到处闲逛着。说他闲逛简直是美化了他的生活。他其实连一名拾垃圾的也不如，拾垃圾的还可以拾点破铜烂铁，他则只能盯着钞票。在繁华的大马路上，什么钞票也没有。他拾到过五块的，他妈的竟然是一张假钞，什么地方都会有假钞；他拾到过一百块的，他奶奶的竟然是阴钞，是没有烧干净的阴钞。陈元就改变了方向，来到了这块空地。这块空地一直空着,成了垃圾分拣中心,中间堆满了花花绿绿的垃圾。别小看了城市里的垃圾堆，这才是可以淘金的地方。陈元随便那么一踢，在半块砖头下边，就压着一张有些发霉的二十块的纸币。

陈元顾不得检验真假，便揣着这二十块，一边吹着口哨，吹着“解放区的天是蓝蓝的天”，一边来到对面的一家早餐店，买了三个热气腾腾的大肉包子。陈元花掉了六块，还剩下十四块。当他蹲在地上吃完了包子，忽然发现这家包子店，不但卖包子,还卖彩票。他干脆眼睛一闭,把剩下的十四块全部拿出来,买了七注双色球。谁想到，天无绝人之路，果然就中了个二等奖，陈元一询问，奖金竟有六十多万元。

中奖的那天晚上，陈元没有去住宾馆，也没有去喝酒吃肉。彩票还没有兑现，他仍然是身无分文的，他干脆跑到这块空地上，饥肠辘辘地坐了一夜。反正这是悲惨人生的最后一夜。这一夜，他看着天上的星星，浮想着落魄的这些日子，一张张扭曲的脸，一双双冷漠的眼睛，一句句挑衅的话，他一下子流泪了。他有了写诗的冲动，但是那天晚上，除了怀揣着一张六十多万元的彩票外，他的身上没有一张纸一支笔，没有任何地方可以记下他内心的诗意，所以这首诗在天亮之后就熄灭了。

太阳升起的时候，陈元像一头狮子一样，仰望着天空，张开嘴一声长啸，想一口吞下整个早晨一般。他没有打出租车。他根本打不起出租车。而是一路跑步赶往彩票中心。等他兑完奖回来后，他已经一天没有吃喝了，他仍然没有顾及自己。陈元中奖后，他似乎就不饿了，或者说他不怕饿了，也饿不死了。他跑到了菜市场，买了一头大肥猪，包括猪肉、猪骨头和猪杂碎，当然还有半盆子猪血，统统运到了这块空地上。他要感谢一下这块空地，确切地说他要喂喂那些流浪狗和流浪猫，顺便用猪血喂喂那些苍蝇和蟋蟀。他知道苍蝇是喜欢猪血的，却不知道蟋蟀喜欢什么。在自己最孤独最寂寞最困难的时候，这些小狗小猫苍蝇蟋蟀们，还一如既往地围在身边陪伴着自己。小狗小猫们还偶尔在他的面前撒着欢儿，舔舔他的伤口；苍蝇们还在他的面前翩翩起舞，蟋蟀们还在夜深人静的时候，吱吱地叫上那么一曲，来慰藉他的心灵。特别是那些小狗小猫，平时只能吃一些残羹剩饭，甚至连残羹剩饭也吃不到，但是它们面对陈元设下的盛宴，不争不抢，吃得很平和，吃得很开心。有一条老黄狗,还谦让着几只小狗崽子。就凭这一点,陈元觉得这些畜生比人要讲义气，要有人情味。如果碰到了人，哪怕一奶同胞的弟兄姐妹，知道他陈元中了六十万元，肯定会扑过来咬上一口的。

陈元怀揣着几十万元的存折，在走出这块空地的时候，他终于双腿一软，禁不住一下子跪下了，泪流满面地仰着头，朝着空地边上的一根大烟囱跪下了。他磕了几个头，作了几个揖，既像这里埋着自己的祖先，更像三尺之下便有神灵一般。陈元是虔诚的，是有敬畏之心的，他的头磕向地面的时候，发出了嘭嘭的声响。有一位白发苍苍的老大妈,恐怕是从菜市场回来,左手提着半只鱼头,右手提着几个馒头，当她从旁边经过的时候，看见陈元在这里下跪磕头，而且是泪流满面，老大妈于是便问，你拜什么呢？

陈元说，还能拜什么，自然是神灵呀。

老大妈说，全是垃圾，神灵在哪里？

陈元说，你看着是垃圾，它就是神灵；你看着是神灵，有时候却是垃圾。

陈元正好剃着一个光头，而且神神道道的，不像是在开玩笑，很像正在参禅的高僧。老大妈于是又问，你是和尚吗？在哪里出家的？陈元说，行善之人四处为家，善在哪里，家就在哪里。这话如此高深莫测，让老大妈深信不疑了，于是再问，能许愿吗？陈元说，自然了，我昨天拜了一下，心愿就实现了。老大妈说，什么心愿？陈元说，还能有什么呢？发财呀，如今大家除了发财，还有什么呢？一旦发了财，还会有什么烦恼吗？

老大妈说，我得了高血压，正等着看病呢。老大妈心想，磕个头也不算什么，就扑通一下靠着陈元跪下了。老大妈把几个馒头与一袋子豆浆拿出来，当成供品摆在了大烟囱下边的地上，然后一五一十地拜着。等老大妈离开的时候，陈元从怀里掏出十张百元钞票，递给了老大妈说，拿这点钱到中药铺里，抓点葛根和野菊花，煮茶喝吧，每日三次，每次一杯，或许能消除你的病患。

旁边有几个路人，看到有人发钞票，也纷纷朝着大烟囱跪下了。有些人一边拜，还一边念念有词，甚至从哪里弄来一炷香，在这块空地上燃了起来。陈元还是一样，凡是下跪磕头的，每人发放五十元，能讲出自己灾难大小的，视情况每人发放一两百元。于是，每个离去的人，逢人便说，赶紧下跪去吧，有钱发呢。

闻风而来的人越来越多，各人的灾难也五花八门，有人是自己生病了，有人是家人出车祸了，有人是家里起火了，还有一些无灾无难的，却格外的痛苦和忧愁，比如被单位给炒鱿鱼了，莫名其妙地被举报了，或者是老婆在外边有花头了。陈元想想自己以前的各种境遇，对每个人的灾难一点都不怀疑，眼含泪光地听完了，不但发了钱，还分头赠送几句话安慰一下。比如，想开一点呀，日子还长着呀，风水轮流转呀，等等。

大家下完跪，磕完头，领了钱，临走时还问一句，明天呢，明天还会发钱吗？

陈元看这阵势有些不妙，自己中个彩票多不容易，几百万分之一吧？不能就这么花掉了，这个世上人人都值得同情，自己没有钱的时候，或者是钱不多的时候，谁来同情自己呢？陈元觉得，自己中了六十多万元，交了十多万元的税之后，剩下的也就五十多万元，如果这样撒下去，几个月也就完蛋了。五十多万元在这个城市算什么呢？恐怕就是少数人家的一辆车，或者说就是大多数人家的一个厕所，这附近的房子一平方米需要三万多元了，五十多万元仅仅是十多平方米的厕所而已，全上海有两千多万人口，估计至少有五百万个家庭，家家户户谁会没有厕所呢？

陈元心想，应该用钱老子生钱儿子，才会越来越富，等自己真正富了，不是五十多万元，是五百多万元，是五千多万元，不需要别人同情了，再回过头来做点善事，也是不迟的。在一个资本的世界，有钱的人钱越来越多，穷人会越来越穷；有钱的人好像都是慈善家，穷人似乎都是土匪。就像这块空地一样，长草的地方草会越来越深，光秃秃的地方被人踩成了路，会越来越光。

自从陈元在空地上发过钱之后，前来跪拜的人竟然络绎不绝。除了老大妈这些真来许愿的，大多数人是为了钱，是冲着陈元的布施来的，中间有一部分是拾垃圾的，有一部分是附近的小商小贩，还有那么几个是凑热闹的。陈元看人越来越多，第二天就由五十块减到了十块，第三天由十块又减到了一块，第四天一分都不敢发了。

陈元不发钱之后，除了一批常客之外，还有一些路过的，看着人家跑到这里，面对着直入云霄的大烟囱，扑通一声就跪下去了，自己也不管青红皂白，不问要拜的是佛还是神灵——多数人是分不清佛和神灵的，就糊里糊涂地跟着跪下去了。大家都这样，肯定有这样的道理，用不着搞清楚原因，不就下个跪磕个头吗？有什么了不起的呢？慢慢地，就不再是过路的人了，而是有灾有难的人，乞求平安的人，希望发财的人，主动带着供品与香表，有时候也带三尺红布，专门跑过来的。他们来这里，不是冲着陈元的钱来的，相反他们在这里跪拜完之后，还会在空地上留下一块两块的香火钱。

自从陈元有了几十万元，打算进行一点投资之后，他每天都要跑到这块空地上，看着由自己引起的莫名其妙的香火，摸着自己的光头苦思冥想着。陈元心想，在上海既然房子最值钱，投资房地产肯定最有前途了。陈元清楚，五十多万元，仅仅是一个厕所，离投资房地产还差十万八千里。但是，谁说投资房地产就一定要给人住呢？不给人住的房地产，似乎投资不大，而且更有意义。自己的一个朋友，就是进入这个行业而发达的。他开始是一个小小的推销员，他推销的不是给活人住的房子，而是埋死人的墓地。当时人们买墓地是自由的，活人也可以买墓地，不需要等死了之后。他不知道从哪里弄了六十张身份证，从亲戚朋友处借了三十多万元，在青浦一家墓园里，一口气买了六十个墓穴，当然还包括他自己的一个。这六十个墓穴成了他的业绩，除了基本的工资外，公司发了他三万元的奖金，他用这三万多元又买了六个墓穴。于是，他一个人总共拥有了六十六个墓穴。买完了这些墓穴，公司迟迟不见一个人埋在这里，问这六十六个人什么时候落葬呢？他就回答说，人家个个都活得好好的，起码得等十年八年的吧。此后不到三年时间，巴掌大的一块墓地，从五千块先是涨到了两万块，在他出手的时候，一路攀升到了六万块，他一下子就发达了。

如今国家规定，人死了才能买到一块墓，炒墓肯定是不允许的了。陈元只能开发墓园，开发墓园也是要有土地的，就是荒郊野外的土地也是相当值钱的。所以说，陈元连墓园也是开发不起的，他算了一下，他仅仅只能买八个墓穴。

当陈元看到这块空地上，除了一根大烟囱之外，连一间房子都没有，不出几天就香火不断，扔满了闪闪发光的硬币，他的思路就慢慢地清晰起来。他坚定了投资房地产的信心，他开发不起给活人住的居民楼，也开发不起给死人住的墓园。他的五十多万元，勉强只够盖一座小小的寺庙。好！那就建寺庙，就在这块空地上建寺庙。如果盖一座寺庙在这里，给神灵居住，那会是什么样子呢？这让陈元充满了想象。

在初步有了方向的那几天，为了拿出一个切实可行的计划，陈元除了围绕着那块空地不停地转圈子，还对方圆几里之内进行了一番考察。无论他走到哪里，他满脑子都是那块空地，想着上边齐腰深的杂草，想着在杂草中交配与栖息的流浪狗与流浪猫，当然还会想想那些冬去秋来的蟋蟀们。

尤其想到那块空地上袅袅的香火，让他觉得自己未来的福地，应该仍然在这块空地上。

三、盖什么都不如盖寺庙

或许自己那天的一次无心之拜，引来了那么多的香客前来许愿，感动了栖息在这块空地之下的神灵，使得他犹如幻想一般的计划，竟然一下子就有了眉目。

从陕西那个叫塔尔坪的小山村跑到上海后，陈元几乎什么活儿都干过，在建筑工地给人搬砖，当过房产中介的销售员，还去一家报社卖过报纸，后来觉得给别人干永远是没有出息的。在农业学校的时候，陈元是学兽医的，他很喜欢小狗小猫，尤其是与自己境遇相同的流浪狗与流浪猫。陈元当初之所以决定开一个给人看病的小诊所，没有开一家宠物医院，原因是每次看到城里人，动不动花几千块几万块，给小猫小狗看病的时候，给它们理发、做美容、找性伴侣的时候，他就十分心酸和难过。在他们村子塔尔坪，包括已经进城的自己在内，有病了都是一拖了之，想女人了只能忍着。

女朋友小护士在自己最落魄的时候，悄悄地离开了。陈元对此一方面是庆幸，一方面是理解。庆幸的是，色字头上一把刀，打个麻将想赢钱的话，几天之内不近女色才行。若小护士还在自己身边，也许他的好运气就消失了，就不会中几十万元的彩票了；理解的是，自己当时身无分文，如一棵没有一片叶子的香樟树，一只小麻雀在上边也是无法立足的。让一个小女人恓恓惶惶地陪着自己，有些于心不忍，也会拖累自己，自己就没有那么大勇气，还半死不活地留在上海了。

陈元中了几十万元彩票的时候，他没有告诉任何一个朋友，也没有立即告诉小护士。一是他觉得这点钱不算什么，二是这些钱不是凭本事赚来的，三是他还不需要她，让她来除了睡觉，不知道干什么。当陈元注册了自己的公司，公司又拿到了项目的标书，要在这块空地上建一个医疗垃圾处理站的时候，尤其是心中有了进一步的目标之后，他第一个想到的还是小护士。

陈元很兴奋地给小护士打了一个电话。小护士的手机依旧是关机的，陈元就发个短信给她说，想你，赶紧把自己送过来吧。陈元第二个想到的是焦大业。焦大业家是河南南阳的，离陈元的老家就三百公里的地方，从一所医疗技术学校大专毕业，由于文凭太低了，一直没有找到像样的工作，后来进了陈元的小诊所。焦大业跟随陈元两年多，按说时间不是很长，陈元之所以打电话给他，主要念的还是旧情，要有福一起同享。当年，在小诊所里，无论是治疗性病，还是刮宫引产，在焦大业的配合下，还算是热火朝天的。女大学生来堕胎的时候，陈元本来想亲自做手术，但是女大学生很漂亮，遭到了小护士的强烈反对。小护士对陈元说，看你那两眼放光的样子，到时候色心一起，两手一抖，要出乱子的。陈元无奈才把这个手术让给了焦大业，不想给小护士说中了，果然出大事了。女大学生大出血死后，焦大业流着眼泪对陈元说，三十六计，走为上计，我一走，不管是屎呀尿呀，你都往我头上浇吧。陈元说，你能去哪里呢？南阳回不成了吧？焦大业说，世界这么大，你就放心吧。陈元为焦大业收拾了东西，塞了两千块钱，让他连夜逃掉了。等到有关部门来调查的时候，陈元说，这个病人来呀，也没有挂号，也没有交一分钱，我怀疑她与医生之间认识，如今医生已经离开了，他走时还卷走了我两千块钱，我希望你们把他给找回来呢。调查人员无奈地说，这个小诊所是你开的，医生是你请的，你得负管理责任。女大学生父母闹上门的时候，陈元仍然一样，说是自己不知情，也没有收过一分手术费，如今人已经死了，医生已经不在了，好多情况已经讲不清了，大家可以坐下来好好商量，万一商量不好，可以走法律途径，他保证会听法院的。女大学生父母觉得，女儿堕胎的事情闹到法院，也不是什么光彩的事，就同意调解。最后，小诊所被关掉了，陈元主动赔了一笔钱，向上级部门交了一笔罚款，把所有积蓄全部搭了进去，还向老家借了十几万块，把事情利利索索地给摆平了。

陈元接通焦大业的电话后，摸了摸自己的光头，用一副激动的腔调说，好久不见了，焦大业呀，你在干什么呢？焦大业用一股子懒洋洋的腔调说，还能干什么，在给人洗脚啊。陈元说，这是老天在考验你呢。焦大业说，考验个球，如果老天真要考验我，不应该让我整天抱着人家的臭脚丫子，应该直接让我抱着人家的屁股。陈元说，臭脚丫子好呀，这不是机会来了，想不想继续跟着我干？焦大业说，跟你干什么？继续给人家看性病？继续给人家流产？继续看人家的胎儿有没有小鸡鸡？

陈元把手中的文件甩得噼里啪啦地响，说，当然不是了，这次干的是积德的事，如果干成了，上海都要为我们晃一晃了。

焦大业说，替人家代孕？都一年多过去了，你还在做梦啊？陈元嘿嘿一笑说，焦大业啊，一年不见，你还是那么没有出息，所以只能给人家洗脚丫子。焦大业说，别扯那么远，你说说你到底在干什么吧？陈元说，你想想做什么最赚钱吧。焦大业说，当然卖房子了，比当婊子都赚钱啊，我们这里有个小姐，做了这么多年的皮肉生意，当初那个漂亮，那个年轻，一晚上接客四五次，几年下来就被抽干了，如今黄皮寡瘦的，照样顶不了一套房子。另一个小姐当年贷款买了一套房子，刚刚一出手卖了四百万，净赚三百多万啊，你说说和多少男人睡觉，才能赚到这些钱呢？我给她算了一笔账，陪一个男人五百块，要赔六千个男人，这么大个数目，还不把个小丫头给压碎了？

陈元说，不要这么俗好不？就不瞒你了，我现在做的生意就是房地产。焦大业说，你又干老本行，去房屋中介了？陈元说，你怎么回事呀，还是土农民的思维，我现在不是卖房子的，我现在是开发商，开发商你知道吗？焦大业停顿了一下说，你不会吹牛吧，开发商是一般人能做的？听一个洗脚的老板说，不但要有资本，还要有后台，没有后台你根本就拿不到土地。陈元说，我跟你说不清，你愿意的话就直接过来，到我的公司考察考察不就什么都清楚了？

焦大业自从离开陈元的小诊所，一年来又去很多地方找过工作，特别是一些专治性病的民营医院，就连这些医院招聘医生的时候，也要本科以上文凭，也要会说上海话，搞得焦大业万般无奈，只好去了一个保健按摩房，当了一名洗脚工。

焦大业接到陈元的电话，第二天早上来到两人约好的地方。他们约好的地方不是别处，就是这块空地。空地中间摊着一堆堆垃圾，有纸箱子，有塑料瓶。焦大业说，我说嘛，不过是个收破烂的，你还开发商呢，开发商谁没有一个办公室，谁没有一个老板椅，谁没有一个小秘书。陈元说，这不都在准备着嘛。现在缺人手，人手到了，筹备好了，就要开始动工了。

焦大业说，这样吧，你如果让我相信你的话，那你先把在小诊所欠我的大半年的工资发给我吧。陈元听到焦大业提到了拖欠的工资，明白他这不是来考察的，而是借机来要钱的。陈元说，别说你不相信，我自己也跟做梦一样的，但是你看看这是什么？这白纸黑字上写着的，我还骗你不成？原想着你当时跟着我，大家之间是有感情的。你整得我倾家荡产，外边还欠着十几万元，这一年来过得猪狗不如，我没有和你计较什么，你倒要和我斤斤计较？

陈元说着，就把手中的一沓文件甩了甩，然后递给了焦大业。

焦大业一看，这是几份文件的复印件。第一份是“上海发财狮子置业有限责任公司”营业执照，公司经营项目里写着：房地产开发、建筑工程承包、物业管理等等。焦大业好奇地看着陈元问，又能说明什么呢？这个公司又不是你的。陈元说，不是我的？你看看法人是谁，不就清楚了吗？焦大业再仔细一看，“法人代表”一栏果然写的就是“陈元”。

焦大业还是不信任地说，这种皮包公司，花几千块就能注册了。陈元说，你再看看吧，下边还有一份文件，上边写着什么？这块空地上的建设项目，中标的公司，是不是“发财狮子”，是不是由我的发财狮子公司来开发的？上边盖着红彤彤的公章，这个总不会有假吧？

其实文件上写的，并不是陈元真正的目标。陈元的目标没有落在纸上，还深藏于陈元自己的心中，对于常人来说，无异于一个幻想。陈元不想让焦大业知道，自己中标的项目不是房地产开发，而是一个不赚钱的医疗垃圾处理站。医疗垃圾处理站也不是陈元的目标，他心中的那个目标是一座寺庙。所以，不等焦大业看清楚，陈元一把夺过几份文件，一边走入杂草中间，一边对着焦大业说，看来你不是干事的料子，兄弟我如今有了机会，喊你回来给我当个秘书什么的，你还是这一副穷酸的样子，算了，你走吧。

遇到了几个拾垃圾的，陈元对那几个拾垃圾的说，你们明天就搬走吧，这里要开发了。几个拾垃圾的说，开发什么呢？陈元说，开发房地产呀。拾垃圾的说，我们在这里拾垃圾，都五六年了，你让我们去哪里？陈元说，如今政府把这块空地批给了我，你们去哪里，得问问政府了。

焦大业一直跟在后边。陈元对焦大业说，你怎么还不走？还不赶快给人洗脚丫子去？焦大业说，你还没有把欠我的工资给我呢，你现在都是一个开发商了，那大半年的工资累计也就四万多块。陈元回过身，摸了摸光头，冲着焦大业嘿嘿一笑，就不再吱声了。

焦大业离开后的第三天下午，在给一个女人捏脚时，那个女大学生绝望的表情又浮在他的眼前。他一走神，下手有点重，这女人一阵尖叫，就把洗脚水给踢翻了，一下子浇在了焦大业的身上。这种事情过去是经常发生的，有人嫌你捏重了，有人嫌你捏轻了，有些难侍候的，轻了不行，重了也不行。这个女人不但不道歉，反而提起剩下的半盆子热水，从焦大业的头顶上掼了下去，然后大呼小叫着说，这个丑八怪，给我换个帅点的来。

焦大业确实长得丑，一米六几的个头，胖乎乎地挺着一个啤酒肚子。焦大业长得丑，不是因为个子矮，长着个大肚子，而是他长得太黑了。他长得丑也不全是因为黑，皮肤黑成非洲人那样闪闪发光，也就不丑了。焦大业黑得黯然失色，上边长满了粉刺，看着不仅仅丑，而且还有一点恶心。

这个女人一句话，伤害了焦大业的自尊心。焦大业忍无可忍，上前扇了这个女人一巴掌，然后说，是洗脚，又不是上床，你换个球啊，老子不干了。

焦大业就给陈元打了个电话问，给你当秘书在哪里办公？陈元说，还有哪里？

当然是那块空地了，有了这块空地你想要什么会没有呢？焦大业说，那一个月多少钱？陈元说，你想要多少呢？有了这块空地，跟着我干得好的话，你想要多少都不过分吧？焦大业说，只要不再给人洗脚丫子，你就看着办吧。

焦大业背着自己的行李，一气之下再次投奔了陈元。当焦大业跑到这块空地的时候，西北角上搭起了三间白色的活动房，作为陈元的临时建设指挥部。陈元手中提着一把榔头，还有一根钉子，正在往墙上悬挂着“上海发财狮子置业有限责任公司”的牌子。他扶起牌子，就没有办法钉钉子；去钉钉子，就没有办法扶着牌子。陈元看焦大业来了，于是喊叫着说，焦大业，还愣着干什么呢？

焦大业站在旁边，一动不动地看着满头大汗的陈元说，你不是总经理吗？这小事还得亲自动手？陈元说，这做生意与泡妞是一样的，不亲自动手是不行的。焦大业说，你这牌子看上去不错，只是你这挂牌的黄道吉日查了没有？陈元一愣说，你不提这事，我还真给疏忽了，这是不是秘书分内的事情？焦大业笑着说，你就安心当你的总经理吧，这事我来给咱操办就是了。

焦大业把这个“发财狮子”的牌子接过去，安安稳稳地重新放回了指挥部内。焦大业对陈元说，你看看谁家开业，有这么清清冷冷的？我先去查个日子，扯几块红绸子来，到时候你请几个领导，和你一起拿一把大剪刀，剪个彩，奠个基，不仅仅图个吉利，也为了扩大一些影响。我再去请几个记者，发个红包什么的，给咱们见见报，宣传宣传。陈元挥挥手说，你这个想法是对的，但是做人还是低调点好，黄道吉日是可以查的，炮也是可以放的，请领导和记者那就免了吧。

焦大业跟着陈元，把这块空地巡视了一遍。陈元自从注册了公司，打算开发这块空地，特别是拿到了建设医疗垃圾处理站的“标书”，成了这块空地的主人之后，他一天要在这里转上好几圈，像是一个皇帝在巡视自己的江山，觉得这上边的一草一木，哪怕是上边飞舞的一只苍蝇，都是那么的亲切和生动。

两个人走入茂密的杂草中间，周围的喧嚣一下子就没有了，感觉置身于荒郊野外一般，那么安静和温暖。只有一条老黄狗，不知道从哪里弄来一根骨头——或许就是陈元中奖后扔给它们的骨头，在津津有味地啃着。它啃骨头的时候，不是站着的，而是卧着的，不时地还打个滚儿。陈元几脚下去，就把杂草踏平了，干脆如老黄狗一样，往杂草上一躺，看着蓝色的天空。

焦大业说，这块空地太小了，恐怕只能盖三座楼最多了。陈元说，你觉得三座楼太少了？焦大业说，你看看周边，哪个不是十座八座的，没有这个规模根本不上档次。陈元很神秘地说，那看你盖什么了。焦大业靠着陈元，坐在草地上说，你要盖什么？不盖居民楼，总不会盖写字楼吧？虽然划入了上海的城市副中心，还是太偏僻了，没有公司愿意到这里办公，根本租不出一个好价钱的。

陈元说，这个我清楚，我不盖居民楼，也不盖写字楼，到底盖什么呢，你就不用操心了。

焦大业站了起来，拾起半块砖头，朝着那条老黄狗扔了过去。那条老黄狗汪汪了几声，慢悠悠地走了。焦大业说，从一开始，我就不相信你，你再怎么发达，哪怕你中了五百万元的彩票，恐怕也当不了开发商，你就实话告诉我，到底是怎么回事吧？陈元说，你别问了，以后自然会明白的，相信不相信都不重要，重要的是兄弟们能不能在一起，你能不能在这里找到你想要的位置。

焦大业问，你到底要给我什么位置？我的职责范围是什么？陈元说，为了你开展工作方便，我任命你为副总经理兼办公室主任，你看怎么样？焦大业说，哪怕你那个公司是真的，难道就你一个人说了算吗？陈元说，起码目前是我一个人说了算的。焦大业说，以后还有谁？陈元说，还有小护士，我已经通知她了，她是公司的财务总监，当然还有你，我现在就任命你怎么样？焦大业说，都是空口无凭的事情。

陈元一下子从草地上爬了起来，从包里掏出一张纸一支笔，写道：

经过总经理推荐，公司领导班子研究决定，兹任命焦大业为上海发财狮子置业有限责任公司副总经理兼办公室主任。

总经理　陈元

×年×月×日

写完了，陈元又从包里掏出一枚公章，还有一盒子印泥，哈了一口气，在落款处红红地盖了下去。陈元捧着这张纸，严肃地宣读了一遍，就递给了焦大业。焦大业呵呵地笑着，看了看四周茂密的杂草，又看了看不时飞来的苍蝇，还抬头看了看那根大烟囱，并没有接过这张纸，而是怀疑地说，你就在这里任命我了？我现在就是副总经理了？陈元说，毛主席打仗的时候，就是在露天地里，任命那些军长师长的，这叫现场办公你懂不？管他在哪里发的文件，只要公章是真的，任命就是有效的。

焦大业不再笑了，他接过那张纸，看了看那个红色的公章，又看了看陈元严肃的光头，然后说，好吧，那我这个副总经理工资多少？陈元说，按劳分配，我先给你一个大概吧，每月至少八千块，你看怎么样？焦大业说，先欠着吗？还是按月发放？陈元说，这得看公司下一步的效益，过后我还要招聘很多人，大家都是一样的，与公司的效益挂钩，公司好了，大家就好了，公司不好的话，大家只能一起倒霉。焦大业说，我明白了，那就是还得欠着。

陈元嘿嘿一笑，拍了拍焦大业的肩膀说，这才是干大事的样子，公司刚刚成立，四处都得花钱啊。焦大业说，我今天就算报到了对吧？那具体分工是什么呢？陈元说，没有具体分工，需要干什么就干什么，最重要的就是项目开工前期的筹备，你听我的吩咐就行了。焦大业掏出一支烟点着了，他一边吸烟，一边把杂草给点着了。好在当时并没有起风，陈元几脚下去，就把火给扑灭了。

陈元说，你想干什么呢？！焦大业说，我想一把火把杂草先给烧掉，一是方便以后平整这块空地，二来也好把那些臭烘烘的东西赶走。陈元说，你不能这么干，这会很危险的，在小诊所你弄死个人，把我害得已经够惨的了，搞不好再烧死个人怎么办？何况这些杂草呀，留着还有重要的用场，就是一定要烧掉，时机还不成熟，你听我的吩咐就行了。

焦大业看陈元更加神秘了，他想问问到底是什么时机。他动了动嘴并没有问出声来，他知道陈元已经不是一年前开小诊所的那个陈元了，他问也是白问了。

太阳落下去了，夜色立即把这块空地给淹没了。焦大业说，天黑了，我们住哪里呢？陈元说，还能住哪里？当然是临时建设指挥部了，三间房子我们每人一间，另外一间就做办公室，应该够我们用了吧？走，我们去买几床被子回来。

当天晚上，陈元与焦大业就在这块空地上安了家。这三间房子，小了点，空了点，暂时睡在地板上，但是陈元从拾垃圾的那里弄了许多纸箱子铺在下边，比出租屋的硬板床还要舒服。而且比较荒凉，秋风一吹，无比的凉爽，四周是一片唧唧的蟋蟀之声，偶尔还有几声蛙鸣狗叫，感觉不是睡在闹市里，而是回到了自己在陕西塔尔坪的老家。

第二天早上醒来，焦大业要出去买点早餐，被陈元给制止了。陈元提出几个包子、几包牛奶，还有几个苹果。焦大业说，这么丰盛啊，是总经理亲自买的？陈元说，用得着我们买吗？你想吃什么，大烟囱下边一大堆呢。焦大业正吃包子呢，听陈元这么一说，一下子憋住了，翻着白眼说，那些供品是给神灵吃的，你也敢动吗？

陈元说，我们不吃，不就坏掉了？坏掉了不是浪费吗？而且寺庙里的供品最后都去哪里了？不是给和尚吃了吗？不吃掉多罪过啊。

焦大业说，你虽然剃着个光头，又不是和尚。我就奇怪了，这里又没有神灵，那么多人都在这里下跪磕头干吗？

陈元就把自己如何下跪磕头，如何给下跪磕头的人撒钱，如何在大烟囱下边的空地上形成了这么一个香坛，从头到尾说了一遍。他当然把自己如何买彩票中了几十万元，自己如何注册了“发财狮子”公司，在这块空地上如何弄到医疗垃圾处理站的项目，自己到底想利用这块空地干什么，最核心的部分统统给隐瞒掉了。虽然焦大业还是不相信陈元，但是陈元相信自己，既然有人在这里上供，在这里许愿，肯定就有许愿的道理，说明在这里许愿是灵验的。不管在哪里，地下三尺有神灵，哪怕就是这块空地应该也不例外。

大烟囱下边的香火，开始兴盛过一阵子，慢慢又稀少了一些。或许大家终于醒悟，就是一块空地而已，根本不值得神灵出没。除了一根大烟囱和一簇簇杂草之外，他们根本不知道应该给谁下跪磕头，应该对谁许愿求情，所以他们就迷茫了。有几个老人是虔诚的，他们每天早上都来这里。有的空手，有的随手放下几个水果、几个包子或者是牛奶，尤其是那个患有高血压的老大妈，她是风雨无阻的。不知道她是去菜市场的时候顺便拜拜，还是来这里拜拜的时候顺便去菜市场，反正她每天早晨七点左右出现在这里。有一次陈元碰见了她，她感激地说，真灵啊，我现在的血压正常了，什么毛病都没有了。不知道她是感激陈元的葛根与野菊花呢，还是感激她祈求的神灵保佑了她。

借着巡视这块空地的机会，陈元会顺手拾几件供品，装在袋子里提走，所以陈元每天的早餐照旧是吃供品的。焦大业来了之后，似乎存在一分敬畏之心，不管那些供品好坏，一个都不会动的。相反他去买早餐的时候，从那些下跪磕头的人身边经过，被他们的虔诚之心感染了，时不时地放下几样东西，弯下腰作几个揖，也替父母祈求一份平安。

老大妈选择烧香的地方，在这块空地的东南角，紧邻着一条大路。不知道什么时候，放了一尊服装店里的半身模特，模特两只手臂不见了，有点像是西方的维纳斯。也许是陈元故意弄来的，也许是有人无意中扔在垃圾堆里的废物，反正它郑重其事地竖在大烟囱下边，像是等着人们来下跪磕头似的。虽然从陈元下跪之后，过去的时间不是很长，但是这里烧香烧纸，有时候是烧垃圾，留下的火灰积了厚厚一层，面积有几十平方米，宛如一个像模像样的香坛。

在临时建设指挥部安家后的第三天早上，陈元与焦大业各自吃完了早餐，一起去外边采购，主要是采购一些办公用品，比如办公电脑，两张办公桌，两把老板椅，还弄了一张“难得糊涂”的字画，挂在办公室的墙上。他们重点要买一张席梦思。陈元睡在纸箱子上，对比自己流落街头的时候，他已经很满足了。但是焦大业似乎不满足，他对陈元说，你是吃苦的命，你得给我买张席梦思回来享受一下。

当陈元与焦大业抬着一张双人席梦思穿过那块空地，看见老大妈还在那里念念有词，焦大业说，奇怪了，好多年没有做过梦了，昨天晚上却做了一个梦。陈元说，说明你在这里睡舒服了，这一年多是不是都没有睡踏实过？焦大业说，一条命啊，每次眼睛一闭她就浮出来了。陈元说，不止一条，是两条，想想两条命丢在自己手里，我们吃的那点苦算什么呀，是老天爷在惩罚我们呢，昨晚你梦见她了？焦大业说，无缘无故地竟然梦见自己住在一座寺庙里。陈元说，恐怕是日有所思夜有所梦，自从我与这块空地结缘后，几乎天天晚上都会梦到寺庙，连寺庙的样子都是一清二楚的。

说到这里，陈元对着身后的焦大业，不禁脱口而出，我就告诉你吧，我的终极目标就是在这块空地上盖一座寺庙，这里要是有一座寺庙应该很神奇吧？

焦大业没有再吱声，放下了抬着的席梦思，站在老大妈的旁边，朝着那根大烟囱，或者是下边的断臂维纳斯，弯下腰深深地鞠了一躬。

四、好运气总是荒诞的

陈元注册了一家公司，中标了一个开发项目，拿到了政府部门的几份文件，但是这块空地确切地说，还不是他陈元的。至少产权不是他陈元的。他合法拥有的，仅仅是在这块空地上，建设一个医疗垃圾处理站的项目，这个项目是公益性质的。最后要实现自己心中的那个远大目标，不仅要花光花净他陈元中奖的几十万元，还会花费他陈元的很多心思，很多手段，卑鄙的手段。一想到自己的卑鄙，他便会想到北岛的那两句诗——卑鄙是卑鄙者的通行证，高尚是高尚者的墓志铭。

陈元开小诊所的时候，经常会到这块空地上来玩。有时候是一个人来，有时候是小护士陪着。陈元看到它一直荒废着，那根废弃的大烟囱，坚挺地戳破了天，有一次他就感慨地说，这块空地要是自己的多好啊。小护士就打击他说，你就做梦吧，连根草你都别想。陈元说，万事皆有可能，人这一辈子千变万化，谁也是说不清楚的。正好有一条狗在拉屎，小护士就说，再怎么变化，一堆臭狗屎能变一堆金子吗？陈元说，这要看什么情况，你去扒拉扒拉，说不定里边还真有金子。小护士说，你开个小诊所，给人打胎流产的，能翻出什么花头来？陈元说，你等着瞧吧。陈元从内心来讲，是认同小护士的，他不过在嘴上发发狠而已。等到什么时候呢？等着瞧什么呢？他自己是无奈的，有时候是绝望的，如那些小生命一样，好不容易托生到人世，最后还得被掐死腹中，不得不从头再来。

买彩票中了几十万元，应该是很大一笔财富了，多少人在心中幻想着这笔钱啊。

等到陈元真正地拿到这笔钱之后，才明白拥有五十多万元与拥有五万元，生活并没有天地之别。拥有五万元的时候，他想干的就是开个小诊所，拥有五十多万元的时候,他想干的就是房地产开发。这两件事情的艰难程度是一样的。落到真正的生活上，他照样孤苦伶仃，早餐照样吃包子，晚上照样想女人。比如说，他多么想拥有这块空地，按说他中了彩票几十万元，多么幸运的事情啊，但是离实现自己的愿望仍然相差甚远。

陈元一直心有不甘，继续盲目地考察着有关项目，重点是如何用五十多万元拿下这块空地。没有中彩票以前，他连政府的大门都没有勇气进去，中了彩票后他去土地管理部门咨询，人家问，你是干什么的？陈元说，我是开发商，我看上了这块地皮，想投资呢。人家说，你是什么开发公司的？说来听听。陈元说，准备叫“发财狮子”，还没有登记注册。人家说，你有多少资本？有十个亿吗？陈元说，哪有这么多呀,不到一百万元吧。人家说,这点钱还想要地皮,你是不是做梦呀？陈元说，多好的一块空地，为什么要荒着呢？太可惜了吧。人家说，关你什么事情呢？你有什么想法吗？陈元说，哪怕是挖一挖，种点南瓜呀土豆呀什么的，一年也有不少收成吧？人家呵呵一笑说，呵，你不是开发商，原来你是一个农民啊。

人家一下子看扁了陈元，连和他搭话的兴趣都没有，也在情理之中。注册在案的开发商已经多如牛毛，哪一家注册资本不是几个亿？连李嘉诚也有几个公司，在这个区域虎视眈眈地等着。每一家都有千丝万缕的关系，早就上上下下打点好了。但是一接触到这块空地，陈元的好运气是接二连三的。他的好运气总是那么荒诞，荒诞得让陈元自己都有些害怕了。当人们运气不好的时候，总埋怨上天不公，一旦运气太好了,又开始恐惧了,总想着是不是最后的晚餐。就像是死刑犯被拉进去之前，吃到的那顿上路饭一般。

有一天，当他看着那根大烟囱，无奈地发呆的时候，他突然接到一个男人的电话。这个男人说，陈医生，你还记得我吧？陈元说，还真不记得了，你到底是谁啊？这个男人说，不记得最好了，电话里不方便，我们见面再聊吧，你还在桃园地区吗？陈元说，还在桃园，不过换地方了，你知道不远处的一块空地吗？我们就在那块空地前边见吧。

那阵子陈元已经中奖了，像一只无头的苍蝇一般到处乱撞，没有注册上海发财狮子置业有限责任公司，也没有具体的投资方向和人生目标。生活还与从前一样，没有租房子，没有住酒店，而是在旁边住了一间小旅馆，每天三十块钱的地下室。陈元想，打电话的这个人，应该是自己原来的某个患者。他有许许多多的患者，来小诊所看好病后，基本再不会联系了。到他这里来看病的，全是乌七八糟的，无论是打胎，查男女性别，还是看男科女科，都是有秘密的。极少数几个关系比较好的，才会留下陈元的电话，以便于随时咨询一点见不得人的事情。比如下身瘙痒啦，小鸡鸡起红斑啦，都不敢去正规的大医院，才找到陈元这种小诊所。

陈元听了对方的口音，似乎有点熟悉，当对方站在面前时，陈元一下子想起他了。想起他，不是因为他长得有特点——梳着一个大背头，挺着一个啤酒肚子，两只向外凸出的大眼睛，而是与人说话的时候，他不看人的眼睛，像锥子一样盯着人的胸脯。多年前的一个冬天，他到小诊所来的时候，一直盯着小护士的胸脯，搞得陈元当时十分生气，但是发现他看男人也一个样样，也就理解了。他这是若有所思，他的目光根本没有落在别人的胸脯上，而是落在别人的内心深处。大背头当时走进小诊所，戴着一副黑墨眼镜，扣着一顶瓜皮帽子，围了一条围巾，把自己武装得像个黑社会似的。到这里来的，基本都会伪装一下，还从来没有伪装成这样的，连个脸蛋子都看不见了。陈元说，你是来看病的吗？大背头说，你这什么地方？陈元说，私人小诊所呀。大背头说，呵，那我好像走错地方了。大背头虽然这么说，却没有退出去，站在原地看着陈元的胸脯。陈元说，没有旁人，你有什么需要我帮忙的吗？大背头在陈元的带领下，走进一个相对隐蔽一点的房间。这是一个没有窗户的门诊室，大白天仍然拉着一个灯泡子，房子里摆着一张床，铺着白色的被单，看病时用来给患者检查身体，不看病了就成了陈元的卧室。

进入门诊室，陈元说，有这么冷吗？穿得这么严实干吗？大背头说，不放心呀。陈元说，你放一百个心好了，到我这里来的，处长局长一大堆，不排除有市长级别的人物，我们会保护好病人隐私的。大背头说，我担心的就是隐私，一张艳照什么的，不就毁掉了？陈元说，这是小诊所的优势，我们不像那些大医院，要挂号，要开处方，要留联系方式，我们这里什么都不需要，你来了就一件事情，直接看病，看好走人，你是不是要看性病？大背头说，你怎么知道的？陈元说，你一来，两腿就紧紧地夹着，不时地还伸手去挠一下，不是性病是什么？你把裤子脱下来，让我看看吧。大背头扭捏了一阵子，闭着眼睛，做掩耳盗铃状，把裤子脱了下去。陈元检查了一番说，你这是梅毒。大背头说，真是梅毒吗？你这里可以治吧？陈元说，男人就是一只猫，染上这个太正常了，我给你开点药打几针，保准立即见效，该干什么你照样干好了。大背头说，和老婆呢？陈元嘿嘿一笑说，你难道还和别人？暂时还是忍忍吧，万一想了最好戴个帽子。大背头就这样往陈元的诊所跑了半个月，没有人问他姓名，没有人打探他的身份，连一张纸也没有在小诊所留下，只是打了一些针，吃了一些药片子，就完完全全地痊愈了。

大背头最后一次离开的时候，他主动脱掉了帽子、墨镜，真正地露出了他的真面目，而且留下了陈元的电话号码。几个月后，大背头给陈元打过一个电话，问在什么情况下才能传染艾滋病？艾滋病有什么症状吗？陈元说，艾滋病传染只有三种方式：一是母婴传播，这是娘胎里带的；二是血液传播，就是输了含病毒的血；三是性传播，你还是不戴帽子吗？大背头说，哪里呀，从你那里回来，我每次都戴两个呢，但是我痔疮犯了，痒得人难受，就抓破了屁股，接下来的事情，你应该明白了吧？陈元说，这怎么不明白，有人舔你屁股了，你的屁股那几天正好烂了，你担心被传染了。大背头说，是呀，那阵子，谁忍得住呢？陈元说，你们这些当官的，花头还真不少啊。大背头停顿了一下说，你怎么知道我是当官的？陈元说，猜的呀，不是当官的，谁怕这个？如果光是痔疮的话，应该没有什么大问题。大背头说，我还是不放心，你们那里不能检查吗？陈元说，我没有那个设备，你如果不放心，我给你抽一管子血，代你去医院检查一下吧。

大背头是开着一辆黑色的轿车来的。这次见陈元，他没有戴帽子，也没有戴墨镜，一是因为还是夏末秋初，没有冬天那么冷；二是他们见面是在外边，越武装越显得有鬼。他没有下车，把头伸出车窗，仍然盯着陈元的胸脯说，陈医生，上车吧。陈元说，去哪里？大背头说，去吃饭，现在正是吃晚饭的时候。陈元说，吃饭就免了，在车上说说事吧。

陈元于是钻进车，坐在副驾驶的位置上问，领导，最近身体还好吧？大背头说，别这么称呼我，我姓吴，以后就叫我老吴吧。陈元说，你又不老，不嫌弃我这个老军医，我就叫你吴哥吧。吴哥这次是专门请我吃饭的，还是另有其他事情需要我帮忙？老吴说，两方面都有吧，小诊所生意还好吧？陈元说，别提了，被关掉一年了。

老吴说，什么原因？是出人命了，还是被人举报了？有事情为什么不找我？陈元说，找你？我怎么找你？你是一只麻雀还是一只老鹰，什么身份我都不知道，更何况你来无影去无踪的。老吴说，我打过你电话的，你没有保留一下？至于帮忙嘛，看多大个事情了。陈元说，多大个事情你能帮呢？照我猜呀，你也就一个局长吧。

老吴侧身看了看陈元，然后呵呵一笑，不再吱声了。

关于小诊所因为女大学生的事情关门，陈元有意给隐瞒掉了，而是说，什么都不是的，天天给人家打胎，那些胎儿有什么错？大人们胡作非为，为什么要拿这些小生命开玩笑？这不是造孽吗？所以良心发现了，自己主动关掉了。老吴说，怪可惜的，存在的就是合理的，大医院需要，小诊所也需要，比如有些大手术，必须上大医院，有些小毛病，只能来小诊所，你看看你上次给我看病，才花了多少钱？又安全又便宜，关键是患者没有太大的思想包袱。

陈元说，吴哥说的也是，我就是想换个行业发展一下。老吴说，什么行业？还有什么比开小诊所更赚钱的吗？陈元说，有啊，比如说开发房地产。老吴说，这个行业，我得劝劝你了，现在房地产不景气，而且水太深了，搞不好就把自己给淹了，好多房地产企业都倒闭了，就拿我们眼前的这块空地来说，多少公司在争在抢，为什么现在宁愿荒在这里？

陈元更加判定，旁边的这个大背头，老是盯着人家胸脯的男人，是一个有身份有地位的人，对这块空地的信息是十分了解的。陈元好奇地问，到底为什么呢？见老吴没有回答自己的问题，陈元补充说，一切要看机会，我现在筹措了一笔资本，如果机会好的话还是想在这个领域发展发展。陈元所说的资本，就是自己中彩票的几十万元而已。

天真的黑了。已经漆黑一片，在这块空地上，白天能看到的杂草、垃圾，几个拾垃圾的人，包括老吴停在边上的车，全部都被夜色淹没了。那根大烟囱因为竖得比较高，上半身被远处的灯光照亮，依然十分清晰和威武。

沉默了半天，老吴说，前两次的事情，我觉得你很够朋友，所以我今天找你，还是想请你帮忙。陈元说，吴哥，你把我当朋友的话，就尽管吩咐吧。老吴又侧身看了看陈元的胸脯说，你小诊所不开了，手艺应该还在那里，有个朋友找你看病，你能帮忙吗？陈元说，这有啥问题，除了艾滋病之外，我这个兽医什么不能看？

老吴呵呵一笑地说，怎么了，你是个兽医？胆子不小啊，兽医敢开小诊所？陈元说，你可能不知道，给动物看病比给人看病高明多了，动物得了病哪里疼，它不能告诉你，但是给人看病，望闻问切，都用得上。你朋友得了什么病？不会又是梅毒吧？老吴说，如果是梅毒，我就不会亲自来找你了，这次事情比较复杂，你得保证和从前一样，一切都要保密，对我那个朋友也要保密。陈元说，难道你朋友得绝症了？这个我恐怕看不了的。

老吴干脆把车开进了这块空地。一旦坐进这块空地里，两个人也被夜色给消灭掉了，似乎连骨头也没有吐出来。

老吴说，如果是绝症那就好了，也没有这么烦恼了。陈元说，怎么了，看来你盼望这个朋友得绝症呀。老吴又侧身看了看陈元，这次他没有盯着胸脯，恐怕在漆黑的环境中，胸脯是看不出来的，所以他盯着陈元的眼睛说，这个朋友怀孕了。

陈元说，那生下来，二胎都放开了，中年得子是喜事呀。老吴说，又不是老婆怀孕了，这孩子要是生下来，肯定是个原子弹。陈元听明白了，老吴所说的不是朋友，也不是来查小鸡鸡的，而是有一个孽债需要了结。陈元说，吴哥，不是我说你，你怎么就不吸取教训呢？戴个帽子有什么不好的？老吴说，你以为帽子这么管用？我老实说，我戴了两个，照样没有防住。陈元嘿嘿地笑了说，你肯定被人给算计了，人家在帽子上做手脚了。老吴说，我也这么想的。

陈元说，你现在找我，让我给她做人流？老吴说，事情就复杂在这里了，我让人家做人流，人家死活不愿意，一直拖到现在，有五个月大了，把这个原子弹生下来，你说说，是不是把我给炸飞掉了？陈元说，生下来就生下来，你偷偷养着不就行了？老吴说，想偷偷地养着，人家也不愿意呀，一旦找上门了，老婆孩子怎么办？头顶上的乌纱帽怎么办？由此再引出一些事情来，我恐怕只能跳楼了。陈元说，还是我们这些平民百姓好啊。老吴说，所以我很羡慕你，如果放在你的头上，也就没有什么了。陈元说，你到底想干什么，就明白告诉兄弟吧。老吴说，当然还是打胎了，不过得有一个策略，你看这样行不行？

老吴的电话响了，似乎是秘书打来的，通知他去什么什么路，要开什么什么紧急会议。这条路紧连着人民广场，是市政府的所在地，能去这里开会的，而且是连夜开会的，这个官看来小不了，起码不会小于局长。老吴放下电话说，你很关心这块空地到底为什么荒在这里对吧？刚才这个电话，正好通知我去开会，研究这块空地的规划。

陈元很想问问，具体的规划是什么，但是他打住了。

陈元开始是纠结的。如果老吴托他看点性病，那也是顺手的事情。他确实不想再伤害那些无辜的小生命了，仅仅是流产的话也就一摊子血水。但是老吴托付的事情是打胎，五个月的胎儿已经成形了，鼻子眼睛都齐全了，而且有心跳有脉搏了。如果自己帮了老吴，不就是伤天害理吗？陈元与老吴之间，是什么关系呢？是朋友吗？根本谈不上；是利益关系吗？老吴给他什么好处，值得自己出手呢？如今为了那块空地，陈元有点顾不得那么多了，老吴也许就是他的机会，也许是他唯一的机会。

陈元说，我怎么才能帮你？老吴说，长话短说，你不要说自己是开诊所的，就说自己是第一妇婴的 B 超医生。我让她来找你，也不要说是来打胎的，就说是检查一下胎儿的性别。你在宾馆里包一个房间，她要问为什么在宾馆里，就说在医院检查胎儿性别是犯法的。老吴一边说着，一边把车从这块空地里开了出来。

陈元说，你还没有说重点呢，到底要我干什么呀。

老吴说，你还不明白吗？非得让人说透了？

陈元说，你是让我趁机下手，把孩子给偷偷地打掉吗？老吴不再说什么了，随手拿起一个大大的信封子，塞在陈元的怀里说，这是检查费，你先用着吧。陈元在下车的时候，把钱扔回给老吴说，事后再说吧。

老吴说，我没有看错你，你不是想开发房地产吗？但愿以后我也能帮到你。

陈元说，等办完你的事情，我请你出来喝酒，专门聊聊这块空地。

五、心惊肉跳的大火

焦大业为陈元所查的黄道吉日，并非请哪位大师掐指算的，而是上网搜索的。

上海发财狮子置业有限责任公司挂牌的日期，定在了某月某日早上八点零八分。焦大业提醒说，连那个洗脚房开业，都请了当地一帮有头有脸的人，有公安呀、城管呀、工商呀、税务呀，来剪彩。陈元嘿嘿一笑说，有这个必要吗？焦大业说，剪彩其实是假的，实质是拉大旗作虎皮，告诉那些地痞流氓，自己是有背景的，别在这里惹是生非。陈元说，咱是合法企业，合法的投资，政府是有责任保护咱们的，我怕他个球毛啊，而且我巴不得他们闹事呢。

陈元果然没有请任何一个官员，也没有请一个朋友。一是他拿到医疗垃圾处理站的项目后，自己只是做点开张的样子给上边看的；二是他在上海不认识当官的，连街道办事处的门朝哪里开都不清楚。那次小诊所出了人命，他被带到桃园派出所，根本没有记住位于什么地方。陈元唯一认识的老吴，还是神龙见首不见尾，交往时间也不是太长，根本不合适请到台面上来。要说朋友，恐怕只有焦大业和小护士沾点边儿。

小护士已经联系上了，几乎说破了嘴皮子，起初一样不相信陈元。当时小诊所被查封，陈元落魄的样子还不如一个乞丐。乞丐不仅有住的地方，有基本的生活来源，起码买得起安全套。出事后的某个晚上，陈元与小护士两个人，惊慌地坐在这块空地上，突然一下子想那个了。人在绝望的时候尤其想那个，也许为了发泄一下吧。陈元与小护士可怜巴巴地抱在一起，相互咬着嘴唇，掐着对方的胳膊，当他们想进入对方身体的时候，小护士想起了自己接待过的那些乌七八糟的性病患者，于是一把把陈元给推开了，硬要陈元去买安全套。恰恰那时候，陈元身无分文，连安全套也买不起。他们在这块空地上干熬了一夜，第二天小护士红着眼睛就失踪了。

如今分手才一年多时间，就是开妓院或者贩毒品，也不可能有实力开公司，何况一家房地产开发公司。小护士说，除非你中彩票了。陈元只好实话实说，你还真猜对了，我中了一注双色球二等奖，到手五十多万元。小护士说，你就编吧，你告诉我哪一期？号码多少？陈元就发了一张中奖彩票的照片，小护士还是不相信，说是要搞房地产开发，你中一注彩票二等奖哪够呀，我看十注一等奖还差不多。

陈元又发了一张公司营业执照的照片，而且把电话递给了焦大业。小护士问焦大业，他真的当老板了？焦大业说，这个应该是真的，法人代表上不是写着吗？小护士问焦大业，真是开发房地产吗？焦大业说，是不是开发房地产我不清楚，但是这块空地现在确实在他手里。小护士问焦大业，你也是他请来的吗？你在公司干什么呢？焦大业说，我来也就几天时间，我现在是公司的副总经理兼办公室主任。

这下小护士相信了。小护士对陈元说，你已经成大老板了，你让我来干什么呢？陈元说，还能干什么呀，一边当财务总监，一边陪我睡觉啊，你走后这一年多，我还没有和女人睡过觉呢。小护士说,又骗人吗？一年三百六十天,没有沾过任何女人？陈元说，以前上边都填不饱，哪有心思想下边呀；现在整天忙着筹备公司，把这事情给忘记了，刚刚拿到这个项目，第一个就想到你了。小护士嘻嘻地笑着说，那我马上把自己送过来，你买两盒安全套等着吧！

陈元不请当官的，也不请一个朋友，陈元请了几个拾垃圾的。说是“请”也不准确，挂牌的前一天下午，陈元在焦大业的陪同下，在这块空地上仔仔细细地转了一圈，每见到那些拾垃圾的，他就摸着自己的光头，嘿嘿地笑着对人家说，明天我的公司要在这里开张啦，你们可要来捧场，有意外惊喜呵。拾垃圾的就问，要发中华烟给我们抽吗？陈元说，咱不干这些虚头巴脑的，还是老样子，直接发钞票。拾垃圾的说,每个人发多少呢？陈元说,这要看每个人的本事了,反正明天你们吃饱点,攒点力气准备抢钱吧。

几位经常在大烟囱下边烧香的香客遇到了陈元，他们就问，明天要撒钱了？陈元说，是啊，像上次一样，你们有空就来吧。香客说，我们来是肯定要来的，只是送不起什么东西。陈元说，你们烧香磕头的时候，给我的公司祈福一下就够了。

上海发财狮子置业有限责任公司挂牌仪式，在临时建设指挥部前如期举行。按照焦大业设计的程序，整个过程是十分简洁的，先由总经理陈元上台致辞，然后把牌子挂在墙上，再放几串鞭炮，撒一撒钞票，热闹一下就结束了。这一天，真是秋高气爽，蓝天白云，一群流浪狗在四处撒欢，一群麻雀似乎也感受到了异常，在杂草中间叽叽喳喳地跳跃着。

出乎焦大业预料的是，天空刚刚泛白，人就一拨拨地朝这边聚集，最早是一些香客，包括那位虔诚的老大妈，也包括一些刚刚得到消息的过客，他们趁着晨曦初露的时候，就跪在大烟囱下边的香坛前，双手合十地祈祷着，或者装着祈祷的样子；

随后就是拾垃圾的，或者是装成拾垃圾的流浪汉们，他们一个个背着袋子，低着头认真地寻觅着，不放过任何一片废纸，更不放过一个瓶子，像偶然跑到这块空地似的。这块空地被围得水泄不通，都在等待那个吉祥时刻的到来。

程序虽然很简单，但是焦大业还是很早就起床，做了十分周到而详细的准备。他把那块“上海发财狮子置业有限责任公司”的牌子搬出来，上边绑了一朵大红花，准备了一个榔头和几颗钉子。虽然没有搭台子，也没有摆花篮，鞭炮还是准备了两万响，绕在一根长长的竹竿上。

七点半的时候，焦大业就敲陈元的门说，陈总啊，你得起床洗把脸，打扮一下了。陈元哼哼唧唧地说，不是还早吗？再睡半小时吧。焦大业再敲门的时候，就不见陈元再吱声了，应该真是睡着了。焦大业心想，陈元对挂牌的事情从没有上心过，这个仪式硬是自己吵出来的，所以就懒得再管了。离仪式开始还有十分钟的时候，焦大业正准备再去敲门，从里边传出一阵撕心裂肺的声音，不仅仅有陈元的声音，还有一个女人的声音。陈元在噼里啪啦地扇哪个女人的耳光，焦大业起初以为出事了，再仔细听下去，发现这耳光不是扇在脸上，而是打在哪个女人的屁股上。男的喊叫着，加油！宝贝加油！又说，我厉害吧。女的说，厉害，太厉害了，简直就是五十多万。

这个临时建设指挥部是个活动房，是隔光的，一点都不隔音。声音传出来，被清晨的微风一吹，就传遍了这块空地，钻进了每个聚集而来的耳朵。拾垃圾的不再装模作样地拾垃圾，香客们也不再低头祈祷了。他们全部直起腰，抬起头，仰望着那根大烟囱，似乎这根大烟囱原来并不存在，而是随着一对男女的浪声浪气，才忽然长出来的，才突然挺起来的，才猛然插入天空的。大家以为是仪式之前的节目，慢慢就听明白了，是一对男女肆无忌惮的偷欢。

焦大业已经听清了，这两个偷欢的人是谁。男人当然是陈元，女人就是小护士，她应该是刚刚赶到上海的。焦大业狠狠地敲着门说，陈总啊，吉时马上到了，客人在外边等着呢。又过了几分钟，陈元穿着一身西装，小护士穿着一件旗袍，两个人胸口各自别着一朵小花，红光满面地走了出来。陈元把门打开的时候，也许外边阳光太强烈了，也许看到外边黑压压的一片人群，他感觉到了羞愧，所以十分吃惊地抬手挡住了眼睛。

没有人宣布仪式正式开始，也没有人为他们的出场而鼓掌。感觉不像是举行挂牌仪式，而像是在举办一场特别的婚礼。陈元拉着小护士的手，迈着方步，走下台阶，走向人群，穿过这块空地，向外边走去。

小护士问，我们去哪里？不是公司挂牌吗？陈元嘿嘿地笑着说，谁说挂牌了？

我们这是拜堂成亲呀。小护士说，你就瞎掰吧。陈元与小护士顺着这块空地巡视了一圈，再回到临时建设指挥部前的台阶上。他拉着小护士一起，扑通一声，跪在了地上，点燃一炷香，磕了三个响头。陈元仰望着蓝天，仰望着那根插入蓝天的大烟囱，然后闭上眼睛，声如洪钟地大喊了一声：挂牌啦！

谁也没有想到陈元会有这么一声，吓得正在下跪的香客们一下子跳了起来；那些正在等待的拾垃圾的整个人都抽搐了一下；连那些麻雀也呼的一声全部飞走了。只有那些流浪狗好像什么也不怕，仍然在草地上相互追逐着。焦大业一时没有反应过来，茫然地看着陈元说，下来干什么？陈元摸了摸光头，嘿嘿地笑着说，你傻呀，我不是已经宣布挂牌吗？

焦大业赶紧起身，搬起那块绑着大红花的“上海发财狮子置业有限责任公司”的牌子，几榔头下去就把它高高地钉在了墙上。挂好了牌子，焦大业又挑起一串鞭炮，噼里啪啦地点着了。放完了，焦大业不知道从哪里弄来两张门神，贴在了临时指挥部的两扇门上。小护士问，焦大业你贴的是什么呀？焦大业说，这个你不认识？这是关公，关公是辟邪的。

小护士说，不是贴秦琼敬德吗？

焦大业说，在我们南阳，只贴关公呀。

小护士就问陈元，陈元说，随他吧，有什么关系呢？

陈元拉来一把椅子，坐在太阳底下，一边眯着眼睛晒太阳，一边与小护士没头没尾地聊天。两个人聊到了在小诊所里发生的事情，也聊到了小护士为什么失踪。小护士说，我选择消失，是不想给你添负担，其实我是喜欢你的。陈元说，这个我知道呀，我如果怪你的话，也不会把你叫回来。小护士说，你真好。一边说，一边坐在陈元的腿上，搂住陈元的脖子，朝着陈元的脸亲了几口。

焦大业说，仪式就这样结束了？陈元说，没有啊。焦大业说，你们打情骂俏的，也算是仪式的内容吗？陈元说，当然了，你等着吧。焦大业明白，还有一个项目，就是陈元要撒钱，给前来捧场的人撒钱。一万多张零钱，有一毛的，有五毛的，也有一块和五块的，加起来整整一万块。这是陈元让焦大业专门从银行换好的。焦大业换钱的时候说，你这钱哪怕是捡来的，也不能这么花呀。陈元说，不这样花要怎么花？

那些真来烧香的人等来等去，太阳已经升到头顶，连钱的影子都没有，以为是骗人的，就陆续离开了，他们基本是老大妈与老大爷，在附近买菜时顺便来看看的，眼看着到了准备午饭的时候，不得不提前回家了。但是那些拾垃圾的不一样，拾垃圾的黄金时间是一早一晚，中午正是一个可以休息一下的空档期。对于那些远道而来的拾垃圾的而言，看到太阳底下的这么一块空地，无疑像是看到一座舒服的乐园，不但是分拣垃圾的好地方，也是休息一下的好地方。他们干脆放下袋子，抢占一个比较好的位置，有的坐下来吃点东西喝口水，有的躺在杂草上睡上那么一觉。原来有一帮拾垃圾的，已经够让人头痛的了，没有想到如今招来这么多，他们似乎发现了新大陆，要安营扎寨的样子。

焦大业就一遍遍地吆喝，说是这块空地马上就要动工了，希望他们赶紧挪个窝子。他们听了，一个个毫无反应，该分拣垃圾的继续分拣垃圾，该睡觉的照样呼呼大睡。

有一个拾垃圾的是个罗锅子，终究还是没有忍住，迈上来问陈元，老总，公司开张啦？陈元说，是啊，开张了呀。罗锅子说，太简单了吧，没有其他项目了？陈元转身问焦大业，没有其他项目了吗？焦大业转身对罗锅子说，你觉得有什么不妥的吗？罗锅子有点不好意思地说，我们是从老远专门赶来的，早饭都没有顾得吃一口呢。焦大业说，呵，你们的意思是让我们摆几桌子，请你们去吃一顿？

罗锅子说，明说了吧，我们是来捧场的，听说捧场是有惊喜的。陈元摸了摸光头，悄悄地对着这个罗锅子说，惊喜肯定是有的，钱我整整准备了一塑料袋。罗锅子说，那还等什么呢？赶紧发给我们呀。陈元说，焦大业，你在等什么呢？赶紧发给他们呀。焦大业对陈元笑了笑，神秘地眨了眨眼睛，然后对罗锅子说，你看看，前边人山人海的，钱再多，我撒一把下去，你这身子骨也抢不了多少。罗锅子说，抢什么呀，你发我几张不就行了？焦大业说，这样不公平，多了少了在其次，万一发到你面前，发光了那怎么办？

罗锅子说，那你还是撒吧，如果抢不着算我活该。

焦大业说，撒也有撒的麻烦啊，大家一拥一挤，踩死一个两个人，那好事就成丧事了。

这不仅仅是焦大业的想法，也是陈元的顾虑。陈元准备在挂牌的时候，图个热闹，图个吉利，行点小善，撒点小钱出去。况且人家说了，中奖得来的是意外之财，得撒一些出去，才会平安无事的。当他推开门，看到这么黑压压一片，他一下子惊呆了。

罗锅子说，那怎么办？我不能白来一趟吧。

陈元说，焦大业呀，我们总不能让人白来一趟吧。陈元转身回到了房间里，然后关上了门，继续与小护士温存去了。

焦大业对罗锅子说，还是等等吧，等到天黑大家自然就散了，除非你有本事把人赶走，假设只剩下你一个人的话，这一塑料袋的钱不就全归你了？罗锅子说，这还不容易吗？你看看，这里荒草连天的，我放一把火过去，保证让他们立即撒腿就跑。焦大业没有赞成，也没有反对，而是给罗锅子递了一支烟，又递过去了一个打火机。过了不久，这块空地就起火了。

中午时分，只刮了一阵微风，火势并不是很大。但是天干物燥，枯败的杂草实在太深了，还有堆放着的纸箱子和塑料袋特别容易燃烧，火苗还是蹿出了一丈多高，滚滚的浓烟遮住了一大片天空，从几公里外都看得清清楚楚。二十几分钟，火就烧遍了整个空地，一直烧到了陈元的窗外。陈元朝外边问，不是撒钱吗？怎么起火了？这火谁放的呀？一定要小心啊。焦大业说，那个罗锅子放的，不就一些茅草吗？有什么大惊小怪的。陈元说，不光有茅草呀，还有那么多人呢。焦大业说，人怕什么，他们长腿不会跑吗？

不知道是火引起了风，还是风扇起了火，随着火越烧越大，这块空地就起风了。不但烧遍了这块空地，几乎快要烧出边界了。焦大业这才忍不住了，敲着陈元的门说，你们不能歇会儿吗？陈元说，跟起火是一个道理，已经烧起来了，能停得住吗？焦大业说，万一烧到了旁边小区，我看你还挺得住不？陈元紧张地问，那些拾垃圾的呢？都走了吗？焦大业说，跑得差不多了。陈元说，赶紧叫消防车吧。

当焦大业报警的时候，几辆消防车已经开了进来，很快就把大火给扑灭了。同时，有一辆警车也开了过来，停在了临时建设指挥部的门前。一位警察敲了敲陈元的门，陈元以为还是焦大业，有些不耐烦地说，这火不是我们放的吧？关我们什么事情呀。陈元一手提着裤子，一手拉开门，发现是一位警察，就笑着说，是你们啊，我已经说了，这火不是我们放的。警察看到陈元房间还有一个女人，四脚八叉地躺在床上，于是说，怎么了？你还在干老本行？去年小诊所害死个人，没有坐牢是不是还不过瘾啊？

陈元指了指墙上的那块牌子说，你没有看见吗？我现在开发房地产了。警察说，别管你是干什么的，先随我们走一趟吧。这时，有一个人从浓烟中，跌跌撞撞地跑了过来，一边跑一边挥着手说，人都跑光啦，是不是可以撒钱了？他正是放火的罗锅子。他话刚说完，一头栽倒在地，就昏过去了。

在去派出所的路上，陈元给老吴发了一个短信说，我正去派出所呢。老吴说，谁不知道啊，你把半边天都给烧红了。陈元说，如果我进去了，念在兄弟一场的份儿上，天凉了送件御寒的衣服给我行不？老吴说，这个嘛，你放心吧，世界名牌波司登如何？陈元说，我对天发誓，火不是我们放的。老吴说，火不是你们放的，那块空地如今是你的。

陈元被带到桃园派出所。与小诊所出事那次完全不一样，上一次陈元被吓得浑身发抖，面对那些警察的呵斥，他乖得像个龟儿子，连直视一下对方的勇气都没有。但是这一次，不知道因为自己有了点钱，还是背后有了一个老吴，他似乎很轻松，摸着自己的光头，嘿嘿地笑个不停。

做了半个小时的笔录，陈元果然啥事没有，就给放出来了。陈元走出派出所，就接到了老吴的短信，让他到旁边一条街上见面。陈元在一个僻静的地方，钻上了老吴的车，一副无辜的样子说，我们挂牌仪式结束了，鞭炮也都放过了，我都回房间休息了，火真不是我们引起的。老吴盯着陈元的胸脯说，不是你们引起的，难道不会是你们指使的？陈元说，我能指使谁呢？而且我为什么要放火？老吴说，指使谁你不清楚，你的手下还不清楚？那个罗锅子还躺在医院里你不知道？

好像一点一滴都在老吴的掌握之中。陈元转身看了看老吴，他戴着一副墨镜，梳着一个大背头，依然一副深不可测的样子。

陈元说，现在怎么办呢？老吴说，陈医生啊，你不能再冒险了，今天烧伤个人不算什么，如果烧死个人谁也兜不住，我只能给你送一件大棉袄了。就这样，恐怕有人会拿这把火说事的，为了堵住别人的嘴，我私下给你提三条处理意见：一是你们公司要主动承担管理责任，相关责任人必须受到处分；二是有一个人受伤，公司必须承担相关的医疗费用，做好安抚工作；三是一些拾垃圾的在这块空地上，堆放垃圾虽然属于违规，被烧掉也算是活该，你要借机给予一定的人道主义补偿，相信他们自然也不会赖在这里了。

陈元说，给吴哥添麻烦了，不知道怎么报答你呢。

老吴摆摆手说，兄弟之间，说这些干什么，这一把火虽然烧得我心惊肉跳的，不过基本扫清了障碍。这个垃圾处理站的项目，不是挂个牌子就能了事的，你打算什么时候正式动工？陈元说，前期还要准备一下，有些细节还没有想清楚呢。陈元没有想清楚的并不是如何建设垃圾处理站，而是如何不建垃圾处理站，这个想法不到关键时候，他当然不能告诉老吴。

陈元回到临时建设指挥部，让焦大业提着一塑料袋的钱，与自己一起去了一趟医院。原来，那个罗锅子拿着焦大业递过去的打火机，立即放了一把火，发现那火势慢腾腾的，像是自己平时走路似的。看到几个小火星子，拾垃圾的一点都不在乎，有的干脆借着机会烤馒头吃。于是罗锅子在东南西北，凡是杂草长得深的地方，各放了一把大火，才把整个垃圾场给烧着了。他之所以昏倒，不是被火烧到了，而是被烟熏了几口，醒过来后啥事都没有了。

焦大业拍拍塑料袋，对着躺在医院里的罗锅子说，我说话是算数的，这些钱全是你的了。罗锅子平时拾垃圾，会拾到一块两块，从来没有见过这么多，所以他提着钱就主动出院了。罗锅子走的时候，十分高兴地对陈元说，老总你放心，不管谁问起来，我都会承认这把火是我放的。

陈元在饭店里订了一桌子菜，说是要一起去庆祝一下。小护士说，应该是压惊吧？陈元说，当然是庆祝了，你们看看那块空地，现在多干净啊。焦大业笑了笑说，我以为又给你惹事了呢？三个人吃饱了饭，喝完了酒，陈元掏出一张纸，写了一份处理决定，大意是这次火灾，虽然不是他们造成的，但是他们公司有管理责任，经公司研究决定，撤销副总经理兼办公室主任焦大业的职务。

小护士说，你跟谁研究的？陈元说，我跟自己研究的。小护士说，你以为是自摸呀？！陈元说，这跟自摸是一个道理。小护士说，又不是他放火的，你为什么要处理他呢？陈元说，现在不说火是谁放的，也不管是谁的责任，但是出事了总得有人当炮灰，这个公司目前就三个人，我是总经理不能倒吧？你是财务总监，跟安全是毫不相干的，而且还没有正式任命，所以你也不能倒，剩下的就只有焦大业了。

陈元写好了这份文件，递给了焦大业。焦大业已经喝多了，他眯着眼睛说，陈总啊，你说的时机是不是今天？我这把火烧得怎么样？烧到你心里去了吧？陈总啊，你说得对，你怎么可以倒呢，我真怕你被抓起来了。一旦你被抓起来了，我们几个人不就又散了吗？你能安然无恙地从派出所回来，我已经很高兴了。所以呀，你别说是开除我，就是除掉我，我也高兴啊。

焦大业这番话，虽然是酒后之言，让陈元还是十分感动的。陈元说，焦大业，你虽然有些鲁莽，凭你这些话，已经够哥们儿了，副总经理算个狗屁，不就是我一句话的事情吗？虽然现在撤掉了你，一切待遇不变，仍然吃在公司，住在公司，等风声过去了，再把你提拔起来。焦大业说，我有什么待遇？我见过你一分钱吗？你欠我大半年的工资补给我了吗？来干杯！兄弟们干杯。

陈元喝醉了，焦大业与小护士也全都喝醉了。

火灾是属于烧荒性质的，除了有一个人被烧伤，一些垃圾被烧毁之外，虽然没有造成其他人员伤亡与较大财产损失，仍然被定性为安全责任事故，起码存在着极大的安全隐患。在上边还没有研究怎么处理的时候，陈元就先行了一步，主动把自己三方面的善后工作，包括对一名伤员的积极救治，对十几名拾垃圾的补偿，对相关责任人的撤职处分，还有吸取教训，查找安全隐患，保证类似事件不再发生，等等，用发财狮子公司红头文件的形式汇报了上去。最后陈元的公司不但没有遭到罚款，而且还受到了上边的表扬。

摆平这次火灾之后，陈元看着被清理得干干净净的这块空地，不禁在心里暗暗地骂了一句，真他妈的，还是人家老吴高明啊。

六、人们最需要的其实不是房子

自从女大学生出事后，陈元发誓这辈子洗手不干了，所以他从外边请了一个人，在一家五星级宾馆里，把老吴的孽债办得滴水不漏。之后，他一直在等老吴的消息。他没有主动给老吴打电话，询问那天晚上的紧急会议，到底是怎么研究这块空地的。他没有和老吴联系，老吴也没有及时和他联系，这并不影响陈元的计划。

他开始筹备注册公司的事情。他请了一个中介机构，代理公司正常的注册事务。陈元了解到，注册公司不但要有财务人员，要有办公场地租赁合同，还要有正规的验资报告，如果陈元自己来办的话，自己未必能够办好。果不出所料，陈元委托中介公司十几天的时间，他的“上海发财狮子置业有限责任公司”的营业执照就拿到手了，在他一个光杆司令的情况下，公司就这么合法地办起来了。

注册公司花不了多少手续费，大头主要是一百万元的注册资本。其中六十万元是让中介公司垫付的，公司注册好了人家就抽资了。陈元实质只出了四十万元，自己中彩票的钱，注册完公司就剩下不到十万元，是作为流动资金的。陈元当时是这么想的，公司业务还没有一点着落，如果招聘几名正式职工，那是得按月发放工资的，起码是要供人家吃喝的。仅仅养着一帮子人，不出半年也会把公司给吃空的。等有了真正的开发项目，起码要把焦大业与小护士喊回来，等自己的钱可以生钱了，就是招聘一两个生活女秘书，给他捶捶背也是舍得的。

“发财狮子”注册好之后，急着等待开发项目的时候，却百等不见老吴的电话，陈元有些坐不住了。他太需要有关消息了。在这个世界上，陈元认识的人里边，只有老吴与这块空地沾点边。陈元觉得人家毕竟是当官的，不知道这个官到底有多大，起码凭着把一个女人肚子搞大，这女人还要生个私生子赖着他，就证明这个官肯定是小不了的。在陈元眼里，好像给人家办了一件大事，在人家眼里恐怕并不算什么，仅仅算是擦了一次屁股。

陈元在又一个黄昏，坐在那块空地中间的杂草里，屏住呼吸主动拨通了老吴的电话。

老吴说，有事情吗？

陈元说，没啥事情，吴哥什么时候有空的话，说好了想请你吃个茶。

老吴说,我正在开会呀。老吴匆匆地把电话挂断了。陈元坐在一片混沌的暮色中，心想老吴如果擦了屁股不认自己了，那应该怎么办呢？陈元几乎是绝望的，再一次感觉到了内心的空茫,感觉到了这块空地的虚无。陈元再次走到大烟囱下边的香坛前，朝着这块空地跪下了。当时人们还没有弄来那个维纳斯般的服装模特，陈元仍然是朝着那根大烟囱磕头的。当他叩地有声地磕到第三个头的时候，奇迹再次出现了。

自己的手机响了,电话是老吴回过来的。老吴说,刚才真在开会,陈医生你说吧，有什么事情找我？陈元说，以为领导不认我这个小兄弟了，其实也没有什么大事情，就是想关心一下吴哥，我把你的屁股擦干净了没有？老吴说，我正想找机会谢谢你的，你在老地方等着吧，我马上过来。

老吴仍然开着那辆黑色的轿车，一溜烟地停在这块空地的深处。他同样没有下车，招招手让陈元上车。陈元钻进车里说，吴哥，你爱吃湖南菜还是本帮菜？对面有一个望湘园,还有一个梅龙镇,都是非常地道的。老吴说,我吃过了,饭就不用了。陈元说,那我们到对面喝个茶？老吴说,外面人多眼杂,说话也不方便,就在车上吧。

陈元说，不瞒你，我把公司都注册下来了，现在万事俱备，只欠东风了。老吴说，以为你说说而已，怎么还真要搞房地产开发？你这是真注资还是假注资？陈元说,当然是真注资了,这个公司可是合法的。老吴说,你这些钱是不是开小诊所赚的？你赚这些钱也不容易，用这些资本干什么不好？开一家民营医院也是不错的。陈元说，我只想开发房地产，特别想开发前边的这块空地。这是我的一块福地，在这里待久了，也有感情了，请吴哥给咱透露一点消息如何？老吴说，不是我不想帮你，是这事情太难了，一牵扯到土地的事情，就复杂起来了，原因是这块肥肉落到谁的嘴里，别人都会流口水，所以我们研究过不下十次了。

陈元说，结果呢？结果给谁了？

老吴说，谁也不给。

陈元说，仍然在这里荒着吗？这么好个地方，老是荒在这里，也影响市容环境吧。老吴说，这一点我们已经看到了，影响环境是一个方面，还存在一些安全隐患，这些杂草哪天起火了，说不定会把周边的居民楼给烧掉的。陈元说，那还不开发掉算了？老吴说，已经定下来，要开发的，但不开发房地产。陈元说，那开发什么呢？老吴说，规划在这里建一个医疗垃圾处理站，就是把各个医院的医疗废品，集中起来进行第二次加工，其实属于公益性质的，过几天会向社会公开招标的。

陈元说，这个项目也不赚钱呀，哪个企业愿意投标呢？老吴说，是的呀，你还愿意投资吗？能接手这个项目的企业，都是一些资本雄厚的大企业，准备在这个项目上赔一点小钱，再争取在其他地方得到巨大的补偿，陈医生你如果有十几个亿的话，把这个医疗垃圾处理站的项目划给你，那是我一句话的事情，随后有哪块地皮公开拍卖，你看中了想开发，政府照顾一下也是名正言顺的。现在你就说，你有没有这个资本吧？陈元说，我是怎么发家的，吴哥你一清二楚，和人家卖身是一个样子的，怎么可能有这么多钱？建一个医疗垃圾处理站，恐怕我的钱都不够折腾啊。

在老吴临离开的时候，陈元还是说，谢谢吴哥，让我再想想吧。

老吴说，你别急，什么事情都需要机会，如果有什么投资项目，我首先会想到你的。

老吴把一个大信封子递给了陈元，陈元还是拒绝了。一是觉得老吴总归有用得着的地方，二是想起那个女人绝望而无辜的表情，陈元都会因为自己抹去了一个小生命而十分自责。

什么结果都想到了，想到了老吴无情无义不帮他，想到了老吴官太小帮不了他，唯独没有想到最后自己缺的还是钱。什么问题归结到最后都是钱。如果自己真有十几个亿，那他会义无反顾地拿下这块空地，赔钱也要拿下这块空地。陈元又想，如果自己真有十几个亿的话，还会去开发房地产吗？不开发房地产，那自己会干什么呢？

陈元思考的结果是，如果自己有十几亿的话，他就不会再为钱而烦恼了。他最想干的事情还是寺庙，不是一座寺庙，首先会盖两座寺庙。陈元一直有个梦想，就是盖两座属于自己的寺庙。他老家是陕西塔尔坪的，原来叫大庙村，有一座寺庙被拆掉了，就改成了塔尔坪村。那座寺庙在他童年的心目中，留下了十分美好的印象。无论哪个孩子生病了，还是要出远门了，母亲们都会去寺庙里，烧一炷香，祈求神灵的保佑。不知道什么原因，后来被拆掉了，所以他最想的就是把它给重新盖起来。陈元想盖的第二座寺庙，不在别的什么地方，就在这块空地上。他的心情是复杂的：第一，自己如果没有在这里拾到二十块钱，就不可能买包子的时候再买双色球，不买双色球自己就不可能中奖，不中奖的话他现在也许就饿死了，起码他的理想已经被饿死了。那五十多万元其实是这块空地给的。第二，自己那次无心的一次跪拜，竟然让那么多人一个接一个，从不在乎这是一块不毛之地，从不在乎这是臭烘烘的垃圾场，特别是那个患有高血压的老大妈，她一日接一日地来这里上供，这是多么虔诚啊。陈元想，如果自己在这里建一座寺庙，不需要富丽堂皇的大殿，不需要真金塑成的神像，只需要有几间房子，几个蒲团，几朵莲花灯，一只木鱼，对这些许愿的人来说，应该是多么美好的。第三，这个原因他是说不出口的，在他心里，建一座寺庙也是房地产开发，卖香火，积善款，也照样可以经营得不错。有了钱，自己想做多少善事都行，想帮助谁就帮助谁，想盖几座寺庙就盖几座寺庙，人们有灾有难了，随时都可以烧香，祈求神灵的保佑。

陈元好奇，自己怎么就想到了要建寺庙呢？难道真是上天在冥冥之中指引着他吗？他顿时醒悟了过来，在这个世上，其实建什么也不如建寺庙。从表面上看，人们似乎最需要的，是寄托身体的房子，对于一个漂泊者，过去他常常感慨的是，眼前有千千万万的窗户，唯独没有一个是自己的容身之所。人们似乎都在想房子，能够拥有几套房子，是衡量人生几斤几两的基本元素，但是再深究起来，人们最最需要的，终究也不是房子，不是金钱，而是一个心灵的皈依。

陈元打定主意之后，给老吴打了一个电话。老吴说，怎么了，陈医生想明白了吗？陈元说，想明白了，我们公司决定投标了，不就是建一个医疗垃圾处理站吗？这也算是造福一方的事情啊。老吴说，难道你真有十几个亿吗？陈元说，现在没有，总有一天我会有的，吴哥哪天有空，我有一个大胆的计划，看看我们之间有没有合作的机会。

七、荒草不是用来随便烧的

自从上海发财狮子置业有限责任公司在那块空地上正式挂牌之后，附近的居民听说要搞房地产开发，就十分期待，天天来打听什么时候动工，什么时候开盘。他们之所以如此高兴，一是有些人近水楼台，想在这里买房子；二是这块空地荒废这么多年，春夏两季臭气熏天，蝇蚊乱飞，秋冬两季黑咕隆咚，像一个巨大的坟地。自从有一次发现了一具女尸，深夜的时候都没有人敢从这里经过了。正是这些环境的影响，周边的房子价格也比相同地段的房子便宜一千多块。

周边的居民越是高兴，陈元越是感觉头痛。陈元干脆在临时建设指挥部的墙上，又挂了一个“医疗垃圾处理站项目组”的牌子，与“发财狮子”公司的牌子一样大小，意在提醒人家，这里不是开发房地产，真正要建一个医疗垃圾处理站。但是十几天过去了，人们仍然视而不见，就连焦大业与小护士两个人，根本不去过问这个牌子到底是什么意思。

陈元预想的结果并没有出现，让他十分着急，于是把焦大业与小护士召集在一起，商量公司下一步的业务。陈元说，你们知道我们下一步重点工作是什么吗？焦大业说，公司挂牌那天的一把大火，把这块空地已经腾出来了，目前当然是赶紧动工呀。小护士说，是呀，赶紧动工吧，一动工就可以开盘卖房子了。陈元说，动个屁工！我新挂的那个“垃圾”牌子，你们看到了没有？老实告诉你们吧，政府不同意我们公司拿这块空地盖住宅楼啊。

陈元在拿到垃圾处理站的项目后，才把焦大业与小护士叫回来的，但是他一直都隐瞒着他们，一是怕影响了他们的志气，二是怕他们坏了自己此后的计划。当焦大业与小护士听到这个消息，都很吃惊，迷茫地看了看外边那块“项目组”的牌子，异口同声地问，难道要建一个医疗垃圾处理站？加工医疗垃圾能赚什么钱吗？

陈元说，我是总经理，赚钱的事情用不着你们操心，眼下我们要考虑的是，如果真建医疗垃圾处理站，周围的居民会答应吗？焦大业说，别说周边的居民了，就是我也不答应的，而且又是医疗垃圾，比现在污染更大了，人家保证要闹事的。陈元说，我担心的不是他们闹事，我担心的是他们不闹事，我这个“垃圾”牌子都挂几天了，他们这群笨蛋什么反应都没有，所以我们要做好宣传工作。

焦大业说，这个容易，贴几张标语，挂几个横幅，再找一个高音喇叭，二十四小时广播广播，还怕他们不明白我们要干什么？陈元说，和政府部门做事要讲方式，不能明着煽风点火。从今天起，你们两个就到周边找人聊天，像局外人一样和他们聊天，可以一五一十地说，也可以夸大其词地说，让他们有一个充分的思想准备。小护士说，就跟搬弄是非一样？陈元说，对呀，你们不要露出身份，最好装成收废品的。小护士说，哪个收废品的有我这么漂亮？陈元嘿嘿一笑说，那你就装成卖房子的吧。

陈元说，你们要把医疗垃圾处理站的厉害，比如会传染艾滋病呀，会产生有毒气体呀，统统地告诉他们。焦大业说，这样把人给吓坏了，人家可能要拼命的。陈元说，你动点脑子好不好？在人家门口要放毒气了，人家为什么不拼命？他们拼命怕什么？我就希望他们拼命，这个项目又不是我们规划的，他们如果要拼命，就告诉他们应该找政府拼命，我们也是没有办法的。

陈元又摸了摸光头说，他们这一闹啊，他们有机会了，说不定我们也有机会了。

焦大业与小护士似乎有点明白了，居民闹得越大，改变规划的机会就越大，最后说不定真能开发房地产了。于是每天吃完早饭，焦大业就叼着一支烟，小护士就嗑着瓜子，分头开始行动了。

焦大业见了正在下棋的老大爷们，就问，原来收纸箱子的那个垃圾场，现在哪里去了？老大爷们说，给人烧掉了，要开发房地产了。焦大业说，不对吧？听说要建一个医疗垃圾处理站。老大爷们说，这哪里的消息？焦大业说，我刚去收废品，牌子就在墙上挂着的呀，而且专门处理针管呀绷带呀，恐怕还有从病人身上割下的瘤子什么的，都是从医院里运过来的，这些东西可脏了，不小心会传染疾病的。几个老大爷一下子坐不住了，棋也不下了。

小护士在路上见了老大妈们，就一个个拉住人家问，我有一套房子在这边上，有人要买房子吗？老大妈们指指隔壁的那块空地说，那边准备开发，快要动工了，都等着买新房子呀。小护士说，不对吧？人家要建一个医疗垃圾处理站，到时候什么病毒都会运到这里来的，可惜多好的一块地盘呀。老大妈们说，你这消息哪来的？怎么和我们听到的不一样呢？小护士说，我是专门卖房子的，什么消息都是清清楚楚的，我估计呀，这个医疗垃圾处理站真建在这里的话，谁还敢住在这里？房价肯定会大受影响，每平方米降个一两千，那是最少的，所以我才想把这里的房子处理掉。老大妈听了，赶紧拉住小护士说，那我们怎么办呢？小护士说，要么忍着，要么到政府讨个说法。

老大爷与老大妈很快就把这个消息传给了儿女们。儿女们又开始把这个消息告诉邻居们，不到几天时间，旁边要建医疗垃圾处理站的消息就人人皆知了，而且不仅附近几个小区的居民串联起来了，就连四周的商户也全部串联起来了，家家窗户外边都挂上了横幅，写着“禁建垃圾处理站，还我美好家园”的标语。大家很快就推举了十几个代表，成立了一个维权小组，开始有组织地进行上访活动。

有一个周末的早晨，陈元还在被窝里的时候，就听到外边一片嘈杂。几百人的队伍拥进了这块空地，团团地把临时建设指挥部给围住了。

陈元推开门说，你们干什么呢？有个黄毛小青年说，你眼睛瞎了吗？不会自己看吗？黄毛小青年一边说着，一边取下那块“医疗垃圾处理站项目组”的牌子，扔在地上，几脚下去就给踩烂了。陈元说，我是公司的总经理，也是这个项目组的负责人，你们听我解释好不？说实话，我也很同情你们，这么好个地方，一旦把医疗垃圾处理站建起来了，不管会不会排放毒气，不管有没有病毒传染，从心里来讲是不舒服的。

黄毛说，明知道伤天害理，你为什么要干？陈元摸摸自己的光头，嘿嘿一笑说，我有什么办法呢？我只负责建设与经营，我投入这么多钱，上百万元的血汗钱，其实是没有什么回报的。黄毛说，没有利益你会干？你以为你是傻瓜吗？陈元说，完全是出于社会责任，是公益行为。如果这个规划我们公司能够做主，你们知道我想拿这块空地干什么吗？第一，想给大家盖几座花园式的好房子，中间建一个大大的音乐喷泉，路上全铺上彩色的石子，路边不栽梧桐树，也不栽香樟树，全部栽上银杏树，不但可以结果子，一片金黄色的叶子，看上去十分漂亮。陈元把小护士叫过来，搂住了她的脖子，接着说，我自己现在都没有房子，还住在这个临时建设指挥部里，我与老婆办点事情，一点都不隔音，你们知道吗？这种感觉一点都不舒服。如果将来你们与老婆办事的时候，一想到旁边就是细菌，就是艾滋病毒，心情也会不爽的。所以，我想开发的，就是房地产，当然房地产也是最赚钱的。第二，我最想干什么呢？大家肯定不明白，你们看看那边吧，有人在露天地里干什么？他们在大烟囱下边拜神！他们为什么要在这里拜神？因为他们有灾有难，希望得到神灵的帮助，每个人都有灾有难，一时没有灾难的，也希望神灵保佑自己，有一个美好的来生。而且这个社会是个神经病，人人感觉自己像个塑料袋子，轻飘飘的。所以，我最最想的，就是在这里建一个寺庙。

陈元环顾了一下闹事的人群问，你们说说，如果这里有一个寺庙，你们是不是很高兴？

那个老大妈就在人群中，她立即说，那当然好了，我们离玉佛寺和静安寺真是太远了。

陈元说，我理解你们的心情，但这是政府实事工程，你不让建他不让建，医疗垃圾怎么办？除非大家都不生病，都不产生医疗垃圾，在一个不正常的社会里，让人不生病是天方夜谭。当然，这个垃圾站如果远远地建在没有人的荒郊野外，肯定就没有人反对了。总之一句话，希望得到你们的理解，万一有什么想不通的，你们哪怕把我杀了，球用也不顶一个，想解决问题那就向上边反映。

黄毛说，上边是哪里？

陈元说，肯定不是天上。是谁规划的，谁就是上边。

几个带头的黄毛小青年对着人群高声喊道，走！一部分人留下来，一部分人去上边吧。

居民闹事的当天晚上，焦大业都已经睡着了，被陈元神秘兮兮地叫了起来。焦大业说，你干什么呢？有什么事情不能等到明天吗？陈元说，快起来，开工了。焦大业说，半夜三更的开什么工呀，还没有查黄道吉日的。陈元说，我已经查过了，子时开工动土保证万事亨通，而且你看看白天那个阵势，我们白天开工的话，他们不把我们两个给杀了？焦大业说，这火是你煽起来的，现在还是怕了吧？

这块空地被烧得一片焦煳，加上拾垃圾的全部撤走了，显得十分空旷。当焦大业跟着陈元来到空地中间，一下子迷茫到了极点。他问陈元，什么是垃圾处理站，没有一张设计图纸，也没有一个工人，凭着我们两个人，像两只老鼠似的，在这么大一片空地上，怎么个动工法？陈元摸了摸自己的光头说，十几个工人明天就到了，我们今天晚上只是奠基，大型工程开工的时候都是要奠基的，而且垃圾站是什么样子，全在我的脑子里了。

正说着，有一辆小卡车嘟嘟地开了进来，几个人把一样东西搬下了车。一个长着络腮胡子的司机说，陈总，你看看这货怎么样？陈元说，黑灯瞎火的看不清呀。络腮胡子拿出一个手电筒照着说，现在能看清了吧？陈元仍然说，看不仔细，就这样吧，反正随便摆摆，做个样子而已。络腮胡子说，陈总，牛不是吹的，你这个货与曹操墓里挖出的东西，是出自同一个人之手，能蒙过不少专家的。

络腮胡子一走，焦大业就说，你真没有看清楚吗？凭着那一张红彤彤的长脸，一把齐胸的大胡子，我怎么觉得这是一个关公？

陈元说，我看清了呀，是个陶瓷的关公呀，你知道关公是干什么的吗？

焦大业说，你考小孩子？关公谁不知道，三国时刘备的结拜兄弟，千里走单骑，败走麦城，是个重情重义的。在我们南阳老家，不但门神是关公，小孩子出生后的襁褓里，或者是老人的枕头下，都会放一把关公的大刀，来辟邪的。陈元说，就这些吗？如今那些大老板喜欢拜谁？焦大业说，老一代喜欢拜霍英东和李嘉诚，青年人喜欢拜马云。陈元说，他们是人，不是神，我说的是神，现在大家喜欢拜关公。因为什么？因为关公讲义气，能保佑人出入平安，所以他变成了财神爷，人人祈求保佑的财神爷。

陈元说，别说这些没有用的，我们快点动手把它埋起来吧。焦大业说，这就是奠基吗？陈元说，对呀，别人奠基，就栽一个水泥桩，我们奠基在地下埋一个财神爷，你说说，我们不发财能行吗？于是两个人拿着一把镢头，一把铁锨，在这块空地的正北方向，开始使劲地挖坑。陈元与焦大业挖了一个三米多深的大坑，把那个将近两米高的关公像放进去，然后用泥巴进行了回填，还在上边铺上了一层草灰。焦大业问，不就是奠基吗？用得着埋这么深？像是埋一件宝贝似的。陈元嘿嘿一笑说，它就是一件宝贝，埋得时间久了就是一件宝贝，你千万别说出去了，我连小护士也瞒着了，怕人偷啊。

两个人在空地上又坐了一会儿，天空就泛白了。陈元与焦大业刚刚躺下，一群工人就跟着一辆挖掘机，到工地开始施工了。

附近的居民们不管大人孩子，还有老大爷老大妈，他们带着小凳子，已经兵分两路，一路去了上边，一路跑到了陈元的工地上。有的坐在工地上聊天，有的干脆躺在工地上晒起了太阳。暮秋的太阳确实灿烂而和煦，不一会儿就响起了酣畅的呼噜声。人太多，别说是挖掘机了，连镢头也施展不开，工人干脆坐在地上打起了扑克。

陈元带着焦大业与小护士在工地上转着，好像这些人与自己是一伙的。他不停地说，我们来错地方了，我们应该去政府，政府院子又宽敞又干净，要睡觉就睡到政府院子里，睡个三天五天，看他们解决不解决。

最后，陈元他们三个人也坐在工地上，嘻嘻哈哈地打起了扑克，玩的是挖坑，又叫拐三。下午的时候，太阳淡了，风大了，有些冷了。有个黄毛小青年实在忍不住，就跑到了临时建设指挥部那边，开始踢陈元的门，把门给踢了一个大窟窿。他肚子饿了，冲进陈元的房间里，本想找点吃的，没有想到翻出了一大把杜蕾丝，干脆朝着空地上撒着，引来了一阵哄抢。

陈元没有报警，却给老吴发了一个短信说，这边开始打砸抢了。

老吴回了一个短信，什么内容也没有，只是一片空白。

过了一会儿，陈元接到了一个电话，是派出所那边打来的，请陈元赶紧过去一趟，要了解一下情况。陈元赶到桃园派出所的时候，接待自己的还是那个警察，于是说，我又犯规了吗？警察倒了一杯水给陈元，笑着说，你别误会，与前两次是不一样的，所以我们是请你来的。陈元说，已经有人打砸抢了。警察说，你为什么不报警？陈元说，我能体谅他们的心情，这事放在谁的身上也过不去的。警察说，他们还有一拨人在政府那边，上边让我问问你的意见是什么。陈元说，我没有什么意见，等他们闹完了，该动工的还得动工，这是政府的重点工程，哪能让他们这一闹就停下来了。警察说，上边的意思和你一样，但是让我们提醒你，考虑到维护社会稳定，让你一定注意方式，哪怕就是暂时停工，也不能死人，一死人什么都不好说了。

陈元说，如果停工了，我的损失怎么办？几十号人是要付工资的。

警察说，你放心，上边正在研究，各方面的利益都会考虑进去的。

闹事的居民比陈元想象的要顽强得多。陈元以为天黑了，或者大家饿了，人也就散了。等天黑下来的时候，虽然人少了不少，仍然有上百个之多，他们分成了几组，进行二十四小时倒班。年轻人白天要上班，所以晚上就由他们来值守。很快，年轻人从家里搬来了帐篷，一顶顶地撑了起来。天气少有的好，天空少有的蓝，有恋人的叫来恋人陪着，有老婆老公的叫来老婆老公陪着，好像不是讨说法来的，而是来这里露营来的。他们相互依偎着，坐在帐篷外边，一边说着情话，一边数着星星。

陈元很高兴，偷偷地笑了。看到别人浪漫，他实在忍受不住了，于是搂着小护士，当然也叫了焦大业，三个人提了几瓶子啤酒，坐在临时建设指挥部前的台阶上，仰望着星空，不停地碰杯。焦大业说，你还有这个兴致？一旦他们在此扎下根来，我们开工就遥遥无期了。陈元说，车到山前必有路，我这个总经理不怕，你这个副总经理操什么心呀。焦大业说，我还是副总经理吗？不早就让你开除掉了吗？陈元说，那是应付上边的，现在我重新任命你，恢复一切职务吧。焦大业说，既然还是副总经理,那我给你出一个主意吧。陈元说,你这个猪脑子如今脑洞大开了？说出来看看。焦大业说，当初我能放一把火，现在可以再放一把火。

陈元说，你还真是猪脑子，当时荒草连天的，现在你放火烧什么？

焦大业说，这个还不简单，用汽油呀，到加油站弄几桶汽油过来，往地上一泼。

陈元盯着小护士说，亲爱的，你说说看。小护士说，这个办法不错啊，汽油烧起来火更大了,他们照样屁滚尿流的。陈元敲了敲小护士的额头说,你怎么和他一样，也傻不拉叽的了？烧荒草那是意外，烧汽油那是预谋，性质能一样吗？我看你们不是想把他们赶走，而是真的想把我送到监狱里去，我一旦进了监狱，你们两个就都自由了对吧？

陈元看着前边一顶顶帐篷，实在是太高兴了，因为这些人还不知道，在这场战争当中，陈元并不是他们的敌人。陈元与他们就是一伙的。

八、精神也有垃圾处理站

当时医疗垃圾处理站项目的公开招标启事一出来，陈元又给老吴打了一个电话，约好了要具体谈谈投标的事情。这一次，陈元没有把碰面地点放在那块空地上，而是定在了对面的一家高档会所里。

这家会所十分高级，有一个个独立的桑拿房，有各种层次的保健按摩房，还有三个大小不同的歌舞厅。陈元专门包了一个桑拿房，桑拿房里不但有一个小酒吧，还有一个碧绿的水池子。池子边雾气蒙蒙，感觉像是仙境一般。当两个人坐在小酒吧里喝了半瓶子红酒，再一丝不挂地走到水池子边的时候，陈元摸了摸光头，嘿嘿一笑地说,领导就是领导,命根子与普通人也不一般。老吴则哈哈一笑地说,过奖了，真是过奖了。

彼此打量着对方的下半身，神秘感就完全消失了，加上有了一些醉意，说起话也不再躲躲闪闪的了。老吴钻入水池子,一边撩着碧绿的水,一边主动地说,陈医生，你到底是怎么想的？陈元说，吴哥先干正事，这事不急。老吴看了看站在身后的一个小姐说，还是算了吧，现在外边风声紧，万一让人给拍个裸照传到网上去，我不就死翘翘了？陈元说，吴哥是不信任我呢，还是怕别的？我看你现在最需要的，恐怕就是女人了。老吴说，你怎么看出来的？陈元说，你满面红光，印堂发亮，一看就是好久不近女色了，和那个女人闹别扭了？老吴说，再别提了，自那个女人用怀孕要挟我之后，我一个女人也不敢沾了，好在你当时帮我处理得干净，不然我恐怕已经身败名裂了。

小姐走下水池子，拉着老吴风摆杨柳地离开了。老吴办完事回到水池子里，就彻底地放松了。老吴说，你是不是有什么计划在等着我？陈元说，其实也没有什么，就想和吴哥合作一把，把我注册的那家公司好好经营下去。老吴说，就是你那个“发财狮子”？陈元说，这个名字满意吧？我们实行股份制怎么样？老吴说，我这个拿工资的，凑个十万八万的还可以，要拿出一两百万，让我去抢银行算了。

陈元说，人是最大的资本，只要你一句话，就算这个公司的大股东了。老吴说，你这算什么公司呀，连个正式财务都没有，和皮包公司有什么差别吗？陈元说，不管皮包不皮包，我这个公司是合法的，有了公司这个舞台，我们就好在上边唱戏了。老吴说，你想唱哪一出？是《狸猫换太子》，还是《凤还朝》？你还想着那块空地？

陈元说，不是我，是我们，我们只要配合一把，肯定能成功的。

老吴说，我已经说过了，那可是一个亏本的项目，你怎么还这样有把握？那说说我们的计划是什么吧。

陈元见老吴把“你”改成了“我们”，心里基本有数了，于是说，项目招标启事已经公布了，想让政府自己把规划方案改过来，应该是有难度的。老吴说，开会研究的时候，我在心里就预料到了，在这个地方建一个医疗垃圾处理站，根本是行不通的。陈元说，当然了，周围的居民肯定会强烈反对的，在这种特殊情况下规划是一回事情，按不按规划建设那又是一回事情。老吴说，你这个小九九，别人不知道，我可是清清楚楚的，所以我在决策的时候，给你打下埋伏了，我在会上就拍了胸脯，保证居民会闹事的，这个项目即使招标了，根本就无法开工。

陈元摸了摸光头，嘿嘿一笑说，到底还是吴哥的江湖深啊，你是不是已经明白我想干什么了？老吴说，你想先把这个项目拿下来，然后再利用居民闹事，把这个项目给拖下去，拖到一定程度，再想办法改变规划。陈元说，让政府改变规划的希望有多大？老吴说，等于零，哪怕规划真给改掉了，规划成了真正的房地产开发，也会重新拿到市场上去拍卖，到那个时候我就没有多少分量了，就得靠实力说话了，你有这个实力吗？

陈元说，我几斤几两，吴哥你是清楚的，想真正地拿到这块地皮，那简直是在做梦。

老吴说，那我们怎么办？就等死吗？

陈元说，如果拿到这个公益性的项目之后，我们是不是可以自己做主呢？老吴说，你是想私自改变规划？等我们无偿地拿到这块空地，不建医疗垃圾处理站而建居民楼？陈元说，那是违章建筑，谁敢花钱买违章建筑呢？老吴说，那你到底想拿这块空地干什么？陈元说，我们之所以要拿到这个项目，就是想无偿地拿到这块空地。吴哥你换一个思路，假设我们借着居民闹事，把这个医疗垃圾处理站的项目停掉，然后私自建成另外一种形式的垃圾处理站。政府规划的那个项目是处理物质垃圾的，我们私自建设的这个项目是处理精神垃圾的，虽然还是违章建筑，但是我们又不卖，而且仍然是公益的，那又会是什么情况呢？

老吴说，你绕来绕去，都把我给绕糊涂了。

陈元说，比如说，我们不建垃圾处理站，而在这里盖一座寺庙，那还存在什么问题吗？

老吴一听，哈哈大笑着说，陈医生啊，你给女人打胎有一招，没有想到你在作奸耍滑这方面，也是一个奇才呀，我终于明白了，你不是真正想盖房子，你是想在这里盖一座寺庙，处理人们精神垃圾的寺庙。如今哪里油水最大，又不惹人眼红？那就是寺庙了。无论是大老板，还是当官的，人人都觉得好无奈，都认为自己是弱势群体，心里都是空落落的，所以现在信教的人越来越多了。话说回来，谁敢与寺庙作对，那不就是与神灵作对吗？

老吴搓了搓自己的裤裆，沉思了一会儿说，假设垃圾处理站的项目你中标了，借着居民闹事的空当，私自把寺庙建起来了，上边突然冲出一个不信鬼神的，非得把你的寺庙当成违章建筑拆除，那怎么办？别说赚钱了，投入的本钱不就全打水漂了？

陈元说，这个医疗垃圾处理站是政府批准的，如果因为居民闹事不能动工，临时建一个寺庙供市民烧烧香也在情理之中，相信没有人会有什么意见的。再说了，因为居民闹事而停工期间的损失，中标公司是不是可以申请政府补偿？到时候补不补，补哪些，怎么个补法，还不是吴哥一句话吗？

老吴说，万一政府把居民的思想工作做通了，居民答应在这里建垃圾处理站了，你又怎么办呢？陈元说，吴哥你放心吧，居民答应在这里建一座垃圾处理站，并不代表他们会答应拆除一座寺庙，所以最坏的结果是，垃圾处理站与寺庙共用这块空地。而且吴哥你是清楚的，政府如果不花血本，要想让居民全部同意这个项目，那绝对是不可能的。为了万无一失，我还有一个小聪明，不妨全部说出来，请吴哥给参谋一下。

这间桑拿房的窗户正好对着那块空地，老吴透过雾蒙蒙的玻璃朝外边看了看，然后说，我看你是早有预谋的，有什么花花肠子就统统说出来吧。

陈元摸了摸光头，嘿嘿地笑着说，要让寺庙长久地存在下去，必须有一个神像对吧？我想预订一个财神爷，到时候竖在寺庙的大殿上。老吴说，你又不是竖一个伟人像，政府如果想拆除的话，仍然照拆不误的。再说了，世上的财神爷千千万，人家为什么要信你这个呢？陈元说，吴哥想的有道理，那块空地开始就是一根大烟囱，后来有人摆了个断臂的服装模特，但是那些人下个跪，磕个头，再许个愿，那愿望就实现了，人家就不管你是不是一块空地，是不是一个垃圾场了，照样相信这里是有神灵的，香火虽然不是很旺，也从来没有断过。

老吴看陈元还在卖关子，就笑了笑说，别绕了，你还是说结果吧。

陈元说，如果在这块空地上，几百年前就有一座寺庙，而且寺庙里竖着的，也不是一尊普通的财神爷，正好就是当年那座寺庙里的财神爷，是个有着几百年历史的财神爷，那又会是什么情况呢？人家会不会就信了？政府部门就舍不得把我们这个寺庙给拆掉，建成医疗垃圾处理站了呢？老吴说，那是当然的。市民冲着这个神像，会更加反对垃圾处理站的项目了；政府为了保护文物，也不会轻易对我们的寺庙下手了。

陈元说，所以，我们得弄一个有几百年历史的财神爷回来。

老吴说，凭你的实力，弄个真的肯定是不行的，所以你想弄个假的，对不对？

陈元说，还是吴哥厉害，一眼就看穿了。时间是什么？是专家们信口雌黄的，专家说是五百年就是五百年，说是一千年就是一千年，普通人哪有办法去质疑呢。老吴说，也不是那么好糊弄的吧？陈元说，专家掌控在谁手里？不都在你们这些当权者手里吗？他们说到底，也是你们的口舌，怎么说，说什么，不都是听你们的吗？所以在这个关键环节上，对吴哥来说应该是小菜一碟吧？

老吴又哈哈一笑地说，你这不是小聪明，而是大智慧啊。陈元说，其实我这是冒险，我还不知道吴哥到底是干什么的，既然现在我们是合伙人了，方便的话就透露一下怎么样？老吴把话题岔开了，拍了拍陈元的肩膀说，我看你这满脸通红，印堂发亮，下半身像根棍子山药似的，是不是也来个小姐？陈元说，我和吴哥不一样，又不缺女人，一想到我们这个计划，不由得我不热血沸腾啊。

两个人没有再去蒸桑拿，只在水池子里泡了泡，匆匆地冲了冲水，就各自散掉了。临别之时，老吴一句话没有，只与陈元握了握手。陈元理解应该是“愿合作愉快”的意思。

医疗垃圾处理站的竞标结果是毫无悬念的，上海发财狮子置业有限责任公司在十几家投标的企业中中标了。

九、个人都有自己的神灵

这块空地被闹事的居民们占领到一个星期的时候，他们似乎才醒悟过来，在这里安营扎寨的目的，不是来数星星的，而是来解决问题的。天上的星星是数不清的，数一次两次挺浪漫的，时间久了就显得枯燥无味了，就跟夫妻之间的柴米油盐是一个道理。于是几个黄毛小青年隔一会，就去临时建设指挥部踢一次门，最后不但把陈元的门给踢掉了，还把陈元的床也给抬走了，害得陈元与小护士只能睡在地板上。

陈元依然不恼不火地说，还是老话，你们在我这里闹翻天，也是不起作用的，要想解决问题，只能去政府部门。说是这么说，陈元的内心还是有点慌的。时间一天天过去了，闹事的居民已经疲惫不堪，帐篷虽然还在那里撑着，跟稻草人是一个样子，好多里边已经空了，他们悄悄地溜回家了。据陈元探听到的消息，去政府那边上访的一拨人，现在也只剩下十来个了，而且都是老大爷老大妈，根本毫无战斗力。再这样下去，时间会把这股力量彻底给消耗干净的。

陈元不敢给老吴打电话汇报，只好发短信。有时一个个石沉大海，有时老吴只回短短三个字，要么“开会中”，要么“研究中”。陈元不明白老吴开的是什么会，研究的是不是这块空地的事情，在他快沉不住气的时候，老吴发来了一个短信说，万事俱备，只欠东风。

陈元领会了老吴的意思，赶紧带着焦大业跑到工地上，对着那些还在打牌的工人说，不能再拖了，赶紧开工吧。工人说，那么多的帐篷，挖掘机施展不开呀。陈元说，那就用镢头和铁锨，如果今天再不开工，我就不发工资了。工人们说，万一居民来阻挠怎么办？陈元说，这是政府的工程，出事了由政府负责，大家放心地干吧。

陈元与焦大业带着工具，带头开始平整这块空地。说是施工，工地上没有一条线，没有任何设计图纸，也没有一个工程师，谁也不知道垃圾处理站要建成什么样子，是不是与废品收购站是一样的。所以陈元说在哪里挖，他们就跑到哪里挖，陈元说挖多深，他们就挖多深。焦大业实在看不下去了，就问陈元，我们这是要盖房子吗？我怎么感觉像是在开荒种地呀。

陈元说，你盖过房子吗？

焦大业说，没有盖过房子，我难道没有见过人家盖房子？

陈元小声对焦大业说，你别废话了，赶紧干活吧，我这是在试探一下军情知道不？正说着，一帮老大爷老太妈就朝着这边拥来，他们与年轻人是不一样的。年轻人是冲动的小野兽，打打杀杀的还容易对付。这些老年人个个都像橡皮筋，他们不说话也不动手，只是坐在地上打滚耍赖，工人们挖到哪里，他们就赖到哪里，就更加难缠了。有个工人一不小心，泥巴溅到了一位老大爷的身上，老大爷操起屁股底下的一只凳子，朝着工人扔了出去。

焦大业当时就在旁边，他说时迟那时快，一个箭步冲上前，伸着胳膊挡了一下，这只凳子没有砸到工人，而是砸在了焦大业的小腿上，只听到咯嘣一声，焦大业身子一斜，蹲下去就立不起来了。

居民们提着砖头瓦块围过来了，工人们也提着镢头铁锨围过来了。两支队伍虎视眈眈地对峙着，稍有个风吹草动，就会爆发一场血战。

陈元仍然默默地挖着，整个空地上一时十分安静，只有他抡起镢头挖地的声音，显得十分雄壮而威武。在这个关键的时刻，陈元惊呼道，焦大业，你快来看看，我从地下挖出什么宝贝来了？！焦大业仍然蹲在地上，他的小腿已经开始肿胀。两支队伍的人听到陈元的惊呼，一时图个稀奇，就放弃了对峙，朝着陈元围了过去。于是他们看到了陈元脚下的一尊神像，长脸，大胡子，红脸膛，屈膝而坐，腰间挎着一把青龙偃月刀。有人一下子就认出这个神像不是别人，而是关公关云长，如今号称财神爷的关羽。

那个老大妈连连说，这里怎么会有关公呢？这里怎么会有关公呢？

陈元说，也许这里原来并不是一块空地，而有一座关公庙吧？

有位老大爷说，我们搬到这里已经是一块空地了，从来没有看到有寺庙呀。陈元说，我说的是从前，一百年前，或者几百年前，不然的话这个神像是哪里来的？那个老大妈说，难怪我每次在这里许愿的时候，一个个都灵验了，我的高血压降下来了，而且已经抱上孙子了，原来是关公在保佑我呀。老大妈说完，扑通一声跪了下去，又是磕头又是作揖。旁边有个女人，一时挤到人群中间惊奇地说，你们认识我吗？一位大爷说，你不是对面包子店的老板娘吗？老板娘说，是呀，我同时还卖彩票呢，你们明白了吧，我那里中过一注二等奖，听人家说，那个中奖的人，就是在这里拾垃圾的。

陈元心想，不就是指自己吗？于是接过话说，我是见过那个中奖者的，个子不高，留着一头长发，明明走投无路了，但是眼见他跪在这里，对着天空绝望地喊了一声：财神爷啊，你看见我了吗？！自那天起他就消失了，或许就是关公显灵了，让他中大奖了。陈元说着，对着公关跪了下去。平时在空地边上拜过神许过愿的，也一齐朝着关公跪了下去。在他们跪下去的那一刻，刚刚还是万里无云，突然之间响了几个霹雳，天空哗哗啦啦地下雨了。

天有异象，在场的人都震惊了。居民们一拨拨地跪了下去，工人们一拨拨地跪了下去，陈元拉着身边的小护士，也跪了下去。唯一没有下跪的，只有焦大业一个人。他仍然蹲在一边，看到这边的情形，抹着脸上的雨水，像个傻瓜似的，呵呵地笑着，也许他不是笑，是小腿实在太痛了。他这是扭曲中的痛苦。

时间已经进入黄昏时分，夜色慢慢地向这里淹来，时不时地还下着零星的小雨，但是众人没有一点要散去的迹象。陈元让小护士回房间拿来几炷香，给每一个人分发了三根。陈元像是主持一场公祭一般，带着众人点燃了香，迈着整齐而苦难的步子，在苍茫的暮色中绕着关公一边转圈子，一边嘴中念念有词。有人念的是“阿弥陀佛”，有人则念的是“神仙保佑”，还有人念的是“阿门”，反正每个人心中都有自己的神灵。大家念着念着干脆就唱了起来。众人转了九九八十一圈，把一支支香插在了关公前边的空地上，整片空地上一下子繁星点点，烟雾缭绕，而且弥漫着一股好闻的檀香味道。

陈元笑了，这不就是寺庙的气味吗？不就是佛门里禅修的氛围吗？

燃完一炷香，陈元开始给有关部门打电话。他最先找的是派出所。陈元说，我的工地上出事了。派出所说，怎么了？闹出什么人命了？陈元说，他们把我们副总经理给打伤了，恐怕都骨折了，不过现在又有更严重的情况。派出所说，什么情况？还有什么比性命更重要吗？陈元说，我们施工的时候，从地下挖出了一个关公，好像是一个文物，请求你们来保护一下。陈元似乎又给文物部门打了一个电话。陈元说，我这里施工的时候，好像发现了一个文化遗址，而且挖掘出了一个文物，请你们赶紧派个专家来鉴定一下吧。

不到半小时，派出所急匆匆地赶到了工地，围着那个大坑拉出了一个“不准入内”的警戒线；不到一个小时，有个络腮胡子也风尘仆仆地赶到了，他好像是上边文物部门派来的。络腮胡子钻进了警戒线，先是咔嚓咔嚓地拍了一通照片，然后跳下那个大坑，戴上一副雪白的手套，用手轻轻地刨着，抓起一把泥巴放在鼻子下闻了闻，又在手指上捻了捻。把关公像小心翼翼地抱在怀里，因为这个近两米高的关公像实在太沉了，他只能像大熊猫一样坐在地上，把关公像放在腿上翻过来看看，翻过去看看。有一次他失手了，关公像从他怀里滑到了地上，撞出陶瓷一般嗡嗡的回响。络腮胡子抱歉地抬起头，冲着围在四周的人们深沉地一笑，似乎告诉大家，这个宝贝是安然无恙的。最后，他用塑料袋子装了几把泥巴，站起身准备离开了。

陈元说，怎么样？这是不是个什么遗址？这关公像是不是有些来头？

络腮胡子对陈元说，你是这个工地的负责人吧？我初步勘查的结果，这里虽然没有广富林遗址那么久远，起码证明上海是有根基的。而且这个关公像，应该是一件十分珍贵的文物，它对研究上海文化有十分重要的意义，说不定能把上海的历史向前推进好几百年呢。但是我还得回去继续进行实验室分析，在化验结果没有出来之前，请你们一定要停止施工，保护好现场。陈元说，这个关公像呢？络腮胡子说，我们得先把它带走，一旦查实是文物，至于是原地保护，还是移交给相关的博物馆，这得听上边的。

站在四周围观的居民们，刚刚还进行了祈祷，如今他们的关公，他们心目中的偶像，他们信仰中的保护神，却要被人搬走了。虽然说是暂时的，万一回不来了呢？那让他们怎么办呢？当陈元招呼几个工人，要把关公像抬上车的时候，竟然没有一个人响应，也没有一个人让出通道。不知道是谁喊了一句：不许搬！大家纷纷说，是我们这里发现的，必须放在我们这里，谁也不许把它搬走。

络腮胡子说，只是暂时拿回去检验一下，你们的想法我可以理解，我也喜欢这个东西呢，但是没有办法啊。大家纷纷说，不管怎么样，就是不准搬走，也请警察放心，从今天起我们轮流来看着它。警察说，那好吧，借谁十个胆子，也不敢对关公下手的。于是留下警戒线，就全部收兵了。

络腮胡子假装为难地看了看陈元。陈元说，你是专家呢，没有这个是不是也能得出进一步的结论？络腮胡子说，泥巴才是最好的记录者，凭我带回去的一把泥巴，它是不是真文物，到底出自唐朝还是明朝，基本一目了然了。陈元说，既然如此，你就理解一下大家的感情吧。络腮胡子说，那好吧，你们答应我保证万无一失才行。陈元说，明白了，辛苦专家了。

陈元把络腮胡子送上车说，你装得还挺像的嘛。络腮胡子说，这么多年私下倒腾文物，什么样的东西没有见过？况且又在文物部门工作，虽然只是一个打杂的，受过这么多年的熏陶，不是专家也是专家了。我早就说了，我卖给你的这个关公像，就是我们单位的真专家来，也不见得能检验出真假。

陈元把一个大信封子塞了过去，对络腮胡子说，真真假假的，关键是看你怎么说了。

络腮胡子说，我这口风，像木乃伊，你就放心吧。只是这事一传开，上边追问起来，或者再派一帮人来，不就一下子漏气了吗？陈元说，就像今天，这只是演戏，你可以告诉大家像是真的；上边若是问起来，就不能演戏了，你可以告诉他们应该是假的。络腮胡子说，我糊涂了，到底怎么说呢？陈元说，糊涂就对了，反正真中有假、假中有真，你把别人也说糊涂了，事情不就结了吗？络腮胡子说，万一说不明白，也说不糊涂，那又怎么办呢？陈元说，你这满脸胡子，是不是白长了？你不会打太极，难道你不能拖着吗？如果拖也拖不住了，你就什么也别说了，笑你总会吧，神秘地笑一笑，别人自然就糊涂了。

陈元回工地的时候，给老吴发了一个短信说，戏已经演完了。

老吴则回了一个短信，只有一个微笑的表情符号。

焦大业虽然蹲在旁边，一副置身事外的样子，但是他听得清清楚楚，而且这个络腮胡子，他似乎在什么地方见过，或者在陈元那个缺德的小诊所，或者在自己曾经待过的洗脚房，或者就在这块空地上。最后他一下子明白了，几次都想冲上去，告诉大家说，这个东西不是古代人埋的，而是自己几天之前埋下去的。每当他的目光碰到陈元的目光时，就像是一块铁碰到了几千度的高温，他的勇气一下子就熔化了。

雨早就停了，天空一片瓦蓝，有一轮残月淡淡地挂在上边。陈元跑过去，拉起焦大业说，走吧，我们去医院吧。焦大业拒绝了，他一瘸一跛地回到自己房间，仰躺在床上看着天花板发呆。他想起了小时候，听到的第一个故事就是《三国演义》，关云长的忠诚，关云长的威武，还有关云长的义气，在他幼小的心灵中扎下了根。

小护士拿来一块热毛巾，让焦大业敷在红肿的小腿上。陈元说，我这是没有办法啊，不这么做你告诉我怎么做呢？焦大业说，不管过去干什么伤天害理的事情，我都没有意见，都尽力地配合你。这一次，你知道我为什么生气吗？陈元说，为自己受伤了？焦大业说，这点伤有什么了不起的，它是个报应你知道不？我们南阳老家盖房子，会埋个东西用来镇宅，那天埋关公的时候，你说是奠基，我就相信了你，如今你想干什么？明显你是想造假，神像能造假吗？

陈元说，这要看你怎么想了，这天下的神像，不过都是泥巴捏的，有什么假不假的？话再说回来，我这么做也是造福一方，现实是残酷无情的，人生是多灾多难的，你看看那些居民们，原来是来闹事的，他们一见到关公，烧支香，下个跪，磕个头，烦恼就化解了，立即把自己给忘记了，这就是信仰的力量，这就是一种寄托。

焦大业说，我现在说不过你，但是这会遭到报应的，我跟着你拿着神像做文章，特别是拿着关公做文章，总有一天我会遭到报应的。

十、一块空地就是一座寺庙

上海虽然已经进入秋后冬初，但是仍然像个梅雨季节似的，淅淅沥沥地下起了小雨。自从挖出关公像之后，四周的居民就安定下来了，天天跑过来向关公祈福，有的是来看稀奇的，有的是来求平安的，不管是冲着什么目的，来了必然会烧香，也有放鞭炮的。

此时，关公依然东倒西歪地被扔在烂泥地里。陈元看到前来的人，进来一身水，出去一身泥，赶紧从外边运回了几车青砖，在这块空地中间铺了一条小路，小路两边栽了两排柳树苗子。而且在挖出关公像的地方，支起了一个不大的亭子，亭子四周各栽下一棵银杏树。亭子里用青砖垒起了一个一米高的平台，把关公像扶正了，坐北朝南地立在平台上。亭子里同样也铺了青砖，约有一百平方米左右，关公前边设了一个功德箱，摆上了三个草编的蒲团，蒲团上各套一个黄色的绒套，一个绒套上绣了一朵莲花，一个绒套上绣了一个太极，第三个绒套上什么也没有绣，是一片空白的。

如此这般，就有了寺庙的雏形。陈元与小护士每天清晨起来，把神坛四周仔细地洒扫一遍，然后在临时建设指挥部的台阶上，摆上了一张桌子，桌子上摆着各色香烛。香里边有平安香，有发财香；蜡烛里有许愿烛，有还愿烛，有些蜡烛足有一人多高。当然还有苹果、香蕉与西瓜，这些都是供品。小护士坐在桌子背后，当起了掌柜的，向前来的香客们提供服务。生意还真不错，小护士说，一天下来有一千块的进账,但是看看神坛基本就明白了,远远是不止这个数的。神坛上香烛十分兴盛，空气中弥漫着浓烈的蜡烛味，地上的火灰足有十几厘米厚，关公四周扔满了一块钱的硬币，脚下被各种各样的供品摆得满满的，需要陈元不停地去清理一下。

看到陈元在这块空地上，没有建垃圾处理站，而建起了一个神坛，大家纷纷地拍手称快，表示绝对支持陈元。在铺路的那阵子，有些人捐了几袋子水泥；有些人有了空闲就跑来，帮忙清理一下四周的垃圾。有一天，那个老大妈烧完了香，上完了供，她找到了陈元，表达了自己的不满。老大妈说，以前没有关公的时候，我们对着大烟囱也就算了，如今有了关公，再不盖座关公庙的话，怕是不太像话吧？陈元说，你说得太对了，你看看前几天下雨，不但香客们被淋湿了，就连关公也被淋湿了。老大妈说，赶紧盖座庙吧，你是没有钱呢，还是舍不得啊？

陈元说，我没有办法呀，上边还没有批准呢。老大妈说，要他们批准干什么呀，想要政府给你拨款吗？如果是钱的问题，那我们到外边去化缘吧，我个人先捐一点，这二十块是我今天准备买菜的。说着，就从口袋里掏出二十块，塞进了功德箱里。从老大妈发起倡议那天起，临时建设指挥部的台阶上，又多摆了一张桌子，桌子旁边贴着一张“关公庙筹款处”的告示，桌子上放着一个大红色的“功德簿”。小护士又多了一项任务，凡是有人来捐款的，就逐一登记下来。小护士对着捐款的人说，你们的名字将来是要刻到碑上去的。

再说说焦大业吧。他原以为跟随陈元，真是为了搞房地产开发，自从那天发现陈元在关公身上造假的秘密之后，对于陈元所干的一切，开始他是漠然视之的。每每想到小时候被护佑过的关公，而且越来越多地梦见了关公。最后，他终于忍无可忍了，当陈元叫他去帮忙的时候，他就告诉陈元，我要揭穿你的把戏。

陈元摸了摸光头，嘿嘿一笑说，为什么呀？

焦大业说，不为什么，我只为了不遭报应。

焦大业不是说说而已，他果真打电话给了文物部门，接电话的人回他说，你反映的情况我们记下了，会尽快给上级部门汇报的。这一汇报统统是没有下文的。焦大业又以非法开展宗教活动，向宗教部门打了电话，接电话的人反问，什么是非法宗教活动？他们是信全能神，还是别的什么邪门歪道？焦大业说，他们在拜关公，关键那个关公是假冒的，他们用这个假冒的关公在敛财。接电话的人说，他们非法集会了，还是坑害百姓了？如果大家捐钱是自愿的，拜一拜也是自愿的，那就很正常了，每个公民都有信仰宗教的自由。焦大业还向一个和尚咨询过，这个和尚只回了一句，阿弥陀佛，随他去吧。

以前焦大业对着这块空地上的大烟囱，还会鞠个躬作个揖什么的，自从这块空地上竖起了一个关公，因为自己明白这是一个假关公，每每看到这个假关公心情就特别复杂，总在心里念叨着祈求关公能够宽恕他。所以他不但不鞠躬不作揖了，干脆转悠到神坛前边，对那些正在烧香的人说，这个关公是假的。那些许下美好心愿的人，个个都会回过头，盯着焦大业说，你是不是神经病啊？！

慢慢地，大家真以为焦大业是个神经病，对他的话都是一笑了之。

有一天正午，当焦大业吃完饭，正准备到外边街上转转的时候，他接到了一个电话。这个电话是老家的姐姐打来的。姐姐说，咱大咱妈出事了。焦大业说，出什么事了？生病了吗？姐姐说，是出车祸了！他们好端端地在地里种麦子，有辆车竟然开进了庄稼地，莫名其妙地出车祸了。焦大业说，司机给抓住了吗？姐姐说，逃跑了，人家逃跑了，医院要先交六万块钱，所以咱大咱妈还躺在医院外边，我们拿不出这么多钱啊。姐姐说着说着，就嘤嘤地哭了。

焦大业一下子愣住了，别说六万块钱，自从来到陈元的公司，虽然说好了一月八千，并没有发过一分钱，原来当按摩师时，积攒了六千多块，如今已经花得差不多了。

神坛那边响起了噼里啪啦的鞭炮声，听声音足有一万响的样子。原来是一位老板来求财的，他响完了炮，在陈元的陪同下，又来到“关公庙筹款处”，一下子捐了一万块。焦大业格外地生气了，他来到这位老板面前，拍了拍他的肩膀说，你这钱是不是骗来的？你不知道他在造假吗？老板说，怎么个造假法？难道他根本不会把这钱花在寺庙上？

焦大业说，我说的是关公，你刚才拜的那个关公是假的。

老板说，关公这是三国时候的人物，历史书上写得明明白白的，怎么个造假法？你是不是神经病啊？

在这个世上，焦大业好像说不过任何一个人，尤其一旦说到关公的身上，他更是有口难辩了。他十分无奈，一屁股坐在地上。陈元送走了大老板，然后折回来说，焦大业呀焦大业，眼看着我们的梦想要实现了，你怎么一下子就变了一个人似的，你这是何苦呢？我刚听到你打电话了，谁出车祸了？小护士说，是他父母，好像现在急着用钱。陈元对焦大业说，这是真的吗？如果是真的，也许我可以帮帮你。

焦大业说，我需要你帮？你欠我多少钱？小诊所时的大半年工资，现在又几个月了，加起来是多少？陈元摸了摸光头，嘿嘿一笑说，你的账还挺清楚的嘛，你这是要和我算账了？那我偏偏告诉你，焦大业同志，你在小诊所的时候，搞得我倾家荡产，这个账怎么算？你在我公司的这几个月，项目还没有正式开工，这个账又怎么算？如今好不容易有了一点收入，有了收入我们想干什么不行啊？你却老拿一个关公坏我的事情，还坏我的名声，除非你以后给我闭口，不然我要钱一分没有，要命只有一条。

焦大业说，关公那是多值得人尊敬的，你不觉得变了的是你吗？我不知道你在陕西老家，过年过节门上贴什么，我们从小贴的门神就是关公，身边守着的就是关公。如果不是跟着你造假，我的父母在地里种个庄稼，也不会遭报应出车祸的。

陈元说，要说报应，我应该比你罪孽深重，更应该遭到报应的，但结果是什么？我不但平安无事，而且梦想在慢慢地变成现实，原因是什么？一是我在向普罗大众传播福音，让他们信这个假关公，总比什么都不信的好吧？真假其实就是一个“信”字，你信了它就是真的，你不信它就是假的；二是你心理有问题，你变成了神经病你知道不？

焦大业不得不承认，是自己心理出了问题，自从知道与陈元一起埋下去的，那个关公是个假关公，是陈元设计的一个假神像，他的脑海里和睡梦里总是出现关公。每次梦见的时候，关公都会佩着青龙偃月刀，拦在焦大业的前面，然后大喝一声：我看你哪里去？！

陈元回到房间，对着小护士招了招手。小护士说，这次你真不帮他吗？陈元说，怎么会呢，他跟着我这么长时间，吃了不少苦，受了不少煎熬，这个关键时候，我不出马他家人不就死定了？小护士说，那怎么办？陈元说，老实说，我也没有钱了，这些天我们从神坛那边扫回来的，包括人家捐来建关公庙的，还有出售香烛的，大概有多少了？小护士说，有十万块了吧。陈元说，等会我走了，你把他叫进来，十万块全部给他，让他赶紧回家救命要紧。小护士听了十分感动，泪眼婆娑地一下子抱住了陈元，急急地要脱陈元的裤子。陈元说，都火烧眉毛了，还是先办正事吧，我们晚上有的是时间。

陈元整理了一下衣服出门了，他从焦大业身边经过的时候，嘿嘿地笑了几声。

即使是姐姐一再打电话来说，再不想办法，咱大咱妈恐怕就活不成了，焦大业仍然死活不接小护士的钱。小护士说，这是你的工资，为什么不要？焦大业说，你在蒙我，你以为我不知道呀，这都是人家捐来的香火钱，这些钱是捐给关公的，我如果花掉了，不是更加罪过吗？小护士说，你不是口口声声说这个关公是假的吗？如果它是假的，那钱就不是捐给真关公的，而是捐给假关公的，你还怕什么呢？再说了，这是人家捐过来的善款，善款用在做善事上，不是正好吗？

焦大业这一次，没有觉得他说不过小护士，而是小护士的话很有说服力。在小护士百般劝说下，焦大业说，那就先借用一下吧，等我回来，我想办法把这些钱还给你们，也不对，是还给关公，哪怕是假关公，我也得还给这个假关公。如果还不起我就做和尚算了。

焦大业是两个月后从南阳老家返回来的，当他返回上海的时候，陈元的那块空地依然空着，一切还是老样子，只是香火更加旺盛了。陈元问，怎么样？你父母还好吧？焦大业说，母亲被撞断了左腿，现在落下了残疾，成了一个跛子，不能下地干活了；父亲没有抢救过来，他一直想要一双牛皮鞋，我都没有满足他，他就走了。陈元摸了摸光头，这次没有笑，而是含着泪光说，等你哪天有钱了，把你妈接到上海享福吧。焦大业说，谢谢你，不是你的钱，我妈恐怕也活不成了。陈元说，谢我干什么呢？要谢就谢小护士，关键是你要谢谢那个关公。

这时，老吴打来了电话。陈元说，我们要建精神垃圾处理站的项目，是不是上边已经批下来了？老吴说，看看年后吧，我们的香火还是很旺吗？陈元说，这么好的风水宝地，那是自然的，吴哥你有什么事情呢？老吴说，事情也没有，就是通知你一下，大年初一的头炷香，你就不要卖出去了，给我留着吧。陈元说，吴哥你要在大年初一来这里烧香？我们这里的庙是不是小了点？老吴说，龙华寺、玉佛寺、静安寺，庙很大呀，但是能轮到我吗？我来还有一个目的，你应该心里有数吧？

放下电话，陈元骂了一句，狗日的，要收租了。焦大业说，怎么了，难道这块空地你是租人家的？我怎么从来没有听说？陈元没有正面回答，接着说，撞你父母的司机抓住了吗？焦大业说，抓住了，一个小毛孩子开的车，抓住了也是白抓，家里穷得叮当响，根本一分钱赔不起，回家这段时间我又想通了。

陈元说，你又想通什么了？

焦大业笑了笑说，你给我剃发吧？

焦大业原来是寸头，从老家回来后，已经变成一头长发。陈元以为焦大业想理发，于是说，你去理发店吧，好好整治整治，明天正式上班，马上过年了，事情一大堆，特别是大年初一，烧香的人肯定很多，我们得提前准备准备。焦大业说，我不是要理发，我是剃发。陈元说，这有什么差别吗？

焦大业说，差别当然大了，头发再怎么理，俗念还是会长出来的，但是剃发就不一样了，剃发之后就成了佛门中的人。

小护士说，他这是要还债。陈元说，还什么债？你还是为关公的事情想不开吗？小护士说，哪里呀，他想还那十万块钱的债，当和尚还那十万块钱的债，也就是说，他要出家了。陈元说，瞎扯，焦大业，你真的要出家了？即使我们真盖一座关公庙，也不是佛庙而是神庙，你出什么家呢？焦大业很严肃地说，管它是佛还是神，对一个想还债的人来说，其实都是一样的，所以我怎么可以乱说，乱说是会天打雷劈的。

陈元摸了摸光头，得意地说，你是不是觉得我们盖一座寺庙，才是个真正能行善的好地方？

焦大业说，原来总是漂着浮着，如今是真的想出家了。

陈元说，这寺庙还没有建好呢，出什么家呀。

焦大业说，难道在寺庙里才能出家吗？我觉得这块空地本身就是一座寺庙。

最后，小护士帮忙烧了一盆水，陈元按住焦大业的一颗头，提着一把闪着寒光的剃头刀，开始给焦大业剃发。正是中午时分，刚刚还在飘着雪花，如今彻底放晴了。慢慢地，阳光下出现了两个光头，一个是陈元的，另一个是焦大业的，这两个光头在阳光下闪闪发光，犹如两面不停乱晃的镜子。陈元每一刀下去，就会有一缕头发随风飘落。在头发飘落的时候，他就会仰望一下那块空地，奇怪的是最能吸引他目光的，并不是那个烟雾缭绕的神坛，依然还是那根大烟囱。

陈元突然之间又想写诗了。这一次，他想写的还是一块空地，在他的诗里他希望的，不再是盖一座寺庙，而是推倒一根大烟囱。陈元无法停下他的刀，所以把酝酿已久的那首诗，在心中再次酝酿了一遍，只是结尾的那几句，与当初已经完全不同：

在如此拥挤的世界，一块空地
只是一个漂泊者小小的幻想
事实是，我只能在一块空地上
做一根不停吞咽毒气的烟囱

【作者简介】

陈仓，作家、诗人、媒体人，70年代生人，陕西省丹凤县人，目前定居上海。中国作家协会会员，曾参加过诗刊社第二十八届青春诗会，为鲁迅文学院第二十七届高研班学员。《陈仓进城》系列丛书小说集八部，曾获得《小说选刊》双年奖、《广州文艺》双年奖。

精神的荒地

——评《地下三尺》

藏　策

这是城市边缘的一块荒地，除了杂草、垃圾，就只能看见一根大烟囱……这就是小说《地下三尺》中的主要场景。首先，这是一片现实中的荒地，小说中的重要情节都是围绕着这片荒地进行并展开的。然而这同样又是当代人精神上的一片荒地，象征着人们缺失的信仰与执迷的心灵……这是拜金主义者们那荒芜了的精神世界的拟物化和具象化。那么这块久已被弃置不用的荒地，又是如何一步步被神化并成为拜金主义者们所顶礼膜拜的圣地的呢？这正是这篇小说里一系列荒诞故事所要讲述的。

作者陈仓近些年创作了一系列描写乡下人进城之后遭际各种人生命运的小说作品。这篇《地下三尺》（载《人民文学》杂志2016年第11期）中的主人公陈元，也同样是一个进城务工者。很久以前他曾是一个诗人——这意味着他也曾经是一个理想主义者，但生活中的一系列遭际与变故，让他变得不再向往缪斯而开始膜拜金钱。事情是这样的：当他遭逢大难（诊所发生重大医疗事故）一文不名之际，在那片荒地中捡到了二十元钱。而这点钱不仅暂时让他填饱了肚子竟然还让他幸运地中了彩票大奖。于是这片荒地便成为了他的发祥之地，他不禁跪在荒地上对着那根大烟囱叩拜起来……于是至为荒唐的一幕出现了，路人看到他在这片荒地上的叩拜行为，先是莫名其妙，继而也纷纷加入了膜拜的行列，最后竟然让这片荒地成为了香火鼎盛之地……这看似毫无道理的荒唐场面，其实背后是有其必然逻辑的。用主人公陈元的话说,就是“还能有什么呢？发财呀，如今大家除了发财，还有什么呢？一旦发了财，还会有什么烦恼吗？”——把生活中的一切问题以及人生的终极意义，都归结到一个“钱”字上，这就是拜金主义最基本的逻辑。被这种逻辑关系绑架了的前诗人陈元，可不仅仅只是在这片荒地里叩拜给自己带来运气的地下神灵，他还要利用这块荒地以及替代了人们信仰的拜金主义逻辑，让自己手里的五十万元再生出钱来，变成五百万乃至五千万……于是一个经过他精心策划的计谋便开始付诸实施了……至此，小说的情节也变得愈加荒诞了。

本来在大上海完全没有背景与人脉的陈元，却因开过小诊所的缘故而结识了神龙见首不见尾的神秘人物老吴。陈元虽是个生活在社会底层的小人物，却也有为大人物帮忙平事的机会。他先是为老吴医治好了隐疾，又替老吴去了疑心病，接着又帮老吴摆平了情妇的要挟，可谓尽了犬马之力。于是他便利用自己在官场中唯一的人脉——老吴，巧妙地弄到了开发那块荒地的合法资格。然而事情到此还远远没有结束，甚至是才刚刚开始，接下来的一切才更加荒诞更加匪夷所思——他谙熟拜金主义者们的基本逻辑，貌似看透了世道和人心，于是干脆便利用这种屡试不爽的逻辑，操控着群众的心理。他利用拾荒者的贪婪心理，玩笑间便放了一场大火而不必承担罪责……利用人们因真正信仰的缺失而产生的迷信心理，伪造出土文物，为在荒地上建庙制造舆论……再利用由他一手煽动起来的“群体事件”去要挟政府，以便达到更改土地用途的目的……那么他为什么非要在这片荒地上建一座庙宇呢？是为了信仰么？显然不是，因为连“出土”的偶像都是事先假造的，还谈什么信仰。其实陈元所看中的，恰恰是人们因无信仰而导致的心理扭曲，而这种心理扭曲是需要找到一个对象物去宣泄的。用小说中的话说，人们真正需要的不是房子，而是一个精神垃圾处理站。庙宇等同于精神垃圾处理站，在这个信仰普遍缺失的时代，是多么大的嘲讽啊！从文本细读的角度说，这片荒地的建设项目原是“医疗垃圾处理站”（相对应的是肉体的疾患），而深谙群众心理的陈元试图将它转变成精神垃圾处理站（相对应的是灵魂的残缺），这其中包含了多少意味深长的隐喻啊！所以说，这篇小说其实并不是讲述什么底层苦难的，而是揭示人心的空虚与荒芜、拜金心理的荒唐与可笑……这是一部真正的讽世之作，那片诡异的荒地，其在精神层面上就如人们心灵上的一块顽癣……

这篇小说除了主人公陈元以外，还

有一个次要人物其实也颇值得玩味，那就是陈元的难兄难弟焦大业。从小说的施动结构上说，焦大业原本是陈元一系列诡异行动的帮助者，但随着假造出土偶像事件的发展，焦大业又变成了陈元的反对者。为什么会这样呢？因为焦大业害怕遭报应。这种对天谴的深层畏惧心理，让他甚至在最需要钱的时候，也不再为钱而改变立场了。他甚至向有关部门举报，告诉人家那座“出土”的关公像根本不是什么文物，而是陈元花钱串通人伪造的。在这些执迷中的人中，只有焦大业是知情者而且是敢于说真话者，但他的这种良心发现却被人视为疯子……最后，焦大业干脆在这片香火缭绕的荒地上剃度出家了。这同样是小说的一个意味深长的情节：在一座假造的伪祭坛——抑或说是一片心灵的荒地上，一个人的真信仰反而被召唤回来了。这或许正是小说所要暗示的：即使是精神的废墟，也并非就是绝望之地，人类的灵魂也并不可能被金钱所永远胁持，心灵的自我救赎随时可能发生，因为这同样是人之所以为人的一种天性。

「长篇小说
（书评）」

《极花》

贾平凹　著

2016年3月 人民文学出版社

生命哲学的诗化建构

——评《极花》

毕光明

《极花》的故事来自作者从老乡那里得知的其女儿被拐卖的遭遇，它引起过贾平凹的锥心之痛，然而，贾平凹说“我实在是不想把它写成一个纯粹的拐卖妇女儿童的故事”。尽管出于乡村本位立场，贾平凹表白过他写《极花》时的思想倾向，“我关注的是城市在怎样地肥大了，而农村在怎样地凋敝着”。(《极花·后记》)但是，这部小说真正要表现的，并不是城市化时代的社会问题所在，而是在一个有问题的社会里人怎么样。《极花》的主人公是年轻的被拐卖女性胡蝶，她在遭遇了不幸后的精神状态才是作家关注的重心。人的精神只有在超出常规的生存状态中才能更充分地显示其强度的高低和品质的优劣，胡蝶正是在被拐卖后从绝望与抗争中站立起来，并不断寻找自我，才体现出她不凡的精神人格。这样的精神人格，是作家人格理想的对象化。胡蝶这一理想女性形象的塑造，更是作家对一种生命哲学的建构。

《极花》的主人公名叫胡蝶，不难理

解作家要借写人来寄寓他对生命的哲学思考。胡蝶和庄之蝶一样，原型都是在庄周梦中的那一只蝴蝶。庄周梦蝶是东方最早的“我是谁”的追问。《极花》里的胡蝶，就是一只恋花的蝴蝶，从头到尾，她都处在现实还是梦幻难以确认的困惑之中。蝴蝶的前生是花，女人如花，因此胡蝶落到圪梁村无法逃脱命运的摆布，才为不甘沉沦的灵魂寻找顺应逆境的理由。而在丑陋的圪梁村，能够与她相称的，就只有极花。蝴蝶与极花的相似之处是，它们的生命形态是可变的，但美的品性与质地不变。故事的主角胡蝶正与之相同。胡蝶出身贫寒，但天生丽质。在这个女性美成为城市人一大审美对象的时代，胡蝶具有符合城市生活品质的先天优势，无怪房东老伯说“胡蝶天生该城市人么”。城市让胡蝶意识到了自己的美，并用维护自身美来认同城市，美的意识的觉醒就是她的城市梦的开始。家贫和重男轻女害得她辍学，但也因此改变了她的生存状态，她从农村来到了城市，城市就像繁花似锦的春天，在这个春天的背景上，她是百花中含苞欲放将会艳丽迷人的一朵。这是她的生命形态应有的第一次绽放，也是她生命历程中的一变，这一变是美的主客体的和谐。依着她的年轻美丽，胡蝶是最合格的城市人，然而命运不公，这样一个如花似玉的女子竟为找工作而受骗，被拐卖到僻远而荒蛮的乡村。刚刚开始城市梦的胡蝶，就落到了这个与城市完全不是处在一个时代的丑陋可怕的异地乡村，无法挣脱暴力的宰割，这对于年青漂亮的胡蝶来说，不啻是人生的巨大灾难。这是胡蝶生命历程中的又一变。美丽的青年女子堕入悲剧性的情境，是美的主客体的不和谐，

然而，也正是这一次生存情境的不由自主的改变，胡蝶的全部的美才得以展现，就像极花在炎热的夏季才开得最艳丽。胡蝶的美不只美在外貌，更美在她的灵魂。被卖到圪梁村的第一晚，她逃跑未遂遭到村人再一次以暴力方式抓回窑洞，但她仍然激烈反抗，不让那个强加给她的男人得逞，表现出一个女子维护贞操的刚烈。当再也无法阻挡未来的丈夫黑亮在村里几个男人的帮助下以粗暴的方式夺走她的身体时，她只能灵肉分离，让灵魂出窍，离开自己的肉体来观看自己遭受摧残的过程与情景，表明她身体的自由被剥夺而灵魂还属于自己，无论怎样的暴力都不能使一个女性失去自我意志。后来虽然慢慢接受了现实，改变了对黑亮及家人和圪梁村的看法与态度，融入了圪梁村的生活与文化，但这一情感变化的过程，始终伴随着怀疑和思索，她一直没有放弃寻找和追问。她所思索和追问的，触及到了“我怎么在这里”、“我能不能在这里”、“我是怎样的我”这些生命哲学的命题。这正是她高于她的生存环境和一般女性的不凡之处。有了内在的自我，才会拒绝沉沦，拒绝做訾米那样的“只有个人样子”而没有灵魂没有自我与自尊的人。总之，

在胡蝶的人生遭际里，变是外部环境加之于她的，而不变是她作为一个好女人的与生俱来的品质，这就是变中的不变。如果说,从胡蝶身上我们看到，人生的境遇无法由自己来把握和选择，具有太多的不确定性，那么，寻找到了灵魂生命也就有了价值，这就是不确定中的确定。

《极花》以第一人称来叙述，由胡蝶来诉说她的经历和感受，小说叙述的就不再是一个拐卖妇女的法制故事，而是遭遇人生变故的女性的灵魂之旅。作家要追问的不是这个女孩为什么会被拐卖，而是她被拐卖后有着怎样的心路历程。作家感兴趣的不是事件，而是事件中个体人的命运和命运感。作家会通过不同人的命运来猜想"这一个"的存在感。胡蝶的心理，就是有女性关怀的贾平凹所揣想的生命感悟，或者说，是贾平凹把他对理想女性和普遍人性的期待投射到了他创造的胡蝶这个女性形象身上了，作家是要借此来表达他的生命观、审美观及艺术创造能力。因此，与其说极花是女性美的象征，莫如说胡蝶是女性美的化身。《极花》创作的深层动机就是对女性美的礼赞，因为对一类男性作家来说，女性美就是人这一生命体的终极价值的体现。由于投射了男性审美意识的女性形象，因此必然主客合一而又雌雄同体，她的美只能是身体美和灵魂美的融合。胡蝶在与她的人生梦想截然相反的生活遭遇里灿烂地显现了她生命和灵魂的美，在贾平凹的笔下，她不啻是女性中的极品。

在《极花》的后记里，贾平凹自陈他的创作受水墨画的影响，认定"文学是水墨的"，故而"以水墨为文学"，并且对水墨做了解释："水墨的本质是写意，什么是写意，通过艺术的笔触，展现艺术家长期的艺术训练和自我修养凝结而成的个人才气，这是水墨画的本质精髓。写意既不是理性的，又不是非理性的，但它是真实的，不是概念。"(《极花·后记》)《极花》的写意，主要是采取以实写虚、以虚写实的手法，在小说的内部结构中造成一种互文的效果，引导读者进入富有生命感的意境当中。就生命哲学的建构而言，虚实相生是作者刻意为之的创作美学。虚实相生的互文性写法在刻画陷入宿命罗网中的主人公精神突围时产生了神奇的美学效果。不妨以小说中的写梦为例。《极花》描写了胡蝶做的四个梦，大多是白日梦。除了这四个梦，小说还交代了一个反复做的梦，这个梦与第一个梦相似，梦境是她在一个旋转的黑洞里，她没有在洞里走，洞却不断地深入，她突然感觉到这或许是要让她看到事情将来的结果。于是，洞就急速地深入，深入着却是拐来拐去，洞壁上的岩石犬牙交错。她心里说一定要到洞的尽头，看个究竟，但总是被别人的说话和走动惊醒。

梦是人的无意识在意识处于休眠状态时的一种活动，能在意识恢复后得到保留并转化成记忆。但梦境的一连串画面只存在于做梦者个人的意识中而不能被他人所看到，梦境里的事情也并非实际发生，因此，梦不具有客观真实性。然而，按照弗洛伊德的理论，梦是愿望的变相达成，它反映的是人的心理结构中被压抑的本我其最深层的渴望，因此，梦具有主观真实性，它往往对客观现实构成强烈的否定，因之文学作品中对梦的记述属于以虚写实，但又虚中有实，比实更实。胡蝶落难到圪梁村，被剥夺了人身自由，她无法接受现实但也无法改变命运加诸她的现状，只能求助于神示以取得心理上的认同，这无异于自我欺骗。而在心底里，她最大的渴望就是离开囚禁她的村庄获得自由，回到母亲的身边，回到刚刚开始她的生活与爱的梦想的城市。日有所思，夜有所梦，所以，这几个梦的主题都是逃离。而现实中逃离的受挫和绝难实现，在梦中就化为压迫人并充满危险的窄道、黑洞和岔路口。窄道和黑洞这类梦的形象，有多重的隐喻性，它既象征着返归自由的通道，又代表着压迫机制，意味着逃脱的艰难，同时它也是女性身体的隐喻。紧窄的阴道既繁殖生命又带来性快感，是女性的价值所在，但也是灾难的源头，肇祸的元凶，因此，它是迷人的必经之路而又危险丛生。梦里红狐狸的形象，也有同样的寓意，女性美是女性的通行证但也造成人生多歧路，每一个路口设下的诱惑都可能致命。这些梦的形象，既表达了遭到暴力、失去自由的胡蝶的紧迫愿望与严重焦虑，也回答了实写中不便交代的美女罹祸的原因，起到互文的作用，揭示了女性的生命本质。实写的认命、顺从与谐适，同虚写的不甘、抗争和悲哀，相互生发，形成张力，增强了叙事的美感和主人公命运的悲剧感。胡蝶看上去在寻找灵魂的过程中发生了改变，从竭力反抗到接受现实，从怀疑拒绝到随遇而安，从厌恶外在环境到反省自我这个感受主体，从痛苦不堪到怡然自适，但她并不甘心一辈子就做个农村人。她所向往的归宿，只能是城市。小说用她做的一个最长的梦与文本之外的现实互文，让城市里的庸俗将她逼回了穷乡僻壤，似乎解救对她来说可有可无。然而，当她真的在天黑时去村头等会约定好的母亲，母亲却不见踪影，回城的希望破灭，她的生命瞬间像被完全抽空。小说写道："后来沿着漫坡道往硷畔上走，我没有了重量，没有了身子，越走越成了纸，风把我吹着呼地贴到在这边窑的墙上了，又呼地吹着贴在了那边窑的墙上。"存在无法脱离身心的感受，一心要做城市人的美丽女性，落得灵魂无依，生命该是何等的疼痛！现实与梦境的反差性互文，升起人生无常和命运不公的无边的悲哀。这是一个男性作家对宇宙间的至美——女性生命美的最高赞赏和无限眷恋，也是文人贾平凹创作个性的再一次体现。

《软埋》

方 方 著

2016年7月 人民文学出版社

面对残酷历史的执着追问

——评《软埋》

王春林

方方的《软埋》，把自己的关注视野投向了更其遥远的“土改”。与一般作家的不同处在于，方方在真切还原土改残酷历史真相的同时，还极其严肃地提出了一个在当下时代我们到底应该怎样面对如同暴力土改这样一种残酷历史真相的重要命题。作家之所以没有就土改而写土改，并且把叙事时间一直拉长延展至半个多世纪之后的今天，其根本的一个艺术意图，显然在于这一重要命题的提出。那么，我们到底应该如何面对“软埋”这样的残酷历史真相呢？方方在小说中先后给出了三种不同的价值立场。首先一种,是胜利者的“稳定论”。这种价值立场最有代表性的一个人物，就是那位刘晋源政委。针对诸如“软埋”这样土改中的极端暴力现象，刘晋源一方面固然承认的确做得有些过火：“川东土改我没有参加，但过程也都知道。我也听说做得过火了，死了好多不该死的人。有一些，我都认识。在我们剿匪时，都给我们帮过忙。还有个陆子樵，也是不该死的。当年他们都拥护共产党，支持新政府。”但另一方面，他（包括那位同是胜利者的马老头等人）却又坚持当时那种过激行为的合理性，在竭尽全力地为当年的过激行为辩护。马老头说：“以现在的眼光看，你们当然会觉得这也不对那也不对。可是当年的社会状况又险恶又混乱。我们来川东前，这里几乎所有县城都被土匪攻占过。江山是我们的,但我们却成了守方,他们成了攻方。杀了我们多少人？谁在支持他们？再说了，打仗我们打过多少年，可谁也没干过土改。也不懂法治，当然也没人跟你说过，万事应该法治。大家开会，说这个人该杀，就杀了。或者是，土改组长听到反映，说某人很坏，该杀，也就决定杀了。”刘晋源的态度则更为明确：“矫枉必须过正。不然我们怎么能镇得住他们？那时候情况多复杂呀！”正是在刘晋源明确亮明自己的价值立场之后，也才会有周围其他人的点头附和：“亏得土改，把他们的主要拉拢和支持的对象全部摧毁，而且也把他们震慑住了。社会稳定的代价很惨重，但重要的是稳定了。川东什么时候少过土匪？剿匪结束后，本还有些零散的和心不死的。有的人准备正规军一撤，再进山扎伙。可是土改完后，全没了。不是人死了，就是被管制死了。从此以后的五十多年里，老百姓才过上没有匪患的生活。”实际上，我们这里的所谓胜利者，也就是当年暴力土改中类似于“软埋”此类人生惨剧的亲手制造者。时过境迁之后的现在，伴随着社会文明的进步，在意识到自己当年所犯错误之后，他们最理想的一种姿态，本来应该是感到内疚，并且为此而深深忏悔。但在实际上，从自身的利益出发，他们却仍然以所谓“稳定压倒一切”的论调在千方百计地为自己当年简直就是毁灭人性的行为辩护。

其次，是后来者中一种“遗忘论”。这种价值立场的代表性人物，就是丁子桃与吴家名的唯一爱子青林。关于青林，叙述者曾经多次强调他是一个毫无浪漫情怀的特别讲求现实的人物形象。窃以为，叙述者的如此一种强调，实际上就是在为他最后的“遗忘”决定作前期的铺垫与准备。本来，自己的父母双亲，在当年的暴力土改中，都有着极惨痛的家破人亡的经历，依照常理，青林无论如何都应该对此做出激烈的反应才对。但事实上，生性安于现实的他，却采取了一种可谓是息事宁人的“遗忘”姿态：“其实青林虽是孝子，但也是那种没心没肝的人。商场待久了，诸事讲求实际已成习惯。读父亲笔记时，曾深深被震动，咬牙切齿地准备花时间去好好寻找。但过了一阵子，他的想法便转换，觉得也不是什么天大的事。仿佛每一天的日子都如一盆水，日复一日地从他脑子里泼过，生生把这些强烈的情绪冲洗掉了。真要费时费力去寻找，青林想，对自己的生活又有什么意义呢？何况母亲已经这么老了，怎么可能真的会醒过来？如果真找到一帮亲戚，都是陌生人，又怎么对付得了？再说，父亲也明写了，不需要知道那些。就连父母自己都不愿意记起的事情，何必掘地三尺非要让自己知道。还是顺从他们的想法吧。”人都说，忘记过去就意味着背叛，但在一切都讲求实际的青林看来，却只有忘记过去才能够轻装上阵，才能够开始以后更加美好的生活：“不一定所有的历史我们得必须知道。生活有它天然的抛弃原则。那些不想让你知道的东西，它会通过某种方式就是不让你知道。所以干脆不知道算了。这世上的事，总归不知道的是多，知道的是少。何况我们费劲知道的那些，也未见得就是当年的真实。”你看，为了坚持自己“遗忘论”的合理性，青林甚至抛出了某种历史的“不可知”论。殊不知，能否了解到当年的历史真相，与想不想费尽心思去搞明白历史真相，其实是两个不同层面的问题。

第三，更重要的，是后来者一种寻根究底的“记录论”。这种价值立场的代表性人物，毫无疑问就是青林那位在大学任教的同窗好友龙忠勇。在当下时代，一位大学教师的阶层归属，很显然就是知识分子。从这一点上来看，方方的如此一种身份设定，其实还是颇有一些深意的。与当政者（刘晋源）、商人（青林）这两个社会阶层相比较，更加强调一定要忠于历史真实的，肯定是龙忠勇所隶属于其中的知识分子阶层。正是从一种求真的心理诉求出发，在面对鬼气森森的“幽灵庄园”（三知堂）的时候，龙忠勇才会特别强调：“这座豪华的庄园，之所以成为人们眼中的鬼大屋，一定有残酷的经历。无论是什么，我觉得都必须面对。这恐怕就是历史真相。”实际上，也正是从如此一种执着求真的精神意志出发，就连历史当事者的后人比如青林，都已经以“遗忘”的方式主动撤离之后，龙忠勇却依然不依不饶地坚持着对历史真相的探寻与追问。也因此，到小说结尾处，当青林打电话召唤龙忠勇来帮自己忙项目的时候，龙忠勇却已经又一次返回了陆晓村三知堂的历史现场。他不仅再一次见到了疯老头富童，而且也还竭尽全力地从富童嘴里获知了当年被“软埋”的小茶并没有死，而是出家到了附近的云中寺。不管是富童，还是小茶，都既是“软埋”那段残酷历史的幸存者，也是那段残酷历史的见证者。龙忠勇之所以要执着地把他们两位如同出土文物一般地寻找发掘出来，其根本用意当然是要求得到历史真相。一方面，龙忠勇能够理解青林的选择：“其实也不存在给自己定位的问题。人生有很多选择，有人选择好死，有人选择苟活。有人选择牢记一切，有人选择遗忘所有。没有哪一种选择是百分之百正确，只有哪一种更适合自己。所以，你不必有太多的想法。你按你自己舒服的方式做就可以了。”人各有志，青林当然可以选择遗忘，而龙忠勇自己，则无论如何都要选择对于历史真相的探寻与忠实记录：“龙忠勇见他没有说话，缓了一下口气说：‘我知道你的心情。我理解你。如果与你家有关，或是涉及你家隐私，我一定会用隐笔。你不要担心。只是这本书，我一定会认真地写出来。因为，历史需要真相。’”“龙忠勇最后一句话说的是：

‘有人选择忘记，有人选择记录。我们都按自己的选择生活，这样就很好。’”

以上面对残酷历史真相的三种不同价值立场之间，方方自己的选择，当然是站在了探寻记录者龙忠勇一边。又或者，方方这部长篇小说《软埋》的书写行为本身，就已经极其鲜明地亮出了自己的精神底牌。但在充分肯定作家如此一种价值立场的同时，我们却还需注意到，除此之外，方方其实也还给出了残酷历史苦难的亲历者一种借助于宗教进而实现其内在精神救赎的可能。这一方面，有两个细节值得注意。其一，当然是小茶的最后进入云中寺出家。其二，则是吴家名生前的带丁子桃去教堂：“每天带子桃去教堂走一走。站在露德圣母像前，子桃问她是谁，我告诉子桃，当初人家也问过她：‘你是谁？’她说：‘我是无染原罪者。’子桃不明白这个意思。我便给子桃讲了她的故事，又在她手心里写出了这几个字。她问我是什么意思。我说，就是没有原罪。然后告诉她，在这个世界，我和她都是无染原罪者。她似懂非懂，但记住了我的话。第二天告诉我说,她望着露德圣母,心里默念着‘我是无染原罪者’，心里就会很安静。”“这就对了。我需要她安静。”在一部旨在还原追问残酷历史真相的长篇小说中，方方之所以要刻意引入一种宗教的维度，究其根本，自然是试图为自己笔端那些苦难的人们提供一种超脱的精神救赎之道。宗教维度在《软埋》中的出现，再一次强有力地证明着方方是一位具有悲悯情怀的人道主义者。

《大风》

李凤群 著

2016年7月 北京十月文艺出版社

苦难历史的精神症候式书写

——评《大风》

王春林

回顾一部中国现当代小说史，我们就不能不承认，以“土改”和稍后的“农业合作化”为主要表现对象的文学作品，数量并不在少数。从起初周立波的《暴风骤雨》、丁玲的《太阳照在桑干河上》、赵树理的《李家庄的变迁》，到后来“十七年”期间柳青的《创业史》、赵树理的《三里湾》、周立波的《山乡巨变》，一直到“文革”后新时期以来张炜的《古船》、刘震云的《故乡天下黄花》、陈忠实的《白鹿原》、莫言的《丰乳肥臀》与《生死疲劳》、严歌苓的《第九个寡妇》、方方的《软埋》、杨争光的《从两个蛋开始》、赵德发的《缱绻与决绝》等，虽然称不上是汗牛充栋，但也的确可以说是连篇累牍。其中，由于时代与社会因素的制约和影响的缘故，“文革”前后的两端，这种题材的书写甚至干脆呈现为一种对比极其明显的两极化叙事形态。对于这一点，陈福民曾经做出过精辟的论述：“考察当代文学史我们可以知道，在此题旨下的小说创作，一般总是出现在历史被颠覆及再次启动之后各类喧闹的高潮中，并且呈现出方向完全相反的两种艺术冲动，同时各自具有其相当显著的特征。一个方向，可以追溯到‘十七年时期’的表现农业合作化运动的长篇小说创作。以《三里湾》《创业史》和《山乡巨变》为代表的这类作品，往往具有饱满的政治热情和理想主义精神，体现出对历史的充分信任，在人物形象的描写刻画上，致力于某种‘社会主义新人’形象的开创，强调了历史运动对于人物性格命运形成与发展的积极效应，譬如柳青在《创业史》中对梁生宝这个人物的发现与打造。而另一个方向的创作，比较集中在‘文革’十年结束后的80年代初期，以周克芹的《许茂和他的女儿们》《李顺大造屋》等作品为代表。至少在客观层面上，此类作品是对上一类型的天然反对。它们不仅见证了那些历史规划的崩毁，也着眼于曾有的历史激情的破灭。对于那些被高蹈历史所宣讲的辉煌前景与现实灾难，小说不仅寄予了无限的同情，有时乐于怀着一种激愤恶意对规划与激情极尽嘲讽戏弄之事，与此相映的，是小说里那些疲惫不堪贫困交加的人。”（陈福民：《临风涉渡：历史的吊诡与无尽深处》，载《收获》长篇专号2016年春夏卷）

在承认陈福民观点所具合理性的同时，有几点需要提出加以商榷的是，其一，因为把自己的讨论视野限定在当代文学史这一特定范围的缘故，陈福民并没有提及诸如周立波、丁玲、赵树理他们更早一些的土改小说。其二，不知道出于何种考虑，陈福民只是提及农业合作化运动，但却没有提及土改运动。但在实际上，从根本上改变了乡村世界演进方向的却正是这两次在时间上可谓接踵而至的乡村政治运动。忽略了土改，而单纯讨论农业合作化，有很多事情就极有可能说不清楚。而这，也正是在“文革”后出现的那些长篇小说中，除极个别外，大多都会把土改与农业合作化共置到同一个平台加以艺术表现的主要原因所在。道理其实非常简单，先有土改以暴力方式对于地主所属私有土地资源的肆意剥夺，也才可能会有后来彻底破除土地私有方式走所谓“集体化道路”的农业合作化运动的生成。还有一点，我真的不知道，陈福民凭什么会认定作家李凤群在长篇小说《大风》中关于那段乡村历史的书写起点就一定是农业合作化运动。按照我的理解，与其说李凤群的书写起点是农业合作化运动，莫如说她的书写起点是土改有着更加令人信服的合理性。之所以强调这一点，乃因为土改所具血腥暴力性质，已然是一种世所公认的客观事实。相对于土改的血腥暴力，农业合作化运动虽然也带有明显的强迫性质，但总体而言，却可以说还是以和平的方式进行的。究其根本，《大风》中那个梅或者说张氏家族的梅长声或者说张长工，之所以要不管不顾地连夜携带妻子和幼子从故乡仓皇出逃，肯定是因为生命存在受到严重威胁的缘故。依照常理，这样一种对于生命的威胁不太可能生成于以和平方式进行的农业合作化运动之中，只可能生成于带有突出血腥暴力性质的土改运动之中。也正因此，在承认陈福民关于“文革”前后两个不同历史时期农业合作化题材小说创作思想题旨呈两极化趋势这一基本论断可以成立的前提下，对于他仅仅把李凤群的书写起点理解为农业合作化运动这一看法，我个人持保留意见。结合小说文本与社会现实的双重实际，一种更具说服力的结论，恐怕应该是把土改连同农业合作化运动一起看作是李凤群的书写起点。倘若承认这种论断的合理性，那么，对于李凤群来说，一个无论如何都绕不过去的问题就是，面对着的确称得上是连篇累牍的土改与农业合作化题材的众多小说作品，她自己到底应该选择设定一种怎样的切入表现方式，方才能够有效地避免落入到前辈作家的艺术窠臼之中。虽然无法从李凤群的相关言论中得到确切的证实，但就我个人所读到的《大风》文本而言，则完全可以断言，李凤群的确在切入角度与书写重心的设定上下了不小的工夫。同样是对于土改与农业合作化运动这样一些中国当代历史上（不能不加以辩明的一点是，与通常我们往往会把土改划归现代时期不同，我更愿意把它纳入到当代这一历史时期，并把它看作是中国当代历史的起始端点之一）重要历史事件的表现，李凤群的表现方式无论如何都称得上是独辟蹊径。与那些更多地把关注点集中到土改与农业合作化运动自身的书写方式不同，李凤群在《大风》中干脆就远离了所谓的历史现场。只要稍加留意，我们即不难发现，在其他同类作品中差不多已经司空见惯了的土改与农业合作化场景，在《大风》中却完全隐而不见了。取而代之的，乃是李凤群关于土改与农业合作化运动诸如此类的历史事件所引发或者说所造成的各种精神后遗症的充分艺术书写与表达。能够从根本上改变历史走向的大事件发生了，这样的大事件究竟会在多大程度上影响到当事人的精神状态？会对后来者留下怎样一种无以解脱的精神羁绊？所有这些，正是李凤群这部《大风》的关注重心所在。虽然从表面上看，李凤群这部作品的叙事时间跨度不小，可以说从七十年前的土改与农业合作化运动一直写到了当下的所谓市场经济时代，但作家的书写意旨，却显然并不在历史演进进程的如实呈示上。细察文本，即可以发现，她的书写重心自始至终都落脚在了梅氏或者说张氏家族数代人的精神症候上。简言之，《大风》正是一部试图从历史受创者被严重扭曲的主体精神状态入手，以一种精神症候的表达方式谛视表现中国当代曲折历史的优秀长篇小说。

无论如何，与其他那些同类题材的小说作品相比较，李凤群的独辟蹊径处，就在于不仅敏锐地洞悉并意识到了这种心理情结的存在，而且还在这部《大风》中对于这种心理情结进行了足称淋漓尽致的艺术书写。在这个意义上，李凤群的《大风》又可以让我们联想到鲁迅先生的《伤逝》。对于以反叛家庭张扬个人为基本内涵的所谓个性解放主题的书写，可以说是“五四”时期很多文学作品的一种共享主题。但鲁迅先生的更胜一筹处在于，他总是会在别人止步的地方来开始自己的思考与书写。当大家都还在一窝蜂地表现个性解放主题的时候，鲁迅先生所思考的，却已经是个性解放之后怎么办的问题了。《伤逝》中潜藏于子君与涓生爱情悲剧之后更深一层的思想意蕴，很显然就是鲁迅先生所深切思考追问着的个性解放之后到底应该怎么办的问题。虽然说包括鲁迅先生在内就连他自己也未必能够给出合理的答案来，但提出并思考这一问题本身，就意味着鲁迅先生已经承担并完成了自己的艺术使命。与鲁迅先生的《伤逝》相类似，李凤群的《大风》在某种意义上说也是在别人止步的地方开始了自己的思考与书写。当其他作家都在竟相展示历史现场本身的残酷与苦难程度的时候，李凤群却不动声色地把自己的艺术关注重心转移到了政治运动所导致的严重精神症候的书写与表达上。或者也可以说，作家是在借助历史受创者被扭曲精神症候的精准捕捉与描摹，折射表现土改与农业合作化此类政治运动某种反人性的邪恶本质。

《朝霞》

吴　亮　著

2016年7月 人民文学出版社

究竟哪一个是“吴亮”

——评《朝霞》

朱小如

读完吴亮二十五万字的小说《朝霞》，套用程德培常说的一句话：“人们不仅要问”评论家吴亮的小说究竟写了什么？

这样的问题当然显得很简单，但答案同样也会是简单的吗？

我尝试用一句话来概括：吴亮的小说主要写了一群人在上海“文革”时期，并不处于社会政治风暴漩涡中，却又无时无刻不受其影响下的日常生活，以及几个青春期少年同学的逐渐成长过程。

这样的概括对吗？吴亮会同意吗？

如果小说的“写什么”不重要，那么，这样的概括显然也不会很重要。但如果小说的“怎么写”才重要，吴亮的小说“怎么写”的重要性意义究竟又体现在小说哪里？

吴亮的小说里除了有日常生活中的人和发生的故事之外，还有一个“明显”的叙述者，时而又躲在人物背后，既叙述着故事情节，同时又不断地打断故事情节“叙述”，不断地进行一些哲学“思考”和历史“探究”。

如果吴亮的小说“怎么写”的重要性意义就体现在叙述者身上，那么，我们的确可以从叙述者的不断“叙述”、不断“思考”的叙述节奏中体会到一点“文革”时期，并不处于社会政治风暴漩涡中的普通人——“逍遥派”，却又无时无刻不受其影响下的时代性“烙印”，那种无法或不屑于参与社会政治风暴漩涡，但作为旁观者，尤其是青春少年，可以或只能“思考”的历史语境。

或许正是这样的历史语境，才使人学会了深入“思考”和普遍地“质疑”。当然,更重要的是“思考”和普遍地“质疑”的行进方向，也必然离不开那个时代打下的深刻“记忆”的不断“干扰”或不断“重现”。

的确，“记忆”必然是“思考”的起点，更是“思考”的永动力。

由此，我们也不难体会出，吴亮的这部小说，与其说反映了那个高度“统一思想”的信奉“人是政治动物”的时代，远不如说吴亮的这部小说还原了“人是精神动物”的无法完全“统一思想”的本质。而在表面强大的“社会生活”之下，依然顽强潜藏着十分活跃的“私生活”。

由此，小说中的翁史曼丽和侄儿翁伯寒的不伦奸情，李致行爸爸和沈灏妈妈的外遇故事，以及劳改犯邦斯舅舅和朱莉阿姨的爱情，都别有一番吸引人的诱惑力和浪漫色彩，且和当下社会生活中发生的相同故事，具有完全不可同语的精神价值意义：

我们即便在谈论“日常生活和饮食男女”,但我们依然可以不在世俗的层面，而在其背后隐藏的精神性上来思考问题。

社会政治在人类精神生活中的偏窄性，在吴亮的小说中显露无遗。

“阿诺”这一代的青春少年成长，并不是以高度控制的“社会政治教育”来完成的。

相反这一代的青春少年主要是通过对书本的“阅读”，通过与比自己年长一些，生活阅历丰富一些的“马立克”、“牛皮筋”等人的交往，甚至通过叫不上全名的“殷老师”的“性启蒙”，以及同龄伙伴间的相互坦诚交流讨论，然后充分独立“思考”来完成的。

可见，人性的辉芒终究是想遮蔽也遮蔽不住，思想的自由更是越压抑越遭遇反抗，“历史的记忆”想让人忘却又总是让人时刻铭记！

衡量一部小说叙事的成败与否，主要就在于小说叙事形式和内容的相适度如何。由此，在我读来，吴亮的这部小说在这方面做得很到位了。当然，小说终归是一种语言文字的“隐喻”和“暗示”的艺术，所以，才给了读者充分想象和联想的空间，由此，读者也并不难理解在“隐喻”和“暗示”的对面必然有着不必“明示”的内容。

而小说的叙事学，研究的是作者和叙述者，以及小说中的人物之间的关联性，这部小说的作者和叙述者的“重叠”明显，但我还是很想知道这部小说里的人物，究竟哪一个是“吴亮”？

《上东城晚宴》

唐 颖 著

2016年第5期 收获杂志社

挑战与对抗

——评《上东城晚宴》

朱小如

我一直比较喜欢读长篇小说，且通常是要一口气读完全部才放手。一方面是因为这种阅读方式能增强阅读的完整性记忆，另一方面则是为了能充分移情于小说营造的艺术情感世界，充分感受作家笔下故事情节的跌宕起伏和人物命运的叵测难料。

这种长时间的身心沉浸在我即是阅读中的最佳审美享受。此次读唐颖《上东城晚宴》也是如此。此小说最精彩的是写出了里约这个“上海女人”人物性格复杂的矛盾心理深度，写出了浪漫爱情与现实生活的不可避免冲突，写出了不同寻常的男女之间的挑战与对抗的精神性质感。

影视编剧里约经历过离婚的心灵惨痛，经历过闺蜜不幸去世的人生无常体会，由上海来到美国纽约“度假”。在圣诞节被朋友的朋友邀请出席了一次“上东城晚宴”，于是和那个被称为“于连”的宴请男主人、成功的艺术家，牵扯出一段充满激情与冒险，充满挑战与对抗的恋情。

原本有些桀骜不驯，争强好胜，且自视在年轻人里找不到“恋爱对手”，而在年长者中又满足不了“沉迷感”的里约，应该按照去世闺蜜的遗言去“走直线”、找也是离婚单身的高远，却“莫名地转了个弯”。

里约“自从那天晚上走进他，自从面对他，他和他的成功，他和他的金发妻子，他们的褐沙公寓，她就不平静了，尤其是，当她撞上他锋利的眼神，心里便明白自己遇上了强劲的对手”。

但，“她不想输给他”。

一方面似乎是因为双方的社会背景和地位身份的“不对等”，相反激发了里约内心深处追求“精神对等”的充满挑战与对抗欲望。另一方面也是因为尘封已久的情感世界希望被强烈地撕开。

认识五天后，两人上床了。里约曾经被迫“人流”导致“性冷淡”并离婚的“身体”也迅速“热”了起来。当然，这种“身体”的“热”，似乎也没有必然地就带来里约头脑的“热”。里约坚持“止于身体”的界限，与其说是她头脑清醒，还不如说，是她出于对“于连”那种直接到有些“赤裸”，并带有强烈控制欲的新鲜刺激的求爱方式的本能性反抗。

里约毕竟是个成熟且思想复杂的“上海女人”，以致被“于连”看作比较会“作”。但，里约的“作”是有智慧且高水平的。里约也懂得欲擒故纵、懂得若即若离、也会利用机会和手段，甚至在两人的“冷战”中充分利用“朋友”和“前夫”。就在里约带丈夫——前夫去出席“于连”家的新年派对的热闹场景中，“于连”失控了，十分冒险地将里约裹挟到二楼的卫生间亲热……

看似里约“胜利”了，“胜利”在使对方“失控”，从而获得“沉迷感”的满足；但同时里约又“失败”了，同样“失败”在获得“沉迷感”的满足后的自我“失控”。恋爱的双方其实从古至今都没有什么真正的“赢家”。无论是托尔斯泰的《安娜·卡列尼娜》还是司汤达的《红与黑》，再浪漫的爱情理想，也抵挡不了现实生活的磨灭。

当然，也正因为现实生活的平淡无奇和无可奈何，小说家们才有理由，不惜花费笔墨一次又一次地书写出新鲜离奇的、无比浪漫的爱情故事，用来慰藉人类受伤的心灵，用来挑战和对抗现实生活。由此在我读来，唐颖的这部长篇新作完全无愧于优秀的小说家称号。

何谓“优秀的小说家”，托尔斯泰笔下的安娜·卡列尼娜原本是作者想要“谴责”的出轨女性，却写着，写着，写成了为世人“同情”的“可爱”而“屹立不倒”的女性艺术形象；而“形象大于思维”，也就此成为优秀的小说家永远不可忘却的一条艺术准则。

优秀的小说家从来都是勇于“挑战”现实生活，更是勇于“挑战”自我，敢于纠正“自我偏见”，同时也完全忠实于自己笔下的小说人物，“活着”且一直“活下去”的性格自然发展逻辑和写作的基本伦理精神。而唐颖笔下的小说人物里约,在为了“挑战与对抗”“于连”时，不知不觉，并饶有趣味地，“形象大于思维”地，变成了女性“于连”，不能不让读者感觉新奇，感觉惊叹!

何谓“优秀的小说家”，鲁迅的《伤逝》能够骑在易卜生《娜拉》的肩膀上，针对中国女性,清醒地指出虽然拥有“娜拉出走”的“思想”,但,其简单照搬的“行为”，却又必然会遭遇到“无路可走”的现实生活困境，由此，鲁迅提出了自己充满担忧的“社会问题”,但解决这“社会问题”的唯一方法又只能是“走得多了，才有路”的“一往无前”的带有牺牲精神的开辟性“药方”。

何谓“优秀的小说家”，无非就是能够在前人先哲的指引下,找到一条“独立特行”并适合自己的人生发展之“路”。

唐颖的这部长篇新作，不仅仅写出了当下男女之间情感上的挑战与对抗，更写出了生活在现实中的人们心灵深处的强烈但脆弱的情感“挣扎”，以及无奈但却很温情、实在而又不失深刻的现实“妥协”；写出了无论是在国内，还是在海外，也无论社会背景多么自由开放、社会地位高低多么不等；甚至也无论是男性，还是女性，都成不了真正的“西方式”的“于连”。始终，小说里的男女主人公,其思想和行为虽已够相当“前卫”，但骨子里依然是“中国式”的“精神叛逆性”和矛盾而又复杂的“灵魂最后皈依”。这其实也正是中国古典名著《西游记》《水浒》乃至《红楼梦》所共同表达的文学主题。